고전

인간의 계보학

Re-reading of the most canonical texts of literature

by Yim Chol Kyu

Published by Hangilsa Publishing Co., Ltd., Korea, 2016

고전

인간의 계보학

한길사

고전 인간의 계보학

지은이 임철규
펴낸이 김언호

펴낸곳 (주)도서출판 한길사
등록 1976년 12월 24일 제74호
주소 10881 경기도 파주시 광인사길 37
홈페이지 www.hangilsa.co.kr
전자우편 hangilsa@hangilsa.co.kr
전화 031-955-2000~3 **팩스** 031-955-2005

부사장 박관순 **총괄이사** 김서영 **관리이사** 곽명호
영업이사 이경호 **경영담당이사** 김관영 **기획위원** 유재화
편집 이지은 백은숙 안민재 노유연 김광연 신종우 원보름
마케팅 윤민영 양아람 **관리** 이중환 문주상 이희문 김선희 원선아
디자인 창포 **CTP 출력 및 인쇄** 현문인쇄 **제본** 경일제책사

제1판 제1쇄 2016년 4월 8일

값 33,000원
ISBN 978-89-356-7193-9 04800
ISBN 978-89-356-7146-5(세트) 04800

진선, 은주, 하나, 하주, 하영, 하진에게

고전 인간의 계보학

책머리에

2012년에 출간된 『죽음』을 끝으로 나의 학문적인 여정을 마무리하려 했다. 쉼 없이 읽고 치열하게 사유하며 써내려갔던 학술서 집필은 이 책으로 그만 마침표를 찍고, 내가 만난 사람들 그리고 그들과 얽힌 사연 등에 대해 소소하게 이야기하는 일종의 산문집을 써볼 생각이었다. 그러던 중 어느 신문사의 요청으로 긴 인터뷰를 하게 되었다. 30여 년 넘게 이어온 내 저술 작업과 학문적 성과를 뒤돌아보는 대화였다.

그때 그 인터뷰를 앞두고 불현듯 나는 새로운 저서에 대한 구상과 집필에 대한 의지가 다시 살아나는 것을 느꼈다. 기자와 만난 자리에서 새 책에 대한 생각들을 풀어놓으며, 가능하다면 『고전—인간의 계보학』이라는 제명의 책을 마지막으로 세상에 내놓을 것이라고 약속했다. 이 책은 그 약속의 결과물이다. 2013년 정초의 그 만남이 없었더라면, 이 책은 결코 나올 수 없었을 것이다. 해당 신문사와 최원형 기자에게 깊은 감사를 드린다.

『고전—인간의 계보학』이라는 제명은 그 자체로 이 책의 주제를 함축한다. 이 책을 통해 나는 인간이 각 시대마다 어떤 위치를 점하고 있었는지, 어떻게 인간이 타인과의 관계 속에서 그리고 인간 밖 다른 존재와의 관계 속에서 이해되어 왔는지, 문학작품을 통해 규명하려 했다. 고전을 통해 인간이라는 존재의 계보학을 그려보려 했다. 호메로스의 서사시 이래 모든 문학은 궁극적으로 인간에 대해 이야기한다. 존재론적으로 볼 때 호메로스 시대에서 현재에 이르기까지 인간이 직면한 그리고 돌파해야 할 문제는 크게 다르지 않았다. 신과 인간의 관계, 운명과 자유의 관계, 국가와 개인의 관계, 정의와 같은 윤리적 문제, 전쟁의 비극성, 사랑으로 인한 고통, 죽음에 대한 두려움 등 니체가 명명한 "존재의 영원한 상처"는 변함이 없다. 호메로스 이후 수많은 문학가들의 작품은 호메로스가 인간에 대해 던진 이러한 물음에 그들 나름의 대답을 던지는 '자기고백'의 **흔적**이나 다름없다. 대답은 끊임없이 이어질 수밖에 없다. 그리고 그 대답은 하나가 아니다. 내가 쓴 이 인간의 계보학이 **차이**에 방점을 찍는다고 말할 수 있는 이유다. 문학은 인간이라는 거대한 **텍스트**에 대한 끊임없는 물음과 대답의 퇴적물(堆積物)이다. **고전**(古典)은 이 퇴적물 가운데 우뚝 서 있는 작품들이다.

『고전─인간의 계보학』과 제명의 자리를 놓고 겨루었던 것이 『고전─재해석』이었다. 생각해보면 전자는 이 책의 주제를 함축하고, 후자는 이 책의 방법론을 의미하는 것도 같다. 무릇 모든 해석은 재해석이기도 하겠으나, 이 책에서 나는 기존 학자들의 해석을 뛰어넘는 연구를 했다고 자부한다. 『왜 유토피아인가』 『그리스비극』, 그리고 『귀환』과 같은 나의 이전 저작들에 대한 보론(補論)의 성격을 가진 이 책의 1부를 준비하면서 최신의 참고문헌들까지 적잖게 접했지만, 이 책의 논의의 폭과 깊이에 견줄 수 있는 연구는 찾아보기 힘들었다. 2004년 『눈의 역사 눈의 미학』이라는 저서를 내놓으면서 나는 "이 책에는 많은 참고문헌이 등장한다. 그러나 그들은 자유롭게 나래를 펴는 나의 사유를 전혀 구속하지 않았다. 어떤 점에서 나는 그들을 철저히 이용했다. 그들은 단지 나의 주장을 보강하고 지지하는 참고물에 지나지 않았다"고 말한 바 있다. 이 말은 『고전―인간의 계보학』에도 해당한다. 작품을 바라보는 나의 관점, 강조점, 그리고 (재)해석은 많은 부분에서 기존 연구의 틀과 범위, 방법론적 구속을 넘어, 유영(游泳)하듯 그렇게 전개되었다. 이렇게 자유로운 내 해석학적 접근을 함축하는 『고전―재해석』이라는 제명은 아쉽게나마 영어 제명인 『Re-reading of the most canonical texts of literature』(문학의 고전 중의 고전 다시 읽기) 속에서 그 흔적을 찾을 수 있다.

『고전―인간의 계보학』 1부는 나의 전공분야인 서양고전문학을 다루었다. 1장 호메로스의 『일리아스』는 2009년의 저서 『귀환』에 나오는 7장 「호메로스의 영웅들―귀환의 비극성」을 보완한 글이다. 2장 아이스퀼로스의 『오레스테이아』는 2007년의 저서 『그리스비극―인간과 역사에 바치는 애도』의 1부 4장인 『오레스테이아』를, 3장 소포클레스의 『안티고네』는 같은 책 『그리스비극』의 2부 3장인 『안티고네』를, 4장 에우리피데스의 『메데이아』와 5장 『트로이아의 여인들』은 각각 같은 책 『그리스비극』 3부 1장인 『메데이아』와 3장인 『트로이아의 여인들』을 보완한 글이다. 그리고 6장 베르길리우스의 『아이네이스』는 1994년의 저서 『왜 유토피아인가』에 나오는 「황금시대와 로마제국의 이데올로기」를 보완한 글이다. 보완은 다른 무엇보다도 글이 처음 발표되었을 때보다 대폭 각주가 늘어난 것에서 확인된다. 가령 1장 『일리아스』의 경우 각주가 52에서 80으로, 3장 『안티고네』는 207에서 241로, 6장 『아이네이스』는 63에서 82로 늘어났다. 최신의 참고문헌에 대한 논평과 몇 가지 새로운 생각들이 더해진 까닭이다. 하지만 작품에 대한 내 시선은 큰 틀에서 변함이 없다.

2부는 처음 내놓는 글들이다. 7장과 8장은 셰익스피어의 『로미오와 줄리엣』과 『햄릿』을, 9장은 도스토예프스키의 『카라마조프 가(家)의 형제들』을, 10장은 카프카의 『변신』과 『소송』을, 그리고 11장은 브레히트의 『사천의 선인』과 『갈릴레이의 생애』를 다루었다.

3부의 12장 「노스탤지어」 그리고 정지용의 「고향」과 「향수」는 『귀환』의 1장인 「노스탤지어」와 2장인 「1930년대 '모던 보이' 정지용, 그리고 그의 '귀환'」을, 그리고 13장 박경리의 『토지』는 같은 책 『귀환』의 6장인 「박경리의 『토지』—귀환의 비극성」을 보완한 글이다.

이제 이 책을 위해 도움을 아끼지 않았던 분들에게 감사를 표할 차례다. 그 누구보다 연세대학교 중앙도서관 기선아 선생에게 감사를 전한다. 기 선생은 내가 『죽음』을 집필할 때부터 신간서적을 비롯한 수많은 참고문헌을 신속히 주문해 제공해줌으로써, 나의 저술 작업을 든든하게 지원해주었다. 이 책이 학인(學人)으로서 내가 감당한 노동의 가치를 증명하고 있다면, 이는 그의 헌신적인 도움 덕분이라고 말해도 무리가 아니다. 그리고 나의 여러 성가신 부탁을 성심껏 도와주었던 같은 도서관의 최선영 선생에게도 감사를 드린다. 셰익스피어의 『햄릿』과 브레히트의 작품에 대해 많은 조언을 해주었던 연세대학교 영문학과 이경원 교수에게도, 그리고 내가 필요로 하는 책들을 먼 곳에서 보내주었던 뉴욕의 딸 은정에게도 감사를 전한다. 그리고 나의 책을 통해 오랜 인연을 맺고 있는 한길사 대표 김언호 선생의 여러 배려, 그리고 한길사 편집부 여러분의 수고에 깊은 감사를 드린다.

2015년 10월

1부

1장 호메로스 『일리아스』

약 기원전 750~기원전 700년경에 기록된[1] 고대 그리스의 시인 호메로스(Homeros, 기원전 8세기경)의 작품 『일리아스』는 세계 문학 사상 가장 오래된 서사시라고는 볼 수 없다. 이 작품보다 훨씬 일찍 기원전 2000년경에 씌어진 것으로 짐작되는 메소포타미아의 서사시 『길가메쉬』가 그 최초의 작품이라고 일컬어질 수 있기 때문이다.

우르크의 왕 길가메쉬는 친구 엔키두가 병들어 죽자 자신도 때가 되면 죽을 것이라는 것을 깨닫고 불멸의 존재가 되는 방법을 찾기 위해 험난하고도 갖가지 위험이 도사리고 있는 긴 여행을 떠나지만, 신들이 인간을 창조했을 때 미리 인간에게 죽음이라는 피할 수 없는 운명을 **할당**(割當)했다는 것을 알고 나서 다시 궁으로 돌아오는 것이 이 서사시의 내용이다.

죽음이 인간의 피할 수 없는 절대 운명임을 알게 된 길가메쉬는 이 세상에서 살아갈 동안 한순간도 헛되이 보내지 말고 밤낮으로 노래하고 춤추며 기쁨에 취해 사는 것, 이것 또한 인간이 놓쳐서는 아니

---

1) Peter W. Rose, *Class in Archaic Greece* (Cambridge: Cambridge UP, 2012), 94쪽을 볼 것.

될 인간의 운명이라는 것도 알게 되었다. 삶에 대해 철저히 비관주의자였지만, 다른 한편 그만큼 역설적으로 향락주의자였기도 했던 메소포타미아인들의 인간관과 세계관을 노래한 것이 작품 『길가메쉬』다.[2] 하지만 어떻게 보면 작품의 주제가 이처럼 단순한 『길가메쉬』와 달리, 『일리아스』는 그 주제가 아주 다양하고, 내용의 스케일도 비교할 수 없을 만큼 크고 웅대하다. 인간과 신의 관계, 인간의 조건, 죽음이라는 인간의 운명, 정의·명예 등 윤리적인 가치, 그 무엇보다도 **전쟁**(戰爭)이라는 폭력의 비극성 등 그 주제가 아주 넓다. 최초의 서사시는 아니라 할지라도 최초의 위대한 서사시라고 부르기에는 전혀 무리가 없는 작품이 호메로스의 『일리아스』다.

플라톤은 소크라테스의 입을 통해 호메로스는 "모든 훌륭한 비극 시인들의 최초의 스승이자 지도자"(플라톤, 『국가』 595b9~c2)라고 일컬었다. 그리고 "덕과 악덕과 관련된 모든 인간들의 일뿐만 아니라 신들의 일도 훤히 알고 있으며"(『국가』 598d7~e5), "전쟁과 전략, 나라의 경영, 인간 교육" 등 다반사를 꿰뚫고 있는(『국가』 599c6~d2) 백과전서적인 인물이라고 평가했다. 고대 그리스인에게 호메로스는 가장 훌륭한 시인임은 물론 정치가·도덕가·철학가인 동시에 사상가였다. 정치·교육·윤리 등 문화(paideia)의 모든 영역에 지대한 영향을 끼친 "현자"(賢者)[3]이기도 한 이 시인의 서사시는 역사서(書), 철학서, 정치서, 교육서의 집합체라고 할 수 있다. 따라서 『일리아스』에 나타나 있는 주제는 다양할 수밖에 없고, 그 다양한 주제에 대한 시인의 인식도 깊을 수밖에 없다.

흔히 『일리아스』는 유대·기독교의 경전인 『구약』과 대비된다. 『구

---

2) 임철규, 『죽음』(한길사, 2012), 280~283쪽을 볼 것.

3) Jan Patočka, *Plato and Europe*, Petr Lom 옮김 (Stanford: Stanford UP, 2002), 123쪽.

약』도 그 주인공들, 가령 아브라함·모세·다윗 등의 언변과 그들의 행위에 대해 크게 관심을 갖고 이야기하고 있지만, 그럼에도 불구하고 『구약』은 "분명히 그리고 눈에 띄게" 우리의 관심을 "신과 그 신이 행한 일"에 향하게 한다. 반면 『일리아스』는 "눈에 띄게 우리의 관심과 찬미를 인간인 영웅들의 언변과 그들의 행적에 향하게 한다."[4] 호메로스의 『일리아스』에서도 인간의 삶, 인간의 역사에 개입해 인간의 운명을 결정하는 신의 행위가 두드러지게 큰 흐름을 차지하고 있다. 그리고 그리스 비극들처럼, 신을 그리고 신과 인간의 관계를 그 중요한 주제로 다루고 있다. 하지만 궁극적으로 『일리아스』는 "신에 대한 시가 아니라 인간존재에 대한 시다."[5]

트로이아 전쟁이 일어난 지 10년째 되던 해의 마지막 51일을 다루는 『일리아스』는 시가(詩歌) 여신 무사(Musa)가 "펠레우스의 아들 아킬레우스의 분노, 그리스인에게 헤아릴 수 없는 고통을 가져다주었고, 수많은 영웅의 굳센 영혼을 하데스에 보내 개들과 온갖 새들의 먹이가 되게 했던 파괴적인 분노를!……"라고 "노래하라"는 말(1.1~5)과 더불어 시작한다.[6] 따라서 작품의 내용은 아킬레우스가 왜 분노했고, 그의 분노가 전쟁에서 어떤 결과를 초래했는가에 집중되고 있다. 총 24권이라는 방대한 분량의 이 작품의 내용은 다음과 같다.

---

4) Peter J. Ahrensdorf, *Homer on the Gods and Human Virtue: Creating Foundations of Classical Civilization* (Cambridge: Cambridge UP, 2014), 27쪽.

5) Emily Kearns, "The Gods in the Homeric Epics," *The Cambridge Companion to Homer*, Robert Fowler 엮음 (Cambridge: Cambridge UP, 2004), 71쪽.

6) 인용한 텍스트의 그리스어 판본은 다음과 같다. Homer, *Opera: Iliadis*, David B. Monro and Thomas W. Allen 엮음 (Oxford: Oxford UP, 1988). 그리고 Homer, *The Iliad I. II.*, A. T. Murray 옮김, LCL 170~171 (Cambridge/ M. A.: Harvard UP, 1999); 호메로스, 『일리아스』, 천병희 옮김 (숲, 2007)을 참조함.

아킬레우스의 분노와 그리스군의 패배

그리스군이 트로이아를 포위한 지 10년째 되지만 승리를 거두지 못한 채 트로이아 도성(都城) 밖에서 진을 치고 있다. 그리스군과 동맹군의 총사령관인 아가멤논은 그리스군이 트로이아 도성들에서 노획한 전리품 가운데 아폴론의 사제인 크뤼세스의 딸 크뤼세이스를 자신의 전리품으로 택했다. 크뤼세스는 딸을 구하기 위해 많은 몸값을 갖고 아가멤논을 찾아온다. 크뤼세스는 손에 아폴론의 황금 홀(笏)과 화환을 들고 있었다. 아가멤논은 비싼 몸값을 받고 그녀를 돌려주라는 여러 전우들의 요구를 묵살하고 아폴론의 "홀과 화환도 그대를 돕지 못할 것"(1.28)이라고 말하면서 사제 크뤼세스를 내쫓는다. 크뤼세스가 이에 대해 보복해달라고 눈물로 호소하자 기도를 듣고 크게 노한 아폴론은 그리스군의 진중에 역병(疫病)을 의미하는 화살을 아흐레 동안 계속 쉬지 않고 쏘아 숱한 사람을 죽인다. "시신들을 태우는 수많은 장작더미가 쉴 사이 없이 도처에 타올랐다"(1.52).

아폴론의 더 큰 보복을 경고하는 예언자이자 아폴론의 사제이기도 한 칼카스의 뜻을 받아들여 아가멤논은 그 사제의 딸 크뤼세이스를 아버지에게 돌려보냈다. 그 대신, 이미 그리스 전사들이 서로 "공평하게 분배했던"(1.368) 전리품 가운데 아킬레우스의 몫인 브리세우스의 딸, "금빛의 아프로디테를 닮은"(19.282) 아름다운 여인 브리세이스를 자신의 몫으로 빼앗으려 한다. 아킬레우스는 자신의 전리품을 강제로 취하려는 아가멤논에게, 아내 헬레네를 트로이아의 왕자 파리스에게 빼앗긴 동생 메넬라오스의 복수를 위해 당신이 트로이아로 향했을 때, 내가 원정(遠征)에 참가한 것은 이 전쟁에서 공을 세워 당신네 형제들을 "기쁘게 해주기"(1.58) 위해서였음에도 불구하고 이러한 나의 호의를 무시하고 나에게 배분된 "명예의 선물"(1.161)을 가로채려 하느냐고 비난하면서 아가멤논을 "모든 사람 가운데 가장 탐욕스러운 자"(philokteanōtate pantōn, 1.122)이자 "파렴치한 철면피"(1.158)라고 부르며 격하게 비난한다.

격한 분노를 쏟아내면서 전선을 떠나 고향 프티아로 돌아가겠다는 아킬레우스에게 아가멤논은 전선을 이탈한다 하더라도 말리지 않겠으며 전리품 브리세이스를 '내 것'으로 취할 것이라고 응수한다. 이에 분노한 아킬레우스가 그를 죽이려고 몰래 칼을 빼드는 순간, 여신 아테나가 올림포스에서 내려와 그의 행동을 저지하면서 아가멤논에게서 받은 "이 모욕적인 행위에 대한 보상으로 언젠가는 세 배나 더 빼어난 선물이 그대에게 돌아가게 될 것"(1.213~214)이라는 말로 그를 위로한다. 아킬레우스는 아가멤논과, 그리고 아가멤논의 부당한 처사를 묵인하고 있는 그리스 군사를 향해 "그리스인 가운데 가장 빼어난 전사"(aristos, 1.90~91), "가장 용감한 전사"(1.412)인 자신을 "존중하지 않았던 일"을 뼈저리게 후회하게 되는 날이 올 것이라는 말을 남기고는(1.233~246), 친구 파트로클로스와 자신과 함께 이 전쟁에 참가하고 있는 전우들을 데리고 자신의 함선으로 향한다.

아킬레우스는 눈물을 쏟아내었다. 그는 "잿빛 바다 해변에 홀로 앉아 끝없이 펼쳐진 바다를 바라보며 두 손을 뻗쳐들고 사랑하는 어머니에게 열심히 기도했다"(1.350~351). 바다의 여신 테티스는 인간 펠레우스와 결혼해 낳은 아들 아킬레우스가 아가멤논에게 당한 모욕을 듣고 아버지 제우스를 만나기 위해 올림포스로 향한다. 테티스는 제우스에게 "모든 인간들 가운데서 가장 일찍 요절할 운명을 타고난"(1.505) 아킬레우스의 "명예를 높여주기"(1.508) 위해 그리스군과 싸우는 트로이아군을 도와 아가멤논에게 복수해주기를 간청한다. 제우스는 딸의 간청을 받아들인다.

그날 밤 제우스는 자고 있는 아가멤논에게 필로스의 왕 네스토르의 모습으로 변장한 사자(使者)를 보내, 이때가 공격의 적기이니 지체 없이 그리스군을 무장시켜 트로이아 도성을 공격할 것을 그에게 말하도록 한다. 잠에서 벌떡 깨어난 아가멤논은 그리스의 최고의 전사들에게 전투를 위한 만반의 준비를 갖추도록 한다. 수많은 전사들이 전쟁터인 "스카만드로스의 들판으로 쏟아져 나오자 그들의 발과 말발굽 밑에서 대지가 큰 소리로 무섭게 울렸다"(2.465~466).

올림포스의 신들은 전사의 모습으로 변장한 채 땅 위에 나타나 그 일부는 그리스인의 편을, 다른 일부는 트로이아인의 편을 든다. 여신 이리스는 제우스의 뜻에 따라 "숲 속의 나뭇잎이나 모래알만큼 많은"(2.800) 그리스군의 공격을 알려주기 위해 바삐 트로이아 도성으로 향한다. 아가멤논은 수많은 그리스군을 이끌고 트로이아 도성을 향해 진군하기 시작한다. 그리스 대군의 대규모 공격을 알려주는 이리스의 전언을 듣고 트로이아의 왕 프리아모스와 왕비 헤카베의 아들인 헥토르는 트로이아군과 동맹군을 소집한 뒤 전군을 지휘한다. 양쪽의 선두대열이 점차 가까워질 무렵, 프리아모스의 아들이자 헬레네의 연인 파리스가 트로이아 군사대열에서 앞으로 뛰쳐나와, 다른 이들은 이 싸움에 개입하지 말고 '나'와 헬레네의 전남편인 메넬라오스 두 사람만이 싸워 이기는 쪽이 헬레네와 그녀의 모든 보물을 차지하되, 이것으로 두 나라 사이의 싸움을 종식시키고 화해를 맺자고 제안한다. 메넬라오스는 이에 동의하고, 그리스와 트로이아 양쪽의 군사들도 동의한다.

싸움에서 파리스가 패배해 죽음을 당하기 직전, 여신 아프로디테가 검은 안개로 그를 감싸고는 프리아모스 궁전의 안전한 곳으로 데리고 간다. 아가멤논은 메넬라오스의 승리를 선언하고, 헬레네와 그녀의 보물 모두를 약속대로 돌려줄 것을 트로이아인에게 요구한다. 올림포스에서 트로이아를 편들고 있는 신들은 메넬라오스의 승리를 선언하고 헬레네와 그녀의 모든 보물을 돌려줄 것으로 요구하는 아가멤논을 못마땅하게 여긴다. 이들 가운데 여신 아테나는 트로이아의 전사 라오도코스의 모습으로 변장하고 트로이아의 전사 판다로스에게 나타나, 메넬라오스를 겨냥해 활을 쏘아 죽이면 파리스가 그에게 커다란 보상을 할 것이라며 부추긴다. 이는 아테나가 제우스의 뜻에 따라 트로이아인으로 하여금 메넬라오스와 파리스 간에 맺었던 약속을 깨게 해 그리스인이 다시 전쟁을 일으키도록 하기 위함이다.

판다로스는 메넬라오스를 겨냥해 활을 쏜다. 여신 아테나는 메넬라오스 앞에 서서 그에게 날아오는 화살을 살짝 벗어나게 한다. 화살은 갑옷이 겹쳐지는 허리띠를 뚫고 살갗을 조금 스쳐나간다. 상처에서 검은 피가 허벅지를 타고 복사뼈로 흘러내린다. 이를 본 아가멤논은 약속을 깨고 메넬라오스를 죽이려 한 그 잘못을 응징하기 위해 그리스군을 다시 전장으로 투입한다. 그날 판다로스의 무모한 행위로 인해 숱한 트로이아군과 그리스군이 목숨을 잃었다.

아폴론은 트로이아의 가장 높은 성채에 서서 트로이아군에게, 아킬레우스는 전투에 참가하지 않으니 물러서지 말고 용감하게 싸우라고 북돋우고 있고, 아테나는 그리스군의 진중을 돌면서 진격을 다그치고 있다. 이후 전쟁의 신 아레스가 헥토르 편을 들고 있는 것을 본 여신 헤라는 그리스군을 방어하기 위해 나선다. 그리스군과 트로이아군 간의 격렬한 싸움은 어느 한 편으로 기울지 않은 채 계속된다. "죽이는 자들과 죽는 자들의 비명소리와 고함소리가 동시에 울렸고, 대지에는 피가 내를 이루었다"(4.450~451).

한편 헥토르는 잠시 틈이 나자 도성으로 들어가 프리아모스의 웅대한 궁전으로 향한다. 그의 어머니 헤카베는 왜 "광포한 싸움터를 떠나 이리로 왔느냐?"(6.254)고 말하면서 전장을 이탈한 그를 의아해하면서도 싸움으로 인해 지쳐 보이는 그의 원기를 북돋워주기 위해 포도주를 권한다. 헥토르는 포도주를 마다하고, 대신 어머니에게 도성의 연로한 부인들을 데리고 아테나 신전으로 가서 그 여신에게 암송아지 열두 마리를 제물로 바친 뒤 트로이아군을 위협하고 있는 "사나운" 디오메데스를 물리쳐주도록 간청할 것을 부탁한다 (6.279~278). 하지만 그리스 편을 드는 아테나는 자신의 신전을 찾아와 간청하는 헤카베의 호소에 전혀 아랑곳하지 않는다.

헥토르는 아내 안드로마케와 아들이 있는 집으로 향하기 전에 동생 파리스가 살고 있는 아름다운 집으로 향한다. 파리스는 침실에서 방패와 갑옷, 그리고 활을 손질하며 윤을 내고 있고, 헬레네는 하녀들 곁에 앉아 그들에게 수공예 일을 시키고 있었다. 한가하게 시간을 보내고 있는 파리스의 모습에 화가 난 헥토르는 그에게 트로이아 전쟁이 일어나 숱한 "사람들이 지금 도성과 가파른 성벽 주위에서 목숨을 다해 싸우다가 죽어가고 있고, 함성과 전쟁이 이 도성 주위에서 활활 타오르는 것도 너 때문이 아니냐?"며 그의 태만을 꾸짖은 다음, "우리의 도성이 머지않아 뜨거운 불길에 싸이기 전에" 일어서서 나가 싸우라고 재촉한다(6.327~331).

헥토르는 집으로 향한다. 전세(戰勢)가 트로이아에게 불리하게 돌아가는 것을 알고 전황(戰況)을 직접 보기 위해 도성의 높은 탑 위로 올라갔던 안드로마케가 그녀를 찾아 나선 남편 헥토르를 만난 뒤, 그의 손을 잡고 눈물을 흘리며 그가 죽으면 자신과 아들 아스튀아낙스는 비참한 운명을 맞이할 것이라며 싸움터로 돌아가지 말라고 애원한다. 하지만 헥토르는 싸움터에 나가지 않으면 자기는 트로이아인들에게 비겁자로 낙인찍혀 수치의 대상이 될 것이라고 말한다. 그러면서 사랑하는 아들에게 입 맞추고는 어린 그를 팔에 안아 어르면서 그가 트로이아인들 가운데 가장 뛰어난 전사로 성장해 아버지보다 더 혁혁한 공적을 세우고 트로이아의 왕으로서 모든 사람의 칭송의 대상이 될 것을 기도한 다음 다시 전장으로 향한다.

헥토르와 파리스는 성문 밖의 전투대열 속에 들어가 그리스 군사들을 해치우며 승리를 이어간다. 그리스군의 손실을 염려하던 아테나가 개입해 그리스군을 도와주려 할 때, 트로이아의 승리를 원하던 아폴론이 이를 제지한다. 아폴론은 그녀에게 헥토르로 하여금 그리스 전사들 가운데 한 사람과 일대일로 싸우게 함으로써 양국의 대군끼리의 싸움은 잠시 중지시키자고 제안한다. 아테나가 이에 동의한다. 예언자 헬레노스가 아테나에게 행하는 아폴론의 제안을 귀담아듣고 이를 헥토르에게 들려주자, 헥토르는 양편의 군사들에게 도전의 뜻을 알리면서 그리스 쪽에 자신과 일대일로 싸울 전사를 택해 보내라고 말한다. 그리고 만일 자신이 죽으면 자신과 대결한 자가 자신의 갑옷과 투구를 가질 수 있되, 자신의 시신은 그대로 남겨두어 트로이아인들이 화장할 수 있게 해주고, 상대방이 죽으면 그의 갑옷과 투구를 트로이아로 가져가 아폴론의 신전에다 걸어 두되, 시신은 돌려보내 매장하도록 하겠다는 조건도 제시한다.

그리스군에서는 그의 상대로 텔라몬의 아들 아이아스가 제비에 의해 뽑힌다. 헥토르와 아이아스 뒤쪽에서 아폴론과 아테나가 독수리의 모습을 하고 그들의 싸움을 지켜보고 있다. 서로가 긴 창을 겨누고 여러 시간 겨루어도 승패가 나지 않자, 양편의 전령이 그들 사이에 끼어들어 두 사람 모두 빼어난 전사로 증명되었으니 어두워지기 전에 싸움을 그칠 것을 재촉한다. 싸움을 그친 헥토르는 선물로 아이아스에게 은못을 박은 자신의 칼과 칼집, 그리고 가죽끈을, 아이아스는 선물로 헥토르에게 자신의 자줏빛 혁대를 준다. "두 사람은…… 서로 싸웠지만, 다시 화해하고 친구가 되어 헤어졌다"(7.301~302).

저녁이 오자 그리스군과 트로이아인군은 그들의 진영으로 돌아간다. 밤이 지나 아침 해가 떠오르자 양쪽의 수많은 군사들의 시신이 즐비하게 누워있다. 그리스군 못지않게 트로이아인들도 수없이 죽었다. 트로이아인들은 "상처에서 흘러내린 핏덩어리를 물로 씻어내고 뜨거운 눈물을 흘리며 시신을 짐수레에 들어올렸다······ 프리아모스가 소리 내어 우는 것을 금했으므로, 그들은 비통한 마음으로 말없이 시신들을 장작더미 위에 쌓아올린 뒤 불로 태우고 나서 성스러운 트로이아 도성으로 돌아갔다"(7.425~429).

그리스군의 커다란 손실을 경험한 아가멤논은 기세등등한 트로이아군의 공격에 의해 더 큰 손실을 당하지 않기 위해 막사 주위와 함선들 앞에 커다란 방벽(防壁)을 쌓고, 전차들이 통과할 만한 큰 문을 만들고, 방벽을 보호할 도량을 파도록 지시한다. 하지만 제우스는 아킬레우스가 아가멤논에게 당한 모욕을 자신이 대신 복수해주겠다고 했던 딸 테티스와의 약속을 잊지 않고 있다. 그는 모든 신들을 올림포스에 불러 모은 뒤, 그들에게 전쟁에 개입하지 말 것을 명한다. 승리는 트로이아에게 돌아가기로 되어있다. 제우스가 "황금 저울을 높이 펼쳐들고" "저울대의 중간을 잡고 달자, 그리스인들의 죽음의 날이 아래로 기울었다. 그리하여 그들의 운명은 풍요한 대지 위로 내려앉았지만, 트로이아인들의 운명은 넓은 하늘 속으로 높이 치솟았다"(8.69, 72~74). 제우스가 그리스군에게 무시무시한 천둥을 치며 번쩍이는 번개를 날려 보내자, 그들은 두려움에 전의를 잃어간다.

그다음 날 헥토르와 트로이아군은 수많은 그리스군을 무찌르며 그들의 진지까지 돌진하고, 마침내 바닷가에 세워둔 그들의 함선까지 돌진한다. 그리스 편을 드는 제우스의 아내 헤라, 그리고 여러 다른 여신들이 그리스군의 패배를 묵과할 수 없어 개입하려 하지만, 제우스는 사자(使者)를 보내 그들에게 개입하지 말라고 경고한다. 공포와, 불안과, 그리고 침통한 분위기가 그리스군의 진중을 휘덮자 아가멤논의 두 뺨 위로 눈물이 흘러내린다. 아가멤논은 아킬레우스를 분노하게 한 자신의 처사를 깊이 뉘우치고, 그와의 화해를 도모하기 위해 마침내 오뒤세우스, 아이아스, 포이닉스를 특사로 해서 그에게 보낸다. 아킬레우스의 오랜 친구인 오뒤세우스와 아이아스, 아기 적부터 그의 스승이자 조언자였던 포이닉스가 전령들을 데리고 아킬레우스의 막사에 당도했을 때, 아킬레우스는 싸움에서 전리품으로 얻었던 뤼라로 그의 아픈 "마음을 달래며, 전사들의 명성(klea andrōn)을 노래하고 있었고, 파트로클로스는 그와 마주보고 앉은 채 말없이 홀로" 그의 "노래가 끝나기를 기다리고 있었다"(9.186~191).

오뒤세우스는 아킬레우스에게 분노를 거두고 싸움터에 다시 나선다면 아가멤논에 의해 아직 몸이 더럽혀지지 않은 브리세이스를 그에게 돌려줄 뿐 아니라 세발솥 7개, 황금 10탈란톤, 가마솥 20개, 경주에서 상을 탄 힘센 말 12마리, 공예에 능한 여인 7명을 줄 것이며, 트로이아가 함락된 뒤에는 그가 원하는 만큼 많은 황금과 청동을 갖게 할 것이고, 헬레네 다음으로 가장 아름다운 트로이아 여인 20명을 바칠 것이며, 그리스로 귀환한 뒤에는 아가멤논의 딸을 신부로 주고 도시 7개를 주어(9.122~149) "그 도시의 주민들이" 그에게 여러 선물을 바치며 "그를 신처럼 받들도록 할 것"(9.155)이라는 아가멤논의 화해의 손짓을 대신 전한다.

그러면서 그에게 설사 아가멤논을 용서할 마음이 전혀 없다 하더라도 "진중 도처에서 고통당하고 있는 다른 그리스인들을 불쌍히 여겨" 그들을 위해서라도 전투에 참여할 것을 간청한다. 그리고 그들을 위해 그가 다시 싸운다면 "그들은 그대를 신처럼 받들 것"이고 "그대는 커다란 영광을 얻게 될 것"이라는 말도 덧붙인다(9.301~303). 하지만 여전히 분노에 차 있는 아킬레우스에게는 아가멤논의 선물이 "한 푼의 가치도 없는" "가증스러운"(9.378) 것에 지나지 않는다. 브리세이스를 아가멤논에게 빼앗긴 그 치욕을 자신의 "마음을 쥐어뜯는 모욕"(lōbē, 9.387)으로 느끼고 있는 아킬레우스는 아가멤논이 그 모욕의 대가를 모두 치르기 전에는 결코 싸움터에 나서지 않을 것이라고 말한다. 그는 오뒤세우스의 간청에 전혀 마음을 움직이지 않는다.

포이닉스가 나서서 아킬레우스가 그리스군을 구하기를 거부하고 고향으로 귀환한다면 그가 없는 이곳에 자신도 여기에 남을 이유가 없으며 자신도 그와 함께 떠날 것이라고 말한다. 이어 신들마저도 선물을 받으면 노여움을 거둔다며 아가멤논이 제시한 화해의 선물을 받아들이고 전장에 뛰어들 것을 호소한다. 그리고 전장에 복귀해서 그리스군을 위해 싸운다면 그들은 아킬레우스를 신처럼 받들어 모시겠지만, 때를 놓치면 명예도 보상도 모두 잃게 될 것이라는 충고의 말도 덧붙인다(9.600~605). 하지만 아킬레우스는 아버지 같은 포이닉스의 충고에도 전혀 마음을 움직이지 않는다.

마지막으로 그와 "가장 가깝고 친한"(9.642) 아이아스가 나서서 그와의 우정을 거론하면서 자기 형제나 자식을 죽인 자로부터 보상금을 많이 받으면 용서하고 노여움을 거두는 친척들도 많다며(9.632~635) 그가 아가멤논에게서 받은 상처는 이러한 피해자의 상처에 견주면 사소한 것이니 전선에 복귀하라고 다시 한 번 간청한다. 하지만 자신의 간곡한 요청에도 불구하고 "한낱 여인 때문에…… 마음속의 가혹하고 사악한 노여움"을 떨칠 수 없어 전선에 복귀하지 않으려는 아킬레우스의 "무자비한"(9.630) 마음을 읽고 아이아스는 크게 실망한다. 자신에게 원망을 쏟아내는 아이아스에게 아킬레우스는 그의 주장도 일리가 있음을 인정하면서도 아가멤논이 그리스군 앞에서 자신을 "아무런 명예도 없는 떠돌이(metanastēs)인 양…… 무례하게 대했던 일들"(9.646~648)을 결코 용납할 수 없다며 그의 간청을 뿌리친다.

그들이 떠나가기 전 아킬레우스는 어머니 테티스가 "두 종류의 운명"이 그 앞에 놓여있음을 예언한 사실을 그들에게 들려주었다. 그 예언의 하나는 자신이 전선을 이탈하지 않고 "트로이아인의 도성 곁에서 싸운다면" 자신의 "고향으로의 귀환은 사라질 것이지만" 자신의 "명성은 불멸할 것"이라는 것이며, 다른 또 하나는 "하지만 만일 정든 고향 땅으로 돌아간다면" 자신의 "명성은 사라질 것이나" 자신의 "수명은 길어지고 죽음의 종말이 일찍" 자신에게 "찾아오지 않을 것"이라는 것이다(9.412~416). 아가멤논를 향한 분노를 이기지 못하고 있는 아킬레우스는 전우들의 간곡한 요청에도 불구하고 전사로서 최고의 가치이자 목표인 불멸의 명성을 포기하고 영웅의 길이 아닌 평범한 인간의 길을 택하기 위해 고향으로 향하려 한다. 그는 날이 밝아오는 대로 함선을 타고 고향으로 돌아갈 것이라고 최후통첩을 한다. 오뒤세우스의 보고를 듣고 그리스 진중은 깊은 절망감에 빠진다.

아가멤논과 아킬레우스

여기서 잠깐 아가멤논과 아킬레우스의 관계를 살펴보자.

트로이아 전쟁에서 그리스 전체를 대표하는 왕으로, 그리고 그리스군 전체를 지휘하는 총사령관으로 등장하고 있는 아가멤논은 헬롭스의 홀(笏, skēptron)을 가지고 있다. 이 홀은 헤파이토스가 만든 것으로, 그가 이를 제우스에게 바치자 제우스는 이를 헤르메스에게, 헤르메스는 펠롭스에게, 펠롭스는 아들 아트레우스에게, 아트레우스는 형제 튀에스테스에게, 튀에스테스는 아트레우스의 아들 아가멤논에게 물려주었다. 그가 제우스의 홀을 물려받았다는 것은 왕으로서 그의 권위가 대단하다는 것을 말해준다. 가장 많은 무사들을 거느리는 (1.281) "많은 백성의 왕"(9.98)일 뿐 아니라 제우스의 홀을 가진 왕

중의 왕이라는 점에서, 아가멤논은 다른 그리스 지역의 왕이나 영웅과 구별된다. 아킬레우스도 이에 예외는 아니다. 아킬레우스도 다른 왕과 마찬가지로 그와 복종관계에 있다. 따라서 아가멤논이 전리품을 배분하고 재배분하는 권리를 갖는 것도, 이 권리를 행사하는 것도 무리는 아니다.

이 시대는 위계질서가 철저히 확립되어 있었고, 그 가치 또한 고정되어 있었다. 조금 뒤에 소개하겠지만, 아킬레우스의 친구 파트로클로스의 죽음을 애도하기 위해 거행된 장례경기에서 아드메토스의 아들 에우멜로스가 전차경주에서 맨 마지막으로 전차를 끌고 들어왔지만, "가장 빼어난 자"(aristos)이기 때문에 그에게 2등상이 주어졌고 (23.532~538), 메넬라오스는 세 번째로 들어왔지만, 그 또한 '가장 빼어난 자'이기 때문에 그에게 이등상이 주어졌다(23.586~596). 창던지기에 참가하지 않았음에도 불구하고 그 똑같은 이유로, 그리고 "창던지기에서" 누구보다도 빼어난 "제1인자"이기 때문에 아가멤논에게는 일등상이 주어졌다(23.884~897). 호메로스의 영웅시대에는 인간의 위상, 그 위상에 뒤따르는 권위는 미리 정해져 있었고, 미리 결정되어져 있었다. 따라서 자신의 전리품인 크뤼세이스를 아폴론의 사제인 그녀의 아버지에게 돌려보낸다면, 아르고스인 가운데 자신만 명예의 선물을 가지지 못하니 자신을 위해 "지체 없이 명예의 선물을 마련하라"(1.118~119)고 요구하는 것도, 그리고 명예의 선물이 마련되지 않자 아킬레우스의 몫을 대신 차지하겠다고 요구하는 것도 그의 위상에 비춰볼 때 무리는 아니다.

그러나 아킬레우스는 그에게 모든 전리품은 이미 배분되었음을 상기시키면서 이미 배분된 전리품을 "도로 거두어들인다는 것은 옳지 못한 짓"(1.126)이라고 지적했다. 그는 아가멤논이 이미 관습화된 사회 규칙을 위반하고 있음을 지적하고 있다. 하지만 "통치자 아가멤논"(1.130)은 아킬레우스가 그리스의 가장 뛰어난 전사라 할지라도 전리품의 배분자로서의 자신의 권위에 도전하는 그의 오만을 용납할 수 없었다. 전리품의 배분자가 된다는 것은 자신과 배분의 대상자와의 관계를 종속관계로 만들고, 이를 통해 자신의 권력과 권위를 확고히 하는 것이 된다. 아가멤논은 "전리품의 배분자로서의 그의 전략상 중요한 역할을 위태롭게 할 수 없다."[7] 그러나 이미 관습화된 사회 규칙을 위반하고 사적인 이익을 위해 상대방의 전리품을 강제로 취하려는 아가멤논은 아킬레우스에게 이미 공적인 권위를 누릴 만한 지도자가 될 수 없는 "파렴치한 자"(1.149), "철면피"(1.159)로 보였다.

호메로스의 영웅시대에 전리품의 분배(재분배)는 통솔자나(9.333, 11.704~705), 아니면 집단 전체(1.162)에 의해 이루어졌다. 그러나 특별한 몫, 즉 브리세이스와 같은 **명예의 선물**(geras)은 통솔자(1.167; 9.333; 11.704)와 집단의 엘리트들(11.705)에게 동등하게 배분되었다.[8] 그러나 아가멤논은 이 배분의 원칙, 상호성의 윤리를 깨고 배분된 다른 사람의 명예의 선물을 자기의 것으로 취했다.

이미 관습화된 사회 규칙 또는 규범을 위반하고 규범을 정지시키는, 아감벤의 용어로 표현하자면, 그러한 **예외상태**는 즉각적으로 불확실성의 위기를 가져온다. 아감벤은 규범에 의해 지배되지 않는 사실의 불확실성을 "아노미의 지대(地帶)"[9]라고 일컬었던 바 있다. 규범

---

7) Donna F. Wilson, *Ransom, Revenge, and Heroic Identity in the 'Iliad'* (Cambridge: Cambridge UP, 2002), 57쪽.

8) Richard Seaford, *Money and the Early Greek Mind: Homer, Philosophy, Tragedy* (Cambridge: Cambridge UP, 2004), 42쪽을 볼 것. 『일리아스』에서 전리품의 배분에 대한 포괄적인 논의는 Jonathan L. Ready, "Toil and Trouble: The Acquisition of Spoils in the *Iliad*," *TAPhA*, 137 (2007), 3~43쪽을 볼 것.

9) Giorgio Agamben, *State of Exception*, Kevin Attell 옮김 (Chicago: U of Chicago Pr., 2005), 23쪽. 그리고 David F. Elmer, *The Poetics of Consent: Collective Decision Making and the 'Iliad'* (Baltimore: Johns Hopkins UP, 2013), 68~70쪽을 볼 것.

의 정지로 인해 그 어떤 것도 당연한 것으로 받아들여지지 않고, 정치 행위의 의미는 의문으로 남는, 그러한 불확실한 상황이 초래되는 아노미의 지대, 또는 "절대 불확정성의 지대"[10]를 아킬레우스는 받아들일 수가 없었다.

아킬레우스는 자신의 명예를 짓밟고 깊은 상처를 주고 있는 그를 위해 싸울 수 없다. 그가 트로이아 전쟁에 참가하게 된 것은 트로이아가 자신에게 해를 끼쳤기 때문이 아니다. 트로이아인은 그에게 "아무런 잘못도 저지르지 않았고", 그의 "소나 말을 약탈해 간 적도 없고", 그가 통치하는 지역의 "곡식을 망쳐놓은 적도 없다"(1.153~156). 그가 트로이아 전쟁에 참가하게 된 것은 헬레네로 인한 손상당한 아트레우스의 아들들, 즉 아가멤논과 메넬라오스의 명예를 회복시켜주고, 그 싸움에서 혁혁한 공을 세워 자신의 명예를 더 높이기 위해서였다. 아가멤논은 자신의 전리품을 강제로 취함으로써 그리스의 가장 빼어난 전사인 자신의 선의를 배반하고 자신의 명예를 여지없이 짓밟은 것이다. 따라서 아킬레우스는 "모욕을 받아가며" 아가멤논의 "부와 재물"을 채워줄 이 전쟁에 가담할 수 없었다. 그에게는 함선을 타고 "고향으로 돌아가는 편이 훨씬 나은 것이었다"(1.169~172).

아킬레우스에게 브리세이스는 단순한 전리품이 아니었다. 전쟁에서 노획한 전리품들은 제비뽑기에 의해 각자에 배분된다. 그러나 명예의 선물은 아가멤논의 경우처럼 지위가 높은 자, 아킬레우스의 경우처럼 전투에서 혁혁한 무공을 세운 자에게 특별히 주어지는 전리품이다. 즉 브리세이스와 같은 명예의 선물은 누가 "왕"이고, 누가 "뛰어난 전사들에 속하는 엘리트의 일원이고", 그리고 또 이들 엘리

---

10) Giorgio Agamben, 같은 책, 57쪽.

트 가운데 누가 "더 지위가 높은가"를 보여주는, 즉 "공동체의 위계질서"를 "공식적으로" 확인시켜주는, 말하자면 "물질적인 가치를 훨씬 능가하는" 가치의 상징물이다.[11] 따라서 이 명예의 선물은 공적으로 지위와 위상이 인정받는 엘리트들에게만 주어지는 특별한 몫이므로, 브리세이스를 아킬레우스에게서 빼앗는 것은 그에게 부여된 영웅적인 위상, 영웅적인 지위를 부인하는 것과 같은 것이다.[12]

그리고 아킬레우스는 자신과의 관계에서 브리세이스를 '아내'로 규정하고 있다. 하지만 아가멤논은 브리세이스를 한낱 전리품으로 생각하여 그녀를 그에게서 "빼앗았다"(9.344). 아킬레우스는 트로이아 전쟁이 일어난 것이 헬레네를 빼앗아 달아난 파리스와 트로이아를 응징하기 위한 것이라면 헬레네를 빼앗아 달아난 파리스의 행위와 자신의 신부를 빼앗은 아가멤논의 행위는 그것이 **강간**이라는 점에서 차이가 없다고 주장했다. 그러면서 브리세이스는 자신이 "비록 창으로 노획한 여인이긴 하지만", 아가멤논과 다른 그리스 전사들에게 그들의 아내가 그들에게 귀한 존재이듯, 브리세이스도 자신이 "진심

---

11) Hans van Wees, *Status Warrior: War, Violence and Society in Homer and History* (Amsterdam: J. C. Gieben, 1992), 308~309쪽.

12) Jean-Pierre Vernant, "A 'Beautiful Death' and the Disfigured Corpse in Homeric Epic," *Mortals and Immortals: Collected Essays*, Froma I. Zeitlin 엮음 (Princeton: Princeton UP, 1991), 53쪽. 호메로스의 세계는 사실 일부다처제 사회였다. 차별로 인해 사내와 달리, 계집애들은 부모로부터 보살핌을 충분히 받지 못하고 곤궁한 생활 속에서 영양 또한 충분히 취하지 못해, 어린 나이에 죽는 경우가 허다했다. 따라서 젊은 여성들이 상대적으로 아주 부족할 수밖에 없었다. 호메로스 시대의 무사들은 여자와 사회 특권, 그리고 부(富)를 얻기 위해 전쟁을 일으켰지만, "여성을 갖기 위한 직접적인 경쟁이 호메로스의 세계에서 전쟁과 남자들 간의 폭력의 주된 원인"이라는 주장이 나올 만큼, 적의 여성들을 노예나 첩으로 갖고자 하는 남성들의 경쟁은 치열했다. 신분이 그럴듯한 적의 여성들을 노예와 첩으로 얻는 것이야말로 사회적으로 "보다 높은 위상에 이르는 길"이기도 했다. Jonathan Gottschall, *The Rape of Troy: Evolution, Violence, and the World of Homer* (Cambridge: Cambridge UP, 2008), 58쪽, 83쪽. 그리고 특히 67~69쪽을 볼 것.

으로 사랑하는 아내"(alochos thumarēs, 9.336, 340, 343)라고 말하면서 격한 울분을 토해내었다. 아킬레우스는 명예를 가장 소중하게 여기는 영웅시대에 여러 전사들 앞에서 자신의 명예를 여지없이 유린한, 자신의 위상을 "하찮은 것"(outidanos)으로 격하한[13] 아가멤논을 도저히 용납할 수 없었다. "명예가 한번 훼손되면, 명예를 훼손당한 자의 도덕적 존재는 붕괴한다."[14]

따라서 특사로 온 오뒤세우스, 아이아스, 포이닉스의 사명은 실패로 끝날 수밖에 없었다. 아름다운 여인들을 포함한 값진 물질적인 선물로 그의 분노를 달래어 전장에 복귀시키려는 아가멤논의 화해의 손짓은 물질적인 것보다 정신적인 것, 즉 그리스의 가장 빼어난 전사라는 고유의 명예, 이 고유의 명예에 내포된 본질적이고 내면적인 가치를 더 중히 여기고 이를 지키려는 아킬레우스에게 여지없이 배격당했다. 아킬레우스의 그러한 "물질적인 보상의 배격"은 물질을 최대의 가치의 하나로 삼고 있는 동시대 물질주의에 대한 "환멸의 표현"으로 이해될 수도 있다.[15]

아킬레우스는 고향 피티아에 돌아가면, 아내로 맞이할 만한 고운 여인들도 많을 뿐 아니라 마음껏 쓸 수 있는 아버지 펠레우스의 재산도 자신에게 많이 있다고 말했다. 따라서 아가멤논이 그에게 제시하는 물질적인 보상은 아무런 의미가 없으며, 그것으로 그가 자신에게 가한 모욕을 결코 치유할 수 없다고 말했다. 따라서 그에게 아가멤논의 그 선물은 "한 푼의 가치도 없는", "가증스러운"(9.378) 것이

13) Jasper Griffin, *Homer: Iliad IX* (Oxford: Clarendon Pr., 1995), 121쪽.

14) Bruno Snell, *The Discovery of the Mind: The Greek Origins of European Thought*, T. G. Rosenmeyer 옮김 (Cambridge/ M. A.: Harvard UP, 1953), 160쪽; 브루노 스넬, 『정신의 발견―서구적 사유의 기원』, 김재홍 옮김 (까치, 1994), 258쪽.

15) Donna F. Wilson, 앞의 책, 3쪽.

될 수밖에 없었다. 아킬레우스는 특사들에게 "모래나 먼지만큼 많은 선물을 준다 하더라도 내 마음을 찢어지게 하는 모욕의 대가를 그가 다 치르기 전에는 아가멤논은 결코 내 마음을 달랠 수 없을 것"(9. 385~387)이라고 말했다.

그는 특사들에게 트로이아의 전 재산, 아니 세상의 모든 부(富), 모든 보물도 자신에게는 "결코 생명만큼 귀하지 않다"라고 말했다. 부와 보물은 그 획득이 언제나 가능한 것이지만 생명은 한번 잃으면 "구하지도 못하고 다시 돌아오지도 않는다"라고 말했다(9. 401~409). 그가 아가멤논의 화해의 선물을 받아들이고 싸움터에 나간다면, 그것은 무엇보다 귀한 자신의 생명을 부와 물질적인 재산과 맞바꾸는 것이 된다. 또 한편 그것은 자신이 거부했던 그러한 물질주의에 굴복하는 것을 의미한다. 그리고 이 굴복은 자신의 명예를 내팽개치는 것을 의미한다. 이는 바로 영웅으로서의 자기 존재가 죽는 것이나 마찬가지다. 이러한 자기 존재의 죽음, 이러한 모욕을 강요하는 아가멤논의 화해의 손짓을 더더구나 받아들일 수 없다.

아킬레우스는 싸움터에서 그보다 훨씬 더 많은 공을 이루었는데도 전리품도 자기 위주로 더 많이 취해, 전우들 간의 유대와 신뢰를 훼손시켰을 뿐 아니라, 그리스의 가장 빼어난 전사인 자신을 "아무런 명예도 없는 떠돌이"(9. 648, 16.59)인 양 폄하했던 아가멤논이 큰 대가"를 전부 치르기 전에는 자신의 분노가 그치지 않을 것이라고 말했다. 아킬레우스가 그리스 총사령관 아가멤논이 치러야 할 큰 대가가 어떤 것이어야 하는가를 구체적으로 말하지 않는 가운데, 그를 따라 트로이아 전쟁에 참가한 뮈르미도네스족의 전우들도 그 총사령관 아가멤논을 향한 "사악한 분노"(kakos cholos)가 그의 마음속에 계속 요동치고 있는 것을 어찌할 수 없어, 그를 따라 "함선을 타고 고향으로 돌아가려는" 마음을 굳히고 있었다(16.205~206).

파트로클로스의 죽음

아가멤논이 특사로 파견했던 오뒤세우스, 포이닉스, 그리고 아이아스가 떠난 그다음 날 트로이아군이 그리스군을 대공격하고, 이에 맞서 아가멤논을 비롯해 그리스의 용감한 전사들이 사력을 다해 전투에 임한다. 전투는 백중세였고, 그들은 서로 "성난 이리처럼 덤벼들었다"(11.72~73). 숱한 전사들이 죽어간다. 하지만 제우스는 "자신의 영광을 뽐내며, 트로이아인의 도성과, 그리스인의 함선과, 번쩍이는 청동의 광채와, 죽이는 자와 죽는 자를 내려다보고 있었다"(11.81~83). 숱한 그리스군의 죽음을 가져온 이 싸움에서 최고의 전사들 가운데 하나인 디오메데스와 오뒤세우스도 부상을 당한다. 아킬레우스는 자신의 함선에서 양편의 싸움을 지켜보면서 그리스군의 패배에 전혀 개의치 않는다. 헥토르와 그의 군사들을 결정적으로 도와주려는 듯, 제우스는 그리스군의 함선에 일진광풍을 날려 보낸다. 그리스군이 먼지 때문에 방향감각을 잃고 두려움에 떨며 우왕좌왕하고 있었을 때, 마침내 트로이아군이 제우스의 도움을 등에 업고 그리스군의 방벽을 뚫고 함선들을 공격한다.

이때 그리스 편을 드는 올륌포스의 여러 신은 패색이 짙은 그리스군을 도와줄 궁리를 한다. 헤라는 트로이아를 도와주는 제우스의 개입을 잠시라도 중지시키기 위해 그를 유혹해 성관계를 맺은 뒤, 그를 한동안 잠들게 한다. 제우스는 그 누구도, 아니 "눈이 날카로운 태양"조차도 그들의 성관계를 볼 수 없게끔, "큰 황금 구름으로" 헤라를 덮고 그녀와 사랑을 나눈다(14.342~346). 그리스 편을 드는 바다의 신 포세이돈은 그리스군이 쫓기는 모습을 보고 제우스에 대한 분노를 참을 수 없어, 그리스군을 도와주기 위해 개입한다. 그날 그리스군과 벌인 싸움에서 수많은 트로이아군이 죽었고, 헥토르는 아이아스에게 부상을 당해 쓰러진다. 그리스 병사들이 헥토르를 향해 빗발치듯 창을 던진다. 전우들은 창에 부상을 입고 크게 신음하는 그를 데리고 싸움터에서 빠져나간다.

잠에서 깨어난 제우스가 트로이아군의 패주 광경을 보고 놀라 눈을 크게 뜬다. 그리스군의 선두대열에 의기양양한 포세이돈의 모습이 보이고, 들판 위에 누워있는 헥토르의 모습도 보인다. 헥토르의 "주위에는 전우들이 둘러앉아 있었고, 그는 고통스럽게 숨을 헐떡이며 정신없이 피를 토하고 있었다"(15.9~10). 제우스의 노여움은 대단했다. 제우스는 겁에 질린 헤라를 추궁하면서 아킬레우스가 전투에 개입할 수밖에 없을 때까지 자신은 트로이아군이 그리스군을 이기는 것을 도와줄 것이라고 말한다. 그 후에는 아킬레우스가 친구 파트로클로스를 죽인 헥토르를 죽일 것이며, 이어 트로이아가 패망할 것이며, 이 일로 아킬레우스는 자신이 테티스에게 약속한 대로 불멸의 명성을 얻을 것이며, 이 과정에서 자신의 아들인 뤼키아의 왕 사르페돈마저도 희생될 것이라고 말하면서, 사태가 여기까지 오기 전까지는 어떤 신도 그리스군을 도와서는 아니 된다고 경고한다(15.64~77).

제우스는 아폴론을 불러 헥토르에게 가서 그의 건강을 회복시켜 다시 용기를 불어넣어주고 그리스군에게 맹렬한 공격을 가하게 하도록 명한다. 다시 한 번 그리스군의 방어벽이 뚫리자, 트로이아군은 함성을 지르며 물밀 듯이 함선을 향해 돌진한다. 양편의 군사들이 불같이 일어나 또 한 번 엄청난 살육이 진행된다. 제우스는 자신의 뜻을 관철하기 위해 트로이아군에게 용기를 불어넣어주는 반면, 그리스군에게는 천둥과 번개를 내려쳐 공포에 질린 그들로 하여금 전의를 잃게 한다.

"헥토르가 사방에서 불을 번쩍이며 무리들을 돌격하니 그 모습은 구름 아래에서 폭풍이 키운 거센 물결이 날랜 배 안을 덮칠 때와도 같왔다. 그가 돌격하니 배는 온통 거품에 싸여 보이지 않고, 천둥바람은 돛을 향해 무시무시하게 소리 내어 울부짖었다"(15.623~627). 헥토르는 창으로 닥치는 대로 그리스 병사들을 죽인다. 무서운 창을 휘두르며 수많은 아군을 죽이는 헥토르와 그의 병사들의 위세를 당할 수 없어 많은 그리스 병사는 그들의 함선에서 후퇴한다. 헥토르는 제우스의 큰 손이 자신을 떠받치고 있으며 그로 하여금 앞으로 나아가게 하고 있다고 굳게 믿는다. 승리를 확신하는 트로이아군과, 모두가 죽음이 임박하고 있음을 알면서도 명예를 지키기 위해 사력을 다해 싸우는 그리스군 사이에 숱한 시체들이 끝없이 늘어가고 있다. 점차 패색이 짙어가는 그리스군을 보고 헥토르는 마침내 제우스가 자신에게 최후의 승리의 영광을 내려주는 것이라고 확신한다.

파트로클로스는 그리스 함선을 떠나 아킬레우스의 막사로 바삐 발걸음을 옮긴다. 그는 아킬레우스에게 "다가서서 뜨거운 눈물을 흘리며"(16.3) 다시 한 번 싸움터에 돌아갈 것을 애원한다. 여전히 분노에 차 있는 아킬레우스는 그의 요청을 거부한다. 파트로클로스는 대신 아킬레우스에게 그의 갑옷과 투구를 빌려달라고 간청한다. 트로이아군이 그의 갑옷과 투구를 걸친 자신을 보고 아킬레우스가 싸움터로 되돌아 온 것을 믿게 하기 위함이라고 말한다. 아킬레우스는 그의 간청을 받아들인다. 파트로클로스는 그리스군의 함선을 공격하는 트로이아군의 적진에 뛰어들어, 그들에게 목숨을 잃은 숱한 전우들의 원수를 갚기 위해 그와 대적하는 적군의 전사들을 모조리 죽인다. 아킬레우스는 어머니 테티스가 그에게 가져다준 아름다운 궤짝의 뚜껑을 열고 그 속에서 잔을 꺼내어 그 잔 속에 포도주를 붓고 마당 한가운데 서서, 제우스에게 자신의 갑옷과 투구를 걸치고 싸움에 나선 파트로클로스에게 "영광을 내려주기"(16.241)를 기도한다. 하지만 제우스는 그의 기도를 듣고 파트로클로스가 함선에서의 싸움에서 커다란 승리를 거두게 하되, "전투에서 무사히 돌아오는 것은 들어주지 않았다"(16.252).

"소용돌이치는 크산토스 강변에 있는" "머나먼" 뤼키아(2.877; 5.478)의 군대를 이끌고 동맹국인 트로이아의 전쟁에 참가한 뤼키아의 왕 사르페돈은, 파트로클로스를 아킬레우스로 오인하고 그의 공격을 피해 물러서는 전우들이 그의 창에 무참히 죽어가는 것을 보자, 전차에서 뛰어내려 그에게 덤벼든다. 제우스가 자신의 아들 사르페돈이 곧 죽음을 당할 것임을 알고 개입하려 할 때, 헤라는 정해진 운명에 개입하지 말고 그대로 죽게 하라고 권고한다. 파트로클로스의 창에 가슴을 찔려 "크게 신음하며 피투성이가 된 먼지를 움켜쥔 채"(16.486) 마지막 숨을 몰아쉬던 사르페돈은 친구 글라우코스에게 뤼키아군의 지휘관들을 불러 자신의 시신을 적군으로부터 지키게 해달라면서 숨을 거둔다.

자신이 참여하지 않는 싸움에서 "호전적인 트로이아인들과 싸우지 말고"(16.89~90), 트로이아군을 함선에서 몰아내는 대로 돌아오라는 아킬레우스의 경고를 귀담아 듣지 아니하고, 이어지는 승리에 도취되어 무모하게 트로이아 도성의 성벽까지 적을 밀어붙이며 추격하는 파트로클로스를 향해 헥토르는 돌진한다. 파트로클로스와 헥토르가 싸우는 모습은 "굶주린 사자 두 마리가 죽은 암사슴을 둘러싸고 산마루에서 힘을 뽐내며 싸우는 것 같았다"(16.757~758). 아폴론은 파트로클로스의 뒤에 서서 그의 등과 넓은 어깨를 내리쳐 투구를 머리에서 말의 발굽 아래로 굴러떨어지게 한다. 트로이아군이 던진 창 때문에 양어깨에 부상을 입고 물러나는 그를 헥토르가 추격해 창으로 그의 아랫배를 찔러 등까지 꿰뚫는다. "죽음의 종말이 그를 덮치자" 그의 "영혼은 자신의 운명을 애도하면서 그의 사지(四肢)를 떠나 하데스의 집으로 퍼덕이며 날아갔다"(16.855~857). 헥토르는 그의 시신에서 아킬레우스의 갑옷과 투구를 벗겨내고는 자신이 그 갑옷을 입는다. 파트로클로스의 시신을 한편에서 지키려 하고, 다른 한편에서는 빼앗으려 하는 싸움이 그리스군과 트로이아군 사이에 하루 종일 계속되고 있는 동안, "발이 빠른 전령"(18.2), 네스토르의 아들 안틸로코스가 아킬레우스를 찾아가 친구 파트로클로스의 죽음을 전한다.

파트로클로스의 죽음을 듣자, "슬픔의 먹구름이 아킬레우스를 에워쌌다. 그는 두 손으로 검은 먼지를 움켜잡고 머리와 얼굴에 뿌려 고운 얼굴을 더럽혔고…… 먼지 속에 큰 대자로 드러누워 손으로 머리털을 잡고 마구 쥐어뜯었다"(18.22~27). 주위의 하녀들도 아킬레우스와 함께 비통한 마음으로 "크게 소리 내어 울었다"(18.29). 안틸로코스는 아킬레우스가 자살을 하지 않을까 염려되어 그의 곁을 떠나지 않는다(18.32~34). 아킬레우스가 "큰 소리를 내지르며 무섭게 통곡하자"(18.35), 바닷속 깊은 곳에 있던 어머니 테티스가 아들의 울음소리를 듣고 당황하여 크게 비명을 지르니 그녀 주위에 바다의 님프들이 모여들었다. 테티스가 아들이 걱정돼 슬픔을 격하게 토해내자, 그들 모두도 한꺼번에 눈물을 흘리며 가슴을 친다. 님프들과 함께 바다의 물결을 헤치고 아킬레우스가 있는 곳에 도착한 테티스는 "슬피 탄식하고 있는 그에게 다가가…… 아들의 머리를 껴안고 통곡하면서"(18.70~71) 제우스에게 그리스군이 트로이아군에 수치스럽게 패배당하도록 해달라고 기원했던 너의 기도가 어쨌든 이루어지고 있는데 어찌 그렇게 슬피 우는지 애타게 묻는다.

아킬레우스는 눈물을 흘리면서 그리스 전체 "전우들보다 더, 아니 저의 생명보다 더 사랑했던"(18. 81~82) 파트로클로스가 죽었으며, 그가 없는 이 세상에 더 이상 살고 싶지 않다고 말한다. 살아있을 때나 마찬가지로 죽은 뒤에도 영원히 그와 함께 있고 싶다고 말한다.

아버지나 아들이 죽었다고 하더라도 파트로클로스의 죽음만큼 더 큰 "불상사"는 아니며(19.321~327), 그의 죽음은 자기 생애에 "두 번 다시" 올 수 없는 가장 큰 슬픔이라고 말한다(23.46~47). 이보다 훨씬 앞서 아킬레우스는 제우스와 아테나와 아폴론을 향해 전쟁에서 "모든 트로이아인들…… 그리스인들이 전멸한다" 하더라도 "우리 둘만 파멸에서 벗어나게 해달라"고 기도했다(16.97~100). 아킬레우스는 어머니 테티스에게 자신은 헥토르를 죽여 파트로클로스의 원수를 반드시 갚을 것이며, 그렇지 않다면 자신은 이 세상에서 살아서는 아니 되며, 따라서 어머니께서도 "아들이 고향으로 귀환하는 것을 다시는 반기지 못할 것"(18.89~90)이라고 말한다. 테티스는 단명하는 그의 운명에 눈물을 흘리면서 헥토르가 죽고 나면 그도 곧 죽을 것이라고 경고한다.

그러나 아킬레우스는 어머니에게 파트로클로스를 죽음으로부터 구하지 못하고 어떤 도움도 주지 못했던 자신은 지금 "당장이라도 죽고 싶다"며 "파트로클로스와……" "헥토르의 손에 수없이 죽어간 다른 전우들에게도 구원의 빛이 되지 못한 채" "대지에 무익(無益)한 짐"이 되어 함선들 옆에 무책임하게 앉아있었던 자신은 부끄러워 "이제 사랑하는 고향땅에 돌아가지 않을 것"이라고 말한다(18.98~104). 그는 어머니에게 아가멤논이 자신에게 가한 모욕 등 지난 일을 잊어버리고(18.109~113) 파트로클로스를 죽인 "헥토르를 만나기 위해" 이제 전장에 나서겠다고 말한다(18.112~115).[16] 어

---

16) 아폴론이 형제나 아들 같은 더 소중한 사람을 잃은 자들마저도 "그들의 눈물과 슬픔에도 한계가 있는 법"이라며 아킬레우스의 파트로클로스를 향한 지나친 애도에 놀라움을 금치 못하고 있듯(24.46~48), 파트로클로스를 향한 아킬레우스의 이러한 지나친 애정에 주목하여 그들의 관계를 일상적인 친구의 사이를 훨씬 뛰어넘는, 동성연애의 애인 관계로 바라보는 학자들도 있다(Eva Cantarella, *Bisexuality in the Ancient World*, Cormac Ó Cuilleanáin 옮김 [New Haven: Yale UP, 1992], 9~11

머니 테티스는 아킬레우스의 확고한 결심을 꺾을 수가 없다. 그녀는
그에게 패배에 젖어있는 전우들을 파멸에서 구하는 것은 좋은 일이
라며 그의 갑옷과 투구를 걸치고 싸움터에서 뽐내고 돌아다니는 헥
토르에게도 죽음이 임박했음을 알려준다. 그녀는 그를 위해 헤파이
스토스에게 가서 그 신이 지금껏 만든 갑옷들 가운데 가장 훌륭한 갑
옷을 만들어줄 것을 부탁한 뒤 그가 만든 갑옷, 투구, 방패를 갖고 아

쪽; David M. Halperin, *One Hundred Years of Homosexuality and Other Essays on Greek Love* [New York: Routledge, 1990], 84~87쪽; Bernard Sergent, *L'homosexualité dans la mythologie grecque* [Paris: Payot, 1984], 285~296쪽을 볼 것). 실제로 그들은 자신들의 관계가 마치 남편과 아내의 관계인 것처럼 행동하고 있다.

가령 파트로클로스가 아킬레우스와 단둘이 식사를 할 때 "손수 맛있는 음식을 차려" 아킬레우스 앞에 내놓는다든가(19.315~317), 두 사람이 손님을 대접할 때 파트로 클로스가 여러 고기 요리를 하고, 요리한 고기를 예쁜 바구니에 담은 빵과 함께 손님 들에게 나누어주면, 아킬레우스는 파트로클로스가 요리한 고기를 썰어서 나누어준 다든가(9.207~217), 특사로 온 포이닉스가 막사에 머물 때 아킬레우스가 파트로클 로스에게 "말없이 눈짓을 보내면" 파트로클로스가 포이닉스를 위해 "두꺼운 침구를 펴주게 한다"든가(9.620~621, 658~659), 아킬레우스가 전선을 이탈한 뒤 막사에 서 뤼라를 켜며 아픈 마음을 달래며 노래하고 있을 때 마치 아내나 연인 관계인 것처 럼 "그를 마주보고 앉은 채" 그의 노래를 듣는 모습이라든가(9.189~191), 안드로마 케가 남편 헥토르의 장례 때 남편의 머리를 "두 손으로 붙들고" 통곡을 하듯, 파트로 클로스의 장례 때 이와 똑같은 몸짓으로 아킬레우스도 파트로클로스의 "머리를 받 쳐 들고" 통곡하는 모습이라든가(23.136~137), 파트로클로스의 망령이 아킬레우 스에게 나타나 그에게 자신의 뼈를 그의 것과 가르지 말고 "황금 항아리에 함께 넣어 있게 해달라"고 간청하는(23.91~92) 등 이러한 모습, 이러한 광경은 이들의 관계가 예사롭지 않음을 보여준다.

그 관계가 동성연애의 애인 사이이든 아니든 간에 아폴론이 파트로클로스를 향한 아킬레우스의 애정의 강도에 대해 놀라움을 금치 못하듯, 아킬레우스의 파트로클 로스를 향한 애정은 유례를 찾을 수 없을 정도로 대단하다(사실 현존하지 않는 아 이스퀼로스의 작품 『뮈르미도네스』에서 키스와 성관계가 언급되는 등 파트로클로스 와 아킬레우스는 서로 연인사이로 되어있다[fr. 135, *Tragicorum Graecorum Fragmenta*, August Nauck 엮음, Gottingen: Vandenhoeck & Ruprecht, 1986]. 플라톤은 이를 『향연』 (180a)에서 언급하고 있다. Kenneth J. Dover, *Greek Homosexuality* [Cambridge/ M. A.: Harvard UP, 1989], 197쪽을 볼 것). 그가 아가멤논을 향한 분노를 단번에 거두고 대 신 분노를 헥토르에게 향한 것도, 고향으로의 귀환을 포기하고 싸움터에 복귀한 것 도 파트로클로스 때문이다. 따라서 아킬레우스는 늘 자신의 운명이었던 귀향의 불 가능성(18. 90, 101)을 주저함이 없이 받아들였던 것이다.

침에 해가 뜨면 다시 오겠다며 아킬레우스 곁을 떠난다.

아킬레우스의 분노와 트로이아군의 패배

파트로클로스의 시신을 지키려는 아이아스와 그리스군, 그리고 그 시신을 빼앗으려는 헥토르와 트로이아군 간에 혼전이 계속되고 있는 가운데, 제우스의 아내 헤라의 사자(使者) 아리스가 아킬레우스에게 달려가 헥토르가 파트로클로스의 목에서 머리를 베어 장대 위에 매달려 한다고 알려준다. 아킬레우스는 어떤 희생을 치르더라도 결코 파트로클로스를 트로이아 개들의 밥이 되게 할 수 없었다. "그렇게 그의 시신이 난도질당한 채 사자(死者)들이 있는 곳으로 내려간다면", 그것은 자신의 "치욕"과 다름없기 때문이다(18.180).

호메로스는 그리스와 트로이아의 최고의 전사들, 가령 사르페돈, 아킬레우스, 헥토르, 디오메데스, 텔라몬의 아들 아이아스, 메넬라오스 등을 사자(獅子)에 비유하는 경우가 자주 있다.[17] "씩씩한 기상"이 "마치 산 속에서 자란 사자"(12.299~300) 같다든가, "폭풍 같은 기세"로 "자신의 힘을 뽐내는" 사자(12.40~42) 같다든가, "눈에 불을 켜고 맹렬히 돌진하는" "사나운 사자"(20.166, 171) 같다든가, "격렬한 분노에 사로잡힌"(18.322) 사자 같다든가, "마음이 사납기가 사자"(24.41) 같다든가 하는 등등…… 사자는 표범과 멧돼지와 더불어 짐승 가운데 가장 힘센 것으로 여겨지고 있다(17.20~21).

호메로스는 파트로클로스의 죽음을 "크게 탄식하며 통곡하는" 아킬레우스에 대해 사냥꾼에게 자식새끼들을 도둑맞고 "슬피 탄식하

---

17) 이에 대해서는 Annie Schnapp-Gourbellion, *Lions, héros, masques: Les représentations de l'animal chez Homère* (Paris: Maspero, 1981), 86~94쪽을 볼 것.

며"(achnutai, 18.320) "격렬한 분노에 사로잡힌 채"(drimus cholos hairei, 18.322행), 사냥꾼의 "발자국을 찾으려 수많은 계곡을 헤매는" 사자로 비유하고 있다(18.316~322). 아킬레우스는 새끼를 잃은 그러한 무서운 사자의 분노를 안고(20.164~173) 헥토르와 대적하기 위해, 아니 자신의 운명적인 죽음을 통해 파트로클로스와 함께 묻히기 위해(23.82~92, 126, 245~248) 싸움터에 나서고 있다.

아테나는 아킬레우스의 "강력한 어깨에 술 달린 아이기스를 걸쳐주었고…… 또한 그의 머리를 황금 구름으로 두르고, 그에게서 멀리까지 번쩍이는 불길이 활활 타오르게 했다"(18.204~206). 그가 최전선에서 싸우지 말라는 어머니 테티스의 경고에 따라 선두대열의 그리스군에 합류하지 않고 방벽 밖 도랑 옆에 서서 크게 고함을 지르자, 트로이아군은 그의 "청동(靑銅) 목소리"(opa chalkeon, 18.222)를 듣고 모두 간담이 서늘해졌으며", 그들의 "갈기도 고운 말들도 앞으로 닥칠지도 모를 파멸을 예감하고는 전차를 되돌렸고", 마부들도 그의 "머리에 지칠 줄 모르는 불길이 무섭게 타오르는 것을 보고 혼비백산했다"(18.222~226). 그가 세 차례 크게 소리지르자, 트로이아군과 그들의 동맹군은 그 소리에 크게 세 차례나 공포에 휩싸여 혼란에 빠졌고, 그들 가운데 최고의 전사 12명이 그의 청동 목소리에 놀라 자신들의 전차와 창 옆에 쓰러져 죽는다. 그리스군은 파트로클로스를 사정거리 밖으로 끌어내어 들것에 뉘었다. 전우들이 통곡하며 그 주위로 모여들었다. 아킬레우스는 파트로클로스의 시신이 "날카로운 청동에 찔려 망가질 대로 망가진 채 들것에 누워있는 것을 보고 뜨거운 눈물을 흘리며 그들의 뒤를 따랐다"(18.235~236).

그리스 진영의 전사들은 파트로클로스의 죽음을 슬퍼하면서 밤새도록 통곡한다. 아킬레우스가 죽은 친구의 가슴에 손을 얹고 소리 내어 통곡하니 그 모습은 "울창한 숲에서 사슴 사냥꾼에게 새끼들을 낚아채인…… 사자와도 같았다.”그것은“슬픔을 이기지 못하고”“사람의 발자국을 찾으려 수많은 계곡을 헤매는”, 마침내 억누를 수 없는 엄청난, 그리고“격렬한 분노에 사로잡힌”사자와도 같았다 (18.318~322). 아킬레우스는 트로이아 전쟁에 참가하기 위해 자신과 파트로클로스를 따라온 뮈르미도네스족의 전우들에게, 파트로클로스와 마찬가지로 자신도 여기 트로이아 땅에서“피로 붉게 물들일 운명”이라며 아버지 펠레우스도, 어머니 테티스도, 자신이“고향으로 귀환하는 것을 다시 반기지 못할 것”이라며 통곡한다(18.329~332).

그러고는 파트로클로스를 부르며“내 이제 그대를 따라 하계로 갈 것”이며,“그대를 죽인 헥토르의 갑옷과 방패, 그의 머리를 이리 가져오기 전에는 내 그대의 장례를 치르지 않을 것이며, 그대를 죽여 나를 노엽게 하였으니 그대를 화장할 장작더미 앞에서 트로이아인들의 빼어난 아들 12명의 목을 벨 것”(18.333~337)이라고 언약한다. 그리고 주위의 전우들에게 물을 끓여 파트로클로스의 몸에서 핏덩어리를 씻어내고 올리브기름을 바르고 상처 난 곳에 고약을 가득 채우라고 지시한다. 그들은 파트로클로스의 시신을 침상 위에 뉘고 머리에서 발까지 부드러운 천으로 싸고 그 위에다 흰 천을 덮는다. 전우들은 “아킬레우스를 둘러싸고 밤새도록 파트로클로스의 죽음을 슬퍼하며 통곡했다”(18.354~355).

다음 날 아침, 헤파이스토스가 만들어준 방패와 갑옷을 어머니 테티스에게 받은 아킬레우스는 번쩍이는 갑옷을 입고 방패를 들고 성큼성큼 바닷가로 내려가“무시무시한 소리”(smerdalea iachōn, 19.41)로 그리스군을 부른다. 그의 목소리를 듣고 그리스 전사들 모두 회의장에 모인다. 부상을 입은 오뒤세우스와 디오메데스도 창에 의지한 채 절뚝거리며 나타나고, 마지막으로 청동 날이 달린 창에 찔려 크게 부상당한 아가멤논이 등장한다. 아킬레우스는 그들 앞에서 아가멤논과 자신의 불화로 인해 트로이아군에게는 승리가, 그리스군에게는 패배가 이어졌으니, 이제 아가멤논을 향한 분노를 거두어들이고 오직 트로이아의 파멸을 위해 싸울 것이라고 말한다. 그리스 전사들은 전선으로 돌아온 위대한 영웅의 연설에 크게 환호했고, 사기까지 충천했다. 아킬레우스는 브리세이스를 아가멤논에게서 돌려받고, 그가 약속한 화해의 선물도 마다하지 않고 받는다.

사기가 충천해진 그리스군 한가운데 드디어 아킬레우스가 번쩍이는 갑옷을 입고, 손에는 만월처럼 빛나는 크고 둥근 방패와 은회색의 큰 창을 들고, 어깨에는 청동 칼을 메고, 머리에는 무거운 투구를 쓰고 등장한다. 그는 자신의 전차(戰車)를 몰 불멸의 말(馬)인 크산토스와 발리오스에게, 자신이 위험에 처하면 파트로클로스의 경우처럼 싸움터에 그대로 내버려두어 죽게 하지 말고 그리스군의 진영으로 무사히 데려다주기를 부탁한다. 그러자 여신 헤라가 그에게 "인간의 음성"(audēenta, 19.407)을 주었던 준마(駿馬) 크산토스가 아킬레우스에게 머리를 숙여 절을 하면서 이번에는 기필코 그를 그리스군의 진영으로 무사히 데려다주겠지만 그에게는 "파멸의 날이 임박했다"고 일러준다(19.409~410). 아킬레우스가 "한 신과 한 인간에 의해 전사할 운명"(19.416~417)이라는 것이다. 아킬레우스는 크산토스에게 자신도 이곳 트로이아에서 "죽을 운명이라는 것을 잘 알고 있다"(19.421~422)고 말한 뒤, 전투의 함성을 지르며 그 말들을 몰고 선두대열로 향한다.

그리스군과 트로이아군이 들판에서 각기 대열을 갖추고 싸울 준비를 하고 있는 사이, 제우스는 모든 신을 올림포스로 소집한다. 오케아노스를 제외한 모든 강의 신이 모이고 님프들까지도 빠짐없이 모인다. 제우스는 신들에게 싸움터로 내려가서 각자의 편을 들어 싸우도록 명령한다. 자신은 올림포스에 앉아 싸움을 구경하며 즐기고 있다가 사태가 불균형하게 진행되면 그때 개입해 천둥을 내려쳐 보낼 것이라고 말한다. 신들은 지체 없이 싸움터로 향한다. 헤라, 아테나, 포세이돈, 헤르메스, 헤파이스토스가 그리스 편을 들기 위해 그리스군의 함선이 있는 곳으로 향하고, 전쟁의 신 아레스, 아폴론, 아르테미스, 레토는 트로이아 편을 들기 위해 떠난다. 아프로디테, 그리고 인간들에게는 "스카만드로스로 불리는" 트로이아 강의 신 크산토스(20.74)가 그들 뒤를 따라 트로이아군이 있는 곳으로 향한다.

아킬레우스의 등장으로 그리스군의 승리가 이어진다. 아킬레우스가 헤파이스토스가 선물로 준 갑옷을 입고 창을 휘두르며 마치 전쟁의 신 아레스와 같이 사납게 날뛰자, 트로이아 군사는 "모두 겁에 질려 사지를 부들부들 떨며"(20.44~45) 전의를 잃어간다. 아테나가 그리스 방벽 바깥쪽 호 옆에서 그리스군의 사기를 높여주기 위해 전투의 함성을 지르자, 아레스가 트로이아의 탑 위에서 그 여신을 향해 "검은 폭풍과도 같이"(20.51) 마주 함성을 지르면서 트로이아군을 격려한다. 신들은 서로 힘껏 싸우도록 양편을 독려할 뿐 아니라 자기들끼리도 격렬한 싸움을 벌인다. 싸움판은 신들의 격렬한 싸움으로 터질 듯하다. 위에서는 제우스가 천둥을 날려 보내고, 밑에서는 포세이돈이 넓은 대지와 산을 흔들어댄다.

그러자 산의 기슭과 등성이는 물론 트로이아 도성과 그리스군의 함선도 모두 흔들린다. 세상은 공포에 사지를 부들부들 떨고, 온 천지가 꺼지는 듯 큰 굉음을 내며 뒤흔들린다. "빛의 신" 아폴론은 "날개 달린 화살을 들고" 포세이돈에 맞선다. "빛나는 눈의 여신" 아테나는 전쟁의 신 아레스에 맞서고, "황금 화살을 가진" "활의 여신" 아르테미스는 헤라에 맞선다. "행운의 신" 헤르메스는 레토에 맞서고, 인간들이 스카만드로스라고 부르는 강의 신 크산토스는 헤파이스토스에 맞선다(20.67~74).

이처럼 신들이 서로 맞서 싸우고 있는 동안, 아킬레우스는 헥토르와 대적하고 싶은 열망에 불타있다. 트로이아의 왕자 아이네아스가 아킬레우스를 향해 창을 내던진다. 하지만 아킬레우스의 방패는 헤파이스토스가 그를 위해 만들어준 신의 "영광스러운 선물"(20.264)이다. 헤파이스토스는 이 방패를 다섯 겹으로 만들었다. 양쪽의 두 겹은 청동이고, 안쪽의 두 겹은 주석이고, 가운데 한 겹은 황금인데, 이 한 겹의 황금이 그 창끝을 제지하여 방패를 뚫지 못하게 한다. 이번에는 아킬레우스가 아이네아스를 향해 창을 던진다. 창은 아이네아스의 방패 바깥쪽 가장자리를 뚫고 그의 어깨를 스쳐 땅에 꽂힌다. 아킬레우스가 가까스로 목숨을 건진 아이네아스에게 달려가 그를 죽이려는 순간 포세이돈이 개입한다. 포세이돈은 아이네아스가 신들에게 많은 선물을 바쳤던 것을 항상 고맙게 여기고 있었다. 그리고 지금의 트로이아가 멸망한 뒤 아이네아스와 그의 자손이 앞으로 대대로 트로이아를 다스릴 운명이라는 것도 모른 척할 수 없었다. 포세이돈은 아킬레우스의 눈앞에 안개를 뿌리고 아이네아스를 들어 올려 싸움터로부터 멀리 떨어진 곳으로 데리고 간다. 그 신은 아이네아스에게 그 누구도 아킬레우스를 결코 쓰러뜨릴 수 없으니 그를 쓰러뜨릴 수 있다고 말하는 아폴론, 아니 그 어떤 신의 말도 믿지 말라고 말한다. 그러나 아킬레우스가 죽으면, "그때는 용기를 갖고 선두대열에서 싸우라"(20.337~338)고 말한다.

포세이돈이 안개를 걷어내자, 안개에 둘러싸여 비틀거리던 아킬레우스는 정신을 가다듬었다. 그는 아이네아스가 불사신의 사랑을 받고 있기 때문에 자신의 창을 피해 무사히 죽음을 피해갔음을 알고 추격을 그만두고 다시 대열 속으로 뛰어들어가 싸우는 군사들을 일일이 격려한다. 그리고 그들에게 혼자 트로이아 대열을 뚫고 갈 것이니 자기 뒤를 따르라고 외친다. 트로이아 진영에서 헥토르는 그들의 군사들에게 아킬레우스를 두려워하지 말라고 외친다. "그의 두 손이 불과 같고 그의 마음이 번쩍이는 무쇠 같다 하더라도"(20.371~372) 자기가 그를 쓰러뜨릴 것이라며 군사들을 격려한다. 트로이아군이 창을 들고 함성을 지르며 돌진하려는 순간, 아폴론이 헥토르에게 다가가, 아킬레우스가 그를 창으로 찌르거나 가까이서 칼로 치는 일이 없도록 절대로 대열 앞에서 아킬레우스에게 싸움을 걸지 말라고 다급하게 경고한다.

아폴론의 경고를 받아들여 헥토르가 대열 앞에서 물러나자, 아킬레우스는 트로이아군을 덮친다. 그 가운데 오트륀테우스의 "용감한 아들" 이피티온의 머리 한복판을 아킬레우스가 창으로 맞히니 그의 머리는 온통 박살난다. 쓰러진 그의 시신이 그리스군의 전차 바퀴 밑에 깔려 갈기갈기 찢어진다. 그다음 아킬레우스는 창으로 안테노르의 아들 데몰레온의 투구를 뚫고 그의 관자놀이를 찌른다. 골이 모두 깨어져 투구 안에 흩어진다. 그다음 그는 전차에서 뛰어내려 도망가는 힙포다마스의 등을 창으로 찌른다. 힙포다마스는 제단으로 끌려가는 황소처럼 울부짖으며 숨을 거둔다. 그다음 그가 트로이아의 왕 프리아모스의 막내둥이 폴뤼도로스를 쫓아가서 창으로 그의 등 한복판을 맞히니 "창끝이 배꼽 옆을 뚫고 나왔고, 그는 비명을 지르며 무릎을 꿇었다. 검은 고통의 구름이 그의 주위를 덮었다"(20.416~417)

헥토르는 친동생 폴뤼도로스가 손으로 내장을 움켜쥐고 땅 위에 쓰러지는 것을 보자, "더 이상 떨어져 서 있을 수 없어 날카로운 창을 휘두르며 불길처럼 아킬레우스를 대적하기 위해 달려갔다"(20.421~423). 아킬레우스는 미칠 듯 기뻐한다. 파트로클로스를 죽인 자가 자기와 대적하기 위해 달려오기 때문이다. 헥토르는 창을 번쩍 쳐들고 그에게 힘껏 던진다. 그러나 아테나가 숨을 내쉬어 그 입김으로 창을 되돌려 보내 헥토르의 발밑에 떨어지게 한다. 아킬레우스가 무시무시하게 함성을 지르며 창을 들고 헥토르에게 덤벼들자, 아폴론이 헥토르를 짙은 안개로 감싸 날쌔게 채간다. 아킬레우스가 세 번이나 창을 들고 덤벼들었으나, 세 번 다 짙은 안개만 친다. 그는 아폴론이 헥토르를 구해준 것을 알고, 치를 떨면서 다음에는 반드시 끝장낼 것이며 그때에는 신들이 자기편을 들어줄 것이라고 소리친다.

그렇게 소리친 뒤 아킬레우스는 트로이아군의 대열을 헤집고 다니면서 드뤼옵스의 목을 창으로 찌르고, 그다음 필레토르의 아들 데무코스의 무릎을 창으로 쳐 달아나지 못하게 한 다음, 큰 칼로 가슴을 내리쳐 죽인다. 비아스의 두 아들 라오고노스와 다르다노스에게 달려들어 전차에서 그들을 땅 위로 끌어낸 뒤 전자는 창으로, 후자는 칼로 목숨을 끊는다. 그의 무릎을 잡고 애원하는 알라스토르의 아들 트로스를 칼로 그의 간을 찌른다. 그러자 간이 쏟아져 나오면서 검은 피가 흘러내려 온몸을 덮는다. 물리오스에게 다가가 창으로 그의 귀를 찌른다. 아킬레우스의 청동 창끝이 다른 귀를 뚫고 나온다. 그다음 아게노르의 아들 에케클로스의 머리 한복판을 칼로 내리치니 "칼은 온통 피에 젖어 뜨거워졌고, 그의 두 눈 위로 검은 죽음과 강력한 운명이 내려앉았다"(20.476~477). 그다음 창으로 데우칼라온의 팔뚝을 꿰뚫은 뒤 그의 팔이 늘어뜨려지자 그의 목을 칼로 친다. 그다음 트라케에서 온 페이로오스의 아들 리그모스를 쫓아가서 창으로 그의 폐를 꿰뚫어 죽인다. "마치 사나운 불길이 바싹 마른 산의 깊은 계곡을 따라 미쳐 날뛰고, 우거진 숲은 화염에 싸이고, 바람은 불길을 몰아 회오리치며 사방으로 번지게 하듯, 꼭 그처럼 아킬레우스는 창을 들고 신과도 같이 그들을 쫓아가 죽였고, 검은 대지에는 피가 내를 이루었다"(20.490~494).

아킬레우스는 자기 앞에서 달아나는 트로이아군을 닥치는 대로 죽이면서 그들을 강의 신 크산토스, 즉 스카만드로스 강둑까지 몰아붙인다. 헥토르의 뒤를 따라 달아나는 군사들을 강물 속으로 몰아붙인다. 군사들과 말들이 한 덩어리가 되어 강물로 뛰어든다. 그들이 소용돌이치는 물살에 버둥거리면서 비명을 질러대자, 강물이 그들 주위에서 노호한다. 아킬레우스는 칼을 빼어들고 강물 속으로 뛰어들어가 "큰 돌고래 앞에서 겁에 질려 달아나는" "물고기" 같은(21.23~24) 그들을 닥치는 대로 죽인다. "칼에 맞는 자들의 신음소리가 무시무시하게 일었고, 강물은 피로 붉게 물들어갔다" (21.20~21).

계속되는 살육에 팔이 지치자, 아킬레우스는 12명의 트로이아 젊은이를 몰아 잡아서 강둑에 내동댕이친 뒤, 끈으로 그들의 손을 묶고, 그리스 함선으로 데려가서 파트로클로스를 죽인 핏값으로 삼게 한다. 그리고 다시 강으로 내닫는다. 가장 먼저 프리아모스의 아들 뤼카온과 마주친다. 한때 그가 붙잡아서 노예로 판 적이 있으므로 그를 보는 순간 금방 알아본다. 강에서 도망치느라 피로에 지쳐 투구와 방패도 벗은 채 창도 들지 않고 강둑에 큰대자로 뻗어 누워있는 뤼카온은 아킬레우스를 보자, 몸을 일으켜 그의 무릎을 잡고 살려달라고 애원한다. "사악한 죽음과 검은 운명을 피하고 싶은 마음이 너무나 간절했기 때문이다"(21.65~66). 뤼카온은 자신은 프리아모스 왕의 아들이지만 파트로클로스를 죽인 헥토르와 같은 어머니로부터 태어나지 않았으니 자비를 베풀어달라고 애원한다. 하지만 아킬레우스는 큰 칼로 뤼카온 목 옆 쇄골을 내리친다. 그리고 그를 강물 속으로 던진 뒤, 달아나는 트로이아 군사들에게 그들도 뤼카온처럼 도륙되어 물고기 떼의 밥이 될 것이라고 소리친다. 또한 트로이아인들이 강의 신 크산토스에게 오랫동안 숱한 황소와 말을 바쳤지만 그 신도 그들을 구하지 못할 것이라고 소리친다.

아킬레우스의 오만에 찬 외침을 듣고 크게 격노한 강의 신 크산토스는 아킬레우스가 강물 속에 뛰어들어 수많은 트로이아 군사들을 도륙하자, 마침내 사람의 모습으로 변장하고 아킬레우스의 앞에 나타나 "무자비한 살육"(21.220)을 멈추라고 호통을 친다. 아킬레우스는 헥토르와 일대일로 대결할 때까지는 강물 속에서도 살육을 계속하겠다고 말한다. 그러자 크산토스는 아폴론에게 트로이아군을 도와줄 것을 청한다. 이 말에 화가 난 아킬레우스는 강의 신과 싸울 태세로 강둑에서 강물 속으로 뛰어든다. 크산토스는 무서운 물결로 아킬레우스의 방패를 세차게 내리친다. 아킬레우스는 서 있을 수 없어 간신히 큰 느릅나무를 붙잡는다. 하지만 강의 신은 나무를 뿌리째 뽑아버리고 강둑을 모두 찢어놓는다. 뿌리째 뽑힌 나무가 무성한 가지들로 임시 다리를 만들어주자, 겁에 질린 아킬레우스는 그 임시 다리를 건너 빠른 걸음으로 들판 위를 질주한다.

그러나 크산토스는 그의 뒤에서 큰 물결을 일으키면서 그를 뒤쫓는다. 아킬레우스는 무서운 공격을 피하기 위해 들판을 가로질러 내달렸으나, 제우스에게서 태어난 그 신은 그의 어깨를 계속 내려치면서 그의 무릎을 지치게 한 뒤, 그의 발밑의 땅을 집어삼킨다. 다급해진 아킬레우스는 제우스에게 어머니 테티스의 예언을 상기시키면서 자신은 "무장한 트로이아인의 성벽 밑에서 아폴론의 날랜 화살에 맞아 죽게 되어있으니", "지금 나는" "마치 겨울에 급류를 건너려다 물에 떠내려간 돼지치기 소년처럼" "이 큰 강에 갇혀 비참하게 죽을 운명"을 맞고 싶지 않다며 자신을 불쌍히 여겨주기를 간청한다 (21.273~283).

그가 이렇게 말하자, 제우스의 명을 받고 즉각 포세이돈과 아테나가 인간의 모습으로 변장하고 그에게 달려간다. 포세이돈은 그에게 강의 신의 손에 그가 죽을 운명이 아니라며 틀림없이 트로이아군을 성벽 뒤로 밀어붙이고 헥토르의 목숨을 빼앗은 다음 함선으로 돌아갈 것이라고 말한다. 아테나는 그의 가슴과 팔다리에 큰 힘을 불어넣어준다. 그 큰 힘에 기대어 아킬레우스는 떠다니는 시신들로 넘쳐나는 물살을 어깨로 헤치고 들판을 향해 내달린다.

크산토스가 높이 솟구쳐 아킬레우스를 덮치려는 순간 이를 보고 놀란 헤라가 불의 신 헤파이스토스를 급히 내려보낸다. 헤라의 아들 헤파이스토스는 맹렬히 타오르는 불로 아킬레우스의 손에 죽어 무더기로 쌓여있는 수많은 트로이아인의 시신을 먼저 태운다. 그런 다음 번쩍이는 불길을 강으로 돌린다. 강가의 들판에 있는 느릅나무들, 버드나무들, 토끼풀도, 골풀도 화염에 싸이고, 뱀장어 떼와 물고기 떼도 헤파이스토스의 "뜨거운 입김에 고통스러워…… 이리저리 몸부림치며 뒹굴었다"(21.354~355). 헤파이스토스가 내뿜는 뜨거운 불길에 휩싸인 크산토스도 고통을 감내할 수 없다. 크산토스는 헤라에게 자신은 앞으로 결코 트로이아인을 파멸의 날에서 구하지 않을 터이니 아들 헤파이스토스의 행동을 그치게 해달라고 간청한다. 헤라는 헤파이스토스를 향해 "인간 때문에 불사신에게 폭행을 가한다는 것은 적절치 않다"(21.379~380)고 말하면서 그의 행동을 중지시킨다. 그런데 다른 신들 사이에서는 여전히 무섭고 치열한 싸움이 벌어지고 있다. "제우스는 올림포스에 앉아…… 신들이 어우러져 싸우는 것을 보고 재미에 흠뻑 젖어 웃고 있었다"(21.388~390).

신들이 서로 치고받다가 하나둘 올림포스로 돌아오지만, 아폴론만이 인간의 세상에 남아 트로이아로 향한다. 그리스인이 바로 그날 트로이아의 성벽을 함락시키지 않을까 염려되었기 때문이다. 강가에서 나온 아킬레우스는 길 위에서 무자비하게 트로이아인과 말들을 도륙하면서 트로이아 도성으로 향한다. 트로이아 왕 프리아모스는 도성의 가장 높은 탑 위에서 트로이아 군사들이 아킬레우스 앞에서 떼 지어 달아나는 것을 보고 절망에 가득 차 있다. 탑 위에서 내려온 그는 군사들이 재빨리 도망쳐 올 수 있도록 성문들을 열어놓으라고 명령한다. "파괴적인 사내"(21.536)인 아킬레우스가 성벽을 뚫고 안으로 뛰어들까 두렵기 때문이다. 트로이아군이 아킬레우스의 거대한 창에 쫓기어 도성 안으로 우르르 도망쳐 들어온다. "사나운 광기가 그[아킬레우스]의 마음을 계속 사로잡고 있었고, 그는 영광을 얻고자 하는 강렬한 열망에 차 있었다"(21.543).

그를 가장 먼저 본 사람은 프리아모스 왕이었다. 아킬레우스는 "마치 캄캄한 어두운 밤에 뭇별들 사이에서 찬란한 광채를 발하는 가을밤 별처럼 환히 빛을 내며 들판 위를 질주하고 있었다"(22.26~28). 그러나 사람들이 그 이름을 "오리온의 개"라 부르는 "이 별은 찬란하기는 하지만, 악의 전조(前兆)"라고 호메로스가 노래하듯(22.29~30), 프리아모스는 수많은 영웅들과 수많은 인간들의 비참한 죽음을 불러왔고, 앞으로도 초래할 '악의 전조'인 아킬레우스를 보자, 벽에 머리를 찧으면서 통곡한다. 그와 싸우기를 몹시도 열망하며 성문 앞에 버티고 서 있는 아들 헥토르를 향해 소리친다. 아킬레우스가 너보다 훨씬 강하니 성 밖에서 아킬레우스와 단독으로 싸운다면 아킬레우스는 너의 목숨을 쉽사리 앗아갈 것이라며, 성벽 밖에서 아킬레우스를 혼자 기다리지 말고 성안으로 들어오라고 간청한다. 프리아모스는 헥토르가 죽으면 트로이아가 오래지 않아 패망할 것임을 알고 있다. 그는 네가 죽으면 나 역시 죽어 나의 개들에게 뜯어 먹히는 신세가 될 것이라며(22.66~71), 성안으로 빨리 들어오라고 간청한다. 이렇게 말하고는 손으로 흰 머리털을 쥐어뜯었으나, 헥토르의 마음을 움직일 수는 없었다.

그의 어머니 헤카베가 "눈물을 흘리며 울었고, 옷깃을 풀어헤쳐 다른 손으로 젖가슴을 드러내 보이면서"(22.79~80), 자신을 불쌍히 여긴다면 선두에서 아킬레우스와 일대일로 맞서지 말고 성안으로 들어와 적군을 물리치라고 간청한다. 만일 아킬레우스가 너를 죽인다면 나나, 너의 아내 안드로마케도 너를 "침대 위에 뉘고 슬퍼하지 못할 것"이고, 너는 "그리스인들의 함선 옆에서 날랜 개들의 밥이 될 것"이라며(22.86~89), 성안으로 빨리 들어오라고 소리친다. 그러나 그녀도 헥토르의 마음을 움직일 수는 없었다.

헥토르는 아킬레우스가 가까이 다가오기를 기다린다. "마치 산속의 뱀이 독초를 가득 뜯어먹고 독기가 오를 대로 오른 상태에서 사람을 기다리며 그의 굴 안에서 똬리를 틀고 무시무시하게 노려보듯"(22.93~95). 속으로 망설임이 없지는 않았다. 헥토르는 어떤 조건이라면 아킬레우스가 싸움을 중지할 것인지를 생각해본다. 헬레네는 물론 파리스가 훔쳐왔던 모든 보물도 돌려주고 트로이아의 값진 재물과 보물들 반을 넘겨주겠다면 그의 반응은 어떠할까 생각해본다. 하지만 헥토르는 어떤 제안도 그가 받아들일 가망이 없다고 판단한다. 아킬레우스가 그를 향해 가까이 다가온다.

헥토르는 그를 보자, 두려움에 몸을 떨며 도망가기 시작한다. 아킬레우스가 빠른 걸음으로 그를 뒤쫓는다. "마치 날개 있는 새들 가운데서 가장 날랜 매가 산속에서 겁 많은 비둘기를 쫓아 재빨리 내리덮치듯"(22.139~140). 헥토르는 성벽 밑을 따라 달아난다. "앞에서 쫓기는 자도 강한 자이지만, 그를 날쌔게 쫓는 자는 훨씬 더 강했다"(22.158~159). 헥토르는 빠른 걸음으로 트로이아 도성을 세 바퀴나 돌았고, 아킬레우스도 그 뒤를 쫓아 세 바퀴 돈다. 올림포스에서 자신에게 황소의 넓적다리 살점을 숱하게 태워 바쳤던 헥토르가 아킬레우스에 의해 성벽 주위로 쫓겨 다니는 것을 보고 연민을 느낀 제우스는, 다른 신들에게 헥토르의 목숨을 살려주어야 하는지 아닌지를 결

정하라고 말한다. 하지만 아테나는 오래전에 정해진 운명을 겪을 수
는 없다고 말한다. 날랜 아킬레우스가 "마치 사냥개가 사슴의 새끼를
보금자리에서 몰아내어 산골짜기와 우거진 계곡 사이로 추격할 때처
럼"(22.189~190) 쉴 새 없이 헥토르를 추격한다.

아킬레우스를 도와주기 위해 올림포스에서 급히 싸움터로 내려온
아테나가 헥토르의 동생 데이포보스의 모습으로 변장하고 헥토르에
게 다가간다. 그러고는 둘이 함께 힘을 합쳐 싸우면 아킬레우스를 쓰
러뜨릴 수 있을 것이라고 부추긴 뒤 그를 거짓 유인해 아킬레우스 앞
에 나서게 한다. 아킬레우스를 맞이한 헥토르는 누가 이기든 이기는
쪽이 상대편의 시신에서 갑옷과 투구를 벗겨 가되, 시신은 상대편에
돌려주자고 제안한다. 아킬레우스는 이를 즉각 거부하고 긴 창을 번
쩍 쳐들고 그에게 던진다. 헥토르가 재빨리 몸을 숙이니 창은 그의
머리 위로 날아가 땅바닥에 떨어진다. 아테나가 그 창을 집어 들어
몰래 아킬레우스에게 돌려준다. 이번에는 헥토르가 긴 창을 번쩍 쳐
들고 아킬레우스에게 던져 그의 방패 한복판을 맞힌다. 그러나 그 창
은 방패에서 멀리 튕겨져 나온다. 헥토르는 당황하여 동생 데이포보
스에게 다른 창을 달라고 소리치며 동생을 찾았으나, 근처에 없자 비
로소 아테나에게 속았음을 알아차린다. 이제 자신을 "신들이 죽음으
로 부르고 있음"(22.297)을 직감했지만, "나는 결코 싸우지도 않고,
명성도 얻지 않고는(akleiōs) 죽지 않으리라. 후세 사람들이 알아줄
큰일을 하고 죽으리라"(22.304~305)라고 외친 뒤, 허리에 찬 날카로
운 칼을 빼들고는 "높이 나는 독수리처럼" 아킬레우스에게 덤빈다.

분노에 찬 아킬레우스는 "정교하게 만든 아름다운 방패로 가
슴 앞을 가리고 뿔이 넷 달린 투구를 끄덕이면서" 마주 달려간다
(22.312~314). 아킬레우스는 헥토르의 치명적인 급소인 그의 목구
멍을 향해 창을 던진다. 창끝은 헥토르의 목을 곧장 뚫었고, 트로이아

의 최고의 영웅 헥토르는 먼지 속에 쓰러진다. 아킬레우스는 죽어가는 헥토르를 보며 환성을 지르며, 너는 파트로클로스의 시신에서 내 갑옷과 투구를 벗겨갔을 때 무사하리라고 믿었겠지만, 너보다 훨씬 "강한 복수자"인 내가 뒤에 남아있었다는 것을 미처 알지 못했다며 너의 시신은 트로이아 도성으로 가지 못하고 개들과 새 떼에게 찢겨 그들의 먹이가 될 것이라고 조롱한다(22.331~336).

헥토르는 "개들이 뜯어먹게 내버려두지 말고" 몸값으로 "청동과 황금을 넉넉히 받되, 내 시신을 고향으로 돌려보내 트로이아인과 그들의 아내들이 죽은 나를 화장할 수 있게 해달라"고 간청한다(22.339~343). 하지만 아킬레우스는 거부한다. 파트로클로스와 숱한 그리스 전사를 죽인 헥토르를 생각하면 그의 "살을 썰어 날로(ōma) 썹어 먹고 싶은 심정이었다"(22.345~347). 그는 헥토르에게 너의 아버지 프리아모스가 엄청난 황금을 바친다 해도 너의 어머니 헤카베는 죽은 너를 침상 위에 뉘고 슬퍼하는 일이 없을 것이며 너는 개나 새 떼에게 뜯어 먹히는 비참한 신세가 될 것이라고 조롱한다. 헥토르는 "신들의 노여움"을 면치 못할 것(22.358~360)이라고 경고한 뒤 숨을 거둔다.

아킬레우스가 헥토르의 시신에서 청동 창을 뽑아내고 피투성이가 된 갑옷을 그의 어깨에서 벗겨내는 사이 다른 그리스 전사들이 주위에 모여들었다. "그들은 헥토르의 체격과 출중하기 짝이 없는 아름다운 모습을 보고 감탄했다"(22.370). 그러나 이들은 한 사람씩 차례로 그의 시신을 칼과 창으로 찌르기 시작한다. 아킬레우스는 헥토르의 복사뼈를 찔러 구멍을 내고 쇠가죽 끈을 꿰어서 그를 묶어 전차 뒤에다 매단다. 그가 채찍을 휘두르며 말들을 모니 헥토르의 시신은 머리가 바닥에 쿵쿵 부딪치고, 그의 머리는 온통 먼지투성이가 되고, 검푸른 머리칼이 흙먼지 속에 어지럽게 나부낀다.

성벽에서 이 광경을 지켜본 헥토르의 어머니 헤카베는 "머리털을 쥐어뜯고 번쩍이는 면사포를 멀리 벗어던지며 크게 울부짖었다. 그의 아버지도 비통한 신음을 쏟아내었고, 온 도성의 백성들도 그들을 둘러싸고 울부짖으며 신음을 쏟아냈다"(22.406~409). 집의 안방에서 남편이 싸움터에서 돌아오면 목욕할 더운 물을 준비하느라 여념이 없던 헥토르의 아내 안드로마케는 탑에서 비명소리와 울부짖음을 듣고 불길한 예감에 밖으로 뛰쳐나간다. 그녀가 성벽 위에서 주위를 둘러보다 헥토르의 시신이 그리스 함선 쪽으로 끌려가는 모습을 보자, "칠흑 같은 어둠이 그녀의 두 눈에 내려와 덮었고, 그녀는 뒤로 넘어지며 정신을 잃었다"(22.466~467).

함선에 돌아온 아킬레우스는 헥토르의 시신을 파트로클로스의 옆자리 먼지 속에 내던졌다. 파트로클로스의 장례는 아킬레우스가 친구의 죽음에 대한 보복으로 헥토르를 죽이고 그의 시신을 철저히 모욕할 때까지 연기된다. 파트로클로스의 장례를 치르기 전날 밤 아킬레우스는 그의 죽음을 슬퍼 탄식하며 잠을 이룰 수 없었다. 헥토르를 추격하느라 몹시 지쳐있는 그가 마침내 잠이 들자, 파트로클로스의 망령이 그의 머리맡에 서서 자신을 잊고 잠이 든 것처럼 보이는 그를 원망하면서 매장되지 못해 아직 하데스에 가지 못하고 "문이 넓은 하데스의 집 근처를 정처 없이 떠돌고 있는" 자신을 "빨리 장사지내 하데스의 문을 통과하게 해달라"(23.70~74)고 말한다. 그리고 아킬레우스 또한 트로이아 성벽 밑에서 죽음을 맞게 될 운명이니 그가 죽은 뒤 그의 뼈와 자신의 뼈를 갈라놓지 말고 그의 어머니 테티스가 그에게 선물로 준 "황금 항아리"에 "함께 있게 해 달라"고 말한다(23.81~92).

아킬레우스는 파트로클로스에게 그렇게 하겠다고 약속한 뒤, 친구에게 마지막으로 한번 서로 껴안고 아픈 마음을 서로 달래보자고 말한다. 아킬레우스가 그를 껴안으려고 두 팔을 뻗었으나 빈 허공을 껴안았을 뿐 망령은 연기처럼 땅 밑으로 사라지고 없다. 놀라 잠에서 깨어난 아킬레우스는 파트로클로스가 밤새도록 자신 곁에서 자신을 지켜보며 울고 있었다며 죽음마저도 자신들의 관계를 끊지 못하고 있다며 울부짖는다. 파트로클로스의 전우들도 그의 시신을 둘러싸고 다시 울부짖는다.

다음 날 아가멤논은 모든 진중에서 군사들을 노새와 함께 보내 나무를 해 오게 한다. 이데 산에 당도한 군사들은 참나무를 베어 장작으로 쪼갠 뒤, 이를 노새에 묶어 바닷가로 가져와서 아킬레우스가 파트로클로스와 합동봉분을 만들기로 작정한 곳에 내려놓는다. 아킬레우스는 전우들에게 갑옷을 입고 말에 마구를 갖추라고 지시한다. 전차병들이 맨 앞에서 대열을 이끌고, 뒤에는 숱한 보병들이 뒤를 따르고, 중앙에는 전우들이 파트로클로스의 시신을 운반하고, 아킬레우스는 친구의 "머리를 받쳐 들고 슬퍼하면서 그들 뒤를 따라가고 있었다"(23.136~137). 정해진 장소에 이른 군사들이 시신을 내려놓고 장작나무를 쌓아올린다. 아킬레우스는 자신의 금발을 잘라 파트로클로스의 손에 놓아준다. 아킬레우스의 아버지 펠레우스는 아들이 전쟁에서 승리를 거두고 "고향 땅으로 돌아온다면", 아들의 머리털을 잘라 제물로 바칠 것을 스페르케이오스 강에게 맹세했다(23.145~146). 그러나 트로이아 성벽 밑에서 죽임을 당해 다시는 고향으로 돌아갈 수 없는 것이 자신의 운명임을 알고 있는 아킬레우스는 아버지의 소망을 들어줄 수 없게 된 것을 슬퍼하면서 자신의 머리털을 스페르케이오스 강 대신 사랑하는 친구 파트로클로스에게 바치는 것이다.

아가멤논은 군사들을 함선으로 돌려보내고 파트로클로스와 가장 친한 자들만 남게 해 장례를 준비하게 한다. 그들은 화장용 장작더미를 쌓아올리고 나서 그 위에 시신을 놓는다. 장작더미 앞에서 수많은 가축과 황소들을 도륙하고 껍질을 벗긴다. 아킬레우스가 기름조각을 떼어내어 그것으로 머리에서 발끝까지 시신을 싸고 그 주위에다 가죽을 벗긴 짐승들을 쌓아올린다. 그는 꿀과 기름이 든 항아리를 장작더미 옆에 기대놓고 크게 울부짖으면서 그 더미 위에 네 마리 말을 집어던져 올려놓은 뒤, 그다음 파트로클로스의 애완견 두 마리를 죽여 그 더미 위에 올려놓는다. 이어 "파트로클로스의 핏값으로"(poinēn Patrokloio, 21.28) 트로이아 포로 12명을 청동으로 죽이고 나서 그 더미 위에 집어던져 올려놓는다. 그런 다음 "무자비한 불의 힘을 불어넣어 그 모든 것을 집어삼키게 했다"(23.177). 그는 전우 파트로클로스의 이름을 부르며 자신이 전에 그에게 약속했던 모든 것을 행하고 있다며 하데스의 집에서나마 기뻐하라고 말한다. 하지만 트로이아 포로 12명과 달리, "프리아모스의 아들 헥토르는 불이 아니라 개 떼의 먹이가 되도록 할 것"(23.183)이라고 말한다. 그러나 아킬레우스의 단언에도 불구하고 헥토르는 개들의 먹이가 되지 않는다. 제우스의 딸 아프로디테가 밤낮으로 개들이 시신 곁에 가까이오지 못하게 하고 있고, 아킬레우스가 헥토르의 시신을 전차에 끌고 다닐 때에도 시신에 장미기름을 발라두어 살갗이 찢기지 않게 하고 있고, 아폴론도 헥토르가 누워있는 곳을 검은 구름으로 덮어 햇볕에 시신이 썩지 않도록 하고 있기 때문이다.

아킬레우스는 아가멤논과 다른 지휘관들에게 타고 남은 불씨를 포도주로 끄고 파트로클로스의 뼛조각을 주워 모아 두 겹의 기름먹인 천조각에 싸서 황금 항아리에 담도록 지시한다. 그가 일러준 대로 일을 마친 그들은 장작더미 주위에 무덤의 기초가 될 돌들을 놓은 뒤, 그 위에다 흙더미를 쌓아올리고 무덤을 만든다. 아킬레우스는 그들에게 자신의 함선에서 가마솥, 세발솥, 말, 노새, 황소, 여인들을 비롯해 많은 상품을 가져와서 파토로클로스를 위해 열리게 될 장례경기에 쓰도록 지시한다. 아킬레우스는 1등 상품으로는 수공예에 능한 여인과 세발솥, 2등 상품으로는 암말, 3등 상품으로는 가마솥, 4등 상품으로는 황금 2탈란톤, 5등 상품으로는 항아리를 내놓는다. 첫 번째 경기인 전차경주(23.287~652)가 있고 나서, 그다음 권투시합(23.652~699), 레슬링경기(23.700~739), 달리기경기(23.740~797), 격투경기(23.798~825), 원반던지기(23.826~849), 활쏘기(23.850~883), 마지막으로 창던지기(23.884~897)가 있었다. 이 모든 경기에 아가멤논을 비롯해 거의 모든 지휘관들이 참여한다.

경기가 끝나고 날이 저물자 그리스 군사들은 잠을 자기 위해 함선으로 돌아간다. 하지만 아킬레우스는 "파트로클로스를 회상하며 울었고, 모든 것을 정복하는 잠도 그만은 감당하기 어려웠다"(24.4~5). 어지러운 마음을 가눌 길 없어 "그는 벌떡 일어나 바다의 기슭을 미친 듯 돌아다녔고, 새벽의 여신은 그가 모르게 바다와 해안 위에 나타난 적이 없었다"(24.11~13). 아킬레우스는 헥토르의 시신을 또다시 전차 뒤에 매단 채 끌고 다니면서 죽은 파트로클로스의 무덤 주위를 요란스럽게 세 번 돈다. 그는 분을 이기지 못해 열하루를 계속 밤마다 헥토르의 시신을 그렇게 모욕했을 뿐 아니라 "말 못 하는 대지"(24.54)까지도 "욕보였다".

이를 보다 못해 열이틀째에 아폴론은 신들에게 헥토르를 불쌍히 여겨 아킬레우스에게서 그의 시신을 빼내도록 하자고 간청한다. 다른 신들은 이에 찬성한다. 하지만 트로이아 전쟁을 초래했을 뿐 아니라 여신들 가운데 아프로디테만을 찬양하고 자신들을 폄하했던 파리스의 잘못을 여전히 용서할 수 없고 그의 잘못 때문에 그의 아버지 프리아모스와 트로이아 백성들마저 미워하는 헤라와 아테나, 포세이돈은 이에 반대한다. 아폴론은 신들에게 헥토르가 그들에게 황소와 염소의 넓적다리 살점을 단 한 번도 빠뜨리지 않고 태워 바쳤던 것을 상기시키면서 헥토르를 전차 뒤에 매달아 파트로클로스의 무덤 주위를 끌고 다니는 그 "마음이 사납기가 사자 같은"(24.41) 아킬레우스를 맹렬히 비난한다. 그리고 "동정심도 수치심도 없는"(24.44) 그가 헥토르를 그렇게 모욕한다면, "그를 위해 더 명예롭다거나 더 유익하지도 않을 것"(24.52~53)이라며 헥토르의 "아내와 어머니와 자식 또 그의 아버지 프리아모스와 백성들이 그를 보고 나서 지체 없이 화장해 장례를 치를 수 있도록"(24.35~37) 도와주자고 호소한다.

제우스는 인간의 아들인 헥토르와 여신의 아들인 아킬레우스의 명예는 같을 수 없다고 말한다. 그러면서 아폴론의 호소를 거부하는 헤라에게 아킬레우스와 헥토르의 명예가 같을 수는 없지만, 헥토르는 트로이아인들 가운데 자신으로부터 가장 많이 사랑을 받았을 뿐 아니라 자신에게 값진 선물을 바치는 일을 단 한 번도 빠뜨리지 않았던 자라고 덧붙인 뒤, 직접 아킬레우스의 어머니 테티스를 올림포스로 불러들여, 불사신들이 헥토르의 시신을 돌려주지 않은 채 시신을 모욕하는 아킬레우스의 처사에 대해 굉장히 화를 내고 있으며, 누구보다도 자신이 크게 노여워하고 있음을 아들 아킬레우스에게 전하라고 말한다. 테티스는 곧장 아킬레우스에게 달려가 파트로클로스의 죽음으로 비탄에 젖어있는 그의 곁에서 그의 이름을 부르면서 "언제까지 음식도 잠도 잊은 채 비탄과 슬픔으로 네 심장을 괴롭힐 작정이냐"(sēn edeai kradiēn, 24.128~129)라고 말하면서 "죽음과 강력한 운명이 이미 너에게 가까이 다가오고 있으니"(24.132) 이제 친구를 향한 슬픔을 거두는 대신, 몸값을 받고 헥토르의 시신을 돌려주라고 말한다. 어머니의 말이 제우스의 뜻임을 확인하고 아킬레우스는 그 뜻을 따르리라고 대답한다.

헥토르의 장례

제우스는 사자(使者) 이리스를 트로이아왕 프리아모스에게 보내, 아들의 시신을 데리고 올 마차와 아킬레우스에게 몸값으로 줄 선물을 갖고 그리스 진영으로 들어갈 것을 전하게 한다. 그리고 헥토르의 시신을 짐수레에 싣고 돌아올 나이 많은 전령 한 사람 이외 트로이아인 가운데 그 누구도 동행하지 않되, 헤르메스 신이 동행해 그를 무사히 아킬레우스의 막사 안으로 인도해줄 것임을 전하게 한다.

이리스를 통해 제우스의 뜻을 전해들은 프리아모스는 아들들에게 노새 짐수레를 준비하라고 지시한 뒤, 아내 헤카베에게 제우스의 뜻에 따라 헥토르의 시신을 돌려받기 위해 그리스 진영으로 들어가고자 한다며 어떻게 생각하느냐고 묻는다. 이에 헤카베는 흐느껴 울며 자신들의 아들을 수없이 죽인, "야만적이고 믿을 수 없는" 아킬레우스는 그에게 "동정심이나 존경심을 추호도 갖지 않을 것"이니 멀리서나마 여기서 헥토르를 "애도하자"고 말한 뒤, 자신이 아들 헥토르를 낳는 순간, 그는 "잔혹한" 아킬레우스의 처소에서 "발 빠른 개들의 먹이"가 될 운명이었다며 죽음을 무릅쓰고 그곳에 가지 말라고 간청한다(24.207~212). 헤카베뿐만 아니라 트로이아인 모두 프리아모스가 "마치" "죽음"을 맞이하기 위해 아킬레우스에게 가는 것이라고 생각한다(24.328). 프리아모스를 아킬레우스의 막사로 인도하는 것은 사자(死者)의 영혼을 하데스로 호송하는 헤르메스이다. 트로이아인 모두에게 그리스군의 진영, 특히 "아킬레우스의 막사는 고통과 죽음의 축도"[18]로 보였다.

프리아모스는 제우스의 명령을 전한 여신 이리스의 전언을 거역할

---

18) Christos Tsagalis, *From Listeners to Viewers: Space in the 'Iliad'* (Washington, D.C.: Center For Hellenic Studies, Trustees for Harvard University, 2012), 98쪽.

수 없다며 보물 궤짝 뚜껑을 열어 "더없이 아름다운" 부인복 12벌과 외투 12벌, 또 같은 수의 깔개와 겉옷과 웃옷을 꺼낸다. 이것들과 더불어 12탈란톤의 황금, 세발솥 2개, 가마솥 4개, 트라케인들에게 받은 "더없이 아름다운" 술잔 하나를 갖고 떠날 준비를 한다. 준비가 끝나자 프리아모스는 아내의 요청에 따라 황금 잔에 포도주를 따르고 이를 제우스에게 헌주하면서 집으로 무사히 돌아오게 해달라고 기도한다. 그의 기도에 제우스는 즉각 응답하여 그가 무사히 돌아올 것임을 알리는 신호로 "검정 독수리"를 보내, 그 독수리가 "도성 위를 쏜살같이 통과해 오른쪽으로 날아가니" 프리아모스를 비롯해 모두 안도해 기뻐한다(24.315~321).

프리아모스가 성문에서 나오는 것을 본 제우스는 헤르메스를 불러 프리아모스가 무사히 아킬레우스의 처소에 이를 때까지 그리스 군사 누구의 눈에도 띄지 않게 도와주라고 말한다. 프리아모스는 혼자서 아킬레우스의 처소로 곧장 나아간다. 그는 그에게 "가까이 다가가 두 손으로 아킬레우스의 무릎을 잡고 자신의 아들들을 수없이 죽인, 그 무시무시한 살인자의 두 손에 입을 맞추었다"(24.477~479). 아킬레우스는 프리아모스를 보고 깜짝 놀라고, 다른 사람들도 놀라 서로 얼굴만 쳐다본다. 프리아모스는 그에게 자신을 자신과 "동년배이자 슬픈 노령의 문턱에 서 있는" 그의 아버지 펠레우스처럼 여기고, 몸값을 받고 헥토르의 시신을 돌려줄 것을 애원한다. 프리아모스는 자신은 트로이아에서 "가장 훌륭한 아들들을 낳았지만" 한 어머니에서 태어난 19명의 아들과 소실에게서 태어난 아들들을 포함해 50명의 아들들 거의 모두가 이 싸움에서 죽었으며 "혼자 남아서 도성과 백성들을 지키던 헥토르마저 조국을 위해 싸우다가 며칠 전 그대의 손에 죽고 말았다"며 자신은 "참으로 불행한 사람"이라고 한탄한다(24.493~500).

아들을 먼 이국땅의 싸움터에 떠나보내고 아들의 귀환을 학수고

대하고 있는 그대의 "아버지를 생각하여"(24.486) 같은 나이인 자기에게 동정을 베풀라는 프리아모스의 호소를 듣자, 아킬레우스는 아들이 언제 돌아올까 날에 날마다 기다리고 있을 늙은 아버지를 떠올리며, "울고 싶은 마음이 강렬했다"(24.507). 그는 프리아모스의 손을 잡았다. 곧 "프리아모스는 아킬레우스의 발 앞에 쓰러져" 헥토르를 위해 울었고, "아킬레우스는 그의 아버지를 위해, 또다시 파트로클로스를 위해 울었다"(24.509~512). 한참 울고 나서 아킬레우스는 자리에서 일어나 프리아모스의 손을 잡고 일으켜 세운 뒤 그를 의자에 앉히고, "아무리 처절하게 통곡해도 아무런 도움이 되지 않으니" "고통스럽다 해도 우리의 슬픔은 마음속에 조용히 뉘어두자"(24.522~524)며 그를 위로한다. 이렇게 프리아모스를 위로한 뒤, 아킬레우스는 "슬픔을 모르는"(akēdees) 신들은 인간들이 "고통 속에 살아가도록" 미리 "인간들의 운명을 정해 놓았다"(24.525~526)며 여신의 아들임에도 불구하고 자신도 "요절할 운명을 타고나"(24.540) 고향의 아버지를 다시 보지 못하게 되었으니 헥토르의 죽음을 너무 상심하지 말라고 위로한다.

아킬레우스는 프리아모스 몰래 하녀들에게 명하여 헥토르의 시신을 씻고, 기름을 바르고, 겉옷과 웃옷으로 시신을 덮게 한 다음, 자신이 손수 시신을 침상에 뉘었고(24.581~590), 그의 전우들은 시신을 프리아모스가 타고 온 짐수레 위에 옮겨 싣는다. 아들 헥토르가 죽음을 당한 뒤 지금껏 아무것도 먹지 않았고(24.641~642), 아들이 매장되기까지는 아무것도 먹지 않으려고 하는 프리아모스에게 아킬레우스는 한꺼번에 아르테미스와 아폴론에게 열두 자녀 모두가 죽임을 당한 니오베[19]도 슬픔과 고통 가운데서도 먹을 생각을 했다며

---

19) 인간 니오베는 두 자식만 출산한 풍요의 여신 레토보다 12명의 자식을 낳은 자신이

(24.602~617) 아들 헥토르를 "트로이아로 데려갈 때 그를 위해 울 수 있을 테니", 지금 "우리도 먹을 생각만 하자"고 위로한다(24.60, 618~620).

자신에게 극진한 대접을 하는 아킬레우스를 처음으로 똑바로 쳐다본 프리아모스는 그의 모습에 "감탄했다. 그가 어찌나 크고 아름다운지, 보기에 완전히 신과 같았다"(24.629~630). 그들은 헥토르의 장례를 치르기 위해 열하루를 휴전기간으로 삼고 열이틀째부터 서로 싸우기로 합의한다. 새벽에 프리아모스는 전령과 함께 헤르메스의 도움을 받으며 그리스 진영을 빠져나와 트로이아로 향한다. 그들이 "아름다운 크산토스 강의 여울에 이르렀을 때, 헤르메스는 그들을 떠나 높은 올륌포스로 향했고, 사프란색 옷을 입은 새벽이 온 대지 위에 퍼졌다. 그들은 울며불며 도성을 향해 말들을 몰았고, 노새들은 시신을 싣고 갔다"(24.692~697).

카산드라가 가장 먼저 아버지와 전령을 알아보았고, 헥토르의 시신이 노새 뒤쪽 침상 위에 누워있는 것도 본다. 그녀는 흐느끼며 도성의 백성들에게 "헥토르"를 맞이하라고 외친다. 도성의 백성들이 프리아모스와 함께 헥토르를 맞으려 성문으로 달려나간다. "남녀불문하고 도시 안에 남아있는 자는 아무도 없었다. 참을 수 없는 슬픔이 그들 모두에게 들이닥쳤기 때문이다"(24.707~708). 먼저 헥토르의 아내 안드로마케와 어머니 헤카베가 "자신의 머리털을 쥐어뜯으면서 짐수레 곁으로 달려가 그의 머리에 손을 얹고 슬퍼한다. 그러자

출산에 있어 더 능력이 있으며 그 여신보다 자신이 더 위대하다고 말했다. 니오베는 이러한 말을 통해 그 여신의 자존심에 크게 상처를 입혔을 뿐만 아니라 그러한 말을 통해 신과 인간의 차이를 거부하고 파괴하려 했다. 이러한 그녀의 오만에 벌을 주기 위해 여신 아르테미스가 그녀의 여섯 딸을, 레토와 제우스의 아들인 아폴론이 그녀의 여섯 아들을 죽였다. 자식들을 모두 잃은 니오베는 끝없이 눈물을 흘리다 바위로 변했다.

사람들이 그들을 에워싸고 통곡했다"(24.711~712).

헥토르의 시신이 궁 안으로 옮겨져 침상 위에 뉘어진다. 그 시신 옆에 "만가(輓歌)를 선창(先唱)할 가수들"(24.720~721)이 배치되어, 애절하게 만가를 선창하자, 이에 맞추어 그들 곁에서 여인들이 슬피 운다. 안드로마케가 제일 먼저 나서서 "헥토르의 머리를 그녀의 두 손으로 붙들고 호곡(號哭)을 선창했다"(24.724). 안드로마케는 자신과 아들 아스튀아낙스를 남겨두고 죽은 남편을 원망하면서 적으로부터 이 도성의 모든 아내와 아이들을 지켜주던 그가 죽었으므로 남아있는 이곳의 여인네들은 정복자의 노예의 몸이 되어 그리스로 끌려갈 것이며, 자신과 아들 또한 그렇게 될 것이며, 그렇지 않으면 아들은 그리스 군사들에게 성벽에서 내던져져 비참한 죽음을 당할 것이라며 울부짖는다. 그리고 "죽을 때 침상에서 나를 향해 손을 내밀지 않았고", 밤낮 눈물을 흘리면서 그를 떠올리며 기억 속에 깊이 담아둘 수 있는 "지혜로운 말 한마디도 내게 남김없이" "쓰디쓴 고통만 남겨둔 채"(24.742~745) 자기 곁을 떠났다고 말하며 통곡한다. 그녀의 호곡에 맞추어 주위의 여인들이 슬피 운다.

다음에 헤카베가 큰 소리로 호곡을 선창한다. 헤카베는 모든 자식 가운데 헥토르를 가장 사랑했다면서 아킬레우스가 친구 파트로클로스의 죽음에 대한 보복으로 아들 헥토르의 시신을 파트로클로스의 무덤 주위를 여러 번 끌고 다니면서 시신을 모욕했던 것에 분노를 표하면서도, 시신이나마 아들이 자기들 곁에 돌아온 것을 위안으로 삼으며 비탄의 눈물을 쏟아낸다.

마지막으로 헬레네가 세 번째로 호곡을 선창한다. 헬레네는 남편 파리스의 형제들 가운데 자신이 가장 마음속으로 존경했던 자가 헥토르이며, 그의 죽음을 불러오는 데 단초를 제공했던 자신이 파리스를 따라 트로이아로 오지 않고 차라리 죽었더라면 좋았을 것이라고 말하면서 머리털을 쥐어뜯으며 헥토르의 죽음을 슬퍼한다. 그리고 그녀는 이곳 트로이아에서 산 지 스무 해가 되었지만 자신은 단 한 번도 헥토르에게서 나쁜 말이나 모욕적인 말을 들어본 적이 없었으며, 다른 사람들이 자신을 비난할 때도 그는 언제나 상냥한 마음씨와 친절한 말로 자신을 위로했다며 "비통한 마음으로"(24.776) 크게 소리쳐 흐느끼자, 거기에 맞춰 "수많은 백성들이 슬피 울었다"(24.776).

호곡이 끝나자 프리아모스는 사람들에게 헥토르의 시신을 화장할 나무를 준비해 오라고 명한다. 그들은 아흐레 동안 수많은 장작을 짐 수레에 실어 나른다. 그들은 열흘째 새벽 헥토르의 시신을 밖으로 들어내어 높이 쌓아올린 장작더미 위에 올려놓고 불을 붙인다. 그들은 포도주로 불기가 닿은 장작들을 모두 끄고 난 뒤, 재만 남자 헥토르의 형제들과 전우들이 그의 뼈를 모아 황금 항아리에 담고 그것을 자줏빛 옷으로 싼다. 이어 항아리를 빈 구덩이에 넣고 그 위에다 큰 돌을 쌓아올려 봉분을 만든 뒤, 그리스 군사의 기습에 대비해 파수병들을 세워 지키게 한다. 그런 다음 모두 도성으로 돌아가 프리아모스 왕이 자기 집에서 마련한 "성찬"(盛饌)에 참여한다. 이 성찬을 끝으로 그들은 "헥토르의 장례를 모두 치렀다"(24.804).

불멸의 존재

헥토르의 장례를 치르기 위해 열하루를 휴전기간으로 삼고 열이틀째부터는 서로 싸우기로 한 트로이아 전쟁은 마침내 그리스가 승리하고 트로이아가 멸망하는 것으로 사건이 진행되었지만, 작품 『일리아스』는 헥토르의 장례를 끝으로 마무리된다. 그렇게 마무리되는 이 작품은 호메로스의 영웅시대의 영웅들의 삶과, 그들의 운명과, 그리고 그들의 죽음을 이야기하면서 이에 얽힌 여러 주제, 특히 **귀환**(歸

還), 그리고 **전쟁**(戰爭)의 비극성을 다루고 있다.

작품의 시대의 배경이 되는 청동(靑銅)시대는 영웅의 시대로 일컬어진다. 또 한편 영웅은 무사(武士)와 "동의어"[20]이기 때문에 무사의 시대로 일컬어지기도 한다. 이러한 시대의 문화에서 가장 높이 평가되었던 덕목은 **힘**과 **명예**였다. 힘은 "영웅의 본질적인 속성"이었고, 명예는 "영웅의 본질적인 목적"이었다.[21] 전장(戰場)에서 공동체를 위해 자신을 바침으로써 "불멸의 명성"(kleos aphthiton, 『일리아스』 9.413)을 얻는 것, 이것이야말로 호메로스의 『일리아스』의 영웅들이 그들의 생애에서 추구하고자 했던 최고의 목표였다.

영웅은 보통 사람보다 신장이 크고 힘이 강했다. 그들은 아름답기까지 했다. 트로이아 전쟁에 참여한 그리스 전사들 가운데 "가장 아름다운"(2.673~674) 아킬레우스와 헥토르의 시신을 목격한 이들은 그 아름다움에 경탄을 금치 못했고(『오뒤세이아』 24.44; 『일리아스』 22.370~371), "백합 같은 흰 살"(『일리아스』 13.830; 24.629~630)을 지닌 텔라몬의 아들 아이아스도 모든 그리스 전사들 가운데 그 아름다움이 아킬레우스에 버금갔다(『일리아스』 17.279~280; 『오뒤세이아』 11.550~551).

영웅이 보통 사람보다 신장이 크고 아름다울 뿐만 아니라 힘도 엄청나게 센 것(『일리아스』 12.445~448)도 그들이 보다 더 신에 가까운 존재임을 보여준다. 호메로스의 신은 인간들보다 신장이 더 크고 "힘이 더 세고"(『일리아스』 21.264) 모습이 더 아름답기 때문이다. 그리고 영웅의 목소리가 보통 사람들보다 더 큰 것도 그들이 신에 보다 더 가까운 존재임을 보여준다. 가령 아레스나 포세이돈 같은 신 하나

---

20) M. I. Finley, *The World of Odysseus* (New York: Viking Pr., 1965), 121쪽.
21) M. I. Finley, 같은 책, 121쪽.

가 지르는 소리는 "9천 또는 1만 명의 전사들"이 지르는 소리와 같을 정도로 크다(『일리아스』 5.859~861; 14.147~151). 신은 가장 힘센 그 어떤 영웅들보다 힘이 100배나 "훨씬 더 강하다"(polu pherteroi, 『일리아스』 20.367~368).

'제우스의 자식'이라든가 '제우스에게 양육되었다'든가 '제우스의 사랑을 받는다'든가, 또는 '신과 같은' 존재라는 표현이 흔히 그들에게 따라붙는 것을 보면, 영웅은 보통 사람과 다르다는 것, 그들이 "반쯤은 신과 같은 존재"(『일리아스』 12.23)임을 말해주고 있다. 하지만 그들이 보통 사람과 달리, 신에 가까운 존재라 하더라도, 그들 역시 보통 사람과 마찬가지로 인간에 지나지 않으므로 신과는 전혀 다른 존재다. 인간은 신과 다르다.

신은 "넓은 하늘"(『일리아스』 20.299; 『오뒤세이아』 1.67)을 차지한 채 올림포스에 살지만, 인간은 "대지 위에"(『일리아스』 5.442; 『오뒤세이아』 6.153) 산다. 인간의 모습을 하고 인간의 몸을 갖고 있으며,[22] 인간과 똑같이 감정과 욕망에 휘둘리고 있지만,[23] 인간과 달리, 신은 불멸의 옷을 입고 있고(『일리아스』 16.670), "불멸의 갑옷과 투구"를 갖고 있다(『일리아스』, 17.194). 또 한편 "대지의 열매"(『일리아스』 21.465), 특히 빵(『오뒤세이아』 8.222; 9.89, 191)을 주로 먹고 포도주를 마시는 인간과 달리, 신은 불사(不死)의 음식 암브로시아를 먹고 넥타르를 마신다(『오뒤세이아』 5.199).[24] 신은 "무엇이든 할 수가 있

---

22) Giulia Sissa and Marcel Detienne, *The Daily Life of the Greek Gods*, Janet Lloyd 옮김 (Stanford: Stanford Up, 2000), 27쪽, 30~31쪽.

23) M. I. Finley, 앞의 책, 135~136쪽, 141쪽; Donald Lateiner, "The *Iliad*: An Unpredictable Classic," *The Cambridge Companion to Homer*, Robert Fowler 엮음 (Cambridge: Cambridge UP, 2004), 21쪽을 볼 것.

24) 신과 인간의 유사성과 차이에 대해서는 Giulia Sissa and Marcel Detienne, 앞의 책, 28~33쪽을 볼 것.

고"(『오뒤세이아』 10.305~306; 『일리아스』 19.90), "무엇이든 안다"
(『오뒤세이아』 4.379, 468). 하지만 그 무엇보다도 신이 인간과 다른
점은 그들은 죽지 않는다는 것이다. 신의 불멸성, 이것이 신과 인간의
근본적인 차이다.

　호메로스의 『일리아스』에서 아르고스의 왕 디오메데스가 트로이
아의 왕자 아이네아스를 죽이려 했을 때, 아폴론이 이를 제지했다. 그
러자 자신을 향해 무기를 겨누는 그에게 아폴론은 "그대는 자신을 감
히 신과 동등하다고 생각하지 말라. 불멸의 존재인 신과 땅 위를 걷
는 인간은 결코 같은 족속이 아니니라"(『일리아스』 5.440~442)라고
말했다. 또한 아킬레우스가 헥토르와 트로이아 편을 드는 자신을 추
격해 공격하려 했을 때, 그에게 "죽음을 면치 못하는 인간인 주제에
어찌 그대는 불사신인 나를…… 추격하느냐?"(『일리아스』 22.8)라고
말했다.

　디오메데스와 아킬레우스가 아폴론을 공격할 때처럼, 그리고 디오
메데스의 창에 부상을 입은 아레스 신이 고통을 이기지 못해 "9천 또는
1만 명의 전사들"이 내지르는 "함성" 못지않은 큰 소리로 비명을 질
러대는 경우처럼(『일리아스』 5.859~861), 신과 벌인 싸움에서 인간
이 승리를 거두는 반면 신이 패배하는 경우도 있다. 가령 아프로디테
가 디오메데스의 공격을 받고 부상을 당한 뒤 수치감에 젖어있을 때,
어머니 디오네는 인간으로부터 수치스러운 패배를 겪었던 숱한 신
의 사례를 언급하면서 그녀를 위로했다(『일리아스』 5.381~404). 하
지만 디오네는 딸 아프로디테에게 상처를 입힌 디오메데스를 가리키
면서 "불사신과 싸우는" "어리석은" 인간들은 "결코 오래 살지 못할
것"이라며 강력한 경고를 보냈다(『일리아스』 5.406~407). 때로는 신
을 패배시키는 강한 힘도 갖고 있지만, 그럼에도 불구하고 인간은 **불
멸의 존재**(athanatoi)인 신과 달리, **죽지 않으면 안 되는 존재**(thnētoi)라는

것(『일리아스』 12.326~327; 18.115~119; 21.106~110), 이것이 인간
의 운명이며, 인간의 한계라는 것이 호메로스의『일리아스』에 등장하
는 부동의 모티프다.

『오뒤세이아』, 일군의 「소서사시」, 그리고 핀다로스의 시 등에서,
가령 헤라클레스(『오뒤세이아』 11.601~604; 핀다로스,『네메아 경기
승리가』 1.69~72;『퓌테이아 경기 승리가』 9.87~88), 아킬레우스(『오
뒤세이아』 2.79; 핀다로스,『네메아 경기 승리가』 4.49~50), 메넬라오
스(『오뒤세이아』 4.562~569), 오뒤세우스(『오뒤세이아』 5.135~136,
209) 등처럼, 인간이 죽지 않는 경우가 더러 있다. 하지만『일리아스』
에서는 제우스의 위대한 아들 헤라클레스마저도 "죽음의 운명을 피
하지 못하고" 하데스로 간다(『일리아스』 18.117~119). 이것이 신과
다른 인간의 운명이다.

호메로스의『일리아스』에 나오는 청동시대의 영웅은 인간의 운명
인 죽음을 결코 피할 수 없다는 사실을 절감하고 있었다. 그런데도
이들은 신처럼 불멸의 존재가 되고자 했다. 이들은 이를 명예로운 죽
음에 따른 **불멸의 명성**을 통해 사람들의 기억 속에 영원히 사는 것에서
찾았다. 전쟁터에서 공동체를 위해 영광스러운 죽음을 함으로써 불
멸의 존재가 되는 것, 이것이 호메로스의『일리아스』의 영웅들이 추
구했던 삶이었다. 트로이아의 동맹군 가운데 가장 빼어난 전사이자
뤼키아의 왕인 사르페돈은 그의 친구 글라우코스에게, 그리스군과
벌이는 이 싸움을 피하고도 우리가 영원히 늙지도 죽지도 않을 수 있
다면, "나 자신도 선두대열에서 싸우지 않을 것"이며, 우리가 뤼키아
인들의 선두대열에 서서 이렇게 명예롭게 싸우는 것은 "모든 사람들
이 우리를 신처럼 우러러보는" 영광, 그러한 "영광을 높여주는" 영원
한 "명예"를 얻기 위한 것이라고 말했다(『일리아스』, 12.315~328).

전장(戰場)에서의 싸움을 통해 불멸의 명성을 얻고, 이를 통해 사

람들의 기억 속에 영원히 자신을 남기는 것이 영웅들의 최대의 소망이었으므로, 전쟁터는 불멸의 존재가 되려는 그들에게 절대적인 장소가 될 수밖에 없었다. 자신의 나라가 전쟁 중이 아니라면, 무사는 싸우기 위해 다른 전선을 찾아 나서지 않을 수 없었다. 트로이아 전쟁에 참가한 사르페돈과 글라우코스는 뤼키아인들을 수호하기 위해, 즉 "그들의 공동체를 위해 싸우는 것이 아니라 공동체 내에서 그들 자신의 위상을 위해 싸우는 것이다."[25] 말하자면 뤼키아인이 그들을 신처럼 우러러보는 영광을 얻기 위해 싸웠다. 따라서 전쟁터를 떠나서는, 아니 전쟁터에서 죽음을 전제하지 않고서는, 무사(武士)는 영웅이나 불멸의 존재가 될 수 없었다.

호메로스의 『일리아스』는 여러 각도에서 읽힐 수 있는 작품이지만, 청동시대의 영웅의 이러한 운명, 즉 불멸의 명성을 얻기 위해 전쟁터를 떠날 수 없는 그들의 운명적인 조건과, 이로 인해 고향으로 돌아갈 수 없고 돌아가서도 안 되는 그들의 '귀환'의 비극성을 다룬 작품이라고 말할 수 있다. 이 대서사시의 주인공인 그리스의 아킬레우스와 트로이아의 헥토르가 이를 표상하는 인물이다.

신의 아들

호메로스의 『일리아스』는 프리아모스 왕이 자기 집에서 헥토르의 죽음을 애도하며 장례에 참여한 도성의 모든 이들을 위해 성찬(盛饌)을 베푸는 것으로 작품의 끝을 맺는다. 이 이후의 사태가 어떻게 전개되는지는 제우스를 비롯한 작품의 여러 인물에 의해 예고되었다.

---

25) James M. Redfield, *Nature and Culture in the 'Iliad': The Tragedy of Hector* (Chicago: U of Chicago Pr., 1975), 100쪽; Hans van Wees, 앞의 책, 115쪽을 볼 것.

호메로스의 후속작품 『오뒤세이아』와 여러 다른 출처에 따르면 헬레스폰토스 해협 근처 소아시아의 화려한 도시국가로서 이름을 드높였던 트로이아는 비참한 종말을 맞이한다. 프리아모스와 아이스킬로스는 열하루를 요하는 헥토르의 장례기간에 양국 간의 전투를 잠시 중지하기로 합의했다. 그 기간이 끝나고 열이틀째 되는 날, 그리스군과 트로이아군은 싸움을 다시 시작했다. 그리스군에 패한 트로이아 도성은 화염과 연기로 변했고, 여기저기 피투성이가 되어 쓰러져 누워 있는 트로이아인 모두 매장되지 못한 채, 새 떼와 개들의 먹이가 되었고, 그리스군 또한 그러했다.

살아남은 트로이아군은 즉석에서 학살당했고, 여인네들은 노예의 몸이 되어 정복군의 함선을 타고 그리스로 향했다. 프리아모스의 아내 헤카베는 오뒤세우스의 아내 페넬로페의 몸종으로, 헥토르의 아내 안드로마케는 자신의 남편을 죽인 아킬레우스의 아들 네오프톨레모스의 첩으로, "금빛의 아프로디테" 못지않게 아름다울 뿐 아니라 프리아모스의 "가장 아름다운 딸" 카산드라(13.365; 24.699)는 아가멤논의 첩으로 배정되어 그리스로 향했다. 안드로마케의 어린 아들 아스튀아낙스는 아버지 헥토르의 소망과 달리, 트로이아를 짊어지고 나갈 미래의 희망이 되지 못하고 그리스 군사들에게 높은 성탑에서 아래로 내던져져 두개골이 깨진 채 비참하게 죽었으며, 프리아모스는 제우스의 제단으로 오르는 계단 위에서 네오프톨레모스의 칼에 죽임을 당했다. 그리고 그의 또 한 명의 딸 폴뤼크세네는 아킬레우스의 무덤 앞에서 네오프톨레모스의 칼을 맞고 그 망령에게 제물로 바쳐졌다.

트로이아의 패망 당시 그리스인은 순진무구한 숱한 트로이아 여인과 그들의 아이들, 노인들을 닥치는 대로 죽였다. 아가멤논은 그리스군에게 트로이아를 정복하면 어머니 자궁 속에 있는 아이들조차도 모조리 죽이라고 명했다(6.57~60). 네스토르는 "헬레네로 인한 노고와 탄식을 앙갚음하기" 위해 정복당한 트로이아 아내들 모두를 강간하라고 말했다(2.355~356). 그리스군은 그들의 지시대로 그렇게 했다. 그리고 그들은 성전과 제단 등을 불태우는 등 신성모독적인 행위도 주저 없이 감행했다.

이에 격분한 신들은 귀향하는 그들에게 엄청난 벌을 가했다. 귀향할 때 숱한 군사들이 바다에서 목숨을 잃었으며, 포세이돈이 불러일으킨 폭풍과 제우스가 내리친 번개와 벼락 때문에 바다에서 표류하던 오뒤세우스의 전우들 모두 목숨을 잃었으니, 오뒤세우스가 귀환하면서 겪은 고통도 처참하기가 이루 말할 수 없었다. 승리를 안고 카산드라와 함께 아르고스로 귀환하던 아가멤논은 자신의 아내에게 살해당했고, 아킬레우스는 예언대로 고향으로 돌아가지 못하고 아폴론과 파리스에게 죽임을 당했다. 그와 함께 트로이아인과 그리스인의 숱한 죽음을 초래한 아가멤논의 귀환도 이처럼 결국 비극적으로 끝났고, 아킬레우스의 운명 또한 비극적이었다.

숱한 인간들의 고통과 죽음을 초래했던 전쟁의 비극과, 마침내 연기로 사라지게 될 '트로이아'라는, 신이 세운 소아시아의 한 "신성한"(4.46, 164; 6.96, 277, 448; 8.519; 21.128, 526 이하; 24.27) 도시국가의 비극적인 운명을 이야기하고 있는 『일리아스』는 하나의 비가(悲歌)다. 피할 수 없는 운명 속에서 비극적인 삶을 마쳤던 숱한 영웅적인 인간들, 그리고 그 영웅적인 인간들이 빚어낸 비극적인 역사에 바치는 일종의 애도(哀悼)의 노래다.[26] 따라서 혹자가 호메로스의 "『일

---

26) 나는 '인간과 역사에 바치는 애도의 노래'라는 부제를 붙여 그리스 비극에 관한 책을 내놓았다. 그리스 비극과 마찬가지로 호메로스의 『일리아스』도 '신과 인간의 행위'를 그 주제로 삼고 있다. 나는 그리스 비극과 마찬가지로 호메로스의 『일리아스』를 인간의 비극적인 조건과 역사의 비극적인 운명을 이야기하는 애도의 노래로 보고 있다. 임철규, 『그리스 비극─인간과 역사에 바치는 애도의 노래』(한길사, 2007)를

리아스』의 커다란 주제는 영웅적인 삶과 죽음"[27]이라고 적절하게 지적했듯, 이 작품은 영웅들의 삶이 어떠하며, 아니 어떤 것이어야 하며, 그들의 죽음 또한 어떠하며, 어떤 것이어야 하는가를 적나라하게 보여주고 있다. 아킬레우스와 헥토르는 영웅적인 삶, 영웅적인 죽음을 대표하는 영웅시대의 주인공들이다.

그러나 아킬레우스는 헥토르와 다르다. 무엇보다도 그의 부모 모두 인간인 헥토르와 달리, 아킬레우스는 부모 가운데 한쪽이 여신인 테티스의 아들이다. 어쩌면 이것이 그를 더 비극적인 존재로 보이게 하는 것인지 모른다. 그들이 아무리 아들을 사랑한다 하더라도 죽음만은 그들조차 어찌할 수 없는 피할 수 없는 인간의 운명이므로, 신들은 자신의 아들들을 빛이 없는 하데스로 떠나보낼 수밖에 없기 때문인지 모른다. 『일리아스』에서는 트로이아의 동맹군 뤼키아의 왕 사르페돈의 경우처럼, 제우스의 자식이라 할지라도 그들이 '인간'인 한 모두 죽는다.

아킬레우스의 갑옷과 투구를 걸치고 파트로클로스가 트로이아군의 대열에 뛰어들어 숱한 군사들을 창으로 무참히 죽이자, 사르페돈은 전차에서 뛰어내려 그에게 달려들었다. "마치 발톱이 구부러지고 부리가 굽은 두 마리 독수리가 높은 바위 위에서 크게 소리 지르며 싸우듯, 꼭 그처럼 그들은 크게 소리 지르며 마주 덤벼들었다"(16.428~430). 그의 "가장 사랑하는 인간"(16.433) 사르페돈이 파트로클로스와 벌인 싸움에서 차츰 패색이 짙어지는 것을 보고, 제우스는 헤라에게 "눈물겨운 싸움터에서 그를 낚아채어 기름진 뤼키아 땅에다 산 채로 내려놓아야 할지, 아니면 지금 메노이티오스의 아들

참조할 것. 그리고 Mihoko Suzuki, *Metamorphoses of Helen: Authority, Difference, and the Epic* (Ithaca: Cornell UP, 1989), 53쪽도 볼 것.

27) Jasper Griffin, *Homer on Life and Death* (Cambridge: Cambridge UP, 1980), 44쪽.

의 손으로 그를 죽여야 할지"(16.436~438)를 안타깝게 물었다. 이에 헤라는 죽음을 피할 수 없는 사르페돈의 운명은 오래전에 이미 정해졌으니 다른 인간들과 마찬가지로 그 역시 죽어야 하며, 그를 죽음으로부터 구한다면 정해진 운명을 그르치는 제우스를 어떤 신도 칭찬하지 않을 것이며, 다른 신들도 자신들의 아들을 죽음의 위험에서 구하려 할 것이라고 말하면서 만류했다. 이어 헤라는 제우스에게 사르페돈이 파트로클로스의 손에 죽게 내버려두었다가 그가 죽으면 그에게 "죽음의 신"(Thanatos)과 "잠의 신"(Hupnos)을 보내, 그를 뤼키아 땅에 데려가게 한 다음 그곳에서 그의 형제와 친척들이 장례를 치르도록 하라고 권고했다(16. 451~457). 아들 사르페돈의 죽음이 가까워지자, 제우스는 "피투성이의 눈물인 빗방울을 땅 위에 떨어뜨렸다"(16.459).

아폴론은 파트로클로스의 창에 가슴을 찔려 크게 신음하면서 검은 피를 쏟아내는 사르페돈의 무서운 상처를 치유해주기를 호소하는 글라우코스의 슬픔에 찬 기도를 듣고, 사르페돈의 상처에서 쏟아져 나오는 검은 피를 멎게 한 뒤, 아버지 제우스의 명령에 따라 사르페돈을 사정거리 밖으로 들어내어 흐르는 강물에 목욕을 시키고 신유를 발라주고 신이 입는 옷을 입혀주고 나서, 그를 잠의 신과 죽음의 신에게 호송을 맡겨 뤼키아 땅에 데려다놓게 했다.

제우스의 사랑하는 아들이라 할지라도, 그가 **인간**인 한 어떤 자도 죽음을 비켜갈 수 없다. 글라우코스는 "가장 용감한 전사"인 사르페돈의 죽음을 슬퍼하면서 제우스는 자신의 아들마저도 "구하지 않는다"고 원망했다(16.522). 인간은 누구나 죽지 않으면 안 된다는 것, 이것은 『일리아스』나 『오뒤세이아』에서 거듭 등장하는 모티프다. 『오뒤세이아』에서 인간의 모습으로 가장한 아테나는 오뒤세우스의 아들 텔레마코스에게 "죽음은 모든 사람에게 공통적인 것이며, 오랜 고통을 안겨다주는 죽음이라는 운명이 일단 사람에게 덮치면, 신조차도 자기가 사랑하는 사람으로부터 이를 물리칠 수 없다"(3.236~238)고 말했다. 제우스의 사랑하는 아들 사르페돈도 인간이기 때문에 하데스에 간다.

조금 전에 트로이아를 위해 트로이아의 동맹군으로 참전한 뤼키아의 왕인 사르페돈이 친구 글라우코스에게, 전장에서 싸움을 하지 않고도 우리가 영원히 늙지도 죽지도 않을 수 있다면, "나 자신도 선두대열에서 싸우지 않을 것"이며, 우리가 뤼키아인들의 선두대열에 서서 이렇게 명예롭게 싸우는 것은 "모든 사람들이 우리를 신처럼 우러러보는" 영광, 그러한 "영광을 높여주는" 영원한 "명예"를 얻기 위한 것이라고 말했던 것(『일리아스』, 12.315~328)을 소개한 바 있다. 호메로스에 의해 아킬레우스와 헥토르와 마찬가지로 '신과 같은' 수식어가 붙어있는 사르페돈은 불멸의 존재가 되기 위해 전장에서 죽음을 택했다. 친구 글라우코스는 그에게 인간을 일컬어 바람이 불면 나무에서 땅 위로 흩어지는 나뭇잎과 같이 덧없고 보잘것없는 존재라고 말했다(6.146~147). 사르페돈은 나뭇잎과 같이 덧없고 보잘것없는 존재가 되지 않기 위해 전장에서 죽음을 택했다. 하지만 숱한 전사들과 전우들이 매장되지 못한 채, 여기저기 싸움터에서 새 떼와 개들의 먹이가 되어 비참하게 누워있는 것과 비교해보면, 그는 신의 아들이기 때문에 고향 땅에서 장례를 치를 수 있는 **혜택**을 누렸다. 죽은 뒤에야 고향으로 가는 귀환, 이것이 신의 아들인 그가 최고의 신인 아버지 제우스에게서 받은 유일한 선물이었다.

아킬레우스는 인간 펠레우스와 여신 테티스 사이에서 태어난 아들이다. 제우스는 인간 펠레우스와 결혼하는 데 "전혀 마음이 내키지 않았던"(18.434) 딸 테티스의 뜻을 무시하고 그녀를 펠레우스와 결혼시켰다. 이로 인해 테티스는 "가슴에 쓰라린 슬픔"을 안은 채 "고통" 속에 살았지만(18.430~432), "영웅들 가운데 가장 빼어난 아들"(18.436~437)인 아킬레우스를 낳아 기르는 데서 위안을 찾았다. 하지만 테티스는 트로이아 전쟁에서 "승리를 거두고 고향 땅의 펠레우스의 집으로 다시 돌아오는 그 애를 결코 다시 반기지 못할 것"(18.440~441)이라는 운명을 고통스럽게 받아들이고 있었다. 호메로스는 테티스를 다른 여신보다 슬픔이 많은 여신으로 묘사하고 있으며, 요절할 아들의 운명을 알고 있지만 도와줄 수 없는 그녀의 슬픔을 『일리아스』에서 반복적으로 강조하고 있다(18.54~62; 24.85~86).

앞서 소개했듯, 아킬레우스는 어머니 테티스로부터 그가 선택할 두 가지 운명의 길이 그 앞에 놓여있음을 들었다. 그가 트로이아에 머물러 트로이아군과 싸운다면 고향으로 귀환하는 것은 불가능하지만, 대신 그는 "불멸의 명성"(kleos aphthiton, 9.413)을 얻을 것이라는 것이 그 하나였고, 트로이아에서 싸움을 포기하고 고향으로 돌아간다면 부귀를 누리면서 오래 살겠지만, 대신 불멸의 명성은 얻지 못할 것이라는 것이 또 하나였다(9.412~416). 아킬레우스는 그가 트로이아에 남아 조국 그리스와 파트로클로스를 위해 싸운다면 "요절"(ōkumoros)할 것이며(1.415~418; 18.95~96; 24.131), 따라서 고향 피티아로 다시는 돌아가지 못하고(18.60, 90, 101, 440~441), 아버지 펠레우스도 다시는 볼 수 없다는 것이 자신의 운명임(18.330~331; 24.511; 540~542)을 알면서도 그는 고향으로 돌아가지 않고 죽음을 통해 불멸의 명성을 얻기 위해 전장에 뛰어들었다. 파트로클로스의 죽음 때문만은 아니었다. 호메로스의 영웅들에게 죽음보다 더 무서운 것이 있다면, 그것은 명성의 '부재'(不在)로 인해 그들의 존재, 그들의 이름이 사람들에게 영원히 잊히는 것이었다. 아킬레우스는 고향으로 돌아간 오뒤세우스와 달리, 신과 같은 불멸의 존재가 되기 위해 고향으로 돌아가지 않고 전쟁터를 택했다. 진정한 영웅에게는 돌아갈 고향이라는 것이 없다. '불멸의 명성', 이것이 그들이 돌아갈 영원한 고향이었기 때문이다.

『일리아스』의 주인공 아킬레우스

호메로스는 "그리스인에 헤아릴 수 없는 고통을 가져다주었고, 수 많은 영웅들의 굳센 영혼들을 하데스에 보내 개들과 온갖 새의 먹이가 되게 했던" 아킬레우스의 "파괴적인 분노"가 『일리아스』의 주제임을 작품의 시작에서 분명히 했다(1.1~5). 아킬레우스의 불멸의 명성은 그의 파괴적인 분노가 없었더라면 불가능한 것이었다. 이 파괴적인 분노 때문에 수많은 트로이아인과 그리스인이 죽었다. 우리는 『일리아스』의 첫 문장에 나오는 그리스어 "울로메니스"(oulomēnis, 1.2)를 아킬레우스의 "파괴적인 분노"라고 번역했다. 대체로 그 단어는 그렇게 번역되고 있다. 그러나 "저주받은 분노"가 보다 정확한 번역이라고 주장하는 학자도 있다.[28]

아킬레우스의 분노는 그것이 가져온 전쟁의 파괴성, 이로 인한 그 비극성에 비추어볼 때, 저주받은, 아니 저주받을 분노라고 명명하는 것이 더 적합할지도 모른다. '분노'를 의미하는 그리스어 **메니스**(mēnis)는 "이따금 야수적이고 그리고 아주 중대한 결과를 가져오는 신의 분노를 묘사하기 위해 사용되는 전형적인 단어"[29]다. 메니스는 분노를 가리키는 여러 이름 가운데 "가장 무시무시한 이름"이자 "불

---

28) Joachim Latacz, *Homer: His Art and His World*, James P. Holoka 옮김 (Ann Arbor: U of Michigan Pr., 1996), 77쪽을 볼 것.

29) Michelle Zerba, *Doubt and Skepticism in Antiquity and the Renaissance* (Cambridge: Cambridge UP, 2012), 35쪽. 그리고 David Konstan, *The Emotions of the Ancient Greeks: Studies in Aristotle and Classical Literature* (Toronto: U of Toronto Pr., 2007), 48쪽을 볼 것.

길한 징조"를 나타내는 단어다.[30] 신의 분노처럼 아킬레우스의 분노도 그만큼 무자비하고 불길하고, 그에 따른 결과도 그만큼 저주받을 만하다. 그의 분노는 집단의 대의를 위한 높은 가치에서 출발한 것이 아니라 자신의 전리품인 브리세이스를 빼앗아간 아가멤논에게서 받은 모욕에서, 그리고 친구 파트로클로스를 죽인 헥토르를 향한 원한에서 출발한 것이다. 그의 분노, 그리고 그의 고통은 자살도 불사할 만큼 컸다. 그는 이러한 사적인 분노의 감정에서 닥치는 대로 트로이아인들을 살육했고, 헥토르를 죽인 뒤 신들의 커다란 노여움을 자아낼 만큼 시신을 참혹하게 학대했다.

아리스토텔레스에 따르면 분노는 그 감정이 주로 집단에 향하는 증오보다 한층 더 개인적이다(『수사학』 2.2,1378a34~35; 2.4,1382a4~7). 따라서 증오는 모욕, 특히 불명예나 모멸감으로 인해 생겨난 분노와는 달리, 고통이 크게 뒤따르지 않는다.[31] '분노'라는 한 개인의 사적인 감정으로 인해 트로이아라는 한 국가의 패망은 물론 그 국가의 수많은 인간들이 떼죽음을 당했다. 호메로스에게 『일리아스』의 주제는 분명 **아킬레우스의 분노**(mēnis Akilēos)다. 따라서 이 서사시의 핵심 주제는 "아킬레우스의 분노"라는 그 "저주받을 만한" 분노가 가져온 전쟁의 파괴성과, 이 파괴가 가져온 인간과 역사의 비극이라고 일컫는다 해도 무리하지 않다.

아킬레우스가 아들 헥토르의 시신을 돌려받기 위해 자신을 찾아온 프리아모스의 고통을 이해하고, 그와 함께 인간의 공통적인 운명을 슬퍼하면서 그의 아픈 마음을 위로하고 치유하려 했던, 파괴와 분노의 인간이 아닌 용서와 '연민'의 감정을 가진 인간으로 마침내 태

---

30) Nicole Loraux, *The Experiences of Tiresias: The Feminine and the Greek Man*, Paula Wissing 옮김 (Princeton: Princeton UP, 1995), 190쪽.
31) David Konstan, 앞의 책, 47~48쪽을 볼 것.

어나지 않았더라면, 아킬레우스는 『일리아스』의 진정한 주인공이 결코 될 수 없었을 것이다. 아킬레우스를 찾아가기 전, 프리아모스는 궁에서 아킬레우스가 자신을 "사랑"(philon)과 "연민"(eleeinon, 24.309)의 감정을 갖고 자신의 소망을 들어주기를 제우스에게 기도했다. 아킬레우스는 사랑과, "그리스인들의 휴머니티의 두드러진 특징"인 "연민"[32]의 감정을 갖고 프리아모스의 소망을 풀어주었다.

앞서 프리아모스가 아킬레우스를 만나는 장면을 살펴보았듯, 프리아모스가 아킬레우스를 찾아가 두 손으로 그의 무릎을 잡고, 그의 두 손에 입을 맞추면서 자신을 자신과 동년배인 그의 아버지 펠레우스처럼 여기고 헥토르의 시신을 돌려주기를 간청했을 때, 아킬레우스는 아들이 고향으로 귀환할 날을 손꼽아 기다리고 있을 늙은 아버지 펠레우스를 생각하며 울었다. 그는 그 옆에서 아들 헥토르의 비참한 죽음을 생각하며 울고 있는 프리아모스의 손을 잡고 일으켜 세워 자리에 앉힌 뒤, 아무리 슬퍼 울어도 죽은 아들 헥토르는 돌아오지 않으니 아들 때문에 너무 상심하지 말라고 위로했다. 신은 인간이 고통 속에서 살아가게끔 미리 "비참한 인간들의 운명을 정해놓았다"(24.525~526)며 불행이 끝나면 "조만간 다른 불행을 당하는"(24.550~551), 결코 끝나지 않는 이러한 인간의 운명을 함께 슬퍼하면서 그의 아픈 마음을 또 한 번 위로했다.

아킬레우스는 하녀들에게 헥토르의 시신을 씻고 기름을 바르고 옷으로 덮게 한 뒤, 손수 시신을 침상에 뉘었다. 그의 전우들이 프리아모스가 가져온 짐수레에 시신을 싣는 것을 지켜본 뒤, 아킬레우스는 프리아모스 앞에 나타나 헥토르가 죽은 뒤 아무것도 먹지 않았고, 헥

---

32) Richard Ned Lebow, *The Politics and Ethics of Identity: In Search of Ourselves* (Cambidge: Cambridge UP, 2012), 93쪽.

토르가 매장되기 전까지는 아무것도 먹지 않으려 하는 그에게 아들 헥토르 시신을 트로이아로 데리고 갈 때 그를 위해 마음껏 울 수 있으니 "지금은 저녁 먹을 생각만 하자"(24.601)고 말했다. 아폴론에게 아들 여섯 명, 아르테미스에게 딸 여섯 명의 자녀 모두를 한꺼번에 잃고 끝없이 눈물을 흘리다 바위로 변한 니오베도 절망과 고통 속에서도 먹는 생각을 했다며 늙은 아버지 펠레우스와 동년배인 프리아모스의 건강을 염려해 함께 식사를 하자고 간청했다.

그를 가장 잘 아는 파트로클로스는 아킬레우스를 일컬어 "잘못이 없는 사람도 죄인처럼 다루는 것을 보니" 참으로 "무서운(deinos) 사람"(11.654)이라고 말했던 적이 있다. 성품이 아주 무섭다는 것이다. 아킬레우스가 연민의 감정이 없는 무서운 사람이라는 것은 아폴론 신도 통탄했고, 그리스인들 가운데 그와 "가장 절친했던"(9.204) 오뒤세우스, 포이닉스, 그리고 아이아스도 그를 분노만 과격했지, 연민의 감정이 없는 자라고 평가했다. 친구의 죽음에 대한 사적인 분노를 이기지 못해 트로이아인들을 참혹하리만큼 잔인하게 살육했던, "마음이 사납기가 사자 같은"(24.44) 아킬레우스였다. 하지만 지금은 지난날의 그런 아킬레우스가 아니다. 프리아모스를 위로하고 정성을 다해 그에게 헥토르의 시신을 돌려주는, 아니 "위대한 선물, 즉 헥토르의 시신을 돌려주는 그 선물을 아마도 능가하는 선물"[33]을 프리아모스에게 바치는 아킬레우스는 지난날의 아킬레우스가 아니다. 푸코는 "자신에 대한 배려"가 다른 사람들에 대한 배려보다 "윤리적으로 앞선다"고 했지만,[34] 지금의 아킬레우스는 이와 정반대다.

---

33) Peter J. Ahrensdorf, 앞의 책, 196쪽.

34) Michel Foucault, "The Ethics of the Concern for Self as a Practice of Freedom," *Ethics: Subjectivity and Truth*, Paul Rabinow 엮음, Robert Hurley 옮김 (New York: New Pr., 1997), 287쪽.

아킬레우스는 최고의 명의(名醫)인 아스클레피오스와 켄타우로스 키론으로부터 의술(醫術)을 전수받았고(11.831~832), 전수받은 의술을 친구 파트로클로스에 전해 그로 하여금 트로이아 전쟁에서 부상당한 전사 에우뤼필로스를 치료하게 했다(11.823 이하). "아킬레우스는 키론에게서 육체의 병을 치료하는 의술뿐만 아니라 뤼라를 연주하는 것도 배웠다. 브리세이스를 빼앗긴 뒤 자신의 고통을 참을 수 없어 뤼라를 연주하고, 영웅들의 영광스러운 행위를 노래하는 등 그는 음악을 통해 아픈 마음을 달랬다(9.189)."[35] 그는 『일리아스』에서 유일하게 뤼라를 연주하며 가인(歌人)처럼 시를 읊는(9.189), 말하자면 음악과 시를 알고 사랑하는 인물로 등장하고 있다.

"아킬레우스는 육체적인 고통뿐만 아니라 정신적인 고통도 치유할 수 있는 능력을 가진 영웅이었다. 헥토르의 시체를 돌려주고, 헥토르를 위한 장례식이 엄숙히 다 치러지기 전까지 두 나라 간의 싸움을 일시 유보시킬 것을 제의함으로써(24.656 이하; 그리고 778 이하) 프리아모스와 트로이아인의 슬픈 마음을 치유했다. 그는 '연민'(eleeinon)을 기반으로 한 진정한 '치유자'의 모습을 보여주었다."[36] 아킬레우스가 연민을 기반으로 한 진정한 치유자의 모습을 보여주지 않았더라면, 프리아모스가 파트로클로스의 죽음을 복수하기 위해 트로이아 도성으로 달려오는 아킬레우스를 맨 먼저 보았을 때, 그에게서 '악의 전조'로 읽히는 "오리온의 개"라는 별의 모습을 떠올렸듯(22.29~30), 살인이 그 본질이 되고 있는 "무시무시한 전쟁의 신 아레스처럼 괴물 같은(pelōrios),"[37] 수많은 "트로이아인에게 고통과 슬픔을 가져온" 파괴적인 불(21.522~525), 그 "격렬한 분노에 사로잡

---

35) 임철규, 앞의 책, 『그리스 비극』, 404쪽.
36) 임철규, 같은 책, 404쪽.
37) Nicole Loraux, 앞의 책, *The Experiences of Tiresias*, 75쪽.

혀"(18.322) 마치 사자처럼 숱한 인간들을 물어뜯어 죽이는 **광인**(狂人)[38]에 불과할 뿐『일리아스』의 진정한 주인공이 결코 될 수 없었을 것이다.

아킬레우스는 신의 아들 사르페돈과 마찬가지로 살아서 고향으로 돌아가지 못하고 트로이아에서 죽는다. 『일리아스』는 그 결말이 헥토르의 죽음과 그의 장례 행사로 마무리되고 있으므로 아킬레우스의 죽음은 그 후에 일어나는 사건이지만, 여러 예언 그대로 아킬레우스는 아폴론의 도움을 받는 파리스에게 죽임을 당한다. 여신 테티스의 아들이자 최고의 신인 제우스의 증손자이기도 한 아킬레우스도 제우스의 아들 사르페돈과 마찬가지로 '인간'이므로 죽어서 고향으로 돌아간다. 그는 프리아모스에게 신은 "슬픔을 모른다"고 말했다. 신은 인간들이 "고통 속에 살아가도록" 미리 "인간들의 운명을 정해놓았다"고 말했다(24.525~526).

그러나 그는 "비참한 인간의 운명"(24.526)을 운명 그대로 두고 싶지 않았다. 불멸의 명성을 얻어 후세에도 자기 이름, 자기 존재가 영원히 잊히지 않는, 신과 같은 불멸의 존재가 되기 위해 귀향을 포기하고 전장에 뛰어들었다. 전장에서 죽음을 통해 죽음을 극복한, 이 역설의 주인공들이 호메로스의 『일리아스』의 진정한 영웅이다.

인간의 아들

헥토르는 사르페돈이나 아킬레우스와 달리, 신의 아들이 아니라 인간의 아들이다. 그는 아킬레우스와 처음 대면했을 때 자신보다 그

---

38) Michael Clarke, "Between lions and men: images of the hero in the Iliad," *GRBS* 36(1995), 159쪽.

가 더 고귀한 출생임을 인정했다(20.434~435). 인간의 아들이지만, 헥토르는 제우스에게 가장 많은 사랑을 받았던 영웅의 한 사람이었을 뿐만 아니라, 『일리아스』의 도처에서 그는 '신과 같은' 존재로 일컬어지고 있다. 그의 아버지 프리아모스는 아들 헥토르를 두고 "인간들 사이에서 신이었고, 죽음을 면치 못하는 인간의 자식이 아니라 신의 자식 같았다"(24.258~259)고 말했다. 헥토르를 죽이고 그의 시신 앞에서 승전가를 부르던 아킬레우스도 헥토르를 "온 도성의 트로이아인이 신처럼 떠받들던 신과 같은" 존재라고 말했다(22.393~394). 아들 헥토르의 죽음을 애도하면서 헤카베는 "도시 안의 트로이아 남녀 모두" 헥토르를 "신처럼 떠받들었다"고 말했다(22.433~434).

자신을 바쳐 조국과 조국의 백성들을 적으로부터 지키려던 헥토르는 "도시 안의 트로이아 남녀 모두"에게 신과 같은 존재였고, "그들에게 큰 영광"이었다. 따라서 어머니 헤카베에게 아들 헥토르는 언제나 그녀의 "자랑거리"였다(22.432~435). 아버지 프리아모스에게 헥토르는 그와 트로이아 운명의 전부였다. 아킬레우스에게 죽은 숱한 아들들의 죽음 전체를 합쳐도 헥토르를 잃은 자신의 슬픔을 압도할 수 없을 정도로(22.423~425), 아들 헥토르의 죽음은 자신과 남아있는 전(全) 가족은 물론 트로이아 전체 백성들의 죽음, 아니 "온통 화염에 싸여" 어느 것 하나 남김없이 파멸하는 도시국가 트로이아 자체의 종말과 동일시되었다(22.41). 헥토르가 자신의 유일한 권력승계자이기 때문만은 아니었다. 헥토르는 적으로부터 트로이아를 지켜낼 트로이아의 마지막 희망이자 트로이아 최고의 전사였기 때문이다. 트로이아와 트로이아 백성들의 운명 전체를 어깨 위에 짊어지고 있다는 점에서, 헥토르는 단지 불멸의 명성을 얻기 위해 전쟁에 참여한 아킬레우스와 근본적으로 다른 존재이며, 그와 전적으로 다른 운명에 놓여있는 자다.

우리는 앞서 『일리아스』의 커다란 주제는 영웅들의 삶과, 그들의 운명과, 그리고 그들의 죽음이라고 말했다. "『일리아스』가 영웅의 죽음의 이야기"[39]라면, 아킬레우스는 『일리아스』에서 죽지 않는다. "이 서사시의 파토스가 헥토르의 죽음에 집중되고 있다"[40]는 점에서, 이 서사시의 주인공을 헥토르라 규정하고 저서의 제명을 『일리아스에서의 자연과 문화—헥토르의 비극』으로 칭했던 학자도 있다.[41] 헥토르는 아킬레우스와 마찬가지로 전장에서 불멸의 명성을 얻어 자신의 존재, 자신의 이름이 후세 사람들의 기억 속에 영원히 남아있기를 원했다. 말하자면 그는 불멸의 명성을 통해 자신의 이름 자체가 "언제까지나…… 아테나와 아폴론처럼 존경받기"를 원했다(8.540~541). 아킬레우스와 벌인 싸움에서 신들이 자신을 죽음으로 부르고 있음을 느꼈지만, 그는 자신에게 닥친 죽음을 운명으로 받아들였다. 싸워 "명성"을 얻어 후세 사람들의 기억 속에 훌륭한 전사로서 영원히 자신의 이름, 자신의 존재가 남아있기를 희망하면서(22.304~305), 칼을 빼들고 아킬레우스에게 덤벼들었다. 죽음은 헥토르와 같은 진정한 영웅에게 영광스러운 죽음이어야 했기 때문이다(22.110). 죽음이 두려워 싸움터에 뛰어들지 않는 것은 그들에게 최대의 수치였기 때문이다.

흔히 호메로스의 영웅시대는 **수치**(aidōs)**문화**의 시대로 일컬어진다.[42] 호메로스의 영웅들에게 가장 두려운 것은 사회가, 즉 다른 사람

---

39) James M. Redfield, 앞의 책, 29쪽.

40) James M. Redfield, 같은 책, 29쪽.

41) James M. Redfield의 저서의 제명이 그렇다, 앞의 주 25를 볼 것.

42) 호메로스의 영웅시대는 '수치문화'의 시대로 일컬어진다. 도즈(E. R. Dodds, *The Greeks and the Irrational* [Berkeley: U of California Pr., 1951], 28~63쪽)가 그렇게 명명하고 논의한 이래, "순수한" 수치문화(Todd M. Compton, *Victims of the Muses: Poet*

들이 그들의 행위를 어떻게 규정하는가였다. 그들은 자신의 행위가 공적인 인정, 수치가 아니라 공적인 존경(timē)의 대상이 되기를 소망했다. "내면에 들려오는 양심의 소리나 심지어 신이 그들의 행위를 규정하는 것이 아니라 타자의 시선, 즉 '공적인 눈'이 그들의 행위를 규정했다."[43)

헥토르와 트로이아군의 세찬 공격에 한때 그리스군이 패색에 짙어 후퇴를 하고자 했을 때, "수치"(1.657)가 그들의 후퇴를 가로막았다. 네스토르는 동료 전우들에게 "사나이답게" 용감히 행동하고, "마음속에 남들 앞에서의 수치를 새겨라"(15.661)라고 말했다. 아킬레우스의 전선의 이탈로 인해 패배가 잇따르자 아가멤논이 귀향에 목말라하는 그리스군을 데리고 귀환하려고 했을 때, 오뒤세우스는 아가멤논에게 저들이 그대를 모든 사람들 앞에서 "가장 수치스러운 인간"으로 만들려고 한다며(2.284~285) "빈손으로 돌아간다는 것은 수치가 아닐 수 없다"(2.298)고 말했다. 타인의 눈, 공적인 눈에 부끄럽지 않은, 그리하여 수치 없는 삶이 호메로스의 영웅들이 소망했던 삶이었다.

그리스군과 트로이아군 간에 벌어진 싸움이 어느 한편으로 기울지 않은 채 계속되는 사이, 잠시 도성의 궁에 들른 헥토르는 전황을

---

as Scapegoat, Warrior, and Hero in Greco-Roman and Indo-European Myth and History [Washington, DC: Center for Hellenic Studies/ Trustees for Harvard University, 2006], 39쪽)는 그리스에 존재하지 않았으며, 수치와 죄의 문화가 얽혀 함께 존재했다는 주장도 등장하고 있다. Douglas L. Cairns, Aidōs: The Psychology and Ethics of Honour and Shame in Ancient Greek Literature (Oxford: Clarendon Pr., 1999), 43~44쪽과 임철규, 앞의 책, 『그리스 비극』, 219~221쪽과 219쪽(주8)도 볼 것.

43) 임철규, 같은 책, 221쪽. 부르디외가 적절하게 구별하고 있듯, '죄'가 오직 자기 자신과의 관계에서 경험되는 것이라면, "수치는…… 죄와 달리, 다른 사람들 앞에서 느껴지는 것"(Pierre Bourdieu, Masculine Domination, Richard Nice 옮김 [Stanford: Stanford UP, 2001], 52쪽)이라는 점에서, 호메로스의 시대를 단지 '수치문화'의 시대라고 특징짓는 것도 전혀 무리하지 않다.

직접 목격하기 위해 도성의 높은 탑 위에 올라갔다가 내려오던 아내 안드로마케를 만난 적이 있다. 안드로마케는 그의 손을 잡고 눈물을 흘리면서 전선의 선두대열에 나서지 말고 성탑 위에 머물면서 방어를 하라고 애원했다. 그녀는 자신의 아버지인 테베 왕 에에티온과 일곱 명의 오라비들이 아킬레우스에게 살해되었고, 아킬레우스의 전리품이던 어머니도 아르테미스에게 살해당해 혼자 남았으므로(6.413~428), 헥토르는 지금의 자신에게 남편이자 아버지, 그리고 어머니이자 오라버니라며(6.429~430) 전선의 선두에 나서지 말고 방어하기 쉬운 이곳 탑 위에 남아있으라고 애원했다. 아들을 고아로, 자신을 과부로 만들지 말아달라고 애원했다.

헥토르는 겁쟁이처럼 싸움터에 나가지 않는다면 트로이아 남녀 모두가 자신을 비겁한 자로 낙인찍을 것이라고 말한 뒤, 그는 부모로부터 "나는 언제나 용감하게 트로이아인의 선두에 서서 싸워 아버지의 위대한 명성과 나 자신의 위대한 명성을 지키도록 **배웠노라**(didaskein)"라고 말했다(6.441~446). 헥토르는 오래전에 트로이아와 아버지 "프리아모스와…… 프리아모스의 백성들이 멸망할 날이 언젠가는 오리라는 것을 마음속 깊이 알고 있었다"(6.447~449). 그리고 정복자의 전리품이 될 안드로마케는 노예로 살아갈 "굴종의 날"을 맞이할 것임을 또한 알고 있었다(462~463). 헥토르는 자신 또한 트로이아의 패망 전에 죽을 것임을 이미 의식하고 있었다. 그는 아내 안드로마케가 정복자의 나라로 끌려가기 전에 죽임을 당할 자신의 시신을 매장해주기를 염원했기 때문이다(6.464).

헥토르는 안드로마케의 애원에도 불구하고 트로이아 남녀 모두에게 수치스러운 존재가 되지 않기 위해 싸움터로 향했다. 그는 울고 있는 안드로마케를 향해 집에 들어가 여자의 일인 "베를 짜든가 실을 잣든가" 하라고 말했다. 그리고 "전쟁은 남자들, 트로이아에 태어난 모든 남자들, 그 가운데 특히 내가 관심을 가져야 할 일"이라고 말했다(6.490~493).[44] 헥토르는 **전쟁**(polemos)은 남자가 관심을 가져야 할 일이라고 말했고, 특히 트로이아 최고의 전사, 마지막 희망일 수도 있는 자기가 무엇보다 관심을 가져야 할 일이라고 말했다. 싸움터로 향하지 않는다는 것은 트로이아에 태어난 남자들, 그들 가운데 트로이아 최고의 전사인 자신의 "마음이 용납지 않기 때문이다"(6.444).

싸움터로 향하기 전 그는 유모의 품에 있는 아들 아스튀아낙스를 향해 두 손을 내밀었다. 그러나 아이는 아버지의 모습에 놀라 소리 지르며 유모의 품속으로 파고들었다. 아버지 헥토르의 "청동과 투구의 정수리에서 무시무시하게 흔들리는 말총 장식을 보고 겁을 먹었던 것이다"(6.669~670). 헥토르는 머리에서 번쩍이는 투구를 벗어 땅 위에 내려놓고, 아들에게 입 맞추고 그를 팔에 안아 어르면서 제우스와 다른 신들을 향해 아들도 자신과 똑같이 트로이아인들 가운데 가장 뛰어난 자가 되어 트로이아를 "강력하게 다스리게" 하고, 전장에서 돌아온 그를 본 모든 트로이아인들로부터 "아버지보다 훨씬 더

---

44) 베르길리우스의 『아이네이스』에 등장하는 카밀라, 그리고 오비디우스의 『변신담』에 등장하는 칼리스토와 아타란타처럼, 로마의 서사시에서는 여성이 전사(戰士)가 되어 직접 전쟁에 참가해 용맹을 떨치는 사례들이 있지만(이에 대해서는 Alison Sharrock, "Warrior Women in Roman Epic," *Women and War in Antiquity*, Jacqueline Fabre-Serris and Alison Keith 엮음 [Baltimore: Johns Hopkins UP, 2015], 157~178쪽을 볼 것), 그리스의 서사시에서는 그렇지 않다. 헥토르가 아내 안드로마케를 향해 집에 들어가 여자의 일인 "베를 짜든가 실을 잣든가" 하라고 말하고 있듯, 그리고 헥토르가 전쟁 중 잠깐 틈을 내어 아내 안드로마케와 아들을 만나기 위해 집으로 향하기 바로 직전 동생 파리스의 집에 들렀을 때, 헬레네가 하녀들 곁에 앉아 그들에게 수공예 일을 시키고 있듯, 집안일을 챙기는 것이 여성의 몫이었다. 대신 전쟁을 담당하고 책임지는 것은 남성의 몫이었다. 이것은 호메로스 영웅시대의 "규범"(Marella Napp, "Women and War in the *Iliad*: Rhetorical and Ethical Implications," 앞의 책, *Women and War in Antiquity*, 35쪽)이었다. 그리고 전쟁에서 사망한 남편의 죽음을 애도하는 것(『일리아스』 2.700; 5.412~415; 7.79~80; 11.393; 14.501~502; 18.28~31, 339~342; 19.282~302; 22.352~353, 405~408, 429~437, 475~515; 24.166, 710~716), 이 역할 또한 호메로스 영웅시대의 여성 고유의 몫이자 규범이었다.

훌륭하다"라는 칭찬을 듣게 하고, "피 묻은 전리품을 갖고 돌아와" 어머니 안드로마케의 "마음을 흐뭇하게 해주는" 전사로 커가도록 도와줄 것을 기도한 다음(6.476~481) 전쟁터로 향했다.

안드로마케와 시녀들은 전쟁터로 떠나는 헥토르가 "싸움터에서 다시 돌아오리라고는 생각지 않았다"(6.501). 그들은 "그를 위해 통곡을 했다"(6.500). 하지만 그를 죽음으로 몰고 가는 운명은 어쩔 수 없었다. 헥토르는 인간에게 일단 들이닥친 운명은 "용감한 사람이든 비겁한 사람이든 간에 이를 피하지 못함"(6.488~489)을 깊이 받아들이고는, "뒤돌아보며 눈물을 뚝뚝 흘리는"(6.496) 안드로마케를 뒤로 하고 쏜살같이 전쟁터로 향했다. 물론 헥토르의 아들 아스튀아낙스는 아버지의 소망과 달리, 아버지보다 뛰어난 전사로 자라나서 트로이아를 '강력하게' 다스릴 지도자가 되지 못하고 그리스 군사들에게 성탑 아래로 내던져져 두개골이 박살난 채 비참하게 죽었다. 아들을 위한 헥토르의 기도에서도 드러나듯, 영웅시대의 아버지들은 자신의 아들이 언제나 자신보다, 아니 그 누구보다도 뛰어난 전사가 되기를 소망했다. "아버지의 가장 큰 희망은 아들이 자신을 능가하는 것이었다."[45]

트로이아 동맹군의 하나인 뤼키아의 왕 사르페돈이 자신과 함께 전투에 참가한 친구 글라우코스에게 그의 가문에 대해서 물었을 때, 글라우코스는 그에게 "히폴로코스가 나를 태어나게 했으니 나는 그가 나의 아버지라고 주장하오. 나를 트로이아로 보낸 그는 항상 나에게 가장 용감한 전사, 그 누구보다도 뛰어난 전사가 될 것과, 에퓌라와 광활한 뤼키아 땅에서 가장 위대했던 나의 선조들의 가문을 수치스럽게 만들지 말 것을 신신당부했소"(6.206~211)라고 말했다. 자

---

45) James M. Redfield, 앞의 책, 111쪽.

신의 아들이 가장 용감한 전사, 가장 뛰어난 전사가 되는 것, 따라서 아버지와 선조의 명성을 욕되게 하지 않는 것, 이것이 영웅시대 아버지들의 궁극적인 소망이었다. 아킬레우스의 아버지 펠레우스도 자신의 아들에게 "항상 가장 용감한 전사, 그 누구보다도 뛰어난 전사가 될 것"(11.784)을 당부했다. 따라서 호메로스 영웅시대의 아들들은 자신들을 지켜보고 있는 아버지를 늘 의식하면서 살았고, 그들에 뒤지지 않는 전사가 되기 위해 노력했다. 그들의 행위를 늘 지켜보는 아버지는 그들로 하여금 언제나 자신들의 행동을 스스로 검열하게 하는 "'내면화된 타자' '내부의 강력한 검열관'이었다…… 어떤 점에서 보면 아버지를 '수치스럽게' 하지 않는 것이야말로 아들의 삶의 원칙이자 본질이었다."[46] 예거는 그리스 문화뿐 아니라 모든 문화가 호메로스 영웅시대의 이러한 "귀족주의적인 이상의 창조와 더불어 출발했다"고 말했다.[47] "그리스 문명의 가장 초창기 기록물"[48]인 『일리아스』는 호메로스 영웅시대의 전체적인 삶이 어떠했는가를 이야기하는 것이 아니라 그 시대의 문화적인 이상(理想)이 어떠했는가를 이야기하고 있다.

헥토르는 프리아모스의 왕권을 계승하는 것으로 되어있다. 장자(長者)이기 때문만은 아니다. 트로이아 남녀 백성 전부를 구할(22.56~57) 트로이아의 최고의 전사로서의 부족함이 없는 자질을 갖추고 있기 때문이다. 이는 그의 아버지 프리아모스와 어머니 헤카베뿐 아니라 트로이아 전체 백성이 그를 신처럼 떠받들고 있는 것에서 확인된다. 헥토르는 아버지 프리아모스에게서 어릴 적부터 자신

46) 임철규, 앞의 책, 『그리스 비극』, 222~223쪽.
47) Werner Jaeger, *Paideia: The Ideals of Greek Culture*, Gilbert Highet 옮김 (New York: Oxford UP, 1945), 1: 57쪽.
48) Hugh Lloyd-Jones, *The Justice of Zeus* (Berkeley: U of California Pr., 1971), 1쪽.

에게 가장 용감한 전사, 가장 뛰어난 전사가 되도록, 트로이아와 트로이아 백성을 위해 선두에 서서 싸워 아버지의 명성은 물론 자신의 명성도 지키도록 가르침을 받았다고 말했다. 영웅시대의 아들들은 한 집안의 아들인 동시에 국가의 아들로, 국가를 위해 자신을 바치는 국가의 아들로 키워졌다. 헥토르가 트로이아인보다 더, 헤카베와 프리아모스보다 더, 형제보다 더, 아니 그 누구보다도 더 사랑하는 (6.450~455) 안드로마케의 애원을 뿌리치고 싸움터로 나설 수밖에 없었던 것은 자신의 불멸의 명성을 얻기 위해서만이 아니라, 아버지의 위대한 명성을 지키기 위해서, 풍전등화에 놓여 있는 조국을 위험으로부터 지키기 위해서였다.

헥토르는 아킬레우스의 적수는 아니다. 그가 인간의 아들이고 아킬레우스가 신의 아들이기 때문만은 아니다. 아킬레우스는 트로이아에서 23개의 도시들을 함락했다. 『일리아스』에서 그의 공식 호칭 가운데 하나가 '도시의 파괴자'다. 그의 모습을 보는 것만으로 트로이아 군사들은 사지를 벌벌 떨었고 전의를 잃었다. 아폴론 신마저 그의 힘을 당해낼 수 없어 도망쳤다. 아킬레우스가 도성 가까이 달려오는 것을 본 프리아모스는 헥토르의 죽음과 트로이아의 패망을 예감하고 벽에 머리를 찧으며 통곡했다. 그리스의 가장 빼어난 전사인 아킬레우스는 트로이아인들에게 공포 그 자체였다.

아킬레우스는 불의 신 헤파이스토스가 만들어준 "영광스러운 선물들"(20.264)인 방패, 투구, 갑옷으로 무장한 채 헥토르와 맞섰다. 헤파이스토스는 양쪽의 두 겹은 청동, 안쪽의 두 겹은 주석, 가운데 한 겹은 황금 등 다섯 겹으로 방패를 만들었기 때문에, 그 어떤 창도 아킬레우스의 몸을 보호하는 방패를 뚫지 못하게 했다. 헥토르는, 그리스 최고의 무사일 뿐 아니라 헤파이스토스가 준 그 영광스러운 선물들로 무장하고 자신을 공격하는 아킬레우스를 이길 수 없었다. 인간의 아들인 그의 패배는 당연한 것이었다.

신의 영광스러운 선물들로 무장한 채 아킬레우스가 헥토르의 목을 향해 청동 창을 던졌을 때, 그에게는 이를 막을 어떠한 영광스러운 선물들도 없었다. 헥토르는 자신에게 닥친 죽음을 피할 수 없는 운명으로 받아들이면서 트로이아와 트로이아 백성을 위해 칼을 빼들고 아킬레우스를 향해 돌진했다. 이 순간 그는 어떤 "명성도 얻지 않고는 죽지 않으리라"고 다짐했다. 후세 사람들의 기억 속에 영원히 남을 영광스러운 "큰일을 하고 죽으리라"고 다짐했다(22.304~305). 아킬레우스의 창이 그의 목구멍을 정통으로 꿰뚫었다. 영웅시대의 빼어난 전사들 가운데 최고의 전사로서 영원히 기억될 "이상형"[49]인 헥토르는 피를 토하며 먼지 속에 쓰러졌다.

신은 누구인가

헥토르가 아킬레우스가 던진 청동 창을 맞고 죽기 전, 그는 그와 대적하기 위해 가까이 다가서는 아킬레우스를 보고 두려움에 못 이겨 도망가기 시작했다. 그를 쫓는 아킬레우스를 호메로스는 "산 속에서 겁 많은 비둘기를 쫓아 내려덮치는" "날랜 매"에 비유했다(22.158~159). 헥토르는 빠른 걸음으로 트로이아 도성 성벽 밑을 따라 달아났고, 아킬레우스는 그를 바싹 뒤쫓았다. 헥토르는 트로이아 도성 주위를 세 바퀴나 돌았고, 아킬레우스도 그 뒤를 쫓아 세 바퀴 돌았다. 쫓기는 자보다 쫓는 자가 "훨씬 더 강했다." 그들은 "달리기 경주의 상", 즉 "제물로 바쳐질 짐승이나 소가죽을 차지하기 위해 싸

---

49) Mark Buchan, *Perfidy and Passion: Reintroducing the 'Iliad'* (Madison: U of Wisconsin Pr., 2012), 172쪽.

우는 것이 아니라" '헥토르의 죽음'이라는 **상**(賞, athlon)을 차지하기 위해 싸우는 것이다(22.158161). 한쪽은 그 상을 빼앗기지 않으려고 달아나고, 다른 한쪽은 그 상을 빼앗으려고 쫓아가는, 쫓고 쫓기는 그들을 올륌포스의 "모든 신들이" 경기를 지켜보는 구경꾼처럼 재미있게 "바라보고 있었다"(22.166).

그들이 아래로 지켜보는 트로이아 도성 성벽 주위를 제우스와 여러 다른 신에게 황소의 넓적다리 살점 등 숱한 선물을 바쳤던 헥토르가 숨을 헐떡이며 달아나고 있다. 헥토르에게 연민을 느낀 제우스는 그를 아킬레우스로부터 구할 것인지, 아니면 "쉴 새 없이 맹렬히 추격하는"(22.188) 아킬레우스에게 죽음을 맞게 할 것인지를 주위의 신들에게 물었을 때, "빛나는 눈의 여신 아테나"(22.177)는 그에게 헥토르는 다른 인간과 마찬가지로 "죽음을 면치 못하는 한낱 인간"이라며 "오래전에 운명이 정해져있는" 그러한 인간을 "가증스러운 죽음에서 다시 구하려 한다는 것"은 당치도 않은 일이라고 말했다(22.179~181).

아테나의 말이나 헤라의 말에 의해서도(16.441)도 드러나듯, 인간의 운명은 이미 정해져있다. 『일리아스』는 인간의 운명, 그리고 인간이 펼치는 역사의 운명이 철저히 신에게 지배되고 있음을 보여주고 있다. 제우스는 오래전에 아킬레우스가 헥토르를 죽이는 것을 예언했다(15.68; 17.198~208). 파트로클로스의 경우도(16.852~855), 아킬레우스의 경우도 마찬가지다. 테티스의 예언에서도 드러나듯, 아킬레우스는 헥토르를 죽인 뒤 요절하는 것으로 되어있다(18.95~96). 제우스는 보다 분명하게 헤라에게 아킬레우스는 친구 파트로클로스의 죽음을 복수하기 위해 친구를 죽인 헥토르를 죽일 것이며, 헥토르가 죽은 뒤 트로이아는 멸망할 것이라고 예언했다(15.65~71). 이것이 자신의 계획(boulē)이라고 말했다. 인간의 운명, 그리고 인간이 펼치는 역사의 운명이 철저히 신에게 좌우되고 있다. 트로이아의 원로들이 프리아모스 왕에게 "우리와 후손들에게 재앙이 되지 않도록" 헬레네를 "이곳에 남지 않게 해달라"(3.160)라고 청했을 때, 프리아모스는 헬레네는 트로이아 전쟁에 잘못이 없으며, 잘못은 "내게 이 피눈물 나는 전쟁을 보내준 신들에게 있다"(3.164~165)라고 말했다.[50]

---

50) 프리아모스가 트로이아 전쟁의 원인을 제공한 것은 헬레네가 아니라 신들이며 그들에게 잘못이 있다고 했듯, 그리고 헥토르가 트로이아와 트로이아 백성에게 "큰 재앙"을 가져온 것은 헬레네가 아니라 "계집에 미친 유혹자"(11.769)인 파리스에게 있다고 말했듯(3.50~51), 『일리아스』에서는 그 누구도 헬레네를 전쟁의 원인으로 단정하지 않는다. 싸움터에서 친구 파트로클로스를 잃은 아킬레우스만이 "끔찍한 헬레네 때문"(19.325)이라고 말하고 있다.
성체를 오르고 있는 헬레네의 생김새를 보고 트로이아의 원로들은 "불멸의 여신들과 **너무나도**(ainōs) 닮았다"(3.158)라고 말하면서 "너무나 아름다운" 이러한 여인 때문에 트로이아인과 그리스인들이 오랫동안 격한 싸움을 벌이는 것을 "나무랄 일이 아니다"(3.156~157)라고 말했듯, 그리고 아테나이의 위대한 변론가이자 수사학자인 이소크라테스가 그리스 병사들은 헬레네를 포기하느니 차라리 트로이아에서 늙어가는 것, 자신들의 가족을 다시 보지 못하는 것, 그리고 귀향을 포기하는 것도 마다하지 않겠다고 했을 만큼 그 아름다움을 격찬했듯(『헬레네를 위한 찬미』 50), 헬레네는 그 생김새가 너무나도 아름답기 때문에, 다른 한편 트로이아 전쟁의 원인으로서의 그녀의 가치에 직접적으로 도전하는 자는 아무도 없다. 헬레네의 아름다움은 『일리아스』에서 모든 윤리적인 가치나 기준을 초월하고 있다.
그후 역사가 헤로도토스나 그리스 비극시인들이 헬레네를 전쟁의 원인으로 여기고 있지만(헤로도토스, 『역사』 1.4.20; 아이스킬로스, 「아가멤논」 62행, 408행, 1455행; 에우리피데스, 『안드로마케』 103행, 248행, 611행, 680행, 『엘렉트라』 214행, 1027행, 1083행, 『헤카베』 441~443행, 629~637행, 943행, 『트로이아의 여인들』 34행 이하, 211행, 357행, 368~369행, 372행, 398~399행, 488~489행, 781행, 1114~1117행, 『아우리스의 이피게네이아』 583~589행, 681~683행, 782~784행, 1253행 등등), 『일리아스』에서는 '전쟁의 원인으로서의 헬레네'라는 모티프는 전혀 부각되지 않고 있다.
'계집에 미친 유혹자' 파리스라는 '남자'가 헬레네를 "빼앗아"(3.444) 트로이아로 도망가자, 이 남자에 대한 복수로서 아내와 아내의 "모든 보물"(3.70)을 빼앗긴 메넬라오스와 그의 형 아가멤논이 전쟁이라는 폭력을 행사하는, 즉 "남자에 대한 남자의 보복"(Ruby Blondell, *Helen of Troy: Beauty, Myth, Devastation* [Oxford: Oxford UP, 2013], 60쪽)이라는 모티프가 더 부각되고 있다. 이런 점에서 헬레네는 전쟁의 원인이라기보다 오히려 전쟁의 희생물이라고 말할 수 있다. 헬레네는 자신의 "가슴속에" 격한 사랑의 감정을 불러일으켜 파리스를 따라가도록 한 것은 흔히 『일리아스』에서 등장하는 제우스는 『오뒤세이아』에 등장하는 제우스와 달리, 도덕적이지 못하다는 것, 즉 그에게는 '신의 정의'가 없는 것으로 이해되고 있다. 말하자면 제우스는 인간의 도덕적인 행위에 관심이 없으며, "『일리아스』에서는 제우스가 정의 자체에 관심을 가진다는 어떤 암시도 찾을 수 없다"[51]라는 주장이 일반화되고 있다. 트로이아 전쟁을 핵심 모티프로 다루고 있는 아이스퀼로스의 『오레스테이아』에서는 트로이아 전쟁을 초래한 파리스의 행위가, 즉 스파르타로 온 그를 환대했던 메넬라오스를 배반하고 메넬라오스의 아내 헬레네와 그의 많은 보물을 갖고 트로이아로 달아난 파리스의 행위가 환대(歡待)의 신성한 가치를 보호하는 '주객(主客)의 신'인 제우스의 분노를 일으켜, 이를 벌하기 위해 그 신이 자신의 뜻을 구현할 정의의 사자(使者)로서 메넬라오스의 형 아가멤논과 그리스군을 트로이아로 보낸 것으로 되어있다. 하지만 『일리아스』에서는 제우스가 파리스의 행위와 같은 인간의 도덕적인 행위에 대해 깊이 관여하고 있다는 인상을 거의 찾아볼 수 없고, 이른바 '신의 정의'를 실현하고 있다는 인상 또한 거의 찾아볼 수 없다.

파리스의 행위에 대한 도덕적인 판단은 다른 인물을 통해 이루

아프로디테이며, 따라서 자신을 트로이아로 "데려간 것"은 다름 아닌 이 여신이라고 말했듯(3.395, 400~401), 트로이아 전쟁은 그 잘못이 헬레네에 있지 않고 신들에게 있다는 프리아모스의 주장은 어떤 의미에서 헬레네 또한 전쟁의 희생물이라는 점을 대변하고 있다.

호메로스의 이러한 인식을 부분적으로 이어받은 에우리피데스는 다른 비극시인들과 달리, 자신의 작품 『헬레네』에서 헬레네를 더 이상 부정적인 이미지로 등장시키지 않는다. 에우리피데스가 이 작품에서 강조하려 했던 것은 헬레네로 인해 트로이아 전쟁이 일어났다는 것의 '허구성'을 들춰내고, 이것이 의미하는 바가 무엇인가를 밝히려는 데 있었다. 이에 대해서는 임철규, 앞의 책, 『그리스 비극』, 566~577쪽을 볼 것.

51) E. R. Dodds, 앞의 책, *The Greeks and the Irrational*, 32쪽; 에릭 R. 도즈, 『그리스인들과 비이성적인 것』, 주은영, 양호영 옮김 (까치, 2002), 38쪽.

어지고 있다. 메넬라오스는 "환대받고도" "손님(또는 나그네)의 신(Xenios)인…… 제우스의 무서운 노여움도…… 두려워하지 않고" "무모하게도" 자신의 "아내" 헬레네와 "많은 보물을 갖고 그리스에서 트로이아로 달아난" 파리스의 행위를 "수치와 모욕"의 행위로 규정한 뒤, 제우스가 그들의 "우뚝 솟은 도시를 언젠가는 폐허로 만들 것"이라고 경고한 바 있다(13.622~627). 그는 손님에게 베푼 주인의 환대를 배반한 파리스와 그의 트로이아가 언젠가는 '주객의 신'인 제우스에게 벌을 받을 것임을 단언하고 있다. 파리스의 수치스러운 행위를 비난하는 것은 그리스인만이 아니다. 헥토르도 트로이아 전쟁을 일으키게 한 동생 파리스가 트로이아인에게 돌팔매질당하고 트로이아 땅에서 추방당할 만큼(3.56~57) 그의 죄가 엄중하다 말했다.[52] 호메로스도 파리스를 싣고 그리스로 온 배를 일컬어 "악의 근원"(5.63)이라고 했다.

호메로스는 이러한 인물들을 통해 트로이아 전쟁을 초래한 파리스의 행위를 도덕적으로 정죄하고 있지만, 이에 관련해 제우스를 전혀 개입시키지 않고 있다. 물론 제우스를 포함한 올림포스 신들이 인간의 도덕적인 행위에 대해 전혀 무관심하다고 주장할 수 없다.[53] 가

---

52) 고대 그리스 문화에서 파리스와 같은 행위는 신의를 저버린 명예롭지 못한 행위로 도덕적으로 그 죄는 막중한 것이었다. "명예를 존중하는 사람들은 잔치에 환영받는 손님이 되었으며……, 주빈으로 청함을 받았으며, 방문객으로서 따뜻한 환영을 받았다. …… 명예롭지 못한 사람은 회피, 배제, 욕설, 그리고 조롱의 대상이 되었다. …… 누구도 그런 자와 결혼도 하지 않고, 명예롭지 못한 가문과 제휴하지도 않았다. 게다가 불명예는 위상을 크게 떨어뜨렸다. …… 명예는 부계(父系) 전체 가문의 자산"이었으므로 명예를 "지탱하고 행사하는 데 집단적으로 책임이 있었으며", 명예를 어겼을 때는 "신에 의해 벌을 받는다든가, 같은 친족들에 의해 추방당한다든가, 조롱거리가 되었다"(Alan Page Fiske and Tage Shakti Rai, *Virtuous Violence: Hurting and Killing to Create, Sustain, End, and Honor Social Relationships* [Cambridge: Cambridge UP, 2015], 88쪽, 91쪽).
53) 제우스에게 이른바 '신의 정의'가 없다는 주장에 대한 반론은 일찍이 Hugh Lloyd-

령 이러한 주장은 올림포스 신들이 헥토르의 시신을 모욕하고 매장을 거부하는 아킬레우스의 행위에 대해 엄청난 분노를 쏟아내고 있을 뿐 아니라 그들의, 특히 제우스의 강력한 뜻에 의해 아킬레우스가 시신을 트로이아로 돌려보내게 했던 것에 의해서도 설득력을 잃는다. 하지만 그럼에도 불구하고 『일리아스』에서 이른바 제우스의 '신의 정의'는 크게 눈에 띄지 않는다는 것이다.

대신 크게 돋보이는 것은 인간의 운명, 그리고 인간이 펼치는 역사의 운명이 신에게 철저히 지배되고 좌우되고 있다는 것이며, 신은 때로는 인간의 고통에 연민의 눈길을 보내고 있지만, 그들에게 인간의 고통이라는 것은 덧없는 존재인 인간의 한낱 고통에 불과할 뿐이라는 것이다. 『일리아스』에서 제우스를 비롯해 아테나 등 여러 신을 수식하는 단어로 **빛나는** 이라는 형용사가 도처에 등장하고 있다. 신은 인간과 달리, 빛나는 존재다. 죽음을 면치 못하는 한낱 인간과 달리, 그들은 영원히 죽지 않는 영광스러운 존재이기 때문이다. 전쟁으로 인해 지상에서 인간들은 고통과 절망, 그리고 슬픔에 못 이겨 몸부림치고 있다. 수많은 시신이 매장되지 못하고 새 떼와 개들의 먹이가 되어 여기저기 피투성이인 채로 누워있다. 올림포스의 신들은 마치 아킬레우스에게 쫓기는 처참한 헥토르의 모습을 경기의 구경꾼처럼 쳐다보았듯, 지상의 인간의 "고통을 거의 일종의 스포츠처럼 쳐다보고 있으며"[54] 자신의 일이 아닌 듯, 이를 무심히 쳐다보고 있다. 레비나스의 표현을 빌린다면 "빛나는 존재의 화려한 무관심"[55]

Jones의 앞의 책, 1~27쪽에서 본격적으로 거론된 뒤, William Allan, "Divine Justice and Cosmic Order in Early Greek Epic," *Journal of Hellenic Sturdeis*, 126 (2006), 1~15쪽; Peter J. Ahrensdorf, 앞의 책, 36~37쪽 등에서 볼 수 있듯, 면면히 이어지고 있다.

54) Harold Bloom, *Where Shall Wisdom Be Found?* (New York: Riverhead Books, 2004), 77쪽.

55) Emmanuel Levinas, *Otherwise than Being, or Beyond Essence*, Alfonso Lingis 옮김 (Pittsburgh: Duquesne UP, 1974), 97쪽.

이라고 할까.

　고대 그리스 상고(上古)시대에 등장하는 이야기에 따르면 황금의 손을 가진 부(富)의 왕 미다스는 사튀로스의 지휘자이자 디오뉘소스의 사부(師父)인 실레노스에게 "이 세상에서 가장 좋은 것이 무엇이냐?"고 물었다. 오랫동안 말이 없던 실레노스는 다그치는 왕에게 마침내 입을 열고, "태어나지 않는 것이 가장 좋은 것이고, 그다음 좋은 것은 가능한 한 빨리 죽는 것"이라고 대답했다. 소포클레스에게도 영향을 주었던 이러한 인식[56]은 쇼펜하우어의 영향 아래 있었던 초기 니체에게도 이어져 그의 『비극의 탄생』에서 실레노스의 '지혜'의 말이 그대로 인용되고 있다. "태어나지 않는 것이 가장 좋은 것…… 그다음 좋은 것은 빨리 죽는 것."[57]

　그러나 죽음이 고통의 끝이라는 인간 존재에 대한 이러한 비관주의적인 인식에도 불구하고, 니체에 따르면 호메로스의 세계에서는 실레노스의 "지혜"가 "뒤집어져" 올림포스 신들의 "찬란한 햇빛" 아래서의 인간의 삶은 바람직한 것으로 나타난다. 따라서 "빨리 죽는 것이 가장 나쁜 것…… 그다음 나쁜 것은 하여간 죽는 것"[58]이라는 것이다. 니체는 실레노스의 '지혜'에 대한 호메로스의 이러한 반전(反轉)을 그리스 문화의 주요한 변화라고 보고 있다. 그러나 아킬레우스를 포함한 그 누구도 올림포스 신들의 찬란한 햇빛 아래서의 인간의 삶이 행복한 삶이라고 받아들이지 않는다. "아킬레우스는 이 서사시의 끝에서 신에 대한 어떤 신뢰도 보여주지 않는다. 그의…… 니오베의 영원한 비탄(悲嘆)에 대한 이야기는 이를 분명하게 해준

---

56) 이에 대해서는 임철규, 앞의 책, 『그리스 비극』, 444쪽 이하를 볼 것.
57) Friedrich Nietzsche, *The Birth of Tragedy and Other Writings*, Raymond Geuss and Ronald Speirs 엮음, Ronald Speirs 옮김 (Cambridge: Cambridge UP, 1999), 23쪽.
58) Friedrich Nietzsche, 같은 책, 24쪽.

다."[59] 빛나는 존재의 화려한 무관심 속에 펼쳐지는 지상의 인간의 끝없는 고통, 죽음을 면치 못하는 한낱 인간의 비참한 운명과 절망이 『일리아스』를 압도하고 있다.

호메로스는 제우스의 입을 빌려 "지상에서 숨 쉬고 움직이는 모든 것 가운데 인간보다 더 비참한 존재는 아무것도 없다"(17.446~447)고 말했다. 『일리아스』에서는 이 비참한 존재인 인간들은 죽은 뒤에도 비참한 존재로 남는다. 죽은 뒤 "전혀 생명이 없는" "망령과 그림자"만이 하데스에 남기 때문이다(23.103~105). 제우스의 아들인 사르페돈도 다른 인간들과 마찬가지로 무덤 속에서 썩어 하데스에서 생명이 없는 '망령'과 '그림자'로 남아있을 수밖에 없었고, 제우스에게서 가장 많은 사랑을 받았고 그의 아들 가운데 가장 위대한 헤라클레스나, 여신 테티스의 아들 아킬레우스도 그렇다. 그들이 모두 인간이기 때문이다.

『일리아스』는 죽음 후 인간의 운명에 대해 "가장 암울한 전망"을 보여주고 있다. 인간이 죽어 향하는 "하데스는 암흑과 부패의 장소"에 지나지 않기 때문이다.[60] 같은 저자의 『오뒤세이아』와 달리, 『일리아스』에는 '죽음이 끝이 아니다'라는 어떤 암시도 보이지 않는다. 아킬레우스가 헥토르의 시신을 찾아가기 위해 자신에게 온 프리아모스에게 신들은 "인간들을 고통 속에 살도록" 미리 "비참한 인간들의 운명을 정해 놓았다"(24.525~526)고 말했듯, 살아있을 때도 고통 속에 살아갈 수밖에 없는 인간들은 죽은 뒤에도 하데스에서 생명이 없는 망령이나 그림자로 있을 수밖에 없는 처참한 존재라는 것, 이것이

---

59) John Heath, *The Talking Greeks: Speech, Animals, and the Other in Homer, Aeschylus, and Plato* (Cambridge: Cambridge UP, 2005), 165쪽.

60) Michael Clarke, "Manhood and Heroism," *The Cambridge Companion to Homer*, Robert Fowler 엮음 (Cambridge: Cambridge UP, 2004), 78쪽.

호메로스의 『일리아스』가 들려주는 인간의 운명이다. 메소포타미아 서사시 『길가메쉬』에 드러나 있는 것에 못지않은 "비관주의적인 사상"[61]이 이 서사시를 지배하고 있다.

그러나 지상의 그 어떤 존재보다 비참한 존재가 인간이지만, 또 한편 신들처럼 '빛나는' 존재도 인간들이다. '아름다운 죽음'을 통해 불멸의 명성을 얻은 아킬레우스, 헥토르, 사르페돈과 같은 영웅들이 그러한 존재들이다. 이들을 통해 인간은 인간이기를 그치고 신과 같은 **빛나는** 존재가 된다. 이것이 『일리아스』가 노래하는 또 하나의 주제다.

아름다운 죽음

호메로스의 『일리아스』에서 일반 병사들은 전쟁터에서 싸움을 하는 것을 좋아하지 않는다. 아니 그들뿐 아니라 모두가 잠을 자고 사랑을 나누고, 달콤한 노래에 취하고, 품위 있게 춤을 추는, 이러한 일상적인 평화와 쾌락을 좋아한다(13.636~638). 그들은 죽음을 두려워하기 때문이다. 죽음을 '무섭도록 두려워하기'(deidia ainōs)는 위대한 영웅들도 마찬가지다. 파리스는 메넬라오스가 그와 대적하기 위해 선두대열에 나타나는 것을 보자 "공포에 질려" "사지를 후들후들 떨며(tromos)" 트로이아인들의 무리 속으로 몸을 숨기며(3.33~37), 디오메데스도 그에게 대적하기 위해 헥토르가 다가오자 "몸을 떨며" (11.345) 공포에 젖어있으며, 아킬레우스 다음으로 그리스 전사들 가운데 "가장 뛰어난 전사"(2.768)인 아이아스도 "빗발치듯" 날아오는 창 앞에서 고기가 아무리 탐난다 하더라도 떨지 않을 수 없는 "사자" (獅子)처럼 사나운 짐승처럼 떼 지어 몰려오는 트로이아 군사들을 보

---

61) Michael Clarke, 같은 글, 76쪽.

고 몸을 떨면서 도망치고 있으며(11.551~556), 헥토르도 그와 대적하기 위해 가까이 다가오는 아킬레우스를 "보는 순간 어찌나 떨리는지 감히 그 자리에 서 있지 못하고…… 그 자리를 떠나 달아나기 시작하며"(phobētheis, 22.131~137), 아킬레우스도 트로이아 강의 신 스카만드로스의 세찬 공격을 받고 두려워 몸을 떨면서 도망친다. 이러한 그를 향해 포세이돈은 "펠레우스의 아들이여, 그렇게 떨거나 겁내지 말라"(21.288)라고 말했다. 그들도 죽음을 두려워하기 때문이다.

그러나 그들이 일반 병사들과 다른 것은 그들이 아름다운 죽음을 그들 고유의 운명으로 받아들이고 있다는 것이다. 베르낭은 불멸의 명성을 얻는 것을 그들의 삶의 궁극적인 목표로 삼고, 공동체를 위해 싸움터에서 목숨을 기꺼이 바쳐, 대대로 그들의 이름, 그들의 존재를 영원히 남기려는 그러한 전사들의 죽음을 "아름다운 죽음"(kalos thanatos)이라고 일컬었다.[62] "진정한 아름다움"은 "영웅적인 죽음"에서 오기 때문이다.[63] 그는 이 아름다운 죽음을 "영광스러운 죽음"(eukleēs thanatos)라고 말했다.[64] 그들의 아름다운 죽음이 대대로 영광스러운 것으로 영원히 찬양되고 기억되기 때문이다.

---

62) Jean-Pierre Vernant, 앞의 글, 50~74쪽을 볼 것. 이 '아름다운 죽음'이라는 말은 조국을 위해 목숨을 바친 아테나이 전사들을 추모하는 추도사 중 전사들의 고귀한 죽음을 일컫는 말에서 나온 것이었다. 베르낭은 자신의 글'이 이를 본격적으로 다룬 Nicole Loraux의 저서 *The Children of Athena: Athenian Ideas about Citizenship and the Division between the Sexes*, Caroline Levine 옮김 (Princeton: Princeton UP, 1995)에 크게 빚지고 있음을 밝히고 있다. Nicole Loraux의 같은 책, 52~53쪽, 65~69쪽을 볼 것. 그리고 같은 저자의 Nicole Loraux, "The Spartan's 'Beautiful Death'," *The Expressions of Tiresias: The Feminine and the Greek Man*, Paula Wissing 옮김 (Princeton: Princeton UP, 1995), 63~74쪽도 볼 것. Nicole Loraux의 후자의 글, 즉 "The Spartan's 'Beautiful Death'"는 베르낭에게 바친 글이다.

63) Jean-Pierre Vernant, 같은 글, 65~66쪽.

64) Jean-Pierre Vernant, 같은 글, 51쪽. "'아름다운'(kalos)은 육체적인 아름다움뿐만 아니라 도덕적 '아름다움'을 말하기 위해 사용되는 찬미의 넓은 용어다"(Ruby Blundell, 앞의 책, 3쪽).

헬레네는 그리스군과 트로이아군 사이의 싸움이 진행되는 사이, 잠시 궁에 들른 헥토르에게, 아킬레우스와 벌일 앞으로의 싸움에서 그의 죽음을 예감하듯, 자신과 남편 파리스와 달리, 헥토르와 같은 "영웅의 죽음은 죽음으로 끝나지 않으며, 그를 칭송하는 후세 사람들의 노래를 통해 영원히 죽지 않고 살아남을 것"이라고 말했다. 즉 "후세 사람들의 노래의 주제가 되어" 영원히 기억될 것이라고 말했다(6.357~358). 그리고 "이것이 전사(戰士)에게 최대의 보상, 즉 조국을 위해 목숨을 바치는 최고의 전사 헥토르가 얻을 수 있는 최대의 '영광' 또는 '명성'(kleos)"이라고 말했다.[65]

『일리아스』에서 최고의 전사들이 얻는 최대의 보상은 그들의 아름다운 죽음, 그리고 그것으로 인해 얻은 불멸의 명성이 후세 사람들의 **노래의 주제**, 즉 모든 문학예술의 주제가 되어 그들의 존재가 영원히 잊히지 않는 것에 있었다. 노래의 주제가 되어 불멸의 존재가 되는 것, 이것이 『일리아스』 영웅의 궁극적인 소망이었다 말해도 지나치지 않는다. 물론 호메로스의 세계에서 영웅의 명성은 무덤과 같은 기념물(7.84~91)에 의해서도 간직되었다.[66] 그러나 그의 세계에서 영웅의 불멸의 명성이 대대로 전해질 수 있는 "가장 중요한 수단"[67]은 『일리아스』에서 헬레네가 헥토르에게(6.357~358), 『오뒤세이아』에서 텔레마코스가 네스토르에게 이야기했듯(3.204), 서사시의 노래였다. 영웅들을 "망각의 어두운 바다로부터 구해내어 기억이라는 영원

---

65) 임철규, 앞의 책, 『그리스 비극』, 575~576쪽. '영광' 또는 '명성'을 뜻하는 그리스어 '클레오스'(kleos)는 영웅시대의 영웅들을 찬양하는 시가(詩歌)를 언급하기 위해 고대 그리스의 시, 즉 특별한 형식의 시였던 서사시에서 사용되었던 단어이다. 이에 대해서는 Gregory Nagy, *The Ancient Greek Hero in 24 Hours* (Cambridge, M. A.: Harvard UP, 2013), 26~31쪽, 50~52쪽과 *The Beast of the Achaeans: Concepts of the Hero in Archaic Greek Poetry* (Baltimore: Johns Hopkins UP, 1999), 16~17쪽을 볼 것.

66) 이에 대해서는 Richard Seaford, 앞의 책, 57쪽을 볼 것.

67) Richard Seaford, 같은 책, 58쪽.

한 고향을 그들에게 줌으로써…… [그들의] 이름과 공적을 불멸케 하는 것"이 시인의 "과업"이었기 때문이다.[68]

　일찍 살펴보았듯, 영웅에게 불멸의 명성이란 전장(戰場)에서 맞이하는 그들의 죽음이 전제되었다. 죽음이 전제되지 않는 한, 불멸의 명성은 그들을 위해 존재하지 않았다. 죽음이 전제되는 이러한 운명이 영웅에게는 "그 모든 의미에서…… 명성의 추구의 조건이 되고 있다."[69] 따라서 불멸의 명성은 죽음을 전제로 한 것이기 때문에, 그들은 전쟁터에서 결코 고향으로 돌아가지 못한다. 호메로스의 청동시대가 영웅에게 요구하는 절대윤리는 그들이 전쟁터를 떠나 고향으로 돌아가서는 아니 된다는 것이다.

　우리는 오뒤세우스처럼 고향으로 돌아가는 자는 진정한 영웅이 아니라고 말했다. 후에 핀다로스가 노래했듯, 겁쟁이나 패배자만이 고향에 돌아가 어머니를 만난다. 하지만 그들은 수치와 비웃음의 대상이 된다(『퓌테이아 경기 승리가』 8.85~87). 진정한 영웅에게 죽음보다 더 무서운 것이 있다면, 그것은 그들이 다른 사람들에게 잊히는 것이었다. 『계몽의 변증법』에서 호르크하이머와 아도르노가 중산계급 인간의 선구자로 일컬었던 간계(奸計)의 인간, "최초의 현실주의자(pragmatist)"인 오뒤세우스와 달리, "진정한 영웅은 본질주의자다. 즉 그는 영원한 가치들", 그 무엇보다도 "명예의 가치를 신뢰하는 자다."[70]

　브리세이스를 아가멤논에게 빼앗기고 분노에 찬 아킬레우스가 오

68) Aleida Assmann, *Cultural Memory and Western Civilization: Functions, Media, Archives* (Cambridge: Cambridge UP, 2011), 89쪽.

69) Simon Goldhill, *The Poet's Voice: Essays on Poetics and Greek Literature* (Cambridge: Cambridge UP, 1991), 78쪽.

70) Mark Edmundson, *Self and Soul: A Defense of Ideals* (Cambridge/ M. A.: Harvard UP, 2015), 29쪽, 38쪽.

랫동안 전선을 이탈하고 막사에 "틀어박혀" 혼자 애태우고 있었을 때, 그때 그가 가장 염려했던 것은 자신의 존재가 그리스 군사들에게 잊히는 것이 아닌가였다. 영웅들에게는 그들이 "명성의 부재"로 인해 그들의 '이름'이 사람들에게 영원히 잊히는 존재가 되는 것이야말로 그것이 그들에게 바로 "진짜 죽음"이었다.[71] 아킬레우스는 마음속으로 "남자의 영광을 높여주는 전투와 전투의 함성을 그리워하고 있었다"(1.490~492).

아킬레우스와 마찬가지로 헥토르도(22.304~305), 사르페돈도(12.328) 잊혀진 존재가 되지 않기 위해 고향으로 돌아가는 대신 남자의 영광을 높여주는 영웅적인 전투(戰鬪)에서 산화(散華)할 죽음을 택했다. 이는 그들의 '아름다운 죽음'이 영원히 문학작품의 주제가 되어 자신들의 존재가 영원히 잊히지 않기 위해서였다. 그들은 결국 "자기 자신의 영광을 위해서, 아니 더더욱 자신의 친구들을 위해서가 아니라, 노래의 영광을 위해서"[72] 죽었다. 고향으로 돌아가서도 아니 되고, 고향으로 돌아갈 수도 없는 것이 호메로스의 진정한 영웅의 운명이었다.

하지만 그들은 죽은 뒤에도 마침내 고향에 돌아가 매장되었다. 매장되지 못한 채 새 떼와 개들의 먹이가 되어 하데스의 문을 통과하지 못하고 있는 수많은 그리스와 트로이아 전사들의 운명과 비교할 때, 마침내 헥토르가 그의 "고향"(22.342) 트로이아 도성으로 돌아가 트로이아 전체 백성의 애도 속에 매장된 것(23.128, 162; 22.429)에 대해 어느 학자가 "축복"받은 "혜택"이라고 했듯,[73] 결국 신의 도움으로 고향으로 돌아가 매장되었던 사르페돈, 아킬레우스, 헥토르 등은

---

71) Jean-Pierre Vernant, 앞의 글, 57쪽.
72) Jasper Griffin, 앞의 책, *Homer on Life and Death*, 102쪽.
73) Robert Pogue Harrison, *The Dominion of the Dead* (Chicago: U of Chicago Pr., 2003), 146쪽.

혜택받은 인간들이었다.

그러나 그들과 달리, 『일리아스』에 등장하는 "360명의 유명(有名)의 인물들 가운데 232명의 유명의 무사들은 죽거나 부상을 당했다."[74] 죽음을 당한 이들 유명의 무사들을 비롯해 이루 헤아릴 수 없는 수많은 무명(無名)의 전사들은 매장되지 못한 채 사나운 새 떼와 개들의 먹이가 되어 대지를 검붉은 피로 홍수를 이루고 있다. 매장되기 전까지 죽은 자의 망령은 하데스의 문을 통과할 수 없다. 망령들은 "문이 넓은 하데스의 집 근처를 정처 없이 떠돌 수"(23.74)밖에 없다. 어떠한 형식의 '귀환'도, 어떠한 형식의 '매장'도 거의 모두 그들에게는 불가능했다. 여기에는 이긴 자도 패배한 자도 없다. "모두가 패배하고 있다."[75]

따라서 호메로스는 트로이아인과 그리스인의 고통과 죽음을 똑같이 연민의 감정을 갖고 노래하고 있다. 우리는 여기서 그리스인 호메로스를 "트로이아인이 아닌 그리스인이라는 것을 거의 의식하지 못한다."[76] 베이유가 일찍이 간파했듯, 트로이아인과 그리스인들을 다같이 "공평"하게 대하고자 하는 호메로스의 "마음"이 『일리아스』 전체를 "관통하고 있다." 호메로스에게는 그리스인이나 트로이아인이나 할 것 없이 그들 모두 패배자이며 승리자는 오직 '힘', 즉 전쟁이라는 폭력뿐이며, 폭력만이 이 서사시의 주인공이라는 것이다. 호메로스에게는 트로이아인이나 그리스인 할 것 없이 그들에게 죽음은 죽

---

74) Jenny Strauss Clay, *Homer's Trojan Theatre: Space, Vision, and Memory in the 'Iliad'* (Cambridge: Cambridge UP, UP, 2011), 51~52쪽; Martin Mueller, *The Iliad* (London: G. Allen & Unwin, 1984), 82쪽.

75) Jonathan Gottschall, 앞의 책, 146쪽.

76) Simone Weil, "The *Iliad*, or The Poem of Force," Simone Weil and Rachel Bespaloff, *War and The Iliad*, Mary Mccarthy 옮김 (New York: New York Review Books, 2005), 33쪽.

음이라는 것이다.[77]

헤겔은 "역사"를 "어떤 원칙, 어떤 궁극적인 목표를 위해" 인민의 "행복", 국가의 "지혜", 개인의 "미덕" 등 이 모두가 희생물이 되었던 "도살대"(屠殺臺)[78]로 인식했다. "어떤 의미에서 인간에 대한 범죄의 역사가 인간 전체의 역사"[79]라고 말할 수 있다. 전쟁은 이를 말해주고 있다. "그리스의 아들들"이 트로이아를 정복하려고 오기 전 "샘물 바로 옆 가까이" "돌로 만든 아름다운 우묵한 빨래 통"이 있는 자리에서 "트로이아인의 아내와 고운 딸 들은 빛이 나도록 옷을 빨고 있었다"(22.153~156). 하지만 전쟁은 이러한 목가적인 평화를 파괴하고, 산 자의 고통과 죽은 자의 침묵을 뒤로한 채, 참화의 흔적만 남기고 있다. 전쟁을 인간 역사의 중심에 두고 있는 호메로스의 '전쟁시(戰爭詩)'[80]인 『일리아스』는 무엇보다도 전쟁이 가져온 '귀환'의 비극성, 이것이 함축하는 인간의 비극적인 운명을 절망적으로 노래하고 있다.

---

77) Simone Weil, 같은 책, 33쪽.

78) G. W. F. Hegel, *The Philosophy of History*, J. Sibree 옮김 (New York: Dover, 1956), 21쪽.

79) Pascal Bruckner, *The Tyranny of Guilt: An Essay on Western Masochism*, Steven Rendall 옮김 (Princeton: Princeton UP, 2010), 115쪽.

80) "노골적으로 『일리아스』를 반전시(反戰詩)로 재해석하는 것은 잘못일 수 있다"(John Gittings, *The Glorious Art of Peace: From the 'Iliad' to Iraq*, [Oxford: Oxford UP, 2012], 40쪽)는 주장도 있지만, 이러한 주장은 호메로스의 인식에 부합되는 것이라고 볼 수 없다.

2장 아이스퀼로스『오레스테이아』

　'고전주의 그리스 비극', 좀더 정확하게 말하면 기원전 5세기의 아테나이 비극으로 일컬어지는 '그리스 비극'은 대부분 그 소재가 호메로스의『일리아스』에서 연유되었다. 플라톤이 호메로스를 "모든 훌륭한 비극시인들의 최초의 스승이자 지도자"(『국가』 595b9~c2)라고 일컫고, 아리스토텔레스가 그를 "극작가"(dramatapoiesas,『시학』 1448b38)라고 일컫는 것도 바로 이 때문이다.

　그리스 비극은 아테나이 시민(주로 남성들)만이 아니라 재유(在留)외인, 각국의 시민들도 참석한, "아테나이 축제 가운데 가장 스펙터클한"[1] 축제, 즉 국가적인 공적 축제인 디오뉘시아 축제에서 공연되었다. 공연이 행해진 디오뉘소스의 야외극장은 15,000명에서 18,000명가량의 시민이 관람할 수 있었던 대형 원형극장이었다. 아가톤(Agathon)이라는 작가의 작품이 공연되었을 때, 30,000명 이상의 시민들이 관람했다는 플라톤의 주장을 보면, 그 주장의 진위 여부

---

1) Richard Seaford, "Tragedy, Ritual, and Money," *Greek Ritual Poetics*, Dimitrios Yatromanolakis and Panagiotis Roilos 엮음 (Washington, D. C.: Center for Hellenic Studies, Harvard University, 2004), 71쪽.

를 떠나 얼마나 많은 아테나이인들이 공연장을 열광적으로 찾았는가를 증언하고 있다.

그렇다면 그 많은 아테나이 시민들은 자신들이 관람하고 있는 공연의 텍스트에 대해 어떻게 반응했을까. 동일한 텍스트이지만 텍스트에 대한 그들의 반응은 그들의 '입장'에 따라 각각 다양할 수밖에 없었을 것이다. 어떤 사람들에게는 폴리스의 이데올로기를 강화하는 정치선전물로, 다른 사람들에게는 영웅시대의 귀족주의적인 전통 가치와 폴리스시대의 민주주의적인 근대 가치의 충돌을 보어줌으로써 아테나이 민주제의 이념과 가치를 문제시하는 전복적(顚覆的)인 작품으로, 또는 아테나이의 제국주의 이데올로기를 강력하게 비판하는 텍스트로 읽혔을 수도 있다.

다른 한편 그 텍스트는 어떤 사람들에게는 폴리스 이데올로기가 강조하는 가부장적, 남성중심적인 권위를 전복하려는 **타자**(他者)의 도전, 즉 여성의 잠재적인 도전으로 읽혔을 수도 있고, 다른 사람들에게는 신의 '정의'가 끝내 실현되는 것을 보여주는 종교 메시지로 읽혔을 수도 있다. 그리고 또 한편 많은 사람들에게는 신에게 희생당하는 무력한 인간의 운명과, 원초적이고 파괴적인 욕망에 몸부림치며 이에 갈등하는 인간존재의 고통 등 인간의 비극적인 존재조건과 그 아픔, 말하자면 니체가 명명한 "존재의 영원한 상처"를 적나라하게 보여주는 형이상학적인 담론 등으로 읽혔을 수도 있다.[2]

그리스의 3대 비극시인들, 즉 아이스퀼로스, 소포클레스, 그리고 에우리피데스 가운데 "비극의 창조자"[3]라고 일컬어지고 있는 아이

---

2) 임철규, 「서론」, 『그리스 비극―인간과 역사에 바치는 애도의 노래』(한길사, 2007), 22~23쪽.

3) Gilbert Murray, *Aeschylus: The Creator of Tragedy* (Oxford: Clarendon Pr., 1951). 아이스퀼로스 이전에 테스피스(Thespis) 같은 비극시인들이 있었지만, 머레이는 엄격한 의미에서 그리스의 비극은 아이스퀼로스에서 시작한다는 점에서, 그의 저서의 제명

스퀼로스의 작품부터 살펴보자.

아이스퀼로스의 『오레스테이아』

오레스테스 가문의 이야기를 다루고 있는 아이스퀼로스(Aeschylos, 기원전 525/524~기원전 456년)의 작품 『오레스테이아』(기원전 458년)는 「아가멤논」 「제주(祭酒)를 바치는 여인들」, 그리고 「자비로운 여신들」 등 3부작으로 구성되어있으며, 이 작품은 그의 작품들 가운데 세 작품 모두가 현존하는 유일한 작품이다. 1부는 트로이아를 함락시킨 뒤 귀환하는 남편 아가멤논을 살해하는 클뤼타이메스트라(또는 클뤼타임네스트라)의 행위를, 2부는 아버지 아가멤논을 살해한 어머니 클뤼타이메스트라를 살해하는 오레스테스의 행위를 다루고 있다. 그리고 3부는 어머니를 살해한 오레스테스를 응징하려는 '분노의 여신들'과 이에 맞서는 아폴론 간의 갈등이 아테나 여신의 중재를 통해 해결되고, 아레오파고스 법정에서 모친살해라는 죄에서 오레스테스가 방면되는 과정을 다루고 있다. 신과 인간의 관계, 인간의 운명과 자유, 전쟁의 고통, 성차(性差), 아테나이의 민주주의와 그 이데올로기, 특히 **정의**(dikē)의 문제 등 굵직굵직한 문제들이 펼쳐지는 작품으로서, 아이스퀼로스의 비극 가운데 가장 많은 논란을 불러일으키고 있는 대표적인 작품이다.

3부작 가운데 첫 번째 작품 「아가멤논」이 시작되기 전의 작품의 배경은 다음과 같다. 아트레우스 가문(家門)의 저주는 아르고스의 아트레우스 왕이 자신의 아내를 유혹한 아우 튀에스테스에게 복수를 하

에서 아이스퀼로스를 "비극의 창조자"로 칭하고 있다.

기 위해 아우의 아이들을 살해한 뒤 아우를 궁에 불러들여 아우의 아이들의 살로 만든 요리를 대접함으로써 시작되었다. 아가멤논과 메넬라오스는 아트레우스의 아들들이며, 그 살해당한 아이들 가운데 유일하게 살아남은 아들이 아이기스토스다. 그리스에 온 트로이아의 왕자 파리스가 메넬라오스의 아내 헬레네와 함께 트로이아로 도망가자, 이를 복수하기 위해 메넬라오스의 형 아가멤논이 총사령관이 되어 그리스군과 동맹국의 군대를 이끌고 트로이아 정복 길에 나선다. 트로이아로 가는 도중 원정을 방해하는 여신 아르테미스가 보낸 역풍을 맞아 항해가 좌절되자 아가멤논은 아울리스 항에서 자신의 딸 이피게네이아를 그 여신에게 제물(祭物)로 바친 뒤 순풍을 타고 원정을 계속한다. 딸이 남편에게 살해당한 소식을 듣고 아가멤논의 아내 클뤼타이메스트라는 복수를 맹세한다. 그녀는 어린 아들 오레스테스를 포키스의 왕에게 보낸 뒤, 오랜 추방에서 돌아온 튀에스테스의 아들이자 연인인 아이기스토스와 공모해 아가멤논의 살해를 기획한다. 트로이아를 마침내 정복하고 10년 만에 아가멤논이 아르고스로 귀환하는 것에서 작품 「아가멤논」은 시작한다.[4]

아르고스의 궁전 앞. 클뤼타이메스트라의 명령에 따라 궁전의 지붕 위에서 1년째 트로이아의 함락소식을 알리는 봉화를 기다리던 파수병이, 마침내 그의 눈앞에 "봉화"(lampas, 8행, 28행)[5]가 피어오르

---

4) 작품의 배경이 되는 과거의 사건에 대해서는 Gregory Nagy, *The Ancient Greek Hero in 24 Hours* (Cambridge/ M. A.: Harvard UP, 2013), 461~462쪽을 볼 것. 그리고 작품 「아가멤논」에 등장하는 아이기스토스의 대사(1583~1607행)도 볼 것.
5) 인용한 텍스트의 그리스어 판본은 다음과 같다. Aeschylus, *Agamemnon*, Eduard Fraenkel 엮음 (Oxford: Clarendon Pr, 1974), Aeschylus, *Choephoroi*, D. L. Page 엮음 (Oxford: Clarendon Pr, 1986), Aeschylus, *Eumenides*, Alan H. Sommerstein 엮음 (Cambridge: Cambridge UP, 1989). 그리고 Aeschylus, *Aeschylus II: Oresteia*, Alan H. Sommerstein 편역, LCL 146 (Cambridge/ M. A.: Harvard UP, 2008); Eschyle,

는 것을 보고 이를 클뤼타이메스트라에게 전하기 위해 궁전 안으로 향한다. 아르고스 도시의 노인들로 구성된 코로스가 등장해 트로이아 전쟁이 어떻게 시작되었고, 트로이아를 향하던 도중 아울리스 항에서 그리스군의 원정을 못마땅하게 여긴 여신 아르테미스가 불러일으킨 역풍을 맞이하게 된 아가멤논이 그 여신의 노여움을 풀기 위해 자신의 딸 이피게네이아(또는 이피게니아)를 어떻게 그 여신에게 제물로 바쳤는지를 노래한다.

이때 클뤼타이메스트라가 등장해 코로스에게 트로이아 전쟁의 종언을 알리며, 다른 한편 코로스는 아가멤논의 동생 메넬라오스의 환대를 배신하고 그의 아내 헬레네를 유혹해 트로이아로 데리고 간 파리스에 대한 제우스의 심판과, 이 여인으로 말미암아 초래된 트로이아 전쟁, 그리고 이 전쟁을 통해 드러난 제우스의 응징에 대해 이야기한다. 이어 전령이 도착해 그리스의 승리를 전하고, 동시에 귀환하던 그리스 함대가 폭풍을 만나 참변을 당한 것을 보고한 뒤 곧 있을 아가멤논의 도착을 알린다. 드디어 아가멤논이 트로이아의 여인인 정부(情婦) 카산드라와 함께 전차를 타고 등장한다. 클뤼타이메스트라는 아가멤논을 극진히 환영하면서 궁전 안으로 들어가는 길에 자줏빛 천을 깔아놓고는 그 위로 걸어가도록 유혹한다. 아가멤논은 그러한 환대는 신들에게나 어울리는 것이라며 거절하지만, 전쟁의 승리자로서 충분한 자격이 있다고 설득하는 클뤼타이메스트라의 유혹에 넘어가고 만다. 그러고는 신들에게나 어울릴 만한 자줏빛 천 위를 걸어 궁전 안으로 들어간다.

한편 아폴론에게 예언의 능력을 부여받은 카산드라는 "인간 도살

Agamemnon, *Les Choéphores*, *Les Euménides*, Paul Mazon 편역 (Paris: Les Belles Lettes, 1993); 아이스퀼로스, 『아이스퀼로스 비극』, 천병희 옮김 (단국대학교, 1999)을 참조함.

장"(1092행)인 아트레우스 가문에 가해진 저주의 내력과 곧 죽음을 맞이하게 될 아가멤논의 운명, 그리고 자신의 죽음이 임박했음을 이야기한 뒤 궁전 안으로 향한다. 뒤이어 궁전 안에서 황소처럼 도륙(屠戮)당한(1125행 이하, 1384~1587행, 1432~1433행) 아가멤논의 비명소리가 들려오고 잠시 뒤 문이 열리면서 아가멤논과 카산드라의 시신이 욕조에 누워있는 것이 보인다.[6]

아가멤논을 살해한 클뤼타이메스트라에게 코로스의 비난이 쏟아지지만, 클뤼타이메스트라는 자신의 행위를 자랑스럽게 여긴다. 그녀는 아가멤논이 자신들의 딸 이피게네이아를 살해하여 "가정불화의 씨앗"(153행)을 만들었을 뿐 아니라 카산드라를 동행해 아내인 자신을 조롱하기까지도 했음을 상기시키면서 자신의 행위를 정당화한다. 클뤼타이메스트라의 그러한 행위로 인해 시민들의 "원성과 저주", 그리고 "격렬한 증오의 대상이 되어"(1408행) "도시에서 추방될 것"(apopolis, 1411행)이라고 코로스가 경고하자, 클뤼타이메스트라는 아가멤논의 죽음의 책임은 아트레우스 가문에 저주를 내린 "복수의 악령"(alastōr, 또는 daimōn, 1501행)에게 있으며, 자신은 이러한 복수의 악령의 도구에 지나지 않는다고 항변한다. 더 나아가 아가멤논의 죽음을 끝으로 아트레우스 가문에 내려진 보복의 악순환은 자신에 의해 마침내 끝장날 것이라고 말한다. 잠시 뒤 아이기스토스가 등장해 자신이 아가멤논의 살해 모의에 가담한 것은 아트레우스의 가

---

6) 클뤼타이메스트라가 아가멤논을 살해하는 데 사용한 무기에 대해서는 아직도 논쟁이 계속되고 있다. 그것이 '칼'이었다는 주장에 대해서는 Eduard Fraenkel, *Aeschylus, Agamemnon III* (Oxford: Clarendon Pr., 1950), Appendix B, 806~809쪽; Alan H. Sommerstein, "Again Klytaimestra's Weapon," *Classical Quarterly*, 39: 1 (1989), 296~301쪽; A. J. N. W. Prag, "Clytemnestra's Weapon Yet Once More," *Classical Quarterly*, 41: 1 (1991), 242~246쪽을, 그것이 '도끼'였다는 주장에 대해서는 Malcolm Davies, "Aeschylus' Clytemnestra: Sword or Axe?," *Classical Quarterly*, 37: 1 (1987), 65~71쪽을 볼 것.

문에게 복수를 하기 위한 것이었다고 말하면서 그 행위를 '정의'의 이름으로 정당화한다(1577행 이하). 이 말에 코로스는 오레스테스가 귀환하여 그들에게 복수를 할 것이라고 경고한다. 하지만 클뤼타이메스트라는 이 집의 주인은 이제 아이기스토스와 자신이라고 말하며 (1672~1673행) 그와 함께 궁전 안으로 들어가는 것으로 작품 「아가멤논」은 마무리된다.

이피게네이아의 희생

친족살인을 모티프로 하고 있는 『오레스테이아』의 3부작 가운데 첫 번째 작품인 「아가멤논」은 딸 이피게네이아를 죽인 아가멤논의 행위와 이에 대한 클뤼타이메스트라의 복수에 집중하고 있다.

트로이아를 향한 원정 도중 아울리스 항에서 아가멤논은 커다란 난관에 봉착하게 된다. 트로이아에 대해 "연민의 감정을 가지고 있는"(134~135행) 아르테미스 여신이 역풍을 일으켜 그들의 진군을 방해하고 나선 것이다. 아르테미스 여신의 방해가 있기 전에 선상의 그리스의 왕들에게 이상한 전조(前兆)가 나타난다. 그것은 독수리들이, "달아나기 위해 마지막 안간힘을 쓰고 있는 새끼 밴 토끼를 갈기갈기 찢어 삼켜버리는"(119~120행) 장면이었다. 이때 호메로스의 『일리아스』에 등장하는 "현재, 미래, 과거의 모든 일들을 알고 있는 최고의 예언자"(『일리아스』 1.70)인 칼카스가 등장해 그 전조를 해독한다. 예언자는 독수리들이 새끼 밴 토끼를 갈기갈기 찢어 삼키는 그 장면은 트로이아의 파멸을 가리키는 것이라고 말한다. 그리고 아르테미스 여신이 역풍을 일으킨 것은 제우스의 "날개 돋친 사냥개"인 독수리들이 새끼 밴 토끼를 찢어 삼키는 무법의 "잔치"(또는 "식사" deipnon)에 대한 분노 때문이라면서(136~138행), 분노를 달래기 위한 "또 다른 제물"(150행)을 자기에게 바칠 것을 요구한다고 말한다.

물론 칼카스가 구체적으로 그 정체를 밝히고 있는 것은 아니지만, 여기서 새끼 밴 토끼를 찢어 삼켜버리는 제우스의 날개 돋친 사냥개인 독수리들은, 트로이아를 무참하게 파멸시킬 아트레우스의 아들들, 즉 아가멤논과 메넬라오스다. 그리고 앞으로 이들이 펼칠 무도한 행동에 대해 분노하고 있는 아르테미스가 요구하는 또 다른 제물은 아가멤논의 딸, 곧 이피게네이아다. 아가멤논은 커다란 위기에 봉착하게 된다. 즉 그 여신에게 자신의 딸, 자신의 "집안의 자랑(혹은 보물)"(208행)인 이피게네이아를 제물로 바치지 않는 한 역풍은 멈추지 않을 것이라는 것이다. 말하자면 아가멤논은 자신의 딸을 살리기 위해서는 원정을 포기해야만 하고 원정을 계속하기 위해서는 아르테미스 제단 옆에서 "아비의 손을 딸의 피로 더럽혀야만"(208~209행) 하는 딜레마에 봉착하게 된다.

아가멤논은 깊은 갈등에 빠진다. 그는 자신은 그 어느 쪽도 거부하기 어려우며, 동시에 그 어느 쪽을 택하더라도 그에 따르는 불행을 피할 길이 없다고 토로한다(206~211행). 하지만 아가멤논은 곧 어떻게 "나의 함대"를 포기할 수 있겠는가. 이 전쟁에 참가한 동맹국들은 역풍을 몰고 온 여신을 달래야 한다고 강력하게 요구한다. 그 여신에게 바칠 제물로서 "순진무구한 처녀의 피"를 요구하는 동맹국들의 "노여움"에 찬 강렬한 요구를 어떻게 무시할 수 있겠는가라고 스스로에게 반문한다. 그러면서 그는 이피게네이아의 희생만이 최선의 선택이 될 것이라는 결론을 내린다(206~216행).

그리고 일단 "운명의 멍에를 목에 메자"(anangkas edu lepadnon, 218행) 아가멤논은 돌변한다. 피할 수 없는 선택 앞에서 홀(笏)로 땅을 치고 울부짖으며(204행) 괴로워하던 그의 "마음의 바람도 방향을 바꾸어" "불손하고…… 불순하고…… 불경스러운" 것으로 돌변한다(218~220행). 아가멤논이 전쟁에서 승리하기 위해, 그리고 성공적인 "항해"를 하기 위해 이피게네이아를 제물로 바치기로 결심하는 순간부터, 코로스는 그가 "악의 조언자, 재앙의 제1의 원천"인 "미망(또는 광기)"(parakopa)의 발작에 의해 "감히" 스스로 딸의 파괴자가 되고 있다고 말한다(222~224행). 아가멤논은 기도를 올린 뒤, 아버지인 그의 무릎에 매달려 울부짖는 이피게네이아의 얼굴을 아래로 떨어뜨리게 하고는 "자신의 집에 저주의 소리를 지르지 못하도록" 그녀의 입에 재갈을 물린 채 그녀를 "새끼 양처럼" 제단으로 끌고 간다(231~237행). 이피게네이아는 자신을 제물로 바치는 아가멤논의 사람들에게 "일일이 애원의 화살을 쏘아 보내지만"(240~241행), 자신의 아버지뿐만 아니라 그 누구에게서도 구원의 손길은 오지 않는다. 코로스는 그다음의 광경은 차마 쳐다보지 못했을 뿐만 아니라 설령 보았다 하더라도 차마 말할 수 없다고 토로한다(248행). 아르테미스 여신의 제단 위에 올려진 이피게네이아는 목이 잘린 채 붉은 피를 쏟으며 죽어간다.

여기서 우리는 다음과 같은 질문을 던질 수 있다. 아가멤논이 이피게네이아를 죽인 행위는 불가피한 것이었는가. 그렇다면 그 행위는 정당화될 수 있는가. 또 아가멤논의 행위가 정당화될 수 있다면, 정의의 이름으로 그에 대한 복수를 행한 클뤼타이메스트라의 행위를 어떻게 보아야 하며, 그녀의 행위 또한 정당화될 수 있는가이다. 아르테미스가 아가멤논에게 그의 딸을 제물로 바칠 것을 요구했을 때, 아가멤논은 그 요구에 곧바로 응하지 않았다. 그는 커다란 내적 갈등을 겪은 뒤, 제우스의 명령에 따르는 것이 우선이라는 판단 아래 딸을 희생시키기로 했다.

원정은 아가멤논에게 피할 수 없는 것이었다. 그의 입장에서는 항해를 위해서라면 어떤 희생도 치러야 할 상황이었다. 이 원정은 무엇보다도 제우스의 의지에 따른 것이었기 때문이다. '손님의 보호자'(Xenios)인 제우스는 자신을 환대한 주인을 배반하고 주인의 아내와 함께 트로이아로 달아난 파리스를 용서할 수 없었다.[7] 코로스는 트로이아의 파리스가 "신 가운데 최고의 신", 환대(歡待)의 신성한 가치를 보호하는 "주객(主客)의 신"인 제우스를 노엽게 했음을 강조하면서, 그리고 제우스가 "많은 남자의 여인"(또는 "많은 남편의 아내" 62행, 코로스는 헬레네를 그렇게 부르고 있다) 때문에 트로이아와 그리스 간의 분쟁을 초래한 파리스를 응징하기 위해 아트레우스의 아들들을 보낸 것임을 강조하면서(59~67행) 원정을 정당화하고 있다. 그리고 이러한 제우스의 의지는 '보낸다'(pempei)라는 단어의 빈번한 사용 (59행, 61행, 111행)을 통해 확인할 수 있다.[8]

코로스는 환대를 모욕한 파리스를 응징하기 위해 전쟁을 호소하는 아트레우스의 두 아들, 즉 아가멤논과 메넬라우스의 분노에 찬 "우렁찬 전쟁의 함성"(klazontes, 48행)을 "어린 새끼들을 잃고"(algesi paidōn, 50행) "극도의 슬픔에" 고통스러워하는 독수리들의 울부짖음

---

7) 호메로스에 따르면 "모든 손님(또는 나그네)과 걸인은 제우스가 보낸 자들이다(『오뒤세이아』 6.207행 이하). 따라서 누구에게나 이들을 환대해야 할 의무가 있으며, 이러한 환대의 의무를 저버리는 주인, 반대로 의무로서 행한 주인의 환대를 배반하는 손님 모두가 제우스의 분노를 불러왔다. 그리스 신화와 문학에서 환대를 배반한 행위에 대해 제우스가 벌을 내리지 않았던 경우는 없었다.

8) 이와 관련해 작품 「아가멤논」에서의 제우스는 '전쟁의 협력자'(doryxenos)로서 기능을 하고 있다는 주장도 나온다. 트로이아의 함락은 "제우스와······ 아트레우스의 아들들의 공동사업의 결과"이며 "올림포스의 신들과 아트레우스의 아들들 간에 맺은 동맹은 사실상의 '전쟁에서의 협력자의 관계'(doryxenia)"라는 것이다(Mark Griffith, "Brilliant Dynasts: Power and Politics in the *Oresteia*," *Classical Antiquity*, 14: 1 [1995], 83쪽). 그리스 종교의 본질적인 구성요소가 신과 인간의 상호 의존과 협력(Walter Burkert, *Greek Religion*, John Raffan 옮김 [Cambridge/ M. A.: Harvard UP, 1985], 107쪽, 212~213쪽; Mark Griffith, 같은 글, 83쪽 [주77]을 볼 것)이라는 점을 고려해볼 때 이와 같은 주장이 제기되는 것도 무리는 아니다.

에 비유하면서 그들의 트로이아의 원정을 정당화하고 있다. 따라서 트로이아의 원정을 명한 제우스의 의지와 그 원정을 허용하지 않으려는 아르테미스의 의지, 상충하는 두 신의 의지 사이에서 갈등하다 아가멤논은 이피게네이아를 제물로 바칠 수밖에 없었던 것이다. 그렇다면 그 결정은 제우스의 의지에 의한 운명적인 것이기 때문에 그의 행위는 정당화될 수 있다는 것인가? 이런 점에서 이 작품이 "윤리적인 딜레마의 비극"[9]이라는 주장도 나오고 있다.

아가멤논

여기서 우리는 논쟁의 중심이 되는 문제, 즉 아가멤논이 이피게네이아를 죽인 그 결정이 신의 의지보다 오히려 자신의 자유의지에서 나온 선택이라고 볼 수 없는가 하는 문제에 대면하게 된다. 일찍이 이러한 문제에 천착한 이는 스넬이다. 그는 아이스퀼로스의 비극에서 주인공이 양자택일의 기로에 서 있을 때 주인공으로 하여금 최종적인 선택을 하게 하는 것은 주인공의 자유의지라고 말하면서, 아이스퀼로스의 비극의 주인공들은 "독립적인 행위의 주체"[10]라 말한 바 있다. 이 자유의지의 문제에 접근하기 위해 아가멤논의 성격에 대해

---

9) Martha C. Nussbaum, "Philosophy and Literature," *The Cambridge Companion to Greek and Roman Philosophy*, David Sedley 엮음 (Cambridge: Cambridge UP, 2003), 221쪽.

10) Bruno Snell, *The Discovery of the Mind: The Greek Origins of European Thought*, T. G. Rosenmeyer 옮김 (New York: Harper & Row, 1960), 103쪽. 그리스 비극에서 이야기되고 있는 자유의지와 결정의 문제에 대해서는 특히 Jean-Pierre Vernant, "Intimations of the Will in Greek Tragedy," Jean-Pierre Vernant and Pierre Vidal-Naquet, *Myth and Tragedy in Ancient Greece*, Janet Lloyd 옮김 (New York: Zone Books, 1990), 49~84쪽을 볼 것.

잠깐 살펴볼 필요가 있다. 우선 그 '전조'[11]로 돌아가보자.

이 전조가 보여주는 이미지, 즉 독수리들이 새끼 밴 토끼를 갈기 갈기 찢어 삼키는 모습은 "불손하고, 불순하고, 불경스러운" 아가멤논의 행동이 가져올 트로이아의 처참한 종말을 예견하고 있을 뿐 아니라, 동시에 그런 처참한 종말을 초래하는 아가멤논의 성격이 얼마나 "호전적"(230행)이고 파괴적인 것인가를 말해주고 있다. 독수리 이미지의 아가멤논은 여기서 보복의 칼을 휘두르는 "파괴의 사제(司祭)"(735~736행)로 부각되고 있다.

이뿐만이 아니다. 아이스퀼로스는 아가멤논에게 독수리(49행)뿐만 아니라 사냥개(136행, 896행), 황소(1126행), 사자(1259행) 등등 사나운 동물들의 이미지를 더 가한다. 아르테미스가 증오하는 것은, 이와 같은 이미지가 드러내주듯, 바로 전쟁에 광분하는 아가멤논의 야수 같은 파괴적인 모습이다. 칼카스가 알려주는 아르테미스 여신의 분노는 트로이아가 공격당한다는 사실만을 그 이유로 하는 것이 아니었다. 그것은 트로이아의 순진무구한 사람들, 특히 어린아이와 여성들이 아가멤논이 주최하는 그 파괴의 "잔치"(138행)의 희생자가 될 수 있기 때문이다.[12]

---

11) 이 '전조'는 아가멤논의 성격(ēthos)을 엿볼 수 있는, 아마도 아이스퀼로스 자신이 만들어낸 독창적인 모티프라는 점에서 주목할 만하다.

12) 일찍이 로이드-존스는 아가멤논에 대해 아르테미스가 분노하게 된 동기를 '당파적' 관점에서 해석한 바 있다. 그는 "『일리아스』를 비롯한 전체 그리스 문학 전통에서 아르테미스는 쌍둥이 남매인 아폴론과 더불어 그리스 침공자들에게 적대적인 감정을 가진, 트로이아의 충성스러운 동지로 등장한다"고 말했다(Hugh Lloyd-Jones, "The Guilt of Agamemnon," *Greek Epic, Lyric, and Tragedy: The Academic Papers of Sir Hugh Lloyd-Jones* [Oxford: Clarendon Pr., 1990], 287쪽). 그러나 그 여신의 면모를 찬찬히 살펴보면, 그와 같은 주장에 선뜻 동의할 수는 없게 된다. 가장 초기의 그리스 종교에서 그 여신은 '대지의 신'으로서 대지에 발붙이고 사는 모든 존재, 특히 모든 어린 것들을 보호하는 신이었다. 그 여신은 "그들의 어머니"였다(W. K. C. Guthrie, *The Greeks and Their Gods* [Boston: Beacon Pr., 1954], 100쪽). 어디서, 그리고 어떤 이름

바로 여기서 이피게네이아의 희생이 가지는 상징성에 주목할 필요가 있다. 아가멤논이 원정을 포기할 것인가 아니면 딸을 희생할 것인가라는 불가능한 선택 앞에 섰을 때, 실제로 그를 움직인 것은 제우스의 의지가 아니라 원정의 대의를 주장하는 동맹국들의 압력이었다. 동맹국의 왕들과 맺은 서약을 저버리고 "어찌 함대로 이탈할 수 있겠느냐?"(212행)고 말하는 그에게는 딸의 목숨보다는 동맹국의 왕들이 자신의 결정을 어떻게 받아들일지, 그것이 동맹관계를 해치지는 않을지가 더 우려되었다. 그는 딸의 희생을 요구하는 그들의 목소리가 "정당하다"(216행)라고 마침내 결정을 내린다.[13] 그리고 이피게네이아의 울부짖음을 외면한다. 동맹국들과 얽혀있는 이해관계 때문에 딸의 울부짖음, 딸의 죽음을 외면하는 아가멤논의 잔인함, 전쟁에 광분하는 그의 잔인함이 부각되는 순간이다. 이피게네이아의 희생은 아가멤논의 자유의지에 따른 것이었으며, 이러한 그의 자유의지의 근저에는 "불손하고, 불순하고, 불경스러운"(220행) 그의 파괴적인 성격이 이미 자리 잡고 있었다고 볼 수 있다.[14]

으로 숭배되었든 간에 그 여신은 특히 여성의 생명을 보호하는 그들의 "후견인"(W. K. C. Guthrie, 같은 책, 103쪽)이었고, "분만 중인 여인들의 신"(Nicole Loraux, *The Experiences of Tiresias: The Feminine and the Greek Man*, Paula Wissing 옮김 [Princeton: Princeton UP, 1995], 38쪽)이었다. 헤로도토스에 따르면(『역사』 2.156) 아이스킬로스는 그 여신을 풍요의 여신인 데메테르의 딸이라고 불렀다. 그 여신은 트로이아의 충성스러운 동지로서가 아니라 그 전쟁에서 희생될 숱한 순진무구한 생명의 보호자로서 아가멤논이 일으킨 보복전쟁에 분노하고 있는 것이다.

13) 바로 이런 점에서 이피게네이아의 희생이 귀족국가들 사이에 맺어진 동맹관계, 그 동맹의 결속을 훼손하지 않기 위한 것이었다는 주장이 제기되기도 한다. Dylan Sailor and Sarah Culpepper Stroup, "ΦΘΟΝΟΣ Δ' ΑΠΕΣΤΩ: The Translation of Transgression in Aiskhylos' *Agamemnon*," *Classical Antiquity*, 18:1 (1999), 154~157쪽을 볼 것.

14) 모든 위대한 비극은 비극적인 '상황'에 대해 이야기하며, 이 비극적인 상황은 언제나 현재이지만 동시에 현재를 구성하는 과거를 품고 있고, 현재와 과거를 토대로 예견할 수 있는 미래를 이미 잉태하고 있다. 아가멤논의 '과거'에는 그의 아버지 아트레우스로 인한 저주, 즉 자신의 아우 튀에스테스의 아이들을 살해한 후 튀에스테스에

이피게네이아의 희생이 그 전조가 되었던 아가멤논의 잔인하고 파괴적인 성격은 그와 그리스인이 트로이아에서 벌인 무차별적이고 잔혹한 행위를 통해 그 실상이 드러난다. 물론 이 작품은 트로이아 전쟁이 끝난 뒤에 일어나는 사건을 다루기 때문에 트로이아 전쟁의 참상을 직접 다루고 있지는 않다. 그런데도 아이스퀼로스는 여러 경로를 통해 그 전쟁의 참혹함을 전해주고 있다. 가령 코로스는 10년 만에 아르고스로 귀환한 아가멤논을 "트로이아의 약탈자"(ptoliporthos, 783행)라고 일컫는다. 그리고 트로이아의 함락 소식을 전해들은 클뤼타이메스트라는 그리스인이 "정복당한 땅"의 신들과 신들의 성전에 죄를 짓지 않기를, 그리고 "탐욕에 압도당해" 파괴를 추동하는 "광적인 충동"에 휩쓸리지 않기를 기원했다(341~344행). 클라이메스트라의 기원에는 그들의 잔혹함과 파괴성이 전제되고 있음이 나타나고 있다.

전쟁의 참상을 가장 생생하게 전해주는 이는 바로 전령이다. 그는 아가멤논이 "보복의 신 제우스의 곡괭이로 트로이아를 파서 무너뜨렸기 때문에, 그 땅은 철저히 파괴되었다"(525~526행)고 전한다. 그에 따르면 "신들의 제단과 성전은 완전히 파괴되었다.""도시의 모든 것이 황폐화되었다"(527~528행). 클뤼타이메스트라와 마찬가지로 코로스 또한 전령의 생생한 증언을 듣기 전부터 그리스인이 트로이아에서 "도시들의 파괴자"(472행)로 남지 않기를 소망했다. 물론 코로스는 파리스의 배신에 대한 응징이라는 점과 제우스가 인정한 전쟁이라는 점에서 그 전쟁이 정의의 문제와 결부되어 있음을 부인하

게 그 아이들의 살로 요리한 음식을 대접해 나중에 그것을 알게 된 튀에스테스가 아트레우스에게 내린 저주가 자리하고 있는데, 바로 이것이 아가멤논에게까지 이어지는 '근원적인 죄 또는 재앙'(prōtarchos atē)이다. 그리고 이 작품에서 이러한 아트레우스 가문의 저주의 내력에 대한 이야기를 들려주는 카산드라는 그 저주가 가문 대대로 이어질 것이라고 예언한다.

지는 않는다. 하지만 그들은 한 **난잡한** 여인(62행)으로 인해 일어난 전쟁, 너무나 "많은 피를 흘리게 한 자들"(poluktonoi, 461행)의 전쟁, 즉 "아가멤논의 전쟁"[15]을 도덕적으로 인정하지 않는다(799~804행). 따라서 그들은 아가멤논의 귀환을 진심으로 환영하고 승리에 환호하면서도 그를 '트로이아의 약탈자'라고 불렀던 것이다.

한편 귀환한 아가멤논은 마치 그러한 호칭이 자신의 것임을 증명이라도 하려는 듯, 트로이아에는 "파멸의 돌풍만이 살아있다"(819행)고 전하면서, 자신을 "높이 솟아있는 성벽 위를 오르내리면서", 트로이아 "왕자들의 피를 남김없이 핥아먹는 굶주림에 허덕이는 사자"(827~828행)에 비유했다.[16] 코로스는 "새끼 사자"는 자라서 장성하게 되면 부모에게서 물려받은 "본성"(ēthos, 727~728행)을 드러낸다고 말하면서, 그 본성은 "부모를 닮은 집안의 검은 아테(Atē)", 즉 "불경스러운 오만"(768~770행)으로 나타난다고 말한 바 있다. 여기서 등장하는 새끼 사자는 파리스나 헬레네를 지칭하는 것으로 주로 해석되지만, 아가멤논을 가리키는 것으로 보는 것이 더 정확하다.[17] 전

---

15) R. P. Winnington-Ingram, *Studies in Aeschylus* (Cambridge: Cambridge UP, 1983), 88쪽.

16) 작품 「아가멤논」에는 동물들의 이미지가 많이 등장한다. 특히 사자 또는 사자의 새끼라는 동물의 이미지는 『오레스테이아』 전체를 통해 가장 빈번하고 중요하게 등장하는 이미지 가운데 하나다. 우선 그것은 헬레네의 파괴적인 성격을 가리키기 위해 비유로서 등장한 이후 아가멤논, 클뤼타이메스트라, 메넬라오스, 아이기스토스, 파리스, 심지어 오레스테스에게까지 확대되고 있다. 여기서는 아가멤논에게만 적용된다. 그는 스스로를 굶주림에 허덕이는 잔인한 사자에 비유함으로써 이피게네이아를 죽였을 때의 모습 그대로의, 전쟁에 광분하고 살육에 탐닉하는 야만적인 인간의 모습 그대로의 자신을 보여주고 있다. 이에 대해서는 Bernard M. W. Knox의 탁월한 글 "The Lion in the House," *Classical Philology*, 47(1952), 17~25쪽을 볼 것. 동물의 이미지가 『오레스테이아』 작품 전체를 이해하는 데 얼마나 중요한가는 John Heath, *The Talking Greeks: Speech, Animals, and the Other in Homer, Aeschylus, and Plato* (Cambridge: Cambridge UP, 2005), 215~258쪽에서 구체적으로 논의되고 있다.

17) 이에 대해서는 Stuart Lawrence, *Moral Awareness in Greek Tragedy* (Oxford: Oxford UP, 2013), 82~83쪽을 볼 것.

쟁을 위해 딸 이피게네이아의 목을 쳐 제물로 바치고, 전쟁의 승리 뒤 트로이아인들을 굶주린 사자처럼 무참하게 죽인 아가멤논의 성격과 행위는 자신의 아내를 유혹한 아우 튀에스테스에게 복수하기 위해 아우의 아이들을 죽인 뒤 그들의 살로 만든 고기를 아우에게 대접했던 아버지 아트레우스의 불경스럽고 잔인한 성격과 행동을 물려받았음을 말해주고 있기 때문이다.

코로스는 제우스가 "지나친 명성"에 우쭐대는 자들에게 "천둥번개"를 내려치듯(468~470행), "많은 피를 흘리게 한 자들"은 신들의 "눈길을 피하지 못한다"(461~462행)고 경고했다.[18] 마치 아가멤논에게 신의 벌이 내려질 것임을 이미 헤아리고 있는 듯, 코로스는 "분노의 여신들의 검은 무리가 불의의 번영을 누리는 자의 운명을 역전시켜 그의 삶을 역경으로 몰아넣어" 더 이상 그에게 "구원은 더 이상 없다"고 단언했다(463~467행).

아르테미스는 자신의 경고에도 불구하고 자신의 딸을 희생시키면서까지 전쟁을 수행한 아가멤논의 행위, 그의 불경스러운 오만을 용인할 수 없었다.[19] 아이스퀼로스는 아가멤논의 불경스러운 오만

---

18) 트로이아를 피로 물들인 그리스인들에 대한 신들의 보복은 그리스의 승전을 알리는 전령이 전한 또 하나의 소식, 즉 트로이아를 함락시킨 바로 그날 밤 폭풍이 몰아쳐 함대가 산산조각 나고 많은 군사들이 숨지거나 실종되었다는 이야기를 통해서도 확인할 수 있다(636~680행). 분노한 신이 그리스인들의 귀환을 방해하기 위해 폭풍을 일으켰다는 것이다(634~635행, 649행). 이 '폭풍'의 모티프는 아이스퀼로스의 독창적인 발상으로서 이를 통해 그가 아가멤논과 그리스 병사들의 야만적인 행위를 도덕적인 비난의 대상으로 여기고 있음을 알 수 있다.

19) 아르테미스를 향한 아가멤논의 오만은 신화에서도 그 일례가 드러난다. 아가멤논은 자신의 사냥 기술이 아르테미스보다 더 뛰어나다고 자랑하고, 아르테미스의 동산에 있는 수사슴들을 마구잡이로 살육했다. 이 오만함이 그 여신을 분노케 했던 것으로 되어있다. 물론 아이스퀼로스가 이러한 신화의 내용을 직접 인용하고 있지는 않지만, 아가멤논의 오만이 아르테미스 여신의 분노의 원인이라는 점을 미리 염두에 두고 있었던 것으로 보인다.

을 그가 "은(銀)을 주고 산"(949행) 값비싼 자줏빛 천 위를 걸어 궁전 안으로 들어가는 그 유명한 장면을 통해 집약적으로 보여준다. 클뤼타이메스트라는 남편의 귀환(nostos)에 대한 극진한 환영의 표현으로 궁전으로 향하는 길에 자줏빛 천을 깔고 그 위를 걸어 궁전 안으로 들어갈 것을 유혹한다(949행, 958~962행). 물론 처음에는 아가멤논도 이를 거절한다. "화려하게 수놓은" 값비싼 천 위를 걸어가는 것은 "신들에게나 어울리는 일"이므로, 따라서 신에게나 어울리는 이러한 "의식", 이러한 명예를 인간이 찬탈하게 되면 신들의 "시기(phthonos)"를 사게 될 것이라며 거절한다(920~924행).[20] 이어서 그는 자신을 "신으로서가 아니라……한 사람의 인간으로서 예우"(925행)해달라고 말한다.

이 말에 클뤼타이메스트라가 트로이아의 왕 프리아모스가 승리자로서 귀환했더라면 어떻게 했겠느냐며 그의 경쟁심을 자극하자, 아가멤논은 아무런 망설임도 없이 프리아모스라면 그 천을 밟고 지나갔을 것이라고 답한다(935~936행). 다시 클뤼타이메스트라가 그렇다면 사람들의 비난이 두려워서 거부하는 것이냐고 묻자, 그는 그렇다고 대답한다. 클뤼타이메스트라는 "신의 시기의 대상이 되지 않는 사람은 [사람들의] 칭찬의 대상도 되지 않는다"(939행)고 말한 뒤, 여성의 간청을 들어줌으로써 남자다움이 입증될 수 있다고 설득한다. 마침내 아가멤논은 신의 "시기의 눈길"(ōmmatos……phthonos)이 자신에게 향하지 않기를 기원하면서(946~947행) 자줏빛 천 위를 걸어 궁전 안으로 들어간다.

---

20) 인간이 "신에게나 합당한 물건이나 명예를 오만하게 그리고 비합법적으로 전유"할 때 그 인간에게는 신의 시기가 들이닥친다. Dylan Sailor and Sarah Culpepper Stroup, 앞의 글, 164쪽. 신과 인간의 관계, 인간과 인간의 관계에 해당되는 '시기' 또는 '질시'(phthonos)에 대한 논의는 같은 글, 160~178쪽에서 상세하게 다루어지고 있다.

천의 어두운 "자줏빛"(porphurostrōtos, 910행, 957행, 959행)은 불길한 이미지를 불러일으킨다. 호메로스의 『일리아스』에도 자줏빛은 죽음의 이미지를 상기시키는데,[21] 이는 그 빛이 끝없는 피의 복수와 죽음이라는 어두운 이미지를 주기 때문이다.[22] 아가멤논이 궁전 안으로 들어간 뒤 곧바로 죽음을 당하는 것은 신의 시기가 즉각적으로 그에게 가한 응징으로 보일 수도 있다. 독수리들의 잔혹함을 보여주는 그 전조가 아가멤논의 성격을 보여주는 장치라면, 자줏빛 천 위를 걷는 이 장면은 자신을 신만큼 높이고자 하는 오만(hubris)을 드러내주는 장치라고 할 수 있다. 이피게네이아를 죽음으로 몰고 간 그의 결정이 신의 의지에 따른 것이라기보다는 그의 파괴적이고 오만한 성격에서 기인된 것이라는 주장이 설득력을 가지게 되는 것은 이러한 이유에서이다.

일찍이 헤라클레이토스는 "인간의 성격이 그의 운명이다"(Ēthos anthrōpōi daimōn)라고 말했다.[23] 이러한 그의 발언은 문자 그대로 인간의 성격이 그 사람의 삶을 운명적으로 결정한다는 것을 의미한다. 주인공의 모든 행동은 "그 주인공의 성격, 즉 그의 에토스(ēthos)에서 나온다……." 즉 그 주인공의 "특별한 성격 또는 에토스의 논리와 일치해서 나타난다."[24] 목숨을 애원하는 "기도"에도, '아버지'라고 부르는 "절규"에도 아랑곳하지 않고 칼로 목을 치게 한 뒤(228~237행) 거기서 품어져 나오는 붉은 피를 제단에 뿌리며 딸을 제물로 바

---

21) 『일리아스』 5.82~83행; 16.333~334행; 20.476~477행,

22) Laura McClure, *Spoken Like a Woman: Speech and Gender in Athenian Drama* (Princeton: Princeton UP, 1999), 88쪽.

23) fr. 114, Charles H. Kahn, *The Art and Thought of Heraclitus: An Edition of the Fragments with Translation and Commentary* (Cambridge: Cambridge UP, 1979), 80쪽.

24) Jean-Pierre Vernant, "Tensions and Ambiguities in Greek Tragedy," Jean-Pierre Vernant and Pierre Vidal-Naquet, *Myth and Tragedy in Ancient Greece*, Janet Lloyd 옮김 (New York: Zone Books, 1990), 37쪽.

칠 만큼 전쟁에 광분하는 그의 파괴적인 욕망, 그리고 "파괴의 돌풍"(819행)을 일으켜 순진무구한 아이에서 노인네에 이르기까지 수많은 트로이아인들을 무참하게 살육하고 신들의 성전과 제단을 파괴시킨 그의 잔인함과 오만이 바로 그의 운명의 "결과"[25]가 되어 그의 삶을 비극적으로 만들고 있는 것이다.

클뤼타이메스트라는 아가멤논이 자줏빛 천 위에 그의 두 발을 올려놓기 직전, 남편이 밟을 자줏빛 천의 길에 정의가 함께할 것을 기원(911행)한 뒤, 아가멤논이 천을 밟고 궁 안으로 들어가는 것을 바라보면서 "오 제우스여, 제우스여, 모든 일을 성취하시는 그대여, 저의 기도가 이루어지게 하소서"(973행)라고 탄원했다. 이 탄원에는 곧 신의 정의가 인간의 분노와 보복을 통해 이루어지리라는 것을 예견하는 목소리가 담겨있다.

"트라케의 바람을 잠재우기 위해 자신의 딸을 한 마리 양처럼 제물로 바쳤던"(1415~1418행) 아가멤논을 클뤼타이메스트라는 **황소**[26]인 양 욕조에서 양날의 흉기로 내려찍은 뒤, 그가 쓰러지자 곧바로 내려찍은 세 번째 타격을 일컬어 "이 세 번째 타격은 사자(死者)의 구원자인 제우스[지하의 하데스 신]에게 바치는 제물"(1384~1389행)이라고 했다. 여기서 "'제물을 바친 자'……", 즉 딸을 제물로 바친 아

---

25) Bernard Williams, *Shame and Necessity* (Berkeley: U of California Pr., 1993), 134쪽.

26) 호메로스는 『오뒤세이아』에서 클뤼타이메스트라와 함께 아가멤논의 살해를 도모한 아이기스토스가 아가멤논을 집으로 초청한 뒤 잔치를 베푸는 도중 그를 "마치 사람들이 여물통 앞에서 황소를 죽이듯" 그렇게 죽였다(4.534~535; 11.410~411)고 말하고 있다. 「아가멤논」에서도 카산드라는 아가멤논을 제물로 바쳐질 "황소"(1125행)와 결부시키고 있다. 클뤼타이메스트라는 "아트레우스의 악행을 복수하는 악령"이 아내인 자신의 모습을 하고 나타나서 남편 아가멤논을 희생 "제물"로 삼았다고 말한다(1500~1504행).

가멤논은 바로 "그 자신이 '제물'이 되고 있다."[27] 클뤼타이메스트라는 아가멤논을 제물로 바치는 자신의 행위를 "내 산고(ōdis)의 소중한 결실"(1415행)인 "내 자식을 위해 성취된 정의"(1432행), 그리고 아가멤논을 죽인 자신의 "오른팔"을 "정의의 일꾼(dikaias tektonos, 1406행)이라고 규정했다. 이피게네이아의 죽음에 대한 정당한 복수라는 것이다. 그녀는 이를 여러 번 강조한다(1412~1420행, 1432행, 1521~1529행). 코로스는 욕조에 죽어 누워있는 아가멤논을 바라보면서 클뤼타이메스트라가 저지른 악행을 용서하고 있지는 않지만, 아가멤논이 자신의 딸을 참혹하게 죽인 것 역시 부도덕한 것으로 받아들이고 있기 때문에, 모든 잘못이 클뤼타이메스트라에게 있다고만 고집하지는 않는다(1560~1561행).

아가멤논을 살해한 뒤, 클뤼타이메스트라는 가장 먼저 코로스에게 "이 자는 자기 집에 그토록 많은 저주의 악을 잔에 채워놓고는 이제 집으로 돌아와 자신이 그 잔을 비우고 있다"(1397~1398행)고 말한다. 물론 여기서 아가멤논이 잔에서 비우고 있는 "저주의 악"은 이피게네이아를 참혹하게 죽인 그를 응징하는 아내 클뤼타이메스트라의 보복의 피다. 뿐만 아니라 그것은 아트레우스 가문에 대대로 내려오는, 악령이 주도하고 있는 복수의 피이기도 하다(1476행, 1497~1504행). 아가멤논을 죽이기 위해 "치명적인 모든 계획"(1608)을 클뤼타이메스트라와 함께 도모한 아이기스토스는 아트레우스에게 죽음을 당한 자신의 아버지인 튀에스테스의 복수를 위해 그의 아들인 아가멤논을 죽이기로 한 것은 "정당"하다고 했으며(1604), 그가 죽음을

---

27) Albert Henrichs, "Animal Sacrifice in Greek Tragedy: Ritual, Metaphor, Problematizations," *Greek and Roman Animal Sacrifice: Ancient Victims, Modern Observers*, Christopher A Faraone and F. S. Naiden 엮음 (Cambridge: Cambridge UP, 2012), 189쪽.

당하자, "정의의 여신의 덫"에 걸려 죽었다고 환호했다(1610~1611행). 코로스는 끝없이 반복되는 아트레우스 가문의 피의 복수를 한탄하면서 아트레우스 가문의 악령이 클뤼타이메스트라와 아이기스토스를 통해 아가멤논의 죽음에 가담하고 있음을 인정하고 있다(1507~1512행).

자신의 딸을 살해한 아가멤논, 그리고 딸을 죽인 남편 아가멤논을 살해하는 클뤼타이메스트라를 바라보면서, 그리고 "그[아가멤논] 집을 후려치는 피의 폭우를 두려워하면서" 코로스는 "운명"(moira)은 이러한 악행에 대한 보복으로 또 다른 "악행"을 하기 위해 "정의의 칼날을 갈고 있다"(1533~1536행)며 한탄한다. 작품 「아가멤논」의 결말은 이러한 보복의 악순환, 즉 클뤼타이메스트라의 보복이 부를 또 다른 보복을 예고하는 암울한 기운으로 가득 차 있다. 카산드라는 클뤼타이메스트라가 자신의 아들의 손에 죽을 것이라고 예언했고(1280~1283행), 코로스는 "운명이 오레스테스의 귀환을 인도할 것"(1667행)이라고 노래한다. "아마도 극문학 역사상 가장 기억될 만한 귀환"[28]인 아가멤논의 '귀환'만큼이나 비극적인 또 하나의 귀환이 예고되고 있는 것이다.

「제주를 바치는 여인들」

오레스테스가 아르고스에 귀환해 어머니를 죽이는 두 번째 작품 「제주를 바치는 여인들」은 아가멤논이 살해당하고 8년이 지난 어느 날, 이제 어른이 된 오레스테스가 아버지 아가멤논의 복수를 위해 친

---

28) Rush Rehm, *The Play of Space: Spatial Transformation in Greek Tragedy* (Princeton: Princeton UP, 2002), 78쪽.

구 퓔라데스를 동반하고 아르고스로 귀환하는 것으로 시작한다. 오레스테스는 아버지의 무덤가에 자신의 머리카락 한 줌을 내려놓으며 뒤늦은 애도를 표한다. 이때 엘렉트라와 외국인 시녀들로 구성된 코로스가 제주를 들고 등장하자, 그는 친구와 함께 몸을 숨긴다. 엘렉트라가 무덤가에 놓인 머리카락과 발자국을 발견하고 누구의 머리카락이고 발자국인지 의아해하고 있을 때, 오레스테스가 모습을 드러낸다. 그가 오레스테스임을 감히 믿지 못하는 엘렉트라는 자신의 머릿결과도 잘 어울리는 머리카락, 자신의 발자국과 유사한 발자국, 그리고 자신이 짜주었던 겉옷을 보고 그가 오레스테스임을 확인한다. 그러고는 한없이 기뻐하면서 함께 아버지 아가멤논의 죽음을 애도한다. 오레스테스는 아폴론에게 아버지의 원수를 갚으라는 신탁을 받았음을 엘렉트라에게 알린다.

오레스테스와 퓔라데스는 포키스의 여행자로 가장해 궁전으로 들어가 클뤼타이메스트라에게 아들 오레스테스가 객사했다는 거짓 정보를 전한다. 자신이 낳은 뱀에게 자신의 젖가슴을 물리는 악몽을 꾼 뒤 불안해하던 클뤼타이메스트라는 거짓 정보에 안심하면서 두 청년을 궁전 안으로 들이고 어릴 적에 오레스테스를 돌보았던 유모에게 아이기스토스를 데려오게 한다. 코로스로부터 오레스테스가 살아있다는 암시를 받은 유모는 아이기스토스로 하여금 호위병 없이 혼자 궁전 안에 들어가도록 한다. 아이기스토스는 궁에 도착하자마자 오레스테스의 칼에 쓰러진다. 그리고 곧이어 뛰어나온 클뤼타이메스트라는 피가 뚝뚝 떨어지는 칼을 들고 서 있는 오레스테스와 마주한다. 클뤼타이메스트라가 오레스테스가 어렸을 때 빨았던 자신의 젖가슴을 내보이며 목숨을 애원하자 오레스테스는 "어머니를 죽이기를 두려워하면서"(899행) "어떻게 해야 하나?"(899행)하며 잠시 깊은 갈등에 젖는다.

이때 퓔라데스가 "그러면 퓌토에서 명령받은 록시아스[아폴론]의 신탁은 어떻게 되며, 그 엄숙한 [복수의] 맹세는 어떻게 되느냐?"(900~901행)고 말하면서 아폴론의 명령과, 그리고 그 명령을 따르겠다고 맹세했던 사실을 상기시키자, 마침내 오레스테스는 어머니를 죽이기 위해 그녀를 앞세우고 궁전 안으로 들어간다. 잠시 동안 코로스는 기쁨의 노래를 부른다. 이윽고 궁전의 문이 열리면서 아이기스토스와 클뤼타이메스트라의 시신 옆에 서 있는 오레스테스의 모습이 보인다. 오레스테스는 엘렉트라와 코로스와 함께 승리에 차 기뻐하지만, 곧이어 "어머니의 원한"과 "증오에 찬"(1054행, 1058행) 망령이 불러낸 "복수의 악령들"(「아가멤논」 1501행)인 분노의 여신들[29]이 "검은 옷을 입고 우글거리는 뱀의 관을 쓴 채" 자기에게 다가오는 것을 보고 "공포"에 떤다. 그는 자신을 "고통에서 해방시켜줄" 델포이의 아폴론의 신전으로 가기 위해 급히 뛰쳐나간다(1049~1060행). 거의 미친 상태에서 뛰쳐나가는 그를 보면서 코로스가 이 "살인의 광기는 그 기운이 과연 어디쯤에서 가라앉고, 어디쯤에서 그 끝을 보일 것인가?"하며 탄식하는 가운데 (1075~1076행) 작품은 끝난다.

---

29) 하계에 머물고 있는 '분노의 여신들'(Erinūs)은 이 작품의 시대적 배경이 되는 청동시대, 즉 호메로스의 '아가멤논'시대에는 보통 부당하게 살해당한, 특히 친족에게 부당하게 살해당한 이들을 위해 보복을 행하는(『일리아스』 9.447~457) '복수의 여신들'을 가리킨다. 호메로스는 『일리아스』에서 하계의 분노의 여신들은 부당한 취급을 당한 부모의 '저주'를 구현한다고 말하고 있다(9.454~456). 그리고 뿐만 아니라 그들은 맹세를 깨뜨린 자들을 벌하는(19.259~260) 등 정의와 질서를 가져오는 자들로 일컬어지고 있다(19.418). 작품 「아가멤논」에서도 분노의 여신들은 호메로스의 『일리아스』에 나오는 분노의 여신들의 이러한 역할을 행하고 있다. 앞으로 다룰 3부작의 마지막 작품 「자비로운 여신들」에서 분노의 여신들은 작중 주요인물로 등장한다. 우리는 그들을 본격적으로 다루게 될 것이다.

아가멤논과 클뤼타이메스트라

전작(前作) 「아가멤논」의 끝부분에서 코로스는 클뤼타이메스트라에게 아가멤논을 "누가 묻어주고"(1541행), "누가 만가(輓歌)를 불러주며"(1541행), "누가 그의 무덤가에서 진심어린 눈물을 흘리며, 신과 같은 존재인 그를 칭송할 것이며"(1547~1549행), "누가 진심으로 그분을 애도할 것인가?"(1550행)라고 물었다. 그리고 그녀에게 "감히 제 손으로 죽인 남편을 위해……" "그의 위대한 공적을 위해" "큰 소리로 통곡할 수 있을 것인가?"(1542~1546행) 하고 물었다.

"위대한 공적"을 이룬 아가멤논의 죽음을 애도하는 코로스의 말에서 드러나고 있듯, 「아가멤논」의 후반부에서 눈에 띠게 나타나는 아가멤논에 대한 이와 같은 칭송의 어조는 그대로 이 작품 「제주를 바치는 여인들」로 이어지고 있다. 여기서 아가멤논은 신과 같은 이미지로, 트로이아를 함락시킨 위대한 왕으로 그려지고 있다. 아무도 그의 잘못을 언급하지 않으며 그의 무덤은 "마치" 신을 경배하기 위해 건립된 "제단(bomos)과 같은"(106행) 장소가 되고 있다. 이와 같은 칭송의 어조는 무엇보다도 곧 이어질 오레스테스의 행위를 정당화하기 위한 장치라고 할 수 있다. 아가멤논을 신과 같은 위대한 왕, 신성한 영웅으로 부각시킴으로써 그를 살해한 클뤼타이메스트라와 아이기스토스의 행위를 매도하고, 그들에 대한 오레스테스의 응징을 정당화하려는 의도인 것이다. 물론 아가멤논이 부상하는 만큼 클뤼타이메스트라는 추락한다.

이 작품에서 클뤼타이메스트의 행위는 딸의 죽음에 대한 복수가 아니라 "적을 공포에 떨게 했던 용감한 전사(戰士)"인 아가멤논을 죽이기 위해 악한 여인이 꾸민 "간교한 음모"의 산물로 폄하되고 있다(626~628행). 계속해서 코로스는 클뤼타이메스트라를 "폭풍"의 파괴적인 힘을 능가하는, 또는 바다와 육지의 모든 "괴물"의 파괴적인 힘을 능가하는 힘을 가진 무서운 여인으로 규정한다(585~651행). 또한 렘노스 여인들에 관한 신화를 끌어들여 클뤼타이메스트라를 비난한다. 남편을 살해하고 권력을 쟁취했지만 신은 물론 모든 사람들에게서 저주의 대상이 되어 끝내는 그 종족이 멸망해버린(631~636행) 렘노스 여인들의 이야기를 통해, 클뤼타이메스트라의 행위가 모든 이의 비난을 받을 만한, 심지어 신의 저주의 대상이 될 만한 악행임을 일깨운다.

클뤼타이메스트라에 대한 부정적인 평가는 이미 전작 「아가멤논」에서 코로스에 의해 틈틈이 드러난 바 있다. 클뤼타이메스트라가 아가멤논을 죽인 뒤 그 죽음을 정의의 이름으로 정당화할 때, 코로스는 그녀를 "오만 불손한" "광기"의 여인이라고 부르면서(1426~1428행), 아가멤논의 죽음이 음모의 덫에 의한 "음흉한"(aneleutheron, 1494행) 죽음이라고 주장했다. 카산드라는 그녀를 "배반을 일삼는 **아테와 같은**"(1230행) 존재, "하데스의 덫"과 같은 존재(1115~1117행)라고 규정했다. 클뤼타이메스트라를 표상하는 여러 동물의 이미지도 등장했다. 그녀는 사냥개(1093행, 1228행), 뱀(1233행), 암사자(1258행), 썩은 시체를 쪼아 먹는 큰 까마귀(1472~1474행), 덫을 놓는 거미(1492행, 1516행) 등에 비유되었다. 이러한 부정적인 동물들의 이미지는 이 작품 「제주를 바치는 여인들」에도 이어진다.

엘렉트라는 클뤼타이메스트라를 잔인한 마음을 가진 늑대(421행)라고 일컫고 있고, 오레스테스는 그녀를 아가멤논의 자식들을 공격하는 "무서운 뱀"(249행), "물뱀 또는 독사"(994행)라고 일컫고 있다. 자신의 아버지 아가멤논은 그 무서운 뱀의 또아리 속에서 죽었다고 말한다(247~249행). 이러한 뱀의 이미지에 의해 클뤼타이메스트라는 뱀처럼 간사하고 잔인한 여인으로 부각되고 있다. 클뤼타이메스트라의 잔인함은 동물 등의 이미지를 통해서만 전달되고 있는 것은 아니다. 우선 전작 「아가멤논」에서 그녀가 죽은 아가멤논의 몸에서 쏟아져 나오는 피를 하늘에서 내리는 비에 비유하고, 자신을 그 비를 통해 원기를 되찾는 대지의 곡물들에 비유하는(1388~1392행) 도착적인 장면을 떠올려볼 수 있다. 또한 남편의 시신을 향해 환호하면서 자신의 살해 행위를 승리를 거둔 무사(武士)처럼 자랑스러워하는 모습(1397~1400행), 카산드라의 죽음에 대해 "나의 화려한 잔치를 위해 나의 잠자리의 기쁨에 미묘한 흥분을 더해주는 양념"(1447행)이라고 묘사하는 모습을 떠올려볼 수도 있다.

죽은 적들의 시신 앞에서 환호하는 것을 금지했던 오뒤세우스의 일화에서도 알 수 있듯, 호메로스 이래로 자신이 죽인 사람의 시신을 앞에 두고 자신의 행위를 자랑스러워하는 것은 부적절하고 오만한 행위인 것으로 간주되어왔다. 물론 호메로스의 『일리아스』에는 죽어가는 적의 모습을 보면서 환호하는 장면이 흔히 등장한다. 하지만 아무리 적이라 해도 일단 죽은 이후에는 시신은 연민과 공경의 대상이 되어야지 자랑의 대상이 될 수 없었던 것이다.[30] 그런데도 클뤼타이메스트라는 시신 앞에서 환호하고 자랑스러워한다.

한편 그녀의 잔인함은 그녀가 엘렉트라로 하여금 "노예"와 같은 생활을 하게하고(135행), 어린 오레스테스를 다른 나라의 노예로 팔았던 것(135~136행, 913~917행)에서도 드러난다. 따라서 오레스테스는 자신과 엘렉트라를 집에서 쫓겨난 병아리(255~256행)에, 그 무서운 뱀의 또아리 속에서 죽은 "아비 독수리를 잃은 고아새끼들"(247행)에 비유하고 있다.

---

30) 『오뒤세이아』 22.411~413; 아르킬로코스 fr. 134, *Greek Lyric Poetry*, M. L. West 편역 (Oxford: Clarendon Pr., 1993); 에우리피테스, 『엘렉트라』 900~956행, 『알케스티스』 1060행, 『헬레네』 1277행; 소포클레스, 『안티고네』, 510행 이하, 744~745행을 볼 것.

또 한편 아가멤논의 장례가 어떠했는지를 살펴보자. 고대 그리스에서 전쟁에서의 죽음과 같은 공적인 죽음이 아닌 사적인 죽음의 경우, 장례를 주관하는 것은 일차적으로 친척들의 몫이었다.[31] 특히 망자(亡者)의 아들(친자이건 양자이건)이 그 집의 합법적인 상속자로서 장례를 주관하게 되어 있었다. 그리고 아들이 없는 경우에는 망자와 가까운 친척, 즉 망자의 형제, 손자 또는 조카가 책임을 대신했다. 그렇다면 아가멤논의 경우 누가 그의 장례를 치러야 하는가? 작품 「아가멤논」에서 코로스가 아가멤논을 "누가 묻어줄 것인가"를 물었을 때(1541행), 그들은 이미 아가메논의 장례를 주관할 이가 없다는 것을 알고 있었다. 아트레우스 가문의 정당한 상속자인 오레스테스는 추방상태에 있었고, 아가멤논의 동생 메넬라오스는 트로이아에서 아직 귀환하지 않고 있었다. 아르고스에 남아있는 아가멤논의 유일한 친척은 아내를 빼앗고 그를 죽인 사촌이자 조카 아이기스토스뿐이다. 전통적으로 죽은 자를 애도하는 것은 망자의 친척, 그중에서도 여성들의 몫이었다. 하지만 코로스는 엘렉트라를 포함해 그 밖의 친척들에게 아가멤논을 공개적으로 애도할 기회가 주어질지에 대해 의심했다. 또한 클뤼타이메스트라가 애도의 작업을 주관한다 하더라도 아가멤논의 살해자인 그녀의 애도가 "무엄한"(1546행) 짓거리에 불과할 것임을 인식하고 있었다.

마지막으로 코로스는 "누가 그의 무덤가에서 진심어린 눈물을 흘리며, 신과 같은 존재인 그를 칭송할 것인가"(1547~1549행)라

---

31) 고대 그리스에서의 장례의식의 일반적인 형태와 장례의식이 아이스퀼로스의 『오레스테이아』에서 어떤 역할과 의미를 가지는가에 대해서는 Kerri J. Hame, "All in the Family: Funeral Rites and the Health of the Oikos in Aischylos' *Oresteia*," *American Journal of Philology*, 125: 4(2004), 513~538쪽을 참조할 것. 좀더 본격적인 논의는 이 분야의 고전이라고 할 수 있는 Margaret Alexiou, *The Ritual Lament in Greek Tradition* (Lanham: Rowman & Littlefield, 2002), 4~23쪽을 볼 것.

고 물었다. 그들은 아무도 없다는 것을 미리 알고 있었다. 코로스의 그러한 물음에 대해 클뤼타이메스트라는 장례는 그들이 관여할 사항이 아니라고 못 박으며(1551~1552행), 전통적인 장례의식을 묵살한다. 고대 그리스에서 여성은 장례를 주관하는 남성의 인도 아래 움직일 수 있었다. 그럼에도 불구하고 그녀는 자신을 인도할 어떤 남성도 없는 상태(아이기스토스는 아직 도착하지 않고 있다)에서 당당하게 아가멤논의 살인자인 자신이 직접 그를 매장할 것이라고 공표했다.

아가멤논의 시신은 매장 전에 행해지는 예비단계의 의식절차, 즉 시신의 눈과 입을 닫고, 몸을 씻고, 옷을 입히고, 화관으로 장식하는 등의 절차 가운데 그 어떤 단계도 거치지 않고 매장되었다.[32] 코로스가 손과 발이 "난도질 당했다"(439행)고 말하고 있듯, 시신은 무자비하고 무례하게 다루어졌다. 클뤼타이메스트라는 아가멤논의 시신을 난폭하게 다루었을 뿐 아니라, 엘렉트라가 울부짖으면서 증언하듯, 다른 사람들이 아가멤논의 죽음을 애도하는 것조차 허용하지 않았다(430~433행, 444~449행). 엘렉트라는 장례가 행해지는 동안 집에 갇혀있었으며(431~432행, 446행) 아버지의 죽음을 애도하는 그 어떤 행위도 허용되지 않았다(447~449행). 이를 통해 아이스퀼로스는 클뤼타이메스트라가 어떤 성격의 인간인지를 말해주고 있다. 그에게 클뤼타이메스트라는 "아가멤논의 집을 찬탈하고 타락시킨" 인간, 따라서 "합법적인 남성상속자인 오레스테스의 복수를 받을 만한" 인간[33]으로 부각되고 있다.

---

32) 호메로스의 『오뒤세이아』(11.425~426)에서 망령 아가멤논은 클뤼타이메스트라가 자신의 눈을 감게 하지도 않았고 입을 다물게 하지도 않았다고 토로한다.
33) Kerri J. Hame, 앞의 글, 535쪽.

오레스테스

작품 「제주를 바치는 여인들」에서 아이스퀼로스는 오레스테스를 그의 부모와 전혀 다른 성격(ēthos)의 인물로 설정하고 있다. 처음부터 남편을 죽이려는 목적을 가지고 있었으면서도 철저하게 숨기고 위장했던 클뤼타이메스트라와 달리, 오레스테스는 처음부터 자신의 목적을 분명하게 밝힌다. 아가멤논의 복수를 명한 "록시아스[아폴론]의 강력한 신탁은 결코 나를 저버리지 않을 것"(269~270행)이라는 발언을 통해 그는 자신이 아폴론의 대리인 또는 도구에 지나지 않음을 명확히 한다. 아폴론의 명령에 따르지 않는다면 "차디찬 불행의 겨울" "수많은 고통"이 뒤따를 것이라는 "경고" 역시 무시할 수 없는 부분이다(278~290행).

뿐만 아니라 본질적으로 순수한 인간적인 동기, 즉 자식으로서의 아버지의 죽음에 대한 "깊은 애도의 마음"(299행)과, 무도한 강탈자들에게 오염된 자신의 **집**(oikos)을 정화하려는 의무감도 그의 행동을 추동하고 있다. **자신의** 집을 되찾아 정화하려는 그의 의무감에서 비롯된 것이라는 점에서 그의 복수는 또 한 번 정당화된다. 오레스테스는 "왕이면서도 왕답게 돌아가지 못한" 아가멤논에게 자신의 "기도를 들어주어" 자신에게 "아버지의 집을 다스릴 수 있는 힘을 달라" (479~480행)고 간구한다. 코로스도 오레스테스를 오염된 집을 정화하는 자, 또는 그 집을 구원하는 자라고 일컫는다. 클뤼타이메스트라와 아이기스토스는 아가멤논의 집, 그 집의 유일한 상속자인 오레스테스의 정당한 자리와 권리를 빼앗았을 뿐만 아니라 이러한 찬탈행위의 배후에는 "분별없는 욕정"(597행)에 의한 간음이라는 그들의 불륜이 자리하고 있었다. 작품 「제주를 바치는 여인들」에서 이러한 간음은 집을 배반하는 "복합적인 타락의 죄"[34]로 간주되고 있다.

---

34) Cynthia B. Patterson, *The Family in Greek History* (Cambridge/M. A.: Harvard UP, 1998), 144쪽.

간음은 혼인에 대한 배반 그 이상이다. "가부장적인 권위에 대한 위반일 뿐만 아니라 그 자체로 폴리스의 소우주인 집 자체에 대한 위반"이다.[35] 더 나아가 이것은 "사회 전체를 위협하는 타락이다."[36] 따라서 오레스테스가 아가멤논에게, 그리고 제우스에게 간구할 때 그는 자신의 집뿐만 아니라 아르고스 전체 질서의 회복을 위해 기도하고 있다(262~263행). 아폴론의 명령이라는 그 일차적인 동기와 함께 이와 같은 모든 인간적인 동기 또한 오레스테스의 복수를 피할 수 없게 만든다. 그가 가진 사명의 인간적인 동기들을 생생하게 증명하는 다음의 발언에 주목해보자.

그 신탁을 믿지 않아야 하나?
비록 내가 그것을 믿지 않는다 해도 이 일은 행하지 않으면 안 되리라
여러 가지 요구들이 한데 뭉쳐 나를 재촉하기 때문이니
신의 명령도 있고 아버지에 대한 커다란 슬픔도 있는 데다가
재산을 잃어버린 것도 나를 크게 압박하고
지상에서 가장 영광스러운 시민들
트로이아를 함락해 용맹을 떨친 나의 시민들이
한 쌍의 두 여자[클뤼타이메스트라와 아이기스토스[37]]가 내 재산으로
자신들을 지배하면 아니 된다는 마음가짐도
나를 심히 압박하고 있구나(297~304행)

---

35) Cynthia B. Patterson, 같은 책, 145쪽.
36) Simon Goldhill, *Reading Greek Tragedy* (Cambridge: Cambridge UP, 1986), 24쪽.
37) 코로스는 아버지에 대한 복수를 사내이면서도 사내답게 주도하지 못하고 클뤼타이메스트라의 조력자에 불과한 아이기스토스를 가리켜 '여자'라고 표현하고 있다.

물론 여기서도 그에게 가장 중요한 것은 신의 의지다. "그 신탁을 믿지 않아야 하나?"라고 말하는 그의 의문은 어머니를 죽여야 하는 행위에 대한 회의나 내적 갈등의 표출이 아니다. 오히려 그것은 두 번째 구절이 증명하고 있듯, 아폴론의 명령이 이루어질 수밖에 없다는, 즉 자신은 아폴론의 명령을 수행할 수밖에 없다는 종교적인 구속력에 대한 강조다. 그리고 이어지는 발언은 신의 의지와 인간의 의지가 합쳐져서 복수를 피할 수 없게 만들고 있음을, 즉 그의 복수에 이른바 **이중의 동기**가 부여되고 있음을 보여주고 있다.[38] 이를 통해 아이스퀼로스는 그의 의지와 신의 의지가 일치하고 있음을 다시 한 번 강조하고 있다.

그러나 이처럼 확고한 오레스테스의 의지는 그가 자신의 어머니 클뤼타이메스트라를 죽이기 위해 직접 그녀를 대면하는 결정적인 순간에 흔들린다. 아이스퀼로스는 이 대면의 장면을 통해 오레스테스의 성격이 자신의 어머니를 살해할 만큼 잔인하지 않다는 것을 보여주고 있다. 클뤼타이메스트라가 오레스테스에게 어린아이였을 때 그가 달콤하게 빨았던 젖가슴을 내보이며 "이 젖가슴이 두렵지 않느냐(aidesai)?"(898행)라고 말하면서 가장 인간적인 감정에 호소할 때(896~898행), 오레스테스는 처음이자 마지막으로 자신의 사명에 대해 회의한다. 이는 그가 친구 퓔라데스에게 "어떻게 해야 하나?"(899행)라고 묻는 데서 드러나고 있다. 이러한 물음은 동시에 자기 자신에게 되묻는 물음이다.

그가 "어떻게 해야 하나?"(ti drasō)를 자신에게 묻는 이 깊은 내적 갈등의 순간은 자유로운 결단의 순간이 아니라 공포의 순간, 절망의

---

38) '이중의 동기부여'에 대해서는 임철규, 「테바이를 공격하는 7인의 전사」, 『그리스 비극―인간과 역사에 바치는 애도의 노래』(한길사, 2007), 67~68쪽을 참조할 것.

순간이다. 헉슬리(Aldous Huxley)가 비극은 '본질적인 공포'라고 일컬었던 이러한 종류의 절망에서부터 출발한다. 그리고 그러한 절망의 최초의 표현은 말이 아니라 **울부짖음**이다. 절망과 갈등의 한가운데에서 "어떻게 해야 하나"를 외치는 오레스테스의 울부짖음은 그가 어떤 성격의 인물인지를 보여준다. 아주 어렵고도 고통에 찬 윤리적인 선택에 직면한 그의 이러한 "윤리적인 딜레마"[39]는 그가 아가멤논과 클뤼타이메스트라와는 근본적으로 다른 인간임을 보여준다.

많은 이들이 지적하고 있듯, 아이스퀼로스의 궁극적인 관심은 작중 인물이 아니라 그 인물들이 처한 상황과 딜레마에 있다. 아이스퀼로스의 인물들은 언제나 그가 처한 상황과 딜레마에 의해 규정된다. 오레스테스도 마찬가지다. 그 결정적인 순간에 오레스테스는 자신의 양심에 호소하고 있다. 그는 과연 자신에게 어머니를 죽일 권리가 있는지를 자문하고 있는 것이다. 그의 이러한 태도가 그의 인간됨과 성격을 규정해준다. 자신의 딸을 무자비하게 희생시킨 아가멤논과 그를 살해하고 그 시신 앞에서 환호하던, 그리고 어떤 애도나 장례의식도 없이 그를 매장해버렸던 클뤼타이메스트라와는 전혀 다른 성격의 인물임을 보여준다.

이러한 대비는 자신의 어머니를 살해한 뒤 오레스테스가 보여주는 그의 처절한 몸짓에 의해 더욱 강조된다. 그는 "나는 나의 행동과 고통과 가문 전체를 슬퍼한다. 나의 승리는 피로 더럽혀진 자랑스럽지 못한 승리다"(1016~1017행)라고 말하며 울부짖는다. 그리고 "나는…… 고향에서 추방되어" 모친살해자라는 "이름"만 남긴 채 영원히 "객지를 떠도는" 신세가 될 것이라며 울부짖는다(1041~1042행).

---

39) Judith Fletcher, *Performing Oaths in Classical Greek Drama* (Cambridge: Cambridge UP, 2012), 44쪽.

이러한 울부짖음을 통해 그는 자신이 부모보다 훨씬 도덕적으로 우월한 인간이라는 사실을 보여주고 있다.

오레스테스는 비록 자신의 어머니를 죽였지만 그 동기는 순수했다. 그는 오염된 자신의 집을 회복하는 자, 정화하는 자, 구원하는 자로 볼 수 있기 때문이다. 아울러 그의 살해동기가 순수하다는 사실보다 더욱 그를 돋보이게 하는 것은 처음부터 끝까지 신의 의지를 관철하려는 그의 태도다. 그렇다고 신의 의지와, 자신의 집을 복원하려는 그의 사적인 의지가 똑같은 무게를 가지는 것은 아니다. 사적이고 개인적인 욕망과 오만이 행위의 일차적인 동기가 되었던 아가멤논이나 클뤼타이메스트라와는 달리, 오레스테스에게는 신의 명령을 완수하겠다는 의지가 행위의 일차적인 동기이며 개인적인 동기는 부수적인 것에 그치고 있기 때문이다.

오레스테스가 아폴론의 의지에 따라 행동한다는 것, 그의 행위가 정의의 인도 아래 이루어지고 있다는 것(900~903행)은 마지막 작품인 「자비로운 여신들」에서 아폴론이 오레스테스의 행위에 대한 모든 책임을 지고 있다는 사실을 통해서도 확인된다. 오레스테스가 자신의 어머니를 죽이려고 하는 바로 그 순간 도덕적인 딜레마에 빠진 것은 사실이다. 하지만 친구 퓔라데스가 신의 명령은 피할 수 없다는 것을 일깨우자, 그는 곧바로 신의 명령을 되새기고 신의 의지를 의심하지 않는다. 아니 의심하려고도 하지 않는다. 제우스, 헤르메스를 비롯한 올륌포스의 신들과 하계의 신들을 향한 그의 기도는 한결같다. 즉 자신의 사명을 완수하게 해달라는 것이다. 그는 결코 신의 허가를 받기 위해 기도하지 않는다. 자신의 사명을 완수해야 한다는 것, 즉 신의 의지를 관철시켜야 한다는 것이 그에게는 이미 결정되어진 사실이기 때문이다.

그렇다면 오레스테스는 마침내 아트레우스 가문의 저주의 사슬을 끊을 구원자인가. 오레스테스의 귀환이 암흑 속에 빠져있는 집을 다시 비춰주는 "자유의 빛"(809행), 정의의 "빛"의 귀환이 될 것이라고 노래하던(961~964행) 코로스는 오레스테스가 그 "두 독사", 즉 클뤼타이메스트라와 아이기스토스의 "머리를 한꺼번에 잘라버리자", 그를 "아르고스 시 전체의 해방자"(1046~1047행)라고 부르며 환호한다. 그리고 오레스테스는 그들의 피 묻은 옷을 들어 보이며 이것은 "정의"의 표시라고 외친다(980~1013행). 그러나 코로스의 환호, 승리의 기쁨은 곧 끝난다. 오레스테스는 코로스에게는 보이지 않고 오로지 자신에게만 보이는, 어머니 클뤼타이메스트라의 "원한에 찬 사냥개들"(1054행), 즉 클뤼타이메스트라의 망령이 불러낸, 하계의 분노의 여신들이 자신에게 접근하고 있음을 본다. 코로스는 오레스테스가 어머니를 죽인 자신의 피 묻은 손을 보고 일시적으로 정신착란 상태에 빠져있다고 여기고, 아폴론이 그를 정화해줄 것이라는 기대를 피력하지만(1055~1056행, 1059~1061행),[40] 그 순간 오레스테스역시 보복의 희생자가 될지도 모른다는 불안감을 떨치지 못한다. 작품 「제주를 바치는 여인들」은 그들이 구원의 빛이라고 여겼던 오레스테스가 거의 미친 상태로 밖으로 뛰쳐나가자, "그 끝은 어디인가?"

---

40) 오레스테스의 정신착란은 아마도 자신의 행위에 대한 견디기 힘든 양심의 가책, 심리적인 압박의 표상으로 보이며, 이런 면이 그를, 특히 그의 양친과 비교할 때, 인간적으로나 도덕적으로나 훨씬 우월한 인간으로 만든다. 한편 오레스테스가 어머니를 죽인 뒤 정신착란 상태에 빠져있다는 것은 대부분의 고대 저자들의 공통된 진단이다. 로마의 시인이자 학자인 바로(Marcus Terentius Varro)는 그의 정신 상태를 광기의 격렬한 형태로 보았고, 키케로 등 일부 주석가는 오레스테스가 심한 우울증에 빠져있는 것이라고 보았다(Peter Toohey, *Melancholy, Love, and Time: Boundaries of the Self in Ancient Literature* [Ann Arbor: U of Michigan Pr., 2004], 18~19쪽을 볼 것). 그렇다면 기원전 4세기 초에 에우메니데스가 화병에 그린 「오레스테스의 정화」라는 그림에 묘사되어 있듯, 우울증에 빠져있는 모습으로 오른손에 들려있는 칼, 즉 자신의 어머니를 죽인 칼을 응시하고 있는 오레스테스의 뒤에 서서 그의 머리 위로 돼지를 흔들고 있는 아폴론의 정화 행위는 오레스테스의 죄를 씻는 행위인 동시에 그의 "우울증과 정신착란을 치유하기 위한"(같은 책, 18쪽) 행위라고 말할 수 있다.

"아 파멸의 분노는 그 기운이 과연 어디쯤에서 가라앉고, 어디쯤에서 그 끝을 보일 것인가?"(1075~1076행)라고 말하며 절망의 탄식을 내뱉는 것으로 끝난다.

「자비로운 여신들」

3부작의 마지막 작품 「자비로운 여신들」은 거의 미친 상태로 밖으로 뛰쳐나간 오레스테스가 델포이에 도착해 그곳 아폴론의 신전의 제단 앞에 앉아있는 것에서 시작한다. 아폴론의 신전에 들어갔던 여사제(女司祭) 한 명이 기겁을 하고 밖으로 뛰쳐나온다. 피가 뚝뚝 떨어지는 두 손, 한쪽에는 칼을, 다른 한쪽에는 올리브나무 가지를 들고 탄원자의 자세로 아폴론의 제단에 앉아있는 오레스테스와, 그리고 입에서는 역겨운 분비물을 뿜어내고, 눈에서는 피와 고름을 흘려보내고, 검은 빛깔의 옷을 입은 괴상망측한 여인들의 무리, 즉 오레스테스를 뒤쫓기 위해 하계의 타르타로스에서 온 "유혈의 복수자"(praktores, 319행)인 분노의 여신들(72행, 386행, 395~396행, 417행)이 그 앞에서 코를 골며 자고 있는 것을 보았기 때문이다.

이윽고 아폴론이 나타나 오레스테스를 밖으로 데리고 나온 뒤, 분노의 여신들을 피해 아테나이로 가서 아테나 여신에게 탄원하라고 일러준다. 그리고 그가 자신의 명령에 따라 어머니를 살해했으므로 끝까지 그를 보호할 것이라고 약속한다. 그때 클뤼타이메스트라의 망령이 나타나 분노의 여신들을 깨운 뒤, 생전에 자신이 그들에게 아낌없이 제물을 바친 것을 상기시키면서 "어미의 살해범 오레스테스"(122행)를 추격하라고 재촉한다. 오레스테스가 헤르메스의 인도 하에 아테나이로 떠난 뒤, 신전 안으로 들어온 아폴론은 분노의 여신들에게 신전을 즉시 떠날 것을 명령한다. 그리고 떠나지 않으면 활을 쏘아 그들이 "인간들에게 빨아 마신 검은 피 거품과…… 핏덩어리"를 토해내게 할 것이라고 위협한다(180~184행). 분노의 여신들은 모친살해의 모든 책임은 오레스테스에게 "명령을 내린" 아폴론에게 있다고 질책한 뒤, 어미를 죽인 오레스테스를 결코 용서할 수 없다고 말한다(200~203행). '그렇다면 남편을 죽인 여인의 죄는?' 하고 따지는 아폴론의 말에 그들은 그것은 같은 혈족에게 행한 살인과는 다르다고 말하면서 오레스테스를 끝까지 추격해 친족살해의 대가를 똑똑히 치르게 할 것이라고 말한다.

무대는 아테나이로 옮겨진다. 숱한 대지와 바다를 지나 아테나이에 당도한 뒤(75~79행, 235~241행, 248~251행, 276~278행, 451~452행) 아테나 여신의 신전에서 여신의 신상을 껴안고 탄원하고 있는 오레스테스 주위를 분노의 여신들이 저주의 노래를 부르면서 둘러싼다. 그들은 그에게 아폴론과 아테나는 물론 그 누구도 그를 자유롭게 해줄 수 없을 것이라고 말한다. 이때 신전 안으로 들어온 아테나 여신은 그 모습이 여신이나 인간의 모습도 않을 뿐 아니라 그 어떤 종족의 모습도 하고 있지 않은 분노의 여신들에게 그들의 정체를 묻는다. 그들은 자신들은 "밤의 무서운 딸들"이며 하계에서는 "저주"라고 일컬어진다고 대답한다(416~417행). 분노의 여신들은 어머니를 살해한 오레스테스와 같은 자들, 즉 친족을 살해한 자들에게 보복을 하는 것이 자신들의 "명예로운 직책"(419행)이며, 자신들이 내세우는 '정의'라고 말하고는 "지혜가 뛰어난" 아테나 여신도 오레스테스의 모친살해를 "공정하게" "심판"해줄 것을 요구한다.

아테나는 탄원하는 자세로 자신의 신상을 안고 있는 오레스테스에게 할 말이 있으면 하라고 말한다. 오레스테스는 "나는 아르고스 사람이며, 나의 아버지는…… 함대의 사령관 아가멤논"이라고 말한 뒤, 치욕스러운 죽음을 당한 아버지의 원수를 갚기 위해 어머니를 죽였지만, 이 일은 아폴론의 명령에 따른 것이기도 하기 때문에, "록시아스[아폴론]에게도 공동의 책임이 있다"(456행)고 말한다. 하지만 자신의 행위의 옳고 그름을 이제는 아테나 여신에게 일임하고 그 결정에 따를 것이라고 말한다. 아테나는 이 사건은 혼자 결정하기에는 "너무나 중대한"(471행) 사건이므로 이 살인사건을 공정하게 재판할 수 있는 재판관들을 뽑을 것이라고 말한다. 아테나는 가장 유능한 아테나이 시민(남성)을 배심원단으로 구성한 뒤, 자신과 함께 이 사건을 담당하게 될 것이라고 공포한다.

무대는 아레오파고스 법정으로 옮겨진다. 아테나의 인도 하에 아테나이의 시민으로 구성된 배심원단이 법정에 입장하고, 이어서 아폴론이 오레스테스의 "증인"(marturēsōn, 576행)과 "변호인"(xundikēsōn, 579행) 자격으로 법정에 입장한다. 재판이 시작되자 오레스테스가 먼저 앞서 말한 주장을 되풀이한다. 이를 이어 아폴론은 오레스테스의 모친살해에 대한 책임은 자신에게 있다. 하지만 어머니라는 존재는 자식의 "생산자"(tokeus)가 아니라 아버지의 씨가 뿌려지는 터 밭에 지나지 않는, 자식의 "양육자"(trophos)에 불과하기 때문에(658~659행) 진정한 부모가 될 수 없다.[41] 따라서 부친살해라면 중죄에 해당되지만 모친살해는 그렇지 않다고 주장한다. 그러면서 아테나 여신도 어머니 없이 아버지 제우스에게서 태어난 딸이므로,[42] "아버지의 죽음을 더 중시"(640행)할 수밖에 없을 것이라고 강

---

41) 이러한 인식은 다른 비극시인들, 가령 에우리피데스(『오레스테스』551~552행), 소포클레스 (『안티고네』569행)에도, 그리고 플라톤(『티마이오스』91d1~2)에도 등장한다. Sarah B. Pomeroy, *Families in Classical and Hellenistic Greece* (Oxford: Clarendon Pr., 1997), 95쪽을 볼 것.

42) 헤시오도스(『신통기』886~902행) 등에 따르면 아테나 여신의 어머니라 할 수 있는 티탄신인 메티스는 모든 신과 인간들 가운데 지혜와 지식이 가장 뛰어난 여사제였다. 제우스가 그녀를 탐하자, 그녀는 그를 피하기 위해 여러 동물, 그리고 개미, 바위 등으로 모습을 바꾼다. 하지만 결국은 제우스에게 붙잡혀 강간당하고 아테나를 임

조한다.

그러나 분노의 여신들은 클뤼타이메스트라의 아가멤논의 살해는 같은 핏줄의 혈족(212행, 605행)의 살해에 해당되지 않으므로 혈족 살해에 해당되는 오레스테스의 모친살해야말로 진정 불경스러운 것이라고 주장한다(605행, 653~655행). 다시 아폴론은 남편과 아내의 혼인서약은 헤라와 제우스의 보증 하에 이루어지기 때문에 남편과 아내의 관계는 적어도 혈연관계보다 더 신성하고 중요한 것이며(213~214행), 따라서 혼인서약은 "맹세보다 더 위대한 것이어서 정의의 신의 보호를 받는 것"(217~218행)이라고 말한다. 그러므로 클뤼타이메스트라의 아가멤논 살해는 신성한 부부의 인연을 배반하고 왕과 신하의 관계를 배반한 것이기 때문에 그 죄가 더 중하다고 주장한다(625~639행).

"유혈 사건의 최초의 재판"(682행)에서 드디어 투표가 시작되고, 결과는 가부동수(可否同數)로 나온다. 가부동수일 경우 무죄로 간주한다는 재판 전의 합의에 따라 결국 오레스테스는 방면된다.[43] 오레

신하게 된다. 그 순간 제우스는 메티스를 삼켜버린다. 왜냐하면 태고의 신들인 하늘과 대지가 그에게 메티스의 자식이 태어나 그를 권좌에서 쫓아낼 것이라고 경고했기 때문이다. 그러나 제우스를 권좌에서 쫓아낼 메티스의 자식은 첫 번째로 태어난 장녀 아테나는 아니었다. 태어났더라면 아테나의 남동생이 되었을 두 번째 아이가 제우스를 권좌에서 쫓아내고 신들과 인간들의 왕이 될 운명의 아이였다. 메티스를 삼킨 지 몇 개월이 지난 어느 날 엄청난 두통에 못 이겨 비명을 질러대는 제우스를 도와주기위해 프로메테우스와 헤파이스토스가 도끼로 그의 두개골을 후려쳤다. 그러자 그의 머리가 갈라지면서 거기서 아테나가 무장한 채 튀어나왔다. 아테나는 아버지 제우스의 머리에서 태어났다. 제우스는 메티스를 삼킴으로써 그녀의 지혜와 지식까지 삼켜버린 것은 물론 "출산이라는 여성의 기능을 전유"(Jenny Strauss Clay, *Hesiod's Cosmos* [Cambridge: Cambridge UP, 2003], 28쪽)하게 되었던 것이다. 아테나의 주장, 즉 자신은 어머니 없이 아버지에게서 태어났으므로 진정한 부모는 아버지라는 아폴론의 논리에 한 표를 던질 수밖에 없다는 그녀의 논리는, 바로 이러한 신화적인 배경을 그 근거로 한다.

43) 가부동수일 경우 무죄로 간주한다는 "원칙은 아이스퀼로스가 상상력을 발휘해 만들어낸 것⋯⋯이다." R. B. Rutherford, *Greek Tragic Style: Form, Language and*

스테스 쪽에 찬표(贊票)를 던진 아테나는 자신에게는 자신을 낳아 준 어머니가 없기 때문에 "진심으로 남성 편이며, 전적으로 아버지의 편"이므로 한 집안의 가장인 아가멤논의 죽음을 더 중시할 수밖에 없다고 말한다(735~740행). 오레스테스는 재판의 결과에 대해 감사를 표한 뒤, 자신이 앞으로 통치해야할 아르고스를 향해 떠난다.

한편 재판에 진 분노의 여신들은 자신들의 "구법(舊法)을 짓밟고……" 그것을 자신들의 "손에서 빼앗아 가는" "젊은 세대의 신들"(778행), 즉 아폴론과 아테나가 그들에게 가한 모욕을 참을 수 없다며 이제 이 땅 아테나이에 "복수의 독을 내뱉고, 대지를 불모로 만들고", "오염을…… 퍼뜨려" 사람들을 죽이게 할 것이라고 경고한다(778~786행). 말하자면 "철저한 분노와 원한"(840행, 873행)으로 이 땅에 재앙을 내릴 것이라고 위협한다. 아테나는 투표의 결과가 동수로 나온 것은 그들의 주장도 정당하다는 것을 입증하는 것이니, 따라서 "진 것도 아니고", 결코 "명예도 손상된 것이 아니다"(824행)라고 말하면서 그들을 설득한다. 또한 아테나는 그들이 투표의 결과를 받아들인다면 지금까지 그들의 근거지였던 암흑 지대, 즉 하계가 아니라 빛의 지대인 아테나이 근교 아레스 언덕 아래의 동굴에 새로운 거처를 가지게 해줄 것이라고 설득한다. 그리고 아테나이에 영원히 거주하는 국가의 손님, 즉 "재유외인"(在留外人, metoikoi, 1011행, 1018행)으로 대접받게 해줄 것이며, 이후 그들의 거처는 아테나이 시민이 숭배하는 장소, 즉 신전이 되게 해줄 것이라고 설득한다.

이러한 설득에 마음을 돌린 분노의 여신들은 아테나이를 "모욕을 하지 않을 뿐 아니라"(917행) 내란이나 보복 살인에 의한 재앙을 맞이하는 일이 없도록 축복을 내릴 것을 약속한 뒤, '자비로운 여신들'

Interpretation (Cambridge: Cambridge UP, 2012), 93쪽.

(Eumenides)로 탈바꿈한다. 아테나이의 여성들이 자비로운 여신들로 변한 분노의 여신들을 그들의 새로운 거처로 안내하기 위해 횃불을 들고 축제의 가락에 맞춰 행진하고 있고, 디오니소스 극장에 모여 있던 아테나이 시민들도 아테나 여신의 인솔 아래 밖으로 나가 환성을 지르며 시가지를 누빈다. "신들 가운데 가장 존경받는 신"(pantai timiōtatai theōn, 967행)인 자비로운 여신들로 탈바꿈한 분노의 여신들이 검은 빛깔의 옷 대신 붉은 빛깔의 옷을 입고 아테나이를 위한 축복의 노래를 부르면서 시민과 함께 그들의 새로운 거처를 향해 행진하는 가운데 작품은 끝난다.

제우스의 '정의'

작품 『오레스테이아』는 "정의에 대한 방대한 탐구"를 하고 있는 작품이다.[44] **정의**는 작품 『오레스테이아』를 관통하는 가장 핵심적인 주제다. 아이스퀼로스는 기원전 5세기의 아테나이에서 아마도 가장 인기가 많았던 비극시인이었던 것으로 보인다. 아리스토파네스의 작품 『아카르나이 주민들』에 붙여진 주석(註釋)에 따르면 "아이스퀼로스는 아테나이인들로부터 최고의 명성을 얻었으며", 시민들의 뜻에 따라 그의 작품들은 그가 죽은 뒤에도 계속 공연되었다. 이는 오로지 "그의 작품들에만 부여된 명예였다." 3세기 필로스트라토스(Philostratos)라는 소피스트는 "아테나이인들은 아이스퀼로스를 비극의 대부(大父)로 여겼다"(『아폴로니우스의 생애』 6.11)고 말하고 있다.[45]

---

44) R. P. Winnington-Ingram, 앞의 책, 75쪽.
45) Fabian Meinel, *Pollution and Crisis in Greek Tragedy* (Cambridge: Cambridge UP, 2015), 140쪽을 볼 것.

아테나이인들이 아이스퀼로스를 비극시인들 가운데 최고의 시인으로 여겼는지는 증명할 길은 없지만, 작품 『오레스테이아』는 비극의 '대부'로 여길 만큼 그것이 제기하는 깊은 주제는 한두 가지가 아니다. 아이스퀼로스는 작품 『오레스테이아』에서 그 무엇보다도 정의의 문제를 동시대의 가장 핵심적인 주제로 등장시키고, 오레스테스의 문제, 즉 오레스테스의 모친살해라는 문제를 통해 정의는 궁극적으로 어떤 모습이어야 하는가를 보여주려고 했다. '정의'라는 말은 당시 "공적인 담론에서 주된 용어 가운데 하나"[46]였을 정도로 폴리스 아테나이가 당면했던 중요한 문제 가운데 하나였다. 아이스퀼로스는 이 문제에 직접 뛰어들었다. 작품 『오레스테이아』가 비극의 대부로 여겨질 수 있는 것은 여기에 있다.

'정의', 다른 말로 하자면 제우스의 정의, 즉 **디케**(dikē)는 그 의미하는 바가 넓다. '정의'의 의미로 사용되기 전에 디케는 우주나 자연의 고유한 '질서', 또는 '균형', '관습'이라는 좀더 넓은 의미를 포함하고 있었다. 소크라테스 이전의 철학자들이 '디케'라는 단어를 사용했을 때, 그것은 우주적 질서나 원리를 가리키는 것이었다. 가령 헤라클레이토스는 "태양은 자신의 궤도를 위반하지 않을 것이다. 그러나 만약 그가 위반한다면, 디케의 사자(使者)인 분노의 여신들이 그를 찾아내어 추방할 것"이라고 말했다.[47]

이러한 주장을 보면, 디케는 우주적 질서나 원리라는 의미로 사용되었음을 알 수 있다. 인간이 제우스가 관리하는 질서를 위반할 때, 디케는 "만사를 정해진 목표를 향해 인도한다"(「아가멤논」 781행). 이때 고유의 결말이란 보복을 의미한다. 이는 곧 질서를 위반하는 것,

---

46) Simon Goldhill, 앞의 책, 34쪽.
47) fr. 44, Charles H. Kahn, 앞의 책, 48쪽,

그것을 깨뜨리는 행위에 대한 보복이 디케의 근본원리임을 보여준다. 제우스는 '정의의 여신'으로 일컬어지는 딸 대문자 디케'(Dikē)를 인간세계에 보내, 자신이 관리하는 우주적 질서나 도덕적 질서를 인간들이 잘 지키고 있는지를 감시하도록 하고, 또 벌을 내리도록 하며, 또 한편 위반하는 "범법자들에게" 벌을 내리기 위해 "분노의 여신들을 보낸다"(「아가멤논」 58~59행).

헤시오도스에 따르면 정의의 여신인 디케는 제우스의 옆자리에 앉아있다(『노동과 나날』 259행). 제우스가 파견한 3만여 명의 보이지 않는 감시자들이 인간의 모든 행위를 감시하고 보고하면, 제우스의 옆자리에 앉아있는 딸 디케가 이를 제우스에게 알리고, 마지막으로 "만물을 보는 제우스의 눈"이 이를 직접 확인한 뒤 벌을 내린다(『노동과 나날』 252~269행). 이러한 내용은 아이스퀼로스에게 고스란히 계승되고 있다. 가령 아이스퀼로스의 다른 작품 『탄원하는 여인들』에서 코로스는 "디케"를 "제우스의 딸"이라고 부르며 도움을 호소한다(143행 이하). 「제주를 바치는 여인들」에서도 코로스는 "디케"를 "제우스의 진정한 딸"이라고 부르면서, 이 "정의의 여신"은 "원수들에게 분노의 바람"을 보내어 그들을 죽음으로 몰아간다고 말한다(945~951행).

또 한편 제우스가 범법자들에게 벌을 내리기 위해 보내는 분노의 여신들은 넓은 의미에서 원래 '정의'의 수호자로서 "사회계뿐만 아니라 자연계"의 질서를 대변했다.[48] 인간들이 제우스가 관리하는 우주적 질서나 도덕적 질서를 위반했을 때 제우스가 정의를 위해 분노의 여신들을 보낸다는 것 역시 헤시오도스의 발상이다. '보낸다'고 해서 분노의 여신들이 올륌포스 신들이나 제우스와 종속관계는 아니었다.

---

48) Alan H. Sommerstein, *Aeschylus: Eumenides* (Cambridge: Cambridge UP, 1986), 9쪽.

이들은 "제우스의 종이 아니라, 신들과 인간들의 아버지인 제우스가 주관하는 우주적 질서의 본질적인 부분인 법의 수호자이자 집행자로서 제우스의 보이지 않는 협력자였다."[49] 그런데 작품 『오레스테이아』의 「자비로운 여신들」에서 분노의 여신들은 살인이라는 **부정**(不淨, miasma)에 특별히 보복을 가하는, 즉 그 기능이 축소되어 오직 "유혈의 복수자(復讐者)"(320행)로서만 존재하고 있다.

제우스의 '정의'도, '분노의 여신들'의 경우와 마찬가지로, 작품 「아가멤논」과 「제주를 바치는 여인들」에서 그 의미가 본래의 넓은 의미에서 좁은 의미로 축소되고 있다. 작품 「아가멤논」과 「제주를 바치는 여인들」의 청동시대, 즉 영웅시대에는 "살해한 자는 그 대가를 치른다"(「아가멤논」 1562행)는 것, 즉 "피는 또 다른 피를 부르는 것"(「제주를 바치는 여인들」 401행)이 '정의'가 되고 있다. 작품 「아가멤논」에서 코로스는 "살해자는 대가를 치르나니. 제우스께서 옥좌에 계시는 동안에는 행한 자는 당하게 마련. 이것이 곧 법"(1562~1564행), 즉 '정의'라고 말하고 있다. 그리고 작품 「제주를 바치는 여인들」에서도 코로스는 "행한 자는 당하게 마련. 정의는 이렇게 호통치며 빚진 죗값을 거두어들인다"(310~311행)고 말하고 있다.

'피는 또 다른 피를 부르는 것', 이것이 그 시대의 제우스의 정의였다. 이러한 정의는 작품 「아가멤논」과 「제주를 바치는 여인들」에서 또다시 더 구체적이고, 더 좁은 의미로 등장한다. 즉 살인이 친족에 의한 살인일 때, 이 경우 '피는 또 다른 피를 부르는' 피의 보복은 반드시 또 다른 친족에 의해 이루어져야만 한다는 것이다(「제주를 바치는 여인들」 471~475행). 작품 「제주를 바치는 여인들」에서 코로스는 "고통을 치유할 약", "피로 더럽혀진 불화를 내쫓을 수 있는" 유일

---

49) Helen H. Bacon, "The Furies' Homecoming," *Classical Philology*, 96:1 (2001), 50쪽.

한 약은 "바깥의 낯선 사람들이 아니라" 오직 "집안"의 "집안사람들"이라고 말하고 있다(471~475행). 딸 이피게네이아를 살해한 아가멤논은 아내인 클뤼타이메스트라에게 죽음을 당할 수밖에 없다. 클뤼타이메스트라는 딸 이피게네이아를 살해한 아가멤논의 행위를 "아비의 손을 딸의 피로 더럽히는"(「아가멤논」 209~210행) "부정(不淨)의 짓"으로 규정짓고, "그 대가"는 그의 죽음이라고 말하면서(「아가멤논」 1419~1420행) "나의 행동은 정당하고도 정당하다"(「아가멤논」 1396행)라고 말하고 있다. 그리고 더 나아가 그의 죽음을 제우스의 딸인 "정의의 여신과 아테와 분노의 여신들에게 바치는 제물이다"(1432~1433행)라고 말하고 있다.

이번에는 클뤼타이메스트라는 아들 오레스테스에게 죽음을 당할 수밖에 없다. 작품 「아가멤논」과 작품 「제주를 바치는 여인들」에서 코로스는 "운명은 또 다른 악행을 성취하고자…… 정의의 칼날을 갈고 있으며"(「아가멤논」 1535~1536행), "정의는 빚진 죗값을 거두어들인다"(「제주를 바치는 여인들」 311행)고 말하고 있다. 그리고 "널리 이름이 알려진 생각 깊은 분노의 여신들은 마침내 아들을 집으로 돌려보내 지난날 피를 흘렸던 부정(不淨)의 대가를 치르게 한다"(「제주를 바치는 여인들」 649~652행)라고 말하고 있다.[50]

클뤼타이메스트라는 아들 오레스테스에게 죽음을 당한다. 작품 「제주를 바치는 여인들」에서 코로스는 "어머니 대지가 마신 피로 인해 복수를 부르는 살인의 피는 엉겨 붙은 채 풀어질 줄 모르고"(66~67행), "한번 땅에 쏟은 피 그 무엇으로 보상하나"(651행)라고 말하며 한탄을 금하지 못하고 있다. 살인이라는 부정(不淨)의 행

---

50) 지난날 조상의 잘못, 즉 '부정'(不淨)에 대해서는 Renaud Gagné, *Ancestral Fault in Ancient Greece* (Cambridge: Cambridge UP, 2014), 394~416쪽을 볼 것.

위를 한 자는 죽음 이외 다른 **정화**(淨化)의 방법은 없다. 즉 살인이라는 부정의 행위를 한 자는 그도 똑같이 죽음을 당하지 않고는 더럽혀진 우주적 질서나 도덕적 질서가 회복될 수 없다. 죽음은 죽음 이외 다른 길이 없다는 것, 이것이 바로 '정의'였고, 죄의 '정화'였다. 작품 「자비로운 여신들」에서도 분노의 여신들은 "어머니의 살해"라는 부정(不淨)의 죄를 "씻기 위해 적합한 제물"(326~327행)로 오레스테스의 죽음을 요구한다.

코로스가 끝이 보이지 않는 피의 악순환이 어디에서 그치게 될 것인지 하고 절망적인 탄식을 내뱉고 있듯, 3부작의 마지막 작품 「자비로운 여신들」에서 아이스퀼로스는 청동시대의 그러한 '정의'가 항구적으로 그렇게 계속 이어진다면, "법과 정치에 대한 윤리의 과도한 지배", 즉 **법**과 **정치**가 배제되고 사적인 보복을 정당화시켜주는 **윤리**만이 강조되는 정의, 어떠한 한계도 없이 보복의 신이 휘두르는 이른바 "한계가 없는 무한한 정의"[51]가 계속 이어진다면, 어떻게 될 것인가 하는 문제를 제기하고, 이의 해결을 위한 과정을 이야기하면서 정의를 새로운 각도에서 조명하고 있다. 따라서 이 작품에서 오레스테스는 별다른 역할 없이 일찍 무대를 떠난다. 이는 이 작품의 주제가 오레스테스 개인, 더 나아가 아트레우스 가문의 비극을 통해 보다 더 큰 주제, 즉 '정의' 자체의 문제로 나아가기 때문이다. 말하자면 오레스테스의 모친살해라는 모티프를 통해 당시 그리스 사회가 안고 있던 여러 문제 가운데 가장 근원적인 문제였던 '정의'[52]를 어떻게 새롭게 정립해야 하는가에 대해 초점을 맞추고 있기 때문이다.

---

51) "한계가 없는 무한한 정의"라는 말은 랑시에르에게서 따온 것임. Jacques Ranciére, "Prisoners of the Infinite, March 2002," *Chronicles of Consensual Times*, Steven Corcoran 옮김 (London: Continuum, 2010), 82쪽, 83쪽, 85쪽.

52) 기원전 5세기의 그리스 비극에서 '정의'(dikē)가 어떻게 이해되고 있는가에 대한 상세한 논의는 Simon Goldhill, 앞의 책, 33~56쪽을 볼 것.

헤겔은 그리스 비극시인들, 즉 아이스퀼로스와 소포클레스의 위대한 작품, 가령 『오레스테이아』나 『안티고네』의 중심에는 비극적인 주인공이 있는 것이 아니라 비극적인 갈등이 있으며, 그 갈등은 똑같이 정당한 이념 또는 원칙 간의 갈등이라고 지적한 바 있다.[53] 그리고 비극은 갈등의 문제일 뿐만 아니라 그 갈등의 결과 또는 해결의 문제라고도 언급한 바 있다.[54] 헤겔은 주로 소포클레스의 『안티고네』를 중심으로 그의 이러한 비극론을 논의하고 있지만, 비극은 갈등의 문제일 뿐 아니라 갈등의 해결이라는 그의 관점에 어울리는 작품은 소포클레스의 『안티고네』가 아니라 오히려 아이스퀼로스의 『오레스테이아』이다.

앞서 살펴보았듯, 아이스퀼로스는 법정에서 펼쳐지는 분노의 여신들과 아폴론 간의 논쟁을 통해 그들이 주장하는 정의에 대한 갈등을 생생하게 보여주었다. 아폴론은 왕, 아버지, 남편의 지위가 우위라는 입장에서 오레스테스를 옹호했다. 아폴론에게 남성중심적인 가부장제는 문명사회의 토대이고 질서와 권위의 필요불가결한 원리였다. 그는 아가멤논은 제우스의 특별한 보호 아래 있는 위대한 왕이자 모든 사람의 존경 대상인 영웅이었기 때문에 한낱 여성에게 죽음을 당할 인물이 아니라고 주장했다(625~627행, 637행). 무엇보다도 그는 어머니는 자식의 진정한 부모가 아니며, 단지 양육자 또는 보호자에 불과하다고 주장했다(658~661행). 하지만 여성중심의 모계사회를 대변하는 분노의 여신들은 아들이 자신을 낳아준 어머니를 죽이는 행위를 결코 용납할 수 없다. 그들에게는 친족관계가 결혼관계보다 훨씬 더 중요하기 때문이다. 따라서 그들은 자신의 친족, 즉 자신

---

53) G. W. F. Hegel, *Aesthetics: Lectures on Fine Art*, T. M. Knox 옮김 (Oxford: Clarendon Pr., 1975), 2: 1213~1214쪽.
54) G. W. F. Hegel, 같은 책, 2: 1214~1215쪽.

의 어머니를 살해한 오레스테스의 죽음을 요구할 수밖에 없었다.

아폴론과 분노의 여신들이 이처럼 각각 자신들의 정의를 고집하는 한, 화해나 새로운 질서의 희망이란 있을 수 없다. 이 때 등장하는 인물이 아테나 여신이다. 물론 앞서 지적했듯, 그녀는 어머니의 딸이 아니라 아버지의 딸이었으므로 남성인 아폴론과 오레스테스의 편을 들었다. 하지만 분노의 여신들을 경멸하고 폭력으로 위협하는 아폴론과 달리, 아테나는 처음부터 그들을 정중하게 대했다. 그리고 오레스테스가 방면되었다 해도, 그들의 명예가 실추된 것은 아니며, 투표결과가 동수(同數)로 나온 것이 이를 입증한다고 설득했다. 계속해서 아테나이에게 재앙을 내리는 것보다 축복을 내리고 공생하는 것이 그들의 명예에 더 어울리는 행동이라고 설득했다. 설득의 결과 분노의 여신들은 아테나이에 축복을 내리는 자비로운 신들로 탈바꿈한다. 이 모든 것이 아테나의 **설득**의 결과다.

마지막 작품 「자비로운 여신들」에서 마침내 정의, 즉 디케는 사적인 **복수**(復讐)가 아니라 공적인 **벌**(罰), 즉 최초의 배심원의 재판이라는 합리적인 사법제도를 통해 문제를 해결하는 '법적 정의'의 개념으로 등장하고 있다. '피는 또 다른 피를 부르는' 복수의 제도에서 배심원에 의한 법의 제도로 변하는 역사적 과정에서 갈등이 클 수밖에 없었다. 전작(前作)들에서 반복되어온 보복의 악순환에 종지부를 찍을 유일한 길은 아이스퀼로스에게 정의, 즉 디케 그 자체의 변화뿐이었다. 그에게 이 디케의 변화는 제우스의 모습의 변화라는 형식을 통해 이루어질 수밖에 없었다. 아이스퀼로스는 여신 아테나 뒤에는 제우스가 있고, 그녀의 지혜는 제우스로부터 나온다(850행)라고 말함으로써 천둥번개를 휘두르는 폭력이 그의 주무기였던 청동시대, 즉 아가멤논 시대의 제우스가 '설득'을 기반으로 하는 지혜의 신으로 변화하고 있음을 보여주고 있다.

어느 시대나 그 시대가 필요로 하는 **정의**가 있다. 아이스퀼로스는
민주주의의 형성 과정에 있던 자기 시대의 폴리스(polis)는 그 시대
에 맞는 정의가 필요하다고 생각했다. 그에게 **설득**[55]을 바탕으로 하
는 법적 정의가 이전의 사적인 보복을 대체하는 것, 이것이 그의 시대

---

55) 설득은 "아테나이에서 실행되는 정치원리의 강력한 표시였다"(Froma I. Zeitlin,
Playing the Other: Gender and Society in Classical Greek Literature [Chicago: U of
Chicago Pr., 1996], 138쪽). 즉 아테나이의 민주주의가 요구하는 그리고 필요로
하는 가장 중요한 도구는 바로 '설득'의 힘이었다. 설득이라는 것이 얼마나 중요한
것으로 인식되었는가는 **설득의 신**(Peithō)이라는 여신이 아테나이에서 경배의 대
상이 되었다는 사실에 의해서도 확인된다. 관리들을 그 신에게 정기적으로 제물
을 바쳤고, 그 신의 사제는 디오뉘소스 극장의 특석에 앉아 공연을 관람했던 것
으로 전해진다(Froma I. Zeitlin, 같은 책, 138쪽; R. G. A. Buxton, *Persuasion in Greek
Tragedy: A Study of Peithō* [Cambridge: Cambridge UP, 1982], 34쪽을 볼 것).
그 신은 "……인간들뿐만 아니라 신들에게도 전능한 신"이었을 뿐만 아니라,
"죽음만이 그에게 버틸 수 있을 정도로" 강력한 신이었다(Marcel Detienne, *The
Masters of Truth in Archaic Greece*, Janet Lloyd 옮김 [New York: Zone Books, 1999],
77쪽). 「제주를 바치는 여인들」에서 가장 중요한 역할을 하는 신도 이 설득의 신이
라고 할 수 있다. 가령 코로스는 오레스테스의 결행을 바라는 "도움"을 청하면서
이 신의 이름을 부르고 있으며(726행), 「자비로운 여신들」에서는 분노의 여신들
이 아테나의 설득으로 협력자로, 자비로운 여신들로 변모되었을 때, 아테나는 바
로 이 설득의 신에게 경의를 표하고 감사의 말을 전한다(885행, 970행).
그리스는 적절하게도 "로고스의 땅", 그리고 아테나이는 "언어의 나라"라고 일컬어
지고 있다(이에 대해서는 John Heath, 앞의 책, 6~17쪽을 볼 것). 판단과 선택, 토론
등 이성에 입각해서 사유하고 언어를 효과적으로 사용하는 행위는 고대 그리스인들
만의 독창적인 행위였으며, 이러한 행위는 그 밖의 어느 나라에서도 이루어지지 않
았다는 주장이 나올 만큼(Cornelius Castoriadis, *Philosophy, Politics, Autonomy*, David
Ames Curtis 편역 [New York: Oxford UP, 1991], 87쪽) 그리스인은 인간 고유의 재
능인 말을 효과적으로 사용하고 이성에 터 해서 사유하고 행동하는 것에 절대적인
가치를 두었다. "그리스인은 인간이 행하는 말과 이성…… 우리의 '하나밖에 없
는' [이러한] 재능을 사용하지 않는다면 우리는 최악의 종류의 짐승에 불과하다고
주장했다"(John Heath, 앞의 책, 331쪽). 설득은 이러한 재능의 구체적인 구현이었
다. '설득'이 인간이 행하는 언어능력의 최고의 효과와 성과를 담보하는 이성적인
행위였다는 점에서, 그것은 "폴리스의 도구"(같은 책, 250쪽)가 되었으며, 이 도
구를 통해 폴리스는 자신의 존재가치와 자신이 표방하는 이데올로기를 정당화했
다. 이런 점에서 아테나 여신은 폴리스의 대변자인 바로 아이스퀼로스 자신이다.

가 요구하는 '정의'였다.[56] 따라서 그에게 "배심원에 의한 재판제도
는 폴리스(polis)로 규정되는 이상적인 문명을 앞장서서 인도하는 첫
번째 발걸음"[57]이었다.

베르낭은 "비극은 신화가 시민의 관점에서 고려되기 시작할 때 태
어난다"[58]라고 말한 바 있다. 호메로스의 영웅시대를 지배하고 있던
신화의 세계, 그 시대의 삶의 방식, 그 시대 사람들의 세계인식, 그 시대
의 가치 등이 고전주의 시대라 일컬어지는, 이른바 기원전 5세기 "근
대화"[59] 시기의 **시민**의 관점에서 재조명되었을 때, 그때 비로소 그리
스 비극이 탄생했다. 이 시대의 비극시인들은 '과거'를 이야기함으로
써 그들이 살고 있는 '현재'를 문제시하고, 그 현재를 이야기했다. 그
들은 작품을 통해 사회의 존립방식이 무엇인지를 끊임없이 질문하
고, 이 질문에 대한 대답을 찾으려 했다. 작품 「자비로운 여신들」에서
분노의 여신들, 아폴론, 그리고 아테나 간에 벌어지는 활발한 토론과
그 토론 과정에서 사회의 존립방식을 규정하는 새로운 '정의'가 도출
되었듯, 비극시인들은 그 시대의 교사이자 그 시대의 방향도 말해주
는 "현자"[60]였다. 그들 가운데 그 전형적인 시인이 바로 아이스퀼로
스였다.

56) 오레스테스의 모친살해라는 중죄를 아테나이 법정에서 심판하게 한 것은 전적으로
   아이스퀼로스의 독창적인 발상이다. Richard Seaford, *Reciprocity and Ritual: Homer
   and Tragedy in the Developing City-State* (Oxford: Clarendon Pr., 1994), 103쪽.
57) Gregory Nagy, 앞의 책, 493쪽.
58) Jean-Pierre Vernant, 앞의 글, "Tensions and Ambiguities in Greek Tragedy," 37쪽.
59) Richard Ned Lebow, *The Tragic Vision of Politics: Ethics, Interests and Orders*
   (Cambridge: Cambridge UP, 2003), 25쪽.
60) Jan Patočka, *Plato and Europe*, Petr Lom 옮김 (Stanford: Stanford UP, 2002), 123쪽.

'차이'의 논리

아테나의 개입으로 가부 동수(同數)가 나왔다는 것은 아레오파고스 법정의 배심원들의 반 이상이 오레스테스의 모친살해의 죄를 용서하지 않고 있다는 것을 보여주고 있다. 아테나가 오레스테스 편에 찬성투표를 던지지 않았더라면 오레스테스의 방면은 불가능했기 때문이다. 인간으로 구성된 배심원의 반 이상이 오레스테스의 편에 들지 않았다는 것은 오레스테스의 모친살해가 엄중한 도덕적인 딜레마에 봉착하고 있음을 말해주고 있다. 아이스퀼로스는 이 딜레마는 신의 개입 없는 인간들만의 개입만으로는 결코 해결될 수 없음을 보여주고 있다. 아이스퀼로스가 그리스 모든 비극시인들 가운데 가장 종교적인 시인으로 평가를 받는 것은 이런 점에서다.

하지만 이는 여러 관점 가운데의 하나다. 『오레스테이아』의 독해(讀解)를 다양하게 만드는 요소 가운데 하나는 아이스퀼로스의 '정치성'이라 부를 수 있는 것과 관계된다. 특히 「자비로운 여신들」은 "비극이 폴리스의 제도를 그 주제로 하고 있는" 유일한 작품[61]이다. 그리고 또 한편 통치자로서의 왕이 등장하지 않는 독특한 작품이다. 시민들이 스스로 통치하는 아테나이의 민주제를 암시하고 있다는 점에서 이 작품은 아이스퀼로스의 정치성이 어떤 것인가를 보여주는 리트머스 종이와도 같다

우선 힘과 폭력을 토대로 하는 제우스의 정의의 논리가 이성과 설득을 토대로 하는 정의의 논리에 자리를 양보하는 것은 아테나이가 실제로 경험했던 정치구조의 변화, 즉 귀족제에서 민주제로의 변화를 반영한다. 그런 의미에서 이 작품에 등장하는 아레오파고스 법정

---

61) Christian Meier, *The Political Art of Greek Tragedy*, Andrew Webber 옮김 (Cambridge: Polity Pr., 1993), 132쪽.

은 아테나이 민주제의 상징이다. 아테나 여신이 오레스테스의 살인 사건을 다루기 위해 아레오파고스 법정을 창설하고 "가장 능력 있는" 아테나이 시민을 배심원으로 선정하는 장면을 통해, 아이스퀼로스는 그리스 역사상 처음으로 시민 스스로가 스스로를 통치하기 시작했음을 보여준다.

아테나 여신은 정의를 지키는 이 민주주의인 기구를 "두려워하는 마음"과, "존경하는" 마음을 가지고 끝까지 섬길 것을 요구한다(「자비로운 여신들」 683~710행).[62] 여기서 아레오파고스 법정은 법정의 의미를 넘어 민주주의 "의회"(bouleuterion, 684행, 704행), 더 나아가 "그 땅", "그 나라", 그 나라의 "보호자", "구원자"(701행), "수호자" (706행, 949행)의 의미로 확대된다. 따라서 그것은 결국 민주제의 **폴리스** 아테나이를 가리키는 것으로 보아야 할 것이다. 이렇듯 아이스퀼로스는 "아테나이와 새로운 민주제를 가장 자랑스럽게 주창하는 자"[63]로서 자신의 정치성을 정립한다.

다른 한편 그의 정치성을 다른 각도에서 접근할 수 있다. 3부작 『오레스테이아』의 마지막 작품 「자비로운 여신들」은 기원전 462~461년에 아테나이가 아르고스와 새로운 동맹관계를 맺은 뒤

---

62) 테세우스 또는 솔론이 창설한 것으로 전해지는 아레오파고스는 귀족계급의 이익을 대변하는 정치 기구로서 오랫동안 정치적인 영향력을 행사해온 원로의회였다. 하지만 『오레스테이아』가 공연되기 4년 전인 기원전 462년, 흔히 '혁명'이라고 일컬어지는 에피알테스의 개혁에 의해 영향력을 상실하고 살인사건만 다루는 법정의 역할만을 수행하게 되었다(이에 대해서는 Peter, W. Rose, *Sons of the Gods, Children of Earth: Ideology and Literary Form in Ancient Greece* (Ithaca: Cornell UP, 1992), 246~247쪽; Robert W. Wallace, *The Areopagos Council, to 307 B. C.* [Baltimore: Johns Hopkins UP, 1989], 77~93쪽; George Cawkwell, "ΝΟΜΟΦΥΛΑΚΑ and the Areopagus," *Journal of Hellenic Studies*, 108 [1988], 1~12쪽을 참조할 것).

63) Mark Griffith, 앞의 글, 63쪽.

곧바로 기원전 458년에 공연되었던 것으로 알려져 있다. 이러한 시대의 배경을 두고 그의 정치성을 살펴볼 필요가 있다. 재판이 끝난 뒤 오레스테스는 자신을 죄에서 해방시켜 고향 아르고스로 다시 돌아가게끔 해준 "구원자"인 아테나에게 감사를 드리면서 자신은 아르고스로 귀향한 뒤 앞으로 아테나이의 "영원한 미래를 위해" 함께 손을 잡을 것이며, "잘 무장된 군대로" 아테나이를 침공하는 일을 없게 할 것이며, 아르고스를 "언제까지나 동맹국의 창(槍)으로 존중해준다면" 자신은 아테나이를 영원한 동맹국으로 받들 것이라고 말했다 (754~777행). 재판 도중에도 오레스테스는 아테나가 자신을 구해준다면 자신과 "아르고스와 아르고스 백성들"은 "충실한 동맹국"으로 언제까지나 남을 것이며, 자신의 힘이 미치는 한 "아테나이 도시와 그 백성들……을 위대하게 만들고" 후손들도 "동맹자"로 "영원히" 남게 할 것이라고 말했다(667~673행).

아테나이를 향한 오레스테스의 충성의 맹세에서 드러나듯, 아테나이와 아르고스 간의 이러한 "신화적인 동맹의 묘사는 헤게모니를 장악하고 있는 도시국가로서의 아테나이의 이미지를 강화하고 있다."[64] 일찍이 아폴론은 분노의 여신들의 추적을 피해 아르고스에서 델포이에 달려온 오레스테스에게 고통에서 "완전한 해방을 얻기 위해" "탄원자"의 신분으로 아테나이 도시로 갈 것을 명한 바 있다 (79~83행). 여기서 아폴론은 오레스테스의 탄원을 받아들이고, 그를 보호하고, 고통에서 완전히 해방시켜줄 유일한 국가를 아테나이로 규정하고 있다.

이렇듯 오레스테스는 자기의 나라 아르고스는 "동맹국의 창으로",

---

64) Angeliki Tzanetou, *City of Suppliants: Tragedy and the Athenian Empire* (Austin: U of Texas Pr., 2012), 32쪽.

즉 '군사적으로'(773행) 아테나이를 지지하고, 아테나이의 동맹국으로 "영원히"(291행, 670행, 763행) 남을 것임을 맹세했다. 그는 이러한 맹세를 통해 탄원자들, 즉 약소국들의 "보호자"(235행)로서의 아테나이의 위상을 강화시켜주고 있으며, 또 한편 아이스퀼로스는 오레스테스를 통해 패권을 주도하는 동시대의 아테나이의 외교정책의 정당성을 선전하고 있다. 여기에는 아테나이를 주권(主權)으로 하는 타자(他者)의 **포섭** 또는 **격하**의 논리가 짙게 깔려있다.

하지만 이러한 포섭 또는 격하에서도 그의 정치성의 한계가 드러나지만, 그 한계는 여성과 노예는 배제하는, "가치의 서열화"[65]를 통해서도 드러난다. 『오레스테이아』에서 찬미되는 민주주의는 여성을 그 체제에 편입시키기에는 너무나 위험하고 혐오스러운 타자로 전제하는 한에서만 가능하기 때문이다. 이런 점에서 볼 때 『오레스테이아』가 "서구적인 사유를 관통하는 이러한 태도[여성은 혐오스러운 '타자'라는 인식]를 미래에 정당화시키기 위한 결정적인 모델을 제공한다"[66]라는 주장이 나오는 것도 무리는 아니다.

우선 남편을 살해한 클뤼타이메스트라부터 주목해보자. 그녀의 남편인 아가멤논은 그 나라의 왕, 즉 아르고스의 왕이다. 그녀는 왕인 남편을 죽이고 아르고스의 통치자가 된다. 물론 아이기스토스가 있긴 하지만 그의 지위는 "종속적이고 주변적인"[67] 것에 지나지 않는다. 단순히 아가멤논의 재산으로 시민들을 지배하려고 하는 아이기스토스를 코로스와 오레스테스는 여성과 같은 존재라고 폄하한다.

---

65) Froma I. Zeitlin, 앞의 책, 87쪽.
66) Froma I. Zeitlin, "The Dynamics of Misogyny: Myth and Mythmaking in the *Oresteia*," *Arethusa* 11 : 1-2 (1978), 150쪽.
67) Simon, Goldhill, 앞의 책, 152쪽.

실질적인 통치자는 바로 클뤼타이메스트라다. 이처럼 3부작 첫 작품인 「아가멤논」은 클뤼타이메스트라가 왕인 남편을 죽이고 아르고스의 통치자가 된다는 일면 전복적인 이야기를 다루고 있다. 여기서 우리는 남성중심의 지배구조를 전복하고자 하는 움직임을 읽을 수 있다.

그러나 두 번째 작품인 「제주를 바치는 여인들」에서부터 이러한 전복에 대한 반격이 시작된다. 작품 「아가멤논」에서는 딸을 죽이고 트로이아를 무참하게 유린한, 잔인하고 오만한 전쟁광으로 그려졌던 아가멤논이 이 작품에서는 위대한 업적을 이룬 신과 같은 존재(106행)로 그려지고 있다. 그는 이제 신과 같은 위대한 왕으로 칭송되기 시작하고, 그의 무덤은 신을 위한 "제단과 같은"(106행) 장소가 된다. 물론 「아가멤논」에서도 이러한 칭송의 어구들을 전혀 찾아볼 수 없는 것은 아니다. 하지만 「제주를 바치는 여인들」에서는 이러한 칭송의 분위기가 작품 전체를 지배하며, 이는 마지막 작품인 「자비로운 여신들」에까지 이어지고 있다. 여기서 아폴론은 아가멤논을 제우스가 "왕홀"(王笏)을 내려주어 통치권을 부여한 "고귀한 남자"(625~626행)로, "그리스 함대의 사령관"으로서 "모든 사람으로부터 존경받는 영웅"(636~637행)으로 부각시키고 있다. 그리고 그렇게 고귀한 남자가 "아마조네스족 여인"과 같은 한 여인에게 살해된 것을 비통해한다(628행). 즉 아가멤논에 대한 일련의 미화작업을 통해 클뤼타이메스트라를 고귀한 영웅을 죽인 악한 여자로 몰아가는 것이다.

아이스퀼로스는 왕인 남편을 죽이고 스스로 통치자가 됨으로써 남성중심의 지배구조에 균열을 가져온 클뤼타이메스트라가 어떤 인물인가를 규정하기 위해 앞서 살펴보았듯, 그녀에게 각종 동물의 이미지, 즉 늑대, 사냥개, 뱀, 암사자, 썩은 사체를 쪼아 먹는 큰 까마귀, 덫을 놓는 거미, 뱀 등의 이미지를 가한다. 우리는 카산드라가 그녀를 배반을 일삼는 "음흉한 **아테**와 같은" 존재(「아가멤논」 1230행), "하데스의 덫"과 같은 존재(「아가멤논」 1115~1117행)라고 비난했던 것을 지적한 바 있다. 그리고 그녀가 남편의 사체 앞에서 환성을 지르고, 어린 오레스테스를 노예로 팔고, 엘렉트라에게는 노예와 같은 삶을 강요하고, 죽은 아가멤논의 손발을 난폭하게 잘라내고 어떤 장례의식도 없이 매장해버리는 비인간적인 잔인성, 그리고 간음을 통해 폴리스 내의 소우주인 '집'을 타락시킨 비도덕성도 지적한 바 있다. 아이스퀼로스는 이 모든 사례를 통해 클뤼타이메스트라가 남성중심의 지배구조, 그리고 지배자로서의 남성의 권위에 도전할 자격이 없음을 역설한다. 아이스퀼로스에게 그녀는 자신들의 남편을 모두를 살해한 렘노스 여인들(「제주를 바치는 여인들」 631~635행), 아크로폴리스를 침공하고 유린한 아마조네스족 여인들처럼 기존의 질서에 도전하고 이를 전복하려 하는 위험한 존재인 동시에 그럴 만한 자격이 없는 존재가 되고 있다.

또 다른 여성들, 즉 클뤼타이메스트라의 망령이 불러낸 분노의 여신들은 어떠한가. 아레오파고스 법정에서 아폴론은 흰 빛깔의 옷을 입고 오레스테스를 변호하고, 분노의 여신들은 검은 빛깔의 옷을 입고 클뤼타이메스트라의 입장을 대변한다. 여기서 그들의 검은 옷은 각종 제의에 참석하는 자들, 더 나아가 신까지도 흰 옷을 입는다는 것을 고려해볼 때, 그들은 신성한 자리에는 낄 수 없다는, 아니 그러한 자격이 없다는 그들의 고립성(「자비로운 여신들」 349~352행)을 말해주고 있다. 아폴론은 하계에서 "저주"(417행)로 일컬어지는 그들을 인간과 신들 모두에게 "혐오스러운" 존재(68~73행), 올륌포스의 신들로부터 쫓겨난 우주의 미아(迷兒), 모든 이가 증오하고 회피하는 (196~197행, 721~722행) "괴물"(knōdala, 644행)로 규정한다.

"검은 피부"를 가진(52행) 분노의 여신들은 정체를 파악하기도 어려운 존재다(46~59행).[68] "처녀노파들"(68행)이라고 불려지기도 하는 그들이 오레스테스를 그들이 마실 "피", 그들이 먹을 "제물"의 음식(183~184행, 264~266행, 302행, 305행)으로 여기고 추적하면서 그들이 내는 목소리나 그들이 풍기는 피의 냄새를 보면 개를 닮은 것 같기도 하고(131~132행, 230~231행, 245~253행; 「제주를 바치는 여인들」924행, 1054행), 메두사의 자매(48행)로 보일 만큼 뱀을 닮은 것 같기도 한다. 흉측하게 골아대는 그들의 코에서는 무서운 강풍이 뿜어져 나오고, 입에서는 개의 분비물 같은 것이 흘러내리고, 눈에서는 피와 고름이 흘러내린다(53~54행). 또한 그들이 토해내는 분노에서는 "독즙"이 뿜어져 나온다(478~479행).

아이스퀼로스는 이러한 각종 비유와 묘사를 통해 그들을 천한 존재로 격하시킨다. 따라서 그들이 대변하는 가치도 격하시킨다. 그들이 패배할 수밖에 없는 것은 그들이 천한 존재이기 때문이라는 것이다. 앞서 보았듯, 그들이 표방하는 모권(母權) 또는 그것의 가치는 아폴론뿐만 아니라 같은 여성인 아테나에게도 철저하게 부정된다. 아이스퀼로스가 분노의 여신들의 그 천한 모습을 보여주는 것은 분노의 여신들의 화신(「자비로운 여신들」94~139행)인 클뤼타이메스트라에 대한, 더 나아가서 여성 전체에 대한 혐오감을 불러일으키게 하기 위한 고도의 '복선'이라고 말할 수 있다.

3부작 『오레스테이아』가 마침내 대단원의 막을 내릴 때, 디오뉘소스 극장에 모여 있던 1만 5천여 명의 아테나이 시민들은 이른바 민주주의를 표방하는 자신들의 폴리스, 일종의 "남성 클럽"[69]인 폴리스의

---

68) 이 작품과 관련하여 분노의 여신들에 대한 일반적인 묘사에 대해서는 John Heath, 앞의 책, 238~242쪽을 참조할 것.

69) Pierre Vidal-Naquet, *Le chasseur noir: Formes de pensée et formes de société dans le*

남성중심적인 지배구조를 정당화시켜주는 이데올로기에 취해 모두 다 함께 축하행진을 벌였을지도 모른다. 물론 그 공연과 축하행진에 참가한 시민들의 대부분, 아니 거의 전부가 남성이었음은 두말할 나위도 없다.[70]

작품 『오레스테이아』 전체를 통해 클뤼타이메스트라가 그처럼 천한 존재로 각인되고 있는 것은 남성중심의 사회질서에 도전한 클뤼타이메스트라는 죽어 마땅하다는 것과 무관하지 않다. 아이스퀼로스가 그토록 자랑스러워하는 아테나이의 민주주의에 여성을 위한 자리는 없었다. 클뤼타이메스트라의 죽음이 증명하듯, 여성이 도모하려는 어떤 도전도, 어떤 전복도 결코 용납할 수 없다는 것, 이것이 아이스퀼로스의 '차이'의 논리인지 모른다. 그리고 그의 **차이**의 논리가 곧 **차별**의 논리인 이유가 바로 여기에 있다.

한편 마르크스주의 비평가인 톰슨은 아주 일찍이 아이스퀼로스에게는 "여성의 종속이 민주제의 필수조건"[71]이었다고 지적한 바 있다. 아테나이의 민주제는 사유재산을 기반으로 하는 제도였고, 남성에 대한 여성의 종속은 그와 같은 사유재산제도의 발전을 위한 필연적인 조건이었다는 것이다. 즉 아버지에서 아들로 이어지는 사유재산의 보존을 위해서라도 기존의 질서에 도전하는 클뤼타이메스트라와 같은 여성은 국가의 이름으로 축출당하거나 분노의 여신들처럼

---

monde grec (Paris: Maspero, 1981), 269쪽.

70) 고대 그리스 여성들은 일종의 '국외자'였다. 그들에게는 어떤 사회적인 위상도 부여되지 않았으므로 폴리스의 구성원이라고 할 수도 없었다. 여성 없이 자신의 아이를 가지고 싶다는 당시 그리스 남성들의 비현실적인 소망이야말로 당시에 여성들이 얼마나 미천한 존재로 간주되었던가에 대한 확실한 반증이라고 하겠다. 이에 대해서는 Vigdis Songe-Möller, *Philosophy Without Women: The Birth of Sexism in Western Thought*, Peter Cripps 옮김 (London: Continuum, 1999), 30쪽을 볼 것.

71) George Thomson, *Aeschylus and Athens; A Study in the Social Origins of Drama* (New York: Grosset & Dunlap, 1968), 269쪽.

남성중심적인 국가의 질서에 편입되지 않으면 아니 되었다. 여성의 종속을 전제로 하는 이와 같은 남성/여성의 이분법은 아이스퀼로스의 『오레스테이아』 3부작 전체를 통해 다양한 모습으로 변주된다. 주체/타자, 중심/주변, 위(천상)/아래(하계), 낮(빛)/밤(암흑), 진보/보수, 폴리스/오이코스, 이성/비이성, 문명/야만, 화해/보복 등등…… 아이스퀼로스는 남성을 국가 담론을 구성하는 이성적 주체로, 여성을 자신의 아들이 아니라 폴리스의 아들들을 생산하는 도구나 타자(他者)로 자리매김함으로써 결국 **차이**의 논리를 **차별**과 **억압**의 논리로 변형시키고 있는 것이다.

카산드라와 이피게네이아

이러한 해석도 여러 관점 가운데 하나다. 하지만 진정한 아이스퀼로스를 만나게 되는 것은 이러한 접근을 통해서가 아니라 인간 조건의 비극성에 대한 그의 깊은 인식과 마주할 때다. 카산드라와 이피게네이아를 주목하게 되는 것도 바로 이 때문이다.

카산드라가 등장하는 그리스 비극작품은 아이스퀼로스의 「아가멤논」과 에우리피데스의 『트로이아의 여인들』, 이렇게 두 작품뿐이다. 그전에 호메로스의 작품에도 등장하고 있지만, 거기서 언급되는 것은 아주 단편적이다. 『일리아스』는 그녀를 단지 트로이아의 왕 프리아모스의 딸 가운데 "가장 아름다운 딸"(13.365), "황금 아프로디테 여신과 같은"(24.699) 미모를 가진 여성으로 소개하며, 『오뒤세이아』는 그녀가 클뤼타이메스트라에게 살해당한 것만 전하고 있다(11.421~423).

반면 아이스퀼로스는 「아가멤논」에서 카산드라를 본격적으로 다루고 있다. 아가멤논은 전리품으로 데리고 온 카산드라를 클뤼타이메스트라와 코로스에게 "많은 전리품 가운데 나를 위해 뽑힌 최상급의 꽃"(954행)이라고 소개한다. 클뤼타이메스트라는 트로이아의 공주였던 그녀를 전리품으로 온 다른 노예들과 똑같이 대하며, 아가멤논도 그녀가 "노예의 멍에"를 짊어지지 않으면 아니 된다고 못 박는다(953행). 하지만 클뤼타이메스트라의 노예와 아가멤논의 노예가 똑같은 노예는 아니다. 아가멤논이 이야기하는 노예란 곧 성적인 노예를 의미하기도 하기 때문이다.[72] 카산드라는 문자 그대로 노예 신분으로 살아가야 하는 멍에뿐만 아니라 '뽑힌 꽃'[73]으로서 성적인 노예의 멍에까지 짊어져야 한다.

아가멤논이 자줏빛 천을 밟고 궁전 안으로 들어간 뒤, 그 뒤를 따랐던 클뤼타이메스트라가 다시 밖으로 나와 카산드라에게 전차에서 내려 궁전 안으로 들어갈 것을 명하지만, 카산드라는 이에 응하지 않고 침묵으로 일관한다. 그러자 클뤼타이메스트라가 다시 궁 안으로 들어간 뒤 혼자 무대에 남게 되었을 때, 카산드라는 마침내 침묵을 깨고 소리친다. 그때까지 무려 약 300행에 걸친 다른 인물들 간의 대화가 오가는 동안 단 한마디의 말도 하지 않는다. "오토토토토이(otototoi)"라는 탄식의 소리를 지르면서 내지르는 첫마디는 "오 아폴론이여, 오 아폴론이여"(1072~1073행)였다.

코로스가 왜 아폴론을 부르며 고통스러워하는지를 묻지만, 카산드라는 연달아 아폴론을 부른다. 코로스는 아폴론이 그러한 비탄의 목소리에는 답을 하지도 도와주지 않을 것이라고 말한다(1074~1075행, 1078~1079행). 하지만 카산드라는 다시 아폴론의 이름을 부르면

---

72) "내가 멍에를 씌운다"는 의미의 그리스어 '제우그누미'(zeugnumi)란 말은 남자가 아내를 취할 때 사용하는 단어였다.

73) '뽑힌 꽃'은 당시 그리스 사회에서 신부를 가리킬 때 사용한 말로, 굉장히 익숙한 표현이었다. 이에 대해서는 Ruth Rehm, *Marriage to Death: The Conflation of Wedding and Funeral Rituals to Greek Tragedy* (Princeton: Princeton UP, 1994), 144쪽을 볼 것.

서 "나의 파괴자"(apollon, 1081행)라고 울부짖는다. 그 신이 이번에도 자신을 "파멸"시키고 있다고 울부짖으면서(1082행), 다시 한 번 아폴론의 이름을 부르며 "나의 파괴자"(1086행)라고 울부짖는다. 그리고 이어지는 코로스와의 대화 속에서 자신과 아폴론 간의 이야기를 들려준다.

아폴론은 카산드라를 탐했다. 그가 그녀에게 성관계를 요구했을 때 이를 거부당하자 그는 그녀를 강제로 범했다. 이는 아폴론이 그녀에게 "불타는 사랑의 숨결을 불어넣어주고 있을 동안 나와 맞붙어 싸움을 벌였다"(1206행)는 카산드라의 표현을 통해 확인할 수 있다. 앞에서 그녀가 아폴론의 이름을 부르며 고통스러워했던 이유를 여기서 찾을 수 있다. 그 강간의 기억이 그녀를 고통스럽게 했던 것이다. 또한 아폴론은 카산드라에게 자신의 아이를 낳아주면 그녀에게 예언의 능력을 주겠다고 말했다. 이에 동의한 카산드라는 예언의 능력을 갖게 되었지만, 그녀는 아폴론과 한 약속을 지키지 않았다. 그의 아이를 낳지 않았던 것이다. 이에 분노한 아폴론은 그녀의 예언을 아무도 믿지 않게 만들어버렸다(1212행). 그녀는 단지 "'공허한' 또는 '믿을 수 없는 말'만을 지껄이는" 예언자가 되어버린 것이다.[74]

카산드라가 아폴론에게 자식을 낳기로 한 약속을 지키지 않았던 이유가 무엇인지는 분명하지 않다. 아마도 강간에 대한 증오와 분노 때문이었겠지만, 분명한 것은 그녀가 약속을 지키지 않았다는 것이다. 아폴론에 대한 카산드라의 기억은 그지없이 "어둡다."[75] 이는 그녀가 아폴론을 "나의 파괴자"라고 일컫는 데서 충분히 알 수 있다.

한편 카산드라는 오일레우스의 아들로서 그리스 중부지역에 살

---

74) Marcel Detienne, 앞의 책, 77쪽.
75) Nicole Loraux, *The Mourning Voice: An Essay on Greek Tragedy*, Elizabeth Trapnell Rawlings 옮김 (Ithaca: Cornell UP, 2002), 76쪽.

왔던 로크리스인들을 이끌고 트로이아 전쟁에 참가했던 아이아스[76]에게도 강간을 당한 것으로 전해진다. 그가 아테나 여신의 신전에서 카산드라를 범했기 때문에 아테나 여신의 미움을 받았다는 이야기도 전해지지만, 그것이 사실인지[77]는 아직도 논란의 대상이 되고 있다.[78] 하지만 이러한 논란은 그다지 중요한 문제는 아니다. 신에게 파괴되었던 한 여성이, 즉 아폴론의 희생물이 되었던 카산드라가 이제는 인간에게 똑같이 파괴되고 있다는 것, 즉 그의 전리품으로서 아가멤논의 성적인 노예가 되고 있다는 것이 더 중요한 문제다. 말하자면 순진무구한 여성인 카산드라가, 남성의 절대 주권을 상징하는 신과 인간에게 강제로 농락당하고 희생되고 있다는 것이 더 중요한 문제인 것이다.

다른 인물들의 경우와 마찬가지로 카산드라를 특징짓는 여러 동물의 이미지가 등장한다. 그녀는 참새(1050행), 나이팅게일(1142행), 암소(1298행), 백조(1445행) 등으로 일컬어지고, 그들과 결부되고 있다. 특히 코로스는 자신의 비운을 슬퍼하는 카산드라를 "애도의 노래를 그치지 않는 나이팅게일"에 비유하면서 그녀를 프로크네[79]와 결부시킨다(1142~1145행). 이에 카산드라는 나이팅게일로 변한 프로크네에게 신들은 "날개 달린 몸을 주고 눈물 없는 달콤한 삶을 살

---

76) 물론 오일레우스의 아들인 아이아스는 호메로스에 의해 아킬레우스 다음가는 훌륭한 전사로 부각되었던 텔라몬의 아들 아이아스와 다른 인물이다.

77) 이에 대해서는 Guy Hedreen, *Capturing Troy: The Narrative Function of Landscape in Archaic and Early Classical Greek Art* (Ann arbor: U of Michigan Pr., 2001), 22~28쪽을 볼 것.

78) 카산드라가 등장하는 또 한 편의 작품인 에우리피데스의 『트로이아의 여인들』에서 카산드라는 자신이 처녀라고 주장한다. 그리고 카산드라가 처녀가 아니었더라면 아가멤논이 그녀를 최상의 전리품으로 여기지 않았을 것이라고 주장하는 학자들도 있다.

79) 프로크네와 관련된 이야기는 임철규, 「탄원하는 여인들」, 앞의 책, 『그리스 비극』, 92~93쪽, 주35를 참조할 것.

게 해주었지만", 자신의 경우에는 자신을 죽이기 위해 "쌍날을 가진 칼이 기다리고 있을 뿐"(1149행)이라며 울부짖는다. "이 비참한 나"를 "무슨 목적으로 여기까지 데리고 왔는가요?"라고 울부짖으면서 아폴론을 향해 "죽음밖에 아무것도 없단 말인가요?"하고 묻는다 (1138~1139행)

코로스는 카산드라의 노래를 "슬픈", "죽음이 따르는 고통"(1176행)의 노래라고 일컫고 있다. 마침내 카산드라는 "나는 나의 운명과 아가멤논의 운명을 슬퍼하면서 궁 안으로 들어갈 것"(1313~1314행)이라고 말하면서 발걸음을 옮긴다. 그녀는 자신의 운명을 그대로 받아들인다. 이에 코로스가 "마치 신에게 제물로 바쳐지는 운명의 암소처럼 어찌 그리 용감하게 제단을 향해 걸어갈 수 있는가"(1297~1298행)라고 묻자, 카산드라는 "피할 길이 없지 않은가……더 이상 피할 길이 없지 않은가"(1299행)라고 대답한다. 그 후 클뤼타이메스트라는 자신이 살해한 카산드라의 시신을 코로스에게 보여주면서 카산드라는 "죽은 자들을 애도하는 마지막 만가(輓歌)를 부르는 백조처럼"(1444~1446행) 누워있다고 말한다.

클뤼타이메스트라에게 살해당하기 전 카산드라는 피로 물든 아트레우스의 가문(1090~1092행), 자신들을 살육한 아트레우스를 향해 울부짖고 있는 튀에스테스의 자식들(1095~1097행, 1217~1122행), 곧 닥쳐올 아가멤논의 죽음(1107~1111행, 1125~1129행)과 자신의 죽음(1136~1139행, 1146~1149행, 1156~1161행, 1258~1263행, 1277~1279행), "비참한 운명"을 맞이한 트로이아의 파멸(1167~1172행), 튀에스테스의 간음(1186~1193행), 클뤼타이메스트라와 아이기스토스의 간음(1223~1226행), 오레스테스의 귀환(1280~1285행)과 클뤼타이메스트라와 아이기스토스의 죽음(1317~1319행) 등 지금까지 펼쳐졌던, 그리고 앞으로 펼쳐질 인간들의 폭력과, 상처와, 그리고 고통의 사건들을 애도한다.

일찍이 코로스는 이러한 카산드라를 "애도하는 자"(1075행)라고 일컬었다. 카산드라가 죽기 전에 마지막으로 남긴 것은 인간의 운명에 대한 비통한 감정의 토로다. 그녀는 "지팡이와 예언자의 목 띠를 몸에 지니고"(1265행), 그리고 "예언의 옷"(1270행)을 입고 인간의 운명을 적나라하게 토로한다. 인간은 번영의 순간에 있다 하더라도 "그림자"(skiā)와 같이 실체가 없는 존재에 불과하며, 불운에 처해 있을 때는 "젖은 스펀지"로 한 번 훔치는 것만으로도 소멸하고 마는 무력한 존재에 지나지 않는다는 것이다(1327~1329행). 카산드라의 울부짖음은 자신에 대한 애도를 넘어 이처럼 비참한 존재인 "모든 인간에 대한 애도"[80]다. 남성들의 욕망과 폭력에 희생당하지만, 그런데도 카산드라는 자신이 경험한, 경험하고 있는, 그리고 경험할 비극적인 운명과 고통, 동시에 모든 인간이 경험했거나, 경험하고 있는, 그리고 경험할 비극적인 운명과 고통을 애도하고 있는 것이다.

『희망의 원리』의 저자 블로흐는 미래에 대한 히브리인과 그리스인의 태도를 비교하는 「피할 수 없는 운명과 피할 수 있는 운명—카산드라와 이사야」라는 글을 남긴 바 있다. 이 글에서 그는 그리스인에게 운명(moira)은 피할 수 없는 것이라 말하면서, "파멸은 죄와 전혀 관계없이 밀려온다. 그것은 기계적으로 밀려오며…… 따라서 냉혹하기 그지없다"라고 적고 있다.[81] 그리스인들은 인간존재를 냉혹한 운명 앞에 어떠한 탈출구도 찾지 못하는 무망(無望)한 존재로 인식하고 있었다는 것이다.

---

80) Victoria Wohl, *Intimate Commerce: Exchange, Gender, and Subjectivity in Greek Tragedy* (Austin: U of Texas Pr., 1998), 113쪽.

81) Ernst Bloch, "Unavoidable and Avoidable Fate: or Casandra and Isaiah," *Man on His Own: Essays in the Philosophy of Religion*, E. B. Ashton 옮김 (New York: Herder and Herder, 1970), 205쪽.

그러나 히브리인은 다르다. 그는 히브리인에게 "운명은 전적으로 바꿀 수 있는 것으로서…… 이사야는 운명이란 무엇보다도 인간들의 도덕과 그들의 결단에 달려있다는 것을 가르친다"고 지적한다. 그리고 이것이 무망하고 절망적인 카산드라의 부정적인 묵시와 다른 점이라고 주장한다.[82] 이러한 블로흐의 주장은 카산드라의 본질을 정확하게 지적하고 있다. 카산드라와 같은 그리스의 예언자가 히브리의 선지자와 다른 점은, 그들은 미래를 단지 예언만 한다. 카산드라가 말을 하든 하지 않든 간에 그녀는 사건에 어떤 영향도 주지 못한다. 하지만 이사야는 다르다. 그가 말을 하는가 하지 않는가에 따라 사건이 일어날 수도 있고 일어나지 않을 수도 있다. 『구약』의 「에스겔」 3장 17~20절은 인간의 운명이 선지자의 손에 달려 있음을 분명히 보여준다.[83] 피할 수 없는 냉혹한 운명 앞에서 아무것도 할 수 없는 카산드라가 내뱉는 모든 발언은 무망의 울부짖음 그 자체다. 그리고 카산드라의 이러한 모습이야말로 아이스퀼로스의 숨겨진 내면의 모습, 인간존재에 대한 그의 비극적인 인식의 진정한 모습인지도 모른다.

그리고 또 한편 카산드라처럼 남성들의 욕망과 폭력의 또 다른 희생물이었던 이피게네이아를 잠깐 떠올려보자. 우리는 아가멤논이 전쟁을 위해, 전쟁의 승리를 위해 자식을 마치 "새끼 양처럼" 제단으로 끌고 가서 목을 베어 죽여 제물로 바친 것을 살펴보았다. 목에서 쏟아져 나온 피가 제단 전체를 붉게 물들였다. 그녀의 입에서 나올지도 모를 저주의 울부짖음을 막기 위해 그녀의 입에는 재갈이 물려있고, 그녀는 한 마디 비명도 지르지 못한 채 오직 눈빛으로만 애원하다 죽

---

82) Ernst Bloch, 같은 글, 206쪽.
83) Marlène Zarader, *The Unthought Debt: Heidegger and the Hebraic Heritage*, Bettina Bergo 옮김 (Stanford: Stanford UP, 2006), 53쪽을 볼 것.

어가야만 했다. 물론 그 눈빛에 아버지인 아가멤논을 포함해 그 누구도 응답하지 않았다.

일찍이 우주를 전쟁 또는 다툼(鬪爭)의 영역으로 파악했던 철학자 헤라클레이토스는 "전쟁은 모든 사물의 아버지이자 왕"이라고 말했다. 그리고 "전쟁은 어떤 이들을 신으로 보이게도 하고 다른 이들을 인간으로 보이게도 한다. 또한 전쟁은 어떤 이들을 노예로 만들기도 하고 다른 이들을 자유인으로 만들기도 한다"라고 말했다.[84] 전쟁은 모든 것을 만들어낸다. 전쟁은 해방이나 희망을 만들어내기도 하고, 죽음과 절망, 증오, 분노, 보복, 그리고 숱한 인간들의 희생을 만들어내기도 한다.

헤라클레이토스는 다툼, 즉 투쟁은 어느 한 편을 희생시키지 않는 균형을 가져오기 때문에 다툼 자체가, 즉 "투쟁이 정의"[85]라고 말했다. 그는 "신과 인간 간의 다툼의 종식"을 원했던 호메로스(『일리아스』 18.107)를 비난했다.[86] 그에게 대립적인 다툼은 우리의 삶에 필요한 근본원리이자 '정의' 그 자체였기 때문이다. 하지만 인간의 역사는 우리에게 헤라클레이토스의 인식과 공유하기를 요구하지 않는다. 그의 인식과 달리, 트로이아 전쟁은 이피게네이아의 비극적인 이미지 그대로 파멸의 역사, 고통의 역사, 야만의 역사를 만들어내는 전쟁의 전범(典範)이 되고 있기 때문이다.

그러나 이처럼 시작부터 죄 없는 이피게네이아의 피를, 그녀의 희생을 요구했던 트로이아 전쟁은 어쩌면 허상을 둘러싸고 일어난 한바탕 헛소동이었을지도 모른다. 그리스 군대를 트로이아로 불러들인 당사자인 헬레네는 정작 트로이아로 가지 않고 이집트에 있었으며,

---

84) fr. 83, Charles H. Kahn, 앞의 책, 66쪽.
85) fr. 82, Charles H. Kahn, 같은 책, 66쪽.
86) fr. 81, Charles H. Kahn, 같은 책, 66쪽.

헬레네의 이미지(eidōlon)만 파리스와 함께 트로이아로 갔다는 이야기도 있다.

우선 헤로도토스의 『역사』에 따르면(『역사』 2.112~120) 헬레네와 그 집안의 보물을 가지고 트로이아로 향하던 파리스 일행은 헤라가 보낸 강풍으로 인해 침로를 잃고 이집트에 닿게 되었는데, 파리스의 행위를 용납할 수 없었던 이집트의 왕 프로테우스가 헬레네와 보물을 내주지 않음으로써 파리스 홀로, 그리고 빈손으로 트로이아에 돌아갔다는 것이다. 트로이아 전쟁은 헬레네와 보물이 트로이아에 없다는 사실을 그리스인들에게 납득시키지 못했기 때문에 일어난 것이며, 트로이아가 함락된 뒤 이 사실을 알게 된 메넬라오스는 다시 헬레네를 찾아 이집트로 갔다는 것이다.

서정시인 스테시코로스도 헤로도토스보다 이미 한 세기 전에 이와 같은 주장을 펼친 바 있다. 그에 따르면[87] 헬레네를 억류시킨 프로테우스가 대신 헬레네를 그린 그림, 즉 헬레네의 이미지를 파리스에게 주었고, 파리스는 이 이미지만을 가지고 트로이아로 돌아갔다는 것이다. 간혹 헬레네의 이미지에 대한 이야기가 스테시코로스의 것이 아니라 헤로도토스의 것이라는 주장이 제기되기도 하지만, 정작 중요한 것은 그들의 공통된 주장일 것이다.[88] 즉 헬레네는 트로이아로 가지 않았고 간 것은 그녀를 그린 그림이었다는 것,[89] 더 나아가 헤로

---

87) fr. 192~193, *Poetarum Melicorum Graecorum Fragmenta*, Malcom Davies 엮음 (Oxford: Clarendon Pr., 1991).

88) 에우리피데스도 이러한 가능성을 그의 작품 『헬레네』(임철규, 앞의 책, 『그리스 비극』, 567~577쪽을 볼 것), 『타우리스의 이피게네이아』, 『오레스테스』 등에서 원용하고 있다. 덧붙이자면 그리스 비극을 관람하던 당시의 관객들도 전쟁이 헬레네의 이미지 때문에 발생했을지도 모른다는 사실에 익숙했던 것으로 전해진다.

89) Norman Austin, *Helen of Troy and Her Shameless Phantom* (Ithaca: Cornell UP, 1994), 6~8쪽, 그리고 각각 제4장 "Stesichorus and His Palinode," 90~117쪽과 제5장 "Herodotus and Helen in Egypt," 118~136쪽; Gregory Nagy, *Pindar's Homer: The*

도토스는 『일리아스』의 저자 호메로스 또한 이 사실을 알고 있었지만 이를 감추려 했다고 주장한다(『역사』 2.116.2, 6). 아마도 호메로스는 트로이아 전쟁이 낳은 그 위대한 영웅들이 널빤지에 그려진 헬레네의 이미지, 그 허상을 위해 싸웠다는 사실을 인정하고 싶지 않았던 것인지도 모른다. 하지만 사실 모든 전쟁은 허상 때문에, 그리고 그 허상을 위해 일어난다. 신의 의지, 정의, 해방, 자유, 등등…… 전쟁은 어쩌면 실체가 없는 관념, 그 허상들의 '이름'으로 또는 그 이름 아래 일어난다. 인간의 역사는 그러한 이미지, 그러한 허상을 실체화하고 정당화하기 위한 전쟁들로 점철된 역사이며, 아가멤논이 주도한 트로이아 전쟁도 그러한 역사에서 비껴가지 않았다.

우리는 이피게네이아의 희생, 트로이아 전쟁, 아가멤논과 카산드라의 죽음, 클뤼타이메스트라와 아이기스토스의 죽음 등 3부작을 따라 펼쳐졌던 그 모든 고통과 비극을 뒤로 하고 『오레스테이아』가 화해와 축제로 그 결말을 장식하고 있음을 살펴보았다. 아이스퀼로스는 불가능한 화해를 보다 고차원적인 신들의 차원에서 해결함으로써 우리를 낙관주의 세계관으로 인도하고 있다. "적어도 아이스퀼로스에게, 비극은 비극적인 것의 재현이면서도 동시에 비극적인 것의 종언을 향하는 충동"[90]이라는 주장이 낯설지만은 않은 것도 이 때문이다. 하지만 여러 선학(先學)들의 의견을 굳이 따르지 않는다 하더라도, 비극은 기본적으로 화해를 전제로 하지 않는다.

괴테는 "비극적인 모든 것은 화해할 수 없는 안티테제에 토대를 두

Lyric Possession of an Epic Past (Baltimore: Johns Hopkins UP, 1990), 418~421쪽; Deborah Lyons, *Gender and Immortality: Heroines in Ancient Greek Myth and Cult* (Princeton: Princeton UP, 1997), 158~161쪽을 볼 것.

90) Paul Ricoeur, *The Symbolism of Evil*, Emerson Buchanan 옮김 (Boston: Beacon Pr., 1967), 228쪽; 폴 리쾨르, 『악의 상징』, 양명수 옮김 (문학과지성사, 1994), 217쪽.

고 있다. 화해가 시작된다든가 또는 가능해진다면, 비극적인 것은 사라진다"[91]라고 주장했으며, 야스퍼스도 진정한 극은 화해할 수 없는 대립을 전제로 한다고 말했다.[92] 바르트 역시 "신화는 모순에서 출발하여 그 모순과 화해하는 데로 향해 나아가지만, 비극은 오히려 모순을 확고히 하고 화해를 거부한다"[93]고 주장한 바 있다. 비극적인 비전은 일체의 해결이나 화해를 배제한다. 그리고 아이스퀼로스도 결코 이를 간과하지 않는다. 혹자의 주장대로 "이스라엘이 수립되었다고 해서 아우슈비츠의 공포가 씻기지 않는 것처럼, 아레오파고스가 설립되었다고 해서 카산드라의 고통이 잊히지 않기"[94] 때문이다.

카산드라와 이피게네이아처럼 강자들에게 희생된 약한 존재들의 절망의 울부짖음이야말로 진정한 '역사'다. 인간의 역사는 약자들에 대한 강자들의 폭력, 약자들에 대한 강자들의 **강간**[95]으로 점철된, 약자들의 희생의 역사이기 때문이다. 그렇기 때문에 제임슨은 역사란 우리에게 언제나 "아픈 상처"를 주고 있다고 했던가.[96] 마르크스와 니체는 과거가 현재를 매장하지 않도록 하기 위해 죽은 자들로 하여금 죽은 자들 스스로를 매장하도록 하는 '망각'이 필요하다고 역설했

91) A. Maria van Erp Taalman Kip, "The Unity of the *Oresteia*," *Tragedy and the Tragic: Greek Theatre and Beyond*, M. S. Silk 엮음 (Oxford: Clarendon Pr., 1996), 133~134쪽에서 재인용.

92) Karl Jaspers, *Tragedy is not Enough*, H. A. T. Reiche, Harry T. Moore, and Karl W. Deutsch 옮김 (Boston: Beacon Pr., 1952), 95쪽을 볼 것.

93) Roland Barthes, *Sur Racine* (Paris: Éditions du Seul, 1963), 67쪽.

94) Walter Kaufmann, *Tragedy and Philosophy* (Princeton: Princeton UP, 1992), 182쪽.

95) 내가 여기서 "강간"이라는 용어를 사용한 것은, Michael N. Nagler이 『일리아스』를 논하는 가운데 그리스의 트로이아 정복을 여성의 베일을 찢는 것에 비유하고, 이를 '강간'으로 특징지었던 것에 주목했기 때문이다. 그의 저서 *Spontaneity and Tradition: A Study in the Oral Art in Homer* (Berkeley: U of California Pr., 1974), 45~54쪽을 볼 것.

96) Fredric Jameson, *The Political Unconscious* (Ithaca: Cornell UP, 1981), 102쪽.

다.[97] 그러나 카산드라와 이피게네이아의 절망의 울부짖음이 언제까지나 역사의 **진실**로 귀환하는 한, 인간의 역사에 화해란 없다. **망각**은 더더구나 있을 수 없다. 데리다가 『마르크스의 유령들』에서 이야기하듯, 우리는 "기억……의 정치가 필요하다."[98] 아이스퀼로스가 카산드라와 이피게네이아의 절망의 울부짖음을 강조하는 것도 이 때문이다. 그의 인간존재에 대한 비극적인 인식, 그것이 갖는 진지성이 바로 여기에 있다.

---

97) Karl Marx, *The Eighteenth Brumaire of Louis Bonaparte*, Karl Marx and Frederick Engels, *Selected Works in One Volume* (London: lawrence & Wishart, 1968), 95쪽; Friedrich Nietzsche, "On the Uses and Disadvantages of History for Life," *Untimely Meditations*, Daniel Breazeale 엮음, R. J. Hollingdale 옮김 (Cambridge: Cambridge UP, 1997), 62쪽.

98) Jacques Derrida, *Specters of Marx*, Peggy Kamuf 옮김 (New York: Routledge, 1994), xix쪽.

3장 소포클레스 『안티고네』

폴뤼네이케스의 매장과 안티고네

『안티고네』의 최초의 공연시기가 언제인지는 확실하지 않다. 소포클레스(Sophocles, 기원전 497/496~기원전 406/405년)가 태어난 해가 기원전 497~496년임을 고려한다면, 작가적 역량이 무르익어가고 있던 기원전 5세기 중반에 최초로 공연되었던 것임은 분명하다. 안티고네는 호메로스나 그리스 서정시인들에 의해 전혀 언급된 적이 없는 인물로, 그녀에 대한 이야기는 아이스퀼로스의 작품 『테바이를 공격하는 7인의 전사』의 마지막 부분에서 잠시 언급되고 있을 뿐 알려진 것이라고는 거의 없다. 따라서 엄밀한 의미에서 안티고네는 소포클레스가 독창적으로 창조한 인물이라고 말해도 무방하다.

『안티고네』는 폴뤼네이케스의 **매장**이라는 단일한 사건을 중심으로 전개된다. 아이스퀼로스의 『테바이를 공격하는 7인의 전사』[1]의 마지막 부분에서 안티고네가 잠시 등장하기 전까지의 이야기는 이렇다.

---

1) 이 작품에 대해서는 임철규, 「테바이를 공격하는 7인의 전사」, 『그리스 비극-인간과 역사에 바치는 애도의 노래』(한길사, 2007), 55~77쪽을 볼 것.

오이디푸스의 두 아들 폴뤼네이케스와 에테오클레스 간의 권력다툼 끝에 폴뤼네이케스는 테바이를 통치하는 에테오클레스에게서 왕권을 탈취하기 위해 아르고스 군대의 힘을 빌려 조국 테바이를 침공한다. 아르고스의 공격은 테바이를 함락시키지 못하고, 두 형제는 일대일 결투 끝에 각각 상대방의 손에 죽음을 당한다. 테바이의 시의회는 남의 나라 군대를 이끌고 조국 테바이를 공격한 폴뤼네이케스의 시신을 매장하지 못하도록 명령을 내린다. 이때 안티고네가 등장하여 그 명령을 거부하고 폴뤼네이케스를 매장하기 위해 떠나는 것으로 안티고네를 둘러싼 이야기는 끝이 난다. 소포클레스의『안티고네』는 이후 폴뤼네이케스의 매장을 금한 크레온과, 크레온의 명령에 도전하고 매장을 감행한 안티고네 간에 펼쳐지는 사건에 그 내용이 집중되고 있다.

폴뤼네이케스의 매장이라는 이 단일한 사건에서 여러 중요한 주제가 등장하지만, 가장 논란의 초점이 되는 부분은 크레온의 명령에 정면으로 도전하는 안티고네의 반항의 동기가 무엇인가에 관한 것이다. 이에 대한 다양한 논의로 인해『안티고네』는 문학사상 그리스 비극작품들 가운데 가장 많은 논란을 불러일으키는 작품 가운데 하나가 되고 있다. 우선 이 작품의 내용부터 요약하자.[2]

에테오클레스와 폴뤼네이케스가 죽은 뒤 에테오클레스의 왕위를 이어받은 크레온은 조국을 지키다 죽은 조카 에테오클레스에게는 관

---

2) 인용한 텍스트의 그리스어 판본은 다음과 같다. Sophocles, *Antigone*, Mark Griffith 엮음 (Cambridge: Cambridge UP, 1999). 그리고 Sophocles, *Sophocles II: Antigone, The Women of Trachis, Philoctetes, Oedipus at Colonus*, Hugh Lloyd-Jones 편역, LCL 21 (Cambridge/ M. A.: Harvard UP, 1994); 소포클레스,『소포클레스 비극 전집』-『오이디푸스 왕』『안티고네』『콜로노스의 오이디푸스』『필록테테스』, 천병희 옮김 (단국대학교출판부, 2002)을 참조함.

습에 따라 명예로운 장례를 치르게 하지만, 조국을 배반한 폴뤼네이케스에게는 "애도"와 "장례"를 금하는 명령을 내린다(204행). 크레온은 폴뤼네이케스의 시신이 "진수성찬을 노리는" 굶주린 새들과 개들의 먹이가 되도록 들판에 그대로 내버려두도록 명한 뒤, 그의 명령을 거역하는 자에게는 "돌로 쳐서 죽이는" 죽음이라는 중형을 내릴 것이라고 말한다(29~36행). 안티고네와 자매지간인 이스메네는 안티고네에게 "우리는 여자들이며" 따라서 남자들의 뜻에 반하는 행동을 해서는 아니 되며, 권력을 가진 자에게 무조건 복종해야 한다고 충고한다(58~64행). 하지만 안티고네는 이스메네의 충고를 받아들이지 않고 폴뤼네이케스를 매장하려한다.

이윽고 폴뤼네이케스의 시신을 지키던 파수병 가운데 한 명이 크레온에게 달려와 누군가가 그 시신을 흙으로 덮어놓았는데, 매장을 감행한 자의 "흔적"은 물론 "곡괭이"나 "삽" 등 도구를 사용한 흔적도 전혀 없다고 전한다(245~250행). 이에 대해 코로스는 "신들의 작업"임에 틀림없다고 말하지만(279행), 크레온은 "자신들의 신전을…… 불사르고 자신들의 나라를 유린하고, 법을 파괴하려 온 자"를 신들이 배려할 리 없다고 반박한다(284~288행).

범인을 붙잡아 자기에게 데려오라는 크레온의 명에 따라 파수병은 폴뤼네이케스의 시신이 누워있는 곳으로 가서 시신을 덮고 있는 흙을 말끔히 쓸어낸 다음 멀리 떨어진 곳에서 한동안 현장을 지켜본다. 바로 그 때 파수병은 안티고네가 나타나 오빠의 시신이 완전히 드러난 것을 목격하고 "마치 새끼를 빼앗기고 텅 빈 둥지만 보게 되었을 때의 새처럼 찢어지는 소리로 사무치게 울면서"(423~425행) 흙을 가져와 덮고 제주(祭酒)를 뿌리는 것을 발견한다. 파수병은 그녀를 현장에서 체포해 크레온에게 데리고 간다.

폴뤼네이케스를 매장한 장본인이 안티고네라는 것이 밝혀지자, 크레온은 자신의 명령에 도전한 안티고네에게 크게 분노한다. 하지만 안티고네는 크레온에게 그의 명령, 즉 그의 포고는 "제우스"와, 그리고 "하계(下界)의 신들과 함께 있는 정의의 여신(Dikē)"이 내린 것이 아니므로 자기는 법을 어긴 것이 아니라고 말한 다음 죽은 자들을 매장하도록 하는, 오래전부터 내려오는 "확고부동한 신들의 불문율"(agrapta…… theōn nomima, 454~455행)은 "한낱 인간"이 만든 그 어떤 "법", 어떤 "명령"보다 더 "강력한" 것이므로, 자기는 이 "불문율을 어김으로써 신들 앞에서 벌을 받고 싶지 않았다"고 말한다(450~459행). 코로스는 크레온에게 정면으로 도전하는 안티고네의 방자한 태도, 즉 아버지 오이디푸스에게서 이어받은, "불행 앞에서도 굽힐 줄 모르는"(470행) 오만한 태도를 나무란다.

크레온은 "누이의 딸"이고, 집안에서 자기와 "가장 가까운 핏줄이지만", 포고를 위반하고, 또 그 포고의 위반을 자랑으로 여기며 "기뻐 날뛰는" 안티고네의 무례한 태도를 통치권자인 자신의 권위에 대한 도전으로 받아들인다. 또한 안티고네와, 그리고 폴뤼네이케스의 매장의 음모에 함께 가담했으리라고 믿어지는 이스메네에게 죽음이라는 중형을 내린다(477~490행). 크레온 앞으로 불려온 이스메네는 자신도 죽음이라는 "고통(pathos)의 바다"를 언니 안티고네[3]와 함께 "항해(航海)"를 하고 싶다 말하지만(540~541행), 안티고네는 이 일은 "너와는 무관한 일"이므로(546~547행) "나는 죽음을 택하지만" "너는 삶을 택하라"며 단호하게 거부한다(555행). 안티고네의 약혼자인 크레온의 아들 하이몬이 간절히 애원함에도 불

---

3) 작품에서 안티고네가 이스메네보다 '나이가 많은' 언니라는 표현은 어디에도 없다. 그녀가 하이몬의 약혼자라는 사실을 통해 결혼을 이스메네보다 더 일찍 하게 되어 있으니까 언니임을 짐작할 수 있다. 일부 학자들은 이를 감안해 안티고네는 14살 또는 15살, 이스메네는 13살 또는 14살로 추정하고 있다. Simon Goldhill, *Sophocles and the Language of Tragedy* (Oxford: Oxford UP, 2012), 244쪽을 볼 것.

구하고(683행 이하), 크레온은 자신의 명령에 도전한 벌로 안티고네를 처형할 것이라고 말한다. 하이몬은 안티고네의 처형을 고집하는 크레온에게 테바이의 백성들은 하나같이 안티고네의 행위를 옳지 않은 것으로는 보지 않으며(733행), "국가는 오직 한 사람" 아버지의 "소유물이 아니며"(737행) 아버지는 "지혜를 갖지 못하고 있다"(ouk phronein, 755행)고 비난한다. 하이몬의 말에 크레온은 단호하게 "국가는 통치자에게 속하는 것"(738행)이라고 말하면서 "그[하이몬]의 면전에서, 그의 눈앞에서"(760~761행) 안티고네를 죽일 것이라고 위협한다.

하이몬이 크게 화를 내고 밖으로 나간 뒤, 크레온은 안티고네를 "사람의 발길이 닿지 않는 곳으로 데려가서 석굴에 가두고 산 채로"(773~774행) 매장하도록 지시를 내린다. 안티고네가 끌려 나가자마자 예언자 테이레시아스가 등장하여 폴뤼네이케스 시신의 썩은 살덩어리를 입에 물고 신전에 들어온 새들과 개들이 화덕을 더럽혀 놓았기 때문에 신들은 기도도, 제물(祭物)도 거부하고 있으며, 시신의 피를 맛본 새들도 "분명한 메시지"를 전해주지 않으니(1016~1021행), "고집"을 꺾고 죽은 자를 두 번씩이나 죽이는 짓을 그만하고(1028~1030행) 폴뤼네이케스의 시신을 매장할 것을 권고한다.

테레시아스의 거듭되는 경고에도 귀를 귀울이지 않던 크레온은 그 예언자가 나간 뒤 "좋은 충언"(1098행)을 받아들이라는 코로스의 간청을 받아들여 안티고네를 살리고 폴뤼네이케스의 시신을 매장하도록 하는 조치를 취하려고 한 순간, 사자(使者)가 나타나 안티고네는 갇혀있던 석굴에서 "린넨 천으로 만든 올가미에" "목을 매달아" 자살했고(1221~1222행), 하이몬은 안티고네의 시신을 포옹한 채 칼로 자살했고, 아들의 죽음을 들은 하이몬의 어머니 에우뤼디케 또한 "예리한 칼로"(1301행) 자살했음을 전한다. 순식간에 아들과 아내의 죽음을 눈앞에서 보게 된 크레온이 그들의 갑작스런 죽음 앞에 절망에 몸부림치는 것으로 작품은 끝난다.

헤겔

엄격한 의미에서 최초로 『안티고네』의 논의에 핵심적인 쟁점을 제기한 이는 헤겔이며, 그의 논의는 밀즈, 이리가라이, 버틀러 등의 페미니스트들에 의해 다시 집중적으로 쟁점화되고 있듯, 안티고네를 논하는 데 필수적이라 할 수 있다. 그가 "예술작품 가운데 가장 찬란하고 만족스러운 작품"[4]이라고 일컫는 『안티고네』를 중심으로 비극을 논하는 『정신현상학』을 향해 스존디는 "『정신현상학』은 비극적인 것을……헤겔 철학의 중심에 놓고 있다"라고 말한 바 있다.[5] 헤겔은 『정신현상학』뿐만 아니라 『미학』 『종교철학』 등의 저서에도 그리스 비극을 주요 주제 가운데 하나로 등장시키고 있다.

헤겔은 '비극은 본질적으로 **행위**의 모방'이라는 아리스토텔레스의 입장을 따르고 있다. 작중인물보다 그 인물의 행위를 비극의 중심에 두고 있는 아리스토텔레스의 입장을 따르는 헤겔에게 『안티고네』의 중심적인 행위는 안티고네의 폴뤼네이케스 매장이다. 『안티고네』는 폴뤼네이케스의 **매장**(taphos)이라는 이 단일한 행위, 그 단일한 사건을 중심으로 전개된다. 이 단일한 행위로부터, 크레온의 명령을 거역하는 안티고네의 도전의 동기 등을 포함한 여러 중요한 문제가 제기되고 있다.

---

4) G. W. F. Hegel, *Aesthetics: Lectures on Fine Art*, T. M. Knox 옮김 (Oxford: Clarendon Pr., 1975) 2: 1218쪽.

5) Peter Szondi, *On Textual Understanding and Other Essays* (Minneapolis: U of Minnesota Pr., 1986), 54쪽.

헤겔은 그리스 비극시인들, 말하자면 아이스퀼로스와 소포클레스의 위대한 작품의 중심에는 비극적인 주인공이 있는 것이 아니라 비극적인 갈등이 있으며, 그 갈등은 윤리적, 종교적, 또는 정치적으로 "똑같이 정당한"[6] 합법적인 원칙 간의 갈등이라고 말한다.[7] 그에 따르면 주인공들이 대변하는 대립적인 원칙이나 이념은 각각 **윤리적인**(sittlich) 것이며, 공동체의 조직과 삶에 본질적인 것이기 때문에 모두 똑같이 정당화될 수 있고 옳은 것이다. 그러나 헤겔에게 비극은 갈등의 문제일 뿐만 아니라, 갈등의 **해결**의 문제이기도 하다. 대립적인 인물들이 각각 고수하는 그들의 주장, 그들의 이념, 그들의 원칙은 상대적, 일방적, 그리고 부분적인 것이기 때문에 어느 쪽도 절대적으로 옳은 것이라 말할 수 없다. 따라서 그들의 상호 배타적인 행위, 즉 "편파성"[8]은 결국 상대방의 원칙이나 권리를 무시하고 자신만이 옳다는 하마르티아(hamartia), 즉 비극적인 잘못을 저지르기 때문에 파멸을 자초한다.[9] 이 파멸을 통해 그들의 일방적인 권리나 원칙은 부정되든가 지양된다. 비극적인 갈등은 이와 같은 부정 또는 지양을 통해 해결된다는 것이다.[10]

헤겔은 그리스 비극에서 주인공들이 경험하는 갈등과 고통, 그들의 파멸은 비이성적인 외부의 힘이나 운명에 의해 초래되는 것이 아니라 주인공들의 행위, 그들 자신이 정당화하고 있는 행위에 의해 초래되며,[11] 그들이 파멸하더라도 그들은 오직 개인으로서 파멸하는 것일 뿐, 그들이 각각 대변하는 원칙이나 권리는 파멸하지는 않는다고

---

6) G. W. F. Hegel, 앞의 책, *Aesthetics*, 2: 1196쪽.
7) G. W. F. Hegel, 같은 책, 2: 1213~1214쪽.
8) G. W. F. Hegel, 같은 책, 2: 1197쪽.
9) G. W. F. Hegel, 같은 책, 2: 1214~1215쪽.
10) G. W. F. Hegel, 같은 책, 2: 1197쪽, 2: 1215쪽.
11) G. W. F. Hegel, 같은 책, 2: 1198쪽.

보고 있다. 헤겔은 소포클레스의 『안티고네』에 등장하는 두 인물, 즉 안티고네와 크레온은 각각 친족의 원칙과 그 권리, 즉 친족의 도덕적인 힘과, 그리고 국가의 원칙과 그 권리, 즉 국가의 도덕적 힘을 대변하는 것으로 보고 있으며, 그들이 대변하는 각각의 원칙이나 권리는 똑같이 정당하다고 보고 있다. 그리고 그들의 파멸은 그들이 각각 대변하는 배타적인 원칙이나 권리가 부정 또는 지양되고 있음을 보여주는 것이라고 말한다. 이러한 헤겔의 통찰에 라인하르트가 처음으로 반기를 들었던 이래,[12] 여러 학자가 헤겔의 도식적인 정-반(thesis-antithesis) 식 갈등 해석에 의문을 제기했지만, 헤겔의 통찰은 여전히 유효하다.

안티고네가 크레온의 명령에 도전하여 그 매장을 감행한 것은 같은 핏줄의 형제, 즉 친족에 대한 충성 때문이라고 말할 수 있다. 이는 곧 정치적인 성격을 띤 행동으로 여겨질 수 있다. 핏줄에 대한 충성은 **폴리스**에 대한 충성보다 훨씬 더 오래된 것이었고, 신흥도시국가들(politeia)의 진로에 끊임없이 도전하고, 이를 위협하는 힘으로 작용하고 있었다. 사실 그리스의 역사는 폴리스의 이해(利害)와 친족의 이해가 상충했을 때, 그것이 내란으로 이어지는 것이라 해도 많은 경우 폴리스를 배반하고 친족의 편에 서왔음을 증언하고 있다.[13] 안티고네의 핏줄에 대한 충성은 다음과 같은 말에서 드러난다.

남편이 죽으면 나에게 다른 남편이 생길 수 있으며
아이를 잃으면 아이도 다른 남자에게서 생길 수 있습니다.

---

12) Karl Reinhardt, *Sophokles* (Frankfurt am Main: V. Klostermann, 1947), 75쪽, 88쪽, 97쪽.
13) Bernard M. W. Knox, *The Heroic Temper: Studies in Sophoclean Tragedy* (Berkeley: U of California Pr., 1964), 76~77쪽을 볼 것.

하지만 어머니와 아버지 두 분 다 하계(下界) 하데스에 있는 이상
오빠는 나에게 다시는 생겨나지 않을 것입니다 (909~912행).

이 구절은 안티고네의 사랑과 충성이 핏줄을 기반으로 하는 친족
에 있음을 분명히 말해주고 있다. 헤겔도 "여성의 윤리적인 성향은
이러한 [친족에 대한] **충성**에 있으며", 안티고네의 친족에 대한 충성
과 같은 윤리적인 성향은 "고대 신들의 법…… 그 근원을 알 수 없는
영원한 법으로서 근원적으로 여성의 법"이라고 말한 바 있다.[14] 친족
에 대한 안티고네의 충성은 "나는…… 그녀를 죽이리라. 그녀로 하
여금 친족을 지켜주는 신, 제우스를 찬미하는 노래를 부르게 하리라"
(658~659행)는 크레온의 말에서도 드러난다. 안티고네에게 죽음이
라는 벌을 가함으로써 크레온은 그녀가 옹호하는 친족에 대한 충성
을 단죄하려는 것이다. 크레온은 폴리스에 대한 한 치의 어긋남이 없
는 충성을 가지고 있다. 그는 누구도 폴리스보다 더 소중한 자를 가
져서는 아니 되며(182~183행), 이는 국가의 안전에 필요한 절대적
인 요소라고 주장한다(188행 이하). 그의 주장은 폴리스의 권리가 그
어떤 다른 권리보다 중요함을 강조하고 있다.

소포클레스의 아테나이에서 폴리스에 대한 충성은 추상적인 원칙
이 아니었다. 폴리스에 대한 충성은 전체 그리스문화의 사회적, 윤리
적인 뼈대를 이루는 절대적인 원칙이었다. 그것은 기원전 5세기 그리
스의 종교적인 원칙 그 자체라 일컬어도 지나치지 않은 것이었다. 폴
리스 자체가 시민들의 질서와 안전을 도모하고 보호해주는 "진정한
신"이었으며, 따라서 시민들은 이 폴리스라는 신을 지키기 위해 목숨

---

14) G. W. F. Hegel, *Elements of the Philosophy of Right*, H. B. Nisbet 옮김 (Cambridge:
Cambridge UP, 1991), §166, 206쪽.

을 바치는 것을 당연한 의무라고 생각했다.[15] 탈레스 이래 그리스인은 그들의 모든 제도와 질서에 대한 존중을 표현할 의무를 가지고 있었다. 국가를 개인의 권리를 존중하고 개인의 발전을 담보하는 조건으로 생각하는 근대인과 달리, 고대 그리스인은 개인의 위치를 폴리스와의 관계 속에서 규정하고, 자신들을 언제나 폴리스의 일부분으로 이해하고자 했다.[16] 이런 점에서 크레온이 남의 나라 군대를 끌어들여 조국을 파괴하고자 했던[17] 폴뤼네이케스의 매장을 금하는 것은 당연하고도 정당한 것이었다고 말할 수 있다.

뒤에 다시 논하겠지만, 아테나이 법은 반역자들과 신성을 모독한 자들을 아테나이 영토 내에서 매장하는 것을 금했다. 크레온에 따르면 폴뤼네이케스는 조국을 침공한 반역자일 뿐 아니라, 신들의 신전을 불태우려했던 신성모독자다(199~201행). 따라서 폴뤼네이케스의 매장을 금한 크레온의 결정은 코로스가 지지하고 있듯 정당한 것이며(211~214행), 그 결정에 도전한 안티고네의 행위는 범죄다. 안티고네 스스로 폴뤼네이케스의 매장을 강행한 자신의 행위를 "경건한 범행"(hosia panourgēsas, 74행)이라고 일컫는 것을 보면, 크레온이 대변하는 국가의 법을 따르지 않고 있음을 스스로 의식하고 있고, 또한 이를 인정하고 있음을 보여주고 있다.

---

15) Gilbert Murray, *Five Stages of Greek Religion* (New York: Anchor Books, 1955), 68쪽.

16) Werner Jaeger, *Paideia: The Ideals of Greek Culture*, Gilbert Highet 옮김 (New York: Oxford UP, 1945), 2: 32쪽, 83쪽. 그리고 Fustel de Coulanges, *La Cité Antique* (Paris: Librairie Hachette, 1924), 268~269쪽; 퓌스텔 드 쿨랑주, 『고대도시: 그리스-로마의 신앙, 법, 제도에 대한 연구』, 김응종 옮김 (아카넷, 2000), 321~323쪽.

17) 폴뤼네이케스는 테바이 정치권력에 불만을 품고 있는 도당과 결탁해 정권을 전복시키기 위해 남의 나라 군대를 이끌고 침공을 감행했던 것일 수 있다. 크레온은 누군가가 폴뤼네이케스의 시신에 흙을 뿌린 것을 알고 나서 이를 자신의 통치에 불만을 품은 자들의 은밀한 소행, 또는 그들에게 매수당한 자들의 소행이라고 거침없이 단정하고 있기 때문이다(221~222행, 294~303행).

186

헤겔은 안티고네를 자신의 어머니와 결혼하고 자신의 아버지를 죽인 것을 알지 못했던 아버지 오이디푸스와 비교한다.[18] 오이디푸스와 달리, 안티고네는 자신이 국가의 법을 범하고 있음을 충분히 알고 있었으며, 자신의 행위가 범죄라는 것을 분명 의식하고 있었던 것이다. 헤겔은 안티고네가 이처럼 <u>스스로 미리 의식하고 행동하고 있다</u>는 점에서 그녀의 행위가 의도적인 범죄임을 분명히 하고 있다.[19] 헤겔의 입장에서 여성은 남성과 달리, 정치적 영역 내에서 행동할 수 있는, 또한 자의식적으로 행동할 수 있는 주체가 아니다. 하지만 친족에 대한 충성에 사로잡혀있는 안티고네가 친족의 권리를 위해, 국가의 권리와 법을 의도적으로 위반하는 행위는 헤겔에게는 분명 **정치적** 행위였다.

인간의 역사를 주인과 노예 간의 투쟁과 같은 적대 세력 간의 투쟁의 역사로 파악한 헤겔은 그 역사를 "자기 정체를 상호인정하기 위한 주체들 간의 투쟁의 역사"로 요약하고 있다.[20] 헤겔은 개인들 간의 이러한 투쟁이 국가와 친족 간의 투쟁이라는 사회적인 투쟁으로 발전하면서 국가와 친족은 각각 다른 두 가지 근본적인 법, 즉 두 가지 다른 '윤리적인 실체'를 표방하며, 그들이 각각 표방하는 윤리적인 실체가 곧 "인간의 법"과 "신의 법"이라고 말한다.[21]

헤겔에 따르면 크레온은 두 가지 '윤리적인 실체' 가운데 하나인

---

18) G. W. F. Hegel, 앞의 책, *Aesthetics*, 2: 1214쪽.

19) G. W. F. Hegel, *Phänomenologie des Geistes*, J. Hoffmeister 엮음 (Hamburg: Felix Meiner, 1952), 336쪽; G. W. F. Hegel, *The Phenomenology of Spirit*, A. V. Miller 옮김 (Oxford: Oxford UP, 1977), 284쪽. 이하 영역본 서명의 쪽수는 독일원본 서명의 쪽수 다음의 괄호 속에 표기함.

20) Axel Honneth, *The Struggle for Recognition: The Moral Grammar of Social Conflicts*, Joel Anderson 옮김 (Cambridge: Polity Pr., 1995), 5쪽을 볼 것.

21) G. W. F. Hegel, 앞의 책, *Phänomenologie des Geistes*, 317쪽 (266쪽).

인간의 법을 대변한다. 헤겔은 인간의 법을 "국가의 윤리적인 힘",[22] 즉 **국가의 법**과 동일시한다. 그리고 그는 "널리 행해지고", "알려져 있는"[23] 이 인간의 법과 국가의 법을 "남성의 법"[24]과 동일시하면서 이 인간의 법과 국가의 법을 "보편성의 법"[25]이라고 일컫고 있다. 이러한 국가의 법, 즉 인간의 법과 대립되는 "또 다른 힘"의 "신의 법"[26]을 내세우는 헤겔은 이 법을 "자연적인 윤리 공동체", 즉 친족[27]의 권리를 옹호하는 **친족의 법**(또는 가족의 법)과 동일시하며, 또한 이것을 "여성의 법"과 동일시한다. 따라서 안티고네는 이러한 후자의 법을 대변하며, 안티고네의 크레온에 대한 도전은 인간의 법, 국가의 법에 대한 신의 법, 친족의 법의 도전을 의미한다.

　헤겔에게 국가가 남성의 고유 영역이라면, 친족은 여성의 고유 영역이며, 사적인 윤리 단위다. 헤겔은 사적인 윤리 단위인 가족의 권리를 옹호하는 친족의 법을 보편성의 법인 국가의 법과 대조되는 "개별성의 법"[28]이라고 일컫는다. 그는 가족의 가치와 권리를 직관적, 본능적으로 지키고자 하는 여성을 **자연** 또는 자연적인 것과 결부시키며, 반대로 남성은 **문화**와 결부시킨다. 따라서 여성을 자연적, 무의식적, 불확정적인 존재와 동일시하는 헤겔은 남성의 특권 영역인 문화로부터 여성을 배제시킨다. 그런 점에서 안티고네와 크레온 간의 갈등은 여성 원칙과 남성 원칙, 즉 자연과 문화 간의 갈등이라고 볼 수 있다. 문화의 최고 형식은 다름 아닌 **폴리스**라고 할 수 있다면, 안티고

---

22) G. W. F. Hegel, 같은 책, 293쪽 (268쪽).
23) G. W. F. Hegel, 같은 책, 319쪽 (267쪽).
24) G. W. F. Hegel, 같은 책, 319쪽 (267쪽).
25) G. W. F. Hegel, 같은 책, 318쪽 (267쪽).
26) G. W. F. Hegel, 같은 책, 319쪽 (268쪽).
27) G. W. F. Hegel, 같은 책, 320쪽 (268쪽).
28) G. W. F. Hegel, 같은 책, 318쪽 (267쪽).

네의 도전은 바로 남성 원칙의 표상인 폴리스에 대한 도전이라고 규정할 수 있다.

헤겔은 근대적인 윤리적 삶을 세 영역, 즉 가족, 시민사회, 국가로 구별한다. 그에 따르면 가족은 본능적인 사랑과 핏줄을 기반으로 하는 사적(私的)인 영역, 시민사회는 개인이 자신의 이익을 추구하는 특수성의 영역, 국가는 핏줄을 기반으로 하는 가족구성원들과 자기 이익을 추구하는 시민사회의 개인들을 함께 하나로 묶는 집단적 실체, 즉 보편성의 영역이다. 헤겔은 보편성의 영역인 국가에 좀더 중요한 가치를 부여하고 있다. 그가 안티고네보다 크레온의 편에 서는 것도 이 때문이다. 남성들은 집단적 실체인 국가의 이익을 위해 행동하며, 부분이 아닌 전체의 이익을 위해 행동의 방향을 정한다. 헤겔에게 국가와 친족의 관계는 전체와 부분의 관계이며, 친족은 그 전체의 한 부분에 지나지 않는다. 따라서 헤겔이 안티고네의 행동을 문제삼는 것은 당연하다.

그렇다고 헤겔이 안티고네를 폄하하기만 하는 것은 아니다. 헤겔은 안티고네를 "천상의 안티고네, 일찍이 지상에 나타난 인물들 가운데 가장 찬란한 인물"[29]이라고 언급하고 있기 때문이다. 앞서 안티고네는 남편이 죽으면 다른 사람을 남편으로 다시 맞이할 수 있으며, 자식이 죽으면 다시 자식을 낳을 수 있지만, 부모가 죽은 이상 형제는 또다시 생겨날 수 없기 때문에 자신은 형제인 폴뤼네이케스에게 집착할 수밖에 없음을 토로한 바 있다. 헤겔은 안티고네의 이러한 발언을 논하면서 누이와 오빠의 관계는 남편과 아내의 관계와 달리, 어떤

---

29) G. W. F. Hegel, *Geschichte der Philosophie, Werke* (Frankfurt am Main: Suhrkamp, 1970), 1: 509쪽; G. W. F. Hegel, *Hegel's Lectures on the History of Philosophy*, E. S. Haldane 편역 (London: Routledge & Kegan Paul, 1955), I: 441쪽. 이하 영역본 서명의 쪽수는 독일원본 서명의 쪽수 다음의 괄호 속에 표기함.

성적인 욕망, "어떤 자연적인 욕망도 섞여 있지 않은"[30] 순수 관계이며, "따라서 그 오빠[폴뤼네이케스]의 상실은 그 누이[안티고네]에게 돌이킬 수 없는 것"이므로 "오빠에 대한 그의 의무는 최상의 의무에 속한다"[31]고 말한다.

안티고네는 크레온과 달리, 에테오클레스와 폴뤼네이케스를 애국자와 반역자로 구별하는 것이 아니라 매장을 당한 자와 그렇지 않은 자로 구별한다. 이스메네가 안티고네에게 크레온의 명령을 따르지 않고 왜 매장을 감행하려 하느냐고 물었을 때, 안티고네는 "네가 원치 않는다면 나는 나의 오빠이자 너의 오빠인 폴뤼네이케스를 묻어 네 임무까지도 다할 것이다. 나는 그에게 결코 배신자가 되지 않을 것이다"(45행)라고 말한다. 폴뤼네이케스가 폴리스의 반역자라는 것은 안티고네에게 근본적으로 문제가 되지 않는다. 안티고네에게 문제가 되는 것은 폴뤼네이케스가 무엇을 했는가가 아니라 그가 누구인가다. 말하자면 그의 **행위**가 아니라 그의 **존재**가 문제인 것이다. 이런 점에서 안티고네는 크레온과 정반대다. 크레온에게는 폴뤼네이케스가 누구인가가 아니라 그가 무엇을 했는가가 문제이기 때문이다. 물론 헤겔은 이러한 표현을 사용하지 않았지만, 어떤 의미에서 안티고네와 크레온의 갈등은 **존재**와 **행위**의 갈등이라고 할 수 있다. 폴뤼네이케스의 매장을 금한 크레온의 명령을 안티고네가 "존재론적 범죄"[32]로 간주하고, 그에게 도전하는 것은 행위를 윤리적인 가치의 절대적인 척도로 삼고 있는 크레온의 태도를 받아들일 수 없기 때문이다.

헤겔은 안티고네가 옹호하는 신의 법을 높이 평가한다. 그에게 신

---

30) G. W. F. Hegel, 같은 책, 325쪽, 326쪽 (274쪽, 275쪽).
31) G. W. F. Hegel, 같은 책, 327쪽 (275쪽).
32) George Steiner, *Antigones* (New Haven: Yale UP, 1996), 35쪽.

의 법은 그 기원이 알려져 있지 않고, 근원도 알 수 없지만, 인간의 법보다 "영원하고", "보다 고차원적인" 윤리적인 실체다.[33] 안티고네는 크레온에게 자신이 폴뤼네이케스의 매장을 감행한 것은 크레온의 인간의 법, 국가의 법보다 더 오래된, 그 기원을 알 수 없지만 예로부터 지금까지 여전히 살아있는 "확고부동한 신들의 불문율"(454~455행)의 요구에 따른 것이라고 말한 바 있다. 에테오클레스는 애국자이지만 폴뤼네이케스는 조국을 배반한 반역자라는 크레온의 주장에 맞서 안티고네는 "하데스", 즉 죽음은 "똑같은 법"(homos…… nomos)을, 말하자면 죽은 자들을 차별 없이 똑같이 대접하기를 요구한다고 말한다(519행).

부언하자면 죽은 자들을 그들의 행위에 대한 도덕적, 정치적인 판단 없이, 어떤 차별도 하지 않는 적절한 의식을 거쳐 매장하도록 하는 것이 하계의 신들이 요구하는 법이며, 이것이 바로 신의 법이며, 이 신의 법을 따르는 것이 곧 친족의 법이라는 것이 안티고네의 논리다. 헤겔은 죽은 자들에 대한 의무야말로 "완전한 신의 법"이며, "적극적인 윤리적 행위"[34]라고 말한다. 이러한 친족의 법을 지키는 것이야말로 가족의 가치를 보호하고자 하는 여성 고유의 전통적인 역할이라는 것이다.

앞서 그리스 비극의 중심에는 똑같이 정당하고 합법적인 두 원칙 간의 비극적인 갈등이 있으며, 주인공들의 파멸을 통해 두 원칙이 모두 부정 또는 지양됨으로써 비극적인 갈등이 해결된다는 헤겔의 주장을 언급한 바 있다. 하지만 헤겔은 안티고네와 크레온이 각각 대변하는 두 원칙 간의 갈등에서 가족 구성원으로서의 의무에만 철저히

---

33) G. W. F. Hegel, 앞의 책, *Elements of the Philosophy of Right*, §144, 189쪽.
34) G. W. F. Hegel, 앞의 책, *Phenomenologie des Gesites*, 322쪽 (271쪽).

종속되어 있는 안티고네의 윤리적인 행위를 크레온의 그것보다 더 문제시한다. 안티고네는 가족 구성원인 폴뤼네이케스의 '존재'에 오직 관심을 가질 뿐 국가 구성원으로서의 그의 '행위'에 대해서는 전혀 관심을 가지지 않는다. 따라서 헤겔에 따르면 안티고네는 자신의 행위가 윤리적으로 옳다는 것은 직관적으로 알고 있지만, 왜 그것이 옳은 것인지는 이성적으로 알지 못하고 있다. 헤겔의 용어를 사용하면, 안티고네는 자의식에 이르지 못하고 있다는 것이다. 이는 그녀가 자기 행위의 진정한 윤리적인 본질과 내용을 **의식**하지 못하고 있다는 것을 의미한다.[35] 친족이라는 **부분**의 이익을 위해서만 행동하고 국가라는 **전체**의 이익을 위해서는 행동하지 않기 때문에 진정한 윤리적인 의식에 이르지 못하고 있다는 것이다. "헤겔에게 윤리 정신은 가장 높은 심급(審級)에서 개별적, 개인적, 또는 가족적인 것이 아니라 보편적, 공동적, 정치적인 것"[36]이기 때문이다.

헤겔은 안티고네가 대변하는 친족의 법은 하계의 신들이 지배하는 법이며, "의식의 낮에 노출되지 않는",[37] 즉 무의식적이고 즉물적이고 직관적인 자연의 법이라고 특징지음으로써, 안티고네가 대변하는 여성 전체를 자의식적인 존재와 반대되는 **자연**과 동일시한다. 자연, 직관, 무의식과 동일시되는 여성은 정치의식을 가지지 못한다. 헤겔은 여성을 식물에 비교한다. 이러한 비교를 통해 그는 여성을 "강력하고, 능동적인" 남성보다 "수동적인" 존재, 따라서 남성보다 열등한 존재로 규정하고 있다.[38] 정치는 능동적으로 펼치는 자의식의 영

35) G. W. F. Hegel, 같은 책, 325쪽 (274쪽).
36) Tina Chanter, *Ethics of Eros: Irigaray's Rewriting of the Philosophers* (New York: Routledge, 1995), 106쪽.
37) G. W. F. Hegel, 앞의 책, *Phänomenologie des Geistes*, 325쪽 (274쪽).
38) G. W. F. Hegel, 앞의 책, *Elements of the Philosophy of Right*, §166, 206쪽.

역이며, 여성은 본질적으로 정치적인 존재가 아닌 것이다. 여성은 자신의 존재이유, 존재가치를 친족이라는 틀 속에 한정시킴으로써 남성과 달리, **자기인정**(自己認定)을 위한 투쟁을 하지 못하며, 그 결과 가정과 자연을 결코 초월하지 못한다. 설사 안티고네와 클뤼타이메스트라의 행위처럼 저항의 형태를 보여준다 하더라도, 헤겔에게 "그것은 의식적인 것이 아니다. ……근대적 자기의식과 조금도 관계가 없기 때문이다."[39]

따라서 헤겔에게 여성은 윤리적인 주체의 위상을 성취하지 못하는 수동적인 존재, 자유로 향하는 역사적 변증법과 진보로부터 배제된 수동적인 식물(植物)로 남는다. 그에게 안티고네가 부정적인 인물로 부각되고 있는 것은 그의 이러한 논리 때문이며, 페미니즘 학자들이 헤겔의 주장에 반기를 드는 것 역시 그의 이러한 인식 때문이다. 그들은 헤겔이 『안티고네』를 통해 남성적인 자의식의 승리를 노래하고 있고, 안티고네를 그러한 승리의 희생물로 설정하고 있다고 비난한다.[40] 그렇다면 그들은 과연 희생물이 아닌 안티고네, 지양되어야 할 대상이 아닌 안티고네를 어떻게 제시하고 있는가.

헤겔과 페미니스트들

대부분의 페미니즘 학자들은 헤겔의 『안티고네』의 해석을 우선 높이 평가한다. 따라서 그들의 비판은 그에 대한 높은 평가를 전제로 하면서 출발한다. 헤겔의 해석에 부정적인 견해를 표명한 페미니스

---

39) Cecilia Sjöholm, *The Antigone Complex: Ethics and the Invention of Feminine Desire* (Stanford: Stanford UP, 2004), 52쪽.
40) Luce Irigaray, *This Sex Which Is Not One*, Catherine Porter and Carolyn Burke 옮김 (Ithaca: Cornell UP, 1985), 167쪽.

트 가운데 중심적인 인물로는 밀즈, 이리가라이, 그리고 버틀러 등을 꼽을 수 있다.

밀즈는 무엇보다도 안티고네가 자의식적인 존재, 자의식적인 행위자가 아니라는 헤겔의 주장에 반기를 든다. 헤겔의 그러한 주장은 여성이 **비현실적인 비실체적 그림자**라는 그의 여성관을 바탕으로 하고 있다는 것이다. 밀즈는 안티고네가 크레온의 명령을 거부하고 폴뤼네이케스의 매장을 감행하는 것을 크레온이 대변하는 폴리스에 대한 도전으로 보고 있다. 비록 그 도전에 전복성(顚覆性)은 없다 할지라도 그것이 폴리스의 권위에 저항하는 정치적인 행위임에는 틀림없다는 것이다. 밀즈는 다음과 같이 말한다.

"헤겔은 아직 중요한 것을 놓치고 있다. 즉 안티고네는 제1의 자연의 영역인 친족의 영역을 위하여 제2의 자연의 영역인 정치 영역에 도전하고자 그 제2의 자연의 영역인 정치 영역에 들어가지 않으면 아니 된다. 이렇게 함으로써……안티고네는……'여성의 법'을 초월하여 이러한 특별한 자기(自己)가 된다."[41]

크레온에게 도전하는 순간부터 안티고네는 정치적인 존재가 된다. 가족이라는 사적인 단위를 초월하여 공적인 정치 영역에 참가함으로써, 말하자면 그녀는 제1의 자연, 즉 생물학적인 존재에서 제2의 자연, 즉 정치적인 존재로 옮겨가고 있다는 것이다. 다시 말하자면, 그녀는 이제 "두 영역에서의 참여자"[42]가 되고 있다는 것이다. 안티고

---

41) Patricia Jagentowicz Mills, "Hegel's Antigone," *Feminist Interpretations of G. W. F. Hegel*, Patricia Jagentowicz 엮음 (University Park, Pennsylvania: Pennsylvania State UP, 1996), 68~69쪽.
42) Patricia Jagentowicz Mills, 같은 글, 77쪽.

네가 정치 영역에 들어간다는 것은 그녀가 친족과 자연에 머물지 않고, 이를 뛰어넘는 특별한 자기, 즉 남자와 같은 자의식적인 존재가 된다는 것이며, 이는 그녀의 도전이 행위의 주체로서 자발적이면서도 의식적으로 이루어지는 것임을 말한다. 이와 관련해 밀즈는 특히 안티고네의 자살을 "아주 중요한"[43] 대목으로 파악한다. 사실 안티고네는 그리스 비극의 주인공들 가운데 자신의 손으로 목숨을 끊는 많지 않은 인물 가운데 하나다. 헤겔이 언급하지 않는 안티고네의 자살에 주목한 밀즈는 그 자살을 "가부장적인 지배에 저항하는 도전의 한 형태"[44]로 보고 있다. 밀즈는 다음과 같이 말한다.

"자살을 선택함으로써 안티고네는 궁극적으로 자신의 운명을 크레온이 지배하는 것을 허용하지 않는다. 안티고네는 보편의 힘으로서의 남성 권력이 자신에게 군림하는 것을 논박하기 위해 자살을 한다. 그리스 사회에서 죽음은 노예처럼 사는 것보다 더 바람직한 것으로 간주되었다. 자신의 운명이 다른 사람에게 지배되는 것보다 자살을 하는 것이 보다 더 고귀한 것이었다."[45]

이러한 논리에 따르자면 안티고네의 자살은 자신이 의식적인 행위의 주체임을 선언하는 행위다. 헤겔은 바로 이 점을 간과하고 있다는 것이다. 밀즈는 또한 **인정**을 위한 투쟁을 자유의 발전을 위한 보편적이고 필요한 단계로 보고 있다는 점에서 코제브를 따르고 있다. 여기서 밀즈의 핵심적인 주장은 안티고네가 남성들과 마찬가지로 인정을 위한 투쟁에 참여하는 행위의 주체이자 자의식적인 존재

---

43) Patricia Jagentowicz Mills, 같은 글, 73쪽.
44) Patricia Jagentowicz Mills, 같은 글, 74쪽.
45) Patricia Jagentowicz Mills, 같은 글, 74쪽.

라는 것이다.

한편 이리가라이는 헤겔에 이어 프로이트도 주장하고 있는, 아니 "서양의 형이상학 학문체계 전체가 지지하고 있는"[46] 가정(假定), 즉 여성은 본질적으로 수동적인 존재라는 가정에 도전하는 인물로 안티고네를 이해하고 있다. 이라가라이는 크레온에 대한 안티고네의 도전을 통해, 남성을 정신, 여성을 물질과 동일시하고, 여성을 수동적인 난자, 남성을 능동적인 정자와 결부시키고, 그리고 여성을 자기인정을 위해 사회적 투쟁에 참여할 수 있는 능력 있는 존재가 아니라 가정이라는 사적인 틀 안에서 윤리적인 역할을 담당하는 것에만 본질적으로 적합한 존재로 보는 전통적인 남성중심의 사유를 문제시한다. 그리고 개별적인 존재로서의 여성의 실체를 인정하지 않고 여성을 남성의 또 하나의 **결핍된** 존재, 이른바 **동일자의 타자**로 인식하는 남성중심적 배타적인 사유도 문제시한다.

초기 이리가라이는 밀즈와 달리, 안티고네를 여성으로서의 이리가라이 자신과 동일시하지 않았다.[47] 그녀는 안티고네를 "오직 남성들에 의해 씌어진 문화의 산물",[48] "동일자의 타자의……전형",[49] "안티-여성"[50]이라고 주장했다. 그녀에게 안티고네는 남성적 '자의식'

46) Tina Chanter, 앞의 책, 82쪽.
47) Luce Irigaray, *Éthtique de la différence sexuelle* (Paris: Minuit, 1984), 115쪽; Luce Irigaaray, *An Ethics of a Sexual Difference*, Carolyn Burke and Gillian C. Gill 옮김 (Ithaca: Cornell UP, 1993), 118쪽. 이하 영역본 서명의 쪽수는 불어원본 서명의 쪽수 다음의 괄호 속에 표기함.
48) Luce Irigaray, 같은 책, 115쪽 (118 ~ 119쪽).
49) Luce Irigaray, *Sexes et parentés* (Paris: Minuit, 1987), 125쪽; Luce Irigaray, *Sexes and Genealogies*, Gillian C. Gill 옮김 (New York: Columbia UP, 1993), 111쪽. 이하 영역본 서명의 쪽수는 불어원본 서명의 쪽수 다음의 괄호 속에 표기함.
50) Luce Irigaray, 앞의 책, *Éthique de la différence sexuelle*, 115쪽 (118 ~ 119쪽).

의 승리와 가부장제적 질서를 확인해주기 위한 들러리이자 희생물에 지나지 않았던 것이다. 이리가라이에게 안티고네는 여성으로서의 자신의 조건을 거부하는 여성의 전형에 지나지 않았다. 그러나 이리가라이는 곧 안티고네에 대한 이러한 인식을 버리고 안티고네의 "견해와 나의 견해"의 동일성을 말하면서[51] "우리는 안티고네가…… 폴리스의 통치, 그 질서와 그 법에 대해 무엇을 말하고 있는지에 귀를 기울여야 한다"[52]라고 말했다.

밀즈와 마찬가지로 이리가라이도 헤겔은 여성을 자기인정을 위한 투쟁에 참여할 수 있는 자의식이 없는 존재, 그리고 아내와 어머니로서의 기능을 담당하는 데서만 그들의 존재이유를 찾고 있기 때문에 역사의 중심에서 적대세력으로 등장하는 '노예'도 '주인'도 아닌 존재, 따라서 자의식뿐만 아니라 욕망도 없는 존재로 보고 있다고 생각한다.[53] 이러한 헤겔에 반대하여 이리가라이는 안티고네를 "국가주의에 대한 여성 도전의 원칙과 반권위주의의 표본",[54] 버틀러의 용어를 빌리면 "어떤 여성적인 충동의 표본"[55]으로 여긴다.

이리가라이는 이 세상에는 하나의 성, 즉 오직 남성만이 존재한다고 말한다. 여성은 남성에 의해 존재하고, 남성을 위해 존재할 때에야 비로소 그 정체가 확인될 수 있다는 것이다.[56] 여성은 남성의 '타자'로서 존재하지만, 남성은 똑같은 방식으로 여성의 타자로서 존재하지 않는다. 여성은 남성과 관련해서 규정되지만, 남성은 여성과 관련

---

51) Luce Irigaray, 같은 책, 87쪽 (72쪽).
52) Luce Irigaray, 같은 책, 84쪽 (70쪽).
53) Luce Irigaray, 같은 책, 115쪽 (119쪽).
54) Judith Butler, *Antigone's Claim: Kinship Between Life and Death* (New York: Columbia UP, 2000), 1쪽.
55) Judith Butler, 같은 책, 1쪽.
56) Luce Irigaray, 앞의 책, *This Sex Which is Not One*, 85쪽.

해서 규정되지 않는다. 남성은 휴머니티의 규범이지만, 여성은 또 하나의 결핍된 남성으로 인식되고 있다는 보부아르의 입장을 이리가라이는 따르고 있다.[57] 말하자면 이리가라이는 여성이 "자율적인 존재"가 아니라 종속적인 존재로 인식되고 있다는[58] 보부아르의 주장을 따르고 있다. 그녀의 일차적인 관심은 성차(性差)다. 성차가 없으면 존재론적 차이도 없으며, 따라서 성차가 가장 근원적이고 일차적이라는 것이다.[59]

그러나 이리가라이는 성차는 현실 속에서 결코 극복될 수 없음을 주장한다. 이것이 그녀의 핵심적인 인식이며 그녀의 **차이**(差異) 개념의 중심을 이루고 있다. 이 점에서 그녀는 보부아르 그리고 밀즈와도 다르다. 남성과 동등한 권리를 갖기 위해 남성의 종속에서 여성이 해방될 필요성을 강조하는 보부아르는 상호주체성을 서로 인정한다 할지라도 서로에게 타자로 존재할 수밖에 없는[60] 남성과 여성은 차이가 없는 새로운 가치를 창조하기 위해 함께 손을 잡고 나아갈 수밖에 없다고 주장한다.[61] 남성의 종속에서 여성이 해방될 필요성에는 공감하지만, 이리가라이는 역사의 변증법적인 발전에 동참하기 위해서 남성과 동일한 권리가 여성에게 요구된다는 보부아르와 밀즈의 인식에 동조하지 않는다. 이리가라이에게 그들의 주장은 남성 중심의 가부장적인 상징질서를 규범으로 받아들이고, 윤리적인 실체로서의 남

---

57) 여성은 또 하나의 '결핍된(모자라는) 남성'이라는 인식은 아마도 토마스 아퀴나스로부터 시작되는, 아주 오랜 역사를 가지고 있다. Thomas Aquinas, *Summa Theology*, Edmund Hill 옮김 (London: Blackfriars, 1964) 1: 35쪽.

58) Simone de Beauvoir, *Le deuxième sexe* (Paris: Gallimard, 1949), 1: 15쪽; Simone de Beauvoir, *The Second Sex*, H. M. Parshley 옮김 (New York: Vintage, 1989), xxii쪽. 이하 영역본 서명의 쪽수는 불어원본 서명의 쪽수 다음의 괄호 속에 표기함.

59) Luce Irigaray, 앞의 책, *Éthique de la différence sexuelle*, 13쪽 (5쪽).

60) Simone de Beauvoir, 앞의 책, *Le deuxième sexe*, 2: 576쪽 (731쪽).

61) Simone de Beauvoir, 같은 책, 2: 577쪽 (732쪽).

성의 우월성을 전제로 하는 이 질서에 여성을 편입시켜, 여성을 '동일자'의 '타자'로 환원시키게 할 뿐만 아니라, 여성의 개별성과 차이성을 없애는 결과를 가져오게 한다는 것이다. 이러한 질서 내에서 여성들은 "오직 남성적인 욕망을 복사, 반영, 모방하는 것밖에 하는 일이 없다"[62]는 것이다.

이리가라이에 따르면 여성은 남성과는 다른 별개의 존재로 인식되어져야 한다. 그녀는 안티고네를 통해 남성과 별개의 존재인 여성을 인정하는 **성차**(性差)**의 윤리**에 대한 가능성을 보여주려고 한다. 안티고네는 더 이상 범법자나 국가의 명령에 불복하고 이에 도전하는 "아나키스트"[63]가 아니라 남성과 대조되는 주체로서의 여성이 된다는 게 어떤 것인지를 보여주는 인물이라는 것이다. 이리가라이는 안티고네를 "또 하나의 계보를 대변하는 인물로서 오이디푸스를 대체하는 여성적인 욕망의 상징"[64]으로 설정하고 있다. 그렇다면 안티고네가 상징하고 있는 여성적인 욕망이란 무엇인가?

이리가라이는 안티고네를 언급하면서 "핏줄의 수호자인 여성의 과업은……피 없는 자들을 보호하는 것이다…… 그들의 고유 의무는 죽은 자들을 위한 매장에 책임지는 것이다"[65]라고 말한다. 다시 한 번, 그녀는 "본질적으로 여성은 상황에 개의치 않고, 죽은 사람이 자신의 순수상태 속에 있도록 그 시신을 매장하는 것을 두고두고 자

---

62) Kimberly Hutchings, *Hegel and Feminist Philosophers* (Cambridge: Polity Pr., 2003), 90쪽.

63) Luce Irigaray, *Le Temps de la différence* (Paris: Librairie Générale Française, 1989), 103~104쪽.

64) Cecilia Sjöholm, 앞의 책, 112쪽.

65) Luce Irigaray, 앞의 책, *Speculum de l'autre femme*, 266쪽 (214쪽).

신의 의무로 하지 않으면 아니 된다"[66]라고 강조한다. 여성의 이러한 본질적인 의무를 수행하고 있는 것이 바로 안티고네라는 것이다. 그리고 안티고네의 이러한 본질적인 의무는 어머니의 피에서 연유되고 있다는 것이다. 이리가라이는

"안티고네가 존중하는 법의 성격은 어떤 것인가? 그 법은 남성들 간에 펼쳐진 전쟁에서 사망한 그녀의 오빠의 매장과 관계되는 종교적인 법이다. 이 법은 어머니의 피, 가족 내의 오빠와 누이가 공유하고 있는 피에 기인하는 문화적인 의무와 관계가 있다. 이 피에 대한 의무는 문화가 가부장적인 것이 되어감에 따라 부정되고 불법적인 것이 될 것이다."[67]

라고 말하면서 안티고네는 가부장제에서 금지되고 있는 어머니와의 관계의 부활을 대변하는 인물로 등장하고 있다고 말한다. 아니 안티고네 자체가 이미 어머니의 이미지로 등장한다. 안티고네의 폴뤼네이케스에 대한 집착은 이따금 오이디푸스 가문(家門)의 근친상간적인 관계와 결부되어 논의되고 있다. 하지만 이리가라이가 주목하는 것은 오이디푸스 가문의 근친상간적인 혈연관계가 아니다. 그녀가 강조하는 것은 안티고네의 형제들 모두가 동일한 어머니의 자궁에서 태어났다는 사실이다.

안티고네가 폴뤼네이케스에게 충성을 다하는 것은 그 형제가 자신과 "동일한 자궁"(homosplagchnous, 511행)에서 태어났기 때문이다. 폴뤼네이케스를 매장한 행위에 대해서 안티고네는 "동일한 자궁에

---

66) Luce Irigaray, 같은 책, 267쪽 (215쪽).
67) Luce Irigaray, 앞의 책, *Sexes et parentés*, 14쪽 (2쪽).

서 태어난 자들을 존중하는 것은 수치가 아니다"(511행)라고 크레온에게 항변한다. 이리가라이는 "국가의 법과의 당면 논쟁이 무엇이었든 간에, 또 하나의 법이 여전히 그녀[안티고네]를 자신의 길 앞으로 끌어당기고 있다. 그것은 자신의 어머니와의 동일시다"[68]라고 말한다. 안티고네는 자신의 어머니를 대신하여 그 자신이 어머니가 되고 있다.

이리가라이는 여성을 남성을 위한 **장소**, 즉 남성이 그 속에서 자라나는 자궁, 그 속에서 은신하는 집으로 이해하고 있다. 여성에게는 그들 자신의 '장소'가 없다는 것이다.[69] 그러나 이것이 부정적으로 받아들여지지 않는다. 이리가라이는 "여성은 열려있지도 닫혀있지도 않은 존재다. 한계가 없는 무한한 존재다. 그 속에는 결코 형식이 완결되어 있지 않다…… 어떤 비유도 그를 완성시키지 못한다"[70]라고 주장한다. 여성은 어떤 존재도 가능하다는 것이다. 이 무한한 존재의 가능성, 이것을 그녀는 '유동성'이라고 이름 한다. 남성적인 주체를 위해 모든 경험, 모든 현실을 일련의 고정된 카테고리에 환원시켜, "성차를 뿌리째 뽑는"[71] 가부장제의 남성과 달리, 여성은 무한히 열려있는, 모든 것을 흐르게 하고 모든 것을 채우는 '빈' 공간, **유동성**의 존재라는 것이다. 그리고 이 빈 공간, 간격을 채우는 것이 "사랑"이다.[72]

안티고네는 이 빈 공간, 간격에 사랑이라는 욕망을 채우고 이를 위해 희생하는 폴뤼네이케스의 어머니가 되고 있다. 어원적으로 안티

---

68) Luce Irigaray, 같은 책, 272쪽 (219쪽).

69) Luce Irigaray, 앞의 책, *Éthique de la différence sexuelle*, 104쪽 (106쪽). 그리고 Luce Irigaray, 앞의 책, *Speculum de l'autre femme*, 282쪽 (227쪽).

70) Luce Irigaray, 앞의 책, *Speculum de l'autre femme*, 284쪽 (229쪽).

71) Luce Irigaray, 앞의 책, *This Sex Which is Not One*, 74쪽.

72) Luce Irigaray, 앞의 책, *Éthique de la différence sexuelle*, 28쪽 (21쪽).

고네는 "어머니를 대신하여"라는 의미를 가진다.[73] 이리가라이는 "우리는…… 우리 내부에 그리고 우리 사이에 있는 우리의 어머니에게 새로운 삶을 주지 않으면 안 된다. 우리는 아버지의 법에 의해 어머니의 욕망이 소멸되는 것을 거부해야 한다"[74]라고 주장한다. 어머니의 욕망은 그 무엇보다도 육체에 기반을 둔 원초적인 사랑, '붉은 피'의 사랑이다.

이리가라이는 니체가 여성의 피를 간과한 것을 한탄한다. 자궁 속에서 아이들을 키우고, 자궁을 통해 아이들을 태어나게 하는 여성의 "붉은 피"(sang rouge), 어머니의 피.[75] 이리가라이에게 여성의 피를 상상하는 것은 차이(差異)를 상상하는 것이 된다. 그 차이가 바로 사랑이다. 안티고네는 크레온에게 "내가 내 어머니의 아들을 매장당하지 않은 시신으로 내버려 두었더라면, 그것은 나에게 고통이 되었을 것"(466~467행)이라고 말하면서 "증오가 아니라 사랑에 가담하는 것이 나의 본성"(outoi sunechthein, alla sumphilein ephun, 523행)이라고 주장한다. 사랑에 가담하는 것, 이것이 여성적인 욕망이며, 이것이 '성차'의 근원이 되고 있는 것이다.

안티고네는 신화적인 인물인 니오베[76]를 자신과 결부시키고 있는데, 니오베는 자식들을 잃고 끝없이 애도의 눈물을 흘리다 바위로 변한 여인이다. 그 바위에서 쉴 새 없이 흐르는 물은 눈물(823~833행)이며, 그것은 잃어버린 자식들을 향한 애도의 눈물이고, 사랑의 눈물이다. 안티고네가 폴뤼네이케스의 매장을 금한 크레온의 명령에 도

---

73) Robert Graves, *The Greek Myths* (New York: George Braziller, 1957) 2: 380쪽(색인).
74) Luce Irigaray, *The Irigaray Reader*, Margaret Whitford 엮음 (Cambridge/ M. A.: Basil Blackwell, 1991), 43쪽.
75) Luce Irigaray, *Marine Lover of Friedrich Nietzsche*, Gillian C. Gill 옮김 (New York: Columbia UP, 1991), 96쪽.
76) 이 인물에 대해서는 1장 「호메로스 『일리아스』」의 63~64쪽 주19를 볼 것.

전하여 매장을 감행한 것은, 니오베처럼 잃어버린 혈육에 대한 어머니로서의 애도와 사랑 때문이다.

우리는 이리가라이가 "여성의 과업은…… 피 없는 자들을 보호하는 것"이라고 주장한 것을 인용한 바 있다. 피 없는 자들, 즉 죽은 자들에게 **붉은 피**를 주는 것이 여성의 과업이다. 붉은 피는 생명의 피이자 어머니의 피이며, 따라서 그것은 사랑의 피다. 이리가라이는 "여성은 이 죽은 자를 자신의 집으로 데려가 그를 자기에게로, 즉 보편적인…… 존재에게로 돌아가게 한다"[77]고 말한다. 그리고 그녀는 여성의 이 자신의 집을 대지의 자궁이라 명명하며, 여성[안티고네]은 죽은 자[폴뤼네이케스], "이 핏줄의 남자를 대지의 자궁 속에 다시 둔다"[78]고 말한다. 이로써 여성은 다시 한 번 남성에게 대지의 자궁이라는 장소를 부여하고 있는 것이다.

안티고네는 또한 자신을 하데스의 신부, 즉 결혼을 하기 위해 하계의 신 하데스에게 끌려간 처녀 코레로 여기고 있다(891행 이하). 코레는 대지의 어머니라 불리는 풍요의 여신 데메테르[79]의 딸로서 또한 페르세포네라 일컬어지기도 한다. 이리가라이가 말하는 여성의 장소인 대지의 자궁은 다름 아닌 대지의 어머니의 자궁이다. 그것은 죽은 자를 다시 살리게 하는 풍요의 어머니의 자궁이며, 생명을 잉태해 키우고 탄생시키는 '붉은 피'의 자궁이다. 안티고네는 그러한 자궁을 가진 대지의 어머니와 동일시되고 있다. 그리하여 자기와 함께 동일한 자궁에서 태어난 폴뤼네이케스를 그들 자신의 어머니의 자궁 속에 다시 두기 위해 그를 데리고 하계로 가는 것이다. 그가 "자기에게

---

77) Luce Irigaray, 앞의 책, *Speculum de l'autre femme*, 267쪽 (215쪽).
78) Luce Irigaray, 같은 책, 267쪽 (215쪽).
79) Walter Burkert, *Greek Religion*, John Raffan 옮김 (Cambridge/ M. A.: Harvard UP, 1985), 159쪽.

로, 즉 보편적인…… 존재에게로 돌아가도록", 말하자면, 크고 작은 모든 폭력적 행위, 모든 비이성적, 무의식적인 욕망이나 충동을 잠재우고, 다른 이들에게 자기를 "주는",[80] 그러한 "순수한 상태"의 자기(自己)로 돌아가도록 만들기 위해 '대지의 자궁'인 '어머니의 자궁' 속에 그를 다시 데려간다. 이리가라이는 이것이야말로 "적극적인 윤리적 행위"이며 여성적인 욕망의 실체이고, 안티고네는 이러한 여성적인 욕망의 실체를 보여주는 인물인 한편, 안티고네가 보여주는 이러한 욕망의 실체가 그 여주인공이 대변하는 "신의 법"이라고 말한다.[81]

남성(폴뤼네이케스)과 여성(안티고네)이 동일한 어머니의 자궁에서 나온 것을 강조함으로써 모성의 전통, 모계의 끈을 이어받는 여성의 계보학을 새롭게 쓰고, 여성성 또는 어머니의 상징적인 가치와 의미를 격상시키는 이리가라이와 달리, 버틀러는 안티고네가 대변하는 친족의 실체뿐만 아니라 여성으로서의 그녀의 성적 정체성까지 의문시한다. 헤겔의 『안티고네』 읽기를 비판적으로 읽고 있다는 점에서 버틀러는 이리가라이나 밀즈와 입장을 같이하지만, 그들과 달리 그녀는 안티고네가 친족의 법을, 크레온이 국가의 법을 대변한다는 헤겔의 입장은 수용하지 않는다. 안티고네가 대변하는 친족의 법, 즉 신의 법과 크레온이 대변하는 국가의 법, 즉 인간의 법이 똑같이 정당한 힘을 갖고 서로 대립하고 있다는 헤겔의 입장을 거부한다는 점에서 그녀는 라캉을 따르고 있다.[82]

---

80) Luce Irigaray, 앞의 책, *Speculum de l'autre femme*, 267쪽 (215쪽).
81) Luce Irigaray, 같은 책, 267쪽 (215쪽).
82) 그러나 라캉이 친족을 고정된 '상징적 질서'로 일반화하고 이상화하고 있다는 점에서 그녀는 라캉과 의견을 달리한다. 라캉에 대해서는 뒤에 다시 다룰 것이다.

헤겔과 달리, 버틀러에게 안티고네는 친족을 대표하지도 않을 뿐 아니라 남성과 대립되는 여성/여성성 또한 대표하지 않는다. 버틀러의 첫 번째 입장부터 살펴보자. 친족과 국가를 각각 독립된 실체로 바라보는 헤겔의 인식에 의문을 제기하면서 그녀는 다음과 같이 말한다.

"그 작품[『안티고네』]이 제기하는 두 가지 문제는 다음과 같다. 즉 국가의 지원이나 중재 없이도 친족(나에게 친족이란 어떤 특정한 형태의 가족을 의미하는 것은 아니다)이 존재할 수 있는가, 그리고 국가를 지원하고 매개하는 가족이 없이도 국가가 존재할 수 있는가이다. 더 나아가 친족이 국가 권위에 위협적인 자세를 취하고, 국가도 친족과 대립해 격렬한 싸움을 하게 된다면, 바로 이 관계들이 상호 독립성을 유지할 수 있겠는가?"[83]

버틀러는 "국가는 친족을 전제로 하며, 친족은 국가를 전제로 한다"[84]고 주장한다. 두 윤리적인 실체의 상호 독립성을 인정하지 않는다는 점에서 그녀는 헤겔의 인식을 받아들이지 않는다. 뿐만 아니라 근친상간으로 태어난 안티고네의 복합적인 정체성 또는 이중성을 거론하면서 그녀가 친족을 대표한다는 헤겔의 인식도 받아들이지 않는다. 부계로 보면 안티고네는 오이디푸스의 딸이지만, 모계로 보면 오이디푸스의 어머니이자 아내인 이오카스타의 딸이다. 이 경우 오이디푸스는 이오카스타의 아들이라는 점에서 그녀에게는 오빠가 된다. 폴뤼네이케스와 에테오클레스는 부계로 보면 안티고네의 오빠이지

---

83) Judith Butler, 앞의 책, 5쪽.
84) Judith Butler, 같은 책, 11쪽.

만, 모계로 보면 그들은 그녀에게 조카가 된다. 오이디푸스에게는 딸이면서 누이고, 폴뤼네이케스와 에테오클레스에게는 누이면서 고모인 안티고네가 어떻게 진정 친족을, 친족의 법을 대표할 수 있는가 하고 버틀러는 의문을 제기한다. 따라서 버틀러에게 안티고네는 순수한 친족을 대변하는 것이 아니라, 전통적인 친족의 질서체계와 그 규범을 뿌리째 뒤흔드는, 말하자면 친족의 불안정성을 표상하는 전복적인 주체로 인식되고 있다.

안티고네가 친족을 대변한다고 할 수 없는 것은 그녀가 이처럼 오이디푸스의 유산을 이어받고 있다는 데서 확인된다. 코로스는 안티고네를 "불행한 여인, 불행한 아버지인 오이디푸스의 자식"(379~380행)이라 일컬었던 바 있다. 이는 물론 그녀가 오이디푸스에게서 자기 원칙과 자기주장을 끝까지 밀고나가는 굽힐 줄 모르는 고집과 오만한 성격을 이어받고 있음을 가리키기 위해 한 말이지만, 버틀러는 오이디푸스에게서 이어받은 안티고네의 유산은 다름 아닌 **근친상간성**이라고 보고 있다. 폴뤼네이케스에 대한 안티고네의 집착은 "그녀의 아버지에서 오빠로의 감정의 이동"으로 여길 수 있으며, 이는 "여성적 오이디푸스 콤플렉스"[85] 또는 "프로이트식으로 해석한 고전적 타입의 '엘렉트라 콤플렉스'"[86]로 일컬어질 수 있다.

작품 『콜로노스의 오이디푸스』는 오이디푸스가 테바이로부터 추방당한 뒤 여러 곳을 방황하는 동안 안티고네를 적잖게 다루고 있다.

---

85) Patricia J. Johnson, "Woman's Third Face: A Psychological Reconsideration of Sophocles' *Antigone*," *Arethusa*, 33 : 3 (1997), 374쪽, 376쪽. 버틀러는 자신의 논지를 뒷받침하기 위해 이 논문을 언급하고 있다. Judith Butler, 같은 책, 84~85쪽(주9)을 볼 것.

86) Mark Griffith, "The Subject of Desire in Sophocles' *Antigone*," *The Soul of Tragedy: Essays on Athenian Drama*, Victoria Pedrick and Steven M. Oberhelman 엮음 (Chicago : U of Chicago Pr., 2005), 94~96쪽을 참조할 것.

오랜 추방생활을 하는 동안 안티고네는 끝까지 아버지와 함께 있으면서 끝까지 충성과 애정을 쏟았다. 이는 지극한 효심의 발현이라 할 만하나, **폴리스**의 관점에서 보면 이는 바람직한 일이 아니다. 여성의 역할은 결혼해 폴리스가 요구하는 훌륭한 남성시민으로 성장할 자식들을 생산하는 데 있었기 때문이다. 안티고네는 남편을 자신의 아버지로 대체한 것이라고 볼 수 있다.

『콜로노스의 오이디푸스』의 마지막 부분에 이르러 오이디푸스가 죽자 안티고네는 자신의 충성과 애정을 아버지에서 오빠들로 재빨리 옮긴다. 가족 밖의 미래의 남편이 아니라 가족 내의 친족, 즉 오빠들에게 자신의 충성과 애정을 이동시킨다. 『안티고네』에서 드러나듯, 폴뤼네이케스에 대한 안티고네의 충성과 애정은 그녀가 아버지에게 바친 그것과 유사하다. 오빠 안에 아버지가 자리 잡고 있다는 점도 오이디푸스적이다.

약혼자인 하이몬에 대한 안티고네의 극도의 무관심도 안티고네가 폴뤼네이케스를 "내가 가장 사랑하는(philtatos) 오빠"(81행)라고 부를 만큼 근친상간적인 애착을 지니고 있음을 드러내주고 있다. 안티고네는 하이몬이 자신에게 극진히 헌신하는데도 단 한 번도 그를 언급하지 않는다. 결혼을 하지 못하고 죽어가는 자신의 운명을 한탄하는 가운데서도 하이몬을 결혼 상대자로 지목하는 일은 결코 없다. 안티고네는 폴뤼네이케스가 마치 향후 하데스에 있는 자신의 남편이라도 되는 것처럼 이스메네에게 "나는 그의 사랑하는 사람이며, 나의 사랑하는 사람인 그와 함께 나는 누워있을 것"(73~74행)[87]이라고 말한 뒤, 곧바로 반복적으로 "나는 그곳[하데스]에서 영원히 [그와

---

87) Hugh Lloyd-Jones는 이 문장을 "나는 그의 것이고, 나는 나의 것인 그와 함께 누워있을 것이다"라고 번역함. 그의 이 번역문은 R. B. Rutherford, *Greek Tragic Style: Form, Language and Interpretation* (Cambridge: Cambridge UP, 2012), 74쪽에서 재인용.

함께] 누워있을 것"(76행)이라고 말한다. 뿐만 아니라 크레온이 안티고네에게 죽음을 명한 자신에게 반항하며 그 부당성을 따지는 아들 하이몬에게 "그 여자[안티고네]가 하데스에 있는 자와 결혼하도록 내버려두라"(653~654행)고 소리치는 표현을 통해서도 폴뤼네이케스에 대한 안티고네의 근친상간적인 욕망 또는 에로스를 간접적으로 읽을 수 있다.

헤겔은 폴뤼네이케스에 대한 안티고네의 집착이 에로스적인 것이 아님을 지적한 바 있다. 헤겔은 누이와 오빠의 관계는 남편과 아내의 관계와 달리, 성적인 욕망이 전혀 배제된 순수한 관계임을 분명히 했다. 하지만 버틀러는 오이디푸스적인 유산을 이어받은 안티고네의 근친상간적인 행동을 주장함으로써 헤겔의 인식을 전적으로 부인한다. 버틀러에게 안티고네는 오이디푸스와 폴뤼네이케스를 향한 에로스적인 욕망을 통해 근친상간의 금지 위에 구축된 친족의 질서를 교란시키고, 그 질서를 위험에 처하게 하는 인물로 부각된다. 따라서 "안티고네는 이상적인 형태의 친족을 대변하는 것이 아니라 친족의 비정상적인 기형화……를 표상하고 있다."[88] 이런 점에서 근친상간의 딸인 안티고네는 친족의 내부에도, 친족의 밖에도 있지 않기 때문에 친족의 법을 대변할 수 없다는 것이다.

한편 버틀러에 따르면 안티고네는 여성이나 여성성을 대변하지도 않는다. 말하자면 안티고네에게는 여성의 정체성 자체가 모호해져 있다. 이 점을 강조하기 위해 버틀러는 여성 안티고네의 **남성성**을 부각시키려 한다. 그녀는 안티고네의 모호한 정체성을 요약해주려는 듯, 이를테면 다음과 같은 표현들을 사용한다. "안티고네는 어떤 남자도 사랑하지 않는다…… 어떤 의미에서 그녀는 남자이기도 하다."

---

88) Judith Butler, 앞의 책, 24쪽

"안티고네는 오빠이며, 오빠는 아버지다."" 따라서 안티고네는 가족 내의 거의 모든 남자의 위치를 차지해본 셈이 된다."[89]

안티고네가 '남자답다'고 특징지어질 수 있는 것은 작품 『콜로노스의 오이디푸스』에도 나타난다. 오이디푸스는 추방생활 동안 자기 곁을 떠나지 않고 돌보고 있는 안티고네와 이스메네를 향해 "이 딸들이 나를 지켜주고 이 애들이 나를 부양해주고 있다. 이 애들은 남자들이지 여자가 아니다"(1367~1368행)라고 일컬으면서 자신의 아들들과 딸들의 위치가 역전되고 있음을 말한다. 이보다 앞서 그는 안티고네와 이스메네를 남자들이 집 안에서 "베틀 가에 앉아 일을 하고 있을 동안" "일용할 양식을 구하려" 위험을 무릅쓰고 밖으로 나가는 이집트 여인들에 비유했다(337행~341행). 버틀러에게 안티고네는 "문자 그대로 오빠의 자리를 대신 차지하고, 남성성을 얻는"[90] 존재로 비쳐지고 있다.

작품 『안티고네』에서 코로스와 이스메네, 사자(使者) 등 대부분의 등장인물들에게 '남자답다'고 특징지어지는 안티고네는 크레온에게도 **남자**로 호칭된다. 크레온은 자신의 명령에도 불구하고 국가의 법을 어기면서까지 폴뤼네이케스의 매장을 감행한 안티고네의 오만과 자기가 감행한 매장에 기뻐 날뛰면서 아무런 처벌도 받지 않고 "승리"를 자기의 몫으로 하는(480~483행, 485행) 안티고네의 태도를 향해 "나는 더 이상 사내가 아니고 이 계집[안티고네]이 사내다"(484행)라고 단언한다. 여기서 크레온은 "도전적인 자율성을 강력히 주장하는", 말하자면 자신의 명령을 거역함으로써 자신에게 일차적으로 도전하고, 그 매장행위의 주체가 안티고네 자신임을 고백함으로

---

89) Judith Butler, 같은 책, 61쪽, 67쪽, 62쪽.
90) Judith Butler, 같은 책, 62쪽.

써 이차적으로 자기 권위에 도전하는 "남성적인"[91] 안티고네에 의해
자신이 탈남성화되고 있음을 내비치고 있다. 버틀러에게 이러한 안
티고네는 "크레온의 통치권을 자기의 것으로 가정하는……"[92] 오만
한 남성으로 등장한다.

이 작품에서 크레온은 안티고네와의 대립을 남자와 여자의 대립으
로 규정하려는 듯, 여성에 대한 반감을 극명하게 노출시키고 있다. 자
기 명령에 불복하고 폴뤼네이케스를 매장했을 뿐 아니라, 스스로 매
장행위의 주체임을 당당하게 밝히면서 격렬한 말투로 자기에게 도전
하는 안티고네의 행위를 향해 크레온은 "내가 살아있는 한 여인은 지
배자가 되지 못할 것"(525행)이라고 주장한다. 하지만 오히려 이는
그의 확고한 결의의 밑바닥에 남성으로서 갖는 위상의 불안정, '탈남
성화'에 대한 두려움이 깔려있음을 보여주는 것이다.

그러나 버틀러는 남성 크레온을 여성 안티고네에게 전적으로 대립
하는 인물로 규정하지 않는다. "안티고네는 크레온의 대립적인 인물
일 뿐만 아니라 그를 반영하고"[93] 있기 때문이다. 버틀러는 크레온의
여성화, 안티고네의 남성화를 통해 그들이 서로 어떻게 닮아있고, 또
한 서로를 어떻게 반영하고 있는가를 보여줌으로써 그들의 상호 위
치가 끊임없이 뒤바뀌고 있음을 강조한다. 아들도 오빠도 누이도 딸
도 삼촌(크레온)도, 그 밖에 그 어떤 자도 될 수 있는 안티고네의 복
합적인 정체성이나 모호성을 보여줌으로써 버틀러는 안티고네가 전
혀 여성을 대변하지 않는다고 강조하고 있다. 버틀러는 안티고네가
그 어느 쪽에도 속하지 않는 불확실한 존재, "모든 경계를 허물어놓

---

91) Judith Butler, 앞의 책, 10쪽.
92) Judith Butler, 같은 책, 23쪽.
93) Judith Butler, 같은 책, 10쪽.

는 경계위반의 존재이자 정체성의 해체론자"[94]라는 점을 들어 헤겔의 주장에 반박하고 있다.

궁극적으로 버틀러에게 성(sex/gender)은 일종의 **가면**(또는 가장, masquerade)이다. 여성성도 하나의 가면이다. 버틀러는 여성성이 가면이라는 점에서 라캉과 의견을 같이 한다. 라캉은 "보편적인 것을 가리키는……대문자 여성 같은 것은 없다……"[95]라는 유명한 말을 남긴 바 있다. 데리다가 '여성'이라는 것은 없다고 주장하는 것도 이와 비슷한 맥락에서다. **여성**이라는 말, 여성이라는 개념은 하나의 지시물을 가지지 않는다. 원래 여성이라는 것, 여성성이라는 것은 없다는 점에서 버틀러는 보부아르와 밀즈, 이리가라이와도 결별한다. 버틀러에게 안티고네는 여성이라는 것, 여성성이 원래 없다는 것을 보여주는 전형적인 인물로 등장한다. 그렇다면 친족도 여성도 대변하지 않는 안티고네는 본질적으로 버틀러에게 어떤 인물인가?

버틀러에게 안티고네는 적절한 애도 대상을 찾지 못해 애도에 실패한 우울증 환자로 부각되고 있다. 적절한 애도 대상을 찾지 못했다는 것은, 안티고네가 처한 특수한 가족상황 때문에 그녀의 애도 대상이 정확히 오빠인지 아버지인지 알 수 없어졌다는 의미다.[96]

---

94) 임옥희, 『젠더의 조롱과 우울의 철학―주디스 버틀러 읽기』(여이연, 2006), 229쪽.

95) Jacques Lacan, *Encore*, Bruce Fink 옮김 (New York: Norton, 1998), 73쪽; Jacques Lacan, *Encore* (Paris: Seuil, 1975), 68쪽.

96) 안티고네의 '우울증'을 논함에 있어 버틀러 역시 빚지고 있는 프로이트에 따르면 근본적으로 애도는 "사랑하는 이의 상실에 대한 반응"이며, 우울증은 애도와 마찬가지로 "사랑하는 대상의 상실에 대한 반응"이지만, 그것은 좀더 근본적이면서도 "보다 이상적인 종류"의 상실에 대한 반응이라고 말할 수 있다(Sigmund Freud, "Mourning and Melancholia," *The Standard Edition of the Complete Psychological Works*, James Strachey 편역 [London: Hogarth Pr., 1953~1974], 14: 245쪽). 따라서 우울증은 애도와 달리, 죽음과 같은 어떤 실제적인 상실보다도 어떤 이상적인 것의 상실과 연관된다. 크레온의 금지에도 불구하고 안티고네가 매장을 통해 폴뤼네이케스를 애도한 것은 그녀의 주장대로 부모가 하데스에 있는 이상 오빠는 다

크레온은 폴뤼네이케스의 시신을 애도하는 행위를 일절 금지했다. 안티고네의 폴뤼네이케스 매장은 크레온의 금지명령에 저항하는 일종의 애도의 작업(Trauerarbeit)이다. 프로이트가 애도를 사랑하는 이의 상실에 대한 반응이라고 규정할 때, 이때의 반응에는 감정의 반응만이 아니라 행동의 반응도 포함된다. 물론 프로이트에게 그것은 잃어버린 대상을 대신하는 새로운 대상을 찾는 일이다. 말하자면 리비도적인 대상을 새롭게 발견한다든가 만들어낼 때, 그 목적이 달성되는 것이다.[97] 그러나 그 작업이 그러한 목적을 달성하지 못할 때, 말하자면 상실한 대상을 대신하는 새로운 대상이 발견되지 않을 때, 아니 그 상실한 대상이 실제 누구인지, 애도 대상이 누구인지조차 확실하지 않을 때, 그리하여 애도에 실패할 경우, 우울증이 발생한다.

프로이트는 애도의 경우에는 주체는 상실한 대상을 의식하고 있지만, 우울증의 경우에는 그 주체는 상실한 대상을 "의식적으로 인식"하지 않는다고 말한다.[98] 버틀러도 이 점에 있어 프로이트를 따르고 있다. 버틀러가 볼 때 안티고네는 근친상간으로 친족의 질서체계가 교란되고 뿌리째 흔들린 상황에서 "자신이 상실한 것이 오빠 폴뤼네이케스라고 부르고" 있지만, 이때의 '오빠'는 "안티고네 자신이 의도한 것 이상을 의미하고 있다." 그녀의 애도 대상인 오빠는 아버지도, 또 다른 오빠인 에테오클레스도 될 수 있기 때문이다. "안티고네는 자신의 오빠[폴뤼네이케스]를 애도하고 있지만, 실은 그 애도 속에서

시 생겨날 수 없기 때문이었다. 이같이 "특이성"(Judith Butler, 앞의 책, 80쪽)이 강조되는 오빠의 죽음은 안티고네에게는 단순한 죽음 이상이며, 이상적인 종류의 상실이다.
97) Sigmund Freud, 같은 책, 14: 244~245쪽.
98) Sigmund Freud, 같은 책, 14: 245쪽.

말해지지 않은 채 남아있는 부분은 그녀의 아버지와 그녀의 또 다른 오빠에 대한 애도다."[99] 이렇듯 애도 대상이 불확실하다는 것은 애도의 작업이 완성되지 못한 것이며, 그 결과 우울증이 나타난다.

버틀러에게 우울증은 좀더 급진적인 내용을 가진다. 그녀에게 그것은 동성애적인 욕망이 억압당한 결과로 나타나는 것이다.[100] 동성애적인 욕망의 부인(否認)에서 연유된 것이 우울증이라면, 버틀러에게는 이러한 욕망을 부인하게 만드는 규범으로서의 이성애 중심의 가족 구조 내지 친족체계야말로 문화적으로 우울증을 생산해내는 장본인이 되는 것이다.[101] 프로이트에 따르면 우울증 환자의 에고는 상실된 대상을 그 내부에 편입시켜 자신을 그것과 동일시한다. 우리가 살펴본 대로 안티고네가 대변하는 모든 위치는 남성적이었으며, 따라서 그녀는 "여장(女裝)을 한 남성"[102]이다. 그녀는 자신을 결코 여동생 이스메네와 동일시하지 않는다.

이리가라이의 경우와 달리, 버틀러가 본 안티고네는 어머니의 위치를 점유하는 것도 거부한다. 이는 안티고네가 하이몬과의 결혼을 거부하고, 하데스를 자신의 궁극적인 신랑으로 맞아들임으로써 아내와 어머니가 되는 것을 원천적으로 봉쇄하는 데서 확인된다. 안티고네라는 이름은 어원적으로 "어머니를 대신하여"라는 의미를 갖지만, 또한 어원적으로 '반대'를 뜻하는 **안티**(anti)와 '친족' 및 '핏줄'을 뜻하는 **게노스**(genos)의 파생어인 **고네**(gone)로 이루어져 "핏줄을 반대

99) Judith Butler, 앞의 책, 80, 77, 79쪽.

100) Judith Butler, *The Psychic Life of Power* (Stanford: Stanford UP, 1997), 132쪽.

101) Judith Butler, "Quandaries of the Incest Taboo," *Whose Freud?: The Place of Psychoanalysis in Contemporary Culture*, Peter Brooks and Alex Woloch 엮음 (New Haven: Yale UP, 2000), 46쪽.

102) Olga Taxidou, *Tragedy, Modernity and Mourning* (Edinburgh: Edinburgh UP, 2004), 37쪽.

하여"라는 뜻을 갖기도 한다. 자식, 자손, 자궁, 출생을 거부한다는 것이 된다. 이처럼 버틀러에게 안티고네는 어머니의 자리를 점유하는 것이 아니라 그 자리를 거부하고, 여성이 되기를 거부하는 자로 부각되고 있다. 안티고네가 자신과 동일시하고 있는 것은 남성이다. "이 남성이란 누구인가? 유령 같은 남성들이 여기에 있는 것처럼 보인다. 그들은 안티고네 자신이 차지해버린 남성들이기도 하고, 안티고네가 자리를 대신 차지한, 그리고 그렇게 대신 차지하다가 바꾸어버린 오빠들이기도 하다."[103]

적절한 애도 대상을 찾는 것에 실패한 안티고네는 그 애도 대상을 자기 내부에 편입시켜 자신과 동일시한다. 프로이트는 이 동일시를 대상과의 나르시시즘적 동일시라고 일컫는다.[104] 안티고네의 내부에 편입되어 동일시되고 있는 그 유령 같은 존재는 남자, 즉 오빠와 아버지다. 이성애를 토대로 하는 전통적인 가족구조는 '근친상간의 금기'라는 대전제 위에서 존재가치와 규범성을 유지한다. 버틀러에게는 근친상간의 금지라는 '부정' 이전에 이미 배제된 욕망이 있는데, 그것이 **동성애**다. 안티고네의 우울증은 이성애 중심의 사회 안에서 동성애의 대상을 공적으로 애도하지 못하고 거부당한 것에서 연유하고 있다.

안티고네가 크레온의 절대적인 명령을 거역하면서까지 공개적으로 폴뤼네이케스에 대한 애도를 주장하는 것에는 "애도될 수 없는 것의 영역"이 "전제"되고 있음을 볼 수 있다."[105] 그 애도될 수 없는 것의 영역이란 다름 아닌 동성애적인 욕망이며, 버틀러는 안티고네의 우울증을 이성애 중심의 규율 사회가 생산한 제도화된 우울증,

---

103) Judith Butler, 앞의 책, *Antigone's Claim*, 80쪽.
104) Sigmund Freud, 앞의 책, 14: 249쪽.
105) Judith Butler, 앞의 책, *Antigone's Claim*, 80쪽.

"즉 사회적으로 제도화된 우울증"[106]의 전범(典範)으로 내세우고 있다.[107] 버틀러는 이러한 안티고네의 우울증을 통해 이성애 중심의 전통 가족 구조가 내포한 규범의 불안정성을 보여주고 있다. 한편 그는 안티고네가 이성애 중심의 가부장제 사회를 고착시키고 이상화하는 전통적인 성의 개념이나 친족의 개념에 도전해 이를 해체하려는, 말하자면 모든 사회의 질서 가운데 가장 근본적인 질서인 근친상간 금지를 의문시하는 급진적이고 저항적인 인물임을 부각시키고 있다.

그러나 그 후 버틀러는 자신의 논지를 정면으로 반박하는 한 여성학자의 도전을 받는다. 메이더는 "이 이야기에서 친족의 탈선이 언제 그리고 어디서 일어나고 있는가"[108] 라고 반문하면서 안티고네와 폴뤼네이케스의 관계는 근친상간의 관계가 아니라 주장한다. 그들의 관계는 성적인 욕망 또는 근친상간의 욕망에 의해 조금도 더럽혀지지 않은, 순수한 관계라고 했던 헤겔, 헤겔과 마찬가지로 폴뤼네이케스를 향한 안티고네의 사랑은 "나의 오빠는 나의 오빠"라는, '순수 존재'에 대한 사랑이라고 했던 라캉,[109] 그리고 이들과 마찬가지로 안티고네는 "자신을 영원한 누이"라는 역할에 고정시키고 있다고 했던 데리다[110] 등과 마찬가지로 메이더는 안티고네와 폴뤼네이케스 간의

---

106) Judith Butler, 같은 책, 80쪽.
107) 버틀러는 데리다와 마찬가지로 정신분석에서의 애도와 우울증을 윤리적, 정치적인 비판의 수단으로 복권시키는 것이야말로 긴급한 과제라고 여기고 있다. 데리다의 경우, Jacques Derrida, *Étas d'ame de la psychanalyse* (Paris: Galilée, 2000), 29쪽을 볼 것.
108) Mary Beth Mader, "Antigone's Line," *Bulletin de la Société Americain de Philosophie de Langue Française*, 14: 2 (2005), 10쪽.
109) Jacques Lacan, *The Seminar of Jacques Lacan, Book VII: The Ethics of Psychoanalysis 1959~1960*, Jacques-Alain Miller 엮음, Dennis Porter 옮김 (New York: Norton, 1992), 278~279쪽. 이하 *The Ethics of Psychoanalysis*로 표기함.
110) Jacques Derrida, *Glas* (Paris: Galilée, 1974), 169쪽.

근친상간의 관계를 부인한다. 즉 안티고네는 오이디푸스를 아버지의 "자리"로, 폴리네이케스를 오빠의 "자리"로 되돌려 고정시키려 한다고 주장한다.[111]

메이더는 안티고네가 오빠 폴뤼네이케스를 오직 어머니와 아버지에서만 태어날 수 있는, 그 밖의 다른 근친상간의 결합에서 태어날 수 없는 오빠 그 자체로 보고 있다는 것이다. 오빠의 단독성(單獨性)을 존중하고 확고히 함으로써 전통적인 친족의 질서 체계와 그 규범을 뿌리째 흔들고 있는 가문의 근친상간의 유산에 종지부를 찍으려 한다는 것이다. 오이디푸스와 이오카스타 간의 근친상간이라는 탈선에 대해 깊이 생각하고, 뿌리째 흔들리는 친족의 질서체계와 그 규범, 즉 근친상간 금지를 회복하고자 하는 안티고네의 행위를 메이더는 "본질적으로 복구 또는 회복의 노력"[112]으로 읽고 있다.

소포클레스의 안티고네

그렇다면 소포클레스 자신은 지금까지 살펴본 헤겔과 밀즈, 이리가라이, 버틀러 등의 페미니스트의 입장에 얼마나 동조할 것인가. 우리는 이제 기존에 논의되어온 안티고네가 아니라, 소포클레스 자신의 안티고네를 재조명해볼 필요가 있다.

크레온에 대한 안티고네의 반항의 동기는 일차적으로 죽은 자에 대한 본능적인 사랑에서 비롯한다. 하이몬이 설명하듯, 테바이 시민들이 안티고네를 칭찬한 것은 그녀가 신의 법에 순종했기 때문이 아

---

111) Mary Beth Mader, 같은 글, 17쪽.
112) Mary Beth Mader, 같은 글, 10쪽.

니라, 오빠의 시체가 사나운 개들과 새들에게 뜯어먹히는 참상을 두고 볼 수 없어 이를 저지했기 때문이다. 크레온은 테바이 시민에게 단 한 사람도 폴뤼네이케스의 시신을 "무덤 속에 감추거나 애도하지 말고", "진수성찬을 노리는" 굶주린 새들이 포식하도록 내버려두라고 명령했던 것이다(26~30행).

고대 그리스인들은 영혼은 육체와 함께 있으며, 함께 태어난 영혼과 육체는 사후에도 무덤에 함께 묻히는 것으로 믿었다. 그들이 장례를 치르는 것은 망자에 대한 애도의 표현 가운데 하나였지만, 이보다는 망자들이 하데스에서 영원한 휴식과 행복을 누리게 하기 위함이었다.[113] 그들은 죽은 자들의 영혼이 매장당하기 전까지는 하데스에 들어가지 못하고 "하데스의 넓은 문 주위를 헛되이 떠도는 것"(『일리아스』 23.74)으로 생각했다.[114] 따라서 그들은 죽음보다 매장당하지 않는 것을 더 두려워했다. 영원한 휴식은 매장되느냐 되지 않느냐의 여부에 달려있었기 때문이다. 이를 알고 있던 안티고네에게 매장당하지 못한 폴뤼네이케스의 영혼이 겪는 고통은 학대받고 있는 그의 육체의 고통과 같았다. 안티고네는 자기가 오빠의 시신을 매장하면, 이것이야말로 오빠를 "가장 기쁘게 해드리는 일"이라는 것을 잘 알고 있다(89행).

안티고네는 자신의 정체를 오직 오빠의 여동생으로서만 규정하고 있다. 그녀는 크레온에게 "돌아가신 분은 어느 노예가 아니라 [내] 오빠(adelphos)"(517행)라고 선을 그었다. 그녀는 폴뤼네이케스와의

---

113) 호메로스, 『오뒤세이아』 21.72; 에우리피데스, 『트로이아 여인들』 1085행; 헤로도토스, 『역사』 5.92.

114) Adriana Cavarero, *Stately Bodies: Literature, Philosophy, and the Question of Gender*, Robert de Lucca and Deanna Shemek 옮김 (Ann Arbor: U of Michigan Pr., 2002), 19쪽. 그리고 Silvia Montglio, *Wandering in Ancient Greek Culture* (Chicago: U of Chicago Pr., 2005), 33쪽을 볼 것.

관계에서 누이 이외의 어떠한 관계도 개입시키지 않는다. "영원한 누이"[115]이기 때문에 안티고네의 오빠에 대한 사랑은 단독적일 수밖에 없다. 안티고네의 "사랑은 그녀의 아버지와 그녀의 오빠에게만 향한다. 그 이상은 나아가지 않는다. 그 사랑이 저항에 부딪히자마자 증오로 탈바꿈한다. 그녀의 사랑은 근원적이고 본능적일 수밖에 없다.

폴뤼네이케스가 자신의 오빠이기 때문에 그를 본능적으로 사랑할 수밖에 없는 영원한 누이인 안티고네는 그의 처참한 시신을 보고 "마치 새끼를 빼앗기고 텅 빈 둥지만 보게 되었을 때의 새처럼 찢어지는 소리로 사무치게 운다"(423~425행). 그녀에게 문제가 되는 것은 폴뤼네이케스가 반역자인가 아닌가가 아니라, 그가 매장당할 것인가 아니냐이다. 일찍이 안티고네는 크레온에게 "증오가 아니라 사랑에 가담하는 것이 나의 본성이다"(523행)라고 말한 바 있다. 이처럼 크레온에 대한 그녀의 반항은 오빠에 대한 본능적인 사랑에서 출발한다. 이는 프롤로그나 그녀의 대사를 통해 수없이 강조되고 있다. 안티고네는 보편적인 인간의 본능적인 사랑에 의해 움직이고 있다. 크레온은 이를 이해하지 못한다. 시민의 최고의 덕목은 국가의 이익에 복무하는 데 있다고 믿는 그에게, 여기에 부합하지 않는 사랑은 재고의 가치가 없다. 따라서 개인의 사랑이 국가나 통치자의 이익과 상충할 때 후자의 이익을 위해 전자는 간단히 무시될 수 있다는 것이다.

물론 국가를 통치하는 지도자로서 크레온이 주장하는 원칙은 나무랄 데가 없다. 아테나이인들의 관점에서 보면, 크레온이 반역자인 폴뤼네이케스의 매장을 금하는 것은 옳다. 가령 크세노폰(『헬레니카』 1.7.22) 따르면 반역자나 성물(聖物)을 훔친 자는 아티카에 묻히는 것이 허용되지 않았다. 크레온은 "'그리스 도시국가의 법에 따라

---

115) Jacques Derrida, 앞의 책, *Glas*, 150쪽.

행동하기 때문에' 그리스적 관점에서 볼 때 그는 옳다."[116] 국가라는 **배**가 위기에 처했을 때 격랑을 헤치고 그 배를 구하는 것이 통치자의 의무다. 남의 나라 군대를 이끌고 조국을 정복하려 했던 자를 일벌백계(一罰百戒)로 다스리지 않으면, 국가라는 배는 "무사히 항해"할 수 있는 안전과 질서 그리고 번영을 보장받을 수 없다(184~191행). 크레온에게 "조국보다 더 소중한 친구"(182~183행)는 없는 것이다. 게다가 폴뤼네이케스는 조국을 침공했을 뿐만 아니라 신들의 성전을 불사르려고까지 시도했다(198~201행, 284~287행).

따라서 폴뤼네이케스를 매장하려는 안티고네의 행위, "공적인 공간"을 흔드는 예기치 않은 돌발적인 행위를 통해 "관습적인 기존의 사물의 질서에 분열"을 가져오는 안티고네의 행위, 즉 랑시에르(Jacques Rancière)의 용어를 따온다면, 그녀의 "정치적인 행위"는[117] 이 극을 관람했던 아테나이인들에게 분명 폴리스를 전복하려는 비합법적인 행위, 또는 크레온의 여러 주장에 의해 구현되고 있는 기원전 5세기의 그리스 도시국가의 이데올로기에 대한 "위협"[118]으로 받아들여졌을 것이다. 시민의 사적인 이해(利害)는 폴리스의 공적인 이해에 종속되어야 한다는 것이 당대의 국가적 이데올로기였기 때문이다(투퀴디데스『펠로폰네소스전쟁』2.60).[119]

---

116) Jean-Pierre Vernant, "Greek Tragedy: Problems of Interpretation," *The Structuralist Controversy: The Languages of Criticism and the Sciences of Man*, Richard Macksey and Eugino Donato 엮음(Baltimore: Johns Hopkins UP, 1970), 281쪽. 아테나이에서 반역자나 신성모독자에게 장례가 허용되었던가 아니었던가하는 문제는 여전히 논의의 초점이 되고 있다. 이에 대해 조금 뒤에 다시 이야기할 것이다.

117) Julen Etxabe, *The Experience of Tragic Judgement* (New York: Routledge, 2013), 165쪽.

118) Lauren J. Apfel, *The Advent of Pluralism: Diversity and Conflict in the Age of Sophocles* (Oxford: Oxford UP, 2011), 281쪽.

119) 어떤 의미에서 크레온의 그러한 인식은 후의 정치철학자 "홉스 관점의 원형(原型)"이라고 말할 수 있다(Jonathan N. Badger, *Sophocles and the Politics of Tragedy: Cities and Transcendence* [New York: Routledge, 2013], 86쪽).

트로이아는 성벽(城壁)으로 유명했다. 호메로스의 『일리아스』는 포세이돈과 아폴론이 트로이아의 왕 라오메돈으로부터 정해진 보수를 받기로 하고 성벽을 쌓아주었음을 이야기하고 있다. 포세이돈은 "나는 트로이아인들을 위해 그들의 도시가 함락당하지 않도록 도시 주위에 넓고 더없이 아름다운 성벽을 쌓아주었다"(21.446~447)고 밝히고 있다. 트로이아인들에게 성벽은 그들의 공동체의 안전을 영원히 보장해주는 유일한 기둥이자 마지막 보루였다. 5장에서 논의하게 될 에우리피데스의 『트로이아의 여인들』에서 잘 드러나고 있듯, 성벽이 무너지자 도시국가 트로이아는 더 이상 존재하지 않는다. 『일리아스』의 호메로스 시대에 성벽이 국가의 존립과 번영, 그리고 안전의 기둥이었다면, 기원전 5세기 후반과 기원전 4세기의 그리스에서는 법(法)이 성벽을 대신했다. "법에 대한 공격은 도시 자체의 번영에 대한 공격과 같은 것으로 여겨질 수 있었다."[120] 고대 그리스인들은 국가의 안전을 위한 보호자로서의 성벽과 법의 이러한 공통점을 의식하고 있었다. 기원전 6세기에 헤라클레이토스는 "사람들이 도시의 성벽을 위해 싸우는 것과 마찬가지로 자신들의 법을 위해 싸우는 것은 불가피한 것이다"[121]라고 말했다. 크레온은 헤라클레이토스의 이러한 인식을 그대로 반영하고 있다.[122]

엄격한 의미에서 크레온이 진정 **폴리스**의 원리를 대변하는 것이라면, 그의 행위는 헤겔과 헤겔주의자들이 인정하듯 정당화된다. 하지만 과연 크레온은 폴리스의 원칙을 구현하고 있으며, 민주제 폴리스

---

120) Fabian Meinel, *Pollution and Crisis in Greek Tragedy* (Cambridge: Cambridge UP, 2015), 76쪽.

121) fr. 65, Charles H. Kahn, *The Art and Thought of Heraclitus. An Edition of the Fragments with Translation and Commentary* (Cambridge: Cambridge UP, 1979), 58쪽.

122) Fabian Meinel, 앞의 책, 91쪽.

의 진정한 지도자인가? 하이몬은 크레온에게 "테바이 시민 전체"는 안티고네에 대한 그의 가혹한 처벌에 동조하지 않을 뿐만 아니라 안티고네가 행한 일을 "가장 영광스러운 행위", 즉 "황금 같은 명예를 받아 마땅한 행위"(692~699행)로 보고 있다고 전한다. 그러면서 시민들의 뜻을 따르지 않는 아버지 크레온의 행동을 비난하자, 크레온은 하이몬에게 "내가 나 아닌 다른 사람의 뜻에 따라 이 나라를 통치해야 하나?"(736행)라고 소리친다. 이에 하이몬이 "국가는 단 한사람의 소유물이 아니다"(737행)라고 항의하자, 크레온은 다시 "국가는 그 통치자에게 속하는 것"(738행)이라고 대답한다. 크레온의 발언을 통해 우리는 그가 더 이상 전체 폴리스를 위해서가 아니라, 오직 자기 자신만을 위해 말하고 행동하고 있음을 알 수 있다.

처음부터 크레온은 자신을 일종의 군사독재자처럼 규정하고 있다. "사령관"(stratēgon, 8행)으로서 그는 시의회와 논의하지 않고 칙령을 포고한다. 그리고 재판 없이 안티고네를 죽음에 처하게 한다(567~581행). 법을 위반하지 않았다는 안티고네의 주장에도 불구하고 그녀에게 법정에서 변호할 어떤 기회도 주지 않는다. 크레온의 이러한 행위는 "아테나이의 민주주의 이데올로기", 특히 통치자는 "재판 없이 시민들을 죽음으로 몰 수 없다는 아테나이의 법"을 위반하는 행위다.[123] 폴뤼네이케스의 시신을 비참하게 버려두는 것도 폴리스를 위한 것이라고 볼 수 없다. 일반 테바이 시민들은 안티고네의 행위를 은밀하게 칭찬하면서 공감하고 있었기 때문이다(501~505행, 693~700행, 733행).

크레온이 자신의 명령에 도전한 안티고네를 사형에 처하도록 한

---

123) Edward M. Harris, *Democracy and the Rule of Law in Classical Athens* (Cambridge: Cambridge UP, 2006), 76쪽.

것은 반역자 폴뤼네이케스에 대한 증오 때문만이 아니다. "만일 그 계집[안티고네]이 벌을 받지 않은 채 나의 권위를 훼손한다면, 나는 더 이상 사내가 아니고 그 계집이 사내다"(484~485행)라는 표현에서 알 수 있듯, "남성 통치자의 특권적인 자율성"[124]과 자신의 힘을 무시하는 안티고네에 대한 분노이며, 무엇보다도 자신의 통치에 불만을 품은 자들에게 자신의 권력이 위협받지 않을까 하는 두려움 때문에 그녀를 죽음으로 몰고 갔다.

크레온은 그리스의 대표적인 독재자(또는 참주[僭主])의 특징들을 갖고 있다. 독재자들이 갖고 있는 공통적인 특징들은 그들은 화를 잘 낸다든가, 자신을 권력에서 축출하기 위해 불순분자들이 공모하지 않나 의심한다든가, 여성을 폄하한다든가,[125] 자신의 통치행위에 철저히 복종할 것을 요구한다든가, 크레온과의 대화에서 테이레시아스가 그를 일컬어 "더러운 이득을 좋아한다"(1056행)라고 지적했듯, "돈으로 전제정치를 획득하고 이를 유지한다든가,"[126] "재판 없이 사람을 죽이고, 여성을 강간하고, 대대로 내려오는 관습을 전복……한다든가[127] 하는 것 등이다. 크레온은 독재자들의 전통적인 특징들의

---

124) Simon Goldhill, *Reading Greek Tragedy* (Cambridge: Cambridge UP, 1986), 98쪽.

125) 여성폄하는 앞서 인용한, "내가 살아있는 한 여인은 지배자가 되지 못할 것"(525행)이며, "만일 그녀[안티고네]가 벌을 받지 않은 채 나의 권위를 훼손한다면, 나는 더 이상 사내가 아니고 그 계집애가 사내다"(484~485행)라는 안티고네에 대한 크레온의 분노의 표현에서 찾아볼 수 있다. 또한 안티고네를 죽음에 처하게 하는 자신의 처사에 대해 하이몬이 비난하자, 하이몬을 "계집의 종"(746행, 756행)이라고 일컫는 오만한 발언, 그리고 이스메네가 크레온이 자신의 아들 하이몬의 신부가 될 안티고네를 죽이려는 것을 듣고 공포에 떨자, 하이몬에게는 "씨 뿌릴 밭은 그 밖에 얼마든지 있다"며 안티고네 말고도 신부로 대체할 여자들이 많음을 비유적으로 말하는 그의 발언(569행)에 의해서도 확인된다.

126) Richard Seaford, *Money and the Early Greek Mind: Homer, Philosophy, Tragedy* (Cambridge: Cambridge UP, 2004), 159쪽.

127) Kurt Raaflaub, "Stick and Glue: The Function of Tyranny in Fifth-Century Athenian Democracy," *Popular Tyranny: Sovereignty and Its Discontents*, Kathryn Morgan 엮

거의 대부분을 갖고 있다. 역사적으로 이 같은 독재자가 도시국가를 통치했을 때, 시민들은 폴리스를 위해 충성을 다하지 않았으며,[128] 그 러한 통치자가 등장했을 때 그와 맞서 싸우는 것이 아테나이인들에 게는 시민으로서의 의무였다.[129]

우리가 가장 깊고 신성한 본능이라 일컬어질 수 있는 것―가령 죽 은 자들의 시신에게 보이는 본능적인 연민과 존중 같은 것―에 반응 해 행동할 때, 신은 우리와 더불어 움직인다.[130] 이는 우주의 도덕 질 서나 원리는 특정한 행위 속에 포함된다는 전형적인 그리스적 사유 의 일면이다. 이런 의미에서 안티고네가 폴뤼네이케스의 매장을 감 행하는 것은 종교적인 동기와 자연스럽게 연관된다. 안티고네의 도 전의 일차적인 동기가 매장을 당하지 못한 망자에 대한 순수하고도 개인적인 사랑에서 비롯된 것이라면, 이것은 자연스럽게 종교적 동 기로 이어지는 것이다.

안티고네의 종교적인 동기는 그녀가 크레온 앞에서 "나는 내가 그 매장을 감행했음을 시인하며, 이를 부인하지 않는다"(443행)라고 당 당히 폴뤼네이케스의 매장을 고백한 다음의 장면에서 나타난다. 안 티고네는 폴뤼네이케스의 매장을 금한 것은 제우스의 포고나, 하계 의 신들과 함께 있는 정의의 여신(Dikē)의 명령도 아니라고 말한다. 그러면서 그녀는 죽음을 면치 못하는 한낱 인간인 크레온의 명령이 어찌 "확고부동한 신들의 불문율"보다 더 강할 수 있으며 이를 능가

음 (Austin: U of Texas Pr, 2003), 74쪽.

128) Gilbert Murray, 앞의 책, 123쪽.

129) Moira Fradinger, *Binding Violence: Literary Visions of Political Origins* (Stanford: Stanford UP, 2010), 65쪽.

130) H. D. F. Kitto, *Form and Meaning in Drama* (London: Methuen, 1964), 115쪽.

할 수 있는가를 묻고 나서 자신은 확고부동한 신들의 불문율을 따르는 것을 거부할 수 없다고 단호하게 말한다(450~459행). 이 발언은 안티고네의 동기가 무엇보다도 종교적임을 보여주는 것이다.

안티고네의 발언을 '보편적인 법'의 공식으로 바라보는 그리스적인 사유의 출처는 물론 아리스토텔레스다. 아리스토텔레스는 『수사학』에서 법을 특정적인 법과 보편적인 법으로 나눈다. 전자는 국가의 성문법이며, 후자는 성문화되어 있지 않지만 특정적인 법보다 더 상위에 있는, 자연적이고 변하지 않으며 모두가 동의하는 법이다. 달리 말하면 아리스토텔레스는 이른바 불문율을 보편적인 법과 동일시하며, "성문법이 아니라" "자연법"인 "불문율을 이용하고 지키는 것이 보다 훌륭한 사람의 몫"이라고 주장한다. 그러면서 안티고네가 폴뤼네이케스를 매장한 것은 "불문율이 아니라 크레온의 법을 위반한 것"이기 때문에 불문율에 따른 그녀의 행위는 "정당한" 것이라고 말한다(1.15.1375a28~33).

그러나 여기서 중요한 것은 안티고네가 도전하고 위반하는 것은 일반 법이 아니라는 것이다. 안티고네는 폴뤼네이케스의 매장을 거부하는 크레온의 명령, 즉 그의 "포고"(kērugma)를 법으로 부르기를 거부한다(25~36행). 그녀는 크레온이 "바른 법도(dikē)와 관습(nomos)에 따라"(24행) 에테오클레스는 매장하게 하지만, 폴뤼네이케스의 경우는 크레온 자신의 "포고"에 따라 그를 매장하지 못하게 하고 있다고 말한다(26~34행). 자신을 향해 법을 위반했다는 크레온의 비난에 대해 안티고네는 자신은 그의 "포고", 그의 명령을 위반한 것이지 어떤 법도 위반하지 않았다고 말한다(450~451행). 자신은 일반 법이 아니라 크레온의 포고를 위반한 것일 뿐이라는 것이다. 이스메네는 안티고네가 폴뤼네이케스를 매장하려는 것은 통치자의 "결정"(또는 "명령")과 권력"(60행)을 위반하는 것이며, 권력을 가진 자에게 복종하는 것은 당연하다고 주장한다(58~60행). 하지만 이스메네도 크레온의 포고를 그의 "결정"'이라고 말할 뿐 '법'이라고 부르지 않는다. 그리고 코로스도 안티고네는 "왕의 법"(nomois basileiois)을 어기고 있다고 말함으로써(381~382행) 크레온의 포고를 일반 법과 동일시하지 않고 그의 독자적인 결정임을 밝히고 있다.

데모스테네스(25.16)의 글을 비롯한 여러 출처에 따르면 전통적으로 그리스 법(nomos)의 적법성은 신의 뜻, 현자들의 사상, 공동체의 동의 등에서 연유된 것으로 전해진다. 성문법과 불문법은 크게 구별되지 않았고 이 두 법 사이의 충돌도 보이지 않았다.[131] 데모스테네스와 마찬가지로 헤라클레이토스도 "……인간의 모든 법은 하나의 법, 즉 신의 법에 의해 자양분을 받는다……"[132]라고 말했다. 따라서 헤라클레이토스에게 "폴리스 법과 신의 법 사이에" "어떤 충돌"도 없으며, "폴리스 법은 신의 법에 종속되고 그 적법성도 신의 법에 의거하고 있다."[133] 플라톤도 『크리톤』(54c6-8)에서 신의 법은 폴리스 법의 형제이며 두 법은 수준이 동일하다고 말함으로써 폴리스 법이 신의 법에 종속되고 있다는 헤라클레이토스의 주장과 다소 다른 입장을 취한다.

그러면서도 그와 마찬가지로 이 두 법이 피차 긴밀히 연관되어있음을 재차 강조한다. 『크리톤』에는 만일 소크라테스가 폴리스 법을 위반한다면 하계에서 그를 심판할 신의 법이 그의 죄를 간과하지 않고 폴리스 법을 도와줄 것이라는 내용이 나온다. 생전에 죄인을 벌할 수 없게 된다면 사후에 신의 법이 그자를 벌하게 된다는 것이다. 흔히 인류의 불문율 또는 불문법이라고 일컬어지는 신의 법은 인간의

---

131) 이에 대해서는 Edward M. Harris, 앞의 책, 50~59쪽을 참조할 것.
132) fr. 30, Charles H. Kahn, 앞의 책, 42쪽.
133) Edward M. Harris, 같은 책, 52쪽.

성문법과 충돌하는 것이 아니라 서로를 지탱해주는 것으로 이해되고 있다. 이는 플라톤이 그의 『법률』(793a-b)에서도 피력한 바 있다.[134]

그 불문법 가운데 가장 중요한 법은 신을 경배하는 것, 부모를 존경하는 것, 빚을 갚는 것이었다. 이는 아테나이 법에도 반영되어 있었다. 신을 모독한다든가, 신에게 제물을 바치지 않는다든가, 신을 위해 제사 등 축제를 행하지 않는다든가, 신을 경배하지 않을 경우 해당 당사자는 재판에 회부되었다. 또한 부모를 때린다든가, 그들에게 음식물과 거처를 제공하지 않는 등 부모를 학대한 자는 시민권을 완전히 박탈당했다.[135] 아테나이의 성문법은 신을 경배하고 부모를 존경해야한다는 불문법과 전혀 충돌하지 않았다. 불문법 가운데 중요하게 등장하는 또 하나의 항목이 바로 '매장'이었다.

이 작품에서 주목할 점은 '법'이라는 의미로 안티고네의 종교적 발언에 등장하는 그리스어가 일반적으로 '법'을 의미하는 **노모스**(nomos) 또는 **노모이**(nomoi)가 아니라 **노미마**(nomima, 455행)라는 것이다. 노미마라는 용어는 흔히 기원전 5세기, 심지어 4세기 전에도 관습적인 장례(葬禮)를 기술하기 위해 흔히 쓰인 것으로 여겨진다.[136] 안티고네가 신들의 불문율, 즉 노미마를 지키지 않으면 자신은 신들로부터의 벌을 면치 못할 것이라 말했을 때(458~460행), 그녀가 말하는 노미마는 문자가 발명되기 이전과 폴리스가 성립되기 이전에 오래전부터 내려온 관습, 즉 죽은 자를 존중하는 관습을 가리키는 것

---

134) "기원전 5세기 후반과 그리고 분명 기원전 4세기에는 '불문법'이 '성문법'에 비해 그 중요성이 감소되었지만" 그 두 법은 "항상 같이 있었다"(Fabian Meinel, 앞의 책, 77쪽).

135) Edward M. Harris, 앞의 책, 55쪽. John D. Mikalson, *Honor Thy Gods: Popular Religion in Greek Tragedy* (Chapel Hill: North Carolina Pr., 1991), 195쪽 이하도 볼 것.

136) Bernard M. W. Knox, *The Heroic Temper: Studies in Sophoclean Tragedy* (Berkeley: U of California Pr., 1964), 97쪽.

으로 보인다.

소포클레스의 『아이아스』 『오이디푸스 왕』 같은 다른 작품들도 죽은 자의 시신을 매장하지 않고 내버려두는 것은 신의 법을 범하는 것임을 언급하고 있다(『아이아스』 1343행, 『오이디푸스 왕』 863행). 아니 일찍이 호메로스의 서사시에서도 합당한 매장을 치르지 않으면 신이 분노할 것이라는 내용이 나오고 있다. 죽어가는 헥토르가 아킬레우스에게 자신의 시신을 개들의 먹이가 되도록 내버려두지 말고 아버지 프리아모스를 포함한 트로이아인이 매장하도록 해줄 것을 청했을 때, 아킬레우스가 이를 거부하자 헥토르는 그에게 신들의 저주를 받을 것이라고 경고했다(『일리아스』 22.338~360행).

그의 예언은 적중했다. 신들의 회의에서 아폴론은 아킬레우스를 강력하게 비난했다(24.33~54행). 제우스는 아킬레우스의 어머니 테티스를 불러 신들이 헥토르의 매장을 거부한 아킬레우스에게 크게 분노하고 있으며, 자신은 그 어떤 신들보다 더 분노하고 있다고 아들에게 전하라고 말했다(24.112~116행). 테티스는 그 메시지를 아들 아킬레우스에게 진지하게 전했다. 그만큼 매장은 하계의 신들의 관심사일 뿐만 아니라 올륌포스 신들의 관심사였다.[137] 비록 헥토르가 그리스군의 적이었고 그가 파트로클로스 등 아킬레우스의 많은 동료를 죽였지만, 그를 매장하는 일에 예를 갖추는 것은 이와는 별개의 문제였다.[138]

그리스인들은 죽은 자들을 신성한 존재로 인식하고 그들을 신을 대하는 것과 거의 같은 존중심을 가지고 대했다. 이러한 자세는 위대한 사람들의 죽음에만 해당되는 것이 아니었다. 망자들 간에는 어떤

---

137) 1장 「호메로스 『일리아스』」 59~60쪽을 볼 것.
138) 파우사니아스(1.32.5)에 따르면 아테나이인들은 마라톤 전투에서 죽은 페르시아 병사들 모두를 매장시켰다고 한다.

차별도 없었고, 선한 사람뿐만 아니라 악한 사람도 신성한 존재가 되었다.[139] 에테오클레스는 애국자인 반면 폴뤼네이케스는 반역자라는 클레온의 주장에 안티고네는 하데스, 즉 "죽음은 모든 망자에게 동일한 법을 요구한다"(519행)고 대답한다. "적은 죽어서도 친구가 안 되는" 영원한 적이라는(522행) 크레온은 국가의 이익을 내세워 자신을 정당화하고 있다.

신들은 그들의 규칙에 예외를 허용하지 않는다. 폴뤼네이케스의 매장은 신들, 특히 하계의 신 하데스는 물론 올륌포스의 신들도 요구하고 있다. 크레온의 관점은 폴뤼네이케스가 테바이의 적인 동시에 테바이를 보호하는 신들의 적이기 때문에 신들도 자기의 행동을 지지한다는 것이다. 그는 안티고네가 테바이를 지켜주는 올륌포스 "신들의 이해(利害)와 정의보다 하계의 신들의 이해와 정의에 더 특권을 부여한다"[140]고 말한다. 하지만 크레온이야말로 지상의 신인 올륌포스 신들에게만 관심을 가질 뿐, 죽은 자들의 나라인 하계 신들의 권위나 주장을 배제하고 있는 것이다. 테이레시아스는 크레온이 두 가지 불경스러운 행위를 범하고 있다고 주장한다. 그 하나는 살아있는 자, 즉 안티고네를 산 채로 매장한다는 것이고, 다른 하나는 하계(下界) 신들에게 속하는 자, 즉 시신을 매장하지 않은 채 상계(上界), 즉 지상에 방치해두고 있다는 것이다(1068~1071행). 폴뤼네이케스의 시신을 상계에 둠으로써 하계(下界)의 신들의 권리를 박탈하고 우주 질서를 교란시켰다는 것이다(1072~1073행).

반역자나 성전을 침입해 도둑질을 한 신성모독자들은 아티카 땅(또는 아테나이가 관할하는 지역 등)에서 매장되는 것이 금지되었지

139) Fustel de Coulanges, 앞의 책, *La Cité Antique*, 16쪽; 퓌스텔 드 쿨랑주, 앞의 책, 『고대도시』, 25~26쪽.
140) Helene P. Foley, *Female Acts in Greek Tragedy* (Princeton: Princeton UP, 2001), 197쪽.

만, 실제로 아티카 영토 밖에서 매장되는 것은 허용되었다.[141] 하지만 크레온은 폴뤼네이케스를 아티카 영토 밖에마저도 매장하는 것을 거부했다. 더구나 아티카 법에는 매장되지 않은 시신 곁을 지날 땐 그대로 지나치지 말고 시신에 흙을 던져주도록 요구하는 법률조항이 있었다고 전해진다. 매장되지 않은 시신을 대면한 자는 너 나 할 것 없이 누구나 그 시신을 묻어주는 것이 인간이 지켜야할 "최소한의 의무"였고, 이를 간과하는 것은 "불법적인 행위"이자 일종의 "폭력"이었다. 악취를 풍기며 썩고 있는 시신을 그대로 내버려두는 **부정**(不淨, 또는 오염, miasma)의 행위는 보복을 면치 못했다.[142]

폴뤼네이케스의 매장은 두 번 이루어졌다. 첫 번째 매장은 아무런 흔적도 없이, 즉 연장을 이용해 시신을 묻은 흔적도, 수레의 바퀴 자국도, 시신을 찢은 짐승이나 개들의 흔적도 없이(250~255행) 이루어졌다.[143] 두 번째 매장은 안티고네가 직접 행했다. 폴뤼네이케스의 시신이 아무런 흔적도 없이 매장되었다는 파수병의 처음 보고를 듣고, 코로스장과 파수병이 암시했듯, 그것은 신들이 행한 작업이었을지도 모른다(269행 이하, 278~279행). 코로스는 안티고네가 크레온의 명령에 도전하는 것을 옳지 않다고 생각하면서도 크레온의 포고

---

141) Edward M. Harris, 앞의 책, 67쪽; Rush Rehm, *Marriage to Death: The Conflation of Wedding and Funeral Rituals in Greek Tragedy* (Princeton: Princeton UP, 1994), 181 쪽(주9). 이러한 사례는 드물지 않게 존재했다. 페르시아 전쟁에서 승리를 가져온 테미스토클레스는 조국에 대한 반역죄로, 아테나이의 유명한 가문 알크마이오니다이의 사람들은 신성모독죄로 아테나이에 매장당하는 것이 허용되지 않았다(투퀴디데스, 『펠로폰네소스 전쟁사』1.138.6, 1.126.3~11; 헤로도토스, 『역사』5.71).

142) Robert Parker, *Miasma: Pollution and Purification in Early Greek Religion* (Oxford: Oxford UP, 1983,) 44쪽.

143) 첫 번째 매장은 이스메네에 의해 이루어졌다는 주장도 나온다. 이에 대해서는 Bonnie Honig, *Antigone, Interrupted* (Cambridge: Cambridge UP, 2013), 161~170 쪽을 볼 것.

가 적법한 것인지에 대해서는 의문을 품는다(211~214행). 코로스는 그것이 그의 "권한"에 속하는 그의 "결정"(214행)이라고 말하면서 크레온의 포고와 거리를 둔다. 코로스는 안티고네의 크레온에 대한 도전을 못마땅하게 여기면서도 인간의 가장 본능적인 사랑을 표현하는 **매장**이라는 특정한 사태에 대해서는 안티고네와 신들이 함께 움직이고 있다고 믿고 있다. 겉으로 보기에 크레온도 신들에게 반하는 행동을 하는 것은 아니다. 폴뤼네이케스의 매장을 금하는 명령을 내릴 때도 그는 "만물을 굽어보시는 제우스"(184행)의 이름으로 행한다. 폴뤼네이케스가 테바이를 약탈하려 했던 반역자인 한, 크레온은 자신의 명령을 테바이를 지켜주는 신들의 뜻으로 여긴다. 하지만 문제는 그가 인간의 본능적인 사랑을 실현하고 있는 안티고네의 행동에 신들이 동참하고 있음을 인식하지 못한다는 점이다. 즉 그는 신들의 뜻을 거스르고 있었던 것이다.

하이몬이 테바이 시민들의 목소리를 대변한다면, 예언자 테이레시아스는 올륌포스 신들의 목소리를 대변한다. 그 예언자는 크레온에게 신들은 폴뤼네이케스의 매장을 요구한다고 경고한다. 그는 새 떼와 개들이 폴뤼네이케스의 시신에서 뜯어낸 먹이를 물고 와 제단(祭壇)과 화덕들을 더럽혀놓았기 때문에 "신들은 이제 더 이상 우리에게서 제물도, 기도도, 넓적다리의 불길도 받지 않고 있으며", "죽은 사람의 피에서 기름기를 맛본" "새들도 맑은 목소리로 분명한 전조(前兆)를 주지 않는다"(1016~1022행)고 경고하지만, 크레온은 "설사 제우스의 독수리들이 그 자를 먹이로 낚아채서 제우스의 옥좌로 가져가려고 하더라도" "나는 부정(不淨)이 두려워서 그 자를 묻도록 두지 않을 것이오"(1040~1043행)라고 말하면서 그의 경고를 무시한다.

테이레시아스는 자신의 경고가 더럽혀진 제단과 화덕들로 인해 제물도 기도도 거부하고 있는 신들의 경고와 다름없다고 말하면서, 크레온의 그 부정(不淨)의 행위로 말미암아 "복수의 파괴자들", 즉 "하데스와 복수의 여신들이 결국" 그를 "파괴하고"(1074~1075행), 그를 향해 "모든 도시들이 증오심을 품고 일어서게 될 것"(1080행)이라고 경고한다. 하계의 신들에게 속하는 당연한 권리를 무시하고 있는 크레온의 오만은 작품 전체를 통해 자주 암시되고 있지만(451~452행, 519행, 942~943행), 그의 오만에 대한 이보다 더 엄중한 경고는 어디에도 없다. 하지만 크레온은 예언자의 위급한 경고를 거부하고, 이를 자기에 대한 위협으로 여긴다(1033~1039행). 테이레시아스는 크레온에게 폴뤼네이케스의 매장을 거부하고 안티고네를 산 채로 매장시킨다면, 그 대가로 머지않아 아들을 잃게 될 것이라고 경고한다(1066행 이하). 어느 시대나 마찬가지로 "고대 그리스에서 결혼을 앞둔 아들의 죽음은 가장 고통스러운 상실이었으며", 그 상실은 "가장 커다란 애도"의 대상이 되었다.[144] 크레온에게 닥친 저주는 아들과 아내를 잃는 것으로 끝나지 않는다. 그것은 "산 송장"(1167행)으로 전락하는 크레온 자신의 완전한 파멸로 끝난다.

인간, 그 이상(異常)한 존재

신들이 폴뤼네이케스를 매장했을지도 모른다는 파수병의 주장과 이에 동조하는 코로스의 말을 듣고 크레온이 파수병을 크게 힐책하면서 밖으로 나간 사이, 코로스가 행한 발언(332~371행)은 중요한 주제의 하나로 다뤄져왔다. 여기서 코로스는 문명을 성취한 **호모사피**

---

144) Charles Segal, *Sophocles' Tragic World: Divinity, Nature, Society* (Cambridge/ M. A.: Harvard UP, 1995), 134쪽.

엔스를 찬미하고 있다. 하지만 인간의 모험과 업적을 노래하던 코로스는 마지막 발언 부분에서 인간조건에 대한 깊은 불안을 감추지 않았다.

그 발언에 등장하는 그리스어 **데이논**(deinon)의 이중적인 의미를 통해 인간의 존재론적인 불안, 인간의 존재론적 **실향성**을 처음으로(1935년) 분석한 이는 철학자 하이데거다. 코로스는 그 발언의 첫 구절에서 "이상(異常)한 존재는 많지만, 인간보다 더 이상한 존재는 아무것도 없다"(polla ta deina kouden anthrōpou deinoteron pelei, 332~333행)라고 노래한다. 데이논은 '무서운' '으스스한' '강력한' '경이로운' '이상한' 등 여러 의미로 번역되고 있다. 소포클레스의 『안티고네』에 많은 관심을 보였던 횔덜린에게는 "괴물 같은"(ungeheuer)[145]으로 번역되고 있다.

하이데거는 그리스어 데이논(deinon)을 '으스스한'을 의미하는 독일어 '운하임리히'(unheimlich)로 번역하면서 이 단어의 'un'과 'heimlich' 사이에 하이픈(-)을 넣어 그 의미를 설명하고 있다. 즉 그는 '부정' 또는 '반대'를 가리키는 접두사 un 다음에 하이픈을 사용한 뒤, 이 단어를 집 또는 고향을 의미하는 heim과 연결시켜 데이논을 "자기 집에 있지 않은 것, 즉 집에 있는 것 같은, 익숙하고, 일상적이고, 위험이 없는 것 같은 안전한 상태에서 내던져진 상태"[146]를 뜻하는 것으로 해석하고 있다.[147] 하이데거에게 이러한 내던져진 상태

---

145) Friedrich Hölderlin, *Antigone, Sämtliche Werke, Frankfurter Ausgabe*, Michael Franz, Michael Knaupp, D. E. Sattler 엮음 (Frankfurt/ M: Strömfeld Verlag, 1988), 299쪽; Sigrid Weigel, *Walter Benjamin: Images, the Creaturely, and the Holy*, Chadwick Truscott Smith 옮김 (Stanford: Stanford UP, 2013), 72쪽에서 재인용.

146) Martin Heidegger, *Introduction to Metaphysics*, Gregory Fried and Richard Polt 옮김 (New Haven: Yale Up, 2000), 161쪽.

147) 하이데거가 'deinon'을 'unheimlich'로 해석한 것에 대한 포괄적인 논의는 Katherine Withy, *Heidegger on Being Uncanny* (Cambridge/ M. A.: Harvard UP,

는 다름 아닌 "인간 본질의 근본 특징"[148], "인간존재의 본질적인 특징"이 되고 있다.[149] 하이데거가 인간존재를 모든 존재 가운데 가장 '데이논'한 존재라고 이해했을 때, 그는 본질적으로 인간존재는 관습적이고, 일상적이고, 익숙한 것의 한계를 뛰어넘어 상궤를 벗어나는 행위를 일삼는 '으스스한' 존재이며, 그리고 그러한 존재라는 점에서, 인간존재는 모든 존재 가운데 가장 **폭력적**[150]이고, 가장 두려운 '괴물 같은' 존재라고 이해하고 있다. 이러한 인간이 **기술**(技術)을 통해 문명을 이룩한 데에는 폭력적인 행위가 동반될 수밖에 없었다.[151]

코로스는 관습적이고 친숙한 것에 결코 안주할 수 없는 '이상한' 존재인 인간은 "죽음"(Haida) 이외(361행) 모든 것을 정복해 항해(334~337행), 농업(337~341행), 수렵과 어업(342~347행), 동물사육(347~352행), 언어의 발명(354~355행), 도시에서 공동체의 삶(355~356행), 건축(356~358행), 의약(363~364행) 등 찬란한 문명의 업적을 이뤄냈지만, 인간의 궁극적인 성공은 자연을 정복하는 데 있는 것이 아니라 어떤 도덕적인 선택을 하는가에 달려있다고 노래한다(365~370행). 말하자면 "그가 대지의 법(nomous……

2015), 108~112쪽을 볼 것.

148) Martin Heidegger, 앞의 책, 161쪽.

149) Martin Heidegger, *Hölderlin's Hymn "The Ister"*, William McNeill and Julia Davis 옮김 (Bloomington: Indiana UP, 1996), 73쪽.

150) 데리다는 하이데거가 *Introduction to Metaphysics*에서 'deinon'을 'unheimlich'로 해석한 것을 두고 미국의 이라크 침공을 폭력으로 거론하면서 하이데거의 텍스트는 오늘날 이러한 "테러, 테러리즘, 그리고 더더욱 국가테러리즘에 대한 담론"으로 읽혀질 수 있다고 말하고 있다. Jacques Derrida, *The Beast and the Sovereign, Seminar of 2002~2003*, Geoffrey Bennington 옮김 (Chicago: U of Chicago Pr., 2010), 2: 286쪽.

151) 특히 기술과, 그리고 인간에 대한 코로스의 발언(332~371행)에 특별히 관심을 갖고 하이데거의 『안티고네』의 독해를 깊이 있게 다룬 글은 Cecilia Sjöholm, 앞의 책, 56~81쪽과 102~109쪽을 볼 것.

chthonos)······과 신의 정의(thēon······ dikan)······에 복종한다면 성공을 거두게 될 것"[152]이라고 노래한다.

하지만 불행하게도 찬란한 문명을 이룩한 그들의 과도한 "오만이 자연과 세계의 존재 자체를 위협했기 때문에"[153] 인간은 결국 그 "무모함으로 인해"(371행) 그가 정복한 자연과 그가 성취한 폴리스(polis), "그들의 존재를 위한 집터"[154]가 되고 있는 폴리스로부터 내던져진 존재(apolis, 370행), 즉 그 어디에도 의지할 '고향'이 없는 '낯선 이방인'[155]이 되고 만다. 이러한 발언을 통해 코로스는 인간존재는 그 주위의 존재물과 어떻게 상호작용을 하는가에 따라, 즉 자기 아닌 다른 존재 또는 존재물과 어떤 도덕적인 관계를 맺는가에 따라 그의 존재, 그의 존재가치가 규정된다고 말하고 있다. 하이데거의 **데이논**의 핵심은 여기에 있다.

인간존재의 무모함을 경고하는 코로스의 마지막 발언(372~374행)은 "대지와, 신······의 정의의 법"(368~369)에 도전하는 인간 전체에 대한 경고이자, 동시에 특정 인간 크레온의 **오만**에 대한 경고다. 크레온은 하계의 신들이 주관하는 **대지의 법**[156]을 위반하고 있을 뿐만 아니라, 죽은 자에 대한 가장 본능적인 사랑을 표현하는 안티고네의

---

152) Edward M. Harris, 앞의 책, 73쪽.

153) Hannah Arendt, *Hannah Arendt: Reflections on Literature and Culture*, Susannah Young-ah Gottlieb 엮음 (Stanford: Stanford UP, 2007), 195~196쪽.

154) Darien Shanske, *Thucydides and the Philosophical Origins of History* (New York: Cambridge UP, 2007), 87쪽.

155) Michel Haar, *Heidegger and the Essence of Man*, William McNeill 옮김 (Albany: SUNY Pr., 1993), 184쪽; Jacques Derrida, 앞의 책, *The Beast and the Sovereign*, 2: 288쪽; Jacques Taminiaux, "Plato's Legacy in Heidegger' Two Readings of *Antigone*," *Heidegger and Plato: Toward Dialogue*, Catalin Partenie and Tom Rockmore 엮음 (Evanston, Ill: Northwestern UP, 2005), 36쪽을 볼 것.

156) 코로스의 발언에 등장하는 단어 **크토노스**(chthonos)(368행)는 '대지', 즉 죽은 자들이 매장된 하계를 암시하고 있음에 주목할 필요가 있다.

행위를 지지하는 올륌포스 신들의 정의도 위반하고 있기 때문이다.

다시 말해 크레온은 죽은 자의 영역과 산 자의 영역 모두를 무시함으로써 우주 질서의 법칙을 유린했다. 폴뤼네이케스를 매장시키지 않음으로써, 즉 죽은 자를 "대지의 어두운 자궁"[157]에 묻는 것을 거부함으로써 땅 아래의 신들의 정의를 유린하고 있을 뿐 아니라, 안티고네를 산 채로 석굴 안에 가두어둠으로써, 즉 산 자로 하여금 "태양의 빛"을 보지 못하게 함으로써 땅 위의 신들의 정의도 유린하고 있는 것이다. 크레온은 "빛과 어둠, 낮과 밤, 이 모두를 오염시키고 있는 것이다."[158]

하이데거는 잘못을 범하는 크레온과 달리, 안티고네를 잘못이 없는 존재로 읽는 것을 결코 받아들이지 않고 있지만,[159] 그럼에도 불구하고 대지의 신성함에 대한 그의 깊은 관심을 떠올린다면, 그에게 "안티고네는……대지와 보다 진정한 관계를 맺기 위해 국가체제의 기술적, 이성적 지배에 도전하는 인간존재의 표상"[160]이 되고 있다. 크레온은 대지를 하나의 "정치적인 영토"로 보고 있지만, 안티고네는 그것을 "고향으로, 하계 신들의 거처를 위한 장소로, 그리고…… 죽은 자들의 매장을 위한 장소"로 생각하기 때문이다.[161] 소포클레스는 자신의 "어리석음"(dusbouliais, 1269행)으로 인해 비극을 맞이하는 크레온을 향해 코로스를 통해 다음과 같이 노래하면서 작품을 마무리 짓고 있다.

---

157) Adriana Cavarero, 앞의 책, 39쪽.

158) George Steiner, 앞의 책, 287쪽.

159) Martin Heidegger, 앞의 책, *Introduction to Metaphysics*, 52쪽.

160) Charles Bambach, *Heideggers' Roots: Nietzsche, National Socialism, and the Greeks* (Ithaca: Cornell UP, 2003), 155~156쪽.

161) Charles Bambach, 같은 책, 156쪽.

지혜(phronein)야말로 으뜸가는 행복의 원리라네.

신들에게 무례해서는 아니 되네.

오만한 자들의 큰 소리는

그 벌로 크게 강타를 당하지

지혜는 나이가 들어서야 이를 가르쳐 준다네(1348~1353행)

이 노래는 "그의 파멸이 다른 데서 온 것이 아니라 자신의 하마르
티아(hamartia)로부터 온"(1259~1260행), 그리고 "너무 늦게 정의
(dikē)를 깨달은 것 같은"(1270행) 크레온을 향한 경고이다. 여기서
정의는 다름 아닌 **지혜**가 되고 있다.

『안티고네』를 뚜렷한 정치극으로 바라보는 카스토리아디스는 이
작품을 신의 법이 인간의 법을 우선한다는 것을 보여주는 작품, 또는
헤겔이 파악했듯, 인간의 법과 신의 법 간의 갈등을 보여주는 작품이
아니라, 폴리스의 규범에 양보할 줄 모르는 크레온의 완고한 태도나
의지에 관한 작품으로 해석했다. 크레온의 아들 하이몬은 아버지 크
레온의 주장이 "옳지 않다"는 것을 입증할 수 없음을 인정하면서도
(685행), 그럼에도 불구하고 그는 크레온에게 "아버지 말씀만 옳다",
"자기만이 지혜롭다"(monos phronein)고 고집하지 말 것을 호소한다
(706~707행). 이를 주목한 카스토리아디스는 이 작품에서 소포클레
스는 "민주주의 정치의 근본적인 공리"[162]를 공식화하고 있다고 말한
다. 그는 "[그리스]비극은 매우 분명한 정치적 의미를 가지고 있다.
즉 자기한계를 끊임없이 환기시켜주는 것",[163] 이것이 그리스 비극의

---

162) Cornelius Castoriadis, "The Greek Polis and the Creation of Democracy,"
   Philosophy, Politics, Autonomy, David Ames Curtis 편역 (New York: Oxford UP,
   1991), 119~120쪽.

163) Cornelius Castoriadis, *World in Fragments: Writings on Politics, Society, Psychoanalysis,
   and the Imagination* (Stanford: Stanford UP, 1997), 93쪽.

정치성이라고 주장했다.

크레온을 향한 경고는 그 이면에 당시 프로타고라스 사상의 추종자였던 역사적 인물 페리클레스를 염두에 둔 것이라는 주장도 있다.[164] 페리클레스는 그의 「장례식 연설」(logoi epitaphioi)에서 아테나이인에게 "이 국가도시를 위해 모든 것을 바쳐 고난을 헤쳐나가는 것이야말로 남은 사람들의 의무이며", "이 의무를 게을리하면 영예를 얻지 못할 것"이라고 말했다. 그리고 "개인적으로 성공한 사람일지라도 국가가 파멸하면 자신도 또한 파멸될 것이 분명하며" "따라서 국가는 개인의 불행을 감내할 수는 있지만 개인은 국가의 멸망을 감내할 수 없다", 그러므로 "사적인 감정을 버리고 나라를 위해 힘을 다하는 길을 택해야한다"고 말했다(투퀴디데스, 『펠로폰네소스 전쟁사』 2.41, 63, 60, 61).

페리클레스의 이러한 주장, 즉 국가를 '배'에 비유하면서 국가의 번영이 각 개인의 번영을 보장해주기 때문에 각 개인은 국가의 운명을 자신의 운명으로 여기지 않으면 아니 된다는 주장은 국가는 "조국의 적"으로부터 시민의 "안전"을 지켜주기 때문에 국가라는 '배'의 무사한 "항해"(航海)를 위해서는 누구나 할 것 없이 "조국"보다 "친구"를 더 소중히 여기서는 아니 된다는 크레온의 주장(182행 이하)과 일맥상통한다. 페리클레스는 아테나이인과 폴리스의 관계를 마치 연인관계인 것처럼, 각 개인은 그들을 지켜주는 "폴리스의 힘을 매일 매일 지켜보면서 폴리스를 사랑하는 연인(erastas)이 되라"(투퀴디데스, 『펠로폰네소스 전쟁사』 2.431.1)라고 말했다. "어떤 사람도 자신

---

164) Victor Ehrenberg, *Sophocles and Pericles* (Oxford: Blackwell, 1954), 2~4쪽, 145~149쪽; Christian Meier, *The Political Art of Greek Tragedy*, Andrew Webber 옮김 (Cambridge: Polity Pr., 1993), 196~197쪽을 볼 것.

의 조국보다 더 소중한 친구"를 가져서는 아니 된다는 크레온의 말은 페리클레스의 이러한 주장을 반영하고 있다고 볼 수 있다. 하지만 페리클레스의 발언만을 근거로 크레온을 이 정치가와 결부시키는 것은 성급하다. 소포클레스는 크레온을 페리클레스와 직접적으로 결부시키려 한 것으로 보이지 않기 때문이다.

크레온을 향한 경고는 페리클레스를 염두에 둔 것이었다기보다 오히려 프로타고라스를 중심으로 한 소피스트들을 염두에 둔 것이었다고 보는 것이 더 정확한 것 같다. 일부 학자들은 소포클레스가 작품을 통해 소피스트들의 움직임에 반대하고 있음을 부인하고 있지만, 적어도 그가 기원전 5세기의 문화적, 정치적 분위기―소피스트들의 근대적인 합리주의―에 강한 반감을 가졌던 게 틀림없이 보인다. 국가를 모든 교육적 에너지의 원천으로 간주했던 소피스트학파의 철학자들은 국가에게 절대적인 가치와 권위를 부여했다. 그러나 폴리스가 전적으로 국가의 목적에 복무할 준비를 개인에게 요구했을 때, 국가와 개인 간의 끊임없는 긴장과 갈등은 피할 수 없었다. 국가가 이성과 법을 기반으로 한 새로운 국가로 변모했다 해도 인간행위의 객관적인 기준은 우주의 도덕적인 질서에 그 기반을 두어야 한다는 그리스인들의 인식은 그대로 남아있었기 때문이다.[165)]

그러나 자연이나 우주에 대한 인식도 기원전 5세기를 거치면서 새롭게 변모했다. 인간 존재에 대한 근본적인 태도―인간(anthropos)이 만물의 척도다―로부터 그들의 윤리와 인식론을 끌어냄으로써 소피스트들은 그들의 선조들에게 반기를 들었다. 프로타고라스가 말한 것처럼, 만일 인간이 만물의 척도라면, 그리고 정의의 개념이 오직 인간의 마음속에 있다면, 객관적 현실이라는 것은 아무 의미가 없어지

---

165) Werner Jaeger, 앞의 책, 323쪽.

고, 행동을 규제하는 객관적인 기준과 양식(良識)도 있을 수 없게 된다. 소피스트들의 이러한 합리주의적 휴머니즘에 반대하여, 소크라테스를 포함한 많은 철학자들은 삶의 도덕적인 원칙을 신(神)중심적인 휴머니즘—인간행위의 객관적인 기준은 우주의 도덕적인 질서에 그 기반을 두어야한다는 것—으로 공식화하고자 했다. 소포클레스 또한 그들과 마찬가지였다.

플라톤은 소피스트학파와 그 추종자들의 비도덕주의와 무신론이 그리스 국가들이 채택한 비도덕적인 정책, 특히 아테나이의 제국주의와 이후 도시국가들의 파국에 깊은 책임이 있다고 강력하게 주장한 바 있다. 따라서 크레온은 아테나이 민주정치를 파국으로 몰았던 무자비하고 폭력적인 정치 계승자들의 전형으로 어느 정도 그려지고 있는 것으로 보인다. 그리고 소포클레스는 이러한 크레온을 통해 당대의 시대정신(Zeitgeist), 즉 당대의 문화적, 정치적인 흐름을 문제시하고, 이를 회의의 눈초리로 바라보고 있었던 것으로 보인다.

안티고네, 그 이상(異常)한 존재

하이데거는 "위대한 그리스의 시대"에 "존재를 위한 투쟁", 즉 "자기주장"을 실현하고자 하는 존재를 위한 투쟁에 내포된 인간의 폭력성을 상징하는 **이상한** 인물로 오이디푸스와 크레온, 안티고네를 지적한 바 있다.[166] 하지만 안티고네는 오이디푸스나 크레온과는 전적으로 다른 차원에 속하는 이상한 존재다. 이는 안티고네가 하이몬이 아닌 **죽음**을 자신의 남편으로 맞이하려는 데서 단적으로 드러난다. 생매장당할 죽음의 형장, 즉 사람의 발길이 전혀 닿지 않는 황량한 지

---

166) Martin Heidegger, 앞의 책, *Introduction to Metaphysics*, 111쪽.

역의 석굴로 끌려가면서 안티고네는 하데스의 어두운 거처를 자신의 집과 동일시하여 "오 무덤이여, 오 신부의 방(numpheion)이여"(891~892행)라고 부르며 울부짖는다. 이 이전에도 안티고네는 자신은 "죽음(Acheron)의 신부가 될 것"(816행)이라고 말한 바 있다.[167]

자신을 죽음의 신부라고 일컫고 있는 안티고네는 약혼자 하이몬을 단 한 번도 언급하지 않는다. 이스메네와 크레온이 하이몬의 이름과 그들의 예정된 결혼에 대해 말할 때에도 안티고네는 침묵으로 일관하고 있을 뿐이다(561~576행). "하데스 또는 대문자 죽음, 대문자 타자와의 결혼"[168]을 소망하는 안티고네에게 오직 죽음 그 자체야말로 궁극적인 욕망이 되고 있다.

안티고네의 죽음에 대한 (병적인) 집착은 작품 속에서 일찍부터 등장한다. 안티고네는 이스메네에게 폴뤼네이케스를 묻고 난 뒤 자기가 "죽는다면 얼마나 아름다우냐(kalon)!"고 말했고, 앞서 인용했듯 자신은 삶보다 "죽음을 택한다"(555행)고 말했고, 그리고 자신의 "목숨은 죽은 자들을 섬기도록(ōphelein) 죽은 지 이미 오래"(559~560행)라고 말했다. '죽음'이라는 모티프와 연관하여 안티고네를 재조명한 라캉은 "안티고네는 우리를 위압한다는 의미에서 우리를 매혹하게 하고 우리를 놀라게 하는 특성을 가지고 있다. 이 무서운 자기의지가 낳은 희생자가 우리를 어지럽게 한다"[169]라고 말한 바 있다.

---

167) 고대 그리스에서 결혼하지 못하고 일찍 죽는 처녀는 '하데스의 신부'가 되는 것으로 이야기되고 있다. Nicole Loraux, *Tragic Ways of Killing a Woman*, Anthony Forster 옮김 (Cambridge/ M. A.: Harvard UP, 1987), 37~42쪽; Katherine Callen King, *Achilles* (Berkeley: U of California Pr., 1987), 186~188쪽; Helene P. Foley 엮음, *The Homeric 'Hymn to Demeter': Translation, Commentary, and Interpretive Essays* (Princeton: Princeton UP, 1994), 81쪽을 볼 것.

168) Jean Bollack, *La mort d'Antigone: La tragédie de Crèon* (Paris: Presses Universitaires de France, 1999), 57쪽.

169) Jacques Lacan, 앞의 책, *The Ethics of Psychoanalysis*, 247쪽.

안티고네의 그 무엇이 우리를 매혹하게 하고 우리를 놀라게 하는 것인가. 라캉은 크레온의 명령에 도전하여 폴뤼네이케스를 매장하는 안티고네의 행위를 "범죄적인 선"으로 본다는 점에서는 헤겔과 인식을 같이 하지만, 크레온과 안티고네의 갈등을 두 원칙, 두 이념 간의 갈등으로 바라보는 헤겔의 입장은 받아들이지 않는다.[170]

라캉에게 우리를 매혹하게 하고 우리를 놀라게 하는 안티고네의 그 무엇은 그녀의 죽음에 대한 욕망이다. 라캉에게 윤리는 전통적인 윤리의 개념, 즉 "일상적인 인간의 방식", 사회의 도덕규범에 따라 선을 행하는 아리스토텔레스적인 윤리, 아니 그 자신이 말했듯, "아리스토텔레스에서 프로이트에 이르기까지"[171] 윤리 일체의 전통과는 전혀 거리가 멀다. 정신분석의 윤리는 인간 욕망의 윤리다. 라캉은 윤리를 '선에 도움이 되는 것'이라 일컫는 경계 밖에서 개념화하고자 하며, 윤리의 문제를 "어떤 선에 의해서도 동기화되지 않는 선택", 즉 "절대적인 선택"[172]의 문제로 공식화하려 한다. 이는 우리는 "무(無) 앞에서 떨고 있는 것이다. 타자 앞에서 떨고 있는 것이 아니다"[173] 라는 그의 주장에서 확인된다. 이런 입장에서 라캉은 소포클레스의 『안티고네』는 "욕망을 규정하는 시선을 우리에게 제시한다"[174]고 말한다.

라캉은 윤리를 행위에 대한 판단, 즉 행위의 옳고 그름의 판단으로 규정하며, 그에게 행위의 옳고 그름을 판단하는 척도와 표준은 다름 아닌 **욕망**이다. 그리하여 그 윤리적인 척도는 '그대는 그대 안에

---

170) Jacques Lacan, 같은 책, 235~236쪽, 240쪽.

171) Jacques Lacan, 같은 책, 9쪽.

172) Jacques Lacan, 같은 책, 240쪽.

173) Jacques Lacan, 같은 책, 323쪽.

174) Jacques Lacan, 같은 책, 247쪽.

있는 욕망에 따라 행동하는가?'가 된다. "그대의 욕망을 양보하지 말라"(ne pas céder sur son désir)라는 그의 유명한 테제는 여기서 비롯한다. 정신분석의 윤리는 자신의 욕망에 따라 행동하는 것, 또는 자신의 욕망을 양보하지 않는 것을 의미하며, 이러한 논리에 따르자면 욕망의 실현에 도움이 될 만한 것을 하는 것 이외에 다른 선은 존재하지 않는다.[175]

따라서 라캉에 따르면 "자신의 욕망을 양보하는 것이야말로 우리가 범할 수 있는 유일한 죄"[176]가 된다. 그에게는 안티고네야말로 마지막까지 자신의 욕망과 타협하지 않고 자신의 욕망에 따라 행동하는 인물이다. 안티고네의 욕망은 "순수욕망", "순수상태에 있는 욕망"[177]이며, 이는 그것이 인간적인 가치의 질서를 초월하는 비인간적인 욕망인 죽음에 대한 욕망이기 때문이다. "……그녀는 순수하고 단순한 죽음의 욕망 그 자체라고 일컬어질 만한 것의 실현을 극한점까지 밀고 나가 마침내 그 욕망을 구현한다……."[178] 하이데거에게 이상한 존재로 비쳐지던 안티고네는 이런 면에서 라캉에게 **아름다운** 존재로 비쳐지고 있다. 라캉에게 순수욕망 자체, 그것도 '죽음에 대한 순수하고 단순한 욕망'은 아름다움 그 자체이기 때문이다.

안티고네는 폴뤼네이케스를 매장시킴으로써 "명예롭게 죽고" 싶다고 말한다(72행). 그리스어 **칼론 타네인**(kalon thanein)은 "명예롭게 죽는 것"으로 번역되고 있지만, 글자 그대로는 "아름답게 죽는 것"으로 옮기는 게 정확하다. 호메로스 시대 영웅들의 죽음에서 명예롭게 죽는 것은 바로 아름답게 죽는 것과 동일한 뜻으로 이해되었기 때문

---

175) Jacques Lacan, 같은 책, 321쪽.
176) Jacques Lacan, 같은 책, 321쪽.
177) Jacques Lacan, 같은 책, 282쪽.
178) Jacques Lacan, 같은 책, 282쪽.

이다. 아름답게 죽는 것이 안티고네의 욕망이듯, 라캉에게 안티고네는 아름다운 이미지의 전형으로 나타난다. 이렇게 볼 때, 라캉의 윤리는 "미학적"인 것이 된다.[179] 라캉에게 안티고네의 "영웅적인" 모습은 "바로 그녀가 행한 선택의 아름다움"[180], "모든 인식가능한 선을 초월하는 어떤 절대선과 같은 선택의 아름다움"[181]에 있기 때문이다.

라캉은 코로스가 안티고네를 "아름다운 신부의 두 눈썹 밑에서 환히 비쳐 나오는 욕망"(796~797행)과 결부시키는 것을 염두에 두고 안티고네는 "비극의 중심"이 되는 "신비"의 이미지를 소유하고 있으며, 이 "매혹적인 이미지"를 지닌 안티고네[182], 즉 "이 감탄할 만한 여인의 눈에서 눈에 띨 정도로 흘러나오는 욕망보다 더 감동적인 것은 없다"[183]라고 말한다. 그러면서 안티고네의 아름다움은 우리로 하여금 그녀의 행동에 대해 "모든 비판적인 판단을 흔들리게 하고, 분석을 중지하게 하고", "본질적으로 눈멀게 한다"라고 덧붙인다.[184]

라캉은 안티고네의 "……아름다운 광채는 위반의 순간이나 안티고네가 아테를 실현하는 순간과 동시에 일어난다"[185]라고 말한다. 라캉에게 아름다움은 특히 죽음과 결부되지만, 그것은 특별한 경우의

---

179) Philippe Lacoue-Labarthe, "De l'éthique: à propos d'Antigone," *Lacan avec les philosophes*, N. S. Avtonomova 등 편역 (Paris: A. Michel, 1991), 31쪽; Miriam Leonard, "Lacan, Irigaray, and Beyond: Antigones and the Politics of Psychoanalysis," *Athens in Paris: Ancient Greece and the Political in Post-War French Thought* (Oxford: Oxford UP, 2005), 115쪽에서 재인용.

180) Miriam Leonard, 같은 책, 115쪽.

181) Paul Allen Miller, "The Classical Roots of Post-Structuralism: Lacan, Derrida, Foucault," *International Journal of the Classical Tradition*, (1998), 209쪽; Miriam Leonard, 같은 책, 115쪽에서 재인용.

182) Jacques Lacan, 앞의 책, 247쪽.

183) Jacques Lacan, 같은 책, 281쪽.

184) Jacques Lacan, 같은 책, 281쪽.

185) Jacques Lacan, 같은 책, 281쪽.

위반과도 결부된다. 특별한 경우의 위반이라 함은 안티고네가 폴뤼네이케스를 매장함으로써 크레온이 대변하는 전통 윤리의 가치를 전적으로 전복하는 것을 의미한다. 라캉에게 안티고네의 폴뤼네이케스를 향한 사랑은 폴뤼네이케스가 취한 행위가 선한 것이든 악한 것이든 간에 그 어떤 것에도 "구애됨이 없이 그의 존재의 단독적인 가치"[186]를 인정하고자 하는 그의 순수존재에 대한 사랑이다. 폴뤼네이케스가 무슨 행동을 했던 간에 안티고네에게 여전히 "나의 오빠는 나의 오빠"[187]라는 것이다. 그것은 윤리적, 정치적인 판단을 떠나 폴뤼네이케스를 있는 그대로 본다는 것을 의미한다. 라캉에게 안티고네의 오빠를 향한 사랑은 근친상간적인 욕망이라기보다 법의 보편성에 반하는 개별성의 가치를 대변하는 순수욕망 그 자체가 되고 있다.

안티고네가 크레온의 명령을 거역하고 폴뤼네이케스를 매장하려 할 때, 이스메네는 안티고네를 향해 "불가능한 것을 사랑하는"(amēchanōn erais, 90행) 자라고 일컬었다. 여기서 안티고네가 사랑하는 그 불가능한 것은 폴뤼네이케스를 향한 그녀의 근친상간적인 사랑[188]이라는 주장도 있지만, 그 불가능한 것은 다른 각도에서도 이해될 필요가 있다. 여성이 남성과 폴리스에 반대되는 행동을 해서는 아니 된다는 것이 아테나이에서 통용되던 하나의 철칙이었다. 폴리의 용어를 사용하면 여성은 "독립적이고 도덕적인 행위의 주체"[189]가 될 수 없었다. 하지만 안티고네는 독립적이고 도덕적인 행위의 주체가

---

186) Jacques Lacan, 같은 책, 279쪽.

187) Jacques Lacan, 같은 책, 278~279쪽.

188) Victoria Wohl, "Sexual Difference and the Aporia of Justice in Sophocles' *Antigone*," *Bound By the City: Greek Tragedy, Sexual Difference, and the Formation of the Polis*, Denise Eileen McCoskey and Emily Zakin 엮음 (New York: SUNY Pr., 2009), 128~129쪽.

189) Helene P. Foley, 앞의 책, *Female Acts in Greek Tragedy*, 179쪽.

되고자 했다. 이스메네가 안티고네를 일컬어 불가능한 것을 사랑하는 자라고 했을 때 그녀는 일체의 전통적인 보편성의 윤리에 도전하여 이를 전복하려는, 다시 말해 불가능한 것을 행하려는 위반의 모습을 안티고네에게서 보았기 때문이다.

위반을 그 특성으로 하는 아름다움은 객관적인 표준에 따라서 판단될 수 있는 것이 아니다. 그렇기 때문에 그것은 우리의 판단을 유보케 하고, 중지시키고, 우리를 어지럽게 하고 눈멀게 하는 **신비**다. 라캉은 한편 안티고네의 아름다움은 "아테가 실현되는 순간과 동시에 일어난다"라고 말한다. 라캉이 볼 때 크레온에게 문제가 되는 것은 **하마르티아**, 즉 그의 잘못된 판단과 결정이지만, 안티고네에게 문제가 되는 것은 하마르티아가 아니라 **아테**다. 아테는 안티고네의 운명의 조건이다.

아테(Atē)는 여러 가지 뜻으로 번역될 수 있다. 원래 "제우스의 장녀"(『일리아스』 19.91; 헤시오도스; 『노동과 나날』 1259행)로 일컬어지는 아테는 인간들을 도덕적으로 눈멀게 하고, 미망이나 광기에 빠뜨려 파멸케 하는(『오뒤세이아』 21.288~300; 『일리아스』 10.391; 24.28), 신이 보내는 악의 힘을 가리킨다.[190] 『안티고네』에도 인간을 파멸 또는 "재앙"(atē)에 이르게 하는 신의 힘이 언급되고 있다(623~624행). 따라서 아테는 비극적인 주인공들의 의지와 관계없이 신이 보낸 파괴적인 힘, 또는 그 파괴적인 힘이 내면화되어 나타난 주인공들의 광기로 해석되기도 하고, "재앙"(623~624행, 625행)으로, 혹은 라캉이 일컫고 있듯, 살아있지만 죽어있는 것과 같은 "제2의 죽

---

190) 호메로스와 그리스 비극시인들의 작품에 등장하는 '아테'에 대한 광범위한 논의는 Ruth Padel, *Whom Gods Destroy: Elements of Greek and Tragic Madness* (Princeton: Princeton UP, 1995), 167~187쪽, 249~259쪽에서 이루어지고 있다.

음"의 지대[191] 등으로 다양하게 해석된다.

아테가 재앙이든 광기든 미망이든 위반이든 제2의 죽음의 지대이든, 그 밖에 다른 그 무엇으로 일컬어지든 간에 그것은 원인과 결과 모두에 있어서 죽음을 전제로 하고 있다. 안티고네는 처음부터 죽음과 결부되어있다. 그녀는 양친과 두 오빠가 머물고 있는 하계로 내려가 그들과 함께 그곳에서 머물고자 하는 강렬한 욕망을 보여주고 있으며(891~899행), 라캉에게 이러한 안티고네는 "이미 그의 삶이 상실된"[192] 제2의 죽음의 지대에 있다. 라캉은 "사실상 안티고네 자신은 처음부터 '나는 죽은 자이며, 나는 죽음을 욕망하고 있다'라고 선언하고 있었다. 안티고네가 자신을 돌처럼 굳어버린 니오베라 묘사할 때, 그녀가 무엇과 자신을 동일시하고 있겠는가?"라고 묻는다. 그런 다음 라캉은 "여기서 우리가 발견하는 것은 죽음에 대한 본능"이라고 말한다.[193] "제2의 죽음의 한계"[194]를 뛰어넘기 위해 안티고네는 죽음을 선택하고 있다.

코로스는 안티고네를 "자신의 뜻에 따라 사는", 즉 **자기 자신이 바로 법이 되는**(autonomos, 821행) 자라고 말한 바 있다. 자기 자신이 바로 법이 될 수 있는 것은 오직 "자기 자신의 죽음의 장본인이 되는"[195] 자살을 통해서이다. 라캉을 따르는 라캉학파의 사람들에게 안티고네는 "혁명적인 자살자, 의식적인 죽음의 영웅적인 주체, 실재계(the Real)에 놀랄 만큼 충성을 다하는 주체이다."[196] 따라서 안티고네의

---

191) Jacques Lacan, 앞의 책, *The Ethics of Psychoanalysis*, 251쪽.
192) Jacques Lacan, 같은 책, 280쪽.
193) Jacques Lacan, 같은 책, 281쪽.
194) Jacques Lacan, 같은 책, 260쪽.
195) Judith Butler, 앞의 책, 27쪽.
196) Bonnie Honig, 앞의 책, 141쪽.

죽음은 라캉에게 "죽음으로 향하는 존재의 승리"[197]가 되고 있다. 지젝이 "라캉은 자살을 미친 듯 기뻐하는 것에, 우리가 죽음으로 향하는 존재를 전적으로 수용하는 것에 궁극적인 윤리적 성취가 있는 것으로 보고 있는 것은 아닐까?"[198]라고 물었던 바 있다. 라캉이 살아있다면 이 말에 동의할지는 모르지만, 라캉이 안티고네의 자살을 죽음으로 향하는 존재의 승리로 보고 있다는 점에서 지젝의 주장은 무리하지 않다. 라캉에게 안티고네가 비극적이지만 더욱 아름다운 존재로, 더 정확하게 말하면 '숭고한' 존재로 비쳐지는 이유는 여기에 있기 때문이다.

라캉은 "이른바 '자신의 욕망과 타협하는 것'은 언제나 주체의 운명에 배반을 동반한다…… 주체는 자신의 길을 배반하거나 자기 자신을 배반한다"[199]라고 말한다. 인간의 삶에는 배반이라는 것이 불가피하지만, 중요한 것은 이에 대한 반응이다. "일상적인" 사람의 반응은 자신의 욕망을 포기하고 사회가 요구하는 일반화된 이상적인 선을 위해 행동하는 것이다. 라캉에게는 바로 이것이 배반이다.[200]

그러나 비극적인 주인공은 일상적인 사람의 "평범한" 길[201]을 따르지 않고 자신의 욕망에 따라 자기의 길을 간다는 것이다.[202] 그렇기 때문에 그 행위는 아름다운 것이다. 라캉에게 "아름다운 것은 선한 것보다 악에 더 가까운 것"이 된다.[203] 안티고네는 죽음이라는 비

---

197) Jacques Lacan, 앞의 책, 313쪽.

198) Slavoj Žižek, *Enjoy Your Symptom! Jacques Lacan in Hollywood and Out* (New York: Routledge, 2001), 45쪽.

199) Jacques Lacan, 앞의 책, 321쪽.

200) Jacques Lacan, 같은 책, 319쪽.

201) Jacques Lacan, 같은 책, 315쪽.

202) Jacques Lacan, 같은 책, 321쪽.

203) Jacques Lacan, 같은 책, 217쪽.

타협적인 욕망을 통해 뒤를 돌아보지 않고, 신부의 방인 무덤을 향해 흔들림 없이 똑바로 자신의 길을 가고 있다. "이것이 왜 그녀가 진정한 주인공"[204]인가를 말해준다. 안티고네의 죽음을 **죽음으로 향하는 존재의 승리**로 보고 있다는 점에서 라캉은 철저히 하이데거를 따르고 있다. 욕망은 "죽음과 근본적인 관계 속에 있어야 한다"[205]라는 라캉의 인식은 그가 **인간존재를 죽음으로 향하는 존재**라고 규정한 하이데거의 영향 하에 있었음을 말해준다. 우리는 여기서 안티고네의 크레온에 대한 도전의 동기를 다른 각도에서 조명한 장 아누이의 '안티고네'를 하이데거와 관련시켜 고찰할 필요가 있다. 이는 라캉의 관점을 보완한다는 의미에서 더욱 유효할 것이다.

장 아누이는 죽음을 존재의 절대적 가치로 미화시킨 가장 심각한 작가 가운데 한 사람이다.[206] 그의 작품 『안티고네』는 소포클레스의 동명의 작품의 줄거리와 인물들을 거의 그대로 차용하고 있으나, 장 아누이의 안티고네가 크레온에게 도전하는 동기가 소포클레스의 안티고네의 그것과 전적으로 다르다는 데 결정적인 차이가 있다. 아누이의 안티고네가 행하는 도전과 반항에는 매장의 중요성이 그 중심에 있지 않다. 안티고네가 파수병에 끌려 사형장으로 갈 때 크레온은 코로스에게 다음과 같이 말한다.

---

204) Jacques Lacan, 같은 책, 258쪽.

205) Jacques Lacan, 같은 책, 303쪽.

206) 나는 나의 박사학위 논문 「고대 그리스 및 현대극에 있어서 신화적 인물—오레스테스와 안티고네」 (1975년)에서 아누이의 『안티고네』의 여주인공이 크레온의 명령에 도전하여 폴뤼네이케스를 매장하는 동기를 '죽음에 대한 열망'과 연관시켜 다룬 바 있다. 하이데거의 『존재와 시간』의 주요한 주제인 '죽음으로 향하는 존재'와 안티고네를 결부시켜 다룬 이 글의 일부는 임철규, 졸저 『우리시대의 리얼리즘』(한길사, 1983) 가운데 「죽음의 미학」이라는 글로 소개된 바 있다. 그 글의 일부 내용은 이 장에서도 짧게 다뤄질 것이다.

그녀가 이를 알든지 모르든지 간에 그녀의 목적은 죽음이었다. 폴뤼네이케스는 한낱 구실에 지나지 아니했다…… 그녀는 단 한 가지, 삶을 거부하고 죽는 것에만 골몰했다.[207]

안티고네 자신도 매장되지 않은 시신 때문에 죽는다는 것의 부조리함을 인정하면서, 크레온이 누구 때문에 죽어야 하는가를 물었을 때, "누구를 위해서가 아니라 나 자신을 위해서"[208]라고 대답한다. 그녀의 대답은 "폴뤼네이케스는 한낱 구실에 지나지 아니했다"라는 크레온의 진술과 모순됨이 없다. 그렇다면 크레온의 명령에 도전하여 스스로 죽음을 부르는 이 현대적 안티고네의 진정한 반항의 동기, 말하자면 "그녀를 불태웠던 그 열병(熱病)의 이름"[209]은 무엇인가.

우리는 소포클레스의 안티고네가 하데스의 어두운 거처를 자신의 집과 동일시하면서 "오 무덤이여, 오 신부의 방이여"하며 부르짖었던 것을 소개한 바 있다. 아누이는 소포클레스가 묘사하는 안티고네의 이러한 모습에서 아누이 자신의 안티고네가 행하는 반항의 동기를 구체적으로 찾고 있는 것으로 보인다. 현대 작가인 아누이는 그의 작품 이해에 필요한 일체의 사상적인 배경을 밝히는 것을 단호히 거부했지만, 그는 누구보다도 하이데거와 공통적인 세계관을 갖고 있는 것처럼 보인다. 아누이가 그려내는 안티고네의 죽음에 대한 열망은 하이데거의 『존재와 시간』에 나타난 근본적인 주제의 하나인 **죽음으로 향하는 존재**(Sein-zum-Tode)[210]와 정확히 일치하기 때문이다.

---

207) Jean Anouilh, *Antigone* (Paris: La Table Ronde, 1947), 69쪽.
208) Jean Anouilh, 같은 작품, 52쪽.
209) Jean Anouilh, 같은 작품, 85쪽.
210) 이에 대한 더 상세한 논의는 임철규, 「하이데거의 '죽음으로 향하는 존재'」, 『죽음』(한길사, 2012), 247~271쪽을 볼 것.

하이데거는 인간이 참된 존재인가 아닌가의 여부는 그 인간이 죽음에 대해서 어떤 태도를 가지는가에 따라서 구별된다고 말한다. 이 철학자에 따르면 죽음은 인간의 유한성의 조건이지만 실존적인 현상으로서 그것은 하나의 가능성으로 이해된다. 하이데거는 이따금 죽음을 가장 개인적인 실존의 가능성, 즉 **현존재**(Dasein)의 절대적인 불가능성의 가능성"[211]이라고 부른다. 그것은 우리가 자기 존재의 유한성, 즉 더 이상 존재할 수 없는 존재의 불가능성을 의식할 때, 죽음이 우리로 하여금 다시 한 번 자기와 대면케 하여 자신을 참된 존재로 변모케 할 수 있는 가능성을 제공해주기 때문이다.

따라서 우리가 얼마만큼 참된 존재(하이데거의 용어를 쓰면 '본래적인 존재')인가는 결국 자기의 참된 존재를 실현시킬 수 있는 죽음을 두려워하지 않고, 죽음을 기대하는 자세에서 찾을 수 있다는 것이다. 하이데거는 죽음이 인간의 가능성 가운데 가장 절대적이고 최종적인 가능성이라는 의미에서 인간존재를 죽음으로 향하는 존재라고 말한다. 키에르케고르에게 우리 존재의 결정적인 순간이 신 앞에 있는 순간이라면, 하이데거에게 그것은 우리가 신과 동등한 권위를 가진 죽음 앞에 있는 순간이다. 그에게 죽음은 우리가 참된 존재인가 아닌가를 심판하는 최고의 권위자로 부각되기 때문이다.

하이데거는 참된 존재를 실현시켜줄 수 있는 가능성으로서의 죽음을 인식하지 못하는 자를 **세인**(世人, das Mann)이라고 일컫는다. 이 세인은 일반화된 사회 규범에 따라 평범한 길을 따르는 일상적인 사람, 즉 라캉이 아름답지 못한 사람이라 규정한 사람이다. 소포클레스의 크레온과 마찬가지로 아누이의 크레온의 세계도 '일상성', 말하자면 전통적인 가치와 관습에 따라 행동하는 기계적인 생활방식에 기

---

211) Martin Heidegger, *Sein und Zeit* (Tübingen: Max Niemeyer, 1953), 234쪽.

초를 두고 있다. 아누이는 그러한 세계를 크레온의 입을 통해 앞서 간 동물들과 조금도 다름없이 똑같은 고집을 가지고 똑같은 길을 가는"[212] 동물들의 세계로 특징짓고 있다.

달리 말하자면 이 세인은 존재의 유한성을 두려워하면서, 그들 스스로 자기를 가장 참되게 변화시킬 수 있게 하는 최종적인 가능성으로서의 죽음을 인식하지 못하는 용기 없는 존재다. 하이데거는 이러한 '세인'을 "죽음에 대해 참되지 못한 존재"[213]라고 부른다. 죽음을 예상하고, 죽음을 기대하면서 죽음을 일상적인 삶의 길을 초월하게 하는, 즉 자기존재의 가장 개인적인 가능성을 실현시킬 수 있는 기회의 제공자로 거리낌 없이 받아들임으로써 우리는 "죽음으로 향하는 자유"[214]를 얻는다는 것이며, 이러한 자아말로 참된 존재, 라캉 식으로 말하면 **아름다운** 존재라는 것이다.

하이데거에게 참된 존재를 규정할 수 있는 또 하나의 현상은 **양심**이다. 그에게 양심은 부름의 성격을 갖고 있으며, 이 부름은 세인 속에 방황하고 있는 참되지 못한 자기를 참된 자기에게로 부르는 것이다. 우리 자신이 부르는 자이며 부름을 받는 자다. 여기서 우리는 양심과 죽음 간의 직접적인 연관을 볼 수 있다. 일상적인 평범한 삶을 따르는 자기를 불러내어 참된 자기와 대면하게 해주는 것, 그리하여 자기를 가장 참된 존재로 실현시켜주는 것이 인간의 절대적이고 최종적인 가능성인 죽음이기 때문이다.

세인의 양심은 자기를 자기에로 부름이 아니라 자기를 사회의 공적인 규범으로 부름을 원칙으로 하고 있다. 세인의 양심은 앞서 인용했던 동물들의 틀에 박힌 세계처럼 집단적인 자기기만의 환상, 하

---

212) Jean Anouilh, 앞의 작품, 58쪽.
213) Martin Heidegger, 앞의 책, *Sein und Zeit*, 259쪽.
214) Martin Heidegger, 같은 책, 266쪽.

나의 조직화된 환상에 지나지 않는다. 따라서 "아누이의 안티고네가 '죽음으로 향하는 존재'가 된 것은, 삶 그 자체가 이와 같이 조직화된 세인의 환상으로 지배되는 한 참된 존재의 절대적인 순수세계는 만족될 수 없다는 것을 그녀가 깨닫고 있기 때문이다."[215] 이런 의미에서 볼 때, 안티고네의 적은 철학자 마르셀이 지적했듯, 삶 그 자체다.[216] 안티고네는 자기를 배반하지 않기 위해 크레온의 일상적인 세계와 타협하지 않고, 자신의 존재가치인 죽음으로 향하는 존재에서 자신의 참된 실존의 최종적인 가능성을 찾은 것이다.

극의 초기에 코로스는 "그대의 이름이 안티고네일 때, 그대가 행할 역할은 하나 있다. 그리고 그대는 끝까지 그 역할을 하지 않으면 안될 것이다"[217]라고 말하고 있는데, 여기서 안티고네가 끝까지 행할 역할은 **죽음으로 향하는 존재**다. "'죽음으로 향하는 존재'가 되는 것이 그녀의 운명적인 조건이라는 사실은 '죽음이 그녀의 목적이었다'는 크레온의 이야기와 다시 한 번 모순 없이 어울리고 있다."[218]

지금까지 살펴본 대로 소포클레스의 안티고네는 여러 각도에서 조명될 수 있는 인물이다. 일정한 카테고리 속에 집어넣을 수 있는 인물이 아니다. **복수형**[219]으로 읽을 수 있을만큼 늘 "우리는 새로운 안티고네를 필요로 한다."[220] 이런 점에서 안티고네는 "'수수께끼'라는

215) 임철규, 앞의 글, 「죽음의 미학」, 84쪽.

216) Gabriel Marcel, *L'Heure théâtre: De Giraudoux à Jean-Paul Sartre* (Paris: Librairie Plon, 1959), 101쪽.

217) Jean Anouilh, 앞의 작품, 8쪽.

218) 임철규, 앞의 글, 「죽음의 미학」, 80쪽.

219) Bonnie Honig, 앞의 책, 89쪽.

220) Bonnie Honig, 같은 책, 85쪽.

이름"으로 일컬어질 수 있다.[221] 그만큼 그녀에 대한 해석은 다양하며, 그 해석에 대한 반응 또한 다양하다. "안티고네 열병"[222]은 여러세대에 걸쳐 끝없이 이어져오고 있다.

가령 넬슨 멘델라에게 소포클레스의 안티고네는 죽음을 향한 욕망에 기대어 자신을 승화시키는 라캉의 안티고네도 아니고, 애도의 대상을 찾지 못하고 애도에 실패한 우울증 환자인 버틀러의 안티고네도 아니다.

아주 일찍이 베이유(Simone Weil)는 안티고네와, '안티고네'라는 이름을 가진 소포클레스의 작품 『안티고네』는 "너무나 인간적이어서 여전히 우리들에게 아주 가깝게 있으며, 모든 사람들", 특히 "투쟁한다는 것이 무엇이며, 고통을 받는 것이 무엇인지를 아는 사람들의 관심의 대상이 될 수 있다"[223]라고 말했다. 베이유에게 안티고네는 투쟁과 고통이 무엇인지를 아는 존재이며, "참을 수 없을 만큼 고통스러운 상황에 맞서 오직 홀로 투쟁하는 용감한, 그리고 명예를 중히 여기는 존재"[224]였다.

백인 통치권자들의 인종차별정책(1973년)에 의해 희생당하던 남아공 흑인들에게 안티고네는 결혼과 같은 사적인 가치를 버리고 대의를 위해 악정의 통치자들에게 도전하는 저항의 인물의 상징으로 남았다. 1973년 처음 공연된 극작가 푸가드(Athol Fugard)의 작품 『섬』에서 안티고네는 남아프리카공화국에서 인종격리정책을 펴는 당국에 저항하는 사람들의 '정의'의 상징으로 묘사되었고, 1994년 처

---

221) Jean Bollack, 앞의 책, 55쪽, 121쪽.
222) George Steiner, 앞의 책, 107~108쪽.
223) Simone Weil, *Oeuvres complètes*, André A. Devaux and Florence de Lussy 엮음 (Paris: Gallimard, 1988~), 2.2.333쪽.
224) Simone Weil, 같은 책, 2.2.334쪽.

음 공연된 오소피산(Femi Osofisan)의 작품 『테고니(Tegonni)—아프리카의 안티고네』에서 안티고네는 나이지리아를 식민지로 통치했던 영국의 야만적인 억압에 맞서 독립을 찾기 위해 저항하던 사람들의 '해방'의 상징으로 묘사되었다. 그리고 또 한편 이 안티고네는 1960년 영국으로부터 독립되었지만 총칼로 나이지리아 정권을 잡고 강권통치를 계속하던 군사독재정권에 맞서 폭압으로부터 해방을 찾기 위해 저항하는 사람들의 '자유'의 상징으로 묘사되었다.[225] 만델라는 "우리의 투쟁을 상징하는 인물은 안티고네였다"[226]라고 주장했다.

제2차 세계대전 당시 나치에게 살해당한 남성 친척들을 매장하기 위해 나치에 대항했던 용감한 여인들과, 그리고 1976년에서 1983년에 이르는 기간에 아르헨티나 군사정권이 감행했던 이른바 '더러운 전쟁'(Guerra Sucia)에 끌려가 실종된 자들의 행방을 요구하며 군사정권에 맞서 싸웠던 아르헨티나 '5월 광장의 어머니들'은 안티고네의 딸들이 되었고,[227] 군복무 중인 아들을 미국이 이라크와 벌인 전쟁에서 잃은 뒤, 이라크 침공을 계속 수행하는 모국 미국 정권에 반기를 들고 맞서 싸우는 반전운동가 시핸(Cindy Sheehan)은 미국의 안티고네가 되었다.[228] 이러한 안티고네는 폴란드의 계엄령(1984년)에 항거하는, 아니 전쟁으로 황폐화된 중동에서는 자신의 주장을 펼치는

225) Astrid Van Weyenberg, "African Antigones: Pasts, Presents, Futures," *The Returns of Antigone: Interdisciplinary Essays*, Tina Chanter and Sean D. Kirkland 엮음 (Albany: SUNY Pr., 2014), 264~268쪽을 볼 것.

226) Nelson Mandela, *Long Walk to Freedom* (London: Abacus, 1997), 541쪽.

227) Jean Bethke Elshtain, "Antigone's Daughters Reconsidered: Continuing Reflections of Women, Politics and Power," *Life-World and Politics: Between Modernity and Postmodernity*, Stephen K. White 엮음 (West Bend, Ind.: U of Notre Dame Pr., 1989), 231~233쪽. 그리고 Bonnie Honig, 앞의 책, 38~41쪽을 볼 것.

228) Bonnie Honig, 같은 책, 34~35쪽을 볼 것.

저항적인 아랍인으로까지 각인되었다.[229] 하지만 안티고네의 본 모습에 좀더 다가가기 위해 이제 우리는 비극의 주인공으로서의 안티고네에 눈길을 돌려야 할 차례다.

비극적인 주인공 '안티고네'

이 작품이 제기하는 또 다른 문제는 안티고네와 크레온 가운데 누가 주인공이며, 또 한편 소포클레스는 크레온을 비난하면서 안티고네의 행위에 대해서는 과연 어떤 태도를 취하고 있는가 하는 것이다. 일부 학자들은 크레온의 하마르티아와 그로 인한 파국을 강조함으로써 크레온이 비극적인 주인공이며, 작품의 교훈이 이러한 그의 운명에 초점을 두고 있다고 주장한다.[230] 코트의 용어를 빌리면 모든 소포클레스 주인공들의 특징은 그들이 "인간조건의 맨 밑바닥"[231]에서—인간들은 물론 신들로부터도 철저히 고립되어있는 가운데 자신의 행동과 그 결과에 대해 전적으로 책임을 떠맡는 조건 아래서—그들의 진정한 본성을 억압하는 모든 것과 홀로 대면하면서 자신의 원칙을 실현시키고 자신의 정체의 특이성을 상실하지 않으면서도 기꺼이 그리고 담대하게 위험을 떠맡고자 하는 데 있다.

그러나 크레온에게 그러한 "영웅적 기질"[232]을 부여하기는 어렵다. 물론 크레온은 일면 작품의 주인공으로 등장하는 것처럼 보인다.

---

229) Edith Hall, "Introduction," *Dionysus Since 69: Greek Tragedy at the Dawn of the Third Millennium*, Edith Hall, Fiona Macintosh, and Amanda Wrigley 엮음 (Oxford: Oxford UP, 2004), 18쪽.

230) 가령 H. D. F. Kitto, *Greek Tragedy* (London: Methuen, 1971), 130쪽.

231) Jan Kott, *The Eating of the Gods: An Interpretation of Greek Tragedy*, Boleslaw Taborski and Edward J. Czerwinski 옮김 (Evanston: Northwestern UP, 1987), 43쪽.

232) Bernard M. W. Knox, 앞의 책, 제명에서 따온 것임.

즉 그는 비극의 주인공답게 작품 내내 자신의 행동 영역과 원칙을 고수하고 있다. 그러나 극이 진행됨에 따라 안티고네와 하이몬, 그리고 예언자에 맞서 자신의 정당성을 주장했던 그의 완강한 자세는 끝내 꺾이고 만다. 자신의 아들과 아내가 자살한 뒤, 크레온은 다른 소포클레스의 주인공들과 달리, 자신의 원칙과 권위를 지키려는 불굴의 용기와 자신의 운명을 감내하려는 영웅적인 자세를 끝까지 지키지 못하고 있다. 진정한 소포클레스의 주인공은 **여전히** 오이디푸스이며, **여전히** 아이아스다. 그들은 거듭 태어나지 않는다.

반면 안티고네는 어떤 타협이나 자기포기의 가능성을 영원히 봉쇄하는, 도전적인 자세에서 영웅적이다. 소포클레스 주인공들의 행동의 동기는 저마다 각기 다르지만, 자신들의 원칙을 고수하려는 그들의 행위는 근본적으로 **파토스**에서 나온다. 우리는 안티고네가 취한 행동의 동기가 정치적이든 종교적이든 그 무엇이었든 간에, 그것은 근본적으로 그녀의 오빠에 대한 인간의 가장 본능적인 사랑에 깊이 뿌리박고 있었음을 보았다. 자신을 인도하는 내면의 도덕적인 빛은 **사랑**이라는 파토스다. 이 파토스에 압도된 채 안티고네는 완전한 고립 가운데(880~882행) 홀로(monos) 자신의 원칙과 의지에 따라 행동한다. 그리스 비극의 다른 여주인공들과 달리, 안티고네 곁에는 그녀를 격려하고, 그녀를 동정할 여성 코로스가 존재하지 않는다. 안티고네는 자신의 유일한 혈육인 이스메네에게서도 고립되어 있었다. 안티고네는 어떤 인간과 신들, 그 밖의 누구에게도 호소하지 않고 죽음을 택한다. 그녀의 이러한 선택은 어떤 타협도 받아들이지 않으려는 거부의 종착지다.

물론 죽음의 형장에 끌려가면서 안티고네는 "사랑하는 이들의 애도도 받지 못한 채" 산 채로 매장당해 "살아있는 이들의 곁에서도 죽은 이들의 곁에서도 살지 못하는" 자신의 "불행한" 운명을 슬퍼하면서(847~852행), 그리고 자신의 불행한 운명에 대해 철저히 무관심으로 대하는 신들의 반응에 절망하면서 그들에게 항변의 목소리를 쏟아내는 것을 잊지 않는다. 오빠의 매장을 경건한 행위라 칭하면서 그녀는 "내가 신들의 어떠한 정의를 위반했나"(921행), 그 "경건한 행위 때문에 나는 불경스러운 자라는 악명을 듣게 되었다"(923~924행)라고 주장한다, 그러면서 신들이 자신의 행위를 과오로 인정한다면 자신에게 고통을 가한 자들을 용서할 수 있지만, 반대로 그들이 과오를 범한 것이라면, "나에게 부당하게 고통을 주고 있는 그들이 더 가혹한 불행을 경험하도록"(927~928행) 신들에게 요청한다. 하지만 신들은 마지막까지 그녀의 호소에 무관심한 것처럼 보인다.

도즈는 상고(上古)시대의 초기에 인간은 자신들에 대한 신들의 적대감으로 말미암아 존재의 불안정과 무망함을 깊이 인식하고 있었으며, 당시 사람들의 그러한 인식을 마지막으로 이어받고 있던 소포클레스는 무엇보다도 "신의 신비에 대한 인간의 무망함을 압도적으로 인식했던" 자라고 평가한 바 있다.[233] 이를 증명하듯, 안티고네는 자신에게 철저하게 무관심한 신들의 정의에 항변하면서, 아니 의심하면서 하데스로 향한다. 신들의 정의에 대한 그녀의 항변, 또는 의심은 "소포클레스의 그 어떤 의문보다 신의 정의에 대해 날카로운 의문을 제기하고 있다."[234] 철저한 고립 가운데 안티고네가 떠날 때, "도덕과 종교의 규범적인 법칙이 유보된다든가 뒤집혀지는 것처럼"[235] 우리

233) E. R. Dodds, *The Greeks and the Irrational* (Berkeley: U of California Pr., 1951), 29쪽, 49쪽; 에릭 R. 도즈, 『그리스인들과 비이성적인 것』, 주은영 · 양호영 공역 (까치, 2002), 34쪽, 58쪽.

234) R. P. Winnington-Ingram, *Sophocles: An Interpretation* (Cambridge: Cambridge UP, 1980), 148쪽.

235) R. B. Rutherford, 앞의 책, 75쪽.

의 도덕적 의식 또한 도전받게 된다.

그러나 자신이 맞이할 죽음에 대한 그녀의 애도는 신념의 포기가 아니다. 그것은 다만 그녀 또한 하나의 '인간'이라는 것을 의미하는 것이다. 그리스 비극에서 안티고네는 자신의 손으로 스스로 목숨을 끊었던 몇 안 되는 인물 가운데 하나다. 그녀는 자살로서 스스로 자신의 장례를 치르고 있다. 그녀의 "운명을 위해 울어줄 이도 없고, 슬퍼해줄 친구도 없기" 때문이다(882행).

이렇듯 철저하게 버림받은 자신을 두고 안티고네는 스스로를 "재유외인"(在留外人, metoikos, 868행)에 비유하고 있다. "결혼생활의 재미도 아이를 키우는 재미도 함께하지 못한 채…… 죽은 자들의 무덤으로 내려가는(917~920행)" 그녀는 "카산드라처럼 자신의 장송가(葬送歌)를 수행"[236]하고 있다. 그녀가 결혼하기 전에 죽음을 맞이하는 자신을 "불행한 여인"(919행)이라고 부르는 것을 보아 자신의 죽음을 깊이 후회하는 것처럼 보이기도 하지만, 이것이 안티고네가 자신의 결의와 신념을 의심하고 있다는 증거가 될 수 없다. 소포클레스의 또 다른 작품 『아이아스』[237]의 주인공 아이아스의 경우처럼, 안티고네도 죽음에 대면한 하나의 '인간'으로서 한순간 감정이 흔들린 게 사실이지만, 그렇다고 자신의 원칙 자체를 포기한 것은 아니다. 자기 원칙을 포기하지 않고 죽음의 길을 나서는 안티고네를 코로스가 "칭찬"받을 만한 "영광스러운" 행위를 한 인물로 보는 것(817행)도 이 때문이다.

---

236) Richard Seaford, *Reciprocity and Ritual: Homer and Tragedy in the Developing City-Statet* (Oxford: Clarendon Pr., 1994), 381쪽. 그리고 죽음 또는 파멸을 예상하면서 "자신들의 장송가"를 부르는 그리스 비극의 여주인공의 인물들에 대해서는 Margaret Alexiou, *The Ritual Lament in Greek Tradition* (Lanham: Rowman & Littlefield, 2002), 113쪽을 볼 것.

237) 이 작품에 대해서는 임철규, 「아이아스」, 『그리스 비극』, 211~246쪽을 볼 것.

물론 안티고네를 스스로 불러일으킨 격렬한 파토스, 아버지 오이디푸스로부터 이어받은 고집과 오만, "극한에까지 나아가는 대담성"(ep'eschaton thrasous, 853행)이나 가문에 내린 저주의 희생물로 바라보는 비평가들도 있다.[238] 분명 안티고네는 그녀의 다른 가족들처럼 라이오스 가문의 **저주** 하에 있다.[239] 따라서 그녀 또한 세대를 이어 끊임없이 라이오스의 가문을 강타하는 "아테"의 "폭풍"(585~592행)을 피할 수 없다. 이를 인식하듯, 안티고네는 이스메네에게 "오이디푸스에서 비롯된 온갖 불행", 즉 "고통"과 "재앙", 그리고 "치욕"과 "불명예"(2~5행)를 상기시킨다(2~6행). 곧이어 이스메네 역시 안티고네에게 그들의 아버지, 어머니, 오빠들이 경험했던 그 저주스러운 운명을 상기시키면서, 안티고네가 폴뤼네이케스의 시신을 매장하려는 현재의 결심을 굽히지 않는다면, 자신과 안티고네 역시 "죽음"이라는 비참한 종말을 고할 것임을 상기시킨다(49~60행). 뿐만 아

---

238) 가령 Hugh Lloyd-Jones, *The Justice of Zeus* (Berkeley: U of California Pr., 1971), 117쪽. 이에 대한 논의는 N. J. Sewell-Rutter, *Guilt by Descent: Moral Inheritance and Decision Making in Greek Tragedy* (Oxford: Oxford UP, 2007), 114~120쪽을 볼 것.

239) 고대의 주석들과 단편적 신화들을 통해 전해지는 이야기에 따르면 아트레우스의 아버지인 피리기아 왕 펠롭스에게는 아름답기로 유명한 크뤼십포스라는 어린 아들이 있었다. 제우스 신과 테세우스의 마음을 사로잡았던 그 소년의 미모는 오이디푸스의 아버지 라이오스의 마음마저 사로잡았다. 라이오스는 사두마차를 모는 방법을 가르쳐준다는 구실로 크뤼십포스를 테바이로 데려온 후 그 소년을 강간했다. 이 사건으로 인해 크뤼십포스를 자살했고, 그의 아버지는 라이오스를 저주했다. 아폴론 신은 라이오스에게 이에 대한 벌로 앞으로 자식을 갖지 말 것을 명령하면서(크뤼십포스에 관한 출처에 대해서는 Martin West, "Ancestral Curses," *Sophocles Revisited: Essays Presented to Sir Hugh Lloyd-Jones*, Jasper Griffin 엮음 [Oxford: Oxford UP, 1999], 42~44쪽을 참조할 것) '만약' 자식을 낳으면 그가 그 자식의 손에 죽게 될 것이라고 경고했다. 라이오스가 이 명령을 거역하고 아들 오이디푸스를 낳았기 때문에 아폴론 신은 무서운 운명을 맞게끔 그와 아들 오이디푸스를 저주했다. 따라서 오이디푸스의 비극적인 운명은 자신의 의도와는 전혀 관계없이 그의 아버지 라이오스가 범한 잘못에 대한 대가로 주어진 것이었다.

니라 코로스도 매장행위가 발각된 뒤 안티고네가 크레온 앞에 죄인으로 불려갔을 때, 그녀를 "불행한 여인, 불행한 아버지인 오이디푸스의 자식"(379~380행)이라고 일컬으면서 안티고네의 파멸이 그녀의 "선조들이 저지른 죄의 결과"(856행)임을 분명히 말해주고 있다. 안티고네 또한 이를 인정하듯, "나의 아버지와 그의 불행한 친어머니의 근친상간의 결혼"이라는 "재앙"에서 태어난 "저주받은" "나는" "결혼도 하지 못한 채" 그분들과 함께 살기 위해 그분들이 있는 하계로 내려간다고 말한다(863~868행).

그러나 주목할 점은 아이스퀼로스의 작품에서는 대대로 이어지는 가문의 죄로 인한 저주가 비극의 피할 수 없는 동기로 크게 부각되고 있지만, 소포클레스의 경우는 그렇지 않다는 것이다. 이는 작품 『콜로노스의 오이디푸스』를 통해서 알 수 있다. 『콜로노스의 오이디푸스』에서 오이디푸스는 유전적인 죄가 자신이 겪는 고통의 원인 가운데 일부는 될 수 있지만, 그것이 전부라고는 인정하지 않는다. 또한 똑같은 유전적인 배경을 갖고 있으면서도 이스메네와 안티고네가 분명히 다르다는 것에서도 이를 짐작할 수 있다. 안티고네는 코로스가 말하는 것처럼 **자기 자신이 바로 법이 되는**(autonomos), 즉 "자신의 뜻에 따라"(821행) 행동하며 움직인다.

자유는 역설적이고도 필연적으로 운명을 전제로 한다. 라이오스 가문의 저주가, 그 **아테**가 안티고네의 행동에 운명으로 작용하지 않았다면, 그녀 자신이 행하는 행동의 자유, '자기 자신이 바로 법'이 되고자 하는, 크리스테바의 표현을 빌리면 "홀로 자기 자신을 위해 법(nomos)을 만드는"[240] 자유의 가치는 큰 의미를 가지지 못했을 것이

---

240) Julia Kristeva, "Antigone: Limit and Horizon," *Feminist Readings of Antigone*, Fanny Söderbäck 엮음(New York: SUNY Pr., 2010), 217쪽.

다. 따라서 역설적이게도 "안티고네는 자기 자신의 비차유의 희생이 되기 위해 자기 자신의 차유의 희생이 되고 있다."[241] 안티고네의 파멸을 저주받은 가문의 희생으로 강조하는 코로스의 단편적인 논평은 부분적인 진실일 수는 있지만, 전체적인 진실일 수는 없다. 하나의 고정된 전체로서 진실이 제시되는 것은 비극 그 어디에도 없다. 그렇기 때문에 비극은 신비의 원천이 되고 있는 것이다.

---

241) Emese Mogyoródi, "Tragic Freedom and Fate in Sophocles' *Antigone*: Notes on the Role of the 'Ancient Evil' in 'the Tragic'," *Tragedy and the Tragic: Greek Theatre and Beyond*, M. S. Silk 엮음(Oxford: Clarendon Pr., 1996), 370쪽.

4장 에우리피데스 『메데이아』

남편의 배반에 대한 보복으로 그들로부터 태어난 아이들을 죽이는 한 **이방인** 아내의 비극을 다루고 있는 에우리피데스(Euripides, 기원전 480경~기원전 406년)의 『메데이아』(기원전 431년)는 그의 작품 가운데 가장 많은 논란을 불러일으키고 있는 작품이다. 극이 시작되기 전까지의 상황은 다음과 같다.

이아손이 아버지의 왕권을 빼앗고 이올코스의 왕이 된 숙부 펠리아스를 찾아가 왕권을 돌려줄 것을 요구하자, 펠리아스는 그에게 콜키스 왕 아이에테스의 소유물인 황금모피를 찾아 가져오면 왕권을 돌려주겠다고 약속했다. 이아손은 많은 영웅들과 함께 아르고 호(號)를 타고 흑해 동쪽 끝 콜키스로 항해한 뒤, 그곳의 공주인 메데이아의 도움으로 황금모피를 손에 넣고 그녀와 함께 이올코스로 귀환한다. 메데이아는 자신과 이아손을 뒤쫓고 있는 남동생을 죽이기까지 하면서 이아손과 함께 이올코스로 오게 된 것이다.

이아손은 숙부 펠리아스에게 황금모피를 바치지만, 숙부는 약속을 지키지 않는다. 펠리아스를 괘씸하게 여긴 메데이아는 그의 딸들 앞에서 나이 든 숫양 한 마리를 토막 내어 마법의 약초와 함께 끓는 물에 넣고 삶은 뒤, 그 토막 난 숫양을 어린 양으로 둔갑시키는 재주를 부리고 나서 그들의 아버지 펠리아스도 이와 똑같은 방법으로 회춘시킬 수 있다고 설득한다. 펠리아스의 딸들이 아버지를 토막 내어 끓는 물에 삶았으나 메데이아가 마법의 약초를 주지 않아 펠리아스를 죽게 만든다. 이올코스에서 추방당한 이아손과 메데이아는 코린토스로 도망가 거기서 두 아들을 낳고 행복하게 살게 된다.

작품은 울부짖는 메데이아를 불쌍하게 여기며 동정을 금치 못하는 유모의 독백과 더불어 시작한다. 남편 이아손이 코린토스의 왕 크레온의 딸과 결혼하려는 것을 알게 된 메데이아는 이아손을 위해 모든 것을 바쳤던 자신의 삶 전체를 떠올리며 집 밖으로 나오지 않은 채 식음을 전폐하고 방에 누워 하염없이 울고 있다. 이아손을 향한 모든 것이 "증오"(echthra, 16행)[1]로 변한 메데이아를 생각하면 할수록 유모는 쾌속선 "아르고 호가 콜키스 땅으로 항해하지 않았더라면(1~2행)……" 하고 한탄하면서, "자식들을 미워하고 그들을 보아도 기뻐하지 않는"(36행), 그리고 "불의를 당하면 참지 못하는 모진 마음"(38행)의 메데이아가 악의를 품고 "어떤 끔찍한 일을 궁리하지는 않나"(37행) 하고 염려한다.

이때 가정교사가 메데이아의 두 아들을 데리고 등장하여 크레온이 메데이아와 두 아들을 코린토스에서 추방시키려 한다는 풍문을

---

1) 인용한 텍스트의 그리스어 판본은 다음과 같다. Euripides, *Medea*, Alan Elliott 엮음 (Oxford: Oxford UP, 1969). 그리고 Euripides, *Euripides: Cyclops, Alcestis, Medea*, David Kovacs 편역, LCL 9 (Cambridge/ M. A.: Harvard UP, 1994); Euripide, *Tragédies I: Le Cylope, Alceste, Médée, Les Hérclides*, Louis Méridier 편역 (Paris Les Belles Lettres, 2009);『에우리피데스비극─『메데이아』『히폴뤼토스』『알케스티스』『헬레네』『트로이아의 여인들』『타우리케의 이피게네이아』『엘렉트라』『박코스의 여신도들』『퀴클롭스』, 천병희 옮김 (단국대학교출판부, 1999)을 참조함.

유모에게 전한다(61~73행). 자신의 비참한 운명을 한탄하면서 차라리 죽음을 택하고 싶다며 절망을 토해내던(97행) 메데이아는 가정교사와 아이들이 집안으로 들어오자 그들이 자기 아버지와 함께 죽었으면, 그리고 "온 집이 파멸되었으면"(112~114행) 하고 저주의 말을 쏟아낸다. 유모는 그녀에게 "왜 애들을 미워하느냐?"(117행)고 물으면서 아이들에게 해가 미치지나 않을까 크게 걱정한다.

　메데이아의 울부짖음을 듣고 코린토스의 여인들로 구성된 코로스가 집안으로 들어선다. 유모와 함께 집 밖으로 나온 메데이아는 "삶의 모든 고통의 짐을 뒤로 하고" 아무런 "이익"(kerdos, 146행)이 없는 삶을 죽음으로 마감하고 싶다고 울부짖는다(145~147행). 그녀는 "제우스의 딸 테미스"를 향해 결혼한 아내를 배반한(207행) 이아손에게 저주를 내려달라고 탄원하면서 자신은 한 개인으로서 이아손의 비참한 희생물이 되고 있을 뿐만 아니라 한 여성으로서 결혼이라는 남성중심적인 제도의 부당한 희생물이 되고 있다고 한탄한다(230~250행).

　이때 크레온이 등장하여 자신에게 분노를 쏟는 메데이아를 책망하고 나서 자식들과 함께 이 땅을 곧장 떠날 것을 명한다. 사술(邪術)에 능한 메데이아가 자신의 딸 크레우사를 해치지나 않을까 걱정되기 때문이다. 메데이아는 크레온 앞에 무릎을 꿇고, 코린토스를 떠날 준비를 할 수 있도록 단 하루만 머물게 해달라며 아이들의 이름으로 간청한다. 코린토스에서의 하루를 얻어낸 메데이아는 코로스에게 하루만에 크레온과 그의 딸, 그리고 이아손을 시체로 만들 수 있다고 말한다. 그러면서 그들이 사는 집을 불태워 그들을 죽인다든가 침실에 들어가 칼로 죽인다든가 하는 방법이 있긴 하지만 실패할 경우 적들의 조롱거리가 될 수 있으므로 독(毒)을 사용해 그들을 죽일 것이라고 말한다(373~385행).

이윽고 이아손이 등장한다. 그는 메데이아에게 그녀가 추방되는 것은 그녀가 크레온의 왕가를 비난해 크레온의 노여움을 산 때문이라며 그 벌이 추방에 그친 것을 다행으로 여기라고 말한다. 메데이아는 그를 위해 자신의 삶 전체를 바친 일, 즉 그의 목숨을 구해주었던 일, 그를 도와 황금모피를 얻게 해주었던 일, 자신의 아버지와 고국을 배반했던 일, 그리고 그에게 두 아들을 낳아주었던 일 등 하나하나를 이아손에게 상기시킨다. 그리고 처음 이아손이 자기에게 구애를 했을 때 무릎을 꿇은 뒤 오른손을 잡고 자기를 결코 배반하지 않으리라고 맹세했던 과거의 일을 상기시킨 다음(476~498행), 이러한 "혼인의 맹세를 어기고"(492행) 다른 여인과 결혼하려 할 뿐만 아니라 아내인 자신과 자식들마저도 추방시키려 한다며 이아손을 향해 "인간들 가운데 가장 악한 자"(488행)라고 비난한다.

메데이아는 이아손에게 이제 추방의 몸이 된 자신은 어디로 가야 하는가를 묻는다. "너를 위해 내가 배반한…… 내 아버지의 집"(502행)으로 가야하는가, 그들의 아버지를 죽게 만들었던 "펠리아스의 비참한 딸들에게"(503~504행) 가야 하는가를 묻는다. 메데이아는 그 어디로도 갈 수 없다고 말한다. 이아손은 자신을 비난하는 메데이아에게 자신과 결혼함으로써 야만인들로부터 벗어나 그리스인들 사이에서 살게 되지 않았느냐고 나무란 뒤, 그의 딸과 결혼해 자식을 낳게 된다면 우리의 두 아들도 왕가의 자식들과 형제관계를 맺어 동등한 지위를 확보하게 되고, 그 인연으로 격에 맞는 행복한 삶을 살게 될 터인데 크레온의 딸과 결혼하려는 게 무엇이 잘못되었느냐고 질책한다(559~567행). 분노에 찬 메데이아는 그 결혼이 이아손에게 눈물을 가져다줄 것이라고 경고한다.

이아손이 집 밖으로 나가자, 아테나이의 늙은 왕 아이게우스가 등장한다. 오랜 세월 동안 자식이 없는 그는 자식을 얻는 방법을 신탁을 통해 알기 위해 델포이의 아폴론 신전에 갔다가 트로이젠으로 돌아가는 도중 이곳에 들른 것이다. 그는 자신의 처지에 동정을 표하는 (670행) 메데이아의 두 눈이 눈물로 젖어있는 것을 보고는 그 이유를 묻는다. 메데이아는 이아손에게 버림받은 사실을 말한 다음, 크레온으로부터 추방의 몸이 된 자신의 상황을 자초지종 말한다(694~706행). 메데이아가 "탄원자"(710행)의 자세로 아이게우스 앞에 무릎을 꿇고 자신을 그의 나라와 그의 집에 받아들여 준다면 자식이 없는 그에게 자식을 얻게 해줄 것(717행)이라고 말하자, 아이게우스는 그렇게 해준다면 그녀를 자신의 집에 안전하게 모실 것이라고 "맹세" 한다.

그들은 서로 오른손을 맞잡고 "대지의 신과 태양신", 그리고 "모든 신들의 이름으로 맹세한다"(746~747행). 아이게우스가 메데이아에게 맹세를 지키지 않으면 어떤 벌도 달게 받겠다고 말하고 나서 (754~755행) 아테나이로 떠나자, 그로부터 피난처를 확보한 메데이아는 자신을 "모욕하는 적들"(782행)에게 보복을 가할 계획을 코로스에게 밝힌다. 크레온의 딸을 죽이기 위해 이아손과 거짓 화해를 하고 자신의 아이들을 이 일에 이용할 것이라고 말한다(776~789행).

이어 그녀의 입에서 더욱 충격적인 발언이 나온다. 자신의 손으로 자신의 아이들을 죽임(792~793행)으로써, "남편에게 가장 깊은 상처를 주는"(817행) 보복을 하겠다고 말한다. 두 아들을 죽임으로써 이아손은 오늘 이후 살아있는 그들을 다시는 볼 수 없게 될 것이며, 그의 신부를 죽임으로써 다시는 자식들을 가질 수 없게 될 것이라고 말한다(803~806행). 코로스는 메데이아에게 그러한 행위를 한다면 그녀를 "여인들 가운데 가장 불행한 여인으로 만들 것"(818행)이라고 말하면서 그녀의 "두 무릎을 잡고" "아이들(tekna)"을 죽이지 말 것을 "간절히 애원했지만"(853~865행) 그녀의 결심을 움직이지는 못한다.

이아손이 유모와 함께 다시 등장하자, 메데이아는 이아손이 좋아하는 부드러운 여인의 모습을 한 채 자식들의 장래를 위해 크레온의 딸과 결혼하려 하는 그의 계획이 옳다며 그의 선택을 기꺼이 받아들이는 것처럼 행동한다. 이후 두 아들을 불러들인 뒤, 독이 든 화려한 의상과 금관(金冠)을 건네면서 이 물건을 크레온의 딸에게 바쳐 추방을 유보해줄 것을 요청해보라고 지시한다. 하지만 메데이아는 어머니로서 깊은 갈등에 빠진다. "왜 애들의 불행으로 애들의 아버지에게 고통을 주려다가 그 두 배의 불행(kaka)을 당해야 하나? 해서는 안 돼!"(1046~1048행), "아아! 내 마음이여! 너는 절대 그러한 짓을 해서는 안 돼!"(1056행)라고 외치지만, 자신이 당한 모욕과 배반에 대한 분노를 잠재우지 못하고 보복을 감행한다.

메데이아가 두 아들을 크레온의 딸에게 보낸 지 얼마 지나지 않아 사자(使者)가 등장해 크레온의 딸 크레우사가 그 옷을 입는 순간 화염에 싸여 고통스럽게 죽었으며 크레온도 딸을 구하려다 목숨을 잃었다고 보고한다. 이때 메데이아가 집 안으로 들어가 두 아들을 칼로 찔러 죽인다. 도움을 청하는 아이들의 울부짖음을 들으며 코로스는 메데이아를 향해 "불운한 여인"(1274행)이라고 소리친다. 이아손이 코린토스 왕가 사람들의 보복이 겁이 나 아이들을 구하기 위해 달려오지만, 이미 아이들을 살해한 메데이아는 자신의 할아버지 태양신 헬리오스가 보낸, 용(龍)이 끄는 수레를 타고, 자식들을 죽인 것은 자신의 "손"이 아니라 자신을 버리고 다른 여인과 결혼하려는 그의 "교만"이라고 말하면서 이아손에게 분노와 더불어 조롱을 쏟아낸다(1365~1368행). 아이게우스가 있는 아테나이로 떠나가면서 메데이아는 아이들을 코린토스의 아크로폴리스에 있는 헤라 아크라이아 신전에 묻을 것이며 아이들은 그곳에서 해마다 사람들로부터 경배를 받게 될 것이라는 말을 남긴다(1378~1383행). 작품은 이아손이 아들들의 죽음을 통곡하고, 메데이아가 두 아들의 시신을 싣고 코린토스를 떠나는 것으로 끝난다.

메데이아

에우리피데스가 메데이아라는 한 이방인 여인을 남편에게 버림받은 것에 대한 보복으로 자신이 낳은 아이들을 죽이는 비극적인 주인공으로 극화하기 이전에도 메데이아는 여러 작품 속에 등장한 바 있다. 에우리피데스의 『펠리아스의 딸들』, 소포클레스의 『콜키스의 여인들』과 『아이게우스』 등과 같은 작품들이 메데이아와 이아손에 대해 들려주지만, 모두 현존하지 않고 미완유고로 남아있기 때문에 이들을 통해 메데이아에 대한 구체적인 이야기를 알 수는 없다. 이에 비해 헤시오도스의 『신통기』, 핀다로스의 『퓌테이아 경기 승리가』는 메데이아라는 인물의 특징과 그녀를 둘러싼 사건에 대해 비교적 폭넓게 언급하고 있다는 점에서, 에우리피데스의 『메데이아』와 비교해 언급될 만하다.

헤시오도스는 『신통기』에서 메데이아를 언급하고 있다. 그에 따르면 그녀는 콜키스 왕 아이에테스의 딸이자 태양신 헬리오스의 손녀이며, 여신의 반열에도 오른 신적인 존재다. 헤시오도스는 메데이아가 데메테르, 하르모니아, 에오스, 네로스의 딸들, 아프로디테, 키르케, 칼립소 등과 같은 반열에 있음을 부각시키고 있다(956~1020행). 또한 그는 메데이아가 마술에 능한 키르케의 질녀임을 강조함으로써 그녀가 마술에 정통한 피를 이어받고 있음을 상기시키고 있다. 『신통기』의 마지막 부분에는 이아손이 "제우스의 뜻에 따라" 어려운 과업을 마치고 메데이아를 콜키스에서 이올코스로 데려온 뒤 그녀를 아내로 삼고 메데이오스라는 아들을 낳았다는 내용이 있지만 (992~1002행), 메데이아의 자식살해에 대한 이야기나 이에 대한 어떤 암시도 없다.

핀다로스의 『퓌테이아 경기 승리가』는 이아손과 메데이아를 중심으로 펼쳐지는 사건, 가령 이아손이 콜키스로 항해하여 메데이아의 도움으로 황금모피를 얻게 되는 일, 그리고 이올코스에서 메데이아가 펠리아스를 살해하는 일 등을 빠짐없이 기록하고 있다. 헤시오도스와 마찬가지로 핀다로스도 메데이아를 "모든 의술을 알고 있는" (4.233) 마술적인 힘을 가진 존재, 예언이 늘 적중하는 신탁과 같은 강력한 "불멸의 입"(4.11)을 지닌 신적인 인물로 묘사하고 있다. 메데이아가 이아손을 어떤 방법으로 도와 황금모피를 얻게 해주었는지는 잘 드러나지 않는 헤시오도스의 『신통기』와 달리, 핀다로스는 비교적 자세하게 그 경위를 이야기해주고 있다.

황금모피를 찾기 위해 온 이아손에게 메데이아의 아버지 아이에테스는 황금모피를 주는 대가로 놋쇠의 발굽을 가진, 그리고 불을 내뿜는 한 쌍의 황소에게 멍에를 씌워 밭을 갈도록 하는 과업을 준다. 이아손이 메데이아의 마술에 힘입어 이 과업을 이루자 분을 이기지 못한(4.220~242) 아이에테스는 이아손을 황금모피가 있는 곳으로 보낸다. 이아손이 그 모피를 지키는 거대한 용(龍), 즉 50자루의 노를 갖춘 배에 버금가는 몸집을 하고 있는 이 용을 결코 이길 수 없으리라 희망하면서(4.245)…… 그러나 이아손은 메데이아가 가르쳐준 계교(technai)[2]의 힘을 빌려 용을 죽이고(4.249) 황금모피를 손에 넣게 된다. 이아손은 모피를 손에 쥐고 메데이아와 함께 콜키스에서 이올

---

2) 기원전 3세기의 로디우스의 아폴로니우스의 『아르고스 호(號) 항해기』에는 메데이아가 이아손에게 수면제를 주어 이것을 용에게 먹이고 용을 죽였다는 내용이 나온다.

코스로 도망치며, 메데이아는 계교를 써서 이올코스에서 펠리아스를 살해한다.

에우리피데스의 메데이아는 헤시오도스와 핀다로스의 메데이아처럼 태양신 헬리오스의 손녀(406행, 746행, 955행, 1255행, 1321행)이자 약을 제조하는 데 뛰어나고 온갖 악한 짓을 행하는 데 능한(sophē) 인물(285행, 384~385행, 395행 이하, 717~718행, 789행, 1156행 이하)이지만, 신적인 존재이기보다는 한 사람의 여성, 게다가 이방인 여인으로 그려지고 있다는 점에서 그 이전의 어떤 메데이아와도 다르다. 핀다로스의 경우 메데이아가 이아손을 따라나서게 된 결정적인 이유를 사랑의 여신 아프로디테의 개입에서 찾지만, 에우리피데스의 메데이아는 사랑을 위해 주체적인 선택을 하는 인물로 그려진다. 『퓌테이아 경기 승리가』에서는 아프로디테의 교사(敎唆)에 따라 이아손이 메데이아에게 사랑의 묘약을 사용하고, 이로 인해 그녀가 사랑에 불타 결국 부모를 배반하게 되지만, 에우리피데스의 메데이아는 자발적으로 이아손을 사랑할 뿐만 아니라, 자신이 선택한 사랑을 지키기 위해 자발적으로 이아손을 따라나서기 때문이다.

이 점은 메데이아 자신도 거듭 강조하고 있을 뿐 아니라 유모와 코로스도 언급하고 있다(8행, 432행, 485행). 메데아의 그러한 자발성은 다음과 같은 사례에서 확인된다. 핀다로스에서는 이아손이 메데이아의 도움을 받아 황금모피를 지키는 용을 죽이지만(4.249), 에우리피데스에서는 메데이아가 직접 그 용을 죽이는 것으로 나온다(480~482행). 그러나 무엇보다도 에우리피데스의 메데이아가 그 이전의 메데이아들과 근본적으로 다른 점은 다른 여인과 결혼하려고 자신을 배반한 남편에게 복수하기 위해 자신이 낳은 자식을, 그것도 자식을 **계획적으로** 살해한다는 데에 있다. 이 부분은 에우리피데스가 독창적으로 만들어낸 모티프로 전해지며, 이후 메데이아의 '자식살해'는 "메데이아에 관련된 신화의 근본적인 주제 가운데 하나가 되었다."[3]

타자로서의 메데이아

복합적인 인물인 메데이아 못지않게 에우리피데스가 여성을 바라보는 방식을 둘러싼 논의 또한 복합적이다. 에우리피데스가 여성혐오자인가 아니면 여성의 존재조건과 그들의 고통을 연민의 감정으로 바라보고 그들을 변호하는 진보적인 작가인가를 판단하기란 쉽지 않다.

그러나 에우리피데스가 살았던 당시 아테나이의 시대상을 들여다보면, 무엇보다도 메데이아는 이아손이라는 한 남성에 의한 희생물로서뿐만 아니라 남성중심적인 결혼제도의 희생물이자 여성 전체의 공통적인 운명을 대표하는 인물로 등장하고 있음을 알 수 있다. 그녀는 "모든 창조물 가운데…… **우리 여성들**이야말로 가장 비참한 족속이다"(gunaikes esmen athliōtaton phuton, 230~231행)라는 선언으로 자신을 모든 여성과, 그리고 자신의 운명을 모든 여성의 운명과 동일시한다. 크레온도 메데이아를 "여자"(gunē, 290행, 319행, 337행)로 묘사하고 있으며, 아이게우스 또한 메데이아를 남편에게 버림받은 여자로 바라보고 있다(703행). 코로스도 남편에게 버림받은 메데이아를 "불행한 여자"(357행, 442행), "가장 불행한 여자"(818행)로, 아니 그저 "여자"로 부른다(816행). 메데이아는 이처럼 **여성**의 이름으로

---

3) Alain Maurice Moreau, *Le mythe de Jason et Médée: La va-nu-pied et la sorcière* (Paris: Les Belles Lettres, 1994), 52쪽.

등장한다.

"우리 여성들이야말로 가장 비참한 족속이다"(231행)라는 말로 시작하는 그 유명한 항변(230~252행)을 통해 메데이아는 코로스에게 여성이 공통적으로 겪고 있는 불행한 삶을 토로한다. 먼저 그녀는 우리 여성들은 "남편을 사기 위해 엄청난 값을 지불하고 그를 우리 몸의 주인으로 삼지 않으면 아니 된다"(232~234행)라고 항변한다. 이는 아주 많은 결혼지참금으로 남편을 얻는 여성의 불리한 조건을 말하고 있을 뿐만 아니라, 결혼 이후 주인인 남편의 노예로 전락하는 여성의 보편적인 운명 또한 말하고 있는 것이다. 이어 메데이아는 여성은 결혼생활에 만족하지 못하더라도 이혼이라는 "불명예"를 감수하지 않기 위해 남편 곁을 떠나지 못하며, 결혼생활이 계속되는 한 마음이 내키지 않더라도 남편의 성적인 요구를 뿌리칠 수 없다고 토로한다(236~237행). 불평등은 결혼시작부터 여성의 운명적인 조건이 된다. 메데이아는 결혼을 하자마자 여성은 남편 쪽 집의 "새로운 관습과 규범"에 잘 적응해 최대한 남편을 만족시켜야 하며(238~240행), 숱한 노력으로 남편이 그녀에게 불만을 갖지 않고 결혼생활을 계속하는 것이야말로 아내가 얻을 수 있는 삶의 유일한 행복이며, "그렇지 않으면 죽는 편이 더 나은 것"(241~243행)이라고 탄식한다. 또한 아내에게 싫증을 느끼면 남편은 밖에 나가 다른 여자나 다른 남자와 놀지만, 여자는 "오직 한 남자만 쳐다보고 있어야 한다"(244~247행)라고 한탄한다.

메데이아의 이러한 항변은 당시 아테나이의 사회 상황, 즉 남성중심적인 사회구조에 의해 희생당하던 당시의 아테나이 여성의 생활조건을 그대로 반영하고 있다. 아테나이에서 여성은 사회, 경제, 정치 영역에서 철저히 배제된 주변적인 **타자**에 불과했다. 피륙을 짠다든가, 요리를 한다든가, 집안의 재물을 간수하고 아이들을 돌본다든가

하는 등의 가정사 말고는 독자적인 행동을 하거나 독자적인 욕망을 추구하는 "자율적인 존재"가 아니었다.[4] 말하자면 여성은 공적인 목소리를 갖지 못했다. 메데이아는 마침내 마음속 깊이 품고 있던 불만을 이렇게 표출한다. "남자들은 자기들이 창을 들고 싸우는 동안 우리는 집에서 아무 위험 없이 안전하게 살고 있다고 말한다. 바보 같은 소리! 나는 한 번 아이를 낳느니 차라리 방패를 들고 세 번 싸움터에 뛰어들고 싶다"(248~251행).

메데이아의 마지막 항변은 헤시오도스가 여성을, 남자들이 집 밖에서 온갖 수고를 다하여 거둬들인 수확물을 집안에서 하는 일 없이 탕진하는 수벌과 같은 존재로 특징지었던 이래(『신통기』 596~599행), 여성을 그러한 수벌과 같은 존재로 폄하해온 데 대한 항변이다. 그리고 이아손이 메데이아를 향해 여성은 "결혼생활만 원만하면 만사가 좋은", 즉 침대(잠자리, lechos), 말하자면 성(sex)에만 관심을 가지고 있는(569~573행) 존재라고 비난하듯, 여성을 그렇게 폄하해온 남성중심적인 사고에 대한 반격이다. 메데이아는 여성들이 아이를 낳는 것은 남성들이 전쟁에서 싸움하는 것보다 더 위험한 일이며, 폴리스에 복무할 미래의 아테나이의 아들들을 생산하기 때문에 전쟁에서 싸우는 것보다 더 값어치가 있는 일이라고 항변한다.

메데이아의 이러한 발언은 분명 당시 아테나이의 남성 관객들에게 커다란 충격으로 받아들여졌을 것이다. 메데이아처럼 그렇게 자신의 의견과 목소리를 낼 수 있는 조건이나 권리는 당시 여성들에게 주어지지 않았다. 뿐만 아니라 기원전 7세기 후반의 서정시인 세모니데스가 "벌처럼 부지런하고 말이 없는 조용한 여성은 어떤 비난도 받지

---

4) Helene P. Foley, *Female Acts in Greek Tragedy* (Princeton: Princeton UP, 2001), 262쪽.

않는다"[5]라고 노래한 이래, 남편에게 순종하면서 조용히, 정숙하게 사는 것이 그리스 여성이 지켜야할 행동의 규범이었기 때문이다.

메데이아가 남편 이아손을 대하는 태도 역시 아테나이의 보통 여성들에게는 전적으로 불가능한 것이었다. 그녀는 남편 이아손의 배신에 분노를 참지 못해 그와 동등한 위치에서 그를 무자비하게 매도한다. 다른 사람 앞에서는 물론 이아손 앞에서도 그를 "악당"(kakos)으로 규정하고, 직접 비난하는 것을 마다하지 않는다(488행, 498행, 586행, 618행, 1386행 등). 메데이아는 남편과 아내로서의 둘의 관계가 동등하다는 점을 강조한다. 그녀는 이아손이 콜키스에서 자신에게 구애를 했을 때 탄원자의 자세로 "무릎을 꿇은" 뒤 자신의 "오른손을 잡고" 결코 배반하지 않을 것이라고 자주 맹세했던 일을 상기시키면서(492~498행), 그 맹세를 믿고 자신의 집과 나라를 버리고 따라 나섰지만 결국 그가 자기를 버리려 한다고 격하게 비난했다(502~503행).

남자와 여자가 맹세를 지키기 위해 서로의 오른손을 맞잡는 이러한 행위는 당시 분위기에 비추어볼 때 충분히 이례적이라고 할 수 있다. 아테나이에서 혼인서약은 신부와 신랑 사이에서 맺어지는 것이 아니라, 신부의 아버지와 신랑 사이에 맺어졌다. 신랑은 신부의 아버지에게 신부를 공정하게 맞이할 것이고, 적자(嫡子)의 어머니로서 격에 맞게 대접할 것이라고 약속하며, 신부의 아버지는 결혼식에서 신부의 손을 신랑에게 넘겨줌으로써 이 약속은 상징적으로 완성된다. 신랑이 신부의 아버지가 건네준 신부의 손을 꽉 잡는 순간, 이 순간은 남편이 집의 주인으로서 부인의 지배자가 된다는 것을 상징적으로

---

5) fr. 7.84, *Poetarum Lesbiorum Fragmenta*, E. Lobel and D. L. Page 엮음 (Oxford: Clarendon Pr., 1955).

보여주는 순간인 것이다.

하지만 메데이아와 이아손의 경우는 다르다. 이아손은 마치 둘의 관계가 수평적이고 동등한 것처럼 자신의 오른손으로 메데이아의 오른손을 굳게 잡고 "성실한 남편"(511행)이 될 것임을 약속했고, 그런 이아손을 남편으로 자발적으로 선택한 메데이아는 자신을 이아손과 동등한 자리에 두었다. 에우리피데스는 여기서 이방인 여인인 메데이아를 통해 아테나이 여성들의 잠재된 욕망, 남성의 권위와 그 권위를 정당화하는 남성중심적인 사회구조에 도전하여 그와 동등한 위상을 확보하려는 전복적인 여성의 욕망을 드러내주고 있는지 모른다. 아테나이의 남성중심적인 사회구조에 도전하는 이 여성이 **이방인**이라는 점에서, 이 도전의 전복성(顚覆性)은 더욱 두드러진다. 에우리피데스는 타자로서의 여성 메데이아의 비극뿐만 아니라 타자로서의 이방인 메데이아의 비극을 말하고 있다. 메데이아는 흑해 동쪽 해안에 있는 콜키스 출신으로, 핀다로스(『퓌테이아 경기 승리가』 4.212~213)와 헤시오도스(『역사』 2.103~104)에 따르면 콜키스인들은 검은 피부를 가진 이집트 태생의 인종이었다. 에우리피데스는 명시적으로 밝히고 있지 않지만, 이러한 정황들로 미루어볼 때 메데이아 역시 검은 피부를 가진 이방인이었음에 틀림없다.

호메로스에 따르면 이집트 여성은 마술에 뛰어났으며, 헬레네는 이집트 왕 톤의 아내 폴뤼담나에게서 약을 조제하는 기술을 익힌 것으로 되어있다(『오뒷세이아』 4.226~232). 에우리피데스의 메데이아 역시 마술과 약을 조제하는 데에 아주 능한 여인, 크레온에 따르면 그것으로 "온갖 악한 짓을 행하는 데 능한"(285행) 여인으로 묘사되고 있다. 그녀는 그리스인 크레온과 이아손에게 잠재적으로 아주 위험한 이방인 여인으로 인식되고 있다.

얼핏 보면 에우리피데스가 메데이아를 독약 같은 약의 제조와 악행에 능한 검은 피부의 **마녀**로, 자식을 살해하는 문명 바깥의 야만인으로 설정하여, 이른바 '주체=서양의 이성(理性)'과 대비되는 '타자=동양의 비이성'[6]의 전형으로 부각시킴으로써, 동양을 격하하는 이데올로기적 선전을 일삼고 있는 것처럼 보인다. 자신의 모든 것을 버리고 그를 따라나섰고 그들 도왔지만 결국 배신당한 메데이아가 이아손을 비난했을 때, 이아손은 메데이아가 자기를 따라 나서지 않고 "아직도 대지의 변방에 살고 있었더라면" "정의"가 무엇이고 법의 통치가 무엇인지를 이해하지 못하고 "폭력"에만 호소하는 야만인들 속에서 살아갔을 것이고(536~538행), "전혀 **로고스**(logos)를 갖지 못했을 것"(541행)이라고 강변했다.[7] 그리스 남성인 이아손 덕택에 메데이아는 이성을 기반으로 하는 문명국가에서 이성적인 존재로 살 수 있게 되었다는 것이다. 에우리피데스는 메데이아의 자식살해라는 모티프를 통해 궁극적으로 이방인 여성 메데이아를 비이성의 전형으로 제시함으로써 **주체**(主體)에 의해 극복되어야 할 **타자**(他者), **서방**에 의해 극복되어야 할 **동방**의 표상으로 제시하는 것인지도 모른다.

그러나 에우리피데스는 인종주의 이데올로기에 젖어있는 시인이 아니다. 오히려 그는 메데이아의 자식살해에 깔린 이방인 아내의 분노를 통해 부당한 아테나이 법을 폭로함으로써 남성시민 중심 사회의 문제점을 파헤칠 뿐 아니라, 그리스인 이아손의 행태를 통해 그가 얼마나 '비그리스적'인가를 보여줌으로써 주체의 위선을 폭로한다. 이아손은 메데이아에게 자신이 크레온의 딸과 결혼하고자 하는 유일

---

6) 임철규, 「페르시아인들」, 『그리스 비극-인간과 역사에 바치는 애도의 노래』(한길사, 2007), 44~49쪽을 볼 것.

7) 이 문장은 이때 '로고스'를 '명성', '소문'으로 파악해서 그녀가 '명성'을 갖지 못했을 것이라고 주로 번역되고 있지만, 이아손이 메데이아를 비이성적인 일종의 마녀로 설정하고 그녀를 비하시키기 위해 행한 말이라고 여긴다면, '이성'이라는 의미로 이해하는 것이 더 정확할 것 같다.

한 목적이 왕가의 딸과 결혼해 그로부터 태어난 아이들을 메데이아의 아이들과 형제가 되게 함으로써 그들이 경제적으로 부족함이 없이 왕가의 격에 맞는 삶을 누리도록 하기 위한 것이라 말하면서, 그것이 자신에게도 "이익"이 되는 것"(luei, 566행)이라고 말했다. 이때 '이익'은 자신의 지위가 격상되거나 왕가의 아이들을 통해 향후 자신이 왕권을 획득할 수 있다는 것만을 의미하지 않는다. 아테나이 시민 자격이 있는 합법적인 자녀들을 출산하는 것도 포함된다.

기원전 451년부터 450년까지는 아버지가 아테나이 시민이라면 어머니의 출신과는 관계없이 태어난 자식은 아테나이 시민이 될 수 있었지만, 페리클레스가 기원전 451~450년 법을 제정한 이후[8]부터는 부모가 모두 아테나이 시민인 경우에만 자식이 시민이 될 자격을 가질 수 있었기 때문에, 이아손은 자식들을 합법적인 아테나이 시민으로 만들기 위해 "야만족의 여인과의 결혼"(barbaron lechos, 592행)으로 인해 불명예를 불러오기보다는(591~592행) 아테나이 출신 자유 시민 여성과 결혼하여 합법적인 아버지가 되는 것을 "하나의 규범, 즉 의무이자 동시에 권리"[9]로 여겼던 당시 아테나이 남성들의 전반적인 정서를 대변한다고 보아도 무방하다.

이 때문에 메데이아의 자식살해는 페리클레스가 이방인 여성에게 시민권을 제한하고 그들로부터 태어난 아이들에게 시민권을 허용하지 않게 한 이후, 이로 인해 생존의 중요한 권리를 박탈당하고 때로는 메데이아처럼 남편에게 버림받았던 당시 이방인 아내들의 은폐되었던 분노와 그 분노의 폭발성을 상징하고 있는지 모른다. 아니 그것은

---

8) 이러한 법 아래서 아테나이 남성들은 아테나이 시민이 될 자격이 있는 자식들을 갖기 위해 다른 나라의 여성들과 결혼하는 것을 포기할 수밖에 없었다.

9) Nicole Loraux, *The Children of Athena: Athenian Ideas about Citizenship and the Division between the Sexes*, Caroline Levine 옮김 (Princeton: Princeton UP, 1993), 26쪽 (주17).

여성의 주요한 역할을 폴리스의 안전과 번영을 담당하는 '남성시민들'[10]을 생산하는 것에 국한시키는 남성중심적인 사회구조와 결혼제도에 대한 여성 전체의 도전을 이방인 여성의 복수를 통해 상징하고 있는지 모른다. "메데이아가 전적으로 부권(父權)사회의 규칙과 가치를 기반으로 구조화된 세계와 사회질서" 속에서 "여성해방을 위한 강력한 목소리"[11]를 내고 있다는 점에서, 이 작품은 "기원전 5세기의 아테나이의…… 지배적인 성(gender)의 개념에 대해 가장 급진적이고 가장 강력한 도전"을 보여주는 작품의 하나라고 볼 수 있다.[12]

---

10) Nicole Loraux, 같은 책, 119쪽에 따르면 "'여성시민' 같은 것이 존재하지 않았던 것과 마찬가지로 '여성 아테나이인'도 존재하지 않았다."

11) Dominica Radulescu, "The Tragic Heroine: Medea and the Problem of Exile," *Nature, Woman, and the Art of Politics*, Eduardo A. Velásquez 엮음 (Lanham: Rowman & Littlefield, 2000), 21쪽.

12) William Allan, *Euripides: Medea* (London: Duckworth, 2002), 65쪽. 그렇다고 우리는 에우리피데스를 '페미니스트'라고 단적으로 규정할 수는 없다. 그의 다른 작품 『히폴뤼토스』에서처럼 에우리피데스는 마치 헤시오도스의 입장을 이어받고 있는 듯, 여성을 혐오하는 감정을 숨기지 않고 있기 때문이다. 헤시오도스는 제우스가 그의 뜻을 무시하고 불을 훔쳐 인간들에게 준 프로메테우스의 도발적인 행태에 대한 벌로 프로메테우스가 총애하던 인간들에게 끝없는 재앙의 원천(『신통기』 561~591행)이 될 "악의 선물"(『노동과 나날』 57~58행), 즉 그 엄청난 미모가 애욕을 거리낌없이 불러일으키게 하는 아름다운 여성(62~63행) 판도라를 주었다고 말한다. 헤시오도스는 그 미모로 인해 가장 위험하고 가장 파괴적인 "아름다운 악"(kalon kakos), 즉 판도라에 의해 대변되고 있는 모든 여성을 기만적이고 믿을 수 없고 남자들에게 고통을 가져다주는(『신통기』 589행, 592행) 존재라고 규정한다. 그리고 여성이 악한 존재라는 것을 강조하기 위해 '악한'(kakos)이라는 단어를 반복적으로 여성과 결부시켜 사용하고 있다(『신통기』 585행, 600행 그리고 570행, 602행, 609행, 612행 등). 에우리피데스는 크레온의 입을 통해 메데이아를 "온갖 악한 짓을 행하는 데 능하다"(285행)라고 말함으로써 여성을 '악'으로 규정하는 헤시오도스의 모티프를 부분적으로 이어받고 있음을 보여준다. 이아손이 메데이아에게 여성은 '잠자리'에만 관심을 갖고 있다고 비난한 뒤, 자식들은 여성의 몸이 아닌 다른 곳에서 태어나야 하며 "여성이 없다면, 인간들에게 불행은 없었을 것"(573~575행)이라고 말했다. 그런데 그때 그가 했던 여성폄하의 발언은 『히폴뤼토스』의 주인공 히폴뤼토스에 의해 똑같이 복창(復唱)되고 있다(616~668행). 에우리피데스가 자식살해를 복수의 도구로 삼는 메데이아의 행위를 악의 구현으로 보여주려는 측면 역시 무시할

'이방인' 아내의 분노를 통해 아테나이 법의 이면을 폭로함과 동시에, 에우리피데스는 이아손이라는 인물을 통해 '주체'의 위선을 들춰내고 있다. 콜키스 출신의 유모는 이아손의 행위를 "배신"으로 몰고(17행) 그의 행위를 비난하고 있으며(33행), 코린토스의 여성들로 구성된 그리스인 코로스는 "불행한 콜키스 여인"(132행) 메데이아의 불행을 자신들의 불행처럼 받아들인다. 그리고 그들은 메데이아의 "친구"(35행, 179행, 181행)로서 그녀와 아픔을 같이하면서 이아손의 행위를 명예롭지 못한 것으로 규정하고 있다. 코로스장(長)은 이아손에게 보복을 가하려는 그녀의 뜻에 "정당성"을 부여하고 이를 지지(267~268행)할 뿐만 아니라, 이아손 앞에서 그의 아내를 "배신한 것은 잘한 짓이 아니다"(578행)라고 직접적으로 비난한다. 또한 같은 그리스인 아테나이 왕 아이게우스도 이아손의 행위를 "아주 수치스러운 짓"(695행)이라고 비난한다.

에우리피데스는 그리스인의 입을 통해 그리스인 이아손의 행위를 질타함으로써 그리스인들의 인종주의적인 우월성을 반격하고 있다. 그에게 이아손은 자신의 "이익"(566행)을 위해 배반을 일삼는 기만적인 그리스인의 전형에 속한다. 이아손과의 결혼을 "시쉬포스적인 결혼"(405행)이라고 규정짓는 메데이아가 이방인인 자신의 운명을 정복자의 전리품으로 잡힌 포로의 운명에 비유했듯(256행), 에우리피데스는 전리품의 인격을 무시하고 자신의 이익을 위해서라면 배반

수 없다는 점에서, 그를 페미니스트라고 예단할 수도 없는 것이다. 사실 에우리피데스는 당시 '여성혐오자'라는 평판을 얻었던 것으로 알려져 있다. 그의 여성혐오는 첫 번째 아내가 난봉꾼이었고, 두 번째 아내도 정숙하지 못했던 것에서 비롯되었다는 말도 있다. 또 한편 그의 여성혐오로 인해 아테나이 여성들이 그를 죽이려 했던 것으로도 알려져 있다. 이에 대해서는 Todd M. Compton, *Victim of the Muses: Poet as Scapegoat, Warrior, and Hero in Greco-Roman and Indo-European Myth and History* (Washington, DC: Center for Hellenic Studies Trustees for Harvard UP, 2006), 135~136쪽을 볼 것.

을 일삼고 이를 정당화하는(593~597행), '서방 = 주체 = 그리스인'의 오만을 이아손의 이미지에서 찾고 있는지도 모른다.

이런 의미에서 이아손에게 복수하기 위해 자식을 살해한 메데이아의 행위는 그 자체로 처절한 저항의 몸짓일 수 있다. "메데이아의 복수는 오랜 기간 동안 그들의 주인으로 군림해온 제국주의자들에게 가하는 억압된 인종, 또는 종족"의 복수의 "알레고리"일 수 있다."[13] "착취당하는 '타자'"가 자유를 위해 "저항하는" 아프리카, 아이티, 아일랜드와 같은 국가에서 메데이아가 그들 저항의 상징으로 부각되는 것도 이와 같은 맥락일 것이다.[14] 그러나 에우리피데스는 『메데이아』를 통해 궁극적으로 성이나 인종 간의 갈등을 보여주려는 것은 아니다. 오히려 그는 가장 본질적인 인간의 문제, 즉 **배반**의 비극성을 이야기하려 한 것이다.

맹세

작품 『메데이아』는 유모의 원망 섞인 탄식으로부터 시작한다. 즉 "아르고 호가 검푸른 쉼플레가데스 바위를 지나 콜키스 땅으로 항해하지 않았더라면……"(1~2행), 그렇지 않았더라면 메데이아는 이아손을 만나지 않았을 것이며, "그를 향한 마음이 사랑에 불타"(8행), 아니 "사랑에 미쳐"(mainomenai kradiai, 433행) 펠리아스를 그의 딸들의 손으로 죽게 만들지 않았을 것이며, "사랑하는 이들과 고국을

---

13) Edith Hall, "Divine and Human in Euripides' Medea," *Looking at Medea: Essays and a Translation of Euripides' Tragedy*, David Stuttard 엮음 (London: Bloomsbury, 2014), 151쪽.

14) Marianne McDonald, "Medea as Politician and Diva: Riding the Dragon into the Future," *Medea*, James J. Clauss and Sarah Iles Johnston 엮음 (Princeton: Princeton UP, 1997), 302쪽.

떠나" 이아손의 아내가 되어 이곳 코린토스로 오게 되지 않았을 것이며(9~11행), 결국 지금처럼 이아손에게 버림받지 않게 되었을 것이라는 유모의 탄식으로부터 시작한다.

그리고 "가장 큰 약속인 오른손"을 서로 마주잡은 채(21~22행) 그녀에 대한 사랑을 결코 배반하지 않을 것이라고 맹세했던[15] 그를 위해 모든 것을 바치고, 낯선 이국 땅 코린토스에 와서도 그를 "기쁘게 하기" 위해 정성을 다한(13행) 그녀에게 지금 **배반**이라는 "모욕"(ētimasmenē, 20행, 33행, 417행, 438행, 696행)을 당하지 않았을 것(20행, 33행, 438행, 696행)이며, "부당한 보답"(23행)이 돌아오지 않았을 것이며, 이렇게 그에 대한 분노를 못 이겨 하루 종일 식음을 전폐하고 누운 채 끝없이 울부짖고 있지도 않았을 것(24~26행)이라는 유모의 탄식이 이어진다.

메데이아가 이아손에게 "그대와 함께 아르고 호에 승선한 모든 그리스인이 알고 있듯, 그대를 구해준 것은 나였다"(476~477행)라고 상기시키듯, 황금모피를 얻는 등 이아손의 모든 성공은 메데이아의 도움 덕분이었다. 사랑하는 고국과 아버지를 버렸을 뿐만 아니라 남동생을 살해하면서까지(32행, 483행, 503행, 1332행) 그의 성공을 도운 그녀에게 남은 것은 사랑의 맹세를 저버린 이아손의 배신뿐이다(17~23행).

이처럼 이아손의 배반과 결부된 하나의 라이트모티프처럼 작품 전반에 빈번하게 등장하고 있는 것이 **맹세**의 파기다. 이는 메데이아

---

15) 메데이아가 이아손에게 어떤 약속을 요구했는지 구체적으로 드러나 있지는 않다. 하지만 코로스가 믿음을 저버린 것에 대해 이아손을 비난하는 것을 보면(659~662행), 이아손이 "충실한 남편"(511행)으로서 메데이아를 대할 것이고, 그리스 여성들이 그녀를 "축복받은"(509행) 여인으로 여기도록 해주겠다는 말을 한 것을 보면, 이아손은 메데이아의 배우자로서 그녀를 향한 사랑을 끝까지 지킬 것이라고 맹세한 것처럼 보인다.

(161행, 492~495행, 1392행), 유모(21행), 코로스(439~440행, 995 행)를 통해 거듭 확인되고 있다. 메데이아는 "가장 큰 약속인 오른손 을 마주 잡고" 자신에 대한 사랑을 결코 배반하지 않을 것이라고 "맹 세"했던(21행) 이아손이 그 맹세를 저버린 것은 신들에 대한 배반이 기도 하다며 이를 용납할 수 없다고 말했다. 혼인서약은 제우스와 헤 라가 "보증"할 만큼(아이스퀼로스, 「제주를 바치는 여인들」『오레스테 이아』217~218행), 그리고 결혼은 정의의 여신인 디케(Dikē)가 "보 호"할 만큼(「제주를 바치는 여인들」213~214행) 엄중한 것이기 때 문이다. 그녀는 망망한 흑해를 지나 자신과 함께 그리스로 온 제우 스의 딸이자 맹세를 보호하는 신인 테미스(160~162행, 168~170행, 208~212행)와 여성을 보호하는 신인 아르테미스(160~162행)에게 자신이 당하는 고통을 호소하면서 이 고통을 잊지 말아줄 것을 간청 한다.

그리스인들은 제우스를 맹세를 보호하는 신이자 "맹세를 깨뜨 린 자들을 천둥번개로 내려치는" 신이라고 믿었다(아리스토파네 스,『구름』397행).[16] 제우스는 이 작품의 시작부터 마지막까지 메데 이아(332행, 516~519행, 764행), 코로스(148~150행, 155~158행, 208~210행, 1258행), 유모(168~170행)를 통해 여러 번 언급되고 있 다. 제우스는 인간들이 지켜야 할 여러 규칙을 만들어 그의 딸들인 테스미스와 디케를 지상에 보내 인간들이 그 규칙들을 잘 지키고 있 는지 감시하도록 했다. 그 규칙들에는 간음, 친족살해, 탄원자에게 해 를 가하는 것, 손님에게 환대를 거부하는 것, 주인에게 환대를 받은 손님이 주인의 환대를 배반하는 것, 죽은 자의 매장을 거부하는 것,

---

16) Walter Burkert, *Creation of the Sacred: Tracks of Biology in Early Religions* (Cambridge/ M. A.: Harvard UP, 1996), 172쪽을 볼 것.

그리고 맹세의 배반 등을 금하는 것이 포함되어 있었다. 전통적으로 그리스인들은 이러한 규칙들 가운데 어느 하나라도 어긴다면 제우스가 천둥번개로 그들을 친다든가, 때로는 테스미스와 디케를 통해 그들에게 벌을 내리게 한다고 믿었다.

코로스는 이러한 제우스가 메데이아를 위해 "변호해줄 것"(157행)이라고 말하고 있으며, 메데이아는 "제우스의 딸 디케"(764행)의 도움으로 이아손이 "벌을 받게 될 것"(802행)이라고 말한다. 이처럼 메데이아를 비롯한 등장인물들이 이아손의 행위를 수치스러운 것으로 규정하고 신들에게까지 그의 배반을 상기시키면서 도움을 호소하는 것은 맹세의 파기가 그만큼 엄중함(1391~1392행)을 의미한다. 이아손의 배반에 복수를 다짐하는 메데이아의 결의에 찬 말을 듣고 코로스는 "신성한 강물이 거꾸로 흐르듯" "정의와 모든 것이 전도되어" "신의 이름으로 행한 맹세도" 기만으로 드러나고 있다고 탄식한다(410~414행).

이어 코로스는 과거처럼 "악명(duskelados phama, 420행)이 이제는 더 이상 여자의 몫이 되지 않을 것이며", 여자들에게도 이름을 떨치는 "명예가 주어지게 될 것"(419~420행)이며, 시가(詩歌)의 여신들도 "여자는 믿을 수 없는 존재라고 노래하는 것을 그치게 될 것"(421~422행)이라고 말하면서 이제는 메데이아처럼 아내로서, 그리고 여자로서 맹세를 끝까지 지킨 여성들을 위해 그들의 "명예"(416행)를 노래하고 싶으며, 이아손처럼 맹세를 깨고 오랫동안 배반을 일삼아온, "악명"의 대명사인 남자들에 맞서 그들의 악행을 나무라는 노래를 부르고 싶다고 말했다(420~430행). 하지만 코로스는 "여자들의 고통에 무관심"할 뿐만 아니라 "남성적 가치의 옹호자"[17]로만

---

17) Nicole Loraux, 앞의 책, 192쪽.

있는 "노래의 왕"(424행) 아폴론은 시적 영감을 불어넣어주는 재능을 오직 남자들에게만 주었다고 항변하면서 "맹세의 힘은 온데간데 없고 염치도 대기 속으로 사라져 더 이상 넓은 그리스 땅에 머물지 않는다"(439~440행)라는 체념 섞인 간단한 말로 남자들의 행태에 비난만 쏟을 뿐이다.

그리스적인 사유에서 깊은 신뢰를 바탕으로 상호 간에 이루어진 맹세는 우주적인 차원에서나 사회적인 차원에서나 함부로 깨어져서는 안 되는 것이었다. 따라서 이 철칙은 굳게 지켜져야만 했다. 헤시오도스의 『신통기』(782~806)에 따르면 올림포스 신들의 그 누구도 맹세를 깨뜨리면 예외 없이 꼬박 1년 동안 그들의 불사(不死)의 음식물인 암브로시아를 먹는 것도, 넥타르를 마시는 것도 금지당해 "숨도 쉬지 못하고, 말도 하지 못한 채", 죽은 뒤 하데스에서 **그림자**로 사는 인간들처럼, 죽은 상태의 신세를 면치 못했다.

이것만이 아니다. 9년 동안 동료 신들의 회의나 잔치에도 참여하지 못했다. 맹세를 깨뜨리는 신은 동료 신들에게 따돌림을 당하고 그들에게 "추방"당할 만큼, 신의 세계에서도 "맹세를 깨뜨리는 것은 상궤를 벗어나는 엄중한 범죄"였다.[18] 작품 『메데이아』에서 제우스나 테미스 그리고 정의의 여신이 맹세를 보호하는 신의 자격으로 등장하고 있고(148행, 157행, 160행, 169~170행, 208~209행, 332행, 516행, 764행, 1352행), 메데이아와 코로스가 이아손을 벌할 것을 이 신들에게 호소하는 것도 신의 세계에서와 마찬가지로 맹세를 깨뜨리는 행위는 인간의 세계에서도 엄중한 범죄임을 상기시키기 위함이다. 이아손의 배반은 "메데이아에 대한 개인적인 반칙일

---

18) A. A. Long, *Greek Models of Mind and Self* (Cambridge/ M. A.: Harvard UP, 2015), 66쪽.

뿐 아니라 신과 그리스의 문화적 제도에 대한 보다 전체적인 반칙인 것이다."[19]

호메로스가 보여주듯, 일찍이 올림포스의 신들은 각자의 권력과 각자가 관여할 영역을 나누고 이 경계를 지킬 것을 협약하면서, 그들 사이에 행해진 맹세를 토대로 다툼을 해결했다.[20] 이것이 인간세계에도 영향을 미쳐 켄타우로스 키론이 인간들에게 올림포스 신들 간에 이루어진 "맹세와…… 협정"을 보여주었을 때 그리스 문명이 시작되었다는 설화도 전해진다. 인간세계에서 상호 간에 행해진 맹세를 지키는 것이 얼마나 엄중한 것이었는가는 델포이 인보동맹(隣保同盟), 아테나이 제국, 그리고 다른 모든 외국의 **동맹**이 서로 간에 행해진 맹세를 토대로 이루어졌던 것에 의해서도 확인된다.[21]

기원전 4세기의 수사학자 뤼쿠르고스가 "우리의 민주제를 함께 지키는 힘은 맹세다"[22]라고 공언한 바 있듯, 피난처가 주어지고, 추방당한 자들이 돌아오고, 파당이 형성되고, 친족으로 인정받게 되는 이 모든 일들이 맹세로 이루어졌다. 또한 의사들이 히포크라테스의 선서를 하고, 올림피아 경기에서 선수들과 심판관들이 공정하게 시합하고 공정하게 심판할 것을 선서했던 것도 맹세의 윤리가 얼마나 엄중한 것이었는가를 보여준다.[23] 소포클레스의 『안티고네』에서 코로스가 인간이 신에게 "맹세한 정의를 존중하여" 지킨다면 그의 도시는 번창할 것(368~369행)이라고 노래했듯, 고대 그리스에서 맹세를 지

19) Donald J. Mastronarde, *The Art of Euripides: Dramatic Technique and Social Context* (Cambridge: Cambridge UP, 2010), 137쪽.

20) 『일리아스』 15.36 이하, 19.108 이하, 그리고 127 이하. 20.313 이하.

21) 이에 대해서는 Anne Pippin Burnet, *Revenge in Attic and Later Tragedy* (Berkeley: U of California Pr., 1998), 197~198쪽을 참조할 것.

22) Anne Pippin Burnet, 같은 책, 198쪽에서 재인용.

23) Anne Pippin Burnet, 같은 책, 198쪽. 그리고 Walter Burkert, 앞의 책, 169쪽도 참조할 것.

키는 것, 그것은 사회적, 도덕적 질서의 토대였던 것이다.

배반

그러나 이아손은 자신의 이익을 위해 이러한 질서의 토대를 무너뜨리고 있다. 그는 메데이아의 오른손을 붙잡고 맹세했던 부부의 침대(lechos)를 배반하고 있다. 이아손에 의한 부부관계의 상징인 "침대의 배반"(207행)은 아내로서 메데이아의 정체성뿐만 아니라 **집안의 주인**(despoina)으로서의 메데이아의 명예와 권위 모두를, 그녀의 위상 전체를 배반하는 것을 의미하고 있다. 메데이아 자신뿐만 아니라 유모, 그리고 코로스 모두가 이아손의 배반을 비난하는 것(140행, 155행, 207행, 489행, 694행, 1000~1001행, 1354행, 1368행)도 바로 이 때문이다. 메데이아는 이아손의 아내로서 그리스에 왔다. 그 밖에 다른 이유는 없었다. 따라서 메데이아에게 자신의 고유한 영역인 **침대**[24]가 다른 여인에게 대체된다는 것은 용납될 수 없는 일이었다.[25] 코로스는 메데이아의 침대는 이제 "남편이 없는" 공간이기 때문에 "결혼" 자체가 끝장난 것(435~436행)이라고 말한다. 자신에게 모욕을

---

24) **침대**를 뜻하는 그리스어 레코스(lechos), 렉트론(lektron), 에우네(eunē), 그리고 코이네(koitē) 등은 '결혼'뿐만 아니라 성교(sex) 등 여성의 고유한 영역을 지칭하는 구체적인 상징으로 사용되었다. Eric Sanders, *Envy and Jealousy in Classical Athens: A Socio-Psychological Approach* (Oxford: Oxford UP, 2014), 132쪽과 같은 쪽의 주11을 볼 것.

25) **침대**, 또는 **잠자리**를 뜻하는 그리스어 레코스(lechos), 렉트론(lektron), 에우네(eunē), 또는 코이테(koitē)가 메데이아와 이아손과 관련하여 작품에 20번(lechos 41행, 207행, 555행, 568행, 571행, 591행, 641행, 697행, 999행, 1338행, 1354행; lechtron 286행, 436행, 443행, 639행; eunē 265행, 570행, 640행, 1338행; koitē 436행), 이아손과 크레온의 딸과 관련하여 12번(lechos 156행, 380행, 489행, 491행, 887행, 1367행; lektron 140행, 594행, 1348행; eunē 18행, 88행, 1027행) 등장한다). 여성에게 '침대'의 중요성을 강조하기 위한 것이라고 볼 수 있다. Eric Sanders, 같은 책, 132쪽을 볼 것.

안겨준 이아손은 "수치를 모르는"(472행) "배반자"(489행)일 수밖에 없다. 이것은 아내인 "여자에게 작은 고통이 아니다"(smikron gunaiki pēma tout' einai dokeis, 1368행). 코로스는 "아내와 동침하는 침대"를 배반했기 때문에 메데이아는 복수를 할 것이라고 말한다(999행). 아이스퀼로스에게 고통은 지혜를 가져오지만(「아가멤논」『오레스테이아』177행) 에우리피데스에게 그것은 무기를 들게 한다. 메데이아에게 그 무기는 바로 분노다.

메데이아가 이아손의 배반 소식을 처음 들었을 때, 그녀는 식음을 전폐하고 누운 채 고통과 절망에 못 이겨 몸부림치며 떠나온 자신의 아버지, 고국, 고향집을 생각하며 끝없이 울부짖는다(24~32행). 그녀는 자신에게서 태어난 아이들조차 증오하고, 가장 비참한 여인이 되어버린 자신의 운명을 한탄하며 죽음도 마다 않겠다고 말한다(97행, 111~114행, 144~147행). 코린토스에서의 강제추방이라는 최대의 모욕, 최대의 배반을 대면하게 되었을 때 그녀의 절망은 더욱더 깊어진다. 코로스는 이러한 그녀를 두고 "고통의 격랑 속에 던져졌다"(362~363행)며 크게 슬퍼하고 있으며, 메데이아는 자신을 향해 달려오는 적으로 가득 찬 고통의 격랑, 절망의 격랑으로부터 빠져나와 가야할 "항구(港口)가 내게는 없다"(277~279행)고 울부짖는다.

스스로 배반하고 떠나온 아버지, 고국, 고향집(483행, 502~503행)으로 돌아갈 수 없는 메데이아는, 딸들을 조종하여 죽음으로 몰아넣었던 펠리아스(484~487행, 504~505행)에 이어 이아손, 크레온, 그리고 그의 딸 크레우사까지 죽이게 된다면, 이제 어느 누구도, 어느 나라도 자신을 받아주지 않을 것이라고 말한다(386~389행, 502~508행, 788~799행). "고통"이라는 이 폭풍에서 대피할 "항구"가 되어줄(258행) "어머니도, 형제도, 친척도 없이"(257행), 그리고 "친구도 없이" "추방"의 길을 떠날 수밖에 없다고 탄식한다

(512~513행, 604행).

배반의 극단적인 결과물인 **추방**은 이 작품을 통해 가장 많이 등장하는 단어다.[26] 자신의 존재의 터가 되는 "고향 도시가 없다"(apolis, 255행)는, 즉 '자신의 집이 없다'는 의미에서 고향상실은 다름 아닌 "추방" 자체로 정의될 만큼",[27] 추방은 돌아갈 집이 없는 인간존재의 가장 비극적인 조건을 의미한다. 코로스가 노래하듯, "고향을 잃는 것만큼 더 큰 고통은 없다"(652~653행). 그것은 "고통 가운데 가장 무서운 고통"(deinotaton patheōn, 658행)이기 때문이다. 메데이아의 고향상실은 그녀가 고향을 두 번씩이나 잃는다는 의미에서 더 비극적이다. 처음에는 그녀 스스로의 배반으로 고향을 잃었고, 그다음에는 이아손의 배반으로 그녀가 머물고자 했던 또 다른 고향을 잃었다.

분노

고향을 잃은 절망이 커질수록 메데이아의 분노도 가중된다. 유모는 메데이아의 눈이 황소의 눈처럼 번쩍이며 아이들을 노려보고 있음을 본다(92~93행). 그리스 비극에서 "눈은 내적 감정의 외적인 징후다."[28] 분노로 인해 고통을 받고 있는 인물들은 자신들에게 분노를 일으키게 한 자들을 "험한 얼굴로 쳐다보는" 호메로스의 영웅들처럼[29] 그들의 감정 상태를 눈을 통해 드러낸다. 아이스킬로스의 3부

---

26) pheugein 273행, 438행, 454행, 462행, 554행, 604행, 938행, 940행, 971행, 그리고 apostellein 281행, 934행.

27) Silvia Montiglio, *Wandering in Ancient Greek Culture* (Chicago: U of Chicago Pr., 2005), 34쪽.

28) Ruth Padel, *In and Out of the Mind: Greek Images of the Tragic Self* (Princeton: Princeton UP, 1992), 60쪽.

29) 『일리아스』 4.349, 2.245, 4.411~418, 14.82.

작 『오레스테이아』의 마지막 작품인 「자비로운 여신들」에서 오레스테스의 모친살해를 용납할 수 없어 증오와 분노로 가득 찬 분노의 여신들이 자신들의 눈에서 증오에 찬 피고름 같은 액체를 떨어뜨리는 것처럼(54행), 메데이아 또한 분노와 증오에 찬 황소의 눈빛을 하고 있다.

유모는 메데이아의 분노에 이글거리는 눈빛이 무서운 행동을 초래하지 않을까 염려되어 서둘러 아이들을 그녀의 눈에 보이지 않게 한다(90~91행, 98~104행). 곧 "간이 크고"(megalosplanchnos) "잘 참지 못하는"(duskatapaustos, 109행) 메데이아의 "분노"(cholos)에 찬(94행) 황소 같은 눈빛(92행)은 "암사자의 이글거리는 눈빛"(187~188행)으로 바뀌고, 유모는 이제 그녀의 이글거리는 눈빛이 "더 맹렬한 분노로"(meizoni thumōi, 108행) "비탄의 구름"에 "곧 불을 붙이지는 않을까"(106~108행) 두려워한다.

마침내 메데이아의 **분노**[30]는 복수를 부른다. "신의 가장 훌륭한 선물"(636행)인 사랑(eros)은 증오로 변하고, 복수를 향한 분노를 불러낸다.[31] 복수를 경행하려는 순간부터 메데이아는 크레온과, 이

---

30) 메데이아와 관련된 **분노**라는 용어는 작품 전체를 통틀어 21번 등장한다. orgē 121행, 176행, 447행, 520행, 615행, 870행, 909행; cholos 94행, 99행, 172행, 590행, 898행, 1266행; thumos 108행, 176행, 271행, 865행, 879행, 883행, 1056행, 1079행. '증오' 또한 12번 등장한다. misos 311행, stugos 36행, 103행, 113행, 463행, 1374행; echthos 117행, 290행, 467행, 1374행; echthra 16행, 45행. 분노와 증오, 이 모두가 거의 이아손에게 향한다.

31) 성적인 질투는 보편적인 감정이 아니라 분노의 일종이라는 현대 심리학자들의 주장을 내세워 "에우리피데스의 메데이아의 [복수의] 동기는…… 질투가 아니라 이아손의 맹세의 위반에 대한 분노이다"라는 David Konstan의 주장 (*The Emotions of the Ancient Greeks: Studies in Aristotle and Classical Literature* [Toronto: U of Toronto Pr., 2007], 233쪽)에 이의를 제기하면서 이아손을 향한 메데이아의 분노는 성적인 질투에 의해 일어나고 있음을 강력하게 주장하는 학자도 있다. Eric Sanders, 앞의 책, 131~136쪽을 볼 것. 메데이아의 복수가 성적인 질투에 의해 추동되었든, 또는 호메로스와 소포클레스 작품의 영웅적인 주인공들처럼 자신에게 상처를 입힌 자를 그냥

아손과, 그리고 코로스가 한낱 "여인"(gunē, 290행, 319행, 337행, 569~573행, 816행)이라고 불렀던 그러한 평범한 여인이 아니다. 그녀는 호메로스의 서사시와 그리스 비극의 남성 주인공, 즉 "호메로스의 아킬레우스나 소포클레스의 아이아스와 같은 존재"가 된다.[32] 메데이아는 "나는 나의 적들, 크레온과, 그의 딸과, 그리고 나의 남편을 시체로 만들 것이다"(374~375행)라고 말한다. "결혼생활에서 [아내로서의] 권리가 침해당해 고통받게 되면" "그 어떤 마음도 이보다 더 탐욕스럽게 피를 갈망하지는 않을 것이다"(ouk estin allē phrēn miaiphonōtera, 266행)라고 말하면서 복수의 칼을 간다.

메데이아의 복수는 아킬레우스와 같은 서사시의 전형적인 주인공처럼 분노를 통해 추동되고 있다. 메데이아는 자신의 "가장 가증스러운 적"(467행)인 이아손과, 크레온과, 그리고 그의 딸들을 죽이는 것에 실패한다면 "나는 적들의 조롱거리가 될 것"(383행; 404행, 797행, 1049행, 1355행, 1362행)이라고 말했다. 메데이아는 자신은 "무능한 자도, 나약한 자도, 온순한 자도"(807행) 아니라고 말했다. 오히려 "나는 적은 무섭게 대하되 친구는 친절하게 대하는 존재"(809행)라고 말했다. **친구에게는 도움을 주고 적에게는 해(害)를 가하라**, 또는 **친구는 사랑하고 적은 증오하라**(philein philous echthairein echthrous)[33]는 영웅시대의 중요한 도덕규범에 따라 행동하는 주인공들처럼, "나와 같

둘 수 없다는 영웅적인 '자만'에 의해 추동되었든 간에, '배반'에 대한 '분노'가 플롯의 가장 중요한 부분을 차지하고 있다.

32) Deborah Boedeker, "Bcoming Medea: Assimilation in Euripides," *Essays on Medea in Myth, Literature, Philosophy, and Art* (Princeton: Princeton UP, 1997), 134쪽. 그리고 Bernard Knox, "The Medea of Euripides," *Word and Action: Essays on the Ancient Theatre* (Baltimore: Johns Hopkins Press, 1979), 296~298쪽; Helene P. Foley, 앞의 책, 260쪽을 볼 것.

33) Simon Goldhill, *Reading Greek Tragedy* (Cambridge: Cambridge UP, 1986), 85쪽: "이러한 원칙은 그리스인의 글 도처에 보이고 있다."

은 자"의 삶이야말로 "가장 영광스러운 삶"(eukleestatos bios, 810행)
이라고 말했다. 그녀는 "아킬레우스와 다른 호메로스의 인물들"처럼
"명예"를 얻고 적으로부터 자신이 당한 모욕과 "수치"를 씻어내기[34]
위해 복수하려 한다. 보복을 다짐할 때 메데이아는 불굴의 용기를 표
현해주는 행진곡에 어울리도록 '약약강격'(弱弱强格)의 운율로 말
한다.

메데이아는 아이들을 동원해 자신이 제조한 "여성의 무기인 독"[35]
으로 크레온과 크레온의 딸을 죽인다. 하지만 그녀가 궁극적으로 보
복하고자 하는 대상은 그들이 아니다. 그녀는 자신의 최대의 적인 남
편 이아손으로 향하고 있다. 그의 배반이 가져다준 "모욕"(165행, 221
행, 261행, 265행, 309행, 314행, 692행, 696행, 767행, 1354행)[36]과 "무
례"(hubris, 255행, 603행, 1366행)를 참을 수가 없는 메데이아는 이제
그에게 "가장 깊은 상처를 주는 길"(817행)을 찾는다. "나는 내 아이
들을 죽일 것이다"(792~793행).

그러나 아이들을 생각하는 어머니의 눈물은 분노 앞에서 복수를
망설이게 한다. 메데이아가 아이들을 죽일 계획을 밝히는 순간 코로
스는 그녀를 "여성 가운데 가장 불행한 여인"(818행)이라고 부르면
서 지금까지 지지를 보내왔던 그녀의 복수에 반대하기 시작한다. 메
데이아 스스로 토로하듯, 자신의 "사랑하는 아들들"(795행)을 죽이
는 그녀의 "가장 불경스러운 짓"(796행), 어머니의 "손"을 자식들의
"피로 흠뻑 적시는" 그러한 "비정한 짓"(864~865행)을 코로스가 그

34) Christopher Gill, *Personality in Greek Epic, Tragedy, and Philosophy: The Self in Dialogue* (Oxford: Clarendon Pr., 1996), 154쪽.

35) Helene P. Foley, 앞의 책, 260쪽.

36) 코로스도 메데이아가 모욕을 당했다고 여기고 있다(26행, 158행, 208행, 267행, 411행, 578행, 1232행)

만두라고 애원할 때, 메데이아는 순간 눈물을 비친다(859행). 아이들의 운명을 생각할 때마다 메데이아는 눈물을 흘린다(899~905행, 922~932행, 1012행). 출산의 고통을 참아가며 아이들을 낳았고, 그 뒤 숱한 고통을 겪어가면서도 아이들을 보는 것만으로도, 아이들의 행복한 앞날을 상상하는 것만으로도 기쁘기 그지없었던 그녀는 이제 모든 것이 허사로 끝날 것이라고 생각하니 가슴을 도려내는 슬픔에 몸을 가눌 수가 없다. 그리고 추방의 몸으로 낯선 곳을 향해 떠나는 자신을 노후에 누가 보살펴주겠으며 죽을 때 어느 자식이 남아 장례를 치러주겠느냐고 스스로에게 물으면서 자신은 자식이 없는 여생을 "비참하고 고통스러운 삶을 살아갈" 수밖에 없다고 탄식한다(1019~1037행).[37]

메데이아는 자기를 쳐다보고 해맑게 웃고 있는 아이들을 보면서 깊은 갈등에 빠진다. "왜 그러한 눈으로 나를 쳐다보느냐?, 애들아 왜 내게 최후의 미소를 짓느냐?"(1040~1041행) "아아, 어떻게 해야 하나?"(ai ai. ti drasō, 1042행) 그 순간 아이들을 죽이려는 결심은 사라진다. "이전의 계획들은 이제 그만!"(chairetō bouleumata ta prosthen, 1044~1045행)이라고 말하면서 "내 자식들을 이 나라에서 데리고 나갈 것이다"(1045행)라고 말했다. 자식들의 죽음을 통해 남편에게 상처를 주는 것은 부질없는 짓이며 그녀 자신의 고통은 두 배나 클 것이니 "그렇게 하지 않을 것"(1048행)이라는 것이다. 이 순간의 메데이아는 "스퀼라"(1359행)도, "정신착란상태의 마녀도 아닌 어머니"[38]

---

37) 고대 그리스인은 자식들이 나이 든 부모를 보살피고, 죽은 후에 장례를 치러주는 데 크게 가치를 두었다. Rush Rehm, *Marriage to Death: The Conflation of Wedding and Funeral Rituals in Greek Tragedy* (Princeton: Princeton UP, 1994), 102쪽. 메데이아는 자식들이 치러주는 장례를 "모든 사람들이 바란다"(1035행)고 말한다.

38) J. Michael Walton, *Euripides Our Contemporary* (Berkeley: U of California Pr., 2010), 109쪽.

그 자체다. 하지만 곧 메데이아는 다시 갈등한다. "내가 왜 이러지? 내 적들을 응징하지 않고 내버려둠으로써 내가 조롱거리가 되겠다는 것인가?"(1049~1050행) 적들의 조롱거리가 되는 것은 절대로 받아들일 수가 없다. 메데이아는 자신의 주저함을 "비겁함"(1051행)이라 부르며 "나는 결코 내 손을 약화시키지 않을 것"(1,055행)이라고 말했다.

그리고 아이들의 손을 잡고 입술, 얼굴에 입을 맞추며 지상에서의 마지막 작별을 고하려한다. 그러나 그녀가 아이들을 어루만질 때마다 "달콤한 포옹", 그들의 "부드러운 살갗", "향기로운 숨결"(1074~1075행)이 다시 한 번 그녀를 말할 수 없이 깊은 갈등과 고통에 빠뜨리게 한다. 메데이아가 자식들을 죽이려고 결심한 순간부터 가장 많이 등장하는 단어는 "눈물"(dakru, 903행, 905행, 906행, 922행, 928행, 1012행 등)이다. 그러나 크레온의 딸에게 죽음의 선물을 전해주도록 아이들을 궁 안으로 들여보낸 뒤 겉잡을 수 없는 갈등에 젖어 있던 메데이아는 마침내 그 유명한 **독백**(1021~1080행)[39]을 토해내며 결심을 굳힌다. 메데이아는 "나는 내가 어떤 악한 짓을 하려 하는지 알고 있다(manthanō, 1078행)……," 그러나 "인간에게 가장 큰 재앙의 원인인 분노(thumos)[40]……" "분노가 나의 이성적인 고려보다 더 강력하다"(thumos de kreissōn tōn emōn, bouleumatōn, 1078~1080

---

39) 이 독백은 메데이아가 아이들과 코로스가 밖으로 나간 뒤 혼자 행한 독백으로 지금껏 받아들여지고 있지만, 아이들(1021행, 1029행, 1040행, 1053행, 1069~1076행)과 코로스(1043행)가 무대에 같이 있을 동안 그들에게 메데이아가 행한 것으로 받아들여야 한다고 주장하는 학자도 있다. R. B. Rutherford, *Greek Tragic Style, Form, Language and Interpretation* (Cambridge: Cambridge UP, 2012), 318쪽.

40) 튀모스(thumos)는 '분노'에만 한정되는 용어는 아니다. '분노'뿐만 아니라 '힘', '용기' 등 여러 뜻으로 쓰이는 것에 대해서는 Stuart Lawrence, *Moral Awareness in Greek Tragedy* (Oxford: Oxford UP, 2013), 202~204쪽; Helene P. Foley, 앞의 책, 249~254쪽을 볼 것.

행)라고 말한다. 자식들을 죽이려는 것이 얼마나 악한 짓인가를 너무 나도 잘 알지만, 자신을 수치스러운 존재로 만든 배반자에 대한 분노 가 아이들을 죽여서는 안 된다는 이성적인 생각보다 더 자신을 압도 하기 때문에 고통과 갈등 가운데서도 아이들을 죽일 수밖에 없다는 것이다.[41]

---

41) 논란이 되고 있는 이 유명한 독백은 일찍이 스넬이 인간내면의 도덕적인 '이성' 과 비도덕적인 '감정' 간의 심리적인 갈등으로 파악한 바 있다. 비극에서 이 독 백을 통해 메데이아는 자기와 자기 밖의 어떤 외적인 힘 간의 갈등이 아니라 "자 기 내부에서 일어나는 갈등을 의식하는 통일적이고 자율적인 존재로서의 자기 를 충분히 의식하는"(Christopher Gill, 앞의 책, 216쪽) 최초의 비극적인 인물로 등장하고 있다. 그리스 역사상 최초로 자의식적인 나의 등장을 대변하고 있다 는 것이다. 스넬에 따르면 기원전 5세기 비극작품 이전에는 이렇게 자의식을 가 진 나라는 인물이 등장하지 않았다. Bruno Snell, *The Discovery of the Mind: The Greek Origins of European Thought*, T. G. Rosenmeyer 옮김 (New York: Harper & Row, 1960), 제 1장, 제 3장, 특히 123~127쪽; 같은 저자, *Scenes from Greek Drama* (Berkeley: U of California Pr., 1964), 52~56쪽도 볼 것.
스넬과 그의 해석에 반기를 드는 학자도 있다. 이들은 1079행에 나오는 단어 튀 모스(thumos), 특히 불레우마타(bouleumata)의 해석에 이의를 제기한다. '불레 우마타'는 도덕적으로 옳은가 아닌가에 대한 윤리적인 고려보다 실제의 목표 를 향한 이성적인 계획을 가리키는 것이므로, 이는 아이들을 죽여서는 아니 된 다는 건전한 고려나 이성적인 계획을 말하는 것이 아니라 아이들을 도구로 삼 아 철저하게 복수하려는 계획 그 자체를 가리키는 말이라는 것이다. 또 이들 은 크레이손(kreisson)을 '강하다'는 대신에 "주인이다", 또는 "지배하다"는 의 미로 옮겨야 한다고 주장한다. 이들 반론을 모두 종합해보면, 유명한 메데이아 의 독백은 "나의 분노가……나의 이성적인 고려(또는 이성적인 계획)보다 '더 강 하다'(또는 '~계획을 압도한다')"고 해석하기보다 "나의 분노(또는 복수의 결 의에 찬 마음)가 나의 복수를 감행하려는 계획의 '주인이다'(또는 '~계획을 지 배한다')라고 해석하는 것이 옳다는 것이다. 복수를 감행하려는 계획이 분노에 의해 철저히 지배되고 있다는 것이 핵심이라는 것이다. Helene P. Foley, 앞의 책, 250~251쪽; Christopher Gill, 앞의 책, 223~224쪽을 볼 것.
'튀모스'는 '분노'뿐 아니라 분노가 자리하는 곳, 분노를 가져오게 하는 작인(作因) 를 의미하는 단어로 사용되었다. 또 호메로스에게는 좀더 넓은 의미로 쓰여 직접적 인 행동의 원천, 특히 행동의 동기가 되는 분노, 성적 욕망, 연민과 같은 감정이 자리 하는 곳을 의미하기도 했다. W. V. Harris, "The Rages of Women," *Ancient Anger*, Susanna Braund and Glenn W. Most 엮음 (Cambridge: Cambridge UP, 2003), 123쪽; John M. Cooper, *Reason and Emotion: Essays on Ancient Moral Psychology and Ethical Theory* (Princeton: Princeton UP, 1999), 130쪽을 볼 것. 에우리피데스에게 튀모스는

자식들을 죽이려는 메데이아의 결심을 확인한 뒤, 코로스는 그리스 비극에서 아마도 "가장 비관주의적인 감정"[42]이 드러나고 있는 자신들의 인식(1091~1115행)을 토로한다. 코로스는 자식들이 없는 사람이 자식이 있는 사람보다 "더 행복하다"며, 자식이 있는 사람은 자식이 "기쁨이 될지 슬픔이 될지" "나쁜 사람이 될지 착한 사람이 될지" 알 수 없으므로, 평생 "수많은 고통"과 "근심"에서 해방될 수 없다고 말한다. 그리고 재산도 모으고 죽음보다 더 강한 사랑으로 자식들을 유능한 인물로 키워본들 신의 뜻에 따라 "죽음이 그들을 하데스로 채 가버리니" "그렇다면 신들이 인간들에게 다른 고통에다가 자식들로 인한 이 가장 쓰라린 고통(lupē)을 더 붙이는 것이니 대체 [인간들에게] 무슨 이득이 있느냐?"(pōs oun luei, 1112~1115행)라고 말하면서 악의에 찬 신들을 향해 울분을 쏟아낸다.

사자가 등장하여 크레온의 딸 크레우사와 크레온의 참혹한 죽음을 보고하자 메데이아는 더 이상 지체할 수 없음을 깨닫는다. 이곳에서 더 지체하다가는 왕가의 사람들이 아이들을 비참하게 죽일 수 있다는 생각에 이르자 그녀는 코로스에게 "나는 내 자식들을 되도록 빨리 죽이고 이 땅[코린토스]을 떠날 것"(1236~1237행)이라고 말하면

감정이나 본능이 자리하는 곳이며, 분노, 슬픔, 에로스에서부터 연민, 희망, 오만에 이르는 여러 감정이기도 하고, 행동을 유도하는 이러한 감정의 능력을 가리키기도 한다. Helen P. Foley, 같은 책, 253쪽을 참조할 것. 메데이아의 분노가 배반에 대한 분노이고, 이 분노가 복수를 추동하는 강렬한 힘이지만, 동시에 에우리피데스는 자식들에 대한 사랑과 연민, 처절한 아픔과 갈등 사이에서 고통받고 있는 메데이아를 생생하게 그려낸다는 점에서, 메데이아의 분노 그 자체에 주목한 학자들보다 그녀의 복잡한 내적인 갈등에 주목한 스넬의 해석이 보다 강한 호소력을 가지는 것 같다. 메데이아의 내면갈등과 같은 이러한 "찢겨진 의식"이 중국인에게는 없었으며, 그리스인이 비극을 창조한 것은 여기에 연유한다는 베르낭의 주장도 있다. Jean-Pierre Vernant, *Myth and Society in Ancient Greece*, Janet Lloyd 옮김 (Sussex: Harvester Pr., 1980), 90~91쪽을 볼 것.
42) J. Michael Walton, 앞의 책, 113쪽.

서, 아이들을 향해 달려간다. 그들에게 달려가면서 메데이아는 서사시의 전사(戰士)처럼 자신의 심장을 향해 "무장하라!"(1242행) "비겁자가 되지 말라!" 그리고 "애들을 생각하지 말라!"(1246행)라고 다그친 뒤, 자신의 "손"을 향해 지체 없이 "칼을 들라!"(1244행), 그리고 자신을 향해 "이 짧은 하루 동안만 내 자식들을 잊었다가 나중에 그들의 죽음을 슬퍼하도록 하라"(kapeita thrēnei, 1249행)라고 외친다.

니체는 사랑에 있어서와 마찬가지로 복수에 있어서도 "여성은 남성보다 더 야만적이다"라고 말한 적 있다.[43] 코로스는 아폴론을 향해 "악령에 쫓기는 분노의 여신[메데이아]을 저지하고 이 집에서 내쫓아주소서"(1258~1260행)라고 호소한다. 메데이아는 지금 분노 그 자체, 아니 **저주** 그 자체가 되고 있다. 이아손의 배반을 처음 알게 된 뒤 "나는 그대의 집의 저주"(608행)가 될 것이라고 맹세했던 그녀가 마침내 저주의 칼을 휘두르고 있다. 칼을 들고 집안으로 뛰어들어간 어머니를 향해 애원하는 아이들의 비명소리를 들으면서 코로스는 메데이아를 향해 "오 참으로 불운한 여인"(1274행)이라며 한탄한다. "제 손으로 제 자궁의 수확을 죽이려 하는" "돌이나 무쇠"(1279~1280행) 같이 비정한 이 여인을 카드모스의 딸 이노와 대조시킨다.

카드모스의 딸이자 이아손의 증조모인 이노는 헤라의 술책으로 인해 미치광이가 되어 떠돌아다니다 광기에 휩싸여 자신의 아들들을 살해한 뒤, "바닷속으로 몸을 던져…… 죽음 속에서 두 아이들과 결합했다"(1286~1289행). 이노는 광기에 휩싸여 자식인지 모르고 자식들을 죽였지만, 메데이아는 고의로, 그것도 철저한 계획 하에 자식

---

43) Friedrich Nietzsche, *Beyond Good and Evil: Prelude to a Philosophy of the Future*, Rolf-Peter Horstmann and Judith Norman 엮음, Judith Norman 옮김 (Cambridge: Cambridge UP, 2002), §139, 68쪽.

들을 죽였다. 광기에 휩싸여 자신의 아들들을 죽인 것을 알게 된 이노는 바닷속에 몸을 던져 자살했지만, 메데이아는 아이게우스가 그녀에게 피난처로 제공한 아테나이로 떠나기 위해 증조부 태양신 헬리오스(406행, 746행, 752행, 764행, 954행)가 보낸 전차를 타고 복수의 승리를 만끽한다.

아이들의 끔찍한 죽음을 듣고 달려온 이아손은 메데이아에게 자식들을 "무도하게" 죽인 "가장 불경한 짓"으로 인해 죽음과 파멸이 그녀에게 덮칠 것이라고 경고한 뒤(1328~1329행), 그녀를 사람들을 씹어 삼키는 바다의 괴물 "스퀼라"보다 더 잔인하고 무서운 존재(1342~1343행)라고 매도한다. 메데이아는 아이들의 죽음의 장본인은 자신의 "오른손"이 아니라 전적으로 이아손의 "악덕", 즉 그의 배반임을 상기시키면서(1364행, 1366행, 1368행, 1391~1392행) 자신의 정당함은 신들이 알고 있다고 외친다(1372행). 메데이아는 죽은 아이들을 매장하고 그들을 애도하려는 이아손의 요청(1377행), 아니 죽은 "애들의 부드러운 살갗을 만져볼 수 있게 해달라"(1403행)는 이아손의 마지막 요청마저도 거부함으로써 배반자인 이아손에게 "고통을 주기 위한" 자신의 계획(1398행)을 한 치의 어긋남도 없이 완성한다.

시작부터 끝까지 메데이아가 이아손를 향한 복수는 분노의 또 다른 이름이었다. 메데이아에게는 분노가 전부였고, 분노와 그녀를 구분할 수 없을 정도로 복수에 불타는 분노 그 자체가 메데이아였다(1260행). 그녀의 분노는 코르퀴라 공동체 전체를 파괴한 분노[44]만

---

44) 투퀴디데스는 『펠로폰네소스 전쟁사』에서 코르퀴라 내전의 핵심에는 '분노'가 자리 잡고 있음을 파악했다. 이 도시국가를 파괴한 것은 '정의'나 도덕적 가치에 아랑곳하지 않고 미쳐 날뛰던 분노 그 자체(3.85.1)이며, 아테나이를 파국으로 몰아간 것이 전염병이었다면 코르퀴라를 파국으로 몰고 간 것은 분노 자체였다는 것이다.

큼 폭력적이고 파괴적이다. 자식살해는 폭력성과 파괴성의 극치이기 때문이다. 이성적인 고려가 철저히 배제되어있기 때문에 증오보다 더 무섭고 더 위험한 분노(아리스토텔레스 『정치학』 5.1312b28-29)에 사로잡힌 메데이아는 더 이상 "천성적으로 부드럽고 눈물도 잘 흘리는"(928행) 여성이 아니다. 오랫동안 억압되었던 분노가 거침 없이 폭발할 때, 그녀는 통상적인 '여성' 범주를 초월하는 "폭풍"[45]이 된다. 여성이라는 물리적인 실체가 아니라 **분노** 자체가 되고, **복수**(alastōr, 1059행, 1260행, 1333행) 자체가 되고 **저주** 자체가 된다.

어떤 의미에서 작품 『메데이아』는 메데이아의 비극을 통해 분노가 극한에 이를 때는 인간은 인간이라는 범주를 초월하는 절대추상체가 되어, 분노 자체가 자신이 되고, 복수 자체가 자신이 되고, 저주 자체가 자신이 되는, 그리하여 자기 자신이 자신에게도 낯선 타자가 되는 그런 인간의 존재론적 비극성을 보여주는 작품이라고 할 수 있다.

위안의 잔치는 없다.

메데이아와 이아손이 콜키스를 떠나 그리스로 향할 때 그들은 두 손을 잡고 맹세하며 사랑을 확인했다. 그들 간의 사랑을 이어주고 담보해준 맹세의 다리(橋)는 다름 아닌 **오른손**이었다. 이 작품에서 30번 이상 등장하고 있는 손은, 특히 맹세의 의미를 지닌 오른손은 이아손이 메데이아의 사랑을 얻기 위해 그녀의 무릎을 잡고 탄원하면서(496~497행) 굳게 사랑을 맹세하며 맞잡았던 손이며(2~22행, 492~496행), 메데이아가 아이들을 위해 이아손과 화해하기 위해ー

---

45) Ruth Padel, *Whom Gods Destroy: Elements of Greek and Tragic Madness* (Princeton: Princeton UP, 1995), 49쪽.

그것이 위장이든 진정이든 간에—내밀었던 손이었다(899행). 또한 그 오른손은 갈 곳이 없는 메데이아가 피난처를 제공해달라고 부탁하며 아이게우스 왕에게 탄원하며 내밀었던 손이요, 그녀의 탄원을 받아들였던 그가 마주 내밀었던 손이었다(744~755행). 마주 손을 잡고 그 두 손을 하나로 합치는 것, 이것은 하이데거의 표현을 빌자면 "크게 하나가 됨"을 의미하며, 손이 행하는 모든 것은 온전히 여기에 뿌리박고 있다[46]고 말할 수 있다. 데리다가 말하는 **선물**의 고귀한 표현은 손의 이러한 교환인지도 모른다.[47]

아이손은 메데이아와 주고받았던 이러한 손의 선물을 배반했다. 그러나 이아손의 배반에 분노한 메데이아가 무장(武裝)한 두 손으로 자신이 낳은 자식들을 살해하는 순간, 즉 자신의 자식을 죽이는 자(paidoktonos)가 되는 순간 그녀 역시 가장 고귀한 선물을 배반했다.[48] 두 손을 잡고 맹세하고 탄원하고 화해하고 약속하던 전통적인 도덕 가치는 그녀가 남편 이아손에게 "가장 깊은 상처를 주는 길" (817행)을 유일한 목표로 삼아 자식들에게 칼을 들이대는 순간 무너지고 말았다. 자신의 오른손으로 아이들의 오른손을 잡고 그들의 얼굴을 쓰다듬던 메데이아의 손이 "불운의 손"(talaina cheir, 1244행)으로 변하고, 마침내 "어머니의 손"(1271행)이 자식들의 목을 행해 달려드는 "살인의 덫"(1279행)이 되었다. 피 묻은 손으로 자신이 죽인 아이들을 묻게 될 그 손은 더 이상 어머니의 손이 아니라, "커다란 재

---

46) Martin Heidegger, *What Is Called Thinking?*, J. Glenn Gray 옮김 (New York: Harper & Row, 1968), 16쪽.

47) Jacques Derrida, "Geschlecht II: Heidegger's Hand," *Deconstruction and Philosophy: The Texts of Jacques Derrida*, John Sallis 엮음, John P. Leavey, Jr, 옮김 (Chicago: U of Chicago Pr., 1987), 175쪽.

48) 메데이아가 최종적으로 아이들을 죽이기로 결정한 뒤와 그 일의 실행 전후 유난히 '손'이라는 말이 아주 자주 등장한다. 899행, 1070행, 1244행, 1271행, 1279행, 1283행, 1309행, 1365행, 1378행 등.

앙"(1331행)의 손, 즉 저주의 손이다. 모든 약속은 파괴되고, 모든 선물은 선물이기를 그친다.

메데이아가 헬리오스의 전차를 타고 무대를 떠난 뒤에 객석에 남아있는 관객, 아니 우리에게 무엇이 남아있는가? 이아손의 배반에 상처 입은 메데이아가 식음을 전폐하고 누구의 위로도 거부한 채 누워 깊은 상심의 바다에서 허우적거리고 있을 때, 유모는 이렇게 노래한 바 있다.

> 과거 사람들이 어리석고 지혜롭지 못하다는 것
> 나는 이를 틀리다고 생각지 않나니
> 그들은 잔치와 주연, 만찬회를 위해
> 우리의 귀를 즐겁게 해주는 노래를 지어냈지만
> 아직은 어느 누구도 시와 다양한 음률의 노래로
> 사람들의 쓰디쓴 슬픔을
> 죽음과 불행을 초래하며 가정을 파멸시키는 쓰디쓴 슬픔을
> 그칠 길을 찾아내지 못했나니.[49]
> 노래가 인간들의 고통을 치유해 준다면
> **이익**(kerdos)이 되련만.
> 허나 음식이 풍성한 연회석상에서
> 인간들은 왜 공연히 노래를 부르는가?
> 음식만 그득하여도 그것은 곧 인간들에게 즐거움이거늘.
>
> (190~203행)

---

[49] 시와 노래가 즐거움을 주고 고통스러운 것들을 잊게 해 근심걱정으로부터 우리를 쉬게 한다는 것은 적어도 호메로스와 헤시오도스로부터 일찍이 내려오는 생각이다. 호메로스, 특히 『오뒤세이아』 1.336~1352, 4.594~598, 8.477; 헤시오도스, 『신통기』 52행 이하, 그리고 98~103행.

메데이아가 무대에서 떠난 뒤 우리에게 남아있는 것은 무엇인가. 우리에게는 그 어떤 **위안**의 잔치도 없다. 우리에게 남은 것은 **눈물**이다. 배반 앞에 깨진 맹세와 분노 앞에 무너진 약속, 불가능한 인간 사이의 '선물'을 두고 우리는 눈물을 흘릴 뿐이다. 유모는 "음식만 그득하여도" 그것이 곧 우리에게 "즐거움"이라고 노래했던가. 그러나 잔치음식으로서 우리에게 "그득하게" 남아있는 것은 눈물밖에 없다. 슬픔을 치유하는 약이 있다면, 그것은 공연히 부르는 노래와 짐짓 읊어보는 한 편의 시가 아니라, 뜨겁게 흘리는 눈물이며, 에우리피데스는 이것이 비극이 우리에게 주는 "이익"(利益)이라고 말하고 있다.

5장 에우리피데스 『트로이아의 여인들』

Ἄ δὲ φουσκώση ἡ Θάλασσα, ὁ βράχος δὲν ἀφρίζει,

κι ἄν δὲ κλάψη ἡ μάνα σου, ὁ κόσμος δὲ δακρύζει.

바다가 부어오르지 않으면, 바위는 거품을 내지 않는다.

그리고 그대 어머니가 그대를 위해 울지 않는다면,

우주는 결코 눈물을 흘리지 않는다.[1]

『트로이아의 여인들』(기원전 416년)은 현존하지 않는 다른 두 작품, 『알렉산드로스』『팔라메데스』와 함께 3부작을 이루는 마지막 작품이다. 이들 3부작의 중심소재는 **트로이아**로, 각각 트로이아가 왜 멸망했는지(『알렉산드로스』), 어떻게 멸망했는지(『팔라메데스』), 그 전쟁으로 인해 어떤 일이 트로이아인들에게 일어났는지(『트로이아의 여인들』)를 다루고 있다. 그 가운데서도 현존하는 작품 『트로이아의 여인들』은 트로이아 전쟁이 트로이아의 여인들에게 가져온 비극적인

---

1) 오늘날 그리스에서 죽은 자들을 위한 장례식 등에서 불리는 애도의 노랫말. Margaret Alexiou, *The Ritual Lament in Greek Tradition* (Lanham: Rowman & Littlefield, 2002), 127쪽에서 재인용.

고통과 절망을 이야기하고 있다.

절망, 그리고 애도의 노래

기원전 415년 5월 하순, 아테나이의 함대가 시칠리아 섬을 정복하기 위해 출발하기 몇 주 전에 공연되었던 『트로이아의 여인들』은 에우리피데스가 펠로폰네소스 전쟁기간 동안 완성한 작품으로서, 그의 작품들 가운데 "가장 어두운 작품 중의 하나",[2] "한 치의 틈도 없을 만큼 너무나 우울한 극"[3]으로 일컬어지고 있다. 이 작품이 펠로폰네소스 전쟁에 대한 고발로, 또는 펠로폰네소스 전쟁에 중립을 지키기 위해 스파르타와 맞서 싸우기를 거부했던 멜로스를 무자비하게 정복하고 황폐화시킨 아테나이의 잔인한 행위에 대한 고발로, 또는 아테나이 제국의 파멸의 전조(前兆)가 되었던 시칠리아 섬의 원정에 대한 경고로 씌어졌다는 등 여러 의견들이 있듯,[4] 에우리피데스는 그가 경험했던 역사의 **상처**(傷處)에 대한, 특히 전쟁으로 인해 고통당하는 인간들에 대한 그의 비극적인 인식을 작품 전반에 걸쳐 드러내주고 있다.

대부분의 그리스 도시국가들, 특히 스파르타와 아테나이의 역사에

---

2) Justina Gregory, *Euripides and Instruction of the Athenians* (Ann Arbor: U of Michigan Pr., 1991), 156쪽.

3) Isabelle Torrance, *Metaphor in Euripides* (Oxford: Oxford UP, 2013), 228쪽.

4) N. T. Croally, *Euripidean Polemic: 'The Trojan Women' and the Function of Tragedy* (Cambridge: Cambridge UP, 1994), 231~234쪽; Casey Dué, *The Captive Woman's Lament in Greek Tragedy* (Austin: U of Texas Pr., 2006), 136쪽; John Gittings, *The Glorious Art of Peace: From Iliad to Iraqu* (Oxford: Oxford UP, 2012), 61쪽; Donald J. Mastronarde, *The Art of Euripides: Dramatic Technique and Social Context* (Cambridge: Cambridge UP, 2010) 77쪽(주27); Isabelle Torrance, 앞의 책, 235~236쪽을 볼 것.

서 전쟁이 없는 기간은 거의 없었다.[5] "펠로폰네소스 전쟁이 없었더라면…… 에우리피데스…… 또한 없었을 것"[6]이라는 어느 역사가의 주장 그대로, 에우리피데스는 펠로폰네소스 전쟁을 포함한 크고 작은 여러 전쟁이 불러들인 참화로 인한 인간의 고통을 비껴가지 않았다. "과거의 사건뿐 아니라 과거의 사건과 거의 똑같거나 아니면 흡사한 방식으로 다시 일어날 수 있는 미래의 사건을 똑똑히 알고자 하는 이들을 위해"『펠로폰네소스 전쟁사』를 저술했다고 말했던 투퀴디데스(1.22.1)처럼, 에우리피데스 역시 전쟁으로 인해 고통당하고 있는 인간의 비극을, 그리고 전쟁이 가져온 고통의 역사를 기억하기 위해『트로이아의 여인들』을 완성했던 것으로 보인다.

아폴론과 함께 트로이아의 도성이 "함락되지 않도록 주위에 넓고 더없이 아름다운 성벽을 쌓아 주었고"(『일리아스』 21.446~447행), 트로이아를 향한 "애정이 한 번도 마음을 떠나본 적이 없었던"(6~7행)[7] 포세이돈이 "그리스군의 창"에 파괴되어 여전히 "연기" 속에 불타고 있는(8행, 60행, 145행, 586행, 1080행) "황폐"(erēmia, 26행)

5) M. I. Finley, *Politics in the Ancient World* (Cambridge: Cambridge UP, 1983), 60쪽.

6) Paul Cartledge, "The Effects of the Peloponnesian (Athenian) War on Athenian and Spartan Societies," *War and Democracy: A Comparative Study of the Korean War and the Peloponnesian War*, David McCann and Barry S. Strauss 엮음 (Armonk, New York: M. E. Sharpe, 2001), 117쪽.

7) 인용한 텍스트의 그리스어 판본은 다음과 같다. Euripides, *Troades*, K(Kevin). H(Hargreaves) Lee 엮음 (Basingstoke: Macmillan, 1976). Euripides, *Troades*, Kevin Hargreaves Lee 엮음 (Basingstoke: Macmillan, 1976). 그리고 Euripides, *Euripides IV: Trojan Women, Iphigenia among the Taurians, Ion*, David Kovacs 편역, LCL 10 (Cambridge/ M. A.: Harvard UP, 1999); Euripide, *Tragédies Vol IV: Les Troyennes, Ihhigénie en Tauride, Électre*, Léon Parmentier et Henri Grégore 편역 (Paris: Les Belles Lettres, 2010);『에우리피스데스 비극』—『메데이아』『히폴뤼토스』『알케스티스』『헬레네』『트로이아의 여인들』『타우리케의 이피게네이아』『엘렉트라』『박코스의 여신도들』『퀴클롭스』, 천병희 옮김 (단국대학교 출판부, 1990)을 참조함.

의 도시, 트로이아를 바라보면서 그리스인들에 대한 복수를 다짐한다. 제우스의 제단으로 오르는 계단 위에서 트로이아의 왕 프리아모스가 쓰러져 죽어있다(16~17행). 포로가 되어 트로이아 해변의 그리스인의 천막에 수용되어 있는 트로이아의 여인들은 그리스로 향하는 순간만 기다리고 있다. 그들은 "테세우스"의 나라, 즉 "이름난(kleinos), 행복한 나라"(207행), "신성한 나라"(hiera chōra, 218행)인 아테나이로 가고 싶어 하지만, 제비에 의해(29행, 31행), 그리고 지휘관들의 선택에 의해(33행) "노예"의 몸이 되어 "도리스 땅", 즉 스파르타로 향할 운명에 처해있다(233~234행).

이들은 곧 낯선 타국 땅에서 **주인**을 위해 "문간의 하녀로서 열쇠를 지키거나"(492~493행), 아이들을 돌봐주거나(194~195행), 물을 긷거나(206행) 빵을 굽게 될 것이며(494행), 아니면 성적인 쾌락을 위한 전리품으로 바쳐질 운명에 놓여있다. 육체적으로나 정신적으로 노예로서 살지 않으면 아니 될 운명에 놓여있는 이들 앞에서 "스카만드로스 강은…… 여자 포로들의 수많은 비탄의 울부짖음에 맞춰 소리 내어 울고 있다"(28~29행).

프리아모스 왕가의 여인들 가운데 가장 나이 많은 노파인 프리아모스 왕의 왕비 헤카베는 "제비"에 의해 "정의의 적"이자 "교활한 사내"인 오뒤세우스의 "노예"로 배정되어(140행, 192행, 277행, 282행, 292행, 489행 이하, 507행, 1271행, 1280행, 1311행) 그의 아내 페넬로페의 시중을 들게 되었다. 그녀의 딸 카산드라는 "강제로" 아가멤논의 첩으로 배정되었고(44행, 248~259행), 다른 딸 폴뤼크세네는 망자(亡者)가 된 아킬레우스에게 제물(祭物)로 바쳐진 상태이고(262~270행), 아들 헥토르의 아내 안드로마케는 "노예"가 되어 남편을 죽인 "아킬레우스의 아들" 네오프톨레모스의 첩으로 배정되었다

(274행, 577행, 614~615행, 660행).[8] "노예의 멍에"가 트로이아 전체에 "얹어졌다"(600행).

트로이아 전쟁 동안 그리스군을 도왔던 아테나 여신이 포세이돈 앞에 나타나, 트로이아에 있는 자신의 신전을 파괴한 그리스인들과 자신의 신전에서 신상(神像)을 붙잡고 기도하던 카산드라를 "강제로"(70행) 바닥에 끌어내어 강간했던 오일레우스의 아들 그리스인 아이아스[9]에 대한 보복으로 이번에는 반대로 트로이아의 협력자가 되어 그리스인들이 본국으로 항해할 때 그를 도와 그들에게 "쓰라린 귀향"(noston pikron, 66행)을 맛보게 할 것이라고 말했다.

전쟁포로수용소 앞에 쓰러져 있다가 몸을 일으킨 헤카베는 폐허로 남아있는 트로이아는 "더 이상 트로이아가 아니며"(oūketi Troia tade), 자신도 "더 이상 트로이아의 왕비가 아니"(99~100행)라고 말하면서 "조국과 자식들, 그리고 남편을 잃은" "불행한" 자신이 "비탄의 울부짖음을 쏟아내는 것 이외 달리 할 일이 무엇이 있겠느냐"(105~107행)며 울부짖는다. "하염없이 흘러내리는 눈물의 비가(悲歌, dakrūōn elegoūs)에 맞춰…… 파멸(atē)을 노래하는 것", "불운한

---

8) 이 작품에 묘사된 대로, 고전주의 시대에 그리스가 정복한 땅의 사람들에게 가한 폭력은 잔혹하기 이를 데 없었다. 정복했던 땅의 남자들은 처형되지 않으면 노예가 되었고, 여자와 아이들도 노예가 되었다. 또한 노예가 된 여성들은 강간을 당하고 매춘을 강요당하는 등 치욕적인 삶을 살았던 것으로 알려져 있다. 기원전 416~415년 아테나이인들이 펠로폰네소스 전쟁 당시 중립을 표방했던 스파르타의 식민지 멜로스 섬을 포위했을 때 그들은 멜로스의 남자 전부를 살해했고, 여자와 아이들은 노예로 삼았던 것으로 알려져 있다(투퀴디데스, 『펠로폰네소스 전쟁사』 5.84~116). 그리스인들이 자행한 가혹한 행위에 대해서는 W. Kendrick Pritchett, *The Greek State at War* (Berkeley: U of California Pr., 1991), 218~219쪽을 볼 것.

9) 작품 『트로이아의 여인들』에서는 강간의 사실 여부는 드러나 있지 않다. 오일레우스의 아들 아이아스가 카산드라를 실제로 강간했는지 아닌지의 여부는 여전히 논란이 되고 있다. 이에 대해서는 Guy Hedreen, *Capturing Troy: The Narrative Functions of Landscape in Early Classical Greek Art* (Ann Arbor: U of Michigan Pr., 2000), 22~28쪽을 볼 것.

자들을 위한 노래"(119~120행)를 부르는 것 이외 헤카베가 할 수 있는 것은 아무것도 없다.

죽은 자들을 애도하기 위해 "머리털을 자르고"(141행), 트로이아의 패망을 슬퍼하는 헤카베는 남편을 잃은 트로이아의 불행한 여인들, 그리고 약혼자들을 잃은 불운한 처녀들을 향해 함께 눈물의 비가를 부르자고 말한다(143~147행). 헤카베와, 트로이아의 여인들로 구성된 코로스가 서로 마주보며 트로이아의 패망과 노예가 된 자신들의 삶을 한탄하며 슬퍼할 때, 그들이 쏟아내는 말마다 "아아" 하는 비탄의 울부짖음이 이어진다(161행, 164행, 168행, 172행, 176행, 187행, 190행, 197행). 더 이상 "베틀에 앉아 북을 이리저리 움직이며" 평화롭고 목가적인 삶을 살 수 없게 된(199~200행) 이들은 천막 거처에 불을 질러 불 속에 뛰어들어 "자살"하려 하지만(301~302행), 이마저도 그리스군의 전령인 탈튀비오스가 데려온 무장한 수행원들에게 저지당한다.

마치 디오뉘소스를 추종하는 여신도인 듯 "신들린"(341행) 상태에서 횃불을 높이 들고 천막에서 뛰어나온 카산드라는 코로스에게 자신과 아가멤논의 결혼을 축하해주기를, 그리고 결혼의 신 휘메나이오스를 부르며 그 신에게 자신의 결혼을 축하해주기를 청한다. 코로스에게 "고운 옷을 입고"(kallipeploi, 338행), "발을 높이 들어라! 하늘 높이 윤무(輪舞)를 이끌어라! 야호, 야호(euhan, euhoi), 아버지께서 살아계시던 가장 행복했던 시절에 추었던 춤처럼"(325~328행) 함께 춤추며 노래하자고 하는(332~340행) 딸 카산드라를 지켜보면서 헤카베는 "나는 아르고스의 창끝 아래서 이러한 결혼을 올리게 되리라고는 꿈에도 생각지 못했다"(346~347행)며 코로스에게 온당치 않은 카산드라의 "결혼의 노래"에 맞춰 "눈물"을 쏟아내라고 말한다(351~352행). 패망한 트로이아와 그 영광스러웠던 과거를 슬퍼하면서 비탄의 울부짖음, 눈물의 비가를 쏟는 것 이외 할 일이 없다는 헤카베와 마찬가지로 코로스도 불행한 자의 "위안이 되는 것"은 "눈물"을 동반한 장송곡(514행), "눈물과 비탄의 노래", 슬픈 주제를 담은 노래뿐이라고 말한다(608~609행).

그러나 카산드라는 이들과 다르다. 자신은 "파멸을 노래하는 가수가 되지 않겠노라"(384~385행)라고 말한다. 그녀에게 트로이아는 전적으로 패배한 것이 아니라는 것이다. 카산드라는 메넬라오스와 헬레네의 결혼이 큰 재앙을 가져왔듯, 아가멤논과 자신의 결혼은 "아르고스인들의 이름난 왕 아가멤논에게는" "더 큰 재앙이 될 것"(357~358행)이라고 말한다. 그녀는 자신이 "그[아가멤논]를 죽이고 그의 집을 파괴하여 오빠들과 아버지의 원수를 갚을 것"(359~360행)이라고 말한 뒤, 아가멤논은 아내 클뤼타이메스트라에게 살해되고, 클뤼타이메스트라는 아들 오레스테스에게 살해되는 "아트레우스 가문의 파멸"(361~364행)이 이어질 것이라고 예언한다.

이어 그녀는 헬레네라는 "한 여인" 때문에 트로이아 땅에서 "숱한 목숨을 잃은"(368~369행) 그리스인들은 "자식들도 보지 못하고 아내의 손에 수의(壽衣)도 입지 못한 채 이국땅에 누워있고"(377~378행), 그리고 그들의 무덤을 찾아 "그들을 위해 대지에 피의 제물을 바칠 사람 하나 없이"(381~382행) 쓸쓸히 버려져 있지만, 한 여인 때문에 수치스럽게 목숨을 잃은 그리스인들과 달리, 트로이아인들은 "조국을 위해 목숨을 잃었기 때문에(hūper patras ethnēskon) 더없이 아름다운 명성(kalliston kleos)을 얻었다"(386~387행)고 노래한다. 비록 트로이아가 전쟁에서 패배했지만 도덕적으로는 승리했다는 것이다.

카산드라는 그리스인의 침공이 없었더라면 오빠 헥토르가 조국을 위해 목숨을 바친 "가장 용감한 전사"(anēr aristos)라는 명예를 결코 얻지 못했을 것이며, "그의 가치는 드러나지 않았을 것"이라는 말로 어머니 헤카베를 위로한다(395~397행). 이어 "현명한 사람은 전쟁을 피해야 하지만, 일단 전쟁이 일어나면 조국을 위해 명예롭게 죽는 것"이야말로 "영광의 화관(花冠)"(stephanos, 401행), 즉 가장 커다란 영광이요, 불명예스럽게 죽는 것이야말로 "치욕"(400~402행)이라며 굴욕적인 그리스인들의 죽음과 대비되는 트로이아인들의 숭고한 죽음을 예찬한다.

카산드라는 오뒤세우스를 포함한 그리스인들의 귀환 역시 험난할 것이라고 예고한 뒤(431~443행 이하), 비탄에 젖어있는 어머니 헤카베를 달래면서 자신은 트로이아를 파멸시킨 아트레우스의 아들들의 집을 파괴하고 "승리자"(460행)로서 하계에 있는 오빠들과 아버지에게 갈 것(460행)이라고 말한 다음 탈튀비오스 일행에게 끌려간다. 카산드라가 끌려 나가자 헤카베는 기절하여 땅에 쓰러진다. 헤카베는 그녀를 일으키려는 코로스에게 "내가 당했고, 지금 당하고 있고, 앞으로 당하게 될 고통은 나를 쓰러뜨릴 만하다"라고 말하면서 자신을 이대로 "내버려두라"고 말한다(467~469행). 자신이 프리아모스 왕가에 시집와서 "더없이 훌륭한 자식들"(475행), "가장 고귀한 자식들"(476행)을 낳았지만, 자식들이 그리스인들의 창에 쓰러져 죽는 것을 직접 보았고. 그들의 아버지 프리아모스가 제우스의 제단으로 오르는 집안 계단 위에서 살육당하는 것을 "이 두 눈으로"(482행) 또한 직접 보았고, 훌륭한 남편을 만나 행복하게 살도록 소중하게 키웠던 딸들마저 이제 그리스인의 첩으로 끌려가는 것을 보고 있는 지금, 자기에게 더 이상 "무슨 희망이 있느냐?"(505행)며 울부짖는다.

가슴에 아들 아스튀아낙스를 안고 그리스로 끌려가고 있는 안드로마케가 헤카베를 목격하고 "행복도 가고 불운한 트로이아도 가버렸다"(582행)며 울부짖는다. 죽은 자들의 시신이 아테나 여신의 신전 주위에 "독수리의 밥이 되도록 피투성이가 된 채 뻗어 누워있다"(599~600행)고 들려준다. 그리고 헤카베에게 "아킬레우스의 무덤 앞에서 살해되어 죽어있는"(622~623행) 그녀의 딸 폴뤼크세네를 발견하고 그녀의 "시신을 옷으로 싸주고 애도했다"(627행)는 사실도 들려준다. 안드로마케는 망령 아킬레우스의 "선물"(623행)이자 "제물"(628행)로 바쳐진 딸 폴뤼크세네의 비참한 죽음을 크게 슬퍼하는 헤카베에게 죽은 그녀가 살아있는 자신보다 "더 행복하다"630~631행, 636~640행)며 "지혜와 가문, 그리고 부와 용기에 있어서 뛰어났고"(674행), 남편으로서 "조금도 부족함이 없었던"(673행) 헥토르를 잃고 노예의 신세가 된 지금의 자신에게는 "모든 인간들의 마지막 동반자인 **희망**(elpis)조차 없다"(681~682행)며 울부짖는다.

헤카베는 며느리 안드로마케에게 엄청난 폭우를 맞아 바다가 뒤집혀 풍랑이 심하게 일면 선원들은 "운명에 순응하고 자신을 파도의 흐름에 맡기듯"(692~693행), 이미 죽은 헥토르의 운명 또한 바꿀 수 없으니 새 주인을 잘 섬기라고 당부한 뒤, 장차 아들 아스튀아낙스가 트로이아를 다시 일으켜 세울 것(702~703행)이라고 말하면서 그녀를 위로한다.

그리스의 전령인 탈튀비오스가 등장하여 "가장 용감한 아버지" 헥토르의 "아들을 살려두어서는 아니 된다"(723행)라는 오뒤세우스의 뜻에 따라 아스튀아낙스를 "트로이아의 성탑에서 떨어뜨려"(725행) 죽이기로 했음을 전하면서, 만약 이를 안드로마케가 방해할 경우, 시신 매장조차 허락되지 않을 것임을 분명히 한다. 아버지의 "혈통" 때문에 "한없이 소중한 아들"(742행)을 잃게 된 안드로마케는 "새끼새처럼 죽지 밑으로 파고들며"(750~751행) 울고 있는 "더없이 귀여운 것"(philtaton, 757행)을 가슴에 안고 마지막 입맞춤을 하면서 "그대 그리스인이여! 무엇 때문에 아무 죄 없는 이 아이를 죽이려 하는가?"

(764~765행)라고 말하면서 울부짖는다. 그리고 트로이아인들과 그리스인들에게 수많은 죽음을 안겨주었고, "그 더없이 아름다운 눈으로"(kallistōn……ommatōn apo, 772~773행) 트로이아를 파멸시킨 헬레네를 향해, 그리고 자신의 운명에 무관심한 신들을 향해 원망을 쏟아낸다(771~776행).

코로스는 트로이아의 출신으로서 올륌포스에서 제우스의 술 따르는 시종이 되어 그 신의 총애를 받고 있는 가뉘메데스를 언급하면서 자신의 조국은 "불길에 싸여"(825행) 파괴되고 있지만, 그는 이에 아랑곳하지 않고 "편안하고 즐거운" 표정을 한 채 "제우스의 왕좌 옆에서" 술잔에 술을 따르고 있다고 한탄한다(836~837행). 이어 그 시종 때문에 트로이아를 좋아했던 제우스뿐만 아니라 그 밖의 다른 신들도 트로이아를 향한 사랑을 거둬들이고 "성채의 폐허를 내려다볼 뿐" 어떠한 관심도 주지 않는다고 탄식을 한다(845~858행). 이때 무장한 수행원을 데리고 메넬라오스가 등장한다. 그는 파리스를 죽이기 위해 트로이아에 왔지만 그가 죽은 이상, 자신을 배신한 헬레네를 그리스로 데려가 숱한 죽음을 가져온 그녀를 죽은 자들을 위한 속죄의 제물로 바칠 것이라고 말한다. 천막에서 끌려나온 헬레네가 메넬라오스에게 자신을 변호하자, 헤카베는 그녀의 변호를 반격한다.

헬레네는 자신을 트로이아의 파멸의 원인으로 보고 있는 것(34행이하, 211행, 357행, 398~399행, 766행 이하)에 대해 다음과 같이 하나하나씩 변호한다. 첫째, 헤카베가 파리스를 낳음으로써 "재앙"을 초래했으며, 둘째, 헤카베가 파리스를 임신했을 때 트로이아가 완전히 불타는 재앙을 예고하는 횃불 꿈을 꾸었음에도 불구하고 프리아모스가 이를 무시하고 갓난아이 파리스를 죽이지 않았기 때문에 트로이아와 그에게 "파멸"을 가져왔으며(919~922행), 셋째, 파리스가 세 여신 아테나, 헤라, 그리고 아프로디테 가운데 누가 가장 아름다운가를 심판하게 되었을 때, 자기 손을 들어주면 아테나는 파리스가 그리스를 정복하도록, 헤라는 그가 아시아와 유럽을 통치하도록, 아프로디테는 헬레네를 가질 수 있도록 해주겠다고 했을 때, 파리스가 아프로디테의 제안을 선택했기 때문에 재앙을 가져왔다는 것이다(929~931행).

파리스에게 행한 약속을 지키기 위해 아프로디테는 그와 함께 전남편 메넬라오스의 집에 오게 되었으며, 자신은 제우스의 힘보다 "더 강한", 아니 제우스도 "그 여신의 노예"가 되는 사랑의 여신인 아프로디테의 힘(949~950행)에 압도되어 파리스와 결혼하게 되었으므로 죄가 없으며, 크레타 섬에 가기 위해 자신을 집에 홀로 남겨두었던 메넬라오스에게도 책임의 일부가 있다고 말한다. 또한 헬레네는 자신이 파리스에게 가지 않았더라면 그리스는 트로이아인들의 정복과 통치를 받게 되었을 것이라며 따라서 오히려 자신이 고국 그리스를 위해 희생되었다고 말한다. 그러고는 파리스가 죽은 뒤 몰래 도망치려했지만 성벽을 지키는 수비대에 발각되어 프리아모스의 아들인 데이포보스의 여인이 되어 강제로 살 수밖에 없었다고 덧붙인다(914~965행).

헤카베가 헬레네의 주장에 반격한다.[10] 헤카베는 헤라와 아테나가 각각 아르고스를 야만족에게, 그리고 아테나이를 트로이아인들에게 팔아넘길 만큼 그렇게 어리석은 신이 아니라면서, 더할 나위 없이 훌륭한 남편인 제우스가 있는데 헤라가 미모에 그렇게 집착할 이유가 없으며, 따라서 파리스를 심판관으로 하는 미의 경쟁에 뛰어들 하등

---

10) 헬레네의 자신에 대한 변호와, 그녀의 변호에 대한 헤카베의 반격에 대해서는 Ruby Blondell, *Helen of Troy: Beauty, Myth, Devastation* (Oxford: Oxford UP, 2013), 187~191쪽을 볼 것.

의 이유가 그 여신에게는 없고, 결혼하기가 싫어 아버지 제우스에게 처녀로 남게 해달라고 간청했던 아테나 역시 아름다움에 집착할 하등의 이유가 없기 때문에 헬레네가 거짓말을 하고 있다고 주장한다. 또한 아프로디테가 불러일으킨 사랑 때문이 아니라 자신의 아들 파리스의 "빼어난 미모"(987행)에 홀리는 바람에 헬레네가 자발적으로 그를 따라나선 것이며, "황금이 넘쳐흐르는"(995행) 트로이아 궁전에 "넋을 잃고"(992행), 사치스러운 생활에 탐닉해 트로이아에 머물렀던 것이라는 반론을 펼친다.

헤카베는 헬레네가 파리스가 죽은 다음 도망치려다 발각되었다 말하지만, 그러한 일은 있지도 않았으며 자신이 이 전쟁의 종식을 위해 트로이아를 떠나도록 종용했지만, 헬레네는 이를 따르지 않고 트로이아에서 방종한 생활을 계속했다며, 수치를 모르는 "경멸스러운 여인"(kataptūston kara, 1024행)이라고 그녀를 비난한다(969~1032행). 이어 헤카베는 메넬라오스에게 헬레네를 죽여 그리스에게 "영광의 화관(stephanos, 1030행)을 씌우도록" 하고, 남편을 배신한 여인은 죽어도 마땅하다는 "법도"(法道)를 세워줄 것을 요구한다(1029~1032행).

메넬라오스가 헬레네를 데리고 그리스로 향해 떠나자, 탈튀비오스 일행이 안드로마케의 아들인 아스튀아낙스의 시신과 헥토르의 방패를 들고 등장한다. 그는 단 한 척의 배 이외 모두 그리스로 출항했으며, 안드로마케도 네오프톨레모스와 함께 떠났다고 전한다. 코로스는 "잘못된 결혼으로" 그리스에게는 "치욕"을, 그리고 트로이아에게는 "고통"을 안겨주고 있는 헬레네를 원망하면서(1114~1117행) 마침내 그리스인들이 트로이아의 마지막 희망인 어린 왕자 아스튀아낙스마저 "무자비하게도 성탑에서 떨어뜨려 죽였다"(1121~1122행)고 한탄하면서 가슴을 친다. 탈튀비오스는 헤카베에게 아킬레우스의 아들 네오프톨레모스와 함께 그리스로 떠나기 전 안드로마케는 "조국을 위해 울고 헥토르의 무덤에 작별을 고했음"(1131~1132행) 전하면서, 안드로마케가 아들 아스튀아낙스를 "그리스인들의 공포의 대상"(1,136행)이었던, 등이 "청동으로 된"(1136행, 1193행) 헥토르의 "둥근 방패"(1,156행) 안[11]에 묻어달라고 간청해 네오프톨레모스의 허락을 받았음도 전한다.

손자의 시신을 목격한 헤카베는 "무엇 때문에 그대들은 이 아이를 두려워하여 전례 없는 살인(phonon kainon)을 저질렀단 말이오? 이 아이가 쓰러진 트로이아를 다시 세울까 두려워했기 때문이오?"(1159~1161행)라고 말하면서 손자의 "참혹한 죽음"(1167행) 앞에 절규한다. 그녀는 아스튀아낙스가 장성하여 결혼하고 왕이 된 뒤 트로이아를 위해 목숨을 바쳤더라면 얼마나 행복했을까 한탄하면서 "시인(mousopoios)은 네 무덤에 무엇이라고 묘비명을 쓸까?…… 지난날 그리스인들이 두려운 나머지 이 아이를 죽였도라고 쓸까?" 반문하면서 헤카베는 이것이 "그리스인들에게는 얼마나 수치스러운 묘비명인가!"(1188~1191행)라고 말하며 울부짖는다. 헤카베는 트로이아의 "위대한 통치자가 되어야 할"(1217행) 아스튀아낙스의 참혹한 죽음을 코로스와 함께 슬퍼하면서, "화려한 장례는 운명이 허락지 않을 뿐 아니라"(1201~1202행), "산 자의 허영"(1250행)에 지나지 않는다며 손자의 장례를 초라하게 치른다.

그때 트로이아 도성들의 꼭대기에서 사람들이 횃불을 들고 흔드는 광경이 보인다. "새로운 재앙(kainon ti kakon)이 닥칠 것"(1258~1259

---

11) 헥토르의 둥근 방패가 동시대의 그리스 장갑보병(裝甲步兵)들이 지니고 있던 방패와 모양이 같은 것으로 볼 때, 아스튀아낙스가 관 대신 그 방패 안에 묻히는 것이 가능함을 알 수 있다. 지름은 약 3피트이고 속이 깊이 움푹 들어간 모양을 한 것으로 전해진다. 이에 대해서는 M. Dyson and K. H. Lee, "The Funeral of Astyanax in Euripides' Troades," *Journal of Hellenic Studies*, 20 (2000), 25쪽을 볼 것.

행)이라는 코로스의 예감대로, 다시 등장한 탈튀비오스는 주위의 대장들에게 도성을 불태우고 "즐거운 마음으로 트로이아를 떠나 고향으로 출발하자"(1261~1264행)고 말한다. 불타는 트로이아를 바라보면서 헤카베는 조국을 떠나 낯선 땅으로 향하는 "지금이야말로 내 모든 불행의 절정이자 종점"(1272~1273행)이라고 탄식한 뒤, "불타고 있는 조국과 함께 죽는다는 것은 얼마나 고귀한 일인가!"(1282~1283행)라고 말하면서 불 속으로 뛰어들려고 한다. 하지만 탈튀비오스는 오뒤세우스에게 "명예의 선물로 보내져야 할"(1,286행) 그녀에게 죽음조차 허락하지 않는다.

헤카베는 제우스에게 "그대는 우리가 어떤 고통을 당하고 있는지 보고 계시나이까?"(1290행)라고 말하며 울고, 코로스는 "그가 보고 계시지만…… 하지만 우리들의 위대한 도시는 이제 파괴되어 이미 도시가 아니며 트로이아는 더 이상 존재하지 않아요"(1291~1292행)라고 말하며 울부짖는다. 헤카베는 "두 손으로 땅을 치며"(1306~1307행) 짐승의 울부짖음과 같은 오토토토토이(otototototoi, 1287행, 1294행)를 토해내며 격심한 비탄과 슬픔에 몸부림치고, 코로스 또한 비탄의 울부짖음을 멈추지 않는다. 헤카베는 매장당하지 못한 채 쓰러져 죽어있는 프리아모스를 부르며(1312~1313행) 코로스와 함께 "……이름조차 없어질"(anōnūmoi, 1319행), "더 이상 존재하지 않을" "가련한 트로이아"(1324행)의 운명을 슬퍼한다. "성채가 쿵하고 넘어지는 소리" "온 도시가 흔들리는, 흔들리는(enosis…… enosis)" 소리가 들린다(1325~1326행). 헤카베는 "사지를 떨면서"(1,328행) "예속의 날을 향해"(1330행) 발걸음을 재촉한다. 곧 "가라앉게 될"(1327행) 트로이아를 뒤로 하고 그들을 끌고 갈 그리스의 "함선들을 향해……"(1332행).

타자의 시인

"지금껏 쓰인 작품들 가운데 가장 뚜렷한 반전(反戰)극의 하나"[12]라는, 즉 "그 반전극의 메시지"뿐만 아니라 "그 파토스 때문에 크게 찬미되어온"[13] 『트로이아의 여인들』은 조국과 사랑하는 이들을 잃은 이들이 절망과 아픔을 토해내는 **파토스**의 노래다. 트로이아 전쟁의 시작이 아니라 그 끝에서 출발하는 이 작품의 분위기는 절망 그 자체다. 이 작품에 아리스토텔레스적인 의미의 플롯의 전개는 전혀 없다. 인물의 내적 갈등과 외적 사건이 있는 자리에는 패망한 나라를 뒤에 둔 채 노예로 끌려가는 트로이아의 여인들의 비탄의 울부짖음만 있을 뿐이다. 정복당한 자들의 고통과 절망, 애도의 파토스만 있을 뿐이다.

에우리피데스는 트로이아의 전쟁이 "더없이 아름다운 눈"(772행)을 가진 헬레네라는 "한 여인 때문에"(372행, 781행) 피아를 막론하고 숱한 생명이 죽어간 전쟁, 카산드라와 코로스의 표현 그대로, 그리스인에게는 "치욕적인"(401행, 1114행), 그리고 헤카베의 표현 그대로 "수치스러운"(1114행) 전쟁임을 분명히 하고 있다. 또한 전쟁 뒤 살아남은 여인들의 그침 없는 고통과 절망을 통해 전쟁의 궁극적인 희생자가 여성이라는 것을 보여주고 있다.

"아무 죄 없는" 아들 아스튀아낙스를 죽이려는 탈튀비오스 일행을 향해 안드로마케가 "야만족에게 어울리는 잔인한 짓을 궁리해놓은 그대 그리스인들이여!"(764행)라고 말했듯, 그리스 군대의 폭력과 살육은 형언할 수 없을 정도로 잔인했다. 그리스의 오일레우스의 아들 아이아스는 아테나 여신의 신상을 붙잡고 있는 카산드라의 머리

---

12) N. T. Croally, 앞의 책, 264쪽.
13) Donald J. Mastronarde, 앞의 책, 77쪽.

채를 잡고 바닥에 끌어내어 강제로 강간했고, 또 다른 그리스 군인들은 아킬레우스의 죽음에 대한 보복으로 폴뤼크세네를 그의 무덤 곁에서 살육해 망령 아킬레우스의 제물로 바쳤고, 헥토르와 안드로마케의 어린 아들 아스튀아낙스는 트로이아의 성탑에서 아래로 내던져져 두개골이 박살난 채 죽었다. 프뤼기아인, 즉 아시아인인 트로이아인들(7행, 432행, 531행, 567행, 574행, 748행, 754행, 994행)이 아니라 이방 민족을 언제나 야만인 **타자**(他者)로 인식하고 자신의 종족의 우월성을 자랑해온 그리스인들이야말로 가장 야만적이고 가장 비인간적인 종족이라는 것이 드러나고 있다.

과거를 이야기함으로써 그들이 살고 있는 **현재**를 이야기하고 있는 다른 그리스 비극시인들과 마찬가지로 에우리피데스도 이 작품을 통해 그리스인의 인종적, 그리고 문화적인 우월성에 대해 의문을 제기하면서 전쟁을 정당화하려던 당시 아테나이의 지배 "이데올로기", 즉 "제국주의의 이데올로기"에 대해 "의문을 표하고"[14], 이에 "도전"하는[15] 것처럼 보인다. 즉 그는 제국주의의 팽창을 위해 아테나이가 행하고 있는 "전쟁"이 과연 옳은 것인지에 대해 깊은 회의를 나타내면서 그 "윤리적인 의미"[16]를 묻고 있는 것처럼 보인다.

페리클레스는 그의 「장례식 연설」에서 아테나이인에게 아테나이가 전쟁을 통해, 그리고 많은 도시국가의 통치를 통해 이룩했던 위대한 성과와 "영원한 영광"을 기억하라고 말한 바 있다(투퀴디데스, 『펠로폰네소스 전쟁사』 2.64.3). 그러나 이 영원한 영광 뒤에는 숱한 인간들을 죽음과 고통 속으로 몰아간 **전쟁**이라는 최악의 폭력이 자리 잡

---

14) Casey Dué, 앞의 책, 149쪽.
15) N. T. Croally, 앞의 책, 254쪽.
16) Ryan K. Balot, *Courage in the Democratic Polis: Ideology and Critique in Classical Athens* (Oxford: Oxford UP, 2014), 293쪽.

고 있었다. 영원한 영광을 가져온 전쟁의 비극은 너무나 가혹했다. 에우리피데스는 트로이아 전쟁이 남긴 그 전쟁의 비극성이 펠로폰네소스 전쟁 등 동시대의 크고 작은 여러 전쟁에 그대로 투영되고 있음을 보았다. 그는 작품을 통해, 전쟁의 비극성을 되풀이하게 하는 동시대 아테나이의 제국주의 "이데올로기"에 반기를 들고 이를 "전복"시키려 하고 있다.[17]

에우리피데스는 아테나이 제국주의가 내세우고 있는 이데올로기, 즉 이방인에 대한 아테나이인의 인종적, 문화적인 우월성의 허구를 드러내고, 문명인으로 자처하는 그리스인의 야만성을 폭로하면서, 그리고 트로이아인들의 죽음과 고통을 애도하면서 그들의 아픔을 또한 아프게 기억해내고 있다. 그가 트로이아의 여인들을 "거룩한 얼굴"[18]을 하고 있는 나의 이웃, "바로 나의 맥박",[19] 나의 무한한 책임의 대상으로 인식하고 그 여인들과 하나가 되어 함께 전쟁의 비극을 애도하고 있다는 점에서 "에우리피데스는…… 레비나스적인 의미에서의 '타자'의 시인"[20]이 되고 있다.

신들은 어디에 있는가?

작품의 서두에 아테나 여신은 승리한 그리스 군대가 "쓰라린 귀환"(66행)을 하도록 만들어 그들에게 엄청난 고통을 주고, 전에 그녀

---

17) Kurt A. Raaflaub, "Father of All, Destroyer of All: War in Late Fifth-Century Athenian Discourse and Ideology," 앞의 책, *War and Democracy*, 338쪽.

18) Emmanuel Levinas, *Totality and Infinity: An Essay on Exteriority*, Alphonso Lingis 옮김 (Pittsburgh: Duquesne UP, 1969), 291쪽.

19) Emmanuel Levinas, 같은 책, 113쪽.

20) Steven Shankman, "War and the Hellenic Splendor of Knowing: Levinas, Euripides, Clean," *Comparative Literature*, 56:4 (2004), 349쪽.

가 증오했던 트로이아인들에게는 이제 "기쁨"을 주고자 한다(65행)고 말했다. 그리스인은 아테나의 신전에서 그녀의 여사제인 카산드라를 강간(하려)한 오일레우스의 아들 아이아스를 비난하지도, 벌하지도 않았기 때문에 자신과 자신의 신전이 당한 모욕에 대한 벌로(70~71행) 그리스인들의 귀환에 커다란 고통을 가하려 한다는 것이다. 이러한 아테나의 계획에 포세이돈이 동참할 의사를 밝힘에 따라, 탈튀비오스의 기대와 달리, 그리스인이 "즐거운 마음으로"(1264행) 승리의 귀환을 하지 못할 것임은 점점 분명해지고 있다. 일찍이 예언의 신 아폴론의 여사제 카산드라도 아가멤논 집안의 비극적인 종말과 오뒤세우스를 비롯한 그리스군의 고통스런 귀환에 대해 예언한 바 있다(42행, 253~255행, 329~330행, 356행, 450~452행).

그러나 헤카베를 비롯해 트로이아의 여인들은 장차 그리스인들이 경험할 이러한 고통에 대해 알지 못하며 알 수도 없다. 설사 안다고 해도 그것은 그들의 운명에 어떤 영향도 미치지 못한다. 헤카베와 트로이아의 여인들이 "더 이상 존재하지 않을" 트로이아를 뒤로 한 채 그리스의 함선들로 향할 때, 무대 위에 남아있는 것은 **허무**뿐이다. 이 허무의 공간을 채우고 있는 것은 신에 대한 **우리**의 의문이고 원망이다. 딸 카산드라가 아가멤논의 첩이 되어 탈튀비오스 일행에게 끌려나갈 때, 헤카베는 자신들의 편을 드는 동맹군이라고 믿었지만 그렇지 못한 것으로 판명난 "나쁜 동맹군들"(kakous……summachous, 469행)인 신들을 향해 이렇게 말한다. "불행을 당하게 되면 으레 신을 부르게 마련"(470행)이지만, "나는 신들이 행하는 일을 보고 있다. 어떻게 그분들이 하찮은 것을 추켜올리고 귀하게 보이는 것을 파멸케 하시는지를……"(612~613행) 한 여인 때문에 수치스러운 전쟁을 일으킨 그리스 남성들에게 승리를 안겨주고, 조국을 위해 거룩한 목숨을 바친 트로이아인에게 고통을 안겨준 신은 더 이상 정의의 편에서는 **동맹군**이 아니라는 것이다.

메넬라오스는 헤카베와 설전을 벌인 헬레네를 그리스로 데려가면서 이 여인으로 인한 전쟁 때문에 수많은 그리스인과 트로이아인이 죽었으므로, 이제 그들의 영정 앞에 바치는 속죄의 제물로서 이 여인을 죽일 것이라고 말했다. 그때 헤카베는 "모든 인간사를 정의에 따라 인도하는" 제우스에게 "기도하며" 그 신을 찬미했다(887~888행). 하지만 모든 인간사를 정의에 따라 인도하는 신으로 보이던 제우스에 대한 찬미도 한순간일 뿐, 트로이아의 미래를 이어갈 아스튀아낙스가 아폴론의 성탑에서 아래 내던져져 죽임을 당하는 등 매번 희망이 좌절되고 물거품이 되자, 헤카베는 이제 제우스에 대한 원망과 분노를 감출 수 없게 된다.

그녀는 트로이아 왕가의 시조인 다르다노스의 아버지이기도 한 제우스를 향해 "우리 가문의 선조여…… 그대는 우리가 어떤 고통을 당하고 있는지 보고 계시나이까?"(1290행)라고 말하며 울부짖는다. 헤카베는 "아무리 도움을 청해도 들어주지 않았던"(1,281행) 신들을 까닭 없이 부르는(1280행) 스스로를 원망하면서 "유독 트로이아만을 미워하는" 신들에게 "헛되이 제물을 바쳤다"고 한탄한다(1241~1242행).

트로이아의 왕이었던 라오메돈의 아들 가뉘메데스는 올륌포스에서 "사뿐사뿐 발걸음을 옮기며" 제우스의 금으로 된 술잔에 술을 따르면서 "편안하고 즐거운"(837행) 모습으로 제우스에게 "더없이 아름다운 봉사"를 하고 있고(824행), 제우스는 흡족한 표정으로 잔을 비우고 있다. 그가 가뉘메데스가 따르는 술잔의 잔을 비우며 '빛나는' 미소를 띠며 흡족하게 내려다보는 지상의 그곳, 그가 총애하는 시종 가뉘메데스의 조국 트로이아는 "불길에 싸여있고", 여기저기서 통곡하는 여인들의 눈물과, 남편을 잃은 아내들, 아버지를 잃은 아이들,

자식들을 잃은 어머니들의 눈물로 가득 차 있다. 그리고 이들의 울부짖음에 맞춰 해변도 "마치 어미 새가 새끼들을 위해 우는 듯""울부짖고 있으며"(826~832행), 바다는 그 눈물로 가득 차 있다. 그러나 제우스는 "빛나는 존재의 화려한 무관심",[21] 인간의 고통에 아랑곳하지 않는 잔인한 무관심만 보여주고 있다.

헤카베는 "프리아모스가 그의 홀(笏)에 기대어 서 있을 동안" 그녀가 "트로이아의 신을 찬양하기 위해""윤무(輪舞)를 지휘하며 선창하던 그 노래"(150~152행)를 더 이상 부를 수 없다고 말한다. 신을 위해 바칠 노래는 더 이상 그녀에게 없다는 것이다. 트로이아의 패망과 그리스인의 노예로 끌려가는 트로이아의 여인들의 운명을 바라보면서 "나는 무엇을 침묵해야 하고, 무엇을 침묵하지 말아야 하나? 나는 무엇을 애도해야 하나?"(110~111행)라고 울부짖었던 그녀는, 그러나 조국을 위해 죽은 트로이아인들, 남아있는 이들의 고통을 위해 그침 없이 애도했다. 헤카베가 쏟아내는 슬픔의 언어는 처참하게 파멸한 트로이아를 끊임없이 기억함으로써 조국을 위해 죽은 자들의 영혼을 애도하고 살아있는 자들의 상처를 애도하기 위함이다. 매장되지 못하고 피투성이가 된 채 독수리의 먹이가 된(599~600행, 1084~1085행, 1312~1313행), 그 떠도는 영혼들은 헤카베의 애도를 통해 기억되고 역사 속에 걸어 들어올 수 있다.

그리스의 침공이 없었더라면 헥토르는 조국을 위해 희생한 "가장 용감한 전사"라는 "명예"를 결코 얻지 못했을 것(395~397행)이라는 카산드라처럼, 헤카베 역시 신들이 트로이아를 패망시키지 않았더라면, 신조차 외면한 이들 여인들의 고통이 없었더라면, 트로이아의 여

---

21) Emmanuel Levinas, *Otherwise than Being, or Beyond Essence*, Alfonso Lingis 옮김 (Pittsburgh: Duquesne UP, 1974), 97쪽.

인들은 시의 주제가 되어 "후세 사람들"에게 "알려지지도 않을 것이고(aphaneis), 노래로 불리지도 않을 것"(1244행~1245행)이라며 **이름**으로 남아 끈질기게 이어질 이 고통의 **기억**에 방점을 찍는다. 하지만 트로이아의 이 고통이 지워지지 않는 '이름'으로 남을 것이라던 헤카베의 희망은 사라지고 만다. 그녀의 희망은 트로이아라는 "그 자랑스러운 이름도 곧 사라지게 될 것"(to kleinon onoma aphairēsēi tacha, 1277~1278행, 1319행, 1322~1324행)이라는 그녀와 코로스의 절망의 탄식 속에 결국 흩어지고 만다.

그러나 사라진 트로이아를 가득 채웠던 고통과 상처의 시간을 끈질기게 기억해내길 바랬던 헤카베의 처절한 몸부림을 읽어내고 끊임없이 이야기하면서 그 역사를, 그 기억을 **현재화**시키는 것은 '우리'의 몫이다. "에우리피데스의 시대에 트로이아 전쟁은 역사보다는 은유",[22] 즉 상징이었다. 그 상징은 역사는 되풀이 된다는 것, 과거 인간이 경험했던 고통의 역사는 그대로 되풀이 된다는 것이다.

코로스는 트로이아는 첫 번째는 살라미스 왕 텔라몬의 도움을 받은 헤라클레스에게 불의 공격을 받고 파괴되었고(799~807행), 두 번째는 이번에 그리스인들에게 "불의 공격"을 받고 그들의 "살인의 창끝"에 파괴되었다고 말했다(816~817행). 스파르타로 향하는 함선에 오르기 바로 직전 트로이아 성벽의 꼭대기에서 그리스인들이 활활 불타는 횃불을 손에 들고 흔들고 있는 것을 보고 코로스는 또 "새로운 재앙"(1258행)이 닥칠 것이라고 말했다. 그 예감 그대로 그리스인들은 손에 들고 있는 횃불로 도성 전체에 불을 질러 트로이아를 허물어지게 했다.

---

22) J. Michael Walton, *Euripides Our Contemporary* (Berkeley: U of California Pr., 2010), 88쪽.

도성이 함락되지 않도록 도성 주위에 성벽을 쌓아주었고, 트로이아를 향한 "애정이 한 번도 마음을 떠난 적이 없었던"(6~7행) 포세이돈이 대지를 흔들자 "성채가 쿵 하고 넘어지고"(1326행), 도성 전체가 "가라앉는다"(1328행). 코로스가 예감했던 "새로운 재앙"(1258행)은 다름 아닌 트로이아의 신 포세이돈에 의해 이루어진다. 트로이아 왕이었던 선조 라오메돈의 아들 가뉘메데스의 "더없이 아름다운 봉사"(1824행)를 받고 있는 제우스에게 오래전에 버림받았던 트로이아는 마지막은 역설적이게도 동맹자 포세이돈에게 버림받고 있다. 인간의 역사는 인간의 의지에 의한 것이든, 또는 믿었지만 그 믿음을 배반하는 신의 의지에 의한 것이든 간에 끝없이 새로운 재앙을 불러내는 고통의 역사를 거듭 되풀이하고 있다.

트로이아의 마지막 희망이었던 아스튀아낙스의 죽음을 앞두고 그리스로 끌려가기 직전 안드로마케는 "모든 이들의 마지막 동반자인 희망조차" 자신에게는 "없다"(681~682행)고 탄식했다. 작품 『트로이아의 여인들』은 우리에게 "윤리적인 반응을 요청하고 있다. 그 파토스는 우리의 연민을 요구하고 있으며",[23] 비극적 연민은 "우리의 동정(同情)을 크게 함으로써 우리의 휴머니티를 크게 한다.[24] 그녀에게 허락되지 않았던 마지막 동반자인 **희망**은 이제 우리에 의해 주어져야 한다. 그들의 고통에 대한 우리의 끊임없는 **기억**이야말로 그 희망이다. 데리다는 『우정의 정치』에서 "우정(philia)은 살아남음의 가능성으로부터 시작하며, 살아남음은 애도의 또 다른 이름……"[25]이

---

23) Victoria Wohl, *Euripides and the Politics of Form* (Princeton: Princeton UP, 2015), 47쪽.
24) Charles Segal, *Euripides and the Poetics of Sorrow: Art, Gender, and Commemoration in Alcestis, Hippolytus, Hecuba* (Durham: Duke UP, 1993), 26쪽.
25) Jacques Derrida, *Politics of Friendship*, George Collins 옮김 (London: Verso, 1997), 13쪽.

라고 말한 바 있다. 그리고 "누구든 애도 없이는 살아남지 못하며"[26] 따라서 애도의 주체는 죽은 자들을 기억해야 할 책임이 있다고 말한 바 있다. 오직 "우리 안에서 죽은 자들은 말을 하고 궁극적으로 머물며, 그리하여 그들의 죽음이 존재의 끝이 아님을 드러내"[27]주기 때문이라는 것이다.

아도르노가 "아우슈비츠 이후 서정시를 쓰는 것은 야만적이다"라고 했던 말이 자주 인용되고 있다. 하지만 그는 "문학은 이러한 의견에 저항하지 않으면 아니 된다"[28]라고 덧붙였다. 역사에 그 유례가 없는 아우슈비츠 같은 유일무이한 비극적인 사건[29]을 대면하고서도 시를 쓰는 것은 어쩌면 비인간적이고 야만적인 행위로 보일 수도 있다. 그럼에도 불구하고 글을 써야만 하는 것, 여기에 문학 자체의 '역설'이 있다. 아도르노는 역사의 고통들은 "망각을 용인하지 않는다"라고 말하면서 고통에 대한 의식은 예술의 존재에 대해 의문을 표하지만 그럼에도 불구하고 그 의식은 "예술이 계속 존재하기를 요구한다"고 말했다. 그리고 "지금은 사실상…… 오직 예술 속에서만 고통은 여전히 그 자체의 목소리, 그 자체의 위안을 발견할 수 있다"고 말했다.[30] 헤카베가 트로이아 여인들의 고통이 시의 주제가 되어 "후세 사람들"에게 기억되기를 원했듯(1240~1245행), 문학은 **애도의 터**와 마찬가지로 **기억의 터**[31]가 되지 않으면 아니 된다.

---

26) Jacques Derrida, 같은 책, 13쪽.

27) Jacques Derrida, *Cinders*, Ned Lukacher 편역 (Lincoln, U of Nebraska Pr., 1991), 55쪽.

28) Theodor W. Adorno, "Commitment," *The Essential Frankfurt School Reader*, Andrew Arato and Eike Gebhardt 엮음 (New York: Continnum, 1982), 312쪽.

29) 임철규, 「기억, 망각, 그리고 역사—아우슈비츠, 그리고」, 『죽음』 (한길사, 2012), 121~153쪽을 볼 것

30) Theodor W. Adorno, 앞의 글, 312쪽.

31) 이 용어는 프랑스 역사가 노라(Pierre Nora)가 제3공화제(1870~1940년) 기간 동안 프랑스의 정체성을 형성했던 모든 장소, 모든 개념, 그리고 모든 사람들을 연구하여

탁월한 고전학자 핀리는 펠로폰네소스 전쟁을 비롯한 전쟁의 비극을 이야기하면서 "죽은 과거는 결코 그 죽은 자들을 매장하지 않는다"[32]고 말한 바 있다. **망각**은 "최면술"도 아니고 마찬가지로 "치료약"도 아니다. "역사는 우리가 마음대로 폐기하고 대체하는 지나가는 유행물……이 아니다."[33] 벤야민은 그의 친구 브레히트(Bertolt Brecht)의 극에 대해 생각하면서 "삶의 진정한 척도(尺度)는 기억이다. 번개처럼 그것은 뒤로 흘긋 보면서 삶을 통과한다"[34]라는 말을 남긴 바 있다. 이 말은 삶의 진정한 척도는 기억만이 아니라는 것, 우리가 기억에 대해 어떤 자세를 취하는가, 우리가 기억에 대해 어떤 역사적 의미를 부여하는가, 우리가 기억에 대해 어떤 책임과 의무를 가지는가가 삶의 진정한 척도라는 것이다. 트로이아는 사라졌지만 트로이아 여인들의 그 고통은 사라지지 않았다. 여전히 또 다른 '트로이아들', 그리고 또 다른 '트로이아의 여인들'[35]의 절망과 눈물이 계

내놓은 총 7권, 5,600쪽에 달하는 방대한 분량의 문화사(文化史)의 제명인 *Les leux de mémoir*(Paris: Gallimard, 1984~1992)에서 따옴. 그런데 유대인에 관해서는 짧게 한 장(章)으로만 다루고, 무슬림에 관해서는 언급조차 하지 않고 있다. '기억'은 '중심'의 나라, 중심의 사람들이 아니라 더 한층 '주변'의 나라, 주변의 사람들의 '터'가 되지 않으면 아니 된다.

32) M. I. Finley, *Aspects of Antiquity* (Harmondsworth: Penguin, 1977), 184쪽.

33) Fredric Jameson, "Foreword: A Monument to Radical Instants," *The Aesthetics of Resistance*, Peter Weiss 엮음 (Durham: Duke UP, 2005), viii쪽.

34) Walter Benjamin, "Gespräche mit Brecht," *Versuche über Brecht* (Frankfurt am Main: Surhrkamp, 1966), 124쪽.

35) 일본의 진보적 시인이었던 오구마 히데오는 1935년에 「長長秋夜」라는 장시를 발표했다. 1935년은 일본정부가 조선인들에게 전통적인 조선복, '흰 옷'을 입는 것을 법으로 금지했던 해다. 그는 자국의 야만적인 조치에 항거하여 이 시를 발표했다. 시의 내용은 조선의 여인들이 "푸른 달빛이 내려다보는 마을 지붕 아래"에 모여 앉아 긴긴 가을밤을 지새며 다듬이 방망이로 '똑딱똑딱' 두들겨 풀을 먹이고 주름을 펴 만든 흰 옷을 더 이상 입지 못하게 되었을 때, 몇몇의 노파가 이를 거부하고 늦은 밤 산길 낭떠러지를 지나 달아난다. 면사무소에 근무하던 일본인들이 이 노파들을 막아 세우고는 이들을 발로 차고 손으로 때리면서 노파들이 입고 있는 "조선의 전통적인 흰 옷"을 가져온 먹으로 "새까맣게 더럽힌다." 밤이 지나 새벽이 오자 노파들은 새까맣

속되고 있는 한, 그들의 그 고통이 곧 우리의 고통이 되고 있는 한, 그리고 우리의 애도의 대상이 되고 있는 한, 역사의 상처는 망각되지 않는다. 우리의 **기억**을 통해 언제나 '문제화'될 뿐이다.

게 더럽혀진 그 흰 옷을 씻기 위해 강가로 온다. 그들은 그 더럽혀진 옷을 강물에 담가 헹군 뒤 돌 위에 올려놓고 서로 "아픈 미소"를 주고받으면서 다듬이 방망이로 두드린다. 방망이질이 계속되면서 검은 자국이 씻겨 나간다. 그의 장시는 다음과 같이 끝을 맺는다. "때리는 방망이도 울고 있다/ 맞는 백의도 울고 있다/ 두드리는 노파도 울고 있다/ 맞는 돌도 울고 있다/ 모든 조선이 울고 있다".

미국의 학자 James Tatum은 그의 저서 *The Mourner's Song: War and Remembrance from the 'Iliad' to Vietnam* (Chicago: U of Chicago Pr., 2003)에서 『일리아스』 마지막 편을 다루면서 헥토르 시신을 화장해 매장하기 전에 헤카베, 안드로마케, 헬레네 등을 포함한 트로이아의 여인들이 그의 죽음을 애도하는 장면을 소개한 다음, 히데오의 그 장시를 소개하는 것으로 자신의 책을 끝맺는다(173~175쪽). 그는 조선의 노파들을 헥토르의 죽음과 전쟁의 고통을 슬퍼하는 『일리아스』의 트로이아 여인들에 비유하면서 전쟁과 전쟁의 고통을 슬퍼하고 전쟁에서 죽어간 이들을 애도하는 모든 사람들이 "「장장추야」에서 우리 앞으로 몰려오는 것 같다"고 토로하고 있다.

6장 베르길리우스 『아이네이스』

　로마의 시인 베르길리우스(Publius Vergilius Maro, 기원전 70~기원전 19년)의 작품 『아이네이스』(기원전 29~기원전 19년)의 주인공 아이네아스가 하계에 있는 아버지 앙키세스를 찾아갔을 때, 그때 앙키세스는 그에게 그와 그의 후손들이 앞으로 펼칠 로마의 위대한 역사를 예언하는 가운데 "조각, 수사학, 천문학은 그리스인들이 그들보다 우월하지만 통치기술은 그들보다 우월할 것이다"라고 말했다. 하지만 그 무엇보다도 그리스인들이 로마인들보다 우월했던 분야는 특히 문학이었다. 로마인들, 특히 문학가들은 그리스인들의 '문학'에 대해 커다란 열등감을 갖고 있었다. 로마의 황제 아우구스투스는 베르길리우스가 호메로스의 『일리아스』보다 더 훌륭한 서사시를 완성해주기를 열망했지만, 그 열등감은 베르길리우스에게도 예외는 아니었다.

　작품 『아이네이스』는 호메로스의 서사시 다음으로 최고의 서사시로 평가받고 있지만, 호메로스의 서사시를 지나치게 모방함으로써 작품으로서의 가치는 떨어진다는 인식이 늘 붙어 다닌다. 이 작품은 호메로스의 서사시와 달리, 그 주제가 철저히 **정치적**이다. 베르길리우스가 살았던 당대의 로마는 호메로스의 시대나 그 이후의 그리스와 달리, 시대적인 조건이나 상황이 국가의 **통치기술**(統治技術), 그리고 **국가주의**(國家主義)라는 국가 이데올로기를 크게 중시하고 강조하던 시대였다. 작품 『아이네이스』는 **정치적**이라는 말을 빼고는 해석하기 어려운 작품이다. 총 12권으로 구성된 방대한 분량의 작품 『아이네이스』의 내용은 다음과 같다.

내용

트로이아 전쟁에서 살아남은 트로이아의 왕자 아이네아스는 패망한 조국을 뒤로 한 채 이탈리아와 라티움 지방으로 향한다. 거기에서 "제2의 트로이아"를 다시 세우는 것이 그의 "임무"이기 때문이다(1.206). 하지만 트로이아를 향한 "노여움을…… 잊지 않고 있는" (memorem…… iram, 1.4)[1] 최고의 신 유피테르[2]의 아내인 유노가 폭풍을 일으켜 아이네아스와 그의 일행의 항해를 방해한다. 아이네아스는 "많은 고통"(1.4, 9)을 겪은 뒤 라티움 지방의 라비니움의 해안에 이른다.

"이탈리아와 라비니움 어귀 맞은편 저 멀리, 튀로스인들이 오래 전에 세운 식민도시(植民都市)인 카르타고는 유노의 거처다. 카르타

---

1) 인용한 텍스트의 라틴어 판본은 다음과 같다. P. Vergili Maronis, *Opera*, R. A. B. Mynors 엮음 (Oxford: Clarendon Pr., 1969). 그리고 Virgil, *Eclogues, Georgics, Aeneid* I-VI, H. Rushton Fairclough 옮김, LCL 63 (Cambridge/ M. A.: Harvard UP, 1969, 1999), Virgil, *Aeneid* VII~XII, H. Rushton Fairclough 옮김, LCL 64 (Cambridge/ M. A.: Harvard UP, 1969, 2000); Virgile, *L'Énéide*, Jacques Perret 편역 (Paris: Les Belles Lettres, 2015); 베르길리우스, 『아이네이스』, 천병희 옮김 (숲, 2004)을 참조함.

2) 그리스 신 제우스, 헤라, 크로노스, 아프로디테, 에로스, 헤파이스토스, 헤르메스, 포세이돈, 아레스 등은 로마에서 각각 유피테르, 유노, 사투르누스, 베누스, 쿠피도, 볼카누스, 메르쿠리우스, 넵투누스, 마르스 등으로 불리워진다.

고는 물자가 풍부하고, 격렬한 전쟁에도 버티기에 적합한 도시이므로, 유노는 이곳을 "모든 종족의 수도"(1.17)로 만들려고 했다. 그런데 유노는 트로이아 혈통의 어떤 자들이 태어나 이 도시의 성채를 뒤엎고 주위의 리뷔아를 파멸시킨 다음, "광활한 지역을 통치할 것"이라는 것이 "운명의 여신들"의 뜻이라는 말을 들었다(1.18~22). 여기에다 자신의 미모를 모욕한 트로이아의 왕자였던 파리스를 향한, 그리고 자신이 사랑하는 그리스인과 싸움을 벌인 트로이아인들을 향한 분노와 "쓰라린 고통"(saevi…… dolores, 1.25)이 더해져, 유노는 바람의 신 아이올루스에게 청해 아이네아스의 항해를 저지하게 한다. 따라서 아이네아스에게는 제2의 트로이아, 즉 "로마국가를 창건한다는 것은 그만큼 힘든 일이었다"(1.33).

최고의 신 유피테르의 딸이자 아이네아스의 어머니인 베누스는 아이네아스를 향한 유노의 분노가 걱정되어 아버지 유피테르에게 아이네아스에게 무슨 큰 잘못이 있어 이탈리아로의 항해를 어렵게 하느냐고 원망했다. 유피테르는 딸에게 트로이아 백성들의 "운명은 변함없으니" "두려워하지 말라"고 말한 다음(1.257~259) 아이네아스는 라티움 지방에서 나라를 세운 뒤 거기서 3년을 통치하고, 그의 아들 아스카니우스가 30년을 통치하고 나서(1.265~266, 269) 도읍을 롱가로 옮긴 다음 거기서 트로이아인들은 "300년"(1.272)을 통치할 것이라고 말한다. 그리고 그 후 자신은 그들의 후예인 로마인들에게 시간과 공간의 제약을 받지 않는 "무한한 권력을 주어"(1.278~279) 이 권력을 부여받은 그들이 "세계를 다스리는 자"(1.282)가 될 것이라고 말한다. 그리고 "고귀한 혈통의 트로이아인 카이사르"(1.286)가 태어나 "전쟁"과 "폭력"을 종식시킬 것이며(1.291), 이로 인해 그와 로마제국의 명성은 온 세상에 빛나게 될 것이며, "동방의 전리품을 잔뜩 짊어지고 하늘로"(caelo spoliis Orientis onustum, 1.289) 오를 것이라고 말한다.

베누스는 사랑의 신인 아들 쿠피도를 아이네아스의 아들 아스카니우스로 변장시킨 뒤 자신의 "운명을 알지 못하는"(1.109) 카르타고의 여왕 디도에게 내려보낸다. 아이네아스를 향한 사랑을 싹트게 해 그녀로 하여금 아이네아스와 그의 일행을 국경 밖으로 내쫓지 않게 하기 위해서다. 베누스는 "여자 사냥꾼"(1.318)으로 위장하고 아들 앞에 나타나 그와 그의 일행을 짙은 안개로 둘러싼다. 그 안개로 인해 아이네아스는 어느 누구의 눈에도 띄지 않았다. 디도는 카르타고에서 유노의 거대한 신전을 세우고 있었다. 거기서 아이네아스와 그의 일행을 발견한 디도는 그들을 따뜻하게 맞이한다. 디도는 그들이 어디로 향하든 그들을 안전하게 호송할 것이며, 카르타고에 머물고자 한다면 "조금도 차별하지 않고"(1.574) 카르타고의 백성들과 동등한 자격으로 그들을 대할 것이라고 말한다. 아이네아스와 그의 일행이 디도의 말에 고무되자, 그들을 에워싸고 있던 "안개가 갈라지며 맑은 대기 속으로 깨끗이 사라졌다. 아이네아스는 거기 밝은 빛 속에 또렷이 서 있었다. 그의 얼굴과 어깨는 신의 그것과 같았다"(1.586~589).

아이네아스는 디도에게 자기의 정체를 밝힌다. 그녀의 일백 명의 하녀와 일백 명의 하인들이 아이네아스의 "신과 같이 빛나는 외모에 감탄했듯"(1.709~710), 디도는 "먼저 그의 외모에 놀랐고", 그다음 육지와 바다에서 온갖 고통을 겪은 그의 "엄청난 고난에 대해 놀랐다"(1.613~614). 디도는 아이네아스와 그의 일행을 궁으로 불러들여 그들을 위해 밤늦게까지 큰 잔치를 베푼다. 잔치가 끝나갈 즈음 "다가올 파멸에 이미 내맡겨진", "더없이 불행한"(praecipue infelix, 1.712) "디도는 사랑을 깊숙이 들이마시며"(Dido longumque bibebat amorem, 1.749) 아이네아스에게 트로이아의 "파멸"과 그의 "표류"

(漂流, 1.753~754)에 관해 이야기해줄 것을 청한다.

아이네아스는 디도에게 그리스군에게 10년을 포위당한 뒤 마침내 트로이아가 패망한 그날 밤과 그 후 그가 겪었던 고통에 대해 이야기해준다. 즉 그리스인들이 참나무 널빤지로 산더미 같은 목마(木馬)를, 그 "불길한 괴물"(2.245)을 만들어 그 속에 무장한 군사들을 가득 채워 도성에 진입시키고 나서 트로이아의 왕 프리아모스를 비롯해 수많은 트로이아인들을 죽여 도성을 피로 물들였던 그날 밤의 그 "이루 말할 수 없는 고통[슬픔]"(infandum…… dolorem, 2.3)에 대해, 그리고 아버지 앙키세스, 아들 아스카니우스, 그리고 그와 그의 일행이 화염 속에 싸인 트로이아 도성을 어떻게 탈출했는지에 대해, 그리고 탈출 도중 아내 크레우사의 죽음, 그리고 그 후 아버지의 사망 등 계속되는 여러 고통과, 여기 카르타고에 오기 전까지 바다에서 겪었던 표류와 고통에 대해 차례차례 이야기해준다. 아이네아스가 이야기를 끝내자 디도는 아이네아스를 향한 사랑으로 인해 안절부절 못한다. 사랑의 감정에 압도되어 "불행한 디도가 [사랑의] 불길에 휩싸여 온 도시를 미친 듯 쏘다니니, 그 모습은 마치 화살을 맞은 암사슴 같았다"(4.68~69).

유노는 디도가 아이네아스를 향한 사랑에서 헤어나오지 못함을 알고 베누스를 찾아가 디도와 아이네아스를 결혼시켜 카르타고를 두 사람이 공동으로 통치하도록 하자며 제안한다. 베누스의 동의를 얻어낸 유노는 자신은 내일 숲 속에서 아이네아스와 디도가 사냥할 동안 천둥소리를 동반한 폭우를 쏟아내어 그들만을 동굴로 피신시켜, 거기서 서로 사랑에 불타게 하고, 이를 계기로 "그들을 결합시켜 디도를 아이네아스의 것으로 만들 것"(4.126)이라고 말한다. 유노의 "계략"(4.128) 그대로 일이 진행된다. 아이네아스와 디도는 이제 "왕국의 통치를 망각하고 볼썽사나운 애욕의 포로가 되어"(regnorum immemores turpique cupidine captos, 4.194) 겨울 내내 함께 보낸다. 여신 대지의 딸(4.178)이자 "비열한 여신"(4.195)인 "소문"(Fama)[3]은 "도처에서 사람들의 입에 이러한 이야기를 쏟아 부었다"(4.195). 그들은 "자신들의 사랑 때문에 자신들의 더 높은 명성을 망각하고 있었다"(4.221). 그러나 최고의 신 유피테르는 메르쿠리우스를 아이네아스에게 보내 그에게 주어진 과업을 상기시키게 한다.

유피테르의 뜻에 따라 아이네아스는 함선을 준비하고 카르타고를 떠날 준비를 한다. 디도는 그를 향해 "배신자"(4.305)라고 부르며 떠나지 말 것을 눈물로 간청하지만 아이네아스는 디도에게 자신의 "첫 번째 관심사"는 신의 뜻에 따라 제2의 트로이아, 즉 이탈리아에서 "나의 사랑, 나의 조국"(4.347)을 세우는 것이라고 말한다. 디도는 "마음이 괴로워 잠이 오지 않았고, 그녀의 눈과 가슴은 밤을 받아들이지 않았다……그녀의 사랑은 또다시 부풀어 오르며 분노의 뜨거운 밀물을 타고 요동쳤다"(irarum fluctuat aestu, 4.532). 디도는 떠나려는 아이네아스에게 고통에 찬 저주의 말을 거듭 쏟아 낸다. 아이네아스가 함선을 타고 디도 곁을 떠나자, 디도는 "선물"로 받았던 아이네아스의 칼로 자살을 한다(4.646~647, 4.663~665). "온 궁전에 울음소리와 신음소리와 여인들의 비명이 울려 퍼지고, 하늘은 요란한 곡성으로 메아리쳤다"(4.667~668).

아이네아스는 세찬 폭풍을 헤치고 이탈리아로 향하려 하지만, 유노는 트로이아 여인들이 언제 끝날지도 모를 항해에 지칠 대로 지쳐

---

3) 반쯤은 거짓 같고, 반쯤은 진실 같은, "사실과 허구를 똑같이 말하는(4.188, 190) 여신 '소문'(Fama)과 그 여신의 역할에 대해서는 Philip Hardie, *Rumour and Renown: Representations of 'Fama' in Western Literature* (Cambridge: Cambridge UP, 2012), 93쪽, 99~101쪽, 354쪽을 볼 것.

있는 것을 보고, 이탈리아가 아니라 여기가 그대들의 집이니 여기서 트로이아를 찾으라고 선동한 뒤, 함선에 불을 지르게 해 항해를 못하도록 한다. 함선이 불타고 있다는 소식을 듣고 아스카니우스, 이어 아이네아스도 달려온다. 불길이 너무 강해 불은 좀처럼 꺼지지 않았다. 아이네아스가 유피테르에게 도움을 간청하자, 폭우가 쏟아져 함선의 불길은 모두 잡힌다. 이런 위험한 사태를 겪은 뒤, 아이네아스는 제2의 트로이아의 건설, 즉 로마의 건설이라는, 자신에게 맡겨진 "운명을 잊고"(oblitus fatorum, 5.703) 여기 시킬리아의 들판에 정착해야 하나, 아니면 조국을 다시 세우기 위해 이탈리아로 항해를 계속해야 하나 하며 깊은 갈등에 빠진다. 깊은 밤 아버지 앙키세스의 환영이 나타나 그에게 이탈리아로 향하라고 말한다.

아이네아스는 함선을 수리하고 나서 전우들과 함께 다시 항해를 계속한다. 마침내 그들은 캄파니아의 도시 쿠마이의 예언녀인 시뷜라의 존재로 유명해진 이탈리아에 당도한다. 그녀가 머물고 있는 넓은 동굴을 찾은 아이네아스는 아폴론의 "여사제"(sacerdos, 6.35)인 그녀에게 오르페우스가 아내를 만나려 하계에 내려갔듯, 자신도 아버지 앙키세스를 만나고 싶다며 하계로 데려가주기를 간청한다. 아이네아스는 전우 아카테스, 그리고 예언녀 시뷜라와 함께 하데스의 강 스튁스에 당도한다. "숲 속에서 첫 가을 추위에 우수수 떨어지는 나뭇잎만큼 많은", 그리고 추운 겨울 양지를 구하기 위해 "심연으로부터 육지로 떼 지어 몰려드는 새만큼이나 많은"(6.309~312) 오직 "그림자"(6.263)로만 존재하는 망령들이 스튁스에 모여든다.

사공 카론의 도움을 받아 스튁스 강을 건너게 된 아이네아스는 "아버지를 찾아 에레부스[하데스]의 맨 아래쪽에 있는 그림자들에게로 내려갔다"(6.403~404). 아이네아스는 숱한 망령들 옆을 지나가다 "슬픔의 들판"(6.440)이라는 장소에서 "포이니케의 여인 디도가 아직도 [사랑의] 상처가 아물지 않은 채 큰 숲 속을 헤매고 있는 것"(6.450~451)을 발견한다. 디도를 발견한 아이네아스는 눈물을 흘리며, 디도에게 "아아, 그대가 죽은 것은 나 때문인가?"(funeris heu tibi causa fuit?, 6.458)라고 물으면서 "신의 명령"(6.461)때문에 "내키지 않는 마음으로"(6.469) 그녀 곁을 떠나게 된 것이라며 용서를 구한다. 그런 다음 디도 가까이 다가서려 하자 그녀는 돌아선 채 "적의를 품은 채"(6.472) 숲 속으로 향한다.

정해진 길을 따라 앞으로 계속 가던 아이네아스는 길이 두 갈래로 나누어진 지점에 도달한다. 한 길은 저주받은 자들이 있는 곳, 다른 한 길은 축복받은 자들이 있는 곳에 이르는 길이었다. 좀더 앞으로 걸어가니 아이네아스의 아버지 앙키세스가 서 있었다. 앙키세스는 눈물을 흘리며 그를 반갑게 맞이한다. 아이네아스가 아버지의 목을 끌어안으려 할 때마다, "환영"(imago)은 "가벼운 바람결처럼, 그 무엇보다도 날개 달린 꿈처럼" 그의 두 손에서 빠져나간다(6.700~702).

앙키세스는 아이네아스에게 그와 그리고 "트로이아 민족의 영광"(6.767)을 가져온 그의 후손들이 펼치게 될 로마의 미래의 역사를 예언한 뒤, "로마는 그 통치권이 온 대지에 미치고 그 기백이 하늘을 찌를 것"(6.782)이라고 말한다. 그리고 마침내 "신의 자손인 아우구스투스 카이사르"가 태어나 "사투르누스가 다스리던" 라티움에 "황금시대를 열 것이며"(…… aurea / condet saecula, 6.791~792), 그의 로마제국의 영토는 전(全) 세계로 뻗어나갈 것이라고 말한다. 이어 앙키세스는 아이네아스에게 세계의 주인이 될 "로마인"으로 하여금 "권위로써 여러 민족을 다스리고, 평화를 관습화하고, 패배한 자들에게는 관용을 베풀고, 교만한 자들에게는 전쟁으로 철퇴를 가하도록 하라고 당부"(tu regere imperio populos, Romane memento/ …… pacisque imponere morem/ parcere subiectis et debellare superbos, 6.851~853)한 뒤, 이를 대대로 로마의 통치 "기술"(6.852)로 삼도록 하라고 말한다. 아이네아스는 아버지 앙키세스의 배웅을 받으며 다시 지상으로 올라온 뒤 전우들이 있는 함선으로 향한다.

전우들과 또다시 항해를 계속하다 이탈리아의 해안에 당도한 아이네아스는 해안에서 그들이 여러 음식을 차리고 배를 채웠지만 좀처럼 허기가 가시지 않았다. 허기를 못 이겨 식탁마저 먹고자 하는 강렬한 욕망이 생길 때, 바로 그때 그가 머물고 있는 장소가 다름 아닌 그에게 "약속된 운명의 땅"이며 "조국"이라고 말했던, 아이네아스가 지상으로 올라오기 전 아버지 앙키세스가 들려주었던 예언이 갑자기 떠올랐다. 아이네아스는 아버지의 예언을 전우들에게 이야기하면서(7.120~123) 우리의 "고통"도 이제 끝날 때가 되어간다고 말한다 (7.129).

그 다음 날 아이네아스와 그의 일행은 라티누스 왕이 "오래전부터 평화롭게 다스리고 있는"(7.46) 라티움 지방의 오래된 도시 라우렌툼에 당도한다. 아이네아스와 그의 일행을 맞이한 라티누스는 아버지 파우누스에게 오래전에 들었던 신탁이 생각났다. 그의 아버지는 그에게 그의 딸 라비니아는 이방인과 결혼하게 될 것이며, 그 이방인과 딸에서 태어난 자손들은 온 세계를 지배하게 되리라는 것을 들려주었던 것이다. 라티누스는 아이네아스를 딸 라비니아의 남편이 될 그 "운명"(7.255)의 사람, "운명이 요구하는 바로 그 사람"(7.272~273)으로 기꺼이 맞이한다.

여신 유노는 아이네아스가 라비니아와 결혼하고 라티움의 왕이 되는 것을 도저히 용납할 수 없다. 유노는 '분노의 여신들' 가운데 하나인 알렉토를 하계에서 불러내어 라티누스 왕에게 보낸다. 알렉토는 라티누스 왕에게 딸 라비니아를 구혼자 가운데 "가장 미남"(pulcherrimus, 7.55)인 "라티움 지방의 영웅, 루툴리족의 왕 투르누스에게 신붓감으로 주기로 언약했던 것을 상기시키면서 그의 결심을 꺾으려 하지만 소용없다. 알렉토가 노파의 모습으로 위장하고 투르누스 앞에 나타나 라티누스 왕의 의중을 알려주자, 격분한 투르누스는 군대를 소집한 뒤 트로이아인들을 공격한다. "깃털 장식이 셋 달린 그의 높다란 투구 위에는 [괴물] 키마이라(chimaera)가 서서 입에서 [시킬리아의 산] 아이트나의 화염을 내뿜고 있었다. 그것은 피가 더 많이 흐르고 싸움이 더 격렬해질수록 더 미쳐 날뛰며 시커먼 불길을 더 많이 내뿜었다"(7.785~786). 투르누스가 "라우렌툼의 성채에서 전쟁의 깃발을 높이 쳐들고", 이에 맞춰 "나팔들의 거친 소리가 울려 퍼지자", 그에게 "그 순간 전(全) 라티움이 흥분하고 열광하여 충성을 맹세했다"(8.1~4).

강의 신 티베리누스가 꿈에 아이네아스에게 나타나, 라티움 부족과 끊임없이 전쟁을 하고 있는 팔란테움의 왕 에우안드루스에게 가서 그에게 도움을 청하라고 충고한다. 아이네아스와 그의 일행은 그 왕이 다스리는 왕국으로 향한다. 아직도 에우안드루스는 아이네아스의 "위대한 아버지 앙키세스의 말과 목소리, 그리고 얼굴 모습"을 생생하게 기억하고 있었다(8.155~156). 그는 앙키세스의 아들 아이네아스를 반갑게 맞이한다. 그의 도움 요청을 듣고 난 뒤 그 왕은 아이네아스와 동맹을 맺고, 그의 "희망이자 위안"(8.514)인 그의 아들 팔라스를 아이네아스에게 딸려 보내 전투에 참여하게 한다.

베누스가 아들 아이네아스의 안전이 염려되어 "하늘의 검은 구름 사이에서 찬란하게 빛나며 선물을 가지고 내려오고 있었다"(8.608). 베누스는 불의 신 볼카누스가 만든 "깃털 장식이 달리고 불을 내뿜는 투구", "죽음을 안겨주는 칼", "핏빛 청동으로 만든 단단한……흉

갑", "은과 순금으로 만든……" "정강이받이와 창", 그 무엇보다도 경탄을 금할 수 없는 "걸작품인 방패"를 아이네아스에게 "선물"로 준다 (8.617, 620~625). 볼카누스는 아이네아스에게 선물로 준 그 방패에다 다음과 같은 장면들을 새겨 넣었다. 즉 "이탈리아의 역사적 사건들과 로마인의 개선행렬들, 아스카니우스에게서 비롯된 가문의 모든 씨족들과 그들이 싸우게 될 전쟁들"(8.626~629), 클레오파트라와 "동방의 민족들"과 한 패가 되어 아이굽투스[이집트]인들, 인디아인들, 아랍인들, 사바이족 등 동방의 군사들을 이끌고 전쟁을 진두지휘하는 안토니우스와 아우구스투스 카이사르가 벌인 악티움 해전, 그 해전에서 안토니우스와 클레오파트라를 패배시킨 아우구스투스 카이사르의 승리 등등 과거, 현재, 그리고 미래의 여러 사건과 장면들을 촘촘히 새겨 넣었다.

투르누스가 대군을 이끌고 그들에게 달려오자, 트로이아인들은 아이네아스가 에우안드루스 왕을 만나러 떠나기 전 그들에게 명령한 대로 칼과 창을 들고 방벽에 모인다. 공격과 방어를 주고받는 가운데 투르누스가 대군을 이끌고 트로이아군과 동맹군 한가운데로 뛰어든다. "제2의 아킬레우스"(6.89; 9.741~742)로 변한 그는 닥치는 대로 방벽에 있는 트로이아의 병사들을 낚아채어 죽인다. "그 모습은 마치 유피테르의 무기를 날라주는 새[독수리]가 토끼나 눈처럼 흰 백조를 구부정한 발톱으로 낚아채어 가지고 하늘 높이 날아오를 때……와도 같았다"(9.563, 566). 트로이아인들은 등을 돌리고 뿔뿔이 달아난다. 그러나 "위대한 아이네아스"(9.787)를 생각하니 부끄러워 그들은 다시 전열을 가다듬는다. 그들은 싸움터에서 조금씩 물러나 강 쪽으로 향하는 투르누스에게 함성을 지르며 공격한다. 투르누스는 사방에서 날아오는 무기의 공격을 감당할 수 없어 완전무장한 채 강물 속으로 뛰어든다. 그때 강이 그를 부드러운 물결에 싣고 전우들에게 돌려준다.

유피테르가 올림포스의 집에서 회의를 소집하자, 베누스는 그에게 아이네아스의 승리를 보장해주기를, 다른 한편 유노는 반대로 투르누스의 승리를 보장해주기를 부탁한다. 유피테르는 트로이아인이나 루툴리족 가운데 어느 편이 승리를 거두든 "일체 불문에 부칠 것이며" 자신은 "이들 모두께 똑같은 왕이므로" "운명"에 맡길 것이라고 말한다(10.110~113). 공격을 다시 개시한 루툴리족은 성벽의 대부분을 포위한다. 보루 뒤에 갇혀있는 아이네아스의 백성들은 사기가 떨어진 채, 제각기 창과, 바위, 화전(火箭), 그리고 화살을 쏘면서 버티고 있다. 양쪽이 격렬하게 전투를 벌이고 있을 때, 에우안드루스 왕에 이어 에트루리아의 왕을 찾아가 도움을 청하고 있던 아이네아스는 전황(戰況)을 전해 듣고 동맹군과 함께 싸움터 가까이 있는 해안에 당도한다.

함선에서 볼카누스가 만들어준 "불패의 방패"(10.243)를 왼손으로 번쩍 들어올리고 서 있는 아이네아스를 본 트로이아인들의 함성은 하늘에 닿는다. 아이네아스의 주위에는 동맹군의 함선을 포함해 많은 함선들로 가득 차 있다. 쌍방이 벌이는 격전의 "모습은 마치 광대한 하늘에서 대립하는 바람들(discordes uenti)이 서로 싸우되 그 사기(士氣)와 힘이 대등할 때와 같았다"(10.356~357). 두 진영의 싸움에서 동맹군 에우안드루스 왕의 아들인 팔라스가 아이네아스를 도와 수많은 적군을 살육한다. 팔라스는 이 싸움을 통해 "아버지 에우안드루스의 이름과…… 아버지의 명성과 경쟁하겠다는 야망"에 불타있었다(10.379~371). 그는 에트루리아의 "포악한"(7.648) 왕 메젠티우스의 아들 라우수스와 맞선다. 두 전사는 나이도 비슷하고 외모도 준수하다. "하지만 행운의 여신은 그들이 고향으로 돌아가는 것을 허용하지 않았다. 그들이 서로 맞서 싸우는 것을 위대한 올림포스의 통치자가 용납하지 않았다"(10.435~438). 팔라스는 투르누스와 맞서고, 라우수스는 아이네아스와 맞선다.

팔라스는 투르누스를 이겨 "최고의 전리품"(spoliis……opimis, 10.449)을 얻거나 "영광스런 죽음"(leto insigni, 10.450)을 통해 영원한 "명성"을 얻고 싶었다. 그는 광대한 하늘에 있는 알카이우스의 손자[헤라클레스]에게 자신의 승리를 담보해주기를 기도한다. 팔라스의 기도를 들고 헤라클레스는 소용없다는 듯 한숨을 쉬며 헛되이 눈물을 흘리자, 그의 아버지 유피테르는 헤라클레스에게 죽음을 맞이할 날짜는 인간 누구에게도 정해져 있으며, 단명 또한 인간에게는 피할 수 없는 운명이니, 트로이아 전쟁 때 "그토록 많은 신들의 아들들이 쓰러졌고" "내 아들 사르페돈도 쓰러졌다"며 팔라스의 운명과 마찬가지로 투르누스도 곧 "정해진 수명의 종점에 이르게 될 것"이라고 말한다. 그는 하지만 "공적을 통해 명성을 널리 알리는 것, 이것이야말로 사내대장부의 할 일"(famam extendere factis, hoc virtutis opus, 10.468~469)이라고 말한다(10.467~472).

팔라스가 던진 창은 투르누스의 방패의 가장자리를 뚫고 들어가 그의 몸뚱이에 찰과상을 입힌다. 이번에는 투르누스가 무쇠 창끝이 달린 참나무 창을 팔라스를 향해 던진다. 창끝은 방패의 한복판을 뚫고 팔라스의 가슴을 뚫는다. 투르누스는 팔라스의 몸에서 "엄청나게 무거운 칼 띠"(10.496)를 빼앗는다. "인간의 마음은 운명과 다가올 미래의 일을 알지 못하듯"(nescia mens hominum fati sortisque futurae, 10.501), 칼 띠를 전리품으로 챙긴 그는 기고만장해 있다.

팔라스의 죽음을 접한 아이네아스는 적군의 대열에 뛰어들어 닥치는 대로 살육한다. 유노는 유피테르에게 도움을 청한다. 유피테르는 유노에게 투르누스의 임박한 죽음을 말하면서 전쟁의 결과나 운명은 바뀔 수 없으니 "공허한 희망"(10.627)은 갖지 말라고 말한다. "승자도 패자도 똑같이 죽이고 똑같이 쓰러졌다"(10.756). 신들은 서로에게 "무의미한 분노"를 쏟아내며 서로를 죽이고 있는 인간들을 "가련하게 보고 있었다"(10.758~759).

아이네아스는 긴 대열에서 메젠티우스를 발견하자마자 그에게 향한다. 메젠티우스가 아이네아스를 향해 창을 던지지만, 그 창은 아이네아스의 방패에서 튕겨 나오면서 아르고스인 안토레스의 옆구리를 맞히고 그의 아랫배로 들어간다. 이번에는 아이네아스가 창을 던지니 메젠티우스의 방패를 뚫고 아랫배 깊숙이 들어가 피가 흥건히 쏟아져 나온다. 이를 보자 그의 아들 라우수스는 아버지가 불쌍해 두 볼에 눈물을 흘리며 앞으로 나가 아이네아스와 맞선다. 아이네아스가 강력한 칼로 젊은이의 몸통 한가운데를 찔러 밀어 넣는다. 칼은 그의 둥근 방패와 "그의 어머니가 부드러운 황금실로 짜준 투니카를 단번에 뚫고 들어가 그의 가슴을 피로 가득 채웠다"(10.817~819). 아버지를 위해 자신의 목숨을 아낌없이 바친 그 "가련한 소년"(miserande puer, 10.825)에게서 진정한 효성의 모습을 본 아이네아스는 깊은 연민을 느끼며 한숨을 깊게 내쉰 뒤, 그의 시신을 선조들의 망령과 유골이 있는 장소로 돌려보낸다.

"트로이아의 여인들이 애도하기 위해 관습에 따라 머리를 풀고"(maestum Illiades crinem de more solutae, 11.35) 둘러선 가운데 아이네아스는 "가련한 소년"(miserande puer, 11.42) 팔라스의 모습을 보며 통곡한다. 전군(全軍)에서 일천 명의 전사들을 선발하여 마치 "소녀가 손톱으로 따온 한 송이 꽃, 이를테면 부드러운 제비꽃이나 고개 숙인 히아신스 같은"(11.68~69) 모습의 그 시신에 황금실로 수놓은 자줏빛 옷을 입히고 "아직도 남아있는 본래의 광채와 아름다운 모습을 그대로 간직하게" 한 채(11.71) 아버지가 있는 땅으로 운구하도록 한다. 그리고 그의 창과 투구와 함께 라우렌툼 전투에서 노획한 산더미 같은 수많은 전리품도 운반하도록 한다.

라티움의 도시에서 사절단이 올리브나무 가지로 몸을 가리고 아이네아스 앞에 등장한다. 그들은 그에게 전투에서 사망한 그들의 병사들의 시신을 인도해 땅에 매장하게 하는 것을 허락해달라고 간청한다. 아이네아스는 나의 적은 그대들의 백성이 아니라 "우리와의 우의를 저버린" 그대들의 왕 투르누스라고 말하면서 그들의 간청을 받아들인다(11.113~114). 아이네아스는 팔라스의 장례를 위해 그들과 12일 동안 휴전을 맺기로 한다. 팔라스의 시신이 들어오자, 그의 죽음을 애도하는 여인들의 "곡소리가 슬픔에 젖은 도시에 들불처럼 번졌다"(11.147). "이웃에서 벌어진 전쟁에서의 가혹한 시험"(bellique propinqui/ dura rudimenta, 11.157)의 희생자가 된 아들의 죽음을 한탄하면서 한동안 슬픔에 젖어 아무 말도 못 했던 에우안드루스는 전투에서 이룬 아들의 공적을 찬양하면서 아이네아스와 트로이아인들, 그리고 그 밖의 동맹군의 지휘자들과 전군이 "베풀어준 것보다 더 훌륭한 장례를 너에게 베풀어줄 수는 없었을 것이다"(11.169~170)라고 말한다. 그다음 그는 아들의 시신을 운구해온 아이네아스의 사람들에게, 투르누스에게 복수를 하는 것만이 아이네아스가 그들 부자에게 지고 있는 "빚"을 갚는 것이니 가서 그렇게 전하라고 말한다(11.176~181).

아이네아스는 불의 신 볼카누스가 만들어 준 방패 등 불패의 무기를 들고 진영을 나와 싸움터로 향한다. 아이네아스가 군대를 이끌고 자기들 쪽으로 향하고 있다는 소문은 라티니족의 "도시를 걷잡을 수 없는 공포로 가득 채웠다"(11.448). 투르누스는 아이네아스와 대적하기 위해 궁에서 급히 밖으로 뛰어나간다. 한편 아이네아스의 군대가 대오를 지어 적의 성벽으로 다가가니 "군마들은 울면서 온 들판을 힘차게 발굽으로 밟았다"(11.599). 양군(兩軍)이 서로 "사방에서 눈보라처럼 마구 무기를 던져대니 하늘이 어두워졌다"(11.611). 공격과 방어를 주고받는 양군의 "그 모습은 마치 바닷물이 조수의 변화에 따라 뭍으로 거품을 일으키며 몰려와 바위들을 타넘어 부챗살처럼 가장 먼 쪽의 모래톱 위에 부서지다가는, 이내 그 역류의 힘으로 조약돌을 빨아들이다가 여울이 물러가고 해안이 마르는 가운데 그것들을 굴리며 서둘러 물러갈 때와도 같았다"(11.624~629). 수많은 사람들이 죽으면서 "도처에서 검은 피가 쏟아졌다"(11.646).

마침내 아이네아스와 투르누스는 "도시 앞에 진을 치고 방어벽을 구축한다." "장밋빛 포이보스[아폴론]가 어느새 지친 말들을 히베리아의 바다에 담그며 지는 낮에 이어 밤을 도로 데려왔다"(11.914~915). 투르누스의 군대는 전세가 역전되자 풀이 죽어있다. 그들은 투르누스만을 바라보았다. 그들의 눈이 자기를 향하는 것을 보자 투르누스는 라티누스 왕 앞에 나타나 자기 혼자 아이네아스와 싸워 그를 물리칠 것이니, 만약 자기가 패한다면 아이네아스가 패배한 자의 나라를 다스리게 하고 라비니아를 그의 신부가 되게 하라고 말한다(12.16~18). 라티누스는 라비니아가 이 땅의 구혼자가 아닌 이방인과 결혼할 운명이라며 노여움을 풀고 아이네아스와 화친을 맺자고 말한다. 하지만 투르누스는 이를 거부한 다음 황금과 놋쇠 비늘이 달린 가슴받이를 어깨에 두르고, 칼과 창, 그리고 방패를 들고, 붉은 깃털 장식이 꽂혀있는 투구를 쓰고, 싸움터로 향한다. 아이네아스도 불의 신 볼카누스가 주었던 선물로 무장한 채 싸움터로 향한다. 쌍방의 군대가 들판에 모여든다. 저쪽의 진영에는 라티누스 왕이 도착하고, 이쪽의 진영에는 "위대한 로마의 또 다른 희망"(spes, 12.168)인 아이네아스의 아들 아스카니우스가 등장한다.

아이네아스는 들판에 모여 있는 라티누스 왕과 라우렌툼인에게 다음과 같은 조건으로 평화조약을 제시한다. 즉 자신과 투르누스가 일 대일로 싸우되, 이 싸움에서 투르누스가 승자가 되면 계약에 따라 패 자들은 에우안드루스의 도시로 물러나고 아스카니우스도 이 들판을 떠날 것이며, 후일에도 트로이아인들은 반란을 일으키지도 이 왕국 을 공격하지도 않을 것이라고 말한다. 그리고 반대로 자기가 승자가 되면 라티움 지방의 라티니족이 트로이아의 백성들에게 복종할 것을 명하지 않을 것이며, 양쪽 백성들을 동등한 조건으로 항구적인 동맹 을 맺게 할 것이고, 라티누스 왕은 자신의 장인으로서 통치권을 유지 하게 될 것이고, 라비니아는 앞으로 창건하게 될 도시의 이름을 그녀 의 이름으로 하게 될 것이라고 말한다(12.192~194). 라티누스도 제 단에 손을 얹고 신들에게 증인이 되어주기를 기도한 다음, 아이네아 스가 밝힌 평화조약의 내용에 동의한다고 말한다. 라티움의 원로들 도 이에 동조한다.

아이네아스와 투르누스 간의 일대일 싸움에서 투르누스에게 승산 이 없음을 느끼고 불안에 떠는 라우렌툼인들과 라티니족에게 투르누 스의 누이인 요정 유투르나가 나타나 우리 군사의 힘은 막강하니 우 리의 운명을 그 일대일의 싸움에 맡기지 말고 아이네아스의 군대와 맞서 싸우자며 사기를 북돋는다. 그때 "유피테르의 황갈색 독수리 한 마리가 붉게 물든 하늘을 날며 해안을 따라 요란하게 도망치는 날개 달린 새 떼를 쫓다가 급작스레 물결치는 바다 쪽으로 내리 덮치더니 탐욕스럽게도 빼어난 백조 한 마리를 발톱으로 낚아채는 것이었다." 그러나 "도망치던 새들이 모두 비명을 지르며…… 돌아서더니 날개 로 하늘을 어둡게 하며 구름처럼 새까맣게 떼를 지어 적을 대기 사이 로 바짝 뒤쫓자 마침내 독수리가 새들의 기세와 백조의 무게를 감당 하지 못하고 먹이를 발톱으로부터 강물 속에 내던지고는 멀리 구름 속으로 도망치는 것이었다"(12.246~256). 그들은 이를 좋은 전조로 받아들이고 적을 향해 진격한다. 쌍방의 싸움이 치열하다. "온 하늘에는 무기들이 폭풍처럼 어지럽게 날아다녔으며, 무쇠가 빗발처럼 쏟아졌다"(12.283~284). 투르누스 쪽에 의해 조약이 깨지는 것을 느낀 아이네아스는 군사들에게 조약은 이미 비준되었으니 자기만이 싸울 권리가 있다며 투르누스와 일대일로 싸워 그를 처치할 것이라 말한다.

아이네아스는 전쟁터에 나서면서 여전히 "소년"(puer, 12.435)인 아들 아스카니우스를 안고는 아버지인 자신과 외숙부인 헥토르를 앞으로 "네 본보기"(exempla tuorum, 12.440)로 삼으라고 말하고 나서, 거대한 창을 휘두르며 전군(全軍)을 이끌고 들판으로 향한다. "그 모습은 마치 폭풍이 터지면서 바다 한가운데서 먹구름이 몰려올 때와도 같았다"(12.451). 그 뒤를 따라 여러 이름난 전사들이 들판으로 향한다. 그 가운데 트로이아인 튐브라이우스는 라티니족의 "오시리스를 칼로 쳐"(12.458) 죽이고, 다른 전사들도 숱한 적의 이름난 전사들을 죽인다. 그의 군사들이 적을 무찌르고 있을 동안 아이네아스는 등을 돌려 도망치는 적들은 그만 둔 채 "투르누스만을 찾았고 투르누스와의 대결만을 요구했다"(12.467).

트로이아의 군사들은 쐐기 모양의 대열을 이루고 똘똘 뭉쳐 성벽으로 몰려간다. 불과 무쇠를 성벽 안으로 던지고, 수많은 창을 던져 하늘을 어둡게 한다. 아이네아스는 "[전쟁의 신] 마르스의 도움을 받으며 끔찍한 살육을 무차별적으로"(12.498) 행한다. 투르누스는 전차에서 불타고 있는 성벽을 바라보고 있다. 그는 적군의 대열을 헤치고 성벽으로 향한다. "도처에서 쏟아진 피가 땅 위로 흘러내리고 있었고, 대기는 날아오는 창들에 비명을 지르고 있었다"(12.690~691). 유피테르가 손수 저울을 집어 들고 전투 중인 아이네아스와 투르누스 가운데 누가 죽는지 보려고 저울 안에 두 사람의 서로 다른 운명을 올려놓은 뒤 지켜보고 있다. 투르누스가 아이네아스를 향해 칼을 힘껏 내려친다. 하지만 "불카누스가 만든 신의 무기와 마주치자 인간의 손으로 만든 칼은 치는 순간 깨지기 쉬운 얼음처럼 박살이 나, 그 파편이 황갈색 모래 위에 번쩍였다"(12.740~743). 아이네아스는 당황해하는 투르누스를 바짝 추적한다.

"그사이 전능한 올륌포스의 왕이 금빛 구름에서 전투를 내려다보고 있는 유노에게"(12.791~792) "그대 자신이 알 듯, 아이네아스는 모국의 신[영웅](indigetem Aenean scis ipsa, 12.794)으로 하늘의 부름을 받았고, 운명에 의해 별들로 올려질 것"이라고 말한 뒤, 여기 신들의 간청을 받아들여 원한을 거두고 더 이상 트로이아인들을 괴롭히지 말라고 타이른다. 유노는 그렇게 하겠다고 말한 다음 유피테르에게 트로이아와 라티움이 화친을 맺고 법과 조약으로 하나가 되면 이 나라의 토박이들(indigenas, 12.823)인 라티니족의 옛 이름을 바꾸지 않고 그대로 두게 하고, 라티니족이 트로이아인이 되거나 트로이아의 백성이라 불리지 못하게 하고, 그들이 자기 나라의 말과 복장을 바꾸지 못하게 하라고 부탁한다(12.823~825). 유피테르는 유노의 부탁을 기꺼이 받아들인다. 그리고 트로이아의 "백성들은 모두 한 가지 말을 쓰는 라티니족으로 만들겠다"(12.837)고 말한다.

자신을 향한 "유피테르의 적의"(12.895)를 느낀 투르누스는 마지막으로 힘을 다해 거대한 바윗덩어리를 들어올려 아이네아스에게 던진다. 이미 힘이 소진된 그의 손에서 날아간 바윗덩어리는 빗나간다. 그는 "임박한 죽음 앞에 떨기 시작했다"(12.916). 아이네아스는 치명적인 창에 모든 체중을 실어 힘껏 던진다. 창은 일곱 겹으로 된 방패의 가장자리를 뚫고 나서 가슴받이의 아랫부분을 찢은 뒤 넓적다리 한가운데를 꿰뚫는다. 투르누스는 아이네아스에게 시신은 고향 가족들에게 돌려주기를 간청하면서 무릎을 꺾으며 땅에 쓰러진다.

아이네아스는 투르누스의 어깨에 그 "쓰라린 고통의 기념물" (12.945)인 팔라스의 칼 띠를 보자 노여움에 차 그를 무섭게 노려보면서 "적의 가슴 깊숙이 칼을 찔렀다." 그러자 투르누스의 "사지가 싸늘하게 풀리며 그의 영혼은 분노에 가득 찬 가운데 신음소리를 내며 [하계]의 그림자들에게로 내려갔다"(as illi solvuntur frigore membra/ vitaque cum gemitu fugit indignata sub umbras, 12.951~952).

황금시대

작품 『아이네이스』는 투르누스의 죽음과 더불어 끝난다. 따라서 그의 죽음과 더불어 이탈리아에서의 로마의 창건은 아이네아스를 통해 현실화된다. 베르길리우스는 "나는 전쟁과 한 인간을 노래하노라"(arma virumque cano, 1.1)라는 말로 작품을 시작한다. 이를 통해 베르길리우스는 작품 『아이네이스』 주제를 분명하게 해주고 있다. 그는 그 "한 인간", 즉 이 작품의 주인공인 아이네아스가 숱한 표류 (漂流)와 고통을 겪은 뒤, 전쟁을 통해 로마라는 국가를 어떻게 창건 했으며, 그리고 그의 후손들이 어떻게 로마를 위대한 국가로 만들었 으며, 그리고 "고귀한 혈통의 트로이아인 카이사르"(pulchra Troianus Caesar, 1.286)가 태어나 마침내 어떻게 폭력과 전쟁을 종식시키고 황금시대를 가져오는가를 노래하는 것이 작품의 주제라고 말하고 있다.

여기서 베르길리우스는 황금시대를 가져올 미래의 주인공에 대해 이야기하려는 것이 그의 작품의 근본 의도임을 숨기지 않고 있다. 앞으로 언급하겠지만, 사실 문학사상 이 작품만큼 정치적인 작품도 흔 치 않다. 『아이네이스』가 호메로스의 『일리아스』와 『오뒤세이아』를 모방한 작품이라는 것은 흔히 듣는 이야기다. 전반부 아이네아스의 끝없는 표류는『오뒤세이아』에서 주인공 오뒤세우스가 겪는 표류를, 후반부의 아이네아스의 전투는『일리아스』에서 주인공 아킬레우스가 트로이아인들과 벌이는 전투를 모방하고 있다. 사건의 구성과 그 전개방식, 인물의 설정[4]과 이야기의 형식 등 여러 면에서『아이네이스』는 호메로스의 서사시를 흉내 내고 있는 것만은 사실이다.

그러나 호메로스의 서사시에 빠져 있는 중요한 모티프 또는 에피소드가『아이네이스』에 등장한다. 그것은 디도와 아이네아스의 사랑이다. 베르길리우스는 그들의 사랑을 비중 있게 다루고 있지만, 이 또한 큰 주제로 끌고 가지는 않는다. 그에게는 애국(愛國)이라는 '공적인' 사랑이 인간에게 가장 소중한 가치라고 할 수 있는 개인의 '사적인' 사랑보다 더 큰 가치를 차지하기 때문이다. 호메로스의 서사시와『아이네이스』의 관계에 대한 논의는 또 다른 글을 요구하는 주제이기 때문에 더 이상 언급하지 않겠지만, 작품『아이네이스』는 지나치게 **국가주의**를 강조하는 정치적인 작품이라는 점에서, 즉 '국가주의'라는 한 가지 큰 주제에 집중하고 있다는 점에서 호메로스의 서사시와는 근본적으로 다르다. 우리는 이 점을 중심으로 작품을 살펴볼 것이다.

"고귀한 혈통의 트로이아인 카이사르"(1.286)가 태어나 전쟁과 폭력을 종식시키고 새로운 시대인 황금시대를 가져올 것이라고 노래하기 전 베르길리우스는 그의 초기 작품에서도 황금시대를 가져올 이

---

4) 베르길리우스는『아이네이스』의 10권에 등장하는 팔라스는『일리아스』에 등장하는 파트로클로스를, 그리고 투르누스는 헥토르를 모델로 하고 있고, 팔라스의 죽음을 복수하기 위해 무분별하게 살육을 자행하는 아이네아스의 모습은 파트로클로스의 죽음을 복수하기 미친 듯이 살육을 감행하는 아킬레우스의 모습을 모델로 하고 있, 이에 대해서는 Alessandro Barchiesi, *Homeric Effects in Vergil's Narrative*, Ilaria Marches and Matt Fox 옮김 (Princeton: Princeton UP, 2015), 특히 1 ~ 5쪽, 19쪽을 볼 것.

름 모를 한 "소년"을 언급한 바 있다. 전체 10편으로 구성된 전원시 『목가』(牧歌, 기원전 40년) 4번째 시에서 이 소년과 더불어 **황금시대**라는 말이 등장한다.

그 4번째 시는 쿠마이의 예언녀, 즉 아폴론의 여사제인 시뷜라가 행한 예언이 이루어지는 것으로 시작한다. 하늘에서 내려온 이름 모를 한 "소년"(puer)의 탄생과 더불어 "철(鐵)의 백성들"의 시대는 끝나고, "황금의 백성들"(gens aurea)의 시대가 도래(到來)할 것이며, 사투르누스가 통치했던 시대, 즉 황금시대로 돌아갈 것이라고 노래한다(4.4~9). 이 "영광스러운 시대"(4.11)에 "우리의 죄의 흔적"(sceleris vestigia nostri)도 온데간데없이 사라지고, 지상은 "영원한 두려움"에서 해방되고(4.13~14), 그리고 동물들은 다른 동물들과 사이좋게 지내고, 또는 인간들을 무서워하지 않고 친하게 잘 지내며 독사를 비롯해 독성이 강한 식물들이 인간들을 위협하지 않을 것이라고 노래한다(4.22~25). 대지는 인간에게 필요한 곡물과 과일을 무제한 넉넉하게 제공하기 때문에 인간들은 물론 동물들마저도 노동의 저주에서 해방되고(4.41~42), 야생의 가시나무는 열매를 맺어 인간들에게 포도를(4.29), 참나무는 꿀을 제공해주고(4.30), 노래가 흘러넘치는 숲 속에서 목동들은 숲의 신과, 숲의 님프들과 함께 기쁨(5.58)과 평화(5.61)를 만끽하며 나날을 보낼 것이라고 노래한다. 또한편 인간은 전쟁의 광란에서도 영원히 해방될 것이라고 노래한다. 초대 기독교 교인들이 하느님의 왕국이 임박한 것으로 믿었던 것처럼, 베르길리우스도 이 시에서 황금시대가 자기 시대에 가까이오고 있음을 노래했다.

베르길리우스가 황금시대를 노래했을 때, 물론 그는 기원전 700년경에 활동했던 그리스 시인 헤시오도스를 염두에 두고 있었다. 헤시오도스보다 1000년 앞서 『딜문』이라는 메소포타미아의 수메르의 한 시인의 작품에도, "뱀도, 전갈도, 하이에나도, 사나운 개도, 이리도, 두려움도, 공포도, 인간의 어떠한 적수도 없었던 시대"라는 표현이 등장한다.[5] 그리고 『구약』의 「이사야서」(11.7)에도 동물은 동물들끼리 함께 어울려 평화롭게 살았고, 그리고 동물들은 자연과 인간과도 함께 어울려 평화롭게 살았다는 표현이 등장한다. 그러나 헤시오도스에 오게 되면 황금시대는 좀더 구체적인 특징을 갖는다.

헤시오도스는 인간의 시대를 금, 은, 동, 영웅, 그리고 철의 다섯 시대로 나누면서 제우스의 아버지 크로노스가 통치했던 시대를 일컬어 황금시대라고 했다. 그에 따르면 이 시대의 인간은 "신과 마찬가지로" 어떤 근심도 없이 살았고, 식탁에 신과 함께 앉아 음식을 즐겼고, 비옥한 대지는 인간의 생존에 필요한 곡물과 과일을 풍성하게 제공하기 때문에 인간은 일체의 노동에서 해방되어 있었다. 따라서 인간들에게는 사유재산도, 사유재산을 위한 경쟁도 없었다. "황금시대에는 정의(dikē)마저 어떤 자리도 차지하지 않았다."[6] 한마디로 말하면 행복해질 필요성조차도 없었다. 모든 악에서 떠나 아무런 수고도, 고통도, 슬픔도 없이 평화롭게 살았던 인간들은 죽음마저도 "잠에 압도되듯"(『노동과 나날』 119행) 자러 가는 것 같았다.[7]

헤시오도스는 황금시대와 정반대되는 시대를 일컬어 **철(鐵)의 시대**라고 했다. 그는 지금 현재 인간들이 살고 있는 이 철의 시대는 신과 인간의 교류는 거의 사라지고, 인간은 정의 대신 불의와 폭력이 판치는 세상에서 살아가는 시대라고 규정했다. 그리고 앞으로 인간들에

---

5) Fernando Ainsa, "From the Golden Age to El Dorado: Metamorphosis of a Myth," *Diogenes* 133 (1986), 25쪽을 볼 것.

6) Jenny Strauss Clay, *Hesiodos' Cosmos* (Cambridge: Cambridge UP, 2003), 82쪽.

7) 헤시오도스에는 나타나지 않지만, 플라톤의 『크라튈로스』와 『국가』에 따르면 황금시대의 인간들은 죽은 뒤 "성스러운 수호신", 정의로운 인간들에게 "해악을 끼치는 것을 막아주는 고귀한 수호자"가 되었다.

게 "치명적인 고통만이 계속될 것이고", "악의 어떤 치유책도 없을 것"이라고 말했다(『노동과 나날』 200~201행).

베르길리우스는 황금시대와 철의 시대에 대한 헤시오도스의 비전을 오비디우스와 마찬가지로 그대로 이어받고 있다. 그는 이러한 철의 시대에 종지부를 찍고 황금시대를 가져올 주인공을 『목가』에서 그 '소년'이라고 지칭했다. 하지만 그는 그 소년이 정확하게 누구인지는 밝히지 않고 있다. 그로부터 그 소년의 정체는 지금까지 2,000년 이상 연구자들 사이에 늘 논란의 대상이 되어오고 있다. 베르길리우스는 그의 작품 『목가』를 기원전 40년 당시의 집정관의 한 사람이자 그의 후견인이었던 폴리오(Asinius Pollio)에게 바쳤다. 그 소년이 폴리오의 아들이라는 주장도 있었다. 하지만 이를 뒷받침할 그 어떤 것도 이 작품에서나 다른 그 어디에도 없다. 그 당시에 나타난 여러 정황, 날짜, 그리고 여러 지적과 부합되는 한 소년이 있었던 것은 사실이다. 카이사르가 암살당한 뒤, 로마 정치권에서 가장 강력한 힘을 가진 정치가로 등장한 안토니우스와, 그 후 그의 강력한 경쟁자로 나타난 옥타비아누스(후의 이름 아우구스투스) 간의 권력투쟁으로 인해 내란의 가능성이 현실화되었을 때, 기원전 40년 10월 그들 사이에 '브룬디시움 협약'이 체결되었다.

안토니우스에게는 이집트를 포함한 동방 속주들을 지배하는 통치권이, 옥타비아누스에게는 서방 속주들을 지배하는 통치권이 주어졌다. 이 협약을 공고히 하기 위해 당시 집정관이자 베르길리우스의 후견인이었던 폴리오의 주선으로 기원전 40년 11월에 안토니우스는 옥타비아누스의 누이인 옥타비아와 결혼했다. 그 결혼은, 협약에서 표명되었듯, 안토니우스와 옥타비아누스 간의 '화해', 더 나아가 로마의 '평화'를 보증하는 상징적인 사건이었다. 안토니우스가 파르티아인들과 벌인 전쟁에서 승리를 거두고, 그리고 마케도니아 연안의 필리피에서 공화정파의 브루투스와 크라수스를 물리치자 내란이 종식될 것이라는 조짐이 보였다. 내란으로 인해 고통을 받고 있던 모든 사람들에게 로마는 새 시대를 맞을 것처럼 보였다. 따라서 이 순간 적지 않은 이들이 그 소년을 곧 안토니우스와 옥타비아사이에서 태어날 아이일 것이라고 상상할 수 있었던 것도 무리는 아니다.

그러나 이러한 주장은 그 결혼에 지나치게 정치적인 의미를 부여하는 것처럼 보인다. 카이사르 암살 전후의 불안정한 정치적 상황과 내란의 위기에 불안을 감추지 못했던 당시 로마인들은 자신들이 당면한 개인적인 운명과 현실에 대한 인식에 따라 희망과 절망 사이를 오갔다. 특히 카이사르가 암살당한 뒤, 내란의 가능성이 줄곧 로마를 위협해 왔을 뿐 아니라, 기원전 40년에는 아우구스투스와 안토니우스 가운데 결국 어느 쪽이 로마를 지배하게 될지는 그 누구도 예측할 수가 없었다. 희망과 동시에 긴장과 불안의 연속이 모든 사람의 가슴속에서 떠나지 않았다. 카이사르가 암살당한 뒤, 옥타비아누스가 퇴역군인들의 정착지를 만들기 위해 토지를 몰수했을 때, 호라티우스와 마찬가지로 자신의 만투아 농지를 잃었던 지주(地主)의 아들인 베르길리우스[8]도 그 예외는 아니었다.

호라티우스는 『서정단가』 16번째 시에서 동료 로마인들에게 그와 함께 로마를 떠나자고 노래했다. 대지는 땅을 갈 필요도 없이 곡물과 과일 등 모든 것을 저절로 생산하고, 양 등 동물들은 스스로 젖을 짜고, 털도 스스로 깎기 때문에 인간은 물론 소 등 동물들마저도 노동과 노역이 요구되지 않는 낙원으로 돌아가자고 노래했다(6.18~30). 현실에서 불가능한 황금시대를 찾을 수 있는 이른바 '축복받은 자들의 섬'으로 가자고 절망적으로 노래했다. 하지만 다른 한편 그와 거의

---

8) Ronald Syme, *The Roman Revolution* (Oxford: Oxford UP, 1952), 464~465쪽을 볼 것.

같은 시기의 베르길리우스는 호라티우스와 달리,『목가』4번째 시에서 멀지 않은 장래에 한 소년에 의해 황금시대가 이루어질 것이라고 희망적으로 노래했다. 따라서 현실을 바라보는 인식 여하에 따라 문학가들 사이에서도 절망과 희망이라는 양극단이 자리 잡고 있었고, 한 사람의 내면도 경우에 따라 희망과 절망 사이를 오고 갔다.『목가』다음의 작품『농경가』에서 베르길리우스도 오히려 절망과 불안을 노래했다. 이 시에서는『목가』의 그 소년 같은 그 어떤 구세주도 언급되지 않고 있다.[9]

안토니우스가 필리피에서 카이사르 암살의 주동자들인 공화정파 카시우스와 브루투스를 물리쳤던 기원전 42년과, 옥타비아누스가 그리스 서부의 악티움 해전에서 안토니우스와 클레오파트라에게 승리를 거두었던 기원전 31년 사이에는 다른 어느 불안한 시절보다 마법·점성술·종말론·통치자 숭배 등이 횡행했으며, 여러 전조(前兆)를 빌미 삼아 예언과 신탁을 퍼뜨리는 자들이 자주 등장했다.[10]

그리스어로 말하는 디아스포라의 유태인들은 아폴론의 여사제 시빌라의 예언과 같은 신탁들을 만들어 내어, 삼두정치가 초래한 파벌, 즉 공화정파와 카이사르파 간의 권력다툼을 한탄하고, 이에 대한 동방의 복수를 예언하면서,[11] 천년왕국을 가져올 아기 메시아를 상기시키기도 했다. 황금시대를 가져올 소년의 등장을 예수의 제2의 재림으로 최초로 해석했던, 콘스탄티누스 대제의 친구인 교부(敎父) 락

---

9) 이에 대해서는 Karl Galinsky, *Augustan Culture: An Interpretive Introduction* (Princeton: Princeton UP, 1996), 92쪽을 볼 것.

10) Ronald Syme, 같은 책, 218쪽, 256쪽, 471~472쪽. 그리고 Federico Santangelo, *Divination, Prediction and the End of the Roman Republic* (Cambridge: Cambridge UP, 2013), 240~243쪽을 볼 것.

11) R. G. Nisbet, "Horace's *Epodes* and History," *Poetry and Politics in the Age of Augustus*, Tony Woodman and David West 엮음 (Cambridge: Cambridge UP, 1984), 1쪽.

탄티우스, 콘스탄티누스 대제, 그리고 성(聖)아우구스티누스를 비롯한 여러 사람들이 『목가』4번째 시의 그 소년의 등장을 예수의 강림을 미리 알려주는 메시아적 예언으로 해석했던 것도 놀랄 만한 일이 아니다. "중세를 통해 베르길리우스는 그리스도의 재림을 알리는 이교도의 예언자로 …… 생각되기도 했다.[12] 내란에 찢겨진 조국의 장래를 비관적으로 보고 있던 베르길리우스가 집단적인 희망의 상징으로 떠오르던 아기 예수를 황금시대를 가져올 유일한 인물로 마음속에 그리고 있었을지도 모른다. 따라서 『목가』4번째 시의 그 소년은 아기 예수일 수도 있다는 가능성도 배제할 수는 없다. 그러나 베르길리우스가 관련되는 한, 그 소년은 단지 "새로운 시대의 상징 또는 인격화"[13]로 바라보는 것이 더 옳다.

그리고 '브룬디시움 협약'은 결국 깨어졌다. 그 정치적인 결혼은 기원전 37년 안토니우스가 클레오파트라와 결혼함으로써 끝장난다. 두 딸을 낳은 채 옥타비아는 남편 안토니우스에게 버림받았다. 『목가』4번째 시의 그 소년의 에피소드는 결국은 안토니우스와 옥타비아누스 간에 평화를 보증하는 것처럼 보였던 정치적인 화해에 대한 응답이 아니었다. 안토니우스와 옥타비아누스 사이에 태어날 아이가 『목가』4번째 시의 그 소년일 것이라는 당시의 적잖은 이들의 생각도 옳지 않았음이 판명되었다.

황금시대는 한때 있었던 지난 과거이며, 다시 그때로 돌아갈 수 없다는 것이 이 시대를 이야기해온 이들의 한결같은 인식이었다. 하지만 『목가』4번째 시에서 베르길리우스는 황금시대의 복귀를 노래했

12) William Franke, *The Revelation of Imagination: From Homer and the Bible through Virgil and Augustine to Dante* (Evanston, Ill: Northwestern UP, 2015), 170쪽.
13) Karl Galinsky, 앞의 책, 92쪽.

다. 엄격한 의미에서 그는 황금시대의 복귀를 노래한 최초의 시인이라고 말할 수 있다. 황금시대로 다시는 돌아갈 수 없다는 것이 헤시오도스 이래 이어져오는 이 시대에 대한 전통적인 인식이었다. 베르길리우스는 이러한 비관주의적인 인식의 전통을 처음으로 전복(顚覆)시킨 시인이라고 말할 수 있다. 황금시대로 돌아갈 수 있다는 인식을 노래함으로써 베르길리우스는 후세 세대들을 위해 희망의 혁명을 향한 단초를 제공했다. 이는 19세기 초 생시몽의 "인류의 황금시대는 뒤에 있는 것이 아니라 우리 앞에 있다. 그리고 그것은 사회질서의 완성에 있다. 우리의 선조들은 그것을 보지 못했지만 우리의 자손들은 어느 날 그 완성에 도달할 것이다. 그 길을 우리가 마련할 것이다"[14]라는 선언에 의해 확인된다.

황금시대라는 이 "혁명적인 신화"[15]을 통해 "베르길리우스가 정치적 신화(political mythology)에 아주 커다란 영향을 끼친 하나의 공헌이 있다면, 그것은 아마도 황금시대의 복귀의 착상일 것이다."[16] 포지올리가 주장했듯, 초기의 혁명적 이데올로기를 발전시킴에 있어 목가적 이상이 기여했던 것 가운데 가장 중요한 것이 있다면, 그것은 바로 이 황금시대의 신화이다.[17] 중요한 것은 황금시대를 가져올 『목가』 4번째 시의 그 아이가 누구인가가 아니다. 보다 더 중요한 것은 베르길리우스에 의해 황금시대를 가져올 자라고 예언되었던 그 정체 불명의 '소년'의 역할이 정체가 뚜렷한 구체적인 인물, 즉 로마의 황제 아우구스투스에 의해 이루어지고 있다는 것이다.

---

14) Renato Poggioli, *The Oaten Flute: Essays on Pastoral Poetry and the Pastoral Ideal* (Cambridge/ M. A.: Harvard UP, 1975), 29쪽에서 재인용.

15) Norman Cohn, *The Pursuit of the Millennium* (New York: Oxford UP, 1957), 197쪽.

16) Philip Hardie, *The Last Trojan Hero: A Cultural History of Virgil's 'Aeneid'* (London: I. B. Tauris, 2014), 95쪽.

17) Renato Poggioli, 같은 책, 216~217쪽.

작품 『아이네이스』의 1권에서 유피테르가 베누스에게 "고귀한 혈통의 트로이아인 카이사르"(1.286)가 태어나 전쟁과 폭력을 종식시키고 새로운 시대를 가져올 것이라고 말했을 때, 이때의 카이사르는 로마의 종신독재관이었던 율리우스 카이사르를 지칭하는 것으로도 볼 수 있다. 유피테르가 카이사르의 "제국은 사해(四海)에 미치고" "그의 명성"은 하늘의 "별"처럼 높이 빛날 것이라고 말했을 때 (1.287~288), 그의 이러한 언급은 로마의 종신독재관이었던 카이사르가 집권기간 이루었던 공적인 치적을 암시하는 것이라고 볼 수도 있기 때문이다. 아니 "카이사르와 아우구스투스 양쪽 다 가리킬 수 있다."[18] 하지만 카이사르가 암살당한 뒤 아우구스투스가 그의 양자임을 드러내기 위해 가이우스 율리우스 카이사르 옥타비아누스(Gaius Julius Caesar Octavianus)라는 이름을 취한 것을 보면, 유피테르가 가리킨 카이사르는 종신독재관인 그 카이사르가 아닌 아우구스투스임이 분명하다. 이른바 그 "3월의 이데스(Ides)는 황금시대의 시작으로는 여길 수는 없는 것처럼 보이기 때문이다."[19] 따라서 그 '카이사르'를 역사적 인물인 그 종신독재관 카이사르를 가리키는 것으로 보기 어렵다.

작품 『아이네이스』의 6권에서 하계(下界)의 앙키세스는 자신을 찾아온 아들 아이네아스에게 "신의 아들 아우구스투스"(6.791)가 "황금시대를 열 것"(6.793)이라고 예언했다. 이 예언을 통해 베르길리우스는 1권의 그 카이사르는 종신독재관 그 카이사르가 아니라 옥타비아누스, 즉 로마 제국의 황제가 된 아우구스투스임을 정리해주고 있다. 새로운 시대의 상징으로 떠오르던 『목가』의 그 이름 모를 **소**

---

18) Karl Galinsky, 앞의 책, 106쪽.
19) Federico Santangelo, 앞의 책, 234쪽.

년은 여기 『아이네이스』에서 마침내 구체적인 이름을 가진 인물, 즉 지상에 황금시대를 가져올 로마의 황제 아우구스투스로서 등장하고 있다.

아우구스투스와 베르길리우스

옥타비아누스와 안토니우스 간의 적대관계는 기원전 31년 악티움 해전에서 옥타비아누스가 거둔 승리와, 그에 뒤이은 기원전 30년 안토니우스의 이집트에서의 자살로 종식되었다. 모든 권력은 그의 손에 있었다. 기원전 27년에 원로원은 옥타비아누스에게 아우구스투스라는 칭호를 부여했고, 아우구스투스는 제국의 최초의 황제가 되어 40년 동안 로마를 통치했다. 아우구스투스는 공화국에서 제국으로의 전환의 계기를 마련해준 악티움 해전의 승리를 기념하고,[20] 그리고 자신의 업적을 선전할 시인을 찾았다. "자신의 행위와 행동을 기록할 역사가들과 문학가들을 데리고 있었던"[21] 그리스의 알렉산더 대왕처럼,[22] 로마에서도 절대 권력자들은 그들 곁에 자신의 업적과 통치 이념의 선전을 위해 여러 예술가들을 거느리고 있었다.[23] 그리고 베

---

20) Paul Zanker, *The Power of Images in the Age of Augustus*, Alan Shapiro 옮김 (Ann Arbor: U of Michigan Pr., 1988), 82쪽.

21) Richard Jenkyns, *Virgil's Experience: Nature and History, Times, Names, and Places* (Oxford: Clarendon Pr., 1998), 651쪽.

22) "2류의 시인들로부터 정도가 지나친 찬양을 받아들임으로써 그의 명성이 상처를 입었던" 알렉산더 대왕과 달리, "아우구스투스는 가장 훌륭한 시인들하고만 교제하는 것을 자랑스러워했다. 이는 자존(自尊)의 문제였을 뿐 아니라 고도의 정치의 문제였다"(Adrian Goldsworthy, *Augustus: First Emperor of Rome* [New Haven: Yale UP, 2014], 309쪽).

23) Jasper Griffin, "Augustus and the Poets: 'Caesar Qui Cogere Posset'," *Caesar Augustus: Seven Aspects*, Fergus Milla and Erich Segal 엮음 (Oxford: Oxford UP, 1984), 189~218쪽을 볼 것.

르길리우스가 『목가』에서 집정관이었던 폴리오를 칭송하고, 그 시를 그에게 바쳤던 것처럼, 시인들이 작품을 통해 자신의 경제적인 후견인이기도 했던 왕을 비롯해 절대 권력자, 이름난 장군, 그 밖의 영향력 있는 귀족 계급의 정치가들의 행적을 칭송하는 것이 공적인 관례였다.

당시 잘 알려진 일례는 율리우스 카이사르를 찬미하는 비바쿨루스(M. Furius Bibaculus)라는 시인의 서사시가 되겠지만, 시인으로 유명한 프로페리티우스도 그의 『비가』 2권의 첫 번째 시에서 "내가 영웅 서사시를 쓸 수 있는 재능을 가지고 있다면 신화로부터 소재를 끌어내는 것에 내 시간을 낭비하지 않을 것이다…… 나는 카이사르의 전쟁과 업적에 대해서 노래하고 싶다"(19~25)고 그의 후견인 마이케나스에게 노래한 적이 있다. 특별한 일이 있을 때, 호메로스의 서사시를 자주 인용했던 것으로 알려져 있는 아우구스투스는 베르길리우스가 자신을 주인공으로 하여 자신과 자기 통치 하의 위대한 로마를 찬양할 서사시, 즉 호메로스의 『일리아스』보다 더 훌륭한 서사시를 완성해주기를 열망했다. 이 열망이 얼마나 강했던가는 "기원전 23년에 베르길리우스가…… 아우구스투스에게 『아이네이스』의 여러 부분을" 직접 "낭송했다"는 역사적인 "사실"[24]에 의해, 좀더 구체적으로 말하면 그 황제가 외교 문제로 시칠리아, 그리스, 소아시아, 그리고 시리아를 떠나기 바로 직전의 겨울, 팔라티누스에 있는 자택에서 베르길리우스의 『아이네이스』의 2권, 4권, 그리고 6권의 낭송을 직접 들었다는 사실에 의해 확인될 수 있다.[25]

---

24) David Watkin, *The Roman Forum* (Cambridge/M. A.: Harvard UP, 2009), 16쪽.

25) 하지만 이의 사실 여부는 정확하게 확인되지는 않는다. Dean Hammer, *Roman Political Thought: From Cicero to Augustine* (Cambridge: Cambridge UP, 2014), 185쪽을 볼 것.

베르길리우스는 아우구스투스의 요청 이전에 이미 그의 업적을 칭송할 시에 대해 고려하고 있었다. 이는 『목가』 다음의 그의 작품 『농경가』에서도 드러나고 있다. 모두 4권으로 된 이 교술시(敎術詩)에서 베르길리우스는 비정치적인 주제인 노동, 놀이, 인간과 자연 간의 관계, 삶과 죽음, 그리고 재생 등을 노래하면서 아우구스투스를 거론했다. 『농경가』가 마무리되었던 것은 기원전 31년 악티움 해전에서 아우구스투스가 안토니우스를 물리친 뒤, 그 시에서 "카이사르"로 일컬어졌던(3.16) 아우구스투스에게 로마의 통치 권력이 옮겨가던 기원전 29년이었다. 불안과 기대가 교차되던 때였지만, 아우구스투스에 대한 기대가 충만했던 때였기도 하다. 베르길리우스는 4권에서 로마 제국에 대한 자랑, 곧 로마식 법제(法制)의 통치를 세계에 부여함으로써 아우구스투스적인 이상이 어떻게 실현되어질 것인가를 말하고 있으며, 이의 실현에 대한 보상으로 그의 신격화를 예언하고 있다.

그러나 베르길리우스의 아우구스투스는 『농경가』 다음의 작품, 즉 세계문학사상 최고의 서사시 가운데 하나인 『아이네이스』에서 본격적으로 거론된다. 베르길리우스는 첫째 유피테르의 아버지 사투르누스를, 그리고 둘째 아이네아스를 아우구스투스 황제의 원형(原型)으로 등장시키고 있다. 작품 『아이네이스』 8권에 사투르누스는 올림포스에서 왕위를 잃고 쫓겨난 뒤, "유피테르의 무기를 피해" 라티움 땅에 온 것으로 나온다. "관습도 문명도 없는" 여기에 도착한 사투르누스는 "다루기 어려운" 미개인들을 교화시키고, 그들에게 "법을 정해주고", 아주 "평온하고 평화롭게" 그들을 통치했다. 그는 이곳에 온 것을 기념하기 위해 그 땅의 이름을 "라티움"으로 칭했으며, 그의 통치기간은 "황금시대였다"(8.314~325).

베르길리우스는 아우구스투스를 그 고대의 황금시대의 왕, 즉 사투르누스의 계승자로 설정하고 있다. 그들 간의 상관관계는 작품 6권에서 아주 분명하게 드러난다. 그는 사투르누스가 통치했던 라티움에 그 "신의 아들 아우구스투스 카이사르"가 "올 것"이며, 이곳에서 다시 "황금시대를 열 것"(…… aurea/ condet saecula)이라고 말하고 있기 때문이다(6.790~792). 여기서 시인은 로마를 그 고대의 황금시대의 유일한 고향이자 새로운 황금시대의 자연적인 출발점으로 여긴다. 이는 방금 인용했듯, "그의", 즉 사투르누스의 통치기간은 "황금시대였다"(8.324)라는 말로 시작되는 데서 확인된다.

베르길리우스는 사투르누스를 라티움과 연관시키고 관습과 문명도 없는 그 땅의 미개인들을 교화시킨 그 위대한 영웅의 역할을 아우구스투스에게 부여하려는 목적을 숨기지 않고 있다. 그리하여 그는 아우구스투스의 **로마 통치 하의 평화**(Pax Romana)를 황금시대의 복귀로, 그리고 아우구스투스를 내란에 찢겨진 그의 시대에 평화와 질서를 가져올 지도자, 관습과 문명도 없었던 라티움 땅에 황금시대를 가져왔던 그 통치자, 즉 사투르누스의 화신으로 부각시킴으로써 역사적인 정당성을 제공하려했다.[26] 사실 스넬 교수가 오래전에 지적했듯, "베르길리우스 이전의 그리스나 로마 그 어떤 문학에서도 유토피아가 『아이네이스』에서처럼, 또는 그 이전의 작품 『목가』에서처럼 역사적인 현실과 이렇게 밀접하게 얽혀 있었던 적은 없었다."[27]

사투르누스와 아우구스투스 간의 상관관계와 마찬가지로 아이네아스와 아우구스투스 간의 상관관계 역시 『아이네이스』에서 뚜렷하게 나타난다. 『아이네이스』의 주인공인 아이네아스의 가상적인 모델이 되고 있는 아우구스투스에 대해 베르길리우스가 어떤 시각을 갖

---

26) Marianne Wifstrand Schiebe, "The Saturn of the Aeneid-Tradition or Innovation?," *Vergilius* 32 (1986), 55쪽.

27) Bruno Snell, *The Discovery of the Mind: The Greek Origins of European Thought*, T. G. Rosenmeyer 옮김 (Cambridge/ M. A.: Harvard UP, 1953), 29쪽

고 있는가를 차례로 살펴보자. 이 작품에는 아우구스투스와, 그리고 그가 이룰 업적에 대해 예언하는 장면이 세 번 등장한다.

첫 번째 예언. 아이네아스가 이탈리아로 가기 위해 사선을 넘나드는 험난한 항행을 계속하고 있을 때였다. 어머니인 베누스가 유피테르에게 아이네아스가 무슨 큰 잘못이 있어 그렇게 고통을 겪게 하느냐고 불평을 하자, 유피테르는 그녀에게 운명의 책을 펼쳐 보이면서 자신은 로마인들에게 시간과 공간의 제약을 받지 않는 "무한한 권력을 주었다"(imperium sine fine dedi, 1.279)라고 말하면서 다음과 같이 예언했다. 그 예언의 하나는 로마인들의 그리스의 정복과 지배, 즉 로마인들의 마케도니아의 정복과 지배이고, 또 하나는 아우구스투스의 등장과, 그의 "재앙을 가져다주는 전쟁의 문(門)"의 폐쇄(1.294), 즉 그에 의한 사악한 전쟁의 영원한 종식이고, 또 다른 하나는 이 종식과 더불어 유피테르에게 부여받은 무한한 권력을 행사해 로마인들은 "세계의 주인"(rerum dominos, 1.282)이 되고, 아우구스투스는 세계 전체에 황금시대를 가져온다는 것.

두 번째 예언. 하계의 앙키세스가 자신을 찾아 온 아들 아이네아스에게 앞으로 세워질 로마와, 그 로마의 미래의 영웅들을 이야기하면서였다. 앙키세스는 신의 자손인 아우구스투스가 태어나 사투르누스가 통치했던 라티움 땅에서 다시 "황금시대를 열 것"(6.791~792)이며, 이 황금시대는 로마 제국의 건국과 더불어 세계 전체에 미칠 것이라고 예언했다. 그리고 그는 아이네아스에게 조각, 수사학, 천문학은 그리스인들이 우월하지만, 통치기술은 로마인들이 그들보다 우월할 것이라고 예언한 뒤, 세계를 정복한 다음 로마인들은 세계 평화를 공고히 하고(물론 군사적인 힘에 의해), 그 토대 위에서 로마의 문명을 세계에 펼쳐보이되, 무엇보다도 "권위로써 여러 민족을 다스리고, 평화를 관습화하고, 패배한 자들에게는 관용을 베풀고, 교만한 자들은 전쟁으로 철퇴를 가하는"(6.851~853) 그러한 통치기술을 행해야 한다고 말했다. 그리고 그 어떤 것보다 그리스인들보다 더 우월한 이러한 통치기술은 비로소 아우구스투스에 의해 실현된다는 것.

마지막 예언. 불카누스가 베누스의 요청에 의해 아이네아스에게 선물로 주었던 방패에 새겨진 악티움 해전(海戰)과, 그 해전에서의 아우구스투스의 최종적인 승리에 관한 예언이다. 뒤에 가서 본격적으로 논하겠지만, 내란의 절정에 이른 이 싸움에서 아우구스투스는 이집트의 여왕 클레오파트라를 동반한 채 동방의 군대, 즉 아이귑투스[이집트인]들, 인디아인들, 아랍인들, 사바이족을 이끌고 그와 맞서는 안토니우스를 물리친 뒤, 정복한 동방의 무리들에게 질서를 부여하는, 평화와 정의의 사도가 된다는 것이다.

아우구스투스

그러나 베르길리우스에 의해 로마와 세계에 황금시대를 다시 여는 신적인 인간으로 노래되었던 아우구스투스도 실제 역사적인 인물로서는 로마의 역사가들에 따라 다르게 평가되었다.[28] 긍정적으로는 평화와 질서를 가져온 자, 그리스 및 동방 사상과 그 관습을 좋아했던 "그 불길한 이국적 동방주의"[29]자인 안토니우스, 그리고 "그리스의 주권자"인 양 묘사되고 있는 율리우스 카이사르와 달리, "동방적인 (그리스적이거나 이집트적인) 그 어떤 낌새도 전혀 없었던……로마인

---

28) 이에 대해서는 Emilio Gabba, "The Historians and Augustus," 앞의 책, *Caesar Augustus: Seven Aspects*, 61~88쪽을 참조할 것.

29) 페리 엔더슨, 『고대에서 봉건제로의 이행』, 유재진·한정숙 옮김 (창작과비평사, 1990), 72쪽.

다운 자",[30] 그리고 공화제, 원로원의 권위, 그리고 옛 로마의 전통적인 생활방식을 성실하게 복원하려 했던 통치자[31]로 평가받았고, 부정적으로는 공화정(共和政)의 가치인 자유의 종말을 가져온 전제정치가로 평가받았다.

그에 대한 평가는 긍정과 부정이 늘 함께 자리했듯, 아우구스투스도 자신에 대한 동시대인들의 초기 부정적인 시각을 모를 리가 없었다. 율리우스 카이사르가 암살당한 뒤, 그는 카이사르의 죽음을 복수하고, 이탈리아 전체를 내란으로 뒤흔든 위기로부터 공화국을 구하는 것을 자신의 일차적인 목적으로 삼았다. 아킬레우스가 친구 파트로클로스의 죽음을 복수하려는 강렬한 욕망을 어머니 테티스 신에게 토로하던 구절을 호메로스의 『일리아스』에서 직접 인용할 정도로, 아우구스투스는 카이사르의 죽음을 복수하는 데 광적일 정도로 집착했으며, 또한 다섯 차례의 내란에서 살아남기 위해 모든 수단을 동원할 수밖에 없었고, 그리고 무자비하게 되지 않으면 아니 되었다. 그의 잔인한 면은 그가 악티움 해전에서 승리를 거두기 전까지 계속되었다. 그 승리 이후에야, 그리고 기원전 27년 '아우구스투스'라는 칭호를 얻은 이후에야 그는 자비로운 통치자의 이미지를 창조하려 했다. 그러나 하룻밤 사이에 가장 자비로운 자가 될 수는 없었다. 잔인한 전제자로부터 국부(國父, pater patriae)로 그의 이미지를 변화시키는 것이 아우구스투스의 주된 목적이었다.

통치의 고삐를 휘어잡자마자 그는 자신의 공적인 이미지를 변화시키기 위해 여러 가지 수단을 동원했다. 가령 그에게 불리한 역사적

---

30) Sarolta A. Takács, *The Construction of Authority in Ancient Rome and Byzantium: The Rhetoric of Empire* (Cambridge: Cambridge UP, 2009), 47쪽.

31) 이에 대해서는, Zvi Yavetz, 앞의 글, "The Res Gestae and Augustus' Public image," 3~8쪽을 볼 것.

자료를 파기한다든가, 그에게 반대하는 자들의 글을 금지한다든가, 또는 그의 공로를 기념하기 위해 만든 주화(鑄貨)에 더 이상 그의 얼굴을 수염으로 가득 찬 모습―이는 한때 율리우스 카이사르 암살에 대한 그의 슬픔의 표시였다―이 아니라 위대한 인간과 무사(武士)의 이상적인 모습으로 등장하게 한다든가 하는 등 여러 물리적인 조치를 취했다. 하지만 다른 한편 그의 권력이 탄탄해지면 탄탄해질수록 아우구스투스는 그의 적들과 반대자들에게 더욱 관용을 베풀었다.[32] 특히 더 이상 생존하지 않아 그의 위상을 위협할 수 없는 죽은 자들에 대해서는 더욱 더 관대했다. 그는 손자들 앞에서 키케로를 칭찬했으며, 메디올라눔에 브루투스의 조상을 세우는 것에 반대하지 아니했다. 점차적으로 그러나 지속적으로 그는 율리우스 카이사르의 기억에서 자신을 멀리 했다. 베르길리우스도 내란 발발의 큰 책임을 아무런 불안 없이 카이사르에게 돌렸으며, 리비우스 또한 그의 저서에서 폼페이우스를 칭찬할 수 있었다.[33]

중요한 것은 누가 그를 어떤 각도에서 평가했던 간에 당시의 로마인들의 대다수는 아우구스투스를 신과 같은 절대적인 존재로 인식했다는 것이다.[34] 아우구스투스에 대한 일반 대중의 봉기는 없었지만, 베르길리우스가 죽기 전에도 세 번이나 아우구스투스의 생명을 노린

---

32) Ronald Syme, 앞의 책, 481~486쪽. "패자에 대한 관용은…… 로마정치의 바로 중심문제였다." 그리고 "패배한 자들을 어떻게 처리해야 하는가는 여러 세대를 걸쳐 로마 시민사회의 뼈대를 규정하는, 그리고 로마의 운명에 영향을 미치는 중대한 결정사항이었다"(Alessandro Barchiesi, 앞의 책, 93쪽). 옥타비아누스, 즉 아우구스투스가 관용(clementia)을 어떻게 전략적으로 이용했는가에 대해서는 Melissa Barden Dowling, *Clemency and Cruelty in the Roman World* (Ann Arbor: U of Michigan Pr., 2006), 특히 55~72쪽을 볼 것.

33) Zvi. Yavetz, "The Personality of Augustus: Reflections on Syme's Roman Revolution," *Between Republic and Empire: Interpretations of Augustus and His Principate*, Kurt A. Raaflaub, Mark Toher 엮음 (Berkeley: U of California Pr., 1990), 34쪽.

34) Paul Zanker, 앞의 책, 298~299쪽.

음모는 있었다. 악티움 해전이 일어나던 해에 레피두스에 의해, 기원전 23년에 판니우스 카이피오와 테렌티우스 바로에 의해, 그리고 기원전 19년에 에그나티우스 루푸스에 의해서였다. 이들은 모두 원로원 계급에 속했던 자들이었다. 또한 그의 통치 기간 중에도 내란 전의 지난날의 공화제에 대한 동경과 향수가 존재했다. 리비우스 폴리오, 그리고 메살라 등 모두가 과거의 '자유'를 찬미했다.

그러나 안토니우스와 클레오파트라를 물리치고 내란을 종식시킴으로써, 그리고 이탈리아를 비롯해 내란에 가장 위협받았던 속주들, 그 가운데 주된 속주인 갈리아, 스페인 그리고 시리아 등에 평화를 가져옴으로써 아우구스투스는 이탈리아를 비롯해 여러 속주들이 그를 칭송하기 위해 주조했던 주화(鑄貨)에서 신과 같은 존재로, 가령 넵투누스 신과 같은 모습으로 등장했다. 당시의 대다수 사람들이 일컬었듯, 그는 사실상 **구세주**(救世主),[35] "제국의 구세주였다".[36]

베르길리우스가 작품 『아이네이스』에서 지도자로서의 아우구스투스의 이미지를 이 넵투누스 신과 관련해 각별히 다루고 있는 것은 우연한 일이 아니다. 호메로스에서와 마찬가지로 베르길리우스도 『아이네이스』 1권 145행 이하에서 이륜전차와 이를 조종하는 넵투누스의 이미지를 아우구스투스와 직접 연관시켜 사용하고 있다. 가령 바다의 신 넵투누스가 큰 바다 위로 전차를 타고 달릴 때, 종마(種馬) 같은 바다와 기마(騎馬) 같은 바람은 소리를 죽이고 잠잠해진다. 이는 반란에 들끓고 있는 폭도들을 무찌르고 평화와 질서를 가져오는 아우구스투스를 이 신과 비유하기 위해서다. 넵투누스와 아우구스투

---

35) Paul Veyne, *Bred and Circus: Historical Sociology and Political Pluralism*, Brian Pearce 옮김 (Allen Lane: Penguin Pr., 1990), 255쪽.

36) E. Baldwin Smith, *Architectural Symbolism of Imperial Rome and the Middle Ages* (Princeton: Princeton UP, 1956), 24쪽.

스, 이륜전차를 모는 자와 질서를 회복시키는 자 사이의 연관은 기원전 31년의 악티움 해전을 기념하기 위해 조각된 조가비 보석에서도 나타난다. 이 보석에서 아우구스투스는 네 마리 말이 끄는 이륜전차를 바다 위로 모는 넵투누스로 그려져 있다.

아우구스투스는 넵투누스처럼 로마 질서를, 그리고 세계평화를 궁극적으로 이룬 신과 같은 존재로 나타나고 있다. "아우구스투스는 동료 로마인들에게 자신은 단지 한낱 인간에 불과하며", 그러므로 그에게 향하는 경배는 마땅히 신들에게 향해야 한다고 그들을 확신시키고자 했지만,[37] 아우구스투스는 모든 전통적인 기준을 따져볼 때 자신도 신과 같은 칭호를 부여받고 신과 같은 대접을 받을 만한 가치 있는 자로 여겼다. 따라서 그의 이미지를 높이고, 그의 여러 큰 업적을 돋보이게끔 가능한 모든 수단을 동원했을 뿐만 아니라, 그와 뜻을 같이한다든가 그에게 호의적인 역사가, 시인, 조각가, 그리고 건축가들을 적극적으로 이용했다. 아니 "시인과 예술가들은…… 아우구스투스의 권위(auctoritas) 하에서 정기적으로 솔선해서 예술작품과 문학작품들을 내놓았다."[38]

베르길리우스는 이미 『목가』 첫 번째 시에서 청년 옥타비아누스를 신으로 칭했고(1.6), 호라티우스는 『서정단가』 3번째 시에서 아우구스투스를 현존하는 신이라고 말했다. "시인들은 아주 기꺼이 그[아우구스투스]를 신으로, 아니면 신의 반열에 오른 자라고 말해주었다."[39] 제국의 "팽창주의의 역할"을 정당화하고 이의 그 "선전역할"

---

37) Paul Zanker, 앞의 책, 302쪽.

38) Craig Kallendorf, *The Other Virgil: 'Pessimistic' Readings of the 'Aeneid' in Early Modern Culture* (Oxford: Oxford UP, 2007), 65쪽.

39) Pramit Chaudhuri, *The War with God: Theomarchy in Roman Imperial Poetry* (Oxford: Oxford UP, 2014), 78쪽.

을 맡았던,[40] 따라서 "모든 시인들 가운데 가장 관변적인 시인"[41]으로 일컬어지고 있는 베르길리우스는 작품 『아이네이스』를 통해 아우구스투스 황제와 그의 통치 하의 로마제국의 이데올로기를 정당화하는 정치적인 역할을 가장 완벽하게 했다고 말할 수 있다.

황금시대와 로마제국의 이데올로기

지금까지 베르길리우스가 작품 『아이네이스』를 통해 황금시대를 가져올 인물로 내세웠던 아우구스투스가 역사적인 인물로서 실제로 어떤 평가를 받았고, 그 시대의 대다수의 로마인들은 그를 어떻게 바라보았는가를 살펴보았다. 베르길리우스는 단순히 내란의 종식이라는 업적 때문에 그를 칭송하고 있는 것만은 아니다. 그는 황금시대를 조건적인 것으로, 즉 오직 아우구스투스 황제에 의해서만 황금시대가 다시 가능할 수 있다고 주장함으로써 그 시대를 조건적인 것으로 만들고 있다. 따라서 그는 모든 로마인들로 하여금 그 황제를 무조건 따를 것을 강요하고 있다. 또 한편 아우구스투스의 '로마 통치 하의 평화'를 황금시대의 '복귀'로 규정함으로써, 그는 황금시대의 신화를 아우구스투스와 로마인들에 의한 세계 제패를 정당화시켜 주는 제국주의적인 이데올로기로 이용하고 있다. 세계 패권을 그 기본으로 하는 제국주의적 입장은, 앞서 인용했듯, 앙키세스가 하계로 자신을 찾아온 아들 아이네아스에게 로마의 미래를 예언한 뒤, 로마인들은 "권위로써 여러 민족을 다스리는 것을…… 명심해야한다"(6.851~852)라는 말에 의해 구체적으로 확인된다.

---

40) Stuart Elden, *The Birth of Territory* (Chicago: U of Chicago Pr., 2013), 78쪽.

41) E. R. Curtius, "Virgil," *Essays on European Literature*, Michael Kowal 옮김 (Princeton: Princeton UP, 1973), 5쪽.

이는 악티움 해전, 즉 아이네아스의 방패에 새겨져 있는, 안토니우스와 벌인 싸움에서 아우구스투스의 승리에 의해 잘 드러나고 있다. 아우구스투스는, "야만족의 부(富)와 잡동사니 무기"(ope barbarica variisque……armis(8.685)[42]를 갖고 그리고 "괴물 같은 신들"과 개의 머리를 한 "아누비스 신"(8.698)을 동반한 채 이집트의 클레오파트라와 한 패가 되어 "아이굽투스[이집트]인, 인디아인, 아랍인, 사바이족 등 동방의 군대를 이끌고 자기에게 다가오는 안토니우스와 맞서 싸운다. 그러나 "말이 서로 다르듯 그들의 복장과 무기들도 각양각색"(8.723)인 그 무질서한 오합지졸의 야만인인 동방의 군대와 달리, "아우구스투스 카이사르"(8.678)의 군대는 같은 인종의 "이탈리아인으로 구성된 단일한 애국적인 군대다."[43] 그리고 아우구스투스 편에는 그리스와 로마의 신들인 베누스, 미네르바, 넵투누스가, 이집트의 여왕 클레오파트라를 편드는 동방의 "괴물 같은 신들"과, 개소리를 짖어대는 괴상한 아누비스 신과 맞서 싸우고 있고, 무엇보다도 이성(理性)의 신인 "아폴론"(8.704)과 "아버지의 별"(8.681), 즉 율리우스 카이사르가 그들과 맞서고 있다. 자신들을 향해 활을 당기고 있는 아폴론을 보자 동방의 오합지졸들은 "모두 겁에 질려 도망친다"(8.705~706). 아폴론이 자신의 성전(聖殿)의 계단 위에 앉아서 아우구스투스의 승리를 지켜보는 가운데 안토니우스와 클레오파트라가 이끄는 동방의 야만의 군대는 마침내 패전의 종말을 맞이한다.

로마의 다른 시인들에게도 동방의 이집트와 클레오파트라는 부정

---

42) "ope barbarica"를 보통 "야만족", 즉 동방의 "부"(富)로 번역하지만, 탈격 'ope'의 명사 'ops'가 군사력도 가리키는 또 다른 의미가 있다고 주장하는 학자도 있다. Yasmin Syed, *Vergil's 'Aeneid' and the Roman Self: Subject and Nation in Literary Discourse* (Ann Arbor: U of Michigan Pr., 2005), 248쪽(주5)을 볼 것.

43) David Quint, *Epic and Empire: Politics and Generic Form from Virgil to Milton* (Princeton: Princeton UP, 1993), 26쪽.

적인 이미지로 적나라하게 나타나고 있다. 시인 프로페리티우스는 이집트를 독성(毒性)과 허위의 땅으로, 클레오파트라를 갈보로 묘사하고 있으며, 유피테르와 맞서 싸우는 아누비스 신을 개소리를 짖어대는 괴물로 그리고 있다(『비가』 3.11.33~42). 시인 호라티우스는 유피테르의 신전을 파괴하고 제국을 파멸시키려 하는 클레오파트라를 발광(發狂)한 여자로, 그녀를 추종하는 자들을 타락한 깡패로 묘사하고 있다(『송가』 1.37.6~10).

문학가들뿐만 아니라 역사가들과 철학자들에게도 이집트와 클레오파트라는 부정적인 이미지로 부각되고 있다. 가령 디오는 알렉산드리아의 주민과 이집트인들을 클레오파트라의 노예로, 동물숭배 같은 터무니없는 의식에 미쳐있는 자들로 비판하고 있으며, 로마인이 아니라 완전히 이집트인이 되어 클레오파트라를 마치 이시스나 셀레네 같은 여신인 양 숭배하는 안토니우스를 크게 비난한다(『역사』 50.24.6~25.3, 50.27.1). 타키투스도 그리고 키케로도 이집트인들을 진리와 동떨어진 미신에 빠져있는 자들이라고 비난하며, 더 나아가 아피스로 일컬어지는 황소를, 그리고 말이나 악어 등을 신으로 숭배하는 비이성적이고 야만적인 자들이라고 조롱하고 비난한다(타키투스, 『역사』 1.11.1; 키케로, 『신의 본성에 관하여』 1.43, 3.47; 『공화정에 관하여』 3.14).[44] 로마인들에게 이러한 동방은 서방에 의해 정복되어야 마땅한 존재였다.

사실 동방에 대한 로마와 서방의 승리는 아이네아스가 투르누스와 벌이는 이른바 이탈리아 전쟁의 마지막 싸움을 다루는 작품 『아이네이스』의 12권에서 이미 예고되고 있다. 여기서 투르누스의 라티니

---

44) Erich S. Gruen, *Rethinking the Other in Antiquity* (Princeton: Princeton UP, 2011), 108~109쪽을 참조할 것.

족의 전사(戰士)인 오시리스는 트로이아인 튐브라이우스의 칼에 죽임을 당한다. 라티니 족의 전사인 이 오시리스는 이집트의 하계의 신 오시리스와 동일한 이름을 취하고 있다. "이 두 인물 간의 싸움은 상징적으로 트로이아-이탈리아(즉 로마)국가정체(正體)를 동방(이집트)국가정체와 대립시켜, 전자를 정복자, 후자를 정복당한 자로 만들고 있다."[45] 아우구스투스와 안토니우스 간의 싸움인 악티움 해전은 "문명을 위협하는 힘"[46]을 상징하는 동방에 대한 서방의 승리로 부각되고 있다. 동방/서방이라는 이항 대립을 설정함으로써 베르길리우스는 『일리아스』이래 이어져오는 대립의 패턴을 『아이네이스』에서도 행하고 있다.

이 대립의 패턴은 사이드가 **오리엔탈리즘**(Orientalism)의 단초가 되는 최초의 문학작품이라고 지적했던,[47] 또는 '오리엔탈리즘'의 "최초의 자료"로 평가받고 있는,[48] 그리스 비극 시인 아이스퀼로스의 초기 작품 『페르시아인들』에서 본격적으로 나타나고 있다. 이 작품에 등장하는 페르시아인을 비롯한 아시아인, 즉 그리스 아테나이를 침공하는 동방인의 모습은 "사치스럽고 물질주의적이고 충동적이고 독선적인"[49] 자들로 그려지고 있다. 그리스 비극에는 아테나이의 남성 시민과 대립되는 다양한 인물들, 즉 이른바 **타자**(他者)로 일컬어지는 여성, 아테나이에 거주하는 재유외인(在留外人), 스파르타인, 테바이인, 이집트인을 포함한 여러 이방인, 노예 등이 등장한다. 아테나이

---

45) J. D. Reed, *Virgil's Gaze: Nation and Poetry in the 'Aeneid'* (Princeton: Princeton UP, 2007), 74쪽.

46) R. O. A. M. Lyne, *Further Voices in Vergil's Aeneid* (Oxford: Oxford UP, 1987), 28쪽.

47) Edward W. Said, *Orientalism* (London: Routledge & Kegan Paul, 1978), 3쪽.

48) Edith Hall, *Inventing the Barbarian: Greek Self-Definition through Tragedy* (Oxford: Clarendon Pr., 1989), 99쪽.

49) Edith Hall, 같은 책, 71쪽.

의 남성시민에 대립되는 그 부정적인 '타자'들 가운데 작품 『페르시아인들』에서처럼, '이방인=야만인'이라는 공식이 등장한 것은 페르시아 전쟁 이후, 즉 기원전 5세기 초였다. 그 이전에는 이러한 차별의 공식이 존재하지 않았다.

영어, 불어, 독어 등 서양어에서 '야만의' 또는 '야만인'을 의미하는 단어의 어원인 그리스어 **바르바로스**(barbaros)는 본래는 '그리스어를 말하지 않는', 또는 '그리스어를 말하지 않는 자', 즉 이방인을 가리키는 단어였다. 비(非)그리스인, 즉 이방인 전체를 가리키던 바르바로스가 작품 『페르시아인들』에서 비로소 **야만인**이라는 의미로 자리 잡게 되었다.[50] 작품 『아이네이스』에서 베르길리우스도 비그리스인=야만인이라는 공식을 이어받아 동방의 군대를 이끌고 있는 안토니우스를 가리켜 "야만족의 부(富)"(ope barbarica)를 갖고 있다고 말했다. 원래 단지 '그리스어를 말하지 않는', 또는 '그리스어를 말하지 않는 자'라는 의미를 가진 바르바로스가 그리스어와 비(非)그리스어의 차이를 나타내는 성격을 띠면서, 그리스어가 아닌 비그리스인의 언어, 즉 이방인의 언어는 "원시성", "천박성", "불합리성", "지적·문화적" 후진성, 이러한 특성을 보여주는 "거의 변치 않는 하나의 지표(指標)"가 되었다.[51] 혹자의 주장대로 "그리스인이 없다면 야만인도 없다."[52] '그리스인(서방), 문명인/ 비그리스인(동방), 야만인'이라는 이항대립은 『아이네이스』에서 '로마인(서방), 문명인/ 이집트인 그리고 여러 아시아인(동방), 야만인'이라는 대립의 형태로

---

50) 임철규, 「페르시아인들」, 『그리스 비극-인간과 역사에 바치는 애도의 노래』 (한길사, 2007), 46~47쪽을 볼 것.

51) Rosaria Vignolo Munson, *Black Doves Speak: Herodotus and the Languages of Barbarians* (Cambridge/ M. A.: Harvard UP, 2005), 2쪽.

52) François Hartog, *Le Miroir d'Hérodote: Essai la représentation de l'autre* (Paris: Gallimard, 1980), 329쪽.

반복되고 있다.

이 패턴은 "그 이후 아시아, 아프리카, 그리고 최근에 발견된 신세계의 백성들과 영토를 정복하는 팽창주의의 유럽을 묘사하는 르네상스 서사시들에서 그대로 반복되고 있다. 가령 아리오스토의 기사(騎士)들은 스페인, 북아프리카, 사마르칸, 인도, 그리고 중국에서 모병된 이슬람군대를 정복하며, 타소의 무협(武俠)들은 시리아인들, 이집트인들, 그리고 터키인들로부터 예루살렘을 해방시키고, 카모엔스의 포르투갈 수병(水兵)들은 모잠비크, 인도, 그리고 근동에서 경제제국(帝國)을 구축하기 위한 기초를 쌓았다."[53]

정복을 위한 서방의 정당성은 여러 측면에서 뒷받침되었지만, 동방은 서방이라는 **주체**(主體)의 창조를 위해 필요한 전제조건인 **타자**(他者)—시몬느 보부아르의 용어를 빌리면[54]—로 설정되어왔다. '주체'의 창조, 주체의 정체성(正體性) 형성에 '타자'의 창조가 요구된다는 것은 일찍 칸트, 헤겔, 칼 슈미트 등의 인식에서 드러난 바 있다. 그들에게 '우리', 즉 '주체'는 '그들', 즉 '타자'의 희생을 통해서 가능한 것이었다. 칸트는 이러한 적대, 이러한 대립은 우리의 타고난 본성이라 말했고, 헤겔은 우리는 전쟁 등 외적인 갈등을 통해 집단적 공동체를 발전시킨다고 말했다. 좀더 극단적으로 슈미트는 적과 폭력적인 투쟁을 하는 동안 정치적 정체성이 가장 잘 형성될 수 있다고 말했다.[55] 그들, 즉 칸트, 헤겔, 슈미트는 한결같이 다른 자들에 대한 적의

---

53) David Quint, 앞의 책, 24쪽.

54) "여성은 남성과의 관계 속에서 규정되고 구별되지만, 남성은 여성과의 관계 속에서 규정되고 구별되는 것이 아니다. 말하자면 여성은 우연적인 것, 본질적인 것과는 반대되는 비본질적인 것이다. 남성은 주체적, 절대적인 존재이지만 여성은 타자(他者)이다." Simone de Beauvoir, *The Second Sex*, H. M. Parshley 옮김(Harmondsworth: Penguin, 1972), 16쪽.

55) 이에 대한 포괄적인 논의는 Richard Ned Lebow, *The Politics and Ethics of Identity: In Search of Ourselves* (Cambridge: Cambridge UP, 2012), 78~83쪽을 볼 것.

(敵意), 또는 적대행위를 국가 정체성의 형성과 유대의 가장 핵심적인 구성요소로 인식했다.

정체성은 "차이를 타성(他性)으로, 또는 악으로……의 전환"을 요구한다.[56] 이에 따라 '타자'는 가치가 결여된, 지적·이성적 능력이 없는, 불투명한 존재, 인간 공동체의 구성원에 낄 수 없을 만큼 무질서하고, 비조직적이고, 개별적인 개성이 없는 익명의 집단,[57] 바타이유의 말을 빌리면 "무수한 우발적인 사건과 우연"에 종속되는[58] 집단으로 파악되어 왔다. 사이드의 견해를 거론하지 않더라도 서방의 제국주의는 그들의 상상 속에 자리하고 있던 동방을 그들의 필요에 따라 신비화시킨 다음, 결국 그곳을 탐험하여 정복, 착취해 왔다. 동방은 스스로 존재해 온 것이 아니라 단지 서방의 자기중심적인 논리에 의해 잘못 해석된 형태로 존재해 왔다.

사이드는 **오리엔탈리즘**(Orientalism)을 "동방을 지배하고 재구성하여 군림하려는 서방적인 스타일"[59]로 규정함으로써, 서방, 즉 "유럽에 의한" 동방의 "창조"[60]를 권력을 지향하는 서방적인 의지의 부산물로 보고 있다. 여기서 그가 말하는 "권력은 근대 유럽의 제국주의 헤게모니를 지칭하는 동시에 좀더 구체적으로는 서양과 동양 사이의 불균등한 권력관계를 의미한다."[61] 유럽 문명의 뿌리는 인도-유럽이

---

56) William E. Connolly, *Identity/ Difference: Democratic Negotiations of Political Paradox* (Ithaca: Cornell UP, 1991), 64쪽.

57) Albert Memmi, *The Colonizer and the Colonized* (Boston: Beacon Pr., 1967), 82~85쪽.

58) Georges Bataille, *Visions of Excess Selected Writings, 1927-1939*, Allan Stoele 편역 (Minneapolis: U of Minnesota Pr, 1985), 130쪽. '타자'에 대한 포괄적인 논의는 Robert Young, 제1장 "White Mythologies," *White Mythologies Writing History and the West* (London: Routledge, 1990), 1~20쪽을 볼 것.

59) Edward W. Said, 앞의 책, 3쪽.

60) Edward W. Said, 같은 책, 1쪽.

61) 이경원, 『검은 역사 하얀 이론─탈식민주의의 계보와 정체성』 (한길사, 2011), 338쪽.

아니라 아프리카-아시아에 있다는 인식에 대한 반동에서 태어난 유럽 중심적인 구조물이 헬레니즘이며, 따라서 헬레니즘은 타자들—특히 그 형성 단계에 있어서 그리스 문명에 지대한 영향을 끼쳤던 이집트인과 페니키아인을 비롯한 그 밖의 다른 중동 흑인들—의 문화적 영향력에 맞서 서양문명의 인종적 그리고 문화적인 순수성을 유지하고자 하는 하나의 이데올로기에 불과하다는 주장도 최근에 등장하고 있다.[62] 사실 서방은 자신의 문명을 동방문명과 대립시키고, 따라서 자신의 문명을 동방문명의 대리자로 설정함으로써 자신의 힘과 자기 정체성을 획득한다.[63] 다시 말하면 오리엔탈리즘은 '우리'[유럽인] 대(對) 비(非)유럽인들을 규정하는 유럽적인 자기정체성의 한 부분이다. 더 나아가서 관찰의 대상이 되는 객체—동방은 이를 관찰하는 주체—서방과는 다른 존재이며, 이 "폭군적인 관찰자"[64]는 객체와 관련하여 초월적인 존재가 된다. 왜? 이 관찰자만이 참된 인간존재이기 때문이다.[65]

이미 인용했듯, 『아이네이스』 1권에 나오는 유피테르의 "나는 시공의 한계에 제한받지 않는, 무한한 권력을 주었다"(1.278~279)는 발언은 악티움 해전 승리 뒤 동방은 물론 서방 전체를 통치하려 했던 아우구스투스의 야심[66]을 정당화시켜주고 있다. 오늘날 많이 논의되

---

62) Martin Bernal, *Black America: The Afroasiatic Roots of Classical Civilization* (New Brunswick: Rutgers UP, 1987) I, 281~30쪽을 볼 것.

63) Edward W. Said, 앞의 책, 3쪽, 8쪽.

64) Edward W. Said, 같은 책, 310쪽.

65) Edward W. Said, 같은 책, 97쪽, 10쪽. 사이드의 저서 『오리엔탈리즘』의 역사적 위치와 그의 방법론적인 모순에 대해서는 탈식민주의에 관한 이론서 가운데 고전이라고 할 수 있는 이경원의 앞의 책, 『검은 역사 하얀 이론』을 볼 것.

66) 아우구스투스가 세계정복자로서의 자신의 이미지를 어떻게 체계적으로 세웠는가에 대해서는 E. S. Gruen, "The Imperial Policy of Augustus," 앞의 책, *Between and Republic and Empire*, 395~416쪽을 볼 것.

고 있는 하트와 네그리의 "제국(帝國)은 어떤 한계도 갖지 않는다"[67]라는 인식은 그 계보가 "로마의 계보"임이 여기서 "강하게" 드러나고 있다.[68] 유피테르의 이러한 발언을 통해 베르길리우스는 아우구스투스가 유피테르로부터 부여받은 "무한한 권력"을 통해 세계를 제패하는 위대한 제국을 건설하는 것, 이것이야말로 최고의 신 유피테르에게 확약받은 신성한 사명이라는 것을 선전하고 있다. 제국이야말로 신이 로마인들에게 내린 운명이라는 이러한 사상은 작품 『아이네이스』 전체를 관통하고 있는 지배적인 사상으로, 이 시인의 시대에 널리 퍼져 있었다. 이는 또한 초월적인 존재로 군림했던 서방의 '폭군적인 관찰자'적 시각이 어떤 것이었는가를 거리낌 없이 보여주는 사례이기도 하다.

앞서 살펴보았듯, 악티움 해전을 묘사한 방패에서 베르길리우스는 서방을 질서의 원리로, 동방을 무질서의 원리로 부각시켰다. 이는 아우구스투스를 지켜 주는 **아폴로 신**[69]은 이성, 질서, 도덕 그리고 규율을, 그리고 안토니우스와 클레오파트라를 지켜 주는 **디오니소스 신**[70]은 그리스적인 동방의 무질서를 표상한다는 사실에서 확인되고 있

---

67) Michael Hardt and Antonio Negri, *Empire* (Cambridge/ M. A.: Harvard UP, 2000), xiv쪽.

68) David J. Mattingly, *Imperialism, Power, and Identity* (Princeton: Princeton UP, 2011), 15쪽.

69) 작품 『아이네이스』의 3권에서 표류에 지친 아이네이스가 신의 사제인 아니우스 왕이 다스리는 섬에 위치한 아폴론의 신전에 들려, 아폴론에게 자신들이 살아갈 나라가 어디에 있는지 알려주기를 간절하게 기도했을 때, 그때 선조들이 살았던 그곳을 찾도록 하라는, 그리고 그곳에서 그의 후손들이 세계를 지배하게 될 것이라는 아폴론의 목소리가 들렸다(3.94~98). 사실 이러한 예언의 내용은 호메로스의 『일리아스』에 이미 나와있다(20.302~308). 그런데 여기서 두 서사시가 다른 점은 『일리아스』에서는 포세이돈이 이러한 예언을 행하고 있지만, 『아이네이스』에서는 포세이돈이 아니라 아폴론이 그 예언을 행하고 있다. 그리고 아폴론은 마지막까지 아이네이스를 지켜주는 신으로 등장하고 있다.

70) 디오는 안토니우스가 자신의 초상을 그리게 할 때 오시리스와 디오니소스의 포즈를 취했고(『로마사』 50.5.3), 그리고 자신을 오시리스나 디오니소스로 호칭했다고 말하고 있다(『로마사』 50.25.4). Yasmin Syed, 앞의 책, 181쪽과 248쪽(주11)를 볼 것.

다. 아우구스투스는 폭력, 야만, 그리고 무질서를 상징하는 동방의 무리를 물리치고 그 패배한 자들에게 관용을 베풀고, 그들에게 평화와 질서를 안겨준 다음, 로마적인, 즉 서방적인 삶의 방식으로 그들을 통치하는 황제로 부각되었다.

아주 흥미롭게도 주체와 객체의 권력관계에서 동방은 자주 여성화되고 있다. 동방과 서방의 대립은 성의 관계로 뚜렷이 특징지어지고 있다. **타자**로서 클레오파트라의 타성(他性)은 보부아르가 말한 제2의 성의 타성으로 그려지고 있다.[71] 서방의 타자로서의 동방을 여성으로, 그리고 서방을 그 이성적(異性的) 연인인 남성으로 파악하는 시각은 서방인의 동방에 대한 모든 사유에 뿌리 깊게 각인되어 왔다.[72] 악티움 해전에서 안토니우스가 그의 동반자로 동방의 여성 클레오파트라를 데리고 있다면, 아우구스투스는 남성의 원리를 대변하는 두 아버지, 아폴론과 율리우스 카이사르라는 별을 동반하고 있다. 주체를 중심에 놓고 주변적인 '타자'를 일련의 부정적인 성질로 규정하는, 백인 중심적, 남성 중심적, 유럽 중심적인 지배계급을 특징짓는 이 "제국주의의 인식론적인 폭력"[73]의 세계관을 반영하는 것이 서방의 서사시다. "서구적 규범과 가치가 사유의 보편적 형식과 동일시되는 문화적 헤게모니"[74]를 정당화시켜주는 것이 곧 서방의 서사시다. 아니

---

71) 『아이네이스』의 대표적 여주인공인 디도를 포함한 다른 여성들이 '타자'로서 어떻게 주변화되고 있는가에 대해서는 Mihoko Suzuki, 제3장 "Vergil's Aeneid," *Metamorphoses of Helen* (Ithaca: Cornell UP, 1989), 92~94쪽을 볼 것.

72) Lucy Hughes-Hallett, *Cleopatra: Histories. Dreams and Distortions* (New York: Harper and Row, 1990), 207쪽.

73) 이 용어는 Gayatri Spivak에서 따옴. Gayatri Spivak, "Can the Subaltern Speak?," *Marxism and the Interpretation of Culture*, Cary Nelson, Lawrence Grossberg 공편, (Urbana: Illinois UP, 1988), 28쪽.

74) Benita Parry, "Problems in Current Theories of Colonial Discourse," *Oxford Literary Review*, 9:1-2 (1987), 35쪽.

"선택된 인간들인 강력한 백인남성들을 위한 놀이터",[75] 그들의 "삽입"[76]의 대상이 되고 있는 이 동방이라는 여성에게 폭력을 가하는 제국주의적인 이데올로기를 정당화시켜 주는 것이 서방의 서사시다.

발터 벤야민은 "야만의 기록이 없는 문화란 있을 수 없다. 그렇지 않은 경우는 단 한 번도 없다"[77]라고 주장했다. 서방이 동방에 가했던, 그리고 가하고 있는 "지배는 그 자체를 사회 질서로 가장한 폭력"[78]으로서, 서방의 서사시는 역사는 사실상 권력을 장악하고 있는 승리자들에게 속한다는 푸코의 공리를 문자 그대로 구현하고 있다. 따라서 "베르길리우스의 서사시는 제국주의적 승리를 '역사의 원칙' —서방에 치우쳐 있는 원칙—의 승리로 묘사하고 있다"[79]는 주장 또한 여러 모로 정당화되고 있다.

민족주의와 제국주의가 그 당시의 "고귀한 원칙"이었기 때문에 베르길리우스의 서사시가 "기원전 1세기의 상황에서 민족주의적 및 제국주의적인 서사시가 되지 않으면 아니 되었다"[80] 하더라도, 『아이네이스』와 같은 세계 최대의 서사시가 통치자가 바랄 수 있는 모든 것을 다 포함하고 있다는 사실은 너무도 놀랄 만한 일이다. 오비디우스는 이러한 상황을 충분히 인식했기 때문인지 아우구스투스에 대해 언급하면서 베르길리우스를 "'당신의'『아이네이스』의 저자"(『슬픔』 2.533.9)라고 불렀던 것일까?[81] 그의 소설 『베르길리우스의 죽

---

75) Jane Miller, *Seductions: Studies in Reading and Culture* (Cambridge/ M. A.: Harvard UP, 1991), 115쪽.

76) Joseph Allen Boone, *The Homoerotics of Orientalism* (Columbia UP, 2014), 25쪽.

77) 발터 벤야민, 「역사철학테제」, 반성완 편역, 『발터 벤야민의 문예이론』 (민음사, 1983), 347쪽.

78) John Brenkman, *Culture and Domination* (Ithaca: Cornell UP, 1987), 4쪽.

79) David Quint, 앞의 책, 30쪽.

80) J. B. Hainsworth, *The Idea of Epic* (Berkeley: U of California Pr., 1991), 95쪽.

81) 오비디우스의 베르길리우스 『아이네이스』에 대한 반응에 관해서는 Matthew

음』(1945)에서 독일작가 헤르만 브로흐(Hermann Broch)는, 바로 이런 까닭에 베르길리우스는 그의 시를 자신의 죽음과 함께 폐기해 버리기를 요구했을 것이라고 말하고 있다.[82]

Robinson, "Augustan Responses to the *Aeneid*", *Epic Interactions*, M. J. Clarke, B. G. F. Currie and O. A. M. Lyne 엮음 (Oxford: Oxford UP, 2006), 208~215쪽을 볼 것.

82) 도나투스(『베르길리우스의 생애』 35~41)에 따르면 『아이네이스』의 원고가 거의 마무리될 무렵, 베르길리우스는 그리스와 동방에 여행하면서 거기서 마지막 원고를 완성할 계획이었다. 동방을 여행하던 중 아테나이 근처에서 병을 앓게 되어, 거기서 만난 아우구스투스와 함께 이탈리아로 돌아올 작정이었다. 그러나 그는 브룬디시움에 도달하기 전 기원전 19년에 유명을 달리했다. 동방을 여행하기 위해 이탈리아를 떠나기 전 그는 친구이자 유언집행자인 시인 바리우스에게 자신에게 죽음이 닥칠 경우 『아이네이스』의 원고를 소각해줄 것을 간곡하게 부탁했지만, 바리우스는 그 부탁을 거절했다. 최후의 며칠 동안 베르길리우스는 자신이 손수 소각하게끔 시중드는 사람들에게 원고를 가져오라고 애원했다. 아우구스투스는 그 시중을 드는 사람들이 베르길리우스의 명령을 따르지 않았음을 확인하고 나서 바리우스에게 『아이네이스』 원고를 정리하여 세상에 하루바삐 내놓을 것을 촉구했다. Adrian Goldsworthy, 앞의 책, 312쪽을 볼 것. 작품 『베르길리우스의 죽음』에서 국가가 윤리적 주체의 최고의, 그리고 궁극적인 실현체라고 여기며 국가에 절대적인 가치를 부여하는 아우구스투스와 이에 동조하지 않는 베르길리우스 간의 대립적인 관계에 대해 이야기하고 있는 브로흐에 관해서는 Roberto Esposito, *Categories of the Impolitical*, Connal Parsley 옮김 (New York: Fordham UP, 2015), 102~108쪽을 볼 것.

2부

7장 셰익스피어 『로미오와 줄리엣』[1]

1594년에서 1596년 사이에 쓰인 것으로 짐작되는 셰익스피어 (William Shakespeare, 1564~1616년)의 『로미오와 줄리엣』은 내용이 독창적인 작품은 아니다. 젊은 연인의 사랑과 죽음에 관한 이야기는 1500년대 초반 이래 유럽에서 큰 인기를 얻고 있었고, 특히 이탈리아 등 대륙의 여러 작가들에 의해 이미 극화된 적이 있었기 때문이다.[2]

『로미오와 줄리엣』은 오랜 세월 인기를 끌며 사랑받아온 작품임에는 틀림없지만, 관객의 호응도와 달리 작품의 완성도 면에서 큰 호평을 받을 만한 작품은 아니다. 너무 잦은 우발적 사건, 주인공, 특히 로미오의 부자연스러운 내면 갈등, 지나치게 감상적이고 수사적인 주인공들의 사랑의 감정 표현 등, 그렇게 탄탄한 작품은 아니다. 그럼에도 간과할 수 없는 점은 셰익스피어가 '사랑과 죽음'이라는 모티프를 통해 엄격한 의미에서 처음으로 사랑의 '본질'을 본격화하고 있다는

---

1) 이 글은 2015년 5월 23일 네이버 문화재단이 주관한 '열린연단: 문화의 안과밖'에서 「그 사랑—로미오와 줄리엣」이라는 제목으로 발표했던 글임.

2) 이에 대해서, 그리고 이 이야기의 유래에 대해서는 Ramie Targoff, *Posthumous Love: Eros and the Afterlife in Renaissance England* (Chicago: University of Chicago Press, 2014), 99~105쪽을 참조할 것.

점이다. 이 작품이 공연 현장에서 수많은 관객을 크게 매료시킨 것도 바로 이 때문이다. 작품의 내용은 다음과 같다.[3]

내용

이탈리아의 "아름다운 도시"(I.1.prol.2) 베로나에는 오래전부터 불화와 증오로 인해 서로 살인까지 불사하는 적대 관계의 두 가문이 있었다. 로미오는 그 하나인 몬태규의 아들, 줄리엣은 또 다른 하나인 캐퓰렛의 딸이다. 로미오는 줄리엣을 만나기 전 로잘린이라는 아름다운 소녀를 짝사랑한다. 그의 사랑을 받아들이지 않는 그 도도한 소녀가 캐퓰렛의 집에서 베푸는 연회에 참석할 것이라는 소식을 듣고 로미오는 친구 머큐쇼와 함께 초대받은 손님처럼 가면을 쓰고 연회에 간다.

가면무도회에서 로미오는 캐퓰렛의 딸 줄리엣을 발견한다. 줄리엣을 보는 순간 로미오는 그 미모에 넋을 빼앗겼던 로잘린을 곧바로 잊고, "내 심장이 지금까지 사랑을 해 본 적이 있었던가?" "오늘 밤까지는 단 한 번도 진정한 아름다움을 본 적이 없다"(I.5.51~52)라며 그녀를 향한 사랑의 감정을 지체 없이 토로한다. 옆에서 이를 엿듣고 있던 캐퓰렛 부인의 조카 티볼트는 가면을 쓰고 있는 옆의 그자가 "오늘 밤 우리의 축제를 능멸하러 온"(I.5.56) "우리의 원수"(I.5.60) "악당 로미오"(I.5.63)임이 틀림없다며 당장 죽일 듯 그 앞에 다가선다. 하지만 캐퓰렛이 끼어들어 두 사람을 떼어놓으며, 티볼트에게 "베로나의 자랑" "선량하고 행실이 바른 청년"(I.5.67) 로미오를 우

3) 인용한 텍스트의 판본은 '뉴 케임브리지 판'으로 다음과 같다. William Shakespeare, *Romeo and Juliet*, G. B. Blakemore Evans 엮음 (Cambridge: Cambridge University Press, 2003).

리 집에서 무례하게 대해 연회에 오점을 남기고 싶지 않으니 진정하라고 타이른다.

음악이 다시 연주되고 손님들이 춤을 추는 동안 로미오는 줄리엣에게 다가가 그녀의 손에 입맞춤을 하고 싶다며 허락해줄 것을 정중하게 요청한다. 줄리엣은 자신을 향한 이 이름 모를 청년의 예의 바르고 경건한 입맞춤에 감동해 손등뿐만 아니라 입술에도 가벼운 접촉을 허락한다. 그녀가 자기를 찾는 어머니에게 간 사이 로미오는 그녀의 유모로부터 그녀가 캐풀렛의 딸 줄리엣임을 알게 된다. 그 후 줄리엣도 유모로부터 그 청년이 그들의 "큰 적" 몬태규 집안의 "유일한 아들"(I.5.136) 로미오임을 알게 된다.

줄리엣을 향한 사랑의 감정을 떨쳐 버릴 수 없어 로미오는 그날 밤 집으로 돌아가지 않고 몰래 캐풀렛 집의 정원 담을 뛰어넘어 그녀의 방 창문 아래 선다. 줄리엣은 로미오가 그 창 아래 서 있는 것을 모른 채 창밖을 내다보면서 로미오가 몬태규의 아들이 아니었으면 하고 크게 한숨짓는다. 로미오를 부르며 그의 아버지를 부인하고 그의 '이름'을 거부하라고 말한다. 그렇게 한다면 자기 "전체"를 주겠다(II.2.48)고 말한다.

그녀의 독백을 엿듣고 있던 로미오는 줄리엣에게 '로미오'라는 이름을 포기할 것이라고 말한다. 줄리엣은 창문 아래서 자신의 고백을 몰래 엿듣고 있던 이가 로미오임을 확인하고 크게 당황하지만, 부끄러움을 무릅쓰고 로미오를 향한 자신의 사랑을 거리낌 없이 전한다. 그들은 서로 사랑을 맹세한다. 줄리엣은 로미오에게 그와 결혼할 것이며 다음 날 아침 사람을 보낼 테니 언제 어디서 결혼식을 할지 알려 달라고 말한다.

로미오는 고해(告解) 수사(修士) 로렌스에게 가서 그에게 자신들의 결혼식을 허락하고 주관해줄 것을 요청한다. 수사는 로미오와 줄리엣의 결혼이 적대 관계에 있는 두 가문의 화해의 시발점이 될 것이라 믿고, 그들의 결혼을 도와주기로 한다. 다음 날 일찍 로미오는 줄리엣의 메시지를 가져온 유모에게 오늘 오후 수사 로렌스의 개인 거처에서 함께 고해성사를 한 다음 거기서 결혼식을 올리게 될 것임을 전하라고 말한다. 예정된 시간에 결혼식을 올린 뒤 줄리엣은 곧바로 집으로 향한다. 집으로 바삐 향하는 그녀에게 로미오는 그날 밤 정원에서 다시 만날 것을 약속한다.

같은 날 로미오의 친구들인 머큐쇼와 벤볼리오가 캐풀렛 가문의 일행과 함께 있는 티볼트를 거리에서 마주친다. 로미오를 향한 증오를 그대로 품고 있는 티볼트가 로미오의 친구인 머큐쇼에게 욕설을 쏟아내자, 로미오와의 우정을 자랑으로 여기는 머큐쇼는 이를 참지 못하고 티볼트에게 결투를 요구한다. 결혼식을 마치고 친구들 앞에 나타난 로미오는 싸움을 평화롭게 해결하려고 노력하지만 소용이 없다.

머큐쇼가 티볼트의 칼에 죽임을 당하자 로미오도 칼을 빼든다. 두 사람의 결투에서 티볼트가 죽는다. 베로나의 군주는 살인을 저지른 로미오에게 사형을 내려달라는 캐풀렛 부인의 호소에 응하지 않고 로미오를 도시로부터 추방할 것을 명한다. 몸을 숨긴 로미오는 수사 로렌스의 거처로 향한다.

자신에게 "아주 소중한…… 사촌오빠"(Ⅲ.2.66)인 티볼트가 죽었다는 소식을 들은 줄리엣은 티볼트를 살해한 남편 로미오를 향한 원망을 억누를 수 없어 그를 비난한다. 하지만 유모가 로미오에게는 신의도, 믿음도, 정직도 없다며 비난하자 크게 꾸짖은 뒤 일순간 남편을 탓한 자신을 책망하면서 티볼트 대신 남편이 살아있는 것이 얼마나 고마운 일인가 하며 그의 추방을 더 애통해한다.

수사는 도망쳐 온 로미오에게 자신이 적당한 때에 두 사람의 결혼

소식을 공표할 테니 아내에게 가서 마지막 인사를 나누고 새벽에 만투아로 도망가라고 말한다. 어둠이 내리자 줄리엣의 집으로 향한 로미오는 그녀에게 이별을 고하고 새벽녘 만투아로 향한다. 그에게 그녀가 없는 곳은 "연옥, 고문, 지옥 그 자체"(Ⅲ.3.18)이므로, 만투아로의 "추방"은 그에게는 바로 "죽음"(Ⅲ.3.20~21)과 같았다.

한편 캐퓰렛은 딸 줄리엣이 결혼할 나이라 생각하고 군주의 친척이자 "많은 토지를 소유한"(Ⅲ.5.180) 귀족 청년 백작 파리스의 청혼을 받아들일 것을 딸에게 요구한다. 줄리엣은 이에 놀라 몸을 떨지만, 티볼트의 죽음을 가져온 당사자가 로미오이기 때문에 그와 결혼한 사실을 고백할 수 없다. 결혼한 사실을 부모가 안다면 남편 로미오가 붙잡혀 죽을 수도 있기 때문이다. 우선 줄리엣은 파리스 백작과의 결혼을 "한 달만, 일주일만 연기"(Ⅲ.5.199)하려 하지만 용납되지 않는다. 그녀는 대책을 강구하기 위해 수사 로렌스의 거처로 향한다.

수사는 백작과 결혼을 하느니 차라리 목숨을 끊겠다는 줄리엣에게 무모하기 짝이 없지만 "희망이 조금 보인다"(Ⅳ.1.68)며 그녀에게 작은 약병을 건네고 백작 파리스와 결혼하기 전날 밤 병 속의 약을 끝까지 마시라고 말한다. 마신 뒤 마흔두 시간 동안만 죽은 모습, 즉 가사(假死) 상태로 빠지게 하는 약이라고 말한다. 수사는 줄리엣이 하루 또는 이틀 묘지에 안치되어 있을 동안 로미오에게 편지를 전해 묘지에 오게 한 뒤 그녀가 깨어나면 함께 만투아로 보낼 것이라고 말한다.

캐퓰렛 가문의 사람들이 줄리엣의 화려한 결혼식을 준비하느라 바삐 움직이는 가운데 그녀에게 "죽음이 때 이른 서리처럼"(Ⅳ.5.28) 찾아왔다는 비보가 전해져 온 집안을 비통의 도가니에 빠트린다. 비통한 분위기 속에 그녀의 몸은 무덤 속에 안치된다.

수사 로렌스는 다른 수사를 불러 만투아에 있는 로미오에게 편지를 전하게 한다. 그 편지 내용은 물론 줄리엣에게 밝힌 대로 계획대로 줄리엣이 깨어나면 두 사람을 함께 만투아로 도주시키리라는 내용이다. 하지만 수사의 편지는 로미오에게 전달되지 못한다. 만투아 지역에 전염병이 발생해 편지를 전달할 사람이 그곳에 들어가는 것이 금지되었기 때문이다. 로렌스의 편지를 전달받지 못한 로미오는 하인으로부터 줄리엣이 죽었다는 소식을 듣는다. 그는 줄리엣이 누워있는 무덤을 찾아가 마지막 작별 인사를 고하고 약종상에서 구한 독약을 마시고 그녀 곁에서 죽기로 결심한다.

밤에 무덤에 당도한 로미오는 거기에 한 젊은 청년이 있음을 발견하고 놀란다. 그 청년은 줄리엣의 죽음을 애도하기 위해 무덤을 찾은 백작 파리스였다. 티볼트를 살해한 "중죄인"(V.3.69)인 로미오를 체포하기 위해 칼을 빼든 파리스는 로미오의 칼을 맞고 죽는다. 로미오는 그를 그녀 가까이 "화려한 무덤에 묻어"준다(V.3.83). 로미오는 줄리엣의 시체에 다가가 작별의 입맞춤을 한 다음 곧바로 독약을 마신다.

그 시간은 곧바로 줄리엣이 죽음의 잠에서 깨어날 시간이었다. 수사 로렌스는 로미오가 자신이 보낸 편지를 보지 못했다는 말을 듣고 줄리엣을 구하기 위해 무덤으로 향한다. 그는 그곳에서 피투성이가 된 채 죽어있는 로미오를 발견한다. 잠에서 깨어난 줄리엣은 독약이 든 텅 빈 잔을 손에 쥐고 자신 곁에 누워있는 로미오를 발견하고 그의 죽음을 직감한다. 줄리엣은 로미오의 단검을 집어 들고 자신의 가슴을 찌른다.

야경꾼이 로미오와 줄리엣, 그리고 파리스의 시체를 발견하고 급히 베로나의 군주와 캐풀렛과 몬태규 집으로 향한다. 두 가문의 사람들이 무덤에 도착한다. 수사 로렌스는 그들에게 로미오와 줄리엣의 사랑, 그들의 결혼, 그 후 그들에게 닥친 비극적인 운명에 대해 자초지종을 들려준다. 두 사람의 아름다운 사랑을 접한 두 가문의 수

장은 자신들을 부끄럽게 여기며 그들의 "희생물"(V.3.304)인 자식들의 시체 앞에서 오랫동안 계속되었던 "증오"(V.3.292)의 "반목"(V.3.294)에 종지부를 찍을 것임을 맹세한다.

사랑

작품은 "줄리엣과…… 로미오의 이야기보다 더 슬픈 이야기는 일찍이 있어본 적이 없었다"(V.3.309~310)라는 베로나 군주의 말과 더불어 끝난다. 그 **슬픈 이야기**의 주인공들의 비극적인 운명은 프롤로그의 코로스의 말에서 드러나고 있다. 그들은 이미 자신의 자유 의지가 전혀 개입될 수 없는 절대 운명 앞에 서 있었다.

그 운명의 하나는 그들 가문의 적대 관계다. 코로스는 그들이 "두 원수의 자식으로 숙명적으로 태어났다"(I.1.prol.5)라고 말했다. 다른 하나는 그들이 세상에 나오면서부터 이미 운명이 정해졌다는 것이다. 코로스는 그들이 태어났을 때의 별자리에 의해 이미 "한 쌍"으로서 그들의 운명이, 즉 그들의 사랑이 "죽음의 표적"(I.1.prol.6,9)이 되어 있었다고 말했다. 이를 코로스는 "별이 훼방을 놓았다"(I.1.prol.6)라는 말로 표현하고 있다. 이처럼 두 사람은 그들을 '죽음의 표적'으로 삼은 별 아래서, 그리고 하인들마저 "열을 받으면" 서로 "칼을 뽑아 들고", "성질나면 곧장 쑤셔버리고"(I.1.3,6), "상대방의 개를 보아도 성질이 발동하고"(I.1.10), 걸핏하면 "칼"과 "몽둥이"를 들고 상대방을 내리치는, 살인과 폭력이 난무하는(I.1.56~65), 그런 두 가문의 적대 관계 속에서 위험하기 짝이 없는 사랑을 운명적으로 펼칠 수밖에 없었다.

줄리엣을 만나기 전까지 로미오는 자신은 지금까지 단 한 번도 "심장이 사랑한 적"이 없다고 말했다(I.5.51). 진정으로 사랑을 해본 적이 없었다는 것이다. 일찍이 그는 "만물을 보는 태양도 태초 이래 본 적이 없다"(I.2.92~93)라고 스스로 감탄할 정도로 아름다운 로잘린 이라는 여자를 사랑했다. 로미오는 자신의 사랑을 받아 주지 않는 로 잘린으로 인해 고통을 받고 우울해 했지만, 그녀를 진정한 사랑의 대 상으로 바라보지는 않았다. 사랑한다는 말을 여러 번 고백했지만 그 녀는 들으려 하지 않았고, "쏘는 듯한 두 눈동자를 마주치는 것도 거 들떠보지도 않았고"(I.1.204), "성자(聖者)마저 유혹할 황금에도 무 릎을 열지 않는다"(I.1.205)라고 말하고 있다.

이러한 표현을 보면 그가 달콤한 말로, 정념에 불타는 눈으로, 그리 고 부(富)로 로잘린의 마음을 얻고자 했음을 알 수 있다. "무릎을 열 지 않았다"라는 표현에서 드러나듯, 로미오는 로잘린을 성적 욕망의 대상으로만 보았고, 따라서 그에게 사랑은 온갖 수단을 다해 자기의 것으로 만드는 소유나 다름없었다. 이는 그가 사슴이나 사냥감의 다 른 동물들처럼 여인을 "과녁"(I.1.198)으로 삼고, 그 대상을 낚아채 어 자기 것으로 만드는 남자를 "훌륭한 사수(射手)"(I.1.197)에 비유 하는 것에서 드러난다.

니체는 "결국은 우리는 욕망의 대상을 사랑하지 않고, 우리의 욕 망을 사랑한다"[4]라고 말한 바 있다. 과녁을 겨누는 사수가 결국은 그 대상보다 겨눔 자체에 탐닉하듯, 로미오의 사랑의 대상은 로잘린 자 체가 아니라 그녀를 낚아채어 자기 것으로 만들고자 하는 욕망 그 자 체로 귀결되고 있다. 코로스는 줄리엣을 만난 로미오를 가리켜 "이제 이전 욕망은 임종을 맞고 있다"(I.5.prol.144)라고 말했다. 과녁의 겨 눔 자체에 탐닉하는 "사수"의 욕망은 결코 사랑의 가치를 알 수도, 경

---

4) Friedrich Nietzsche, *Beyond and Evil: Prelude to a Philosophy of the Future*, Rolf-Peter Horstmann and Judith Norman 엮음, Judith Norman 옮김 (Cambridge: Cambridge University Press, 2002), §175, 73쪽.

험할 수도 없기 때문이다.

줄리엣을 처음 보았을 때도 로미오는 마찬가지로 "너무 아름답다"
(I.5.53)라고 말했지만, 로잘린의 경우와는 달리 **눈**이 아니라 "**심장**"
(heart)(I.5.51)이 그녀의 아름다움을 보았다고 했다. 물론 사랑은 눈
으로부터 출발한다. 아름다운 육체를 보고 여기서 일어난 성적 욕망
으로부터 출발한다는 것이 사랑에 관한 한, 기독교의 아가페(agape)
와 더불어 2000년 이상 서구 사상 전체에 결정적인 영향을 미친 플라
톤의 에로스(eros)의 핵심 사상이다.

플라톤은 소크라테스의 입을 통해 사랑은 "어떤 대상"에 대한 욕
망이긴 하지만(『향연』199e), 궁극적으로 지금 "우리에게 없는 것"을
욕망한다는 점에서(『향연』200a), "특별한 종류의 욕망"[5]이라고 말했
다. 플라톤은 사랑은 어떤 특정한 자의 아름다운 육체에 대한 욕망에
서 출발하지만, 그다음에는 아름다운 육체 일반에 대한 욕망으로, 그
리고 그다음에는 육체의 아름다움보다는 더 고귀하게 보이는 영혼의
아름다움에 대한 욕망으로, 그리고 마지막으로 미(또는 선, 그리고 진
리) 자체, 그 본질에 대한 욕망으로, 즉 **위**를 향해 진행된다고 말했다.

말하자면 플라톤은 사랑은 "일상적인 욕망",[6] 즉 그 주된 욕망인
성적 욕망을 제거하지 않고 이를 창조적으로 승화해, 우리에게 없는
것, 즉 "미, 선, 그리고 진리 자체", 그 "본질"을 욕망하고, 그것과 "하
나가 되는 것"을 궁극적으로 지향한다고 말했다(『향연』212a). 그는

---

5) Jill Gordon, *Plato's Erotic World: From Cosmic Origins to Human Death* (Cambridge: Cambridge University Press, 2012), 6쪽을 볼 것.

6) "일상적인 욕망"이라는 용어는 Elizabeth Belfiore, *Socrates' Diamonic Art: Love for Wisdom in Four Platonic Dialogues* (Cambridge: Cambridge University Press, 2012), 2쪽에서 빌려 옴. 그녀는 "일상적인 욕망" 즉 "성적 대상이나 부(富)나 권력 같은 대상"에 대한 욕망과 "지혜, 미, 선에 대한 강렬한 욕망"을 대비시키면서 이를 "소크라테스적인 욕망"으로 특징짓고 있다. 같은 책, 2~3쪽을 참조할 것.

사랑의 **초월**을 강조했다. 이런 초월의 문제를 작품『로미오와 줄리엣』과 관련시켜 나중에 다시 거론하겠지만, 셰익스피어는 이 작품에서 눈이 아니라 **심장**이라는 말을 등장시킴으로써 사랑을 특별한 자리에 올려놓고 있다.

니체는 "한 방울의 피도 남아있지 않다면 사랑이 무엇이며, 신은 무엇이란 말인가?"[7]라고 말한 적 있다. 니체는 여기서 예수를 직접 언급하지는 않았지만, 그를 염두에 두고는 있었던 것 같다. 예수는 절대적인 사랑을 위한 절대적인 자기희생이 인간의 조건이라는 것, 이 조건을 통해 우리의 존재는 존재로서 정당화된다는 것을 십자가의 죽음, 즉 그의 피(血)로써 보여주었다. 그의 피는 절대적 사랑을 위한 절대적 자기희생의 상징이다. 니체는 피가 없다면 진정한 사랑은 아니라고 말한다. 피는 심장의 본질이다. 따라서 눈과 달리 심장에는 어떤 거짓도, 어떤 **작란**(作亂)[8]도 없다. "깨끗한 심장은 사랑을 부끄러워하지 않는다. 하지만 자신의 사랑이 불완전하다면 부끄러워한다."[9] **심장**은 절대 순수의 사랑을 지향한다는 점에서 눈과 다르다. 셰익스피어는 그 시대의 누구보다도 시각의 기만성에 대한 불신을 강하게 드러냈다. 17세기는 푸코의 진단 대로 "거의 배타적으로 시각에 특권을 부여한"[10] 시대였고, 눈이 바로 과학으로, 이성 자체로, 과학적 사유의 표상으로 평가되던 시대였다. 이런 시대에 셰익스피어

---

7) Friedrich Nietzsche, *The Gay Science*, Walter Kaufmann 옮김 (New York: Vintage Books, 1974), 333쪽. 프리드리히 니체, 「즐거운 학문」, 안성찬 · 홍사현 옮김, 『즐거운 학문, 메시나에서의 전원시, 유고』(책세상, 2005), 378쪽.

8) 이에 대해서는 임철규, 『눈의 역사 눈의 미학』(한길사, 2004), 31~34쪽을 볼 것.

9) G. W. F. Hegel, *Early Theological Writings*, T. M. Knox 옮김 (Chicago: University of Chicago Press, 1948), 306쪽; G. W. F. Hegel, "Love," *The Hegel Reader*, Stephen Houlgate엮음 (Oxford: Blackwell, 1998), 32쪽.

10) Michel Foucault, *The Order of Things: An Archaeology of the Human Sciences*, Alan Sheridan 옮김 (New York: Vintage Books, 1973), 133쪽.

는 특히 그의 후기 작품에서 시각에 대한 불신을 강하게 노출했다.

가령 그는 『맥베스』에서는 "눈앞에 보이는 모든 것은 환상에 지나지 않다는 것"(I.3.142)을 말해주고 있으며, 『오셀로』에서는 "살아있는 이성(理性)"(III.3.415)과 동일시되는 눈의 착각으로 인해 결과적으로 주인공의 비극이 도래함을 보여줌으로써 눈의 한계를 지적하고 있으며, 『리어 왕』에서는 주인공이 "눈이 없어도 이 세상이 어떻게 돌아가는지를 볼 수 있네. **그대의 귀로 보게.**"(IV.6.151~152)라고 말하는 것을 소개함으로써 눈의 한계와 이에 대한 회의를 강하게 드러내고 있다. 그의 눈에 대한 이런 강한 불신은 어떤 의미에서 데카르트적인 회의를 선점하고 있다고 말할 수 있다.[11]

셰익스피어는 작품 『로미오와 줄리엣』에서 이런 눈이 아니라 어떤 거짓도, 위선도, 작란도 없는 **심장**을 강조하고 있다. 따라서 그들의 자유 의지가 전혀 개입할 수 없는 절대 운명 앞에서 그들이 펼치는 사랑은 진지하고 고귀할 수밖에 없다. 로미오에게 줄리엣은 티끌만큼도 더럽혀질 수 없는 절대 존재가 되고 있다. 그에게 그녀의 손은 "하찮은 손"으로 "모독"할 수 없는 "거룩한 사원(寺院)"이 되고 있고(I.5.92~93), 더 나아가 그녀는 그에게 천상의 "빛나는 천사"(II.2.26)가 되고 있다. 따라서 그녀가 사는 곳이 이 세상 그 어디든 그곳은 그에게 "천국"이 되고 있다.(III.3.29~30) "더 이상 사랑을 이상화하지 않고 여자를 신격화하지 않으면, 남자는 끊임없이 남자들을 신격화한다."[12] 셰익스피어는 남성이 신격화되어온 이런 역사를 여기서 배격하고 있다.

---

11) 임철규, 앞의 글, 265~270쪽.

12) Angelos Terzakis, *Homage to the Tragic Muse*, Athan H. Anagnostopoulos 옮김 (Boston, Houghton Mifflin, 1978), 156쪽.

줄리엣은 로미오에게 '로미오'라는 "이름"을 버릴 것을 요구하고 있다. 자신의 "적"(敵)은 오직 '로미오'라는 "이름"뿐이며, '로미오'라는 이름은 그의 진정한 "어떤 부분"도 아닌 "호칭"에 불과하며, 따라서 그 호칭이 없어도 "우리가 장미라 부르는 꽃이 다른 이름으로 불려도 그 달콤한 향기가 줄지 않듯", 로미오라는 진정한 자기 존재는 남아있다며 껍데기뿐인 '로미오'라는 이름을 버리라고 말한다 (Ⅱ.2.38~48).

데리다는 이 작품의 고유명사를 논하는 가운데 "그(로미오)의 이름은 그의 본질"이며, "그의 존재와 분리될 수 없다"라고 말한 바 있다.[13] 사실 **이름**은 존재 조건이다. 가령 유대인의 성서인 『구약』의 「창세기」 1장 3절에서 여호와가 "빛이 있으라 하자 빛이 있었듯", 이름은 존재 조건, 아니 존재 그 자체가 된다. 이집트, 메소포타미아 등 "고대 근동에서 이름이 없다는 것은 존재하지 않음을 가리킨다."[14]

줄리엣은 로미오에게 존재 조건, 아니 존재 그 자체가 되는 그의 이름, 그의 **본질**을 포기할 것을 요구하고 있다. 몬태규 가문의 "유일한 아들"(Ⅰ.5.136)로서 그의 정체를 규정하는 '로미오'라는 이름을, 그 이름이 표상하는 부질없는 가치들을, 그리고 그의 의지와 무관하게 상대방의 가문을 적으로 돌리고 증오와 반목을 끊임없이 강요하는 가부장제의 억압 구조와 온갖 병폐의 사슬을 끊기 위해 그의 "아버지를 부인하고"(Ⅱ.2.34), "자기 자신"이 "자기 자신이 되는" (Ⅱ.2.39), 말하자면 지금까지의 로미오가 아닌, 자신이 자신의 주인이 되는 그런 로미오를 요구하고 있다. 그렇게 한다면 자기 "전체"를 주겠다는 것이다(Ⅱ.2.48). 그렇다면 우리는 한 몸이 된다는 것이다.

---

13) Jacques Derrida, "Aphorism, Countertime," *Philosophers on Shakespeare*, Paul A. Kottman 옮김 (Stanford: Stanford University Press, 2009), p. 178.

14) 배철현 역주, 『타르굼 옹켈로스 창세기』 (한남성서연구소, 2001), 115쪽.

로미오는 줄리엣에게 '로미오'라는 이름을 부인하고 "앞으로는 결코 로미오로 존재하지 않을 것"(Ⅱ.2.51)이라고 말했다.

'로미오'라는 이름을 버린 뒤 자신의 이름을 "사랑"(Ⅱ.2.50)으로 대체하고, 자신의 "심장의 소중한 사랑(my heart's dear love)"(Ⅱ.2.115) 전부를 그녀에게 바치겠다는 로미오에게 줄리엣은 자신의 가문을 부인하고(Ⅱ.2.36), 즉 지금까지의 자기를 버리고 자기 "전체"를, 아니 "바로 자기(自己)"[15]를 그에게 준다. 그들은 "자신의 정체성, 자신의 진정한 자기를 그 다른 사람에게서 발견하고 있다."[16] "가진 것" 전부를 "바다만큼 한없이" 주고, 주면 줄수록 "사랑은 그만큼 깊어지고", 그리고 "주면 줄수록 더 많은 것", 더 많은 사랑을 상대편으로부터 "무한히" "갖게 되는"(Ⅱ.2.132~135), 그런 사랑을 서로 주고받는 로미오와 줄리엣의 사랑을 일컬어 일찍이 헤겔은 "영혼들의 우정(Seelenfreundschaft)"이라 했다.[17] 그들에게는 더 이상 너와 내가 없

---

15) Patrick Colm Hogan, "Romantic Love: Sappho, Li Ch'ing-Chao, and *Romeo and Juliet*," *What Literature Teaches Us about Emotion* (Cambridge: Cambridge University Press, 2011), 98쪽.

16) Liah Greenfeld, *Mind, Modernity, Madness: The Impact of Culture on Human Experience* (Cambridge, M. A.: Harvard University Press, 2013), 324쪽.

17) G. W. F. Hegel, 앞의 책, *Early Theological Writings*, 278쪽, 307쪽. 헤겔이 "영혼들의 우정"이라 일컬었을 때, 그의 '우정'이라는 말은 아리스토텔레스가 『니코마코스 윤리학』에서 논한 **필리아**(philia)를 염두에 두고 있다. 필리아는 전통적으로 "우정"으로 번역되고 있지만, "어머니와 자식 간의 사랑은 '필리아'의 모범적인 사례"이므로 "사랑"으로 번역하는 것이 옳다는 주장도 있다(Martha Nussbaum, *The Fragility of Goodness: Luck and Ethics in Greek Tragedy and Philosophy* [Cambridge: Cambridge University Press], 1986, 354쪽). 아리스토텔레스의 이론에서 '필리아'는 사랑을 하게 될 때 자신을 위해서가 아니라 상대방을 위해서 사랑하게 되면, 이런 사실을 알게 된 상대방은 그 보답으로 그 자신도 자신을 위해서가 아니라 그 상대편을 위해서 사랑을 하게 되는 것(『수사학』 Ⅱ. 4. 1380b26~1381a2)을 의미한다. 따라서 이런 상호성, "둘이 같이 가는 것"(『니코마코스 윤리학』 8.1. 1155a15), "동등성"(『니코마코스 윤리학』 8.5. 1157b32~1158a1)이 필리아의 핵심이 되고 있다. 그런데 아리스토텔레스의 '필리아'는 같은 계급, 같은 성, 같은 종족의 남성 사이에서만 가능하다. 여성은 남성과 달리 격조 높은 '필리아'를 행할 능력이 없기 때문에 이 철학자의 '필리아'의 이

다. "독립된 자기(自己)의식은 사라지고, 연인 사이의 구별은 모두 폐기된다."[18] 나중에 줄리엣으로부터 자기 이름 '로미오'를 부르는 것을 들었을 때, 로미오는 자신과 줄리엣이 완전히 하나가 된 듯, "나의 이름을 부르는 것은 나의 영혼이다"(II.2.164)라고 말한다.

그들이 하나가 된 이상 그들에게는 더 이상 **과거**가 존재하지 않는다. 그리고 "죽음의 표적"(I.1.prol.9)이 되고 있는 그들에게는 **미래** 또한 존재하지 않는다. 그들에게는 오직 **현재**만 있을 뿐이다. 그들이 지금 사랑을 펼치는 현재의 이 순간만이 그들에게 전부다. 괴테의 파우스트가 헬레네를 만나고 있는 "아름다운 순간"인 "현재만이 우리의 행복", 우리의 "보물"[19]이라고 인식했듯, 그녀와 함께 사랑을 펼치는 현재, 이 순간만이 로미오에게는 "천국"이고, 현재의 이 순간만이 그들의 "행복", 그들의 "보물"이다. '과거'를, 그리고 '미래'를 통째로 찢어버리는, 아니 시간 자체를 "초월하여" 오로지 "지금"의 '현재'만을 시간의 전부로 만드는 그런 사랑의 "순간"을 일컬어 옥타비오 파스는 일찍 "우리들의 낙원의 몫"[20], 우리들의 **천국**이라 했다.

사랑(love)이라는 단어는 작품의 1막에는 35번 이상, 두 연인의 사랑이 본격적으로 진행되는 2막에는 58번 이상 등장한다. 이 단어와 연관되는 단어도 숱하게 등장한다. 두 절대 운명 앞에서 그들이 펼치는 사랑은 그만큼 절박하고, 한순간도 낭비될 수 없기 때문인지 모른

론에서는 배제되고 있다(Martha Nussbaum, op. cit, p. 370 이하). 하지만 헤겔은 로미오와 줄리엣 간의 사랑을 동등성을 바탕으로 한 "영혼들의 우정"이라 일컬음으로써 아리스토텔레스와 거리를 두고 있다.

18) G. W. F. Hegel, 같은 책, *Early Theological Writings*, 307쪽; G. W. F. Hegel, 앞의 글 "Love," 32쪽.

19) 요한 볼프강 폰 괴테, 『파우스트 2』, 정서웅 옮김, (민음사, 1999), 252쪽.

20) Octavio Paz, *The Double Flame: Love and Eroticism*, Helen Lane 옮김 (New York: Harvest Books, 1995), 26쪽.

다. 만나자마자 사랑에 빠지고, 하루 만에 결혼하고, 셰익스피어 시대의 영국 사회에서는 "열두 살이 처녀들이 합법적으로 결혼할 수 있는 최소한의 연령"이지만,[21] 각기 열네 살과 열여덟 살이라는 나이답지 않게 순식간에 '성'의 기쁨에 깊이 빠지고…….

"죽음의 표적"이 되어 "때 이른 죽음"(I.4.111)을 맞이할 그들의 짧은 삶에 대한 안타까움 때문인지 '운명'도 그들의 사랑의 완성을 위해 그들을 급박하게 앞으로 몰아가고 있다. 결혼식을 올린 날 밤 로미오가 "은밀한 밤중에" "최고도로" 성(性)의 "기쁨"을 취하기 위해 줄리엣의 침실로 창문을 타고 올라갈 줄사다리를 준비하고 있을 즈음(II.4.157~159), 줄리엣은 로미오와의 "사랑을 수행하는 밤(love-performing night)"(III.2.5)을 고대하면서 그들의 '사랑을 수행'함에 "가장 잘 어울리는 것"은 그 행위를 아무도 보지 못하게끔 어둠을 내리는 "밤"이라며 "밤"을 향해, "어서 오라"고 호소하고 있다(III.2.9~10).

그리고 또 밤을 향해, "불타는 발굽의 말들"을 타고 태양을 향해 빨리 달리는 "아폴론의 아들 파에톤"처럼(III.2.1~3) 로미오도 "소리 소문 없이 누구의 눈에도 띄지 않고" 내 곁으로 단숨에 달려와 "내 품에 뛰어들도록" 재빨리 그 "짙은 커튼을 펼쳐다오"(III.2.5~7)라고 호소하고 있다.

그리고 또 밤을 향해, "온통 검은 의상을 입고", 로미오가 옆에 없음에도 "내 뺨에 사냥매처럼 팔딱대는 내 주책없는 홍조를 덮어 주고", 내 몸을 아낌없이 그에게 줌으로써 그의 사랑을 더욱 얻게 하는, "지면서도 이기는 방법을 가르쳐 달라"고 호소하고 있다(III.2.12~14).

---

21) Stanley Wells, *Shakespeare, Sex, Love* (Oxford: Oxford University Press, 2010), 153쪽.

'사랑과 죽음'을 작품의 주요 모티프로 삼았던 독일 낭만주의 예술가 중 한 사람인 시인 노발리스가 "사랑은 밤의 자식", "창조적인 사랑은 밤의 딸"[22]이라 일컬으며 밤을 찬양하기 훨씬 전 셰익스피어는 여주인공의 입을 통해 밤을 찬양하고 있다. 플라톤의 '소크라테스'가 '에로스', 즉 사랑이 궁극적으로 욕망하는 것은 미, 선, 진리 자체라고 말했을 때, 그 세계는 빛의 세계다. 플라톤은 태양을 선의 이미지로 사용했다. 하지만 셰익스피어는 여기서 빛의 세계인 태양이 아니라 어둠의 세계인 '밤'을 찬양하고 있다.

밤의 신의 보호 아래 줄리엣의 침실에서 동틀 무렵까지 사랑의 잔치를 펼친 다음 로미오는 별들, 즉 "밤의 촛불이 불타 다 꺼지고 유쾌한 낮의 신이 안개 낀 산마루에 발끝으로 서 있을 때"(Ⅲ.5.9~10) 만투아로 향했다. 머지않아 그들의 "사랑을 삼키는 죽음(love-devouring death)"(Ⅱ.6.7)이 그들을 기다리고 있음을 모른 채 로미오는 아침을 알리는 종달새의 소리에 "포옹"을 풀고 이별을 크게 "한탄"(Ⅱ.5.33, 36)하면서 줄리엣 곁을 떠났다.

죽음

'사랑'이라는 단어가 4막에서 10번, 5막에서 3번 등 차츰 등장이 줄어들지만, 반대로 **죽음**은 4막에서 16번, 5막에서는 20번 등 점점 더 많이 등장한다. 로미오의 하인이 만투아에 있는 로미오를 찾아와 줄리엣의 죽음을 전하기 전 로미오는 꿈을 꾸었다. 꿈에서는 죽은 그를 발견한 줄리엣이 키스로 그의 입술에 생기를 불어넣자 그는 다시 살아나

---

22) Novalis, "Hymns to the Night," *Hymns to the Night and Other Selected Writings*, Charles E. Charles E. Passage 옮김 (Indianapolis: Bobbs-Merrill, 1960), 6쪽; Simon May, *Love: A History* (New Haven: Yale University Press, 2011), 172쪽에서 재인용.

"황제가 되었다." 꿈에서 맛보는 "사랑의 그림자"만으로도 그 기쁨이 한량없건만 그녀를 만나 실제로 경험하는 사랑은 "얼마나 달콤할까" (V.1.6~11) 하고 하루 종일 "유쾌한 생각"(V.1.5)에 들떠 있을 때, 하인으로부터 줄리엣이 죽었다는 소식을 들었다. 소식을 접한 로미오는 "그럼 나는 너희들 운명의 별들에게 도전하리라"(V.1.24)라고, 다시는 "운명의 노리개"(Ⅲ.1.127)가 되지 않으리라고 울부짖었다.

셰익스피어를 비롯해 르네상스 시대의 작가들은 작품에서 **운명** 또는 **운명의 여신**(Fortuna)을 빈번하게 언급하고 있다. 인간의 삶이 '운명'에 의해 지배된다는 믿음이 당시 적지 않게 퍼져 있었던 것으로 알려져 있다. "르네상스의 지식 이론은 점성학적인 결정론과 자유 의지 간의 특유의 긴장이 그 특징이 되었다."[23] 운명의 여신은 흔히 돌고 도는 둥근 수레바퀴의 이미지로 등장하듯 변덕스러운 성향을 가진 것으로 묘사되고 있다. 운명의 여신은 셰익스피어의 작품 『헨리 5세』에서는 "눈먼 (……) 변덕스러운"(Ⅲ.6.29; 35~36) 자로, 『리어왕』에서는 "그 터무니없는 매춘부"(Ⅱ.4.52)로, 『햄릿』에서도 "창녀"(Ⅱ.2.451, 뉴 케임브리지 판)로, 『안토니와 클레오파트라』에서는 "거짓의 주부"(Ⅳ.8.43)로 묘사되고 있다. 믿을 수 없는 가변성의 운명에 대한 불만을 여지없이 나타내는 표현이다.

로미오는 운명에 대항할 수 있는 유일한 "방법"(V.1.35)은 자신의 운명을 자신이 결정하는 '자살'밖에 없음을 즉각 느꼈다. "절망하는 자의 생각 속으로" "못된 짓", 즉 '자살'하려는 생각이 "재빨리 들어왔다"(V.1.35~36). 그는 줄리엣을 부르면서 "오늘 밤 나는 그대 곁에 누워있겠소"(V.1.34)라고 말했다. 그는 "깡마르고 흉

---

23) Luiz Costa Lima, *The Dark Side of Reason: Fictionality and Power*, Paulo Henriques Britto 옮김 (Stanford: Stanford University Press, 1992), 90쪽.

측한 괴물"인 "죽음"이 "연정을 품고" 줄리엣을 "여기 어둠 속에 가두고 정부(情婦)로 삼으려 하는 것"을 용납할 수 없다고 생각했다(V.3.103~106). 따라서 그는 '무덤'이라는 "이 어두운 밤의 침상(寢床, palace)을 결코 다시 떠나지 않고" 줄리엣 "곁에 항상 같이 머물기" 위해(V.3.106~108), 그리고 "세상사에 지친 이 육신으로부터 불길한 운명의 별들의 멍에를 떨쳐내기" 위해(V.3.111~112), 그녀 곁에서 목숨을 끊었다. 마침내 로미오는 줄리엣이 누워있는 무덤을 그의 "영원한 안식처"(V.3.110)로 삼았다.

무덤 안의 자기 몸 위에 누워 죽어있는 로미오를 발견한 줄리엣은 그의 죽음을 확인한 다음, 곁에 있는 로미오의 단검을 집어 들고 자신의 심장을 찔렀다. 죽은 자들의 피로 흥건한 "비참한 광경"(V.3.174)은 죽음이 그들의 "사랑"을 여지없이 "삼키고 있음"을 보여준다. 셰익스피어는 존재론적으로 사랑은, 그것도 진정한 사랑은 죽음을 죽음으로 답하는 비극이라는 것을 로미오와 줄리엣의 "슬픈 이야기"(V.3.309)를 통해 들려주고 있다. 그들은 자신들의 "사랑의 비용"을 "죽음으로 향하는 경주(競走)"에 쏟고 있다.[24] 작품 『로미오와 줄리엣』은 죽음이 사랑을 삼킨 것이 아니라 사랑이 죽음을 삼킨 것이라는, 말하자면 '아름다운 사랑'의 승리를 보여주는 작품이라고 흔히 일컬어져 왔다. 과연 그렇게 말할 수 있는가?[25]

---

24) Julia Kristeva, *Tales of Love*, Leon S. Roudiez 옮김 (New York: Columbia University Press, 1987), 233쪽.

25) 두 연인의 사랑과 죽음을 다룬 이탈리아의 작품들, 그리고 그 후속인 프랑스와 영국의 작품들은 모두 지상에서의 사랑은 끝나지만, 사후에도 그들의 영혼은 죽지 않고 천국에서 다시 합쳐진다고 강조한다. 하지만 셰익스피어는 이런 페트라르카 식의 전통을 거부하고 죽은 뒤에는 내세에서의 사랑은 더 이상 없다는 것을 강조한다. 이것이 다른 작품들과 다른 셰익스피어의 인식이며, 이것이『로미오와 줄리엣』을 그들과 구별해준다는 것에 대해서는 Ramie Targoff, 앞의 책, 105~107쪽, 114~115쪽을 참조할 것.

앞서 에로스, 즉 사랑은 궁극적으로 지금 "우리에게 없는 것"을 욕망한다는 플라톤의 인식을 거론한 바 있다. 지금 "우리에게 없는 것"을 욕망한다는 것은 사랑이 "결핍"을 전제로 하고 있음을, 동시에 그 결핍의 지양을 전제로 하고 있음을 말해 준다(『향연』 200a~b; 『뤼시스』 221d~222a).[26] 사랑에 관한 이론의 역사는 여기서 출발하고 여전히 여기서 머물고 있다. 이 출발의 근원은 물론 플라톤이다.

플라톤은 『향연』에서 이른바 '아리스토파네스의 신화'를 소개하면서 인간은 원래 '결핍'의 존재가 아니라 '전체'의 존재임을 말하고 있다. 그 내용은 이미 잘 알려져 있듯, 인간은 '본래 남성, 여성, 그리고 남성과 여성의 합체인 자웅 동성, 즉 세 개의 성(sex)으로 존재했지만, 이 세 개의 성은 각각 따로 존재했던 것이 아니라 한 몸으로 존재했다. 네 개의 팔, 네 개의 다리, 두 개의 머리, 두 개의 성기 등을 가진 이들 인간을 두려워한 제우스는 그들의 힘과 능력을 반으로 줄이기 위해 반으로 나뉘어 그들을 별개의 존재로 만들었다.

하지만 각각 따로 나누어진 인간은 자신의 반쪽, 즉 자신의 다른 그 본래의 반쪽을 욕망하면서 그것과의 합일, 즉 나뉘기 이전의 **전체**를 갈망했다. 남성에서 나누어진 자들은 다른 남성을, 여성에서 나누어진 자들은 다른 여성을 갈망했으며, 그리고 자웅동성의 경우, 각각 나누어진 남성과 여성은 각각 다른 이성, 즉 남성은 여성을, 여성은 남성을 갈망했다(『향연』 184e~193d). 플라톤은 아리스토파네스의

---

26) 다른 한편 플라톤은 『향연』에서 에로스를 "욕망과 동경의 아버지"(197d)라 일컫고 있으며, 『크라튈로스』를 통해 이의 의미를 좀더 깊이 파고든다. 플라톤은 '히메로스'(himeros), 즉 '욕망'은 현존하는 대상으로 향하는 반면, '포토스'(pothos), 즉 '동경'은 "다른 곳에 있는, 또는 지금 여기에 있지 않은 것", 말하자면 '부재'의 대상으로 향한다고 말한다. "따라서 그 대상이 부재하는 경우, '포토스'라는 이름이 주어지고, 그 대상이 현존하는 경우, '히메로스'라는 이름이 주어진다"(420a). 플라톤은 지금 여기 '우리에 없는 것'이 '포토스'의 대상이며, 사랑은 궁극적으로 지금 여기 '우리에게 없는 것'을 '동경'한다고 말한다.

입을 통해 "전체의 욕망과 전체의 추구가 사랑이라고 일컬어진다" (tou holou oun tei epithumia kai dioxei eros onoma, 『향연』 192e)라고 규정했다. 말하자면 그 나뉨으로 인한 '결핍'을 극복하기 위해 '전체', 즉 지금 '우리에게 없는 것'을 욕망하고, 이를 추구하는 것이 '사랑'이라고 규정했다.

그리고 또 한편 플라톤은 아리스토파네스의 입을 통해 우리들 어느 누구도 연인들이 서로 하나가 되어 "그렇게 진지하게" 함께 살기를 원하는 이유가 육체적 사랑의 기쁨을 함께 누리기 위함에 있다고는 믿지 않는다며, 연인들의 "각자의 영혼은 분명 그런 것과는 전혀 다른 그 무엇을 원한다"(『향연』 192c~d)라고 말했다. 앞에서 지적했듯, 플라톤의 '소크라테스'는 '그 무엇'이 미, 선, 진리 그 자체라고 주장했다. 플라톤도, 그리고 그의 추종자들도, 가령 아우구스티누스, 루소, 프로이트, 프루스트 등도 각자의 영혼은 그 욕망이 특정 대상에 머물지 않고 궁극적으로는 그 대상을 초월하는 다른 '그 무엇'을 향한다고 주장했다.

그들의 대부분은 그 무엇이 구체적으로 무엇인지를 명확하게 말하지는 않았지만, 그들은 성적 사랑이 아닌 그 무엇, 지금 여기에 존재하지 않는 그 무엇에 사랑의 궁극적인 가치를 두었다. 그들은 한결같이 **초월**에 방점을 찍었다. 말하자면 사랑은 궁극적으로 지금 **우리에게 없는 것을 욕망한다**는 플라톤을 비롯해서 육체를 악의 근원으로 여겼던 아우구스티누스도 인간의 사랑은 언제나 육체적 욕망의 타락으로 끝나기 쉽기 때문에 우리 존재의 근원, 즉 신이 우리의 사랑의 대상이라고 말했고,[27] 단테도 "한때 사랑으로" 그의 "젊은 가슴을 뜨겁게 했던

---

27) Augustine, "Confession," *The Works of Saint Augustine* (New York: New City Press, 1997), 1: 39쪽.

저 태양"(「천국편」『신곡』, 3곡 2행) 여성 베아트리체가 아니라, "인간의 지성이 다다르지 못할 지고의 빛", 그 "영원한 빛", 즉 "해와 다른 별들을 움직이는 사랑"(「천국편」『신곡』, 33곡 67행~68행, 82행, 125행, 144행~145행) 그 자체인 신을 자신, 아니 인간 모두의 궁극적인 사랑의 대상이라고 말했다.

우리는 특정 대상을 사랑하기보다는 우리 자신을 위해 만든 이미지, 즉 이상적인 여성 (또는 남성)을 더 사랑한다는 루소도 진정한 사랑의 대상은 '지금 여기' 지상에는 없는 듯 "오로지 존재하지 않는 것만이 아름답다"[28]라고 말했고, 사랑은 "자아와 사랑의 대상을 하나로 만들고, 그들 간의 모든 공간적인 장벽을 폐기하려 한다"[29]라는 프로이트도 환상과 나르시시즘, 오해, 타산, 독점욕의 늪에 빠지는 인간의 사랑은 결국 고통과 실망으로 끝난다면서, 따라서 모든 사랑의 근원인 성적 에너지, 즉 리비도를 '승화'해 문명의 근간인 예술이나 사상 또는 사회-정치적 조직을 만들어 내는 것에 관심을 두어야 한다고 말했다. 아니 프로이트는 더 나아가 "모든 삶의 목적은 죽음"[30]이며, 긴장과 자극, 불안, 그리고 일체의 고통이 전혀 없는 죽음의 상태, 즉 지금 여기가 아닌 저쪽, 죽음이라는 열반(涅槃) 상태를 인간의 궁극적인 욕망이라 말했다.[31]

결혼에 대한 인식만큼 어둡지는 않지만, 작품에 등장하는 인물들

---

28) Rousseau, *Émile*, 871쪽; Pascal Bruckner, *The Paradox of Love*, Steven Rendall 옮김 (Princeton: Princeton University Press, 2012), 37쪽에서 재인용.

29) Sigmund Freud, *"Inhibitions, Symptoms and Anxiety,"* *The Standard Edition of the Complete Psychological Works of Sigmund Freud*, James Strachey 엮음 (London: Hogarth Press, 1953~1974), 20: 122쪽.

30) Sigmund Freud, *"Beyond the Pleasure Principle,"* 같은 책, *The Standard Edition of the Complete Psychological Works of Sigmund Freud*, 18: 38쪽.

31) 이에 대해서는 임철규, 「프로이트의 죽음 본능」, 『죽음』(한길사, 2012), 203~219쪽을 참조할 것.

을 통해 드러나듯, 사랑에 대한 인식 또한 비관적이던 로렌스도 "사랑을 전혀 믿지 않고 있으며", 따라서 사랑은 그에게 "절대적인" 것이 될 수 없었다.[32] 더욱이 로렌스가 작중 인물을 통해 "신의 수난", 즉 십자가 위의 예수의 수난과 같은 사랑이 아닌 "인간의 사랑은 그 사랑하는 대상을 늘 죽인다"라고 말하는 것을 보면,[33] 그에게도 진정한 사랑은 "우주적인 초월의 요소를 가지지 않으면 안 되는 것"[34]이었다. 에로스의 성적 욕망을 창조적으로 승화해 그 '상승' 또는 '초월'의 결과로 나온 소설 같은 문학의 '행위'를 통해 구원이 가능하다고 말하는 프루스트도 "사랑은 욕망의 환희에서와 마찬가지로 불안의 고통에서도 **전체**에 대한 요구다. (……) 우리는 우리가 전적으로 소유하지 못하는 것만 사랑한다"[35]라고 말했다.

플라톤, 그리고 현재에 이르기까지 사랑에 대해 이야기해온 그의 추종자들을 포함한 많은 이들에게는 지금 우리에게 없는 그 무엇이 사랑의 궁극적인 대상이기 때문에 지금 여기는, 그리고 지금 여기와 연관되는 성적 욕망의 대상인 **육체**(肉體)는 사랑의 궁극적인 고향이 될 수 없었다. 하지만 셰익스피어는 작품 『로미오와 줄리엣』에서 서구 전체를 지배해온 이런 **상승** 또는 **초월**의 전통을 거부하고 있다. 그는 초월이 아니라 지금 여기를, 아니 지금 여기를 전제로 한 초월을, 그리고 또 한편 성적 욕망의 대상인 육체를 강조하고 있다.

로미오의 단검을 집어 들고 자신의 심장을 찌르기 전 줄리엣은 자

---

32) D. H. Lawrence, *Women in Love* (New York: Viking Press, 1960), 121쪽.

33) D. H. Lawrence, *Kangaroo* (New York: Viking Press, 1960), 202쪽.

34) Daniel Fuchs, *The Limits of Ferocity: Sexual Aggression and Modern Literary Rebellion* (Durham: Duke University Press, 2011), 162쪽.

35) Marcel Proust, *Remembrance of Things Past*, C. K. Scott Moncrieff and Terence Kilmartin 옮김 (New York: Random House, 1981), 3: 102쪽.

신을 로미오의 "칼집"(V.3.170)이라고 말했다. 그렇다면 로미오는 그녀의 '칼집'에 들어오는 '단검'과 동일시된다. 셰익스피어는 칼집을 줄리엣의 성기, 단검을 로미오의 성기와 결부시키면서, 그들의 사랑의 결말을 에로틱하게 끝내고 있다. 줄리엣은 이 단검을 자신의 심장 깊이 찌름으로써, 로미오를 자신의 심장 깊이 포옹하는 상징적인 모습을 보여주고 있다. 마지막까지 로미오의 몸을 자신의 몸과 하나로 만드는 순간을 행복으로 받아들이면서 줄리엣은 그의 단검을 "행복한 단검"(V.3.169)이라고 일컬었다.

그렇게 "에로틱하게 끝나는 결말"(eroticized conclusion)[36]은, 아니 자신을 그 단검의 "칼집"이라 일컬으며 "거기서 녹슬고", 거기서 "죽게 해 달라"(V.3.170)며 격하게 심장을 찌르고 로미오의 가슴 위에 쓰러져 죽는 줄리엣의 모습은, 로미오가 가사 상태에 있던 그녀의 가슴 위에 죽어 누워있는 모습(V.3.155)과 더불어, "격렬한 삽입과 오르가슴의 이미지"[37]를 드러내 주고 있다. 즉 셰익스피어는 죽음의 마지막 순간까지 지금 여기에서의 육체의 사랑을 강조하고 있다.

니체가 진단했듯, 지금까지 철학의 역사는 육체를 억압하는 역사다. 육체를 영혼의 감옥 또는 "무덤"이라 규정했던 플라톤(『고르기아스』493a1)의 인식은 육체를 죄의 근원으로 보는 기독교와 더불어 서구 사상 전체를 지배해 왔다. 하지만 육체의 폄하를 거부하고, 사랑의 본질 요소로서 육체를 찬양하는 흐름도 없었던 것은 아니다. "전체 서양의 시에서 아마도 가장 위대한 여성 시인"[38]인 고대 그리스의

---

36) Eric Langslay, *Narcissism and Suicide in Shakespeare and Contemporaries* (Oxford: Oxford University Press, 2009), 135쪽.

37) Alexander Leggatt, *Shakespeare's Tragedies: Violation and Identity* (Cambridge: Cambridge University Press, 2005), 52쪽.

38) Page Dubois, *Out of Athens: The New Ancient Greeks* (Cambridge/M. A.: Harvard UP, 2010), 175쪽.

사포, 로마의 시인 오비디우스, 11~13세기 남부 프랑스와 북부 이탈리아 등에서 활약했던 서정시인(troubadour) 기욤 9세(Guilhem de Peitieu, 1071~1126) 등 셰익스피어 이전에도 여러 문학가가 있었다.

하지만 지금 모든 것이 끝나는 죽음 앞에서 바로 죽음 앞의 '지금 여기'의 한 찰나마저도 마치 사랑의 전부를 담고 있는 것처럼 **행복**이라 일컬으며 쏟아내는 격정의 행위는 어디에서도 찾아볼 수 없다. 셰익스피어는 지금 여기에서의 사랑을, 그것도 '육체'를 기반으로 한 사랑을 적나라하게 강조했다. '초월'은 다른 각도에서 다루어야 할 주제다. 이제 그 주제로 넘어갈 차례다.

초월

"번개처럼" 빨리 그들을 찾아온 사랑도(Ⅱ.2.119) 그렇게 번개처럼 빨리 끝난다. "죽음의 표적"이 되었던 그들 앞에 결국 남은 것은 어두컴컴한 밤과, 그들을 표적으로 삼고 있는 죽음뿐이다. 줄리엣이 그들의 보호자로 한때 그렇게 찬양했던 밤도 이제 공포의 대상으로 다가온다. 가사 상태로 무덤에 묻히게 될 그날 밤을 떠올리면서 줄리엣은 "죽음"과 마찬가지로 "밤"도 "소름 끼치는 것"이라고 말했다(Ⅳ.3.30).

죽음은 호메로스에서 현대 미국 시인 스티븐스(Wallace Stevens)에 이르기까지 문학가와 철학자들에 의해 흔히 소름 끼치는 공포의 존재로서가 아니라 인간의 일체의 고통을 잠재우는 **구원자**로서 부각된다. 말하자면 일체의 인간의 고통을 치유하는 의사(醫師), 깨어있을 때의 **낮**의 그 어느 순간보다도 훨씬 더 행복하고, 훨씬 더 달콤한 **영원한 잠**, 그리고 그 속에서 우리의 욕망 일체가 최종적으로 성취되는 '미'의 어머니 등, '구원자로서의 죽음'이라는 모티프는 호메로스에서 소포클레스, 소크라테스, 세네카, 루크레티우스, 쇼펜하우어, 프로이트, 토마스 만, 그리고 스티븐스 등에 이르기까지 많은 문학가들과 철학가들이 이야기한 바다.[39] 셰익스피어도 이 모티프를 이어받은 듯, 작품 『햄릿』에서 "단 한 자루 단칼이면 삶을 마감하여" "육신이 물려받은 가슴앓이와 타고난 수천 가지 갈등"을 끝내고 "죽음이라는 잠" 속에 편안히 쉬고 싶다는 주인공 햄릿의 간절한 소망(Ⅲ.1.60, 64, 76, 뉴 케임브리지 판)을 소개하고 있다.

그러나 작품 『로미오와 줄리엣』에서 죽음은 전혀 다른 이미지로 떠오르고 있다. 줄리엣이 "밤"과 마찬가지로 "죽음"도 "소름 끼치는" 것이라고 말했듯, 로미오에 의해서도 죽음은 혐오스러운 것으로 표현되고 있다. 이는 그가 줄리엣의 손가락에서 "귀한 반지"(V.3.31)를 빼내기 위해 "죽음의 침대"(V.3.28), 즉 무덤의 뚜껑을 열면서 그 무덤을 가리켜 "죽음의 자궁"(V.3.45), 가장 소중한 것을 삼키는 "가증스러운 아가리"(V.3.45)라고 일컫는 것에서 여지없이 드러나고 있다.

신화에서 죽음(Thanatos)은 형제인 잠(Hupnos)과 더불어 여신 '밤'의 자식이다. (헤시오도스, 『신통기』 212; 호메로스, 『일리아스』 14.258~61). 여기서 죽음의 신은 흉측하고 가증스러운 존재가 아니라 형제인 잠의 신과 더불어 싸움터에 나타나 죽은 영웅들을 싸움터에서 멀리 떨어진 곳으로 옮겨 장례를 치르는, 또는 영웅의 친척들로 하여금 장례를 치르게 하는 역할을 하고 있다. 호메로스의 『일리아스』에서 트로이아 전쟁에 참가한 트로이아 동맹군 뤼키아의 왕 사르페돈이 아킬레우스의 친구 파트로클레스의 창에 찔려 죽자 죽음의 신은 형제인 잠의 신과 함께 사르페돈을 싸움터에서 멀리 떨어져 있

---

39) 임철규, 「죽음」, 앞의 책, 『죽음』, 329~338쪽을 볼 것.

는 고향 뤼키아로 데려가 친척들로 하여금 장례를 치르게 했듯(『일리아스』, 16.666~683), 죽음은 **장례**(葬禮)라는 최고의 애도의 형식을 통해 죽은 자들을 위로하는 역할을 했다.

하지만 여기 작품 『로미오와 줄리엣』에서 죽음은 그 연인들의 사랑을 삼키는 역할 이외 그 어떤 역할도 하지 않는다. 그들의 "사랑이 가부장적인 힘이나 그 밖의 다른 어떤 힘에 의해서도 더 이상 훼손당하지도, 그리고 매도당하지도 않고"[40] 마음껏 펼쳐지게끔 그들을 평화로운 어딘가로 데려가는 대신, 줄리엣의 "숨결의 꿀을 빨아먹고"(V.3.92) 그녀 곁에 "침실 담당 시녀인 구더기들"(V.3.109)만 남기고 있다.

죽음이라는 한계 상황에서 두 사람의 사랑을 끝까지 지켜주는 것은 다름 아닌 그들 자신이다. 라캉의 용어를 따온다면, 그들에게 **대타자**(the Other)는 없다. 결정을 내리는 것도, 그들의 사랑과 죽음에 책임을 지는 것도 그들 자신이므로, 그들이 의지할 수 있는 행위의 주체는 없다. 로미오는 줄리엣이 누워있는 무덤을 결코 떠나지 않고 그곳을 자신의 "영원한 안식처(requiem eternam)"(V.3.110)로 삼을 것이라고 말했다. '죽음'이라는 "깡마르고 혐오스러운 괴물"(V.3.104)이 남긴 구더기들이 들끓고, 시체의 "역겨운 냄새"가 짙게 풍기고, "살아있는 사람이 들으면 미친다는, 대지에서 찢겨 나오는 맨드레이크의 비명 같은 소리가 들리고"(IV.3.46~48), "일정한 밤 시간이면 유령들이 몰려드는"(IV.3.44), 말하자면 "섬뜩한 공포에 둘러싸인"(IV.3.50) 그녀의 무덤을 "결코 다시 떠나지 않으리라"라고 말했다. "그의 유일한 관심은 그녀의 시체를 지키겠다는 것이다."[41] 무덤을

---

40) Theodor Adorno, *Aesthetic Theory*, Gretel Adorno and Rolf Tiedemann 엮음, Robert Hullot-Kentor 옮김 (Minneapolis: University of Minnesota Press, 1997), p. 247.

41) Ramie Targoff, 앞의 책, 123쪽.

자신의 마지막 목적지로 여기며 여기에 영원히 "머물 것"이라고 말했다(V.3.107~110).

　로미오는 처음 보았을 때와 마찬가지로 줄리엣을 여전히 천상의 "빛나는 천사"(Ⅱ.2.26)로 여기고 있다. 그는 줄리엣의 무덤이 섬뜩한 공포에 둘러싸인다 하더라도 그 무덤은 그녀의 "아름다움"으로 인해 "빛으로 충만한 영빈관(迎賓官)"(V.3.85~86)이 될 것이라고 말했다. 일찍이 로미오는 줄리엣이 있는 곳은 그곳이 어디이든 자신에게는 "천국"(Ⅲ. 3.29)이고, 줄리엣이 없는 곳은 "지옥"(Ⅲ.3.18)이라고 했다. 구더기들이 들끓고, 역겨운 냄새가 풍기고, 맨드레이크의 비명 같은 소리가 들리고, 유령들이 몰려드는 그런 섬뜩하고 황량하기 짝이 없는 곳이라 하더라도, 그녀가 있기 때문에 그곳은 로미오에게는 천국이 되고 있다. 연인을 "신"(Ⅱ.2.114)으로, 그리고 천사로 만들고, 연인이 사는 곳을 "천국"으로 여기는 것, 이것이 사랑이다.

　줄리엣은 결혼한 날 밤 자신의 침실을 찾아올 로미오를 기다리면서 밤을 향해, 자기가 이다음에 죽으면 로미오를 하늘을 "아름답게" 비추는 천상의 "별"로 만들어줄 것을 호소했다.(Ⅲ.2.2) 고대 이집트인들은 지상에 있을 동안 도덕적으로 훌륭한 삶을 살았던 사람들은 사후에 하늘로 올라가 별이 된다고 믿었다. 마찬가지로 『구약』의 「다니엘서」에서 나타나듯(12.2~3), 고대 유대인들도 옳은 길로 다시 가도록 사람들을 지혜롭게 이끄는 자들은 사후에 별이 된다고 믿었다. 그런데 "별은 일찍부터 천사와 동일시되었다."[42] 줄리엣의 소망에 따라 빛나는 별로 태어날 로미오도 **천사**로 존재하게 될 것이다. 그들의 사랑은 그들을 서로 빛나는 별, 아름다운 천사로 만들고 있다. 그들

---

42) Alan F. Segal, *Life after Death: A History of the Afterlife in the Religions of the West* (New York: Doubleday, 2004), 265쪽.

"두 사랑의 성자(聖者)"[43]는 그들의 사랑을 서로 절대화하고, 그들의 존재를 서로 신격화한다. 진정한 사랑은 여기에 있다.

로미오는 결국 자신의 이름을 포기하지 않았다. 앞서 우리는 **이름**은 존재 조건, 아니 존재 자체라고 말했다. '로미오'라는, 그리고 '줄리엣'이라는 그 이름들 때문에 그들은 **가치**로서 저만큼 높이 존재한다. 그들의 이름은 그들 존재 자체가 되어, 우리가 어떤 존재이어야 하는가를 규정하는, 그리고 우리의 사랑은 어떤 사랑이어야 하는가를 규정하는 **우리의 존재 조건**이 되고 있다.

---

43) Hugh Grady, *Shakespeare and Impure Aesthetics* (Cambridge: Cambridge University Press, 2009), 224쪽.

8장 셰익스피어 『햄릿』

1599년, 또는 1600년, 또는 1601년에 쓰인 것으로 보이는 셰익스피어(William Shakespeare, 1564~1616년)의 『햄릿―덴마크의 왕자』(Hamlet, Prince of Denmark)는 그의 다른 작품들과 마찬가지로 다른 작가들의 '복수극'으로부터 소재를 취해 독창적으로 만들어낸 작품이다. 이 작품은 "서양문화에서 인물에 관한 글로서 예수와 나폴레옹 다음으로 가장 많이 쓰인" 주인공 "햄릿 왕자"[1]에 관한 이야기다. 그러나 정확하게 말하자면, 작품 『햄릿』은 왕자 햄릿이 아니라 **인간** 햄릿에 관한 이야기다. 셰익스피어는 이 작품에서 햄릿이라는 인물을 통해 인간존재에 대해, 즉 인간은 어떤 존재인가에 대해 이야기하고 있다. 작품의 내용은 다음과 같다.[2]

---

1) Richard Kearney, *Strangers, Gods and Monsters: Interpreting Otherness* (London: Routledge, 2003), 146쪽.
2) 인용한 텍스트의 판본은 '뉴 케임브리지 판'으로 다음과 같다. William Shakespeare, *Hamlet: Prince of Denmark*, Philip Edwards 엮음 (Cambridge: Cambridge UP, 2003).

내용

고인이 된 덴마크의 선왕(先王) 햄릿이 살아생전 모습 그대로 엘시노어 성(城)의 망대 위에 세 번이나 나타난다. 초소를 지키던 왕의 근위대원들의 보고에 햄릿의 친구이자 학자인 호레이쇼는 허깨비를 본 것으로 치부하다가 직접 유령의 모습을 보고 나서 "우리나라에 어떤 기이한 사건이 터질 징조"(I.1.69)로 해석하고 넷째 밤에 햄릿을 초소에 불러들여 두 달 전에 사망한 그의 아버지의 유령을 보도록 한다. 그날 밤 12시 햄릿은 망대 위에 서 있는 아비지의 유령을 본다. 유령은 자신은 과수원에서 뱀의 독이빨에 물려 죽은 것이 아니라 동생인 현재의 왕 클로디어스에게 직접 죽음을 당한 것이라고 말한다. 그 혼령은 그자는 살인만이 아니라 "근친상간"과 "간음"의 죄까지 저지른 "짐승"이라(I.5.42)고 말하면서 햄릿에게 복수할 것을 명령한다. 아버지의 혼령으로 보이는 유령의 말을 듣고 햄릿은 복수를 다짐하지만, 유령이 진짜 자신의 아버지의 혼령인지 아닌지 확신할 수가 없다. 하지만 복수의 결심을 굳힌 듯, 그는 친구 호레이쇼와 근위대원들에게 유령의 출현에 대해 함구할 것과, 자기가 앞으로 광인 행세를 하더라도 기이하게 여기지 말 것을 부탁한다.

한편 클로디어스는 햄릿의 아버지인 선왕과의 전쟁에서 죽음을 당한 노르웨이의 왕 포틴프라스의 아들인 왕자 포틴브라스가 그 보복으로 덴마크를 상대로 전쟁을 일으킬지 모른다는 생각으로 마음이 불편하던 차에, 아버지의 죽음과 어머니 거트루드의 재빠른 결혼 이후 햄릿이 보이고 있는 우울증과 이상한 행동에 더 한층 신경이 쓰인다. 햄릿이 자신의 왕위를 빼앗을지도 모른다는 불안감에 클로디어스는 햄릿의 옛 친구인 로젠크란츠와 길덴스턴을 불러 햄릿이 정말로 미쳐 이상한 행동과 거친 말들을 하는지 감시하도록 한다. 그러나 햄릿은 친구들의 의중을 꿰뚫어보고 있었다. 햄릿의 약혼녀 오필리아의 아버지인 대신(大臣) 폴로니어스는 햄릿의 이상한 행동을 자신의 딸에 대한 상사병으로 인한 것으로 여기고 왕의 요청에 따라 햄릿의 행동 하나하나 감시한다. 한편 햄릿의 우울증은 점점 더 깊어져 간다. 클로디어스를 죽이려는 생각도 내키지 않았고, 유령이 "악마" (II.2.552)일 수 있다는 의심이 자주 들기도 한다.

일단의 배우들이 엘시노어 성을 방문하자, 햄릿은 그들에게 유령이 자신에게 말한 그대로 선왕이 살해당한 장면을 "연상시키는 연극"(II.2.548)을 클로디어스와 왕비 거트루드를 비롯해 조정의 신하들 앞에서 하도록 한다. 클로디어스의 표정을 살펴본 뒤, 그의 죄의 유무를 알기 위해서였다. 왕의 귓속에 독을 넣고 독살하는 장면이 나오자, 클로디어스는 겁을 집어먹고 연극을 중단시키고 황급히 자리를 박차고 나간다. 햄릿은 왕의 그러한 행동을 보고 유령의 말 그대로 아버지가 독살되었음을 확신하고 복수를 감행하려 한다. 하지만 그 연극이 있은 뒤 클로디어스를 죽일 절호의 기회가 있었지만 그 기회를 살리지 못한다. 그는 형의 살인에 참회의 모습을 한 채 기도(祈禱)하고 있는 왕을 뜻밖에 발견하고 뒤에서 칼로 등을 찔러 죽일 수 있었지만 기도 중인 그를 죽인다면 그가 구원을 받게 될지도 모른다며 복수를 유보한다.

왕비 거트루드는 아들 햄릿을 내실로 불러들여, 그 연극으로 클로디어스가 마음이 많이 불편하다며 그의 무례함을 나무란다. 햄릿은 어머니 거트루드 앞에 거울을 갖다 놓고 나서 거트루드에게 자기가 갖다 놓은 거울 앞에서 "자신의 깊은 속내를 볼 때까지"(III.4.20) 한 발자국도 움직이지 못하게 하겠다고 위협한다. 생명의 위협을 느낀 거트루드가 지르는 비명 소리에 휘장 뒤에서 무슨 소리가 들리자, 햄릿은 클로디어스가 몰래 엿듣고 있다고 생각하고 칼을 뽑아들고 휘장을 찌른다. 하지만 그의 행동 하나하나를 왕께 보고하기 위해 휘장 뒤에 숨어있던 폴로니어스가 그의 칼을 맞고 죽는다.

거트루드는 그의 "성급하고 피비린 행위"를 비난하자 햄릿은 자신의 행위는 "왕을 죽이고 그 동생과 결혼하는 것에 버금가는 나쁜 행위"(III.4.27~29)라고 응수한다. 왕비 거트루드는 무엇 때문에 자기에게 그렇게 소리지르며 거칠게 대하느냐 말하자, 햄릿은 어머니의 행위가 "수치스럽고" "부끄럽다"고 말하며 격한 감정을 쏟아낸다. 유령이 다시 등장하여 햄릿에게 자신을 "잊지 말라"(III.4.109)라고 말한 다음 자기가 여기 온 것은 "거의 무디어진" 복수의 "결심"을 다시 곧추세우기 위한 것이라면서 어머니 거트루드를 너무 놀라게 하지 말라고 말한다. 거트루드가 자신의 눈에는 보이지 않는 어떤 자와 햄릿이 말을 주고받는 것처럼 보여 누구와 그렇게 말을 주고받고 있느냐고 물었을 때, 햄릿이 죽은 선왕이라고 하자 거트루드는 아들이 완전히 미친 것이라고 생각하고 크게 걱정한다.

왕비 거트루드로부터 폴로니어스가 햄릿에게 살해당했다는 소식을 접한 클로디어스는 생명에 위협을 느낀 나머지 햄릿에게 로젠크란츠와 길덴스턴과 함께 범선을 타고 바삐 영국으로 떠나도록 명령한다. 햄릿은 그들이 획책하고 있는 음모를 어렴풋이 눈치채고 있었지만, 하는 수 없이 명령에 따라 영국으로 향한다. 배를 타고 가던 도중 그들이 가진 보따리에서 클로디어스가 영국 왕에게 햄릿이 도착하면 즉각 죽일 것을 요구하는 내용의 밀서를 발견한다. 다음 날 군장비를 갖춘 해적선의 추격을 받은 햄릿이 혼자 포로가 되어 해적선에 머물고 있을 동안 로젠크란츠와 길덴스턴은 영국행로를 계속한다. 그들의 보따리에는 클로디어스가 쓴 밀서가 아니라 선왕 햄릿의 인장을 사용해 햄릿이 새로 쓴 밀서가 있었다. 이 밀서에는 영국 왕에게 그들이 도착하면 즉각 죽이라고 요구하는 내용이 들어있다. 햄릿은 영국행의 배에서 구사일생으로 살아남아 덴마크로 다시 되돌아온다.

햄릿이 덴마크에 없던 동안 많은 일이 일어난다. 오필리아가 약혼자인 그에게 사랑을 거부당하고, 약혼자인 그에게 아버지가 살해당하자, 미쳐 물에 몸을 던져 죽는다. 폴로니어스의 아들 레어티즈는 아버지의 죽음 소식을 듣고 프랑스에서 돌아와 복수하기 위해 자신을 왕으로 추대하는 추종자들과 함께 반란을 일으킨다. 그는 왕 클로디어스가 아버지의 살해자라고 믿었기 때문이다. 그는 사망한 아버지의 "유해 위에 유품도, 칼도, 뼈를 덮는 상중 문장(紋章)도 없고, 고상한 의식이나 공식의례도 없었던" "초라한 장례의식"(IV.5.208~210)에 대해서도 분노를 금할 수 없다. 하지만 클로디어스가 그에게 햄릿이 살인자임을 알려주고, 햄릿의 "죄"를 응징하기 위해 함께 그를 "거대한 도끼로 내려치자"(IV.5.214)고 설득한다.

클로디어스는 햄릿과, "칼 다루는 솜씨가 일품"(IV.7.97)인 "무적"(V.2.130)의 레어티즈 간의 펜싱시합을 주선한다. 클로디어스가 주선한 펜싱시합의 음모를 모른 채 햄릿은 궁으로 가는 도중 호레이쇼와 함께 교회묘지를 지나가게 된다. 거기서 오필리아의 시신이 매장되는 것을 보고, 자신을 등에 업고 수없이 돌아다녔던 왕의 어릿광대 요릭의 해골도, 알렉산더 대왕의 해골도, 천하를 군림하던 카이사르의 해골도 본다. 거기서 그는 죽으면 모두가 한 줌의 하찮은 "티끌", "흙"으로 돌아가는 것을 절감한다(V.1.171~172, 177).

펜싱시합을 주선한 클로디어스는 레어티즈의 칼끝에 독을 묻힌다. 또 한편 결투로 인해 갈증이 날 경우 햄릿이 마시게 될 물에 독을 타 햄릿의 손이 닿는 범위 내에 둔다. 왕의 음모를 전혀 알지 못하는 거트루드가 목이 말라 햄릿을 죽이기 위해 준비해둔, 독이 든 잔을 들이키고 죽는다. 결투를 할 동안 햄릿은 독이 묻어있는 레어티즈의 칼끝에 치명적인 부상을 입지만, 난투(亂鬪) 중 칼이 바뀐 레어티즈 또한 그 독이 묻은 칼끝에 치명적인 부상을 입는다. 죽기 전 양심에 가책을 느낀 레어티즈는 햄릿에게 음모의 장본인은 클로디어스임을 알려주고 용서를 구한다.

햄릿은 더 이상 망설이지 않고 독이 묻은 칼을 들고 클로디어스의 심장을 찌른다. 그리고 죽어가면서 호레이쇼에게 "나의 이야기"(V.2.328)를 세상에 전해달라고 말한다. 그런 다음 노르웨이의 왕자, 즉 아버지 선왕 햄릿에게 죽음을 당한 노르웨이의 선왕 포틴브라스의 아들인 왕자 포틴브라스를 이후 덴마크를 통치할 왕으로서 선출하는 데 찬표(贊票)로 던지겠다고 말한다. 무정부상태에 빠진 덴마크를 통치할 "호기"(好機, V.2.369)를 잡은 포틴브라스가 등장해 햄릿의 장례를 엄숙하게 치를 것을 명하는 것으로 극은 마무리된다.

유령(幽靈)

작품 『햄릿』의 이해에 핵심 모티프 가운데 하나가 **유령**의 등장이다. 유령의 장면을 좀더 깊이 들어가 보자.

온 세상이 쥐죽은 듯한 "한밤중에"(I.1.65; I.2.198) 덴마크의 왕이었던 선왕 햄릿, 즉 두 달 전에 사망한 주인공 햄릿의 아버지와 "똑같은 모습"(I.1.41, 43, 58, 110; I.2.199)을 한 유령이 엘시노어 성 망대 위에 두 번씩이나 나타났다. 초소를 지키던 왕의 근위대원들로부터 이를 전해 들었던 햄릿의 친구 호레이쇼는 그들이 "허깨비"(I.1.23)를 보았다며 믿지 않았지만, 세 번째 날 밤 "그 무서운 광경"(I.1.25)을 직접 목격했다. "머리에서 발끝까지 세세하게 그리고 정확하게 완전무장을 하고"(I.2.200), 또 한편 "매우 창백한"(I.2.232), 그리고 "슬픈"(I.2.231) 모습을 하고 있는 선왕을 보는 순간 호레이쇼는 온몸이 "공포와 경악으로 써레질당하는 것"(I.1.44) 같았다.

근위대원들로부터 유령은 수탉이 울면 사라진다는 말을 들었던 호레이쇼는 '수탉이 "높고 날카로운 목청으로" "낮의 신을 깨우기" 위해 "아침을 부르는 트럼펫" 소리를 내기 전'(I.1.150~152) 유령을 향해, "공포와 경악으로 이 밤 시간을 찬탈하는" "그대는 무엇이냐?" 며 정체를 밝힐 것을 "명령"했다(I.1.46~49). 그는 유령에게 '누구냐'(who)고 묻지 않고 '무엇이냐'(what)고 물었다. 유령이 덴마크의 선왕의 모습을 하고 두 번씩이나 나타났을 때 초소를 지키던 근위대원 마셀러스도 유령을 향해 '그'(he)라고 일컫지 않고 "그것"(thing)(I.1.21)이라고 일컬었던 바 있다. 그리고 대화 도처에 유령은 '그'가 아니라 "그것"(it)으로 일컬어지고 있다.

셰익스피어 시대의 영국에서도 유령의 존재에 대한 믿음은 여러 세기 동안 가톨릭교의 핵심 교리인 **연옥**(煉獄)의 영향 아래 있었던 가톨릭교도들뿐만 아니라 일반인들에게까지도 광범위하게 퍼져있었다. 유령으로 나타난 햄릿의 아버지의 모습처럼, 유령은 살아있을 때의 모습과 같은 모습을 한 채, "더욱 창백하고, 더욱 슬픈" 모습을 하고 나타나는 것으로,[3] 그리고 산 자(生者)들이 자신들을 알아보게끔 살아있을 때의 입고 있었던 "옷"을 그대로 입고 나타나는 것으로, 그리고 "마을사람들을 물리적으로 공격하는" 등 공격적이고 위협적인 모습을 하고 나타나는 것으로 믿어졌다.[4]

그러나 셰익스피어 시대의 영국의 공식종교에 따르면 땅에 묻힌 자가 무덤을 뚫고 지상에 다시 나타난다는 것은 결코 있을 수 없는 일이었다. 작품 『햄릿』에서 호레이쇼가 그 근위대원들이 선왕 햄릿의

---

3) R. C. Finucane, *Ghosts: Appearances of the Dead and Cultural Transformation* (Amherst, NY: Prometheus Books, 1966), 81쪽; Susan Zimmerman, *The Early Modern Corpse and Shakespeare's Theatre* (Edinburgh: Edinburgh UP, 2005), 181쪽에서 재인용.

4) Jean-Claude Schmitt, *Ghosts in the Middle Ages: The Living and the Dead in Medieval Society*, Teresa Lavender Fagan 옮김 (Chicago: U of Chicago Pr., 1998), 202쪽, 199쪽.

모습을 한 유령을 보았다고 보고했을 때 그들이 허깨비를 보았다고 말한 것도 이 때문이다. 그리고 그가 유령을 향해 '그'가 아니라 '그 것'이라고 일컬었던 것도 이 때문이다. 사람의 모습을 하고 있지만 사람이라고 할 수 없고, 죽었지만 살았다고 할 수 있는, "이름 붙이기가 불가능한, 또는 거의 이름붙이기가 불가능한 것",[5] 굳이 이름 붙이자면 '살아있는 시체'가 주인공 햄릿의 아버지의 모습을 하고 나타난 것이다.

"공포와 경악"으로 인해 몸이 "써레질당한" 호레이쇼가 정체를 밝힐 것을 명령했지만, 유령은 아무 대꾸하지 않고 초소의 경계를 지나갔다. 호레이쇼는 세계를 호령하던 로마제국의 황제 율리우스 카이사르가 쓰러지기 직전, 무덤에서 나온 "수의(壽衣) 차림의 죽은 자들이 로마 거리를 걸으며 소리를 냄다 찍찍 질러대고", 달은 마치 "심판의 날에 가까운 것처럼" 창백하게 이지러졌듯, "그런 두려운 사건의 비슷한 전조"를, 아니 "다가오는 참사의 서곡"을 이 으스스한(uncanny) 존재의 등장에서 읽었다(I.1.113~123). 전과 똑같은 모습을 하고 등장한 유령에게 호레이쇼는 무슨 까닭으로 또다시 나타나는지를 세 번씩이나 "내게 말하라"(I.1.129, 132, 135)라고 외쳤지만, 유령은 아무 대답 없이 "새벽 수탉이 크게 울자…… 그 소리에 움츠러들더니 황급히 시야에서 사라졌다"(I.2.218~219).

호레이쇼는 자기가 목격한 일체를 햄릿에게 보고했다. 햄릿은 "그것이 고귀한 내 아버지의 몸을 취하고 있다면"(I.2.243) 만나보겠다고 말했다. 덴마크의 현왕이자 햄릿의 숙부 클로디어스가 연회석에서 술을 진탕 마시고, 요란한 독일 춤을 추고, 라인 산(産) 포도주를 비우고, 이에 맞추어 북소리와 나팔소리가 요란하게 울리는 그때,

---

5) Jacques Derrida, *Specters of Marx*, Peggy Kamuf 옮김 (New York: Routledge, 1994), 5쪽.

"아주 추운" 밤 12시(I.4.1, 4) 유령이 망대 위에 나타났다. 말로만 들었던 그 광경이 눈앞에 현실로 다가오자 햄릿은 아연실색했다.

그는 "의문스러운 모습"(I.4.43)의 이 유령이 "저주받은 악령"(I.4.40)일지도 모른다며 우선 구원의 천사들에게 자신을 지켜줄 것을 호소했다. 그다음 그는 유령을 향해 "죽었을 때 예를 갖추어 입관한 그대의 시선이 왜 수의를 뛰쳐나왔으며, 우리가 그 안에서 매장당해 조용히 누운 그대를 보았던 묘지가 왜 그 육중한 대리석의 턱을 벌려 그대를 다시 토해냈는지?"(I.4.47~51)를 대답하라고 말했다. 그리고 또 "대체 무슨 뜻으로, 그대, 죽은 송장이 다시 완전무장하고, 창백한 달빛이 비치는 대지를 이렇게 다시 찾아 밤을 소름끼치게 하느냐?……"며 "그 까닭"을 대답하라고 말했다(I.4.51~57).

재차 대답을 요구하는 햄릿에게 유령은 "고통스러운 유황불 화염 속에…… 육신을 내맡겨야 할 시간이 거의 되었다"고 말하면서 "나는 네 아비의 혼령"(I.5.9)이라고 말했다. 그리고 "내 살아생전 저지른 더러운 죄가 불에 타 정화될 때까지 일정 기간 동안 밤에는 걷고 낮에는 불 속에 갇혀 참회 단식을 해야만 하는 운명에 처해있다"(I.5.10~13)고 말하면서 자기가 있는 장소와 그 장소에서 자신이 처한 운명을 들려주었다. 유령은 살아생전에 저지른 더러운 죄가 불에 타 깨끗하게 될 때까지 "일정 기간 동안"만 그곳에 남아있어야 하는 "운명에 처해있다"고 말함으로써 분명 자신이 있는 곳은 연옥임을 말해주고 있다.

이전의 시대에서와 마찬가지로 셰익스피어 시대의 영국에서도 기독교는 신의 벌을 받은 죄인은 영원히 지옥에서 벗어날 수 없다고 주장했다. 하지만 가톨릭교는 다른 대안을 제시했다. 지상에 있을 때 범한 더러운 죄가 불에 타 정화된 뒤 천국으로 향할 때까지 **일정 기간**

동안 머무는 '연옥'이라는 교리를 천명했다. 이 교리에는 연옥에서 고통받고 있는 죽은 자들의 영혼은 그들 영혼을 위해 산 자의 친척이나 친지들이 행하는 기도의 도움을 받아 연옥에서의 벌의 기간이 단축될 수 있다는 내용도 포함되어 있었다. 그런데 산 자들이 기도의 소홀 등 연옥에서 고통받고 있는 죽은 자들의 영혼을 향한 관심을 소홀히 할 때, 유령은 자신들이 "보통 유폐되어있는 감옥", 즉 연옥에서 나와 산 자들에게 잠시 나타나는 것이 "허용"되고 있다는 것도 그 교리의 내용의 일부를 이루고 있었다.[6]

종교개혁이 가톨릭교의 교리인 '연옥'을 폐기하기 전까지는 신학자들에서 일반인들에 이르기까지 거의 모두가 유령이 나타난다면 천국이나 지옥이 아니라 "지하의 거대한 감옥"[7]인 연옥에서 나타나는 것이라고 믿었다. 작품 『햄릿』에서 유령은 자신의 육신이 "고통스러운 유황불 화염 속에" 던져져 있다고 말했다. 유황불 화염은 보통 지옥과 결부되기 때문에 유령이 존재하는 곳은 지옥이라고 주장하는 학자들도 있지만, 꼭 지옥만 결부되는 것은 아니다. 중세와 르네상스의 가톨릭교도들은 연옥의 유황불 화염은 죄옥의 그것만큼 아주 고통스러운 것으로 생각했다. "교회는 연옥과 지옥의 엄청난 고통은 동일한 것이라고 가르쳤다……"[8] '연옥'이라는 단어는 물론 작품에는 등장하지는 않지만, 햄릿이 유령의 말을 듣고 나서 호레이쇼에게 자신의 결심을 "성 패트릭"에게 맹세할 것이라고 했을 때, 그가 언급한 성 패트릭은 연옥을 지키는 성자(聖者)다. 그 성자는 전통적으로 연

---

6) Jacques Le Goff, *The Birth of Purgatory*, Arthur Goldhammer 옮김 (Chicago: U of Chicago Pr., 1984), 82쪽.

7) Stephen Greenblatt, *Will in the World: How Shakespeare Became Shakespeare* (New York: Norton, 2004), 313쪽.

8) Stephen Greenblatt, *Hamlet in Purgatory* (Princeton: Princeton UP, 2001), 230쪽.

옥과 결부되어 있다. 햄릿이 왜 성 패트릭을 언급했는지는 알 수 없지만, 셰익스피어가 유령의 거처가 연옥임을 말해주기 위해서인 것처럼 보인다.

죽은 자들이 유황불 화염 속에서 고통받으며 머물고 있는 연옥을 자기의 거처라고 밝히고 나서 유령은 "내 감옥의 비밀을 말하는 게 금지되어있어 그렇지 내가 얘기를 꺼내면 가장 가벼운 단어도 네 영혼을 써레질하고, 네 젊은 피를 얼어붙게 하고, 네 눈동자를 별처럼 천구(天球)에서 튀어나오게 만들 수 있으리라"(I.5.13~17)라고 말했다. 유령은 그 감옥의 비밀이 어떤 것인지를 밝히지 않은 채 그 감옥에서 잠시 나와 그 앞에 서 있는 까닭을 다음과 같이 말했다.

유령은 햄릿에게 "네가 정말 네 소중한 아버지를 사랑한 적이 있다면"(I.5.23), "가장 더럽고, 해괴하고, 그리고 극악무도한" "살인"을 "복수하라"고 말했다(I.5.28, 25). 그 가장 더럽고, 해괴하고, 그리고 극악무도한 살인을 저지른 자는 동생인 덴마크의 현왕 클로디어스이며, 습관대로 오후 과수원에서 자고 있는데, 그 자가 귀의 입구에 문둥병을 일으키는 액체를 쏟아 부어 혈관을 "우유에 탄 초산처럼"(I.5.69) 응고시키고, 피 또한 응고시켜 자신이 "한창 죄업을 쌓고 있는 중에" "성찬세례도, 임종고해성사와 죄 사함도, 종부성사도 없이, 아무 죄 값음도 없이" 심판대에 보내졌다며(I.5.76~78) 자신의 "목숨을, 왕관을, 그리고 왕비를 한꺼번에 빼앗은"(I.5.75) "근친상간의, 그 간음의 짐승"(I.5.42)에게 복수하라고 말했다. 그리고 "덴마크 왕의 침대는 음탕과, 저주받은 근친상간의 잠자리가 될 수 없는 법"(I.5.81), 따라서 "네가 효성이 있다면"(I.5.81) 이를 용납해서는 아니 된다고 말했다. 하지만 복수를 하더라도 "네 마음을 더럽히거나, 네 영혼이 네 어머니께 어떤 벌도 획책하지 말고, 그녀는 하늘에" 그리고 그녀의 양심에 "맡기라"고 말했다(I.5.84~86).

반딧불이 새벽이 가까움을 알려주자 유령은 햄릿에게 작별의 인사와 함께 "나를 기억하라"(I.5.91)라는 마지막 말을 남기고 사라졌다. 유령은 햄릿에게 두 가지를 명령했다. 즉 자기의 목숨, 왕관, 그리고 왕비를 빼앗은 클로디어스에게 복수를 할 것과, 그리고 자기를 기억하라는 것. 햄릿은 유령의 말을 전적으로 받아들이는 듯, "믿을 만한 유령"(I.5.138)이라고 말했다. 햄릿은 "나의 기억의 수첩"에 유령의 "명령"만 남기고(I.5.102) 그 밖의 "온갖 하찮은 터무니없는 기록들을……지워버릴 것"(I.5.98∼99, 102)이라고 말했다.

아버지와 아들

셰익스피어 시대의 영국에서의 아버지는 그 위상이 "성스러운 인물"[9]로 규정될 만큼 한 집안에서의 부권(父權)의 권위는 절대적이었다. 가정에서, 신적인 존재 또는 국가의 통치자와 동일한 존재[10]인 아버지에 대한 불효를 도덕적으로 용납하지 않는 것이 "매우 강했다".[11] 이 시대에 복수극(復讐劇)이 인기를 끌었던 것은 **아버지의 이름으로** 복수를 함으로써 부권의 권위를 훼손 없이 지속시키고, 이를 통해 가부장제의 사회구조에서 부권을 계승할 아들로서 자신의 정체성과 권위를 앞으로도 흔들림 없이 확고하게 하려는 남성적인 욕망의 결과라고 할 수 있다. "부권은 안정하다는 허구를 유지하는" 이 장르, 즉 복수극이 "유별나게 남성적인 장르"[12]로 일컬어지는 것도 무리가

---

9) Tom Macfaul, *Problem Fathers in Shakespeare and Renaissance Drama* (Cambridge: Cambridge UP, 2012), 4쪽.

10) Fred B. Tromly, *Fathers and Sons in Shakespeare: The Debt Never Promised* (Toronto: U of Toronto Pr., 2010), 20∼22쪽을 볼 것.

11) Fred B. Tromly, 같은 책, 161쪽.

12) Tom Macfaul, 앞의 책, 109쪽.

아니다. 작품『햄릿』도 이러한 복수극의 범주에 속한다. 그러나 나중에 다시 거론하겠지만 이 작품은 그러한 범주를 뛰어넘고 있다.

유령은 햄릿에게 "네가 정말 네 소중한 아버지를 사랑한 적이 있다면"(I.5.23), 그리고 "네가 효성이 있다면"(I.5.81), "망각의 레테 강변에 편히 뿌리내린 무성한 잡초보다 더 둔한"(I.5.32~33) 존재로 남지 말고 지체 없이 복수하라고 말했다. 엘리자베스 시대의 극 작품들의 많은 다른 아들들과 마찬가지로 햄릿은 아버지의 명령에 따를 것임을 맹세했다. 셰익스피어는 작품『햄릿』을 작품의 출처가 되었던 다른 복수극과 구별시키기 위해 아버지와 아들의 이름을 동일한 이름으로 무대 위에 올려놓았다. 이 공유된 이름은 우선 정체의 동일성을 강조하기 위함이다. 따라서 **효성**을 **복수**와 동일시하는 아버지가 아들에게 행하는 명령은 보다 엄중할 수밖에 없다. "오 소름 끼치누나, 오 소름 끼치누나, 정말 소름 끼치누나"(I.5.80)라고 말하며 복수를 요구하는 유령의 말은 극도의 연민과 분노를 불러일으켜 행동하지 않을 수밖에 없도록 한다. 햄릿은 "내 운명이 부르짖는다"(I.4.81)라고 소리친다.

햄릿은 그렇게 처절한 감정을 토해내는 아버지의 유령을 두 번이나 "불쌍한 유령"(I.5.4, 96)이라고 일컬었다. 그 불쌍한 유령인 아버지는 아들인 자신에게 "그런 인간은 다시 보지 못할 만큼 완벽한 인간"(I.2.187~189)이었다. 완벽한 인간, 완벽한 사내였던 그의 아버지는 그에게 "휘페리온"(I.2.140; III.4.56), "주피터…… 마르스…… 머큐리"(III.4.56~58) 등 신과 같은 존재처럼 보였다. 그런 아버지가 짐승 격인 "사튀로스"와 같은 존재(I.2.140)인 동생에게 죽음을 당한 것이다. 어머니 거트루드는 "그리 탁월했던 왕"(I.2.139)이 죽은 뒤 두 달도 되지 않아 짐승 격인 "아버지의 동생……과 결혼했다"(I.2.151~152). "이성적인 사고를 할 수 없는 동물이라 할지라도 그

보다는 더 오래 애도를 표했으련만"(I.2.150~151), 두 달 아니, "한 달 만에" "그렇게도 능란하게 근친상간의 이불을 덮는" "최악의 속도"로 결혼을 감행했다(I.2.153, 156~157). 그 결혼은 햄릿에게 "부끄러움"을 전혀 모르는 "수치스러운 짓"에 불과했다(III.4.82).

숙부에 의한 아버지의 극악무도한 죽음, 그리고 그런 자와의 부끄러움을 모르는 어머니의 빠른 속도의 결혼에 대해 햄릿이 내뱉는 울분은 격렬하기가 짝이 없다. 앞서 지적했듯, 유령은 햄릿에게 두 가지 명령을 했다. 즉 복수하라는 것과, 그리고 자기를 기억하라는 것. 그러나 햄릿을 대면한 유령의 마지막 말은 복수하라는 것이 아니라 자기를 기억하라는 것이었다. **복수**가 아니라 **기억**에 방점을 찍었다. 이 점과 관련하여 자주 거론되는 학자는 그린블래트(Stephen J. Greenblatt)다. 그는 작품 『햄릿』을, 가톨릭교의 교리인 연옥을 악성 미신으로 치부하고 이를 폐지시켜 산 자와 죽은 자의 교섭(交涉)을 차단했던 종교개혁에 대한 셰익스피어의 반응을 반영한 작품으로 보고 있다.

가톨릭교는 연옥을 산 자와 죽은 자의 교섭을 유지하게 하는 하나의 제도 또는 "강력한 방법"[13]으로 내세웠다. 이는 산 자의 기도 등으로 인해 유황 화염 불 속에서 고통의 참회를 하고 있는 죽은 자들의 영혼의 정화 기간이 단축된다고 믿었기 때문이다. 중세 이래 수세기 동안 서구문화를 지배해온 이러한 믿음, 이러한 교리는 종교개혁에 의해 철저하게 배척당했다. 시인 던(John Donne)은 연옥을 "병든 또는 우울증을 앓고 있는 인간들이 만들어낸 상상도(圖)"[14]라고 규정했

---

13) Stephen Greenblatt, 앞의 책, *Hamlet in Pngatory*, 256쪽.

14) John Donne, *The Sermons of John Donne*, Evelyn M. Simpson and George R. Potter 엮음 (Berkeley: U of California Pr., 1954), 7: 168쪽; Stephen Greenblatt, 같은 책, 45쪽에서 재인용. 칼뱅에 대해서는 Jerry L. Walls, *Purgatory: The Logic of Total Transformation* (Oxford: Oxford Up, 2012), 41~42쪽을 볼 것.

고, 종교개혁자들 가운데 연옥에 대해 가장 비판적이었던 칼뱅은 "연옥은 그리스도의 십자가를 무효로 하고, 신의 자비에 참을 수 없는 멸시를 가하고, 그리고 우리의 믿음을 뒤집어엎고 파괴하는, 사탄이 만들어낸 치명적인 허구"[15]라고 주장했다. 일곱 개의 성사(聖事) 가운데 두 가지, 즉 세례와 성찬식을 제외하고 모두 폐지되었다. 죽은 자들을 위해 기도하려고 교회에 세워진 부속예배당을 비롯한 수도원, 성당 등 여러 기관도 기도장소로 사용되는 것이 금지되었다.[16]

죽은 자들을 향한 애통 등 애도에도 제동을 가했음은 물론, 애도에 관한 16세기의 여러 책자들도 죽은 자들을 슬퍼하는 것을 "비이성적이고" "경건하지 못한 행위"의 표현으로 치부했다.[17] 그리고 "사별한 자에게 동정"을 표하기보다 "분노"를 표할 것을 권했다.[18] "고결한 죽음을 하고 천국에 가 있는 자들을 향해 슬픔을 표하는 것을 전부 금지하고 규탄하는" "엄격주의"가 『햄릿』이 공연되던 당시에 고개를 들기 시작했다.[19]

이러한 풍조, 그리고 무엇보다도 종교개혁가들의 공격으로 인해 가톨릭교의 핵심 교리인 '연옥'의 영향력은 크게 힘을 잃었지만, 그 "공격"에도 불구하고 연옥에 대한 "동경과 두려움"은 끝나지 않았다.[20] 그

---

15) John Calvin, *Institutes of the Christian Religion*, John T. Mcneill 엮음, Ford Lewis Battles 옮김 (Philadelphia: Westminster, 1960), 3.5.6.; Jerry L. Walls, 같은 책, 41쪽에서 재인용.

16) David Bevington, *Murder Most Foul: 'Hamlet' Through the Ages* (Oxford: Oxford UP, 2011), 173쪽.

17) G. W. Pigman III. *Grief and English Renaissance Elegy* (Cambridge: Cambridge UP, 1985), 2쪽.

18) Steven Mullaney, "Mourning and Misogyny: *Hamlet* and the Final Progress of Elizabeth I," *Shakespeare, Feminism and Gender*, Kate Chedgzoy 엮음 (New York: Palgrave Macmillan, 2001), 173쪽.

19) G. W. Pigman III, 앞의 책, 27쪽, 39쪽.

20) Stephen Greenblatt, 앞의 책, *Hamlet in Purgatory*, 256쪽.

린블래트는 그 **억압된 과거**가 셰익스피어에 의해 무대 위에 다시 귀환하고 있다고 본다. 그는 유령의 "나를 기억하라"라는 명령에 초점을 맞추고, 이를 "가톨릭교인 아버지의 혼령"이 "프로테스탄트 기질이 분명한" 아들 햄릿에게 "연옥의 고통으로부터 자신의 영혼을 구원하기 위해 대도(代禱)를 간청하는" 것으로 읽어야 한다고 주장한다.[21]

아들 햄릿을 대면했을 때, 유령은 아들에게 자신의 더러운 죄가 불에 타 깨끗하게 될 때까지 고통스러운 유황불 화염 속에 살아가야 하는 자신의 운명에 대해 말했다. 유령이 아들에게 내린 '나를 기억하라'는 명령은 자신의 이러한 운명을 염두에 두고, 성찬세례도, 임종 고해성사와 죄 사함도, 그리고 종부성사도 없이, 그리고 죽은 후에도 정식 장례식은 물론 충분한 "애도"도 받지 못한 채(I.5.77), 연옥이라는 감옥 속에 유폐되어 있는 자신의 영혼이 하루빨리 천국으로 가게끔 기도 등 자신의 영혼을 위한 애도의 작업을 행하는 것을 잊지 말라는 것으로 해석될 수도 있다. 아주 일찍 라캉은 『햄릿』은 "애도의 문제"[22]를 다룬 작품이라고 말한 바 있다. 유령이 나타난 것은 "중요한 의식의 생략" 등 "망자"를 만족시킬 만한 "애도"를 충분치 받지 못한 것에 있다고 지적했다.[23]

매장(埋葬)보다 더 중요한 것이 애도의 작업이다. 죽은 자의 구원에 절대 필요한 종부성사(extrema unctio)가 애도의 작업의 전단계라면, 종교개혁에 의한 연옥의 폐지, 이로 인한 그 성사(聖事)의 폐지는 일정 기간 동안 연옥에 머물다 천국으로 향하는 죽은 자의 영혼의 구원을 봉쇄하는 것이 된다. 더욱이 죽은 뒤 애도의 일환으로 망자에

---

21) Stephen Greenblatt, 같은 책, 240쪽, 249쪽.

22) Jacques Lacan, "Desire and the Interpretation of Desire in Hamlet," *Literature and Psychoanalysis*, Shoshana Felman 엮음 (Baltimore: Johns Hopkins UP, 1982), 39쪽.

23) Jacques Lacan, 같은 글, 39쪽.

게 행하는 산 자의 기도는 연옥에서의 정화기간, 또는 형벌의 기간을 단축시키는 데 없어서는 아니 되는 매우 중요한 수단이었다. 종교개혁에 의한 이의 배척 또는 폐지는 죽은 자의 영혼의 구원을 원천적으로 봉쇄하는 것, 천국에서의 "영원한 삶을 얻는 두 번째의 기회"[24]를 완전히 박탈하는 것이 된다. 연옥은 "애도의 작업을 위한 우주정거장"[25]이다. 이 정거장의 폐쇄는 산 자의 죽은 자와의 **교섭**(交涉)을 원천적으로 봉쇄하는 것이 된다.

1563년 영국국교회에 의해 가톨릭교의 교리인 '연옥'이 배척당한 이래 영국에서는 기도 등 애도의 작업이 봉쇄당하면서 망자인 아버지에 대한 기억은 아들 세대에서 점차 멀어져가고 있었고, 연옥에 대한 문화적 기억도 점차 사라져가고 있었다. '연옥'은 "폐지되었을 뿐 아니라 망각되었다".[26] 셰익스피어는 "연옥에서 온 가톨릭교도인 유령"[27]을 무대 위에 올려놓고, 그 "역사적 트라우마"[28]에 대해 연민의 감정을 깊이 드러내었던 것으로도 볼 수 있다.

햄릿

아버지의 혼령인 유령의 말을 듣고 햄릿은 복수를 다짐했다. 그리고 "나사 빠진(out of joint) 시간"(I.5.189) 즉 뒤죽박죽되어버린 사태를 "수리하기 위해", 즉 바로잡기 위해 자기는 "어쩌다 태어났다"고

---

24) Jacques Le Goff, 앞의 책, 5쪽.

25) Ewan Fernie, "The Last Act: Presentism, Spirituality and the Politics of Hamlet," *Spiritual Shakespeare*, Ewan Fernie 엮음 (London: Routledge, 2005), 191쪽.

26) Anthony Low, *Aspects of Subjectivity: Society and Individuality from the Middle Ages to Shakespeare and Milton* (Pittsburgh: Duquesne Up, 2003), 119쪽.

27) John Dover Wilson, *What Happens in 'Hamlet'* (Cambridge: Cambridge UP, 1959), 70쪽.

28) Ewan Fernie, 앞의 글, 190쪽.

말했다. 하지만 그는 자신의 이러한 운명을 자신의 삶에 내린 "저주받은 악의"라고 말했다(I.5.189~190). 유령을 대면한 뒤 햄릿은 호레이쇼에게 유령은 "믿을 만하다"(I.5.138)고 말했다. 그리고 유령의 "명령"만을 자신의 "기억의 수첩"에 기록해 두고 명령을 수행할 것이라고 다짐했다. 하지만 그는 그 명령을 행동으로 옮기지 못하고 계속 주저했다. 그는 유령의 말을 믿을 만한 "좀더 타당한 근거가 필요하다"(II.2.556~557)며 자신이 본 유령은 "악마", 자신의 "우울증을 빌미삼아" "자신을 속여 파멸시킬 수도 있는", "보기 좋게 위장할 능력이 있는 악마"(II.2.552~555)일 수 있다고 말했다.

햄릿은 선왕 햄릿과는 다른 인물이다. "갑옷차림"(I.1.60)의 "완벽한 전투복장"(I.1.47)을 하고 "성난 전투의 담판"에서 적군을 쳐부수는(I.1.62~63) "정복자"(I.1.93)의 이미지, 즉 무력(武力)의 인간과 달리, 아들 햄릿은 인간의 사변적인 지식, 즉 "철학"으로는 도저히 "공상"할 수도 이해할 수도 없는 것들이 "천지간에 많이 있음"(I.5.166~167)을 받아들일 만큼 사색적이고 회의적인, 한편 "고귀한 정신"의 "학자"(III.1.144, 151)다. 말하자면 아버지 햄릿이 **육체**의 인간이라면, 아들 햄릿은 **정신**의 인간이다.

셰익스피어는 주인공 햄릿을 30세의 "청년"(I.1.170) 학생으로 등장시키고 있다. 햄릿은 독일대학들 가운데서 거의 유일하게 종교개혁을 지지했던, 1502년에 창립된 "프로테스탄티즘의 요람"[29]이자 종교개혁의 사령부인 비텐베르크 대학에서 친구 호레이쇼와 함께 수학했다(I.2.164). 비텐베르크는 셰익스피어 시대에 세계 각국의 여러 학생들이 떼 지어 몰려와 학문을 닦았던 국제적인 인문학의 도시이자 비텐베르크 대학의 신학교수였던 마르틴 루터가 1516년부터 1520

---

29) David Bevington, *Shakespeare and Biography* (Oxford: Oxford UP, 2010), 105쪽.

년 사이에 "교회의 역할을 재해석하는 주요 저서들을 엄청나게 쏟아 냄으로써" "인문학자들(가령 신학교수 멜란크톤 Philipp Melancthon) 의 새로운 중심지가 되었던 도시"[30]였다. 그리고 그 무엇보다도 루터 가 1517년에 면죄부의 효력을 반박하는 95개조의 테제를 그 도시의 성곽(城郭)교회의 문에 못질해 내걸음으로써 그 이름이 널리 알려진 도시였다. 그리고 또 한편 비텐베르크는 "분명 셰익스피어가 크리스 토퍼 말로(Christopher Marlowe)의 작품과, 아마도 그 밖의 다른 출처 들로부터 익히 알고 있는 인물", 즉 프로테스탄트인 "파우스트 박사 의 도시"이기도 했다.[31]

햄릿은 종교개혁의 선봉자인 루터의 도시, 그리고 파우스트 박사와 같은 자유주의자와 기존의 신앙체계에 회의를 품고 있었던 많은 급진 적인 사상가들이 들끓고 있었던 그러한 도시의 대학에서 학문을 닦았 다. 파우스트처럼, 아니 루터처럼 사색적이고 회의적인 햄릿은 무력 의 아버지와 다른 "고귀한 정신"(III.1.114)의 인간, 말하자면 "학자" (III.1.151)다. 따라서 햄릿은 "갑옷차림"의 "전투복장"을 하고 있는 (I.1.60, 47) 무력(武力)의 인간인 아버지, 그리고 휘페리온의 "머리카 락", 주피터의 "이마", 마르스의 "눈동자"를 가지고 있을 뿐 아니라 머 큐리의 "자태"(III.4.36~38)를 하고 있는, 따라서 몸의 특징만 부각되 는 육체(肉體)의 인간인 아버지와는 전적으로 다른 존재다. '햄릿'이라 는 같은 이름을 공유하고 있지만, 그들은 각각 육체와 정신을 대변하다 는 점에서 전적으로 다른 존재다. 햄릿이 정신(精神)의 인간임을 말해 주는 가장 핵심적인 요소는 그가 우울증을 앓고 있다는 것이다. 그의 우울증은 그의 인간과 세계에 대한 비관주의적인 인식의 결과이며,

---

30) John H. Smith, *Dialogues Between Faith and Reason: The Death and Return of God in Modern German Thought* (Ithaca: Cornell UP, 2011), 26쪽.

31) Freddie Rokem, *Philosophers and Thespians* (Stanford: Stanford UP, 2010), 66쪽.

이 비관주의적인 인식은 또한 학자로서의 깊은 성찰의 결과다.

물론 그의 우울증의 "온갖 원인과 원천"은 클로디어스의 진단대로 "아버지의 죽음"(II.2.55)이라고도 할 수 있다. 하지만 그의 우울증에 더 불을 지르고, 그의 세계와 인간에 대한 비관주의를 더욱 깊어지게 한 것은 충분한 애도를 받지 못한 채 아버지가 죽은 지 두 달도 되지 않아 어머니가 숙부와 "정숙하지 못한"(I.2.114) 근친상간의 결혼을 감행한 사실이다. 이 사실이 숙부에 의한 아버지의 극악무도한 죽음보다 더 그의 우울증을 깊게 했다. 햄릿에게 이 모든 사태는 "정말 지겹고, 곰팡내 나고, 진부하고, 또 무익하고," 세상은 "잡초투성이 정원"에 불과함을 보여주었다(I.2.133, 135). 벤야민이 규정한 햄릿의 '바로크적인' 이런 세계 인식[32]은 햄릿이 유령을 대면한 뒤 그리고 그후에도 이어진다. 햄릿은 그를 감시하고 있는 로젠크란츠와 길덴스턴에게 다음과 같이 말한다.

"나는 최근에 그 까닭을 모르겠지만…… 정말 너무 우월하여 이 멀쩡한 구조물인 지구가 내게는 불모의 두렁같이 보이고, 가장 빼어난 덮개인 저 대기…… 멋지게 걸려 있는 저 창공, 황금빛 불로 격자 세공된 저 장엄한 지붕…… 글쎄, 저런 것들이 내게는 더럽고 병균이 우글거리는 거품 덩어리로밖에 보이지 않는다네. 인간이란 참으로 걸작품이 아닌가! 이성은 얼마나 고귀하며, 타고난 힘은 얼마나 무한하며, 모양과 동작은 얼마나 정확하고 경탄할 만하며, 행동은 얼마나 천사 같고, 이해력은 얼마나 신 같은가! 세계의 아름다움, 동물의 귀감이지! 하지만 내겐 이 무슨 먼지 중의 먼지란 말인가? 인간은 나를 즐겁게 하지 못해, 아니 여자도 마찬가지야…… (II.2.280~291)."

---

32) 발터 벤야민, 『독일비애극의 원천』, 최성만 · 김유동 옮김 (한길사, 2009), 208~209쪽.

햄릿은 세계는, 아니 우리가 살고 있는 이 지상은 아름답고, 이 지상에 사는 인간은 고귀한 존재인지 모르겠지만, 자기에게 이 세계는 "더럽고 병균이 우글거리는 거품 덩어리"이며, 영광스러운 창조물이라고 일컬어지는 인간은 "먼지 중 먼지"와 같은, 즉 모든 존재 가운데 가장 보잘 것 없는 하찮은 존재에 지나지 않는다고 말한다. 그가 알고 있는 것과 그가 믿고 있는 것은 전혀 다르다는 것이다. 햄릿은 "의식 그 자체에 근원적인 문제를 일으키고 있다."[33] 이는 내면의 갈등으로 이어진다. 아버지의 명령에 따라 복수를 다짐했지만, 행동으로 옮기지 못하는 자신을 "명분을 행동으로 잉태하지 않는"(II.2.520), "쓸개 빠진"(II.2.529) "겁쟁이"(II.2.523)로, 그리고 "복수하라는 부추김을 천국과 지옥으로부터 받고도 창녀처럼 말로 심장을 무장해제시키는"(II.2.537~538) "바보 멍텅구리"(II.2.535)로 격하시키면서 극도의 자기분열의 모습을 보여주고 있다.

자신의 요청에 따라 공연 차 궁에 오게 된 배우들의 연기 중 아킬레우스의 아들 퓌루스, 즉 네오프톨레모스에게 트로이아 왕 프리아모스가 살해당하는 장면을 목격한 그 왕의 아내 헤카베로 분장한 배우가 그 연기에서 "안면은 온통 창백해지고, 눈동자에는 눈물이 고이고, 정신착란을 연출하고, 목소리는 깨지는……"(II.2.506~508) 등 열연(熱演)을 펼쳐 보이고 있는 것을 보고 햄릿은

"그 모두가 아무것도 아닌 것을 두고 헤카베를 위해! 도대체 그에게 헤카베가 무엇이기에, 혹은 헤카베에게 그가 무엇이기에 그가 그녀를 위해 울어야한다 말인가? 만일 그가 나와 같은 열정의 동기와 계

---

33) Alexander Leggatt, *Shakespeare's Tragedies: Violation and Identity* (Cambridge: Cambridge UP, 2005), 64쪽.

기를 지녔다면 그는 어찌할 것인가? 그는 무대를 눈물로 익사시키고, 엄청난 대사로 일반 관객의 귀를 찢어놓고, 죄 지은 자 미치게 하고 죄 없는 자 섬뜩하게 하고, 모르는 자 어리둥절하게 하고, 그리고 눈과 귀의 기능 자체를 당혹하게 하리라"(II.2.508~518).

라고 말했다.

자신과는 전혀 연관이 없는 한 비극적인 여인의 운명을, 그 모두가 자신과는 전혀 연관이 없는 아무것도 아닌 것을 바로 자신의 운명처럼 받아들이고 자신의 영혼의 아픔을 온몸에 쏟아내면서 울며 연기하는 그 배우와 달리, 자신은 "저주나 퍼부어대며 바로 창녀처럼 드러누워있다"(II.2.539)라고 한탄했다. 세상의 운명을 떠맡고 있는 듯, 양어깨 위에 세계를 짊어지고 있는 "헤라클레스"(I.2.153; II.2.333)와 같은 존재가 되어, 나사 빠진 덴마크 왕국을 바로잡으려고 했지만, "아둔하고 멍청한 불량배처럼" "맥없이 돌아다니며"(II.2.519~520) 주저하는 자신을 한탄했다. 그의 내면의 깊은 갈등은 이후 더욱 강력하게 나타난다. 햄릿은

"존재냐[존재할 것인가] 비존재냐[존재하지 않을 것인가], 그것이 문제로다. 난폭한 운명의 돌팔매와 화살을 맞고 견디는 것과, 아니면 무기를 처들고 고통의 바다와 맞서 싸우다가 고통을 끝장내는 것, 이 중 어느 것이 더 숭고한 마음의 자세인가"(III.1.56~60).

라고 말했다. 그는 체념이든 개입이든 또는 도전이든, 이 또한 하찮은 삶에 대한 부질없는 미련의 징후로 여기는 듯 "단도 한 자루면 삶을 마감하여" "육신이 물려받은 가슴앓이와 타고난 천 가지의 타고난 갈등을 끝장내고", "죽음이라는 잠" 속에 언제까지나 편하게

쉴 수도 있으련만, 왜 무거운 "짐"을 지고 "지겨운 한 세상을 투덜대며 그리고 땀 흘리며" 힘겹게 살아가야 하느냐고 스스로에게 물었다 (III.1.76, 62~63, 66~67, 76~77).

그다음 그는 세계문학사상 가장 유명한, 그리고 해석상 가장 논쟁적인 표현 중의 하나인 "존재냐 비존재냐, 그것이 문제다"라는 말을 남겼다. "살 만한 가치가 없는 이 세상에 남아 더 이상 삶을 이어가지 않고 죽음을 통해 '비존재'가 될 것인가, 그렇지 않고 '한줌의 티끌에 지나지 않는' 비참한 존재로 남아 고통스러운 삶을 이어나가야 하나를 결정하는 것이 궁극적인 '문제'라고 말하고 있다."[34] 햄릿에게 죽음은 모든 고통으로부터의 궁극적인 출구로 보였다. 따라서 그에게 죽음은 간절히 바라야만 할 "완료"(consummation, III.1.63)였다.

자살충동에 흠뻑 빠져 있다가 곧장 그는 "죽음 이후의 삶에 대한 두려움"(III.1.78)과, "그 경계로부터 돌아온 여행자가 아무도 없는 미지의 나라"(III.1.79~80), 즉 지옥에 대한 두려움과, 그리고 자신의 "모든 죄"(III.1.90)에 대한 두려움을 함께 느끼면서 자살충동에서 빠져나온다. 이러한 두려움 때문에, 그리고 "양심 때문에 우리 모두는 겁쟁이가 되고"(III.1.83), 굳게 다짐했던 "결심"도, 거창한 "기획"도 "행동이란 이름을 상실한다"(III.1.84~86)며 복수를 행동으로 옮기지 못하는 자신을 또다시 질타했다. 햄릿은 사후의 인간의 운명에 대한 두려움, 죽은 뒤 지옥에 대한 두려움, 그리고 자기가 저지른 죄의 결과에 대한 두려움 등 이러한 의식 또는 감정 때문에 자살도, 복수의 행동도 하지 못하고 있으며, 또 한편 "양심" 때문에도 행동하지 못하고 있다고 자신을 질타했다. 햄릿은 여기서 **양심**이라는 말을 거론했다.

---

34) 임철규, 「자살 ― 그 찬반의 역사」, 『죽음』 (한길사, 2012), 28~29쪽.

"복수"가 한 개인의 죽음이 아닌 바로 "국왕살해와 같은 것"[35]을 뜻하는 것이라면, 국왕의 살해는 한 사람 개인의 죽음 이상을 의미한다. 클로디어스가 말하듯, 국왕은 "모종의 신성(神性)이 왕을 둘러싸고 있을"(IV.5.124)만큼 절대적인 존재다. 그 아첨에도 불구하고 로젠크란츠가 국왕의 "안녕에 수많은 목숨이 달려있고 또 놓여있고……", 국왕은 "오만가지 더 작은 것들이 아귀물고 연결되어있는…… 육중한 바퀴와 같은 것, 따라서 이 바퀴가 추락하면 각각의 작은 부속물, 사소한 부착물은 난폭한 파멸을 동반하는 법"(III.3.14~15, 17~22)이라고 정확하게 밝혔듯, "왕은 정치적, 상징적 질서의 근본원리다."[36] "좀더 타당한 근거"(II.2.556~557) 없이 오직 유령의 말에 전적으로 의존해서 '복수'의 이름으로 국가의 바퀴인 왕을 살해한다면, 이는 "반역"(V.2.302)에 관계되는 엄청난 문제일 뿐만 아니라, "고귀한 정신의 학자"(II.1.144, 151)로서의 그의 양심에도 관계되는 문제다. 이러한 인식에 도달했기 때문인지 햄릿은 "양심이 우리 모두를 겁쟁이로 만든다"(III.1.83)라고 말하면서 복수의 지연을 현실화하는 자신을 질타했다.

헤겔은 『정신의 현상학』에서 하나의 정신 속에 두 의식이 함께 자리 잡고 있는 것을 "불행한 의식"이라고 일컬었던 바 있다. "분열된 가운데 스스로 이중화된 모순된 존재로서의 자기를 의식하는 것이 '불행한 의식'"[37]이라면, 햄릿은 **불행한 의식**의 전형적인 주인공이라고 말할 수 있다.[38]

---

35) Catherine Belsey, *Why Shakespeare?* (New York: Palgrave Macmillan, 2007), 112쪽.

36) Vincent Crapanzano, *Hermes' Dilemma and Hamlet's Desire* (Cambridge/ M. A.: Harvard UP, 1992), 287쪽.

37) G. W. F. 헤겔, 『정신의 현상학』 (한길사, 2005), 1: 244쪽.

38) Agnes Heller도 헤겔과 마찬가지로 '이중화된 모순의 존재'로서의 햄릿의 자기 분열에 대해 말하고 있다. Agnes Heller, *The Time is Out of Joint: Shakespeare as*

복수의 지연

엄격한 의미에서 작품『햄릿』은 주인공 햄릿의 **복수의 지연**이라는 단일한 사건을 중심으로 전개된다. 그만큼 질문은 그의 복수의 지연의 원인은 무엇인가로 귀착된다.[39] 작품『햄릿』이 나온 이래, 이 작품에 대한 해석은 지금까지 거의 여기에 집중되고 있다. 유령의 말을 전적으로 믿고 나서 햄릿은 복수를 통해 "나사 빠진 시간"(I.5.189)도, "잡초투성이 정원"(I.2.135)도 바로잡을 것이라고 맹세했다. 하지만 그 맹세는 주저로 바뀐다. 클로디어스에 의한 선왕의 살해를 확인시켜주는 배우들의 연기를 보기 전, 햄릿은 호레이쇼에게 "우리가 본 유령"은 지옥에서 온 "저주받은 놈"(III.2.72)일 수도 있다며 여전히 유령의 정체에 대해 회의를 했다. 그 연기를 보고 나서 그는 "난 유령의 말을 만금을 주고라도 사겠다"(III.2.260)며 크게 신뢰를 보낸 뒤, "이제 나는 뜨거운" 복수의 "피를 마실 것"(III.2.351)이라고 맹세했다.

그 맹세에 화답하듯 복수를 할 절호의 기회가 뜻밖에 그에게 떨어졌지만 그는 주저했다. 클로디어스가 "악취가 하늘에까지 풍기는", 카인으로부터 물려받은 "형제살해"라는 "가장 오래된 저주" (III.3.36~38)를 참회하기 위해 무릎을 꿇고 기도하고 있을 때, 햄릿은 그의 등 뒤에서 칼을 뽑았다. 그 순간 햄릿은 기도 중인 그를 죽인다면 그는 "천당에 간다" 그러므로 "좀더 따져볼 것이다"라고 말한 뒤, "자신의 영혼을 정화중인 그를 죽인다면", 따라서 천당에 보낸다면 "복수하는 것은 아니다", "칼"에 다시 "기회를 살피자"

Philosopher of History (Lanham: Rowman & Littlefield, 2002), 45쪽을 볼 것.

39) 햄릿의 복수의 지연은 콜리지와 슐레겔에서 시작하여 브래들리와 프로이트를 거쳐 현대의 라캉 등에 이르기까지 200년 동안 숱한 학자들의 주된 관심의 초점이 되어왔다. 이에 대해서는 Margreta de Grazia, *'Hamlet' Without Hamlet* (Cambridge: Cambridge UP, 2007), 158~171쪽을 볼 것.

(Ⅲ.3.74~75, 79, 88)며 칼을 칼집에 집어넣었다. 복수의 과업은 다시 지연된다.

이 작품의 결말에 이르러 독이 묻은 레어티즈의 칼에 치명적인 상처를 입고 죽음 직전에 이르게 되었을 때, 그리고 어머니 거트루드가 독이 든 술잔을 그 대신 들이키고 죽음을 맞이하게 되었을 때, 그리고 그 "모든 흉악한 짓"(Ⅴ.2.291)을 획책한 장본인이 왕 클로디어스라는 것을 알게 되었을 때, 그때서야 비로소 햄릿은 단 한순간도 주저함이 없이 "근친상간의, 살인의, 저주받은 덴마크 왕"(Ⅴ.2.304)을 독이 든 칼로 찌르고, 독이 든 술잔의 물을 그의 입속에 집어넣고(Ⅴ.2.303, 305) 그를 죽음으로 몰아간다. 엄격한 의미에서 이 순간에 오기 전까지 햄릿은 복수의 의지를 행동으로 옮기지 못하는 그 **불행한 의식**의 그 햄릿이다.

물론 그를 죽음으로 몰아가기 위해 영국으로 보낸 클로디어스의 음모를 낱낱이 알고 구사일생으로 살아남아 덴마크로 다시 돌아왔을 즈음, 그때의 햄릿은 "작품의 다른 어떤 때보다 극도의 침착한 태도를 지닌 변화된 인간"[40]의 모습을 보여주었다. 호레이쇼를 만난 햄릿은 자신의 마음에는 이제껏 자기와의 싸움, 즉 모순적이고 대립적인 두 의식의 싸움이 자리잡고 있었음을 인정하듯, "내 마음 속에 일종의 싸움이 있었다"(Ⅴ.2.4)라고 고백한 다음 "나의 왕을 죽이고 나의 어머니를 창녀로 만들고"(Ⅴ.2.64), "나의 왕위계승의 희망을 꺾고……" 그리고 "그따위 속임수로 내 생명을 노리며 낚시비늘을 던진…… 그를 이 팔로 응징하는 것이 완벽한 양심이 아닌가?" 그런 암적인 존재가 악을 계속 범하도록 내버려두는 것은 "저주받은 일이 아닌가?"라고 말했다(Ⅴ.2.64~70). 햄릿은 호레이쇼에게 복수의 지연

---

40) John Dover Wilson, 앞의 책, 266~267쪽.

의 싸움이 끝났음을 알렸다.

호레이쇼가 그에게 로젠크란츠와 길덴스턴이 영국왕에게 처형당한 것을 클로디어스가 금방 알게 되어 그가 위험에 처할 것이라고 했을 때, 햄릿은 "금방이겠지. 그 사이가 내 시간이야"(V.2.73)라고 대답했다. 그 사이에 복수를 감행할 것이라는 것이다. 하지만 나중에 다시 거론하겠지만, 조금 뒤에 햄릿은 호레이쇼에게 우리의 삶의 목적과 방향을 규정하는 것은 결국 "신"이라는 것(V.2.10~11), "참새 한 마리 떨어지는 데도 특별한 섭리가 있는 법"(V.2.192~193)이라는 자신의 고양된 인식을 들려줌으로써 인간의 행동의지, 또는 자유의지는 종국적으로는 신의 의지, 또는 신의 섭리에 종속되고 있음을 말해주고 있다. 그의 복수의 의지, 그 의지의 결과인 행동이 신의 뜻에 포섭되면서 앞으로의 그의 행동이 어떻게 될지는 예측 불허 속에 빠진다. 햄릿의 복수를 지연시키는 근본적인 원인은 대체 무엇인가?

19세기 낭만주의자들, 그리고 이후 **성격**이 **운명**이라던 브래들리(A. C. Bradley)를 비롯해 현대의 많은 비평가들이 복수의 지연의 원인을 주인공의 사색적이고, 내향적인 성격, 특히 주인공이 앓고 있는 "뿌리 깊은 우울증"에서 찾고 있지만,[41] 일찍 프로이트는 정신분석학적인 관점에서 햄릿의 복수의 지연을 해석했다. 프로이트는 단 한 가지를 빼고는 "햄릿은 무엇이든지 할 수 있다. 그 단 한 가지는 자신의 아버지를 제거하고 자신의 어머니 곁에서 아버지의 자리를 차지하고 있는 그 사람, 자신의 억압된 유아기의 소망이 이루어지고 있는 것을 자신에게 보여주는 그 사람에게 복수하는 것"이라 말하면서 햄릿의 복수

---

41) A. C. Bradley, *Shakespearean Tragedy: Lectures on Hamlet, Othello, King Lear, Macbeth* (London: Macmillan, 1957), 86쪽.

의 열망은 "양심의 가책으로 인해" 어머니를 향한 자신의 유아기의 억압된 욕망에 대한, 즉 자신의 근친상간적인 욕망에 대한 "비난으로 대체되어" 복수의 지연이 초래될 수밖에 없었다고 주장했다.[42]

특히 그의 인식을 이어받고 있는 제자 존스(Ernest Jones)는 햄릿은 어머니 거트루드를 향한 억압된 오이디푸스적 욕망, 즉 무의식적인 근친상간의 욕망을 강하게 갖고 있으므로, 자신과 동일한 욕망을 갖고 어머니를 차지한 클로디어스에게 복수를 할 수 없는 것이라고 말했다. 그에게 복수를 하는 것, 즉 클로디어스를 죽이는 것은 바로 자신에게 복수를 하는 것, 즉 클로디어스를 죽이는 것은 자신을 죽이는 것과 같은 것이라는 것이다. "어머니의 남편을 죽이는 것은 그 원죄를 스스로 범하는 것과 같은 것이라는 것이다."[43]

햄릿의 복수의 지연의 원인을 일찍 다른 관점, 즉 정치적 관점에서 조명한 이는 정치신학(政治神學)의 대표적인 사상가 슈미트(Carl Schmitt)다. 그는 벤야민과 주고받았던 논쟁에서 벤야민이 『햄릿』을 이른바 **비애극**(Trauerspiel)으로 바라봄으로써 이 작품을 탈정치화했다고 비난하면서 논문 「햄릿 또는 헤카베」(1956)에서 "무대인물 햄릿 뒤에는 또 하나의 인물이 서 있었다. 당시의 관객들은 그들이 햄릿을 보았을 때 역시 이 인물을 보았다"[44]며 이 인물이 다름 아닌 1603년 왕위에 오른 영국 왕 제임스 1세라고 말했다.

햄릿을 제임스 1세와 결부시켰던 슈미트는 햄릿의 어머니 거트루

---

42) Sigmund Freud, *The Interpretation of Dreams*, Joyce Crick 옮김 (Oxford: Oxford UP, 1999), 204쪽.

43) Ernest Jones, *Hamlet and Oedipus: A Classical Study in the Psychoanalysis of Literature* (New York: Doubleday, 1954), 103쪽.

44) Carl Schmitt, *Hamlet or Hecuba: The Interpretation of the Time into the Play*, David Pan and Jennifer R. Rust 옮김 (New York: Telos Pr., 2009), 21쪽.

드를 제임스 1세의 어머니인 스코틀랜드의 여왕 메리 스튜어트와 결부시켰다. 메리 스튜어트는 1566년 남편 헨리 단리 경이 살해된 뒤 3개월 만에 곧바로 남편을 살해한 보스웰 백작과 결혼했다. 엘리자베스 여왕 시대의 당시 영국인들은 메리 스튜어트를 남편 살인의 공모자로 의심하고 있었다. 아니 거의 믿고 있었다. 즉 당시 영국인들, 특히 프로테스탄트들은 자신의 무죄를 주장하는 메리 스튜어트를 지지하는 자들, 가령 가톨릭교도들과는 달리, 메리 스튜어트가 남편의 살인을 공모했다고 믿었다.

셰익스피어는 작품 『햄릿』에서 거트루드가 남편인 선왕 햄릿의 살인 공모자인지 아닌지를 밝히지 않고 모호한 상태로 두고 있지만, 슈미트는 거트루드가 그 살인의 공모자임을 셰익스피어가 암시하고 있다고 주장한다. 그는 셰익스피어가 작품에서 거트루드의 죄에 대해 침묵했던 이유를 당시 영국의 정치적 상황과 결부시킨다. 『햄릿』이 1601년에 처음 공연되었을 때, 제임스 1세로 등극하기 전의 스코틀랜드 왕이었던 제임스 6세는 엘리자베스 여왕의 왕위를 아직 계승하지 않았지만, 그는 셰익스피어와 셰익스피어가 이끄는 연극단의 후원자였던 사우스앰턴의 백작을 포함한 많은 정치 지지자들을 갖고 있었다. 셰익스피어도 그 계승을 지지했던 것으로 알려져 있다. 그런데 스코틀랜드 왕 제임스 6세를 지지했던 정치집단은 당시 엘리자베스 여왕에게 정치적으로 크게 박해를 받았다. 사우스앰턴의 백작은 사형선고를 받았지만 처형은 면제되었고, 에섹스의 백작은 처형되었다.

1603년에 스코틀랜드 왕 제임스 6세가 영국 왕 제임스 1세로 엘리자베스 여왕의 뒤를 잇기 전, 1600~1603년 사이의 그러한 위기의 시기에 그 집단의 모든 희망은 메리 스튜어트의 아들 제임스에 집중되었다. 영국 왕이 되기 전까지 제임스는 엘리자베스 여왕에 대해 언제나 신중하게 처신했다. 자신의 왕위계승을 위태롭게 하지 않기 위해서였다. 이러한 상황 아래서 셰익스피어는 왕위 계승의 가능성 있는 제임스의 경우를 고려하지 않을 수 없었다는 것이 슈미트의 진단이다. 말하자면 작품『햄릿』에서 아버지 선왕의 살인에 어머니 거트루드가 가담한 사실을 노골적으로 드러내면, 거트루드를 통해 메리 스튜어트의 죄를 간접적으로 드러내주는 것이 되며, 따라서 어머니 메리 스튜어트의 죄가 제임스의 왕위계승에 불리하게 작용할 수 있음을 고려하지 않을 수 없었다는 것이다.

다른 한편 가톨릭교도인 메리 스튜어트의 적이었던 영국의 프로테스탄트들, 런던의 모든 사람들, 그리고『햄릿』의 관객들은 그 여왕이 남편 살해의 교살자임을 전적으로 믿고 있었다. 셰익스피어는 이러한 사람들의 경우를 고려하지 않을 수 없었다는 것이 슈미트의 진단이다. 말하자면 이러한 사람들에게 메리 스튜어트는 죄가 없다고 말할 수 없으므로, 작품『햄릿』에서 거트루드의 "죄"를 암시할 수밖에 없었다는 것이다. 제임스의 정치적 상황, 메리 스튜어트에게 적대적이었던 프로테스탄트들을 비롯해 여러 많은 사람들의 경우 모두를 고려하면, 죄가 있다고도 할 수 없고 죄가 없다고도 할 수 없었다는 것이다. 따라서 여왕의 "죄의 문제는 조심스럽게 피하지 않으면 아니되었다"[45]는 것이다.

슈미트는 이러한 역사적인 현실이 작품『햄릿』에 반영되고 있다고 보고 있다. 말하자면 "역사가 비극의 정치적 무의식으로 작용하고 있음"[46]을, 아니 "작품『햄릿』속으로 역사적 현실이 강력하게 침입(Einbrüche)하고 있는 것"[47]으로 보고 있다. 작품 속으로 "이 바로 구

---

45) Carl Schmitt, 같은 책, 18쪽.
46) Miriam Leonard, *Tragic Modernities* (Cambridge/ M. A. : Harvard UP, 2015), 73쪽.
47) Carl Schmitt, 앞의 책, 19쪽

체적인 금기(禁忌)"[48]가 **침입**함으로 인해 셰익스피어는 햄릿을 행동하지 못하는, 우유부단한 주인공으로 설정할 수밖에 없었다는 것이다. 그리고 그는 이 금기 다음에 "두 번째의, 보다 더 강력한 침입"이 작품 『햄릿』 속으로 등장했으며, 그 침입은 전통적인 복수극의 주인공과는 전적으로 다른, "우울증을 앓고 있는 반성적이고 자의식적인 인물"의 등장이라고 말했다.[49] 그는 전통적인 복수극의 주인공이 내면의 갈등으로 인해 행동하지 못하는 이러한 인물로 변형된 것을 일컬어, "복수자의 햄릿화"[50]라고 했다.

그런데 슈미트는 **복수자의 햄릿화**에서, 즉 행동하지 못하는 햄릿의 우유부단한 모습에서 가톨릭교도와 프로테스탄트들 사이에 끼어 어느 한편에 서지 못했던 제임스를 읽고 있다. 그는 르네상스 문학은 세 사람의 위대한 상징적 인물, 즉 가톨릭교도인 돈키호테, 프로테스탄트 파우스트, 그리고 "유럽의 운명을 결정했던 종교내란의 한복판에서 그들 사이에 끼어 서 있는 햄릿"을 창출했다고 말하면서[51] 가톨릭교도와 프로테스탄트들 간의 종교적 싸움에서 어느 한편에 설 수 없었던 제임스의 경우를 햄릿의 우유부단한 행동과 결부시키고 있다.

슈미트는 이러한 이중적이고 모순적인 상황에 처해있었던 제임스, 더 정확하게 말하면 "그의 시대의 갈등 전체를 상징하는"[52] 제임스라는 인물이 작품 『햄릿』에 '침입'해서 복수극의 전형적인 인물의 '햄릿화'를 가져온 것이라고 말했다. 다시 말하면, "어떠한 미학적인 것보다 더 강력하고, 가장 독창적인 주제보다 더 강력한 역사적 현실"[53])

---

48) Carl Schmitt, 같은 책, 16쪽
49) Carl Schmitt, 같은 책, 19쪽.
50) Carl Schmitt, 같은 책, 21쪽, 25쪽.
51) Carl Schmitt, 같은 책, 52쪽.
52) Carl Schmitt, 같은 책, 25쪽.
53) Carl Schmitt, 같은 책, 30쪽.

의 침입으로 인해 복수극의 전형적인 인물, 즉 복수에 가득 찬 인물을 우울증을 앓고 있는 우유부단한 "바로크적인" 인물,[54] 즉 "의심에 가득 차 있고, 따라서 행동할 수 없고, 그리고 바로 이러한 이유로 인해 극의 주인공이 되는 우울한 지식인"[55]으로 변화시킴으로써 전통적인 복수극과는 전적으로 다른, 지금 우리가 텍스트로 만나고 있는 『햄릿』이라는 본격 비극작품이 탄생한 것이라고 말했다.

작품을 이렇게 바라보는 슈미트의 인식은 일종의 유물론적인 결정론에 의해 예술을 오염시킨다는 비난을 받을 수도 있지만, 바로 여기에 "슈미트 입장의 독창성이 있다."[56] 혹자는 이런 식의 "슈미트의 『햄릿』의 해석은 **자신의 삶에 대한 일종의 변명**"으로 보고 있다. "초기 근대 비극들 가운데 가장 근대적인 비극[『햄릿』]은 슈미트 자신의 '비극적인 결정'", 즉 "금기", 말하자면 "나치 당원이었던 그의 전력"과, 그리고 "히틀러의 독재 권력을 지지하기 위해 집필했던" 그의 "저작"에 대한 일종의 "알레고리의 역할을 하고 있다"고 말한다.[57]

비텐베르크 대학과 햄릿

햄릿이 종교개혁의 요람인 비텐베르크 대학의 대학생이라는 사실은 그의 복수의 지연의 수수께끼를 푸는 데 중요한 열쇠의 하나일 수

---

54) Carl Schmitt, 같은 책, 60쪽.

55) Carlo Galli, "*Hamlet*: Representation and the Concrete," *Political Theology and Early Modernity*, Graham Hammill and Julia Reinhard Lupton 엮음 (Chicago: U of Chicago Pr., 2012), 64쪽.

56) Carlo Galli, 같은 책, 65쪽.

57) Victoria Kahn, *The Future of Illusion: Political Theology and Early Modern Texts* (Chicago: U of Chicago Pr., 2014), 51쪽. 칼 슈미트의 정치신학과 작품 『햄릿』의 관계에 대한 좀더 포괄적인 논의는 김영아, 「칼 슈미트의 정치신학과 『햄릿』」, 『안과밖』 36 (2014), 특히 41~58쪽을 볼 것.

있다. 햄릿이 "종교적 이론(異論)에 대한 철학-신학적 논쟁"이 대학의 학문적인 분위기를 압도했던[58] 비텐베르크 대학의 학생이라는 사실, 그리고 햄릿이 수학 중인 비텐베르크 대학은 독일 대학들 가운데 종교개혁을 열렬히 지지했던 거의 유일한 대학이라는 사실, 그리고 이 대학은 연구를 통해 인간이 얻을 수 있는 모든 지식을 얻었지만 이에 만족감을 얻지 못하고 세계 전부를 얻고자 악마에게 영혼을 판 파우스트 박사가 여기서 학문을 닦았던 사실, 아니 이보다도, "아마도 서양의 역사상 가장 위대한 혁명"[59]이라고 일컬어지기도 하는 종교개혁을 통해 중세 이래 서구전체를 지배해온 신앙체계를 송두리째 무너뜨린 마르틴 루터(Martin Luther)가 신학교수로 있었다는 사실이 매우 중요하다.

햄릿은 오필리아의 오빠 레어티즈가 수학 중인 파리 대학의 "에로틱한 자유"가 아닌, "아카데믹한 자유"가 활짝 열려져있는 대학,[60] 즉 "자유주의의 사상가들", "급진적 사유"[61]의 사상가들이 흘러넘치는 대학에서 친구 호레이쇼와 더불어 학문을 닦았다. 물론 셰익스피어는 햄릿이 비텐베르크 대학의 유학생이라는 언급 이외 루터와 관련된 어떤 언급도 하지 않는다. 셰익스피어는 작품 『햄릿』의 주요 배경이 되고 있는 '장소'는 분명하게 밝히고 있지만, '시간'은 밝히지 않고 있다. 하지만 1502년에 비텐베르크 대학이 설립되었고, 이 대학에 매력을 느낀 청년 루터가 1506년에 이 대학의 신학교수가 되어, 교회의 역할을 재해석하는 주요 저서들을 쏟아내면서 1546년에 사망할 때까지 이 대학에 머물러있었고, 또 한편 작품 『햄릿』이 씌어진 것이

---

58) Freddie Rokem, 앞의 책, 67쪽.

59) Douglas Bruster, *To Be Or Not To Be* (London: Continuum, 2007), 68쪽.

60) Freddie Rokem, 같은 책, 67쪽.

61) Douglas Bruster, 앞의 책, 68쪽.

1599년, 또는 1600년, 또는 1601년이었고, 그리고 햄릿이 비텐베르크 대학에 유학하고 있을 당시의 나이가 30세(I.1.170)였던 것을 감안하면, 셰익스피어는 작품에서 햄릿을 비텐베르크 대학이 설립되었던 1502년과 루터가 사망한 1546년 사이에 비텐베르크 대학에서 유학생활을 하고 있는 대학생으로 설정하고 있었던 것으로 보인다.

조금 전에 언급했듯, 셰익스피어는 작품의 배경이 되고 있는 시간은 정확하게 밝히고 있지는 않지만, 대신 장소는 밝히고 있다. 작품의 가장 중요한 배경이 되고 있는 장소는 **엘시노어 성**이고,[62] 그다음으로는 직접 사건은 일어나지는 않지만 햄릿의 정체성을 규명하는 데 '상징적인 장소'로서 중요한 역할을 하는 비텐베르크 대학이다. 비텐베르크 대학은 어느 면에서 장소로서는 엘시노어 성보다 더 중요하다. 왜 하필 셰익스피어는 햄릿을 서양 역사상 가장 위대한 혁명의 하나로 일컬어지는 종교개혁의 선봉자였던 루터가 신학교수로 있었고, 종교개혁이 일어났을 때 독일 대학 가운데 유일하게 그 개혁을 지지했던 비텐베르크 대학의 유학생으로 설정했느냐이다. 그를 레어티스가 수학 중인 '에로틱한 자유'가 넘쳐나던 파리 대학 같은 대학이 아니라, '아카데믹한 자유'가 흘러넘치고 인문학자들의 새로운 국제적인 중심지가 되었던 비텐베르크 대학에 유학하고 있는 "학자"(III.1.151)로 설정했느냐이다. 인간 햄릿의 **정체성**을 규정하는 데 결

---

62) 작품 『햄릿』의 주요 출처는 덴마크의 역사가이자 시인인 삭소 그라마티쿠스(Saxo Grammaticus, 1150년경~1206년?)의 『햄릿의 생애』일 수 있다는 주장도 있다. 삭소의 작품에는 작품의 주요 배경이 되고 있는 장소가 덴마크의 본토 유틀란트인데 반해 작품 『햄릿』에서는 본토가 아닌 섬 질란드이다. 셰익스피어는 엘시노어 성을 질란드 섬에 있는 성으로 설정하고 있다. 이 장소를 설정한 배경과 이 장소의 특징에 대해서는 Marc Shell, *Islandology: Geography, Rhetoric, Politics* (Stanford: Stanford UP, 2014), 125쪽 이하, 153~159쪽을 볼 것. 이 저자는 그의 역저에서 한국의 서울(Seoul), 강화(Ganghwa), 밤섬(Bamseom) 등을 비중있게 다루고 있다. 같은 책, 72~79쪽을 볼 것.

정적인 요소로 등장하는 것은 비텐베르크 대학이다. 셰익스피어는 햄릿의 정체성을 규명하는 데 결정적인 요소로 등장하고 있는 **비텐베르크 대학**이라는 모티프를 통해 많은 논의를 할 수 있도록 넓은 해석의 공간을 우리에게 제공하고 있다. 따라서 가능한 한 그 공간을 넓은 해석으로 채우는 것도 우리의 몫이다.

기독교 인물들 가운데 예수 다음으로 루터에 관한 책들이 가장 많다. 그에 관한 책들은 9,000권 이상이 되고, 그 자신의 전집(全集)의 책도 120권에 달할 만큼,[63] 루터는 기독교 사상의 보고(寶庫)다. 비텐베르크 대학에 수학 중일 때, 햄릿은 사상의 보고인 루터의 수업에 직접 참석했을지도 모르며, 그로부터 적지 않은 영향을 받았을지도 모른다. 물론 셰익스피어는 작품에서 이를 하나의 사실로 드러내지도 또는 암시하지도 않지만, 햄릿을 비텐베르크 대학의 유학생으로 설정했을 때는 이를 충분히 염두에 두지 않았을까 추측할 수는 있다.

가톨릭교의 교리인 '연옥'을 철저하게 배격했던 칼뱅과 달리, 초기에 루터는 개인적으로 자기는 연옥의 존재를 부인하지 않는다고 말했다. 즉 그는 "나는 여전히 연옥이 존재한다고 주장한다. ⋯⋯성서 또는 이성으로부터 명확하게 이를 증명할 어떤 방법도 찾지는 못했지만"[64]이라고 말했다. 하지만 그는 1530년에 이르러 연옥을 "악마의 환상"[65]으로 치부하고 완전히 거부했다.

햄릿은 루터의 강의실에서 급진적 사유의 학생들을 포함한 자유주

---

63) Herant Katchadowrian, *Guilt: The Bite of Conscience* (Stanford: Stanford UP, 2010), 213쪽.

64) Martin Luther, *Career of the Reformer II*, *Works*, George W. Forell 엮음 (Philadelphia: Muhlenberg, Pr., 1958), 32: 95쪽; Stephen Greenblatt, 앞의 책, *Hamlet in Purgatory*, 33쪽에서 재인용.

65) Martin Luther, *Martin Luther's Basic Theological Writings*, Timothy F. Lull 엮음 (Minneapolis: Fortress Pr., 1989), 506쪽.

의 사상의 학생들과 그 반대편에 서 있는 보수주의의 학생들이 서로 연옥에 대해 각각 상반된 주장을 펼치는 도중 그 논쟁에 직접 뛰어들어 교리 연옥을 악마의 환상이라고 규정한 뒤 자신의 입장을 논리정연하게 펼쳐 보이는 루터의 견해에 대해 깊은 공감을 가졌을 수도 있다. 따라서 햄릿의 유령의 존재에 대한 의심, 이로 인한 그의 복수의 지연은 그가 비텐베르크 대학의 학생이 아니었더라면 결코 일어날 수 없었을 수도 있다.

또 한편 그 자리에서 햄릿은 옳은 것과 선한 것을 결정하는 것은 교황이 아니라 최종적으로는 자신의 **양심**(conscience)이라는 루터의 주장도 들었을 수도 있다. 종교개혁의 근간이 되는 이 양심이라는 말을 마음속 깊이 담아두지 않았더라면, 그의 굳게 다짐했던 복수의 "결심"과 "기획"(III.1.84, 86)을 즉각 행동으로 옮겼을지도 모른다. 그러나 "좀더 타당한 근거"(II.2.556~557)도 없이 전적으로 유령의 말에 기초해서 살인을 행한다면, 이는 그가 비텐베르크 대학에서 루터로부터 여러 차례 강조해서 듣고, 그리고 마음속 깊이 새겨두었던, 종교개혁의 근간이 되는 양심의 가치를 완전히 저버리는 것이 될 수 있다. 햄릿이 비텐베르크 대학의 학생이 아니었더라면, 복수의 지연의 한 원인을 자신의 "양심 때문에"(III.1.183~186)라는 말을 아니했을 수도 있다.

루터는 열렬한 기독교인이었지만 자신의 구원을 확신할 수가 없었다. 마침내 그는 구원은 신의 은총을 통해 오는 것임을 깨달았다. 구원은 인간이 어떠한 노력을 해도 신의 은총 없이는 불가능하다는 것이다. 프로테스탄트의 교리로 자리 잡았던 그의 이러한 종교적 통찰은 그의 "개인적인 고뇌의 한 가운데서 나왔다."[66] 비텐베르크 대학

---

66) Herant Katchadowrian, 앞의 책, 213쪽.

에 수학 중일 때, 햄릿은 루터의 이러한 종교적 통찰을 익히 알고 있었을 수도 있고, 그리고 루터와 에라스무스 간의 당대의 유명한 논쟁의 주제, 즉 **자유의지**에 대해서도 물론 알고 있었을 수도 있다. 그 논쟁의 중심은 아담의 타락 이후의 이 죄 많은 세상에서 인간은 자신을 구원할 능력을 갖고 있는가였다. 에라스무스는 인간은 자신을 구원할 능력이 결코 없다는 결정론자들과, 인간의 능력을 절대시하고, 신의 은총 없이도 인간은 자유의지에 의해 자신을 구원할 수 있다는 급진적 휴머니스트들 사이의 중간에 서 있었다.

에라스무스는 신은 인간에게 구원을 주신다는 것을 일단 믿으면, 영원한 구원에 이르는 길을 찾기 위해 옳은 방향으로 가야 할지 아니면 나쁜 방향으로 가야할지를 선택하는 것은 개인 각자에게 달려 있으며, 이와 관련하여 자유의지를, 두 가지 길 가운데 어느 하나를 선택할 수 있는 인간의 의지의 힘으로 이해한다면, 이러한 인간의 자유의지는 결코 나쁘지 않다고 말했다.[67] 그에게는 인간의 이성(理性)에 대한 깊은 신뢰가 깔려있었다. 에라스무스는 신의 벌로 인해 인간은 자신의 힘으로 결코 죄를 극복할 수 없는, 전적으로 타락한 존재라는 아우구스티누스의 주장을 받아들일 수 없었다. 아퀴나스의 이성주의의 계승자인 에라스무스는, 신의 은총 없이는 구원이 불가능하다면, 이를 불멸의 진실로 받아들이게 하고 신의 은총을 통한 구원을 얻기 위해 옳은 길을 택하도록 인도하는 것도 인간의 '이성'이라고 주장했다.

하지만 **구원은 신의 자주적 선물**이라는 아우구스티누스[68]의 계승자

---

67) 이에 대해서는 John H. Smith, 앞의 책, 36~37쪽을 참조할 것.

68) John M. Rist, *Augustine: Ancient Thought Baptized* (Cambridge: Cambridge UP, 1994), 78쪽.

인 루터는 **이성**을 철저히 배격했다. 그는 이성을 "저주받은 갈보"[69] 라고 일컬었다. 아담의 타락이 이성을 더럽혔기 때문이라는 것이다. 그리고 그는 인간의 자유의지로부터 죄가 발생했다고 주장했다. 신의 은총 없이는 구원은 불가능하며, 신의 섭리에 의해 인간의 삶이 지배된다는 것이 루터, 그리고 칼뱅의 종교적 통찰이었다. 햄릿은 죽음을 맞기 얼마 전 호레이쇼에게 인간의 삶을 궁극적으로 규정하는 것은 "신"이며, "참새 한 마리 떨어지는 데도 특별한 섭리가 있는 법"(V.2.10~11, 192~193)이라고 말했다. 그의 이러한 종교적 통찰은 오랜 내면의 갈등 내면의 고뇌에서 나온 그의 최종적인 인식이다. 그가 루터가 신학교수로 있던 비텐베르크 대학에 몸담지 않았더라면, 그의 이러한 통찰, 이러한 인식은 불가능했을 수도 있다.

인간의 구원은 신의 은총을 통해서만 가능하다는 최종적인 인식에 도달한 루터는 인간의 이성에 대한 배격에서 자연스럽게 인간 자체에 대한 철저한 폄하로 나아갔다. 인간은 죄 많은 보잘 것 없는 존재, 결국은 먼지, 그리고 재로 마감하는 하찮은 존재라는 것. 그의 인간에 대한 이러한 인식은 16세기 마키아벨리, 아그리파, 몽테뉴 등 많은 지식인들이 공유했던 인식이다. 우리는 햄릿이 "고귀"하다는 인간의 "이성", "신과 같은" 것이라는 인간의 "이해력"을 조롱하면서 이러한 이성, 이러한 이해력을 가진 인간은 모든 존재의 "귀감"이 아니라 "먼지 중의 먼지", 즉 모든 존재 가운데 가장 하찮은 비루한 존재이며, 이러한 인간들이 사는 세계는 "더럽고 병균이 우글거리는 거품 덩어리"로 규정했던 것(II.2.285~290)을 인용한 바 있다. 루터, 아니 햄릿이 규정한 이러한 인간들이 사는 세계는 서서히 종말을 맞고 있

---

69) Martin Luther, *Luther's Works*, J. W. Doberstein 편역 (Philadelphia, 1959) 51: 377쪽; Jean Delumeau, *Sin and Fear: The Emergence of a Western Guilt Culture 13th-18th Centuries* (New York: St. Martin's Pr., 1990), 152쪽에서 재인용.

다는 믿음이 그 당시 많은 사람들 사이에 광범위하게 퍼져있었다. 엘리자베스 여왕의 집권 말기와 그 여왕의 후계자들의 집권 초기 사이에 영국에서는 비관주의가 만연되어 있었다. 낙관주의적인 목소리가 없었던 것은 아니지만, "1,000배의 증언으로 비추어볼 때, 16세기 후반의 영국의……보통 사람들은…… 이 세계가 계속되고 있다는 자체에 대해 절망했다."[70]

루터는 질서도, 중심도 더 이상 없을 뿐 아니라, 신의 은총에 의한 구원마저도 재물을 받고 판매하는 등 악마가 도처에 넘쳐나는 타락한 세계의 종말이 임박했음을 자주 피력했고, 또한 그러한 시대의 종말을 간절히 바라고 있었다.[71] 루터의 이러한 인식은 덴마크를, 아니 세계를 "나사 빠진"(I.5.189), "잡초투성이"(I.2.135)의 더럽고 비뚤어진 세계, 즉 본질적인 가치는 사라지고 악만이 판치는 텅 빈 세계, 아니 "더럽고 병균이 우글거리는 거품 덩어리"(II.2.285~286), 즉 **타락** 그 자체로 바라보는 햄릿의 인식 그 자체다. 햄릿이 비텐베르크 대학의 지식인, 그것도 시대를 고민하는 "고귀한 정신"의 "학자"(III.1.144, 151)가 아니었다면, 아니 그 시대를 위기로 바라보고 고민했던 루터, 그리고 루터의 제자 신학자 멜란크톤과 같은 지식인들이 수학했던 비텐베르크 대학과 인연을 맺지 않았더라면, 그의 인간과 세계에 대한 이러한 인식은 결코 나오지 않았을 수도 있다.

스타로뱅스키는 일찍 "르네상스는 우울증의 황금시대다"[72]라고

---

70) Hiram Hayden, *The Counter-Renaissance* (New York: Harcourt, Brace & World, 1950), 272쪽, 165~166쪽. Jean Delumeau, 같은 책, 152쪽을 참조할 것.

71) 이에 대해서는 Jean Delumeau, 120~21쪽을 볼 것.

72) Jean Starobinski, *Histoire du traitement de la mélancolie des origines à 1900* (Basle: J. R. Grigy, 1960), 38쪽.

규정한 바 있다. 그의 이러한 규정은 우리가 흔히 르네상스 시대를 바라보는 인식과 어울리지 않는 조합으로 보일 수도 있다. 하지만 르네상스가 불안한 경험의 "닻을 올린"[73] 전환기였다는 점에서, 그리고 엄청난 죽음을 가져온 14세기 중엽의 흑사병, 이후에도 끊이지 않았던 전염병, 가톨릭교회의 대분열, 백년전쟁 등이 남긴 절망과 불안과 공포로 가득 찬 중세인들의 긴장된 영혼의 상태, 즉 호이징가가 중세 말기의 인간의 감정상태로서 규정했던 '보편적 불안의 감정'[74]을 유산으로 물려받았다는 점에서, 스타로뱅스키의 그 규정은 어울리지 않는 조합으로만 볼 수 없다. 14세기의 흑사병 이후에도 끊어지지 않았던 전염병의 창궐과, 흉작과, 그리고 기근의 반복으로 아사자의 속출, 그리고 이로 인한 농촌과 도시에서의 격렬한 폭동, 가톨릭교회의 대분열과 종교전쟁 등 "르네상스인들은 인간의 역사가 종말에 가까워졌다고 생각했다." 유럽의 많은 예술가들은 "세계의 종말"을 그들의 작품을 통해 보여주었다.[75]

셰익스피어는 작품 『리어왕』에서 주인공 리어왕의 입을 빌려 자신의 시대를 "지옥······ 암흑······ 유황의 나락(奈落)"(IV.6.130)에 비유했고, 작품 『햄릿』에서 주인공 햄릿의 입을 빌려 덴마크를, 아니 세계 자체를 "감옥"(II.2.234), 그것도 "최악의 감옥"(II.2.237)에 비유했다. 출구가 없는 감옥, 유황의 나락이 어쩌면 전환기의 르네상스인들이 함께 느꼈던 그 시대의 참모습이었는지도 모른다. 영국의 대부분의 역사가들은 종말론을 크게 부각시킨 점을, 그 밖의 다른 유럽 국가들의 경우와 달리, 영국에서의 종교개혁의 두드러진 특징이라

---

73) Stephen Greenblatt, *Renaissance Self-Fashioning: From More to Shakespeare* (Chicago: U of Chicago Pr.,: 1980), 88쪽.

74) 요한 호이징가, 『중세의 가을』, 최홍숙 옮김 (문학과지성사, 1988), 37쪽.

75) Jean Delumeau, 앞의 책, 91쪽, 97쪽.

고 말했다. 유럽 인구의 3분의 1, 아니 그 절반의 목숨을 앗아간 14세기 중엽의 흑사병에서 살아남은 사람들에게 "삶 자체는 죽음의 지배에 항거하는 처절한 전투"[76]였다. 그 절망의 시대의 분위기를 그대로 이어받은 르네상스 시대의 영국에서는 '종말'에 대한 인식이 널리 퍼져 있었다. 이러한 우수(憂愁)의 시대의 특징을 반영하듯, "1580년과 1625년 사이에 무대 위에서 자살한 인물의 수는 116명에 이르고(그 가운데 24명이 셰익스피어의 작품에 등장하는 인물들이었다), 자살을 시도한 인물의 수도 107명에 이른다(그 가운데 52명이 셰익스피어의 작품에 등장하는 인물이었다).[77]

그 시대의 불안과 위기를 거침없이 논의하던 비텐베르크 대학의 많은 학생들 사이에서 햄릿은 인간과 세계에 대한 루터의 비관주의적 인식을 공감했을 뿐만 아니라, 그의 종말론에 대한 인식 또한 깊이 공감했을 수도 있다. 비텐베르크 대학에서 **연옥, 양심, 이성, 구원, 인간**, 그리고 **세계의 종말** 등 그 시대의 가장 핵심적인 주제에 대해 문제의식을 갖고 인간과 세계에 대해 깊이 고민하던 가운데 햄릿은 선왕 햄릿의 죽음 소식을 듣고 덴마크로 귀국했을 수도 있다.

인간과 세계를 바라보는 인식에서 햄릿과 루터는 동일했지만, 그 동일함은 끝까지 가지 않는다. 루터는 인간의 종말은 임박했음을 강조했지만, 그럼에도 그는 인간의 구원은 신의 은총에 의해서만 가능하다고 믿었다. 하지만 햄릿은 신의 은총에 의한 인간의 구원의 가능성에 대한 어떠한 확신도 없었다. 따라서 그는 인간과 세계에 대한 철저한 절망, 이로 인해 격심한 우울증을 앓는 **상처받은 영혼**을 안고 귀국했을 수도 있다. 귀국했을 때 입은 그의 "잉크처럼 새카만……

---

76) David Herlihy, *The Black Death and the Transformation of the West*, Samuel K. Cohn Jr. 엮음 (Cambridge/ M. A.: Harvard UP, 1997), 67쪽.

77) 임철규, 『눈의 역사, 눈의 미학』 (한길사, 2004), 263쪽을 참조할 것.

망토", 그리고 그의 "검은 의복"(I.2.77, 78)은 그의 격심한 우울증을 반영하는 징표다. 이미 이런 상처받은 영혼에 더 상처를 가한 것은 "아버지의 죽음"뿐만 아니라, 아버지가 사망하자마자 곧바로 감행한 어머니와 숙부의 "결혼"이었다(II.2.55, 57). 하지만 더 큰, 치명적인 상처를 가한 것은 아버지의 혼령으로부터 들었던 사실, 즉 아버지가 숙부에게 "가장 극악무도한", 아주 "소름끼치는" 살인을 당한 것(I.5.25, 80)과, 아버지가 죽은 지 채 두 달도 되지 않아 어머니가 재빨리 아버지의 살인자인 숙부와 "음탕하고 저주받은 근친상간"의 결혼(I.5.83)을 감행한 사실이다. 이로 인해 그의 인간과 삶에 대한 비관, 그리고 그 절망은 절정에 당했다.

물론 아버지의 혼령으로부터 그 사실을 듣기 전에도 햄릿은 죽음을 동경했다. 그는 자신의 육신이 완전히 녹아 "이슬로 변했으면" 했다. 육체의 완전한 절멸을 원했다. 그리고 "자살을 금하는 법"을 정한 "신"을 원망했다. 그리고 신을 향해 "이 세상의 온갖 것들"이 그에게는 "정말 지겹고, 곰팡이 나고, 진부하고 또 무익하다"며 절망감을 토해냈다(I.2.129~134). 그러나 아버지의 죽음이 극악무도한 숙부에 의해 저질러졌고, 또 그런 사악한 인간과 어머니가 재빨리 근친상간의 추잡한 결혼을 감행했다는 것을 알게 되었을 때, 햄릿의 상처받은 영혼은 그 도(度)가 극에 달했다. 여기저기 안팎에서 강타(强打)당한 그는 우울증의 닻을 내려놓을 수 없었다. 인간과 세계뿐만 아니라 여성마저도 그에게 어떠한 기쁨도 주지 못하는(II.2.291) 혐오의 대상으로 남았다. 그의 "사도 바울 식의 여성혐오증을 어쩌면 비텐베르크 대학에서 수학 중일 때 가졌을 것"[78]이라고 주장하는 비평가도 있

---

78) Adriana Cavarero, *Stately Bodies: Literature, Philosophy, and the Question of Gender*, Robert de Lucca and Deanna Shemk 옮김 (Ann Arbor: U of Michigan Pr., 2002), 147쪽.

지만, 그의 사도 바울과 같은 강한 여성혐오증은 아버지가 사망하자마자 쏜살같이 숙부와 "정숙하지 못한"(I.2.114) 결혼을 감행한 어머니를 향한 분노와, 절망과, 그리고 배신감으로부터 연유했다고 보는 것이 보다 정확하다. 조금 전에 인용했듯, "이 세상의 온갖 것들"이 "지겹고, 곰팡이 나고, 진부하고 무익하다"며 절망감을 토로했을 때, 그의 이 말은 거트루드를 표적으로 삼고 있다고 보는 것이 정확하다.

'상처받은 이름'

혐오(嫌惡)가 인간과 세계, 그리고 여성에게만 머물지 않고, 오히려 자신에게 더 철저하게 머물던 햄릿은 따라서 이러한 자신을 구원할 길을 어디에서도 찾을 수 없었다. 모든 것의 "완료"(III.1.63)인 죽음만이 그 유일한 길이었다. 그의 거듭되는 자살충동은 그 누구, 그 무엇으로부터도 어떠한 사랑도, 희망도, 구원도 기대할 수 없음을 말해주고 있다. 복수를 요구하는 아버지의 명령보다 거듭 강타당하는 고통이 그를 더 압도하기 때문에 햄릿은 복수의 결의, 기획을 행동으로 옮길 의지를 곧추세울 수가 없었다. 한편으로는 복수를 요구하는 아버지의 엄중한 명령을 아들의 당연한 의무로 받아들여 덴마크 왕국을 다시 바로잡으려 하지만, 또 한편으로는 인간과 세계에 대한 비극적인 인식의 결과로 얻게 된 깊은 우울증의 무게가 그 의무감을 훨씬 압도하기 때문에 복수를 행동으로 옮길 의지를 꺾어버리는, 따라서 교착상태에서 아무것도 하지 못하는 **불행한 의식**이 그의 상처받은 영혼의 현주소가 되었다.

햄릿은 아버지의 혼령으로부터의 복수의 명령을 받아들인 뒤, "나사 빠진", 즉 뒤죽박죽되어버린 여러 일들을 바로잡기 위해 태어난 자신의 운명을 일컬어 자신에게 내린 "저주받은 악의"

(I.5.189~190)라고 말한 바 있다. 그의 "저주받은 악의"라는 표현에 대해 데리다는 "그는 정확히 그에게 운명으로 정해졌을지도 모를 그 운명을 저주한다…… 그는 시대의 타락을 저주하는 것이 아니라 그에게 운명으로 정해졌을지 모를 그 운명을 저주한다…… 그는 자신의 사명을 저주한다"[79]라고 말했다. 데리다는 햄릿의 "저주받은 악의"라는 말의 의미를 누구보다도 정확하게 파악하고 있다. 자신의 그 "운명", 그 "사명"을 "저주"로 보는 햄릿에게 복수의 **윤리**는 없다. 복수는 지연될 수밖에 없다.

왕 클로디어스를 죽이고, 그리고 독을 바른 칼끝에 부상을 입고 죽음이라는 "잔인한 보안관"에게 "체포"되어(V.2.315~16) "이 거친 세상"(V.2.327)과 작별하기 전, 즉 런던으로 향하는 항행에서 구사일생 살아남은 햄릿이 궁으로 향하는 도중 호레이쇼와 함께 교회부속 묘지를 지나가게 되었다. 그 묘지에서 햄릿은 내심 극히 "사랑했던"(V.1.236~37) 자살한 오필리아가 매장되는 것을 보았고, "아래턱이 없어 구더기……의 밥이 되고 있고, 교회 묘파기꾼의 삽질에 머리통이 깨지고 있는"(V.1.74~75) 여러 해골들 가운데 선왕의 광대였던 요릭의 것도 보았다. 요릭의 해골을 보자 햄릿은 "불쌍한 요릭"(V.1.156)이라고 부르며 자기를 "그의 등에 천 번이나 업어주고", 자기 또한 그에게 "숱하게 입을 맞추었던"(V.1.158, 160) 그, 그리고 그의 "좌중을 웃음바다로 만들었던…… 그 조롱, 그 익살, 그 노래, 그 번득이던 신명의 여흥은 이제 어디 있느냐"(V.1.160~162)고 말하면서 모든 것을 허무로 만드는 죽음의 섬뜩함에 몸을 떨었다.

그리고 한 시대를 군림했던 알렉산더 대왕도, 카이사르도 결국은

---

79) Jacques Derrida, 앞의 책, 23쪽.

흙이 되어 "맥주통마개"나 "바람마개"로 쓰이는 "비루한" 존재로 끝나고 있음(V.1.167~83)을 절감했다. 그의 인간에 대한 비관주의적 인식은 여기서도 반복되고 있다. 한때 "이 거친 세상"(V.2.327)으로부터의 유일한 구원의 출구로 여겨졌던 죽음도 결국은 그에게 "사정없이 체포해가는" "잔인한 보안관"으로밖에 남지 않고 있다. 인간의 구원을 어디에서도 찾을 수 없는 햄릿은 죽기 얼마 전 인간의 삶의 목적과 방향을 최종적으로 결정하는 것은 "신"이며, "참새 한 마리 떨어지는 데도" 신의 "특별한 섭리가 있다"(V.2.10~11)라는 그의 최종적인 종교적 통찰에 이르고 있다. 인간이 스스로를 보잘것없는 유한한 존재임을 의식하고, 따라서 삶의 가치가 의문시될 때 종교가 등장한다. 니체의 표현을 따온다면, "삶에 대한 믿음이 사라지는, 즉 삶 자체가 문제가 되는" 그 순간 종교가 등장한다.[80] 햄릿은 인간의 구원은 오직 신의 은총에 의해서 가능하며, 인간의 운명은 신의 섭리에 달려있다는 비텐베르크 대학의 신학교수 루터(그리고 칼뱅)에게 돌아가고 있다. 하지만 이것이 작품 『햄릿』의 결론이 될 수 없고, 인간 햄릿의 인식의 결론도 될 수 없다.

햄릿은 죽어가면서 자신을 "상처받은 이름"(a wounded name, V.2.323)이라고 칭하면서 호레이쇼에게 자신의 "이야기"(my story), V.2.328)를 세상 사람들에게 전할 것과, 노르웨이와 더불어 덴마크를 공동 통치할 왕으로 포틴브라스를 선출하는 데 자신은 찬표(贊票)를 던질 것이라는 것을 유언으로 남겼다(V.2.334~335). 그리고 햄릿은 "나머지는 침묵"(V.2.337)이라는 말을 남기고 숨을 거두었다.

---

80) Friedrich Nietzsche, *The Gay Science*, Walter Kaufmann 옮김 (New York: Vintage, Books, 1974), 3쪽.

햄릿은 자신을 일컬어 "상처받은 이름"이라고 했다. 우리는 셰익스피어의 작품『로미오와 줄리엣』을 논하면서 줄리엣이 로미오에게 '로미오'라는 이름은 그의 진정한 "어떤 부분"도 아닌 "호칭"에 불과하다며 호칭이 없어도 로미오라는 진정한 자기 존재는 남아있다며 껍데기뿐인 '로미오'라는 이름을 포기한다면 자기 전부를 그에게 주겠다는 그녀의 말을 소개하면서 **이름**이 갖는 의미에 대해 말한 바 있다. 그리고 다음과 같이 말했다. "데리다는 이 작품의 '고유명사'를 논하는 가운데 '그[로미오]의 이름은 그의 본질'이며, '그의 존재와 분리될 수 없다'라고 말한 바 있다. 사실 이름은 존재조건이다. 가령 유대인의 성서인『구약』의「창세기」의 1장 3절에서 여호와가 '빛이 있으라 하자 빛이 있었듯', 이름은 존재 조건, 아니 이름은 존재 그 자체가 되고 있다. 이집트, 메소포타미아 등 고대 근동에서는 이름이 없다는 것은 존재하지 않음을 가리킨다."[81]

셰익스피어에게 **이름**은 존재조건, 더 나아가 존재 자체가 되고 있다. 햄릿이 자신을 상처받은 이름이라고 일컬었을 때, 이는 상처받은 존재 그 자체가 바로 자기임을 말해주고 있다. 헤겔은 인간존재 자체는 자기가 자기에게 가하는 **상처**라고 규정한 바 있다. 햄릿은 밖으로부터 숱한 강타를 받았다. 비텐베르크 대학의 학생이었을 때 더욱 확인된, 그의 인간과 삶, 그리고 세계에 대한 비관주의적인 인식은 "고귀한 정신"의 "학자"(III.1.144, 151)인 그를 우울증을 앓는 불행한 지식인으로 만들었고, 그의 아버지의 참혹한 죽음과, 그리고 아버지의 살인자와의 어머니의 재빠른 근친상간의 결혼은 그를 상처받은 영혼의 전범(典範)으로 만들었다.

밖으로부터 내리치는 강타로부터의 그 출구를 어디에서도 찾을 수

---

81) 이 책의 제7장 셰익스피어「로미오와 줄리엣」, 394쪽을 볼 것.

없었던 그는 그 출구를 '자살'이라는 죽음에서 구하려고 했을 만큼 자기파괴적인 폭력성에 자신을 맡기는, 자기가 자기에게 가하는 '상처' 그 자체가 되었다. 헤겔은 자기가 자기에게 가하는 상처를 우리 스스로 "치유할 수 있다"고 말했지만,[82] 이는 햄릿에게 적용되지 않는다. 햄릿은 인간존재 자체는 치유 불가능한 상처(傷處) 바로 그 자체임을 보여주고 있기 때문이다.

우울증을 햄릿 성격의 가장 중요한 면으로 보았던 프로이트[83]와 달리, 라캉은 그의 **말재간**, 그의 **연기**(performance)를 햄릿 성격의 가장 중요한 면으로 보았다. 햄릿을 데카당적이고, 억눌린 병적 존재로 보았던 프로이트와 달리, 라캉은 햄릿을 아이러니적이고, 자의식적이고, 장난기 많은 존재로 보았다. 라캉은 "고대의 비극에서는 광기의 주인공들이 있지만, 내가 아는 한, 광기를 가장하는 주인공들은 없다. 하지만 햄릿은 광기를 가장하고 있다"[84]라고 말했다. 햄릿의 우울증을 근대성의 계기, 그 계기의 표상이라고 보았던 라캉이 햄릿의 "광기의 가장(假裝)", 그 연기를 "근대적 주인공의 전략"이라고 해석한 것은 옳다.[85] 하지만 어떤 의미에서 햄릿의 **광기의 가장**은 그의 자기분열의 또 하나의 측면이다. 갈등들 가운데 그 어느 하나도 극복하지 못하고, 갈등에 찢기고 찢겨 자기분열, 자기의식의 분열의 극에 달한 인간, 아니 오직 상처(傷處)로만 존재하는 햄릿은 근대 인간의 비극성의 표본이다. 이런 점에서 작품 『햄릿』의 주인공의 등장을 일컬어 근대적 주체의 등장, 그것도 어쩌면 '최초의' 본격적인 등장이라고

---

82) G. W. F. Hegel, *Aesthetics: Lectures on Fine Art*, T. M. Knox 옮김 (Oxford: Clarendon Pr., 1975), 1: 8쪽.

83) Sigmund Freud, *Mourning and Melancholia*, *The Standard Edition of the Complete Psychological Works*, James Strachey 편역 (London: Hogarth Pr., 1953~1974), 14: 246쪽.

84) Jacques Lacan, 앞의 글, 20쪽.

85) Jacques Lacan, 같은 글, 20쪽.

하는 것도 무리는 아니다. 셰익스피어의 주인공 햄릿의 경우에서처럼, 내면의 이야기를 진짜 자서전(自敍傳)처럼 그렇게 강력하게 표현한 작품은 이전에는 없기 때문이다. 햄릿은 호레이쇼에게 자신을 "상처받은 이름"'이라고 칭하면서 "어떤 상처받은 이름이…… 내 뒤를 이을 것인가?"(V.2.323~324)라고 물었다. 어떤 '이름'이 그 뒤를 이을 것인가? 인간 자체를 치유 불가능한 '상처' 그 자체로 인식했던 그 불행한 근대적 주체, '햄릿'을 이을 그 '이름[들]'은 누구일까?

  햄릿이 죽자마자 곧바로 포틴브라스가 등장한다. 햄릿의 죽음을 맞이한 것은 호레이쇼가 그에게 안식을 가져다주기를 기원했던 "날아오르는 천사들의 노래"가 아니라 포틴브라스 군사들의 "북소리"(V.2.339, 340)였다. 무정부상태에 빠진 덴마크를 통치할 "호기"(好機, V.2.236)를 잡은 포틴브라스는 영국사절들, 고수(鼓手)들, 기수(旗手)들, 군지휘관들, 시종들과 함께 의기양양하게 등장한다. 노르웨이는 물론 덴마크도 통치할 "행운"(V.2.367)을 얻게 된 그는 전투에서 과거 자신의 아버지가 햄릿의 아버지에게 패하여 빼앗긴 영토를 상기시키는 듯, "이 왕국에 대해…… 내가…… 요구할…… 권리가 있다"(V.2.368~369)며 마치 점령군의 모습을 취하고 있다. "죽음의 사냥감들"(V.2.344)이 피를 흘리며 쓰러져 죽어있는 "음산한 광경"(V.2.347)을 보고 분통을 터뜨리고 있지만, 그가 앞으로 어떤 인물로 변할지는 가늠하기 어렵다. "기회가 있었다면 가장 왕다운 인물이 되었을 법"(V.2.376~377)한 햄릿 같은 "고귀한 정신"(III.1.144)의 왕이 될 것이라는 조짐은 그에게 전혀 보이지 않는다.

  혼돈, 무질서, 피의 아비규환인 덴마크의 현(現)상황을 **호기**로 삼고 이를 통치할 절호의 **행운**으로 받아들이며 점령군처럼 나타나는 그에게 "고귀한 정신"의 모습은 어디에서도 찾을 수 없다. 혹자에 따르면 최근 수십 년간 무대 위에 올려진 『햄릿』의 연출에서 포틴브라스의 귀환은 "텅 빈 역사의 새로운 순환의 시작을 알리는 젊은 폭군의 출현"[86]으로 부각되고 있다. 햄릿은 죽어가면서 호레이쇼에게 그 두 가지 유언을 말한 뒤, 그 밖에 "나머지는 침묵"(V.2.337)이라고 말했다. 무엇이 앞으로 이 **침묵**의 공간을 채우게 될까? 침략군, 아니 점령군의 모습으로 등장한 야심차고 호전적인 포틴브라스가 펼칠 또 다른 "음산한 광경"(V.2.347), "피비린 사태"(V.2.354)가 어쩌면 텅 빈 역사, 그 "침묵"(V.2.337)의 공간을 가득 채울지도 모른다. 작품 『햄릿』은 그러한 우울한 분위기를 남기고 끝나고 있다.

---

86) Hugh Grady, *Shakespeare and Impure Aesthetics* (Cambridge: Cambridge UP, 2009), 186쪽.

9장 도스토예프스키 『카라마조프 가(家)의 형제들』

형제들

세계의 가장 위대한 작품들 가운데 하나인 도스토예프스키(Fyodor Dostoevsky, 1821~1881년)의 장편소설 『카라마조프 가(家)의 형제들』(1880년)의 작품 내용은 다음과 같다.

19세기 중반, 러시아의 한 지방 소도시 스코토프리고니예프스크에 거주하는 표도르 파블로비치 카라마조프는 세 아들을 두었는데, 장남 드미트리 카라마조프는 그의 첫 번째 아내에서 태어났고, 둘째 아들과 셋째 아들, 즉 이반 카라마조프와 알료샤 카라마조프는 그의 두 번째 아내에서 태어났다. 표도르 파블로비치 카라마조프는 "야비한 방법"[1]으로 재산을 모아 현금만으로도 10만 루블을 갖고 있을 정도로 성공을 거둔 지주(地主)다. 호색가인 그의 생활은 "걸레같이 방탕할 뿐만 아니라 말이 통하지 않는 괴상한 인간", 간단히 말하면, "방

---

1) 인용한 텍스트의 한글번역 판본은 다음과 같다. 도스토예프스키, 『카라마조프 가(家)의 형제들』 1. 2. 3., 김연경 옮김 (민음사, 2007), 1부 29쪽. 이후 인용문의 쪽수는 본문의 괄호 속에 표기함. 번역과 표현을 달리한 부분도 있음. 다음의 영어 번역본을 참조함. Fyodor Dostoevsky, *The Karamazov Brothers*, Ignat Avsey 옮김 (Oxford: Oxford UP, 2008); Fyodor Dostoevsky, *The Brothers Karamazov*, Susan McReynolds Oddon 옮김 (New York: Norton, 2011).

탕하기 그지없고 음탕함에 있어서라면 종종 사악한 벌레처럼 잔혹하기도 한"(1부 196쪽), 그 지방 소도시를 "통틀어서 참으로 괴상하기 짝이 없는 미치광이 중의 하나"(1부 18쪽)다.

표도르 파블로비치 카라마조프는 첫 번째 아내가 죽자 그 아내에서 태어난 네 살배기 드미트리를 완전히 내팽개친 채 방탕한 생활을 계속했다. 아이는 "이 집의 충직한 하인"(1부 23쪽)인 그리고리의 보살핌을 잠시 받다가 외가의 친척들에게 맡겨져 거기서 성장했다. 소년기와 청년기를 "무질서하게"(1부 27쪽) 보낸 드미트리는 김나지움의 공부도 마치지 못했을 뿐만 아니라, 이후 군사학교로 들어가 훈련을 마치고 장교로 부임한 뒤 방탕을 일삼다가 많은 돈을 탕진했다. 어른이 되기 전까지 아버지로부터 한 푼도 얻을 수 없었기 때문에 "엄청난 빚"(1부 27쪽)을 지고 있었다.

성년이 된 후 드미트리는 아버지로부터 틈틈이 돈을 받았지만, 그 지방 소도시에서 큰 부자로 알려진 귀족 미우소프 집안 출신의 어머니가 그에게 유산으로 남긴 토지, 그리고 소유지에서 들어오는 수입 등 재산이 상당하다는 것을 성장하면서 알고 있었다. 방탕한 생활로 인한 엄청난 빚을 감당할 수 없게 되자 아버지를 찾아가 자신의 몫이라고 여겨지는 어머니의 재산을 요구했다. 성년이 된 후 처음으로 만난 아버지는 그에게 간간이 돈을 보내주면 유산으로 남긴 어머니의 재산에 대해 더 이상 왈가불가하지 않겠느냐고 제안했고, 그는 그렇게 하겠다고 약속했다. 아버지와 맺은 "협상"(1부 27쪽)에 발목이 잡힌 드미트리는 아버지로부터 더 이상 그 어떤 것도 요구할 권리가 없다는 것을 그후 알게 되었다.

첫 번째 아내가 죽자 잽싸게 결혼한 두 번째 아내에서 태어난 이반과 알료샤도 어머니가 사망하자 각각 일곱 살과 네 살 나이에 형 드미트리와 마찬가지로 아버지에게 버림받았다. 방탕한 생활에 미친 아버지에게 그들의 존재는 "깡그리 잊혀졌다"(1부 31쪽). 그들은 형 드미트리와 마찬가지로 하인 그리고리의 보살핌을 잠시 받다가 다른 이들에게 맡겨져 거기에서 양육되었다.

"마음의 문을 닫아버린 듯한 음울한", 그렇다고 "겁이 많은 것도 아닌"(1부 34쪽) 소년으로 자란 이반은 모스코바의 한 김나지움에서 "학업에 비상하고도 탁월한 재능"(1부 34쪽)을 발휘한 뒤, 모스코바에 있는 한 대학에 입학했다. 경제적으로 대학생활이 힘들었지만, 성격이 워낙 "오만한"(1부 35쪽) 그는 그가 경멸하는 아버지는 물론 그 누구로부터 한 푼의 도움도 받지 않은 채 필명으로 신문잡지에 여러 기사를 쓰면서 거기서 얻은 원고료로 가난을 이겨나갔다. 여러 전문적인 주제를 다룬 책들에 대한 서평을 발표하면서 이반은 문단에서도 유명해졌다. 자연과학이 그의 전공분야이지만, 그 전공분야와 전혀 다른 **교회재판** 문제에 관한 뛰어난 논문을 발표하면서 그 사실이 고향사람들에게 알려질 정도로 크게 주목을 받기 시작했다.

유년기에도, 그리고 청년기에도 마음이 참으로 "순결하고 깨끗했던"(1부 42쪽), 그리고 "평생 동안 사람을 완전히 믿으며 사는 듯" "누구를 경멸하거나 비난하는 기색은 조금도 없"고, 늘 "사람들을 좋아했던"(1부 41쪽, 42쪽), 조용한 성격의 알료샤는 김나지움에 머물다가 그 지방 소도시의 수도원에 들어가 수도사가 되었다. 그는 어디를 가나 사람들의 사랑을 받았다. 그는 지주 출신으로 예순 다섯 나이인 정교회의 "저명한"(1부 40쪽) 원로(元老) 수도승, "가장 정직한 수도승"(1부 62쪽)의 한 사람인 조시마의 제자가 되었다. 알료샤가 아버지 표도르 파블로비치 카라마조프에게 수도사가 되는 것을 허락해달라고 정식으로 요청했을 때, 그 아버지는 처음에는 비웃었지만, 자신에게는 유일하게 "천사"(1부 51쪽)같이 보이는, 방탕의 화신인 자신에게서 결코 태어날 수 없는 "전혀 예기치 못한, 완전히 놀라운 선물"

(1부 197쪽)인 아들의 요청을 들어주었다.

　　표도르 파블로비치 카라마조프의 아들들, 즉 퇴역장교인 큰아들 드미트리, "무덤"처럼 입이 무거운(1부 231쪽) 학자풍의 지식인인 둘째 아들 이반, 그리고 성직자인 셋째 아들 알료샤는 각각 스물여덟 살, 스물네 살, 그리고 스무 살의 청년들이 되어 20여 년 만에 처음으로 다 같이 아버지가 사는 고향을 찾는다. 귀향한 뒤, 아버지와 아들들은 알료샤가 거하고 있는 수도원의 원로 조시마의 은신처에서 가족의 모임을 가진다. 원로를 접견한 자리에서 그의 조언을 듣고 재산분배와 상속문제를 둘러싼 드미트리와 아버지 간의 불화를 풀어보기 위해서다. 그 자리에서 아버지 표도르 파블로비치 카라마조프는 조시마 앞에서 별명인 "푼수"(1부 18쪽) 그대로 허튼소리를 하며 무례하게 그리고 불경스럽게 행동함으로써 아들들을 난처하게 만든다. 마음속 깊이 쌓아두었던 걱정거리와, 의심과, 그리고 죄를 털어놓고 조언을 듣기 위해 조시마를 접견할 때는 "그 시간 내내 아주 깊은 존경심과 조심스러운 예의를 갖추는 것"이 누구에게나 "자신의 제일 큰 의무"(1부 89쪽)이기 때문이다.

　　아버지 표도르 파블로비치 카라마조프는 큰아들 드미트리가 카체리나라는 약혼자가 있음에도 불구하고 그루센카라는 바람둥이 여자와 놀아나기 위해, 어머니로부터 유산으로 물려받은 재산을 그가 요구할 권리가 사라졌음에도 불구하고 자신에게 요구하고 있다고 비난한다. 그 비난에 드미트리는 크게 화를 내며 아버지를 "철면피"(1부 150쪽), "교활한 노인"(1부 152쪽)이라고 칭하면서 아버지 표도르 파블로비치 카라마조프는 소송을 제기해 돈을 요구하는 자기를 감옥에 넣으려 하고 있으며 그 이유는 자기가 좋아하는 그 그루센카라는 여자를 차지하고 싶어 하기 때문이라고 말한다.

바로 그때 조시마는 드미리트리 앞에 다가가 무릎을 꿇고 이마가 땅에 닿을 정도로 그에게 절을 한다. 드미트리는 몇 분간 충격을 받은 채 서 있다가 두 손으로 얼굴을 가린 채 방에서 뛰쳐나간다. 그 뒤를 따라 놀라움에 입을 다물지 못하고 주위 사람들 모두 작별인사도, 절도 하지 않은 채 우르르 떠나간다. 알료샤에게 "무서울 정도로 충격을 안겨 주었던"(1부 162쪽) 조시마는 그를 곁에 불러 유언이라며 자기가 죽으면 "앞으로 너의 자리가 아닐" 여기 수도원을 떠나 세상 속으로 가라고 말한다. "평화가 없는""속세에서 위대한 수행을 하기 위해"(1쪽 160쪽) 세상 속으로 가라고 말한다.

드미트리는 자신에게는 "지상의 천사"(1부 221쪽)로 보이는 동생 알료샤에게, 동생 이반이 자기 약혼자인 카체리나를 사랑하고 있음을 알려주면서 자신이 약혼자에게 용서받을 수 없는 행동을 저지른 일을 고백한다. 그는 자신이 깊이 사랑하는 그루센카를 모크로예라는 마을에 데려가 거기서 약혼녀 카체리나의 돈 3천 루블로 흥청망청 노는 데 눈 깜짝할 사이에 전부 탕진했다고 말한다. 그리고 그는 그루센카의 남편이 되고 싶으며, 따라서 카체리나에게 그 돈을 반드시 되돌려주어야 한다고 말한다. 그 돈을 되돌려주지 못하면 그의 자존심은 굴욕감에서 결코 벗어날 수 없을 것이라고 말한다. 그리고 알료샤에게 아버지 표도르 파블로비치 카라마조프에게 3천 루블을 부탁해보라고 말한다. 아버지로부터 갖다 쓴 돈으로 인해 아버지는 자신에게 한 푼의 빚도 없지만 도덕적인 면에서 본다면 자신에게 빚을 지고 있다고 말한다. 아버지는 어머니의 돈 2만 8천 루블을 밑천으로 10만 루블이나 되는 재산을 만들었기 때문이라는 것이다.

드미트리의 약혼자 카체리나는 드미트리가 수비대에서 견습사관으로 복무 중이었을 때 상관이었던 중령의 딸이었다. 드미트리는 "지성과 교양"을 겸비하고 있었을 뿐만 아니라, "선량"하기가 그지없는, 그럼에도 불구하고 다른 한편 "오만한" 성격(1부 234쪽)을 지닌 페테르부르크의 한 귀족전문학교 출신인 미인 카체리나를 어느 야회만찬석에서 만났다. 그때 그녀는 그를 제대로 바라보지 않고 멸시하는 듯한 표정을 지으며 무관심하게 대했다. 드미트리는 "단 한 명의 여자와도 그 순간처럼 증오를 갖고 상대방을 바라본 그러한 일은 없었다"(1부 241쪽). 그때부터 그는 그 수모를 복수를 할 것이라고 다짐했다.

카체리나의 아버지는 4천 5백 루블의 공금을 착복했다는 죄목으로 퇴역명령을 받았다. 임시변통으로 잠깐 사용한 그 공금을 즉각 반납하라는 상부지시를 받은 카체리나의 아버지는 큰 위기에 처했다. 드미트리는 아버지로부터 송금해온 돈 중 5천 루블짜리 기명 수표를 자신을 찾아 온 그녀에게 주었다. 그것은 그가 받은 수모에 대한 복수의 일환이었기에 그는 승자로서 회심의 미소를 지었다. 카체리나는 이마가 땅에 닿도록 공손히 그에게 절을 했다. 그 후 그녀는 모스크바의 한 미망인 장군부인의 재산 상속자가 된 뒤, 모스크바에서 드미트리와 약혼을 했으며, 거기서 형의 소개로 카체리나를 만난 이반은 형의 약혼자를 깊이 사랑하게 되었다.

알료샤 앞에서 드미트리는 아버지를 위해 "희생"물이 되어 "영혼과 몸" 전부를 자기에게 바치러 왔고(1부 239쪽), 그리고 자기 앞에서 이마가 땅에 닿도록 감사의 절을 했던 카체리나를, 그때 단지 복수에 불타있었던 "야비한 놈"(1부 239쪽)이었던 자신과 비교하면서 자신을 "빈대,…… 거미,……(1부 239쪽, 240쪽) 등 벌레보다 못한 인간이라고 비하한다. 알료사는 자신을 심하게 비하하는 형 드미트리에게, "자학……하지 말라고"(1부 251쪽) 위로한 다음 아버지의 집으로 향한다. 알료샤는 만약 아버지가 그루센카를 집으로 불러들여 온갖 수단을 다해 그의 여자로 만든다면 아버지를 죽일 수도 있다는 형 드미트리의 말을 마음에 지우지 못한 채 아버지의 집으로 향했다. 그가 막 도착했을 때, 아버지와 둘째 형 이반이 식탁에 앉아 간질병 환자인 하인 스메르쟈코프의 시중을 받고 있었다.

표도르 파블로비치 카라마조프의 사생아이면서 하인 겸 요리사인 스메르쟈코프는 표도르 파블로비치 카라마조프가 이 거리 저 거리를 방황하고 다니던 미친 처녀를 강간하여 태어나게 한 자식이다. 스물네 살의 스메르쟈코프는 "끔찍할 정도로 사람을 싫어하고 말이 없었다…… 오만한 성격의 소유자로서 모든 사람을 경멸하듯 했다"(1부 260쪽). 그를 키워주었던 하인 그리고리에 따르면 "은혜"라는 것을 전혀 모르는 사나운 짐승새끼처럼 "한구석에서 세상을 노려보며…… 자랐다"(1부 260쪽). 식탁에 모인 그들이 기독교, 교회, 신, 불멸, 그리고 악마 등에 대해 논쟁을 하고 있을 무렵, 드미트리가 그루센카를 찾기 위해 갑자기 홀 안으로 뛰어든다.

표도르 파블로비치 카라마조프는 이반의 옷자락에 매달리며 드미트리가 자기를 죽이러 온 것이라며 비명을 지른다. 그루센카를 어디에 숨겼느냐며 고래고래 고함치는 드미트리에게 표도르 파블로비치 카라마조프가 달려들자 드미트리는 아버지의 머리카락을 덥석 움켜쥐고 번쩍 들어 마룻바닥에 내동댕이친다. 그리고 바닥에 쓰러져있는 아버지의 얼굴을 두세 번 구둣발로 걸어찬다. 그루센카가 아버지의 집에 오지 않았음을 확인하고 형 드미트리가 밖으로 나간 뒤, 알료샤는 자기에게 "나도 드미트리와 마찬가지로 이솝의 피를 흘릴 수 있다"(1부 301쪽)고 하던, 말하자면 충분히 아버지를 죽일 수 있다고 말하던 형 이반의 말을 허튼소리로 치부한 채 카체리나의 집으로 향한다.

알료샤가 그 집에 도착했을 때, 카체리나가 "아주 경이롭고 아주 풍성하고 짙은 아마 빛의 머리카락, 담비 털처럼 짙은 눈썹, 매력적인 푸른 회색빛의 눈과 긴 속눈썹"의 전형적인 "러시아 여성의 아름다움"을 지닌(1부 212쪽, 213쪽) 스물두 살 나이의 그루셴카를 집으로 불러들인 뒤 비위를 맞추며 그녀에게 자신의 약혼자인 드미트리에 향한 관심을 거둬들일 것을 요구하고 있었다. 하지만 그루셴카가 그 요구를 비웃으며 거부하자 격분한 카체리나는 그녀를 향해 "갈보년"(1부 320쪽)이라고 비난한다. 이 말에 그루셴카는 아버지의 공금 착복의 일로 돈이 탐나서 처녀의 몸으로 밤에 젊은 사내를 찾아가지 않았느냐고 빈정대면서 마치 이를 직접 드미트리로부터 직접 들었던 양 말을 내뱉고는 그 집을 뛰쳐나간다.

드미트리로부터 받은 배신감, 그리고 모욕감을 이길 수 없어 카체리나는 흐느껴 운다. 카체리나는 알료샤에게 드미트리가 그루셴카와 결혼한다 하더라도 자신은 그를 버리지 않은 채 평생 지켜보겠다고 말한다. 드리트리가 불행해진다면 그를 맞을 것이며 그의 부끄러운 잘못을 고백하도록 만들겠다고 말한다. 알료샤는 카체리나가 형 드미트리로부터 받았던 5천 루블 때문에 형을 그 **은혜**에 대한 의무감에서 약혼자로 대하고 있지만, 그를 진심으로 사랑하지 않고 있음을 알아차린다.

그녀의 울음을 뒤로 하고 알료샤가 수도원에 돌아왔을 때 원로 조시마는 사경을 헤매고 있다. 사경에서 잠시 깨어난 조시마는 수도원의 수도사들 모두에게 입을 맞추고 나서 "우리 개개인은…… 개인의 죄나 집단의 죄 할 것 없이 이 땅의 모든 사람들의 죄에 책임이 있음을 인식"해야 하며, "이런 인식이야말로 수도승의 길은 물론이고 지상의 온갖 사람의 길이 도달해야 할 월계관입니다"(1부 341쪽)라고 말한다. 알료샤는 조시마의 그 말을 가슴에 안은 채 잠시 틈을 내어 아버지의 집으로 향한다. 아버지 표도르 파블로비치 카라마조프는 알료샤에게 형 드미트리가 부탁한 그 돈을 한 푼도 줄 수 없다고 단호하게 말한다.

알료샤는 집에서 나와 자신을 사랑하고 있는 16살의 지체부자유자인 소녀 리자의 어머니이자 많은 재산을 갖고 있는 미망인 호흘라코바의 집으로 향한다. 광장을 지나 골목길로 접어들었을 때, 아홉 살에서 열두 살 정도 되는 여섯 명의 초등학생들이 병색이 완연한 건너편의 한 소년을 향해 돌을 던지고 있었다. 그 소년도 그들을 향해 돌을 던지다가 알료샤를 보자 그를 향해 돌을 던진다. 그 돌은 알료샤의 어깨를 때린다. 아이들은 알료샤에게 그 소년이 교실에서 친구의 옆구리를 펜나이프로 찔러 피를 흘리게 한 놈이라며 일제히 그를 향해 다시 돌을 던진다. 그 가운데 돌 하나가 그 소년의 머리에 명중한다. 그는 비명을 지르며 큰 소리로 울면서 도망친다. 알료샤가 그 소년의 뒤를 따라가자 그 소년은 적의에 찬 눈빛으로 그를 쳐다본다. 도망치던 그 소년이 되돌아보고 알료샤를 향해 던진 돌이 세차게 그의 등을 때린다. 그리고 그 소년은 그에게 달려들어 손가락을 깨문다. 피가 줄줄 흘러내리지만, 알료샤는 화를 내지 않고 자기에게 왜 그렇게 대하느냐 하며 부드럽게 말을 건네자, 그 소년은 큰 소리로 울음을 터뜨리며 등을 돌리고 그의 집을 향해 뛰어간다.

알료샤는 미망인 호흘라코바의 집에 들린 카체리나에게, 형 드미트리가 읍내의 한 선술집에서 벌인 사건에 대해 듣게 된다. 형 드미트리가 한 퇴역장교에게 크게 화를 내며 수세미 비슷한 그 사람의 턱수염을 움켜쥐고 밖으로 데리고 나와 그를 한길에서 한참 이리저리 끌고 다니고 있을 무렵, 초등학교 다니는 그의 아들이 이를 목격하고 울면서 애원했지만, 드미트리는 그 행패를 멈추지 않았다는 것이었다. 카체리나는 아버지 표도르 파블로비치 카라마조프가 돈을 요구하는 아들 드미트리를 재판소에 고소할 때 그 남자를 대리인으로 내세우려 하며, 형편없이 가난한 사람이라고 말했다. 카체리나는 자기

대신 퇴역장교인 그 2등 대위의 집을 찾아가 형의 행패를 사과하고 적당한 구실을 붙여 그에게 전하라며 알료샤의 손에 200루블을 쥐여 준다.

알료샤는 그 집을 찾아간다. 그 2등 대위의 이름은 스네기료프였고, 그의 아들의 이름은 초등학교 학생인 일류샤였다. 일류샤는 다름 아닌 알료샤에게 돌을 던지고 그의 손가락을 물어뜯었던 그 소년이었다. 스네기료프는 자기 아들이 아버지가 드미트리에게 봉변당한 사건 뒤, 학교 아이들이 아버지의 턱수염을 빗대어 아버지를 '수세미'라고 부르며 놀리자 화가 나 그 중의 한 아이를 펜나이프로 썰렀다고 말한다. 그리고 카라마조프 가(家)를 향한 적개심이 하늘까지 치솟아 알료샤에게 무례한 행동을 한 것이라며 용서를 구한다. "세상에 부자들보다 더 힘이 센 것이 없음"(1부 433쪽)을 알고 "아홉 살 나이에 이미 세상의 진실을 터득하게 된" 그의 아들은 "영원히 씻지 못할 상처를 입었다"(1부 430쪽)고 말한다.

알료샤는 카체리나의 말과 함께 조심스럽게 200루블을 그에게 건넨다. 그 2등 대위는 다리를 못 쓰는 정신박약자 아내, 꼽추인 스무 살 안팎의 딸, 그리고 찌든 가난을 생각하면서 그 돈을 받고 감격하지만, "수세미는 자신의 명예를 팔지 않는다"(1부 443쪽)라고 말하면서 그리고 "내가 받은 치욕의 대가로 당신네들한테 돈을 받는다면 우리 아이한테 무엇이라 말하겠느냐"(1부 444쪽)며 갑자기 지폐를 구기더니 힘껏 땅 위에 내동댕이친 뒤 "엉엉 울면서"(1부 443쪽) 더 이상 뒤를 돌아보지 않고 쏜살같이 떠나버린다. 한참 뒤에 그 대위는 카체리나로부터 이 돈을 다시 받았지만, 알료샤는 그 순간 감당할 수 없는 깊은 슬픔을 느꼈다.

알료샤는 "카라마조프적인 대지의 힘", 즉 "광폭하고 다듬어지지 않은 대지의 힘", 무엇보다도 격렬한 성적 욕망 때문에 아버지는 물론 "형들도 스스로 파멸의 길을 걷고 있다"고 믿고 있다(1부 462쪽). 그는 형제끼리 단 한 번도 마음을 터놓고 얘기해본 적이 없는 둘째 형 이반과 음식점에서 만나 이야기를 나눈다. 어제 아버지 집 식탁에서 신은 물론 불멸도 없다고 단언하던 형 이반은 그에게 "수수께끼"(1족 480쪽) 같은 존재처럼 보였다.

이반은 알료샤에게 "신을 받아들이지 않는다는 것이 아니다…… 그가 창조한 세계를, 신의 세계를 받아들이지 않는다는 것"(1부 494쪽)이라고 말하면서, "이게 나의 본질…… 나의 테제"(1부 495쪽)라고 말한다. 어른들은 그들이 저지른 죄로 고통을 받는다 치더라도 아무런 죄가 없는 어린아이들이 "이 지상에서 끔찍할 정도로 고통받고 있다면"(1부 499쪽), 신이 창조한 이 세계를 어떻게 받아들일 수 있겠느냐고 말한다. 이반은 자신이 창작한 서사시 「대신문관」의 내용을 알료샤에게 들려주면서 "나의 본질" "나의 테제"를 더 상세하게 말했다.

다음 날 이반은 모스크바로 떠났다. 알료샤가 형 이반과 헤어진 뒤 조시마의 은신처에 도달했을 때, 원로 수도승 조시마는 손님들과 쾌활하게 이야기를 나누고 있었다. 알료샤를 반기면서 조시마는 어제 자기가 그의 형 드미트리 앞에서 무릎을 꿇고 절을 했던 것에 대해 "나는…… 그가 겪게 될 미래의 위대한 고통 앞에 절을 한 것이란다"(2부 15쪽)라고 말한다. 그리고 병으로 인해 고통스러워하면서도 여전히 미소를 띤 채 조시마는 "기쁨에 찬 황홀경에 젖어 땅 위에 입을 맞추고 기도하면서"(2부 99쪽) 세상과 작별을 고한다.

세상을 떠난 원로 수도승 조시마를 위한 수도원의 의식과 추모미사가 끝나자 거기에 모인 병자들, 특히 병든 아이들을 데리고 온 사람들은 어떤 신비스러운 치유력이 조시마의 시신에서 발휘될 것이라고 기대했다. 하지만 오후 3시 무렵 사건이 터지고 만다. 조시마의 시신을 입관하고 이를 그의 접견실로 사용하던 방으로 옮겨놓자, 관 속에서 썩는 냄새가 풍겨나오기 시작한 것이다. 시간이 갈수록 썩는 냄새가 온 사방에 진동한다. 이런 현상은 원로의 죽음에 어떤 신비의 기적을 기대하던 사람들뿐만 아니라, "밤낮으로 기도만 하는 금욕주의자요 묵언 수행자인"(2부 117쪽) 페라폰트 신부를 비롯해 그에게 반대하던 사람들, 그리고 그를 숭앙하던 거의 모든 사람들에게 충격을 주었다. 그들은 조시마를 비아냥거리고 증오하기 시작한다. 조시마의 시신은 그 전 원로들의 시신과 비교되었다. 세상을 떠난 과거 수도승들 중에는 시신에서 썩는 냄새가 나지 않은 경우도 있었고, 썩는 냄새가 난다 하더라도 조시마의 경우처럼 그렇게 빨리 그리고 지독하게 나지 않았다.

알료샤도 충격을 받기는 마찬가지다. 조시마의 시신이 치유력을 발휘하기는커녕 오히려 그렇게 빨리, 그리고 지독하게 부패하는 것에 그는 너무 큰 충격을 받는다. 그곳에 모인 대부분의 사람들은 지금까지의 조시마의 가르침이 거짓이라고 말하며 그를 욕하고 조롱한다. 무엇보다도 알료샤는 자신의 "확실한 이상"(2부 127쪽)이었던 스승이 사람들의 조롱을 받고 치욕의 구렁텅이에 전락하는 것을 견딜 수 없다. 너무 "혼란"(2부 125쪽)스럽고, 너무 고통스럽다.

황혼이 질 무렵, 출세주의자이자 신학도인 친구 라키틴이 얼굴을 땅에 대고 나무 밑에 엎드린 채 잠든 것처럼 보이는 알료샤를 발견하고, 실망과 좌절에 휩싸여 있는 그를 그루셴카의 집으로 데리고 간다. 라키틴은 알료샤를 좋아하는 그루셴카와 놀아나게 함으로써 친구인 그가 "'성자'에서 '죄인'으로 '전락'하는 모습"을 보고 싶었기 때문이다(2부 135쪽).

그루셴카는 광장 근처 시내의 번화가에 살고 있었다. 그녀는 모로

조바라는 상인의 집 안뜰의 목조 곁채를 빌려 쓰고 있었다. 그곳에는 그녀 이외 두 하녀가 사는데, 하나는 늙고 병든 귀머거리고, 다른 하나는 늙은 하녀의 손녀뻘 되는 스무 살 가량의 페냐라는 이름을 가진 젊은 처녀다. 들리는 소문에 따르면 그루센카는 열일곱 살 적에 사랑하는 어떤 폴란드 장교에게 버림을 받은 뒤 "빈곤과 치욕" 속에 살았으며(2부 137쪽), 자기를 배신한 그 남자를 향한 분노를 늘 갖고 있었다. 성직자 집안의 딸이라는 소문이 있는 그루센카는 그 후 4년이 지난 지금, 이 도시의 거상(巨商) 삼소노프를 자신의 공개적인 후견인으로 둔 채, "대담하고 결단력 있는 성격의 여자", 접근하기 힘든 "오만한" 성격의 여자, "축재에 여념이 없는…… 여자"로 변했다(2부 137쪽). 축재는 자신을 버린 그 장교에게 때가 되면 복수를 하기 위함이다. 축재에는 표도르 파블로비치 카라마조프와 동업으로 다량의 어음을 사두었다가 크게 이득을 취한 것도 포함되어 있다.

그루센카는 자기 같은 여자를 찾아온 알료샤를 보고 참으로 기뻐한다. 알료샤를 맞이한 그루센카는 "그의 무릎 위로 올라앉아 오른손으로 부드럽게 그의 목을 휘감았다"(2부 147쪽). 이전의 알료샤에게 여자라면 예전처럼 공포를 낳았을 법하지만, 알료샤는 이 "'무서운' 여자"에게 "예전과 같은 공포는 손톱만큼도 없었다"(2부 148쪽). 그루센카는 알료샤에게 왜 그렇게 슬프고 우울한 얼굴을 하고 있느냐고 묻는다. 라키친이 대신 조시마의 죽음 때문이라고 하자 이를 비로소 알게 된 그루센카는 당황한 듯 알료샤의 무릎에서 벌떡 몸을 일으키고 "경건하게 성호를 그었다"(2부 152쪽). 그 순간 알료샤는 자신의 본모습으로 되돌아온다. 그는 조시마의 죽음이 가져온 충격과 절망감을 한순간이나마 잊기 위해 그녀와 놀아보려고 여기 온 것이지만, 여기서 그는 참으로 자기를 "가엾게 여겨주는", "사람을 사랑할 줄 아는 보물 같은 영혼", "진실한 누나"를 발견한 것이다(2부 153쪽).

자기를 **진실한 누나**라 일컫는 알료샤에게 그루센카는 깊은 감동을 받는다. 자기를 멸시하듯 늘 눈을 아래로 내려깔고 자기를 외면하는 것처럼 보이는 알료샤를 파멸시키고자 라키친에게 그를 자기 집으로 데려온다면 25루블을 그 대가로 주겠다고 약속했다며 알료샤에게 진심으로 용서를 구한다. 그리고 자신은 자기를 배반한 그 장교에게 복수하기 위해 돈밖에 모르는 수전노가 되었다고 말한다. 그리고 자기를 배반한 그 장교가 홀아비가 되어 자기를 다시 만나러 온다는 편지를 받았으며, 그자의 품에 다시 가야 할지 말아야 할지를 한 달 동안 고민하고 있으며, 그의 형 드미트리를 희롱한 것도 그 장교한테 달려가지 않기 위한 하나의 방편이었다고 말한다. 그리고 그루센카는 알료샤에게 그저께 드미트리 약혼인인 카체리나에게 향한 자신의 무례를 대신 사과해줄 것을 부탁한 뒤, 그녀를 데려가기 위해 모크로예 마을에서 온 삼두마차를 타고 그 장교가 있는 곳으로 향한다.

드미트리는 카체리나의 돈을 갚기 위해 여러 사람들에게 돈을 빌리려 손을 내밀지만 허사였다. 그루센카에게 돈이 있다는 것은 알지만 그녀에게 손을 내미는 것은 자존심이 허락하지 않았다. 그는 그루센카의 집으로 향했다. 그녀가 집에 없자, 아버지 표도르 파블로비치 카라마조프 집에 갔을지도 모른다며 급히 아버지 집으로 향한다. 그는 담장 울타리 위로 오른 뒤 정원으로 뛰어내린다. 그리고 창가에 다가가 방 안을 쳐다보지만, 아버지 혼자 침실에서 코냑을 들이키고 있는 것이 보일 뿐 그루센카는 거기에 없다. 그는 아버지 표도르 파블로비치 카라마조프를 바라보며 "바로 저자다, 나의 연적, 나를 괴롭히는 자, 내 인생을 괴롭히는 자"(2부 237쪽)라고 욕한다. "복수에 가득 찬 광포한 분노"(2부 237쪽)가 터져 나온다. 그리고 그를 죽이려는 듯, "제정신이 아닌 상태에서 갑자기 놋쇠공이를 호주머니에서 꺼냈다"(2부 238쪽).

하인 그리고리가 한밤중에 잠에서 깨어나 층계를 지나 정원으로 가보니, 주인의 침실 창문이 열려있는 것이 보인다. 그때 어둠 속에서 사람의 그림자가 쏜살같이 달려 나온다. 그는 그 그림자를 향해 "저 불한당 같은 놈, 제 아비를 죽일 놈"(2부 240쪽)이라며 큰 소리로 외친다. 드미트리는 그 놋쇠공이로 그리고리를 친다. 그리고 온통 피투성이인 채 쓰러져 누워있는 그 하인을 뒤로 하고 줄행랑친다. 모르조바의 하녀 페냐로부터 그루센카가 옛날 연인인 그 장교를 만나기 위해 모크로예 마을로 떠났다는 것을 듣고서, 드미트리는 권총을 차고 마부 안드레이가 모는 마차를 타고 그 마을로 향한다.

드미트리는 마을의 한 여관에서 그루센카가 폴란드인 두 남자와 함께 있는 것을 발견한다. 그를 알아본 그루센카는 극히 놀라면서도 반갑게 맞이한다. 드미트리는 주머니에서 지폐뭉치를 꺼내면서 오늘 밤은 자기와 그루센카가 이곳에서 서로 사귀게 되었던 그때처럼 춤추고 노래 부르며 한바탕 크게 잔치를 벌이자고 말한다. 자신의 마지막 밤을 기념하기 위해서라는 것이다. 그는 그 장교를 찾아간 그루센카를 단념하고 잔치가 끝나면 "자살"로 그의 마지막 밤을 기념하려한다(2부 412쪽). 그루센카는 자기를 배반한 그 폴란드 장교가 홀아비가 되자마자 자기한테 돈이 있다는 소문을 듣고 결혼하러 온 것임을 결국 간파하고, 그 장교를 매몰차게 차버린 뒤, 자기를 진심으로 사랑하는 드미트리를 자기 사람으로 받아들인다. 그리고 앞으로 우리는 "착한 사람…… 짐승이 아니라 착한 사람이 되자"(2부 339쪽)고 드미트리에게 말한다.

"온 세상을 뒤흔들 만한 잔치가"(2부 318쪽) 절정에 이를 무렵, 경찰서장과 예심판사가 불쑥 나타난다. 그들은 자신의 집에서 돈을 도둑맞고 두개골이 박살난 채 죽은 표도르 파블로비치 카라마조프의 살인 혐의로 드미트리를 체포한다. 예심판사는 "퇴역중위 카라마조프 씨, 당신이 간밤에 일어난 당신의 아버지 표도르 파블로비치 카라마조프 살해 사건의 용의자로 고소되었음을 알려드리는 바입니다"(2부 344쪽)라고 말했다. 드미트리는 아버지를 죽이려고 생각한 적은 있었지만 결코 죽이지 않았다며 자신의 결백을 여러 번 강조한다. 하지만 모든 정황과 증거가 그에게 불리한 쪽으로 향한다. 그의 셔츠 소매에 묻은 피, 놋쇠공이, 아버지를 향한 증오의 표출, 그 무엇보다도 온 세상을 뒤흔들 만한 잔치에 쏟은 많은 돈, 그리고 그 돈의 출처를 밝히는 것을 꺼리는 그의 태도 등등……

돈의 출처를 밝힐 것을 거듭 요구하는 심문에 드미트리는 자신의 "치욕", 설사 아버지를 죽이고 그의 돈을 도둑질했다 하더라도 "그 살인이나 강도짓과 비교될 수 없을 만큼 큰 치욕"을 드러내고 싶지 않아 계속 "침묵을 고수"하다가(2부 415쪽, 416쪽) 결국 그 출처를 말한다. 한 달 전 약혼녀 카체리나가 자기에게 3천 루블을 주면서 그 돈을 모스코바에 있는 자기 언니에게 부쳐달라고 했지만, 그 돈의 절반을 떼어내어 그루센카와 함께 모크로예에 와서 다 써버렸고, 그때 떼어낸 1천 5백 루블의 잔액은 그루센카가 자기의 사랑을 받아들인다면 자신의 미래를 함께하기 위해 보관해두었는데 모코로예에 와서 그루센카를 다시 만나 여기서 그 절반을 그 큰 잔치에 다 소비했다고 말한다.

그러나 돈의 출처에 대한 그의 주장에 대해 여러 증인들이 그에게 불리하게 말함으로써 드미트리는 살인혐의에서 벗어나기가 어려워진다. 그루센카는 증인석의 자리에서 일어나 성상을 향해 성호를 그은 뒤, 드미트리는 결코 살인을 하지 않았으며 그는 "양심에 위배되는 일에 관한 한 절대로 거짓말을 할 사람이 아닙니다. 그야말로 진실만을 말하는 사람"(2부 468쪽)이라고 말한다. 증인 심문이 끝난 뒤, 잠시 쉬는 사이 드미트리는 "이상야릇한 꿈"(2부 469쪽)을 꾼다. 11

월 초 진눈깨비 내리는 궂은 날씨에 쉰 살 정도의 한 농군이 달구지에 그를 싣고 들판을 달리고 있다. 그 절반이 불에 타 기둥들만 남아 있는 오두막들이 보이고, 마을의 길바닥에는 "하나같이 꼬챙이처럼 마르고 바싹 여윈"(2부 470쪽) 수많은 아낙네들이 줄지어 서 있고, 그 줄의 끝에는 바싹 여윈 마흔 살쯤 되어 보이는 아낙네가 꽁꽁 얼은 손을 밖으로 드러낸 채 울고 있는 어린아이를 품에 안고 있다. 왜 아기를 저런 상태로 두고 있느냐고 묻는 드미트리에게 농군은 찢어지게 가난한 데다가 화재를 당해 살 집이 없기 때문이며 집을 짓기 위해 구걸하고 있다고 대답한다. 처음으로 강렬한 연민의 감정이 그에게 찾아온다. "울고만 싶다. 아기가 더 이상 울지 않도록……애 엄마가 울지 않도록, 이 순간부터는 아무도 전혀 눈물을 흘리지 않도록", 모든 사람들을 위해 자기를 바치고 싶다고 스스로에게 말한다(2부 471쪽). 이상야릇한 꿈에서 깨어난 트미트리, "그의 영혼은 온통 눈물로 전율하는 듯했다"(2부 472쪽). 예심에서 살인혐의를 벗지 못한 드미트리는 본심이 있기 전까지 감옥에 수감된다.

광장에서 그리 멀리 떨어지지 않는 곳에 콜랴 크라소트킨이라는 14살의 소년이 살고 있다. 공부도 썩 잘할 뿐만 아니라 용감한 데다가 모험심도 강한, 그러나 그 무엇보다도 지적으로 너무 일찍 조숙해버린 그 소년은 스스로를 "사회주의자"(3부 38쪽)라고 칭한다. 14년 전에 사망한 지방 서기관 크라소트킨의 아들이다. 그리고 퇴역 대위 스네기료프의 아들인 일류샤가 아버지를 '수세미'라고 놀렸던 학생들에게 화가 나 그중 한 학생의 옆구리를 펜나이프로 찌른 일이 있었는데, 그때 펜나이프에 찔린 장본인이 바로 콜랴다. 그 일류샤가 폐병을 앓아 일주일도 넘기지 못할 만큼 절망적인 상태에 있다. 콜랴는 일류샤의 집으로 향한다. 그의 아버지 스네기료프 대위에게 그 집에 와 있는 알료샤를 불러달라고 한다. 알료샤는 반갑게 손을 내밀고, 일류샤뿐만 아니라 일류샤의 친구들 모두가 그를 무척 기다리고 있다고 말한다. 알료샤는 일류샤에게 돌을 던졌던 아이들 하나하나씩 데려와 그와 화해시킨다.

콜랴는 일류샤의 누렇게 변한 얼굴, 열에 들떠 퀭해진 눈, 피골이 상접한 손마디를 보는 순간 충격과 슬픔을 이기지 못해 멍하니 장승처럼 서 있다. 그는 한 손을 들어 일류샤의 머리를 쓰다듬었다. 의사의 방문이 있는 동안 알료샤는 틈을 내어 콜랴와 잠시 마주했다. 알료샤는 자기를 '신비주의자'라고 부르는 그에게 신을 믿지 않느냐고 물었다. 콜랴는 신은 "그저 가정(假定)에 불과하지만"(3부 92쪽) 우주 만물의 질서를 위해 필요하기 때문에 믿는다고 말했다. 그리고 "나는 사회주의자입니다"(3부 93쪽)라고 말하면서 기독교는 "하층 계급을 노예로 만들어 지배하려는…… 부자"와 권력자들과 결탁하고 있다고 말했다(3부 94쪽).

알료샤는 "고결하고 감수성이 병적일 정도로 예민한"(3부 99쪽) 콜랴에게 좀 비뚤어지긴 했지만 "매력적인 천성"을 지니고 있다고 말한 뒤(3부 99쪽) 콜랴를 데리고 다시 일류샤의 방으로 향한다. 일류샤는 임박한 자신의 죽음을 알고 울고 있는 아버지에게 자기가 죽으면 콜랴와 함께 자기 무덤을 찾아주기를 소망한다. 콜랴는 일류샤에게 '잘 있어'라는 말을 남기고 고개를 숙인 채 현관문 쪽으로 뛰어나가면서 울음을 터트린다.

알료샤는 공판 전날 감옥에 있는 형 드미트리를 방문한다. 드미트리는 알료샤에게 이반이 자기에게 선고가 내려지기 전 탈출하여 그루센카와 함께 미국으로 도망가라고 한다며, 탈출을 위해 그와 카체리나가 함께 계획하고 있으며 이를 동생 알료샤에게는 비밀로 해달라는 부탁을 했다고 말한다. 드미트리는 이반의 계획을 받아들여야 할지 말아야 할지를 판단할 수 없다고 말하면서 알료샤에게 어찌하면 좋을지 묻는다. 알료샤는 "내 안에서 새로운 인간이 부활했다"(3부 172쪽)고 말하는 형 드미트리에게 재판이 끝난 뒤 형의 내부에서 부활한 "새로운 사람"이 "결정해줄 것"이라며 "형이 직접 결정"하라고 말한다(3부 184쪽). 알료샤는 형이 그에게 던진 "이반을 사랑하라!"(3부 186쪽)는 마지막 말을 가슴에 품고 밖으로 향한다.

재판이 시작되었다. 예심판사는 표도르 파블로비치 카라마조프가 살해당하던 밤 그 표도르의 방에서 사라진 3천 루블의 행방을 따지면서 그 돈은 다른 누구도 아닌 드미트리가 모크로예 마을에 가서 잔치에 쓴 돈이라며 따라서 살해범은 드미트리라고 결론지었다. 그러자 드미트리는 아버지 표도르 파블로비치 카라마조프가 그 돈을 침실 베개 밑에 몰래 숨겨 두었던 것을 아는 놈은 스메르쟈코프뿐이라며 그놈이 아버지를 죽이고 그 돈을 가져간 놈이라고 항변하지만, 표도르 파블로비치 카라마조프가 죽은 날 밤 스메르쟈코프는 심한 간질병 발작을 일으켜 살인을 할 상황이 아니라는 알리바이가 받아들여진다. 이반은 다른 모든 사람들의 견해와 달리, 알료샤가 아버지의 살인범은 드미트리가 아니라 하인 스메르쟈코프라고 단언하는 것에 깜짝 놀란다. 스메르쟈코프는 일찍이 이반에게 자신은 간질병 발작을 가장할 수 있다고 말한 적이 있었다.

재판이 있기 전 이반은 스메르쟈코프를 세 번이나 만났다. 첫 번째 그를 만났을 때, 이반은 형 드미트리는 아버지를 죽일 수 있을지도 모르지만 도둑질 따위는 하지 않는다며 진짜 살해범은 네놈이 아니냐고 따졌지만, 스메르쟈코프는 완강히 부인했다. 두 번째 만났을 때 스메르쟈코프는 이반에게 도련님도 아버지가 죽었으면 하고 바라지 않았느냐고 말했다. 아버지 표도르 파블로비치 카라마조프가 죽으면 3형제가 4만 루블 정도의 재산을 상속받게 되어있으니까 아버지가 그루셴카와 결혼한다면 그 여자가 아버지의 전 재산을 자신의 명의로 이전할 것이고, 그렇게 되면 상속을 받을 수 없기 때문에 결혼 전에 아버지가 죽었으면 하고 내심 바라지 않았느냐고 말했다. 그리고 그는 이반에게 만일 자기가 살인범이라면 아버지가 살해될 것이라는 것을 뻔히 알면서도 그 일을 내심 자기에게 맡기고 모든 일을 모르는 채 그냥 다른 데로 떠나버린 도련님이야말로 살인을 교사(敎唆)한 공범자가 아니냐고 말했다.

그날 이반은 카체리나를 찾아가 스메르쟈코프와 나눈 대화를 전한 뒤, "내가 그놈을 교사(敎唆)했으니까…… 나도 살인자"(3부 228쪽), "똑같은 살인자"(3부 232쪽)라고 말하면서 "그의 영혼을 후벼 파는" "고통"을 토로했다(3부 232~233쪽). 카체리나는 드미트리가 취중에 자기에게 주었던 편지를 이반에게 보여주었다. 그 내용은 내일까지 돈을 구해 3천 루블을 그녀에게 갚을 작정이며, 이것으로 우리의 관계는 정리되는 것이며, 그리고 만약 돈을 구하지 못하면 아버지 대갈통을 깨부수고 베개 밑에 보관되어있는 돈을 빼낸다는 내용이었다. 편지를 읽은 뒤 이반은 스메르쟈코프가 아닌 형 드미트리가 진짜 범인이라는 것을 확신하고 오히려 마음이 편했다.

하지만 이반이 스메르쟈코프를 세 번째 방문했을 때, 스메르쟈코프는 그에게 살인의 진범은 자기라고 고백했다. 그리고 표도르 파블로비치 카라마조프를 죽인 것은 이반 카라마조프 바로 도련님이라고 말했다. 드미트리는 그 살인과 전혀 상관이 없으며, 자신의 발작도 자신이 일부러 꾸민 것이며, 드미트리를 살인자로 몰기 위해 그날 밤 집으로 그를 오도록 하는 등 모든 것이 계산되었던 것이라고 말했다. 자기는 드미트리에게 표도르 파블로비치 카라마조프의 그 돈 봉투는 베개 밑에 숨겨져 있다고 말했지만, 이는 새빨간 거짓말이며, 방 한쪽 구석에 있는 성상 뒤에 감추어져 있는 것을 자기가 가져간 것이라고 말했다.

스메르쟈코프는 양말 속에서 100루블짜리 지폐 세 뭉치를 꺼내어 이반에게 내밀었다. **모든 것이 허용된다**는 도련님의 가르침을 받아들인 '나'는 이 돈을 갖고 모스코바나 다른 나라에 가서 산다든가 그 이상 다른 것도 하고 싶었지만, 이제 자기에게는 필요하지 않다고 말했다. "무한한 존재인 신이 없다면, 선행 같은 것도 전혀 없고⋯⋯ 아니 필요도 없다"(3부 259쪽)는, 따라서 "'모든 것이 허용된다'"(3부 243쪽)는 도련님의 가르침을 진리로 받아들이고 살인을 했지만, 그러한 가르침이 거짓인 양 살인 교사에서 발을 빼고자 하는 겁쟁이로 변한 도련님을 더 이상 따르지 않겠다고 말했다.

이반은 스메르쟈코프에게 네 말대로 내 마음 한구석에 아버지가 죽었으면 하는 마음이 정말 있었는지 모르지만 나는 네가 생각하는 것처럼 그러한 악마가 아니라며 내일 법정에서 너의 죄를 낱낱이 고할 것이라고 말했다. 이러한 말에 스메르쟈코프는 도련님은 존경받기를 원하고 긍지가 높은 분이니까 스스로 너무 수치스러워 그렇게 할 수 없을 것이라고 말했다. 그리고 도련님은 표도르 파블로비치 카라마조프와 "똑같고", 모든 자식들 가운데서 아버지를 가장 많이 닮았고, 아버지와 "동일한 영혼"을 지녔다고 말했다(3부 260쪽).

그날 저녁 이반은 섬망증(譫妄症) 초기 증상이 나타나기 시작했다. 이 병을 앓게 되면 환각에 빠지는 경우가 허다했다. 동생 알료샤가 그를 찾았을 때, 이반은 악마와 다투는 환각 속에 깊이 빠져 있었다. 알료샤는 그에게 스메르쟈코프가 자살했다고 전했다.

다음 날 아침 10시 이 지방 스코토프리고니예프스크의 지방 재판소에서 "러시아 전체를 떠들썩하게 만들었다는"(3부 312쪽), **친부 살해**에 대한 공판이 시작되었다. 검사 카릴로비치는 드미트리 카라마조프의 죄를 입증해줄 수 있는 여러 증거물들을 제시한다. 놋쇠공이,

소매에 피가 묻은 루바쉬카, 손수건에 묻은 피, 모크로예로 향했을 때 소지했던 권총 등등…… 러시아에서 그 이름이 널리 알려져 있으며 마흔 살 전후로 보이는, 드미트리의 담당 변호사 페튜코비치는 이러한 증거물들이 있다고 해서 드미트리를 범인으로 단정할 수 없다며 하나하나씩 논박한다. 검사와 변호사 간에 치열한 법정 다툼이 오가는 가운데 이반이 등장한다.

이반은 갑자기 지폐뭉치를 꺼내어 보이면서 이 돈 때문에 표도르 파블로비치 카라마조프가 살해되었다며 이 돈은 살인자 스메르쟈코프에게서 어제 받았다고 말한다. 그리고 아버지 표도르 파블로비치 카라마조프를 죽인 건 스메르쟈코프이며, 자기가 그 살인을 교사했다고 말한다. 재판관이 제정신이냐고 묻자 이반은 제정신이라고 말하면서 재판관에게 야릇한 미소를 지으면서 자기는 미친놈이 아니라 그냥 '살인자'라고 말한다. 재판관이 증거가 있느냐고 묻자 이반은 증거는 없지만 증인은 있다며 그 증인 "악마"라고 대답한다(3부 373쪽). 교도관이, 그리고 경비원이 그를 밖으로 끌어내려 하는 바로 이때 이반이 살인혐의를 뒤집어쓸지도 모른다며 카체리나가 자리에서 벌떡 일어나 살인자는 저 사람 드미트리 카라마조프라며 표도르 파블로비치 카라마조프가 살해되기 전 드미트리가 취중에 자기에게 쓴 편지를 제출한다. 과거 아버지의 일로 돈을 구하기 위해 저 사람의 발아래 엎드렸던 바로 그때부터 드미트리로부터 자기가 받았던 모욕감, 그리고 배신감도 덩달아 이야기한다.

변론은 마지막으로 치닫고 있다. 변호사는 **아버지**라는 존재 자체를 거론한다. 즉 "진정한 아버지란 무엇입니까, 이토록 위대한 말의 뜻은 대체 무엇이며 이 호칭 속에 들어있는 무섭도록 위대한 이념이란 또 무엇입니까?"(3부 488쪽)라고 말하면서 "피살된 카라마조프 노인과 같은 아버지는 아버지라고 부를 수도 없고 또 그렇게 불릴 자격도 없는 위인입니다. 아버지에 대한 사랑은, 그것이 아버지에 의해 화답받지 못하는 한, 터무니없는 것이요 불가능한 것에 지나지 않습니다"(3부 492쪽)라고 주장한다. 드미트리가 아버지를 살해하지 않았음이 분명하지만, 설령 그가 살해했다 하더라도 "이런 살인은 친부 살해가 아닙니다. 아니, 이런 아버지를 살해하는 것은 친부 살해라고 부를 수도 없습니다. 이런 살인은 그저 편견 때문에 친부 살해라고 취급되는 것일 따름입니다"(3부 499쪽)라고까지 주장한다. 그리고 새롭게 태어난 그에게 "자비"와 "사랑"을 베풀어 줄 것을 배심원에게 간청한 뒤(3부 500쪽) 변론을 마친다. 변호사 페츄코비치의 변론이 끝나자 방청석에서는 흐느껴 우는 울음소리와 더불어 "폭풍우처럼 걷잡을 수 없는 환성이 터져나왔다"(3부 502쪽). 드미트리의 무죄를 확신하는 사람들이 많았지만, 오랜 시간이 흐른 뒤에 배심원들은 판결을 내린다. '피고는 유죄입니다'.

취중에 자기에게 쓴 드미트리의 편지를 법정에 증거로 내놓았던 것에 깊은 자책감에 젖어있는 카체리나는 알료샤의 요청을 받아들여 신경성 열병으로 인해 도시의 시립병원의 수감자 병동에 이송되어 누워있는 드미트리를 방문한다. 카체리나를 보는 순간 드미트리는 그녀의 손을 잡고 모욕감과 배신감을 주었던 과거의 자기를 용서하라고 말한다. 카체리나는 용서를 구할 사람은 오히려 자기라며 우리 두 사람은 각기 다른 사람, 즉 자기는 이반을, 드미트리는 그루센카를 각기 사랑하지만, 자기는 드미트리를 향한 사랑을 영원히 간직할 것이라고 말한다. 드미트리 또한 그녀를 향한 사랑을 영원히 간직할 것이라고 말한다.

방대한 분량의 장편소설 『카라마조프 가(家)의 형제들』은 형 드미트리가 입원해 있는 병동에서 나온 알료샤가 일류샤의 장례식에 참석하는 것으로 마무리된다. 일류샤는 성당묘지에 묻힌다. 아버지 스네기료프는 일류샤의 유언을 받아들여 바윗돌 옆에 아들을 묻으려 했지만 반대가 많아 성당묘지에 묻었다. 스네기료프가 내 귀여운 아들은 어디 있느냐며 아들의 신발을 부여안고 통곡하는 동안 알료샤는 장례식에 참석한 콜랴를 비롯한 일류샤의 친구들을 이끌고 밖으로 향한다. 일류샤가 묻히기를 원했던 바윗돌 곁에서 알료샤는 그의 친구들에게 "우리가 앞으로 이십 년 동안이나 서로 만나지 못할지라도" 우리는 "한 가엾은 소년을 땅에 묻었다는 사실을 기억합시다", 따라서 "첫째는 일류샤를, 둘째는 서로서로를 절대 잊지 않겠노라고 약속합시다"(3부 550쪽)라고 말한다. "아버지의 명예가 치욕을 겪었다고 생각했기 때문에 분연히 떨치고 일어났던" "이 가련한 소년을 사랑하고" 기억하는 한, 우리는 지금 현재의 우리들보다 "더 훌륭한 모습을 갖게 될 것입니다"라고 말한다(3부 550쪽, 551쪽).

친부살해의 벌로 시베리아의 지하 탄광에서 힘든 노동을 하면서 20년을 보내게 될 형 드미트리 카라마조프를 따라 알료샤 또한 떠나려 한다. 그 사실을 전혀 모르는, "비둘기 같은"(3부 551쪽), "약 12명"의 소년들에게 알료샤는 "최후의 만찬에 제자들과 함께 있었던 예수처럼"[2] 힘찬 목소리로 "우리는 첫째, 그 무엇보다도 선량하게 살고, 둘째 성실하게 살아갑시다. 그다음으로는 절대로 서로서로를 잊지 맙시다…… 여러분, 여러분 중 단 한 명도 나는 잊지 않겠습니다…… 여러분, 친애하는 여러분, 우리 모두 일류샤처럼 관대하고 용감한 사람이 됩시다. 콜랴처럼 총명하고 용감하고 관대한 사람이 됩시다…… 그리고 카르타쇼프처럼 수줍음은 많지만 총명하고 사랑스러운 사람이 됩시다"(3부 553쪽)라고 말한다. 그리고 마지막으로 알료샤는 "바

---

2) Robert Louis Jackson, "Alyosha's Speech at the Stone: 'The Whole Picture'," *A New Word on The Brothers Karamazov*, Robert Louis Jackson 엮음 (Evanston, Ill: Northwestern UP, 2004), 237쪽.

로 저 훌륭한 소년, 저 사랑스러운 소년, 우리에게 영원토록 소중한 소년 저 일류샤……를 영원토록 잊지 말 것이며, 그에 대한 아름다운 추억을 지금부터 영원토록 우리의 마음속에 간직합시다"(3부 554쪽)라고 말한다. "소년들의 눈에서 눈물이 반짝"인다(3부 554쪽). 그들은 일류샤를, 그리고 일류샤에 대한 아름다운 추억을 영원히 잊지 않겠다고 맹세하면서 알료샤 카라마조프를 향해 "카라마조프 만세"(3부 554쪽)라고 외친다.

표도르 파블로비치 카라마조프와 그의 아들들

위대한 소설가의 위대한 작품 『카라마조프 가(家)의 형제들』은 인간의 고통과, 구원과, 사랑과, 그리고 정의 등 인간과 관계되는 가장 중요한 문제를 다루면서 인간은 어떤 존재이어야만 하는가를 말해주고자 하는 작품이다.

도스토예프스키는 '친부살해'라는 사건, 그리고 그 모티프를 중심에 둔 채 작품의 주인공들인 카라마조프 가(家)의 형제들이 개인적으로 겪고 있는 삶, 그들이 갖고 있는 인간관, 그리고 그들이 갖고 있는 세계관을 통해 인간의 존재 조건, 인간의 존재이유가 무엇인가를 말해주고 있다. 이는 그 주인공들이 그들의 아버지 표도르 파블로비치 카라마조프가 그들에게 "물려주었던"(1부 166쪽) "카라마조프적인 것"(3부 333쪽)을 어떻게 극복하고 승화시키고 있는가, 또는 어떻게 극복하고 승화시키려고 하고 있는가를 보여줌으로써 드러나고 있다. 아버지 표도르 파블로비치 카라마조프가 그들에게 물려주었던 **카라마조프적인 것**은 무엇인가. 그것은 "카라마조프적인 대지의 힘…… 광폭하고 다듬어지지 않은 대지의 힘"(1부 462쪽), "야성적인"(3부 434쪽) "격렬한 욕망"(3부 214쪽)이라고 일컬을 수 있다. 좀더 다른 표현을 하자면, "방탕에 흠뻑 빠지는 것, 부패 속에서 영혼을 질식시키는 것"(1부 555쪽), 그리고 그러한 것으로 향하고 있는 "천한 욕망"(1부 230쪽)이라고 말할 수 있다.

"'악한 충동' 없이는 어떤 삶도 불가능한"[3] 표도르 파블로비치 카라마조프는 작가에 의해, 그리고 작중 인물들에 의해 최악의 인간으로 표현되고 있다. 그를 규정하는 단어는 "방탕"(1부 17쪽, 29쪽, 196쪽, 207쪽), "음탕"(1부 30쪽, 50쪽, 196쪽), "교활"(1부 18쪽, 195쪽), 그리고 "잔혹"(1부 196쪽)이다. "가난한 식객", "하찮은 사기꾼에 아첨 잘하는 어릿광대"로서 "인생의 행로를 시작"했지만(3부 392쪽), 이 "세습귀족"(3부 392쪽)은 부유한 귀족 집안의 딸과의 "뜻밖의 느닷없는 결혼"(3부 392쪽)을 한 뒤 2만 5000천 루블에 이르는 아내의 결혼지참금을 통째로 낚아채고, 이를 발판으로 "야비한 방법"(1부 29쪽)을 동원해 적지 않은 자본을 손에 넣은 "고리대금업자"(3부 392쪽)가 되었다. 그 뒤 "돈을 하느님처럼 떠받드는"(3부 406쪽) "멍청하기 짝이 없는 미치광이"(1부 18쪽)가 되었다.

표도르 파블로비치 카라마조프는 방탕한 생활 이외 좋은 일에는 한 푼의 돈도 쓰는 것을 아까워할 뿐 아니라, "아마 5코페이카짜리 양초 한 자루도 성상 앞에 세워 본 적이 없을" 정도로 "종교와도 거리가 먼 사람이었다"(1부 50쪽). 아내가 집에 버젓이 있을 때도 "방탕의 소굴이나 다름 없는"(1부 42쪽) 집에 "고약한 여자들"(1부 30쪽)을 불러들어 "자신의 정욕이 무슨 반석이라도 되는 양 그 위에 떡 버티고 서서"(1부 484쪽) "음탕한 욕정"(1부 30쪽)을 쏟아내었다. "도시에서 가장 방탕한 난봉꾼들조차도 그를 보곤 눈살을 찌푸릴 정도"(1부 207

---

3) Carol Apollonio, *Dostoevsky' Secrets: Reading Against Grain* (Evanston, Ill: Northwestern UP, 2009), 144쪽.

쪽)였다. 추잡한 욕정에 불타, 이 거리 저 거리 떠돌아다니는 미친 처녀를 강간하여 사생아를 낳게 하는 등 "방탕하기 그지없고 음탕함에 있어서라면 종종 사악한 벌레처럼 잔혹하기도 한"(1부 196쪽) 그는 "정신적 측면은 죄다 말살된 반면…… 호색적인 쾌락 말고는 어떤 것도 보지 못하는"(3부 392쪽), 천박한 "호색한"(1부 30쪽, 3부 392쪽) 이었다.

그는 첫 번째, 그리고 두 번째 아내가 죽자 "방탕한 생활에 방해"(1부 24쪽)를 받지 않기 위해 그때 나이 각각 4살, 7살, 4살이었던 드미트리, 이반, 그리고 알료샤를 "완전히 내팽개쳤다"(1부 23쪽). 아이들은 모두 친척, 또는 다른 이들의 집에서 양육되었다. 드미트리의 변호사인 페츄코비치는 "아버지로서의 무슨 정신적인 의무 같은 것은 전혀 없었던"(3부 392쪽) 그를, 그리고 많은 사람들 앞에서 아들을 헐뜯고 저주하고, 사교계에서 아들의 얼굴에 먹칠을 하고, 아들의 연인을 가로채려 하고, 심지어 아들을 감옥에 처넣기 위해 아들의 차용증서를 사 모으기까지 하는 그를, 아니 **아버지**라는 "호칭 속에 들어있는 무섭도록 위대한 이념", 그 "진정한 아버지"라는 "개념"을 송두리째 배반한 그를, "재앙"이라고 규정했다(3부 488쪽). 그리고 그는 설령 드미트리가 아버지를 살해했다 하더라도 이런 아버지의 살인은 "친부 살해가 아니다"(3부 499)라고까지 주장했다.

세계문학 작품에 등장하는 '아버지'라는 인물들 가운데 표도르 파블로비치 카라마조프처럼 작자, 그리고 작중 인물들에 의해 마치 악마의 화신인 양 그렇게 매도당하는 인물은 어디에도 없다. 드미트리는 여러 사람 앞에서 아버지를 "철면피"라고 부르며 "저런 인간은 도대체 왜 살까!" "아직도 저 사람이 대지를 더럽히게 내버려둘 수 있단 말입니까"라고 소리쳤다(1부 150쪽, 155쪽). 그에게는 아버지의 모습 그 자체마저도 참을 수 없었다. 드미트리는 "아버지의 목살, 아버지의 코, 아버지의 눈, 아버지의 파렴치한 냉소" 등 "혐오스러운"
이것들만으로도 아버지를 죽이기에 충분하다고 말했다(1부 257쪽, 2
부 238쪽). 드미트리가 그러한 모습을 하고 있는 아버지를 어둠 속 창
밖에서 직접 보았을 때, "무섭고도 광포한 분노가 갑자기…… 터져나
왔다". 사실 그는 자신을 "괴롭혔고" 자신의 "인생을 파멸시킨" 아버
지를 죽이려 "이미 제 정신이 아닌 상태서…… 놋쇠공이를 호주머니
에서 꺼냈다……"(2부 237쪽, 238쪽). 작가도 표도르 파블로비치 카
라마조프의 타락한 내면의 영혼이 밖으로 그대로 투사된 것으로 보
고 있는 듯, 그의 바깥 모습을 "역겨울 만큼 음탕한…… 인상"(1부 50
쪽)을 하고 있다고 말한다.

　세 아들 가운데 첫 번째 아들, 즉 "중키에 호감이 가는 얼굴을 지
닌", 하지만 "자기 나이보다 훨씬 더 늙어 보이는", 그리고 "정신세계
가 돌출적이고 고르지 못한"(1부 142쪽) 스물여덟 살의 드미트리 카
라마조프는 "섬뜩하고도 끔찍한" "정욕"이라는 "폭풍우"(1부 227쪽)
속에 자신을 가두고 젊음을 통째로 여기에 쏟아부었다는 점에서, 즉
정욕의 "벌레"(1부 229쪽)가 되었다는 점에서, 알료샤의 동료 신학생
라키친이 지적했듯, 한마디로 말하자면 그 또한 "호색한"(1부 166쪽)
이었다. 이런 점에서 그는 아버지의 피를 닮은, 아버지 표도르 파블로
비치 카라마조프의 **육체**(肉體)의 상속자다. 하지만 그럼에도 불구하
고 드미트리는 아버지 표도르 파블로비치 카라마조프와는 근본적으
로 다르다.

　드미트리는 동생 알료샤에게 "고귀한 마음과 드높은 이성을 가
진 사람도 마돈나의 이상에서 시작하여 소돔의 이상으로 끝을 맺는
다"며, 아니 "소돔의 이상을 품은 상태에서도 마돈나의 이상 또한 부
정하지 못하는" 것이 인간이라며 "악마와 신이 싸우는…… 그 전쟁

터가 바로 사람들의 마음속"이라고 말했다(1부 227쪽). 그는 동생에게 "소돔에도 아름다움이 있을까?"라고 물은 뒤, 아주 많은 사람들의 경우 "아름다움은 바로 소돔에 도사리고 있다"고 말했다(1부 227쪽, 228쪽). 드미트리는 동생 알료샤를 "지상의 천사"(1부 222쪽)라고 칭하면서 "너는 네 갈 길로, 나는 내 갈 길로 가는 거다"(1부 328쪽)라고 말했다.

여기 "내 갈 길"을 가겠다고 말하는 드미트리가 지금의 **내 갈 길**이 아닌 다른 길로 향할 것이라는 조짐은 알료샤와 주고받는 그들의 이러한 대화에서 이미 감지되고 있다. 드미트리가 지금의 '나'를 "벌레"(1부 227쪽), 그것도 "천한 욕망"을 지닌 "잔혹한 벌레"(1부 230쪽)라고 일컬으면서 깊은 갈등에 젖어있는 모습을 보여주고 있는 것을 보면, 그의 마음 한켠에는 **마돈나의 이상**을 향한 욕망이 끝나지 않고 있음을 알 수 있기 때문이다. 조금 뒤에 우리는 그의 '구원'과 연관하여 '새로운 인간'으로 부활하는 드미트리 카라마조프에 관해 다시 이야기하게 될 것이다.

작가가 그의 유년기와 청년기에 대해 몇 마디 간단한 말로 정리하듯, 둘째 아들 이반 카라마조프는 유년기에는 "마음의 문을 닫아버린 듯한 음울한"(1부 34쪽) 소년으로, 그 후는 학업에 탁월한 재능을 가진, 또 한편 오만하기 그지없는 청년으로 성장했다. 형 드미트리에게는 자신의 감정을 드러내지 않는 "무덤"(1부 231쪽), "침묵"의 "스핑크스"과 같은(3부 175쪽), 동생 알료샤에게는 "수수께끼"(1부 480쪽, 481쪽) 같은 인물로 보일 만큼, 좀처럼 자기를 드러내놓지 않는 이반은 따라서 아버지 표도르 파블로비치 카라마조프에게는 드미트리보다 "더 무서운"(1부 297쪽) 존재처럼 여겨졌다.

이반은 "신"도, "불멸"도 없다고 말했다. "신을 고안해내지 않았다면, 문명도 전혀 없었을 것"이라고 말했다(1부 281쪽, 282쪽). 그리고 "사람들로 하여금 인류를 사랑하도록 할 수 있게 하는 자연의 법칙 같은 것"은 "전혀 존재하지 않으며", "만약 지상에 사랑이라는 것이 존재하고 지금까지 존재해왔다면, 그것은 자연의 법칙 때문이 아니라 오로지 사람들이 자신의 불멸을 믿었기 때문"이라고 말했다(1부 144쪽). 더 나아가 그는 조시마 앞에서 "불멸이 없다면 선행도 없습니다"(1부 145~146쪽)라고 말했다.

라키친이 알료샤에게 "온갖 고상을 다 떨며 사리사욕이 없는" 것처럼 행동하고 있지만 이반도 "카라마조프, ……호색한"(1부 168쪽)일 따름이라고 말했을 때, 알료샤는 그렇지 않다며 "이반은 더 높은 곳을 바라보고 있다"라고 말했다. 그리고 "그의 영혼"은 더 높은 곳을 향하는 "폭풍우"와 같으며, 그의 사상의 폭풍우 속에는 "아직 해결되지 못한 위대한 사상이 들어있다"고 말했다(1부 171쪽).

드미트리 카라마조프가 **육체**의 인간이라면, 이반 카라마조프는 **정신**(精神)의 인간이다. 표도르 파블로비치 카라마조프의 사생아인 스메르쟈코프는 이반은 아버지 표도르 파블로비치 카라마조프와 "똑같고", "모든 자식들 중에서 아버지를 제일, 제일 많이 닮아 있으며", 아버지와 "동일한 영혼을 지니었다"고 말했다(3부 260쪽). 신과, 그리고 불멸에 대해 빈정대고, "도대체 이 세상에 어디에 진리가 있단 말이냐?"(1부 53쪽)라고 말하며 "냉소와 불신"(2부 380쪽)으로 가득 찬 그런 아버지의 영혼의 일면을 지니고 있다는 점에서, 아버지의 '육체'를 이어받고 있는 드미트리와 달리, 이반은 그런 아버지의 '정신'의 상속자라고 말할 수 있다. 하지만 신의 존재를 "가설에 불과한 것"(1부 492쪽)으로 여기는 "무신론자"(1부 168쪽)임에도 불구하고, 이반은 드미트리와 마찬가지로 아버지와는 근본적으로 다르다. 알료샤가 말했듯, 이반의 영혼은 "더 높은 곳", "더 위대한 곳"을 바라보는

"폭풍우"이기 때문이다.

　이반은 자기를 '수수께끼' 같은 인물로 바라보는 알료샤와 마주하고 처음으로 자기는 "어떤 사람이고 무엇을 믿고 무엇을 희망하는지", 즉 자기의 "본질"(1부 492쪽)이 무엇인지를 털어놓았다. 그는 가령 신이 존재한다 하더라도 자기는 "그가 창조한 세계", 즉 "이 세계를 받아들이지 않는다"라고 말했다. "절대로 그것을 인정할 수 없다"라고 말했다(1부 492쪽). "인류 전반의 고통에 대해 이야기하고 싶지만", 무엇보다도 "선과 악"을 알게 하는 "사과"를 따먹은 "어른들"의 죄와는 하등 관계가 없을 뿐 아니라 이에 전혀 책임이 없는, 아무런 죄가 없는 순진무구한 아이들이 "다른 사람들 때문에" "지상에서 끔찍할 정도로 고통을 받고 있다면", 신이 창조한 이 세계를 어떻게 받아들일 수 있느냐고 말했다(1부 498~99쪽). 이반은 아이들이 어른들 때문에, 또 어른들에게 당하는 여러 끔찍한 사례들을 세세하게 들려준 뒤, 특히 농노제가 맹위를 떨치던 어두운 시기인 19세기 초엽에 농노가 200명이나 되는 부유한 지주인 어느 장군이 고작 여덟 살 되는 소년에게 가한 잔인한 살인에 대해 이야기했다.

　그의 집 행랑채에서 살던 고작 여덟 살의 소년이 돌을 갖고 놀다가 잘못 던져 장군이 애지중지하는 사냥개의 다리에 상처를 내자 장군은 "안개가 낀 을씨년스럽고 추운 가을 날"(1부 51쪽) 소년을 밤새도록 유치장에 가둬놓은 뒤, 날이 밝자 소년의 옷을 벗긴 채 소년의 어머니 앞에 세웠다. 벌거숭이인 채로 공포에 떨다가 거의 실신 상태에 빠진 소년을 앞을 향해 뛰게 했다. 그리고 소유하고 있던 수백 마리의 사냥개 무리를 전부 풀어 앞을 향해 뛰고 있는 소년에게 달려들게 했다. 소년의 어머니가 보는 앞에서 수캐들은 그를 갈기갈기 찢어 죽였다. 이런 끔찍한 살인을 저지르고도 그 장군은 '보호관찰형'만 받았다며 이반은 알료샤에게 "도덕적 감정을 만족시키기 위해서라도

[그놈을] 총살시켜야 했던 것 아닌가?" 하고 물었다. "일그러진 미소를 띠며" 알료샤는 "총살시켜야 해!"라고 말했다(1부 511쪽).

원인에서 결과가 나온다는, 즉 원인이 있어야 결과가 있는 것이라는 "유클리드적 머리"(1부 513쪽)의 이반은 어른들의 죄와는 아무런 관계가 없을 뿐만 아니라 어른들의 죄에 전혀 책임도 없는 아이들이 대체 무슨 '연대관계'가 있기에 다른 사람들 때문에 고통을 받아야 하느냐며 용서를 통한 화해, 이로 인한 우주의 '조화'를 얻기 위해 그 대가로 아이들이 고통을 받는 것이라면(1부 514쪽), 아이를 "재료"로 "전락"시키는 "더 높은 조화 따위는 완전히 거부한다"(1부 515쪽)라고 말했다.

도스토예프스키는 유럽 문명의 가장 중요한 내용 가운데 하나는 어떤 초월적인 가치를 지향하는 목적은 수단을 정당화한다는 믿음이라고 말하면서, 이런 믿음을 러시아인들은 증오하고 있으며, 목적은 수단을 정당화하지 않는다는 것이 "러시아적 원칙"[4]이라고 말했다. 여기 도스토예프스키가 말하는 "러시아적 원칙은…… 이반의 원칙이다."[5] 도스토예프스키는 저널 『러시아의 선구자』의 편집인 라우비보프에게 이반의 인식이 드러나는 작품 『카라마조프 가(家)의 형제들』의 5권은 "이 소설의 궁극적인 요점"[6]이라고 말한 바 있다. "도스토예프스키의 눈에는", "어린아이들은…… 아직까지 죄에 더럽혀지지 않은 휴머니티의 한 부분을 상징한다. 하지만 이것이 진실이라면",

4) Fyodor Dostoevsky, *A Writer's Diary*, Kenneth Lantz 옮김 (Evanston, Ill: Northwestern UP, 1994), 517쪽.

5) Susan McReynolds, *Redemption and the Merchant God: Dostoevsky's Economy of Salvation and Antisemitism* (Evanston, Ill: Northwestern UP, 2008), 184쪽.

6) Fydor Dostoevsky, *Polnoe sobranie sochinenii v tridtsati tomakh*, V. V. Vinogradov, G. M. Fridlender, M. B. Khrapchenko 엮음 (Leningrad: Nauka, 1972~1990), 30.1:63쪽; Steven Cassedy, *Dostoevsky's Religion* (Stanford: Stanford UP, 2005), 98~99쪽에서 재인용.

그에게 어린아이들이 당하는 고통은 "최고의 범죄", "이반 카라마조프의 니힐리즘과 비도덕성조차도 수용할 수 없는 절대 범죄"가 되고 있다.[7] 한편 그 편집인에게 도스토예프스키는 조시마의 인식이 드러나는 6권이 "이 소설의 궁극적인 요점"[8]이라는 것을 강조하는 것도 잊지 않지만, 여기 이반이 알료샤에게 말하는 그의 인식은 도스토예프스키의 인식 그 자체라고 해도 무방하다.

이반은 "수캐들을 풀어 그녀의 아들을 갈기갈기 찢어놓은 가해자와 어머니가 얼싸안고 함께 눈물을 흘리면서 '주님, 주님이 옳았습니다!'라며 소리 높이 외치는 것"이, 아니 자기에게 "하늘과 땅의 모든 것이 하나의 찬미하는 목소리"를 내는 것(1부 514쪽)이 신의 요구라면, 그 요구는 그 아이 한 명의 눈물 만한 가치도 없다고 말했다. 이반은 "궁극적으로 나는 어머니가 자기 아들을 수캐들을 풀어 갈기갈기 찢어놓은 그 박해자와 얼싸안는 걸 원하지 않는다고! 그 어머니는 감히 그놈을 용서해서는 안 되는 거야!…… 그녀가 어머니로서 받았던 그 한없는 고통에 대해서만 박해자를 용서할 수 있는 거야…… 갈기갈기 찢어진 아이의 고통에 대해서라면 그녀는 감히 용서할 권리가 없고, 설령 아이 자신이 그놈을 용서해 준다고 할지라도 그 어머니는 감히 그 박해자 놈을 용서해서는 안 돼! ……이 세계를 통틀어 용서할 수 있는 권리를 가질 수 있는 존재가 있기는 한 건가? 조화 따위는 원치 않아. 인류에 대한 사랑 때문에 원치 않는거야"(1부 516쪽)라고 말했다.

이반은 "용서의 비(非)유클리드적 기하학에 참여하는 것을 거부"

---

7) Simona Forti, *New Demons: Rethinking Power and Evil Today*, Zakiya Hanafi 옮김 (Stanford: Stanford UP, 2015), 40~41쪽.

8) Fyodor Dostoevsky, 앞의 책, 30.1: 102쪽; Steven Cassedy, 앞의 책, 99쪽에서 재인용.

하고 있다.[9] 이반은 "나한테 필요한 건 보복[또는 정의]이야. 이게 안 된다면 나는 스스로를 박멸할 거야, 그리고 그 보복은 무한대 속의 언제, 어디서가 아니라 바로 여기서…… 바로 이 땅에서 이루어져야 해"(1부 513쪽)라고 말했다. 도스토예프스키 스스로 고백했듯, 이반의 이러한 이야기는 "유럽에서 이미 등장한 그 어떤 표현보다 훨씬 강력한 무신론의 표현을 담고 있다."[10]

알료샤는 형의 의견에 대부분 동조하면서도 "형은 지금, 이 세계를 통틀어서 용서할 수 있는 권리를 가진 존재가 과연 있는가 하고 말했지. 하지만 그런 존재는 있어. 그 존재는 모든 것을, 모든 사람과 모든 것을 더욱이 모든 일에 대해서 용서할 수 있어. 왜냐하면 그 존재 자체가 모든 사람과 모든 것을 위해서 자신의 무고한 피를 바쳤기 때문이야. 형은 그분을 잊었어"(1부 517~18쪽)라고 말했다. 이반은, 형 드미트리가 알료샤에게 "너는 네 갈 길로, 나는 내 갈 길로 가는 거다"(1부 328쪽)라고 말했던 것처럼, 동생 알료샤에게 "네 마음속에는 나를 위한 자리는 없구나"하면서 "너는 오른쪽으로, 나는 왼쪽으로 가는 거야"라고 말했다(1부 556).

그렇게 말한 뒤 이반은 뒤를 돌아보지 않고 알료샤 곁을 떠났다. 알료샤는 떠나는 그를 향해 "가슴과 마음속에 그런 지옥을 간직한 채" "어떻게 살아갈 거냐", "형은 자살을 할 거야" 하며 "괴로워하며 소리쳤다"(1부 554쪽). 이반은 "어제 드미트리 형이 알료샤에게서 떠나갈 때의 모습과 비슷했다." "이 순간"은 알료샤에게 슬픈, 그리고 "애잔한" "이상한 느낌"을 주었다. "그는 형의 뒷모습을 바라보면서

---

9) Robin Feuer Miller, *The Brothers Karamazov: Worlds of the Novel* (New Haven: Yale UP, 2008), 75쪽.

10) Linda Ivanits, *Dostoevsky and the Russian People* (Cambridge: Cambridge UP, 2008), 187쪽.

잠깐 기다렸다. 무엇 때문인지 갑자기, 이반 형이 어쩐지 비틀거리듯 걸어가고 있으며 뒤에서 보니 그의 오른쪽 어깨가 왼쪽보다 더 축 처져 있는 것이 눈에 띄었다"(1부 557쪽). 조금 뒤 우리는 자기는 "왼쪽"으로 갈 것이라던 이반 카라마조프, "'러시아의 파우스트'로 일컬어지는"[11] 그에 관해 다시 이야기하게 될 것이다.

셋째 아들 알료샤 카라마조프는 첫째 형 드미트리가 그를 가리켜 "지상의 천사"(1부 221쪽, 227쪽), 천사 "게루빔"(3부 174쪽, 181쪽, 301쪽)이라고 했듯, 둘째 형 이반 또한 그를 가리켜 천사 "게루빔"(3부 301쪽)이라고 했듯, 아니 아버지 표도르 파블로비치 카라마조프도 수차례 그를 가리켜 "천사"(1부 51쪽, 54쪽, 297쪽, 299쪽)라고 했듯, 천사와 같은 품성을 지닌 아들이었다. 유년기에도 그리고 청년기에도 변함없이 "순결하고 깨끗한"(1부 42쪽), 또 "학창시절 내내 모든 아이들의 총아라 불릴 만큼 학우들의 사랑을 받았"을 뿐만 아니라(1부 42쪽), 청년기에도 "어디를 가나 모든 사람들한테서 사랑을 받았던"(1부 42쪽) 아들이었다.

파렴치한 표도르 파블로비치 카라마조프도 그만을 "유일한 아들"(1부 297쪽)이라고 여기며, 알료샤가 수도승이 되기 위해 수도원으로 떠난다고 했을 때 "엉엉 흐느껴 울기 시작했다"(1부 54쪽). 알료샤는 "누구도 경멸하거나 비난하는 기색은 조금도 없었다"(1부 42쪽). "모욕을 마음에 담아두는 일도 절대 없었다"(1부 43쪽). 아버지 표도르 파블로비치 카라마조프가 "방탕의 소굴이나 다름없는…… 집"(1부 42쪽)에서 방탕을 일삼는 것을 직접 목격했을 때도 "말없이 물러났

---

11) Joseph Frank, *Dostoevsky: A Writer in His Time*, Mary Petrusewicz 엮음 (Princeton: Princeton UP, 2010), 900쪽.

을 뿐"(1부 42쪽) 경멸과 비난의 어떠한 움직임도 보이지 않았다. 그와 같은 "사람은 이 세상에 둘도 없을"(1부 46쪽) 만큼, 아버지 표도르 파블로비치 카라마조프에게는 "전혀 예기치 못한, 완전히 놀라운 선물"(1부 197쪽)이 알료샤다.

물론 라키친이 "너도 카라마조프가 아니냔 말이다"(1부 166쪽) 하고 진단했듯, 알료샤도 "카라마조프적인…… 광폭하고 다듬어지지 않은 대지의 힘"(1부 462쪽), 방탕한 정욕의 힘을 부분적으로 갖고 있다고 말할 수 있다. 형 드미트리가 자신을 "천한 욕망"을 지닌 "천한" 놈이라고 비하했을 때(1부 230쪽), 알료샤는 "그러나 자신도 형과 똑같으며", "다들 똑같은 계단에 서 있는 거야. 다만, 나는 낮은 곳에 있고 형은 저 위쪽, 어디 열세 번째 계단쯤에 있을 뿐이지…… 완전히 동일한 성질의 것이야. 아래쪽 계단에 발을 내디딘 사람은 어떻게든 꼭 위쪽 계단까지 올라가게 될 테니까"라고 말했다(1부 230~231쪽).

스승 조시마가 사망한 뒤, 그의 시신이 기적의 치유력을 발휘하기는커녕 거기서 썩은 냄새가 온 사방에 진동했을 때, 다른 사람들과 마찬가지로 극심한 절망감에서 빠져나올 수 없었던 알료샤는 자기를 좋아하던 그루센카와 놀아남으로써 일시적이나마 고통스러운 순간에서 빠져나오고 싶은 적도 있었다. 하지만 그루센카에서 진정으로 "사람을 사랑할 줄 아는 보물 같은 영혼"(2부 153쪽)을 발견하고, "아래쪽 계단"에서 "위쪽 계단"으로 올라가려는 천한 욕망의 발을 거두어들였다. 알료샤는 형의 계단 쪽으로 향하여 올라가지 않고, "온갖 유혹……에 맞설 수 있을 만큼 몹시 단단한 갑옷을 입고"(2부 147쪽) 다른 길을 향해 뚜벅뚜벅 발걸음을 옮겼다.

졸업까지 일 년은 더 남아있었지만, 알료샤는 김나지움을 다 마치지 않고 수도원으로 들어갔다. 어머니가 죽은 뒤 어머니의 무덤이 어디 있는지 전혀 모르다가 비밀에 부쳐졌던 어머니의 무덤을 하인 그리고리를 통해 알고 나서 그 무덤을 다녀온 뒤 곧바로 수도원으로 들어간 것으로 알려져 있다. 표도르 파블로비치 카라마조프의 두 번째 아내, 즉 이반과 알료샤의 어머니 소피야 이바노브나는 어릴 때부터 부모 없는 고아나 다름없이 명망 있는 어느 장군의 미망인의 집에서 자라났다. 자살을 기도했을 만큼 노파의 학대가 심했기 때문에 표도르 파블로비치 카라마조프가 보쌈 결혼을 제안했을 때, "뛰어난 아름다움"에 "순결한" 마음씨까지 겸비한(1부 30쪽) 이 열여섯 살의 소녀는 "호색한"의 "음탕한 욕정"(1부 30쪽)의 희생물이 되는 것도 마다하지 않았다.

어릴 때부터 늘 겁을 먹고 살아온 때문인지 무슨 부인병, 신경질환, 이따금씩 의식을 잃는 히스테리 발작 같은 것이 있었다. 조용한 어느 여름 날 저녁, 그때 두 살이었던 알료샤는 어머니가 "방구석의 성상, 그 앞에 불이 밝혀진 램프, 성상 앞에서 무릎을 꿇고 히스테리 발작이라도 난 듯 째질 듯한 비명을 지르며 흐느껴" 울던 일, "두 팔로" 자기를 "부여잡고 뼈가 으스러질 정도로 꼭 껴안은 채" 자기를 위해 "성모에게 기도를 드리고", 그러다가 자기를 어머니 "품에서 떼내어 성모의 비호 아래 맡기듯 두 팔로" "성상 쪽으로 내밀던" 일, 그리고 그때 "갑자기 유모가 뛰어들어와 화들짝 놀라며" 자기를 "어머니에게서 낚아채"가던 일(1부 41쪽) 등을 기억하고 있었다. "광기에 휩싸여 있었지만 그럼에도 아름다웠던 "그 순간의 어머니의 얼굴까지도" 알료샤는 "기억 속에 아로새겨 놓았다"(1부 41쪽). 어머니가 죽었을 때 그는 고작 네 살이었지만, 어머니의 얼굴과 손길은 그에게 "평생 동안 암흑 속의 밝은 점과 같았다"(1부 40쪽) 그러한 어머니의 무덤을 찾은 뒤에 곧바로 그는 수도승이 되었다.

수도승의 길로 접어들었던 것은 알료샤에게 그 길이 "암흑에서 빠져나와 빛을 향해 몸부림치던 그의 영혼을 위한, 그야말로 이상적인 출구로 보였기 때문이었다"(1부 56쪽). "진실"을 추구하고자 하는 강한 열망은 그의 "본성상" 피할 수 없는 것이었기도 하지만, "모든 청년들과 정반대의 길을 택했을 뿐", 그 또한 "일정 부분 이미 현대의 청년"이었기 때문에 자신이 믿고 있는 "진실"에 "자신의 영혼의 힘을 다 바쳐서 그 진실에 당장 뛰어들어 어서 빨리 위업을 달성하고 싶어 못 견디는" "각오"와 "열망"은 다른 청년들과 "똑같았기" 때문이었다(1부 56쪽, 57쪽) 그가 "불멸과 신이 없다고 단정지었다면", 다른 청년들과 마찬가지로 "당장에 그는 무신론자와 사회주의자의 길로 나갔을 것이다"(1부 57쪽)

수도원의 원로 수도승 조시마는 그에게 "우리 대신 진리를 갖고 계시고 또…… 우리 대신 진리를 알고 계시는"(1부 65쪽) 절대 존재 그 자체였다. 알료샤는 민중들이 조시마야말로 모든 사람들을 다시 새롭게 태어나게 하고 "궁극적으로 지상의 진리를 세울 위력"을 지닌 "바로 그 성자이며 하느님의 진리의 수호자"(1부 66쪽)라 여기고 있음을 알고 있었다. 조시마의 은신처에서 그 가족모임이 있었던 날 알료샤는 물론 그 자리에 있던 많은 사람들이 조시마가 드미트리 앞에서 무릎을 꿇고 크게 절을 하는 모습을 보고 충격 속에 아무 말도 하지 못했다. 그 사람들이 황급히 자리를 떠난 뒤, 조시마는 알료샤를 곁에 불러 "지금은 이곳[수도원]이 너의 자리가 아니니" 속세에서 "위대한 수행"을 하기 위해 떠나라고 말했다. 거기서 "크나큰 슬픔을 보게 될 것이며…… 슬픔 속에서 행복을 구하도록 해라. 일을 해라. 끊임없이 일을 해야 한다"고 말했다. 그리고 "그리스도를 지켜드려라"라고 말했다(1부 160~61쪽). 그리고 "이것이 너에게 주는 유언이니라"(1부 161쪽)라고 말했다.

죽기 직전 사경에서 잠시 깨어난 조시마는 알료샤 그리고 수도원의 수도승 모두에게 입을 맞추고 나서 우리 여기 수도원에 있다고 해서 "속세 사람들보다 더 성스러운 것이 아닙니다…… 우리 개개인은…… 개인의 죄나 집단의 죄 할 것 없이 이 땅의 모든 사람들의 죄에 책임이 있음을 인식"해야 하며, "이런 인식이야말로 수도승의 길은 물론이고 지상의 온갖 사람의 길이 도달해야 할 월계관인 것입니다". 이런 인식을 통해 "여러분 각각이 사랑으로써 온 세상을 얻을 수 있고 여러분 자신의 눈물로 세상의 죄를 씻어버릴 수 있는 힘을 갖게 될 것입니다"(1부 340~341쪽)라고 말했다. 덧붙여 그는 "오만하게 굴지 마십시오"(1부 341쪽)라고 크게 당부했다.

조시마와 알료샤

도스토예프스키가 "순수하고 이상적인 기독교인"[12]이라 칭하는, 예순다섯 살쯤 보이는 지주 출신의 원로 수도승 조시마는 그보다 여덟 살 많은 착하고, 그리고 말이 없고, 예민한 성격의 병약한 마르켈이라는 형이 있었다. 어느 날 갑자기 들이닥친 급성폐결핵으로 인해 형은 죽음 직전에 있었다. 그 형은 신을 믿지 않았으나 죽음이 임박했을 때 놀랄 만한 변화가 그의 내부에서 일어났다. 병든 자기를 아낌없이 보살피는 하인들에게 자기는 그렇게 사랑을 받을 만한 가치가 전혀 없는 존재라며 자기가 그들의 위치가 되어 그들을 섬기고 싶다고 말했다. 그리고 울고 있는 어머니에게 "우리는 모두 모든 사람들 앞에서 죄인"(2부 23쪽)이라고 말했다. 정원의 고목나무에 앉아있는 새들을 바라보며 "내 그대들에게도 죄를 지었다"(2부 24쪽)고 말하면서 자기를 용서하라고 말했다. 그리고 "새, 나무, 초원, 하늘"에

---

12) Fyodor Dostoevsky, 앞의 책, *Polnoe sobranie sochinenii v tridtsati tomakh*, 30.1: 68 쪽; Susan McReynolds, *Redemption and the Merchant God: Dostoevsky's Economy of Salvation and Antisemitism* (Evanston, Ill: Northwestern UP, 2008), 196쪽에서 재인용.

게도 울면서 용서를 구했다(2부 25쪽). 의사는 그의 이런 행동을 정신착란으로 규정했지만, 그때 고작 열일곱 살이던 형의 행동은 조시마에게 깊은 인상을 주었다.

조시마는 형이 죽고 나서 페테르부르크에 있는 육군 유년학교에서 8년을 모범적인 학생과는 거리가 아주 먼 생활을 했으며, 그 뒤 카파카스라는 지역에서 위관(尉官)장교로 복무했을 때도 "음주, 방탕, 기고만장한 만용" 등 장교들 가운데 가장 비뚤어진 삶을 보냈다(2부 38쪽). 그곳의 아름답고 젊은 한 여인에게 연정을 품고, 자신에게 관심을 표하는 그 여인에게 청혼을 하려 했지만, 그 여인에게 이미 약혼자가 있음을 알고 복수욕에 불탔다. 어느 모임에서 어떤 사건을 두고 그 여인의 약혼자와 논쟁을 하다가 엉뚱한 트집을 잡고 그를 조롱했다. 이를 계기로 두 사람 간에 결투가 벌어지게 되었다. 결투가 있기 전날 밤 조시마는 당번병에게 까닭 모르게 화를 내고 "짐승같이 잔혹하게"(2부 42쪽) 그의 얼굴을 후려갈겨 피투성이로 만들었다. 그 일로 잠이 오지 않아 창문 쪽으로 다가가 정원 쪽 창문을 열고 보니 새들이 지저귀고 있었다. 그의 영혼 속에 "치욕적이고 저열한 것"이 느껴지기 시작했다(2부 42쪽). 그의 영혼 속에 형 마르켈이 하인들에게 행하던 그 말이 스쳐갔다. 자신은 사람을 때릴 만한 자격이 있느냐고 스스로에게 물었다. 우리는 모두 모든 사람들 앞에서 죄인이지 않느냐며 "두 손바닥으로 얼굴을 가리고 침대 위에 쓰러져 흐느껴 울기 시작했다"(2부 43쪽). 그다음 그는 결투장에서 멀리 숲속으로 권총을 집어던지고 결투의 상대자에게 결투를 제의한 자기를 용서하라고 말한 뒤, 퇴역신청서를 내고 수도승이 되기 위해 수도원을 떠났다.

조시마의 삶에 가장 결정적인 영향력을 끼친 것이 책으로는 『구약』의 「욥기」였다면, 사람으로는 고인이 된 조시마의 형 마르켈이었다. 조시마는 형 마르켈이 "내 운명에서 꼭 드높은 곳에서 내려온 지침이요 예언이었음을 확신"한다고 말했고, "내 인생에 그가 나타나지 않았더라면, 그가 아예 없었더라면, 나는 절대로 수도사의 지위를 갖지 않았을 것이며, 또 이 귀중한 길로 들어서지도 않았을 것"이라고 말했다(2부 16쪽). 수도승 앞에서, 그리고 그를 접견하는 사람들 앞에서도, 그리고 알료샤를 통해 남긴 '대화집'에서도 조시마가 강조하는 것은 그에게 깊은 인상을 심어주었던 형 마르켈의 인식, 바로 그것이었다. **우리는 모두 모든 일에 모든 사람들 앞에서 죄인이며, 그리고 개인의 죄나 집단의 죄 할 것 없이 모든 사람들의 죄에 책임이 있다**(1부 341쪽, 2부 23쪽, 43쪽, 54쪽, 90쪽, 92쪽)는 것, 그리고 이 죄는 "사랑"을 통해 극복할 수 있다는 것(1부 341쪽), 그리고 "겸허한"(2부 88쪽) 마음을 갖고 행하는 이 사랑은 "하느님의 사랑과 최대한 닮은 사랑"이어야 한다는 것, 따라서 인간들에게만 국한하지 말고 "하느님의 모든 창조물", "잎사귀 하나", "햇살 하나", "동물"과 "식물" 등 살아 있는 모든 존재뿐만 아니라 "모래알 하나까지도" 사랑하라는 것이다(2부 87쪽). 그것도 "영원토록 사랑"하라는 것이다(2부 89쪽). 조시마는 형 마르켈이 "새들에게도 용서를 구하며" 사랑을 했다고 말하면서 이러한 행위 하나하나는 "대양 같아서" "세계의 반대편 끝"까지 "흘러 흘러서" 전 세계에 "그 반향이 울려 퍼"질 수 있으니(2부 89쪽) **사랑하라**고 말했다.

조시마는 "지옥"은 표도르 파블로비치 카라마조프가 빈정거리듯, "악마들이" 죄인들을 "갈고리로 꿰어 자기들 나라로 끌고 가는"(1부 52~53쪽), 말하자면 단테의 '지옥'처럼 그런 공간적인 장소가 아니라, "더 이상 사랑할 수 없음"으로 인한 정신적 "고통"(2부 95쪽) 자체라고 말했다. 그가 강조하는 **사랑**은 우리에게 큰 것을 요구하지 않는다. 그의 은신처에서 카라마조프 가(家) 사람들의 가족모임이 있던 날, 그를 접견했던 여러 부인들 가운데 젊은 나이에 결핵이라도 걸린 듯 지쳐 쓰러질 것 같은 농부 부인이 있었다. 그 여인은 힘든 시집살이에다 남편에게 구타까지 당하면서 고통스럽게 살다가 늙은 남편이 병이 들어 눕자 행여 건강을 되찾으면 다시 자기를 괴롭힐 것 같아 이참에 그를 죽일까 말까 3년 동안 갈등하다가 병까지 얻어 조시마를 찾아온 것이다. 조시마는 그 여인에게 "뉘우치고도 주님께 용서받지 못할 만큼 큰 죄는 이 세상에 없고 있을 수도 없다네…… 하느님의 사랑을 능가할 만한 죄가 있을 수 있겠느냐?"라고 말하면서 "자네가 뉘우치고 있다면 곧 사랑한다는 게 아니겠나. 사랑하고 있다면 자네는 이미 하느님의 사람이라네. 사랑으로 모든 것이 상쇄되고 모든 것이 구원된다네"라고 말했다(1부 109쪽). "어서 가보게, 그리고 무서워하지 말게나"라고 말하는 그에게 그 여인은 "조그만 부탁 한 가지"가 있다며 "여기 60코페이카가 있는데, 이것을 장로님, 저보다 더 가난한 여자에게 주세요"라고 말했다(1부 110쪽). 조시마가 강조하는 사랑은 가난함에도 불구하고 자기보다 "더 가난한 여인"에게 60코페이카라는 작은 도움도 아낌없이 주는 이런 여인과 같은 사랑이다. 조시마는 물질이 아니라 마음이 우주만큼 큰 그러한 사랑을 강조하고 있다.

또 다른 한 여인은 조시마에게 신의 존재, 영혼의 불멸에 대해 확신이 서지 않는다며 "무엇으로 증명해야 할까요? 무엇으로 확신을 얻을 수 있을까요?"(1부 118쪽)라고 물었다. 조시마는 "이 경우엔 증명할 수 있는 건 아무것도 없는 반면, 확신을 할 수는 있습니다"라고 말하면서 "사랑을 적극적으로 실천함으로써" 이를 확신할 수 있다고 말했다. 그리고 "부인 가까이에 있는 사람들을 적극적으로 그리고 끊임없이 사랑하도록 노력하십시오. 만약 가까이 있는 사람들을 사랑하여 완전히 자기희생에 도달하게 되면, 그때는"신의 존재도, 영혼의 불멸도 믿게 될 것이라고 말했다(1부 118~119쪽). 앞에서 조시마는 보잘 것 없이 보이는 작은 물질이라 하더라도 그 물질에 담겨져 있는 마음은 우주만큼 큰 그러한 사랑을 강조했다. 또 한편 여기서 그는 가까이 있는 사람들을 사랑할 것을 강조하고 있다. 그는 "인류 전체를 더 많이 사랑하면 할수록, 개별적인 사람들, 즉 개개인은 점점 덜 사랑하게 된다"(1부 120쪽)라고 말했다.

여러 인식에서도 그러하지만, 조시마는 이 점에서도 이반 카라마조프와는 다르다. 이반은 인류 전체의 고통, 특히 전체 어린이들의 고통, 이것의 극복을 위한 **정의**의 전체적 실현에 대해 온통 관심을 집중했지만 개별적인 것에는 크게 관심을 갖지 않았다. 스메르쟈코프를 만나러 가는 도중 이반은 혼자 걷고 있는 술 취한 농부가 비틀비틀 걸어가다가 욕설을 퍼붓다가 곧이어 노래를 부르는, 이런 일을 계속 반복하는 것에 "증오"(3부 235쪽)를 느껴 그 농부를 심하게 밀쳐 찬 날씨로 얼어붙은 땅바닥에 쓰러지게 했다. 이반은 의식을 잃은 채 벌렁 나자빠져 있는 그를 두고 스메르쟈코프의 집으로 향했다. 집으로 돌아오는 도중 여전히 그 자리에 의식도 없이 누워있는 그 농부를 발견하고는 등에 업고 파출소에 옮겨 "의사의 검진을 받도록"했지만(3부 262쪽), 이런 이반의 경우는 "인류 전체를 더 많이 사랑하면 할수록, 개별적인 사람들, 즉 개개인은 점점 덜 사랑하게 된다"는 것을 보여주는 전형적인 사례다. 조시마는 큰 것보다 작은 것에서, 전체에서보다 개별에서 사랑은 출발해야 하며, 이렇게 출발한 사랑은 "전체를 위하여" 즉 전(全) 인류를 위하여, "…… 미래를 위하여"(2부 94쪽) 널리 반향을 일으켜 **대양**(大洋)을 이룬다고 말했다.

그의 이러한 인식은 알료샤가 그루센카에서 진정으로 "사람을 사랑할 줄 아는 보물 같은 영혼"(2부 153쪽)을 발견하고 수도원으로 다시 돌아온 뒤, 스승 조시마의 시신이 누워있는 관 옆에서 기도를 하다 잠시 잠이 든 사이 그가 꾸었던 꿈을 통해 다시 확인된다. 갈릴래아의 카나에서 혼인잔치가 있었는데, 거기에는 예수의 어머니뿐만 아니라 그 결혼식에 초대받은 예수도 제자들과 함께 있었다. 혼인잔치에 쓸 포도주가 부족하다는 어머니의 말에 예수는 물독에 물을 채우게 한 뒤 물을 포도주로 만들었다. 주방장이 예수가 만든 맛좋은 포도주를 신랑에게 내놓고 있을 때, 알료샤에게 "조용히 웃고 있는 여윈…… 노인"이 다가왔다. "얼굴은 무척 환하고, 눈은 빛을 내고 있는" 그 노인은 그에게 자기도 갈릴래아의 카나의 혼인잔치에 초대받았다며, 우리가 있는 곳으로 가자고 그의 손을 잡아 이끌었다. 그 노인은 바로 스승 조시마였다.

조시마는 "너는 그분이 보이느냐?"라고 물었다. 알료샤는 "무서워서…… 감히 쳐다보질 못했습니다……"라고 말했다. 스승은 그에게 "그분을 무서워하지 말거라" 무서워하는 것은 "너무도 위대하"고 "너무도 높기 때문"이지, 그분은 "자비"와 "사랑"을 "무한히" 베푸는 자이며, 우리를 사랑하기 때문에 "우리와 똑같은 모습"을 하고 가난한 신랑 신부의 결혼을 축하하기 위해 여기에 모인 "우리와 함께 즐거워하며 손님들의 기쁨이 끊이지 않도록 물을 포도주로 바꾸고…… 있는 거란다"라고 말했다(2부 173~175쪽). "너무나 위대하고" "너무도 높은 분"이 갈릴래아의 카나에서 가난한 신랑 신부의 결혼식을 축하해주기 위해, "우리와 같은 모습"을 하고 참석하여, **우리**와 함께 결혼을 축하하면서 "우리와 함께 즐거워하고", 가난으로 인해 포도주를 충분히 준비하지 못하자 이를 보충하기 위해 "물을 포도주로 바꾸면서" 이 작은 기적으로 "손님들의 기쁨"을 "끊임없도록" 하는, 이러한 크나큰 사랑에 알료샤는 크게 감동했다. 기적은 다름 아닌 "평범한 작은 기쁨을 가져오는 자"(the bringer of small prosaic delights)[13]인 예수가 행하는 이러한 사랑의 행위, 이러한 사랑이 바로 **기적** 그 자체라고 깨달았던 그 순간, "환희의 눈물이 그[알료샤]의 영혼 속에서 솟구쳤다. …… 그는 두 팔을 뻗어서 소리치다가 잠에서 깨어났다"(2부 175쪽).

앞서 지적했듯, 원로 수도승 조시마가 사망했을 때, 인근 수도원의 수도승은 물론 많은 사람들이 고인의 시신을 통해 수도원으로서는 "큰 영광이 될 기적"(1부 64쪽)이 일어날 것이라고 기대했다. 특히 병든 아이들과 함께 온 방문객들은 어떤 신비스러운 치유력이 조시마의 시신에서 발휘될 것이라고 믿었다. 하지만 그렇기는커녕 아주 빨리 부패하여 코를 찌르는 썩은 냄새가 사방에 진동하자, 수도원에 모여 있던 거의 모든 사람들의 충격은 상상을 초월했다. 모두가 배반당한 듯, 지금까지의 조시마의 가르침이 거짓이라고 생각하며 그를 욕하고 조롱했다.

알료샤는 자기 앞에 "확실한 이상으로 서 있었던"(2부 127쪽) 스승이, "온 세상을 통틀어 그 누구보다도 더 높이 올라가야 마땅한 그 분이—바로 그분이 그분에게 합당한 영광을 누리기는커녕 갑자기 치욕의 구렁텅이로 전락해 버린 것……, 그분보다 그토록 미천한 자리에 서 있는 경솔한 군중으로부터 그토록 냉소적이고 표독스러운 조롱의 세례를 받았다는 것"(2부 128쪽)을 견딜 수 없었다. "그때 어떤 신념들의 승리를 위해서 알료샤에게 기적이 필요했던 것도 아니"었다(2부 127쪽). "그에게 필요한 건 기적이 아니라 그저 '드높은 정의'"(2부 128쪽)였다. "그 누구보다도 더 높이 올라가야 마땅한 그분이" 더 높이 올라가지 못하고 "치욕의 구렁텅이로 전락"하면서 조롱의 대상

---

13) Gary Saul Morson, "The God of Onions: The Brothers Karamazov and the Mythic Prosaic," *A New Word on The Brothers Karamazov*, Robert Louis Jackson 엮음 (Evanston, Ill: Northwestern UP, 2004), 116쪽.

이 되었다는, "정의"가, 아니 "드높은 정의"가 훼손되었다는 사실에 "모욕감을 느꼈고 심지어 분한 마음마저 들었다"(2부 128~129쪽). "알료샤의 마음은 피투성이가 되었다"(2부 129쪽). 저자 도스토예프스키는 "내가 이토록 사랑하고 이토록 어린, 내 이야기의 주인공"은 "이 슬픈 날을 자기 인생에서 가장 힘겹고 가장 숙명적인 날로 간주했다"라고 말하고 있다(2부 125쪽).

하지만 지금 그 환희의 눈물을 흘리면서 "두 팔을 뻗어서 소리치나 잠에서 깨어난"(2부 175쪽) 알료샤는 그 감동과 환희를 가슴에 깊이 안은 채 미동도 없이 관 속에 누워있는 스승을 바라보았다. 그는 "진정한 기적은 부패하지 않는 육체가 아니라 조시마의 사랑의 구현, 더 정확하게 말하면" 카나에서 행한 그 "그리스도의 사랑의 구현"임을 깊이 깨달았다.[14] **기적**은 다른 그 무엇이 아니라, **사랑** 그 자체가, 마침내 대양(大洋)을 이루는 사랑 그 자체가 기적이라는 고인의 "그 목소리는 아직도 그의 귀에서 울려 퍼지고 있었다." 승방에서 밖으로 나왔다. "환희로 가득 찬 그의 영혼은 자유를, 공간을, 드넓음을 갈망했다"(2부 175쪽). 그리고 "…… 그저 울면서, 흐느끼면서, 눈물을 줄줄 흘리면서 땅에 입을 맞추었고 그것을 사랑하겠노라, 영원토록 사랑하겠노라고 미친 듯이 흥분에 휩싸여 맹세했다. …… 그는 모든 이들을 모든 것에 대해 용서하고 싶었고 또 용서해달라고 빌고 싶었다. 오! 결코 나 자신을 위해서가 아니라 모든 이들을 위하여, 모든 것을 위하여, 만물을 위하여 용서를 비는 것이니 '다른 이들도 나를 위해 용서를 빌어주리라'—이런 소리가 다시금 그의 영혼 속에서 울리고 있었다"(2부 176~177쪽). "궁륭(穹窿)처럼 튼튼하고 확

---

14) David S. Cunningham, "The Brothers Karamazov as Trinitarian Theology," *Dostoevsky and The Christian Tradition*, George Pattison and Diane Oenning Thompson 엮음 (Cambridge: Cambridge UP, 2001), 149쪽.

고부동한" 어떤 결의가 "그의 영혼 속으로 내려오는 것을…… 분명하고 또 뚜렷하게 느끼고 있었다." "땅으로 몸을 던질 때의 그는 연약한 청년이었지만 일어섰을 때는 한평생 흔들리지 않을 **투사**(鬪士)가 되어있었으며, 이것을 바로 이 환희의 순간에 갑자기 의식하고 예감했다"(2부 177쪽). 알료샤는 자기에게 속세에 머물라던 생전의 스승의 말씀에 따라 "……내면으로 여행하는 대신 이제 일상의 현실의 길 위를 걷기"[15] 위해 그는 "사흘 뒤…… 수도원을 나왔"다(2부 177쪽).

이제 알료샤 카라마조프는 우리 앞에 속세에서 자신의 길을 펼칠 "한평생 흔들리지 않을 투사"(2부 177쪽)로 서 있다. 그가 속세에서 어떤 투사로 활동할지 알 수가 없다. 작품은 그의 미래 활동에 대한 어떠한 전망도, 비전도 내놓지 않고 끝나기 때문이다. 우리는 형 이반이 알료샤에게 어린아이들이 당하는 고통에 대해 이야기하던 중, 어느 장군이 자신이 애지중지하던 사냥개에게 돌을 잘못 던져 상처를 입힌 여덟 살밖에 안 된 소년을, 그 소년의 어머니 앞에서 자신이 소유하고 있는 수백 마리의 사냥개를 풀어 그 소년을 갈기갈기 물어뜯겨 죽게 한 사건을 들려준 것을 소개한 바 있다. 이반이 그런 끔찍한 살인을 저지른 그 장군은 단지 '보호관찰형'만 받았다며 우리의 "도덕적 감정을 만족시키기 위해서라도" 그놈은 "총살시켜야 했던 것 아닌가?" 하고 물었을 때, 알료샤는 "총살시켜야 해!"(1부 511쪽)라고 대답했다. 그렇게 대답하는 알료샤에게 이반은 "고행 수도사"인 동생 알료샤 카라마조프의 "마음속에"도 "대단한 악마 녀석이 들어앉아 있다"며 "환희에 넘쳐 고함을 질렀다"(1부 511쪽).

---

15) Robin Feuer Miller, *Dostoevsky's Unfinished Journey* (New Haven: Yale UP, 2007), 172쪽.

작품 『카라마조프 가(家)의 형제들』은 최종 완성본이 아니며 도스토예프스키가 이 작품에 이어지는 2부를 기획했던 것으로 알려져 있다. 당시 러시아의 저명한 저널리스트인 수보린(ALeksey Suvorin)이 병상에 누워있는 도스토예프스키를 병문했을 때, 도스토예프스키가 그에게 자기가 계획하는 작품 2부에 알료샤를 혁명가로 내세울 것임을 밝혔다고 증언한다. 그의 증언에 따르면 "알료샤 카라마조프"는 "2부의 주인공", 그것도 "유럽 토양에서 성장한" 익히 알려져 있는 그러한 유형의 주인공이 아닌, "전형적인 러시아 사회주의자"로 등장할 것이라는 것이다. 그리고 수보린은 도스토예프스키가 알렉산더 미카일코비치라는 백작에게 했던 말도 전했다. 알료샤는 "수도원을 떠나 무정부주의자가 되며…… 자르를 살해하게 될 것"이라는 것이다. 도스토예프스키 연구에 여러 괄목할 만한 성과물을 내놓고 있는 프랭크는 수보린의 이러한 내용의 말을 인용하면서 알료샤가 2부에서 그러한 인물로 등장하게 될 것임을 기정사실화하고 있다.[16]

도스토예프스키는 작품 『카라마조프 가(家)의 형제들』에서 알료샤를 "나의 미래 주인공"(1부 39쪽)이라고 밝힌 바도 있다. 알료샤는 징역형을 받았던 형 드미트리를 따라 갔던 시베리아에서 나와, 일류샤 무덤 앞에서 다시 만나자고 약속했던 대로, 20년 만에 다시 만난, 자신을 "오래전부터 존경"하고(3부 91쪽) 따르던, 그리고 "언제든 진리를 위해…… 스스로를 희생할 수 있다"고 말하던, 아니 "인류 전체를 위해 죽고 싶다"(3부 539쪽)고 말하던 사회주의자 소년 콜랴와 함께, 당시 러시아의 "현대의 청년"들의 대부분이 "무신론자", 아니면 "사회주의자의 길"을 택했듯(1부 57쪽), 분명 사회주의 혁명가의 대

---

16) Joseph Frank, *Dostoevsky: The Mantle of the Prophet, 1871~1881* (Princeton: Princeton UP, 2002), 727쪽. 그리고 Predrag Cicovacki, *Dostoevsky and the Affirmation of Life* (New Brunswick: Transaction Publishers, 2012), 314~317쪽도 볼 것.

열에 뛰어들지도 모른다. 그것도, 알료샤가 보호관찰형만 받았던 그 장군은 '총살시켜야 해!'라고 말했을 때, 그때 형 이반이 동생 알료샤의 마음속에 **대단한 악마 녀석**이 들어있음을 간파한 바 있듯, 언제나 "관찰자"[17]로서만 존재했던 형 이반과는 달리, 관찰자로 머물지 않고 열렬한 사회주의의 행동가로 활동할지도 모른다. 혁명가는 '피'를 요구할 수밖에 없다. 그 순간, "그 누구보다도 더 리얼리스트였던"(1부 55쪽) 알료샤는 더 이상 조시마의 제자로 남을 수 없다.

조시마는 알료샤를 죽은 그의 형 마르켈의 "복사물과 같은 존재"(2부 17쪽)로 여겼다. 알료샤는 더 이상 그 복사물이 될 수 없다. 조시마는 "사람들의 죄를 두려워하지 말고 그가 지은 죄에도 불구하고 사람을 사랑할지니……" "하느님의 모든 창조물을, 그 전체를, 모래알까지 사랑하라"라고 말했다(2부 87쪽). 그리고 "그대가 그 누구의 심판자도 될 수 없음을 특별히 기억해두어야 한다"라고 말했다. "심판자 자신"도 "마찬가지로 죄인"이라고 말했다(2부 91쪽). 악당에게 복수하고 싶은 마음이 있더라도, "무엇보다도 이 감정 자체를 두려워하라"라고 말했다(2부 93쪽). 그리고 "그대가 빛을 비추었건만" 그 자가 "만약 지금 구원받지 못했다면, 훗날에 구원받을 것이라고 믿도록 하라"라고 말했다(2부 94쪽). 도스토예프스키는 알료샤를 "나의 미래의 주인공"(1부 39쪽)이라고 말했다. 우리는 "투사"(2부 177쪽)로서 **나의 미래 주인공**인 알료샤 카라마조프의 앞으로의 삶이 어떻게 전개될지, 그리고 그의 운명은 어떻게 될지 알 수 없다. 하지만 드미트리와 이반과 마찬가지로, 조금 뒤 우리는 다시 알료샤에 대해 이야기할 것이다.

---

17) Robert Louis Jackson, *The Art of Dostoevsky: Deliriums and Nocturnes* (Princeton: Princeton UP, 1981), 213쪽.

구원, 그리고 희망

앞서 우리는 새로운 인간으로 부활하는 드미트리 카라마조프에 대해 다시 이야기할 것이라고 말한 바 있다. 재판이 진행되면서 점차 새로운 인간으로 다시 태어나기 전에도 그의 "내부에 갇혀있던"(3부 172쪽) 부활의 가능성은 꿈틀거리고 있었다. 군자금 4천 5백 루블을 임시변통으로 사용해 위기에 처해있던 아버지를 구하기 위해 카체리나가 아버지의 수비대에서 견습사관으로 복무 중이던 그에게 도움을 구하기 위해 찾아왔을 때, 그녀에게 모욕을 가했던 과거의 자신의 행위를 벌레보다 못한 "야비한 놈"(1부 240쪽)의 행위라고 자책하면서 그 후 카체리나에게 용서를 구하려 했던 것을 보면, 즉 이때도 그가 "양극단", 즉 **소돔의 이상**과 **마돈나의 이상**의 상극, 또는 "모순" 속에 있었던 것(1부 227쪽)을 보면, 드미트리의 '위'로 향하려는 부활의 조짐은 그때에도 있었음을 알 수 있다.

드미트리는 자신은 "방탕하게 살았지만 선을 사랑한다"(3부 506쪽)고 말했다. 자기는 "수없이 많은 비열한 짓들을 저질렀지만, …… 고결함을 갈망했기 때문에 평생 동안 고통스러워했다"고 말했다(2부 379쪽). "마음 깊은 곳에서는 한결같이 고결하기 그지없는 존재"(3부 379쪽)이고자 했던 그에게 "빛"(2부 384쪽)으로 나타난 여인이 바로 그루센카였다. 여성을 정욕의 대상으로 삼고 "방탕을 사랑했고, 방탕의 치욕마저도 사랑했고, 잔혹한 것도 사랑했던"(1부 229쪽) 그는 자신의 방탕에 종지부를 찍고 진정한 사랑 속에서 "드높은 질서"(2부 263쪽)를 찾고자 했다. 그 대상이 바로 그루센카였다. 하지만 그루센카가 자기를 배반했던 옛 연인을 만나러 모크로예에 갔다는 것을 알고, "멀리서라도 좋으니 그녀를 너무도 보고 싶어"(2부 273쪽) 그곳으로 향했다. 드미트리는 그루센카가 자기 대신 옛 연인을 택할 경우, 그곳에서 그녀와 마을사람들과 "온 세상을 뒤흔들 만한 잔치…… 거의 디오니소스의 향연"(2부 318쪽)을 마지막으로 벌인 뒤, 자살하기로 마음먹었다. 그의 몸에는 권총이 장전되어있었다.

드미트리는 "나"는 "살고 싶다"고 말했다. "나"는 "삶을 사랑한다"고 말했다. 그리고 "나는 곱슬머리 금발의 포이보스와 그의 뜨거운 빛을 사랑한다"(2부 257쪽)고 말했다. 이반이 동생 알료샤에게 "삶을 그것의 의미보다 더 많이 사랑해야 된다"(1부 483쪽)고 말하면서, "카라마조프적인 특성"은 삶을 사랑하는, "삶에 대한 강렬한 욕망"(1부 482쪽)이라고 일컬었듯, 드미트리는 자신에게 "삶보다 더 소중한 것"은 "아무것도, 아무것도 없다"(2부 264쪽)고 말했다. 자기가, 그리고 자기가 바치는 사랑이, 그루셴카에게 아무것도 아니라면, 모든 것 가운데 자기가 가장 소중한 것이라고 생각하는 자신의 삶도 아무런 의미가 없다고 생각했다. 따라서 자신의 삶을 포기하고 "'곱슬머리 금발의 포이보스'……의 그 첫 햇살이 비칠 때 자살하려고 했"다(2부 454쪽). 그만큼 그는 사랑에 대해, 사랑하는 사람에 대해, 그리고 자신에 대해 진실하고자 했다.

드미트리가 그루셴카를 만나러 모크로예로 향했을 때, 동행했던 마부 안드레이가 "순진한 마음"을 지닌 그를 일컬어 "작은 어린아이"와 같다고 말했다(2부 277쪽). 작은 어린아이와 같다는 것은 그만큼 순수하다는 것이며, 따라서 삶과 사랑에 대해 어떠한 계산도 하지 않는다는 것을 의미한다. 그루셴카는 그를 일컬어 "양심에 위배되는 일에 관한 한 절대로 거짓말을 할 사람이 아닙니다"(2부 468쪽)라고 말했다. 그리고 담당 변호사는 그를 일컬어, "누구 하나 그에게 지혜와 이성을 가르친 적"이 없어, "어린 시절 조금이라도 그를 사랑해준 사람"이 없어, "들짐승이나 다름없이" 자랐기 때문에 "야만적이고 난폭"하기도 한 "걷잡을 수 없는 사람"으로 변했지만, "좋은 심정을 지녔고 고결하고 감성이 풍부한 마음을 타고난" 자(3부 489쪽)라고 말했다. 그의 마음 깊은 곳에서는 자신이 진실 그 자체, 순수 그 자체가 되고 싶어 하는 강렬한 갈망이 있었다. 따라서 드미트리는 그루센카의 사랑을 얻지 못한다면 "'금발의 곱슬머리 포이보스'가 비출 뜨거운 첫 햇살"(2부 272쪽)마저도 기꺼이 포기할 작정이었다.

드미트리는 자신이 "선을 사랑하고"(3부 506쪽), "드높은 질서"(2부 263쪽)를 갈망한다고 말했다. 그의 이러한 사랑, 이러한 갈망이 어떤 것을 지향하고 있는가는, 앞서 소개했듯, 증인심문이 끝나고 잠시 쉬는 사이 짐든 순간 그가 꾸었던 꿈으로 확인된다. 진눈깨비 내리는 11월 초의 궂은 날씨. 쉰 살 정도의 한 농군이 쌍두마차에 달린 달구지에 그를 싣고 들판을 달리고 있었다. 불에 타 기둥들만 남아있는 오두막들이 보이고, 마을 안에는 "하나같이 꼬챙이처럼 마르고 바싹 여윈" 수많은 아낙네들이 서 있었다. 그들의 끝에 마흔 살쯤 보이고 피골이 상접할 정도로 마른, 바싹 여위고 키 큰 한 아낙네가 서 있었다. 그 여인의 품에 안긴 아기가 "어미의 젖가슴이 바싹 말라서 젖이 한 방울도 나오지 않는 탓"(2부 470쪽)인지 연신 울고 있었다. 밖으로 뻗은 아기의 고사리 손은 추위에 거의 시퍼렇게 얼어버린 상태에 있었다. 드미트리는 그들 곁을 지나면서 농군에게 아기는 왜, 무엇 때문에 울고 있으며, 손은 왜 저렇게 얼은 상태로 밖으로 드러내놓도록 내버려 두느냐고 물었다. 농군이 "옷가지도 얼어붙어서" 추위에 꽁꽁 얼어 울고 있는 "아기의 몸을 녹여주지" 못하기 때문이라 하자 드미트리는 그에게 "대체 왜 그런 건가? 왜?"하고 물었다. 농군은 "찢어지게 가난한 데다가 화재까지 당해" 처참한 신세가 되었으며, 살 집이 없는 그들은 이제 "집을 다시 짓겠다고 구걸을 하고 있는 것"이라고 말했다(2부 470~471쪽).

드미트리는 농군에게 사람들은 왜 저렇게 가난하고, 들판은 왜 저렇게 황량하며, 저들은 왜 기쁨의 노래들을 부르지 않느냐며 "자기가 미친 듯이 얼토당토 않는 질문을 퍼붓고 있음을 느"끼면서도(2부 471쪽), 한편 그는 "지금까지 절대 경험해보지 못한 어떤 강렬한 연민의 감정이 자기 가슴속에서 북받쳐 오르는 것"을 느꼈다(2부 471쪽). "울고 싶었다"(2부 471쪽). 그는 "아기가 더 이상 울지 않도록", 피골이 상접할 정도로 마른 저 불쌍한 "애 엄마가 울지 않도록, 이 순간부터는 아무도 눈물을 흘리지 않도록", "모든 사람들"을 위해 지금 당장 "어떤 일이라도" 하고 싶다고 말했다(2부 471쪽).

도스토예프스키는 "우리"는 모두 "드넓은 천성을, 카라마조프적인 천성을 타고 났다"라고 말한다. 말하자면 "두 개의 심연…… 우리들 위의 심연, 즉 드높은 이상의 심연과 우리들 아래의 심연, 즉 가장 저열하고 악취 나는 타락의 심연"이 우리 모두에게 동시에 존재하고 있다(3부 401쪽)고 말한다. 드미트리는 지금 드높은 이상의 심연으로 향하고자 한다. "그의 심장이 활활 타올라 어떤 빛을 향해 내달았다." 그는 "어떤 길을 향해", 자기에게 "손짓하는 저 새로운 빛을 향해 떠나고"자 했다(2부 471~472쪽). 꿈에서 깨어난 그는 "기쁨의 빛으로 세례를 받은 양" 그의 "영혼은 온통 눈물로 전율하는 듯했다"(2부 472쪽).

이반은 형 드미트리에게 선고가 내려지기 전 그를 감옥에서 탈출시켜 그루센카와 더불어 미국으로 떠나도록 하는 계획을 카체리나와 함께 도모하고 있었다. 그러나 이러한 탈출은 드미트리에게 "양심의 문제, 그것도 드높은 양심의 문제"(3부 181쪽)였다. 드미트리는 그 제안을 거부하고, 시베리아의 탄광에서 20년 동안 "유형수"(流刑囚)(3부 172쪽)로 사는 것을 선택했다. 그는 동생 알료샤에게 유형지의 탄광에서 자기와 같은 유형수나 살인자와 어울리며 그들과 고통을 함께하면서 "드높은 영혼"으로 끌어올려, "천사"로 "다시 소생시키고", "영웅"으로 "부활"시키고 싶다고 말했다. 그리고 "우리는 땅

밑에서", 즉 유형지의 탄광 아래서 "하느님"을 만날 것이라고 말했다 (3부 173~174쪽).[18] 도스토예프스키의 또 다른 작품 『지하생활자의 수기』에서 주인공은 고통에 찬 질문을 자기에게 던진다. "값싼 행복과 드높은 고통 중 어느 것이 더 좋은가?"[19] 그 주인공은 값싼 행복을 택하려 하지만, 드미트리는 **드높은 고통**을 택했다. 감옥에 있는 자기를 찾아온 알료샤에게 드미트리는 "이반을 사랑하라!"(3부 186쪽)는 말을 마지막으로 남기고 그와 작별했다.

우리는 도스토예프스키가 기획했던 후속작품 2부에서 알료샤 카라마조프를 **혁명가**로 설정했음을 앞서 전한 바 있다. 알료샤는 "만약 그[그리스도]가 우리 시대에 살았다면 곧장 혁명가 대열에 합류했을 것"이고 "아마 뛰어난 활약을 펼쳤을 것"(3부 94쪽)이라던 콜랴와 더불어 사회주의 혁명가 대열의 선두에 서서 싸우는 열렬한 사회주의 혁명가로 변모할지도 모르며, 그렇다면 그는 더 이상 조시마의 제자가 될 수 없음을 또한 지적한 바 있다.

아버지 표도르 파블로비치 카라마조프에게 돈을 요구하자 자신을 재판에 고소한 아버지의 법정대리인인 퇴역장교 스네기료프를 선술집에서 만났을 때, 드미트리는 그의 턱수염을 움켜잡고 거리에 끌고 다녔고, 그것을 그의 아들 초등학생 일류샤가 목격하고, "영원히 씻지 못할 상처를 입었던" 일(1부 430쪽)을 앞서 소개한 바 있다. 알료

---

18) 도스토예프스키는 정치범 수용소에서 감옥생활을 할 동안 매일 밤 『신약』 성서를 읽었다고 한다. E. M. de Vogüé, *Le roman russe* (Lausanne: Editions l'Age d'homme, 1971), 221쪽; Steven Cassedy, 앞의 책, 14쪽에서 재인용. 감옥생활의 경험과 성서읽기의 생활을 통해 얻게 된 그의 인식의 일부가 드미트리에게 투영되고 있는 것처럼 보인다.

19) Fydor Dostoevsky, 'Notes from the Underground,' *Great Short Works of Fyodor Dostoevsky*, David Magarshack 옮김 (New York: Harper & Row, 1968), 376쪽.

샤가 형의 행동에 대해 용서를 구하기 위해 일류샤의 집을 찾았을 때, 그 아버지는 일류샤는 "아홉 살 나이에 이미 세상의 진실", 즉 "세상에 부자들보다 더 힘이 센 것이 없음"을 "터득하게" 되었다고 말했다(1부 430쪽). 알료샤가 형의 약혼자 카체리나를 대신하여 형의 행동을 사과하고 200루블을 퇴역장교에게 건네려 하자, 그 장교가 지폐를 땅위에 힘껏 내동댕이 친 뒤 "엉엉 울면서"(1부 443쪽) 쏜살같이 떠나버린 일도 소개한 바 있다.

그때 알료샤는 일류샤가 귀족계급 출신인 형 드미트리가 자기 아버지에게 가하는 모욕적인 행동을 보고 아홉 살의 어린 나이임에도 불구하고 불평등이라는 계급의 모순을 뼈저리게 느끼고 있었음을 그 아버지의 말을 통해 확인할 수 있었다. 작품 『카라마조프 가(家)의 형제들』의 마지막 장은 투사(鬪士)로서, 아니 혁명가로서 속세에 몸을 던질지도 모를 "미래 주인공"(1부 39쪽) 알료샤가 일류샤의 무덤 곁에 모인 그의 친구들에게 일류샤를 "영원토록 잊지 말자"(3부 554쪽)고 말하며 끝난다. 일류샤를 영원토록 기억하자는 도스토예프스키의 미래 주인공은 그 소년에게 "영원히 씻지 못할" 아픈 "상처"를 입혔던(1부 430쪽), 그 불평등이라는 계급의 모순을 타파하기 위해 혁명가로서 그의 전(全) 삶을 바칠지도 모른다.

아니 그 미래 주인공은 "아무런 죄가 없는 어린아이들이 지상에서 끔찍할 정도로 고통을 받고 있다면"(1부 499쪽), 신이 "창조한 세계", "이 세계"를 "절대로 인정할 수 없다"(1부 492쪽)고 말하던 형 이반의 인식에 깊이 공감하면서, 더더욱 기독교는 하층 계급을 노예로 만들기 위해 부자와 권력자와 결탁하고 있다고 말하던 콜랴의 인식을 받아들이면서, 계급불평등의 희생자인 일류샤를 위해, 그를 향한 '기억'을 현실화하기 위해 모순에 찬 사회구조와 싸우는 "한평생 흔들리지 않을"(2부 177쪽) 사회주의 혁명의 전사(戰士)로서 전 삶을 바칠

지도 모른다.

1940년대 말 도스토예프스키는 특히 푸리에 같은 사회주의 사상가들의 이론에 심취해 있었고, 생시몽과 카베 같은 유토피아적인 사회주의자들의 사상에 깊이 빠져 있었다.[20] 그는 젊었을 때 사회주의자였던 자신의 이상을 "나의 미래 주인공" 알료샤를 통해 구현하고 싶었는지도 모른다. 조시마는 "평등은 오직 인간의 정신적인 존엄성 속에만 깃들어있는 것"(2부 81쪽)이라고 말했다. 하지만 알료샤는 평등은 '정신'이 아니라 '물질'에서 찾아야 한다는 것을 자신의 '본질'로, 자신의 '테제'로 삼고 이를 실현하기 위해 혁명의 전사(戰士)로서 전 삶을 바칠지도 모른다.

하지만 "새로운 인간"으로 "부활"한(3부 172쪽) 드미트리는 2부에서 이런 알료샤와는 정반대의 길을 걸어갈지도 모른다. 그렇다면 작가는 2부에서 드미트리 카라마조프를 어쩌면 혁명가가 되기 이전의 알료샤를 대신하는 제2의 알료샤, 아니 제2의 조시마로 설정할 의도가 있었는지도 모른다. 드미트리는 조시마가 알료샤에게 당부했던 그 길을 동생 알료샤 대신 걸어갈 수도 있다. 조시마는 **우리는 모두 모든 일에 모든 사람들 앞에서 죄인이며, 그리고 개인의 죄나 집단의 죄 할 것 없이 모든 사람들의 죄에 책임이 있다**라고 말했다. 그는 이 대전제 하에서 하나님의 사랑과 최대한 닮은 사랑으로 그 어느 하나도 빠뜨림 없이 모든 창조물을 사랑하라고 말했다. 그 베풂이 아무리 작은 것이라 하더라도 마음만은 우주만큼 큰 그런 사랑을 다른 사람들에게 베풀되, 다른 사람들을 위한 이러한 사랑에는 자기희생이 우선되어야 한다고 말했다. 그는 이런 전제 하에서 사랑은 가까이 있는 **개별**의 인간

20) Elizabeth A. Blake, *Dostoevsky and the Catholic Underground* (Evanston, Ill: Northwestern UP, 2014), 9∼13쪽을 볼 것.

들을 향한 사랑에서 출발하여 차츰 **전체** 인간을 향한 사랑으로 향해야 한다고 말했다.

드미트리 카라마조프는 조시마의 가르침을 거의 그대로 구현하고 있고, 또 앞으로 그렇게 구현할 것임을 보여주고 있다. 그는 우리는 "모두 모든 아이들 앞에서 죄인"(3부 173쪽)이라는 전제 하에서 고통받는 아이들이 "더 이상 울지 않도록", 그들의 어머니도 더 이상 "울지 않도록" 하겠다고 말했다(2부 471쪽). 그리고 유형지에서 고통받고 있는 최하층의 인간인 유형수나 살인자와 고통을 함께하면서, 그리고 그들을 사랑으로써 "드높은 영혼"을 가진 "부활"의 "천사", 부활의 "영웅"으로 만들 것이라고 말했다(3부 172~173쪽). 그리고 그 후 앞으로는 "아무도 전혀 눈물을 흘리지 않도록", "모든 사람들"을 위해 살 것이라고 말했다(2부 471쪽). 그리고 자기 혼자라도 "모든 사람들을 위해서" 이 길을 걸어갈 것이라고 말했다. 드미트리는 **자기** 구원을 통해 **전체**를 위한 구원으로 향하고 있다.

원로 수도승 조시마의 은신처에서 가족모임이 있었을 때, 조시마는 드미트리와 아버지 표도르 파블로비치 카라마조프 간의 말다툼을 지켜보면서 아버지를 향해 격한 감정을 쏟아내는 드미트리 앞에 다가가 무릎을 꿇고 이마가 땅에 닿을 정도로 그에게 절을 했다. 드미트리 자신은 물론 거기에 있던 모든 사람들이 크게 충격을 받고 조시마에게 인사도, 아무 말도 하지 못하고 황급히 떠났다. 조시마는 죽기 직전 알료샤를 불러 그에게 드미트리에게 그렇게 절을 했던 것은 "나는…… 그가 겪게 될 미래의 위대한 고통 앞에 절을 한 것"(2부 15쪽)이라고 말했다. 이를 우리는 조시마가 "음주, 방탕, 기고만장한 만용" 등 "거침없이 자기 향락 속에 빠져" 있었던(2부 31쪽, 39쪽) 젊은 날의 자신의 모습을 그날 트미트리에서 발견하고, 또 한편 그 후 치욕적이고 저열했던 삶을 청산하고 수도승이 된 지금의 자신의 모습을 훗날 드미트리의 모습에서 발견하고, 커다란 "고통을 통해 정화"(2부 474쪽)되어 마침내 위대한 인간으로 **부활**할 그의 모습에 미리 경의를 표한 것으로 해석할 수 있다.

작품 『카라마조프 가(家)의 형제들』은 친부살해라는 모티프를 통해 사건이 전개되고, 그리고 드미트리를 중심으로 그 사건이 진행된다. 그리고 작가가 인간은 고통을 통해 거듭난다는, 더 정확하게 말하면, "지혜는 고통을 통해 나온다"(『오레스테이아』 「아가멤논」 177행)는 아이스퀼로스의 인식을 그대로 이어받으면서, 그의 핵심 사상을 드미트리를 통해 구현하고 있다. 이런 점에서 보면 드미트리 카라마조프가 작품 『카라마조프 가(家)의 형제들』의 주인공이라 말할 수 있다. 하지만 인간과 세계에 대한 인식에서 도스토예프스키의 핵심 사상을 대변하고 있는 조시마와 대척점에 서 있고, 동시에 또 한편 도스토예프스키 사상의 일면을 대변하고 있는 인물이라는 점에서, 이반 카라마조프를 이 작품의 주인공으로 볼 수도 있다. 다시 이반을 만나보자.

자기분열

이반 카라마조프는, 어른들의 죄와 아무런 관계가 없이 순진무구한 수많은 아이들이 "다른 사람들 때문에" "지상에서 끔찍할 정도로 고통을 받고 있다면", 이러한 세계를 창조한 신을 인정할 수 없다면서, 즉 **정의**의 관점에서 볼 때 "우주에 도덕적인 질서가 존재한다"는 것[21]에 도저히 공감할 수 없다고 말했다. 이반은 알료샤에게 이러한

---

21) Bernard J. Paris, *Dostoevsky's Greatest Characters: A New Approach to 'Notes from the Underground,' Crime and Punishment, and The Brothers Karamazov* (New York: Palgrave Macmillan, 2008), 119쪽.

인식이 자신의 "본질"이라고 말한 뒤(1부 492쪽, 498~499쪽), 각기 서로 다른 길을 가자고 말하고 나서 "참기 힘든 우수", "구토가 날 만큼 크나큰 우수"(1부 558쪽, 559쪽)를 안은 채 동생과 헤어졌다.

알료샤와 헤어지고 나서 스메르쟈코프를 세 번째 방문하고 집으로 돌아온 이반은 섬망증으로 인한 환각 속에서 자기를 방문한 "특수한 종류의 러시아 신사"(3부 265~266쪽)와 대화를 나눈 적이 있다. 그는 긴 머리카락에 새치가 드문드문 보이고, 완전히 유행이 지난 갈색 재킷, 때가 끼어 더러워진 와이셔츠, 이미 한물간 바지를 입고 있으며, 쉰 살쯤으로 보였다. 그 신사는 이반에게 자기 정체를 "타락한 천사"(3부 273쪽)라고 밝힌 뒤, 자신은 이반의 "환각", 이반의 "악몽"(3부 275쪽)에 지나지 않는다고 말했다.

이반은 그에게 신의 존재 유무(有無)를 물었다. 그 신사는 이 세상은 물론 신 그리고 사탄인 자신에 이르기까지 "이 모든 것이 나에게 증명되지 않았어……"라고 대답했다(3부 281~282쪽). "믿음과 불신 간의 투쟁"에 의해 고통받고 있는 이반에게 차라리 자살하는 것이 현명하다고 말한 뒤(3부 287쪽), 그 신사는 이반의 인식, 즉 다른 그 어떤 것도 파괴하지 않고 "오직 인류의 내부에 있는 신에 대한 관념만을 파괴한다면", 말하자면 "일단 인류가 하나같이 다 신을 거부한다면", 그렇다면 "이전의 모든 도덕률이 저절로 붕괴될 것이며 완전히 새로운 것이 도래할 것"이라는 그의 인식, 그리고 "부활의 가능성"이 없다는 것, 즉 **불멸**을 믿지 않게 된다면, 우리 모두 "어떤 보상도 바라지 않고 자신의 형제를 사랑하게 될 것"이며, "신과 불멸은 없기 때문에" "모든 것이 허용"되어, "누구든 자기 마음 내키는 대로 새로운 원칙에 따라 세계를 건설"할 수 있다는 그의 인식(3부 296~297쪽) 등을 "사기"(3부 297쪽)라고 힐난했다. 그때 문을 계속 두드리는 노크 소리에 환각에서 깨어난 이반은 알료샤를 통해 스메르쟈코프가 한 시간 전에 자살했다는 소식을 들었다.

　환각 속에서 깨어난 이반은 알료샤에게 스메르쟈코프가 자살한 것은 "그놈"을 통해 알았다고 말했다. 그렇게 말하는 형의 정신상태가 걱정되어 알료샤가 그놈이 누구냐고 묻자, 이반은 그놈은 "악마", "천둥번개와 광채를 동반한 사탄이 아니라" "불타버린 날개를 단……　그저 하찮은 악마"(3부 303쪽)라고 말한다(3부 303쪽). 그리고 한참 후에 이반은 그 악마가 "바로 나야, 알료샤, 나 자신이라고, 나의 저열한 모든 것, 나의 비열하고 경멸스러운 모든 것이란 말이야!"(3부 304쪽)라고 말했다. 앞서 살펴보았듯, 그다음 날 극도의 정신분열 상태에서 재판정에 등장한 이반은 스메르쟈코프에게 아버지 살인을 교사한 것은 자기라고 소리친 뒤, 제정신이 아닌 자로 치부하는 재판관에게 더 나아가 자기가 아버지를 살인했으며 이를 증인할 자는 "악마"(3부 373쪽)라고 외쳤다.

　극도의 정신분열 상태인 가운데 교도관과 집행관에 의해 강제로 밖으로 끌려 나간 이반 카라마조프의 앞으로의 삶, 그리고 그의 운명이 어떻게 전개될지에 대해 어떠한 언급도 없이 작품은 끝난다. 알료샤가 희망했던 진리의 빛 속에서의 부활은 이반에게 전혀 가망이 없는 것처럼 보인다. 신에 대해, 그리고 신이 창조한 이 세계의 부조리에 대해 항거하던 "천둥번개와 광채를 동반한 사탄"이 아니라, 그 오만한 기개는 온데간데없고 "불타버린 날개를 단……　그저 하찮은 악마"(3부 303쪽)로 전락하는 이반에게, 아니 "새치가" 돋아나있는 "머리카락", 그리고 "완전히 유행이 지난" 해어진 "갈색 재킷", 더러운 "와이셔츠", "이미 한물간" "체크무늬 바지", 그리고 "몹시 닳아"있는 "스카프" 등 그 악마가 입고 또 걸치고 있는(3부 265~266쪽), 그런 겉모습이 이반의 황폐한 내면의 상태를 상징하듯, 자포자기와 절망의 날개로 추락하는 이반에게 부활은 가망이 없는 것처럼 보인다.

선술집에서 이반이 처음으로 알료샤에게 신, 특히 어린아이들의 고통, 정의, 구원 등 인간의 영원한 문제들에 대해 자기 인식의 '본질'을 이야기했을 때, 알료샤는 신의 존재, 신이 창조한 이 세계를 완강히 거부하면서도 깊은 갈등에서 헤어나오지 못하는 형을 지켜보았다. 그리고 알료샤는 형이 "가슴과 머릿속에…… 지옥을 간직"하고 있다고 말하면서 이반의 "자살"을 염려했다(1부 554쪽).

이번에도 알료샤는 환각 속에서 만난 악마와 나눈 대화의 내용을 자신에게 들려주던 형을 지켜보고, 형 이반은 결국 자기 자신은 물론 모든 사람들을 향한 "증오 속에서 파멸"(3부 310쪽)할지 모른다고 생각했다. 그는 이반의 **파멸**을 염려했다. 그 파멸은 이반이 자기분열의 고통에서 영원히 깨어나지 못하고 한평생 살아간다든가, 아니면 "죽음을 목전에 두고 있는"(3부 550쪽) 그가 자살한다든가, 이 둘 중의 하나일 수밖에 없다.

이반은 알료샤에게 "소중한 여인에게 환멸을 느끼고 또 사물의 질서에 대해서 환멸을 느낄지라도…… 인류의 환멸이 무섭게 나를 내리칠지라도", 자신은 살고 싶다고 말했다. 삶이라는 "이 잔"에 "일단…… 입을 댄 이상…… 절대로 입을 떼지 않을 거야!"라고 말했다(1부 481쪽). 그는 "삶에 대한 강렬한 욕망", 이것이 "카라마조프적인 특성"이라고 말했다(1부 482쪽). 자기에게는 "인류의 어떤 위업도 소중"하지만, "봄이면 싹을 틔우는…… 이파리들", "푸른 하늘"도 "소중"하다고 말했다(1부 482쪽). 소중하기 때문에 "마음속으로, 뱃속으로 사랑한다"고 말했다. 그는 "논리에 앞서" 철저하게 "삶을 사랑……한다"라고 말했다(3부 483쪽). 작가의 「노트」에서 도스토예프스키는 자신이 기획하고 있던 후속작품 2부에서 이반의 삶이 어떻게 전개될지에 대해 아무 말도 하지 않는다. 하지만 지금 우리 눈앞에 서 있는 이반은 자신의 의지와는 무관하게 '자기분열'의 희생물이 되어, 그 고통에서 헤어나지 못하는, 어쩌면 현대인의 고통이자 병인 **자기분열**의 극단을 선점하고 있는 비극적인 주인공의 또 하나의 모습 이다.

말씀

『카라마조프 기(家)의 형제들』에 등장하는 중요한 인물들은 거의 모두가 **사랑**을 자신의 궁극적인 지향점으로 삼고 그 길을 향해 나아 가고 있다. **개별**을 향한 사랑에서 출발하여 **전체**를 향한 사랑으로 나 아가는 조시마, 카라마조프 가(家)의 알료샤, 드미트리는 드높은 사 랑을 향해 나아가고 있다.

이반도 예외는 아니다. 이반은 우리 인간이 부활의 가능성이 전무 (全無)하다는 것, 즉 불멸은 없다는 것을 알게 되면, "인생은 순간에 지나지 않는다고 불평할 이유도 전혀 없음을 깨닫게 될 것이고, 이제 는 어떤 보상도 바라지 않고 자신의 형제를 사랑하게 될 것"이라고 말하면서 어떤 보상도 바라지 않고 자신의 형제에게 바치는 "그 사랑 은 그저 삶의 순간만을 만족시킬 따름이지만, 그것이 순간에 지나지 않음을 의식하는 것만으로도 이미 삶의 불꽃은 강렬하게 타오를 것 이니, 그것은 이전에 무덤 저편의 무한한 사랑을 갈망하며 타올랐던 그 불꽃만큼이나 강렬할 것이다"(3부 296쪽)라고 말했다. 그 사랑이 덧없고 순간적인 것이라 하더라도 "순간"이라는 그 인식 때문에 다 른 사람들을 위한 사랑은 더욱 더 강렬하게 타오를 것이며 이것이 지 상에 있는 인간들이 행할 사랑의 '본질'이라고 말했다.

알료샤는 형 이반은 "돈이나 안녕 따위"를 "추구"하지 않는 대신 "더 높은 곳을 바라보고" 있으며, "그의 영혼"은 더 높은 곳을 향하는, 아니 "아마도 고통을 추구하는 "폭풍우"와 같다고 말했다(1부 171쪽). 드미트리가 살인범이 아니었음에도 불구하고 20년 동안 시베리아의 탄광에서 유형수로 살아가는 형벌을 수용한 것은, 아버지를 살인하지 않았다 하더라도 개인의 죄든 집단의 죄든 모든 일에 모든 사람들 앞에서 자신이 죄인임을 느끼고, 그리고 자기가 아닌 다른 사람들의 죄에도 자기 또한 책임이 있음을 느끼고 있었기 때문이다. 이반 또한 그렇다. 아버지를 살인하지 않았음에도 불구하고, 법정에 나가 자신이 살인범이라고 고백했던 것도 자기가 아닌 다른 사람들의 죄에 자기 또한 책임이 있다고 느끼는, 더 높은 곳을 향하는 그러한 영혼을, 아마도 고통을 추구하는 그런 드높은 영혼을 가졌기 때문이다. 드미트리와 마찬가지로 이반 또한 드높은 사랑을 추구하고 있다고 말할 수 있다.

드미트리는 알료샤에게 인간의 내면에는 **마돈나의 이상**과 **소돔의 이상**이 공존하고 있다고 말하면서 "인간이란 넓어, 너무도 넓어"(1부 227쪽)라고 말했다. 인간 존재는 그 가능성이 참으로 무한한 **넓은** 존재라는 것이 도스토예프스키의 인식이다. 자신은 다른 사람들 앞에서 죄인이라는, 그리고 자신은 자기 아닌 다른 사람들의 죄에도 책임이 있다는 넓은 인식을 통해 카라마조프 가(家)의 형제들이 보여주는 타인을 위한 자기희생, 즉 절대적 사랑을 위한 절대적 자기희생이 도스토예프스키가 이야기하고 싶어 했던 사랑의 핵심이다. 세계문학사에서 작품 『카라마조프 가(家)의 형제들』처럼 작중 인물들이 눈물을 많이 쏟아내는 장면이 잦은 경우는 그 어느 작품에도 없다. 그들은 단순히 눈물을 흘리는 것이 아니라 '엉엉 흐느껴 운다'. 작품에서 "엉엉 흐느껴 운다"는 표현이 쏟아져 나온다. 슬픔에도, 환희에도, 감동에도 모두 엉엉 흐느껴 운다. 표도르 파블로비치 카라마조프까지도 아들 알료샤가 수도승이 되기 위해 수도원으로 떠난다고 했을 때, "엉엉 흐느껴 울기 시작했다"(1부 54쪽). 엉엉 흐느껴 우는 거침없는 눈물은 인간이 한없이 **넓은** 존재라는 것을 보여주는 신호다.

작중 인물들은 흐느껴 울 때, 왕왕 대지에 입을 맞추며 운다. **어머니 대지**가 주는 의미는 그만큼 크기 때문이다. 조시마는 죽음 직전 "고통스러워하면서도 여전히 미소를 띤 채" 승방에 모여 있던 제자들과 그 밖의 여러 사람들을 바라보면서 조용히 의자에서 내려와 무릎을 꿇고 얼굴을 땅바닥으로 기울인 채, "팔을 활짝 펴고 기쁨에 찬 황홀경에 젖어 땅에 입을 맞추고 기도를 하면서" 죽었다(2부 99쪽). 조시마는 알료샤를 비롯한 제자들에게 "모든 사람들이 그대를 버리고 숫제 완력으로 그대를 쫓아낸다면, 혼자 남겨진 상태에서 대지에 엎드려 입을 맞추고, 그대의 눈물로 대지를 적실 것이니, 그러면 설령 그대가 고립되어 있었기에 아무도 그대를 보지도, 듣지도 못했을지라도 그대의 눈물로 인해 땅이 열매를 가져다줄 것이니라"(2부 93쪽)라고 말했다. 그리고 다시 제자들에게 모든 사람들 앞에서 자기가 죄인임을 깨닫고 "전체를 위해 일할 것"을 당부한 뒤, 조시마는 또다시, "대지에 엎드려 대지에 입 맞추는 것을 좋아하라. 대지에 입을 맞추면서 끊임없이 지칠 줄 모르는 사랑을 퍼붓고, 모든 사람들과 모든 것들을 사랑하고 이 환희와 열광을 추구하라. 기쁨에 찬 그대의 눈물로 대지를 적시고 그대의 눈물을 사랑하라"(2부 94~95쪽)라고 말했다.

니체의 차라투스트라가 대지에 충실하라고 설파했듯, 조시마는 인간들이 사는 **이** 세상에서의 삶을 사랑하고, 인간들이 사는 **이** 대지를 사랑하라고 말했다. 대지에 입을 맞추면서, 특히 대지의 진정한 사람들인 **민중**을 사랑하라, 그리고 이 사랑으로부터 넘쳐나는 환희의 눈물로 대지를 적시게 하라, 그리고 모든 일에 모든 사람들 앞에서 다름 아닌 자기가 죄인이라는 그러한 **넓은** 마음에서 엉엉 흐느껴 우는, 그러한 사랑의 눈물은 모든 사람들로부터 더 큰 사랑을 이끌어내는 열매를 낳게 할 터이니, 이 눈물을 사랑하라고 말했다.

스승 조시마가 세상을 떠났을 때, 수도원에 모여 있던 많은 사람들은 이 원로 수도승의 죽음에서 어떤 기적을 기대했다. 기적은커녕 시체에서 썩은 냄새가 사방에 진동했을 때, 거기에 있던 사람들은 한결같이 조시마를 조롱하고 그의 가르침을 빈정댔다. 스승이 조롱의 대상이 되자 역시 큰 충격에 휩싸여 절망감에서 헤어나오지 못했던 알료샤는 그루셴카를 만나고 나서 수도원에 돌아와 스승의 시신이 누워있는 관 옆에서 잠시 잠이 들었다. 잠든 사이 그가 꿈에서 갈릴래아의 카나의 어느 혼인잔치에 참석한 그리스도와 조시마를 목격한 뒤, 거기서 행한 그리스도의 행적과 조시마의 말씀을 보고 들으면서 깊은 환희에 젖어 소리치다가 잠에서 깬 일을 앞서 소개한 바 있다. **사랑** 그 자체가 바로 **기적**이라는 것을 깨닫고 잠에서 깨어난 알료샤는 승방에서 나와 "땅으로 몸을 던졌다". "대지를 끌어안고……그저 울면서, 흐느끼면서, 눈물을 줄줄 흘리면서 대지에 입을 맞추었고 그것을 사랑하겠노라고, 영원토록 사랑하겠노라고 미친 듯이 흥분에 휩싸여 맹세했다. **대지를 너의 기쁨의 눈물로 적시고 너의 그 눈물을 사랑하라**라는 말이 그의 영혼 속에서 울리고 있었다"(2부 176쪽). 그는 대지의 사람들을 위해 "평생 동안, 영원토록" "한평생 흔들리지 않을 투사"가 되겠다고 맹세했다(2부 177쪽).

대지에 대한 사랑, 대지의 사람들, 특히 '민중'에 대한 사랑, 그리고 모든 존재 앞에서 죄인임을 깨닫고 눈물로 용서를 구하며, 인간은 물론 모든 생명, 아니 모래알 하나까지 사랑하는, 이런 전체적인 사랑을 통해 우리 인간은 진정한 "신의 사람"(1부 109쪽)이 된다는 조시마의 인식은 알료샤에게 그대로 이어진다. 조시마, 알료샤, 아니 도스토예프스키의 이러한 인식은 그의 다른 작품 『악령』(1872)에서 일찍이 등장한다.[22) 다른 한편 그의 『작가의 일기』의 「대지와 아이들」이라는 항목(項目)에서, 그리고 바흐친이 "도스토예프스키의 가장 중요한 주제들의 백과사전"[23)이라 일컬었던, 『작가의 일기』의 「어리석은 사람의 꿈」이라는 항목에서도 이미 등장하고 있다.[24) 도스토예프스키의 근본사상은 바로 조시마의 그러한 인식에 기초하고 있다. 유럽의 니힐리즘에 큰 관심을 가졌던 도스토예프스키는 유럽 니힐리즘의 근본특징이 인간과 자연의 관계단절이며, 이와 같은 니힐리즘의 극복은 우리 삶의 조건이 알료샤, 드미트리, 그리고 이반에게도 이어지는 조시마의 인식을 기반으로 할 때만 가능하다고 생각했다.

이반은 자신은 삶을 무척 사랑한다고 말했다. "논리를 거역해서라도 살고 싶다"고 말했다. 신이 창조한 "사물의 질서를 믿지 않는다 하더라도 봄이면 싹을 틔우는…… 이파리들…… 푸른 하늘도…… 정이 가는 사람들도" 자기에게는 너무 "소중"하기 때문에 대지 위의 이 모든 것들이 "인류의 어떤 위업" 못지않게 너무나 소중하기 때문에, 이 대지에서의 삶을 너무나 사랑한다고 말했다(1부 482쪽). 자신의 마지막 종착지가 "묘지"임을 알고 있지만, 그 묘지는 대지 위에 서 있기 때문에 자신에게는 "소중한 묘지"이며(1부 482쪽), 그 묘지 위의 "비

---

22) 도스토예프스키의 인식을 대변하고 있는 작중 인물인 샤토프는 니힐리스트의 전범(典範)이라 할 수 있는 작품의 주인공인 스타브로긴(Stavrogin)에게 다음 같이 말한다. "대지에 입 맞추세요. 눈물로 대지를 적시십시오. 용서를 구하시오…… 노동으로써 신을 얻으십시오. 모든 핵심은 이 속에 있습니다. 그렇지 않으면 당신은 지저분한 곰팡이처럼 사라지고 맙니다. 노동을…… 농민의 노동으로 신을 얻으십시오……."(Fydor Dostoevsky, *Demons*, Richard Pevear and Larissa Volokhonsky 옮김 [New York: Vintage Books, 1995], 255쪽).

23) Mikhail Bakhtin, *Problems of Dostoevsky's Poetics*, Caryl Emerson 편역 (Minneapolis: U of Minnesota Pr., 1984), 150쪽.

24) 이에 대해서는 Bruce V. Foltz, *The Noetics of Nature: Environmental Philosophy and the Holy Beauty of the Visible* (New York: Fordham UP, 2014), 151~152쪽을 볼 것.

석들"은 저마다 "그토록 열렬하게 지나간 삶을, 자신의 위업과 자신의 진리와 자신의 투쟁과 자신의 학문에 대한 그토록 열정적인 믿음을 말해주고" 있기 때문에 "나는 대지 위에 엎드려 이 비석들에 입을 맞추면서 울 것"이라고 말했다(1부 483쪽).

드미트리는 "곱슬머리 금발의 포이보스와 그의 뜨거운 빛"(2부 257쪽)이 내려다보는 이 대지 위의 삶보다 더 소중한 삶은 없다고 말했다. 이 지상, 이 대지 위에서 살고 싶다고 말했다(2부 257쪽). 조시마의 형 마르켈은 우리는 모두 죄인임을 깨닫고 우리 죄의 용서를 구하고, 죄의 용서를 구하는 우리 모두를 또 다른 우리 모두가 용서를 해주는, 즉 서로가 서로를 용서해주는 이러한 사랑의 행위가 펼쳐지는, 우리가 사는 이러한 **대지**가 바로 "천국"(2부 25쪽)이라고 말했다.

도스토예프스키는 그의 편집자인 리우비모프(N. A. Liubimov)에게 보낸 편지에서 작중 인물 조시마는 "순수하고 이상적인 기독교인"이라 일컬으면서 "기독교는 러시아가 모든 악으로부터 도피할 수 있는 유일한 피난처"라고 말한 바 있다.[25] 어떤 의미에서 가장 순수하고 가장 이상적인 기독교인인 조시마는 아주 중요한 말을 던지고 있다. 그는 "모든 창조물, 모든 피조물, 잎사귀 하나까지도 **말씀**[26]을 지향"한다고 말했다(2부 37쪽). 『신약성서』「요한복음」 1장 1절은 "태초에 말씀이 계시니라…… 이 말씀은 곧 하느님이니라"로 시작한다. 그리고 또 한편 「요한복음」 1장 14절은 "말씀이 육신이 되어 우리 가운데 거하시며 우리가 그 영광을 보니"라고 말하며, 「요한일서」 4장

---

25) Fydor Dostoevsky, 앞의 책, *Polnoe sobranie sochinenii v tridtsati tomakh*, 30.1: 68쪽; Linda Ivanits, *Dostoevsky and the Russian People* (Cambridge: Cambridge UP, 2008), 160쪽에서 재인용.

26) 인용한 텍스트의 한글 번역에서는 "말씀"이 아니라 "말을 지향"한다고 번역하고 있다. '말'이라는 표현으로는 도스토예프스키의 인식의 핵심을 놓치기 쉽다.

2절 또한 "예수 그리스도께서 육체로 오신 것……"이라고 말하고 있다. 여기서 복음서의 저자는 말씀은 바로 육신이며, 육신은 다름 아닌 예수 그리스도라고 말하고 있다. 저자는 여기서 말씀의 육화에 대해 말하고 있다.[27] 그 말씀의 육화는 절대적 사랑을 위해 절대적 자기희생, 즉 십자가 위에서의 육체의 죽음을 통해 그 본질이 드러나고 있다. 예수는 그 자체가 바로 사랑이다. 말씀이 바로 신이며, 신이 바로 말씀이라는 것이다. 여기서 신은 물론 예수 그리스도다. 예수는 절대적 사랑을 위해 절대적 자기희생을 행한 자다. 그는 그 자체가 바로 **사랑**이다. 성 아우구스티누스가 궁극적으로 도달한 인식이 바로 "사랑이 신이다"이었듯,[28] 여기서 **말씀**은 **사랑** 그 자체를 의미한다. 조시마는 인간과 동물은 물론 잎사귀 하나에 이르기까지 모든 존재가 '말씀'을, 즉 '사랑'을 지향한다고 말한다. 모든 존재가 사랑을 지향하는 이 대지 위에서의 삶이 바로 **천국**이고, 이러한 대지 위의 천국이 바로 인간의 최고의 이상인 황금시대다. 이러한 황금시대의 비전이 조시마, 아니 도스토예프스키의 비전이다.

"전통적으로 러시아인이 상상하는 유토피아는 경제적 이해득실을 바탕으로 하는 사회와 대립되는 **사랑**을 바탕으로 하는 사회"였다. 이러한 "유토피아적인 비전"은 "도스토예프스키, 톨스토이, 그리고 솔로브요프에서 찾을 수 있다".[29] 이 대지 위에서 사랑으로 평등한 사

---

27) '말씀의 육화'에 대해서는 Michel Henry, *Incarnation: A Philosophy of Flesh*, Karl Hefty 옮김 (Evanston, Ill: Northwestern UP, 2015), 3~21쪽을 볼 것.

28) *In Johannis epistulam, Augustine: Later Works*, John Burnaby 옮김 (Philadelphia: Westminster Pr., 1955), 〈tract〉 9.0; Eoin Cassidy, "Le phénomène érotique: Augustinian Resonances in Marion's Phenomenology," *Givenness and God: Question of Jean-Luc Marion*, Ian Leaskar and Eoin Cassidy 엮음 (New York: Fordham UP, 2005), 219쪽에서 재인용.

29) Boris Groys, *Introduction to Antiphilosophy*, David Fernbach 옮김 (London: Verso, 2012), 158쪽.

회를 세우는 것, 이것이 도스토예프스키의 유토피아적인 비전이다. 아도르노는 역사의 공포, 즉 "절망의 눈 앞에서 철학이 책임지고 할 수 있는 단 한 가지는…… 모든 것을 구원의 관점에서 찬찬히 바라보려는 것"이라고 말한 바 있다.[30] 우리는 메시아적 관점에서 인간 조건을 바라보아야 한다는 것이다. 어느 시대나 마찬가지이지만, 도스토예프스키 시대의 러시아도 조시마와 이반 등 여러 작중 인물들이 진단했듯, 고립·자살·살인·가난·방탕·불의 등이 난무하는 어두운 시대였다. 도스토예프스키 또한 **구원**의 관점에서 자기 시대를 조망하고자 했다.

아도르노는 괴테의 '파우스트'에 관한 노트에서 "희망은 마음속에 굳게 간직되어 있는 기억이 아니라 망각되어 있는 것의 복귀다"[31]라고 말한 바 있다. 알료샤는 일류샤의 무덤 곁에서 일류샤의 친구들과 마지막 작별을 고하면서 20년 후에 다시 만날 때까지 "서로서로 잊지 맙시다"라고 말했다. 무엇보다도 "우리에게 영원토록 소중한 일류샤를…… 영원토록 잊지 맙시다"라고 말했다(3부 553쪽, 554쪽). 도스토예프스키는 일류샤의 무덤 곁에서 알료샤가 일류샤의 친구들에게 한 말은 "소설 전체의 의미를 반영하고 있다"[32]고 말한 적 있다. 일류샤를 "영원토록 잊지 맙시다"라는 그 말에는 일류샤를 향한 기억을 통해 그를 위해 무엇을 해야만 하는지가 그 속에 내포되어 있다. 이

---

30) Theodor W. Adorno, *Minima Moralia: Reflexionen aus dem beschädigten Leben*, *Gesammelte Schriften* (Frankfurt am Main: Suhrkamp Verlag, 1951), 4: 281쪽; *Minima Moralia: Reflections from Damaged Life*, E. F. N. Jephcott 옮김 (London: Verso, New Left Books, 1978), 247쪽.

31) Thodor W. Adorno, "Zur Schlußszene des Faust, Noten zur Literatur," *Gesammelte Schriften* (Frankfurt am Main: Suhrkamp Verlag, 1974), 2: 138쪽; Theodor W. Adorno, "On the Final Scene of Faust," *Notes to Literature*, Shierry Weber Nicholsen 옮김. (New York: Columbia UP, c1991-1992), 1: 120쪽.

32) Fyodor Dostoevsky, 앞의 책, *Polnoe sobranie sochinenii v tridtsati tomakh*, 15: 446쪽; Susan McReynolds, 앞의 책, 35쪽에서 재인용.

것이 내포되어 있지 않다면, '기억'은 '희망'이 될 수 없다. 앞서 우리는 도스토예프스키가 기획하고 있었던 2부에서 혁명가로 등장하는 그의 "미래 주인공"(1부 39쪽)인 알료샤가 사회주의 혁명의 "투사"(2부 177쪽)로서 활동하게 될지도 모른다고 말한 바 있다. 계급 불평등이라는 사회의 구조적인 모순 속에서 일찍 세상을 마감한 일류샤를 향한 기억이 알료샤와 일류샤의 친구들의 가슴속에 계급타파를 위한 혁명의식을 불러일으키지 않는 한, 그를 향한 **기억**은 희망이 될 수 없다.

하지만 이러한 전망이 도스토예프스키의 궁극적인 인식이라고 단정할 수는 없다. '희망'은 '기억'이 아니라 '망각되어진 것'의 '복귀'라면, 도스토예프스키에게 **망각되어진 것**은 무엇일까. 그것은 **용서와 사랑**이다. 우리 모두는 같은 인간은 물론, 모든 동물들 그리고 "새, 나무, 초원, 하늘" 등 모든 존재 앞에서 죄인임을 인식하고, 따라서 "치욕" 속에 살았던 우리의 잘못을 이들 모두에게 용서를 구하고(2부 23쪽, 24쪽, 25쪽), 그리고 개인의 죄든 집단의 죄든 간에 '나' 아닌 다른 모든 자들의 죄에도 책임이 있음을 통감(痛感)하고, 마침내 사랑을, 그것도 "모래알 하나까지" 사랑하는 신의 "사랑과 최대한 닮은 사랑"(2부 87쪽)을 하고, 그리고 "이 지상에서는 불가능한 일종의 기적"으로 여겨지는 자기희생적인 "그리스도식 사랑"(1부 497쪽)을 행하는, 그런 크나큰 행위가 바로 '망각되어진 것'의 내용이라고 말할 수 있다. 도스토예프스키는 **아름다움**이 이 세상을 구원하게 될 것이라고 예언했다. 그 아름다움은 이와 같은 사랑이다. 도스토예프스키는 이것이 단지 망각되고 있을 뿐 **너무도 넓은** 존재인 인간(1부 227쪽)의 내부에 본래 잠재하고 있는, 인간 고유의 모습이며, 그리고 이 망각되어진 것의 복귀야말로 **구원**의 **희망**이라고 말하는 것처럼 보인다.

10장 카프카 『변신』 그리고 『소송』

카프카(Franz Kafka, 1883~1924년) 연구의 한 전문가는 "셰익스피어를 제외하고" 매년 가장 많이 등장하는 비평논문은 카프카에 관한 비평논문이라고 80년대에 지적한 바 있다.[1] 매년 쏟아져 나오는 카프카에 관한 저서나 논문 목록들을 보면 지금도 80년대의 상황과 거의 비슷하다. 카프카는 사망하기 전에는 독일문학계에서도 거의 알려져 있지 않았던 문학가였지만 이제는 세계문학을 대표하는 문학가들 가운데 한 사람으로 받아들여지고 있다.

겉으로 드러난 것을 보면, 카프카는 보통 다른 사람들과 마찬가지로 평범한 삶을 살았던 것으로 보인다. 하지만 그의 작품은 그 전례(前例)를 거의 찾아볼 수 없을 만큼 절망적이고 허무주의적이다. 그에게는 어떤 희망도, 어떤 구원도 인간에게 불가능한 것처럼 보인다. 그에게는 **니힐리즘** 자체가 우리시대의 **진실**인 것처럼 보인다. 그렇다면 카프카는 어떤 사람이었는가? 그의 작품 이해를 위해 이 물음부터 시작하는 것이 좋을 것 같다. 벤야민은 "그렇다면 카프카는 어떤 사

---

1) Stanley Corngold, *Franz Kafka: The Necessity of Form* (Ithaca: Cornell UP, 1988), 24쪽.

람이었는가?"라고 질문을 던지면서 카프카는 어느 누구라도 그의 존재에 대해 어떤 대답이라도 하는 것을 거부하듯, "대답에 이르는 길을 방해하기 위해 힘이 닿는 한 전력(全力)을 다했다"[2]라고 말한 바 있다.

평범한 삶

카프카의 아버지 헤르만 카프카는 보헤미아 지방의 인구가 100명밖에 안 되는 보셀이라는 촌락에서 체코계 유대인 푸주한의 아들로 태어났다. 그는 여기서 보부상 겸 직물 외판원으로 일하다가 가난을 견디지 못해 프라하에 이주했다. 30살 때 프라하에서 독일계 유대인 양조업자의 딸 율리에 뢰비와 결혼했다. 헤르만 카프카는 처음 발을 들여놓은 범죄의 소굴인 빈민지역에서 장신구점을 차려 소규모의 장사를 하면서 어느 정도 성공을 이루었다. 사업이 잘되자 네 번이나 이사하면서 빈민가를 벗어나게 되었으며, 성공한 상인이 되어 신분상승이 눈앞에 올 무렵, 1883년 7월 장남 프란츠 카프카가 게토와 가까운 프라하의 구시가(舊市街)에서 태어났다. 그 뒤를 이어 두 아들이 태어났지만, 그들은 태어난 뒤 1, 2년 만에 병으로 사망했고, 뒤이어 세 딸이 태어났지만, 후에 나치가 체코를 점령하자 그들은 강제수용소에서 죽음을 당했다.

카프카 당시 오스트리아-헝가리 제국의 수도 빈의 변방이었던 체코의 프라하는 45만 가량의 시민들 가운데 체코인이 전체 시민의 90% 가량, 독일인이 5~6% 가량, 그리고 유대인, 크로아티아, 헝가

---

2) Waltrer Benjamin, *Selected Writings of Walter Benjamin*, Marcus Bullock and Michael W. Jennings 엮음 (Cambridge/ M. A.: Harvard UP, 1996~2003), 2: 495쪽.

리인 등이 4~5%를 차지했다. 2만 5천명의 유대인들 가운데 약 1만 4천 명은 체코어, 나머지의 약 1만 1천 명은 독일어를 사용했다. 이처럼 프라하는 슬라브족인 체코인이 대다수를 차지했지만, 그들이 독일의 지배에서 해방되기 전까지, 즉 1차 세계대전 전까지는 프라하를 지배하고 있었던 것은 소수의 독일계 오스트리아인과 독일인들이었다. 독일은 392년에 이르는 기간(1526~1918)을 체코를 지배했다.

대부분이 중산층이었던 유대인들은 체코어가 아닌 독일어를 사용하고 독일문화에 더 동화되었지만, 그들은 체코인과 독일인 "양쪽에서 똑같이 미움을 받았다. 독일인들은 그들을 자신들의 영업권을 침범한 자들이라고 여겼고, 대부분의 체코인들은 그들을 게르만 민족의 지배를 지지하는 자들이라고 이해했다."[3] 따라서 유대인들은 체코인과 독일인들로부터 동시에 배척당했다. 이것이 1차 세계대전 전의 프라하의 상황이었다.

헤르만 카프카는 일생을 통해 사회적으로 신분이 상승하는 것을 그의 삶의 목표로 삼았다. 신분상승은 프라하 인구의 약 7%에 해당하는, 그것도 독일어를 사용하는 상류층에 편입해야만 가능했다. 독일어를 사용하는 1900년의 프라하 인구는 33,776명이었다. 그 가운데 약 40%가 유대인이었다.[4] 상류층에 편입하기 위해 헤르만 카프카는 자녀교육을 통해 독일인 사회와 연결을 맺으려 했다. 그는 자식들 모두를 독일계 학교에 보냈다. 프란츠 카프카는 독일계 초등학교를 졸업한 뒤, 1893년에서 1901년까지 프라하 구시가에 있는, 그리스어와 라틴어를 가르치는 인문계 고등학교인 김나지움, 즉 독일어 상

---

3) Saul Friedländer, *Franz Kafka: The Poet of Shame and Guilt* (New Haven: Yale UP, 2013), 19쪽.

4) Jean-Pierre Danès, *Prague, Kafka, Chweik: Etudes* (Versailles: Marie-Dosée Danès, 1989), 45쪽.

용 왕립고등학교에 입학했다. 1901년 고등학교 졸업시험 뒤, 그는 처음에는 철학을, 그다음에는 화학을 전공할 생각이었지만, 결국 법학을 공부하기로 했다. 유대인에게 의학과 더불어 취업기회를 가장 많이 제공하는 분야가 법학이었기 때문이다. 그는 프라하의 왕립 독일대학, 즉 카를 페르디난트대학에 입학했다.

법학부에서 첫 학기를 마친 뒤, 카프카는 아버지의 반대에도 불구하고 법학 공부를 포기하고, 독일문학과 미술사로 전공을 바꾸었다. 그러나 독일문학의 우월성만 강조하고 인종차별주의적이고, 더욱이 반유대주의적인 색깔을 띤 당시 저명한 독일문학 교수의 강의에 실망하고 독일문학을 전공하는 것을 포기했다. 다시 전공을 법학으로 바꾼 뒤 8학기라는 아주 짧은 기간에 공부를 끝마쳤다. 법학사를 받은 그는 거기에서 평생 절친한 친구가 되었던 브로트(Max Brod)와 폴라크(Oscar Polak)를 만난다. 카프카는 아버지의 뜻에 따라 프라하의 상류 유대인의 생활 패턴 그대로 독일교육을 받은 독일정신으로 성장했다.

법학공부를 마친 뒤 카프카는 처음에는 도시 프라하에 지점을 둔 이탈리아의 「일반보험회사」에서 일하다가 1년 뒤 국가가 경영하는 「노동자재해보험공사」로 자리를 옮겼다. 그는 노동자재해에 관련된 법률문제를 담당하는 것뿐만 아니라 재해를 예방하기 위해 공장을 방문하여 공장의 설비와 안전장치를 미리 점검하는 일도 했다. 카프카는 법률문제를 조사하고 국가기관이나 대기업과 연관된 중요한 사건을 처리하는 부서기장(우리로는 국장)과, 그다음 관료로서 최상급직에 속하는 서기장(우리로는 이사)으로 승진한 뒤 1922년에 퇴직할 때까지 14년(1908~1922년)을 여기서 계속 일했다. 근무시간이 오전 8시부터 오후 2시였으므로 일이 끝난 뒤 카프카는 오후나 저녁 시간에 프라하 성이나, 대성당 주위 등을 배회한다든가, 사회주의나

아나키즘을 표방하는 정치집회에 참가한다든가,[5] 루브르 카페에서 열리는 저명한 철학자 브렌타노(Franz Bretano)가 주관하는 철학토론회나, 상대성이론, 정신분석학, 양자이론 등 최근의 시사적인 주제에 대한 강연회에 참석하는 등 시간을 보낸 뒤 밤늦은 시간에 틈틈이 작품을 집필했다.

이 무렵 카프카는 코지 광장 주변의 사보이 카페에서 주로 동유럽에서 유대인들이 사용하는 이디쉬어로 연극을 공연하는 폴란드 순회극단을 자주 찾아갔다. 그는 20번 이상 그 유대 순회극단의 연극을 관람했다. 거기서 그는 유대정신과의 최초의 만남이 이루어졌다. 독일문화에 애써 동화하려고 했던 서유럽 유대인들의 생활태도를 경멸해온 카프카는 이를 계기로 동유럽의 전통적인 유대의 문화에 대해 배우기 시작했고, 히브리어도 배우기 시작했다. 그리고 그는 유대의 역사와 문학을 공부했다.

1911년 카프카의 아버지는 아들이 사업가가 되는 것을 희망했지만, 카프카가 이를 완강히 거부함으로써 부자간에 갈등이 깊어졌다. 1912년 카프카는 친구 브로트의 집에서 그보다 네 살 어린 여인 펠리체 바우어를 만나 교제를 시작했다. 2년 뒤 약혼했지만, 약혼 한 달 만에 파혼했다. 그러나 몇 개월 뒤 그녀를 다시 만나 다시 약혼을 했지만 곧바로 파혼했다. 1917년 폐결핵이 발생한 뒤 요양소에서 잠시 지냈고, 그 후 여인 율리에 보리체크를 만나 약혼했다. 하지만 저널리스트이자 그의 작품을 체코어로 번역했던 열두 살 연하의 유부녀 밀레나 폴락(예젠스키)와 만나고 나서, 약혼한 지 1년도 되기 전에 보리체크와의 약혼을 파기했다. 처음으로 진정한 사랑을 경험했던 밀레

---

5) Max Brod, *Franz Kafka: A Biography*, G. Humphreys Roberts and Richard Winston 옮김 (Cambridge/ M. A.: De Capo Pr., 1995), 100~101쪽.

나와의 만남도 1921년 일찍 끝났다.

카프카는 「노동자재해보험공사」에서 일하는 동안 그의 최초의 소설 『선고』를 포함한 그의 대부분의 작품을 집필했다. 그리고 그의 마지막 장편소설 『성』(城)도 공사에서 일하는 동안 쓰기 시작한 뒤 폐결핵으로 인해 회사에 사직서를 내고 누이동생 오틸리에의 집에서 지내는 동안 비록 미완성이지만 마무리했다. 카프카는 마흔한 번째 생일을 앞두고 1924년 6월에 사망했다. 사망하기 전 친구 브로트에게 자신의 모든 작품을 소각하라는 유언을 남겼다. 그러나 그 유언에도 불구하고 브로트는 그의 작품들, 다른 미완성 원고와 일기, 그리고 편지 등 그의 전집을 출간했다.

이렇듯 겉으로 드러난 것을 보면, 카프카의 삶은 유별나지 않고 다른 보통 사람들과 마찬가지로 평범한 삶이었다. 그의 삶은 또한 단조롭기 짝이 없다. "내 인생은 이 작은 원 속에 갇혀있다"라고 말할 정도로 카프카는 **감옥**과 같은 빈의 변방지역인 프라하라는, 외세의 침략을 막기 위해 1,000년 동안 구축된 철옹성 같은 성곽과 요새들로 둘러싸인 작은 고도(古都)에서 한평생을 보냈다. 아니 그것도 1평방킬로미터 남짓한 구시가의 게토에서 거의 한평생을 보냈다. 경제적으로 부유한 환경에서 자랐기 때문에 극심한 가난이나 궁핍의 고통도, 작품에 소재가 될 만한 특별한 경험도 없었다. 그리고 남녀 간의 유별난 사랑이나 그런 사랑의 아픔도 없었다. 약혼하고 그 약혼을 파기하는 것은 우리의 삶에 자주 일어나는 아주 흔한 사건이고, 관심을 끄는 정치집회에 참가하는 것도, 그리고 이를 계기로 사회주의나 아나키즘 같은 것에 경도되는 것도 여느 다른 젊은이들이 흔히 경험하는 아주 일상적인 사건이다. 회사의 최고위직의 간부로서 커다란 불평 없이 직장생활을 마무리했던 카프카에게는 카프카만의 특이한 삶이라고 일컬어질 만한 그 어떤 것도 없었다.

카프카가 김나지움 5학년이었던 1897년 10월 프라하에서 반유대인 폭동이 일어났을 때, 그는 이를 직접 목격했지만 그 사건에 별다른 반응을 보이지 않았던 것처럼 보인다.[6] 하지만 카프카가 「노동자재해보험공사」에서 직장생활을 하고 있었던 1920년에 프라하에서 반유대인 폭동이 일어났을 때, 그는 이 폭동사건에 격렬하게 반응했다. 그는 그해 11월 중순에 연인 밀레나에게 "나는 반유대주의의 증오 속에 허우적거리면서 매일 오후 거리에서 보내고 있소. 며칠 전에 나는 누군가가 유대인을 **옴에 걸린 더러운 인간**이라고 일컫는 것을 들었소. 이렇게 미움을 받는 곳을 떠나는 게 당연한 것 아니겠소?"라고 말한 뒤, 비명을 지르는 유대인들을 향해 무장 경찰과 헌병들이 총검을 들이대고 해산시키는 것을 창밖을 통해서만 바라다보는 자신의 행위를 "곰팡내 나는 치욕"[7]이라고 일컬으며 자기비판을 하는 내용의 편지를 보냈다.

그러나 카프카는 여기까지다. 19세기 말 이래 오스트리아-헝가리 제국의 지방 도시 가운데 체코의 프라하만큼 폭력이 난무한 곳은 없었다.[8] 유대인을 배척하는 숱한 폭력이 있었고, 유대인을 표적으로 삼은 폭동과 소요는 점차 늘어났고, 유대인의 상점들을 급습해 상품들을 강탈해가는 것은 일상적인 일이었으며, 초국가주의 체코청년당은 거리의 무법자가 되어 유대인들에게 무차별적으로 테러를 감행했다.[9] 이렇듯 반유대주의가 극에 달했던 시기를 포함한 그의 생애 대

6) Saul Friedländer, 앞의 책, 53쪽.

7) Franz Kafka, *Letters to Milena*, Philip Boehm 옮김 (New York: Schocken Books, 1990), 212~213쪽.

8) William M. Johnston, *The Austrian Mind: An Intellectual and Social History*, 1848~1938 (Berkeley: U of California Pr., 1983), 269쪽.

9) Hillel J. Kieval, *The Making of Czech Jewry: National Conflict and Jewish Society in*

부분에서 그 어떤 모험도, 그 어떤 저항의 행동도 카프카에게서 찾아볼 수 없다. **자기비판**도 카프카만의 특이한 것이 아니라 젊은이들뿐만 아니라 그 시대를 살았던 유대인에게는 흔히 볼 수 있는 현상이다. 카프카만의 특이한 것이라고 말할 만한 그 어떤 것도 눈에 띄지 않는다.

그의 작품에는 아들과 갈등관계에 있는 **아버지**라는 인물이 자주 등장한다. 그의 작품에서 그와 아버지 간의 갈등관계가 주요 모티프로 등장하고 있는 것도 사실이다. 하지만 아버지와 아들 간의 갈등은 어느 가정에서도 일어나는 아주 흔한 현상이다. 카프카와 그의 아버지 간의 갈등을 그만의 특이한 현상이라고 보기에도 어렵다. 카프카는 1919년 11월, 즉 폐결핵으로 죽기 4년 몇 개월 전 장문의 글「아버지에게 드리는 편지」를 집필했다. 이 편지를 쓰게 된 직접적인 동기는 유대교 회당의 관리인이자 제화공(製靴工)의 딸인 율리에 보리체크와의 세 번째 결혼시도가 아버지에게 일언지하에 거부당한 것에 있었다.[10] 카프카의 아버지는 관리인의 딸이라는 신분은 자신의 사회적 위상에 어울리지 않는다고 생각했다. 그 편지에서 카프카는 아버지에게 심한 모멸감과 치욕을 느꼈다고 말하고 있다. 아들의 결혼을 중요시하는 아버지가 자기 기준에 따라 상대편의 딸에 거부감을 갖고 결혼을 허락하지 않는 것 또한 여느 가정에서도 흔히 일어나는 일반적인 현상이다.

Bohemia, 1870~1918 (New York: Oxford UP, 1988), 66쪽.

10) Saul Friedländer, 앞의 책, 23쪽. 카프카가 보리체크와의 결혼을 포기했던 것은 아버지의 강력한 반대 때문만은 아니었다. 보리체크도 건강이 좋지 않았을 뿐 아니라 자신에게도 곧 폐결핵이 들이 닥칠만큼 카프카 또한 건강이 좋지 않았던 것, 즉 그들의 건강상태가 결혼을 포기했던 원인 가운데 하나였다. 이에 대해서는 Jill Scott, "Phonemes of Forgiveness in Kafka's 'Letter to His Father'," *A Poetics of Forgiveness: Cultural Responses to Loss and Wrongdoing* (New York: Palgrave Macmillan, 2010), 62~68쪽을 볼 것.

자신과 아버지 간의 갈등, 그리고 그 갈등에서 느꼈던 고통을 이야기하면서 가부장적인 세계의 질서와 가치를 대변하는 아버지를 상대로 쓴 이 편지를 카프카는 어머니를 통해 아버지에게 전하려고 했지만, 아버지에게 전달되지 못했다. 이 편지에는 1886년과 1880년 사이로 추정되는 유년시절에 카프카가 발코니에서 경험했던 사건이 기록되어있다. 그가 유일하게 기억하고 있는 유년시절의 단 하나의 사건이다. 당시 목이 말라서가 아니라 아버지를 곯리고 싶어서 또 재미삼아 밤중에 물을 마시고 싶다고 카프카가 아버지에게 칭얼거렸다. 몇 번 호통을 친 뒤에도 그가 계속 칭얼거리자 아버지는 그를 침대에서 번쩍 들어 올려 발코니로 데리고 나가 문을 닫은 채 문 밖에 속옷 바람으로 얼마동안 혼자 서 있게 한 일이 있었다.

"거대한 몸집의 남자" "최고의 권위"를 가진 "나의 아버지"에게 "하잘 것 없는 존재"로 대접받았던[11] 이른바 이 '발코니경험'은 한평생 그에게 커다란 상처로 남아있었다. 하지만 유년시절의 이러한 경험은 카프카만의 유별난 경험이라고 하기는 어렵다. 복종을 강요하고 어떠한 항변도 용납하지 않는 독단적인 아버지가 아들에게 행하는 이와 같은 거친 행동은 정도의 차이는 있지만 여느 가정에서도 일어나는 흔한 일이다. 한편 보통 가정에서 이따금 발생하는 매질 등 폭력행위 같은 것은 카프카에게 없었던 것으로 보인다.

체코인과 독일인 양쪽에서 배척당하는 유대인으로서 프라하를 지배하고 있는 독일인과 독일계 오스트리아인 사회에서 인정을 받기 위해서 재산가가 되어 신분상승을 꾀할 수밖에 없었던 헤르만 카프카는 유년시절의 카프카에게 신경을 쓸 겨를이 없었다. 따라서 사업

---

11) Franz Kafka, "Letter to His Father," *The Metamorphosis and Other Stories*, Joyce Crick 옮김 (Oxford: Oxford UP, 2009), 103쪽.

상 불가피하게 따를 수밖에 없는 이기주의, 출세지향주의, 배금주의에 매몰될 수밖에 없었을 것이다. 카프카도 「아버지에게 드리는 편지」에서 아버지가 그의 삶 전체를 자식들, "특히 나[카프카]를 위해" 희생했으며, 그 결과 자신은 전혀 궁핍을 모르며 아무런 걱정 없이 마음껏 공부하면서 "마치 귀공자처럼" 살았다고 말하고 있다. 그러나 그의 아버지는 자신에게 이에 대한 대가로 어떠한 감사치레도 요구하지 않았다고 말했다.[12]

카프카는 그 발코니 경험과 같은 아버지에게서 받았던 마음의 상처를 어머니를 통해 치유받고 싶었지만, 어머니는 카프카는 물론 다른 자녀들에게도 크게 관심을 주지 않았다. 「아버지에게 드리는 편지」에서도 드러나듯, 유년시절 카프카가 보기에는 어머니는 자식들에 대한 아버지의 판단과 편견을 무조건 "맹목적으로"[13] 수용했을 뿐만 아니라 오직 아버지를 사랑하는 것만이 관심의 전부였다. 하지만 작은 돈으로 가게를 열어 악착같이 일하면서 사업을 펼쳐나가는 남편을 돕기 위해 어머니가 아이들을 하녀나 가정교사에게 맡기고 가게에서 하루 종일 일을 하며 시간을 보낼 수밖에 없었던 것도 이해할 만한 것이다. 그들이 그렇게 살았던 것도 결국은 자식들의 미래를 위한 것이었기 때문이다. 프라하의 게토의 유대인 어머니들은 대부분 그렇게 살았다. 따라서 부모의 사랑을 제때, 그리고 제대로 받지 못한 것도 카프카만의 특이한 상황은 아니다. 당시 프라하의 유대인의 대다수의 아이들도 같은 처지에 있었다.

학교는 카프카에게 부정적인 이미지로만 남았다. 초등학교시절에도, 그리고 김나지움시절에도 학교는 그에게 고통으로만 경험되었다.

---

12) Franz Kafka, 같은 글, "Letter to His Father," 100쪽.
13) Franz Kafka, 같은 글, "Letter to His Father," 117쪽.

그는 초등학교시절 학교를, 그리고 선생들을 증오했다. 당시 그가 다닌 초등학교는 상대적으로 진보적인 분위기였음에도 불구하고 억압적인 분위기를 통해 도움은커녕 공포와 피해만 주었다고 회상했다. 학생의 대부분이 유대인 자녀들인 이 학교에서 카프카는 독일학생과 체코학생 양쪽이 유대인 학생에게 보내는 증오를 경험하면서 공포와 불안 속에서 학교생활을 했을 수도 있다. 하지만 이것 또한 카프카만의 특이한 경험이라 하기 어렵다. 감수성이 예민한 나이의 당시 10대의 유대인 학생들 대다수가 공유했던 경험이라고 할 수 있다.

초등학교와 마찬가지로 독일계 고등학교인 김나지움에서도 카프카에게 학교생활은 고통스런 경험이었다. 국가의 관리를 양성하는 것을 주된 목적으로 했던 이 인문계 김나지움도 억압적인 분위기였다. 1866년까지 교회에 의해 지배되었던 이 고등학교는 그 뒤 교회의 지배가 법적으로 종식되었지만, 사제와 수도사들이 교사나 교육행정가로 학교에서 활동했다. 학교의 규율은 엄했고, 교육의 모든 부문, 즉 수업계획, 교육과정, 시간표 등을 국가가 일일이 감독하고 지시했다. 수업시간의 절반은 철저한 암기를 요구하는, 흥미도 없고 실제 생활에 쓸모가 없는 그리스어와 라틴어에 할애되었다. 독일어 시간은 주당 3시간의 진부하기 짝이 없는 독본과정, 그것도 외우는 수업이 전부였다. 역사는 주로 고대사를 다루었으며, 그것도 외우는 것을 중심으로 한, 전쟁과 제국의 역사에 집중되었다.

카프카는 「아버지에게 드리는 편지」에서 김나지움 수업을 회상하면서 삶에 대해서, 그리고 세계에 대해서 "섬광 같은 관심"을 "자신에게 불러일으키게 할 수 있는" 사람은 학교에는 아무도 없었다고 말했다.[14] 감수성이 가장 예민한 나이의 10대의 학생들에게 학교에 대

---

14) Franz Kafka, 같은 글, "Letter to His Father," 129쪽.

한 불만과 절망감은 흔히 있는 현상이다. 이것 또한 카프카만의 특이한 현상은 아니다. 카프카는 당시 학교에서 받지 못한 보상을 책을 통해서, 즉 스피노자, 괴테, 클라이스트, 다윈, 헤겔, 니체 등 철학자들과 문학가들을 통해서 받았다. 학교생활에 좌절을 경험한 감수성이 예민한 나이의 10대의 학생들이 학교에서 찾을 수 없는 위안을 철학자들의 저서나 문학가들의 작품, 그리고 사회주의나 무정부주의자들의 정치사상 같은 것에서 찾았던 것도 카프카만의 특이한 현상이 아니다. 당시 많은 학생들 또한 그러했다.

유대인 집안이었지만, 집에서는 전통적인 종교적 분위기나 교육은 없었다. 유대인 자녀들이 절반 이상을 차지했던 김나지움에서의 유대교에 대한 종교교육은 진부하기 짝이 없는 도덕 강의와 문헌학 중심의 히브리어 공부 등 고리타분한 수업뿐이었다. 카프카는 히브리어 강의를 듣지 않았다. 「아버지에게 드리는 편지」에서 카프카는 유년시절 유대교 사원에 열심히 참석하지 않았고, 기도도 열심히 하지 않았음을 회상하면서, 당시에는 아버지가 그런 자기를 질책하는 것이 마땅하다고 생각했지만, 조금 더 자란 후에는 아버지에게 익숙한, 하지만 자기가 보기에는 "무의미한 것", "우스꽝스러운 것"[15]에 지나지 않는 유대교 의식 등, 그 무의미한 행위들을 당시 애써 따라하지 않았던 자신을 왜 아버지가 책망했는지를 이해할 수 없었다고 말했다.

체코의 프라하에 거주했던 헤르만 카프카와 같은 유대인 제2세대의 아버지들은 상류층에 편입하기 위해 독일계 오스트리아인과 독일인들의 사회에 의식적으로, 그리고 철저하게 동화되고자 했다. 그 때문에 그들은 유대교 의식 등을 습관적으로 행했을 뿐 자신들의 종교

---

15) Franz Kafka, 같은 글, "Letter to His Father," 123쪽.

를 향한 "본래적인 의미"[16]의 열정과 이에 따르는 실천적 행위도 없었다. 앞서 1900년의 프라하에서 독일어를 사용하는 주민 33,776명 가운데 40퍼센트가 유대인이라고 언급했듯, 이들 40퍼센트 가운데 20퍼센트는 정통 유대인, 즉 "자신들의 삶의 방식에서 유대교의 전통 종규(宗規)를 다소 지켰던 사람들"이었고, 나머지 80퍼센트는 "그들의 개인적인 삶에서 유대교의 전통을 거의 전적으로 배제했던 사람들이었다."[17] 연인 펠리체에게보낸 편지에서 카프카는 그의 유년 시절 대부분의 유대인들은 오직 결혼식과 장례식 때문에만 사원에 참석했다고 말했다.[18] 이는 헤르만 카프카와 같은 유대인 제2세대의 공통적인 현상이었다. 이러한 아버지 세대의 영향 하에 있었던 카프카와 같은 제3세대의 아들들은 조상의 종교에 대해 무관심했을 뿐 아니라, 때로는 비판적일 수밖에 없었다.

카프카는 「아버지에게 드리는 편지」에서 아버지는 율법의 '본래적인 의미'는 없는, 그런 우스꽝스러운 종교적 의식 등 종교적 "자료"만 자기에게 물려주었다며, "가능한 한 빨리 이 자료를 제거하는 것보다 더 좋은 것은 아무것도 없다"라고 말한다.[19] 카프카의 아버지 세대와 똑같은 배경을 갖고 있었던 유대인 청년 프로이트도 카프카와 마찬가지로, "전통적인 규범과 행위의 대부분과 이미 결별했지만 그럼에도 불구하고…… 남아있는 유대교의 종교적 의식과 신앙의 잔재들에게 정서적으로 여전히 충성을 간직하고 있는 아버지의 이율배반적인

---

16) Franz Kafka, 같은 글, "Letter to His Father," 125쪽.

17) Gershom Scholem, "A propos de la psychologie sociale des juifs a'Allemagne entre 1900 et 1930," *De la Création du Monde jusqu'á Varsovie*, Maurice-Ruben Hyoun 옮김 (Paris: Le Cerf, 1990), 224쪽, 225쪽; Pascale Casanova, *Kafka, Angry Poet*, Chris Turner 옮김 (London: Seagull Books, 2015), 44쪽에서 재인용.

18) Franz Kafka, *Letters to Feliche*, Erich Heller and Jürgen Born 엮음, James Stern and Eliabeth Duckworth 옮김 (New York: Schocken Books, 1973), 155쪽

19) Franz Kafka, 앞의 글, "Letter to His Father," 124쪽.

모순과 충돌했다."[20] 프로이트와 카프카는 그들의 아버지가 자신들에게 보다 정확한 유대교 교육을 해주지 못했던 것에 대해 그들의 아버지를 비난했다. 그러나 다양한 형태의 신비주의를 내포하고 있는 유대사상에 대해 깊은 관심을 가졌음에도 불구하고 그들은 유대교의 종교적 의식에 어떠한 관심도 보여주지 않았을 뿐만 아니라 신을 믿고자 하는 어떠한 경향도 보여주지 않았다.[21] 하지만 이러한 현상도 카프카만의 특이한 현상은 아니다. 이는 당시 대부분의 유대인 제3세대 젊은이들에게서 보이는 공통적인 현상이었다고 볼 수 있기 때문이다.

이렇게 겉으로 드러난 것을 보면 어디로 보나 카프카는 평범한 삶을 살았다. 평범한 삶을 살았던 이와 같은 평범한 사람의 문학이 루카치가 일찍이 정확하게 규정했듯, 거의 그 전례(前例)를 찾아볼 수 없을 만큼 어째서 그렇게 데카당적이고, 절망적이고, **허무주의적**[22]이라는 말인가? 다른 말로 하자. 무엇이 그의 작품을 '카프카적인 것'으로 만들 수밖에 없었는가? 아니 대체 **카프카적**이라는 것이 무엇인가?

감수성이 가장 예민한 나이의 10대의 김나지움 시절의 카프카는 별로 말이 없는, 혼자 있기를 좋아하는, 극히 성격이 내성적인 소년이었던 것으로 알려져 있다. 그의 내성적인 성격은 대학시절과 직장생활을 거쳐, 마흔한 살의 나이로 생을 마감할 때까지 이어져온 것으로 알려져 있다. 앞서 살펴보았듯, 겉으로 드러난 것으로 보면 그는 평범

---

20) Stéphane Moses, *The Angel of History: Rosenzweig, Benjamin, Scholem*, Barbara Harshav 옮김 (Stanford: Stanford UP, 2009), 147쪽.

21) Pericles Lewis, *Religious Experience and the Modernist Novel* (Cambridge: Cambridge UP, 2010), 119쪽.

22) Georg Lukács, *The Meaning of Contemporary Realism*, John and Necke Mander 옮김 (London: Merlin, 1963), 81쪽.

한 삶을 살았던 인간이다. 하지만 겉으로 드러난 것과는 달리, 카프카는 자신의 삶과 자신의 경험을 일상적이고 평범한 것으로는 보지 않았다. 죽기 4년 몇 개월 전 집필했던 「아버지에게 드리는 편지」에서 그는 일상에서 흔히 볼 수 있는 평범한 일들과 사건들이 자신에게는 결코 평범하게 보이지 않았음을 말해주고 있기 때문이다. 카프카는 유년시절 이래 경험했던 삶과, 인간과, 그리고 세계에 대한 그의 인식을 「아버지에게 드리는 편지」를 통해 비로소 드러내었다. 오랜 세월 동안 내면 깊이 은폐하고 있었던 그의 인식을 자서전적인 형식을 취하고 있는 「아버지에게 드리는 편지」와 그의 여러 작품들을 통해 결국 얼굴을 내밀었다.

자기인식을 드러내주는 **글쓰기**는 카프카에게 자기구원, 자기해방의 수단, 그것도 유일한 수단이었다. 연인 펠리체에게 보낸 편지에서 카프카는 "나는 오늘도 아무것도 쓰지 못했소……. 글을 쓰지 못하는 순간, 그다음 악령(惡靈)처럼 곧장 뒤따르는 불안이 곧바로 나에게 엄습했소"[23]라고 말했다. 그는 1913년 8월 21일자의 일기에서 "나는 문학 이외 아무것도 아니며, 그 밖에 아무것도 할 수 없으며, 그리고 아무것도 되기를 원치 않는다"[24]라고 말했다. 그리고 "문학이 아닌 모든 것이 나를 권태롭게 하며, 나는 이 모든 것을 증오한다. 왜냐하면 그것은 나를 방해한다든가 나를 우물쭈물하게 하기 때문이다"[25]라고 말했다. 마치 카프카는 "나는 어느 것도 믿지 않는다. 이것이 창조적인 사람이 사유하는 정확한 방식이다"[26]라고 말했던 니체의 태

---

23) Frans Kafka, 앞의 책, *Letters to Feliche*, 275쪽.
24) Franz Kafka, *Diaries, 1910~1923*, Max Brod 엮음 (New York: Schocken Books, 1976), 230쪽.
25) Franz Kafka, 같은 책, 231쪽.
26) Leslie Paul Thiele, *Friedrich Nietzsche and the Politics of the Soul* (Princeton UP, 1990), 120쪽에서 재인용.

도를 그대로 이어받고 있다. 필리체를 포함한 여인들과 약혼을 했다가 파혼을 반복했던 것은 결혼이 자기구원, 자기해방의 방해물이 되리라고 믿었기 때문이다. 필리체와 파혼한 뒤, 카프카는 "그때 나는 결혼할 수 없었다. 내 안의 모든 것이 이에 반란을 일으켰다"라고 말하면서 그 이유는 결혼은 자신의 유일한 관심인 문학행위를 "위험"하게 할 수 있기 때문이라고 말했다.[27]

"자기를 구원하는 유일한 수단"인 글쓰기를 통해 "자신을 구원하는 것이 정확히 그의 **사명**이었다."[28] 카프카는 1913년 8월 21일자의 일기에서 "나의 유일한 소명(Beruf)"은 "문학"이라고 말했다.[29] 그는 김나지움과 대학시절의 친구였던 폴락에게 1903년 11월 9일자로 보낸 편지에서 "신은 내가 글 쓰는 것을 원치 않지만, 나는 [글쓰기를] 반드시 해야 한다"[30]라고 말했다. 이 편지를 친구에게 보내던 당시 카프카의 나이는 겨우 스무 살이었다. 펠리체에게 편지를 보내기 훨씬 이전부터 카프카는 글쓰기가 자신의 소명이라고 생각했다. 이는 신이 그에게 명한 소명이 아니라 자기가 자기에게 명한 **소명**이었다. 카프카는 자기가 자기에게 명한 이 소명을 위해 전(全) 삶을 바쳤다. 이 소명에 대해서는 나중에 다시 이야기하기로 하자.

아버지

카프카가 「아버지에게 드리는 편지」에서 자신의 아버지를 특징짓

---

27) Franz Kafka, 앞의 책, *Diaries, 1910~1923*, 262쪽.

28) Luiz Costa Lima, *The Limits of Voice: Montaigne, Schlegel, Kafka*, Paulo Henriques Britto 옮김 (Stanford: Stanford UP, 1996), 191쪽.

29) Franz Kafka, 앞의 책, *Diaries 1910~1923*, 230쪽.

30) Franz Kafka, *Letters to Friends, Family and Editors*, Max Brod 엮음, Richard and Clara Winston 옮김 (New York: Schocken Books, 1977), 10쪽.

는 것으로 번번이 등장시키는 용어는 "폭군"이며, 또 다른 것은 "치욕"이라는 용어이다. 첫 문장은 "저는 아버지를 무서워합니다"[31]라는 말로 시작한다. 아버지에 대한 무서움(Furcht)을 나타내는 단어도 첫 문단부터 네 번이나 등장한다. 1912년 11월 21일자로 펠리체에게 보낸 편지에서 카프카는 "나는 늘 나의 부모를 박해자로 여겼다"[32]고 말했다. 자신이 규정한 이 공포의 대상인 "폭군"[33]의 아버지의 명령에 따라 살았던 자신의 삶을 "가장 큰 치욕"[34]이라고 일컬었다. 유년 시절부터 카프카의 마음속에 깊이 각인되었던 것은 "거대한 몸짓"에 "최고의 권위"를 행사하던[35] **폭군**으로서의 **아버지**라는 이미지였다. 이 폭군 이미지의 또 다른 형태로 등장한 것이 초등학교와 김나지움 시절의 학교와, 그리고 직장의 관리로서 그가 직접 경험했던 조직사회였다.

대학을 나온 뒤 프라하에 지점을 둔 이탈리아의 「일반보험회사」에서 일하게 되었을 때, 카프카는 직원들이 헐값의 임금을 받고 1주에 6일을, 그것도 매일 10시간 정도 일을 하고, 때로는 잔업수당도 없이 일요일에도 근무하고, 그리고 군대를 떠올리는 듯, 상급직원들이 자신들보다 나이가 훨씬 더 많은 하급직원들에게 거친 행동과 욕설을 거침없이 일삼는 등 억압적이고 비인간적인 조직사회에서 그 조직의 부속품처럼 일하고 있는 것을 경험했다.

그 뒤 국가가 경영하는 「노동자재해보험공사」에서 일하게 되었을 때, 카프카는 처음에 노동자재해에 관련된 법률문제를 담당했다. 그

---

31) Franz Kafka, 앞의 글, "Letter to His Father," 100쪽.
32) Franz Kafka, 앞의 책, "Letters to Feliche," 55쪽.
33) Franz Kafka, 앞의 글, "Letter to His Father," 105쪽.
34) Franz Kafka, 같은 글, "Letter to His Father," 107쪽.
35) Franz Kafka, 같은 글, "Letter to His Father," 103쪽.

후 재해를 방지하기 위해 직접 공장을 찾아가 공장의 설비와 안전장치를 미리 점검하는 일도 했다. 이때 카프카는 노동현장을 목격하고 공장 노동자들의 삶과 그들의 노동조건을 경험하면서 그들의 삶과 노동조건을 개선하기 위해 크게 노력했다. 그리고 그는 노동자재해의 문제점을 정확하게 파악한 뒤 개선책을 마련해 이를 상부에게 제안하는 등 노동자들을 재해의 위험으로부터 지켜주고, 그들에게 혜택 등을 주려고 노력했다.[36] 그리고 법률상, 사법부 등 국가기관이나 대기업과 연관되는 중요한 사건들을 처리하는 일을 맡게 되었을 때, 카프카는 자기가 일하고 있는 직장보다 더 거대한 '국가'라는, 그리고 '대기업'이라는 조직사회와, 그 조직에 몸담고 있는 관료들을 철저히 관찰했다.

「노동자재해보험공사」에서 일하는 14년 동안 카프카는 단 한 번도 불평을 드러내는 일은 하지 않았지만, 그의 여러 작품에서 드러나듯, 카프카는 직장을 비롯한 여러 사회조직, 관료조직사회의 정점인 국가, 그리고 그 국가권력의 일부를 차지하고 있는 사법부 등 이른바 여러 구체적인 권력들에서 **폭군**의 이미지를 발견했다. 카프카에게 이 권력들은 폭군의 이미지로 각인된 아버지의 또 다른 대체물이었다.[37] 그리고 보다 중요한 것은 폭군으로서의 아버지의 이미지가 그의 조상의 종교인 유대교의 **신**(神)으로까지 연장되고 있다는 것이다.

카프카는 "권력"의 문제에서 "모든 작가들 가운데" 가장 뛰어난

---

36) Klaus Wagenbach, *Kafka*, Ewald Osers 옮김 (Cambridge/ M. A.: Harvard UP, 2003), 67쪽, 69쪽; Gustav Janouch, *Conversation with Kafka*, Goronwy Rees 옮김 (London: Quartet Books, 1985), 66쪽. 그리고 Franz Kafka, *Franz Kafka: The Office Writings*, Stanley Corngold, Jack Greenberg and Benno Wagner 엮음, Eric Patton and Ruth Hein 옮김 (Princeton: Princeton UP, 2009), 69쪽을 볼 것.

37) 벤야민은 "관리의 세계와 아버지의 세계가 카프카에게 똑같다는 것은 아주 중요한 사실이다"라고 말한 바 있다. Walter Benjamin, 앞의 책, *Selected Writings*, 2: 796쪽.

"전문가"라는 평을 듣고 있다.[38] 그는 공포의 대상인 "권력을 간파하고, 이의 정체를 밝히고, 그리고 이에 이름을 붙인다."[39] 카프카는 자신의 아버지에서 '폭력'이라는 권력의 정체를 발견했다. 그리고 그는 '아버지'라는 권력의 대체물을 학교라는 거대한 조직사회과, 구체적인 권력의 실체인 국가를 정점으로 하는 여러 관료조직 사회에서 발견했다. 그는 그들에게 '폭력'이라는 '이름'을 붙이면서 그들의 '정체'를 밝혔다.

제임스 조이스를 연구하는 어느 전문가는 조이스가 "일상적인 것"(ordinary)이 바로 "특별한 것"(extraordinary)이라는 것을 "발견"한 것이 그의 작품 세계의 핵심이라고 말한 바 있다.[40] 카프카는 정반대다. 그에게는 **특별한 것**이 **일상적인 것**이 되고 있다. 이것이 카프카 작품 세계의 핵심이다. 카프카는 권력의 폭력 속에서 산다는 것이 특별한 것임에도 불구하고, 이러한 것이 예외적인 것이 아닌 일상적인 것, 정상적인 것이 되어버린 세상에 사는 것을 카프카는 치욕 중의 **치욕**이라고 여겼다. 작품『소송』에서 주인공이 왜 재판을 받아야 하는지에 대한 이유를 정확히 알지 못한 채, 그리고 자신이 아무런 잘못이 없음을 주장할 기회조차 얻지 못한 채 한 번도 모습을 드러내 보이지 않은 재판관 대신 낯선 사람들의 반득이는 정육점 칼에 심장이 도려내어져 "개자식처럼" 죽음을 당했을 때, 그때 자신의 죽음을 향해 "치욕"이라고 부르짖듯, 이와 같은 허무주의적인 **절망**의 인식이 **카프카적인 것**의 핵심을 이루고 있다. 하지만 진정 무엇이 가장 카프카

---

38) Elias Canetti, *Kafka's Other Trial*, Christopher Middleton 옮김 (London: Penguin, 1974), 87쪽.

39) Elias Canetti, 같은 책, 95쪽.

40) Richard Ellman, *James Joyce* (oxford: Oxford UP, 1983), 5쪽.

적인 것인가에 관해서는 결론 부분에서 좀더 깊이 다루어보자. 카프카는 많은 작품을 남겼다. 이들 가운데 가장 잘 알려져 있고, 그의 대표작으로 평가되며, 그리고 가장 잘 알려진 초기 작품인 단편 『변신』(1912년)과, 그의 최고의 작품으로 평가되는 후기 작품인 장편 『소송』(1925년)을 중심으로 그의 작품 세계에 들어가보자.

『변신』 — 외판사원

악몽을 꾸고 난 다음 아침에 눈을 떠보니 그레고르 잠자는 자신의 의지와는 관계없이 "흉측한 해충"(ungeziefer, vermin),[41] 그것도 "어린애 크기"[42]의 벌레[43]로 변해 있었다. 장갑차처럼 딱딱한 등, 볼록하게 튀어나온 갈색의 배, 흉측하기 짝이 없는 가느다란 여러 개의 다리를 가진 벌레로 변해 있었다. 몸은 벌레로 변해 있었지만, 의식은 인간의 의식 그대로였다. 다른 사람들의 말을 듣고 이해할 수 있지만, 자신은 말을 할 수가 없었다.

---

41) 인용한 텍스트의 한글번역 판본은 다음과 같다. 프란츠 카프카, 『변신·시골의사』, 전영애 옮김 (민음사, 1998), 9쪽. 이후 인용문의 쪽수는 본문의 괄호 속에 표기함. 번역과 표현을 달리하는 부분도 있음. 영역본 Franz Kafka, *The Metamorphosis and Other Stories*, Joyce Crick 옮김 (Oxford: Oxford UP, 2009)을 참조함.

42) Reiner Stach, *Kafka: The Decisive Years*, Shelley Frisch 옮김 (Princeton: Princeton UP, 2013), 202쪽.

43) 독일어 'Ungeziefer'를 영어권에서는 '벌레' 이외, '갑충(딱정벌레)', '바퀴벌레', '해충' 등으로 번역되고 있다. 카프카의 『변신』을 번역한 Stanley Corngold가 지적했듯, 카프카는 'Ungeziefer'가 어떤 특별한 종류의 동물이 아니라 "희생제물로 바치기에는 부정(不淨)한 동물"을 가리키는, 약 1100~1500년 사이에 사용되었던 중세고지독일어(中世高地獨逸語, Middle High German)에서 나온 단어라는 것을 알고 있었다 (Franz Kafka, *The Metamorphosis*, Stanley Corngold 편역 [New York: Norton, 1996], 87쪽). 나는 혐오감을 느끼게 하는 불결한 벌레라는 뜻을 함축하고 있다는 점을 고려해서 그 독일어 단어를 '해충'(害蟲)으로 번역하는 것에 의견을 같이했다. 따라서 나의 이 글에 나오는 '벌레'라는 표현은 '해충'의 또 다른 이름으로 봄이 좋다.

카프카는 자신의 연인 펠리체에게 1912년 11월 24자일에 보낸 편지에서 이와 같은 괴기한 변형의 이야기를 쓰고 있는 자신의 소설을 가리켜 "극히 역겨운 이야기"라고 일컬었던 바 있다.[44] 인간이 흉측한 벌레로 변한 이런 끔찍하고도 충격적인 사건, 이런 **특별한** 사태에도 불구하고 어떤 공포의 분위기도 여기에는 없다. 그레고르 잠자도 자신이 갑자기 흉측한 벌레로 변한 사태에 대해 어떤 공포나 불안도 나타내지 않고 있다. "낯설음이 그의 주인이 되는 것"[45]뿐 그는 이와 같은 특별한 사태를 "꿈이 아닌"(9쪽) 현실로 그대로 받아들인다. 따라서 자기가 벌레의 모습을 하고 가족들을 대면할 경우를 생각하자 그는 "웃음을 참을 수 없었다"(17쪽).

가족의 생계를 떠맡고 있는 보험회사의 외판사원인 그레고르는 시간에 늦지 않게 5시 기차를 타고 출장을 떠나야한다는 생각만이 그의 의식 전부를 지배하고 있었다. 침대에서 일어나려 했지만, 오른쪽으로 누워 자는 것이 버릇이었는데 딱딱한 등을 뒤로 한 상태에서 몸을 오른쪽으로 돌릴 수 없었다. 돌리려 해도 곧바로 뒤집혔다. 5시 기차, 그다음 7시 기차까지도 놓친 그레고르는 5년 동안 한 번도 결근한 적이 없는 자기를 '환자'로 몰고 직장에서 쫓아낼지 모른다며 걱정했다.

가족 모두를 "여지없는 절망으로 몰아넣은 사업의 불운"(39쪽)으로 인해 사장에게 진 아버지의 빚(Schuld)을 갚을 때까지 직장을 놓쳐서는 아니 된다고 생각했다. 자나 깨나 멀리 출장을 떠나야 하고, 따라서 몸은 언제나 지쳐있을 수밖에 없고, 또한 식사도 규칙적일 수 없고, 고객들이 계속 바뀌는 바람에 인간관계에 항상 신경을 쏟을 수밖

---

44) Franz Kafka, *Briefe, 1900~1912*, Hans-Gerd Koch 엮음 (Frankfurt: S. Fischer, 1999), 257쪽; Reiner Stach, 같은 책, 202쪽에서 재인용.

45) Sigrid Weigel, *Walter Benjamin: Images, the Creaturely, and the Holy*, Chadwick Truscott Smith 옮김 (Stanford: Stanford UP, 2013), 155쪽.

에 없는 외판사원이라는 "고된 직업"(10쪽)이었다. 그레고르는 몸을 움직이는 게 어려움에도 불구하고 가족의 생계를 위해 어떻게 해서라도 일어나야 한다고 생각했다. 이것이 그의 의식의 거의 전부를 차지했다.

흉측한 벌레로 변해버린 괴기한 사태는 그에게 무거운 현실로 다가오지 않는다. 그에게 무거운 현실로 다가오는 것은 가족의 생계를 위해 침대에서 일어나서 기차를 타고 출장을 가야한다는 것, 따라서 기차를 놓쳐서는 아니 된다는 것뿐이었다. 생계를 떠맡는 것을 자신의 당연한 책임으로 받아들이고 있는 그레고르는 직업도 능력도 없는 아버지와 어머니, 그리고 누이동생을 위해 지금은 물론 앞으로도 책임을 지지 않으면 아니 된다고 생각했다. 그레고르는 자기가 벌레로 변한 몸이라 하더라도 가족의 일원으로 여전히 "쓸모있는 벌레가 되지 않으면 아니 된다"[46]고 생각했다.

아버지의 사업이 파산당한 뒤, 가족의 생계를 떠맡을 수밖에 없게 되었던 크레고르는 일자리를 얻자 물불을 가리지 않고 열심히 일만 해 "보잘것없는 점원보조원에서 외판사원이 되었다"(39쪽). 그때 이래 지금까지 그레고르에게 자신의 삶은 없었다. 그는 가족을 위해 자신의 삶을 포기하는 대신 음악을 좋아하는 누이동생 그레테만은 자신의 삶을 갖도록 하기 위해 음악학교에 보내 바이올린 공부를 시킬 작정이었다. 이것은 그에게는 유일한 "아름다운 꿈"(40쪽)이었다. 하지만 벌레로 변한 그는 생계를 책임지는 충실한 아들, 누이동생을 돌보아줄 충실한 오빠의 역할을 할 수 없게 되었다. 따라서 그레고르의 변신이 아니라 그의 변신 다음의 사태, 즉 변신의 결과, 즉 그 **여파**

---

46) Stanley Corngold and Benno Wager, *Franz Kafka: The Ghosts in the Machine* (Evanston, Ill: Northwestern UP, 2011), 65쪽.

가 이 작품의 초점이 되고 있다.

변신 다음에 표면적으로 눈에 띄는 현상은 다른 사람들이 그레고르의 말을 한 마디도 알아듣지 못할 정도로 그의 목소리가 "짐승 목소리(Tierstimme)"(22쪽)로 변했다는 것이다. 몸을 일으키기 위해서는 팔과 손이 필요함에도 불구하고 수많은 작은 다리만 보였다. 이빨 같은 것도 없었다. 무엇보다 더 큰 변화는 입맛이었다. 그렇게 좋아했던 우유도, 신선한 음식물도 도무지 맛이 없고 냄새마저 역겨웠다. 반쯤 상한 오래된 야채, 굳어버린 화이트 소스가 잔뜩 묻은 뼈다귀, 전에는 맛이 없었던 치즈, 마른 빵 등이 입맛을 당겼다. 이와 같은 변화보다 더 크고 더 중요한 변화는 가족의 생계를 책임지고 있던 그레고르가 벌레로 변하면서 아들과 오빠로서의 효용가치가 소멸되었다는 것이다. 그에게 무거운 짐이 되었던 가족에게 오히려 그가 무거운 짐이 되었다는 것이다.

여러 번 기차시간을 놓쳤지만 여전히 그레고르가 문 밖으로 나오지 않자 아버지와, 어머니와, 그리고 동생 모두 그가 크게 아픈 것이 아닌가 하고 걱정을 했다. 누이동생은 흐느껴 울기 시작했다. 7시 15분 전에 무슨 일이 있더라도 침대에서 빠져나와야 한다고 다짐했던 그레고르는 아버지와 하녀가 방 안으로 들어와 그의 등 밑으로 팔을 넣고 침대에서 끌어내리고 나서 뒤집혀진 그의 몸을 뒤집을 수 있도록 도와주기만 한다면 그다음은 자기가 수많은 다리들을 사용해 문을 열고 나갈 수 있을 것이라고 생각했다. 바로 그때 지배인이 도착했다.

그레고르가 문 밖으로 나오지 않자 지배인은 그를 향한 불만을 토로하면서 오늘 아침 사장님이 그의 직무태만을 문제 삼았다고 말했다. 자신도 그의 최근 근무성적에 만족하지 않는다면서, "자네의 지위도 확고부동한 것은 아닐세"(21쪽)라고 말했다. 이 말에 그레고르는 자신은 현기증이 나서 일어날 수 없었다고 말하면서 즉각 문을 열고 8시행 기차를 타고 출장을 떠나겠다고 "정신없이 소리쳤다"(21쪽).

침대에서 간신히 빠져나와 가까이 있는 의자에 몸을 의지한 다음 여러 개의 작은 다리로 의자의 등을 꽉 붙잡았다. 그의 짐승 소리를 도저히 알아들을 수 없었던 지배인은 그의 부모를 질책했다. 그레고르는 의자를 문 쪽으로 밀어 문으로 다가간 뒤 몸을 문에 기댔다. 그리고 똑바로 서서 턱으로 열쇠를 돌렸다. 이빨이 없었기 때문이다. 문이 반쯤 열리는 순간 흉측한 벌레와 마주한 지배인은 비명을 지르며 뒷걸음질 쳤다. 어머니는 침대에 쓰러졌고, 아버지는 그를 방 안으로 쫓으려는 듯 "적의에 찬 표정으로"(25쪽) 주먹을 불끈 쥐었다.

그레고르는 뒷걸음치는 지배인에게 다가가 외판사원이라는 힘든 직업이지만 이것마저 없다면 가족은 먹고 살 수 없으니 이러한 몸으로 직장에 나가기는 어렵지만 원래의 상태로 돌아오면 그때는 몇 배나 열심히 일하겠으니 사장님께 잘 말씀드리고 선처를 바란다고 말했다. 거실을 나와 현관에 이른 그레고르는 "마치 천상으로부터의 구원의 손길이 그를 기다리고 있는 양"(27쪽) 층계를 향해 오른 팔을 쭉 뻗었다. 자기에게 다가오는 그레고르를 본 지배인은 계단을 단숨에 뛰어내려가 밖으로 향했다. 지배인이 당황한 나머지 놓고 간 지팡이를 오른손으로 움켜쥔 아버지는 지팡이를 휘두르며 그레고르를 다시 방 안으로 몰아넣으려고 했다. "그레고르가 아무리 빌어도 소용 없었다"(30쪽). 아버지는 그에게 세차게 발길질을 했다. "그레고르는 피를 몹시 흘리며 자기 방 안으로 나가떨어지고 말았다"(31쪽). 인간이 아닌 흉측한 벌레로 변한 것이 드러나는 바로 그 순간부터 그레고르는 이제 아들로서, 그리고 오빠로서 가족에게 전혀 도움을 주지 못하는, 효용가치가 전혀 없는 존재로 끝난다.

'그'와 '저것'

그레고르는 왼쪽 옆구리에 통증이 재발할 때가 많았고, 입맛이 없어 아무것도 먹지 않을 때도 많았다. 하지만 시장기가 심해 누이동생이 이른 아침에 한 번, 점심 때 한 번 갖다 놓는 음식물을 게걸스럽게 먹고 만족감에 눈물을 흘릴 때도 있었다. 전신을 문에 바짝 갖다 대고 귀를 치켜세운 다음 옆방에서 들려오는 가족들의 대화를 엿듣는 것이 그의 일과가 되었다. 아버지가 어머니와 누이동생 앞에서 현재의 재정 상태와 앞날의 전망에 대해 이야기하는 것이 들렸다. 가게가 파산되었을 때 남겨둔 재산이 아직 조금 남아있으며, 재산 일부를 남에게 빌려주어 모은 이자도 조금 있으며, 그레고르가 다달이 가져온 월급에서 용돈을 빼고 모은 돈도 비교적 많다고 말했다.

하지만 그레고르는 그 돈으로는 1, 2년 정도밖에 버틸 수 없다고 생각하니까 걱정이 태산 같았다. 아버지는 일하기에 이미 너무 늙었고, 천식으로 고생하는 어머니는 일할 힘이 없고, 예쁘게 몸치장 하고 피아노 연주하는 것에만 정신을 빼앗긴 채 세상물정을 도무지 모르는 17살의 누이동생은 바깥에 나가 돈벌이 할 능력이 전혀 없고……. 가족에 대한 이런저런 걱정이 그를 압도하자 그레고르는 그들을 파국에서 보호할 수 없다는 자책감과 더불어 "수치와 슬픔"에 "몸이 뜨거워졌다"(41쪽). 가족의 생계에 대한 걱정은 벌레로 변한 지금도 한 순간도 그에게서 떠나지 않았다.

벌레로 변한 뒤 한 달이 지난 어느 날이었다. 누이동생이 흉충으로 변한 그의 모습을 보고 겁에 질려 방밖으로 뛰어나가던 그날 이래 그레고르는 누이동생을 보는 것이 너무 두렵고 괴로웠다. 누이동생이 방 청소를 하거나 음식물을 갖다 놓기 위해 방 안으로 들어올 때면 그는 재빨리 소파 밑으로 들어가 몸을 숨겼다. 하지만 그레고르는 누이동생이 오랫동안 자기 방에 머물렀으면 했다.

청소를 하다 어느 날 누이동생은 그레고르가 자유롭게 활동할 수 있는 공간을 만들어주기 위해 방해가 되는 가구들을 방에서 치워주기로 했다. 무거운 짐을 혼자 옮기기가 힘들어 누이동생은 어머니에게 도움을 청했다. 어머니는 일찍부터 그레고르를 보기 위해 그의 방에 들어가려 했지만 아버지와 누이동생의 만류로 뜻을 이루지 못하다가, 누이동생의 요청으로 드디어 그의 방에 들어오게 되었다. 어머니가 들어오자 그레고르는 소파 밑으로 들어가 숨을 죽이며 꼭꼭 숨었다. 소파 이외 방 안의 가구 모두를 방 밖으로 들어내려는 딸에게 어머니는 장롱과 책상을 밖으로 내놓으면 버림받은 듯 허전한 벽만 바라볼 그레고르가 불쌍하다며, 몸이 정상상태가 되어 다시 가족에게 돌아오면 변한 것이 아무것도 없다는 것을 느끼도록 그대로 두자고 말했다.

그레고르는 어머니의 말이 전적으로 옳다고 여겼다. 그가 오랫동안 사용해온 그의 방, 그리고 방에서 그가 이용했던 장롱과 책상은 일면 그의 과거를 의미하기 때문에, "인간으로서"의 과거 흔적이 "동시에, 재빨리, 모조리 잊혀져" 그의 방이 지금까지 이어온 그의 과거, 그의 '정체성'을 완전히 삼켜버리는 한낱 "동굴"로 변하는 것을 받아들일 수가 없었다(47쪽). 하지만 누이동생은 "그의 방을 말끔히 치워버렸다. 그가 아끼던 모든 것을 그로부터 빼앗아갔다"(49쪽). 그레고르는 벽 한구석에 아직까지 걸려있는 귀부인 사진 위로 재빨리 올라가 액자 위의 유리에 몸을 찰싹 붙인 뒤, 이 액자만은 절대로 빼앗겨서는 아니 된다고 다짐하고 또 다짐했다. 그의 뜨거운 배가 차가운 액자 유리창에 닿자 그레고르는 쾌감을 느꼈다. 그 순간 "꽃무늬 벽지 위의 거대한 갈색 얼룩"(50쪽)을 본 어머니는 찢어지는 듯한 비명을 지르며 두 팔을 활짝 펼치고 옆에 있는 소파 위에 쓰러졌다. 누이동생은 구급약을 가지러 옆방으로 뛰어갔다. 그레고르는 자신의 행동을 후회했다. 동생을 도와주고 싶지만 아무것도 할 수가 없었다. "자책과 걱정으로 마음 졸임"(51쪽)만 있을 뿐이었다.

그때 집으로 돌아온 아버지는 지금껏 보아온 아버지의 모습이 아니었다. 낡은 외투를 입고 지팡이에 의지해 걷던 기운 없고 지쳐 초라한 지난날의 아버지의 모습이 아니었다. 아버지는 평소와 달리, 단정하게 머리 빗질을 하고, 금빛 실로 글자를 수놓은 모자를 쓰고, 은행의 수위가 입는 금단추 달린 푸른 제복을 입고 있었다. 아버지는 누이동생의 허둥대는 모습을 보고 그레고르가 난동을 부려 어머니에게 불상사가 일어난 것으로 믿고 얼굴을 찌푸린 채 그레고르에게 일격을 가하기 위해 지팡이를 들고 다가왔다. 이리저리 피하다가 마침내 숨이 가빠지고, 비틀거리고 정신마저 혼미해진 그레고르를 향해 아버지는 식탁 위에 있던 "사과"를 "연이어 집어던졌다"(54쪽) 그 중의 사과 하나가 그레고르의 등에 깊이 박혔다. 그레고르는 모든 감각이 마비된 채 그 자리에 뻗고 말았다.

아버지가 던진 사과는 "눈에 보이는 기념물로서 그의 살 속에"(55쪽) 계속 박혀 있어, 그레고르는 그 박힌 상처로 인해 자유자재로 몸을 움직일 수 없는 "불구의 상이용사가 되었다"(56쪽). 그레고르는 이에 대한 "충분한 보상"(56쪽)을 받았다. 가족들은 저녁 무렵이면 그의 방문을 열어주었다. 따라서 그레고르는 가족들이 한 자리에 모여 불빛 아래서 식사를 하면서 대화하는 모습을 바라볼 수 있었다. 하지만 출장길에 싸구려 호텔방의 침대에 피곤에 지쳐 누워있으면서 집을 그리워했던 지난날의 단란하고 활기찼던 그런 가족의 분위기는 아니었다.

아버지가 수위자리를 얻게 되고, 어머니는 양장점에서 하청받아온 고급의류를 바느질하고, 점원이 된 누이동생은 좀더 나은 직장을 얻기 위해 속기술과 불어를 익히는 등 자기 일에 바쁜 가족들은 어느 누구도 그레고르에게 관심을 쏟지 않았다. 직장생활에 바쁜 때문인지 누이동생은 전처럼 그레고르를 돌봐주는 일을 꺼려했다. 음식물을 잘 챙겨주지 않았고, 방의 청소도 소홀히 했다. 어머니는 다른 방 하나를 3명의 하숙인들에게 세를 놓았는데, 수염투성이의 얼굴에 결벽증이 심한 그들은 그들이 가져온 가구들을 빼고 집의 가구들, 가령 난로의 재를 버리는 상자, 부엌에서 쓰던 쓰레기통 등 폐품은 모조리 그레고르의 방 안에 집어넣었다. 그레고르는 이런 잡동사니로 인해 방이 너무 좁아 기어 다니기가 몹시 힘들어져 어두운 구석에 몇 시간이고 꼼짝하지 않고 있을 때가 많아져갔다.

어느 날 밤 누이동생이 하숙인들의 방에서 바이올린을 연주하는 소리가 들렸다. 그레고르는 자신도 모르게 조금씩 기어 나와 머리를 거실 안으로 들이밀었다. 하숙인들은 연주에 실망한 것 같았지만 그레고르는 누이동생의 연주에 크게 감동받았다. "음악이 그를 이토록 사로잡고 있는데? 그가 한 마리 동물이란 말인가? 마치 그리워하면서도, 오랫동안 알려져 있지 않은 삶의 양식에 이르는 길이 그에게 나타난 것 같았다"(66쪽). 그레고르는 음악, 즉 예술이라는 정신의 자양분을 통해 육체의 변신에서 영혼의 변신이라는, 지금까지의 세속적인 삶과는 다른 보다 높은 차원의 정신세계로 들어가고 싶었다.

방 안의 사람들은 누이동생의 연주에 자기만큼 감동받고 그 연주를 이해하는 것 같지 않았다. 그레고르는 자기만큼 누이동생의 연주를 이해할 만한 자격을 갖춘 자는 여기 이 방 안에 없다고 생각했다. 따라서 그는 누이동생의 치마를 입에 물고서 자기 방으로 데리고 간 뒤 자기를 상대로 연주해주기를 간절하게 청하겠다고 결심했다. 그리고 누이동생을 자기 방에서 다시 내보내지 않겠다고 결심했다. 그리고 어떤 일이 있어도 누이동생을 음악학교에 보낼 계획도 결코 포기하지 않겠다고 결심했다. 그리고 그의 이와 같은 마음을 누이동생에게 전하겠다고 결심했다. 그레고르는 자신의 말에 누이동생이 감동해 자기에게 키스할 것이라고 믿었다.

그 순간 하숙인들 가운데 한 신사가 누이동생 앞으로 슬금슬금 기어오는 그레고르를 발견하고 소리치자 크게 소동이 일어났다. 바이올린 연주는 중단되었고 그레고르는 그 자리에서 꼼짝하지 않고 있었다. 자신의 소망이 좌절된 때문인지, 여러 날 굶어 쇠약할 대로 쇠약한 때문이지 그레고르는 움직일 수가 없었다. 하숙인들이 다른 방으로 자리를 뜬 뒤 누이동생은 탁자를 손바닥으로 탁 치며 아버지께 "이렇게 계속 지낼 수 없어요…… 저는 이 괴물 앞에서 오빠의 이름을 입 밖에 내지 않겠어요. 그냥 우리는 **저것**에서 벗어나도록 해야 해요"(69쪽)라고 말하면서 더 이상 견딜 수가 없다고 했다. 그리고 격렬하게 울음을 터뜨리며 마침내 저 벌레를 내쫓아야한다고 소리쳤다. 내쫓는 것만이 "유일한 방법"이라고 말하면서 아버지를 향해 "아버지가 저것이 오빠라는 생각을 버리셔야 해요. 우리가 그렇게 믿었다는 것, 그것이야말로 우리의 진짜 불행이에요. 그런데 도대체 저것이 어떻게 오빠일 수가 있어요? 만약 저것이 오빠였더라면, 사람들이 이런 동물과 함께 살 수 없다는 것을 진작 알아차리고 자기 발로 떠났을 테지요"(71쪽)라고 말했다.

누이동생은 자기 발로 그레고르가 진작 이 집에서 떠났더라면 그에 대한 기억을 소중하게 간직할 수도 있었겠지만 우리에게 고통만 주고 있는 그를 더 이상 참을 수 없다며 쫓아내야 한다고 아버지에게 거듭 말했다. 해충으로 변한 그를 그래도 여전히 '그'(er, he)라고 부르는 아버지와 달리, 여기 누이동생은 그를 '저것'(es, it)이라고 불렀다. 지금까지 단 한 번도 자기 삶이 없었던 자신과는 달리, 누이동생만은 자기 삶을 갖도록 하기 위해 자기 전부를 희생하고자 했던 그레고르는 그 누이동생으로부터 '그'가 아니라 '저것'이라고 일컬어진다. 그는 '저것' 이외 그 어떤 존재도 되지 않는다. 단지 '아무것도 아닌 것'(Nichts, nothing)이 된다.

그레고르는 다시 자기 방으로 가기 위해 몸을 돌리려 했지만 너무 쇠약해진 탓인지 몸을 틀기가 몹시 힘들었다. 그레고르는 가쁜 숨을 쉬며 중간 중간 쉬면서 조금씩 방향을 돌렸다. 그레고르가 그의 방에 들어서자마자 문이 황급히 닫히고, 단단한 자물쇠가 채워지는 소리가 들렸다. 자물쇠를 채우고 문을 그렇게 황급히 닫는 것은 누이동생이었다. 그는 자신의 몸이 전혀 움직일 수 없는 상태에 있음을 알았다. 그래도 놀라지 않았다. 이미 썩어버린 채 등에 깊숙이 박혀있는 사과, 이로 인한 그 둘레의 먼지투성이 염증도 거의 느끼지 못했다. 그는 눈물겨운 "사랑"의 감정만을 가족들에게 보냈다. 어디론가 자취를 감추어야한다는 생각은 누이동생보다 더 강하고 더 "단호했다"(73쪽). 가족들을 위해 그로서 할 수 있는 최상의 방법, 최상의 해결은 죽음밖에 없다고 생각했다. 갈피를 못 잡고 이런저런 생각을 하면서 허탈감 속에 빠진 채 새벽 3시를 알리는 시계탑의 종소리를 들을 때까지 그레고르는 잠을 자지 못했다. "그의 머리가 자신도 모르게 아주 힘없이 떨어졌고 그의 콧구멍에서 마지막 숨이 약하게 흘러나왔다"(73쪽).

이른 아침 집으로 온 가정부가 그레고르가 꼼짝하지 않고 누워있는 것을 보고 긴 빗자루로 그를 간질여보고 또 세게 찔러보았지만, 반응이 없자 "이리 와 보세요, 이게 뒈졌어요…… 아주 영 뒈졌다니까요!"(73쪽)라고 큰 소리쳤다. 그 소리에 모두 그레고르 방으로 들어왔다. 그의 죽음을 확인시키려는 듯 가정부는 그레고르의 시체를 빗자루 끝으로 옆으로 좀더 멀리 밀어붙였다. 아버지 잠자 씨가 "이제 우리는 하나님께 감사할 수 있겠다"(74쪽)라고 말하면서 그레고르의 죽음을 "순교의 행위"[47]로 받아들이는 듯, 성호를 긋자 어머니와 누이동생도 따라 성호를 그었다. 누이동생 그레테는 몸이 물기 없이 "아주 납작하게 메말라있는"(74쪽) 그레고르를 보고 먹을 것을 갖다 주어도 그대로 입에 대지 않고 오랫동안 굶었기 때문에 이런 모양으로 죽게 되었다고 말했다. 비로소 모두가 그레고르의 몸이 왜 납작해졌는지를 알게 되었다.

이른 아침임에도 신선한 공기에는 봄의 향기가 벌써 섞여있는 3월의 봄. 가족들은 그레고르의 죽음에 뒤따르는 슬픔을 잊고 휴식하기 위해 오늘 하루 결근계를 내고 바깥나들이를 하기로 했다. 그들이 교외로 나가기 전 가정부는 가족들에게 "옆방의 저 물건(Zoug)"(77쪽)을 이미 쓰레기통에 집어던져 치워버렸으니 죽은 그레고르를 어떻게 처리할 것인지에 대해 신경을 쓰지 않아도 된다고 말했다. 아버지, 어머니, 그리고 누이동생은 집을 떠나 전차를 타고 교외로 향했다. "따뜻한 햇볕"이 그들이 탄 좌석 칸에 스며들고 있었다. "장래의 전망" 또한 "암담하지만 않았다". 그들의 직장 모두 안정적이었기 때문이다. 부부는 "아름답고 풍염한 처녀"로 변한 딸에게 맞는 신랑감을 이제는 찾을 때도 되었다고 생각했다(78쪽).

니힐리즘

왜 루카치가 카프카의 작품 세계를 일컬어 **허무주의적**이라고 했는지가 이 작품을 통해서도 여지없이 드러나고 있다. 희망이나 구원의 전망은 어디에도 없다. 카프카에게 인간은 더 이상 동물과 비교되거

---

47) Karyn Ball, "Kafka's Fatal Performatives: Between 'Bad Conscience' and Betrayed Vulnerability," *Freedom and Confinement in Modernity: Kafka's Cages*, A. Kiarina Kordela and Dimitris Vardoulakis 엮음 (New York: Palgrave Macmillan, 2011), 196쪽.

나 구별되지 않는다. 비유나 상징이 아니라 문자 그대로 인간은 바로 벌레가 되고 있다. 카프카는 1912년경에 도스토예프스키의 『죄와 벌』을, 1914년경에 『카라마조프 가(家)의 형제들』을 읽었던 것으로 전해지고 있다. 우리는 앞서 9장의 도스토예프스키의 『카라마조프 가(家) 형제들』에서 주인공의 하나인 드미트리 카라마조프가 자신을 인간 이하로 격하시키면서 자신을 벌레, 천한 욕망을 지닌 잔혹한 벌레라고 칭한 것을 소개하면서 이에 대한 논의를 한 바 있다. 그의 일기를 통해 충분히 알 수 있듯, 카프카는 **인간은 벌레**라는 모티프를 도스토예프스키의 작품에서 영향을 받아 따온 것이라는 주장도 있다. 소련이 붕괴되기 전 러시아를 대표하던 문예비평가 수치코프(Boris Suchkov, 1917~?)는 카프카가 도스토예프스키의 작품 『백치』에 등장하는, 입폴리트의 꿈속에 나타난 "전갈과 비슷한" "자연계에 존재하지 않는" "괴물 같은 무시무시한 동물"에서 그레고르의 변신의 모티프를 구한 것 같다고 말했다. 『백치』에 나오는 그 무시무시한 동물은 다음과 같이 묘사되고 있다.

"……단단한 다갈색의 껍데기를 가진 파충류로서 길이는 20센티 가량이고, 머리의 두께는 손가락 두 개를 겹친 정도이며, 꼬리 쪽으로 내려갈수록 점점 가늘어져서 꼬리의 가장 끝 부분 폭은 불과 4밀리미터 정도밖에 안 되었다. 머리에서 센티미터쯤 되는 곳에 길이 10센티미터 가량 되는 발이 동체의 양쪽에서 각각 45도로 삐죽이 나와 있었다. 그래서 위로부터 보면 이 동물 전체가 삼지창 같이 보였다……."

카프카가 도스토예프스키의 어느 다른 작품보다 『백치』에서 그 변신의 모티프를 구한 것 같다[48]는 소련 학자의 진단은 정확한 것처럼 보인다. 하지만 여기서 중요한 것은 이의 사실 유무가 아니다. 인간을 벌레로 비유하는 도스토예프스키와 달리, 카프카에게 인간은 문자 그대로 바로 벌레라는 것이다.

"동물이 된다는 것은 저주"라는 생각을 가졌을 만큼 카프카는 어릴 때부터 인간의 최대의 격하, 최대의 모욕을 의미하기 위해 동물의 이미지를 사용했다. 그의 쥐에 대한 병적인 공포는 잘 알려져 있다.[49] **흉측한 벌레**라는 모티프를 통해 카프카만큼 인간을 이처럼 비하했던 문학가를 찾아보기 어렵다. 이와 같은 그의 예언적인 인식을 입증하듯, 나치는 제2차 세계대전 당시 아우슈비츠 수용소에서 수백만 명의 유대인들을 마치 **해충**(Ungeziefer)인 것처럼 독가스로 죽였다. 유대계 영국학자 스타이너는 "그레고르 잠자의 변신은 수백만 인간존재의 문자 그대로 운명이 되고 있었다"[50]라고 말했다. 유대인 희생자들에게 자신들의 신으로부터 그 어떤 구원도 없었던 것과 마찬가지로 카프카의 그레고르 잠자에게도 그 어떤 구원도, 그 어떤 구원의 전망도 없었다. "천상으로부터의 구원의 손길"(27쪽)은 그에게 결코 오지 않았다.

유대의 신비주의에서 **변신**(變身)은 "영혼의 추방을 가리키는 상징"[51]으로 이해되고 있다. 그 추방은 존재를 이상한 형태의 감옥으로 추방하는, 즉 사나운 짐승, 식물, 돌 등 여러 등급으로 추방하는 형태

---

48) 보리스 수치코프, 「프란츠 카프카―그 데카당스적 세계」, 『카프카와 마르크스주의자들』, 임철규 편역 (까치, 1986), 167쪽을 볼 것.

49) Reiner Stach, 앞의 책, 193쪽을 볼 것.

50) George Steiner, "K," *Language and Silence: Essays on Language, Literature, and the Human* (New York: Atheneum, 1977), 121쪽.

51) Gershom Scholem, *Major Trends in Jewish Mysticism* (New York: Schocken Books, 1954), 281쪽.

를 취한다.[52] 도스토예프스키의 『백치』에 등장하는 그 무시무시한 동물처럼, 그레고르는 해충은 해충이지만 그 모습이 자연계에는 존재하지 않는 희한한 동물의 형태로 **추방**되었다. 그의 이러한 변신, 이러한 추방은 그 어느 동물에도 속하지도 않는, 그리고 속할 수도 없는 존재의 극단적인 소외를 상징하고 있다. 어떤 의미에서 카프카는 이러한 모티프를 통해 그 어디에도 속할 수 없었을 만큼 그 정체성이 불분명한 경계인이었던 프라하의 유대인들[53]과 그 자신을 말해주고 있는지 모른다. 아니, 카프카는 1914년 1월 8일자 일기에서 "나는 유대인과 어떤 공통점을 갖고 있는가? 나는 나 자신과도 어떤 공통점도 전혀 갖지 않고 있다"[54]라고 말한 바 있다. **변신**은 자기의 그 어느 부분도 자기의 것이라고 할 수 없는, 자기가 자기에게 **타자**가 되는 극도의 자기분열, 자기소외를 말해주고 있는지 모른다.

그러나 유대의 신비주의에서는 어떤 **변신**도 "회복의 과정의 일부분"[55]으로, "상승을 위한 하강",[56] 즉 영혼의 정화의 일부분으로 이해되고 있다. **전환**(轉換)은 '상승', 즉 '구원'과 관련해 아주 중요한 개념이다. 벤야민은 카프카를 언급하면서 이 '전환'의 중요성을 지적한 바 있다.[57] 누이동생의 아름다운 바이올린 연주를 듣고 "오랫동안 알

---

52) Gershom Scholem, 같은 책, 282쪽.

53) 체코어를 사용했던 유대인은 자신들을 왕왕 체코인으로 생각했고, 독일어를 사용했던 유대인, 특히 상류계층 및 중산계층의 유대인은 자신을 흔히 독일인으로 생각했다. Derek Sayer, "The Language of Nationality and the Nationality of Language," *Past & Present*, 153 (Nov 1996), 166쪽을 볼 것.

54) Franz Kafka, 앞의 책, *Diaries, 1910~1923*, 252쪽.

55) Gershom Scholem, 앞의 책, *Major Trends in Jewish Mysticism*, 283쪽.

56) Arthur Green, "Teachings of the Hasidic Masters," *Back to the Sources: Reading the Classic Jewish Texts*, Barry W. Holtz 엮음 (New York: Summit Books, 1984), 392쪽.

57) Walter Benjamin, *The Correspondence of Walter Benjamin and Gershom Scholem, 1932~1940*, Gershom Scholem 엮음, Gary Smith and Andre Lefevere 옮김

려져 있지 않은 삶의 양식에 이르는 길이 그에게 나타난 것 같았"(66쪽)을 때, 그레고르는 "지상의 한계에서 벗어나게 해줄 수 있는"[58] 음악이라는 최고의 예술을 통해 여태까지의 삶을 다른 삶으로 전환하려고 했다.

그레고르는 가족의 생계를 책임지기 위해 한순간도 쉬지 않고 외판사원이라는 "고된" 육체적 "직업"(10쪽)의 희생자로서의 삶을 살 수밖에 없었다. 이러한 삶에서 그의 유일한 취미는 신문에서 아름다운 여자의 사진을 오려내어 액자에 넣어 벽에 걸어두고 쳐다보는 것이 전부였다. 그레고르의 이러한 취미에서 인간에게 억압된 동물의 욕망이 드러나고 있다. 인간에게 억압된 동물의 욕망의 그 전형은 근친상간의 욕망이다. 벤야민은 19세기 독일 소설가 티크(Ludwig Tieck)의 작품『금발의 에크베르트』를 거론하면서 이 작품에서 "죄는 근친상간"이라고 말한 뒤, 카프카만이 "동물은 억압된 근친상간의 욕망의 저장소"라고 이야기한 "유일한 작가는 아니다"라고 말한 바 있다.[59] 벤야민이 지적했듯, 카프카에게 **동물성**은 근친상간의 욕망이다. 그에게 동물이 된다는 것은 다름 아닌 이 동물성을 말하는 것이며,[60]

(Cambridge/ M. A.: Harvard UP, 1992), 135쪽.

58) 빌헬름 엠리히,『프란츠 카프카』, 편영수 옮김 (지식을 만드는 지식, 2011), 220쪽.

59) Walter Benjamin, "Franz Kafka: On the Tenth Anniversary of His Death," *Illuminations: Essays and Reflections*, Hannah Arendt 엮음, Harry Zohn 옮김 (New York: Schocken Books, 1969), 132쪽.

60) 동물이 된다는 것을 도피의 한 형식, 절대적 탈영토화(deterritorialisation, Gilles Deleuze and Félix Guattari, *Kafka: Toward a Minor Literature*, Dana Polan 옮김 [Minneapolis: U of Minnesota Pr., 1986], 13쪽)로, 지배권력에 대한 직립(直立)인간의 저항 또는 그것으로부터의 해방의 수단으로 파악했던(Gilles Deleuze, "Literature and Life," *Essays Critical and Clinical*, Daniel W Smith and Michael A Greco 옮김 [London: Verso 1998], 1쪽) 들뢰즈는 다른 한편 '동물이 된다는 것'은 근친상간적인 욕망을 가진다는 것을 의미한다는 벤야민과 의견을 같이 하고 있다. Gilles Deleuze and Félix Guattari, 같은 책, *Kafka: Toward a Minor Literature*, 34~35쪽을 볼 것. 아도르노도 벤야민과 거의 의견을 같이 하고 있다. Theodor W. Adorno, *Minima Moralia:*

누이동생 그레테를 향한 그레고르의 과도한 집착, 아니 근친상간의
욕망이 바로 이 '동물성'이다.

그러나 누이동생의 바이올린 연주에 감동을 받고 난 뒤, 그레고르
는 그런 육체의 삶, 동물성의 삶을 다른 삶으로 '전환'하려고 했지만,
그 갈망은 갈망으로 끝날 뿐, **상승**을 향한 그 **전환**은 그에게 찾아오지
않았다. 신의 "구원"이라는 외부의 "손길"(27쪽)도, 자기가 자기를
구원하는 '전환'이라는 내부의 손길도 그에게 찾아오지 않았다.

카프카와 그노시스교

카프카의 친구이자 전기작가 브로트가 그의 작품, 가령 카프카의
마지막 장편소설 『성』(城)에서 성은 신의 은총이 거하는 곳, 성을 찾
아가는 주인공의 행위를 신을 찾는 편력으로 해석하면서부터 카프카
의 작품은 "종교적 알레고리"[61]로 해석되는 흐름이 지속되었지만, 신
학적으로 해석되는 분위기는 다소 후퇴했다. 하지만 유대인으로서
카프카의 종교적 배경을 결코 무시할 수는 없는 것도 사실이다. 앞서
인용한 유대계 영국 학자 스타이너는 "프란츠 카프카는 원죄의 삶을
살았으며…… 파스칼과 키르케고르와 마찬가지로…… 삶 자체를 형
언할 수 없는 실존적인 죄와 동일시했다. 살아있다는 것……은 죄를
짓는 것이었다"[62]라고 말한 바 있다.

작품 『변신』에서 이러한 인식에 부합되는, 가령 **빛**과 **사과** 등 여러

Reflections from Damaged Life, E. F. N. Jephcott 옮김 (London: Verso, 1978), 145쪽
을 볼 것.

61) Erich Heller, *The Disinherited Mind: Essays in Modern German Literature and Thought*
(New York: Harcourt Brace Jovanovich, 1975), 204쪽.

62) George Steiner, "Introduction to Franz Kafka," Franz Kafka, *The Trial* (New York:
Schocken Books, 1992), xi쪽.

566

중요한 모티프들이 등장한다. 그레고르가 외판사원이라는 고된 직업을 계속할 수밖에 없었던 것은 가족의 생계는 물론 아버지가 사장에게 진 빚을 갚기 위해서였다. '빚'을 뜻하는 독일어 슐트(Schuld)는 동시에 '죄'를 뜻한다. "카프카에게 죄는 역시 빚이다"[63] 그레고르의 아버지 잠자 씨는 이 빚을 아들에게 넘겨주었다. 카프카에게 인간 존재는 자신의 의지와는 관계없이 **원죄**라는 빚을 물려받아 그 원죄의 삶을 숙명적으로 살아갈 수밖에 없다는 것이다.[64]

작품 『변신』에서 그레고르는 아버지가 자신에게 물려준 빚을 갚기 위해 자기 자신의 삶, 자기 자신의 생각, 그 밖의 자기 자신의 모든 것을 포기했다. 자신의 의지와는 관계없이 마지막까지 그 '빚'을 안고 살아가는 것이 그의 숙명이었다. 작품 『변신』을 이야기할 때 많은 비평가들이 작품에 등장하는 '사과'라는 단어에 크게 관심을 갖는다. '사과'라는 금단의 열매는 '원죄'와 관련된 잘 알려진 모티프다. 아버지 잠자 씨가 그레고르의 등을 향해 던진 사과는 아담이 그의 후예에게 던져 물려주었던 원죄의 이미지와 결부된다. 그레고르의 등에 박혀있는 사과는 그의 살 속에 "눈에 보이는 기념물"(55쪽)을 남겼다. 그 "눈에 보이는 기념물", 즉 **상처**는 원죄의 대가인 **형벌**로 해석될 수 있다. 그레고르의 경우 그 형벌은 그의 흉측한 벌레로서의 변신이다. 그레고르는 자신의 의지와 전혀 관계없고, 자신의 잘못도 아닌 그 원죄라는 올가미에 씌워져, "알려져 있지 않은 죄의 운명에 종속되어"[65] 그 대가, 즉 흉측한 벌레라는 그 "불의의 희생물, 원죄의 희생

---

63) Luiz Costa Lima, 앞의 책, 219쪽.
64) Eli Friedlander, *Walter Benjamin: A Philosophical Portrait* (Cambridge/ M. A.: Harvard UP, 2012), 219쪽을 볼 것.
65) Sigrid Weigel, 앞의 책, 156쪽.

물"[66]이 되고 있다.

카프카는 자신을 "신을 믿지 않는 유대인"[67]이라고 일컬었던 동시대의 프로이트와 마찬가지로 신을 믿지 않았다. 죽기 2년 전인 1992년 7월 친구 브로트에게 보낸 편지에서 카프카는 종교로서 유대교에 대한 관심은 별반 없었다고 말하면서 따라서 자신의 "아버지는 영혼의 안식처를 위해 아들인 내가 기도의 말을 들려주는 것은 기대조차 할 수 없었다"고 말했다.[68] 프로이트와 마찬가지로 카프카는 종교를 일종의 "병, 더 명확하게 말하면 신경증"으로 간주했다.[69] 그는 유대교는 물론 그 어느 종교에서도 안식처를 찾을 수 없었다. 그에게 신은 인간의 고통과 구원에는 무관심한, 어느 면에서 전적으로 악하며 초월적인 존재로만 남아있었다.

카프카의 이러한 인식은 그노시스교(Gnosticism)가 그에게 끼친 영향의 결과로 보는 학자들도 있다. 가령 헬러(Erich Heller)가 아주 일찍 카프카의 작품, 특히 작품 『성』과 그노시스교의 관계를 지적한[70] 이후, 콘골드(Stanley Corngold)도 카프카가 그노시스교에 경도되어 있었음을 지적하면서 "그노시스교의 가르침의 유형이 카프카가 살았을 적에 프라하에서 만연했다"[71]고 말한 바 있다. 그노시스교도 가운데 2세기의 마르키온(Marcion)이 주창했던 교리가 프라하에서 크게 유행했던 것은 사실이다.[72] 그노시스교에 관한 강의나 토론에 참

---

66) Walter Benjamin, 앞의 책, *Selected Writings*, 2 : 796쪽.

67) Peter Gay, *Freud: A Life for Our Time* (New York : Norton 2006), 602쪽에서 재인용.

68) Franz Kafka, 앞의 책, *Letters to Friends, Family, and Editors*, 347쪽.

69) Pericles Lewis, 앞의 책, 130쪽.

70) Erich Heller, 앞의 책, 223쪽.

71) Stanley Corngold, *Lambent Traces: Franz Kafka* (Princeton : Princeton UP, 2004), xiii, xiv쪽.

72) William M. Johnston, 앞의 책, 270~273쪽을 볼 것.

568

여했다는 그 어떤 흔적도 그의 일기나 편지에서 드러나지는 않지만, 카프카의 세계관은 어느 종교보다 그노시스교와 가깝다.

사실 이보다 일찍 부버(Martin Buber)도 카프카의 작품 『소송』을 유대교의 신비주의, 즉 카발라(Kabbalah)의 전통과 연관하여 해석하려고 했다. 그는 이 작품을 유대교의 신비주의의 한 흐름으로 여겨지고 있는 그노시스교의 세계관을 현대적으로 해석한 작품으로 보면서 『소송』을 집필하고 있었을 때 카프카는 『구약』의 「시편」 82장을 염두에 두고 있었다고 말했다. 그는 카프카가 『소송』을 집필을 시작하기 전 2, 3년 동안 「시편」 82장에 대해 골똘히 생각하고 있었으며, 1911년, 또는 1912년에 베를린에 있는 자기를 찾아왔을 때 카프카는 자기에게 그 「시편」 82장에 관해 물었다고 말했다.[73]

82장의 「시편」 내용은 「시편」의 저자가 야웨로부터 이 세상의 다스림을 위임받았던 천사들과 '보다 낮은 신'(들)이 세상을 나쁘게 다스리는 것을 보고 야웨에게 그들을 심판해달라는 내용이다. 부버는 그노시스교에서 **악한 존재**로 규정되었던 **낮은 신**이나 천사들이 그의 작품에 흔적으로 남아있다고 말했다.[74] 숄렘도 카발라를 카프카의 세계관과 비교하면서 작품 『소송』은 카발라적인 세계관을 드러내고 있다고 말한 바 있다. 그는 "카발라를 이해하기 위해서는 오늘날 카프카의 작품들, 특히 『소송』을 먼저 읽어봐야 한다"[75]라고 말했다. 여

---

73) Martin Buber, *The Knowledge of Man: Selected Essays*, Maurice Friedman 엮음, Maurice Friedman and Ronald Gregor Smith 옮김 (New York: Harper & Row, 1965), 145쪽(그리고 같은 쪽의 주). 20대 말에 이르러 카프카는 일정부분 부버의 영향을 받아 탈무드와 카발라를 포함한 유대교의 신비주의에 대한 관심을 갖게 되었던 것으로 알려져 있다. Frederick Karl, *Franz Kafka, Representative Man: Prague, Germans, Jews, and the Crisis of Modernism* (New York: Ticknor and Fields, 1991), 421~426쪽을 볼 것.

74) Martin Buber, 같은 책, 145쪽.

75) 게르숌 숄렘, 『한 우정의 역사―발터 벤야민을 추억하며』, 최성만 옮김 (한길사, 2002),

기서 **카발라적**이라 함은 13세기 초반 스페인에 처음 등장했던 유대교 신비주의의 가장 중요한 경전 「조하르」(Sepher ha-Zohar)에 나타난 사상을 지칭한다고 볼 수 있다. 숄렘은 어두운 세계관을 특징으로 하고 있는 작품 『소송』은, 카프카가 그노시스교의 사상이 녹아들어 있는 「조하르」를 연구했기 때문에, 이를 반영하고 있다고 보았다.[76]

그노시스교의 세계관은 철저하게 이원론적이고 비관주의적이다. 그노시스교는 우리가 살고 있는 이 세계가 빛과 암흑, 정신과 물질, 선과 악, 또는 선의 원리와 악의 원리 간의 대립으로 이루어져 있다고 보았다. 그리고 이 세계는 "진정한 신",[77] 즉 예수 그리스도의 등장 이전에 이미 오래전부터 존재했던, 하지만 이 세상사에 대해서는 철저히 거리를 두고 있는 **초월적인 존재**인 최고의 신에 의해서가 아니라, 그 신 아래에 있는 '보다 낮은 신'에 의해 창조되었다고 보고 있다.

흔히 **천상의 왕자** 또는 **천상에 앉아있는 사탄**이라고 일컬어지기도 하는 그 '낮은 신'은 이 세계를 악으로 가득 찬 세계로 창조했기 때문에, 이 세계는 악의 축도(縮圖, plērōma tes kakias)라는 것이 그노시스교의 인식이다. 따라서 이 세계는 본질적으로 악으로 가득 차 있으므로 모든 것, 즉 지상의 것이든 천상의 것이든 모두 소멸되어야 함이 마땅하다는 것이다. 이와 같은 부정적인 인식에도 불구하고 그노시스교는 '낮은 신'이 창조한 이 악한 세계에 살고 있는 인간들의 영혼을 구원하기 위해 선의 전형인 예수와 같은 구세주가 올 것이라고 말했다.

227쪽.

76) 이에 대해서는 June O. Leavitt, *The Mystical Life of Franz Kafka: Theosophy, Cabala, and the Modern Spiritual Revival* (Oxford: Oxford UP, 2012), 121~124쪽을 참조할 것. 그리고 Gabriel Moked, "Kafka's Gnostic Existentialism and the Modern Jewish Revival," *Kafka, Zionism and Beyond*, Mark H. Gelber 엮음 (Tübingen: Max Niemeyer Verlag, 2004), 147~152쪽을 볼 것.

77) Gershom Scholem, *Origins of the Kabbalah*, Allan Arkush 옮김 (Philadelphia: Jewish Publication Society, 1987), 22쪽.

그노시스교는 우리의 "영혼은 형상이 없는 진공(허공) 속에서 유산된 태아처럼 세상에 던져진 것"[78]이며, 세계 내에서의 우리의 현존(現存)은 이 내던져짐의 결과로 보았다. 따라서 이 던져진 존재인 인간은 이 세계에서 낯선 존재일 수밖에 없고, 낯선 존재라는 의식을 본질적으로 가질 수밖에 없다는 것이다. 이 세계는 우리의 주거지가 아니라는 것이다. 따라서 이 세계에 비해 훨씬 선한 우리의 영혼은 이 세계에 들어가지 않으려 하며, 이 세계에 들어간다는 것은 다름 아닌 죽음으로 들어가는 것과 같다는 것이다.

그노시스교는 우리의 영혼이 우리에게 낯선 집의 느낌을 주는 이 세계를, 즉 악으로 가득 찬 이 세상이라는 **감옥**을 떠나 진정한 세계로 돌아갈 수 있는 출구를 찾으려 하지만, 우리 자신의 힘으로는 이를 구하기가 불가능하다고 주장했다. 따라서 예수와 같은 선의 전형이 우리의 영혼을 '최고의 신'이 비춰주는 **숨은 빛**으로 향하게 해 이 낯선 세계, 이 물질세계, 이 암흑의 세계에서 더 높은 "신성의 집"[79]으로 우리를 인도해줄 것이라고 주장했다. 예수와 같은 선의 전형에 의해서 우리의 구원은 가능하다는 것이다.

여기서 중요한 점은 그노시스교는 천상에 앉아있는 사탄, 즉 악한 존재로 규정된 그 '낮은 신'을 유대인의 신인 야웨와 동일시하고 있다는 점이다. 말하자면 유대인의 신 야웨를 "분노와 악의 신"으로 규정하고 그 낮은 신과 동일시하고 있다는 점이다.[80] 당시 그노시스교

---

78) Rémi Brague, *The Wisdom of the World: The Human Experience of the Universe in Western Thought*, Teresa Lavender Fagan 옮김 (Chicago: U of Chicago Pr., 2003), 68쪽. 이 **던져진** 존재라는 그노시스교의 인식이 인간존재를 **세계 내에 던져진 존재**라고 규정한 하이데거의 개념과 어떤 관계가 있는가는 68쪽을 볼 것.

79) Gershom Scholem, 앞의 책, *Origins of the Kabbalah*, 22쪽.

80) Paula Fredriksen, *Sin* (Princeton: Princeton UP, 2012), 64쪽.

도들은 "유대교의 신뿐만 아니라 유대교의 책들까지도 폄하했다."[81] 카프카의 작품 세계를 볼 때, 그의 세계에 대한 부정적인 인식은 그 어느 종교보다 이 종파와 일치하는 면이 있다. 따라서 "카프카가 프라하에 만연했던 그노시스교의 영향을 받았다면", 그가 받았던 영향은 무엇보다도 그가 "유대교의 신은 사랑의 신이 아니라, 복수와 악의에 찬 율법의 신"이었다는 인식이었음이 "틀림없다."[82]

앞서 우리는 카프카는 **폭군**으로서의 아버지 이미지를 관료조직 사회, 그 사회의 관리 그리고 사법부 등 국가권력들에서 발견했으며, 따라서 그에게 아버지의 대체물이 그 권력들이었으며, 더 중요한 것은 그의 조상의 신인 유대교의 신, 즉 야웨에서도 **폭군**으로서의 아버지의 이미지를 발견했다고 지적한 바 있다. 당시 프라하에 유행했던 그노시스교의 사상이 그에게 영향을 주었다면,[83] 그것은 유대교 신에 대한 그의 이러한 인식이었을 것이다. 이는 그의 작품세계가 이를 반증한다고 볼 수 있기 때문이다.

유대인 카프카

카프카의 작품은 여러 해석이 가능하다. 자본주의 하에서의 노동 착취, 그 체제 하에서 한낱 기계의 부속품처럼, 아니 **벌레**처럼 취급당하는 노동의 비인간화, 그리고 이로 인한 인간의 소외, 그리고 약자에게 행하는 지배권력의 폭력 등을 이야기하는 것으로 해석될 수 있

---

81) Paula Fredriksen, 앞의 책, 64쪽.
82) Saul Friedländer, 앞의 책, 126쪽.
83) 카프카는 쾨홀러(Walter Köhler)의 저서 『그노시스교』의 사본을 갖고 있었던 것으로 알려져 있다. 그 저서는 Klaus Wagenbach의 카프카 장서의 목록에 등장하고 있으며, 그 목록에는 그 저서뿐만 아니라 예수 당시의 유대인의 종교에 대한 여러 책들도 포함되어 있는 것으로 알려져 있다. June O. Leavitt, 앞의 책, 122쪽을 볼 것.

다. 이와 같은 주제는 작품『변신』에서도 부분적으로 반영되고 있다. 카프카의 작품은 앞서 지적했듯, 그가 프라하에 지점을 둔 이탈리아 「일반보험회사」에서, 그리고 그 뒤 「노동자재해보험공사」에서 일했을 때 그가 직접 경험했던 것의 결과물이라고 할 수 있다.『변신』과 더불어 그의 작품 세계를 가장 **카프카적인** 것으로 특징짓고 있는 장편소설『소송』은 국가권력의 중심부에 서 있는 사법부의 폭력과 그 제도의 여러 부조리에 대한 비판으로, 그리고『성』(城)은 현대의 관료주의사회, 좀더 구체적으로 말하면 합스부르크 제국의 억압적인 관료주의 사회와 그 화석화된 위계질서에 대한 비판으로도 읽힐 수 있다.

작품『소송』에 등장하는 교도소 신부는 주인공에게 텍스트는 변경될 수 없으며, 텍스트에 대한 여러 의견은 "종종 내용에 대한 절망의 표현인 경우가 많습니다"[84]라고 말한 바 있다. 사실 카프카의 작품은 해석의 시도를 끊임없이 좌절시키고 절망만을 남긴다. 아도르노가 카프카 작품의 "문장 하나하나는 모두 '나를 해석하라'고 말한다. 그 어느 문장도 이를 허용하지 않을 것이다"[85]라고 말했듯, 카프카는 자신의 존재는 물론 자신의 "자신의 작품을 해석하는 것을 결코 원하지 않았다."[86]

작품『소송』에 등장하는 교도소 신부는 마치 카프카의 뜻을 대신 전하려는 듯, 다시 주인공에게 "동일한 사안을 올바로 이해하는 것과

---

84) 인용한 텍스트의 한글 번역판본은 다음과 같다. 프란츠 카프카,『소송』, 권혁준 옮김 (문학동네, 2010), 273쪽. 이후 인용문의 쪽수는 본문의 괄호 속에 표시함. 한글 번역판과 번역과 표현을 달리한 부분도 있음. 영역본 Franz Kafka, *The Trial*, Mike Mitchell 옮김 (Oxford: Oxford UP, 2009)을 참조함.

85) Theodor W. Adorno, "Notes on Kafka," *Prisms*, Samuel Weber and Shierry Weber 옮김 (Cambridge/ M. A.: MIT Pr., 1981), 246쪽.

86) Reiner Stach, *Kafka: The Years of Insight*, Shelley Frisch 옮김 (Princeton: Princeton UP, 2013), 443쪽.

잘못 이해하는 것은 완전히 이율배반적인 것이 아니다"(271쪽)라고 말했다. 카프카의 작품이 신학적으로, 또는 그 밖에 다른 무엇으로 이 해되든 그것은 전혀 상호 배타적이 아니라는 것이다. 아버지, 그리고 아버지의 대체물인 관료조직사회, 사법부를 포함한 국가권력기관들, 그리고 또 다른 대체물의 하나인 유대교의 신은 그 **폭력성**에 있어서 상호 배타적이 아니라는 것, 이 점이 카프카에게 중요한 것이었다.

여기서 무엇보다도 간과할 수 없는 점은 카프카는 유대인이라는 점 이다. 카프카는 자신은 유대인과 어떤 공통점도 없는 것처럼, "나는 유 대인과 어떤 공통점이 있는가?"하고 의문을 던졌지만, 일생 동안 그 에게 유대인 친구들 이외에는 그 어떤 친구도 없었다. 자신의 묘사 처럼 프라하라는 '작은 원'을 떠나 결코 살아본 적이 없었던 카프카 는 이 '감옥' 같은 작은 원에서 유대인이라는 이유로 숱한 세월을 독 일인과 체코인, 이 양쪽으로부터 배척당하면서 살았던 유대인의 후 예였다. 그의 10대, 20대에도 프라하에서 반유대인주의 운동이 자주 일어났지만, 그의 삶의 말년에 이르러 합스부르크 제국이 붕괴되기 전 그 제국이 지배했던 전(全)지역에 반유대주의 운동이 파급되었을 때, **유대인**이라는 정체성, 그리고 그 위치가 그의 사유 전부를 차지했 다. 카프카는 1920년에 프라하의 유대인이 처한 절망적인 상황에 대 해 연인 밀레나에게 보낸 편지에서 반유대주의 운동이 극에 달한 상 황에도 불구하고 프라하에 계속 남아있는 것이 "영웅적인 행위"라면 이런 영웅적인 행위는 몰살당할 수 있다는 것을 알면서도 욕실에 남 아있는 "바퀴벌레"의 영웅적인 행위와 같은 것이라고 말했다.[87]

카프카가 죽은 뒤 제2차 세계대전이 발발했을 때 나치에게 600만 명으로 추산되는 유대인들이 유럽에서 몰살당했다. 카프카의 누이동

---

87) Franz Kafka, 앞의 책, *Letters to Milena*, 213쪽.

생 3명도 그 희생자들의 하나였다. 독일인에게 유대인은 인류의 문명을 위해 전멸되어야 할 "휴머니티의 추잡한 부호(符號)"[88] 그 자체였다. 1938년 6월 벤야민이 숄렘에게 보낸 편지에서 카프카의 세계는 "이 지구의 주민들을 대규모로 제거하기 위해 준비하고 있는 그의 시대를 정확하게 보충하고 있다. 사적 개인인 카프카의 경험과 일치하는 경험이 그들이 제거되는 그러한 시간이 오기까지는 대중들에게 아마도 쉽게 와 닿지는 않을 것이다"[89]라고 주장했다. 카프카의 대표작 가운데 하나인 『유형지에서』가 나치의 등장을 예견한 작품이라고 자주 거론되고 있지만, 벤야민이 '홀로코스트'를 미리 예견하고 숄렘에게 그러한 주장을 했는지는 알 수 없다.

하지만 브레히트도 카프카는 나치의 "미래의 포로수용소"와 같은 "악몽"을 예견하고 있었다고 말했다.[90] 그리고 아도르노도 "카프카의 세계와 제3제국 간에 유사성이 있음"을 받아들이면서 작품 『성』의 "관리는 나치의 친위대와 똑같은 제복을 입고 있다"라고 말하는 것을 보면[91] 그 또한 카프카를 '홀로코스트'의 예언자임을 암시하는 것처럼 보인다. 그 밖에 여러 비평가가 카프카를 나치의 등장을 미리 내다본 예언자로 여기고 있지만,[92] 사실 그는 역사적 현실에 적극 개입했던 적은 단 한 번도 없었다. 그의 작품 세계의 주인공들과 마찬가지로 그의 삶의 특징도 **수동성**, 그리고 **비참여** 그 자체라고 말할 수 있다.

---

88) Terry Eagleton, *Evil* (New Haven: Yale UP, 2010), 100쪽.

89) Walter Benjamin, *Illuminations: Essays and Reflections*, Hannah Arendt 엮음, Harry Zohn 옮김 (New York: Schocken Books, 1969), 143쪽.

90) Bertold Brecht, "Challenges and Protests: Commentary by Bertold Brecht," *The World of Franz Kafka*, J. P. Stern 엮음 (New York: Holt, Rinehart and Winston), 180쪽.

91) Theodor W. Adorno, 앞의 책, *Prisms*, 259쪽.

92) Russell Samolsky, *Apocalyptic Futures: Marked Bodies and the Violence of the Text in Kafka, Conrad, and Coetzee* (New York: Fordham UP, 2011), 33~37쪽을 참조할 것.

카프카는 사회주의에 대한 강력한 믿음의 표시로 붉은 카네이션을 몸에 지니고 있었을 정도로[93] 10대에도 사회주의 사상에 깊이 빠져 있었다. 젊은이들이 흔히 갖는 일시적인 유행의 일환으로 사회주의 사상에 심취했던 것은 아니다. 그는 작품 『선고』와 『변신』 등을 집필하는 등 그의 창작열이 분출하던 적어도 1912년까지는 사회주의 이념에 계속 충실했다.[94] 직장생활을 하고 있었을 때도 노동자 계급의 착취자들과 투쟁하는 '빌렘 쾨르버' 같은 정치연맹의 집회에도 자주 참가했고, 자본주의의 착취형태, 특히 테일러 식 경영체계를 강도 높게 비판했다. 그럼에도 불구하고 그는 이의 개선을 위한 행동에 적극적으로 직접 뛰어들었던 적은 없었다. 그리고 작품을 통해 관료제가 낳은 비인간화된 사회질서, 자본주의 경제체제가 낳은 노동자의 소외 등 이데올로기적인 측면 등을 크게 문제시했지만, 자기 주위에서 벌어지고 있는 역사적 사건들에 대해 크게 개의치 않았던, 아니 무관심했던 것처럼 보인다.

합스부르크 제국의 쇠락과 멸망, 체코의 독립선언, 1918년 10월 28일에 선포된 새 국가인 체코슬로바키아의 구성 등 나라 안의 커다란 정치적 사건에도, 그리고 헝가리와 독일에서의 혁명의 발발과 실패, 러시아의 10월 혁명 등 나라 밖의 커다란 역사적 사건들에도 거의 신경을 쓰지 않았던 것처럼 보인다. 건강의 악화로 제1차 세계대전에 참가하지는 않았지만, 1914년 8월 2일자의 일기에는 "독일이 러시아에게 전쟁을 선포했을 때" 그날 "오후에 수영장에 갔다"라는 내용이 들어있다.[95] "카프카의 소설도 이와 비슷하게 모든 역사적인 관련들

---

93) Klaus Wagenbach, 앞의 책, 35쪽.
94) Michael Löwy, *Franz Kafka: rêveur insoumis* (Paris: Stock, 2004), 19~50쪽을 볼 것.
95) Franz Kafka, 앞의 책, *Diaries*, 1910~1923, 301쪽.

을 회피하고 있다."[96] 카프카에게 이러한 역사적인 현상들은 부차적인 것이었다. 그에게 일차적이고 가장 근원적인 관심은 **인간** 자체에 관한 것이었다. 즉 인간의 존재론적인 문제였다.

카프카는 작품을 통해 휴머니티의 추잡한 부호로 낙인찍혀온 자신의 종족인 유대인의 비극, 아니 전체 인간의 비극적인 운명을 이야기하려고 했다. 여기서 그에게 가장 중요하게 여겨졌던 문제는 인간과 신의 관계였다. 작품『변신』에 다시 돌아오기 전에 잠깐『소송』을 간단히 살펴보자.

『소송』

작품『소송』은 "누군가 요제프 K를 중상 모략한 것이 틀림없다. 그가 무슨 특별한 나쁜 짓을 하지도 않은 것 같은데 어느 날 아침 느닷없이 체포되었기 때문이다"(9쪽)라는 문장으로 시작된다. "검은 재킷"(9쪽)을 입은 낯선 사나이들이 그가 사는 집으로 들이닥쳐 그가 체포된 사실을 통지하기 위해 그에게 온 것이라고 말했다. 요제프는 무슨 이유로 자기가 체포된 것이냐고 물었지만, 그들은 자신들도 그 이유를 모르며 소송 절차를 밟고 있으니 곧 모든 것이 알게 될 것이라며 그의 방에서 기다리라고 말했다.

옆방에는 그를 심문할 감독이 앉아있었다. 요제프는 감시인들의 요구에 따라 "검은색 상의"(19쪽)를 입고 감독 앞에 섰다. 감독은 왜 그가 체포되었는지 그 이유에 대해 어떤 말도 어떤 실마리도 그에게 주지 않았다. 자신도 사건 내용에 대해 전혀 모르며 알아야 할 의무

---

96) Sanja Bahun, *Modernism and Melancholia: Writing as Countermourning* (Oxford: Oxford UP, 2014), 116쪽.

도 없다고 말했다. 다만 "당신이 체포되었다는 것"(22쪽)만은 확실하다고 말했다. 그리고 체포되었다고 해도 은행원으로서 직장생활을 하는 개인적인 생활에는 조금도 지장을 받지 않을 것이라고 말했다.

일주일 뒤 일요일 요제프는 첫 번째 심리가 열리는 교외에 있는 건물을 찾아갔다. 건물 주위에는 회색 아파트가 늘어서 있었고, 아파트 건물들 안쪽의 커다란 창고 건물 6층이 심리가 열리는 장소였다. 예심판사는 요제프에게 "도장공인가?" 하고 물었다. 요제프는 그에게 자기는 "큰 은행의 자금담당 부장"이라고 퉁명스럽게 대답했다(57쪽). 요제프는 아무런 까닭 없이 자기처럼 무고한 사람을 체포하고 터무니없는 재판까지 받게 하는 데는 분명 "배후에 어떤 거대한 조직"이 있을 것이라며 회중에 모여 있는 사람들을 향해 "이 거대한 조직의 정체는 무엇입니까?"라고 물었다(65쪽). 이 재판 따위는 자신과 상관없는 일이라고 말한 뒤 밖으로 뛰쳐나왔다.

요제프는 그 후 일주일 내내 재판에 관한 또 다른 통보가 오기를 기다렸지만, 아무런 연락이 없었다. 그는 숙부의 소개로 변호사를 만났다. 벌써 한 달이 흘러갔지만 다시 출두하라는 통보는 없었다. 몇 번 만났지만 변호사는 그에게 사건에 대해 한마디도 질문을 한 적이 없었다. 몇 달이 지난 뒤 변호사가 한 일이라고는 진정서 초안뿐이었다. 요제프는 변호사에게 자기 일을 그만두게 했다.

은행에서 중요한 고객인 어느 이탈리아인을 안내하는 일이 요제프에게 주어졌다. 이탈리아인은 사업상의 일정이 끝난 뒤 시간이 나면 대성당에 가고 싶다며 그에게 안내를 부탁했다. 대성당에서 만나기로 한 약속 시간에 그 이탈리아인은 오지 않았다. 대성당 앞 광장에도 아무도 보이지 않았고, 성당 안도 텅 비어있었지만 바로 설교단 아래 신부가 서 있었다. 요제프에게 자신을 교도소 신부라고 소개한 그 신부는 처음 만나는 요제프의 이름을 알고 있었고, 그가 기소되어있다는 사실도 알고 있었다.

　신부는 요제프의 소송사건이 매우 불리하게 진행되고 있으며, 어떤 판결이 날지 예상할 수 없다고 말했다. 요제프는 자신은 정말 죄가 없다며 도움을 주기를 원한다고 말했다. 죄가 없다는 그에게 신부는 자신을 기만하지 말라고 말한 뒤, "『율법의 입문서』에는 당신처럼 자신을 기만하는 사람들을 위해 이런 내용이 적혀 있습니다"(267쪽)라고 말하면서 다음과 같은 입문서의 내용을 들려주었다.

　"율법 앞에 문지가 한 사람 서 있다." 어느 날 촌에서 온 한 중년 남자가 그에게 다가가 율법 안으로 들어가는 것을 허용해달라고 간청했다. 그러나 문지기는 지금은 때가 아니라며 거절했다. 그 남자는 잠시 생각을 가다듬고 "그러면 나중에는 들어갈 수 있겠느냐"고 물었다." 문지기는 지금은 불가능하지만 때가 되면 나중에 들어가게 해주겠다고 말했다. 그리고 "율법으로 들어가는 문은 언제나 열려있다"라고 말했다. 그 남자는 몸을 굽혀 문 안을 들여다보려고 했다. 문지기는 그에게 자기 명령을 어기고 들어가고 싶으면 그렇게 해도 되지만, 그렇게 하지 못할 만큼 자기 힘은 무척 강하며, 가장 계급이 낮은 문지기인 자기보다 힘이 더 강한 문지기가 방마다 있을 뿐 아니라, 세 번째의 문지기는 얼굴만 봐도 기절초풍할 정도로 힘이 아주 강하다고 말했다.

　문지기는 그 남자에게 작은 의자를 내주며 연락할 때까지 문 옆에서 잠자코 기다리라고 말했다. "그는 거기서 몇 날 몇 해를 그렇게 앉아있었다." 그 남자는 문 안으로 들어가기 위해 돈으로 매수하는 등 문지기를 귀찮게 했지만 소용없었다. 마침내 그의 시력마저 약해 주위를 분간할 수 없게 되었을 때, 그때 "그 어둠 속에서……율법의 문에서 꺼질 줄 모르고 흘러나오는 광채를 보았다." 하지만 그는 곧 죽음을 맞이할 사람이었다. 죽음을 앞두고 아직 한 번도 해본 적이 없는 질문을 문지기에게 했다 "모든 사람이 율법에 이르고자 애를 쓰고 있는데 그 긴 세월 동안 나 말고는 아무도 입장을 요구하는 사람이 없으니 도대체 어떻게 된 건가요?". 문지기는 그의 물음에 그의 귀에다가 "여기는 자네 말고는 아무에게도 입장이 허락되지 않아. 왜냐하면 이 입구는 단지 자네만을 위한 것이었거든. 이제는 가서 그 입구를 닫아야겠네"라고 말했다(267~269쪽).

신부의 얘기가 끝나자 요제프는 그에게 그렇다면 그 남자는 문지기에게 속은 거지요? 하고 물었다. 신부는 문지기는 자신의 의무를 충실히 이행한 셈이라고 말한 뒤, 요제프에게 "법정은 당신에게 아무것도 원하지 않습니다. 법정은 당신이 오면 받아들이고, 가면 그냥 내버려둘 뿐입니다"(279쪽)라고 말했다. 요제프는 신부의 배웅을 받으며 그의 곁을 떠났다.

내일이면 서른한 번째의 생일을 맞게 되는 전날 밤, 두 명의 낯선 신사가 요제프를 찾아왔다. 두 사람은 양쪽에서 그를 붙들고 밖으로 끌고 나갔다. 그들에게 끌려가지 않으려고 저항했지만 그들은 그를 거칠게 다루었다. 그는 그들이 이끄는 대로 몸을 맡겼다. 시내를 벗어나 도시 변두리의 채석장에 이르렀다. 그들은 채석장의 절벽 아래로 요제프를 끌고 갔다. 이윽고 한 남자가 프록코트 자락을 젖히고 "조끼 둘레의 혁대에 달린 칼집에서 양날이 선 길고 얇은 정육점 칼"(286쪽)을 꺼내 들었다. 요제프는 결국 자신의 결백을 주장할 기회조차 얻지 못했다. 채석장과 잇닿은 건물의 맨 위층에 갑자기 "불빛이 뻔쩍했다"(286쪽). 동시에 "창문의 양쪽 문짝이 활짝 열리더니…… 어떤 사람이 몸을 앞으로 쑥 내밀고는 양팔을 앞으로 쭉 내뻗었다"(286~287쪽). 도대체 "누굴까? 친구일까? 좋은 사람일까? 나와 안면이 있는 사람일까? 도와주려는 사람일까? 한 사람일까? 아니면 전체일까? 아직 도움이 가능한 것일까?"(287쪽)…… "우리 모두가 도저히 접근할 수 없고", 그리고 "그곳이 어떻게 생겼는지 알지 못하는" "최고재판소"(195쪽)의 재판관, "한 번도 보지 못한 재판관은 어디에 있는 것일까?" 어느 누구도 접근할 수 없고, 구경조차 할 수 없는 "최고재판소는 어디에 있는 것일까?"(287쪽)…… 요제프가 이리저리 여러 생각에 잠기다가 천상으로부터 구원을 구하는 듯 두 손을 쳐들고 손가락을 쫙 펼치는 바로 그 순간, 한 사람은 그의 목을 죄고 다른 한 사람은 "그의 심장에 칼을 찔러 넣고 두 번이나 돌렸다." 요제프는 "개자식처럼!"(Wie ein Hund!)이라는 마지막 말을 내뱉으며 죽었다. "비록 그는 죽었지만 죽은 후에도 그의 치욕은 그대로 살아남을 것 같았다"(287쪽). 작품『소송』은 이 말과 더불어 끝난다.

아렌트는 "전형적인 유대인의 특성 때문이 아니라" 주인공이 처한 상황이 "유대인의 삶의 상황"과 유사하기 때문에 카프카의 작품『성』(城)의 주인공은 서방의 유대인을 상징하고 있다고 말한 바 있다.[97] 그의 이러한 인식은 작품『소송』의 주인공 요제프에게도 적용될 수 있다. 주인공 요제프를 가리켜 "서방 유대인들의 운명"[98], 좀더 구체적으로 말하면, "20세기 첫 10년 동안 독일인의 문화와 독일인의 삶에 동화된 서유럽의 유대인들"[99]의 운명과 "그들을 에워싸고 있는 비극적인 아포리아(aporia)"를 표상하는 인물이라는 주장도 나오고 있

97) Hannah Arendt, "The Jew as Pariah: A Hidden Tradition," *Hannah Arendt: Reflections on Literature and Culture*, Susannah Young-ah Gottlieb 엮음 (Stanford: Stanford UP, 2007), 184쪽.
98) Pascale Casanova, 앞의 책, 336쪽.
99) Pascale Casanova, 같은 책, 319쪽.

다.[100] 이러한 인식도 프라하의 유대인들이 당시 처했던 역사적, 문화적, 정치적인 상황을 고려하면 작품의 해석에 중요한 인식임에 틀림없지만, 카프카에게는 다른 그 어떤 배경보다도 종교적인 배경이 그의 인간과 세계에 대한 인식에 결정적인 영향을 끼친 것으로 보인다. 우리는 이 점에 집중할 것이다.

숄렘이 "카발라를 이해하기 위해서는 오늘날 우리는 카프카의 작품들, 주로 『소송』을 읽지 않으면 아니 된다"라고 말했던 것을 앞서 소개한 바 있다. 그가 여기서 '오늘날'이라고 했을 때, 이 경우 오늘날은 전통적인 가치, 특히 유대인의 종교적인 가치의 위기를 말한다. 말하자면 율법의 **본래적인 의미**는 잊어버리고 종교적인 의식이나 형식에 갇힌 채 살아가는, 그리고 인간에게 자신의 "얼굴을 숨기고 있는" (「신명기」 31장 18절) 신의 **그림자**의 위세만을 내세우면서 아들들에게 명령만 내리는 동시대 아버지 세대의 종교적 타락을 의미했다.

카프카와 마찬가지로 아버지 세대에 엄청난 불만을 가졌던 숄렘이 카프카의 작품에 매혹되었던 것은 당연한 일이다. 신은 "집을 떠났으며, 발견될 수 없다. 이것이 깊이를 헤아릴 수 없는 절망의 조건이다."[101] 숄렘은 카프카에서 이 깊이를 헤아릴 수 없는 절망의 조건을 발견했다. 그에게 카프카의 작품에서만큼 신의 부재를 적나라하게 드러낸 작품은 결코 없었다. 1934년의 그의 「교훈시」에서 숄렘은 카프카의 작품 『소송』을 토대로 자신의 인식을 드러낸 바 있다. 그는 그노시스교와 같은 이교도적인 신비주의의 교리에 나타난 "근원적

100) Pascale Casanova, 같은 책, 336쪽. 카프카의 작품 『소송』에 대한 이러한 접근은 *The World Republic of Letters* (Cambridge/ M. A.: Harvard UP, 2004)로 잘 알려진 Pascale Casanova, 같은 책, 315~333쪽에서 본격적으로 다루어지고 있다.

101) Schmuel Hugo Bergman, *Tagebücher und Briefe* (Königstein: Tannus, 1985), 1: 213쪽; Stéphane Mosès, 앞의 책, 152쪽에서 재인용.

인 니힐리즘"[102]을 카프카의 작품에서 발견했다. 『소송』에 등장하는 교도소 신부는 주인공 요제프에게 "법정은 당신에게 아무것도 원하지 않습니다. 법정은 당신이 오면 받아들이고, 가면 내버려둘 뿐입니다"(279쪽)라는 말을 남기고 그의 곁을 떠났다. 카프카는 자신이 40년 동안 가나안 땅에서 방황하고 있다고 말했다. 카프카의 『소송』의 주인공은 자신에게 오든 말든 관심이 전혀 없는 신에게 외면을 당한 채, 끊임없는 방황이 그들의 운명인 **영원한 유대인**을 상징하고 있다.

「교훈시」[103]에서 숄렘은 "오직 그리하여 계시(啓示)는 / 그대를 버릴 때에 뻔쩍이네 / 그대가 아무것도 아닌 것(Nichts, nothingness)이라는 경험만이 / 그대에게 부여되는 명칭일 뿐이라네"라고 노래했다. 숄렘은 「교훈시」를 쓰기 3년 전 벤야민에게 카프카는 "일단 구원이 선취될 수 없는 세계를 언어로 표현했다"[104]라고 말한 바 있지만, 「교훈시」에서도 그는 구원의 기대는 한낱 환상에 불과함을 말하고 있다. 숄렘은 「교훈시」에서 "어느 누구도 구원의 혜택을 받을 수 없네 / 저 별은 아주 높이 멀리 서 있네 /……" 라고 노래하면서 「교훈시」의 마지막을 "오오, 우리는 그대의 법정이 우리를 심문할 때까지 / 그래도 우리는 살아갈 수밖에 없을 뿐이네"라며 마무리하고 있다. 법정이 우리에게 선고를 내릴 때까지는 깊이를 헤아릴 수 없는 절망의 조건은 끝나지 않는다는 것이다.

작품 『소송』에서 주인공 요제프는 개자식처럼 죽음으로써 그의 절망의 조건이 끝난다. 서른 번째의 생일을 맞게 되는 날 아침, 아무런 잘못이 없는데도 느닷없이 낯선 사람들에게 체포되어, 그 후 그 어떤

---

102) Stéphane Mosès, 앞의 책, 154쪽.
103) Walter Benjamin, 앞의 책, *The Correspondence of Walter Benjamin and Gershom Scholem, 1932~1940*, 123~125쪽.
104) 게르숌 숄렘, 앞의 책, 『한 우정의 역사』, 300쪽.

합당한 재판도 받지 못한 채 일 년이 지나고 서른한 번째의 생일을 맞게 되는 전날 밤, 또 다른 낯선 사람들에게 개자식처럼 죽음을 당했다.

그가 죽음을 당하기 전 채석장과 잇닿은 건물의 맨 위층에서 "갑자기 불이 뻔쩍했다". 그리고 누군가가 건물에서 튀어나왔다. 그 불은 그에게 구원을 가져다줄지도 모르는, 그노시스교의 그 최고의 신이 비추어 주는 빛, 인간의 영혼을 구원으로 향하게 하는 그 **숨은 빛**인지 모른다. "한 번도 모습을 보이지 않은" "재판관", 그 최고의 신이 그를 구원하기 위해 모습을 드러낼 것만 같았다. 하지만 구원을 향한 그의 희망은 환상에 불과했다. 최고의 신이 아니라 세계를 악으로 가득 찬 세계로 창조했던, '천상의 사탄'으로 일컬어지는 그 '낮은 신'이 보냈을지도 모를 사자(使者)들이 길고 날이 선 번득이는 칼로 그의 심장을 찔러 도려내었다. 어떤 은총도 없었다. **치욕** 이외 어떤 의미도 없는 **개자식처럼** 죽음을 당했다. 개자식처럼 뻗어 죽어있는 그의 시체는 죽음은 죽음일 뿐 그 어떤 '해방'이나 '구원'(Erlösung)의 흔적도 전무했다.

'손님 가운데 가장 괴기한 손님'

앞서 카프카에게 크게 영향을 주었던 것으로 여겨지는 그노시스교에 관해 언급하면서 이 종파는 '우리의 영혼은 형상이 없는 허공 속에서 유산된 태아처럼 세상에 던져진 것'이라는 인식을 드러내었다고 말한 바 있다. 인간존재는 세계 내에 던져진, 그것도 무방비상태로 내던져진 존재라는 것이 그 종파의 인식이었다. 작품 『변신』에서 그레고르는 하루아침에 애기만 한 크기의 흉측한 벌레로 변했다. 자신의 의지와는 전혀 관계없이, 무방비상태에서 순식간에 흉측한 벌레로 "불구의 상이용사"(56쪽)처럼 세상에 내던져졌다. 작품 『소송』의 요제프도 낯선 사람들에게 느닷없이 체포되어 아무런 잘못이 없음에도 재판도 없이 그 후 일 년이 지난 뒤 또 다른 낯선 사람들에게 개자식처럼 죽음을 당했다. 그레고르와 요제프, 그들에게는 '왜'(Warum)라는 물음이 존재하지 않았고, 존재할 수가 없었다. 허공 속에서 유산된 태아처럼 무방비상태에서 세상에 내던진 채 보이지 않는 악의 힘에 의해 이미 그들의 운명이 결정되었다.

그노시스교에서는 천상에도 악한 신들이 존재했다. 유대교에서도 마찬가지다. 이는 앞서 소개된 『구약』「시편」 82장을 통해 확인되었다. 그런데 고전주의 시대 그리스인들의 사유에 따르면 천상에는 반드시 **절대선**이 존재해야 하며 악이나 사탄은 존재해서는 아니 되는 것이었다.[105] 작품 『소송』에 등장하는 예심판사나 모습을 드러내놓지 않는 고위 재판관들은 여기 천상의 악한 신들을 상징하고 있다. 이 세상을 악으로 가득 찬 세계로 창조한 악한 신과 그의 부류들이 사는 천상도 우리가 사는 이 세상처럼 선의 세계는 아니다. 무엇보다도 악한 신은 **천상에 앉아있는 사탄**과 동일시되기 때문이다. 작품에서 천상을 상징하는, 건물 6층의 높다란 재판소 사무국과 법정은 쉴 새 없이 세탁과 청소가 행해지지만, 오물이 도처에 쌓여있고, 매연과 연기가 자욱하여 숨 막히는 공기가 주위를 가득 채우고 있다.

법정에서는 "죄 없는 사람이 자신도 모르는 상황에서 유죄판결을 받게 되는"(70쪽) 재판이 판을 치고 있고, 뇌물, 매수, 재판결과를 유리하게 하기 위한 증명서 위조, 문란한 성행위 등 온갖 타락이 재판소 사무국에서 판을 치고 있다. 구원과 은총의 상징적인 장소로 여겨지는 성당의 광장도 춥고, 어둡고, 암울하기 짝이 없다. 출입구로 향하

---

105) Rémi Brague, 앞의 책, 65쪽.

는 성당의 복도는 온통 "어둠"에 싸여있고, 법정의 회랑에 있는 사람들의 대부분은 "검은색의 예복 차림이었고"(55쪽), "작고 까만 눈들은 이리저리 움직이고 있었다"(67쪽). 카프카는 **어둠, 검은, 까만** 등 이런 부정적인 이미지를 통해 천상에도 어떤 선도, 어떤 구원도 없음을 보여주고 있다. 어디에도 "정의의 여신"(179쪽)은 없다.

지상을 상징하는 곳, 즉 법정의 사무처가 있는 교외와는 정반대 방향의 일반 사람들이 사는 지역은 "집들은 더 칙칙하고" "거리는 오물로 가득 차 있고"(172쪽), 근처에는 쥐가 들끓고 있다. 카프카는 천상이든 지상이든 모든 세계가 더럽고, 썩은 세계임을 보여주고 있다. 이와 같은 세계에서 인간은 **허공에서 유산된 태아처럼** 버림받은 존재가 되어, 악의 힘에 의해 까닭 없이 '개자식처럼' 죽음을 당한다. 작품 『소송』은 이것이 바로 인간의 조건이라고 말한다. 다시 작품 『변신』으로 돌아가자.

『변신』은 주인공 그레고르의 자살로 끝난다. 가족들을 위해 그가 할 수 있는 최상의 길은 죽음밖에 없다고 생각했다. 새벽 3시를 알리는 시계탑의 종소리를 들을 때까지 잠을 자지 못했다. 그레고르는 죽기 위해 스스로 음식물을 취하는 것을 중지했다. "자살은 위안의 강력한 수단이다. 그것은 숱한 나쁜 밤을 빠져나가게끔 도와준다."[106] 그레고르에게 자살은 "숱한 나쁜 밤"을 끝나게 해주는 "위안"이었다. 카프카에게 자살의 유혹은 자주 나타나는 모티프다. 그의 일기를 보면 죽음으로 향하는 충동이 빈번히 등장한다.[107] "비쩍…… 납작하게

---

106) Friedrich Nietzsche, *Beyond God and Evil: Prelude to a Philosophy of the Future*, Rolf-Peter Horstmann and Judith Norman 엮음, Judith Norman 옮김 (Cambridge: Cambridge UP, 2002), §157, p.70.

107) Franz Kafka, 앞의 책, *Diaries, 1910~1923*, 129쪽, 159쪽, 233쪽, 259쪽.

586

메말라" 죽은 "저 물건"으로(74쪽, 75쪽), 따라서 쓰레기통에 내던져진 폐기물로 그레고르의 존재는 끝난다. 그레고르는 해충으로 변한 자신을 보고 지배인이 겁에 질려 문을 향해 뒷걸음치고 있었을 때, 현관에서 오른손을 계단 쪽으로 뻗으면서 "천상으로부터의 구원의 손길"(27쪽)을 기다렸다. 하지만 그 구원의 손길은 결코 그에게 오지 않았다. 어떤 구원도, 그 어떤 구원의 전망도 그에게 없었다.

하지만 **해방**은 있었다. **구원**을 의미하는 독일어 에르뢰숭(Erlösung)은 **해방**을 의미하기도 한다. 그레고르에게 그 해방은 자살을 통한 죽음이었다. 죽음이 다름 아닌 '해방'이었다. 그노시스교는 '구원'에 대해 "가장 부정적인 비전"을 보여주고 있지만, 그럼에도 불구하고 악의 세계에서 인간을 구원할 예수와 같은 구세주의 도래를 전제로 하고 있기 때문에 그 종파는 "구원의 종교다". 하지만 카프카는 그노시스교와 달리, "구원의 어떤 희망도 제공하지 않는다". 카프카와 그노시스교 간의 친분은 여기서 끝난다. "하여간 어디에도 우리에게 희망이 있다는 것을 부정하기 때문에", 결론적으로 말하면 "카프카는 그노시스교도가 아니다."[108] "손님 가운데 가장 괴기한 손님"[109]인 니힐리즘 자체가 카프카의 **종교**가 되고 있으며, 이것이 그의 작품 전체를 압도하고 있다. 그의 인간 세계는 "악몽"[110] 그 자체이다. 그 괴기한 손님 가운데 **가장 괴기한 손님**인 그의 니힐리즘이야말로 그를 다른 작가들과 구별시켜주고 있으며, 이것이 그의 작품을 **카프카적인** (Kafkaesk, Kafkaesque) 것으로 만들고 있다.

---

108) Harold Bloom, *Ruin the Sacred Truths: Poetry and Belief from the Bible to the Present* (Cambridge/ M. A.: Harvard UP, 1989), 167쪽.

109) Martin Heidegger, *Introduction to Metaphysics*, Gregory Fried and Richard Polt 옮김 (New Haven: Yale UP, 2000), 159쪽.

110) Hannah Arendt, "Franz Kafka, Appreciated," *Hannah Arendt: Reflections on Literature and Culture*, Susannah Young-ah Gottlieb 엮음 (Stanford: Stanford UP, 2007), 100쪽.

문학가의 소명

앞서 소개했듯, 『소송』의 교도소 신부가 주인공 요제프에게 들려준 「율법 앞에서」라는 우화에서, 촌에서 온 중년남자는 누구에게나 활짝 열려져 있는 율법의 문 안으로 들어가려 했지만, 문지기의 불허로 한평생 문 밖에서 기다리다가 죽음 직전에 어둠 속에서 한 가닥 빛이 입구에서 비춰지는 것을 보았다. 남자는 문지기에게 누구나 할 것 없이 모두 다 율법의 문을 들어가려 하는데 어찌 자기 이외 그 누구도 그 문 안으로 들어가게 해달라고 청하지 않느냐고 물었다. 문지기는 그 외에 그 누구도 문 안으로 들어갈 수 없으며, 이것은 정해진 것이라고 말했다. 그렇게 말한 뒤 문지기는 죽어가는 그를 향해 이제 자기도 문을 닫고 자리를 떠야 할 때가 되었다는 마지막 말을 남겼다. 그 혼자만 율법의 문 안으로 들어가는 것이 허용되었지만, 그 허용은 죽음 직전에야 그 남자에게 주어졌다. 죽음으로 인해 그는 결국 문 안으로 들어갈 수 없게 되었다.

법원 판사들의 초상화를 그려주는 일을 담당하고 있는, 작품 『소송』의 등장인물 가운데 하나인 화가 티토렐리는 어느 누구에게도 접근을 허용하지 않는 "최고의 재판소"가 어떤 곳인지는 자기는 물론 어느 누구도 "알지 못한다"라고 말했다(195쪽). 티토렐리는 자기가 초상화를 그려준 재판관을 결코 만난 적이 없으며, 일찍이 자신이 초상화를 그려준 재판관들 가운데 어느 누구도 결코 본 적이 없다고 말했다. 어디에도 법정이 없는 곳은 없지만, "최종적으로 무죄를 선고할 권한"은 최고 재판소의 몫이라고 말했다(195쪽). 율법의 문 안으로 들어가기 위해 문 밖에서 기다리고 있는 모든 사람들은 최고재판소의 재판관 앞에서는 요제프과 "같은 처지"의 "피고인들"이다(87쪽). 자신들의 죄의 유무와 관계없이 그들 모두 '원죄'의 쇠사슬에 묶여 재판관의 심판을 기다리고 있다.

남자는 율법의 문밖에서 한평생 기다리다 죽음 바로 직전에 들어가는 것이 허용되었지만, 율법의 문 안에 있는 최고의 재판관, 최고의 존재로부터 그 어떤 대답도 들을 수 없었고, 그를 대면할 수도 없었다. 율법은 진리를 담보하고 있는가? 더 구체적으로 말하면 신은 존재하는가? 신의 명령과 가르침은 옳은 것인가? 등 말하자면 진리를 찾기 위해 남자는 문 안으로 들어가려고 했다. 죽음 바로 직전에 그에게 한 줄기 빛이 비춰지는 것처럼 보였다. 그 한 줄기 빛은 율법의 진리를 확인시켜주기 위해 최고의 존재가 보내는 신호인 것처럼 보였다. 하지만 작품 『소송』의 주인공 요제프가 채석장 벼랑에서 낯선 사람들에게 죽음을 당하기 직전 채석장과 잇닿은 건물의 맨 위층에서 "갑자기 뻔쩍했던" 그 불빛처럼, 그것은 구원의 빛도 진리의 빛도 아니었다. 그것은 **환각**에 불과했다. 그는 그저 죽어갈 뿐이다.

카프카는 "메시아는 그가 더 이상 필요가 없게 될 때에야 비로소 올 것이며…… 그는 마지막 날에 오는 것이 아니라 가장 마지막 날에 올 것이다"[111]라고 말한 바 있다. 메시아는 "마지막 오는 것이 아니라 가장 마지막 날에 올 것"이라면, 그렇다면 모든 사람들 가운데 율법의 문 안으로 들어가는 것이 허용된 그 단 한 사람, 모든 인간들 가운데 그 마지막 단 한 사람마저도 죽고 나서야 비로소 메시아는 온다는 것인가. 1920년 2월 28일 친구 브로트와 서로 말을 주고받다가 카프카는 우리에게는 희망의 전망이 보이지 않는 것 같다는 말을 했다. 브로트는 그에게 그렇다면 우리 세계 밖에는 여전히 희망이 존재하느냐고 물었다. 그때 카프카는 미소를 띤 채 "신에게는—희망이 차 있네—희망의 끝이 있는 것은 아니네— 오직 우리에게만은 아니네"

---

111) Franz Kafka, "The Coming of the Messiah," *Parables and Paradoxes: Bilingual Edition* (New York: Schocken Books, 1961), 81쪽.

라고 대답했다.[112] 카프에게 인간의 세계에는 어떤 희망도 보이지 않았다.

숄렘에게 1938년 6월 12일자로 보낸 편지에서 벤야민은 "…… 우리는 카프카라는 인물을 옳게 평가하기 위해 한 가지 사실, 즉 그의 실패의 아름다움을 놓쳐서는 아니 된다"[113]라고 말했다. 하지만 벤야민은 카프카가 딱히 무엇을 실패했는지, 그리고 어떻게 실패했는지에 대해 뚜렷하게 밝히지 않는 가운데 "오직 우리에게만은 아니네"라는 카프카의 말을 인용하면서 카프카의 "이 진술"에는 "사실 희망이 내포되어 있는 것"[114]이라고 말했다. 대체 이 무슨 역설인가.

블랑쇼도 마찬가지다. 카프카를 모든 문학가들 가운데 가장 중요한 문학가의 한 사람으로 높이 평가하는 블랑쇼는 "결말은 희망 없이 끝나지만", 그럼에도 불구하고 "어떤 궁극적인 가능성, 미지의 승리……" 같은 희망의 여지가 카프카의 작품에 남아있다고 말했다.[115] 대체 이 무슨 역설인가? 카프카에게 절망은 절망일 뿐, 허무는 허무일 뿐, 죽음은 죽음일 뿐, 치욕은 치욕일 뿐이다. 카프카의 **아름다움**은 여기에 있다. 그의 아름다움은 **정직**(正直)의 **아름다움**이다. 그러니까 그는 친구 브로트에게 자기가 죽은 뒤 자기 작품 전부와 글들을 소각하라고 부탁했다.

카프카는 김나지움과 대학시절의 친구 오스카르 폴락에게 1903년 11월 9일자로 보낸 편지에서 "신은 내가 글 쓰는 것을 원치 않지만,

---

112) Max Brod, 앞의 책, *Franz Kafka: A Biography*, 75쪽.

113) Walter Benjamin, 앞의 책, *Selected Writings*, 2: 327쪽. 번역을 약간 달리했음.

114) Walter Benjamin, 같은 책, 2: 327쪽.

115) Maurice Blanchot, *The Work of Fire*, Charlotte Mandell 옮김 (Stanford: Stanford UP, 1995), 7쪽.

나는 (글쓰기를) 반드시 해야 한다"라고 말했다. 감수성이 가장 예민했던 20대의 나이에서 나온 그의 이 말은 앞서 일찍 소개한 바 있다. "나는 기필코 모든 고난을 무릅쓰고 글을 쓸 것이다, 글쓰기는 자기 보존을 위한 나의 투쟁이다"[116]라고 외쳤던, 그리고 "글을 쓰면 쓸수록 나는 나 자신을 해방시킨다"[117]라고 말했던, 따라서 글쓰기를 자기 구원의 유일한 수단으로, 그리고 글쓰기를 전 생애에 걸쳐 자기가 자기에게 명한 유일한 **소명**으로 여겼던 카프카는 왜 마치 자신의 소명, 아니 자기 존재 자체를 부정하려는 듯, 자신의 글 전부를 소각하라고 했던가? 그에게 글쓰기를 허락하지 않았던 자기 종족의 신 야웨의 명령을 거부하고 그 신을 배격하는 내용의 작품을 쓴 것에 대한 후회 때문이었을까? 아니면 삶 자체를 **저주**나 **악몽**으로 인식하고 절망만을 외친 것에 대한 후회 때문이었을까? 따라서 미래에 대한 어떤 전망도, 단 한줄기의 희망이나 구원의 빛도 보여주지 못하고 무의미성의 인식만 보여주었던 것에 대한 후회 때문이었을까?

1917년 말에 카프카는 자신의 글쓰기가 "이 세계를 순수하고, 참되고, 변치 않는 세계로 끌어올릴 것"이라는 희미한 희망도 가진 적 있었지만, 또 한편 끊임없이 자신의 글쓰기가 "악마에 봉사하는 보답"이라고 여겼다.[118] 카프카는 편지와 일기에서 글쓰기는 자신의 자기구원, 자기해방으로 향하는 길임을 자주 언급했다. 펠리체에게 보낸 편지에서 카프카는 "글쓰기는 나의 내적 존재를 가능하게 하는 유일한 길"[119]이라고 말한 바 있다. 하지만 그는 글쓰기의 소명은 궁극적으로 결코 **자기자신**을 위한 것이 되어서는 아니 된다는 것을 깊이

---

116) Franz Kafka, 앞의 책, *Diaries, 1910~1923*, 300쪽.
117) Franz Kafka, 앞의 책, *Letters to Feliche*, 58쪽.
118) Franz Kafka, 앞의 책, *Diaries, 1910~1923*, 423쪽.
119) Franz Kafka, 앞의 책, *Letters to Feliche*, 245쪽.

깨달았을지도 모른다. 그의 친구 브로트에게 그의 글 전부를 소각하라고 부탁했던 이유는 여기에 있었는지도 모른다.

어느 시대에나 인간 존재는 절망과 고통, 그리고 역사의 공포를 숱하게 대면한다. 카프카처럼 결국 비명을 지르는 것 말고는 할 일은 남아있지 않다는 것인가?' 아도르노는 "절망의 눈앞에서 철학이 책임지고 할 수 있는 단 한 가지는…… 모든 것을 구원의 관점에서 찬찬히 바라보려는 것"[120]이라고 말한 바 있다. 인간이 대면하고 있는 고통과 절망, 그리고 역사의 공포는 우리에게 메시아적인 관점에서 인간의 조건을, 인간의 운명을 바라보기를 요구한다.

루카치는 카프카가 마르크스-헤겔적인 의미의 구체적인 총체성을 보여주지 못하고 있음을 비판하면서도 모더니스트들 가운데 가장 허무주의적인 그를 "결국은 리얼리즘 작가"라고 규정했다.[121] 하지만 리얼리즘 작가는, 그것도 진정한 리얼리즘 작가는 인간의 역사, 인간의 운명을 **구원**의 관점에서 바라보는 자다. 그 진정한 리얼리스트는 『카라마조프 가(家)의 형제들』의 도스토예프스키와 같은 문학가들이다.

---

120) Theodor W. Adorno, *Minima Moralia: Reflections from Damaged Life*, E. F. N. Jephcott 옮김 (London: Verso, New Left Books, 1974), 247쪽.

121) 1956년에서 1957년 사이 몇 개월 동안 감옥생활을 한 루카치는 자신을 면회하러 온 아내에게 "카프카는 결국은 리얼리즘 작가였다"라고 말했던 것으로 알려져 있다. 이에 대해서는 Michael Löwy, "'Fascinating Delusive Light': Georg Lukács and Franz Kafka," *Georg Lukács: The Fundamental Dissonance of Existence: Aesthetics, Politics, Literature*, Timothy Bewes and Timothy Hall 엮음 (London: Continuum, 2011) 183쪽을 볼 것.

11장 브레히트 『사천의 선인』 그리고 『갈릴레이의 생애』

『사천의 선인』

토마스 만, 그리고 카프카 등과 더불어 20세기 독일문학을 대표할 뿐 아니라 비평가 루카치와 더불어 20세기 마르크스주의 문학을 대표하는 브레히트(Bertolt Brecht, 1898~1956)는 많은 작품을 세상에 내놓았다. 1938년에서 1941년 사이에 집필되고 1943년에 첫 공연되었던 그의 대표작 가운데 하나인 『사천의 선인』(Der gute Mensch von Sezuan)과 『갈릴레이의 생애』(Leben des Galilei)를 중심으로 그의 작품세계를 논할 것이다. 『사천의 선인』의 내용은 다음과 같다.

중국 사천의 수도에 사는 떠돌이 물장수 왕 씨는 선인(善人)을 찾기 위해 지상에 내려온 3명의 신들에게 숙소를 마련해주려 하지만, 창녀 셴테 외에는 그 누구도 숙소를 제공하려 하지 않는다. "내일 아침까지 방세를 채워넣지 못하면 쫓겨나는"[1] 신세임에도 불구하고 셴

---

1) 인용한 텍스트의 한글 번역 판본은 다음과 같다. 베르톨트 브레히트, 『브레히트 희곡 선집 2 - 갈릴레이의 생애 · 사천의 선인』, 임한순 편역 (서울대학교출판부, 2006), 155쪽. 이후 인용문의 쪽수는 본문의 괄호 속에 표기함. 번역과 표현을 달리하는 부분도 있음. 영역본 Bertolt Brecht, *The Good Person of Szechwan*, John Willett and Ralph Manheim 엮음, John Willett 옮김 (London: Penguin Books, 2008)을 참조함.

테는 방세를 마련해줄 손님을 포기하고 신들을 맞이한다. "사천에서 제일 착한 사람"(156쪽)인 셴테에게서 자신들이 찾고 있는 '선인'의 모델을 발견한 신들은 기쁨에 차 셴테에게 계속 선행을 베풀 것을 당부한 뒤, 숙박료 은화(銀貨) 1000냥을 남기고 사라진다.

셴테는 신들이 주고 간 숙박료로 담배 가게 하나를 마련한 다음 불쌍한 사람들을 '내 몸같이 사랑하라'는 신의 계명에 따라 **이웃사랑**을 실천하려 한다. 하지만 경제적인 도움을 요청하는 가게의 전(前) 주인 신 부인, 잘 곳은 물론 먹을 것도 전혀 없는 8인의 가난한 식객, 진열대 값을 터무니없이 비싸게 100냥이나 요구하는 목수 리토, 셴테의 매춘 전력을 트집 잡고 신원보증인을 요구하면서 반년 치 임대료 은화 200냥을 선불로 요구하는 건물주인 미취 여사 등으로 인해 가게를 개업하기도 전에 파산의 위기에 봉착하게 된다. 셴테에 필적할 만한 또 다른 선인들을 찾기 위해 편력을 계속하는 신들은 물장수 왕 씨의 꿈에 나타나 셴테의 선행을 관찰하고 보고할 것을 지시한다.

파산 위기로 말미암아 신의 계명인 이웃사랑을 실천할 수 없게 된 셴테는 "냉혹하고 노련한"(183쪽) 사촌오빠 슈이타로 변장한 뒤, 진열대 값으로 은화 100냥을 요구하는 목수 리토에게 수완을 발휘해 은화 20냥만 지불함으로써 경제적인 난관을 극복한다. 하지만 슈이타는 건물주인 미취 여사가 선물로 요구하는 은화 반년 치 임대료 200냥을 도저히 감당할 수 없어 빈민지역을 담당하고 있는 공무원인 경관의 권고에 따라 셴테를 "소규모 자본을 가진 남성"과 결혼시켜 그 남자와 "연초상회의 공동소유자"로 하게 함으로써(185쪽) 경제적인 난관을 극복하려 한다.

슈이타의 활약으로 인해 "신의 선물"(183쪽)인 담배 가게는 보존되지만, 그 대신 셴테는 신의 계명인 이웃사랑은 지킬 수가 없다. 가게를 유지하기 위해서는 그 자리에 선행보다 **이윤**이 우선될 수밖에 없고, '이윤'을 위해서는 자기 '이익'이 우선될 수밖에 없고, 따라서 불가피하게 '선행'이 희생될 수밖에 없기 때문이다. 비 오는 날, 셴테는 상처하고 애가 셋 딸린 홀아비와 결혼할 작정으로 선을 보러가던 길이었다. 이틀 전부터 아무것도 먹지도 마시지도 못한, 자살 직전의 무직의 비행사 양순을 발견하고, 그를 설득해 목숨을 구한다. 그리고 목말라 하는 그를 위해 물장수 왕 씨에게 물 한 잔을 사서 준다. 그와 대화를 나누는 사이 셴테는 그를 향한 연민과 사랑을 느낀다.

물장수 왕 씨는 꿈속에 나타난 신들에게 8인 가족의 식객들을 집에 계속 유숙시킨다든가, 담배 값이 없는 사람들에게 돈을 받지 않고 공짜로 담배를 준다든가, 비 오는 날임에도 자신에게서 물을 팔아준다든가 하는 등 힘닿는 만큼 좋은 일을 행하는 셴테의 선행을 보고한다. 가게 수입이 여의치 않아 셴테는 사업 수완이 좋은 사촌 오빠 슈이타를 불러들여 도움을 구할 수밖에 없게 된 사정도 보고한다. 신들은 셴테가 인간들 중에서 "제일 착한 여자"이지만 업적으로 내세울 만큼 "경제적"으로 그렇게 착한 일을 한 것은 아직까지 "하나도 없다"라고 불평을 쏟아낸다(199쪽). 자신들은 **경제** 같은 것에는 "전혀 문외한"(198쪽)이라는 말만 남기고 사라진다. 왕 씨는 셴테가 행하는 선행을 "별 것 없다"라고 말하며 사라지는 신들에게 "제발 노여워 마세요, 나리들! 시작부터 너무 많이 바라지는 마세요!"라며 외친다 (199쪽).

양순의 집에서 자고 아침에 돌아온 셴테는 이발소에서 고함소리가 나오는 것을 듣는다. 냄새나는 물로 손님들에게 불쾌감을 자극하고 있다며 이발사 주인 슈푸가 물장수 왕 씨를 인두로 때려 부상을 입힌 것이다. 셴테는 부자인 슈푸에게 피해상을 청구하라고 왕씨에게 권고하지만, 현장을 목격한 그 누구도 증인으로 나서려고 하지 않는다. 양순의 어머니는 셴테를 찾아와 그녀에게 아들이 북경에서 비행사

자리를 얻을 것 같으니 은화 500냥을 마련해 달라고 요구한다. 센테는 돈 때문에 일자리를 잃을 수 없다며 양탄자 가게의 노부부가 빌려준 은화 200냥을 선뜻 내어준다. 그리고 모자라는 은화 300냥을 마련하기 위해 가게까지 처분하려 한다.

양순이 모자라는 은화 300냥을 얻기 위해 센테를 찾아온다. 슈이타로 변장한 센테는 그와 말을 주고받는 가운데 양순의 본심을 알게 된다. 즉 자신을 향한 양순의 사랑도 진짜가 아닐 뿐 아니라, 북경의 비행사 일자리도 격납고 관리인을 은화 500냥으로 매수해 지금 일하고 있는 비행사를 해고시킨 다음 그 자리를 차지하려는 것임을 알게 된다. 그럼에도 불구하고 센테는 양순과 함께 북경에 가기 위해 가게를 건물주인에게 최소 은화 500냥을 받고 팔려고 한다. 하지만 양순은 가게를 당장 헐값 은화 300냥에라도 팔아 그 돈으로 자기 혼자만 북경에 가려고 한다. 사랑의 "파멸"(216쪽)을 경험하고 있는 센테는 절망에 빠진다.

센테는 신 부인의 권고에 따라 "집이 열두 채나 되고 마누라도 단하나뿐"(210쪽)인 이발사 슈푸의 청혼에 응하려 한다. 그 순간 양순이 나타나서 슈푸와의 정략결혼을 받아들일 수 없다고 말하면서 자기와 결혼해줄 것을 센테에게 간청한다. 양순의 청혼을 받아들인 센테는 슈푸에게 용서를 구한 뒤 그를 따라 나선다. 결혼예복을 입고 결혼식장으로 향하면서 센테는 결혼 후 양탄자 가게의 주인인 노부부에게 빌린 은화 200냥을 돌려주고, 8인 가족의 나머지 두 노인을 끝까지 보살피고, 양순을 설득해 나쁜 짓으로 비행사 자리를 얻는 대신 시멘트 공장이라도 다니도록 할 것이라고 스스로에 다짐한다. "악하지 않은"(226쪽) 양순의 착한 심성을 일깨워 정직하게 살게 하려는 센테의 의도와 달리, 양순은 오직 그녀의 사촌 오빠 슈이타가 모자라는 은화 300냥을 마련해 오기만 기다린다. 슈이타가 오지 않아 결혼식은 지체된다. 슈이타로 변장한 셴테가 여기에 있는 한 슈이타가 등장할 리가 만무하다.

셴테는 양순에게 북경에 가는 일은 절대 불가능할 뿐 아니라, 사촌 오빠 슈이타도 결코 여기 오지 않을 것이라고 말한다. 그리고 자기로부터 받은 돈 은화 200냥을 양탄가게의 노부부에게 돌려주자고 말하면서 건물주인 미취 여사가 요구하는 반년 치 임대료를 선불로 지불할 수 없으니 시멘트 공장 앞에서 함께 담배를 팔며 살아가자고 말한다. 양순은 매몰차게 거부한다. 슈이타가 끝내 등장하지 않자 그들의 결혼식은 허탕치고 만다.

물장수 왕 씨의 꿈속에 신들이 다시 나타난다. 왕 씨는 신들에게 셴테가 "이웃사랑의 계명을 지키다가 자신의 사랑에 실패했다"(239쪽)고 말하면서 그들의 "개입"을 간청한다. 자신에게 은화 200냥을 빌려준 "두 노부부가 파산당하지 않게 사랑의 행복을…… 스스로 포기한"(241쪽) 셴테에게 도움의 손길을 펼쳐주기를 간청한다. 신들은 "선인은 사정이 어려울수록 자신을 더 잘 드러낸다네. 고통이 인간을 단련하는 법이야", "우리는 모든 희망을 그 여자에게 걸고 있네"(239쪽), "우리는 **관찰자**에 불과해"(240쪽)라는 말을 남긴 뒤 사라진다.

양순이 돌려주지 않는 은화 200냥을 노부부에게 갚기 위해 셴테는 가게를 건물주인 미취 여사에게 헐값에 팔려고 한다. 이삿짐을 정리하다가 셴테는 자신이 임신하게 된 것을 알게 된다. 셴테는 목수 린토의 어린 아들이 먹을 것을 찾기 위해 쓰레기통을 뒤지는 것을 보고, "자비심이 없는" 이 세상에서 가난으로부터 "적어도 내 아이만은 지킬" 것이라고 말하면서 "호랑이와 야수"가 되어 "이 순간부터 모든 사람에게 등을 돌릴" 것이라고 외친다(249쪽).

다시 슈이타로 변장한 셴테는 이발사 슈푸가 결혼약속의 대가로 자신에게 내놓은 은화 1만 냥에 해당하는 백지수표와 창고건물, 그리고 빈민들의 노동력을 이용해 연초공장을 차릴 계획을 한다. 오랜 편력에 지친 신들이 물장수 왕 씨의 꿈속에 다시 나타난다. 왕 씨는 그들에게 각종 걱정거리를 보고하면서 "시대가 악한 것을 참작하셔서" (254~255쪽) 셴테에게 "사랑"이니, "공평"이니, "예의"니, 이러한 것들을 지나치게 요구하지 마시고 계명을 조금 완화해줄 것을 간청한다. 하지만 신들은 "의심에 빠진" 물장수를 질책하면서 지친 모습으로 사라진다(255쪽).

슈이타는 슈푸의 가축사육장 근처에 연초공장을 세운다. 슈이타가 연초공장을 세우기 3개월 전에 양 부인은 파혼을 한 아들 양순이 은화 200냥을 돌려주지 않아 횡령죄로 고발당하자, 그를 데리고 슈이타를 찾아온 바 있다. 슈이타는 양순이 탕진해 버린 은화 200냥을 임금에서 공제하는 조건으로 고소를 취하하고 공장의 노동자로 고용한다. 공장에 취직한 양순은 "석 달 전과는 전혀 다른 사람"(262쪽)이되어 정직하게 일을 하면서 회사를 위해 물불을 가리지 않고 열심히 일해 슈이타의 신임을 얻는다. 그는 공장 감독으로 승진한 뒤 슈이타의 하수인이 되어 노동자들을 착취한다. 양순의 도움으로 공장은 날로 번창한다. 이제 "사천의 담배왕"(273쪽)이라 불릴 만큼 슈이타는 사업에 성공하지만, 날로 뚱뚱해지는 배 때문에 임신이 발각될 위험도 점점 커져간다. 물장수 왕 씨, 셴테의 소유물인 연초공장을 탐하는 양순, 셴테를 첩으로 맞이하려는 이발사 슈푸 등 셴테의 행방을 알고자 하는 목소리도 점점 커져간다.

슈이타는 슈푸와 건물주인 미취 여사를 불러들여 점포 12개를 설립할 사업 확장을 결의를 한 뒤, 앞으로 그 소유자는 셴테와 "자자손손 그녀의 후손들"이 될 것이라고 선언한다(273~274쪽). 하지만 셴테가 오랫동안 나타나지 않자 슈이타는 난감한 처지에 놓이게 된다.

수상하게 느낀 양순의 고발로 경찰이 가게를 수색하자 셴테의 소지품이 든 보따리가 발견되어, 슈이타는 셴테를 살인한 혐의로 체포되어 파출소로 향한다.

물장수 왕 씨의 꿈속에 기진맥진한 모습을 한 신들이 나타난다. 그들은 왕 씨에게 선인을 찾는 자신들의 "탐색은 완전히 실패"(276쪽)고, 선한 사람은 어디에도 없다며 자신들의 "체통"이 말이 아니라고 말한다(276쪽). 왕 씨는 신들에게 셴테의 사촌오빠 슈이타가 셴테를 살인을 한 죄로 재판을 받게 되어있으며, 셴테는 어디엔가 사라져버린 상태라고 보고한다. 단 한 사람의 선인 셴테마저 사라졌다는 말을 듣고 신들은 자신들의 노력이 "허탕"으로 끝난 것을 알고 자신들의 권위가 말이 아니라며 한숨짓는다(276쪽).

법복을 차려입고 신들이 재판관이 되어 법정에 나타난다. 담배왕 슈이타가 신들을 목격하고 잠시 기절해버린다. 심리가 행해진다. 재판관은 슈이타에게 사촌여동생 셴테의 사업을 탈취할 목적으로 그 여성을 살해했느냐고 묻는다. 슈이타에게 유리한 증언을 하는 사람과 그렇지 않은 사람들의 증언이 끝나자, 슈이타는 가면을 떼고 변장한 옷을 벗는다. 셴테의 모습으로 돌아온 슈이타는 신들에게 "제가 나리들의 선인"(285쪽)인 셴테와 동일한 인물이라고 말한다. 셴테는 착한 일을 하며 살아가라는 계명에 따라 그렇게 살 작정이었지만 "다른 사람들에게 착하면서 동시에 저 자신에게도 착할 수가 없어요"(285쪽)라고 말한다. 베푸는 일이 기뻐 "진심으로 변두리 지역의 천사"(286쪽)로 남고 싶었지만 현실은 자신을 **악인**으로 만들 수밖에 없었다고 말한다. 신들은 서로 마주보며 우리의 실패를 "우리가 자인하란 말이오? 우리가 계명들을 포기해야 하겠소? 절대 안돼요!…… 모든 게 정상이야!"(287쪽)라고 말하면서 절망에 빠져 있는 셴테를 버려두고 구름을 타고 "허무"(Nichts, 289쪽) 속으로 사라진다.

작품은 「에필로그」에서 연기자 한 사람이 등장해 관객에게 "그럼 해결책은 무엇일까요?"라고 말한 뒤, "좋은 결말"이 "반드시" 있어야 하니 "결말을 찾아보세요"(290쪽)라는 말과 더불어 끝난다.

브레히트와 마르크스

작품의 배경이 되는 사천(쓰촨, 四川)은 "반쯤 유럽화한 도시"(148쪽)다. 모두가 "견디기 어려운 인생"(190쪽)을 살아가는 자본주의 초기 단계의 지역이라고 일컬을 수 있다. 주인공 셴테는 "살기 위해 몸"을 팔 수밖에 없는, 그러나 "그렇게 해도 살아갈 수가 없는" 최하층 계급의 가난한 창녀(娼女)다. 그럼에도 불구하고 힘닿는 만큼 가난한 사람들을 도우며 선행을 행하는, 그 지역에서 "제일 착한 사람"(156쪽)이다.

"지방 전체가 심한 가난"으로 인해 "신의 도움 없이는" 도저히 살아갈 수 없다(149쪽). "땅에서 올라오는 수많은 탄식소리"에 "몹시 근심"에 차 있던 신들(149쪽)이 '인간다운 삶을 살아갈 수 있는 착한 사람이 충분히 발견되면, 세상은 현재대로 존속할 수 있다'는 그들 간의 "결의내용"이 유효한지, 아니면 "착각"인지를 알기 위해 지상에 내려오지만(152쪽), 그들은 창녀 셴테 이외의 어떤 선인도 발견할 수가 없다.

신들은 "이웃을 탐내지" 않고, "남을 이용해 이익을 얻거나, 의지할 데 없는 사람들을 후려서 돈을 빼앗"지도 않고, "효도와 성실의 계명을 지키"며 착하게 살아가려는 셴테에게서 그들이 찾는 선인을 발견한다. 그러자 단 한 사람의 선인이 있다는 것만으로도 "충분"하다며 자신들의 계명이 지켜지는 것에 만족해한다. 하지만 "모든 희망"

(239행)을 걸었던 단 한 사람의 선인인 셴테마저도 결국 악인으로 남을 수밖에 없게 되자, 그들의 계명은 '허무', 아니 그들의 존재 자체가 **허무**로 귀결된다.

브레히트는 기독교의 『성경』(聖經)은 그가 읽은 책 가운데 가장 중요한 책이라고 늘 주장했다. 작품 『사천의 선인』에서도 『구약』의 「창세기」 18~19장에 나오는 「소돔과 고모라」의 에피소드가 등장한다. 야웨가 아브라함 앞에 나타나 소돔과 고모라의 죄악이 심하다고 들리니 들리는 것과 같은지 아닌지 알기 위해 그 성에 가려고 한다고 말한다. 아브라함은 야웨에게 의인을 악인과 함께 멸하려 하느냐고 물었다. 야웨는 의인 50명이 있으면 성을 멸하지 아니 할 것이라고 말한다. 아브라함이 계속 간청해 45명, 40명, 30명, 20명, 마침내 10명까지 줄인 뒤, 의인 10명만 있으면 그 성을 멸하지 않을 것이라는 약속을 야웨에게서 얻어내지만(「창세기」 18장 20~33절), 10명의 의인이 있는지를 보기 위해 소돔에 내려온 두 천사가 의인을 찾지 못하자 야웨는 유황과 불을 내려 그 성을 멸망시킨다.

「창세기」에서는 아브라함이 야웨에게 간청해 의인의 숫자를 줄이지만, 이 작품에서는 반대로 인간이 아니라 오히려 신들 스스로 숫자를 줄인다. 결국 몇 사람이 아닌 단 한 사람의 선인만 존재한다면 이 세상을 멸하지 않고 현재대로 존속할 수 있다는 신들 간의 '결의'가 이루어지지만, 브레히트는 단 한 사람의 선인마저도 셴테가 사는 사회에서는 가능하지 못함을 강조하고 있다. "열둘을 짓밟아야 / 극빈자 하나를 돕는"(209쪽) 그러한 사회에서 **선인**은 구조적으로 가능하지 않다는 것이다.

선행을 하기 위해서는 이를 위한 물질적인 기반이 있어야 하고, 물질적인 기반이 튼튼해지기 위해서는 '이윤'이 전제되어야 하고, 이윤을 내기 위해서는 선행의 반대인, 가령 임금이나 노동의 **착취**라는 "잔인"한(209쪽) 행위가 전제되어야 하기 때문이다. 브레히트는 이러한 상황에서 인간은 신의 계명인 선행을 하기 위해서는 센테처럼 착취를 하면서 동시에 선행을 행하는 이율배반적인, 인격분열적인 삶을 살아가야만 하며, '상부구조'에 의해 이러한 삶을 강요당하는 사회에서 선인은 결코 존재할 수 없다고 주장한다. 브레히트는 1946년의 한 편지에서 "센테를 둘로 찢어놓는 것은 부르주아지 사회의 가공할 범죄"[2]라고 말했다. 그렇다면 이러한 부르주아 자본주의 사회에서 "해결책"(290쪽)은 무엇인가를 묻는다.

센테가 살고 있는 사천은 "인간이 인간에 의해 착취당하는 모든 것을 대신하는 장소이다"(148쪽). 따라서 자본주의 사회 전체를 상징하는 곳으로 여겨도 무방할 것 같다. 이곳은 "너무 많은 가난", 따라서 "너무 많은 절망"(285쪽)으로 가득 차 있다. "가난과 마주쳐 싸우다가 / 조금만 어려움이 닥쳐도" 사람들은 "견디기 어려운 인생"을 "내던져"버리는(190쪽), 말하자면 목숨을 끊어버리는 곳이다. 브레히트는 희망의 빛이 전혀 없는 이 사회를 "음산한 저녁," "겨울"(190쪽), "차가운 암흑"(287쪽)이라는 부정적인 이미지로 특징짓고 있다.

센테가 살고 있는 여기 사천은 신의 도움 없이는 구원이 전혀 불가능하다. 그녀는 "어째서 신들은 장터 찾아 미소 지으며 / 듬뿍듬뿍 물건을 나눠주지 못하고 / 빵과 포도주로 기운 차린 사람들 / 서로 친절하며 살게 하지 못하나?"(209쪽)라고 한탄한다. 하지만 신들은 **물질**이라는 것이 인간에게 얼마나 중요한 것인지를 알지 못한다. "가난을 보면 당장 늑대 같은 분노에 사로잡히고", "입술이 야수의 입술로 변

---

2) Bertolt Brecht, *Letters*, John Willett 엮음, Ralph Manheim 옮김 (London: Methuen, 1990), 413쪽.

한다"(286쪽)는 사실을 알지 못한다. 잘 먹어 "영양상태가 좋은"(150쪽) 그들은 '물질'이 "정의롭고 품위 있는 생활"과 도대체 무슨 관계가 있느냐며, "일곱 성현들"도 물질에 구애됨이 없이 정의롭고 품위 있는 생활을 하지 않았느냐며, 물질의 중요성을 인정하지 않았다(198쪽).

신들에게는 "첫째"가 "계명", "둘째"가 "정신"이었다(198쪽). 물질은 안중에 없었다. 셴테에게 선행은 가난한 사람들에게 "듬뿍 듬뿍 물건"을 나눠주어 그들을 "기운"차리게 하고, "서로 친절 화목"하게 살아가도록 하는 것이다. 신들은 선행을 위해 경제적으로 "도와주세요"(289쪽)라고 말하는 그녀의 애원도, 자신들은 **경제**에는 "문외한"(198쪽)이라며 외면했을 뿐 아니라, "착한 사람은 스스로 돕지 못하니," 선행에 방해되는 악인들을 "탱크와 대포와 군함과 폭격기와 지뢰"로 "쳐부수고 선인을 보호"해줄 것을 호소하는 그녀의 간청도(208쪽), 자신들은 "관찰자에 불과"(240쪽)하다고 말하면서 외면했다.

브레히트는 "연극은 철학가들—하여간 세계를 해석할 뿐만 아니라 세계를 변화시키려 하는 그런 부류의 철학가들—의 영역에 진입했다"[3]라고 말한 바 있다. 이 말에서 드러나듯, 브레히트는 마르크스를 철저히 따르고 있다. 마르크스는 「포이어바흐에 관한 테제」에서 "철학자들은 지금까지 세계를 다양한 방식으로 해석만 해왔을 뿐이다. 중요한 점은 **세계를 변화시키는 것이다**"[4]라고 말했다.

---

3) Bertolt Brecht, "Theater for Learning," *Brecht sourcebook*, Carol Martin and Henry Bial 엮음 (London: Routledge, 2000), 24쪽.

4) Karl Marx, "Theses on Feuerbach," *Writings of the Young Marx on Philosophy and Society*, Loyd D. Easton and Kurt D. Guddat 편역 (New York: Doubleday, 1967), 402쪽.

브레히트가 시카고의 곡물시장을 배경으로 하는 작품 『백정 조우』 (1924~1929년)를 준비하고 있었을 때, 그는 이 작품을 미완성유고로 남겨둔 채 1930년 중엽 마르크스의 『자본론』을 읽기 시작했다. 그는 "오직 그때 나는 『자본론』을 읽었다"[5]고 말했다. 그리고 그는 "내가 마르크스의 『자본론』을 읽었을 때, 나는 나의 작품들을 이해했다……. 이분 마르크스는 나의 극작품을 위해 지금까지 내가 만난 유일한 관객이었다"[6]고 말했다. 마르크스와 마찬가지로 브레히트도 예술은 그 목적이 세계를 **변화**시키는 데 있음을 분명히 하고 있다. 그는 센테가 살고 있는 사회가 현재 이대로의 상태로 존속해도 좋은가, 그리고 우리도 신들처럼 이대로 존속하는 것을 용인해도 좋은가라고 묻는다. 그는 신들의 "착각"(152쪽)을 결코 용인해서는 아니 된다고 말하고 있다.

서사극

브레히트는 '아리스토텔레스적인' 전통극 형식과는 전혀 다른 **서사극**이라는 형식을 창안했다. 그의 서사극은 전통극과는 여러 면에서 그 형식을 달리하지만, 가장 뚜렷한 차이점은 이른바 '낯설게하기', 또는 '거리두기'의 기법이다. 아리스토텔레스는 그의 『시학』에서 소포클레스의 작품 『오이디푸스 왕』을 토대로 비극을 논하면서 비극의 기능이나 효과는 '카타르시스'라고 말했다. 그리고 카타르시스

---

5) Bertolt Brecht, *Große Kommentierte Berliner und Frankfurter Ausgabe*, Werner Hecht, Jan Knopf, Werner Mittenzwei, Klaus-Detlef Müller 엮음 (Frankfurt am Main: Suhrkamp, 1993), 22.1.138~139쪽; Philip Glahn, *Bertolt Brecht* (London: Reaktion Books, 2014), 97쪽에서 재인용.

6) Bertolt Brecht, 같은 책, *Große Kommentierte Berliner und Frankfurter Ausgabe*, 21.1.256쪽; Philip Glahn, 같은 책, 97쪽에서 재인용.

의 전제조건은 '공포'와 더불어 '연민'의 감정이라고 말했다. 말하자면 주인공이 경험하고 있는 현실을 바라보면서, 그가 겪는 고통과 운명을 바로 우리의 고통과 운명으로 느끼게 함으로써, 그와 그 현실에 대해 공포와 연민의 감정을 우리에게 불러일으키게 하는 것이 비극의 일차적인 기능이라고 말했다. 아리스토텔레스는 이러한 **감정이입** (empathy)을 강조했다.

그러나 브레히트의 서사극은 아리스토텔레스적인 전통극의 그러한 감정이입을 배격한다. 따라서 브레히트의 서사극은 수동적인 관객이 아니라, 적극적인 관객을 요구한다. 주인공이 겪고 있는 현실에 몰입하는, 즉 감정이입을 하는 것을 원치 않는다. 대신 주인공과 주인공이 겪고 있는 현실에 대해 거리를 두고 바라보면서, **이성**에 의해 그 현실을 분석하고 비판하는 **적극적인 관객**을 요구한다. 따라서 감정이입을 차단시키기 위해 서사극은 다양한 연극적 장치와 서술방법을 동원한다. 즉 감정이입을 차단시키기 위해 조명 전체가 연극이 끝날 때까지 켜진 상태로 있게 한다든가, 무대 위에 반쪽짜리 가로막을 설치해 거기서 소품들을 교체하는 배우들의 모습을 보여준다든가, 작품 『사천의 선인』에 등장하는 물장수 왕 씨의 경우처럼, 화자(話者)나 영상막을 통해 각 장면의 내용을 미리 요약해준다든가, 극이 진행되는 도중 배우가 관객에게 말을 건다든가, 또는 노래를 들려준다든가 하는 등 다양한 연극적 장치를 동원한다. 그리고 더더욱 연기자도 배역에 몰입하는 대신 "그들이 연기하는 인물에 대한 비판을 끌어내기 위해" "그 인물과 거리를 유지한다."[7]

브레히트의 서사극은 이렇듯 다양한 연극적 장치와 기법을 통

---

7) Bertolt Brecht, 같은 책, *Große Kommentierte Berliner und Frankfurter Ausgabe*, 22.1.108쪽; Laura Bradley, *Brecht and Political Theatre: 'The Mother' on Stage* (Oxford: Clarendon Pr., 2006), 5쪽에서 재인용.

해 감정이입을 차단시키고, 무대 위에서 펼쳐지는 현실을 이성에 의해 비판적으로 보게 하고, 그 현실이 **모순**이라면 그 **해결책**을 관객에게 구하는 그러한 형식의 극이다. 극에서 해결책을 주장한 것은 물론 브레히트가 처음은 아니다. 잘 알려진 연출가인 공산주의자 피스카토르(Erwin Piscator)는 전통극, 달리 말하면 사실주의극(寫實主義劇, Naturalist drama)은 절망만 쏟아내지, 해결책은 내놓지 않는다고 비판한 바 있다.[8]

 '해결책'이라는 면에서 예술을 일종의 도덕적 제도로 인식했던 사람으로 피스카토르 훨씬 이전에 19세기 독일에서는 시인 실러가 있었다. 그 누구보다도 예술을 교육학적-정치학적인 프로그램으로 인식했던 그는 「도덕적 제도로 간주되는 연극」(1784년)이라는 글에서 연극을 종교 또는 철학적 종교에 비유하면서 연극은 종교의 역할을 보다 능률적으로 행할 수 있다고 말했다. 연극이 행할 수 있는 가장 중요한 역할은 우리를 "도덕적으로 교육"시켜 "악을 추한 것으로, 덕을 아름다운 것"으로 여기게 하고,[9] "지혜"를 행동으로 실천하게 하고, "이성을 계발"시켜 "보다 정확한 개념, 가짜가 섞이지 않은 진짜의 원칙, 순수한 감정"을 우리의 "모든 혈관에서 흐르게"하고, "야만의 안개와 암흑의 미신을 쫓아내게" 하고, 그리고 "밤이 무릎을 꿇고 찬란한 승리의 빛이 도래하게" 한다고 말했다.[10] 연극을 종교 또는 철학적 종교의 역할의 수행자로 바라보았던 실러의 이러한 인식은 누구보다도 "가령 '서사극'을 프롤레타리아트에게 마르

---

8) Erwin Piscator, *Das Politische Theater* (Berlin: Adalbert Schultz, 1929), 30쪽. Laura Bradley, 같은 책, 4쪽을 볼 것.

9) Friedrich Schiller, "Die Schaubühne als eine moralische Anstalt betrachtet," *Vom athetischen und Erhabenen: Schriften zur Dramentheorie*, Klaus L. Berghahn 엮음 (Stuttgart: Reclam, 1995), 147쪽.

10) Friedrich Schiller, 같은 책, 115쪽.

크스 사상을 전하기 위해 이용했던 베르톨트 브레히트에 의해 받아
들여졌다".[11]

작품 『사천의 선인』의 「에필로그」에서 연기자 한 사람이 무대 앞
에 나타나 "길은 단 한 가지", 그 해결책은 "여러분"에게 달려있다고
말했듯(290쪽), 해결책을 관객의 몫으로 돌리는 브레히트의 서사극
은 그 목적이 틀에 갇혀있는 관객들의 세계인식을 변화시켜 그들로
하여금 세계를 변화시키게 하는 데에 있다. 브레히트는 "많은 사람
들이…… 서사극은 지나치게 교훈적이라 주장하며 공격하고 있지만,
교훈적인 발언은 이차적이다. 서사극은 교훈을 행하는 것보다 [사
회]를 **학습**하는 것에 그 의도가 있다"[12]라고 말했다. 서사극은 관객
들에게 그들이 살고 있는 사회가 어떤 상황에 있는지, 어떤 모순에 처
해 있는지를 학습시켜 그들의 굳어져있는 **세계인식**(Weltanschauung)
을 변화시켜 그들로 하여금 "세계를 변화시키게 하는 데에 목적이 있
다"[13]고 말했다.

브레히트 서사극의 **낯설게하기**는, 당연한 것으로 여겨지는 일상적
인 현실을 당연한 것이 아니라 낯설게 만들어 보여줌으로써, 즉 그
현실을 새로운 각도에서 보게 함으로써 당연한 것으로 여겨지던 현
실이 모순으로 가득 차 있음을 비판적으로 보도록 하는 것, 말하자
면 관객들을 그들의 기존의 세계인식에서 깨어나게 하는 데에 그 목
적이 있다. "보다 훌륭한 인식"[14]을 위한 그의 극의 **낯설게하기 효과**

11) Carlos Fraenkel, *Philosophical Religions from Plat to Spinoza: Reason, Religion, and Autonomy* (Cambridge: Cambridge UP, 2012), 294쪽. 그리고 293~294쪽을 볼 것.

12) Bertolt Brecht, 앞의 글, "Theatre for Learning," 26쪽.

13) Bertolt Brecht, 앞의 책, *Große Kommentierte Berliner und Frankfurter Ausgabe*, 22.1.166쪽; Laura Bradley, 앞의 책, 4쪽에서 재인용.

14) Manfred Werkwerth, *Daring to Play: A Brecht Companion*, Anthony Hozier 엮음, Rebecca Braun 옮김 (London: Routledge, 2011), 43쪽.

(Verfremdungs effekt)는 "정치적 의식을 조장하는 데 중요한 도구"의 역할을 하고 있다.[15]

브레히트는 그의 이러한 **서사극**을 1954년에는 **변증법적 극**이라고 일컬었다. 모순은 변화의 원천이자 진보적인 발전의 원천이라는 것이 마르크스주의의 변증법이 핵심이다. 여기서 진보적인 발전은 계급 없는 사회로 나아가는 것을 의미한다. 그는 작품『사천의 선인』에서 계급 간의 구분, 계급 간의 갈등을 뚜렷하게 그리고 구체적으로 보여주고 있지 않지만, "반쯤 유럽화한" 그 사회를 "인간이 인간에 의해 착취당하는 모든 것을 대신하는 장소"(148쪽)라고 일컬음으로써, 그 사회는 부르주아지와 프롤레타리아트가 공존하는 사회이고, 가지지 못한 자가 가진 자에 의해 착취당하는 사회라는 것을 분명히 하고 있다. 그리고 그 사회는 신의 "계명"이라는 상부구조의 '허위의식'에 의해 지배되는 사회라는 것도 분명히 하고 있다.

따라서 다른 마르크스주의자들과 마찬가지로 브레히트도 이러한 사회를 모순(矛盾)의 사회로 규정짓고, 이의 해결책을 찾고 있다. 마르크스주의자들에게 '모순'은 '진보'의 전제 조건이다. 헤라클레이토스가 투쟁이 정의의 전제조건, 아니 "투쟁이 정의이다"[16]라고 규정했듯, 모순은 진보의 전제조건, 아니 **모순**은 **진보** 그 자체가 될 수 있으므로, 브레히트에게 모순은 **희망**의 또 다른 이름이 되고 있다. 그의 대중문화론인『서푼짜리 소송』(1930년)은 그 표어가 바로 "모순은 희망이다"이다.

---

15) Laura Bradley, 앞의 책, 7쪽.

16) fr. 62, *The Art and Thought of Heraclitus: An Edition of the Fragments with Translation and Commentary*, Charles H. Kahn 엮음 (Cambridge: Cambridge UP, 1979), 66쪽.

혁명에의 의무

센테는 자신이 살고 있는 세계는 인간 이외 다른 어떤 수단에 의해서도 해결될 수 없음을 깨달았다. "신들의 계명도 가난에 도움이 안돼!"(208쪽)라고 외친다. 아니 "신들은 무력해요"(208쪽)라고 단정짓는다. 브레히트는 센테를 통해 신의 존재를 무력하기 짝이 없는 절대추상체로 낙인찍고 있다.

일찍이 마르크스는 "철저하게 된다는 것은 사물의 뿌리를 움켜잡는다는 것이다. 그러나 인간에게 그 뿌리는 인간 자신이다…… 종교비판은 인간은 인간에게 최고의 존재라는 가르침으로 끝난다. 따라서 종교비판은 인간이 비천하게 되고, 노예화되고, 버림받고, 경멸받는 존재가 되는 그 모든 조건을 전복시켜야 한다는 정언적 명령(categorical imperative)으로 끝난다"[17]고 말했다. 그에게 혁명은 물질적 고통으로부터 인간을 해방시키고, 인간의 존엄, 인간의 자유를 되찾는 것을 의미했다.[18] 브레히트에게도 혁명은 그러한 것이었다.

센테는 프롤레타리아트의 최하층에 있는 존재다. 그 계급에 속하는 대부분의 사람들은 자신과 마찬가지로 "세상은 분명 어딘가 잘못되어"(286쪽) 있음을 알면서도 "스스로 돕지 못하고"(208쪽), 비천한 노예의 삶을 살아가고 있다. 센테는 "불의가 행해지는 도시에서는 소요가 일어나야 하고 / 소요가 없는 곳이라면, 그런 도시는 차라리 망하는 편이 나아요. / 밤이 오기 전에 불벼락을 맞아야 해!"(205쪽)라고 외친다. 센테는 자신과 마찬가지로 단지 가장 고통받는 계급으로서만 존재하는 프롤레타리아트의 계급의식의 부재, 투쟁의식의 부재를 통탄하면서 **투쟁**이 없다면 도시 전체가 파멸하는 편이 오히려

---

17) Karl Marx, "Contribution to the Critique of Hegel's Philosophy of Right: Introduction," *Early Writings*, T. B. Bottomore 편역 (London: C. A. Watts, 1963), 52쪽.
18) Karl Marx, 같은 글, 52쪽.

바람직하다고 외친다. 이렇게 외치는 센테를 위해 "좋은 결말"은 "반드시 꼭 있어야" 하니 그 **해결책**이 무엇인지를 브레히트는 관객인 우리들에게 묻고 있다.

"불의가 행해지는 도시에서는 소요가 일어나야 하고"라고 말하는 센테의 외침에서 드러나듯, 브레히트는 모순의 해결책을 **혁명**에서 찾고 있다. 인간이 인간에게 최고의 존재, 최고의 본질이 되기 위해서는 혁명을 통해 인간을 비천한 존재로 만들고 있는 모든 굴욕적인 조건들을 전복시켜야 한다는 것이 마르크스주의의 원칙이다. 브레히트를 가장 강하게 지배했던 감정은 비천한 인간들을 향한 연민이었다. "연민은 브레히트의 감정 가운데 가장 의심할 바 없이 가장 강력하고 가장 근본적인 감정이었다."[19] 브레히트는 "그 걸작들(classics)", 즉 마르크스, 엥겔스, 그리고 레닌은 "모든 사람들 가운데 가장 연민의 감정이 많았던 자들"이라고 말하면서, 이들을 "무지한 자들"과 구별시켜주는 것은 이들은 연민의 감정을 어떻게 "분노"의 감정으로 "변화시키는지"를 알고 있었다는 것이라고 말했다.[20] 그들과 마찬가지로 브레히트도 연민의 감정을 어떻게 분노의 감정으로 변화시키는가를 알았다. 그는 인간을 비천한 존재로 만드는 모든 굴욕적인 조건들을 전복(顚覆)시키기 위해 "탱크와 대포와 군함과 폭격기와 지뢰"를 동원하는 것도, 즉 혁명의 수단으로서 폭력을 동원하는 것도 무방하지 않느냐고 관객인 우리들에게 묻고 있다.

"인간의 행복"을 위해 인간의 존엄을 짓밟아온 억압적인 일체의

---

19) Hannah Arendt, "What Is Permitted to Jove …… Reflections on the Poet Bertolt Brecht and His Relation to Politics," *Hannah Arendt: Reflections on Literature and Culture*, Susannah Young-ah Gottlieb 엮음 (Stanford: Stanford UP, 2007), 244쪽.

20) Hannah Arendt, 같은 글, "What Is Permitted to Jove," 245쪽을 볼 것.

조건들을 전복시키는 것이 마르크스에게는 "다른 어떤 것도 아닌 혁명의 권리"였지만, 그 **전복**은 "자유의 이름으로" 행해지는 "혁명에 대한 의무"로까지 나아갔다. "이것이 초기 마르크스의 마음을 사로잡았던 바로 그러한 문제였다".[21] 브레히트도 그 전복을 혁명에 대한 의무로 받아들였다. 그 의무로 인해 역사는 진보한다고 믿었다. 그는 역사가 앞으로 나아갈 때마다, 새로운 사회관계가 만들어지며, 이 새로운 사회관계를 반영하는 것이 예술가의 과업이라고 여겼다. 브레히트는 "예술은 사회를 따라간다"[22]라고 말했다. 작품『사천의 선인』은 혁명에 대한 의무를 암시하면서 인간이 인간에 의해 착취당하는 자본주의 사회의 모순의 **해결책**을 관객인 우리들의 몫으로 남기면서 끝난다.

『갈릴레이의 생애』

초연은 1943년에 행해졌지만, 판본이 각각 1938/39년판본(덴마크판본), 1947년판본(미국판본), 1955/56년판본(베를린판본) 등 세 가지 판본이 있을 정도로 여러 해 걸쳐 집필했던 작품『갈릴레이의 생애』(Leben des Galilei)는『사천의 선인』과 비슷한, 또는 조금 앞선 시기의 작품이다. 이 작품은 그의 서사극의 특징에서 거리가 먼 대표적인 작품의 하나로 평가되고 있지만, 벤야민이 비(非)아리스토텔레스적인 주인공과 플라톤의 '소크라테스' 간의 유사성을 주목했듯, 이 작품은 주인공의 '행위'가 아니라, 주인공과 그 밖의 다른 인

---

21) Andrew Feenberg, *The Philosophy of Praxis: Marx, Lucács, and the Frankfurt School* (London: Verso, 2014), 22쪽.

22) Bertolt Brecht, *Brecht on Theatre: The Development of an Aesthetic*, John Willett 편역 (New York: Hill and Wang, 1992), 29쪽.

물들 간에 주고받는 **대화**에 그 초점이 집중되고 있다는 데에 그 특징이 있다. 따라서 '대화'와 '논쟁'이 사건의 중심이 되는 작품 『갈릴레이의 생애』는 "지적인 극", "플라톤적인 극"[23]이라고 일컬어지기도 한다. 이탈리아아의 수학자이자 물리학자인 갈릴레이(Galileo Galilei, 1564~1642년)의 생애의 주요한 사건을 이야기하는 작품의 내용은 다음과 같다.

15장으로 구성된 이 작품은 갈릴레이가 나이 마흔여섯의 중년 학자로 파도바 대학의 수학교수직을 사임하기 전인 1609년부터 1637년 혹은 1638년까지 가택 연금 상태에서 『과학의 새로운 두 분야 기계역학과 낙하 법칙에 관한 담론』을 완성할 때까지 약 30여 년간의 생애에서 중요한 사건을 다루고 있다.

아직 증명되지는 않은 가설에 지나지 않지만, 코페르니쿠스의 우주체계, 즉 태양중심체계인 지동설을 진실에 가까운 것이라고 확신하고 있는 갈릴레이는 열한 살밖에 되지 않은 가정부의 아들 안드레아에게 어려운 천체 물리학의 이론을 실험을 통해 알려주면서 코페르니쿠스의 지동설의 타당성을 가르친다. 재정형편이 어려운 갈릴레이에게 개인교습을 받기 위해 찾아온 귀족가문의 청년 루도비코로부터 홀란드에서 보았다는 망원경에 관한 이야기를 듣고, 성능이 개선된 망원경을 제작한 뒤 자신의 발명품이라며 베니스 공화국에 기증한다.

그는 망원경을 이용해 목성의 위성 네 개와 그 위성들이 움직이는 것을 새로 발견하고, 지구도 태양광선을 받아 빛을 내는 수천 개의 천

---

23) Martin Puchner, *The Drama of Ideas: Platonic Provocations in Theater and Philosophy* (Oxford: Oxford UP, 2010), 107쪽.

체 가운데 "그저 평범한 하나의 천체에 불과하며"[24], 프톨레마이오스의 우주체계는 거짓된 것이고, 코페르니쿠스의 우주체계, 즉 지동설은 진실된 것임을 확인한다. 이 사실이 가져올 엄청난 파문을 우려한 그의 친구 사그레도는 코페르니쿠스의 학설을 전파했다는 이유로 로마에서 화형(火刑)당한 이탈리아의 철학자 브루노를 예로 들면서 "지구가 하나의 별일 뿐, 우주의 중심이 아니라고…… 떠들고 다니는"(33쪽) 그에게 경고한다. 이에 갈릴레이는 자신은 "인간을 신뢰하며" "인간의 이성을 믿는다"라고 말한다(34쪽). 사그레도의 만류에도 불구하고 갈릴레이는 "천체가 태양 주변을 돌고 있다는 증거는 아직 하나도 없으니"(38쪽) 진실을 증명할 '증거'를 내놓기 위해서는 연구가 더 필요하다고 말하면서 연구에 전념하기 위해서는 재정지원이 필요하므로 피렌체로 가려 한다고 말한다. "종교재판소가 발언권을 행사하지 못하는"(15쪽) 베니스와 달리, 피렌체는 가톨릭교회의 수도사들이 지배하고 있는 곳이므로 종교재판소의 영향력에서 자유롭지 못한 곳이다.

피렌체 궁정의 수석 수학자 겸 철학자가 된 갈릴레이는 피렌체의 대공과 그곳의 학자들을 초청해 그가 새로 발견한 학설에 대해 이야기하지만, 망원경을 들여다보지 않고 외면한다. 외면하는 그들에게 갈릴레이는 "진실은 시간의 자식이지 권위의 산물이 아니오"(51쪽)라고 말한다. 흑사병이 도는데도 갈릴레이는 딸 비르기니아와 제자 안드레아만 마차에 태워 보내고 남아서 연구를 계속한다. 로마교황청 교수단의 수석 천문학자 클라비우스 신부의 조사위원회에 의해

---

24) 인용한 텍스트의 한글번역 판본은 다음과 같다. 베르톨트 브레히트, 『브레히트 희곡 선집 2 – 갈릴레이의 생애 · 사천의 선인』, 임한순 편역 (서울대학교출판부, 2006), 27쪽. 이후 인용문의 쪽수는 본문의 괄호 속에 표기함. 번역과 표현을 달리하는 부분도 있음. 영역본 Bertolt Brecht, *Life of Galileo*, John Willett and Ralph Manheim 엮음, John Willett 옮김 (London: Penguin Books, 2008)을 참조함.

갈릴레이의 학설이 진실임이 확인되었음에도 불구하고, 교황청의 고위 추기경회의는 "지구를 멸시하려는"(66쪽), 그리고 "성서를 거짓되게 하는"(71쪽) 코페르니쿠스의 지동설은 기존체제유지에 위협이 되므로 이를 용인할 수 없다는 금지교령을 내린다. 그리고 추기경 벨라르민은 갈릴레이에게 이에 따르라고 경고한다. 종교재판소는 코페르니쿠스의 학설을 금서목록에 올린다.

교황청 소속 천문학자로서 캄파니아의 빈농 출신인 젊은 수도사가 갈릴레이를 찾아와 지동설이 농민들에게 가져다줄 충격에 대해 말한다. 지구가 이제 더 이상 천체의 중심이 아니고, "텅 빈 공중에서 다른 별 주변을 끊임없이 돌고 있는 작은 바위에 불과하다"면, 그리고 인간이 피조물 중에서 으뜸이 아니라면, 그리고 "천주님의 눈길"이 인간만을 내려다보고 있지 않다면, 그리고 "성서가 이제 온통 오류투성이라고 밝혀진다면", 그들의 "땀과 인내, 배고픔과 복종"은 이제 아무런 의미가 없다고 항변한다(82쪽). 이에 갈릴레이는 지구가 우주의 중심이라는 주장은 예수님의 "대리인"(83쪽)들이 부리는 권력욕 때문이라면서 그 젊은 수도사의 이성에 호소한다.

금지교령에 묶여 8년을 침묵하던 갈릴레이는 자신의 친구이자 수학자인 바르베리니 추기경이 새 교황으로 선출될 것이 확실해지자, 제자들과 코페르니쿠스의 우주체계에 관한 연구를 재개하면서 태양흑점에 관해 연구를 시작한다. 그 후 10년간 갈릴레이의 학설은 민간에 널리 전파된다. 사육제 동안 이탈리아의 여러 도시가 사육제의 주제로 천문학을 채택한다. 사육제의 담시가수(譚詩歌手)가 요란하게 북을 치면서 "지구는 태양 주변을 돌고 있답니다!"(107쪽)라고 말하며 "갈릴레오 갈릴레이, 성경파괴자요!" 하고 소리치자 '군중의 요란한 폭소가 들린다'(108쪽).

갈릴레이는 자신의 저서『프톨레마이오스와 코페르니쿠스의 우주체계에 관한 대화록』(1632년)을 대공에게 증정하려고 궁전을 찾아간다. 갈릴레이의 학설을 인용한 이단적인 서적들이 널리 돌아다니자 갈릴레이는 종교재판소의 소환을 받아 로마로 압송된다. 교황 우르바누스 8세가 된 추기경 바르베리니와 종교재판장이 갈릴레이의 처리문제를 놓고 논쟁을 벌인다. 교황은 갈릴레이의 학설을 부정할 수 없으며, 갈릴레이는 "이 시대의 가장 위대한 과학자"(118쪽)라고 치켜세운다. 하지만 종교재판장은 "이성이 유일한 판단의 주체라고 선언하고" 다니는 갈릴레이를 "미친 놈"이라고 칭하면서(118쪽) 신앙의 약화와 교회의 권위의 쇠퇴를 방지하기 위해 지동설의 인정을 반대한다. 종교재판관 추기경이 새 교황을 끈질기게 설득해 갈릴레이를 고문도구로 위협하며 심문해도 괜찮다는 허가를 받아낸다.

23일째 감옥에 갇혀있던 갈릴레이는 1633년 6월 22일 종교재판소에서 종교재판소가 작성해준 부인(否認)서약에 따라 지동설을 공개적으로 부인한다. 안드레아를 비롯한 제자들이 산 마르코 성당의 종이 울린 뒤 부인서약원안이 공식 낭독되자 아연실색한다. 갈릴레이가 나타나자 안드레아는 자신들에게 커다란 실망을 안겨준 스승을 쳐다보며 큰 소리로 "영웅이 없는 나라는 불행하오!"라고 말한다. 그 말에 갈릴레이는 "아닐세. 영웅을 필요로 하는 나라가 불행하네"(126쪽)라고 대답한다.

학설을 철회한 뒤 갈릴레이는 1642년 사망할 때까지 피렌체 근교의 별장에 유배되어 종교재판소의 감시를 받으며 딸과 함께 산다. 오랫동안 그와의 교섭을 끊었던 수제자 안드레아가 자유로운 학문을 위해 홀란드로 가던 길에 그를 찾아온다. 그는 갈릴레이가 감시의 눈을 피해 만들어 놓은『과학의 새로운 두 분야 – 기계역학과 낙하 법칙에 관한 담론』의 사본을 받아들고 열광한다. 안드레아는 스승이 당시 종교재판에서 지동설을 철회하지 않았다면 스승은 결코 "새로운 물리학의 토대가 될"(135쪽) 이 저서를 완성하지 못하고 처벌만 받았을 것이라는 것을 비로소 깨닫게 된다. 작품은 안드레아가 1637년 그 원고를 숨겨가지고 국경감시원의 시선을 따돌리며 이탈리아의 국경을 넘어가는 것으로 끝난다.

새 시대의 영웅

작품 『갈릴레이의 생애』는 "이천 년 동안 내내 인류가 태양과 하늘의 모든 천체들이 자신의 주변을 돈다고 믿어왔던"(5쪽) 신념체계, 즉 프톨레마이오스의 우주체계를 "완전히"(21쪽) 무너뜨리고 코페르니쿠스의 우주체계, 즉 지동설을 **증거**로 **증명**해준, "새로운 시대"(5쪽, 6쪽, 9쪽), "위대한 시대"(9쪽)의 "이성"(26쪽, 34쪽, 35쪽, 68쪽, 73쪽, 85쪽)과 '진실'의 사도, "이 시대의 가장 위대한 과학자"(118쪽)인 갈릴레이가 종교재판소의 고문 위협에 굴복해 종교재판소가 작성해준 부인서약에 따라 지동설을 결국은 부인하는 것이 작품의 핵심을 이루고 있다.

갈릴레이는 "나 갈릴레오 갈릴레이는 피렌체의 수학 및 물리학 교수로서, 태양이야말로 세계의 중심이며 제자리에서 움직이지 않고 있으며, 지구는 중심이 아니며 정지해있는 것이 아니라고 가르쳐오던 것을 엄숙히 부인합니다. 나는 진심으로, 그리고 가식이 아닌 믿음으로 이 모든 오류와 이단사상은 물론, 그 밖에도 일체의 다른 오류를, 더 나아가 로마 교회의 견해에 어긋나는 일체의 다른 견해를 맹세코 포기하고 혐오하고 저주합니다"(124~125쪽)라고 말했다. 이 작품은 한 시대의 지성을 대표하던 지식인이 체제유지에 위협을 느낀 지배계급에 의해 패배하는, 그리고 "무한한 지혜의 문을 여는"(94쪽)

"학문의 자유"(15쪽), "연구의 자유"(17쪽), 더 나아가 "사상의 자유"(16쪽)마저 말살당하는, "지식의 시대"(124쪽)의 종말을 이야기해주는 작품으로 해석될 수 있다. 그리고 **허위의식**임이 분명함에도 불구하고 지배계급의 이데올로기에 순응하지 않는 한, 지식인은 물론 사상의 자유 또한 존립할 수 없다는 것을 이야기해주는 작품으로 해석될 수 있다.

갈릴레이의 등장으로 인해 "백 년 전부터 인류는 무엇인가 기다려 온 것 같은"(5쪽) "새로운 시대"(5쪽)를 맞이하는 듯했다. 인간들은 "자신들의 거주지, 그러니까 자기들이 살고 있는 천체에 관해 정확하게 알게" 되어(6쪽), 마침내 우주의 중심이라고 믿어온 자신들의 거주지인 지구도 수천 개의 천체들 가운데 태양의 광선을 받아 빛을 내면서 태양 주변을 도는 "자체의 빛"이 없는(60쪽) 한낱 별, "초라한"(78쪽) "조그마한"(66쪽) "한낱 떠돌이별"(65쪽), 아니 "조그마한 바윗덩어리"(82쪽)에 지나지 않는다는 "진리"(33쪽)를, "진실"(33쪽)을 알게 되었다.

사람들은 신이 자신들의 거주지인 지구를 우주의 중심으로 창조했다는 성서의 말도 의심하기 시작했고, 지구가 우주의 중심이 아니라면 신이 자신의 "형상"과 똑같은 형상으로 우주의 중심으로 "애써 만든"(67쪽) "창조의 꽃"(66쪽), "최고의 피조물"(66쪽)인 인간도 "불멸"의 존재가 아닌(67쪽) 초라한 존재라는 것을 차츰 깨닫기 시작했다.

캄파니아의 빈농출신인 그 '키 작은 수도사'는 수천 년 동안 '진리'로 받들어온, 프톨레마이오스의 우주체계가 무너지고, 지구가 "조그마한 바윗덩어리에 불과하다"(82쪽)는 것이 농민들에게 알려진다면, 따라서 "성서가 이제 온통 오류투성이라는 것이 밝혀진다면"(82쪽), "천주님의 눈길"은 자신들을 어여삐 여겨 천국에서 지켜보고 계신다는 위안의 말씀을 일요일마다 성당에서 들으며 자신들이 현재 겪고 있는 "가난"과 "굶주림"을 참고, 내세를 생각하며 "인내력"을 갖고 살아온 농민들은 "대수롭지 않은 별 위에서" 고통의 삶을 살아온 것밖에 남는 것이 무엇이 있느냐(82쪽)고 말하면서 갈릴레이에게 항변했다. 갈릴레이는 교황 등 "예수님의 대리인"(83쪽)들이 지구가 우주의 중심이며, 우주의 중심인 지구를 중심으로 다른 천체들이 그 주변을 돌고 있다고 주장하는 것은 그들의 "의자"를 "지구의 중심"에 놓기 위한(83쪽), 즉 그들이 누려온 자신들의 권위와 권력을 지키기 위해 그들 밖의 다른 모든 인간들을 그들의 명령을 따르게 하고 복종하게 하기 위한 것이라고 말했다.

1637년 사육제 동안 갈릴레이의 "학설과 견해"(104쪽)가 담시가수(譚詩歌手)에 의해 노래로 불려졌다. 그는 전능자인 신의 뜻에 따라 태양이 정해진 궤도를 따라 지구 주변을 도니까 그때부터 다른 모든 것들이 "자기보다 높은 자의 주변"을 돌았다고 노래하면서, "하늘에서 그러하듯 땅에서도 그리했네. / 하여 교황 주변을 추기경들이 맴돈다. / 하여 추기경 주변을 주교들이 맴돈다. / 하여 주교 주변을 비서들이 맴돈다. / 하여 비서 주변을 배심원들이 맴돈다. / 하여 배심원 주변을 수공업자가 맴돈다. / 하여 수공업자 주변을 하인들이 맴돈다. / 하여 하인 주변을 개, 닭, 거지들이 맴돈다"(104~105쪽)라고 노래했다.

담시가수는 "이것이…… 위대한 질서" "영원불변의 최고 법칙"(105쪽)이었지만, "갈릴레이 박사께서 불쑥 일어나 / (성경책 팽개치고 망원경 번쩍 들어 우주를 일별하시더니)", 이제 태양이 아니라 그 반대로 지구가 정해진 궤도에 따라 태양 주변을 맴돈다는 우주법칙을 증명해 보여주었으니, 이제는 주인이 종놈 주위를 도는, 즉 종놈이 주인나리가 되고, "소작인이 이제는 뻔뻔스럽게 / 지주놈 엉덩이를 뻥 걸어차는"(106쪽), 그런 세계상이 펼쳐질 것임을 보여주고 있다고 노래했다. 그리고 담시가수는 "이것만은 진실"이라며 "너나 나나 할 것 없이 한번 주인에 나리가 되고 싶지 않은 자 어디 있소?"(105쪽, 106쪽, 107쪽)라는 말을 여섯 번이나 반복해서 노래했다.

담시가수의 노래를 통해 드러나듯, 갈릴레이는 기존질서가 무너지고 가진 자가 가지지 못한 자에게 자리를 내놓는 그런 새로운 질서가 역사의 **진실**로서, 그리고 "새 시대"(108쪽)가 역사의 필연적인 운명으로 다가오고 있음을 전파했다.

과학자의 길

코페르니쿠스의 우주체계를 정당화시켜주는 갈릴레이의 학설은 "성서를 거짓되게 하는"(71쪽) 위험이 있다며, '지혜로운 자는 아는 것을 숨겨 두느니라'(72쪽)는 솔로몬의 잠언을 인용하면서 추기경 바르베리니가 갈릴레이에게 신중하게 처신할 것을 주문했을 때, 갈릴레이는 '정신이 꺾인 자는 뼈도 썩느니라', 그리고 '진리가 큰 소리로 부르짖지 않으뇨'(72쪽)라는 솔로몬의 잠언을 인용하면서 자신의 주장을 꺾지 않겠다는 의지를 드러내보였다. 바르베리니는 이대로 **허위의식**의 "가면"을 그대로 쓰고 살아가자고 권고했지만(76쪽), 갈릴레이는 **이성의 승리**를 굳게 믿는다며 결연한 의지를 꺾지 않았다.

사람들 앞에서 "진실을 알면서도 그것을 거짓이라고 말하는 자는 범죄자"(89쪽)라고 외치던 갈릴레이가 결국 종교재판소의 고문 위협에 "신체적 고통이 겁나서"(137쪽) 자신의 학설을 공식적으로 전면 부인하자, 그의 주위에 모여들었던 각처의 제자들, 그리고 그를 새 시대의 **영웅**으로 믿었던 민중들은 그의 "변절"(136쪽)에 하늘이 무너지는 것 같았다. 새 시대는 영원히 오지 않을 것 같았다. 종교재판소의 감옥에서 밖으로 걸어 나오는 갈릴레이에게 제자 안드레아는 다가가 큰 소리로 "영웅이 없는 나라는 불행하오"라고 말했다. 그 말에 갈릴레이는 "아닐세. 영웅을 필요로 하는 나라가 불행하네"라고 대답했다(126쪽).

앞에서 이미 인용한 바 있는 제자와 스승 간 주고받는 이 대화는 작품『갈릴레이의 생애』가 말하고자 하는 주제의 핵심이다. 그러나 1947년판본, 즉 미국판본과 이를 다시 독일어로 정리한 1955/56년 판본, 즉 베를린판본이 나오면서 작품의 주제에 대한 해석은 14장의 마지막 부분에서 갈릴레이가 자신에 가하는 '자기비판'과 '자기고발' 쪽으로 그 초점이 맞춰졌다.

사망할 때까지 피렌체 근교의 별장에 유배되어 종교재판소의 감시를 받으며 살고 있는 갈릴레이는 자유로운 학문을 위해 홀란드를 떠나기 직전 자기를 찾아 온 과거의 제자 안드레아에게 그 당시 자신이 변절하지 않았더라면 자신은 목숨을 잃었을 것이며, 그렇게 되었다면 '새로운 물리학의 토대'가 될 지금의 학술저서『담론』은 세상에 나올 수 없었을 것이라고 말했다. 표면상 권력에 동조한 자신의 '변절'은 학문 연구를 계속하기 위한 하나의 '술책'이었다는 것이다. 그는 자신의 저서『담론』원고를 몸에 지니고 홀란드로 떠나는 안드레아에게 마지막으로 학자, 다시 말하면 과학자의 진정한 길은 무엇인가를 들려주었다.

갈릴레이는 "제후와 대지주, 그리고 성직자들", 즉 지배층이 자신들의 권력을 공고히 하기 위해 "민중"을 "낡아빠진 언어와 진주조개 같이 아롱다롱한 미신의 안개 속에", 즉 '허위의식'으로 가득 찬 "단단한" 그들의 이데올로기 속에 가두어놓고 억압하고 있음에도 불구하고 이 "이기적이고 폭력적인" "박해자들"에 동조하고 있는 과

학자들은 과학자라고 할 수 없다고 말하면서 민중을 "거부하면서 계속 과학자일 수 있는가?"라고 말했다. "수천 년" 동안 지속되어온 피억압계급의 "가난"은 "저들이 제거되어야만 제거될 수 있었다"는 것이 역사의 교훈인데도 어찌 과학자가 민중의 편에 서지 않을 수 있겠느냐고 말했다. 갈릴레이는 "학문의 오직 한 가지 목표는 인간들이 겪고 있는 고통의 짐을 덜어주는 데 있다"라고 말했다(139쪽).

그리고 과학자들이 "사리사욕에 사로잡힌 권력가들의 명령에 충실히 따르고, 지식을 위한 지식을 쌓는 것으로 만족한다면, 학문은 절름발이로 변질되고, 자네들의 새 기계는 새로운 질곡만을 의미하게 될지도 모른다"라고 말했다(139~140쪽). 따라서 "자네들과 인류 사이의 틈이 언젠가는 벌어져 새로운 성취를 기뻐하는 자네들의 환호에 범세계적인 경악의 비명소리가 응답으로 따르게 될지 모른다"(140쪽)라고 말했다.

조금 뜸을 들인 뒤, 갈릴레이는 자기 자신을 질책했다. 자신은 "한 번도 실질적인 위험에 처한 적이 없었을 만큼" 몇 해 동안 관헌에 못지않은 힘을 갖고 있었지만, "그런데도 나는 권력자들에게 지식을 넘겨주고 말았어. 그것을 이용하거나 이용하지 않거나 또는 악용하거나, 그들의 뜻대로 완전히 쓰이도록 했어"라고 말한 다음, "나는 내 천직을 배반했네. 내가 한 대로 따라 하는 자는 학문의 반열에서 용납될 수 없어"라는 말로 자신의 말을 마무리했다(140쪽).

1955/56년판본, 즉 베를린판본은 1947년판본, 즉 미국판본을 보완해서 독일어로 다시 정리한 것인데, 미국판본에서는 안드레아가 갈릴레이의 『담론』 원고를 갖고 홀란드 국경으로 넘어가는 장면만 빠져 있을 뿐 다른 차이는 없다. 미국판본과 베를린판본에서 나오

는 갈릴레이의 **자기비판**과 **자기고발**은 첫 판본인 1938/39년판본, 즉 덴마크 판본에서 빠져있다. 첫 판본과 베를린판본의 차이점은 바로 이것이다. 브레히트가 첫 판본에 수정을 가해 갈릴레이의 자기비판과 자기고발 부분을 첨가하고 이를 부각시킨 것은 무엇 때문이었을까?

제2차 세계대전의 종언은 작품 『갈릴레이의 생애』에 별다른 영향을 주지 않았던 것으로 보인다. 브레히트는 1945년 5월 8일 "'나치 독일은 무조건 항복. 아침 일찍 여섯 시에 [미국] 대통령 라디오 연설을 들으면서 꽃들이 활짝 핀 캘리포니아의 뒤뜰을 내다보고 있음.' 일주일 뒤 로튼[브레히트는 미국 망명 시 당시 할리우드의 배우 로튼(Laughtton)과 미국판본 『갈릴레이의 생애』의 수정작업을 함께 했다]과 다시 『갈릴레이』로"[25)]라는 말만 하고 있기 때문이다.

1938년 12월 중순에 독일의 화학자 오토 한(Otto Hahn)과 그의 동료들이 최초로 우라늄핵분열 실험에 성공했다. 브레히트는 1939년 2월 27일 덴마크의 라디오방송을 통해 이를 알게 되었지만, 파괴를 목적으로 하는 핵분열의 기술적 이용 가능성에 대한 암시는 그 방송에서는 없었다. 브레히트가 작품 『갈릴레이의 생애』의 14장의 끝머리에서 갈릴레이의 자기비판과 자기고발에 방점을 찍고 수정을 가하게 된 결정적인 계기는 1945년 8월 6일과 9일 미국이 일본 히로시마와 나가사키에 원자폭탄을 투하한 사건이었다. 브레히트는 1945년 9월 10일 "원자폭탄은 사실상 사회와 과학 간의 관계를 삶과 죽음의 문제로 변화시켰다"[26)]라고 말했다. 그로부터 텍스트 수정작업이 시작되었다. 갈릴레이의 과학자로서의 자기비판과 자기고발에 수정의 초점

---

25) Bertolt Brecht, 앞의 책, *Große Kommentierte Berliner und Frankfurter Ausgabe*, 27: 224~225쪽; Philip Glahn, 앞의 책, 184~185쪽에서 재인용.

26) Bertolt Brecht, 같은 책, 27: 232쪽; Philip Glahn, 같은 책, 185쪽에서 재인용.

이 맞추어졌던 것이다.

1938/39년판본, 즉 첫 판본인 덴마크판본에서 브레히트는 "진실은 시간의 자식이지 권위의 산물이 아니오"라고 말하고 있다. 과학자의 책임을 강조하는 이 말은 표준판본인 1955/56년판본, 즉 베를린판본에서도 등장한다(51쪽). 과학자의 책임에 대한 그의 이러한 관심은 베를린판본에서 구체적으로 드러난다. 이 베를린판본에서 갈릴레이는 옳게 사용하든 악용하든 상관하지 않고 자신의 "지식"을 "권력자들"에게 넘겨주었던(140쪽) 일, 즉 자신의 지식을 권력자들의 "권위의 산물"로 만들어주었던 일에 대해 통렬한 자기비판을 했다. 브레히트는 갈릴레이의 이러한 자기비판과 자기고발을 통해 히로시마와 나가사키의 원자폭탄투하와 같은 참화에는 과학자의 커다란 도덕적 책임이 있음을 말해주고 있다. 그의 작품『안티고네』가 "반전(反戰)작품"으로 평가되듯, 『갈릴레이의 생애』는 점차 "반핵운동의 알레고리"가 되고 있다.[27]

영웅은 누구인가

그러나 작품『갈릴레이의 생애』가 말하려는 주제의 핵심은 권력의 편을 드는 지식인들의 변절, **지식**을 **권위**의 '산물'로 만드는 지식인들의 도덕적인 잘못에 대한 비난, 여기에 있지 않다. 브레히트가 작품에서 가장 강조하고자 했던 것은, 앞서 인용했듯, 스승 갈릴레이와 제자 안드레아 간에 주고받았던 대화 부분이다. 수정판본, 즉 베를린판본에서 갈릴레이의 자기비판과 자기고발 부분이 부각되면서 이 부분이 주제의 핵심에서 멀어지고 있는 것 같지만, 주제의 핵심은 스승 갈릴

---

27) Frederic Jameson, *Brecht and Method* (London: Verso, 1999), 154쪽.

레이와 제자 안드레아 간에 주고받았던 그 대화의 메시지에 있다.

인간평등의 대의를 주창하면서 수천 년 동안 인간들을 허위의식의 노예로 전락시켜왔던 미신의 시대를 혁파하고 이성의 시대인 새로운 시대를 열어주는 영웅으로 등장했던 갈릴레이였다. 그런 그가 종교재판소의 "모종의 비상권력수단"(81쪽)인 "고문도구"(137쪽)를 보고 겁에 질려 권력 앞에 무릎을 꿇었을 때, "한숨과 비탄으로 이 땅 위에 사는"(107쪽) "핍박받던"(124쪽) 모든 사람들의 영웅으로 떠오르던 그도 한낱 초라한 인간에 지나지 않음이 드러났다.

이 시대의 유일한 영웅으로 기대를 모았던 스승 갈릴레이의 변절, 아니 배반을 지켜보면서, 따라서 이제는 이 나라에 단 한 사람의 **영웅**마저도 없다는 것을 절감하면서 안드레아는 "영웅이 없는 나라는 불행하오"라고 말했다. 유일한 영웅으로 존경했던 스승 갈릴레이는 "술고래! 달팽이 요리나 처먹는 식도락가!"(125쪽)에 불과한, 시칠리아산 포도주·고기 수프·메추라기 등의 맛에 넋을 빼앗기고, "쾌락"을 그 무엇보다 우선시하고(118쪽), "육신의 위안을 중시하는"(96쪽) 그런 한낱 하찮은 인간에 지나지 않는다는 것을 알았을 때, 안드레아의 절망은 끝이 없었다. 수천 년 동안 노예처럼 "핍박"(124쪽)받고 살아온 사람들을 위해 앞장서서 싸워야 할 단 한 사람의 영웅마저 없는 땅은 불행한 땅일 수밖에 없었다.

갈릴레이는 흑사병이 발생해 전하(殿下)를 비롯해 사람들 거의 전부가 피렌체에서 보스니아 등으로 떠났지만, 흑사병에도 아랑곳하지 않고 집에 머물며 연구를 계속했다. 실명의 위기에 처할 만큼 위험한 상태에 있었음에도 불구하고 그는 학문을 향한 열정을 포기하지 않았다. 이는 자신의 '가설'을 증명해 미신의 시대를 끝장내고 이성의 시대를 열어, 새 시대를 인류에게 남겨주고 싶었기 때문이다. 이처럼 진실을 향한 "열정의 노예"(101쪽)였던 갈릴레이는 "소중한 목숨"(125쪽)을 보존하기 위해 "육신의 위안을 중시하는" 길을 선택했다. 그에게는 "육체적 만족보다 더 중요한 것은 아무것도 없었다."[28]

안드레아에게 갈릴레이는 민중을 위해 "자유를 위해 투쟁하는" (110쪽) 마지막 단 한 사람의 영웅이었다. 갈릴레이마저도 **허상**이었다면, "그렇다면 과연 누가 그 새로운 시대의 선구자", 즉 영웅이 될 것인가? 이 의문이 브레히트가 작품 『갈릴레이의 생애』를 집필했을 때, 관객 또는 독자에게 남긴 "의문"이었다.[29]

그 의문의 대답을 그는 안드레아가 "영웅이 없는 나라는 불행하오"라고 말했을 때, 갈릴레이가 "아닐세. 영웅을 필요로 하는 나라가 불행하네"라고 응답하는 말에서 구했다. 이 작품이 말하는 주제의 핵심은 인간의 구원은 결코 어떤 한 개인이나 어떤 한 영웅의 손에 의해 얻어질 수 없다는 것이다. 따라서 이러한 진리를 알지 못하고 영웅을 기다린다든가 영웅을 필요로 한다든가 하는 나라는 영웅이 없는 나라보다 더 불행하다는 것이 핵심이다.

아주 일찍 이 작품에 대해 필자는 "그렇다면 과연 어떤 땅이 진정으로 불행한가? 피억압계급의 해방을 실현시키기 위해 혁명의 사도(使徒)처럼 자신의 몸을 바칠 영웅들이 없는 땅이 불행한가? 아니면 역사적 인식과 역사적 행위의 주체인 피지배계급이 아직 성숙한 계급의식을 이루지 못한 채 영웅들을 자신들의 운명의 주인으로 기다릴 뿐 그들 스스로를 운명의 주인으로 받아들이지 못하는 땅이 불행한가? 어느 땅이 더 불행한가? 브레히트는 갈릴레이의 말을 빌려 그의 사상을 분명히 전달하고 있다"[30]라고 말한 바 있다. 그리고 황석

---

28) Fredric Jameson, 앞의 책, 155쪽.
29) 임철규, 『왜 유토피아인가』 (민음사, 1994), 100쪽.
30) 임철규, 같은 책, 101쪽.

영의 작품『장길산』을 다루면서 **미륵**을 온갖 핍박과 가난의 고통으로부터 자신들을 해방시켜줄 메시아로 여기며 수백 년 동안 기다리고 또 기다리고 있는 **천대받는 백성들** 하나하나가 다름 아닌 바로 **미륵**이라고 말하면서 "진리를 찾는 자가 바로 진리이듯, 부처를 찾는 중생이 바로 부처이듯, 메시아를 찾는 민중이 바로 메시아다"[31]라고 말한 바 있다.

작품『갈릴레이의 생애』의 주인공인 갈릴레이도 "늘 영웅들을 비웃었다"(136쪽). 안드레아가 홀란드로 떠나기 전 스승 갈릴레이에게 "새 시대가 밝아왔다고는 이제 생각지 않으십니까"라고 물었을 때, 갈릴레이는 "물론, 생각하지"라고 대답했다(141쪽). 새 시대는 어떤 특출한 영웅 또는 영웅들에 의해서 이루어지는 것이 아니다. 마르크스는 "인간들은 스스로 자신의 역사를 창조한다"[32]라고 말했다. 새 시대는 **천대받는 백성들** 하나하나가 모두 **영웅**이 되어, **메시아**가 되어 **평등한 사회**, 즉 **계급 없는 사회**라는 **역사**를 스스로 창조할 때만 이루어지는 것이다. 이것이 브레히트가 작품『갈릴레이의 생애』에서 강조하고자 했던 것이다.

작품『사천의 선인』에서 셴테는 자신이 임신을 한 것을 알게 되었을 때, 가난의 땅으로부터 "적어도 내 아이만은 지키겠다"고 말했다. 아이를 지키기 위해서라면 "호랑이와 야수가 되어" "모든 사람에게 등을 돌리고" 말 것이라고 말했다(249쪽). 하지만 브레히트가 천대받는 백성들 하나하나가 모두 영웅이, 그리고 메시아가 되기를 요구했을 때, 그가 기대하는 인간은 셴테와 같은 유형의 인간, 더 정확하

---

31) 임철규, 같은 책, 433쪽.
32) Karl Marx, "Eighteenth Brumaire of Louis Bonaparte 1869," Karl Marx and Friedrich Engels, *Selected Works in One Volume* (London: Lawrence and Wishart, 1970), 35쪽.

게 말하면 셴테와 같은 그런 유형의 **어머니**가 아니다. 벤야민은 어머니가 자신을 완전히 **혁명**할 때만, 혁명은 최종적으로 완성된다고 말했던 바 있다. 어머니가 셴테처럼 자기 아이만을 지키려는 그런 어머니가 아니라 모든 아이들의 **어머니**가 될 때만 혁명은 최종적으로 완성된다는 것이다.

모든 아이들의 어머니가 되는 셴테, "마르크스의 저작", 즉『자본론』을 "예표"(豫表)할지도 모를 "그 결정적인 원고", 즉 갈릴레이의 『담론』 원고를 가슴에 품고 홀란드 국경으로 넘어가는 안드레아, [33] 그리고 '종놈'이 주인나리가 되는 그런 세상을 노래하던, 사육제의 담시가수와 거기에 모여 있던 숱한 천민들 하나하나가 그들 스스로가 '영웅'으로, 그리고 '메시아'로 자각하고 스스로 역사를 창조해나갈 때 새 시대는 오는 것이다. 이것이 브레히트의 핵심 사상이다.

역사의 바보들

마르크스는 자본주의 사회가 머지않아 종말을 고할 것이라고 진단했다. 소련과 동유럽국가의 사회주의체제가 붕괴되면서 그의 진단은 잘못되었음이 입증되었다. 하지만 당시 그의 '과거'와 '현재'에 대한 진단은 옳았다. 마르크스는 "예언자였지 점쟁이가 아니었다." "예언자는 결코 천리안이 아니다…… 오히려 예언자는 현재의 탐욕과 타락과 권력욕을 비난하고 삶의 방식을 바꾸지 않으면 아무런 미래도 없을지도 모른다고 경고하는 자다." [34]

---

33) Darko Suvin, "Heavenly food denied: Life of Galileo," *The Cambridge Companion to Brecht*, Peter Thomson and Glendyr Sacks 엮음 (Cambridge: Cambridge UP, 1994), 151쪽.

34) 테리 이글턴,『왜 마르크스는 옳았는가』, 황정아 옮김 (길, 2012), 71쪽.

소련과 동유럽국가의 사회주의체제가 무너졌을 때, 마르크스주의의 종언을 이야기하고 마르크스에게 장송곡을 바치는 분위기가 압도적이었다. 그때 필자는 "변증법은 이론을 포함하여 모든 '현실적'인 것은 영원할 수 없다는 사실을 가르친다. 그러므로 마르크스주의, 좀 더 정확히 말하면 '역사적' 마르크스주의도 소멸할 수는 있다. 그러나 그 소멸은 이론의 수정, 변형, 혁명이라는 의미에서 소멸일 뿐, 그 본질적인 것은 결코 소멸될 수 없다. 이를 가르치는 것 또한 '역사의 변증법'이다. 자본주의 사회 속에서 그들이 하나의 계급으로 남아있을 수밖에 없는 한, 그리고 마르크스도 절감했듯, 그들의 계급투쟁이 단지 재화의 획득이나 정치권력을 확보하려는 전략적인 싸움에 그치는 것이 아니라 오히려 그들의 '자존'(自尊)을 위한 사회적 조건을 성취하려는 일종의 도덕적인 싸움으로 계속되는 한, 노동자들은 결코 마르크스에게 장송곡을 바칠 수 없다. 이 사실을 간과하는 자들이야말로 '역사의 바보들'이다"[35]라고 말한 바 있다.

마르크스가 당시 '현재'를 진단했던 그대로 지금의 '현재'도 그때의 '현재' 그대로다. 부(富)의 불평등 등 여러 형태의 불평등은 백 년 전보다 훨씬 더 심각하며, **불평등**이 자본주의 자체가 되어가고 있다. 우리가 목격하고 경험하고 있는 세계적인 위기―경제적, 정치적, 사회적―는 우리에게 새로운 출발을 강력하게, 그리고 더더욱 절박하게 요구하고 있다. "좌파(左派)의 긴 밤은 끝나가고 있다."[36] 마르크스의 역사의 목적론적-종말론적인 인식에 대해서는 동의하기 어렵

---

35) 임철규, 앞의 책, 『왜 유토피아인가』, 69쪽.
36) Costas Douzinas and Slavoj Žižek, "Introduction: The Ideas of Communism," *The Idea of Communism*, Costas Douzinas and Slavoj Žižek 엮음 (London: Verso, 2010), vii쪽.

다 하더라도, 우리는 불평등으로부터의 해방을 향한 욕망, "재정치화 (re-politicization)의 조건"이 되고 있는, "해방을 향한 욕망"의 "파괴불가능성"[37]에 대해서는 동의한다. 불평등으로부터의 해방을 향한 욕망이 **파괴불가능성**으로, 즉 **불멸**(不滅)로 남아있는 한, 우리는 여전히 마르크스에게, 그리고 브레히트에게도 장송곡을 바칠 수 없다.

---

37) Jacques Derrida, *Specters of Marx*, Peggy Kamuf 옮김 (New York: Routledge, 1994), 75쪽.

3부

12장 노스탤지어 그리고 정지용의 「고향」과 「향수」

노스탤지어

고향으로 돌아가려고 하는 것, 머물고 있는 지금-여기가 고통으로 남아있는 한, 떠나온 고향으로 돌아가려고 하는 것이야말로 인간의 가장 근원적인 욕망이다. 이 욕망이 너무 강렬하거나 강렬한 욕망이 좌절될 때 나타나는 것이 이른바 **향수병**(鄕愁病)이다. 스위스 바젤대학의 의학도였던 호퍼(Johannes Hofer)는 고국을 떠나 독일에 유학하고 있던 스위스의 의학도나, 타국의 전쟁에 침전한 용병(傭兵), 선원, 노예들이 깊이 앓고 있는 병증에 주목하고, 일찍이 1688년 그의 노스탤지어에 관한 학위논문(「Dissertation Medica de Nostalgia」)에서 처음으로 그들의 증상을 향수병 또는 노스탤지어(nostalgia)라고 명명했다. '귀환'을 의미하는 그리스어 **노스토스**(nostos)와 '병'이나 '고통'을 의미하는 **알고스**(algos)를 합성시켜 그렇게 명명했다.

17세기 이래 유럽 여러 나라의 전쟁에 용병으로 "강제로 참전하는 것"이 그들의 "운명이었던" 스위스 병사들[1]은 노스탤지어의 최초 희생자였다. 루소는 강제로 징발되어 고향을 떠나온 스위스의 가난한

---

[1] Jean Starobinski, "The Idea of Nostalgia," *Diogenes*, 54 (1966), 83쪽, 86쪽.

집안의 10대 소년 용병들이 모국의 음악 목가(牧歌)를 듣자 슬픔을 이기지 못해 무기를 버리고 고향으로 돌아가려 했음을 들려주고 있다.[2] 그 멜로디가 불러일으키는 어린 시절에 대한 기억을 참을 수 없어, 스타로뱅스키의 용어를 빌리자면, "기억의 강렬한 감정"(passion de souvenir)[3]에 압도되어 그들은 모두 전의(戰意)를 잃었다.

우울증의 증상을 일부 갖고 있는 이 병은 기력을 빠지게 하고, 구토가 일어나고, 식욕을 잃게 하고, 두통이 생기고, 심장박동을 멈추게 하고, 혈압이 오르고, 몸이 쇠약해지고, 자살 충동에 빠지게 하는 등 무서운 증상을 보여주었다.[4] 1733년 한 러시아 군사령관은 향수병에는 공포를 주입시키는 것이 효험이 있는 줄 알고 이 병으로 전의를 상실한 병사들을 산 채로 매장시켰다. 이를 목격한 병사들의 향수병의 증상이 일시적으로는 가라앉았지만, 좀처럼 사라지지 않았다. 그 병의 유일한 치료는 병사들이 고향으로 돌아가는 것밖에 없었다.[5] 향수병을 앓고 있는 모든 이에게 "고향으로 돌아가는 것 이외에는 어떤 치유도 없었다."[6]

18세기 말까지 유럽 전역의 모든 의사들은 향수병이 "치명적"이

---

2) Françoise Davoine and Jean-Max Gaudillière, *History Beyond Trauma*, Susan Fairfield 옮김 (New York: Other Pr., 2004), 106쪽을 볼 것.

3) Jean Starobinski, 앞의 글, 93쪽.

4) Willis McCann, "Nostalgia: A Descriptive and Comparative Study" (Ph. D. diss., Dept. of Psychology, Indiana University, 1940), 5쪽; Janelle L. Wilson, *Nostalgia: Sanctuary of Meaning* (Lewisburg: Bucknell UP, 2005), 21쪽[173쪽 주2]에서 재인용. 그리고 Svetlana Boym, *The Future of Nostalgia* (New York: Basic Books, 2001), 4쪽과 Helmut Illbruck, *Nostalgia: Origins and Ends of an Unenlightened Disease* (Evanston, Ill: Northwestern UP, 2012), 102~108쪽을 볼 것.

5) David Lowenthal, *The Past is a Foreign Country* (Cambridge: Cambridge UP, 1985), 11쪽.

6) Johannes Hofer, "Medical Dissertation on Nostalgia(1688)," Carolyn Kiser Anspach 옮김, *Bulletin of History of Medicine*, 2 (1934), 387쪽.

고, "무서운 병"이라는 데 의견의 일치를 보았다.[7] 향수병이 하나의 정신 질환이라는 규정은 19세기 말까지 이어졌다. 그러나 오늘날에는 더 이상 정신 질환, 즉 우울증으로는 받아들여지지 않고, 고향과 고향의 과거를 애타게 그리워하는 하나의 감정으로 받아들여지고 있다. 우리는 고향을 그리워하는 마음, 그 애타는 그리움에 따른 정신적인 고통을 일컬어 **향수** 또는 **향수병**이라 하며, 호퍼의 명명에 따라 이러한 마음의 상태, 마음의 병을 일컬어 **노스탤지어**라고 하고 있다.

호퍼가 노스탤지어를 고향으로 귀환하려는 강렬한 욕망, 이에 따른 정신적인 고통으로 규정했듯, 처음에 공간 개념에서 출발한 노스탤지어가 차츰 시간 개념으로 옮겨가다가, 마침내 지난날을 향한 동경과, 그 동경에 따른 지난날의 이상화라는 개념으로 굳어져가고 있다. 괴테가 19세기 영국 시인 골드스미스(Oliver Goldsmith)의 시 「황폐한 마을」을 읽고, 이 시인이 "순진무구한 과거를 심히 우울한 감정을 갖고 되살리고 싶어했다"[8]라고 지적했듯, 과거를 이상화하는 것이 노스탤지어의 핵심이다. "노스탤지어는 과거를 이상화함으로써 과거를 왜곡시킨다"[9]는 주장이 나오는 것도 이 때문이다.[10]

---

7) Jean Starobinski, 앞의 글, 95쪽.

8) W. Goethe, *From My Life: Poetry and Truth*, *Goethe's Collected Works*, Thomas P. Saine and Jeffrey L. Sammons 엮음 (New York: Suhrkamp Publishers New York, 1987), 4: 402~403쪽.

9) Avishai Margalit, *The Ethics of Memory* (Cambridge/ M. A.: Harvard UP, 2002), 62쪽.

10) '노스탤지어'가 과거를 거짓되게 이상화한다 하여 이따금 그것은 '역사의 오용'과 동일시되기도 한다. David Lowenthal, "Nostalgia tells it like it was'nt," *The Imagined Past: History and Nostalgia*, Martin Chase and Christopher Shaw 엮음 (Manchester: Manchester UP, 1989), 20쪽. 마르크스적 '허위의식', 사르트르적 '옳지 못한 믿음'(mauvaise foi)으로 부정적으로 인식되기도 한다. 이에 대해서는 Ra phael Samuel, *Theatres of Memory* (London: Verso, 1994), 1: 17쪽을 볼 것. '노스탤지어'에 대한 포괄적인 논의뿐 아니라, 부정적이거나 긍정적인 입장에 대한 논의는 Susannah Radstone, *The Sexual Politics of Time: Confession, Nostalgia, Memory* (London: Routledge, 2007), 112~142쪽을 볼 것.

일찍이 칸트는 노스탤지어의 본질을 꿰뚫고 있는 듯, 고향을 애타게 그리워하는 사람들을 향해 그들이 돌아가려고 하는 것은 **고향땅**이라는 특정 장소가 아니라, 특정 시간, 즉 "걱정에서 떠나있던" "젊은 날"의 그 "되돌릴 수 없는" 그때 그 시절이라고 말했다.[11] 하지만 지나간 그 젊은 날은 더 이상 되돌릴 수도 없고 되찾아질 수도 없기 때문에, 그 사람이 고향땅에 돌아간다고 해서 행복해지는 것은 아니라고 말했다. 칸트는 귀환의 존재론적 불가능성을 이야기했다. 아니 "칸트는 귀환이라는 것은 불가능한 것이라고 경고했다."[12]

쇼펜하우어도 칸트와 같은 인식을 보여주었다. 그는 노스탤지어에서는 "시간은 공간의 가면을 씀으로써 우리를 기만한다"[13]라고 말했다. "순진무구했던 그리고 행복했던 어린 시절"을 그리워하는 것임에도 마치 어떤 특정 장소를 그리워하는 것처럼 우리 자신을 기만하고 있다는 것이다.[14] 칸트나 쇼펜하우어의 이러한 인식은 현대에도 이어지고 있다. 공간과 달리, 시간은 되돌아갈 수도 없고 그리고 되돌릴 수도 없기 때문에, "노스탤지어는 이와 같은 슬픈 사실에 대한 반동"[15]이라는 주장이 그것이다.

노스탤지어가 잃어버린 과거를 향한 동경이라 할 때, 이때의 과거는 잃어버린 과거의 **시간**뿐만 아니라 잃어버린 과거의 **공간**도 포함된

---

11) Immanuel Kant, *Anthropology from a Pragmatic Point of View*(1798), Robert B. Louden 옮김 (Cambridge: Cambridge UP, 2006), 71쪽.

12) Jean Starobinski, 앞의 글, 95쪽.

13) Arthur Schopenhauer, *Parerga and Paralipomena*, E. F. J. Payne 옮김 (Oxford: Clarendon Pr., 1974), 1: 485쪽.

14) Artur Schopenhauer, *World as Will and Representation*, E. F. J. Payne 옮김 (New York: Dover, 1966), 2: 393쪽.

15) Linda Hutcheon, "Irony, Nostalgia, and the Postmodern," *Methods for a Study of Literature as Cultural Memory*, Raymond Vervliet and Annemarie Estor 엮음 (Amsterdam, Rodopi, 2000), 195쪽.

다. 고향으로 돌아가도 진정으로 돌아갈 수 없다는 것은 자기가 떠나 왔던 곳으로 돌아갈 수 없다는 것을 깨닫는 것을 의미한다. 그 장소와 자기 자신이 그동안 변했기 때문이다.

헤라클레이토스는 세계를 "강"(江)으로 비유했다.[16] 모든 것이 끊임없이 변한다는 것은 니체의 차라투스트라만이 이어받고 있는 것은 아니다. 키르케고르도 그렇다. 고향은 더 이상 그때의 고향은 아니다. 그 고향 또한 끊임없이 변하는 것이다. 키르케고르는 우리는 우리가 그리워하는 고향에 돌아갈 수 없다고 말했다. 떠나온 우리의 고향은 그때와 똑같은 장소가 결코 아니기 때문이라는 것이다. 그 역시 칸트와 마찬가지로 귀환의 불가능성을 다른 각도에서 강조했다.[17]

플루타르코스는 우리 인간의 "영혼은 신의 명령과 신의 법에 의해 내몰린 추방과 표류(漂流)"[18] 그 자체라고 말했다. 그에 따르면 엠페도클레스는 "천국으로부터의 추방"이 "지상에서의 인간의 삶이다"라고 말했다.[19] 존재론적으로 우리 인간의 삶은 행복했던 **과거**로부터 멀리 떨어진 채 끝없이 표류를 계속하는 추방의 과정인지 모른다. 지상에서의 인간의 삶을 **추방**이라고 일컬었던 엠페도클레스는 "고향"도 "성격상" 예외가 아니라고 말했다.[20] 우리가 그리워하는 고향도 **천국**은 아니라는 것이다.

노스탤지어는 귀환의 불가능성을 전제로 한 욕망이다. 황지우는

---

16) fr. 51, Charles H. Kahn, *The Art and Though of Heraclitus: An Edition of the Fragments with Translation and Commentary* (Cambridge: Cambridge UP, 1979), 52쪽.

17) Søren Kierkegaard, *Fear and Trembling/ Repetition*, Howard V. Hong and Edna H. Hong 편역 (Princeton: Princeton UP, 1983), part I, 131~176쪽을 볼 것.

18) Plutarch, *On Exile*, 607d-e, *Moralia*, LCL 405, Phillip H. de Lacy and Benedict Einarson 옮김 (Cambridge/ M. A.: Harvard UP, 1959).

19) Plutarch, 같은 책, *On Exile*, 607c.

20) Plutarch, 같은 책, *On Exile*, 600e.

시 「노스탤지어」(1998)에서 "나는 고향에 돌아왔지만/ 아직도 고향으로 가고 있는 중이다"라고 노래했다. **아직도 고향으로 가고 있는 중**이 노스탤지어의 본질이므로, 이것은 비극적일 수밖에 없다. 귀환을 향한 욕망이 자기기만이라는 것, 허망한 것이라는 것을 알면서도, 고향은 그때의 고향 모습 그대로 여전히 자기를 기다리고 있다는 환상을 통해 자기 위안을 얻으려 하기 때문이다. 따라서 노스탤지어가 "대상이 없는 비애⋯⋯ 욕망을 위한 욕망"[21]이라 규정되는 것도 그렇게 무리한 것만은 아니다.

그러나 노스탤지어는 과거, 즉 "뒤를 향하는 것일 수 있지만 또한 앞으로 향하는 것일 수도 있다."[22] 과거에 대한 기억이 기억으로만 그치는 것이 아니라 잃어버린 과거의 본질적인 가치들을 기억함으로써, 현재를 비판하고 현재의 모순을 지양하여 미래의 이상사회를 구현할 비전을, 블로흐(Ernst Bloch)의 용어를 따온다면, '희망의 원리'를 제공해주기 때문이다. 우리는 이를 **기억의 정치화**라 부를 수 있다.

하지만 노스탤지어의 본질은 기억의 정치화가 아니다. 기억의 정치화는 유토피아적 욕망 또는 비전의 본질이기 때문이기 때문이다. 노스탤지어가 유토피아적 욕망으로 향할 때, 이것은 이미 노스탤지어가 아니다. 벤야민은 혁명을 "과거를 향해 내딛는 호랑이의 도약"[23]이라 말한 바 있다. 유토피아적 욕망이나 비전과는 달리, 노스탤지어에는 '호랑이의 도약'이 없다. **신화**를 만드는 것이 노스탤지어라면, **역사**를 만드는 것은 유토피아적 욕망이기 때문이다. 미래를 향

---

21) Susan Stewart, *On Longing: Narratives of the Miniature, the Gigantic, the Souvenir, the Collection* (Durham: Duke UP, 1993), ix쪽.

22) Svetlana Boym, 앞의 책, xvi쪽.

23) Walter Benjamin, *Gesammelte Schriften*, Rolf Tiedmann and Hermann Schweppenhäuser 엮음 (Frankfurt am Main: Suhrkamp, 1972~1989), 1: 701쪽.

하는 유토피아적 욕망과 달리, 노스텔지어는 과거를 그리워하는, 존재하지 않는 근원, 잃어버린 '고향'을 그리워하는 무망(無望)의 울부짖음이다.

정지용의 「고향」과 「향수」

정지용(鄭芝溶, 1902~1950년)은 1932년 7월에 『동방평론』에 서정시 「고향」을 발표했다.

고향에 고향에 돌아와도
그리던 고향은 아니러뇨

산꿩이 알을 품고
뻐꾸기 제철에 울건만,

마음은 제 고향 지니지 않고
머언 항구(港口)로 떠도는 구름

오늘도 메 끝에 홀로 오르니
흰점 꽃이 인정스레 웃고,

어린 시절에 불던 풀피리 소리 아니 나고
메마른 입술에 쓰디쓰다

고향에 고향에 돌아와도
그리던 하늘만이 높푸르구나 (전문)

「고향」은 "고향에 고향에 돌아와도" 마음은 "그리던 고향"에 온 것 같지 않은, '귀환이 없는 귀환'의 아픔을 노래하고 있다. "마음은 제 고향 지니지 않고 떠도는 구름"이라는 표현을 통해 고향에 돌아왔지만 고향을 다시 찾는, 즉 잃어버린 제 고향을 다시 찾으려 하염없이 방황하는, 귀환의 존재론적인 불가능성이 노래됨을 알 수 있다.

정지용의 고향은 예나 다름없이 여전히 "산꿩이 알을 품고 뻐꾸기 제철에" 울고, 하얀 "꽃이 인정스레" 웃고 있다. 하지만 그가 찾고 있는 고향은 지난날 그가 "풀피리" 불던 "어린 시절"의 고향이다. 지난날은 되돌아올 수도 없기 때문에, 지금 그가 불고 있는 피리에는 그때 "불던 피리 소리 아니" 날 수밖에 없다. 따라서 잃어버린 그때의 고향을 향한 그리움은 그리움으로만 남아있기 때문에, 지금의 피리 소리는 "메마른 입술에 쓰디쓸" 뿐이다. 정지용이 그리던 고향은 찾아질 수 있는 고향이 아니다. 그런데도 그는 "떠도는 구름"이 되어 잃어버린 고향을 찾아 헤매는 것이다. 그는 1927년 3월, 「고향」을 발표하기 여러 해 전인, 그의 나이 26세 때 『조선지광』(朝鮮之光)에 「향수」를 발표했다.

넓은 벌 동쪽 끝으로
옛이야기 지줄대는 실개천이 휘돌아 나가고,
얼룩백이 황소가
해설피 금빛 게으른 울음을 우는 곳

그곳이 차마 꿈엔들 잊힐리야

질화로에 재가 식어지면
빈 밭에 밤바람 소리 말을 달리고,

엷은 졸음에 겨운 늙으신 아버지가
짚베개를 돋아 고이시는 곳

그곳이 차마 꿈엔들 잊힐리야

흙에서 자란 내 마음
파아란 하늘빛이 그리워
함부로 쏜 화살을 찾으려
풀섶 이슬에 함초름 휘적시던 곳

그곳이 차마 꿈엔들 잊힐리야

전설 바다에 춤추는 밤물결 같은
검은 귀밑머리 날리는 어린 누이와
아무렇지도 않고 예쁠 것도 없는
사철 발벗은 안해가
따가운 햇살을 등에 지고 이삭 줍던 곳

그곳이 차마 꿈엔들 잊힐리야

하늘에는 성근 별
알 수도 없는 모래성으로 발을 옮기고,
서리 까마귀 우지짖고 지나가는 초라한 지붕,
흐릿한 불빛에 돌아앉아 도란도란거리는 곳

그곳이 차마 꿈엔들 잊힐리야 (전문)

「향수」에 등장하는 그의 고향은 "넓은 벌"이 멀리 뻗어 있고, 그 벌의 "동쪽 끝으로" "실개천"이 "옛이야기 지줄대"며 굽이돌아 흐르고, "얼룩백이 황소가/ 해설피 금빛 게으른 울음을 우는 곳"이자, 목가적인 풍치가 넘쳐나는 전형적인 농촌마을이다.

해질 무렵 얼룩백이 황소가 황홀한 노을빛, 그 황금빛에 취한 채 느린 속도로 평화롭게 "게으른" 울음소리를 내뱉는 이미지와, 낮은 목소리로 인간에게 "옛이야기" 들려주는 실개천의 이미지를 통해, 그리고 2연에서 "밤바람 소리"가 "빈 밭"을 "말"(馬)처럼 달리면서 자장가를 불러주면 그 바람소리에 맞춰 "엷은 졸음에 겨운 늙으신 아버지가 짚베개를 돋아 고이시"고 잠을 청하는 이미지와, 4연에서 "어린 누이"의 "검은 귀밑머리"가 "전설 바다에 춤추는 밤물결"이 되고, 그 밤물결이 또한 누이의 검은 귀밑머리가 되어 함께 출렁이며 춤을 추는 이미지를 통해, 그의 어린 날의 고향이 문학사에서 인간의 이상형으로 칭송되어오는, 이른바 '황금시대'의 이미지를 단편적이나마 담고 있음을 알 수 있다.

영국의 마르크스주의 역사학자인 힐이 "대부분의 사람들은 저마다 자신만의 에덴동산, 아르카디아, 황금시대 전설과 유사한 전설을 가지고 있다"[24]고 말한 바 있지만, 그 이전에도 일찍 실러는 "각 개인은 저마다 자신만의 낙원, 자신만의 황금시대를 가지고 있다"[25]고 말한 바 있다. 황금시대는 아주 일찍 헤시오도스의 『노동과 나날』에서 이야기되었다. 인간은 신과 함께 살았고, 아무런 근심과, 슬픔과, 그리고 힘든 일 없이 살았으며, 일체의 악에서 떠난 삶을 살았다. 그리

24) Christopher Hill, *The World Turned Upside Down: Radical Ideas during the English Revolution* (London: Temple Smith, 1972), 121쪽.

25) Harry Levin, *The Myths of the Golden Age in the Renaissance* (New York: Oxford UP, 1972), xv쪽에서 재인용.

하여 그들은 죽음마저 잠에 취한 듯, 고통 없이 맞이했다. 좋은 것은 모두 그들의 것이었다. 비옥한 대지가 저절로 풍부한 곡식과 과일을 생산해줌으로써 인간은 노동의 수고 없이 편안하고 평화스럽게 살 수 있었다(『노동과 나날』112~119행). 한편 『구약』의 이사야가 노래하듯(「이사야서」11장 7절), 황금시대에는 인간은 인간끼리, 동물은 동물끼리, 자연과, 인간과, 그리고 동물 모두가 함께 어울려 평화롭게 살았다. 그리고 이러한 세계의 인간에게는 탐욕과 증오와, 분노가 없었으므로 법과 무기와 전쟁이 존재할 이유가 없었다. 계절은 늘 푸른 봄이었다.[26]

정지용도 자신만의 황금시대를 갖고 있다. 그의 자신만의 황금시대는 작품 「향수」에서 부분적으로 드러나고 있다. 그것은 인간이 자연이 되고 자연이 인간이 되는, 인간과 자연과 동물이 함께 공감하고 함께 어울리는, 블로흐의 용어를 따온다면 "인간의 자연화, 자연의 인간화"가 이루어지는 이른바 "동일성의 고향"[27]이다.

황금시대가 푸른 세계와 연관되고 있는 것은 잘 알려져 있다. 이 시대에는 푸른 봄, 푸른 대지, 푸른 하늘의 시대로 일컬어진다. 「향수」에 등장하는 중요한 상징 가운데 하나가 **빛**이다. 정지용은 3연에서 "흙에서 자란 내 마음"이 "파아란 하늘빛이 그리워" 그곳을 향해 "쏜 화살을 찾으려" 이슬에 "함초름" 젖어있는 풀이 무성한 수풀을 헤매고 있다고 노래하고 있다. 중요한 상징으로 등장하는 '빛'은 천상의 빛, 곧 "파아란 하늘빛"이다.

영국의 낭만주의 시인 워즈워스는 시 「불멸을 깨닫는 노래」에서

---

26) 황금시대에 관해서는 6장 베르길리우스 『아이네이스』, 350~351쪽을 볼 것.
27) Ernst Bloch, *The Principle of Hope*, Neville Plaice, Stephen Plaice, Paul Knight 옮김 (Oxford: B. Blackwell, 1986), 203쪽, 209쪽.

"초원, 숲, 시내, 대지, 일상의 모든 광경"이 "천상의 빛"의 옷을 입었던 때를 회상한다. 그러면서 그때의 "환상의 빛은 어디로 사라졌으며/ 그 영광과 꿈은 어디 있는가"라고 노래하면서 빛의 상실을 한탄한다. "대지에서 사라져간" 그 "영광의 꿈을 추적하는" 어린아이를 등장시켜 그 아이가 태어난 "고향", "장엄한 궁전"이 "천국"임을 상기시킴으로써, 그 아이가 천상의 빛을 입은 존재임을 암시하고 있다. 그 아이가 추적하고 워즈워스가 찬탄해 마지않는 천상의 빛이 무엇을 상징하는가에 대해서는 다양하게 해석될 수 있다. 하지만 그 신성한 천상의 빛은 **경험**에 의해 타락하기 이전의 의식의 순수상태, 어린아이가 표상하는 순진무구의 빛이다.[28]

　"화살"을 쏘며 쫓던 정지용의 "파아란 하늘빛" 역시 워즈워스의 "천상의 빛"과 마찬가지로 '경험'에 의해 타락하기 이전의 의식의 순수상태, 티 없는 어린 시절의 순진무구의 빛이다. 그의 고향은 자연과 인간이 모두가 하나가 되는 동일성의 고향만이 아니라, 우리가 경험에 의해 타락하기 이전의 의식의 순수상태, 순진무구한 어린 날의 영혼의 상태이다. 따라서 그의 고향은 돌아갈 수 있거나 찾아질 수 있는 고향이 아니다. 정지용의 고향은 기억 속에 아름답게 채색되어 단편적으로 남아있고, 무거운 현실의 **경험**에 의해 쉽사리 무너지는 환상의 "모래성"이다. 그의 노스탤지어는 무너진 환상의 "모래성"을 향한 무망의 울부짖음이다. "고향에 고향에 돌아와도/ 그리던 고향은 아"닐 수밖에 없는 것이다. 귀환의 존재론적인 불가능성, 절망을 아프게 노래한 것이 작품 「고향」이다.

---

28) 이에 대해서는 임철규, 「낭만주의, 리얼리즘, 모더니즘, 그리고 포스터모더니즘」, 『눈의 역사 눈의 미학』 (한길사, 2004), 156~160쪽을 볼 것.

모던보이

정지용은 일본 도시샤(同志社) 대학에서 유학을 끝내고 귀국 후 1932년에 「고향」을 발표하기 전인 1926년 유학기간 중, 초기의 대표적인 시인 「카페 프란스」를 발표했다.

옮겨다 심은 종려(棕櫚)나무 밑에
비뚜루 선 장명등(長明燈),
카페 프란스에 가자.

이놈은 루바쉬카
또 한 놈은 보헤미안 넥타이
삐쩍 마른 놈이 앞장을 섰다.

밤비는 뱀눈처럼 가는데
페이브먼트에 흐느끼는 불빛
카페 프란스에 가자.

이놈의 머리는 비뚜른 능금
또 한 놈의 심장은 벌레 먹은 장미
제비처럼 젖은 놈이 뛰어간다.

「오오. 패롯(鸚鵡) 서방! 굿 이브닝!
「굿 이브닝!」(이 친구 어떠하시오?)

울금향(鬱金香) 아가씨는 이 밤에도
경사(更紗) 커튼 밑에서 조시는구료!

나는 자작(子爵)의 아들도 아무것도 아니란다.
남달리 손이 희어서 슬프구나!

나는 나라도 집도 없단다
대리석(大理石) 테이블에 닿은 내 뺨이 슬프구나!

오오, 이국종(異國種) 강아지야
내 발을 빨아다오.
내 발을 빨아나오. (전문)

작품 「카페 프란스」는 이국적인 분위기가 뭉클 풍기는 '카페 프란스'라는 이름을 가진 카페에 드나드는 교토의 조선 유학생들의 생활과 그들의 영혼이 얼마나 병적으로 황폐화되어 있는지를 보여주는 작품이다. 그들의 "머리"를 "비뚜른 능금"에, 그들의 "심장"을 "벌레 먹은 장미"에 비유함으로써, 그리고 여급에게 딱지를 맞은 뒤 순간적이나마 감각적인 도취를 맛보기 위해 "이국종 강아지"에게 발을 맡기면서 "빨아다오"라고 속삭이는 모습을 보여줌으로써, 일제강점 아래 있던 조선의 유학생들의 영혼이 얼마나 자포자기한 상태에 있고, 그리고 얼마나 병들어 있는가를 적나라하게 보여주는 작품이다.

정지용의 초기 작품인 여기 「카페 프란스」에서도 '카페', '장명등', '페이브먼트' 등 도시 이미지가 더러 등장하고 있지만, 교토라는 근대도시에서 유학생활을 했음에도 불구하고, 이상하게도 그의 시에는 도시 이미지가 크게 눈에 띄지 않는다. 오히려 전혀 눈에 띄지 않는다고 말하는 것이 정확하다. 이는 그의 산문에도 그대로 적용된다. 동시대의 도시문명을 표상하는 아스팔트, 전차, 네온사인, 전등, 백화점, 영화관, 카페, 유곽 등의 이름이 그의 시에는 거의 등장하지 않는다. 이는 그가 귀국 후 경성에서 줄곧 문학 활동을 하며 생활하고 있었지만, 그와 같은 모더니즘 계열의 시인인 이상(李霜), 김기림(金起林), 김광균(金光均) 등이 경험했던 **인공도시**(人工都市) 경성의 어두운 분위기나 근대 문명의 불안과 긴장을 그다지 깊이 의식하지 못했음을 보여준다고 말할 수 있다.

근대 도시 교토의 데카당스적인 또 한 면을 상징하는 '카페 프랑스'를 드나들다가 유학을 마치고 조국으로 돌아온 정지용이 목격했던 1930년대의 경성(京城)도 교토와 마찬가지로 전차, 철도, 극장, 영화관, 카페, 백화점, 병원, 은행 등 완연한 근대 도시의 면모를 갖추고 있었다. 특히 일본인 상가가 밀집되어 있던 충무로와 명동은 "작은 도쿄"[29)]라고 일컬어질 정도로 "오늘날 명동 못지않게 현란"[30)]했다. 카페와 식당이 즐비하게 늘어서 있었고, 각종 상점의 진열장에는 값진 물건과 사치스러운 물품이 얼굴을 내밀고 있었고, 진열장의 조명과 함께 상점 안은 갖가지 휘황찬란한 전등불로 불야성을 이루고 있었다. "방울꽃 모양의 아름다운 가로등, 다양한 상품과 형형색색의 네온사인 앞에 사람들은 넋을 잃었다."[31)] 이곳은 "한번 산책이라도 하지 않고는 참을 수 없는 문명의 매혹을 흩뿌리는 곳"[32)]이었다.

변화가 충무로에는 네온사인 광고탑이 우뚝 선 채 아래를 내려다보고 있었다. "찬란한 일루미네이션, 엘리베이터, 에스컬레이터, 쇼

---

29) 노형석, 『모던의 유혹 모던의 눈물―근대 한국을 거닐다』(생각의 나무, 2004), 274쪽.
30) 노형석, 같은 책, 123쪽.
31) 노형석, 같은 책, 54쪽.
32) 노형석, 같은 책, 274쪽.

윈도우, 마네킹, 옥상정원 등으로 치장"[33]한 채, "양복, 넥타이, 음료수, 안경, 전축, 원피스, 옷장, 모자, 양산, 핸드백 같은 근대적인 상품" 등을 팔고 있는[34] 화려한 백화점들은 소비문화에 길들여진 도시 사람과 경성으로 구경하러 온 시골 사람의 소비욕구를 부추기면서 그들의 돈주머니를 눈여겨보고 있었다.

광고탑 위로 붉은 벽돌과 흰 화강암 석조가 조화를 이룬 르네상스풍의 화려한 경성우편국이 자리 잡고 있었고, 우편국 정면 현관에는 연인들의 데이트 약속시간을 확인시켜주기 위해 자리 잡고 있는 듯, 커다란 벽시계가 걸려 있었다. 경성우편국과 미쓰코시 백화점 부근에는 "주로 룸펜지식인군으로 이루어져 있"던[35] 인텔리겐챠 모던보이들, "박태원, 이상(李箱)을 포함하여 식민지 경성의 도시 풍경에 매혹되고 또 절망했던 1930년대 모더니스트 작가들"[36], "종로와 본정 거리의 다방과 활동사진관, 백화점을 드나들면서 도회적 유행 감각을 체득"하고 있던 '신여성' 등 "다양한 계층의 여성들"[37], 이른바 도시 **산책자**들이 무작정 거닐고 있었다. 남대문로 광장에는 두 쌍의 중앙 분수대가 휘황찬란하게 물을 뿜고, 광장의 큰 분수대 사이로 뚫린 복선 레일 위에는 두 량짜리 미제 대형전차가 달리고 있었다. 이 모두가 발전하는 대도시 경성의 **근대화**의 면모, 즉 인공도시의 겉모습을 포괄적으로 보여주는 광경이었다.

이 인공도시 아스팔트 위로 짙은 화장을 하고 파마를 한 모던걸들이 홀쭉한 모양의 치마를 입고 뾰족한 구두를 신고, 파라솔과 양장모

---

33) 서지영, 『경성의 모던걸-소비, 노동, 젠더로 본 식민지 근대』 (여이연, 2013), 109쪽.
34) 이준식, 『일제강점기 사회와 문화-'식민지' 조선의 삶과 근대』 (역사비평사, 2014), 98쪽.
35) 최혜실, 『한국 근대문학의 몇 가지 주제』 (소명출판, 2002), 38쪽.
36) 서지영, 앞의 책, 31쪽.
37) 서지영, 같은 책, 57쪽.

를 쓰고 돌아다니고 있었다. 나팔통바지, 나비 넥타이를 한 모던보이들이 돌아다니면서 카페, 다방, 댄스홀 등을 드나들며 커피와 칼피스, 양주나 폭탄주를 마시며 향락에 취해 있었다. 모던보이들은 카페나 다방에 앉아서 유성기 소리에 맞춰 손가락으로 장단을 치고 있고, 카페에서는 파마머리에 짧은 스커트, 뾰족한 구두를 신은 여급과 신나게 댄스를 추고 있었다. 그들은 우미관, 단성사 등 영화관을 제집처럼 드나들면서 영화에 나오는 서양 배우들의 몸짓과 옷차림을 흉내 낸다든가 서양음악을 흥얼거리는 등 "서구문화로 자신을 치장할 때 비로소 자신이 가장 근대적일 수 있다고 믿었다".[38]

1930년대의 경성의 모던보이들은 돈 많은 자본가의 아들이자 부르주아의 자녀였다. 「카페 프란스」에서 화자(話者) 정지용이 자신은 "자작(子爵)의 아들도 아무것도 아니란다"라고 말하는 표현에서 알 수 있듯, 당시의 모던보이들은 대부분 지체 높거나 돈 많은 자의 아들, 이른바 난봉꾼이었다. 조선의 마르크스주의자들은 이들을 일컬어 "근대적 퇴폐꾼들"[39]이라고 했다. 근대적 퇴폐꾼들뿐 아니라 가령 정지용이 문학 동인으로 참여했던 「구인회」의 회원 가운데 박태원, 이상, 김유정 등이 밤낮 매일 만나던 "조선지식인층의 집합소라 할 수 있는" 다방 '낙랑팔라'[40]를 비롯해 경성 변화가의 다방, 카페 등 뒷골목에는 유곽, "맥주 광고탑과 방울 전등이 늘어선 환락촌",[41] 술집 등이 자리 잡은 채, 박팔양(朴八陽)이 시 「점경」(點景)에서 노래했듯, 지나가는 이들을 "교태로 손짓하며 말없이 부"르고, 주위에는 빈민지

---

38) 신명직, 『모던쌩이, 京城을 거닐다―만문만화로 보는 근대의 얼굴』(현실문화연구, 2003), 145쪽.

39) 박영희, 최학동 외, 「모-던껄, 모-던뽀이 대논평(大論評)」, 『별건곤』 1927, 12, 114~120쪽; 신명직, 같은 책, 94쪽에서 재인용.

40) 최혜실, 『한국근대문학사 II』(경희대학교 출판국, 2005), 69쪽.

41) 노형석, 앞의 책, 277쪽.

대가 깊은 고통의 신음을 토해내고 있었다.

1924년에 김기진은 그의 글 「경성의 빈민―빈민의 경성」에서 "경성 인구 28만에 실업자가 20만"이라고 말했다.[42] 식민지 근대체제가 진전되어가면서 빈민은 가는 곳마다 홍수를 이루었다. 이것이 인공도시 경성의 근대화의 이면을 어김없이 드러내주는 도시의 진정한 모습이었다.

오장환(吳章煥)은 시 「수부」(首府, 1936년)에서 경성을 "지도 속에 한낱 화농된 오점"이라고 노래했다. 그러나 정지용의 시에는 근대 도시의 겉면뿐 아니라 이면의 점경(點景)도 전혀 눈에 띄지 않는다. 도시적인 풍물을 의도적으로 드러내주던 이상, 김기림, 김광균 등과 달리, 정지용은 애써 자기 내면의 세계에 깊이 침잠하는 현실도피적인 인텔리겐챠 모던보이로 남아있는 것처럼 보였다.

그의 시에는 또한 식민지 조선의 암울했던 농촌 현실이 전혀 부각되고 있지 않다. 그가 「향수」「고향」을 발표했던 1920년대와 1930년대의 농촌은 암울하기 그지없었다. 1918년에 조선인 토지가 무려 27만여 정보가 일본 소유로 넘어갔고, 이로 말미암아 소작지조차 경작할 수 없게 된 숱한 농민들이 고향을 떠날 수밖에 없었다. 수많은 농민이 화전민, 도시노동자로 전락했고, "만주, 시베리아 등지로 유랑의 길을 떠나는 이농민 및 하와이, 멕시코 지역으로 값싼 노동이민으로 이주해가는 이들이 속출하였다."[43]

1920년에서 1924년 사이에는 총생산량 1,442만 1,000석 가운데 329만 9,000천 석의 쌀이 일본으로 송출되었고, 해마다 증가하다가 1930년에서 1936년 사이에는 총생산량 1,684만 2,000석 가운데 그

---

42) 김기진, 「경성의 빈민―빈민의 경성」, 『개벽』, 1924. 6. 105쪽: 이경훈, 『대합실의 추억―민지시대의 근대문학』(문학동네, 2007), 147쪽에서 재인용.

43) 윤영천, 『韓國의 流民 詩』(실천문학사, 1987), 17쪽.

반에 해당하는 816만석이 송출되었다.[44) 곡물을 빼앗기다시피 한 농민들은 더 이상 궁핍을 버티지 못하고 고향을 떠날 수밖에 없었다. 일본의 경제 수탈은 농촌의 몰락과 궁핍을 가속화했다. 정지용의 시에는 그 어디에도 이러한 농촌의 현실이 반영되고 있지 않다. 그의 고향은 충북 옥천이었다. 농촌 출신으로서 그의 현실인식에 대한 배타적인 무관심이 드러나는 대목이다.

그러나 그가 도시화로 특징지어지는 근대문명의 한계 및 위기와, 이상의 소설 『날개』의 주인공 '나'가 "현란을 극한 정오", 미쓰코시 백화점 꼭대기의 화려한 '옥상정원'에서 '흐느적거리는' 경성의 일상을 내려다보면서 날자고 절규했던 인공도시 경성의 어두운 현실과, 그리고 식민지 조선의 농촌의 참혹한 현실에 대해 무관심했다고 단정할 수는 없다. 이는 당대의 현실과는 별천지인 정지용의 어린 시절 고향인 농촌을 이상화하는 시 「향수」에 의해 역설적으로 확인된다. 그는 이 시에서 모든 예술의 고유한 역설, 즉 현실로부터 거리두기는 동시에 그 현실을 강조하고 부각시키기 위한 것이라는 역설을 행하고 있다. 목가(牧歌) 또는 전원시(pastoral)는 현실을 대면하게 하는 하나의 방식이며, 이상적인 목가의 세계를 현실과 대비시킴으로써 현실을, 그 현실을 지탱해주는 체제를 은밀히 비판하고 전복시키려는 의도를 가진 불온한 문학 장르라는 주장이 나오는 것도 이 역설 때문이다. 정지용의 「향수」는 목가 또는 전원시의 풍치를 소상히 드러내주는 작품이다.

목가적이었던 지난날의 고향땅을 "차마 꿈엔들 잊힐 리" 없다는 애절한 목소리를 「향수」의 매 연에서 반복적으로 내뱉음으로써, 정지

---

44) 조선연구회, 『한국의 역사』, 조성을 옮김 (한울, 1985), 209쪽.

용은 일제의 경제 수탈에 의해 황폐화되고 있는 고향땅 농촌의 어두운 현실을 역설적으로 부각시키려는 의도를 놓치지 않고 있다. 더더욱 그 어린 시절의 고향을 황금시대의 고향으로 이상화함으로써, 근대화의 전형적인 산물인 인공도시 경성의 부정적인 현실을 역설적으로 부각시키려는 것도 놓치지 않고 있다.

인공도시 경성의 번화가(繁華街) 어디에도 자연과 인간이 조화롭게 공존했던 **동일성의 고향**의 흔적은 찾아볼 수 없었다. 그가 「유리창 2」에서 "아아, 항 안에 든 금붕어처럼 갑갑하다/ 별도 없다, 물도 없다"라고 노래하듯, 정지용에게 1930년대의 경성의 근대화는 자본주의 사회가 타락한 결과물인 **도시화**였고, 이 도시화는 그에게 **자연**의 안티테제였다. 일본 도시샤 대학 영문과 학부에서 공부할 때 그의 학부 졸업논문은 영국 낭만주의 시인이었던 「윌리엄 블레이크의 시에 있어서의 상상력」(1928)이었다. 영국 낭만주의 시인들에게 자연은 "근대화의 위기"의 표상인 도시의 안티테제였고, 그들에게 근대화의 결과물인 도시의 안티테제로서 자연은 "근대적 시간과 역사 밖에 있는" 선험적 고향이었다.[45] 정지용에게도 그들처럼 근대화의 결과물인 도시의 안티테제가 바로 **자연**이었다.

정지용의 「향수」에 나오는 고향은 다름 아닌 도시의 안티테제인 자연이라고 말해도 무방하다. 그러나 고향이 그리워 돌아왔건만, 그 고향은 그의 고향이 될 수 없었다. 모던보이였던 정지용 자체가 당시의 모더니스트 시인들과 마찬가지로 근대화의 산물인 도시의 자식, 김기림의 용어를 빌리면 "도회의 아들"[46]이 되어있었고, 어린 시절 티 없이 순진무구했던 영혼의 순수상태는 더 이상 그에게 존재하지

---

45) Sare Makdisi, *Romantic Imperialism: Universal Empire and the Culture of Modernity* (Cambridge: Cambridge UP, 1998), 25쪽, 14쪽.

46) 김기림, 「모더니즘의 역사적 위치(1939)」, 『김기림 전집 2』 (심설당, 1988), 56쪽.

않았다. 그에게 **자연**이란 다름 아닌 '파아란 하늘빛'인 영혼의 순수상 태였고, 이것이 그가 찾던 그의 어린 시절의 고향이었기 때문이다.

횔덜린, 하이데거, 아도르노, 그리고 정지용

간혹 정지용의 「고향」은 **고향**의 시인으로 횔덜린을 다룬 하이데거 의 인식과 연관된 채 언급되고 있다. 하이데거는 현대인을 영혼이 **제 고향**을 잃고 추방상태에서 살아가는 존재로 보았다. 그는 위대한 시 인을 잃어버린 제 고향을 불러일으키는 자로 규정했다. 그에게 그런 위대한 시인은 횔덜린이었다. 폴 드 만의 유명한 표현 그대로 "신자 (信者)가 『성서』를 인용하듯, 횔덜린은 하이데거가 인용하는 유일한 자다".[47] 시의 본질은 무엇보다도 잃어버린 고향을 기억하는 것에 있 다고 인식했던 하이데거는 "고향의 본질은 추방 가운데서 오직 빛나 기 시작한다"[48]라고 말했다. 고향은 고향을 잃은 자에게만 진정 보이 기 때문이다. 그가 횔덜린의 「귀향」(Heimkunft) 같은 시를 높이 평가 한 것도 이 때문이다.

횔덜린은 「사랑스러운 청백색으로 피어나는……」에서 "이룬 공적 은 많지만, 시적(詩的)으로 인간들이 이 지상에서 거주한다"[49]라고 노래한 적이 있다. 하이데거는 잃어버린 고향을 횔덜린의 표현을 빌 려 "시적으로 인간들이 지상에서 거주하는 곳"이라고 규정했다.[50] 그

---

47) Paul de Man, "Heidegger's Exegeses of Hölderlin," *Blindness and Insight* (Minneapolis: U of Minnesota Pr., 1983), 250쪽.
48) Martin Heidegger, "Die Sprache Johann Peter Hebels," *Denkerfahrungen, 1910~1976* (Frankfurt am Main: Klostermann, 1983), 73쪽 이하.
49) Friedrich Hölderlin, "In Loverly blueness……," *Poems and Fragments*, Michael Hamsburger 옮김 (Cambridge: Cambridge UP, 1980), 601쪽.
50) Martin Heidegger, "…… Poetically Man Dwells……," *Poetry, Language, Thought*, Albert Hofstadter 옮김 (New York: Harper & Row, 1971), 213~229쪽을 볼 것.

는 "성스러운 것"이야말로 시적인 것이며, 시적인 것이야말로 인간에게 진정한 고향, 진정한 "거주지"를 가능하게 할 수 있다고 말했다.[51] 따라서 세계가 그 자체를 성스러운 것으로 드러낼 때, 즉 시적인 것으로 드러낼 때, 그때만이 고향으로 진정 귀환하는 것이 가능하다는 것이다. "시적인 것이 적절히 드러날 때, 그때 인간은 이 지상에서 인간답게 거주한다"[52]라고 말하기 때문이다.

횔덜린은 만년에 "지상에는 척도(尺度)가 있는가?"라고 묻고는, 지상에는 인간을 위한 "척도가 없다"라고 노래했다.[53] 그가 지상에는 척도가 없다고 했을 때, 이는 무엇보다도 신들에 의해 버림받은 인간들이 영적으로 추방상태에 있다는 것을 의미한다. 따라서 이는 보편적인 척도로 받아들여졌던 신이 이 지상에서 떠난 이상, 절대적인, 무조건적인, 그리고 궁극적인 척도가 더 이상 지상에 없다는 것을 의미한다.

신이 인간을 떠나고, 인간도 신을 떠난 시대의 절망을 깊이 통감했던 횔덜린처럼 하이데거도 모더니티를, "신의 도주"의 시대이자 "영적 쇠퇴"의 시대로 특징지었다.[54] 그러면서 성스러운 것, 즉 시적인 것이 사라진 지금의 지상에는 인간들을 위한 **척도**가 없음을 통감했다. 낭시가 하이데거의 텍스트를 읽으면서 이 철학자에게 "지상"은 "외부"(外部)에 지나지 않는다고 말한 바 있다.[55] 척도가 존재하지 않

---

51) Martin Heidegger, *Hölderlin' Hymn 'The Ister,'* William McNeill and Julia Davis 옮김 (Bloomington: Indiana UP, 1996), 138~139쪽.

52) Martin Heidegger, 앞의 글, "…… Poetically Man Dwells……," 229쪽.

53) Friedrich Hölderlin, "In Loverly blueness……," 앞의 책, *Poems and Fragments*, 601쪽.

54) Martin Heidegger, *Introduction to Metaphysics*, Gregory Fried and Richard Polt 옮김 (New Haven: Yale UP, 2000), 40쪽.

55) Jean-Luc Nancy, *Des lieux divins, suivi de Calcul du poète* (Mauvezin: Trans-Europ-Repress, 1987), 85쪽; Jean-Luc Nancy, "The Calculation of the Poet," *The Solid Letter: Readings of Friedrich Hölderlin*, Aris Fioretos 엮음 (Stanford: Stanford UP,

는 "지상"은 하이데거에게 "외부"에 지나지 않았다. 따라서 **외부**에 지나지 않는 지상은 인간의 고향이 될 수 없었다.

휠덜린은 인간들이 "이룬 공적은 많지만"이라고 노래했다. 소포클레스의『안티고네』에 대한 휠덜린의 논의를 언급하면서 하이데거는『안티고네』에서 인간이 이룬 문명의 업적을 찬미하는 코로스의 발언 가운데 "이상한 존재는 많지만, 인간보다 더 이상한 존재는 아무것도 없다"(332~333행)라는 발언에 주목한 바 있다. 이 발언에 등장하는 그리스어 **데이논**(deinon)의 이중적인 의미를 통해 그는 인간의 존재론적인 불안을 지적했다. 보통 '이상한'을 의미하는 '데이논'을 휠덜린은 ''괴물 같은'(ungeheuer)으로, 하이데거는 '으스스한' (unheimlich)으로 옮겼지만, '이상한', '괴물 같은', 또는 '으스스한' 등 그 의미가 무엇이든 간에 하이데거는 데이논은 관습적이고 일상적인 것의 한계를 뛰어넘어 비일상적인 것으로 향하는 인간의 성향을 의미하기 때문에 이 데이논은 '무서운'이라는 의미를 내포하고 있을 뿐 아니라 '폭력적'이라는 의미도 내포하고 있다고 지적했다.[56]

코로스의 찬미 그대로 인간이 자연을 정복하고 "이룬 공적"은 많다. 그러나 코로스는 인간의 궁극적인 성공은 자연을 정복하는 데 있는 것이 아니라 어떤 도덕적인 선택을 하는가에 달려 있음을 노래하고 있다(365~370행). 인간은 결국 그 "무모함으로 인해"(371행) 그들이 정복한 자연과 그들이 이룩한 폴리스(polis)라는 그들의 **고향**으로부터 버림받는 존재가 되고 있다고 노래함으로써, 코로스는 인간 존재의 존재론적 실향성을 강조한다.

하이데거에 따르면 고대 그리스인에게 기술(技術)은 자연을 경외

1999), 72쪽.

56) 이에 대해서 3장 소포클레스『안티고네』, 232~233쪽을 볼 것.

(敬畏)의 대상으로 삼고 그 속에 담겨 있는 사물의 모습과, 그 사물에 대한 진리를 드러내주기 위한 것이었다. 그러나 오늘날의 기술은 자연을 그 자체의 본질적인 '존재'대로 두지 않고, 효용가치의 대상으로 '틀 지어' 찢고 파괴하는 무서운 무기로 변하고 있다. 하이데거는 '강간'(强姦)이라는 용어를 사용하지는 않았지만, 인간의 오만에 찬 "무모함으로 인해" 자연을 무참히 유린하는 현대 과학 기술의 행패를 "강간"으로 특징지었다.[57] 인간의 손이 "오용"[58]되어 무시무시한 살인의 도구가 되고 있기 때문이다. 현대의 과학기술에 의해 강간당하고, 무시무시한 살인의 도구로 변한 인간의 손에 의해 황폐화된 이 대지는 하이데거에게 "더 이상 인간이 사는 대지가 아니었다".[59] 그것은 그에게 **사막**[60]에 불과했다.

"기술의 역사"는 "경이의 상실의 역사, 탈마법화의 역사"가 되어가고 있다.[61] 하이데거는 지난날 거주할 집을 지었을 때, 건축 재료를 생명 없는 물건으로 취급하지 않고, 관심과 정성을 다해 다룰 깊은 인연의 대상으로 여기고, 마치 예술작품을 생산하듯 온 힘을 다해 그 재료로 집을 짓던 장인정신의 손이, 지금은 영혼이 없는 기계의 손

57) Richard Rojcewicz, *The Gods and Technology: A Reading of Heidegger* (New York: SUNY Pr., 2007), 71쪽을 볼 것

58) Martin Heidegger, *Parmenides*, André Schuwer and Richard Rojcewicz 옮김 (Bloomington: Indiana UP, 1992), 80쪽.

59) Martin Heidegger, "Only a God Can Save Us: The Spiegel Interview(1966)," *Heidegger: The man and the Thinker*, Thomas Sheehan 엮음 (Chicago: Precedent, 1981) 10쪽.

60) 사망 후 출간된 글에서 하이데거는 "황폐화는 우리에게 모든 것, 세상, 인간, 대지가 사막으로 변한 것을 의미한다"라고 말한 바 있다. Martin Heidegger, "Evening Conversation in a Prison of War Camp in Russia(1945)"; Kelly Oliver, *Earth and World: Philosophy After the Apollo Missions* (New York: Columbia UP, 2015), 33쪽에서 재인용.

61) Jonathan Bate, *The Song of the Earth* (Cambridge/ M. A.: Harvard UP, 2000), 253~256쪽.

이 되고 있는 데 통탄을 금하지 못했다. 아도르노는 "정확한 의미로서의 거주는 이제는 불가능하다"라고 말했다.[62] "안락함" "단란함"을 담보했던 "전통적인 집"의 "자취"와 "흔적"은 온데간데없고, "독립적인 삶에 대한 동경마저 추방해버린" "초현대식 주택", 말하자면 "일종의 노숙자 수용소" 또는 "공장"처럼 변해버린 초현대식 주택이 판을 치고 있고,[63] 주위의 온갖 풍경이 "표정 없"을 뿐 아니라 "인간의 손이나 손의 직접적인 도구들이 사물에 가했던 부드럽고 온화"한 "느낌 같은 것"은 존재하지 않는[64] 오늘날에는 전통적인 의미의 거주는 불가능하다라고 말했다. 하이데거도 이 지상에서의 거주는 불가능하다고 말했다. 하이데거에게 **거주**란, 단순히 소유한다든가 산다는 것과 다르다. 성스러운 대지에 시적으로 집을 짓고 사는 것이 그에게는 '거주'의 개념이기 때문이다.

그렇다면 진정한 거주, 즉 성스러운 대지에 시적으로 집을 짓고 사는 것은 지상에서 정말 불가능하다는 것인가. 하이데거에게 지상에서 시적으로 집을 짓고 산다는 것은 대체 무엇을 의미하는가. 횔덜린은 그의 시 「고향」, 특히 「귀향」에서 이를 밝히고 있다.

인간을 버린 신, "한때 나를 보호해준…… 친근한 신들"(「고향」11~12행)[65]이 나를, 인간을 다시 보호해주고, "우리 인간과 더불어 기쁨을 창조하려 몸을 굽히고", "번영된 행복을 도시와 집에 나누어

62) Theodor W. Adorno, *Minima Moralia: Reflexionen aus dem beschädigten Leben* (Frankfurt am Main: Suhrkamp, 1980), 42쪽; 테오도르 아도르노, 『미니마 모랄리아―상처받은 삶에서 나온 성찰』, 김유동 옮김 (길, 2005), 59쪽.

63) Theodor W. Adorno, 같은 책, *Minima Moralia*, 42쪽; 테오도르 아도르노, 같은 책, 『미니마 모랄리아』, 59쪽.

64) Theodor W. Adorno, 같은 책, *Minima Moralia*, 54쪽; 테오도르 아도르노, 같은 책, 『미니마 모랄리아』, 72쪽.

65) 횔덜린이 "신들"이라고 칭할 때, 그의 시 「유랑자」에 나타나있듯, 신들은 "에테르" "대지" "빛"이며, 횔덜린은 이들을 "영원한 신들"이라고 일컫고 있다.

주고", "슬픈 자들을 다시 즐겁게 만들어주고", 나이 많은 이들의 마음을 다시 젊게 만들어주고, "심연의 깊은 곳까지" 사랑을 베풀어 그곳까지 환히 밝게 해주어, 인간이 "즐거운 마음 다시금 나래를 펼칠 때"(「귀향」 25~36행), 말하자면 인간을 버린 신이 인간을 다시 찾을 때, 그때가 '시적'이며, 그때가 지상에 진정한 고향이 인간에게 가능하다고 노래한다.

"모든 것이 친밀한 듯하고, 지나치며 나누는 인사마저 친구의 인사인 듯하고, 모든 얼굴이 근친자인 듯"(「귀향」 53~54행)할 때, 모든 사람, 모든 자연이 '나'처럼 보이는, 즉 인간이 자연과 하나가 되고, 모든 인간이 다른 인간에게 **타자**가 아니라 **자기**가 될 때, "우리가 식탁에서 축성(祝聖)을 행할 때"나 "하루의 생활 끝에서 휴식을 취할 때", 신을 떠올리며 그에게 감사를 할 때(「귀향」 97~98행), 인간과 신, 인간과 자연, 인간과 인간 사이에 언제나 "친절이 친절을 낳는" 때가 도래될 때,[66] 그때가 **시적**이며, 그때에야 지상에 진정한 고향이 인간에게 가능하다고 노래한다.

하이데거는 휠덜린의 이러한 고향을 **시적으로 인간들이 이 지상에서 거하는 곳**이라고 말했다. 그러나 하이데거는 이러한 시적 고향은 지상에서는 불가능하다고 말했다. 그는 그것이 지상과 하늘 사이에 있다고 말했다. 그는 인간이 자기가 살고 있는 지상이 수고롭고 안전에서 멀어져 있을 때, 그들은 눈을 위로 쳐들고 잠시 하늘을 쳐다보지만, "하지만 그 눈길은 여전히 하늘 아래 지상에 머문다"고 말하면서 그 눈길이 "하늘과 지상 사이에 걸쳐있는" 그곳이 "인간의 거주지"[67]라고 말했다. "지상과 하늘 사이에 걸쳐 있는" 그곳이 어떤 의미를 갖

---

66) Martin Heidegger, 앞의 글, "Poetically Man Dwells……," 229쪽.
67) Martin Heidegger, 같은 글, 220쪽.

고 있는지를 구체적으로 밝혀주지 않았지만, 하이데거는 우리가 귀환해야 할 고향이 하늘과 지상 사이에 있다고 말함으로써, 우리가 살고 있는 이 지상에는 그러한 고향이 존재할 수 없음을 절망적으로 암시한다. 잃어버린 지난날, 다시 찾아질 수 없는 지난날의 시적 모습에 대한 우울한 기억, 그 노스탤지어가 하이데거의 '고향' 의식의 기조를 이루고 있다.

정지용은 「향수」에서 "흙에서 자란 내 마음/ 파아란 하늘빛이 그리워"라고 노래했다. 마음은 하늘빛이 파랗게 빛나는 '위로' 향하지만, 여전히 그 마음은 하늘 아래 지상에 머물고 있음을 노래한다. 그에게도 고향은 하이데거와 마찬가지로 지상과 하늘 사이에 존재하고 있다. 정지용의 '고향'은 횔덜린, 아니 하이데거와 마찬가지로 **시적**(詩的) 고향이다. 그는 그들과 다른 각도에서 '자연의 인간화' '인간의 자연화'가 이루어지는 '동일성'의 고향을 노래했지만, 그의 이 성스러운 동일성의 고향도 시적으로 인간들이 이 지상에서 거하는 곳이나 다름없다. 그러나 이 고향은 정지용에게도 가능할 수 없었다. 그에게도 이 지상은 안주할 수 없는 낯선 **외부**(外部)에 지나지 않았고, 일제하의 식민지 조선의 땅은 더더욱 낯선 외부일 수밖에 없었기 때문이다. 그 불가능성은 「향수」의 '모래성'의 이미지로 확인된다.

횔덜린과 하이데거에게 고향상실이란, 무엇보다도 존재론적이다. 신이 인간을 버리고 인간도 신을 버린, "성스러운 이름들이 결여된"(「귀향」 101행) "궁핍한 시대"[68]에, 추방 상태에 있는 인간의 영혼이 돌아갈 고향을 추방되기 전의 어떤 **근원**에 두고 있다는 점에서, 횔덜린과 하이데거의 '고향'은 정지용의 그것과 다르다. 그들이 근원으로 삼고 있는 정신적인 고향은 고대 그리스였다.

---

68) Friedrich Hölderlin, "Bread and Wine," 앞의 책, *Poems and Fragments*, 250쪽.

휠덜린의 주요 시 가운데 하나가 「기억」이다. 휠덜린은 이 시에서 신이 인간을 버리고 지상을 떠난 궁핍한 시대의 슬픔을 노래하면서 디오뉘소스 축제에서처럼 인간과 신이 혼례를 치러 하나가 되던 축제를 그리워한다. 그에게 "신의 광채" "성스러운 것"이 사라진 시대[69], 니체 식의 "허무주의"[70]의 시대, 즉 궁핍한 시대에 시인이 행할 과업[71]은 신과 인간이 화해하고 결합해 다시 혼례를 치르는 행복한 시대를 가져오는 일이며,[72] 이를 위해 "신을 손님으로 맞이할 수 있는 집을 짓고",[73] 그들의 귀환을 기쁘게 맞이하는 일이었다. 이러한 집을 지상에서 짓는 것이 디오뉘소스의 "성스러운 사제(司祭)들"[74]인 시인의 과업이며, 이 집이 **시적으로 인간들이 지상에서 거하는** 곳이며, 이곳이 인간이 귀환할 '고향'이라는 것이다. 그리고 이러한 고향의 근원이 그들에게는 고대 그리스였다.

물론 정지용의 고향도 '동일성'의 고향뿐만 아니라 '경험'에 의해 타락하기 이전의 영혼의 순수상태, 즉 '파아란 하늘빛'이라는 점에서 그들과 마찬가지로 존재론적이다. 휠덜린과 하이데거가 귀환하고자 하는 '고향'이 이 지상에서는 현실적으로 이루어질 수 없다는 점에서, 정지용은 그들과 동일한 인식을 갖고 있었지만, 그 동일한 인식은 여

---

69) Martin Heidegger, "What are Poets for," 앞의 책, *Poetry, Language, Thought*, 91쪽, 94쪽.

70) Martin Heidegger, 앞의 책, *Introduction to Metaphysics*, 217쪽.

71) Friedrich Hölderlin, "Bread and Wine," 앞의 책, *Poems and Fragments*, 250쪽. 이 시에서 휠덜린은 "무엇을 행하고, 무엇을 말할지를/ 궁핍한 시대에 시인들은 왜 존재하는가를 나는 모르리"라고 노래하고 있다.

72) Friedrich Hölderlin, "The Rhein," *Hymns and Fragments*, Richard Sieburth 옮김 (Princeton: Princeton UP, 1984), 79쪽.

73) Martin Heidegger, *Gesamtausgabe*, F. W. von Hermann 엮음 (Frankfurt am Main: Kostermann, 1977~), 4: 148쪽; Julian Young, *Heidegger's Philosophy of Art* (Cambridge: Cambridge UP, 2001), 89쪽에서 재인용.

74) Friedrich Hölderlin, "Bread and Wine," 앞의 책, *Poems and Fragments*, 250쪽.

기까지다. 정지용의 '고향'은 그들과는 달리, 일제하의 식민지 조선이라는, 좀더 구체적인 역사, 사회 상황과 분리될 수 없는 것이었기 때문이다.

횔덜린과 하이데거에게는 "이상적인 조국"[75]으로서 그들이 돌아갈 정신의 고향인 고대 그리스가 있었다.[76] 일찍이 니체가 "독일철학 전체를…… 이제까지 존재했던 최상의 것을 향한 동경"으로 특징지으면서, 철학 전체가 동경했던 최상의 것은 다름 아닌 "그리스 세계"이며, 여기 빼고는 그 어떤 집도 더 이상 집이 아니며, 여기에 있을 때만 집에 있는 것 같다고 말했듯,[77] 횔덜린과 하이데거에도 그들이 동경했던 최상의 것은 고대 그리스였다.

하이데거는 우리 시대를 "척도를 위한 싸움을 포기한 시대"라고 규정했다.[78] 그러나 지상에 척도가 없다 할지라도, 그들에게는 그들이 돌아갈 척도의 고향인 고대 그리스가 있었기 때문에, 그들은 자신의 땅에서 그곳으로 귀환하고자 하는 소망을 외칠 수 있었다. **자신의 땅**이 있었다는 점에서, 그들의 고향상실과 귀환의식은 정지용의 그것과 근본적으로 다르다. 일본에 의해 나라를 빼앗긴 식민지 조선은, 「카페 프란스」에서 화자 정지용이 "나는 나라도 집도 없단다"라고 노래하듯, 그 어디에도 자신의 땅을 가질 수 없었다. 자신의 땅이 없었으므로 돌아갈 **제 고향**도 존재할 수 없었다. 모국이라는 고향, 자신의 땅을 잃은 시인에게는 그 땅을 되찾기 전에는 고향으로 귀환하는 것

75) Michel Haar, *The Song of the Earth: Heidegger and the Grounds of the History of Being*, Reginald Lilly 옮김 (Bloomington: Indiana UP, 1993), 143쪽.

76) 이에 대해서는 Charles Bambach, *Heidegger's Roots: Nietzsche, National Socialism and the Greeks* (Ithaca: Cornell UP, 2003), 114~115쪽, 178~179쪽, 244~246쪽을 볼 것.

77) Friedrich Nietzsche, *The Will to Power*, Walter Kaufmann 옮김 (New York: Vintage Books, 1967), 255쪽.

78) Martin Heidegger, *Contributions to Philosophy: Enowning*, Parvis Emad and Kenneth Maly 옮김 (Bloomington: Indiana UP, 1999), 84쪽.

이 가능할 수 없었다. "마음은 제 고향 지니지 않고/…… 떠도는 구름"이 될 수밖에 없었다.

제2차 세계대전시 유대계 독일 망명 지식인으로서 미국에 머물고 있을 동안 아도르노는 독일어로 『미니마 모랄리아—상처받은 삶에서 나온 성찰』(1951년)이라는 책을 내놓았다. 그 책에서 그는 "망명 지식인은 모두 예외 없이 상처받은 사람이다"[79]라고 토로하면서 "언어를 몰수당한" "망명 지식인의 고립감은…… 낙인찍힌 타자에 대한 적대감이 강힐수록 더욱 거진다"[80]라고 말했다.

교전국인 독일의 지식인일 뿐 아니라 유대계 출신의 지식인이기 때문에 독일인과 유대인에 대한 반감이 농후했던 미국사회에서 아도르노는 이중의 고립과, 소외와, 그리고 불안감을 떨칠 수 없었다. 하지만 그는 자신의 타성(他性)을 억압하고 미국문화 풍토에 적응하려고 노력하는 대신, 자신의 타성과 차이(差異)를 더 드러내고자 했다. 그는 영어로 글을 쓰는 것을 거부했다. 아도르노는 자신처럼 뿌리를 뽑힌 삶을 살아갈 수밖에 없는, 아니 자신처럼 "더 이상 고향이 없는 자에게는 글쓰기야말로 거주지가 된다"[81]고 말했다.

거주할 집, 아니 고향을 잃은 사람은 글쓰기 속에서 자신의 고향집을 짓는다. 말하자면 그는 "자신의 텍스트 속에서 집을 짓는다".[82] 망명 지식인으로서 낯선 땅에서 삶을 영위하던 아도르노에게 글쓰기라는 예술행위는 고향이 없는 자들을 위한 **거주지**, 바로 그들의 '고향'

---

79) Theodor W. Adorno, 앞의 책, *Minima Moralia*, 35쪽; 테오도르 아도르노, 앞의 책, 『미니마 모랄리아』, 52쪽.
80) Theodor W. Adorno, 같은 책, 33쪽; 테오도르 아도르노, 같은 책, 52쪽.
81) Theodor W. Adorno, 같은 책, 87쪽; 테오도르 아도르노, 같은 책, 120쪽.
82) Theodor W. Adorno, 같은 책, 87쪽; 테오도르 아도르노, 같은 책, 120쪽.

으로 인식되었고, 모국어로 글쓰기가 바로 그들의 '고향'과 동일시되었다. '낙인찍힌 타자에 대한 적대감'이 만연했던 일본의 식민지통치하에서 낙인찍힌 일종의 망명 지식인으로 살아갈 수밖에 없었던 정지용도 아도르노와 마찬가지로 모국어로 시를 쓰는 예술행위 속에서 고향이 있음을, 아니 글쓰기가 다름 아닌 자신의 거주지, 자신의 고향임을 인식했다.

정지용은 누구보다도 많은 토박이말을 시의 재료로 삼아 자신이 거주할 집을 지었다. 「향수」를 포함한 그의 여러 시에서는 아름다운 고유의 조선어나 토박이말들이 쏟아져 나오고 있다. 하이데거는 "언어는 원래 토박이말"이었으며, "토박이말은 어머니의 언어일 뿐 아니라 언어의 어머니"라고 주장한 바 있다.[83] 어머니의 언어이자 언어의 어머니이기 때문에 그것은 지금 쓰이고 있는 모든 언어의 "신비로운 원천"[84]이며, 잃어버린 **고향**(Heimat)의 언어가 바로 토박이말이라고 말했다.

정지용이 "구사한 언어는 발명이라는 이름에 값할 만큼 창의적이고 개성적이다. 민족이 위기의 시대에 그처럼 토박이말을 찾아내어 갈고닦은 사람은 그 이전에는 없었다. 그가 '언어마술이 존속하는 한 그 민족은 열렬하리라'라는 아포리즘을 남겨놓고 있는 것은 우연이 아니다."[85] 그가 작품에서 구사하는 단어는 그것이 마치 처음 얼굴을 내미는 듯, 조선말 고유의 아름다운 옷을 갈아입고 등장하고 있다. 그것이 토박이말일 때 더더욱 '고향'의 언어가 되어 아름답고 신비스러운 감정을 자아내면서 근원적인 그리움인 향수를 불러일으킨다.

---

83) Martin Heidegger, "Sprache und Heimat," 앞의 책, *Denkerfahrungen*, 88쪽.
84) Martin Heidegger, "Die Sprache Johann Peter Hebels," 같은 책, 74쪽.
85) 유종호, 「한국 시의 20세기, 7 — 부족방언의 순화」, 『세계문학』 33: 1 봄호 (2008), 392~393쪽.

그러나 그의 향수는 그의 고유 지역, 즉 자신이 태어난 고향땅에 대한 향수에서 잃어버린 조국 '고향'으로 확대되고 있다. 이것이 그뿐 아니라 조국상실을 바로 고향상실의 아픔으로 문학적으로 구체화했던 동시대의 많은 문학가의 운명이었다. 그들의 글쓰기는 아도르노처럼 그들의 **거주지**이자 **고향**이 되었다. 이것이 다름 아닌 일제 강점기 조국을 잃은 그들이 담당했던 비극적인 운명이었다.

13장 박경리 『토지』

200자 원고지 4만여 장의 분량에 해당하는 박경리(朴景利, 1926 ~2008년)의 대하소설 『토지』는 25년간의 집필을 거쳐 탄생한 작품으로, 1897년을 전후하여 구한말 일본제국주의 침략에서부터 1945년 해방에 이르기까지 60년의 장구한 기간을 배경으로 하고 있다. 이 작품은 5대째 대지주로 군림하고 있는 경남 하동군 악양면 평사리의 만석지기 최 참판가의 친척과 자손들, 그리고 소작인들을 비롯해 이 집안과 그 자손들과 이리저리 얽혀있는 숱한 인물들, 그리고 그 밖의 인물들이 일제하에서 겪고 있는 쓰라린 삶과 그들의 벅찬 운명을 내용으로 하고 있다.

작품 『토지』는 하동의 평사리와 인근 진주를 중심으로 펼쳐지고 있지만, 아래로는 일본의 동경, 위로는 만주 여러 지역에 이르는 넓은 공간을 배경으로 하고 있으며, 작중인물만도 무려 600여 명에 이르는 문자 그대로 대하(大河)소설이다. 『전쟁과 평화』의 작자 톨스토이처럼, 박경리는 인간의 역사는 영웅이나 특별한 존재에 의해서가 아니라, 한 사람 한 사람의 평범한 인간들의 행위를 통해 이루어져 나가는 것으로 보고 있으며, 이러한 인간들의 행위 하나하나가 쌓여 이루어진 것이 역사라고 보고 있다. 따라서 그녀의 작품에는 특정 주인공이 없으며, 특정 주인공이 없기 때문에 그를 중심으로 펼쳐지는 단일한 사건도 없다. 말하자면 "그중 어떤 인물도 서사의 중심에, 역사의 중심에 서 있지 않다."[1] 물론 이야기의 많은 부분이 최 참판가의 손녀인 최서희(崔西姬)에 초점을 두고 있고, 그녀를 중심으로 이야기가 전개된다는 점에서 그녀를 소설의 주인공으로 볼 수 있다. 작품의 전반부는 그런 인상을 주고 있지만, 차츰 그녀는 이야기의 중심에서 멀어지고 사건은 다양한 등장인물들이 펼치는 행위에 의해 추동되고, 또 압도된다.

이야기는 일제강점기 조선의 한 마을 경남 하동 악양면 평사리를 주요무대로 시작하여 일본 동경, 중국 만주를 넘나들다 그리고 다시 진주, 지리산, 평사리로 옮겨진다. 다양한 정치적인 사건과 일제에 항거하는 여러 형태의 저항운동이 작품의 중요한 배경으로 등장하고 있지만, 무엇보다 『토지』를 관통하고 있는 것은 커다란 역사적인 사건의 소용돌이 속에서 펼쳐지고 있는 숱한 개인들의 아픈 역사이다. 작중인물들 한 사람 한 사람의 한(恨)과 사랑, 그리고 아픔, 그리고 원한과 복수 같은 다양한 라이트모티프(leitmotif)들이 각기 한 줄기의 강물이 되어 거대한 역사의 강을 이루고 있는 것이 소설 『토지』이다.

『토지』는 크게는 일제에 의한 국토의 강점과 침탈에 따른 민족의 수난과 고통을, 그리고 작게는 이러한 역사의 소용돌이 속에서 최 참판가를 비롯한 평사리의 여러 사람들이 겪는 개인적인 수난과 고통을 다루면서, 마침내 일본천황의 항복 선언으로 인해, 크게는 잃어버린 국토의 회복과 민족의 해방을, 그리고 작게는 감옥에 있는 최 참판

---

1) 이상진, 『박경리 대하소설 「土地」 인물사전』 (나남, 2002), 5쪽.

가 서희의 남편 길상과 학도병으로 간 그들의 차남 윤국, 만주 등지에서 조국을 위해 독립운동을 하던 이들, 그리고 일제 징집을 피해 지리산에 숨어있던 많은 젊은이들이 평사리 고향으로 귀환함으로써 이르게 될 환희와 희망의 역사(歷史)를 이야기하고 있다. 이 작품의 내용은 다음과 같다.

최 참판가의 비극

최 참판가, 그리고 서희의 비극은 최 참판가의 "유일한 기둥이며 어른인"[2] 55세의 "큰 키", 아름다운 눈매, "선비 같은 모습"을 한(제1부 1권 74쪽) 도도한 윤씨 부인으로부터 연유된다. 요절한 남편의 원기(怨氣)가 떠나지 않기 때문에 종적도 없이 절에 가서 이 해를 넘겨야 한다는 무당 월선네의 강력한 권고에 따라 남편의 명복을 빌 목적으로 윤씨 부인은 백일기도를 드리기 위해 가마를 타고 우관 스님이 있는 구례 연곡사로 향한다. 그곳에서 우관의 친동생 김개주에게 겁탈을 당한 윤씨 부인은 우관 스님과 절친한 사이인 문 의원과 월선네의 도움으로 임신한 몸을 남모르는 깊은 암자 천은사에서 풀게 된다.

중인 출신의 김개주는 그 후 동학당의 두령이 되어 관아를 습격하여 관원들을 죽이고, 토호와 관가에 아첨하는 향반들을 살해하고, 군물(軍物)을 탈취하면서 하동 읍내까지 파괴를 일삼다가 수많은 무리를 이끌고 최 참판가에 들이닥친다. 윤씨 부인은 일가의 몰살을 각오하고 안방에 앉아있었다. 김개주는 부인의 방문을 열고 도도한 모습을 하고 있는 그녀에게 다가가 지난날 자기가 행한 무례에 대해 용서

---

2) 인용한 텍스트의 판본은 다음과 같다. 박경리, 『토지』(나남, 2002), 제1부 1권, 81쪽. 이후 인용문의 쪽수는 본문의 괄호 속에 표기함.

를 구하면서 "[김]환이가, 부인의 아들이 헌연(軒然) 장부가 되었다" (제1부 2권 77쪽)고 전한다. 최 참판가의 주치의였던 문 의원으로부터 후에 김개주가 전주 감영에서 효수되었다는 것을 들었을 때, "무쇠 같은 윤씨 부인의 눈에 한 줄기 눈물이 흘러내렸다"(제1부 2권 79쪽). 자신을 따라 종군했던 아들 김환에게 김개주는 최 참판가를 떠날 때 그의 생모가 윤씨 부인임을 알려주었다.

동학군이 패전을 거듭하다 완전히 멸하고, 갑오 동학란이 비극의 종말을 고하고, 아버지 김개주가 전주 감영에서 효수당한 뒤, 환이는 구천이라는 이름으로 최 참판가를 찾아와 머슴살이를 하게 된다. 머슴살이에 타관 사람을 붙이려 하지 않는 윤씨 부인은 "젊은이를, 그의 얼굴을 유심히 바라보다가 아무 소리 없이 눈을 감았다. 젊은이는 고개를 꼿꼿이 세우고 눈만 내리깔고 있었다…… 젊은이의 이력이나 근본 같은 것을 묻지를 않"(제1부 1권 60~61쪽)고 집에 머물도록 했다.

구천, 아니 환이는 윤씨 부인의 아들이자 자신의 이부형(異父兄)인 최 참판가 문중의 유일한 남자이며 당주(堂主)인 최치수의 아내이자 자신의 형수뻘인 별당아씨를 사랑했다. 13살에 혼례를 치른 치수는 "결코 아름다운 별당아씨를 사랑한 일이 없었"으며(제1부 1권 265쪽), 따라서 그들은 "금실이 좋지 않던 내외간"(제1부 2권 138쪽)이었다. 별당아씨도 "준수한 용모"와 "귀한 풍모"에다 "인품"까지 갖춘 (제1부 1권 60쪽, 61쪽) "천질(天質)이 귀골"(제2부 4권 60쪽)인 환이를 사랑했다. 그들은 최 참판가에서 도망친다. 쫓기는 몸이 된 환이는 지쳐 병든 별당아씨를 업고 지리산 일대 첩첩산중 가시밭길을 수백 리나 헤매다 갈 곳이 없어 백부(伯父)인 우관 스님이 있는 구례 연곡사로 향한다.

최치수는 왜총(倭銃)을 개량한 성능 좋은 엽총을 지니고 강 포수와 하인 수동이를 대동한 채 환이를 추격했다. 치수의 소년시절은 어둡고 고독했다. 이는 어머니 윤씨 부인 때문이었다. 김개주에게 연곡사에서 겁탈당한 윤씨 부인이 집으로 돌아왔을 때, 치수의 어머니는 놀랄 만큼 변해있었다. 모습은 백랍으로 빚은 사람 같았고, 자기를 쳐다보는 눈빛은 험악하기 짝이 없었다. 이전의 자애로웠던 어머니의 모습은 아니었다. 치수는 연곡사의 스님 우관과 문 의원은 어머니가 변하게 된 연유를 알고 있지만, 자기에게 숨기는 것 같아 그들에 대한 적개심을 거둘 수가 없었다.

지난날 동학 무리가 최 참판가의 행랑에 들이닥쳤을 때, 그때 치수는 그들이 아무런 소동도 일으키지 않고 조용히 떠나는 것을 지켜보았다. 어머니의 음성은 들리지 않았지만, 어머니가 거처하는 안방에서 남자의 목소리가 들렸다. 곧이어 방 안의 불빛을 등진 사나이가 중문 밖으로 사라지는 것을 지켜보면서, 그 남자가 행랑에 진을 치고 있던 동학 무리의 두령임을 직감했다. 어머니를 해치지 않았음은 물론 어떤 난장판도 벌이지 않고 그를 따라온 무리와 함께 조용히 집을 떠난 그 남자의 정체가 늘 그에게 수수께끼로 남아있었다. 어느 날 그에게 깊은 영향을 주었던 장암선생의 같은 문하생이자 친구인 이동진으로부터 김개주가 문 의원과 가까운 우관 스님의 친동생이라는 것을 알게 되었을 때, 치수의 낯빛은 완연히 변했다. 그리고 그 김개주가 출정할 때 같이 달고 다니던 구슬같이 잘생긴 그 아들의 정체도 의심하기 시작했다.

치수가 서울로 가서 방탕생활을 하게 된 것은 어머니와 김개주의 관계를 의심하기 시작한 후의 일이었다. 6개월 동안 서울에서 방탕생활을 하고 돌아온 치수의 몸은 망가져 있었다. 간신히 그의 생명을 구한 문 의원은 윤씨 부인에게 다시는 자손을 볼 수 없을 것이라고 일러주었다. 치수가 어머니의 모습을 닮은 환이를 자신의 이부동생으로 어렴풋이 느꼈던 것은, 환이가 구천의 이름으로 자기 집에서 머슴살이를 하러 온 뒤였다. 치수는 아내 별당아씨를 데리고 도망간 환이를 추격하다 그곳에 숨어있을지도 모를 것이라고 짐작했던 연곡사에서 우관을 만나고 난 뒤, 환이가 그의 이부동생임을 확인했다. 치수는 자신의 핏줄인, "피를 더럽힌 자"(제1부 2권 146쪽)인 이부동생을 죽이려 그를 추격하고 있는 것이다.

최치수는 달포 가량 환이를 추적하며 산속을 헤매다 집으로 돌아온다. 그러나 집으로 돌아온 치수를 기다리고 있었던 것은 그의 죽음이었나. 별당아씨가 종적을 감추자 최 참판가의 계집종 귀녀가 최치수의 후사를 잇는 아들을 낳아 면천(免賤)을 얻고 대접을 받으려 했지만, 치수의 냉담으로 그런 기회가 주어지지 않자 최 참판가의 재산을 탐하던 무반(武班) 출신의 몰락양반 김평산, 농민 칠성과 공모하여 그를 죽였던 것이다.

김평산은 초당에서 자고 있는 최치수를 삼끈으로 묶어 교살했다. 동학당의 아들이 포살되자 미쳐버린 또출네가 때마침 초롱을 들고 그곳을 헤매다가 누각 마루바닥에 놓여있는 나뭇단에 떨어뜨리는 바람에 초롱에서 기름을 타고 올라온 불이 나뭇단에 옮겨가 누각을 불태우고, 또 치수가 죽어 누워있는 초당을 불태웠다. 또출네가 불탄 누각 마루에 죽어 누워있었기 때문에 그녀가 치수를 교살한 것으로 받아들여졌다.

그러나 온정신이 아닌 미친 또출네가 삼끈으로 묶어 사람을 교살할 수 있을까 반신반의하던 차에 윤씨 부인은 최치수의 아이를 임신했다고 떠들어대는 귀녀를 불러 그녀를 추달했다. 윤씨 부인은 아들 치수가 자식을 생산할 수 있는 능력이 없음을 알고 있었기 때문이다. 귀녀는 자신은 칠성의 아이를 임신했으며, 최치수를 죽인 것은 김평산이라고 실토했다. 귀녀, 김평산, 그리고 칠성은 읍내 관아로 끌려가 처형당한다. 귀녀는 죽기 전에 그녀를 무척 사랑하고 헌신적으로 그녀의 옥바라지를 했던 강 포수에게 감옥에서 낳은 아들을 맡긴다. 강 포수는 옥중에서 출생한 귀녀의 아이를 안고 종적을 감춘다. 김평산의 처 함안댁은 남편이 살인죄로 관아로 호송되자 살구나무에 목을 매어 자살하고, 아들 거복이가 어머니 무덤 곁에 있는 소나무에 머리를 부딪고 피를 흘리며 통곡을 하고, 동생 한복은 형을 지켜보며 울음을 토하다가 형제는 평사리를 떠난다. 그리고 칠성의 아내 임이네는 동네사람들에 의해 아수라장이 된 삼간 오두막을 뒤로 하고 아이들을 데리고 밤에 몰래 평사리를 떠난다.

떠나는 자와 남는 자

몇 해 동안 연이어 최 참판가의 사람들이 죽어갔다. 최치수, 귀녀, 또출네 등 비참한 죽음이 있었고, 낙상하여 돌아간 주치의 문 의원의 죽음도 있었다. 그러나 상민(常民) 농사꾼 이용의 처 강청댁의 죽음은 모두에게 엄청난 충격이었다. 그것은 그녀의 죽음이 콜레라로 인한 것이기 때문이다. "보이지 않는 무서운 형상으로 들리지 않는 함성을 지르면서 골목을 점령하고 마을을 점령하고 방방곡곡을 바람같이 휩쓸며 지나가는 병균. 그들의 습격 대상에는 신분의 높고 낮음이 없었다. 부자와 빈자의 구별이 없었다. 남녀노소를 가리지 않았다…… 참으로 도리가 없었던 것이다"(제1부 3권 249쪽).

콜레라 유행으로 인해 최 참판가의 마름 김 서방, 침모 봉순네가 죽고, 그리고 집안의 기둥 윤씨 부인도 죽는다. 주인공 서희 집안의 기둥이자 자신의 기둥이기도 한 할머니 윤씨마저 죽자 서희는 의지할 곳 없는 신세가 된다. 윤씨 부인은 죽음이 자신에게 임박하고 있음을 예감하면서도 아홉 살 나이의 서희를 두고 불안을 느끼지 않았다. 그만큼 그녀에게는 어린 나이에도 불구하고 자신의 운명을 감당하고 최씨 문중을 지켜나갈 만큼 영민하고, 오만하고, 강인하고, 당찬, "집념의 덩어리 같은 아이"(제1부 1권 96쪽)로 보였기 때문이다. 최치수의 친한 친구 이동진이 고향을 떠나 간도에서 연해주 등지를 방황하다가 5년 만에 귀향하여 윤씨 부인의 죽음을 듣고 문상하러 가서 분향을 하고 있었을 때, 서희는 최 참판가의 침모였던 봉순네의 딸을 "거느리고 나타났다. 의젓한 품은 흔들림 없는 여성주(女城主)의 그것"(제1부 3권 300쪽)이었다.

최치수의 재종형 친일파 조준구는 일본세력을 등에 업고 어린 서희 혼자만 남아있는 최 참판가의 재산을 하나하나씩 차지한다. 최 참판가의 마름들을 갈아치우고, 호열자에 죽은 사람 자리에는 자기 사람을 대신 채운다. 서희의 처지는 점차 더 고립되어갈 수밖에 없었다. 그녀 곁에 있는 최 참판가의 하인 수동이, 길상이, 봉순이는 물론 동학당에 가담하여 전투에 참여했던 대목수 상민(常民) 허윤보, 서희의 글 선생 김 훈장을 비롯한 영팔, 한조, 관수, 달수와 같은 마을의 장정들, 그리고 근동에서 온 장정들이 조준구의 행패에 이를 갈고 있었다. 그러던 어느 날 밤 목수 윤보가 이끄는 마을 장정들이 최 참판가의 재산을 횡령하며 당주로 군림하는 친일파 조준구와 그의 처 홍씨를 제거하기 위해 낫, 도끼, 쇠스랑, 대창 등 각기 연장을 들고 최 참판가를 습격한다. 하지만 조준구는 탈취한 최 참판가의 토지문서는 사당 마룻장을 뜯어 그 밑에 감추고, 자신도 사당 안 마룻장 밑에 숨어있는 바람에 발각되지 않는다. 마을의 장정들과 근동에서 온 장정들은 최 참판가의 소, 말, 곡식, 피륙 등 온갖 물품과, 홍씨가 차지한 안방 장롱의 패물, 은전지폐 모두를 갖고 산으로 달아난다.

일본에 반기를 든 의병들의 짓이라는 조준구의 말을 듣고 진주에서 출동한 일본군이 그들을 추격하기 위해 지리산 방면으로 향하고,

하동 읍내에서 온 일본 헌병들은 동네 아낙네들과 늙은 노인들에게 매질을 하고, 총칼로 위협하며 그들을 읍내로 끌고 간다. 이번 일에 가담하지 않고 진주에 가 있던 농민 정한조는 집에 돌아왔다가 조준구에게 낙인이 찍히는 바람에 일본군에 총살당한다. 서희는 이번 일로 의병들과 내통했다는 의심을 받고 위험한 처지에 놓여 있을 뿐 아니라, 조준구 부부가 꼽추 아들 병수와 강제로 혼인시켜 완전히 그들 수중에 넣으려는 위험에도 처해있다. 하인을 풀어 서울로 향하는 길목마다 지키고 있는 조준구의 눈을 피해 서희는 일행과 함께 간신히 평사리를 떠나 진주를 거쳐 부산을 닿은 뒤 간도로 향하게 된다.

그녀와 함께 평사리를 떠나 간도로 향하는 일행은 김 훈장, 아버지의 친구인 이동진의 아들 이상현, 상민 이용, 임이네, 월선, 이용과 절친한 친구 김영팔과 그 식구, 그리고 최 참판가의 하인 길상이다. 조준구의 행패로부터 서희를 지키려던 하인 수동은 폐렴으로 죽었고, 봉순은 간도행에 동참하지 않는다.

서희와 동행하는 인물들의 면면을 보면, 평사리의 대소사를 관장하는 어른인 김 훈장은 동학당을 높이 평가하고 양반으로서의 자존심이 강하고 그리고 아주 완고하지만, 서희의 글 선생으로서 "서희에게 정확히 글을 가르치는 좋은 선생"(제1부 1권 72쪽)이다. 서희의 간도행을 알고 동행하기로 한 이상현은 일찍이 윤씨 부인이 손녀사위로 탐했던 소년이었지만, 간도로 떠날 때 그는 이미 결혼한 몸이었다. 결혼한 몸임에도 불구하고 그는 서희를 사모했고, 서희 또한 그러했다. 서희보다 두 살 위인 열여덟 살의 소년 이상현은 일본과 교전 중인 러시아 편에 가담하여 싸우고 있는 아버지 이동진의 행방을 알기 위해 간도로 간다고 하지만, 이는 구실에 불과할 뿐 서희를 놓치지 않기 위해서다.

서희와 함께 간도로 향하는 최 참판가의 소작인 이용은 그와 같이

한 마을에서 자란 최치수가 그를 두고 글을 배웠다면 시인이 되었을 것이고 창을 들었다면 대장이 되었을 것이라고 했을 만큼 인품과 성품은 물론 "마을에선 제일 풍신이 좋고 인물 잘난 사나이"(제1부 1권 42쪽)이다. 질투심이 강한 강청댁을 아내로 맞이하기 전 용이에게는 잊지 못할 여인이 있었다. 무당 월선네의 딸 공월선이다. 서로 사랑하는 사이지만 무당 딸이라는 신분 때문에 월선이 스무 살이나 나이가 더 많은 봇짐장수 병신에게 시집을 갔을 때, 홀어머니 때문에 그녀와 함께 도망치지 못했던 용이는 마음속 깊이 울었다. 월선은 용이를 잊지 못해 다시 평사리로 돌아왔지만, 용이의 처 강청댁의 질투와 행패에 못 이겨 강원도에서 인삼장사를 하던 삼촌 공노인 내외를 따라 간도로 떠났다. 그 후 강청댁이 콜레라로 사망하자 다시 평사리로 돌아왔다가 서희를 따라 간도로 향한다.

월선을 향한 용이의 사랑은 조금도 변하지 않았지만, 그에게도 변화가 있었다. 평사리에서 몰래 도망쳤던, 처형당한 칠성의 처 임이네가 아이들을 앞세우고 다시 돌아왔다. 평사리를 도망쳤던 "임이네는 아이들과의 한 끼를 위해 보리밭에서 치마를 걷은 일이 있었고 강가 바위 뒤에서 백정에게 몸을 맡긴 일이 있었고 빈 집에서도 몸을 팔았다. 몸을 맡겼던 사내는 백정 말고도 소금장수, 머슴놈, 떠도는 나그네, 얼굴조차 기억할 수 없는 사내들이었다"(제1부 3권 94쪽). 용이는 처 강청댁이 콜레라로 죽기 전 그녀 몰래 겉보리, 감자 등을 양식으로 자주 주며 임이네를 도와주었다. 용이가 이 임이네와 몸을 섞어 낳은 아이가 이홍이다. 임이네, 그리고 아들 홍이도 서희와 함께 간도로 향한다.

최 참판가의 하인 김길상은 구례 연곡사에서 온 고아 출신의 아이다. 연곡사 우관 스님은 절에 온 윤씨 부인에게 길상은 중이 될 놈이 아니라며 그를 최 참판가에 맡겼다. 얼굴이 드물게 잘생긴 길상은 절에 있을 적에 금어(金魚, 불화를 그리는 이)인 혜관 스님으로부터 관음상을 그리는 법 등을 익혔다. 최 참판가에 심부름꾼으로 온 뒤 자기보다 몇 살 아래인 '애기씨' 서희를 봉순과 함께 지극히 모시었다. 서희는 어릴 적 길게 찢어진 눈으로 싸늘하고 비정하게 자신을 쳐다보는 아버지를 무척 싫어하고 무서워했으며, 할머니는 싫지는 않지만 무서워했다. 자기보다 두 살 위인 봉순과 길상만이 서희에게는 유일한 위안이었다.

환이가 별당아씨와 함께 종적을 감추었을 때, 서희의 나이는 다섯 살이었다. 길상은 별당아씨를 찾으며 우는 서희를 업고 달래주면서 그때부터 언제나 그 곁을 한시도 떠나지 않으면서 그녀를 지켜주었고, 몰락해가는 최 참판가를 지키기 위해 온 힘을 다했다. 그 또한 서희와 함께 간도로 향한다. 일행 모두 평사리 고향 땅으로 언제 다시 귀환할 지 모른다.

길상이가 간도로 떠나기 오래전에 김환이 평사리를 찾았던 적이 있다. 남루한 옷에 갓을 쓴 김환은 마을에서 만난 길상에게 자기 신분을 숨긴 채 별당아씨의 죽음을 알려주었다. 환이는 병든 별당아씨를 업고 이곳저곳을 헤매다 죽은 그녀를 평안도 묘향산 근처에 묻었다. 그가 아버지 김개주의 부하였던 은봉 양재곤을 만나 지리산을 중심으로 동학 잔당을 규합하고 윤씨 부인이 남긴 재산으로 민중을 위해 혁명을 하기로 결심한 것은 서희 일행이 간도로 간 훨씬 뒤의 일이다.

남편이 민란에 가담하여 쫓기는 처지에다 방랑벽에 여자까지 거느리고 종적을 감추자 봉순네는 봉순을 데리고 최 참판가에 침모로 몸을 붙였었다. 성미도 안존하고, 모습도 가냘프게 생긴 봉순은 광대놀음, 무당놀음 등을 한 번 보고 들으면 그 소리를 놓치지 않고 외워 손짓 몸짓을 똑같이 하며 노래했고, 그 목소리는 낭랑할 뿐 아니라 매우

아름다웠다. 봉순이는 길상을 깊이 사모하면서도 한편 "평생을 비단
옷에 분단장하고 노래 부르며 마음대로 사는 세상"(제1부 4권 217쪽),
그런 세상을 꿈꾸고 있었다. 별당아씨가 종적을 감춘 뒤, 서희가 어머
니를 찾을 때마다, 그리고 아버지 최치수에 문안드리고 나와 겁에 질
려 헛구역질을 하며 눈물을 흘릴 때마다, 봉순이는 자기보다 두 살 아
래인 그녀를 달래며 보듬고 살았다. 애기씨 서희를 향한 봉순이의 충
성은 그지없었다. 하지만 그녀는 서희의 간도 행에 동행하지 않는다.
길상을 사모하지만 자신의 마음을 받아들이지 않으려는 그의 내심을
간파하고 그 길에 동행하지 않았던 것이다. 진주서 부산으로 오기로
되어있던 봉순이를 예정보다 하루 늦게 지체하면서까지 기다렸지만
그녀는 오지 않았고, "번화하고 낯선 밤거리에 바람이 불었다"(제1부
4권 410쪽). 길상의 두 뺨에 눈물이 흘러내린다. 을사보호조약체결로
일본에게 이미 통치권과 주권을 빼앗긴 이 조선의 척박한 땅에서 16
살의 처녀 봉순이는 길상과 서희를 떠나보내는 남는 자가 된다.

명기(名妓) 기화로 다시 태어난 봉순이는 진주에서 돈으로 참봉이
된 갑부 전 참봉의 소실이 되고, 소리꾼으로 이름난 운삼에게 소리를
배워 소리꾼으로 인정을 받고 있었다. 그동안 서희는 할머니 윤씨 부
인이 그녀를 위해 비밀리에 은닉했던 금괴와 은괴를 간도로 가져와,
이를 자본으로 거간꾼이자 객주업을 하는 월선의 백부 공 노인과 성
실한 길상의 도움 속에 토지매입과 장사로 일확천금을 손에 넣은 간
도의 거상(巨商)이 된다. 이 과정에서 매점매석과 친일도 서슴지 않
는다. 일본 통감부(統監府) 파출소의 서기 최기남의 협조를 얻어 절
운흥사의 건립이 착수되었을 때, 간도 용정촌에 정착한 거상 서희는
적지 않은 금액을 희사했다. 그러나 의병 홍범도가 새로운 독립군병
을 규합하는 데 필요한 군자금을 요청한 이동진의 청은 거절했다.

서희는 친일할 생각은 추호도 없었지만 그렇게 절에 희사함으로써 일본 영사관과 밀접한 관계가 있는 최기남과 좋은 관계를 유지하는 것이 간도 땅에서 자기의 사업과 삶을 헤쳐나가는 데 있어서 많은 도움이 될 것이라고 믿었다. 최 참판가의 재물을 강탈한 조준구와 그의 부인 홍씨에 대해 "한이 맺히고 맺힌" 서희의 "일념은 오로지 잃어버린 최 참판댁을 찾는 일…… 원수를 갚는 일……"이기 때문에 "원수를 갚을 수만 있다면" 자신은 일본이라는 "원수의 힘을 빌려 원수"를 치는 것도 마다하지 않을 작정이었다(제2부 1권 214쪽).

한이 맺히고 맺힌 사람은 서희만이 아니다. 최치수를 살해한 죄로 처형당한 김평산의 큰아들 거복, 즉 김두수라는 이름으로 용정에 나타난 거복도 마찬가지다. 용이는 서희의 배려로 월선이가 차린 국밥집 월선옥에서 거복을 만난다. 아버지가 관가로 끌려간 다음 날 치마를 뒤집어쓰고 살구나무에 목을 매어 죽은 어머니의 무덤 옆에서 울부짖다 고향을 떠난 거복은 자신과 동생 한복이 "비오는 날 개새끼처럼 쫓겨났던"(제2부 4권 180쪽) 고향에는 죽어 송장이 된다 하더라도 가지 않겠다고 용이에게 말한다. 거복은 일본 헌병 보조원으로서 밀정노릇을 하는 "대일본제국의 주구요 역적이요 대악당 김두수"(제2부 1권 124쪽)로 나타난 것이다. 아버지와 형의 죄를 보상하기 위해 평사리와 간도를 오가며 독립군을 위한 군자금 전달의 임무를 수행하는 동생 한복과 달리, 거복, 아니 김두수는 후에 회령 순사부장까지 하며 악행을 저질렀다. 그리고 일제로부터 이용가치가 떨어져 버림받고서 가산을 정리하고 귀국하여 서울 신당동에 정착할 때까지 "비천하고 간악한 밀정"(제2부 2권 152쪽)의 역할을 계속한다.

준수한 외모와 침착한 행동, 녹록찮은 학식 등으로 길상은 용정에서 일급 신랑감이 되었다. 그를 탐내어 딸을 시집보내려는 부유한 집들이 한둘이 아니었다. 그럴 때마다 서희는 불쾌해하는 낯빛을 숨기지 않았다. 서희를 사모하고 있는 이상현은 아직 결혼을 하지 않고 있는 길상을 못마땅하게 대하고, 한편 길상은 결혼한 몸인 이상현이 서희를 사모하여 그녀 곁을 떠나지 않고 있음을 용납하지 못하고 있다. 결혼한 남자임에도 이상현을 사모하는 서희, 그리고 반상(班常)의 차별이 여전히 엄존하고 있음에도 불구하고 반려자로서 길상을 놓치고 싶지 않은 서희. 마침내 그녀는 아버지의 행방을 수소문한다는 핑계로 자신을 쫓아 간도로 온 이상현에게 의남매를 제의하면서 그와의 이성으로서의 관계를 끊어버린다. 서희는 "결의남매의 제의로써 상현의 가슴에 칼을 꽂았고 길상을 지아비로 맞이하겠노라는 말로 치명상을 주었다"(제2부 1권 251쪽).

아시아에서 일본의 세력이 청국과 러시아를 완전히 압도하고 있고, 간도 땅 안에서 조선인들은 분열되어 "친일파 밀정으로 전신(轉身)하는 무리들이 속출하는 판국에 이상현은 과연 조선이 독립할 것인가 하는 문제에 대해서는 늘 비관적이었다. 아니 절망적인 기분이었다"(제2부 1권 52~53쪽). 서희가 자신에게 남긴 절망, 조국의 미래에 대한 절망, 자신은 무력한 지식인에 지나지 않는다는 자책감을 안고 이상현은 간도를 등지고 일본으로 유학의 길을 떠난다.

자기 곁을 떠나지 않고 평생토록 자기에게 충성하리라고 믿고 있는 길상이가 용정의 재봉소에서 바느질일을 하며 딸 옥이를 키우며 살아가는 과부 옥이네와 결혼하려 하는 결심을 읽었을 때, 그에 대한 서희의 원망은 이루 말할 수 없다. 길상에게 "서희 애기씨"는 그 곁을 떠나서는 아니 되는 여전히 "보물"이고 "연꽃"(제2부 1권 382쪽) 같은 존재이므로, 그의 마음은 복잡하기 짝이 없다. 언젠가 집일이 한창일 때 길상이가 일에 성의를 다하지 않던 젊은 일꾼의 면상을 쳐서 코피를 쏟게 한 적이 있었다. 이를 두고 일꾼들이 "종이 종을 부리면 식칼로 형문(刑問)을 친다더라"(제2부 1권 385쪽)라고 뇌까린 말을 길상은 늘 잊지 않고 있었다. 그는 서희 곁에 영원히 있는 한 "종이 종을 부리면 식칼로 형문을 친다"는 허물에서 벗어날 수 없다며 그녀 곁을 떠나려 하지만, 그녀 곁을 떠난다는 것은 정을, 그리고 "의리"(제2부 1권 384쪽)를 배반하는 것이 된다는 생각에 괴로워한다. 지난 날 "마을 사람들이 조준구를 죽이려고 혈안이 되어있을 때", 길상은 "서희를 위해 토지문서를 찾으려고 뛰어다녔다. 나라의 비운보다 서희의 비운에…… 더 많은 눈물을 쏟았다"(제2부 2권 105쪽). 서희는 옥이네를 직접 찾아가 길상과의 관계를 끊으라고 한 뒤, 그와 결혼을 한다. "서희의 보다 깊은 영혼 속에는" 반상(班常)의 구별을 뛰어넘는 "숙명적인 길상과의 애정이 잠자고 있었다"(제2부 2권 12쪽). 스물일곱의 길상과 열아홉의 서희가 결혼해, 두 아들 환국과 윤국이 태어나게 된다.

그사이 연곡사에서 어릴 적 길상에게 그림을 가르쳤던 혜관 스님과, 기생 기화가 된 봉순이가 간도에 들려 그리운 서희와 길상을 만나고 돌아가고, 뜻밖에 김환이 나타나 유일한 혈육인 서희를 만나고 돌아간다. 봉순은 길상과 혼인한 서희에게 자신은 기생이 되었다고 말하면서 눈물을 흘린다. 봉순이는 자기가 사모했던 길상을 서희가 '서방님'이라고 부르는 데서 오는 충격 때문인지, 아니면 지아비 없이 "해 저문 날 낯선 길손"처럼 기생 기화로서 세월을 "휘적휘적 걸어가던"(제2부 3권 224쪽) 자신의 모습이 서러워서인지 절망감과 비애를 안고 귀국한다.

그날 기화가 서희와 길상을 만나고 고국으로 떠난 뒤, 길상은 공노인의 주선으로 김환을 만난다. 최 참판가의 심부름꾼으로 있었을 적에 자신에게 남몰래 글을 가르쳐주고 다정한 미소로 따뜻하게 대해주던 환이를 길상은 "천상의 선관(仙官)이 하계에 하강해온 것처럼" 생각했고, 그가 "아름다운 별당아씨를 데리고 도망간 것을 이 세상에서 젤 아름다운 일이라고 생각했다"(제2부 2권 106쪽). 하지만 지금 서희의 남편이 된 길상은 그때의 상황과 다르다. "무한한 숭배와 경의로 바라보던 그 사람"은 최 참판댁 몰락의 단초가 되었을 뿐 아니라 "서희의 불행"의 단초가 되었던 사람이다(제2부 4권 275쪽). 길상은 그가 서희를 만나고 싶다는 말에 분노한다.

환이는 자신의 불륜, 별당아씨의 불륜, 어머니 윤씨 부인의 불륜, 아버지의 만행, 이 모두가 순수한 사랑에 바탕 둔 것이지만, 자신은 이를 부끄럽게 여기며 통곡의 세월을 살고 있다고 말한다. 크게 자책하는 환이를 길상은 위로한 뒤, 그를 서희에게 데리고 간다. 돌아가신 윤씨 부인의 친정 조카뻘이 되는 분이라고 소개하고 나서 그에게 절을 올리라고 말한다. 할머니의 조카에 대해 들어본 적이 없는 서희는 그 "범치 못할 위엄"(제2부 4권 292쪽)을 지닌 환이가 돌아간 뒤, 지리산에서 왔다는 그의 말과, 천주교를 신봉했기 때문에 멸족을 당한 윤씨 부인의 집안과 달리 자신은 서학이 아닌 동학을 했기 때문에 살았다는 그의 말과, 그리고 그가 동학의 두령 김개주의 외아들이라는 공 노인의 말에 중인인 김개주와 윤씨 집안이 혼인했을 리가 만무하다며 할머니의 친정 조카뻘이 된다는 그의 정체를 의심했다. 그러나 그녀는 길상을 통해 그분의 어머니가 윤씨 부인, 즉 서희의 할머님임을, 그리고 따라서 그분은 자신의 작은 아버지임을 알게 된다.

그럴 리 없다고 외치는 서희에게 길상은 김환은 효수당한 자신의 아버지 김개주의 불행이 최씨 가문의 명예를 위해 아버지의 사랑을 보듬지 못했던 생모 윤씨 부인의 탓이라고 여기고, 이에 대해 한을 품고 생모인 윤씨 부인에게 고통을 주기 위해 최 참판가의 하인으로 오게 된 것이었음을 들려준다. 그리고 "길상은 말을 끊었다. 서희는 강아지처럼 웅크린 채 말이 없었다". "목에 잠겨 몸부림치듯" 서희는 길상에게 그렇다면 보복을 하기 위해서 "별당의 그 여자"를 "유인해

680

갔다 그 말씀이시오?"라고 말하며 눈물을 글썽거렸다". 길상은 "그 것은 사랑이었소"(제2부 4권 379~380쪽)라고 말했다.

그날 용정에서 서희와 길상을 만나고 고국으로 돌아온 뒤, 기화는 일본서 유학을 하고 돌아온 이상현을 모시고 동거한다. 결혼한 몸임에도 불구하고 서희를 연모해 간도로 동행했지만 사랑을 거절당한 뒤 일본으로 유학하고 귀국한 상현은, 사회주의 사상가인 선배 서의돈과 동거하다가 버림받은 기화와 동거한다. 기화는 상현에게 "잠시나마 쉴 수 있는 가슴"(제3부 2권 55쪽)에 불과했다. 그에게 다시 버림받은 기화는 32살에 양현이라는 상현의 딸을 낳는다. 자기 아이를 낳은 것을 알게 된 이상현은 "창피스럽고 수치스럽고"(제3부 4권 165쪽) 해서 도망치듯 만주로 떠나버린다.

기화와 마찬가지로 용정에서 유일한 혈육인 서희와, 평사리 사람들과, 그리고 간도와 연해주 등지에서 활동을 하는 독립투사를 만나고 귀국한 환이는 어머니 윤씨 부인이 그의 몫으로 우관 스님에게 맡긴 오백 섬지기 땅을 팔고, 그 땅값을 지리산에서 동학 잔당을 규합하여 비밀조직에 착수하는 데 사용한다. 그리고 환이는 그들과 더불어 관공서나 경찰서에 불을 지르고 순사와 그들의 앞잡이 또는 친일파를 살해하는 등 일제에 항거하는 민중운동에 뛰어든다. 이즈음 서희는 조준구로부터 빼앗긴 만석의 땅을 되찾기 위해 귀국을 서두른다.

서희가 평사리에서 간도로 도피했을 때, 그때 그녀와 함께 동행했던 김 훈장과 월선은 서희의 귀향에 동참하지 못한다. 김 훈장은 간도로 가서 혜관과 삼원보에 정착한 뒤 나이 들어 죽었고, 월선은 암으로 죽었기 때문이다. 홍이는 상의학교에서 동문수학하며 후에 함께 독립운동을 하자며 친교를 다져온 천재 강두메(또는 두매)와 "아버지가 왜놈한테 붙잡혀서" 총 맞고 죽었던(제2부 1권 354쪽) 명석한 두뇌의 간도 출신 박정호 등과 이별하고, 아버지 이용을 따라 서희의 고향 길에 동행한다.

강두메는 귀녀가 죽음을 당하기 전에 감옥에서 낳아 강 포수에게 맡긴 아들이다. 그때 아이를 안고 하동에서 자취를 감추었던 강 포수는 홍범도 장군을 따라 두만강을 건너 간도에 오게 되었으며, 이곳에서 뜻밖에 평사리 사람들을 만나게 되자, 상의학교 송장환을 찾아가서 거금 삼백만 원을 학자금으로 내놓고 두메의 장래를 당부하며 떠난다. 그는 두메의 출생비밀을 묻어버리기 위해 가야하 하류, 그 밀림 속에서 오발로 가장하고 자살한다. 서희의 귀향에 함께한 사람은 두 아들 환국과 윤국, 그리고 용이의 가족, 그리고 영팔의 가족뿐이다.

서희는 자신과의 동행을 마다하고 간도의 독립운동조직에 합류하려는 길상의 의지를 읽고, "남이니까, 내 혈육이 아니니까" "이제 내 원한은 그이의 원한"이 아니란 말이냐며 원망하다가(제2부 4권 136쪽) "아이 둘이 아비의 옷깃을 잡아주리니"하는 "희망에 기대를 걸지"만 이를 거두어버린다. 지금의 길상은 "마상에 상전 아씨를 싣고 말고삐를 잡으며 가는 하인이 아니"기 때문이다(제2부 4권 137쪽). 아버지가 동행하지 않으면 자기도 가지 않겠다는 큰아들 환국이를 달래면서 서희는 목 놓아 울고, 당신을 결코 용서하지 않겠다고 말하면서 남편 길상에게 원망의 눈물을 쏟아낸 뒤 마차를 타고 기차역으로 향한다. 그녀는 고향 땅에 돌아가 조준구와 그의 아내 홍씨에게 복수를 하고자 했던 "원한이 맺힌 세월" "십 년 동안 이를 갈았다. 아니 십오 년 동안 이를 갈았다"(제2부 4권 135쪽). 이상현이 "오대 육대, 최 참판네 여인들의 마지막 꽃, 야차 같은 계집"(제2부 3권 198쪽)이라고 일컬었던 그 서희가 이제 진정 그 땅을 지킬 **마지막 꽃**이 되어 고향으로 향하는 것이다.

그들

공 노인과 임 역관의 중개로 마침내 잃어버린 만석지기의 땅을 되찾고, 또 남은 재산을 다 잃고 평사리 집 하나만 차지하고 있던 조준구에게 거금 5천 원을 주고 이를 사들여 모든 재산을 되찾았지만, 서희는 깊은 허무에 빠진다. "허망하게 쉽게 끝나버린 싸움"(제3부 1권 221쪽). 서희에게 "짧은 생애의 덧없는 일"(제4부 1권 128쪽)처럼 보였다.

서희는 만석지기의 땅을 되찾고도, 그리고 조준구의 소유로 되어 있는 집을 되찾고도, 진주를 거처로 삼고 단 한 번도 생가인 하동 평사리 집에 나타나지 않았다. 그 집에 대한 기억은 결코 행복한 것은 아니었다. "기억하고 있는 일들은 모두 음산한 비극뿐이었다"(제5부 1권 346쪽). 다섯 살 때 자기 곁을 훌쩍 떠난 어머니 별당아씨, 딸에게 애정을 보인 적이 없던 차디찬 아버지 최치수, 불의의 자식을 낳았던 할머니 윤씨 부인, 그 불의의 자식인 시동생과 간통하고 달아난 어머니 별당아씨, 하인과 혼인하여 두 아들을 낳은 서희 자신. 호열자가 만연했던 그해, 가까운 많은 사람들의 죽음들. 성씨조차 알 길 없는 남편 김길상은 지금 이곳 민적에는 최길상으로 기재되어있고, 따라서 아들 둘은 최환국, 최윤국으로, 최서희는 김서희로 되어있고…….

평사리에 가지 않는 이유는 그것뿐이 아니었다. 조준구와 그의 부인 홍씨가 그녀에게 그들의 외아들 병수와의 혼인을 강요했던 일에 대한 기억 때문이다. 서희의 의식 속에 "마귀로, 괴물로밖에 존재하지 않는" "그 더러운 병신"과의 혼인을 강요당한 것은 서희에게는 "전율 그 자체였다". "충격적인 혐오감", 그리고 이에 뒤따르는 "공포"(제3부 1권 335쪽) 그 자체였다. 이런저런 여러 복합적인 요인 때문에 서희는 평사리 생가에 발을 들여놓을 수가 없었다. 그런 서희가 추석을 지내기 위해 평사리 집에 잠시 머무는 중에 그때 환이를 다시 만나게 된다.

지리산에서 동학잔당을 규합하여 항일투쟁을 하고 있는 환이는 동학당은 동학의 교세확장보다 항일투쟁에 보다 더 중심을 두어야한다는 입장이다. 이에 정반대 입장을 취하는 사이비종교 청일교 교주 지삼만의 부하가 밀고하여 일본군은 환이 이끌고 있는 동학잔당의 지리산 근거지를 습격한다. 그러나 환이와 그의 무리들은 이미 도망간 뒤였다. 일본군은 지리산 일대를 추적하다 평사리 마을을 포위하고 최 참판가를 덮친다. 환이가 밤중에 들러 이곳에 머물고 있는 서희에게 일본헌병에게 쫓기는 몸이라며 잠시 동안의 피신처를 요구했다. 오래전에 용정에서 만나고 나서 다시 만난 환이는 서희에게는 두 아들 말고는 "단 하나뿐인 혈연이다. 어미를 빼앗고 부친의 이부(異父) 동생이며 간부(姦夫)인 사내, 하늘같이 우러러보았던 할머니 윤씨의 부정한 씨"(제3부 2권 185쪽)다. 하지만 그녀는 사당의 마룻장을 들어내고 그를 그곳으로 들어가게 한 뒤 다시 마룻장을 끼우고 사당 문에 쇠통을 채웠다.

그 후 환은 지삼만의 수하의 밀고에 의해 체포되어 진주로 압송된다. 그와 함께 압송된 심복 석포는 심한 고문에 죽고, 그 또한 연일 가해지는 고문에 몸을 가누지 못하고 있다. 김환은 일어서서 노을이 타는 철창문을 바라본다. 지금까지의 그의 삶은 "역행"(제3부 3권 50쪽) 같았다. 하지만 지금 이 순간은 그에게 "홀가분하다. 말할 수 없이 홀가분한 것이다"(제3부 3권, 155쪽). "이튿날 아침, 환이는 스스로 목을 졸라서 죽은 시체로 발견되었다"(제3부 3권 163쪽).

스스로 목숨을 끊은 것은 김환만이 아니다. 봉순, 아니 기화는 가진 것 팔면서 살아가다가 수중에 돈이 떨어지자 계집애를 업고 평양으로 가서 기생집에 다시 나갔고, 마음에 없는 사내를 끌어들였고, 그로부터 아편 찌르는 것을 배웠고, 그녀 말 그대로 "쓰레기"인생이 되었다(제3부 3권 338쪽). 봉순, 아니 기화가 아편쟁이가 되어 쓰레기 같은 비참한 삶을 살고 있는 것을 알게 된 서희는 그녀와 딸 양현을 평양에서 평사리로 데려와 머물게 한다. 기화는 치매(癡呆) 상태로 가고 있었다. 서희의 부탁을 받고 그녀를 평양에서 평사리로 데려온 것은 정석이다.

목수 윤보를 중심으로 평사리 마을 장정들이 최 참판가의 재산을 탈취하고 당주로 행세하던 조준구를 제거하기 위해 최 참판가를 습격했을 때, 거사에 참여하지 않고 진주에 있다가 영문도 모른 채 나타난 정한조는 최치수에게 폭도로 지목되어 왜헌병에게 총살당했다. 정석은 이 정한조의 아들이다. 그는 진주에서 갑부 전 참봉의 소실이 된 기생 기화네 집을 드나드는 물지게꾼으로 생활하다가 서울로 올라간 기화의 도움으로 서울에서 야간학교에 다닌 뒤 선생이 된다. 결혼한 몸이지만, 정석의 기화에 대한 사랑의 "감정은 석이 청춘에서 가장 찬란하고 유일하게 아름다운 것이었다…… 그 불행한 여자"(제3부 3권 104쪽), 비참하게 변한 기화의 모습에 정석은 목 놓아 울었다. 기화는 섬진강에서 몸을 던져 죽는다.

기화, 아니 봉순이가 깊이 사모했던 길상은 고향 평사리로 귀환하는 서희와 두 아들과 이별하고 간도의 독립운동 조직에 합류한다. 최 참판가의 하인이던 길상은 서희를 상전으로 깍듯이 모시면서 그녀를 위해 삶 전체를 바쳤다. 천애고아가 된 '애기씨'를 향한 "연민"(제2부 1권 384쪽)은 결혼한 뒤에도 그때나 지금이나 똑같았다. 하지만 자신이 하인이었다는, 아니 지금도 하인이라는 의식은 결혼한 뒤에도 그에게서 떠나지 않았다. "고독한 부부, 고독한 결혼이었다"(제2부 3권 121쪽).

길상은 떠나지 않는 반상(班常)의 구별에 대한 그의 의식, 그 운명적인 쇠사슬에서 벗어날 수 있는 출구를 독립운동조직에 합류하여

항일투쟁을 하는 것에서 찾는다. 자신의 "심장"을 쪼개어 서희에게
도 주고, "이 만주 땅 벌판에 누더기같이 찾아온 내 겨레에도 주고"
(제2부 2권 20쪽) 싶었다. 하지만 그는 결국 서희가 아니라 국토를 빼
앗기고 만주 땅 벌판으로 건너온 슬픈 겨레에게 자신의 **심장**을 바치
기로 한다. 고향으로 귀환하는 서희와 두 아들을 뒤로한 채 용정으로
향한 것은 그와 같은 결심 때문이었다. 이 길로 들어서면서부터 그가
안고 있던 "모순과 갈등과 열등감"은 사라졌다. "한마디로 그에게 넘
쳐나는 것은 힘"이었다(제3부 1권 367~368쪽).

길상은 "스스로 택한 길을 후회한 적은 없으나 실의에 빠진 적도
있었다." 그러나 "만주 일대, 연해주를 내왕할 때, 빙판과 설원과 삭
풍은 다른 혁명가, 독립투사와 마찬가지로 그의 현실이었다"(제4부 4
권 174쪽). 계명회에 연루되어 용정에서 서울로 압송되어 서대문 형
무소에서 2년간의 감옥생활을 할 때까지 만주일대, 연해주를 오고가
며 독립운동을 한다.

서희의 아버지 최치수를 교살한 김평산의 둘째 아들 한복도 길상
처럼 독립투쟁에 가담한다. 한복은 아버지의 죄, 일본 헌병의 보조원
으로서 밀정노릇을 하는 형 거복의 죄를 안고 살아갈 수 없었다. 지
아비의 죄를 부끄러워한 나머지 목매어 자살한 "지하에 잠든 어머니
의 병든 자긍심을 치유"(제3부 1권 356쪽)하기 위해 항일투쟁에 참가
한다. 독립군을 위한 군자금을 전달하는 임무를 수행하기 위해 간도
에 갔을 때, 길상은 그에게 그의 가난과 그에 대한 핍박을 너의 아버
지와 너의 형 탓으로 돌리는 것은 네가 없다는 것이며, 이는 네가 죽
은 것이나 다름없다고 말했다. "너의 아버지는 너 한 사람을 가난하
게, 핍박받게 했지만 세상에는 한 사람이 혹은 몇 사람이 수천만의 사
람들을 가난하게 하고 핍박받게 …… 한다는 것을 왜 모르느냐……"
며, "너의 아버지의 망령을 평생 짊어지고 다니다가 너의 자손에게

물려"주지 말고 "너의 자손을 위해서" 독립운동에 뛰어드는 것이야말로 "너 자신"을 살리는 길이라고 말했다(제3부 1권 377~378쪽). 한복은 길상의 말이 자신이 일생토록 지켜야할 길이 무엇인가를 가르쳐주고 있다고 믿었으며, 그 길을 결코 저버리지 않을 것이라고 굳게 다짐했다.

조준구의 아들 병수도 자신을 완전히 다른 모습으로 변모시킨 경우다. 아버지 조준구와 어머니를 따라 12살 때 서울서 평사리 서희 집에 온 꼽추 병수는 오줌도 가릴 줄 모르는 "인간 폐물로…… 낙인 찍힌 존재"(제1부 4권 135쪽)였다. 하늘과 강물과 숲과 들판 등 자연을, 날짐승 들짐승 뭇벌레들을 좋아하는 그에게 "평사리의 산천이 그의 스승"이었고, 그의 "정다운 벗"이었다(제5부 5권 98쪽, 99쪽). 그의 "직감은 정확했고", 글 선생 이 초시로부터 여러 해 동안 『소학』(小學)을 배우고 『통감』(通鑑)을 떼었으며 그 후 사서(四書)를 배우면서 "도덕률에 의한 가치를, 인간 행위의 존엄성을 헤아리는 의지를 지각하게 되었다"(제1부 134쪽).

서희에게는 "마귀로, 괴물로밖에"(제3부 1권 335쪽) 보이지 않았고, 아니 아버지로부터 냉대와 외면은 물론 생모 홍씨에게도 "우리 속의 동물"(제3부 4권 251쪽)로 취급당할 만큼, 병수는 처절한 고독과 절망 속에서 어린 시절을 보냈다. 연분홍 치마에 유록색 회장저고리를 입고 있었던 별당의 서희를 몰래 훔쳐보았을 때, 그녀는 그에게 너무나 어여쁜 **하늘의 선녀** 같았다. '내 병신이 아니었다면' 하고 한탄하면서 그녀를 향한 사모의 정을 거두들이고, 그녀와 강제로 결혼을 시키려는 부모의 행위를 가당찮은 철면피의 짓거리로 치부하고, 자기에게 서희는 예쁜 누이일 뿐이라며 흐느껴 울었다.

어릴 적 병수가 그렇게 고독하게 버림받고 있었을 때, 오직 길상만이 평사리의 산천을 자신의 스승으로 삼고 이에 흠뻑 젖어있던 병수의 남다른 열성을 읽었으며, "병수 내부에 숨은 청랑(淸朗)한 오성(悟性)"(제1부 4권 134쪽)을 감지했다. "해맑은 눈동자"(제1부 3권 358쪽), "천상의 동자(童子)같이 깨끗"한 "얼굴"을 지닌(제1부 3권 192쪽) 그를 언제나 안쓰럽게 여기고 정을 갖고 대했다. 글 선생이던 이 초시의 주선으로 통영에서 소목방(小木房) 일자리를 얻어 일하던 병수에게 그 소목방 주인은 "깊은 학문과 여성적인 섬세한 감성을 간파하고"(제3부 1권 337쪽), 자신의 오랜 업(業)을 전승하기 위해 성심껏 그를 가르쳤다. 병수는 탁월한 명장(名匠)으로 거듭나게 된다. "자학은 일(예술)에서 승화되었다"(제3부 4권 251쪽).

한(恨), 그리고 허무

작중인물 공 노인은 강 포수의 아들 두메, 길상, 월선, 봉순 등 그들 "하나하나의 인생이 모두 기차다"(제2부 4권 58쪽)라고 말했다. 그들 뿐인가. 김개주도, 김환도, 윤씨 부인도, 최치수도, 서희도, 이상현도, 조병수도 모두 그렇다. 『토지』에 등장하는 인물 하나하나 모두의 인생이 기차다. 모든 인물들의 행동은 한(限)에 의해 추동되고, 이 한에 의해 그들의 삶도 운명 지어진다. 하지만 그들의 한의 밑바닥을 차지하고 있는 것은 허무(虛無)다. 달리 말하면 그들의 '한'에는 거의 대부분 허무 또는 허무의식이 전제되고 있다.

동학 무리의 두령인 아버지를 따라 출정하던 환이가 몸져누운 부친의 시중을 들고 있었을 때, 아버지 김개주는 그에게 "대장부라는 것을 어떻게 생각하느냐"라고 물었다. "핍박받아온 백성들 가슴에 등불로 살아있는" "상민의 영웅", "압제자의 목을 추풍낙엽같이 잘라버린"(제2부 4권 61쪽) 아버지 같은 분을 대장부라고 하지 않겠느냐고 말하는 아들의 대답에 그는 껄껄 웃으면서 "그렇다면 대장부라는 것은 허욕(虛慾)이니라"라고 말했다. 만백성을 구하려고 총칼을 들고 나섰지만 자신을 다스리지 못하고 남을 위해 싸우는 것이 "허욕"이 아니고 무엇이겠느냐는 것이었다. 그리고 아들 환이에게 "너는 산에도 가지 말고 사람들 무리에도 섞이지 말고 마음씨 착한 처자나 얻어서 포전이나 쪼고 살아라"라고 말했다(제1부 4권 261~263쪽). 그는 "일시적 삭풍(朔風)"(제1부 4권 262쪽)에 불과한 허욕으로 인해 삶에 있어서 가장 귀중한 가치인 사랑을 보듬지 못하고 그로 인한 자책감 때문에 바닥 모를 허무의 삶을 계속하는 자기와 같은 "필부"가 되지 말라고 했다. 사랑하는 한 여인을 위해 사는 것이야말로 진정한 대장부이니, 이것이 동학의 하눌님이 가르치는 "하나의 도가 아니겠느냐?"라고 말했다. 그리고 항상 자기 속에 자리한 "원한도 진정 그게 원한인가 믿을 수 없구나. 불민한 너를 위한 아픔도 진정 그게 아픔인가 믿을 수 없구나"(제1부 4권 262쪽)라고 말했다.

조선 오백 년을 억압해온 자들의 소망을 안고 그들의 **영웅** 김개주가 "압제자의 목을 추풍낙엽같이 날려버"(제2부 4권 61쪽)리면서 그들의 피맺힌 원한을 풀었을 때, 그러나 이 영웅의 내면의 밑바닥에는 언제나 허무의 파도가 물결치고 있었다. "냉혹한 야망의 화신 같았던 사내, 동학 무리를 이끌고 피에 주린 이리떼같이 양반에 대하여 추호의 용서가 없었던"(제1부 2권 152쪽) 그는 자신이 사모했던 여인의 집에 어떤 해도 가하지 않고 그다음 날 아침 무리들을 데리고 썰물처럼 떠났다. 사모하는 여인의 사랑을 얻을 수 없었던 그 절망의 울부짖음이 원한의 복수보다 더 깊이 그의 마음을 차지하고 있었다. 아들 환이는 후에 인간사에서 아픔이나 원한보다 더 깊고 큰 것이 곧 "허무"임을 깨달았으며, 아버지 김개주는 "그 허무와 싸우셨"다고 말했다(제1부 4권 272쪽).

최 참판가의 하인으로 있었을 때, 김환은 어머니 윤씨 부인을 '어머니'라고 부를 수 없었다. 최치수와 다른 의미에서 그에게는 잃어버린 어머니라는 존재가 있었다. 그에게 윤씨 부인은 아버지에게 불행을 안긴 원한의 어머니다. 그리고 그에게는 "최치수의 어머님으로서 결코 환이의 어머니가 될 수 없었던 여인에 대한 원한도 있었다"(제1부 4권 260쪽). 하지만 그의 내면은 언제나 어머니를 향한 그리움과 사랑으로 가득 차 있었다(제2부 4권 281쪽). 그에게 '어머니'라는 이름을 한 번도 허락하지 않은 채, 윤씨 부인은 죽음으로 그의 곁을 떠났다. 진달래꽃으로 화전을 언제까지나 부쳐주겠다던 별당아씨의 죽음이 그가 그녀와 지상에서 함께 보낸 세월을 "자취 없는 허무의……바람"(제1부 4권 251쪽)으로 만들었듯, 어머니 또한 마찬가지였다.

지삼만의 부하의 밀고로 일본군에 체포되어 진주로 압송되기 전, 김환은 어머니 윤씨 부인의 무덤 앞에서 절을 하면서 "자신의 발자취는 순전히 역행"이었다고 생각했다(제3부 3권 50쪽). 모진 고문으로 인해 움직일 수 없는 몸을 간신히 일으켜 세운 뒤, 김환은 노을이 타는 창문을 바라보면서 "홀가분하다. 말할 수 없이 홀가분한 것이다"라고 말한 뒤, "그러나 마음 밑바닥에서 불어오는 차디찬 바람은 무슨 바람인가. 골수를 쑤시는 것 같은 허무"(제3부 3권, 156쪽)는 무엇인가 하고 스스로에게 말했다. 그의 "오십 평생은 마음과 몸이 피로 물들었던 것처럼 격렬했었다"(제3부 3권, 156쪽). 아버지 김개주, 어머니 윤씨 부인, 아내 별당아씨, "이제 작별하였던 사람들에 대한 추억이나 그리움하고도 작별을 해야 하는 것이다"(제3부 3권 161쪽). 그는 감옥 안에서 스스로 목숨을 끊었다. 처절했던 추억이나 그리움마저도 망각하고 싶어 "철창문에 비치는 저 노을만큼 아름다운"(제3부 3권 155쪽) 죽음에 자기를 맡기는 "마지막 동학군 김환 장군"(제3부 3권 123쪽). 그는 '허무' 그 자체였다.

딸아이를 잃고 울부짖는 심복 강쇠에게 환영으로 나타난 김환은 그와의 **산중문답**(山中問答)에서 "기쁨이란 잠시 쉬어가는 고개요 슬픔만이 끝이 없는 길"이니 "고통의 무거운 짐을 벗으려 하지 마라"라고 말한 뒤, "저 창공을 나는 외로운 도요새가 짝을 만나 미치는 이치를 생각해보아라. 외로움과 슬픔의 멍에를 쓰지 않았던들 그토록 미칠 것인가"라고 말했다. 그리고 이어 그는 "한이야 지가 어디로 가겠나", 외롭게, 억울하게 죽어 "저 무수한 밤하늘의 별같이 혼자 떠도는 영혼, 그게 다 한이지……"라고 말한다(제5부 1권 189~190쪽). 김환에게 인간은 한의 "응어리"(제5부 1권 189~190쪽) 그 자체였다.

윤씨 부인이 무당 월선네의 권고를 받고 요절한 남편의 명복을 빌기 위해 구례 연곡사를 향했을 때, 치수는 여름 날 "밤에는 집에서 빠져나와 강가에 가서 개똥벌레를 잡았었고 낮이면 뒷동산에 올라가서 풀피리를 불며 울었다. 그는 어머니가 영 돌아오지 않을 것 같은 생각이 들었던 것이다"(제1부 2권 69쪽). 이듬해 2월 어머니가 가마를 타고 집으로 돌아왔을 때, 그리던 어머니는 놀랄 만큼 변해있었다. 모습은 백랍으로 빚은 사람 같았고, 자기를 쳐다보는 눈빛은 험악하기 짝이 없었고, 자기를 보는 순간 뒤로 물러섰다. 그리운 어머니를 맞이하기 위해 "미친 듯이 마을길까지 쫓아가서" 가마를 따라왔던(제1부 2권 70쪽) 치수가 그리던 어머니가 더 이상 아니었다. 그는 어머니를 잃어버렸고, 순진무구했던 어린 날의 자신도 잃어버렸다.

"허약하여 본시부터 신경질적인 성격은 차츰 잔인하게 변했으며 방약무인의 젊은이로 성장했다"(제1부 2권 70쪽). 그리고 고독하고 냉소적이고 비뚤어진 젊은이로 변했다. 이는 학식이 깊은 장암 선생의 영향을 받았던 탓도 있었지만, 어머니를 잃고 나서부터 치수는 스승 장암처럼 성악론에 근거하여 사람을 금수(禽獸)로, 그리고 백성을 우중(愚衆)으로 보고, 그리고 우중을 다스리는 권력자들을 배부른 돼지로, 우중인 백성들을 배고픈 이리로 보면서, 이 배고픈 이리인 백성들이 각성하면 독소가 된다는 등 비관과 냉소가 극에 달한 철저한 허무주의자가 되었다. 양반가의 청상과부가 지켜야 할 금기를 깬 어머니의 과거사를 알게 되면서부터 더 한층 날카로운 콧날, 길게 찢어진 눈을 지닌 모습으로 변해갔다. "어떤 일에도 감동되지 않는 눈빛, 철저하게 스스로를 거부하는 눈빛"(제1부 1권 54쪽)의 소유자인 그의 내면에는 가까이 다가오는 죽음에 대해서도 철저히 냉소적인 허무가 깔려 있었다. 그의 허무는 잃어버린 어머니에 대한 그의 한의 결과였다.

김개주에게 연곡사에서 겁탈을 당한 뒤 집으로 돌아온 윤씨 부인이 백랍으로 빚은 모습을 하고 치수에게 험한 눈빛을 보이면서 그를 멀리 피하려 했던 것은 물론 죄의식 때문이었다. 환이와 별당아씨, 그들 불륜의 남녀를 치수의 눈을 피하여 도망가게 하면서도 그들을 위해 피신처를 마련하지 못한 이유가 바로 그것이었다. 치수로 하여금 고독한 소년기와 비뚤어진 청년기, 그리고 매사에 냉소적이고 권태에 찌들어 폐인을 방불하게 하는 장년기를 보내게 했던 윤씨 부인은 부정(不淨)의 여인, 어미의 자격을 잃은 여인으로 남아있었다. 아들 치수는 그녀에게 "끊임없이 매질하던 형리(刑吏)", "심판장의 형리"였다(제1부 2권 385쪽, 387쪽). 하지만 또 한편 피난처는 마련해주지 못했지만, 환이와 며느리 별당아씨를 도망하게 한 것은 환이 또한 "끊지 못할 혈육이요 가슴에 사무치게 사랑하는 아들", "젖꼭지 한번 물리지 않고 버린 자식에 대한 연민 탓"이었다. 하지만 윤씨 부인은 "뼈저린 모성의 절망"(제1부 2권 385쪽)을 안은 채, 쫓고 쫓기는 "불운한 형제"(제1부 2권 76쪽)의 현세의 슬픈 인연을 지켜볼 수밖에 없었다.

"이십 년 넘는 세월 동안 그 [윤씨 부인]의 바닥에는 한 남자가 살고 있었다…… 형장의 이슬로 사라진 그 남자"(제1부 2권 386쪽)가 그녀에게 안겨주었던 비극은 그녀로 하여금 두 아들을, 그리고 두 아들로 하여금 어머니를 잃게 한 것이었다. 그 남자와의 불륜은 그녀로 하여금 치수에게는 "어미의 자격"을, 그 불륜에서 태어난 아이를 핏덩어리인 채로 내버려둠으로써 환이에게는 "어미의 권리"(제1부 2권 385~386쪽)를 포기하는 자로 만들었다. 이는 윤씨 부인에게는 끝나지 않는 "적악"(積惡)으로 남아 "짊어져야 하는" 무거운 "짐"이었다 (제1부 2권 386쪽). 한쪽 아들에게는 한평생 똑바로 쳐다보지 못하고 외면하며 살았고, 다른쪽 아들에게는 아들이면서도 어미임을 내색하지 못하고 살았다. 한의 세월이 전부였다. 그녀에게 고통의 세월을 남겨주었던 그 남자가 형장의 이슬로 사라졌다는 말을 들었을 때, 비로소 처음으로 눈물을 흘렸던 윤씨 부인은 가문의 명예를 위해 그 남자와의 사랑을 포기할 수밖에 없었던 그 운명적인 쇠사슬을 한탄하고 있었는지도 모른다. 그 한의 울부짖음이 허무의 **눈물**로 나타났던 것이다.

고작 5살에 어머니 별당아씨와 이별한 최치수의 딸이자, 윤씨 부인의 손녀 서희는 "공포심을 불러일으키게 하는 강한 분위기를…… 내뿜고 있었"(제1부 1권 54쪽)고 "딸에게 애정을 보인 일이 없었"(제3부 1권 333쪽)던 아버지에게 정을 붙이지 못하고, 어릴 적 어머니에 대한 그리움으로 가득 찬 "슬픈 시절"(제1부 3권 355쪽)을 보냈다. 나이가 들어서도 "어미에 대한 그리움은 아직도 그에게는 떨어버릴 수 없는 집념"이었지만, 그 집념 속에는 "그리움뿐만 아니라 원망과 증오가 함께 있었다"(제1부 3권 355쪽). 그리고 또한 그녀에게는 그 "그리움과 마찬가지로" 어머니가 불륜을 맺은 다른 남자와 도망쳤다는 "그 오욕 또한 잊을 수 없고 견디기 어려운 것이었다"(제1부 3권 355쪽).

어머니를 더 이상 만나볼 수 없으므로 서희의 아픔은 깊은 한이 되었지만, 어머니에 대한 그리움, 아픔, 그리고 원망 등을 압도하는 것은 따로 있었다. 그것은 어린 나이의 애기씨 서희였지만 최 참판가의 마지막 자손으로서 최 참판가의 재산을 강탈한 조준구와 그의 아내 홍씨에 대한 원한의 복수였다. 서희는 간도에 온 뒤 십오 년 동안 복수를 다짐했다. 하지만 그 원한의 복수가 쉽게 끝나자 "그때 서희의 감정은 기쁨보다 슬픔이었고 허망했다"(제5부 1권 346쪽). "허망하게 쉽게 끝이 나버린 싸움"(제3부 1권 221쪽), 그 원한의 복수는 "승리의 찬란한 나비"가 "허울만 남기고" "날아가버린 빈 번데기"만 같았다.

되찾은 평사리의 "거창한 집"도 "때때로 낡은 상여틀같이 느껴"지고, 되찾은 만석지기의 "기름진 땅"도 때때로 "황막한 사막"으로 느껴진다(제4부 1권 128쪽). 서희에게는 "얻고 있는 것이 모두 꿈같이, 짧은 생애의 덧없는 일"(제4부 1권 128쪽)처럼 보였다. 그녀는 삶이라는 "근원적인 허무의 강"(제3부 1권 221쪽)에 발을 들여놓고 있었다. 그러나 "최 참판댁의 영광과 오욕과는 상관없이 단절된 채, 항일투쟁에 나선" "아버지 존재로 하여 그들 가슴속에 민족과 조국에 대한 강렬한 의식이 자라고 있는"(제3부 3권 287쪽) 두 아들 환국과 윤국만이 서희에게는 "현재요 미래"(제3부 3권 287쪽)였다. 서희는 그들의 "미래"에 대한 "희망"(제3부 3권 287쪽)에 기대어 삶이라는 그 근원적인 허무의 강을 뛰어넘으려 하고 있었다.

기화가 자기 아이를 낳았다는 소식을 전해 듣고 창피해서 황급히 만주로 떠난 이상현은 자기 자신에 대한 실망과 그리고 암울한 민족의 앞날에 대한 절망을 극복할 수 없어 인생의 의미나 가치 모두를 부인하는 허무주의에 빠진 채 살아가고 있다. 그에게는 "허무 그 자체가 자의식의 방패"로, 그리고 "부도덕과 방탕과 의무의 포기……" 그 자체가 "자의식의 보루 같은 것"으로 되었다(제3부 4권 164쪽). 러시아 땅 연추에서 만난 소리꾼 주갑으로부터 기화가 아편쟁이가 되었다가 자살했다는 소식을 듣고, "괴물같이" 달려드는 죄의식"(제3부 4권 162쪽)으로 인해 자신에 대한 절망에서 뛰쳐나올 수 없었다. 친일파 밀정으로 변모하여 일본의 주구 노릇을 하는 간도의 조선인들을 보고 조선의 독립에 대한 회의는 더욱 그를 절망에 빠뜨렸다. 이상현은 철저한 "패배주의자가 된 것이다"(제3부 4권 135쪽).

이상현은 아버지 이동진에 대해서도 말할 수 없이 죄의식을 갖고 있었다. 러시아 땅 연추에서 만난 아버지는 나약한 지식인인 자기와 달리, 변치 않은 혁명가의 투쟁정신을 그에게 보여주었다. 서희의 아버지 최치수의 친구 이동진은, 치수와 달리 상민층을 동정하고 이해했고, 동학란을 일으킨 상민들을 오합지졸로 보지 않고 그들의 정열을 높이 평가했으며, 왕권을 유지하기 위해 외세를 끌어들인 위정자들을 통렬히 비난했다. 그는 나라의 주권이 빼앗긴 뒤 절망에 젖다가 최치수가 교살당하기 전에 멀리 간도와 연해주 방면으로 발길을 향했었다. 빼앗긴 국토와 국토를 잃은 겨레를 생각하며 '내가 할 일은 무엇이냐'며 실의에 빠져 방황하고 있을 때, 이동진은 러시아 군대의 어용상인(御用商人)으로 연추에서 어마어마한 재산을 모은 최재형이라는 상인을 만난다.

열 살도 안 된 나이에 가난한 부모를 따라 시베리아로 이민 온 후 러시아 국적을 두고 연추에 살고 있는 최재형의 "조국에 대한 사랑은 원시적인 것이었다…… 아무 혜택도 받은 일이 없는 헐벗은 조국에의 충성은…… 상상키 어려울 만큼 순수한 것이었다"(제1부 3권 277쪽). 그를 통해 이동진은 "자포자기했던 자기 자신을 부끄럽게 생각하게 되었다". 이로부터 "한 민족의 수난이 한 개인에게 뜨겁게 밀착되어온 것을 비로소 실감하기에 이르렀던 것이다"(제1부 3권 277쪽).

이동진은 그 자각과 더불어 "삼십 대 좋은 시절을 만주 벌판 사진(沙塵)과 풍설에 흩날려 버리고"(제2부 2권 45쪽), 마흔아홉 나이에 이르기까지 혁명가로서 독립투쟁에 몸 바치고 있었다.

이상현이 서울에서 술에, 또 기화에게 "도피에의 강렬한 욕구"(제3부 1권 28쪽)를 발산하고 있을 때, 그리고 만주에서 허무주의에 빠져 술에 취해 뒷골목을 배회하고 있을 때, 아버지 이동진은 고국산천을 떠난 지 20년이 넘는 59세의 나이에 조국의 광복을 보지 못하고 "망명지 연추에서 뼈를 묻고 그 한 많은 생"(제5부 5권 11쪽)을 "쓸쓸하게"(제4부 4권 178쪽) 마감했다. "생진의 부친은 상현에게 천 근 같은 납덩어리의 무게였었다. 죽은 후 오늘날까지의 부친은 상현에게 회한이요 죄의식의 고통이었다"(제3부 2권 327쪽).

이후 20년 세월을 만주 바닥에서 낭비했던 "그 이상현은 한낱 늙은 주정뱅이로 하얼빈 뒷골목을 배회하는 말로를 걷고 있었다"(제5부 5권, 9쪽). 조직에서 내는 간행물 같은 것을 제작하기도 했고, 지하신문을 만들기도 했지만, "주정뱅이 이상현, 결국 그가 도달한 것은 자신이 낙오자라는 인식이었다"(제5부 5권 14쪽). 강 포수의 아들이자 홍이의 상의학교 때 친구이며 중국 군관학교 출신의 "투철한 공산주의자"인 강두메에게 이상현은 "댄디스트", "차후 도태해야 하는 반동분자"(제5부 5권 18쪽)에 불과했다. 그는 "피폐한 사내"(제5부 5권 14쪽)가 된 채 죄책감과 자기모멸을 버리지 못하고 술에 기댄 채 삶을 살아가고 있었다.

길상의 '한'은 그 뿌리가 그가 고아였던 것에서 시작된다. 그는 "안티[胎盤] 버린 곳(고향)"(제1부 1권 62쪽, 제2부 1권 313쪽)도 모른 채, 최 참판가의 하인으로 오기 전까지 자기에게 "어머님이요 아버님이었"(제2부 1권 383쪽)던 연곡사 노승 우관에게 키워졌다. 하인으로서

뿐만 아니라 고아로서 그는 처음부터 타자(他者) 중의 타자였다. 하인 길상은 온몸 온 정성으로 자기보다 나이가 훨씬 아래인 '애기씨' 서희를 상전으로 깍듯이 모시면서 한평생 애기씨를 위해 살았다. 그들 사이에는 반상(班常)의 구별이 엄연했기 때문이다. 길상은 이를 운명으로 받아들였다. 천애고아가 된 애기씨를 향한 "연민"(제2부 1권 384쪽)이 차츰 정으로, 그다음 사랑의 감정으로 변했지만, 그의 이러한 감정을 간파하고 이상현은 하인의 신분인 길상에게 "못 오를 나무는 쳐다보지도 않는 게야"(제2부 1권 46쪽)라고 말했다. 서희와 결혼한 뒤에도 길상은 **반상**의 의식에서 벗어날 수 없었다. 그는 그 의식에서 벗어날 수 있는 길을 독립을 향한 항일투쟁에서 찾았다.

조선왕조가 간신히 그 잔명(殘命)을 이어가고 있을 무렵, 이동진은 간도와 연해주로 떠나기 전 작별을 고하기 위해 친구 최치수를 찾았다. 그때 치수는 그에게 누구를 위해 강을 넘으려는가, 백성인가, 군왕인가?라고 물었다. 이동진은 백성, 군왕 그 어느 쪽이라 하기는 어렵다며 "군이 말하자 한다면 이 산천(山川)을 위해서"라고 말했다. 이동진과 마찬가지로 길상도 이 산천, 이 강산을 되찾기 위해 간도에 남았다. 하지만 "이동진의 산천과 김길상의 강산……은 다르다." "다 같은 길이지만 길상의 경우는 일종의 귀소본능(歸巢本能)이라 할 수 있었다. 제 무리에 어우러지기 위한 귀소본능, 이동진은 돌아오기 위해 떠났지만 길상은 제 무리들에게 돌아가기 위해 남은 것이다"(제5부 1권 363~364쪽). 사회주의 색채를 띤 사회과학 연구단체인 일종의 비밀결사인 계명회에 연루되어 용정에서 만난 서의돈과 함께 왜경에게 체포되어 서울에 압송되지 않았더라면, 스스로 고국으로 향하는 길을 결코 택하지 않았을지도 모른다. 잃어버린 나라를 되찾아야 한다는 것이 대의로서의 그의 확고한 신념이었지만, "그러나 길상의 경우, 대의와 가족을 두고 선택한 길은 결코 아니었다. 자아(自我)

와 가족을 두고 선택한 길이었다"(제5부 1권 363쪽).

길상이가 계명회에 연루되어 용정에서 서울로 압송되어 서대문 형무소에서 2년간의 감옥생활을 마친 뒤, 다시 체포되기 전 관음보살의 탱화를 완성하기 위해 소지감이 주지로 있는 지리산 도솔암에 잠시 간 적이 있다. 소지감은 형이 의병에 가담했다가 포살당하고, 부친은 을사보호조약으로 충격을 받아 망국의 한을 안고 자결했다. 그는 소씨 가문을 이어야 한다는 명분에 목숨을 지탱해 살아갔지만, 연이은 결혼실패로 인해 자학과 자기모멸에 빠진 채 20년 동안 방황하다 젊은 날 입산한 적이 있었던 도솔암에 정착했다. 그는 일제에 항거하는 민초들과 교류하면서 후에 일본의 학병과 강제징집을 피해 산에 온 젊은이들에게 은신처를 마련해주는 역할을 하고 있었다.

어릴 적 구례 연곡사에 있었을 때, 길상은 금어(金魚) 혜관 스님으로부터 그림 그리는 것을 배우면서 자신은 후에 금어가 될 것이라고 생각했으며, 그때 노승 우관은 그에게 "천수관음상을 조성하여 어지러운 세상, 불쌍한 중생에게 보살의 자비를 펴게 하라"(제4부 3권 94쪽)고 당부했다. 길상은 우관스님의 당부를 결코 잊은 적이 없었다. 그러나 지금 천수관음의 조성은 대역사(大役事)이고 현실적으로 불가능하기 때문에 그는 대신 관음보살의 탱화를 완성하기로 했다. 이를 위한 준비 작업으로 이삼 년 동안 수천 장의 초화를 그렸으며, 도솔암에서 마침내 그가 착안한 탱화를 마지막 신명을 다해 완성했다. 그때 도솔암으로 서희가 찾아와 길상과 함께 머물면서 대화를 하는 가운데 길상이가 "사람이나 짐승이나 자기 태생(胎生)대로 사는 것이 가장 자연스러운 일"이라고 말했다. 서희는 자기와의 결혼을 후회하느냐고 물었다. 그때 길상은 "후회는 하지 않소. 다만 자기 뿌리에 대한 그리움 같은 것, 그건 인지상정 아니겠소?"라고 말했다(제5부 1권 360~361쪽). 자신과 동류였던 그 무리, 김환, 우관, 혜관, 관수, 석이, 용이, 영팔 노인, 그 밖의 수많은 사람들, "용정촌 연해주의 그 끌끌한 사내들"이 길상이의 그리움의 대상이었고, 그는 그들의 "그 뜨거운 피를 잊지 못하는 것"이다. 이 때문에 "가족마저 낯설어지는 것이었다"(제5부 1권 364쪽). "어떤 거리감"(제4부 4권 175쪽)을 느끼는 것이었다. "신분의 차이, 생활의 빛깔이 다르다는 것, 그것은 도처에서 자신에게 부딪쳐오는 것이다." 그렇게 느껴질 때마다 길상은 "자기 운명을 한탄하는 흔적"(제4부 4권 175쪽)을 발견했다.

동경 미술학교를 졸업하고 역량 있는 화가로 발돋움하던 큰아들 환국이는 도솔암에서 아버지가 완성한 관음보살의 탱화를 보고, 스님 소지감에게 "아버지는 참 외로운 분 같습니다"(제5부 1권 382쪽)라고 말했다. 그 탱화는 "눈이 부시게 아름다웠다. 청초한 선(線)에 현란한 색채, 가슴까지 늘어진 영락(瓔珞)이며 화만(華鬘)은 찬란하고 투명한 베일 속의 청정한 육신이 숨 쉬고 있는 것만 같다. 어찌 현란한 색채가 이다지도 청초하며 어찌 풍만한 육신이 이다지도 투명한가"(제5부 1권 381쪽). 환국은 감동에 차 전신이 뜨거워지는 것을 느꼈다. 그러나 한편 관음상의 폐부 깊은 곳에서 아버지의 크나큰 슬픔과 외로움을 깊이 읽었다.

길상은 신분에 대한 절망을 극복하지 못한다면 외로움에서 결코 벗어날 수 없으며, 결코 자유로워질 수 없다고 느꼈다. 그는 신분에서 오는 갈등, 신분에 대한 절망은 "끝내 개인 혼자서 극복되는 일도 아니"며, "사람 모두가, 역사가 극복하지 않으면 안 될 일"임을 깨달았다. 그에게 "김개주도 김환도, 역사의 산물이며 그 오랜 역사를 극복하려다 간 사람이다". "자신도 그 길을 가고 있다"고 믿었다(제4부 4권 175~176쪽). "진실로 동등하고 뜨거운 가슴과 가슴만으로 함께 가는 세월"(제4부 4권 175쪽)을 앞당기기 위해 그의 그리움은 "끝없는 사랑의 대상"인 서희와 두 아들을 넘어서서 그와 같은 동류의 산천의 "수많은 사람에게 흐른다"(제4부 4권 174쪽). 이 수많은 사람들을 위해, 그리고 조국의 독립을 위해 싸우는 것이야말로 자기의 타고난 운명, 그 깊은 한과 절망을 극복하는 길임을 확신하고 있었다.

소목(小木) 일에 탁월한 명장이 되어 자신을 향한 "자학"을 예술을 통해 "승화"시킨(제3부 4권 251쪽) 조준구의 아들 병수는 어느 날 소지감의 도솔암에 들려 길상이가 그린 관음보살의 탱화를 보게 되었다. 언젠가 병수는 소지감에게 "일을 하나 끝내고 나면 왜 그리 허기가 드는지요. 밥을 먹어도 허기는 가시질 않고, 알 수 없는 허기, 속이 텅 비어서 껍데기만 남은 것 같아서 말할 수 없이 쓸쓸해집니다"(제5부 1권 277쪽)라고 말한 적 있다. 길상의 탱화를 보기 직전 병수는 "큰일을 하나 끝내고 나면 설움이 왈칵 솟는다 하더이다. 왜 그럴까요?"라고 말하는 소지감의 물음에 "……인연이 끊어지니까…… 떠나야 하니까요"라고 말했다. "무슨 인연?"이냐는 소지감의 물음에 "물(物)과의 인연"이라며, "정성을 다할 때 그것은 하나의 인연이오"라고 말했다. 밥벌이나 하면 그만이지 무엇 때문에 그와 같은 인연을 맺느냐의 소지감의 물음에 병수는 "소망 때문이겠지요"라고 말했다. "무슨 소망?"이냐는 소지감의 물음에 "한이라고도 할 수 있"고, "자신에게 주어진 운명에 대한 물음이라고도 할 수 있"다라고 말한 뒤, 병수는 소지감에게 "사람들의 절실한 그 소망은 대체 무엇일까요? 근원에서 오는 절실한 그것 말입니다"하고 반문했다(제5부 5권 92쪽). 소지감은 그 물음에 아무런 말도 하지 않고 대신 병수에게 "그놈의 물과 인연을 맺으면서 소망을 이루었소?"하고 물었다. 병수는 "아니지요. 애당초 이루기 위해서라기보다……" 오히려 "소망을 위탁했다"며 껄껄 웃었다. 그는 "불구자가 아니었다면 나는 꽃을 찾아 날아다니는 나비같이 살았을 것입니다. 화려한 날개를 뽐내고 꿀의 단맛에 취했을 것이며…… 내 이 불구의 몸은 나를 겸손하게 했고 겉보다

속을 그리워하게 했지요. 모든 것과 더불어 살고 싶었습니다. 그러나 결국 나는 물과 더불어 살게 되었고 그리움, 슬픔, 기쁨까지 그 나뭇결에 위탁한 셈이지요"(제5부 5권 93쪽)라고 말했다.

병수는 법당의 관음탱화 앞으로 갔다. 한동안 말없이 바라본다. '훌륭하다!' "병수는 선 자리에 주저앉고 말았다"(제5부 5권 96쪽). 최서희의 모습이 "안개같이" 떠도는 것 같았지만, 그러나 그것은 "아름답고 유현한 관음보살" "머나먼 곳에서 비춰오는 빛과 같이, 구원과도 같이 아름다운 관음보살"이었다. "깊이 모를 슬픔이며 환희" 같은 것이었다(제5부 5권 96쪽). 그러나 관음상의 폐부 깊은 곳에 "길상의 외로움"이, "자신의 외로움과 동질적인 길상의 외로움"이 "가을밤처럼 숙연하게 묻어오는 것을 느낀다". "영혼과 영혼이 서로 닿아서 느껴지는 충일감 같은 것이기도 했다"(제5부 5권 96쪽). 병수는 "길상형, 고맙소"(제5부 5권 104쪽)라고 말했다. "사람의 가장 아름다운 영혼이 다가와서 병수의 손을 굳게 잡는 것 같았다. 그것은 길상의 손이었고 관음탱화는 길상의 영혼의 세계였다. 그리고 그의 소망의 세계였다"(제5부 5권 104쪽).

마침내 병수는 이루어지지도 않을 자신의 소망을 길상에게 위탁했음을 발견했다. 길상의 소망이 자신의 소망이었고, 자신의 소망이 길상의 소망이었다. 작품을 하나 끝내면 말할 수 없이 다가오는 '허기', 알 수 없는 허기, 자신의 영혼을 충분히 그리고 완벽하게 담지 못한 것에서 오는 허전함, 이 허기, 이 허전함을 길상은 그를 대신해서 탱화 속에서 채우고 있었던 것이다. 병수는 소지감에게 사람들의 절실한 소망, 근원에서 오는 절실한 소망이 무엇일까 하고 물었다. 그 절실한 소망은 인간의 운명일 수밖에 없는 **사무친 한**을 풀어내는 것이 아닌가. 그리고 한을 풀어내는, 아니 풀어헤쳐 내놓는 것은 바로 **슬픔**이 아닌가. "그 한과 슬픔은 의지처럼 결의처럼 크게 울려 퍼지는 징 소리의 꼬리를 물고 이어지는 꽹과리 소리"(제3부 1권 215쪽) 같은 것이 아닌가. 길상은 관음상의 폐부 깊은 곳에 한과 슬픔의 소리를 쏟아내고 있었고, 아들 환국이도, 병수도 이를 읽었다. 병수는 자기 혼자만이 아니라 인간 모두가 한의 응어리이고, 슬픔의 덩어리라는 것을 길상의 탱화를 통해서 읽었다.

그가 "수많은 사람에게 고통을 주고 해악을 끼쳤던"(제5부 2권 346쪽) 아버지 조준구를, 말년에 노구를 이끌고 자신을 찾아와 몸을 위탁하고 삼 년을 넘게 병상에 있으면서도 자신을 학대하다 비참하게 죽어갔던 아버지를 정성스럽게 모시면서 그런 아버지의 죽음에 정녕 슬피 흐느껴 울었던 것도, 인간에게 주어진 삶 자체가 '한'이고 '슬픔'이라는 것을 애써 받아들였기 때문이다. 그는 "이제는 저주스럽지가 않았다. 원망스럽지도 않았다. 불행했다는 생각도 없었다. 삶의 값어치를 그런대로 하고 살았다는 슬픔만 있었다." "법당에서 물러난 병수의 얼굴은 밝았고 희열에 차 있었다"(제5부 5권 104쪽). 가슴 깊이 뿌리박힌 채 요동치던 그 '한'은 '소목'이라는 예술적인 행위를 통해서, 그리고 자신의 소망을 위탁했던 길상의 탱화를 통해서 극복되었다.

성격과 정도에 있어서 차이도 있고 다르기도 하지만, 길상도, 무당의 딸이기 때문에 사랑하는 남자와 부부의 연을 맺을 수 없었지만 그 남자와 임이네에서 태어난 이홍에게 자기의 남아있는 삶 전부를 헌신했던 월선도, 그리고 한복도, 병수도 한을 아름다운 감정으로 승화시킨 자들이다. 최 참판가의 귀녀도 예외는 아니다. 그녀도 자신의 삶을 지배했던 원한을 아름다운 감정으로 승화시키고 생을 마감했다.

김두수의 아버지 김평산으로 하여금 최치수를 교살하게 한 최 참판가의 계집종 귀녀 또한 원한에 있어 김두수 못지않았다. 종으로서 최치수의 후사를 잇는 아들을 낳아 면천(免賤)을 얻고 안주인이 되어 재산을 차지하는 것만이 그녀의 한풀이가 아니었다. 오히려 그녀를 종으로 부려먹은 그 집의 연놈들을 종으로 부려먹는 것이야말로 귀녀가 품은 원한의 목적이었다. 삼신당 안에 모셔놓은 동자불 앞에 초를 세우고 뜨거운 소망을 기원하기 위해 "촛불을 받으며 무수히 머리를 조아리는 그녀의 옆모습은 처절하고 아름다웠다". "음란도 이 여자에게는 죄가 아니었다. 거짓도 이 여자에게는 죄가 아니었다. 살인도 이 여자에게는 죄가 아니었다. 오로지 소망을 들어달라는 다짐만이 간절했을 뿐이다"(제1부 2권 121쪽). 그러나 그녀의 소망은 실패로 끝난다. 하지만 형장(刑場)에서 죽음을 당하기 전에 감옥에서 낳은 핏덩이 아들 두메를 강 포수에게 맡기면서 일찍이 강 포수의 청혼을 받아들여 그의 아낙이 되어 자식을 낳고 포전(圃田)을 함께 쪼고 살지 못한 것을 깊이 후회하면서 한을 가슴 깊이 간직한 채 "여자는 세상을 원망하지 않고 죽었다"(제1부 3권 38쪽).

그러나 '한'을 아름다운 감정으로 승화시키지 못하고 '원한'이 되어 밖으로 쏟아내고, 이를 보복의 수단, 그것도 전적으로 악행의 수단으로 전락시키는 자들도 있었다. 전자와 대척점에 서 있는 전형적인 인물이 일본의 밀정노릇을 했던 김두수다. 간도로 온 뒤 일본 헌병의 밀정노릇을 하면서 그의 행실은 더 악랄하고 거칠어졌다. "천대와 구박…… 천대와 구박, 내가 받은 것은 그것밖에 없었다." 나라가 망했다고 우는 자들의 "눈구멍에 오줌을 깔기리"라고 말했다. 그는 자신의 나라 조선이 망하는 것을 학수고대했다(제2부 1권 124쪽). 어린 날에 받았던 천대와 구박에 대한 원한의 대상이 개인을 넘어서고 있었다. 그는 자기가 태어난 조국의 멸망을 원하며 숱한 독립투사들을 추적하는 "대일본제국의 주구…… 역적…… 대악당"(제2부 1권 124쪽), "가장 악랄한, 잔인무도한 인간"(제3부 1권 429쪽)이 되었다.

작가 박경리는 연해주에서 거주하는 독립지도자이자 민족주의자
인 권필응의 입을 빌려 "사람이 미치듯이 역사라는 것도 때론 미치니
까"(제2부 4권 73쪽)라고 말했다. '한'이 '원한'으로 밖을 향할 때, 원
한은 사람을 미치게 한다. 김두수가 그렇다. 그리고 역사를 미치게
한다. 김개주가 이끄는 동학의 반역이 그렇다. 조선 오백 년을 들어
엎으려 했던 동학의 "반역의 피는 모든 상민들의 피"였고(제2부 4권
61쪽), 그들의 피는 그들을 억압해온 압제자들에게 처절하게 복수하
려는 원한의 피였다. 이 원한의 피가 미친 듯 날뛰면, 그것은 또한 **역
사**를 미치게 한다. 동학농민운동은 이 원한의 피에 의해 역사가 미친
듯 춤추었던 비극적인 사건이었다. 『토지』는 그 결말이 광복의 환희
를 예고하는 것으로 끝나지만, 그것은 역설적으로 또 다른 역사의 비
극성을 예고하고 있다. 우리는 이 글의 후반부 **귀환의 비극성**에서 이를
다룰 것이다.

끝나지 않는 한, 그리고 사랑

작중 인물 공 노인은 등장하는 인물 하나하나 "인생이 모두 기차
다"라고 말했다. '기찬' 인생들은 세대를 넘어 등장한다. 그들의 후
예, 즉 한조의 아들 정석이, 이용의 아들 홍이, 길상과 한 또래인 친구
관수의 아들 영팔, 기화와 상현의 딸 양현, 길상과 서희의 둘째 아들
윤국 등 여러 2세들의 인생들도 그러하고, 일본에 유학한 '신여성' 명
희, 인실 등의 인생 또한 그러하다.

'신여성' 임명희는 부친이 한말(韓末)의 역관을 지낸 중인계급 출
신으로서 3·1만세 때 유탄을 맞아 사망했고, 오빠 임명빈은 일본유
학까지 한 지식인이자 독립운동의 주모자의 한 사람으로 일 년가량
옥살이를 했던, 뼈대 있는 집안의 막내딸이다. 빼어난 용모·지성 그

리고 품격을 두루 갖춘 그녀는 열일곱 살 때 처음 이상현을 본 뒤 그를 사모해왔고 서희로 인해 깊어진 그의 사랑의 상처를 알고선 더욱 그를 사모하게 된다. 그의 하숙집에 찾아가 사랑을 고백했지만, 자신을 누이 이상으로 대하지 않는 상현으로부터 매몰차게 냉대를 받고 나서, 곧바로 친일귀족 조병모 남작의 장남이자 그 집안 당주이기도 한 부와 명예를 두루 갖춘 조용하와 결혼한다.

조강지처에게 많은 위자료를 지불하고 명희를 아내로 취한 조용하는 "여자를, 아내까지 포함하여 일시적 혹은 반영구적 소유로 간주"(제4부 1권 168쪽)했다. "조씨 집안에서 인간 본연의 순결함을 가진"(제3부 2권 428쪽) 조용하의 동생 조찬하는 형과 달리, 진심으로 명희를 사랑했지만, 형의 방해로 결혼을 이루지 못했다. 그녀를 형에게 빼앗긴 조찬하는 친일귀족이기를 완강히 거부하나 독립투사는 되지 못하는 불행한 지식인으로 살아가고 있다. 명희는 동생 찬하와 자신의 관계를 의심하고 끝없이 질투하고 정신적인 학대를 가하는 조용하와의 결혼을 후회하면서 애정 없는 결혼생활을 청산하고 방황하다 자살을 감행한다.

자살에 실패한 임명희는 반전(反戰)공작운동에 참여했다가 1년 4개월 동안 목포 형무소에서 옥살이를 했던 친구 여옥의 도움으로 통영의 보통학교에서 교편생활을 하며 새로운 삶을 시작한다. 그러던 중에 상현으로부터 양현의 양육을 부탁하는 편지를 받고, 그의 딸을 동생처럼, 아니 자신의 분신처럼 돌본다. 조용하가 암으로 투병하다 자살하자, 그가 남긴 유산으로 서울에서 유치원을 운영하며 살아간다.

그녀는 오빠 임명빈이 건강을 되찾기 위해 도솔암에서 요양하고 있을 때, 그곳에서 길상이 조성한 관음탱화를 보았던 적이 있다. 명희는 그때 병수나 환국과 마찬가지로 현란하기 그지없는 관음상의 폐부 깊은 곳에서 길상의 외로움을 읽었고, "숙연한 슬픔"을, "원초적이며 본질적인" "깊고도 깊은 아픔"(제5부 3권 331쪽)을 읽었다. 명희는 길상의 관음상에서 받았던 "형용하기 어려운 감동"(제5부 3권 331쪽)을 확인하면서 삶 자체는 슬픔이고 아픔이라는 것을, 그리고 이것이 모두가 공유하는 인간의 운명이라는 것을 받아들인다. 그러나 그럼에도 불구하고 남의 아픔에 연민을 느끼며 그들을 위해 산다는 것 또한 아름다운 것임을 깨달았다. 그녀는 일제의 징집을 피해 지리산에 은거해있는 청년들을 비롯해 산(山) 사람들의 식량난을 해소하는데 도움을 주기 위해 도솔암에 가서 소시암에게 "엄청난 거금"(제5부 5권 349쪽) 5천 원을 희사한다.

계명회 사건으로 오빠 유인성과 함께 옥고를 치른 유인실은 명희의 여학교의 제자이자 동경 일본여대에 유학한 항일의식이 투철한 신여성이다. 계명회 사건에 연루되어 함께 감옥살이를 했던 일본인 오가다와 국경을 초월하는 사랑을 주고받는 깊은 사이가 되었지만, 갈등을 겪다 결국 통영에서 그에게 순결을 주고 그의 곁을 떠난다. "반일사상의 불덩이 같았던"(제4부 3권 297쪽) 사회주의 인실에게 불구대천의 원수, 일본의 남자에 대한 자신의 사랑은 "참으로 엄청난 이율배반"(제4부 3권 297쪽)이었다.

인실을 따라 조선에 와서 중학교 교사를 하다 계명회 사건에 일본인으로 유일하게 연루되어 그녀와 옥고를 함께 치른 오가다는 관동대지진 때도 많은 조선인 학생들을 보호했다. 그는 국가나 민족을 인정하지 않고, "인간만을 인정"하며(제4부 1권 175쪽), "인간의 총체"인 "인류"(제4부 2권 89쪽)가 하나의 세계를 이루는 것을 바라는 "코스모폴리탄"이자 "이상주의자"(제4부 1권 175쪽)이다. 따라서 그는 조국 일본이 조선에 행하는 악행과 침략행위를 용납할 수 없었고, 군국주의를 증오하는 철두철미한 반전(反戰)사상가가 되었다.

임신한 인실은 동경에서 조찬하의 도움으로 남몰래 아들 쇼지를 낳은 뒤, 그에게 아이의 양육을 부탁하고 만주로 떠나 독립운동조직에 가담한다. 오가다와 자신의 핏줄을 버리고 고통 속에 몸부림치면서 두만강을 건넜을 때, 인실은 "새로이 태어나려고 몸부림쳤다". 그때 그녀를 "일으켜 세워준 것"은 용정, 해란강 강가에서 중학교에 갓 들어간 어린 소년들이 "목이 터져라 부르던 선구자의 노래였다". 그녀가 선구자의 길을 걷겠다고 다짐했던 것은 그때의 그 노래 때문이었다. 12년 후에 인실은 만주에서 오가다와 재회하여 쇼지의 출생 사실을 알리며 독립이 되면 다시 만날 것을 약속하고 다시 그 곁을 떠나간다. "인실의 뜨거운 눈물"과 오가다의 "비원을 받아 태어난 아이"(제5부 2권 228쪽) 쇼지는 조찬하와 그의 아내 일본인 노리코의 아들이 되어 부모도 모르는 채 곧게 자란다.

'신여성' 명희, 여옥, 인실 등과 달리, 부정적인 인물로 등장하는 신여성도 적지 않다. 불륜을 저지르는 등 "부도덕한 행위를 감행하고, 그러고도 양심의 가책이나 고뇌가 없"는 "추한" 예술가로 등장하는(제3부 4권 388쪽) 성악가 홍성숙, 일본 밀정 노릇을 하는 무용가 배설자 등이 그렇다. 일본에 유학하고 있는 식민지 조선의 남녀 지식인들의 대부분도 그렇다.

강제노동을 하기 위해 일본으로 끌려온 수많은 조선의 백성이 "무서운 채찍 아래 이승과 저승을 헤맬 때, …… 오지의 탄광촌 바라크에서…… 일본의 힘을 채찍에서 느끼고 목검(木劍)에서" 느끼면서(제4부 3권 304쪽) 아무런 희망과 소망도 없이 시체처럼 살아가고 있을 때, "고관대작을 지냈던 자, 지주들, 친일파 그들 자손들"(제5부 2권 290쪽)인 동경 유학생들은 "일본의 가치관"에 현혹되어 "역사를 난도질하고 민족정신을 파괴"하고 있었다(제4부 3권 305쪽).

작중 인물 길상의 친구인 송관수는 그들 지식인, 그리고 진보적이라고 일컬어지는 식자들을 믿지 않았다. "형평사운동으로 알게 된 그 진보주의자들 역시 이론의 수식가(修飾家)가 태반이었으며…… 결국 그들이 지니고 온 지식의 정체는 내 것을 부수고 흔적을 없게 하려는 것, 소위 개조론이며 조선의 계몽주의였다"(제5권 2부 290~291쪽).

그런 지식인들이 "쉽사리 댄디즘의 무풍지대로 도망치고 학문은 어디산 홍차, 어디산 양복지의 값어치로 전락"(제4부 3권 305쪽)하고 있었을 때, 아니 "일본의 치졸한 문화를 묻혀 와서 이 강산에 뿌릴 때"(제5부 2권 290쪽), "이 모 최 모, 그들 추종자들이 계몽주의 가치를 높이 쳐들고 눈가림의 두루마기를 점잖게 입고 우국지사로 거룩할 때"(제5부 2권 291쪽), "북만주 설원에서는 모포 한 장에 의지하고" "독립군"은 전투에 지쳐 잠들고 있었고(제5부 2권 291쪽), 땅을 빼앗기고 존엄성을 빼앗기고 뿌리가 뽑힌 이 땅의 상민들 그리고 그들의 후예들은 "산간벽촌에서…… 외롭게 싸웠으며"(제5부 2권 290쪽), 자신들을 짓밟고 억압하는 왜놈들에게 관념의 나팔이 아닌 복수의 칼을 들고 온몸으로 그들에게 저항했다.

김환을 밀고하여 죽게 했던 지삼만의 피맺힌 주장은 어떤 의미에서 옳다. 3·1만세 운동 때, 방방곡곡에서 노도처럼 일어나 일제에 맞섰던 이들은 동학의 깃발 아래 모였던 불쌍한 백성들이었다. 왜놈의 총칼에 피를 흘리며 죽은 이들은 핍박받던 그 백성들이며 "소위 독립운동가"라는 지식인들은 흉내만 내고, "왜놈 총칼이 안 닿는 안전한 곳에 있는 사람들"이었다(제3부 1권 315쪽). 민족과 조국의 자존을 위해 "삼십 년 가까이나 헐벗고 굶주려가면서" "박쥐맨치로 맨발에 밤이슬 맞고 동분서주" "험난한 준령"을 넘으며 "쓰러진" 동학의 백성들은 너무나 많지만, 그들에게는 "무덤이 없었"으며, "우금치 싸움의 그 피바다 속에" 지식인은 거의 없었다. 3·1운동 때 "만세는 장꾼들이 불렀건만 애국자 감투는 유식한 놈들이 차지"했다(제3부 1권

316쪽).

그러나 상민의 후예는 부모의 피를 이어받은 듯 패배의식에 젖어 있는 피폐한 지식인과 달랐다. 피맺힌 한, 그리고 사랑의 아픔과 슬픔 등은 부모의 그것을 닮고 있지만, 그들은 조국의 독립과 민족의 자존을 위해 싸우고 고뇌하는 부모의 길을 닮아가고 있었다. 이들, 정석·홍이·영팔·양현·윤국 등 2세대에게도 사랑의 아픔과 슬픔, 그리고 이에 따르는 깊은 한은 어김없이 들이닥친다.

기생 기화를 사모했던 정석에게 그녀는 "지친 길손이 쉬어가는 나무그늘이었다"(제3부 1권 216쪽). 조준구에게 폭도로 몰려 아버지 정한조가 왜병에게 총살을 당하고 조준구에게 마을에서 쫓겨나 식구가 진주로 흘러들어갔을 때, 석이네가 생명을 연명할 수 있었던 것은 진주 갑부 전 참봉의 소실이 된 기화의 도움이 컸기 때문이었다. 이후 석이가 서울에서 야간학교를 마치고 선생이 되었던 것도 서울에 올라온 기화의 주선 덕분이었다. 관수를 따라 동학운동에 참여하고 3·1운동에 연루되어 오랫동안 구금생활도 했던 그는 조국독립이라는 험한 "길을 가리라 결의를" 했지만, 그의 "그 모든 사나이다운 의지 뒤에서 흐느끼고 있는 것"은 "한"이었다. "아비에 대한 한, 또 자기 자신에 대한 한…… 아니 자기 자신에 대한 슬픔"이었다(제3부 1권 215쪽). 자기 자신에 대한 슬픔, 그것은 그에게 "지친 길손이 쉬어가는 나무그늘이었던" 봉순, 아니 기생 기화와 이루어질 수 없었던 사랑 때문이었다. 그녀를 향한 사모 때문에 스물일곱이 되도록 독신을 지켰지만, 기화가 섬진강에 몸을 던져 자살한 뒤, 그 한으로부터 오는 슬픔을 안은 채 독립운동을 하는 양필구의 이복동생 양을례와 결혼을 하며, 그로부터 아들과 딸이 태어난다. 그러나 을례는 남편의 기화를 향한 연모를 참을 수 없어 아들 성환과 딸 남희를 버리고 집을 나가면서 친일 형사 나형사에게 남편이 일제에 저항하는 비밀조직에 관련되어 있음을 폭로한다. 정석은 결국 조직의 붕괴를 막기 위해 만주로 도피한다.

정석이 이곳 만주에 있는 조직에 합류하여 독립투쟁에 몸 바치고 있는 지가 10여 년이 되어가고 있다. 두메는 일본의 패망은 시간문제라며 매우 고무되어 있지만, 정석은 광복의 날을 맞아 고향에 돌아갈 수 있다는 희망에도 전혀 설레이지 않았다. 아내 양을례의 이복오빠, 즉 그의 처남이자 동지인 양필구가 도망치다 이곳 만주에서 왜놈 헌병의 총탄에 쓰러지고, 군자금 강탈사건에 함께 가담했던 송관수는 이곳 만주에서 병사하나. "일제가 망하는 것을, 일각여삼추로 기다렸던 석이였다…… 조선 독립의 꿈이 확실하게 윤곽이 잡히게끔 되었는데 석이 마음속에는 일각여삼추의 기다림이 사라지고 없었다. 설렘이나 희망보다 이 비애는 어디서 오는 것일까?"(제5부 5권 26쪽) 기화, 아니 봉순이가 없는 조국은 그에게 너무 허망했다.

서희의 귀향길에 동행한 이용의 아들 홍이가 용정 상의학교 동료인 두메·정호와 이별하고 귀국 뒤 진주에 머무는 동안 사춘기에 접어든 그는 술·담배에 탐닉하는 등 날로 거칠어져가고 있다. 그가 다니는 중등학교 과정인 협성학교에는 용정에서 깊이 사귀어온 두메, 정호 같은 각별한 친구들이 없었다. 용정은 홍이에게 "지순한 정신의 고향, 소중한 것을 묻어두고 온 곳이다"(제3부 1권 282쪽). 그곳에서 그는 기개 높고 학덕이 심오했던 선비들, 절개를 굽히지 않고 죽음을 택했던 숱한 의병들의 혼이, 그리고 정착민들뿐 아니라, "예의범절을 모르는 왜인들을 짐승 보듯 했으며, 적개심을 지나 차라리 모멸"을 보내며 추호도 비굴하지 않고 "정복자에게 오히려 우월감"을 과시하는 유랑 동포의 "뿌리 깊은 자긍심"이 살아 숨쉬는 것을 보았다(제3부 1권 282~283쪽). 홍이는 "그 정신적 토양에서 미래를 향해 새로운 싹이 돋아나는 곳, 자긍심이 팽배하고 항일정신이 투철했던 용정촌", 그리고 그곳에서 만난 박정호의 "도도한 기상", 강두메의 "천재", 송장환 선생의 "성실", 김사달 선생의 "박식", 그리고 이상현 선생, "그 밖에도 그립고 존경하던 사람들"을 잊을 수 없었다(제3부 1권 283쪽).

"그러나 어느 것보다 홍의 마음의 고향은 월선이다…… 영원한 어머니 공월선(孔月仙)"(제3부 1권 283~284쪽)이었다. 그는 자신을 친자식처럼 너무나 헌신적으로 키우며 사랑했던 죽은 월선처럼 하얀 피부와 노르스름한 머리칼을 가진 염장이를 사랑한다. 장이 또한 그를 사랑하지만, 가난한 오빠의 결혼비용을 마련하기 위해 일본으로 시집간다. 그 후 홍이는 김 훈장의 손녀딸 허보연과 결혼한다. 평사리 최 참판가에 거주하는 아버지 이용이 죽자 스물아홉 나이의 홍이는 아내 보연, 딸 상의, 아들 상근을 데리고 간도로 다시 건너간다. 홍이는 자신의 만주행을 도망이라고 생각하지 않았다. "어떤 면에선 고향으로 돌아간다는 의미를 지니고 있었다"(제4부 1권 92쪽).

간도에서 공 노인의 유산으로 목재상을 하여 성공을 거둔 뒤, 홍이는 진주에서 화물차를 몰 때 조수였던 마천일과 자동차 수리 공장을 차린다. 이 일을 하면서 독립운동의 자금을 대고 있을 때, 일본의 밀정 김두수가 나타나 일본 군부의 폐차를 불하받게 해주겠다며 동업을 제안하지만, 홍이는 그의 제안을 거부한다. 그러나 그는 두수가 어떤 해악을 끼칠까 몰라 동업은 하지 않는 대신 폐차 불하에서 얻은 이익만 서로 나누어 갖는 것으로 그와 합의하지만, 더 이상 위험을 안고 갈 수 없어 사업을 정리하고, 또 아내와 자식들을 통영에 데려다 놓고, 다시 만주로 건너와 하얼빈에서 영화만 상영하는 작은 규모의 초라한 영화관을 차린다. 독립투사 정석, 두메, 송장환, 이상현 등과 교류하면서 "세계에서 아마도 가장 야만적이며 더러운 군대", "관동군 제국의 만주"(제5부 5권 51쪽)에서 "비애에 젖은 눈"(제5부 5권 57쪽)

을 지닌 채 쓸쓸하게 살아가고 있다.

학도병으로 자원하여 전쟁터에 나간, 길상과 서희의 둘째 아들 윤
국은 언제 고향에 돌아갈지 모른다. 윤국은 참을성이 강하고 천성이
부드러워 "작은 공자니 성자(聖者) 같다느니"(제3부 3권 285쪽) 하는
형 환국과는 여러 면에서 다르다. 큰아들 환국은 동경 미술학교에서
공부하고 귀국 후 서울에서 사립중학교 미술교사로 있으면서 장래를
촉망받는 화가로서 발돋움하고 있을 뿐 아니라, 근화방직회사 황태
수 사장의 막내딸 덕희와 결혼하여 성실한 가장으로 집안을 지키면
서 살아가고 있다. 하지만 환국은 그에게 "절대적인 존재"(제3부 4권
182쪽)인 아버지 길상의 아들답게 조국의 현실에 통분하면서 살아가
고 있다.

환국은 평사리 집의 집사 연학에게 역사의 "힘이 약자를 누르고 소
외하는 방향이라면 무슨 희망이 있겠습니까…… 정말 역사가 그렇게
만 되풀이되는 거라면 무슨 희망이 있겠습니까"(제4부 1권 144쪽)라
고 말하면서 울분을 토로한 적이 있다. "본래의 최환국과는 전혀 다
른 또 하나의 최환국이 노도와 같이 미쳐 날뛰고 있는 것이다"(제5부
5권 234쪽). "환국의 마음속에서 아버지는 절대적인 존재다. 독립투
사로서의 아버지가 아닌 아버지, 아버지라는 존재 그 자체가 환국에
게는 절대적인 것이다"(제3부 4권 182쪽). 그 아버지로 하여금 감옥
살이를 하게 하는 적을 용서할 수 없는 것이다. 옥고를 치르고 있는
아버지를 떠올리며 "아버지! 힘내십시오. 이 민족은 결코 죽지 않을
것입니다. 우리는 다 만날 것입니다"(제5부 5권 235쪽)라고 말하며
울부짖었다.

그러나 윤국은 언제나 제자리로 돌아오는 형 환국과는 다르다. '불
가능'이라는 글자를 사전에서 빼버리라고 말했던 나폴레옹을 경멸하
면서 "저 높은 하늘과 광활한 대지"에 서서 "불가능을 향해" 날아가

려는(제4부 1권 250쪽) 정열적이고 활동적인 "한 마리의 매"(제3부 4권 429쪽)다. 진주고보 재학 중 광주학생사건의 연장인 동맹휴학사건으로 연행, 무기정학 처분을 받으면서 차츰 민족의식에 강하게 눈을 뜬다. 일본으로 유학하여 Y대학에서 경제학을 전공하면서 사회주의 성향의 비밀결사에 깊이 관여한다. 아버지 길상이 공산주의자라고 생각하지는 않았지만, 윤국이 "사회주의 노선으로 간 것은 아버지에 대한 애정에서 비롯되었고 아버지의 신념에 대한 존경심 때문이다"(제5부 3권 228~229쪽). 윤국에게는 친구가 많았으나 친구들보다 늘 생각이 앞서가는 터라 그들로부터 얻어낼 것이 없었다. 형 환국을 제외하면 깊은 얘기를 나눌 수 있는 이는 김범석뿐이었다. 보통학교만 졸업했지만 독학으로 높은 수준의 학식을 갖추고 있는 그는 김 훈장의 양아들 김한경의 아들이다. 범석은 농민인 만큼 그에게 있어 절대적인 관심은 농촌에 있었다. 아는 것이 많은 그로부터 윤국은 "농민들이 일차로 대결할 상대는 지주"(제4부 2권 260쪽)라는 것을 배웠다.

윤국은 서희의 양녀가 되어 남매로서 자신의 애틋한 애정과 보살핌을 담뿍 받고 성장한 양현을 사랑하기 전에 진주고보 시절 사당패의 딸, 평사리 주막집 영산댁의 양녀 숙이를 좋아했다. 윤국이가 그 주막집 처자를 빨래터에서 자주 만난다는 것을 알게 된 서희가 그에게 쓸데없는 일로 허물을 남기지 말고 자중할 것을 당부하자, 그는 사람이 사람을 자연스럽게 만나는 것을 피할 까닭이 어디에 있느냐고 말하면서(제4부 2권 277쪽) "태곳적부터 비천하고 가난한 사람이 따로 있을까요? 사람들이 그것을 만들어놓고서 명분을 찾고 너무 뻔뻔스런 일 아니겠습니까?"라고 말한 다음 더 나아가서 "하지만, 하지만 말입니다. 꼭 한 가지 말씀드리고 싶습니다. 아버님을 어머님 계급으로 끌어올리려는 생각을 마십시오. 어머님이 내려오셔야지요. 저는 때때로 슬프지만 아버님의 출신을 부끄럽게 생각한 적은 없었습니다. 나으리마님, 사랑양반, 그것은 아버님에 대한 모욕입니다! 조롱입니다!"(제4부 2권 278~280쪽)라고 말하며 울분을 쏟아낸다.

자기도 모르게 튀어나온 말에 윤국의 낯빛이 먼저 달라지더니 "서희의 낯빛도 차츰 파랗게 질리어갔다. 숙이에 대한 윤국의 감정은 그 뿌리가 바로 부친에게 있었다는 것을 모자는 동시에 비로소 깨닫는다"(제4부 2권 280쪽). 윤국은 "어느 양가의 규수 대하듯 추호의 계급의식도 없이 숙이를 존중했던 사람이다"(제5부 2권 276쪽). 그는 타고난 사회주의자다. 숙이가 김한복의 장남 영호와 결혼한 뒤 그녀를 우물가에서 만났을 때, "윤국의 눈에는 배신을 느끼는 엷은 동요가 있었다"(제5부 2권 276쪽).

서희의 양녀가 된 이양현은 "이 집의 한 떨기 꽃과 같은 존재였다". 그녀는 서희를 어머님이라고 불렀고 윤국이와 환국이를 오빠라고 불렀다. 환국이는 양현이를 미소로 대하며 애정을 보이는 정도였지만, 양국은 그녀와 함께 뒹굴며 그녀를 "무척 사랑했다"(제3부 4권 415쪽). 서희의 이루 말할 수 없는 애틋한 사랑과 보살핌 속에서 자라난 양현은 여전(女專)을 졸업하고 의사가 되지만, 자신의 성장의 비밀을 알고 정신적인 방황을 겪는다. 어머니 기생 기화가 투신하여 숨진 섬진강은 언제나 그녀의 마음에 떠나지 않았다. 양현은 환국을 찾아온 백정의 사위 송관수의 아들, 자신과 공통적인 신분의 아픔을 지니고 있는 영광과의 운명적인 만남을 통해 그를 사랑한다.

서희는 오래전부터 윤국과 양현의 결혼을 원했다. 이상현의 아이로 입적시켜 윤국과 결혼시키려 할 만큼 서희는 양현을 자기 자식 이상으로 사랑했으며, 언제까지나 자기 곁에 두고 싶어 했다. 하지만 양현에게 서희는 언제나 어머니였고, 윤국은 가장 좋아하는 오빠였다. 윤국이가 자신에게 구애했을 때, 양현은 그렇게 할 수 없다고 말했다.

"오빠잖아요", "우리 남매가 아닌가요?……오빠" 하고 울부짖는다 (제5부 3권 220쪽). 양현은 자신에게는 사랑하는 사람이 있다며, "영광"이라고 말한다. 윤국은 "하늘이 깨어지는 한이 있어도 그놈만은 안 된다"라고 소리쳤다(제5부 3권 223쪽). 양현은 백정의 자식이라는 신분 때문에 영광을 멸시하느냐고 대들었다. 윤국은 그자는 "한 여자를 망쳐놓은 전과자…… 도덕심이 마비된 파렴치한이다"(제5부 3권 224쪽)라고 소리쳤다.

"윤국의 처지에서는 송영광은 충분히 비난받을 만했다. 자유주의자, 이기주의, 방관자, 부패분자, 세속적으로도 영광은 결함이 많은 인물이었다. 그러나 이데올로기를 떠나서 순수한 인간적 입장에서 본다면 아무리 헐뜯어도 영광은 경멸당할 그런 인물은 아니었다"(제5부 3권 229쪽). 영광이 부산 P고보를 다니던 시절 "갈래머리 소녀"(제5부 1권 88쪽)인 여학생 강혜숙을 만나 서로 좋아하게 되었다. 하지만 그들이 주고받은 편지가 혜숙의 부모들에게 들키어 그 부모들이 딸의 상대 남자의 신분이 백정의 자식이라는 것이 드러나자, 그를 학교에서 쫓겨나게 했다. "영광의 미래는 그것으로 끝나고 말았다"(제5부 1권 89쪽).

영광은 일본으로 건너가 노동자로 생활을 하다 일본 노가다 패거리한테 두들겨 맞아 불구자가 된다. 일본으로 찾아온 혜숙과 동거했지만, "영광의 상처는 아물지 않았다." "영광에게 혜숙은 타인이었다"(제5부 1권 89쪽). 공부를 다시 시작하라는 친구 환국의 간곡한 부탁도, 학비를 내겠다는 최 참판가의 제의도 다 마다하고, 혜숙이가 자기 곁을 먼저 떠난 뒤 반도악극단의 색소폰 주자 겸 유행가 작곡가가 되어 전국을 떠돈다.

양현을 떠나보내고 난 뒤, 윤국은 숙이와 만났던 강 건너 찻집에서 술잔을 들이키면서 윤국은 영광에 대한 자신의 편견이 심한 것이 아닌가 생각한다. 사춘기 학생 때 남녀 간의 편지 왕래가 학교에서 쫓겨나갈 만한 사유가 될 수 없으며, 편지를 먼저 보낸 것도, 그리고 그에게 혼신으로 다가왔던 것도 강혜숙 쪽이었고, 일본으로 영광을 찾아온 것도 강혜숙이었다. 윤국은 "영광도 분명 피해자"라고 생각했다. 그 후 윤국은 만주로 가기 위해 학병으로 자원입대한다. 그가 학병으로 자원입대하겠다는 의사를 끝끝내 굽히지 않았던 것은 서희, 환국에게도 "전혀 예상하지 못했던 일이었던 것이다"(제5부 4권 173쪽).

영광은 길상과 한 또래의 친구 송관수의 아들이다. 관수는 등짐장수이자 동학당이었던 아버지가 죽은 뒤 품팔이로 겨우 삶을 이어가는 어머니에 의해 성장한다. "찢어지게 가난한 속에서 과부와 어린것이, 더욱이 동학군의 아낙과 자식이 받아야만 했던 핍박과 수모를 그는 잊지 못한다." 찢어지는 가난 가운데 아들을 키우던 어머니의 모습을 통해 관수는 세상이 불공평해서는 아니 되겠다는 것을 깨닫는다. 동학교와 동학란은 공평하지 못한 세상에 대한 인식과 그 불만에서 일어난 것이라고 믿었으며, 그가 최준구를 제거하기 위해 윤보를 따라 최 참판가를 습격하고 산에 들어간 것도 "농민봉기 그런 것과는 달리, 순전한 반항의식에서였다"(제4부 2권 132쪽). 산으로 들어간 뒤 일본군에게 의병으로 몰리어 쫓겨 다녔을 때, 그의 은신처는 진주의 백정네 집이었다. 이것이 인연이 되어 백정의 딸 영선네를 아내로 맞이하고 백정의 사위, 즉 백정의 가족이 되었다. 이후 송관수는 동학 잔당의 중심인물이 되어 곳곳에서 의병활동을 벌이며 형평사운동과 부산 부두노동자 파업에도 관여한다. 형평사운동으로 인해 젊고 진보적인 세대와 접촉하면서 사회주의 사상에 눈을 뜬다. 그리고 진주의 친일 부자 이도영, 김두만의 집을 습격, 군자금을 강탈한 뒤 만주로 도피한다.

"남의 앞에 나오는 것조차 두려워하며 살아온 영광의 모친, 그 여자에 대한 연민 때문에 지난날 송관수는 진주에서 형평사운동에 가담했"(제5부 1권 34쪽)다. 천시와 학대의 대상인 역인(驛人), 광대, 갖바치, 노비, 무당, 백정 등 "뿌리 깊은 천인들의 애사(哀史)"(제3부 1권 191쪽)는 변함이 없었다. "양반이 상민을 대하는 것 이상으로 상민들은 그들 천민 위에 군림했던 것이다. 그 가운데서도 백정이라면 거의 공포에 가까운 혐오로 대하였으며 학대도 가장 격렬했었다." 백정은 문둥이나 송충이처럼 지독한 혐오의 대상이었으므로, 그들이 그들의 신분으로서 지켜야할 분수를 어겼을 때는 "가차 없는 사형(私刑)이 가해지는 것은 불문율이었다". 백정의 사위에게도 이는 마찬가지였다(제3부 1권 191쪽). 관수는 임금이다 양반이다 상놈이다 천민이다 하고 만든 것은 사람이므로 이를 부숴버리는 것도 사람이라며 백정도 양반과 똑같이 사람으로 대접받는 사회를 지향하기 위해 형평사운동에 가담했다.

일반 사람들의 백정에 대한 감정은 상상을 넘어선 것이었다. 하나님 앞에서 만인이 다 같다는 교회에서도 백정은 예배에 참석하는 것이 허용되지 않았다. 관수의 장인이 이에 해당했다. 교회에 갔던 그의 장인은 "피눈물을 뿌리고 물러났다"(제3부 1권 204쪽). 그의 장인이 동학을 믿게 된 것은 그것이 백정들도 다른 인간들과 마찬가지로 똑같이 하나님과 같은 귀한 존재로 받아들일 만큼 그들을 진정한 인간으로 간주했기 때문이다. 관수는 백정의 사위가 된 것을 후회한 적은 없었지만, 자기 아내, 자기 자식들이 모멸의 대상이 되는 것을 참을 수 없었다. 악극단의 색소폰 주자로 전락한 아들 영광을 보면서 신분에 대한 혐오감과 자기비하에 빠질 때가 한두 번 아니었다. 영광이 공연차 만주 신경에 왔을 때 아버지 관수는 이곳에 있었다. 아버지가 딴따라로 전락한 자신을 용서하지 않고 있다고 판단한 영광은 아버지를 만나지 않고 그냥 떠나버리고 말았다.

영광이 두 번째 신경에 왔을 때, 그는 홍이를 만나 자신의 심정을 토로한 바 있다. "보지도 못한 하나님을 만들어내고 귀신을 만들어내고 왜들 그러지요? 사람답게 못 사는 한풀이 아닙니까? 왜 사람들은 남들에게 이런저런 옷을 입히기를 좋아하는 거지요" 그는 철저한 허무주의자였다. 그에게는 영웅호걸, 위대한 애국자, 의인, 심지어 독립운동을 하는 투사들마저도 "사람들이 치장을 해서 내놓은" "온통 빈 껍데기"에 불과했다(제5부 1권 66쪽, 67쪽). "구원이니, 해방, 자유"도, "교활하고 어리석은 영웅과 교활하고 어리석은 대중이 눈 가리고 아웅하는 관계 속에서 적당하게 만들어낸 것"(제5부 1권 68쪽)에 불과했다. 그리고 "김길상! 송관수!" 같은 "소위 독립투사"가 투쟁에 뛰어든 것은 "자신을 구제하기 위하여, 동족을 위하여, 어느 쪽이지요?"라고 말하면서 "한풀이하기 위해서…… 아닙니까? 자기 신분에 대한 한풀이 말입니다"(제5부 1권 68쪽)라고 말했다. "한풀이하면 안 되느냔 말이다" 하는 홍이의 반문에 영광은 한풀이가 된다 아니 된다는 문제가 아니라 세상이 변할 가능성이 전혀 없는데 어찌 한풀이가 가능하겠느냐고 말했다. "누군가를 누르고 짓밟지 않고는 못 견디는 인간의 본성"(제5부 1권 69쪽)이 변할 가능성이 없는데, 세상이 어찌 변하겠으며 한풀이가 어찌 가능하겠느냐고 영광은 울분을 토해 낸다.

영광이 두 번째 신경에 왔을 때 아버지 관수는 신경에 있지 않고 목단강 방면에 가 있었다. 홍이는 그에게 아버지가 이곳에 없기 때문에 대신 어머니 동생을 만나보고 가야 하는 것이 당연하지 않느냐고 말했다. 영광은 자신이 이곳에 왔다는 것을 어머니께 비밀로 해주기를 부탁했다. 그 이유를 묻는 홍이에게 그는 "어머니가 두렵습니다"(제5부 1권 72쪽). 그녀를 "배신"했기 때문이라고 말했다. 홍이는 그가 아버지를 만나지 않으려 했던 것도 그가 어머니 영선네를 가장 강하게 의식하기 때문임을 미처 깨닫지 못했다. 영광이 학교에서 쫓겨난 뒤, 자포자기, 절망, 실의에 빠진 채 허무주의자가 되어 "상처 입은 맹수같이 동경 바닥을 헤매"(제5부 1권 88쪽)며 살아갈 수밖에 없었던 것은 자기에게 숙명적으로 지워진 '백정'의 자식이라는 철벽을 결코 뛰어넘을 수 없다는 것을 뼈저리게 인식했기 때문이었다. "자랑스러웠던 그의 청춘은 산산조각났다. 크나큰 충격은 자신을 낳아준 부모에 대한 증오심으로 변해갔던 것이다"(제4부 2권 155쪽). 그가 홍이에게 어머니를 배신했다고 말한 것은 백정의 딸, 어머니의 **핏줄**을 거부하고 있었다는 것을 뜻한다. 핏줄을 거부한다는 것, 그 가운데서도 자신이 태어난 "모태를 부정한다는 것은 자기 자신의 근본을 부정하는 것이다." 따라서 "부정의 그 깊이만큼 넓이만큼, 농도(濃度)만큼 배신했다는 회한도 깊어지고 넓어지며 짙어지게 마련이다"(제5부 1권 73쪽).

길림에서 공연하던 중 영광은 아버지가 목단강 방면에서 호열자로 죽었다는 통보를 받는다. 독립투사 아버지의 유해를 신경에서 찾아와 어머니 영선네와 함께 귀국하여 지리산 도솔암에서 제를 지내고 배를 타고 섬진강에 유해를 뿌렸다. 유골을 뿌리면서 "영광은 아이처럼 흐느끼며 아버지를 불렀다. 그 일이 다 끝났을 때…… 영광은 뱃바닥을 치며 통곡했다"(제5부 1권 193쪽). 섬진강가 바위에 앉아 강물에 뛰어들어 죽고 싶어 하는 유혹에 가슴 떨리고 있었을 때, 느닷없이 한 여자가 나타났다. 여자는 영광이 앉은 언덕 밑 바로 옆 강으로 내려오는 좁은 길에 서서 "흰빛 보랏빛의 과꽃을 예쁘게 묶은 꽃다발을…… 들고 있었다." 무슨 말을 속삭이듯 하고는 "강물을 향해 꽃다발을 획! 던지고 다시 누군가를 애절하게 부르는 것 같은 음성이 들렸다"(제5부 1권 200쪽). 그녀가 돌아서서 고개를 숙이고 몇 발짝 걷다가 얼굴을 드는 순간 영광의 눈과 여자의 눈이 정면으로 부딪쳤다. 그 여자는 섬진강에 몸을 던져 죽은 기생 기화, 아니 봉순의 딸 양현이었다. 영광은 서울서 평사리 집에 내려온 환국이를 만나러 갔다가 섬진강에서 얼핏 마주 보았던 그녀를 다시 보고 첫눈에 서로 사랑에 빠진다.

영광은 윤국이와 양현의 결혼문제가 허사로 끝난 것을 환국을 통해 들었다. 그리고 환국을 통해 자신은 양현과 절대로 결혼해서는 아니 된다는 것 또한 들었다. 그때 영광은 그에게 "신분 때문인가" "학벌 때문에? 딴따라 천한 직업이라서? 아니면 과거 여사 때문에 그러는 건가?" 하고 물었다. 환국은 "그 모든 것"이라며, "양현이는 우리에게 특별한 존재" "그 아이의 어두운 미래를 나는 결코 용납하지 않겠다"라고 말했다(제5부 4권 12쪽). "나는 그 꽃을…… 나는 더러운 벌레란 말이지?"(제5부 4권 13쪽)라고 말하면서 영광은 껄껄껄 소리 내어 크게 웃었다. 영광은 오랫동안 환희와 절망을 오고갔다. "윤국이와 양현의 결혼이 이루어지지 않았다는 것에 대한 사랑의 승리감과 환희 뒤에, 반드시 어김없이 그 감정을 쫓아오는 것은 절망이었다"(제5부 4권 13~14쪽). 그는 "한마디 말도 없이, 이별의 말도 없이"(제5부 5권 196쪽) 양현의 곁을 떠난다. 하얼빈에서 양현의 아버지 이상현을 보았을 때, 영광은 그의 외로움 속에서 "양현의 흔적을 찾을 수 있었다"(제5부 5권 61쪽). 영광은 홍이의 소개로 조선족 중국인이 경영하는 카바레 흑룡(黑龍)에서 악사로서 생활하게 된다.

양현은 자신과 윤국의 결혼을 원하던 서희를 피해 평사리 집과 연락을 끊고 일 년 이상 인천 개인 병원에서 머물다 영광이 자기 곁을 떠난 뒤 자신을 데리러 찾아온 서희와 함께 평사리 집으로 돌아간다. 돌아가기 전 인천 바닷가를 찾았던 양현은 그곳에서 "영광이 다시 돌아오지 않을 것을 깨달았다"(제5부 5권 196쪽). 그는 언제나 떠나는,

떠나지 않고는 자유로울 수 없는 **허무의 바람**이기 때문이다. "양현은 영광이가 감아주었던 목도리를 바다에 던졌다." 다시 돌아오지 않을 거야"(제5부 5권 197쪽)라고 말하면서 자기에게 조용히 울부짖고 있었다.

귀환의 비극성

작품 『토지』는 양현이 평사리 집과 담을 쌓고 일 년 이상 인천 개인병원에서 의사로 일하다가 자신을 데리러 찾아온 서희와 함께 평사리 집으로 돌아온 뒤, 일본 천황의 항복 선언을 전하는 양현의 말을 듣고 서희가 "자신을 휘감은 쇠사슬이 요란한 소리를 내며 땅에 떨어지는 것을 느"끼면서 양현과 함께 부둥켜안는 것으로, 그리고 평사리 집을 도맡아 관리했던 이전의 집사 연학이가 독립만세를 부르며 춤을 추면서 발길을 최 참판가로 향하는 것으로 끝맺는다(제5부 5권 395쪽).

평사리 최 참판가와 인연을 맺었던 많은 사람들이 세상을 떠났다. 최 참판가의 당주이자 서희의 아버지 최치수, 그를 살해한 김평산, 귀녀, 칠성 등 "핏자국 같은 그들 생애"(제3부 3권 35쪽)를 마친 사람들, 치수의 어미이자 김환의 어미이기도 한 윤씨 부인, 윤씨 부인을 사모했던 동학군의 두령이자 김환의 아버지인 김개주, 그의 아들 김환, 김환의 연인이자 서희의 생모 별당아씨, 양현의 어머니 기생 기화, 홍이의 아버지 용이, 용이의 본부인 강청댁, 홍이의 생모 임이네, 그리고 홍이의 영원한 어머니 월선네, 공 노인, 김 훈장, 두메의 아버지 강 포수, 목수 윤보, 한조, 수동, 관수 등 모두 굴곡 많은 삶을 살다 죽었다. 그리고 러시아 땅에서 왜병에게 죽음을 당한 "위대하고 지순하였던 독립지도자"(제3부 1권 372쪽) 최재형도, 망명지 연추에서 뼈를 묻고 죽은 이상현의 부친 독립투사 이동진도, 김두수에 의해 왜병에 넘겨져 처형당한 홍이의 친구 박정호의 아버지도, 그리고 그 밖의 숱한 독립투사들이 만주 벌판에서 조국의 독립을 보지 못한 채 세상을 떠났다.

그러나 남은 자, 즉 산 자의 운명은 앞으로 어떻게 될지 알 수 없는 가운데 작품은 미완으로 끝난다. 양현의 곁을 떠난 영광이 독립된 조국으로 돌아올지 알 수가 없다. 양현은 자기 곁을 떠난 "영광이 다시 돌아오지 않을 것을 깨달았다"(제5부 5권 196쪽). 하얼빈에서 영현의 아버지인 이상현을 만나고 나서 영광은 "만일 전쟁이 끝난다면 나는 조선으로 돌아갈까? 만일 소련군이 밀고 내려온다면 나는 어디메쯤에 가 있을까? 영원히 우리는 만날 수 없을지도 모른다"라고 말하면서 "고향에 돌아가고 싶어 하지 않는…… 이상현 씨와 나는 가는 방향이 같을 수도 있다"(제5부 5권 63~64쪽)라고 말했다. 따라서 조국이 독립된다 해도 이상현과 영광은 돌아오지 않을지도 모른다. 민족주의와 공산주의 사이에서 사상적으로 방황하던 독립지도자 권필응 선생은 연해주에서 조국으로 돌아올까? 연해주에서 독립운동에 투신하고 있는 두메·홍이·정호가 다녔던 상의학교의 교사이자 경영자인 송장환도 학교를 떠나 조국에 돌아올까?

홍이는 하얼빈에서 가족이 있는 고향으로 분명 돌아올 것이다. 사상범 예방구금령의 실시에 의해 다시 서대문 형무소에 구속되어있는 길상은 곧 평사리 집으로 돌아올 것이다. 그리고 학병으로 지원 입대하여 만주로 간 윤국은 전투 중 일본군에서 이탈하여 독립군 아니면 중공 팔로군에 몸담고 있다가 조만간 평사리 집으로 돌아올지 모른다. 공산주의 사상에 투철한 강 포수의 아들 두메와, 그리고 모스크바로 유학한 뒤 러시아 혁명을 겪고 지금도 모스크바에 머물고 있는 박정호는 어떻게 행동할까? 사회주의자 인실은 오가다와 아들 쇼지를 만나기 위해 언제쯤 돌아올까? 그녀는 독립의 날이 온다면 그때 다시 오가다를 찾을 것이라고 말했다. 도솔암의 주지 소지감의 외사촌 동생이자 사회주의 행동파 이범준은 상해에서 곧 귀국할지 모른다. 지리산에 피신해 있는 그의 사촌 동생인 투철한 사회주의자 임범호와, 학병과 징집을 피하기 위해 지리산에 숨어있는 청년들도 곧 고향으로 돌아갈지 모른다.

작품 『토지』는 모든 가능성을 열어둔 채 조국과 고향을 떠난 자들의 운명과 앞으로 일어날 사태에 대해 어떤 언급도 하지 않은 채 '미완'(未完)으로 끝을 맺고 있다. 『토지』의 미완 속에 남아있는 것, 사라지지 않는 것, 그것은 바로 **귀환**의 '비극성'이다. 작품의 결말은 호메로스의 대서사시 『일리아스』의 결말, 그 에토스를 그대로 이어받고 있다. 호메로스의 『일리아스』 마지막 24권은 트로이아인들이 헥토르의 장례식에 참가하는 것으로 끝난다. 즉 트로이아인들이 프리아모스 왕이 아들 헥토르를 죽이고 그 시신을 그의 함선 옆 막사들 사이에 두고 12일째 돌려주지 않던 아킬레우스를 찾아가 그의 무릎을 잡고 그의 손에 입을 맞추며 간청하여 돌려받았던 헥토르의 장례식에 참가하기 위해 프리아모스의 집에 모여 그를 애도하고 매장하는 것으로 끝난다. 그 후의 사태가 어떻게 전개되는지에 대해서는 어떤 언급도 없이 작품은 끝난다. 그 후의 트로이아의 비극적인 운명은 헥토르를 애도할 때 안드로마케에 의해서, 그리고 일찍이 제우스와 헥토르에 의해서도 부분적으로 예언되고 있지만, 장례 뒤 그다음 어떤 사태가 발생하는지는 다른 출처에 의해 제시된다.

그 이후의 상황은 이렇다. 다시 시작된 그리스와의 교전에서 트로이아는 철저히 파멸한다. 전장에서 포로로 잡힌 트로이아의 전사들은 즉석에서 살해되고, 남편을 잃은 여인들은 연기와 폐허로 변한 조국을 뒤로한 채 노예가 되어 그리스로 끌려간다. 프리아모스 왕가의 여인들은 그리스군 지휘관들의 성적 쾌락을 위한 전리품이 되어 성의 노예로 전락한다. 프리아모스와 헤카베의 딸 카산드라는 아가멤논의 첩이, 그리고 안드로마케는 남편을 죽인 아킬레우스의 아들 네오프톨레모스의 첩이 된다. 헤카베는 오뒤세우스의 아내의 늙은 몸종이 될 운명에 처한다. 트로이아의 왕 프리아모스는 네오프톨레모스에게 제우스 제단으로 오르는 계단 위에서 잔인하게 살육당하고, 그의 딸 폴뤼크세네는 아킬레우스의 무덤 앞에서 살해되어 그 망령에게 제물로 바쳐지고, 헥토르와 안드로마케의 아들 아스튀아낙스는 그리스 병사들에 의해 트로이아 성벽 아래로 내던져져 죽는다. 트로이와 트로이아인들의 이러한 비극적인 운명은『일리아스』의 그 마지막이 장면 끝난 뒤에 전개된다.

『토지』의 마지막 부분에서 서희는 일본 천황의 항복을 전하는 양현의 말을 듣고 "자신을 휘감은 쇠사슬이 요란한 소리를 내며 땅에 떨어지는 것을 느꼈다". "최 참판댁의 수난과 이 나라 백성이 겪어야 하는 고통은 동질적인 것"(제4부 2권 118쪽)이었다. 따라서 서희는 자신의 개인적인 수난도 민족의 고통과 더불어 끝나게 될 것이라는 것을 예감했기 때문에 그렇게 느꼈다. 하지만 서희를 휘감고 있었던 쇠사슬은 역설적이게도 그녀를 다시 휘감을 것이라는 것이 **미완**으로 남은 이 작품의 **잔여**(殘餘)이며, 이 잔여를 채우는 것이 귀환의 **비극성**이다.

일본의 항복으로 소련이 평양에 진주하고, 미군 일부가 인천에 상륙할 무렵 서대문 형무소에서 감옥생활을 하던 길상은 애국자의 신분으로 평사리에 돌아올 것이다. 사회주의 색채를 띤 계명회의 일원이었으므로, 그는 어쩌면 하동에서 '건국준비회'(이후의 '인민위원회')의 위원장, 아니면 주요 간부의 직책을 맡을지도 모른다. 일찍이 아버지의 영향으로 인해 사회주의의 노선을 취했던 윤국은 어머니가 기다리는 평사리에 귀향하여 '조선공산주의청년동맹'에 가입하여 핵심적인 간부로 활동할지 모른다. 학병으로 자진입대하기 전 윤국은 민족주의 사상을 가졌던 진주중학 선배 홍수관에게 "사회주의로 가야합니다. 그것은 역사의 법칙입니다"(제5부 3권 246쪽)라고 주장한 바 있다.

범석으로부터 농민들이 일차로 대결할 상대는 지주라는 것을 배웠던 윤국은 서희에게 소작인에게 농토를 분배하라고 강권함으로써 만석지기의 대지주 어머니 서희와 심한 갈등을 겪을지 모른다. 동생 윤국의 입장에서 보면 대지주 서희의 장남이자 근화방직회사 황태수 사장의 사위인 형 환국은 최상층 부르주아 계급에 속한다. 이데올로기에 초연한 채 가족에 절대적인 관심과 가치를 주고 있는 환국은 가족보다 계급을 우선시하는 동생 윤국과 어머니 못지않게 깊은 갈등을 겪을지도 모른다.

도솔암의 주지 소지감의 외사촌인 이범준은 사회주의 행동파답게 만주에서 돌아와 한때 관수와 함께 진주에서 형평사운동에 관여했을 때 다져놓은 조직을 다시 살릴 것이다. 그리고 지리산에 피신해 있는 투철한 사회주의자 사촌 동생 이범호와 힘을 합쳐 지리산에 있는 동학 잔당의 무리와 지주로부터 빚 독촉에 쫓기어 지리산에 숨어들어온 소작인들과 화전민들을 동원하여 그들로 하여금 혁명의 선봉에 나서게 할지 모른다. 그리고 청년들이 일제의 징집을 피해 지리산에 은신하고 있었을 때, 범호가 "앞을 위해 사회주의 혁명의 기층세력으로 무장"(제5부 5권 126쪽)시키려고 했던 그들을 동원하여 그들을 혁명의 전위부대로 무장시킬지도 모른다. 일본 천황의 항복 선언이 있기 전 이범호는 지리산 도솔암에서 여러 사람 앞에서 명희가 내놓은 자금으로 무기를 구입해 무장을 하고, 유격대를 조직하여 사회주의 사회 건설에 대비하자고 주장했기 때문이다.

홍이도 아내와 자식들이 있는 고국 땅으로 귀국할 것이다. 아버지 이용은 죽기 전 그에게 간도에 묻힌 월선의 시신을 고향 땅 평사리로 가져가 이장하기를 간곡히 부탁했다. 홍이에게 "따뜻한 날개 밑에서 그리움과 행복의 기억을 남겨준 사람은 월선이었다". 그 "영원한 어머니"(제4부 4권 193쪽)를 평사리 땅에 이장하기 위해 고향 땅을 밟을 것이다. 정석이도 어머니 석이네와 아이들이 있는 고향으로 귀환할 것이다. "학대하고 학대받고, 잡아먹고 잡아먹히는 이런 세상"(제3부 1권 201쪽)을 끝장내고자 하는 마음이 그에게 떠나지 않고 있으므로, 그와 더불어 만주에서 독립투쟁에 나섰던 이범준과 함께 돌아올 것이 확실하다. "만주 방면에서 일하는 사람들은 거의가 사회주의자"(제5부 2권 324쪽)였으므로 정석 또한 사회주의사상에 물든 채 나타날지 모른다. "불기둥 같이 뜨겁고 강한 감정"(제4부 2권 83쪽)을 지닌 열렬한 사회주의자 인실도 귀국할 것이다. 그녀에게는 오가다와 아들 쇼지보다 더 중요한 것이 노동자 농민의 나라를 건설하는 것이기 때문에 명희·여옥·선혜 등 '신여성' 선배들을 찾아가 그들에게 사상교육을 시키는 데 전념할지 모른다.

혁명의 열기가 도처에 전파되고, 신탁통치에 대한 찬반 등 좌우익의 갈등이 남조선 전역에 펼쳐진다. 이는 평사리에도 예외가 아닐 것이다. 징집을 피해 지리산에 피신해 있다가 이범호의 사회주의에 영향을 받았던 진주·함양·하동 방면의 많은 청년들이 혁명의 열기에 휘둘려 적의의 눈을 부릅뜨고 있을지 모른다. 일제에 동조하여 경제적으로 그들을 도왔던 순철의 아버지 진주 갑부 이도영과 김이평의 큰아들 두만 같은 친일분자의 앞날도 바뀔 것이다. 그리고 징용 간 동생 덕에 면사무소의 서기가 되고 나서 평사리 마을에서 징용병 모집과 정신대 모집에 혈안이 되어, 징집을 피해 지리산에 은신해 있는 청년들을 염탐하다 붙잡혀 몰매를 맞고 죽었던 우개동 같은 숱한 친일분자들이 친일의 대가로 쥐도 새도 모르게 죽음을 당할지 모른다. 서울 신당동에 정착하여 외로운 만년을 보내는 김두수는 만주에서부터 그의 목숨을 노리는 독립투사들에게 뭇매를 맞고 개죽음을 당할지도 모른다.

부산, 대구 등 전국 각처에서 대규모 철도 전신 등 노조의 대규모 의 총파업으로 남조선이 극도의 혼란에 빠진다. 이 틈을 타서 각지에서 경찰서, 군청 등 공공기관을 향한 방화, 습격, 그리고 살인이 뒤따르고, 이에 계엄령이 선포되고, 폭도진압을 위해 미군이 출동하는 등 남조선에서 좌우익의 대립이 치열해져가고 있을 무렵, 만주군관학교 출신의 공산주의자인 강두메와 소련파 박정호는 각각 만주와 모스크바에서 북조선으로 건너가 그곳 공산당의 고위 간부로 활동할지 모른다. 평사리에서 여기저기 '조선공산당만세' '인민공화국만세' '농민조합만세'를 외치는 소리가 허다한 가운데 전쟁 임박설이 떠돌 것이다. 치열해진 좌우익의 대립은 러시아, 스페인, 중국 등의 경우에서처럼, 내란을 불러들일 수밖에 없다.

미국의 지원 하에 남조선 단독정부의 수립이 진행되고, 이를 반대하는 남로당의 지령에 의해 '2·7폭동', '여수순천반란' 등 좌익세력의 저항운동이 한층 치열해지고, 북조선에서도 남조선 단독정부 '대한민국'의 수립에 맞서 '조선민주주의인민공화국'이 수립된다. 전쟁이 터지자, 강두메는 북조선 인민군 장교로서 인민군 전위부대를 이끌고 서울에 입성한다. 박정호는 북조선 공산당의 중앙위원의 한 사람으로 두메와 함께 서울에 입성하여 방송국을 장악한 다음 모스크바 대학 출신답게 공산주의 사상을 선전하면서 뛰어난 공산주의 이론가로서 크게 활약할 것이다. 상해임정 이동휘 계열로서 만주에서 독립운동에 참여했던 공산주의자 신태성과 송장환의 조카인 공산주의자 송유섭은 서울에서 사회주의자인 서의돈과 서의돈의 친구 공산주의자인 남천택과 접촉하고, 그들의 도움으로 서울의 지식인들을 포섭하여 그들로

하여금 혁명의 대열에서 선봉에 서도록 할지 모른다. 인실에게 포섭된 강선혜, 홍성숙, 배설자의 동생 배용자 등도 눈치 빠르게 시대의 흐름에 편성하여 인공기를 흔들며 서울 거리를 활보할지 모른다.

삽시간에 서울을 점령한 인민군대가 승승장구 남하하는 것이 알려졌을 때, 평사리에서도 불안과 긴장, 한편으로는 기쁨에 찬 흥분과 기대가 혼존하고 있다. 서울에서 방금 평사리로 피난 온 환국과, 그리고 서희, 양현은 불안과 긴장 속에 있지만, 연금 상태에 있는 길상은 분열된 조국이 이제 통일될지 모른다는 기대에 가득 차 있을지 모르고, 윤국은 남조선에서도 자기가 소망하는 사회주의 사회가 도래할 것이라 믿고 지하공작에 한층 박차를 가할지 모른다. 북조선에서 토지개혁이 단행되어 농민에게 토지가 무상으로 분배되었다는 것을 알고 오래전부터 들떠있었던 윤국의 동향 선배인 범석은, 인민의 8할이 노동자 농민인 이 땅에서 노동자와 농민을 위한 나라가 이룩될 것이라는 박정호의 선전을 라디오방송을 통해 듣고 가슴 설레어 잠을 이루지 못하고 있을지도 모른다. 용정 상의학교의 친구 정호의 목소리를 우연히 라디오를 통해 들었던 홍이는 불안 가운데서도 그 친구를 다시 만날지도 모른다는 기대에 흥분을 감추지 못하고 있을지 모른다. 그리고 정석이도 "학대하고 학대받고, 잡아먹고 잡아먹히는 이런 세상"이 끝나고 모두가 평등하게 대접받는 사회가 곧 올지도 모른다는 생각에 젖어 인민군의 빠른 승리를 더욱 고대하고 있을지 모른다.

서울에 있는 사촌형 이범준으로부터 은밀한 연락을 받고 있는 "과격한 사회주의자"(제5부 5권 358쪽)인 이범호는 인민군이 진주 하동·함양·산천 방면으로 진입하면 그가 조직화한 지리산의 동학 잔당의 무리와 빚에 쫓기어 지리산에 숨어 들어왔던 소작인들, 화전민들, 그리고 일제 징집을 피해 지리산에 은신하고 있었을 때 그의 사회주의 사상에 동조했던 청년들을 동원하여 자본가계급을 타파하고, 하루빨리 노동자 농민의 나라를 건설하기 위해 "매서운 눈초리"(제5부 3권 427쪽)의 "칼날 같은 눈"(제5부 3권 417쪽)을 한 채, 이전보다 더 가열차게 지하공작, 경찰서 습격 등 강력한 투쟁을 전개할지 모른다.

지리산에서 숯 굽는 천민으로서 김환의 영향을 받아 동학운동에 투신했던 "철두철미한 김환의 신봉자"(제5부 2권 97쪽)인 강쇠는 김환을 따르던 지리산의 동학의 잔당을 다시 조직하여, 노동자 농민 등 **상민**(常民)이 주인이 되는 세상을 만드는 데 방해가 되는 일체의 세력에 맞서 자기 이름 그대로 '강철'처럼 온 힘을 다해 투쟁할지도 모른다. 그는 동학이 다름 아닌 공산주의 사상과 맥을 같이한다는 점에 놀랄지도 모른다. 인간 모두가 차별 없는 평등한 존재이며 백성 하나하나가 모두 하눌님과 같이 귀한 존재, 아니 바로 하눌님이라는 사상은 바로 공산주의 사상의 핵심이라고 간주하고, 그렇기 때문에 평등한 사회를 이룩하기 위해 인민군과 힘을 합쳐 적의 무리와 싸우는 것이 죽은 김환과, 동학의 두령인 김환의 아버지 김개주의 원한을 갚는 길임을 깊이 깨닫고 있을지 모른다.

이 땅에 돌아오고 싶지 않다고 다짐하던 영광도, 해방되자마자 좌우익의 갈등으로 산하(山河)가 찢어지고 있는 조국에 돌아가지 말고 일체의 이데올로기에 오염되지 않은 채 **인생** 그 자체처럼 여기 간도에서 순수하게 살자고 강권하던 전라도 출신의 소리꾼 주갑의, '구만리 장천을 나르는 대붕새'를 꿈꾸던 그의 만류를 끝까지 뿌리치고 고국 땅을 밟을지도 모른다. "배고프고 핍박받는 사람이 없어야 한다는 것, 그것이 그의 정열의 모든 것"(제5부 2권 96쪽)이었던, 아니 사회주의는 결국 "동학의 실천적 요강과 그리 먼 것 같지 않게 생각"(제5부 2권 96쪽) 했던 아버지 송관수의 인식이 옳은 것임을 뒤늦게 깨닫고, 허무주의로부터 벗어나서 인민군의 전선위문단의 일원이 되어 색소폰을 불며 여러 전선을 떠돌다가 어머니 영선네 앞에 무릎을 꿇고 불효의 용서를 빌고, 잊지 못하는 양현을 만나기 위해 인민군과 함께 고향 하동 평사리에 갈 날을 희망하고 있을지 모르기 때문이다.

승승장구 남하하던 북조선 인민군이 조국해방을 눈앞에 두었지만, 막강한 군사력을 가진 미군의 힘을 감당하지 못해 더 이상 진군하지 못한 채 낙동강 전선에서 주춤거리고 있다. 적의 세력과의 은밀한 내통과 협력 등을 사전에 방지하기 위해 하동경찰서는 연금 상태에 있는 길상을 체포한다. 그리고 지하에 숨어 활동하는 진주·하동·함양·산청 방면의 숱한 '인민위원회' 간부들도 체포하여 그들을 아무도 모르는 곳으로 데리고 간다. 윤국은 아버지 길상이 체포되어 감옥으로 향하고, 적색 분자의 색출, 체포, 총살 등이 연일 행해지자, 어머니 서희, 형 환국, 그리고 양현에게 바삐 하직 인사를 하고, 진주·함양·하동의 경찰서를 습격하여 방화하고 경찰서장과 경찰관들을 살해함으로써 쫓기는 몸이 된 범호가 미리 피신해 있는 지리산으로 범석, 정석, 강쇠 등과 함께 들어가 사령관 이현상이 이끄는 '조선인민유격대 남부군'에 합류한다.

낙동강 전선에서 인민군이 대패하고 북조선으로 퇴각하자, 지리산에서 인민군의 승리를 굳게 믿고, 자신들을 추격하던 전투경찰과 맞서 싸우던 빨치산들은 크게 동요한다. 윤국은 떠나온 고향 평사리, 그곳에서 자기를 손꼽아 기다리는 어머니 서희, 형 환국, 그리고 누이동생 양현을 향한 그리움에 잠을 이루지 못한다. 정석이 또한 어머니 석이네, 딸 명희, 아들 성환을 향한 그리움과 그들의 장래에 대한 불안 때문에 잠을 설친다. 범석은 농민을 위한 인민의 나라가 이루어질 가망이 이제 사라진 것이 아닌가 하고 절망에 빠진다. 낙동강 전선에서 전투가 격렬하게 전개되기 전 북조선 노동당의 지시에 따라 빨치산들을 지도하고 그들에게 군사적으로 도움을 주기 위해 정치장교와 정치위원의 신분으로 지리산에 파견된 두메와 정호를 만나려고 지리산에 몰래 들어와 그 반가운 친구들을 만나고 나서 다시 평사리 집으로 돌아가려는 순간, 홍이는 강력한 전투경찰의 공격으로 인해 속수무책 산에 갇힌다. 적의 공격에 부상을 입고 아지트에서 치료를 받고 있는 강쇠는 낙동강 전선에 주둔해있는 인민군의 패배와 그들의 퇴각 소식을 전해 듣고 전율한다. 김환의 영향으로 동학운동에 투신했을 때 동학의 동지들이 무수히 죽어갔던 것을 지켜보았던 강쇠는 자신에게는 "죽음이란 늘 곁에 있는 일이었으니까" 자신의 "죽음에 대하여는…… 관심이 없"(제3부 3권 448쪽)지만, 꽃다운 나이의 젊은 동지들이 고향에 돌아가지 못하고 이 산에서 처참하게 죽어갈 것이라고 생각하며 전율한다.

전투경찰과 군인들의 대규모 공격에 북으로 가는 길이 완전히 봉쇄당한 채, 이들과 대치하고 있는 지리산의 빨치산들은 추위, 굶주림, 공포에 몸을 가누지 못하고 전의를 상실해가고 있다. 공산주의의 열렬한 신봉자인 범호도, 두메도, 정호도 예외가 아니다. 인민군이 낙동강 전선에서 퇴각할 때까지 전선위문단의 일원으로 활동했던 영광은 어머니와 누이, 그리움의 여인 양현이가 있는 평사리를 가보지도 못하고 인민군들과 함께 북조선으로 향한다. 그는 도중에 미국 폭격기의 공격을 받아 죽음을 당할지도 모른다. '조국해방전쟁'이 끝나면 곧바로 일본으로 달려가 그리움의 연인 오가다와 아들 쇼지를 만나려 했던 인실 또한 북으로 향하다 적의 박격포탄을 맞아 죽음을 당할지도 모른다. 인민위원회의 동지들과 더불어 감옥에 있던 길상은 오래전에 총살당해 거제 앞바다의 고기밥이 되었을지도 모른다.

다른 곳에서 유격전을 펼치다가 이현상과 그의 남부군이 윤국이가 있는 지리산 본거지에 다시 들이닥친다. 그들과 더불어 지리산의 빨치산들은 전투경찰, 군인 등 막강한 군사력을 갖춘 토벌대들의 대대적인 공격에 맞서 사력을 다해 싸운다. 추위와 굶주림을 이기지 못해 투항한 일부 동지들, 생포된 동지들, 그리고 이현상과 일부 남부군과 인민군 낙오병을 제외하고 두메, 정호, 윤국을 비롯해 지리산의 청년 빨치산들, 강쇠 비롯해 동학잔당의 나이 많은 빨치산들, 범석을 비롯해 소작인들과 화전민들, 그리고 정석이, 홍이 모두 붉은 피를 토하며 지리산을 붉게 물들이고 죽어간다.

총탄에 맞아 숨을 헐떡이며 죽어가는 윤국은 자신이 선택한 사회주의가 옳을 것인지, 모두가 평등한 사회주의국가를 세우기 위해 이 최후의 순간까지 자신을 바치고 있는 것이 정녕 "허망한 정열"[3]에 불과한 것이 아닌지 하고 스스로에게 묻는다. 그러나 그는 고개를 옆으로 흔들며 그것은 **허망한 정열**이 아니라고 스스로에게 말한다. 홍이가 한때 범석에게 사회주의자 "그들의 정열은 그야말로 깨끗하고 순결"하다고 말했듯(제5부 2권 324쪽), 자신의 정열 또한 순결했다고 스스로에게 말한다. 윤국은 자신의 피맺힌 지금의 죽음은 사당패의 딸 숙이와 대지주 서희의 아들인 자기가 어떤 차별 없이 서로 사랑할 수 있고, 똑같이 동등한 대접을 받을 수 있는 그런 평등한 사회를 이루려는 "그야말로 깨끗하고 순결"한 정열에서 연유한 아름다운 죽음이라고 믿고 있다.

호르크하이머는 "타자는 늘 위험에 처해있다"[4]라고 말했다. 레비나스는 "모든 사람이 메시아다"[5]라고 말했다. 레비나스는 고통

---

3) 나는 이 용어를 작가 이병주가 '실록대하소설'이 그 표제인 작품 『지리산』에서 사회주의 사상에 뛰어들어 이에 자신을 바친 지리산 빨치산들을 두고 철저히 우익의 관점에서 그들을 '허망한 정열'의 희생자로 부각시키고 있는 것에서 채용하고 있다. 이병주, 『지리산』(한길사, 2006), 6: 36쪽, 63쪽. 그러나 이현상과 지리산 빨치산들의 이념과 그들의 이념에 바탕으로 한 그들의 행동의 순수성과 진지성에 대해서는 안재성, 『이현상 평전』(실천문학, 2007)을 참조할 것. 이 저자에게 있어서 그들은 결코 '허망한 정열'의 희생자들이 아니었다.

4) Max Horkheimer, "The Authoritarian State," *The Essential Frankfurt School Reader*, Andrew Arato and Eike Gebhardt 엮음 (New York: Continuum, 1982), 102쪽.

5) Emmanuel Levinas, *Difficile liberté: Essais sur le judaisme* (Paris: Éditions Albin Michel, 1963), 120쪽.

받고 있는 타자, 늘 위험에 처해 있는 타인들을 위해 절대적이고 무조건적인 책임을 지고, 그들과 함께 공동체에서 "공평한 삶(une vie équitable)을 살아가고자 하는 어려운 과업"[6]을 떠맡는 자는 모두 메시아라고 말했다. 윤국도 자신과 지리산의 빨치산 동지들은 역사의 구원을 가져올 희망의 전사(戰士), 혁명적인 메시아라고 생각했다. 하지만 지금 윤국은 모든 희망을 무망(無望)의 절망으로 남겨둔 채 피를 쏟으면서 쓸쓸히 죽어가고 있다. 조금 떨어진 곳에서 누군가가 여순반란사건 때 빨치산들이 산에서 부르기도 했던 「부용산」이라는 노래를 부르면서 흐느끼고 있었다.

부용산 오리 길에 잔디만 푸르러 푸르러
솔밭 사이사이로 회오리바람 타고
간다는 말 한마디 없이 너는 가고 말았구나
피어나지 못한 채 병든 장미는 시들어지고
부용산 봉우리에 하늘만 푸르러 푸르러

동족 간에 수백만 명의 사상자를 가져온 전쟁이 그치고 휴전이 된다. 양현으로부터 일본천황의 항복 선언을 전해 듣고 서희는 그 순간, 앞서 인용했듯, "자신을 휘감은 쇠사슬이 요란한 소리를 내며 땅에 떨어지는 것을 느꼈다"(제5부 5권 395쪽). 그 선언은 조국의 해방만이 아니라 사적으로는 개인적인 절망으로부터의 그녀의 해방을 담보하는 것이기 때문이었다. 감옥에 있는 남편 길상, 학병으로 자원입대한 둘째 아들 윤국의 귀환이 현실화될 수 있기 때문이었다. 하지만 지금은 상황이 다르다. 전쟁이 그치고 휴전이지만, "자신을 휘감

6) Emmanuel Levinas, 같은 책, 101쪽.

은 쇠사슬이 요란한 소리를 내며 땅에 떨어지는 것"은 그녀에게 불가능하다. 남편 길상의 귀환, 아들 윤국의 귀환, 그 어느 것도 성취될 수 없기 때문이다.

우리는 작품 『토지』가 끝난 이후의 사태는 호메로스의 『일리아스』의 마지막 24권 이후의 비극적인 사태를 그대로 반복하고 있다고 지적했다. 『일리아스』의 마지막은 트로이아의 백성들이 도성에 모여 헥토르의 죽음을 애도하며 그를 매장하는 것으로 마무리되었다. 헥토르를 위한 애도의 장례가 그에게 주어진 "혜택"이기 때문에, 어떤 의미에서 작품의 결말은 일종의 해피엔딩이라고 할 수 있다. 그리스와 트로이아 양편에 숱한 전사(戰士)들이 매장당하지 못한 채 비참하게 누워있는 것을 생각해보면, 헥토르에게 있어 그것은 "축복"이다. 매장당하지 못한 채 개들과 새들의 먹이가 되어버린 숱한 전사들의 비참한 운명이 "전체로서 이 서사시를 관통하는 주제이기" 때문이다.[7] 그러나 축복으로 끝난 헥토르의 장례 이후의 사태는 역설적이게도 너무나 비극적이었다. 희망과 환희로 끝나는 『토지』는 그 서사시에서처럼 역설적이게도 그 이후에 전개되는 사태가 비극적일 수밖에 없음을 불길하게 예고하고 있다. 마치 그리스 비극에서처럼, 과거는 현재를, 이 현재는 또 한편 미래를 지배하는, '운명적인' 세계관이 이 작품을 관통하고 있기 때문이다.

작품에서 작가는 이 나라뿐 아니라 최 참판가의 사람들, 그리고 최 참판가와 연관된 모든 사람이 시대와 더불어 "운명적으로 깊이 연결되어"(제5부 2권 288쪽) 있음을 강조하고 있다. "만일에 최 참판댁 청

---

7) Robert Pogue Harrison, *The Dominion of the Dead* (Chicago: U of Chicago Pr., 2003), 146쪽.

상 윤씨 부인이 동학의 장수 김개주에게 유린당하여 김환이라는 어둠의 자식을 낳지 않았더라면 김강쇠는 숯을 굽고 화전을 부치고 광주리나 엮으며 무식한 산놈으로 살았을 것이다"(제5부 2권 288쪽). 따라서 "항일의, 자국마다 선혈인 그 길"을 택했던 "김환의 그림자로서 그가 떠난 뒤에도 중천에 사무친 그의 한을 짊어지고 따가운 뙤약볕을, 스산한 바람 속을 걸으며 살인도 불사"하지 않았을 것이다(제5부 2권 289쪽).

"만일에 영락한 무반의 후예 김평산이 최 참판댁 당주 최치수를 살해하지 않았더라면 칠성이 연루되어 처형되지 않았을 것이며 칠성의 아내 임이네를 용이는 절망적 욕정으로 탐했을 리 없고 따라서 홍이는 이 세상에 태어나지 않았을 것이다"(제5부 2권 288쪽). 따라서 태어나지 않았더라면, 홍이는 서희와 간도땅으로 동행했던 아비 용이를 따라 "항일의 기운이 팽배해 있던 간도땅"(제5부 2권 289쪽)으로 가지 않았을 것이고, 그곳에서 훗날 조국의 광복을 위해 함께 독립운동에 뛰어들자고 다짐했던 상의학교 친구 공산주의자들 두메와 정호도 만나지 않았을 것이다.

최 참판가의 계집종 귀녀가 최치수의 후사를 잇는 아들을 낳아 면천(免賤)을 얻고 집의 안주인이 되기 위해 김평산, 칠성과 공모하여 치수를 죽이는 일에 가담하지 않았더라면, 그녀는 칠성의 아이를 임신하지 않았을 것이며, 따라서 감옥에서 미래에 혁혁한 공산주의자가 되는 핏덩이 두메를 낳지 않았을 것이다. 정한조가 최 참판가의 재산을 탈취한 최치수의 재종형 조준구에게 폭도라는 누명을 쓰고 왜 헌병에 총살당하지 않았더라면, 아비의 원수를 갚기 위해 정석이는 독립운동에 뛰어들지 않았을 것이고, 만주에서 사회주의자로 성장하지 않았을 것이다.

"만일에 극악무도한 친일파 조준구가 최 참판댁을 집어삼키지 않았더라면" 송관수에게는 "그 집을 습격할 계기는 없었을 것이며 송관수가 산으로 들어가 의병으로 쫓기는 신세, 백정네 집에 몸을 숨겨야 할 이유가 없었고 백정네 딸…… 영선네와 혼인하지 않았을 것이다. 따라서 영광이 세상에 태어나지도 않았을 것이다"(제5부 2권 288~289쪽). 그리고 길상이 연곡사 우관 스님의 심부름꾼으로 최 참판가에 보내져 여기에서 소년시절을 보내지 않았더라면, 그리고 서희를 따라 간도에 가지 않았더라면, 서희와 부부로서의 인연을 맺지 않았을 것이고, 일제 치하에서 민족의식에 눈뜨고, 후에 투철한 사회주의자가 된 윤국이도 태어나지 않았을 것이다.

우리가 '환희'와 '희망'에 대한 전망으로 끝난 작품 『토지』가 그 후의 사태가 비극적일 것일 수밖에 없으리라고 가정하고, 그 후의 사태를 예견하면서 이 작품의 근본주제를 **귀환**의 **비극성**이라고 규정한 것은 현재는 과거에 의해 지배되고, 미래 또한 현재에 의해 지배된다는 작가의 비극적인 운명관에 대해 주목하기 때문이다.

이는 작가에 의해서도 확인된다. 여러 해 전 하동 평사리에서 개최된 '토지문학제'에 참석했던 작가는 "지리산의 한(恨)"에 대해 강연을 했다. "오랜 옛적부터 지리산은 사람들의 한과 슬픔을 함께해왔으며, 핍박받고 가난하고 쫓기는 사람, 각기 사연을 안고 숨어드는 생명들을 산은 넓은 품으로써 싸안았고 동족상쟁으로 피 흐르던 곳"이었다고 말하다가 작가는 "별안간 목이 메이고 눈시울이 뜨거워졌다. 예상치 못한 일이 내 안에서 벌어졌던 것이다. 세월이 아우성치며 달려드는 것 같았다. 둑이 터져서 온갖 일들이 쏟아져 내리는 것 같았다"라고 말했다. 그리고 이어 작가는 "마음속으로 울부짖으며" "아아 이제야 알겠구나. 『토지』를 쓴 연유를 알겠구나"라고 말했다.[8]

---

8) 박경리, 「서문」, 『토지』(나남, 2002), 제1부 1권, 14~15쪽.

프로이트는 사랑보다 더 오래된 것이 증오라고 말했다. 앞서 인용했듯, 작가는 작중 인물 권필응의 입을 빌어 "사람이 미치듯이 역사라는 것도 때론 미치니까"(제2부 4권 73쪽)라고 말했다. 동학혁명운동도, 지리산의 빨치산의 투쟁도, 어떤 의미에서 증오를 바탕으로 한 것이었다. 발터 벤야민은 글 「역사철학테제」에서 혁명을 "과거로 향하는 호랑이의 도약"이라고 정의하면서 "증오와 희생정신에 불타는 프롤레타리아트의 혁명의식은 미래 후손을 억압에서 해방시킨다는 이상에 의해서가 아니라 억압받고 착취당한 선조에 대한 기억에 의해 자라나는 것이다"[9]라고 말한 바 있다.

지리산의 빨치산의 대부분은 억압받고 착취당한 선조의 후손들이었다. "조선 오백 년" 동안 "핍박받아온 백성"(제2부 4권 61쪽)의 후예인 그들이 혁명의식과 희생정신에 불타고 있었던 것은 선조에 대한 아픈 기억을 떨칠 수 없었기 때문이었다. 그들에게 흐르는 "반역의 피"는 선조의 "진실이요 소망"이었고, 그것도 피억압자들의 "수백 수천의 소망"(제2부 4권 61쪽)이었기 때문이다. 핍박받아온 선조의 고통의 역사를 망각 속에 그대로 팽개칠 수 없었고, 자신에게도 그리고 후손에게도 대대로 이어질 수 있는 고통의 역사를 그대로 받아들일 수 없었기 때문에 그들은 혁명의 대열에 뛰어들었던 것이다. 그들에게 "'망각'의 반대말은 '기억'이 아니라 '정의'"였다.[10] 작품 『토지』에서 강쇠의 "마음속 깊은 곳에 김환이 살아있는 것도 너와 내가 아닌 우리가 채울 수 없는 공통의 소망과 목마름 때문"(제4부 2권 152쪽)이라는 표현이 나온다. 이 공통의 소망과 목마름 때문에 그들은

---

9) Walter Benjamin, *Gesammelte Schriften*, Rolf Tiedmann and Hermann Schweppenhaüser 엮음 (Frankfurt, Surkamp, 1972~89), 1: 701쪽, 700쪽.

10) 이 말은 Yosef Hayim Yerushalmi, *Zakhor: Jewish History and Jewish Memory* (Seattle: U of Washington Pr., 1982), 117쪽에서 따온 것임.

피맺힌 증오를, 아니 분노를 이 목마름에 쏟으면서 역사를 '미치게' 했던 것이다.

작가는 그 강연에서 이어 산은 "산이되 산이 아닌 모종의 역사적 실체"인 지리산[11]을 "한과 눈물과 핏빛 수난의 역사적 현장"이라고 규정했다. "호수의 수면 같이 아름답고 광활하며 비옥한 땅" "악양평야"를 가리키면서 지리산의 그 비극적인 역사적 현장이 아닌, "풍요를 약속"하는 "이상향(理想鄉)"을 세우자고 말했다. "고난의 역정을 밟고 가는 수없이 많은 무리. 이것이 우리의 삶의 모습이라면 이상향을 꿈꾸고 지향하며 가는 것 또한 우리네 삶의 갈망이다. 그리고 진실이다"[12]라고 말했다. 그렇다면 작가가 갈망하는 이상향의 터가 되고 있는 것은 무엇인가. 그것은 **연민**이다.

이상향

한때 환국이는 부친 길상에게 "연민의 정도 애정입니까?"라고 물었다. 이에 길상은 "그렇다"라고 말하면서 불교의 "대자대비를 한번 생각해보아라"라고 말한 뒤 "연민은 순수한 애정의 출발 아니겠느냐? 젖을 물리는 어머니의 마음도 연민일 것이다. 사별의 슬픔도 다시 못 보는 슬픔보다 연민의 슬픔일 때 그것은 훨씬 더 진한 것일 것 같구나"(제4부 4권 178~179쪽, 제5부 2권 28~29쪽)라고 말했다.

윤국이가 진주고보 재학 중 광주학생사건의 연관인 동맹휴학 사건으로 무기정학을 받고 방황하면서 민족의식에 눈을 뜨고 있었을 때, 그는 섬진강 강가 빨래터에서 처음 본 사당패의 딸 숙이를 좋아하게

---

11) 김윤식, 『박경리와 토지』(강, 2009), 199쪽, 201쪽.
12) 박경리, 앞의 글, 15쪽.

되었다. 아버지와 동생 몽치의 생사를 모르는 채 그들과 부지불식간에 헤어져 어릴 적 평사리 주막집 영산댁에 맡겨져 양녀로 자라던 숙이는 그 신분과 처지에 있어서 평사리 대지주 서희의 아들인 윤국이 애정을 품을 대상이 될 수는 없었다. 하지만 윤국은 "거짓이 없고 착한 마음"을 가진 그녀가 "귀하고 아름답게 보"여 그녀를 좋아했고, "아버지와 동생을 잃어버린, 그 애의 슬픔"을 자신의 "슬픔"(제4부 2권 277쪽)처럼 고통스러워 했다.

주막집 처자를 자주 만난다는 것을 알게 된 서희가 윤국을 나무라자, 절뚝거리며 거의 외다리로 모이를 찾아 헤매는, 어릴 적 보았던 비둘기 한 마리를 거론하면서 "어떻게 다 같은 비둘기로 태어나서 그 비둘기는 고통스럽게 살아가야 하는지요"(제4부 2권 277~278쪽)라고 말하면서 어머니 서희에게 원망을 쏟은 뒤 숙이를 고통스럽게 살아가는 비둘기에 비유했다. 불교에서 **대자대비**를 이야기할 때, 대자대비는 바로 윤국의 이와 같은 마음이며, 이와 같은 마음이 다름 아닌 '연민'이다.

길상은 환국에게 "연민은 순수한 애정의 출발"이라고 말했다. 한 점 티 없는 순수한 사랑이 **대자**(大慈)라면, 다 같은 비둘기로 태어났지만 그 가운데 하나가 다리가 망가져 절뚝거리며 외다리로 모이를 찾아 헤매는 것을 보았을 때, 고통스럽게 살아가는 그 비둘기의 고통을 윤국처럼 나의 고통으로 받아들이는 것, 그리고 숙이의 슬픔을 나의 슬픔으로 받아들이는 것, 이것이 **대비**(大悲)이다. 타자의 고통이 나의 고통이 되는 것, 이것이 불교의 '대비'의 핵심이다.

오가다가 그를 자신의 아비인줄 모르는 어린 쇼지에게 나중에 무엇이 되고 싶은지를 물었을 때, 아들 쇼지는 "산지기"가 되고 싶다고 말하면서 "산에 사는 동물들을 도와주려구요. 돈 많이 벌어서 배고프지 않게 모이도 나누어 주고요", 그리고 "불쌍해서요. 겨울에 참새들이 울타리에 앉아서 우는 걸 보면 너무 너무 불쌍해요. 철새들도 먼

남쪽 나라까지 가려면 날개가 찢어지지 않을까 싶어서 눈물이 나요"
(제5부 2권 230쪽)라고 말했다. 힘든 겨울을 피하기 위해 머나먼 남
쪽 나라까지 날아가는 참새들이 세찬 바람을 이기지 못해 날개가 찢
어지지 않을까 걱정하면서 그 참새들이 당할 고통을 자신의 고통으
로 받아들이고, 그들의 운명을 불쌍히 여기며 눈물을 흘리는 것, 그리
고 윤국처럼 "많은 사람을 위해 뜨거운 눈물을 흘리는 것"(제4부 2권
278쪽), 그리고 많은 사람의 고통을 자신의 고통으로 받아들이고, 그
들을 위해 자신을 바치는 것, 이것이 **대비**이다, 이것이 **연민**이다.

　"사람에게 가장 강한" 본능이 "생존본능"이라면, 이 본능"보다 강
한 것"이 "생명에 대한 연민"(제5부 1권 127쪽)인지 모른다. 월선의
경우처럼 절대적인 희생이 삶의 전부가 되고 있는 "어머니의 사랑"
이 이를 입증하기 때문이다. 어머니의 사랑처럼 "그 생명에 대한 크
나큰 연민"이 바로 "불교에서 말하는 대자대비"(제5부 1권 127쪽)이
다. 이상향의 근원은 이 **대비**, 이 **연민**에서 출발해야 한다는 것이 작가
의 인식이다. 작가는 "지리산의 수난은 아직 끝나지 않았다…… 산은
신음하고 상처투성이다."[13] 넓은 품으로 모든 생명을 싸안았던 지리
산은 "도시 인간들"에게 죽임을 당해 "산짐승들"도, "식물"들도, "생
명수"도 소멸되어가고 있으며, "소멸의 시기는 눈앞으로 다가오는데
삶의 의미는 멀고도 멀어 너무나 아득하다"라고 말하면서 탄식을 내
뱉는 것으로 그 강연을 끝냈다.[14]

　아렌트는 아낙사고라스가 행한 말이라며 아리스토텔레스가 『에우
데모스 윤리학』에서 인용하고 있는 말을 『정신의 삶』에서 소개한 바 있
다. 아리스토텔레스에 따르면 아낙사고라스가 "왜 사람들은 태어나지

---

13) 박경리, 같은 글, 16쪽.
14) 박경리, 같은 글, 16쪽.

않는 것보다 태어나는 것을 선택해야만 하는가 하는 질문—말하자면 철학자들과 시인들은 물론 일반 그리스 사람들의 마음을 크게 지배했던 것으로 보이는 질문—을 받았을 때, 아낙사고라스는 사람들은 그 밖의 다른 어떤 것도 가치가 없는 듯 '하늘과 거기에 있는 것들, 즉 별과 달과, 그리고 태양을 바라보기 위해서'라고 대답했다".[15] 아낙사고라스에게는 그리스인들의 삶의 가치는 별과 달, 그리고 태양을 바라보며 살아가는 것에 있었다. **자연을 향한 사랑, 자연에 대한 찬미**가 그들의 삶의 가치가 되었다. 이상향의 근원은 바로 여기에 있다.

동족 간의 싸움을 통해 숱한 생명의 피를 보았고, 사람들의 한과 슬픔을 함께해왔던 지리산은 지금은 자신들을 '우주의 주인'이라는 **허상**(虛像)을 만들어낸 인간들에 의해 자연 전체, 아니 생명 전체가 파국을 향하는 방향으로 그 비극이 확대되고 있다. 소설가 박태순은 지리산을 일컬어 "토벌과 도벌로 얼룩진 울음의 산"[16]이라고 규정했다. 과거는 토벌(討伐)로서 인간이라는 생명이 무참히 죽음을 당했듯, 지금은 또 다른 형태의 토벌과, 그리고 도벌(盜伐)로서 동물을 비롯해 모든 생명이, 모든 자연이 참혹하게 죽음을 당하고 있다.

2001년 프랑크푸르트에서 데리다는 〈프랑크푸르트 아도르노 상〉의 수상연설에서 동물의 지배와 동물의 폄하를 펼치는 칸트식 윤리에 대한 아도르노의 비판을 상기시키면서 칸트에게 "인간이 동물과 유사하다는 것만큼 더 이상 증오스러운 것은 없다"라고 주장한 바 있다.[17] 그리고 이어 그는 칸트의 관념론에서의 동물 취급과 나치독일

---

15) Hannah Arendt, *The Life of the Mind* (New York: Harcourtm Brace, Jovanovich, 1978), 133~134쪽. 아렌트는 아낙사고라스의 말을 Aristotle, *Eudemian Ethics*, The Complete Works of Aristotle, Jonathan Barnes 엮음, J. Solomon 옮김 (Princeton: Princeton UP, 1984), 2:1, 1216a에서 인용하고 있음.

16) 박태순, 『나의 국토 나의 산하-1. 나의 국토 인문지리지』 (한길사, 2008), 156쪽.

17) Jacques Derrida, *Fichus: Discours de Francfort* (Paris: Gallimard, 2002), 55쪽.

에서의 파시스트들의 유대인들의 취급 간의 유사성을 지적한 아도르노[18]를 상기시키면서 파시스트들이 유대인들을 동물과 동일시하여 그들을 참살했듯이, 동물들은 '동물'이니까 참살의 대상이 될 수밖에 없는 그런 최하의 존재로 인식되고 있다고 말했다.

데리다는 어느 책에서 제레미 벤담의 말을 인용하면서 "동물은 괴로워할 수 있는가"(peuvent-ils souffrir?)라고 묻는다.[19] 아리스토텔레스, 데카르트, 그리고 하이데거 등 이전의 철학자들은 동물들은 사유할 수 있는가, 또는 언어를 사용할 수 있는가에 대해 관심을 가졌지만, 데리다는 동물들은 인간들과 마찬가지로 괴로워할 수 있는가에 관심을 가졌다. 그는 동물들도 인간들과 마찬가지로 하나의 '생명'이기 때문에 그들의 **타성**(他性)이 인정되어야 하고, 인간들과 마찬가지로 괴로움을 경험하는 존재이기 때문에, 고통받는 인간들과 마찬가지로 그들도 동정과 연민을 받아야 할 존재라고 말했다. 그는 인간에게만 부여된 주권(主權)을 공격하고 모든 살아있는 존재의 근원적인 단독성(單獨性)을 주장했다. 나치가 유대인들을 참살했던 그대로 지금 인간들은 또 다른 모습의 나치가 되어, 동물을 비롯해 자연의 모든 생명을 그들이 단지 '인간'이 아니라는 이유 때문에 거침없이 참살하고 있다.

후설이 주장했듯, 대지는 **미리 주어진 것**[20]이며 , 이 미리 주어진 대지 위에 거주하는 살아있는 모든 생명은 이러한 대지를 자신들에게

18) Theodor W. Adorno, *Negative Dialectics*, E. B. Ashton 옮김 (New York: Seabury Pr., 1973), 299쪽.

19) Jacques Derrida, "L'animal que donc je suis," *L'animal autobiographique* (Paris: Gallimard, 1999), 278쪽.

20) Edmund Husserl, "Foundational Investigations of the Phenomenological Origin of the Spatiality of Nature," *Husserl: Shorter Works*, Peter McCormick and Frederick A. Elliston 엮음, Frederick Kersten 옮김 (Notre Dame, IN: U of Notre Dame Pr., 1981), 230쪽.

미리 주어진 자신들의 고향, 자신들의 집으로 여기고 있다. 하이데거가 주장했듯, **집**은 함께 거주하는, 즉 "품고 보호하고, 보듬고 보살펴주는"[21] 관계의 터다.

풍요를 약속하는 이상향은 너무나 아득한 것처럼 보인다. 정신분석은 우리에게 욕망은 끝이 없는 것이라고 가르치고 있다. 그리고 라캉은 욕망은 결코 성취되는 것이 아니라 '연기'될 뿐이라고 말한 바 있다. "욕망의 전차는 브레이크와 종착지가 없다"[22]는 것이다. 작가 박경리도 "욕망의 완성은 없다"라고 말했다. 하지만 작가는 이어 "그것은 인간의, 생명의 불행인 동시에 축복이다. 종말이 없는 영원의 연속이기 때문이다"(제5부 5권 230쪽)라고 말했다. 욕망이 결코 완성되는 것이 아니라면, 이상향과 유토피아 역시 결코 성취될 수 있는 것은 아니다. 이 때문에 역사는 언제나 우리에게 아픈 **상처**를 남긴다. 하지만 아픈 상처를 남기기 때문에, 역사는 또 한편 우리에게 유토피아를 향하는 욕망을 남기고 있는지도 모른다.

귀환의 비극성을 예고한 작품 『토지』는 호메로스의 『일리아스』처럼 개인의 비극적인 운명뿐 아니라 국가의 패망, 그리고 이에 얽힌 민족의 숱한 비극적인 운명을 노래한 **비가**(悲歌)다. 발터 벤야민은 "대작은 장르를 수립한다든가 아니면 이를 폐기한다든가 할 것이다. 그리고 완벽한 작품은 이 두 개를 다 행할 것이다"[23]라고 말한 바 있다. "우리소설사에서 처음 출현한 새로운 소설"[24] 『토지』는 장르를 수립하기도 하고, 이를 폐기하기도 한다. 아니 이 두 가지를 동시에 행하

---

21) Martin Heidegger, "Building Dwelling Thinking(1951)," *Poetry, Language, Thought,* Albert Hofstadter 옮김 (New York: Harper and Row, 1971), 149쪽, 150쪽

22) 김상환, 『니체, 프로이트, 맑스 이후』(창작과비평사, 2002), 80쪽.

23) Walter Benjamin, *The Origin of German Tragic Drama,* John Osborne 옮김 (London: New Left Books, 1977), 44쪽.

24) 정호웅, 『한국의 역사소설』(역락, 2006), 107쪽.

고 있다. '문학'(文學, litteratura)이라는 문학 고유의 본래(本來)의 의미를 구현하고 있다는 점에서, 『토지』는 호메로스의 『일리아스』처럼 민족의 수난과 여기에 얽혀있는 개인의 비극적인 삶과 그들의 운명을 노래하고 있는 역사서(歷史書)이기도 하고, 백과전서(百科全書)이기도 하고, 소설(小說)이기도 하고, 서사시(敍事詩)이기도 하고, 개인의 자서전(自敍傳)[25]이기도 하다. 이 작품은 이 전체를 포괄하고 있으며, 그 밖의 어떤 장르의 개념도 개입하기를 원치 않고 있다. 그러나 이 전체를 아우르면서도 이 전체를 관통하고 있는 것은 무엇보다 숱한 '한'과 슬픔을 안고 살았고, 또 죽어간 인간들의 삶에 대한 **애도**이다. 그들의 삶에 바치는 **비가**(悲歌)다.

그러나 이것이 『토지』가 우리에게 남기는 모두이자 마지막일 수는 없다. 역사가 미쳐날뛸 때, 우리의 한(恨)은 더욱 슬프게 춤춘다. 하지만 마지막까지 '연민'의 줄은 놓치지 않는다. 지리산의 한에 대한 강연에서 작가는 『토지』의 "기둥"을 악양면 평사리에 세운 것은 자신의 "의도"가 아니었으며 자신은 "누군가의 도구"로서 그 기둥을 세웠던 것 같다고 말하면서 "전신이 떨렸다. 30여 년이 지난 뒤에 작품의 현장에서 나는 비로소 『토지』를 실감했다"라고 말했다.[26] 작가가 "누군가의 도구"라고 말했을 때, 그 누군가는 신과 같은 어떤 단독자가 아니라 살아있는 생명체 전체를 가리킨다. 그녀는 살아있는 모든 생명체의 **도구**가 되어 "아름다운 세상", 즉 인간들의 생명뿐 아니라 "모든 살아있는 생명체의 가치를 존중하는 세상, 생명체들이 지닌 고유

---

25) 내가 '자서전'이라 일컫는 것은 아우구스티누스의 『참회록』에 관한 책의 서문에서 '자서전'은 "주관적인 의식의 매체로서뿐만 아니라 외적, 객관적인 역사……의 기록 문서로서" 역할을 하는 것이라고 그 개념을 정리한 Eugene Vance, *Marvelous Signals: Poetics and Sign theory in the Middle Age* (Lincoln: Nebraska Press, 1989), 1쪽의 견해를 따르기 때문이다.

26) 박경리, 앞의 글, 14쪽.

한 가치를 인정해주는 세상"[27], 그리고 한때 **풍요를 약속하는 이상향**이었던 악양 평사리 같은 "광활하며 비옥한 땅"을 우리 모두에게 다시 꿈꾸기를 노래하고 있다.

마르셀 프루스트는 "진정한 낙원은 우리가 잃어버린 낙원(les vrais paradis sont les paradis qu'on a perdus)"[28]이라는 아주 중요한, 그리고 아주 수수께끼 같은 말을 남겼다. 잃기 전까지는 낙원이 아니라는 것이다. 잃었기 때문에 낙원이라는 것이다. 한때 풍요를 약속했던 광활하며 비옥한 땅, 지난날의 악양 평사리와 이상향은 잃었지만, 그러나 잃었다는 그 사실 때문에 우리에게 그것은 이상향으로 남아있는 것이다. 하이데거는 노스탤지어(nostalgia)는 "정확히 그 부재(不在)에 의해 존재(存在)할 수 있는 관계"[29]라고 규정했다. 말하자면 고향은 그 '부재'를 통해 '존재'한다는, 즉 '부재'는 '존재'를 전제한다는 그 **역설적인 관계**(Beziehung)의 성격을 이야기한 바 있다. 그것이 성취되기에는 너무나 아득한, 아니 전적으로 불가능한 것이라고 하더라도, 이룰 수 없는 것을 향한 욕망이야말로 작가의 말처럼 우리에게 또 한편 "축복"일지 모른다. 이상향은 **잃어버린 것**이지만 **잊어버린 것**은 아니다. 우리는 다시 아름다운 세상을 꿈꾼다. 모든 살아있는 생명체에 대한 '연민'이, 그리고 '사랑'이 그 터가 되는 '아름다운 세상'을, 그런 '고향'을.

---

27) 김영민, 「박경리의 문학관 연구 — 고통과 창조, 그리고 생명의 글쓰기」, 『『토지』와 박경리 문학』, 한국문학회 엮음 (솔, 1996), 221쪽.

28) Marcel Proust, *Remembrance of Things Past*, G. K. Scott Moncrieff and Terence Kilmartin 옮김 (London: Penguin Books, 1985), 3: 903쪽.

29) Martin Heidegger, *Der Satz vom Grund* (Pfullingen: G. Neske, 1957), 78쪽.

찾아보기

지은이 임철규는 1939년 경남 창녕에서 태어났다.
연세대학교 영문학과를 졸업한 후 미국 인디애나 대학에서
고전(그리스·로마)문학으로 석사학위를, 비교문학으로 박사학위를 받았다.
연세대학교 영문학과와 같은 대학 대학원의 비교문학과 교수를 거쳐,
지금은 연세대학교 명예교수로 있다.
대표적인 저서로는『임철규 저작집』(전 7권)으로 묶어 한길사에서 펴낸
『눈의 역사 눈의 미학』『그리스 비극-인간과 역사에 바치는 애도의 노래』
『우리시대의 리얼리즘』『왜 유토피아인가』『귀환』『죽음』
『고전-인간의 계보학』이 있다.
그 밖의 역서로는『비평의 해부』(노스럽 프라이)를 비롯하여
『역사심리학』(제베데이 바르부),『문학과 미술의 대화』(마리오 프라즈),
『인간의 본질에 관한 일곱 가지 이론』(레즐리 스티븐스),
『중국에서의 개인과 국가』(비탈리 루빈) 등이 있다.
편역서로는『카프카와 마르크스주의자들』이 있다.